BASTEI
LÜBBE

Von Peter Berling sind außerdem
als BASTEI-LÜBBE-TASCHENBUCH lieferbar:

Bd. 11956
Franziskus oder das Zweite Memorandum
Bd. 12060
Die Kinder des Gral

PETER
BERLING

DAS BLUT
DER
KÖNIGE

Roman

mit Illustrationen von
Axel Bertram

BASTEI-LÜBBE-TASCHENBUCH
Band 12368

© 1993 by Gustav Lübbe Verlag GmbH, Bergisch Gladbach
Ungekürzte Taschenbuchausgabe
Printed in Great Britain, August 1995
Einbandgestaltung, Illustrationen und Karten: Axel Bertram, Berlin
Fotografie des Einbandes: Andreas Henk, Düsseldorf
Satz: Kremerdruck GmbH, Lindlar-Hartegasse
Druck und Bindung: Cox & Wyman, Ltd.
ISBN 3-404-12368-9

Kyra Stromberg und Michael Krüger
gewidmet

بأتمي سأ كتبُ
كتاباً صغيراً

INHALT

LIB. III

DRAMATIS PERSONAE

DIE KINDER DES GRAL

Roger-Ramon-Bertrand	*gen. ›Roc‹*
Isabelle-Constance-Ramona	*gen. ›Yeza‹*

DIE HÜTER DER KINDER

Laurence de Belgrave	*Gräfin von Otranto*
Hamo L'Estrange	*ihr Sohn*
Clarion von Salentin	*ihre Ziehtochter*
Madulain, eine Saratz	*ihre Zofe*
William von Roebruk	*Franziskaner*
Gavin Montbard de Béthune	*Präzeptor der Templer*
Sigbert von Öxfeld	*Komtur des Deutschen Ritterordens*
John Turnbull	*alias Conde du Mont-Sion*
Crean de Bourivan	*sein Sohn, Assassine*
Tarik ibn Nasr	*Kanzler der syrischen Assassinen*
Prinz Konstanz von Selinunt	*alias ›Roter Falke‹*
Bohemund VI.	*der junge Fürst von Antioch*
Ezer Melchsedeck	*der Kabbalist von Alexandria*

9

IM DIENSTE FRANKREICHS

König Ludwig IX.	*König von Frankreich*
Königin Margarethe	*seine Gemahlin*
Robert d'Artois	*sein Bruder*
Charles d'Anjou	*sein Bruder*
Yves der Bretone	*sein Leibwächter*
Maître Robert de Sorbon	*sein Beichtvater*
Jean de Ronay	*stellvertretender Großmeister der Johanniter*
Simon de Saint-Quentin	*Dominikaner*
Graf Jean de Joinville	*Seneschall der Champagne, Chronist*
Graf Johannes von Sarrebruck	*Vetter des Joinville*

IM DIENSTE DES ISLAMS

Al-Salih al-Din Ayub	*Sultan von Syrien und Ägypten*
Turanshah	*sein Sohn*
Schadschar ad-Durr	*Sultana*
Abu al-Amlak	*Oberhofmeister zu Damaskus*
Fakhr ed-Din	*Großwesir*
Fassr ed-Din Octay	*gen. ›Der Rote Falke‹, sein Sohn*
Emir Rukn ed-Din Baibars	*Befehlshaber der Mameluken-Palastgarde zu Kairo*
Mahmoud	*sein Sohn*
Shirat	*seine jüngste Schwester*
An-Nasir	*der Malik von Aleppo*
El-Ashraf	*der Emir von Homs*
Abu Bassith	*ein Sufi*

Diese und alle weiteren Personen
werden im Glossarium des Anhangs in der Reihenfolge
ihres Auftretens mit nützlichen
und interessanten Lebensdaten noch gesondert
beschrieben.

LIB. I, CAP. 1

DIE
TRIËRE DER
PIRATIN

DIARIUM DES JEAN DE JOINVILLE

In der Agäis, den 27. August A.D. 1248

Über den byzantinischen Kauffahrer brach das Erscheinen der Triëre wie ein finsterer Spuk am lichten Mittag herein. Einem höllischen Insekt gleich, glitt das Kampfschiff über die Wellen. Sein schwarzer Bug ragte über dem stahlblauen Meer wie ein dräuender Schatten um so schrecklicher auf, als die erschrockenen Griechen schaudernd erkannten, daß der unheimliche Gegner sich nicht mit Drohungen aufhielt noch zu Verhandlungen bereit war, sondern unerbittlich zum Rammstoß ansetzte ...

Mir schnitt das Eisen in den Unterleib. Ich wollte mit einem Sprung mein Gedärm retten, parierte den Schlag – und die Klinge fuhr mir ins Gekröse! Der Schmerz ließ mich stehend die Sinne verlieren.

Alles, was ich vorher und nachher an Leibes Not und Pein erlitt, verblaßte vor diesem Schnitt, der mir die Manneskraft nahm, ohne daß ich mir dessen bewußt war. Ich warf mein Schwert fort, um beide Hände in den gestochenen Schoß zu pressen, und öffnete meine Lippen zum Schrei, der nicht kam.

Das geschah mir jetzt unwillkürlich wieder angesichts der heranstürmenden Todesgefahr, doch diesmal blieb mein Gehirn bei vollem Bewußtsein, und ich hörte mich den sinnlosen Schrei ausstoßen: »Maire de Dieu! Die Triëre der Gräfin!«

Im selben Moment erkannte ich, daß es vor diesem Schicksalsstoß sowenig Rettung gab, wie mir nichts geschehen würde. Verstohlen hob ich meine Waffe wieder auf und hielt meinen Mund. Stand doch auf dem erhöhten Heck kein geringerer als ich, Jean Graf von Joinville und Seneschall der Champagne.

Die Händler unter mir fielen auf die Knie und wedelten demütig mit weißen Tüchern, während der Kommandant in einem ohnmächtigen letzten Aufbäumen seinen Bogenschützen zurief, die beiden Katapulte zu spannen.

»Keine Gefangenen!« schrillte die Stimme der Gräfin zu uns herüber, als die steinernen Geschosse wirkungslos am Ebenholzpanzer ihrer Triëre abgeprallt waren, kein Pfeil blieb in diesem hoch aufgerichteten Schutzschild stecken, die Schläge dröhnten wie Pauken, das Zwitschern wie Zimbeln. Das war Musik in ihren Ohren.

Die Gräfin von Otranto stand aufrecht vor ihrer Capanna auf dem Oberheck, ihr hennarotes Haar umwehte ihr Gesicht wie die Mähne eines Löwen, ihr wahres Alter verhüllend. Schutzsuchend kauerten ihre Frauen, ihr Gesinde sich hinter die Reling. Der Blick der Gräfin glitt wohlgefällig über ihre Lanzenruderer, die Lancelotti, die jetzt ihre Sensenblätter auf einen Schlag aus den aufgepeitschten Wellen nahmen und die langen, glitzernden Stangen zum tödlichen Hieb parat stellten, während unter ihnen die Ruderer der zweiten und dritten Galerie die Schlagzahl erhöhten.

Verzweifelt suchte der Kommandant der Byzantiner seine Flanke aus der Stoßrichtung zu manövrieren. Ich hörte, wie mit schnellem Befehl Guiscard, der Kapitän der Gräfin, steuerbords die Ruderer einen Schlag aussetzen und so das Manöver des Griechen zu einer hilflosen Fluchtgebärde verkommen ließ.

Ich sehe mich noch auf dem Oberdeck des Byzantiners stehen, breitbeinig, mit aufgepflanztem Schwert, als hätt' ich noch was an Kraft in der Hose und mein Eisen würde mir Respekt verschaffen. Ich versuchte lediglich, mir einen sicheren Stand zu verschaffen für den zu erwartenden Aufprall.

So war ich meinem Gegner auf Sizilien auch gegenübergetreten, einem jungen Engelländer, der dann an Schwindsucht starb. Törichter Liebeshändel hatte uns in das verbotene Duell getrieben, eine Zofe der Bianca di Lancia, der kaiserlichen Favoritin, aus normannischem Geblüt derer von Lecce, strohblond, gradnasig und kuhäugig.

Ich hatte ihr mehr aus langer Weile den Hof gemacht, denn Kaiser Friedrich hielt mich damals fest als »lieben Gast und Vetter«, doch der junge Bruce of Belgrave, genauso gradnasig, aber rothaarig, hatte sich über beide abstehenden Ohren in Constanza verliebt.

Entsprechend furios griff er mich an. Ich nahm ihn nicht ernst und bemühte mich, ihn mit meinen Schlägen zu ermüden. Doch meine Lässigkeit machte ihn wütend, und so geschah es.

Es tat ihm furchtbar leid, ließ er mir ausrichten, als er bald nach mir im Hospital von Salerno eingeliefert wurde. Ich wollte ihn nicht sehen.

Friedrich übergab mich den besten Ärzten des Reiches, ausschließlich Muslime und Juden, die er an dieser *universitas medicinae artis* versammelt hatte. Sie konnten mir nur die Möglichkeit zum Pinkeln retten, auch die Hoden blieben mir erhalten – für nichts. Der *ductus deferens* sei durchtrennt, wurde mir erklärt.

»Ihr habt ja schon zwei Kinder gezeugt«, trösteten sie mich, »der unselige Trieb wird bald verkümmern, *atrophieren*« – wie sie sich über die Zukunft meines sinnentleerten phallischen Attributs ausdrückten ...

»O' sperone, maledetti!« brüllte Guiscard und riß mich aus meinen Gedanken. Ich sah, wie er auf seinem Holzbein herumfuhr.

»Sidi! Sidi!« grölten die Moriskos, denen die Bedienung der furchtbarsten Waffe der Triëre oblag.

Vier verwegene Gesellen aus ihren Reihen waren stumm aufgesprungen und an ihre Posten geeilt. Der *sperone* war das böse Geheimnis dieses so altmodisch anmutenden Kampfschiffes, das die Gräfin von ihrem Mann, dem Admiral, geerbt hatte. Und als ob es sich seines perfiden Stößels schämte, war der Rammdorn nicht fest am Bug montiert, sondern hing halb eingelassen unterm Kiel und wurde nur zum tödlichen Stoß herausgeholt. Aber davon wußte ich

damals noch nichts, und es hat eine Weile gedauert, bis ich heraus-
fand, was in diesem Augenblick geschah. Eine geniale Kettenkon-
struktion, nach außen dem Ankerspill zum Verwechseln ähnlich,
lief durch die Spanten und zerrte den eisenbeschlagenen Eichen-
stamm vorwärts, ein gutes, genau berechnetes Stück vor den Bug,
als sich jetzt die vier *speronisti* ächzend gegen die Winde stemmten.
Tief unter der Meeresoberfläche schob sich die Spitze langsam wie
eine Moräne aus ihrem Loch. Sie hatte einen bronzenen Kopf, phal-
lusartig, einer Rosenknospe gleich war die Verdickung, aber dann,
wenn sie voll der Strömung ausgesetzt war, klappten drei stachelbe-
setzte Widerhaken nach hinten und legten einen messerscharf geschliffenen Dreikant frei. Jetzt richtete sich unter Wasser der Baum
leicht auf, so daß er die Wölbung des Opfers genau im rechten Winkel traf, wie ein Messer von unten gegen den Bauch geführt.

Kein Mensch sah ihn kommen, auch Guiscard mußte sich auf
seine Erfahrung verlassen. Der *sperone* stürmte unter den Wellen
heran, und ich sah mit böser Vorahnung die Moriskos mit ihren
Enterbeilen schweigend hinter dem Bugschild lauern.

Es fiel kein weiteres Kommando, der Steven prallte, die split-
ternde Reling des Griechen leicht eindrückend, gegen dessen
Steuerbordseite, der Schlag und das Geräusch berstenden Holzes
übertönte das vergleichsweise geringfügige Rumoren der *perforatio*, die sich unter der Wasserlinie abspielte. Der Kopf des Rammdorns hatte sich in die Bootswand gebohrt, nicht tief, davor
bewahrten ihn seine eigenen Widerhaken, die wie Zecken strah-
lenförmig um ihn herum im Holz festhielten, damit keine
Bewegung der Schiffsleiber den Spund aus dem Loch reißen
konnte, der auf diese Weise jetzt noch das massenhafte Eindringen
des Wassers verhinderte.

Bei uns an Deck jedenfalls hatte keiner die tödliche Verwun-
dung wahrgenommen.

Mit dem Aufprall waren links und rechts vom Steven der Triëre
die beiden gespreizten Flügel des drachenköpfigen Bugs wie Zug-
brücken rasselnd auf das Deck des Griechen niedergefallen, über
sie hinweg stürzten sich die Moriskos auf ihre Beute.

Es waren nicht die Händler, die sich zitternd auf dem Heck verkrochen, noch die Mannschaft, die sich unterm Mast um ihren Kommandanten scharte, keine Gegenwehr mehr wagend und auch nicht mehr willens, für die Habe der Kaufleute ihr Leben zu geben, sondern einzig und allein die Kisten und Säcke, die sie jetzt aus den Ladeluken nach oben zerrten und in rasch gebildeter Kette zurück auf die Triëre beförderten.

Das Eingreifen der Lancelotti hatte sich bis zu diesem Zeitpunkt als unnötig erwiesen, sie entfalteten die furchtbare Wirkung ihrer Waffen auch nur beim längsseitigen Entern, wenn sie wie mit einem Sensenhieb die vorderste Reihe der Verteidiger ihrer Arme, oft auch ihrer Köpfe beraubten, bevor die Moriskos an Tauen von Mast und Rahen hinübersprangen und den Rest besorgten. Jetzt wirkten sie nur als Drohung, die den Gegner in Schach hielt.

Stolz blickte die Gräfin auf ihre blinkende Kriegsmacht und begierig auf die Beute, die die Moriskos an Bord ihrer Triëre schleppten.

Ballen von kostbarem Damast, Fässer mit Gewürzen und Ambra, Myrrhe und Henna für ihr Haar, Amphoren voll öliger Essenzen – ihr schwerer Duft wehte bis zu ihr. Sie zog ihn genüßlich durch ihre Nüstern. Vermischt mit der salzigen Meeresluft, war das ihr Parfüm!

Laurence de Belgrave, verwitwete Gräfin von Otranto, war 57 Jahre alt und dachte nicht daran, diesen Freuden der Welt, ihrer Welt, zu entsagen. Das wußte jeder, der wie ich schon einmal die zweifelhafte Ehre hatte, mit ihr nähere Bekanntschaft gemacht zu haben.

Sidi – Sidi! Sie war die Herrin, die gefürchtete Piratin des Ionischen Meeres.

Da tauchten plötzlich aus der Capanna hinter ihr zwei Kinder auf, ein Bube und ein Mädchen, die sich unbefangen zu ihr gesellten und neugierig das Treiben zwischen den beiden Schiffen betrachteten.

Ich erkannte sie sofort: Es waren die Kinder des Gral.

Ich erschrak. Ihre geglückte Flucht vor den Häschern der Kirche hatte meine damalige Mission jäh beendet. Über ein Jahr hatte mir der Kaiser seine Gastfreundschaft aufgezwungen. Und kaum habe ich mich seiner Umarmung entzogen, endlich frei, wie ein Falke fliegt, falle ich wie ein grad geschlüpftes Täublein diesen Kindern wieder vor die Füße. Sind sie mein Schicksal, oder welche Rolle ist mir in ihrem Leben zugedacht? Eigne ich mich doch weder als Häscher noch als Hüter?

Daß die Kinder immer noch an Bord der Triëre waren, verwunderte mich indes, offenbar hatte die Gräfin seit unserer Begegnung in Konstantinopel nirgendwo anlanden und sie in Sicherheit bringen können.

Darin glich ihr Schicksal dem meinen, auch mir war es nicht beschieden gewesen, nach Frankreich heimzukehren und meinem König Bericht zu erstatten über diese geheimnisvollen »Königlichen Kinder«, derentwegen er mich an den Bosporus entsandt hatte.

Meine profunde Abhandlung über die mutmaßliche Herkunft von Roç und Yeza, ihre mysteriöse Reise zum Großkhan der Mongolen mit diesem Mönch William, ihre mißglückte *praesentatio* durch die Prieuré und ihren gloriosen Abgang, der mich tief beeindruckt und überzeugt hatte, daß diesen Kindern Großes bestimmt sei, die hatte statt dessen Kaiser Friedrich gelesen, und das war wohl auch der nie ausgesprochene Grund dafür, daß er mich nicht hatte weiterreisen lassen – weder nach Hause noch zum Kreuzzug.

So hatte ich denn die einzige Fluchtmöglichkeit von der Insel genutzt und war mit diesem griechischen Handelsschiff auf dem Weg gen Osten, um zum Kreuzheer König Ludwigs zu stoßen, das sich auf Zypern sammeln sollte.

Quod non erat in votis!

Die Gräfin war gerade im Begriff, Roç und Yeza zurück in den Schutz der Hütte zu jagen, als das wachsame Auge ihres Kapitäns auf das Heckkatapult des Griechen fiel, es war geladen und zwei – offensichtlich von den Kaufleuten bestochene – Soldaten zielten auf die Gräfin.

»*Scudo!*« konnte Guiscard den Lancelotti gerade noch zubrüllen, da schnellte der Wurfarm schon vor und entließ das Geschoß, doch wie ein blitzender Fächer fuhren die Sensenblätter in die Luft und schnitten ihm die Bahn ab, zwei Lanzen zerbrachen splitternd, scheppernd fielen die Sensen, aber der Topf mit dem Griechischen Feuer prallte ab und zerbarst genau auf der Reling.

Schreie der getroffenen Ruderer aus dem Unterdeck, Flammen leckten die Bootswand der Triëre hoch und breiteten sich auf dem Deck aus.

»Kein Wasser!« schrie Guiscard. »Nehmt Teppiche!«

Während das Feuer erstickt und erschlagen wurde, hatten sich die Moriskos schon auf die Schützen geworfen, den Befehl dazu gar nicht erst abwartend. Einer sprang über Bord, dem anderen spaltete ein Axthieb den Schädel.

Die Kaufleute warfen sich auf die Knie, kippten eine Truhe um, daß sich die Goldstücke über die Decksplanken ergossen.

Die Moriskos kannten keine Gnade, sie hieben und stachen alle nieder, rafften zusammen, was sich an Kästen und Schatullen, Geschirr und Pelzen im Zelt befand, schafften es hinüber und breiteten es ihrer Herrin zu Füßen aus, als müßten sie sich für den Tort, der ihr angetan wurde, entschuldigen.

Auch auf mich kamen die wilden Gesellen zugesprungen, ihre Äxte und Enterkeulen schwingend, doch meine überlegene Art, ihnen entgegenzutreten, mich, auf mein Schwert gestützt, nicht zu rühren, ließ die erhobenen Arme innehalten, das Geschrei verstummen.

»Richtet Eurer Herrin Laurence aus«, rief ich ihnen zu, »der Graf von Joinville sei erfreut, sie wiederzusehen!«

Ohne den Bescheid abzuwarten, begab ich mich von dem Aufbau hinunter, das Gesindel wich respektvoll zurück, und ließ mir die Hände derer von Otranto reichen, damit sie mir hinüberhalfen auf die Triëre.

Die beiden Kinder waren trotz strengen Befehls der Gräfin keineswegs in die Capanna zurückgekehrt, sondern erlebten das ganze Geschehen voller Eifer, wenn nicht Entzücken. Sie waren auch die ersten, die von mir Notiz nahmen, wahrscheinlich erkannten sie mich wieder. Jedenfalls tuschelten sie und lachten mich an – so will ich hoffen.

Die Gräfin übersah geflissentlich mein Erscheinen, sie hatte wohl eine kleine Meinungsverschiedenheit mit ihrem Kapitän auszutragen, diesem Amalfitaner mit dem Holzbein.

»Seht Ihr, Guiscard«, seufzte die immer noch höchst faszinierende Dame, »man kann nicht streng genug sein mit diesen falschen Griechen.«

Ich hielt mich schweigend im Hintergrund.

»›Keine Gefangenen‹ war doch die richtige Entscheidung.«

Guiscard senkte den Kopf. »Mir ist Entern lieber. Ein sauberes Hauen und Stechen, und wer sich ergibt, der soll auch verschont werden.«

»Bei diesen *Sidi-Sidi*-Überfällen darf es keine Zeugen, keine Überlebenden geben«, sagte die Gräfin schroff und warf mir einen knappen Blick zu, dessen Kälte mein selbstbewußtes Lächeln gefrieren ließ.

»Und alle Unterlegenen«, murrte der Kapitän – ganz in meinem Sinn –, »auch brave Seeleute, die nur ihre Pflicht tun, sind von vornherein zum Tode verurteilt.«

Mich hatte er damit wohl nicht gemeint, mich meinte überhaupt keiner, der Kapitän begab sich zurück zum Bug, Frau Laurence drehte mir den Rücken zu.

Die letzten Moriskos sprangen an Bord.

»Hosen zu!« knurrte der Capitano, und die beiden Bugteile, die als Fallreep gedient hatten, wurden hochgezogen.

Dunkel und abweisend erhob sich jetzt wieder der schwarze Bug der Triëre vor dem ausgeplünderten Schiff der Byzantiner. Der Kommandant und seine Leute vermochten ihr Glück nicht zu fassen. Erst Hoffnung, dann Freude über das geschenkte Leben erschien auf ihren Gesichtern. Guiscard mochte ihnen nicht ins Auge schauen.

»Zieht den Schwanz ein!« zischte er wütend seinen Leuten zu, und die legten sich ächzend in die Winden, während alle Ruder, auch die der Lancelotti, ins Wasser fuhren, um sich vom Opfer wegzustemmen.

Einen Augenblick schien es, als versuchte das andere Schiff der Triëre zu folgen, dann erfolgte mit dumpfen Plop ein Ruck, und die Triëre schoß hinweg, während die Flanke des Griechen mit einem häßlichen Knacken erbebte. Dann begann das Schiff leicht zu krängen, es neigte sich wie ein waidwundes Tier seinem Jäger zu, doch auf der davoneilenden Triëre schaute keiner zurück, nur die Kinder verfolgten das Schauspiel des Untergangs, bis nichts mehr zu sehen war.

S EIT WOCHEN TRIEB die Triëre der Gräfin ihr Unwesen in den Gewässern der südlichen Ägäis. Laurence de Belgrave war sich immer noch nicht im klaren, wohin sich wenden, und mied die größeren Inseln, wo sie mit einer starken Garnison rechnen mußte.

Die Rückkehr nach Apulien schien ihr ebenfalls nicht geraten, sie war sich des Wohlwollens des Staufers nicht mehr sicher. Schuld waren die Kinder. Sie hätte sie in Konstantinopel nicht an Bord nehmen sollen, aber hatte sie denn die Wahl? Damals so wenig wie heute. Hätte sie sich diesem Dienst entzogen, wäre ihr Leben nicht eine der byzantinischen Golddublonen mehr wert gewesen, die sie gerade an die Besatzung ihrer Triëre verteilen ließ. Unsagbar grausam würde die Rache der Macht ausfallen, die ihre Hand schützend über Yeza und Roç hielt. Vor diesen geheimen Kräften gab es kein Entkommen, kein Versteck, nirgendwo auf der Welt, vom Djebel al-Tarik bis hin zum fernen Reich des Mongolen-Khans. Die Gräfin seufzte. Im Handspiegel erwiderten ihre grauen Augen müde den prüfenden Blick, die Falten wollten sich auch nicht mehr glätten lassen.

Draußen, vor der Capanna, zerrten die Zofen mit verhaltener Gier an den Ballen aus Brokat, Velour und Seide, die sie ihnen überlassen hatte – nur ihre Anwesenheit zügelte die Mißgunst und ließ sie nicht in tätlichen Streit ausarten.

Nicht einmal ihre eigene Ziehtochter, Clarion, Gräfin Salentin von Kaisers Gnaden, entblödete sich, an dem eitlen Gerangel und eifersüchtigen Anprobieren der Gewänder teilzunehmen. Letztlich war Clarion auch nur eine dumme Gans, auf nichts anderes aus, als den Männern zu gefallen, ihnen um den Hals, wenn nicht gar in den Schoß zu fallen, aufgespießt von ihrer Lenden Zier – ein Schicksal, vor dem sie bisher das Mädchen, eine vollreife Jungfrau, eisern bewahrt hatte. Jetzt machte sie doch wahrhaftig dem Grafen von Joinville schöne Augen!

Laurence hatte den hoffärtigen Seneschall eigens bisher nicht beachtet, geschweige denn begrüßt, weil sie sich nicht im klaren war, ob sie dessen Auftauchen begrüßen sollte. Hätten die Moriskos den Kerl doch gleich erschlagen oder mit dem Schiff ersäuft! Dem Fant hatte sein Standesdünkel das Leben gerettet. Jetzt mußte sie ihn in allen Ehren willkommen heißen, gar noch mit »*mon cher cousin*« anreden.

DIARIUM DES JEAN DE JOINVILLE
                    In der Agäis, den 27. August A.D. 1248
»Seid Ihr nicht Jean de Joinville?«

Es war die schöne Clarion, die meiner mißlichen Lage ein Ende bereitete – unter nichts leide ich mehr als unter Mißachtung. Ich dankte es ihr. »Welch unverdiente Freude, zwischen all diesen nach Fisch stinkenden Kopfhackern und Gedärmschlitzern eine Rose wie Euch, Clarion von Salentin, zu finden!«

Ich machte einen Schritt auf sie zu, um mich galant zu verneigen, doch da ging die Gräfin dazwischen, und ich erstarrte, denn hinter ihr stand, als sei es das Selbstverständlichste auf dieser Erde, freundlich grinsend William von Roebruk!

Hatten nicht die Assassinen den Mönch vor meinen Augen erdolcht? War nicht sein Leichnam … Hexenwerk! Die Gräfin war mit dem Teufel im Bunde! Der rötliche Haarkranz des dicken Franziskaners war noch spärlicher geworden, doch sein dummdreistes Grinsen war ihm nicht vergangen.

»Als Spion der Capets seid Ihr zu auffällig, Seneschall!«
höhnte mich die Herrin der Triëre. »Doch Eure Fähigkeit, Euch an
die Fersen der Kinder zu heften, ist beachtlich. – Wachen!« rief
sie. »Nehmt dem Herrn das Schwert ab, und führt ihn in meine
Capanna! Dort mag er mir Rede und Antwort stehen.«

Ich tat wie geheißen, schon weil jeder Zeitgewinn meine Überlebenschancen vergrößerte. Als Gefangenen konnte sie mich
schlecht zum Tode befördern.

»Ich danke Euch, Laurence de Belgrave«, sagte ich artig im
Weggehen und dachte, daß es wohl einer aus ihrer Sippe gewesen
sein mußte, der mich des wahren Schwertes Kraft beraubt hatte –
das einen Mann zum Mann macht.

So war mir nur die Macht der geschliffenen Feder geblieben,
und ich beschloß, was auch immer auf mich zukommen mochte,
mit den Augen des exzellentesten Chronisten zu sehen, den diese
Epoche gekannt hatte.

CLARION HATTE SICH BETRÜBT, aber nicht verwundert – sie
kannte diese Anwandlungen von Eifersucht bei Laurence –
des Vergnügens entzogen gesehen, endlich standesgemäßen Umgang pflegen zu können. Sie rief Madulain, ihre Zofe, zu sich und
entschwand. Die Gräfin ließ sich Zeit.

Nur die Kinder kümmerte das alles wenig. Sie tollten auf dem
Heck, scherzten mit den Lancelotti, die das Oberdeck okkupier-
ten, und neckten die Ruderer in den unteren Galerien, wo sie nicht
hindurften. Gerade dort, im Innern des Schiffsbauches, herrschte
ein geheimnisvolles Dunkel, es roch nach wilden Tieren und auf-
regenden Abenteuern.

Da Yeza verboten war, mit ihrem Dolch Zielwerfen zwischen
die Beine der kreischenden Zofen zu üben, schnitzte sie Kerben in
das zerbrochene Ruder, das ihr die Lancelotti geschenkt hatten.
Sie hätte lieber das Stück mit der Sense gehabt, die noch daran
steckte, aber da hatten die rauhen Gesellen gelacht und ihr an
einem Stück Tuch – ratsch! – vorgeführt, wie scharf das Blatt ge-

schliffen war. So scharf wollte sie ihren Dolch auch schleifen. Doch wie an den Wetzstein kommen?

Yeza war jetzt acht oder neun, so genau wußte das keiner, ebenso wenig wie sie ihren richtigen Namen kannte, außer daß er wohl von Jesabel oder – schlimmer noch! – von Isabella herrühren mußte.

Ihren Vater hatte sie nie bewußt wahrgenommen, an ihre Mutter hatte sie eine mehr und mehr verblassende Erinnerung: eine schöne junge Frau, eine Fee, die ihr das weißblonde Haar vererbt hatte, von stiller Freundlichkeit, wie nicht von dieser Welt, und so war sie auch lächelnd, festlich gekleidet in das große Feuer gegangen, aus dem sie nicht wieder hervorgekommen war.

Yezas Erinnerung an den Scheiterhaufen von Montségur war von Lichtgestalten verklärt, die Rauchschwaden waren zu Wölkchen geworden, hinter denen das Gesicht der Mutter verschwamm.

Nichts dergleichen empfand Roç, ihr kaum jüngerer Spielgefährte und Ritter. Er schrie oft nachts im Schlaf, stammelte von Flammen, die nach ihm griffen, wenn seine Mutter ihm aus der prasselnden Glut noch einmal zuwinkte. Sollte er sie beschreiben, glich sie der Fee Yezas aufs Haar, doch ihn streichelte sie, wenn er nicht schlafen konnte, und flüsterte ihm ein Lied, dessen Melodie er des Morgens nicht mehr zusammenbekam.

Bruder William, der gut singen konnte und alle Lieder kannte, sang ihm jede Weise vor, von holder Minne bis zu denen vom herzallerliebsten Jesulein, von schlüpfrigen Zoten, die Roç nicht verstand, die aber die Moriskos zum Lachen brachten, bis zum Ave Maria, bei dem William immer die Tränen kamen.

Nein, das Lied war nicht dabei, doch weinen mochte Roç auch nicht.

Roçs Gesicht war noch kindlich und verträumt. Krauses dunkles Haar umrahmte es, und seine Augen waren kastanienfarben. Ganz im Gegensatz zu Yeza, deren Iris grüngrau schimmerte und der eine gerade Nase einen zart-herben Zug gab, eine Strenge, die durch ihre Lockenpracht jedoch gemildert wurde. Gern hätte er auch solch eine Mähne gehabt, dafür bräunte seine Haut viel stärker in der Sonne als die ihre.

Roç ergriff seinen Bogen und bewog Yeza, ihr Stück Riemen herzugeben. Sie stellten es an der hohen Heckreling auf, damit kein Pfeil oder gar der Dolch ins Wasser fliegen konnte, und begannen einträchtig, das Ziel zu beschießen.

In der Agäis, den 27. August A.D. 1248

Draußen jubelten die Kinder bei jedem Treffer. Ich wartete in der fürstlich ausgestatteten Capanna: ein eichener Kartentisch mit nautischen Instrumenten in der Mitte des Raums, ein hoher lederbezogener Sessel und wenige niedrige Sitzgelegenheiten, Teppiche, Waffen an den Wänden.

Kein Mensch wäre auf die Idee gekommen, daß hier eine Frau das Regiment führte, alles war von betonter Männlichkeit geprägt.

Aus den Nebengemächern hörte ich die kichernden Stimmen Clarions und ihrer Zofen, ein törichtes Geplapper.

Ich hatte mir schon vorgenommen, Tagebuch zu führen, als ich hörte, daß ein neuer Kreuzzug anstand, und hatte damit auch gleich begonnen, als mich der König von Frankreich rief, für ihn vorher noch in geheimer und wichtiger Mission ins alte Byzanz zu reisen – eben wegen dieser Kinder.

Vor allem aber wollte ich diese Chronik schreiben, weil sich die Gelegenheit, mit einem so bedeutenden Herrn wie dem König Ludwig gemeinsam auf bewaffnete Pilgerfahrt zu gehen, nicht ein zweites Mal im Leben bieten würde, spürte ich doch längst, ungeachtet meiner jungen Jahre, in mir das Talent zu einem seine Zeit überdauernden Chronisten schlummern.

Spätestens seit meinem Mißgeschick in Palermo fühlte ich mich zu dieser Aufgabe berufen, ja, ich sah es jetzt als Fingerzeig des Himmels. Nicht Ruhm als Kriegsmann noch als Weiberheld sollte mir beschieden sein, sondern einzig der eines *escollier philosophe*. Was heißt hier einzig? Einzigartig! Und von allen Zeitgenossen abgehoben.

In der Folge sollte ich schnell gewahren, daß ein so vom Schicksal Herausgehobener zwar viel erfahren kann, Sieg und Niederlage, Vorteil und Verzicht, nicht zu vergessen abwägenden Kompromiß, doch längst nicht alles in geschriebene Worte kleiden darf. Es sei denn, der ehrgeizige *scribend* trägt beizeiten Sorge, daß ihm nicht jeder Neugierige über die Schulter schaut, auf der auch der Kopf sitzt. Kaiser Friedrich hatte meinen gefälligen Stil gelobt, bevor er mir meinen Bericht über die Kinder des Gral wegnahm.

Wiederum treffliche Fügung Fortunas! Sonst wäre er jetzt der Gräfin in die Hände gefallen, und ich schwämme mit dem Gesicht nach unten in der Ägäis, den Fischen ein Leckerbissen.

So war ich lebend den Kindern näher als je zuvor und würde meinem König viel beredteres Zeugnis ablegen können, falls es mir beschieden sein sollte, ihm doch noch unter die Augen zu treten. Herr Ludwig war mein leuchtendes Vorbild. Freudig hatte ich mich entschlossen, Joinville, meine kleine Burg, Weib und zwei Kinder hinter mir zu lassen, um mich an seiner Seite ins Heilige Land zu begeben. Der König hatte auf den Tod krank gelegen, Ärzte und Priester, selbst seine Mutter, die Königin Blanche, hatten ihn schon aufgegeben und wollten bereits das Sterbelinnen über ihn breiten, als er nach dem Kruzifix verlangte, es umfaßte und plötzlich mit lauter Stimme schwor, einen Kreuzzug zu unternehmen. Da grämte sich die Königinmutter so sehr, daß sie trauerte, als ob er gestorben wäre. Doch der König war von seiner Krankheit genesen.

Sein frommes Vorbild veranlaßte auch sogleich seine Brüder, ihm zu folgen – Alphonse de Poitiers, Graf von Poitou, Charles, Graf von Anjou, und Robert, Graf von Artois. Da mochten denn auch der Herzog von Burgund und der Graf von Flandern nicht zurückstehen.

Diese Runde erlauchter Ritter mag auch ein Grund gewesen sein, daß ich meinem Herzen einen Stoß gab, zumal meine beiden Vettern, Johannes, der Graf von Sarrebruck, samt seinem Bruder Gobert d'Aprémont sich zu ihnen gesellten. Und weil wir Verwandte waren, schlug ich vor, zusammen ein Schiff zu heuern und ein jeder neun Ritter aufzubieten.

Ich verpfändete also all den Besitz, von dem ich, ohne die Ansprüche meiner Kinder zu schmälern, nicht vererbbares Nießrecht besaß, und wir verfrachteten unser Reisegepäck und uns rhôneabwärts nach Marseille.

König Ludwig verlangte indes, wir sollten zuvor nach Paris kommen, um ihm den Treueid zu schwören.

Ich ritt spornstreichs nach Saint-Denis und sagte dem König, daß ich als Graf von Joinville es ablehnen müsse, ihm zu schwören, denn nicht er sei mein Lehnsherr, sondern der Kaiser des Deutschen Reiches. Ich könne nur als Seneschall der Champagne feierlich versprechen, auf dem bevorstehenden Kreuzzug mein Leben für das seine zu opfern, wenn es mir von Gott erlaubt würde.

Verständig und aufrechten Charakters, mit einem ausgeprägten Gefühl für das Recht, sah der König das Besondere meines Falles sofort ein und ließ alle sehen, daß er meine Teilnahme dennoch freudig begrüßte.

Die Erinnerung daran gab mir Mut, und dessen bedurfte ich auch, denn jetzt betrat die Gräfin endlich ihre Capanna. Sie war begleitet von diesem William von Roebruk, der mir aufmunternd zugrinste, während Frau Laurence sich recht kurz angebunden gab.

»Was, mein werter Cousin«, ging sie mich an, »habt Ihr Euch als Geschichte zurechtgelegt, um Euer evidentes Nachstellen zu rechtfertigen?«

Sie nahm im Sessel hinter ihrem Tisch Platz, der Mönch trat beflissen an ihre Seite, während sie mich stehen ließen. Also setzte ich mich unaufgefordert und zwang sie, ihre grauen Augen auf mich zu richten.

»Ich habe, liebe Cousine«, sagte ich im freundlichsten Plauderton, »am Hofe Eures Kaisers zu Palermo von einem der jüdischen Ärzte einen Scherz gehört, den ich Euch nicht vorenthalten will.«

»Spart ihn Euch!«

Der Mönch lachte schallend, bis er sich von der hohen Dame einen Blick einfing, der ihn zum Schweigen brachte.

»Ihr habt uns nun wissen lassen, daß Ihr bei Hofe auf Sizilien verkehrtet« – wandte sie sich kühl an mich –, »doch das reicht nicht aus.«

»Auch nicht, liebe Base, wenn ich Euch sage, daß ich mütterlicherseits Herrn Friedrich engstens verwandt –«

»Das läßt Euch noch suspekter erscheinen!« zischte sie mich an. »Der Staufer ist kein erklärter Freund der Kinder!«

»In der Tat«, sagte ich, »scheint ihm nichts mehr zuwider als die Unterstellung, seinen Samen mit ketzerischem Blut vermischt haben zu können.« Damit warf ich ihr einen dicken Knochen hin, an dem sie zu beißen hatte.

In Wahrheit hatte sich der Kaiser mir gegenüber, den er für einen Mann Ludwigs hielt oder gar schlimmer noch für einen verkappten Anjovinen, kein Wort fallenlassen über die »Königlichen Kinder«, doch daß er sie nicht lieben konnte, lag auf der Hand. Bei seiner Auseinandersetzung mit der *ecclesia catolica*, einem zähen Ringen samt heimtückischen Schlägen und Tritten bar jeder Skrupel – auf beiden Seiten! –, kam ihm nichts so unpassend wie eine offengelegte Blutsbande zu den häretischen Katharern.

Die Gräfin nagte an dem Knochen.

»Es liegt also nahe, daß Herr Friedrich – wie schon oft im schönsten Einvernehmen mit dem Hause Capet – Euch ermuntert hat, die seit Konstantinopel verlorene Fährte der Kinder wiederaufzunehmen?« Sie fletschte lauernd die Zähne.

Hier half nur eine Demutsgebärde. »Ihr werdet es nicht für möglich halten, ma chère cousine, aber es verhält sich anders: Ahnungslos stattete ich dem Kaiser auf meiner Rückreise Besuch ab. Die bereitwillige Gastfreundschaft erwies sich als Falle. Er ließ mich nicht wieder gehen. Ich sandte insgeheim meinen Reisebegleiter, an den sich Herr William erinnern mag, den Franziskaner Lorenz von Orta, nach Frankreich, denn ich fürchtete, den Kreuzzug zu versäumen, den ich schon seit langem gelobt. Lorenz sollte meinen Vetter Johannes, den Grafen von Sarrebruck, auffordern, über mein Geld zu verfügen, so daß er an meiner Stelle alle notwendigen Vorbereitungen treffen konnte.«

»Wie Ihr Euch erinnern mögt, werter Graf«, unterbrach mich William von Roebruk verschmitzt, »kann ich mich an gar nichts erinnern, denn ich hatte den Kreis der Lebenden verlassen, doch sagt mir der Name –«

»Den Kerl gab es«, knurrte die Gräfin, »er gab sich so schamlos, wie Ihr, William, Euch jetzt unverschämt hinter Eurem Gedächtnisverlust verkriecht und mir in den Rücken fallt!«

»Jedenfalls«, nahm ich den Faden wieder auf, »erschien dann in Palermo bei mir Oliver von Termes.«

»Ah«, entfuhr es William, »der Renegat! Und mit ihm spieltet Ihr wieder das Spiel der ›Blinden Kuh‹? Mit angeblich verbundenen Augen in der Gegend herumtappen und nach den Kindern tasten. Schon damals kamt Ihr den gerade vom Montségur Geretteten so nahe, daß Ihr fast auf sie getreten wärt!«

»Das ist ein unerhörter Verdacht!« verteidigte ich mich nun dummerweise vehement. »Es war Zufall!«

»In dieser Angelegenheit gibt es keine Zufälle!« beschied mich die Gräfin.

Ich ging darauf nicht ein. »Oliver von Termes trat mir seinen Platz an Bord des byzantinischen Seglers ab, mit dem er König Ludwig auf Zypern erreichen wollte, weil gerade der Graf von Salisbury mit seiner englischen Flotte in den Hafen einlief und Oliver sicher war, sich diesem für den Kreuzzug anschließen zu können. Von mir hatte der Kaiser wohl nur einen Fluchtversuch in Richtung Frankreich erwartet. Ich wurde also an Bord des Seglers geschmuggelt, der mich nach Achaia bringen sollte, wo ich meinen Vetter Johannes und das gemeinsam bezahlte Schiff zu treffen verabredet hatte. Ohne Anstände verließen wir Palermo – der Rest der traurigen Geschichte ist Euch geläufig.«

Wehmut überkam mich, wenn ich des vom Munde abgesparten Schiffleins gedachte. Wie hatt' ich mir sein Herrichten und Beladen, das wohlgemute an Bord gehen mit meinen Ritterbannern immer wieder vorgerechnet und schließlich das Setzen der stolzen Segel ausgemalt, unter denen wir gemeinsam von Marseille aus in See stechen wollten.

»Zu glatt!« spottete Laurence herzlos. »Wenn ich es zusammenzähle, kommt Ihr, lieber Jean, raffinierterweise auf mehr zufällige Begegnungen mit den Kindern als unser Tölpel William. Er hat sie nicht gesucht, wohl aber *Ihr*, Herr Seneschall!«

Sie hielt inne, denn von Roç und Yeza draußen vor der Capanna war nichts mehr zu hören, was ihr wohl verdächtig erschien. Ich warf einen Blick hinaus.

Die beiden waren so geübt in der Handhabung ihrer Waffen, daß sie nicht das Holz, sondern die von Yeza geschnittenen Kerben anvisierten, um die Wette und in verbissenem Schweigen.

Die Gräfin rief erleichtert eine ihrer Zofen und schickte sie hinaus mit einer güldenen Schale aus der Griechenbeute als Preis für den Sieger.

Die Kinder waren ihr doch sehr ans Herz gewachsen. Mit Klauen und Zähnen würde sie für sie kämpfen, eigenhändig jeden umbringen, der ihnen ein Haar krümmen sollte. Sie warf noch einen Blick hinaus und mußte lächeln, denn natürlich diente jetzt die Schale selbst als Ziel, und jeder Treffer, wenn das kostbare Gefäß von der Stange fiel, wurde laut bejuchzt.

Welch freimütiger Umgang mit einem mythosbeladenen Gegenstand, dachte ich mir, wenn der Gral denn ein Gefäß war und nicht eine schwer faßbare Idee!

»Ihr könnt Euch vorerst frei an Bord bewegen«, riß mich Laurence aus meinem Sinnieren. »So nah werdet Ihr den Objekten Eurer Begierde nicht wieder kommen!«

Damit wurde ich aus der Capanna gewiesen.

EIN GROSSES BRANDROTES KREUZ auf der ganzen Segelfläche wies das Schifflein schon von weitem als einen Kreuzfahrer aus.

Graf Johannes von Sarrebruck nebst seinem Bruder Gobert d'Aprémont waren mit ihren Mannen und denen ihres verschollen-verhindert-säumigen Vetters Jean de Joinville nicht etwa die kürzeste Route gesegelt, die Nordküste Siziliens entlang, sondern waren weit südlich von Lampedusa an der Insel vorbeigekreuzt, alles nur, um dem Staufer auszuweichen, der die Macht besaß, Lehnsleute des Reiches von der Weiterreise abzuhalten, und dafür bekannt war, nicht zimperlich im Umgang mit derselben zu sein. Zum einen betrachtete er das Königreich von Jerusalem als Stauferische Domäne, war doch sein Sohn Konrad von diesem der König, und auf eine auch nur zeitweise Inbesitznahme durch die Franzosen legte der Staufer keinen Wert. Zum anderen brauchte er jede bewaffnete Hand, um sich der päpstlichen Aggression in allen Teilen des Reiches zu erwehren.

Auf ihrem Drift nach Süden war die kleine Ritterschar aus dem lothringischen Grenzgebiet vom Regen in die Traufe geraten. Ungünstige Winde trieben sie an die felsige Küste Afrikas, ein Land, dessen Bewohner Christen auf bewaffneter Pilgerfahrt nicht wohlgesonnen waren.

Zwischen einem Steinriff und dem nächsten verfluchte Graf Johannes das segelmännische Geschick des Kapitäns, Gobert wurde schwer seekrank, und Simon de Saint-Quentin, der Dominikaner, wäre fast über Bord gegangen.

Dean of Manrupt, der Priester und Beichtvater des abwesenden Jean de Joinville, empfahl, eine Bittprozession abzuhalten. Alle beteiligten sich williglich, und sie sangen das *Ave maris stella* und beteten mit Inbrunst. In Ermangelung einer anderen *via crucis* umkreisten die Ritter die beiden Masten des Schiffes.

»Sumens illud ave
Gabrielis ore,
Funda nos in pace
Mutans Evae nomen.«

Dean schlug vor, eine Achterfigur zu gehen. Das sei eine magische Zahl und brächte sicher Glück. Ein Adept des geheimen Tarots hätte ihm dies in Marseille gegen Überlassung einer geweihten Hostie verraten.

»Ave maris stella
Vitam praesta puram,
Iter para tutum,
Ut videntes Iesum
Semper collaetemur.«

Wohl eher mit Hilfe Mariens löste sich der Bann, der das Schiff zwischen den Felsen festhielt, darauf bestand dann der Dominikaner, als alles vorbei war. Ein frischer Gegenwind kam auf, und nach bangen Stunden erreichten sie schließlich des Nachts wieder das offene Meer. Am Morgen konnte Graf Johannes dem immer noch elend darniederliegenden Gobert mitteilen, sie hätten Skylla und Charybdis nun hinter sich. Da fielen sich die Brüder um den Hals.

Auf Anweisung des Grafen Johannes, der nach Umfahrung der stauferischen Klippen das Kommando an sich gezogen hatte, hielt das Schiff jetzt auf Achaia zu, wo die Brüder ihren Vetter, den Seneschall und Grafen Jean de Joinville, zu treffen gedachten.

Sie segelten an Otranto vorbei, was Simon veranlaßte, drei Kreuze angesichts der Burg zu schlagen und den Gefährten von der schrecklichen Gräfin zu berichten, einer Zauberin, schlimmer als die Circe, mit dem Teufel im Bunde – und mit den Kindern des Gral, dieser stauferischen Ketzerbrut!

In Konstantinopel sei die Kirche voriges Jahr drauf und dran gewesen, dieses Gespinst, diesen »Großen Plan« zu zerschlagen, doch mit schwarzer Magie hätte die Gräfin von Otranto die Königlichen Kinder auf ihrer Triëre wieder entführt.

Seitdem treibe die Teufelin ihr Unwesen im Mittelmeer und besonders in der Ägäis, denn heim nach Otranto traue sie sich nimmer, die es als Piratin so schlimm angehen ließe, daß es selbst dem unheiligen Herrn Friedrich übel aufgestoßen sei.

»Deswegen bin ich grad froh«, rief der Dominikaner, »daß wir gen Achaia halten, denn mit dieser Nußschale möcht ich der Triëre von Otranto nicht begegnen!«

»Wer wird denn ein Schifflein wie unseres, mit dem Zeichen

des Kreuzes auf dem Segel«, entgegnete ihm Dean of Manrupt, der der Älteste an Bord war, »in der Hoffnung aufbringen, daß der materielle Gewinn größer ist als der Verlust des Seelenheils?«

»Ihr kennt die Teufelin nicht!«

Grad kam eine Insel in Sicht, von der Rauch aufstieg.

»Doch nicht etwa Piraten?« entfuhr es Graf Johannes.

»Mit Sicherheit!« antwortete der Kapitän. »Es brennt ein ganzes Dorf.«

»Dann laßt uns weitersegeln«, warb Johannes um Vorsicht.

»Wir brauchen Trinkwasser!« sagte der Kapitän. »Diese Insel ist weit und breit die einzige, die davon reichlich besitzt –«

»Da mein Bruder Gobert immer noch in bedauernswertem Zustand darniederliegt –«, hob der Sarrebruck an, aber Dean of Manrupt hatte schon begriffen.

»– ist es nur recht und billig, daß Ihr ihn an Bord pflegt. Ich gehe gern an Land, um das Wasser zu besorgen.«

»Gern nicht, aber ich werde Euch begleiten«, sagte Simon.

Der Kapitän gab ihnen vier Mann als Träger mit und wies ihnen den Weg zum Brunnenhaus in den Hügeln.

Den Besuchern stieß auf, daß sie keine Menschenseele längs des Weges antrafen, keine lebende, keine dem Leib entwichene, nicht einen Kadaver, obwohl der Überfall frisch von der Hand sein mußte, denn noch bleckten überall die Flammen, fanden reichlich Nahrung, glühten also nicht seit Stunden.

»Sie werden in der Kirche sein«, tröstete sich Dean über das Schicksal der Einwohner.

»Oder sie flüchteten ins Gebirge«, meinte Simon beruhigend.

Mittlerweile waren sie beim überdachten Brunnenhaus angekommen, und sie sahen schon von weitem die kleinen Mädchen, die ihre Gesichter um die einzige Fensteröffnung drängten, um hineinzusehen, dann aber schweigend wegliefen, als sie die Wasserholer kommen sahen.

Warum sie nicht zur Tür hineinschauen konnten, wurde klar, als der kleine Zug um die Ecke bog.

Der Priester war kreuzweise über den Eingang genagelt. Die Männer um Simon und Dean waren dabei, den Leichnam abzulösen, als die Tür nachgab. Ihr Blick fiel in den Innenraum.

Über einer durchgehenden Stange hingen geknickt die Leiber von drei Knaben, ihr Hinterteil den Betrachtern zugewandt, die mageren Oberkörper mit dem Gesicht und den herabbaumelnden Armen auf der anderen Seite. Sie waren alle drei tot, doch es waren ihre klaffenden After, die so unnatürlich nach Leben glänzten.

»Man hat sie mit Olivenöl begossen«, stellte Simon sachkundig fest, »bevor oder nachdem sie erwürgt wurden.«

»Nachdem, will ich hoffen.« Dean of Manrupt schlug für jeden ein Kreuzzeichen und wandte sich ab.

»Ihr könnt hier Wasser schöpfen«, sagte er leise, »ich will lieber verdursten.« Er ging zurück, hinab zur Küste.

Simon gab den Trägern Anweisung, ihren Auftrag auszuführen und dann nachzukommen, bevor er sich aufmachte, den Alten einzuholen.

»Nur eine Bestie kann so gehaust haben«, murmelte Dean erschüttert.

»Ach, interessant«, dozierte gelehrt der Dominikaner. »Ihr denkt an ein Tier? An einen sodomitischen Vergeltungsakt der seit Jahrtausenden auf diesen Inseln mißbrauchten Kreatur, *brutae vi stupratae*? Die Rache des Esels, die *vendetta* des Bocks?«

Der alte Priester starrte seinen *collega* verständnislos an. Er wollte dessen perfide Geisteshaltung, die ihm noch schlimmer ankam, als das Verbrechen selbst, kein Gehör schenken.

»Furchtbar«, stöhnte er, »zu was Christenmenschen nicht alles fähig –«

»Griechen«, unterbrach Simon und war erstaunt, daß der alte Dean, ein Mann von kräftiger Statur, stehenblieb und ihn langsam mit einer Hand vor der Brust an der Kutte packte und hochhob.

»*Cane Domini!*« sagte er leise. »Warum erfahre ich von dir nichts über die Reinheit des Olivenöls – kaltgepreßt?«

Er drehte mit seiner Pranke den Stoff der Kutte, daß es eng wurde für den Dominikaner.

»Erst wenn du mir das sagen kannst – und beweisen! –, dann sprich mich wieder an!«

Er ließ den Gegriffenen fahren und schritt von dannen.

Als die Wasserholer nacheinander die Küste erreichten, sahen sie ihr Schiff von drei größeren umringt, doch offensichtlich in freundschaftlicher Absicht, denn kein Waffenlärm drang ans Ufer, und kurz darauf holte ein Ruderboot den kleinen Trupp ab.

Graf Johannes stellte ihnen einen schwarzbärtigen Riesen mit dem Namen Angel von Káros vor, der sogleich über das »heidnische Korsarenpack« herzog.

»Frauen und Kinder sind nicht vor ihnen sicher!« polterte er. »Grad sind diese Elenden mir wieder entwischt, als ich zum Frischwasserschöpfen vorbeikam.«

Angesichts seiner drei Schiffe mit zusammen wohl hundert Mann verkniff sich Dean of Manrupt die Frage, die ihm auf der Seele brannte, wie sich denn »das Korsarenpack« so schnell hatte in Luft auflösen können.

Das war auch gut so, denn Herr Angel war ein mächtiger Mann, der zu spaßen beliebte, aber keinen Spaß verstand. Bei jeder Anspielung, die er auf sich beziehen konnte, und das tat er mit allen, zuckte seine Pranke zur mächtigen Streitkeule, die ihm von der Hüfte baumelte. Ein kettenumwickelter Schaft mit einer stacheligen Eisenkugel an der Spitze, eine furchtbare Waffe.

Daß Graf Johannes und seine Gefährten über Pferde verfügten, das gefiel dem Angel ganz außerordentlich.

»Wie habt Ihr denn die Tiere da hineingebracht?« scherzte er und wies auf die kleinen Futterluken.

Dean verspürte kein Verlangen, es ihm zu erklären, Graf Johannes wußte es nicht, und so sprang Simon ein, der gar nicht dabeigewesen war: »Wir haben die Seitenwand groß wie ein Tor aufgeklappt. Als alle Pferde gut im Schiffsbauch untergebracht waren, wurde das Ladetor wieder hochgeschlagen, sorgfältig vernutet und kalfatert, denn während der Überfahrt liegt dieser Kielraum unterhalb des Wasserspiegels.«

Das beeindruckte den Angel von Káros noch mehr, und er setzte alles daran, dem Grafen Johannes den Kreuzzug auszureden. Da biß er bei Dean of Manrupt auf Granit, und auch der bettlägrige Gobert d'Aprémont wurde obstinat. Selbst Simon de Saint-Quentin ließ den »Despotikos«, wie Herr Angel von seinen Leuten tituliert wurde, wissen, daß es keinen Sinn mache, auf einer Änderung des Zieles zu bestehen, solange die Kommandogewalt über das gemietete Schiff nicht geklärt sei.

Seit Tagen war nämlich Streit zwischen Johannes und Gobert ausgebrochen, wem das Stimmrecht des abwesenden Partners zustünde: dem Grafen von Sarrebruck als dem anderen Anteilsinhaber oder dem Grafen von Aprémont als Erstem Vasall des Joinville.

Um Ärger mit dem Kranken zu vermeiden, beschloß Johannes scheinbar nachzugeben und wies den Kapitän unter der Hand an, Kurs gen Süden zu nehmen, wie ihm Herr Angel, mit dem sie im Verband segelten, empfohlen hatte – »schon weil die überfallene Insel, vor der ich das Vergnügen hatte, Euch, werter Graf kennenzulernen, dem Wilhelm von Villehardouin gehört! Wenn's auch Piraten waren, die dort so übel gehaust«, er strich sich genüßlich den verwilderten schwarzen Vollbart, »kann der Fürst von Achaia sehr kurzsichtig, aber durchaus rachsüchtig reagieren!«

Das leuchtete dem Johannes ein, nicht aber dem alten Dean, der von der Kursänderung sofort Wind bekommen hatte. Der Graf von Sarrebruck sagte dem treuen Priester des Joinville nicht etwa ins Gesicht, daß der Herr Jean doch sehen solle, wie er zum Kreuzzug stieße, sondern log ihm vor, daß er von Herrn Angel insgeheim den wahren Treffpunkt mit dem Seneschall erfahren hätte.

DIARIUM DES JEAN DE JOINVILLE

In der Ägäis, den 30. August A.D. 1248

Überraschend für mich hatte Frau Laurence mich holen und in ihre Capanna bitten lassen, wo sie mich diesmal ohne Zeugen erwartete. Sie schien mir wie ausgewechselt, als habe sie sich entschlossen, einer Maskerade zu entsagen, und dahinter kam das müde Gesicht einer alternden Frau zum Vorschein. Sie machte auch keinen Hehl aus ihren Sorgen.

»Ich gleiche einem Odysseus, der ruhelos über die Meere geistert und keinem Hafen trauen darf. Die Kinder, lieber Cousin, sind ein kostbarer Schatz, aber auch eine schwere Bürde –«

»Und warum kehrt Ihr nicht heim nach Otranto, macht Euren Frieden mit Friedrich?«

Laurence lachte bitter. »Weil ich längst Gespenster sehe! Ja, lacht nur über mich törichte Frau, mal träume ich, das grausame Strafgericht des Staufers erwarte mich auf meiner Burg, mal sehe ich des Nachts völlig fremde Gestalten mit Mordfackeln, auf den Mauern Bluthunde nach den Kindern hecheln – dabei hat der Kaiser mich nie offiziell abgemahnt noch mir je das Lehen entzogen.«

Sie sah mir fest ins Auge, wohl um zu prüfen, ob ich sie noch für bei Verstande hielte. »Je länger ich von dort fort bin, um so größer der Irrsinn, der von meinem Kopf Besitz ergreift. Wahrscheinlich habt Ihr völlig recht, und jeder fragt sich, was treibt die Alte friedlos aufs Meer, was hetzt sie sich, ihre Triëre, statt sich zur Ruhe zu setzen –«

»Ich will gern bei Herrn Friedrich ein Wort für Euch einlegen –«

»Keine schlafenden Leute wecken!« fuhr sie hoch. »Vielleicht wartet er doch nur darauf, die Kinder in die Finger zu bekommen!«

Sie lächelte mich an, eine gute Portion Irrsinn war schon mit dabei. »Ich will gar nicht versuchen, Euch, lieber Jean, auf meine Seite zu ziehen, noch meine Sorgen zu den Euren zu machen, doch heische ich um Verständnis von jemandem, der es wie Ihr mit dreiundzwanzig Lenzen schon zum Seneschall einer der reichsten Provinzen Frankreichs gebracht hat, der trotz seiner blühenden Jugend sich einen Namen als *doctissimus* gemacht hat …«

Ich dachte bei der »blühenden Jugend« an mein verwelktes Gekröse und bei der *laudatio* meiner schriftstellerischen Fähigkeiten an den Bericht für König Ludwig aus Konstantinopel, den die Welt auch nicht zu sehen bekommen würde, soweit war auf den Staufer Verlaß!

Ich sagte: »Liebe Base, mein mitfühlendes Verständnis habt Ihr, doch wenn ich Euch meinen Rat antragen darf, dann solltet Ihr mir mehr über die Kinder –«

Die Gräfin schaute mich traurig an. »Wozu?« meinte sie. »Ihr müßt es ja doch mit ins Grab nehmen. Laßt mich jetzt allein, und genießt Eure letzten Stunden!«

»DAS GERICHT!« fuhr es mir durch den Sinn. Bei meiner Abreise, damals von Marseille, hatte mir ein alter Pythagoräer geweissagt, daß ich von meiner Reise so schnell nicht zurückkehren und auch nicht derselbe sein würde: *andros medemia andreion*. Ich hatte das Orakel verlacht, das er aus den jüngst dort in Mode gekommenen »Großen Arkana«, einem Satz bebilderter Pergamenttäfelchen, herausgelesen hatte.

Als ich dann im Hospital zu Salerno von den Ärzten mit dem endgültigen Verlust meiner Manneskraft konfrontiert wurde, hatte ich für unverschämt teures Geld einem Rabbi, der neben mir dort im Sterben lag, einen solchen »tarot« abgekauft. Ich war erst empört über seine hohe Forderung, aber er vertraute mir röchelnd an, daß es nicht wichtig sei, ob er das Gold mit sich nehmen könne, sondern daß Divinatorik mit barer Münze bezahlt sein wolle, sonst könne sie keine Wirkung entfalten. Er nähme das Geld also um meinetwillen. Er sei auch bereit, die Karten noch zu »besprechen«, denn sonst sei mein Geld umsonst ausgegeben. Dafür müsse ich aber nochmals in den Beutel greifen. Ich tat's. Er murmelte mir Unverständliches über dem Kartenbund und jedem einzelnen Blatt.

Als er bei dem letzten angekommen war, versagte ihm die Stimme, und er war tot.

Seitdem führe ich die Kärtchen stets bei mir und befrage sie, indem ich blind in die Tasche greife. Nicht immer ziehe ich das Bild, das mir gerade vorschwebt, und oft fürchte ich mich auch vor dem verstohlenen Griff, und doch vermag ich ihm nicht zu widerstehen.

DAS GERICHT

»Was aber getan ist, das wird gerichtet. Und das Gericht ist nicht des Menschen Gericht. Am Ende besteht, wer die Auswüchse vermeidet und das Vergebliche achtet.«

DIE KLEINE FLOTTE, bestehend aus dem Kreuzfahrerschiff des Johannes von Sarrebruck, des todkranken Gobert d'Aprémont und des immer noch abwesenden Grafen von Joinville sowie den drei Seglern des Angel von Káros, die das kleine Schiff mehr in die Zange genommen hatten, als daß sie es beschützten, wie ihr ungebärdiger Kriegsherr gern behauptete, segelte gen Süden.

In Trinkgelage und Freundschaftsbeteuerungen gekleidet, nahm sein Druck auf den Grafen von Sarrebruck ständig zu.

Johannes solle doch den Kreuzzug fahren lassen und sich ihm bei der Eroberung des Peleponnes anschließen. Ein Herzogtum sei ihm gewiß – sobald er seinen Onkel Guido, der ihn um sein Erbe von Argos und Nauplia gebracht habe, vom Großherrenthron Athens vertrieben habe. Fürst von Theben könne Johannes werden, wenn er sich auf die Seite von Naxos schlagen würde.

Als dieser wiederholt auf den Widerstand seines kranken Bruders hinwies, war Gobert d'Aprémont eines Morgens verschwunden. Er mußte in der Nacht sein Lager verlassen haben und über Bord gestürzt sein.

Eine Erklärung, die alle akzeptierten, nur der standhafte Dean of Manrupt nicht. Für ihn war es eine Erlösung, als sie, die nördliche Küste Kretas kreuzend, bei Heraklion mitten in das englische Geschwader gerieten, das erst nach ihnen Marseille verlassen hatte.

Es wurde angeführt von William of Salisbury, der ein Enkel des Plantagenet und der schönen Rosamunde war.

Die Engländer waren über Sizilien gereist, wo der Kaiser sie herzlich willkommen geheißen und mit allerlei Proviant und kostbaren Geschenken versehen hatte.

Bei ihnen befand sich auch Herr Oliver von Termes, der dem Grafen von Sarrebruck die erfreuliche Mitteilung machen konnte, daß sein Vetter, der Graf von Joinville, Palermo an Bord eines byzantinischen Kauffahrteiseglers verlassen habe.

Froh war darob nur Dean of Manrupt.

Angel von Káros hatte gleich versucht, sich wieder abzusetzen, er fürchtete auch wohl eine Denunzierung durch den alten Priester, aber es war William of Salisbury, selbst ein wilder Streiter und Säufer, der den Despotikos sogleich ins Herz und in seine Arme schloß und nicht wieder gehen ließ, als sei es eine ausgemachte Sache, daß Angel mit ihnen auf Kreuzfahrt ginge.

Gerade als alle Schiffe in Heraklion ihre Vorräte aufgebessert und vor allem frisches Wasser und reichlich Zitrusfrüchte an Bord genommen hatten – denn nach Kreta passiert ein Pilgerfahrer für etliche Tagesreisen kein festes Eiland mehr, um sich zu erfrischen oder gar sein Leben zu erhalten –, traf auch einer der Brüder des französischen Königs ein.

Robert d'Artois hatte versucht, seine Freunde im Lateinischen Kaiserreich für den Kreuzzug zu gewinnen, aber Guido, Großherr von Athen, aus der burgundischen Abenteurersippe de la Roche, und der Herzog von Naxos, der sich »Herr des Archipelagos« nannte, lagen in Fehde, beschuldigten sich gegenseitig der Piraterie und waren keineswegs gewillt, das Kreuz zu nehmen und Seite an Seite in den Krieg gegen die Ungläubigen zu ziehen, versprachen aber nachzukommen, wenn sie – jeder fühlte sich im Recht – den anderen Frevler gezüchtigt oder, besser noch, gänzlich vernichtet hätten.

Robert fand keine Zeit, zwischen den Streithähnen zu schlichten, was er gern getan hätte, selbst mit dem Schwert in der Hand, denn er ließ ungern irgendeine Gelegenheit zur Fehde aus. So aber zwang er jeden der beiden, ihm drei Schiffe und eine Handvoll prächtiger Ritter zu überlassen, die er statt ihrer in seine Flotte einzureihen versprach.

Als ihm Angel von Káros vorgestellt wurde, umarmte er den Verblüfften aufs herzlichste, dankte ihm für sein promptes Erscheinen und wies seinen drei mitgebrachten Schiffen ihren Platz in der Flotte an und ihm selbst einen Platz an der Tafel zu seiner Seite.

Dem Grafen von Artois als Bruder des Königs wäre unstreitbar der Oberbefehl über alle zugefallen, aber er überließ ihn großmütig dem Grafen von Salisbury, schon um nicht von dieser Verantwortung, die nur öde Disziplin versprach, in die Pflicht genommen zu werden.

Er übernahm die Vorhut und fragte den Grafen von Sarrebruck, ob er voraussegeln wolle. Das nahm dieser hochgeehrt an, und das kleine Schiff mit dem großen Kreuz auf dem Segel stach als erstes in See, die jetzt bis Zypern keine sonderlichen Aventüren versprach – nur sich endlos dehnendes Meer.

DIARIUM DES JEAN DE JOINVILLE

5. September A.D. 1248

Ich fühle mich wie ein zum Tode Verurteilter, den seine Henker schreiben lassen bis zum letzten Atemzug. Wenn schon nicht meine Taten, so sollen doch wenigstens meine zu Papier gebrachten Gedanken Zeugnis ablegen, wenn ich nicht mehr bin. Niemand hindert mich.

Ich war wie betäubt aus der Capanna der Gräfin gestolpert. Hatte ich den Fehler begangen, zuviel Interesse an Roç und Yeza zu zeigen, und hatte sie dies in den falschen Hals bekommen? Meinen jedenfalls hatte ich noch keineswegs gerettet.

Die Dame war, was die Kinder anbelangte, argwöhnischer als eine Raubtiermutter, das machte sie so unberechenbar. Sie konnte mich doch nicht mit einem Stein um den Hals ins Meer stoßen?

Aber, wie sie selbst zugab, führte sie längst einen Kampf mit Geistern und Gespenstern – ich mußte sie auf den Boden der Tatsachen zurückholen, wenigstens auf die soliden Planken ihrer Triëre. Dazu sollte ich mich der schlitzohrigen Hilfe dieses Williams versichern. Der Franziskaner war zwar auch ein Verrückter, aber der Sinn für die Wirklichkeit war ihm noch nicht abhanden gekommen. Ich sah ihn vom Oberdeck aus mit dem einbeinigen Kapitän beisammenstehen.

»Ihr mögt den Herrn Sidi wohl schlecht leiden?« bot ich mein Gespräch an, als ich sah, mit welchem Mißmut Guiscard Öl auf die Kettenstränge und Zahnräder goß, die anscheinend den Mechanismus des Rammdorns auslösten, der mich höchstlich interessierte.

Der Capitano blickte erst verständnislos, dann mißtrauisch, dann lachte er schallend. »Tschidì-Tschidì ist kein Herr –«

»Eher ein gemeines Schwein«, warf William grinsend ein, doch diese Erläuterung verstärkte nur die grimme Heiterkeit des Amalfitaners.

»Hast du gehört, Firouz?« rief er seinen Bootsmann hinzu, »unser nobler Gast denkt wahrhaftig, wir hätten den El Cid unterm Arsch!«

Er mochte sich ausschütten vor Lachen. »Und wir erweisen ihm auf morisk die Ehre der Anrede *O Signore!*« Seine Stimme senkte sich zum verschwörerischen Flüstern: »*Ci-di-Ci-di* stehe für nichts anderes als für *Cazzo della Contessa del –*«

»*Diavolo!* Das weiß die Frau Gräfin aber nicht«, fügte Firouz erklärend hinzu, der zwar ein braver Mann, auf den glitschigen Planken des Wortspiels jedoch nicht zu Hause war. Er begriff auch nicht, daß das nun einsetzende Gegröhl der Umstehenden nicht seiner Feststellung, sondern seiner Tumbheit galt.

»Du kannst deine Madulain ja mal fragen«, höhnte einer der Moriskos, »ob sie den Sidi kennt?«

Ehe sich sein Bootsmann auf den Frechen stürzen konnte, streckte Guiscard sein Holzbein dazwischen. »An die Arbeit, *maledetti!*«

Er wußte, wie Firouz unter den Spötteleien der Mannschaft litt, war er doch der einzige, der seine Angetraute an Bord hatte und sie dennoch kaum zu Gesicht bekam, geschweige denn mit ihr allein sein konnte.

Die Gräfin duldete auf ihrem Schiff keinerlei Begegnung zwischen den Frauen ihres Hofstaats und der Mannschaft, und außer Guiscard durfte keiner das Heck betreten.

Ich stand immer noch bei den beiden und schaute wohl zu neugierig auf die Winden und Ketten.

»Wer zuviel fragt, dem wird der Mund gestopft. Wer zuviel sehen will, mag leicht erblinden.« Guiscards Stimme war recht unfreundlich, ja drohend geworden. »Es gibt hier nichts mehr zu gaffen!«

Mit einem ärgerlichen Ruck verschloß er die Planke in der Bordwand.

Ich verstand, oder ich glaubte zumindest zu verstehen, daß niemand hinter das Geheimnis des Sidi kommen sollte. Keiner sollte an den magischen Kräften zweifeln, mit denen die Zauberin ihre Triëre ausgerüstet hatte. Wahrscheinlich konnte sie ihr Schiff auch unsichtbar machen, pfeilschnell fliegen lassen, Wunder vollbringen wie der Heiland – oder der ketzerische Gral.

»*Sidi* ist die geheime Macht«, sagte William bedeutungsvoll.

»Ehrlich zum Einsatz gebracht und in Notwehr«, knurrte Guiscard, der den feinen Unterschied in der Betonung nicht mitbekam, und wandte sich zum Gehen. »Ein Bruder des heiligen Franz sollte solch hinterhältigen Stachel nicht auch noch lobpreisen. Christliche Seefahrt –«

»Mit christlicher Seefahrt ist Piraterie, wie wir sie betreiben, sowieso nicht zu vereinbaren.« William lächelte und faltete ergeben die Hände.

»Auch Freibeuterei sollte man menschlich ausüben«, fühlte ich mich bemüßigt, meine Meinung kundzutun, »auf daß unser Gewissen nicht unnötig belastet wird.« Aber keiner ging darauf ein.

»Das nächste Mal kann mich Frau Gräfin am Holzbein kratzen!«

»*Al Arrambaggio!*« rief William, denn sein Auge hatte das Segel am Horizont als erstes erspäht.

Guiscard dachte wohl, der Mönch wolle mit seinem Ausruf die von ihm bevorzugte Methode des Enterns bekräftigen, nickte einvernehmlich voller Grimm und wandte sich wieder seiner Arbeit zu.

»Blödsinn!« wies er noch den Franziskaner zurecht, der wie ich längst die morgenländische Takelage erkannt hatte, nur der Amalfitaner schaute immer noch nicht hin.

»*Nave in vista!*« schrie der Bootsjunge vom Ausguck.

Da kam auch Hamo angerannt, der Sohn der Gräfin. »Fertigmachen zum Rammstoß«, keuchte er, »lautet die Order der Frau Gräfin.«

Guiscard wußte, daß Hamo l'Estrange, der einzige Sproß der Gräfin von Otranto, fast nie mit seiner Mutter einig ging, und so leistete er dem Befehl Widerstand: »Erst schauen wir uns die Beute mal aus der Nähe an, und dann – nur dann, wenn es sich lohnt – werden wir längsseits gehen und entern.«

»Das soll ich der Al… der Gräfin von Otranto und Herrin dieser Triëre ausrichten?« freute sich Hamo über die Insubordination.

»Was brauchen wir schon wieder Plunder und Spezereien!« ereiferte sich Guiscard. »Sag der Herrin, was wir brauchen, ist Trinkwasser und frisches Brot, von Früchten und Gemüse ganz zu schweigen! Dafür bedarf es nicht, unschuldige Seelen in den Grund zu bohren oder den Haien zum Fraß vorzuwerfen.«

»So sollte ich mit Meuterern verfahren!« mischte sich scharf die Stimme der Gräfin ein. »Was hat mein Capitano mir zu sagen«, Laurence de Belgrave trat furchtlos zwischen die Männer, ihr hennarotes Haar nur mühsam von einem Turban gebändigt, »außer: *agli ordini, Contessa?*«

»Die Ketten des Sidi-Sidi sind durchgescheuert«, warf Hamo keck ein, und die vier *speronisti* nickten stumm.

»Wir riskieren den *sperone* zu verlieren«, fing Guiscard den Ball auf, »oder, was schlimmer wär, er hängt unten raus, wie ein, wie ein Schwanz – mit Verlaub gesagt, und hindert das Schiff –«

»Schlappschwänze!« höhnte die Gräfin und wandte sich zum Gehen. »Dann wird auch nicht geentert!«

Inzwischen war der fremde Segler schon nahe und hielt auf uns zu. Es war eine ägyptische Dau. Sie lag tief im Wasser.

»Ein Heidenschiff!« jubelte Hamo. »Ein ganzer Kahn voller Ungläubiger, laßt uns ein christlich Werk vollbringen und sie versenken!«

Doch niemand achtete auf sein Kriegsgeschrei. Die Dau war jetzt dicht genug herangekommen, und jeder konnte sehen, daß sie voll war mit Menschen, die ermattet an Deck lagen.

»*Ma', Ma'!* Wasser! Wasser!« schrien verzweifelte Stimmen, und Arme reckten sich hoch, zu anderem waren die meisten drüben an Bord nicht mehr fähig.

»Fort von hier!« befahl Guiscard nervös. »Dort herrschen Krankheit und Tod.«

Er war tatsächlich von einer plötzlichen Furcht befallen. Nichts fürchtete er mehr als Fleckfieber, Skorbut und die Ruhr.

Gerade als sich die Ruderer der Triëre in die Riemen legen wollten, erschien drüben ein alter Mann, der sich mühsam aufrecht hielt. Eine gewisse Würde ging von ihm aus.

»In Allahs Namen«, rief er, »laßt uns nicht verdursten, und rettet die Kinder!«

Die Gräfin und William wechselten einen Blick des Erstaunens. Was wußte der Alte von den Kindern?

Mit herrischer Gebärde hieß Laurence die Ruderer innehalten, und sie trieben wieder längsseits.

»Wir sind fromme Pilger«, rief der Weißbärtige, »und unser Leben ist in Allahs Hand, aber –« und er wies auf einen kleinen

Jungen und ein hübsches Mädchen von vielleicht siebzehn Jahren hinter sich, »die Kinder sind mir anvertraut, und sie dürfen nicht das Schicksal erleiden, das uns bestimmt ist. Nehmt sie an Bord! Ihr Herr wird es Euch danken!«

Dabei zeigte er auf den matt vom Mast wehenden Stander. Es war der des Hofes von Kairo, und darunter waren noch so viele turkomanische Wimpel, wie ganz Asia Minor an Emiraten aufzuweisen hatte.

»Zuviel der Ehre!« stöhnte Guiscard, aber die Gräfin entschied.

»Holt sie an Bord – und den alten Sufi dazu, wer weiß, zu was es gut ist!«

»Ma'! Ma'! Saufa nahlak 'atschan!« riefen die Stimmen. »Wir verdursten!« Mit sachter Bewegung legte die Triëre an, Bug voraus, als würde sie die Berührung scheuen. Guiscard ließ eine der Bugplanken herabsenken, und einige der Moriskos sprangen hinüber und geleiteten den Alten und die Kinder an Bord der Triëre.

»Ma'!« bettelten die Zurückgelassenen.

»Wasser haben wir selbst nicht!« murmelte die Gräfin. »Werft ihnen die Fässer mit dem griechischen Wein hinüber!« befahl sie. »Und dann nichts wie weg!«

WEIT VOR DER VORHUT der Kreuzfahrerflotte segelte mit Kurs gen Osten ihr wohl kleinstes Schiff, das des Grafen Johannes von Sarrebruck.

Bei ihm waren neun seiner Ritter, dem verschollenen Grafen von Joinville verblieben nach dem schmerzlichen Verlust des Gobert d'Aprémont deren acht – dazu sein alter Beichtvater Dean of Manrupt, ein Ire. Auch der Dominikaner Simon de Saint-Quentin befand sich weiterhin an Bord, den man für einen Legaten in pectore der Engelsburg halten konnte – jedenfalls führte er sich so auf.

Am vierten Tage erblickten sie die Triëre. Simon erkannte sie sofort.

»Die Äbtissin!« entfuhr es seinem Munde, was er sogleich bereute, denn nun löcherte ihn Johannes mit Fragen, als sei *er* der Inquisitor.

Es gab für den Dominikaner viele Gründe, sein spärliches Wissen zu verschweigen, denn er hatte sich bei der Begegnung mit der Gräfin und ihrem Schiff in Konstantinopel keinen Lorbeer erworben, hatte er doch durch sein übereifriges Verhalten die Flucht der Kinder erst ermöglicht.

»Eine altbekannte Korsarin«, gab er schließlich preis, »Laurence de Belgrave – sie steht unter besonderer Protektion des Kaisers.«

Dem Grafen von Sarrebruck war aber nicht entgangen, was sich vor aller Augen abspielte: Die Triëre der Gräfin war längsseits einer muselmanischen Dau gegangen, und Menschen wie Material wurden ausgetauscht.

»Eure Freundin scheint mir eher eine Spionin zu sein!« schimpfte Johannes. »Kollaboration mit dem Feind, das ist das letzte, was wir dulden dürfen!«

Er war drauf und dran, Alarm zu geben und Attacke zu segeln, doch Simon hielt ihn zurück.

»Wir sind grad zwanzig Arme«, warnte er, »die Triëre von Otranto ist ein Schlachtschiff mit über zweihundert Mannen, kampferprobt und berüchtigt für ihre Grausamkeit – laßt uns auf die anderen warten und beraten.«

»Gott ist mit den Gerechten«, murrte der Graf, gleichwohl nicht unfroh, zurückgehalten zu werden, »mit den Strafenden, die fest im wahren Glauben stehen!«

»Das hebt Euch für den Kreuzzug auf«, spottete der Dominikaner. »Ich stehe fest erst und allemal in meiner Vernunft. Der christliche Glaube allein gewinnt keine Seeschlacht gegen eine waffenstarrende schwimmende Festung.«

Er bemerkte nicht den Blick voller Verachtung, den ihm Dean of Manrupt zuwarf, der seit ihrem gemeinsamen Erlebnis auf der Insel eisern kein Wort mehr mit dem Dominikaner wechselte.

So warteten sie das Herankommen des Flagschiffs unter William of Salisbury ab, der den einzig richtigen Rat gab, alle sollten breit ausschwärmen und von beiden Flanken das Netz mit dem Doppelfang zusammenzurren. Das leuchtete auch Johannes ein.

Doch weniger erfreute ihn das Angebot, sein Schiff solle wieder vorauseilen, damit der Feind sich nicht davonmache, sondern es als gefällige Beute ansähe. Also Maus für die Katz spielen!

Das behagte auch Simon nicht sonderlich, weil man ja nie weiß, was die Katze tut. Doch nachdem Johannes erst den Löwen herausgekehrt, konnte er jetzt schlecht den Schwanz einziehen, und mit tapferer Miene winkten die Rittersleut von Sarrebruck den anderen Schiffen zu, in der Hoffnung, diese würden ihnen gar schnellstens folgen.

Das kleine Schiff mit dem großen Kreuz näherte sich vorsichtig der Triëre, doch man mußte es wohl schon gesichtet haben, denn der »kühne« Graf Johannes und die Seinen sahen befriedigt, wie die Triëre sich abrupt von der Dau losmachte und im Begriff war davonzurudern.

»Feige Bande!«

Die Segel hatte das schwerfällig anmutende Schiff noch nicht gesetzt, doch dafür stieg jetzt das Banner der Gräfin von Otranto hoch am Mast, schlagartig beschrieb die Triëre in einem waghalsigen Manöver einen Kreis von unvorstellbar knappem Radius und hielt genau auf das Schifflein zu.

Dem Grafen Johannes wollte das Herz stehenbleiben, als die Triëre ihre untere, dann auch die zweite Ruderreihe einzog, und ebenso plötzlich, wie sie sich in Bewegung gesetzt hatte, lag sie jetzt fast unbeweglich auf dem Meer, lauernd wie ein tückischer Rochen, die gleißenden Stacheln der dritten und obersten Ruderbank trotzig in die Höhe gereckt.

»Die Furcht vor der gerechten Strafe hat sie befallen!« kehrte Johannes den Tapferen heraus, Simon warf einen Blick zurück und sah das weite Rund des Horizonts hinter ihnen, Segel an Segel angefüllt mit den Schiffen der Kreuzfahrerflotte.

Der Halbkreis begann sich zu schließen. Das gab Johannes den Mut, seinen Weg fortzusetzen.

Die Dau, die unentschlossen in der See gedümpelt hatte, gab

jetzt hastig Fersengeld, und Johannes bemerkte mit Genugtuung, wie sich aus der englischen Flanke mehrere schnelle Langschiffe lösten und die Jagd auf die Flüchtenden aufnahmen. Die Triëre der Gräfin hingegen machte keine Anstalten, Reißaus zu nehmen.

»Vielleicht eine Falle?« gab Simon dem Grafen zu bedenken, der kriegerisch seinen Rittern ein Beispiel zu geben gewillt war.

Er klappte schon jetzt das Visier herunter und zog sein Schwert.

»Sie lassen uns an Bord und nehmen uns als Geiseln!« warnte der Dominikaner wieder.

»Ich sehe«, Johannes schnarrte kampfesmutig, »weit und breit keinen Ritter, der uns widerstehen möchte, nur lumpiges Matrosenpack, angeführt von einem Kerl mit Holzbein und sonst nur Frauen, die sich putzen, als ginge es zum Empfang – den wollen wir ihnen bereiten!« rief er grimmig.

»Und die gut drei Dutzend Sensenruder seht Ihr nicht, großer Alexander?« spottete Simon. »Klappt Euer Visier wieder hoch, und reibt Euch die Augen! Ein Streich von diesen Klingen, und Ihr geht ohne Beine an Bord!«

Das wirkte, und der Dominikaner riß das Sagen an sich.

»Steckt Euer Schwert in die Scheide und benehmt Euch wie ein Edelmann, der auf dem Schiff einer Dame von Rang empfangen zu werden wünscht!«

»Elende Piratin und Verräterin zugleich!« blaffte Johannes zurück, tat aber wie geheißen.

»Ist sie das, die rote Hexe?« stieß er knurrend hervor wie ein Hund, der befürchtet, um seinen Knochen gebracht zu werden.

Die Gräfin von Otranto war jetzt aus ihrer Capanna getreten und schaute erwartungsvoll zu dem kleinen Schiff herüber.

»Ja, das ist sie, Laurence de Belgrave, verwitwete Gräfin von Otranto, auch genannt die Äbtissin!«

5. September A.D. 1248

»Viele Hunde sind des Ebers Verderben«, sagte Laurence leise zu William, aber laut genug, daß es auch Hamo hören konnte, der offensichtlich mit der Entscheidung seiner Mutter nicht einverstanden war und bockig zu Boden starrte.

»Wir hätten durchbrechen können, wir hätten sie zur Seite gefegt wie der Sturmwind das Laub im Herbst!«

»Sicher«, wies sie ihren Sohn zurecht, »zwei, drei, vier Schiffe hätten wir in Grund und Boden gerammt«, sie ließ ihren Blick nicht ab von den fremden Schiffen, deren erstes sich jetzt näherte, »aber es sind fünfzig, sechzig, vielleicht noch mehr –«

»Und«, fügte der hinzugetretene Guiscard hinzu, »darunter sind fast die Hälfte Engländer, wie ich sehe, schnelle Segler, schneller als wir, verdammt brave Seeleute –«

»In ihren Adern rollt Wikingerblut«, fühlte sich William bemüßigt einzuwerfen, doch Guiscard fuhr ihm grob übers Maul.

»Davon haben wir Amalfitaner auch! Von unseren Lancelotti ganz zu schweigen.« Den Capitano wurmte die Situation. »Doch sie verfügen über weitreichende Radspannbögen und können uns genüßlich aus sicherer Entfernung zusammenschießen. Viele Spieße sind auch der Tod des besten Keilers!« fügte er hinzu und zeigte auf die Stelle, wo ein Pulk der Normannenschiffe die Dau eingekreist hatte.

Als er sich auflöste, war von dem muslimischen Pilgerschiff nichts mehr zu sehen. Ein paar dunkle Punkte trieben im Wasser, wahrscheinlich die Weinfässer.

Das kleine Schiff, das sich am weitesten vorgewagt hatte, zeigte jetzt Flagge. Ich dachte, ich seh' nicht recht: Neben dem Banner meines Vetters Johannes von Sarrebruck flatterten jetzt auch die Farben von Joinville im Wind. Mein Schiff! Ich sagte nichts.

Laurence ging wohl davon aus, daß weder die herankommende Flotte, noch die kecke Vorhut meines Vetters bemerkt hatte, daß sie den Sufi und die zwei Kinder an Bord genommen hatte.

Sie hatte sie sofort, angesichts der möglichen Inkonvenienz,

52

unter Deck geschickt, während Clarion und die Zofen »ihre« Kinder, also Roç und Yeza, in der Capanna festhielten.

»Und du, Hamo«, wies sie jetzt ihren Sohn an, »du begibst dich nun ebenfalls in die Hütte.«

Er wollte aufmucken, aber Guiscards Blick ließ ihn wissen, daß er diesmal keine Unterstützung fand.

»Ich kann jetzt keine Helden brauchen«, murmelte die Gräfin, als er sich wie ein gemaßregelter junger Hund davonschlich.

Dann wandte sie sich an mich. »Wie es die Fügung will, ist es Euer Schiff, das uns jetzt erobert, wenn ich mich in der Heraldik nicht täusche. Ich will Euch nicht als Geisel, lieber Cousin, Ihr seid ein freier Mann!« sagte sie und lächelte. »Geht hin und übernehmt das Kommando.«

Ich war unschlüssig und eher geneigt, meinen aufgeplusterten Vetter Johannes hier auf der Triëre abzuwarten, wo er ja gleich eintreffen mußte, so wie er sich vorgedrängelt hatte.

Laurence de Belgrave beschloß, die Ankömmlinge auf dem Heck zu empfangen, zumal jetzt die Triëre schon von vielen kleinen Schiffen umringt war, wie ein totes Insekt von Ameisen.

Tot war sie indes noch lange nicht, und wenn es hart auf hart gehen sollte, dann würden es viele von denen, die jetzt, ohne zu fragen, an Deck kletterten, mit dem Leben bezahlen müssen.

Sie schaute auf die kerzengerade Reihe der Lancelotti vor ihr. Sie saßen ungerührt, aber ihre Fäuste umklammerten die Sensenruder so fest, daß die scharfen Blätter zitterten.

Das beruhigte die Gräfin, und sie schickte Guiscard hinab, dem ich mich anschloß, die Anführer des Vorauskommandos zu begrüßen und zu ihr zu geleiten.

»Richtet dem Grafen von Sarrebruck aus«, sagte sie mit fester Stimme, »ob es an der Saar üblich geworden sei, einer Dame mit soviel schlecht erzogenem Fußvolk und sowenig Rittern die Aufwartung zu machen, während mindestens« – ihr Blick schweifte über die Flotte, die englischen Langboote hielten sich in strategisch klugem Abstand – »zwei Dutzend Katapulte und das Zehnfache an gespannten Armbrüsten auf sie gerichtet sind?«

Guiscard zeigte mit keiner Geste, ob er gewillt war, die Order ernst zu nehmen, da ich ja an seiner Seite ging und sie gehört haben mußte. Ich nickte ihm aufmunternd zu, schien er mir doch bedrückt.

Der Amalfitaner spürte die fragenden Blicke seiner Moriskos auf sich gerichtet, die sich zu Füßen der Lancelotti verschanzt hatten und mehr verärgert als beunruhigt das Eindringen des fremden Volkes über die Reling verfolgten. Doch von ihrem Capitano kam kein Wink, kein Wort.

William war neben der Gräfin stehengeblieben. Auch ihm schien nicht wohl zumute.

Mein Vetter Johannes war bereits an Deck gesprungen, und seine Ritter warfen sich sofort auf Guiscard, der sich widerstandslos fesseln ließ und mürrisch schwieg.

Erst dann gewahrte der Herr Vetter meine Anwesenheit. Ihm klappte das Maul auf, und er bekam es gar nicht mehr zu.

Er starrte mich an wie ein Schaftsbock, der Visionen hat.

»Willkommen an Bord!« sagte ich endlich.

Meine Ritter – mir entging im Gedränge, daß mein liebster Cousin Gobert d'Aprémont nicht darunter war – fielen mir stürmisch um den Hals.

»Steckt Ihr mit der Hexe unter einer Decke?« fuhr mich mein Vetter Johannes zur Begrüßung an.

»Ihr habt mich befreit von bösem Zauber«, verwirrte ich ihn, »doch hütet Euch, der Gräfin mit Waffengewalt zu begegnen. Ihr möchtet stolpern, und Eure eigene Klinge dringt Euch ins Herz!«

»Davor bin ich gefeit!« schrie er, um sich Mut zu machen, schlug aber schnell ein Kreuz. »Folgt mir!«

Meine Ritter rührten sich nicht, seine zögerten.

»Feiglinge!« schrie er. »Verräter!« und machte Anstalten, allein mit blanker Klinge über das Deck zum Heck zu stürmen.

»Champagne!« brüllte ich und riß ihn ärgerlich zurück. »Ihr hört auf mein Kommando!«

Ich setzte mich an die Spitze von inzwischen gut zwanzig französischen Rittern, die sich nun durch ihre eigenen Mannschaften drängen mußten, die immer zahlreicher die Planken unterhalb der obersten Ruderreihe bevölkerten, es aber nicht wagten, sich mit den Lancelotti und Moriskos anzulegen.

Der Graf von Sarrebruck vermeinte über genügend Autorität zu verfügen und schrie den Amalfitaner an, den er gefesselt mit sich führte: »Sag deinen Sensenmännern und dem anderen Lumpenpack, sie sollen ihre Waffen niederlegen!«

Der Einbeinige tat, als ob er nicht gehört habe, und die da oben taten es ihm gleich. Sie ließen nur scheppernd ihre funkelnden Blätter aneinanderschlagen, ein Geräusch, das mir durch Mark und Bein ging.

»Ich lasse sie alle köpfen!« fauchte Johannes mir zu, aber ich drängte weiter vorwärts.

Es war sowieso ein Aberwitz: Nicht die Gräfin war in unserer Hand, sondern wir in ihrer. Ein Wink, und die Sensen würden herabsausen, die Enterbeile auf uns einhacken, Bolzen – auf die kurze Distanz! – unsere Rüstung durchbohren wie die Schusterahle ein zu straff gespanntes Trommelfell. Natürlich würde unsere vereinigte Armada schlußendlich den Sieg davontragen, aber Joinville würde ich nie wiedersehen noch Johannes sein Sarrebruck.

Jetzt war mir klar, warum der englische Oberbefehlshaber meinem Herrn Vetter mit leichter Hand die Ehre des Vortritts gelassen hatte.

Es war wie ein Spießrutenlaufen. Endlich lichtete sich das Gedrängel, und wir gelangten zu den Treppenstufen, die zum erhöhten Heck führten.

»Um der heiligen Jungfrau willen«, zischte ich meinem Vetter zu, »laßt *mich* jetzt sprechen!«

»Mäßigt Eure Furcht«, gab er mir zur Antwort, »dann will ich meine Wut zähmen«, und wir schritten die Stufen hinauf.

»Jean de Joinville«, empfing mich Laurence de Belgrave, als ob sie mich zum ersten Mal sähe –, »was verschafft mir soviel Aufmerksamkeit, von Ehre will ich nicht sprechen!«

Um meinen Vetter zu zügeln, antwortete ich schnell mit leich-

ter Verbeugung: »Dies ist mein Cousin Johannes, Graf von Sarrebruck und Aprémont.«

Der konnte jetzt auch nicht anders, als ein höfisches Verneigen
anzudeuten, doch sogleich ging ihn die Gräfin an.

»Und was hat Euch mein Capitano angetan, daß Ihr ihn gefesselt vor mich bringt?«

Schnell antwortete ich: »Er hat uns ungebührlich, ja frech begrüßt, nicht wie es Herren von Stand zukommt. Ihr möget ihn
strafen.«

»Reicht mir Euer Schwert«, wandte sie sich an meinen Vetter
Johannes.

Der war so verdutzt, daß er tat, wie ihm geheißen. Mit raschem
Schnitt trennte sie seinem Gefangenen die Fesseln durch. Guiscard kriegte auch jetzt nicht die Zähne auseinander.

Da sagte mein Vetter Johannes mit liebenswürdiger Stimme:
»Nun, werte Base, mögt auch Ihr Euren Lanzenträgern gestatten,
ihre furchterregenden Waffen niederzulegen, und Ihr selbst wollt
uns bitte auf das Schiff unseres Oberbefehlshabers begleiten, dem
Herren William of Salisbury, aus königlicher Familie derer von Engelland, wo Euch auch der Bruder des Königs von Frankreich erwartet.«

Ich war sprachlos ob dieses Einfalls, fand ihn aber nicht übel.
Doch das nur kurz.

»Mein lieber Vetter von Joinville, den Ihr ja kennt«, fuhr Johannes salbungsvoll fort, »wird Euch gern des freien Geleits versichern.« Er machte eine Pause, weil ich meinen aufsteigenden Unmut nicht zu verbergen mochte. »Ja, er wird sogar höchstselbst
hier als Unterpfand bis zu Eurer Rückkehr verbleiben.«

Ehe ich protestieren konnte, mischte sich William von Roebruk
ein, der in meinen Augen alle Raison hatte, sich zurückzuhalten.

»Ihr solltet, werte Freundin, die schützenden Planken Eures
Schiffes nicht ohne Not verlassen.«

Und jetzt erlaubte sich auch der Einbeinige ungefragt seine
Meinung kundzutun: »Wenn die hohen Herrschaften Euch zu sehen begehren« – ich sah die Zornesadern meines Vetters Johannes

schwellen –, »dann laßt uns zu ihnen fahren – an Deck unserer eigenen stolzen Triëre!«

Doch mit einer brüsken Handbewegung wischte Laurence alle Bedenken beiseite: »Ich brauche keine Ratschläge noch Einladungen, wenn ich Könige sehen will.« Sie schaute trotzend und etwas von oben herab – sie war gut einen Kopf größer als mein etwas kleinwüchsiger Vetter – dem Grafen von Sarrebruck ins Auge, doch der mochte nicht des schon fast errungenen Sieges entsagen.

»Wollt Ihr mir nun folgen?!« schnaubte er.

»Zeigt Ihr, Herr Johannes zufürderst, daß Ihr Herr über Eure eigene Soldateska seid, und schafft mir das Gesindel von Bord –«

»Sobald Ihr die Waffen niedergelegt –«

»Solange ich lebe, wird solches auf meinem Schiff nicht geschehen.« Die Gräfin lachte. »Aber da Ihr dem Umstand soviel Wert beimeßt, will ich Euch von der Bedrohung lösen. Ihr könnt mein Schiff unbehelligt verlassen – und mein Kommen ankündigen. Ich werde Euch folgen – aus freiem Willen!«

Johannes schluckte, doch er fügte sich, sogar mit galanter Geste, schon um sich einen guten Abgang zu verschaffen.

Wie ich seinen tückischen Charakter kannte, war für ihn das letzte Wort noch nicht gesprochen. Ein letztes Widerwort jedoch mochte er sich nicht verkneifen.

»Euren Beichtvater da und Euren Kapitän solltet Ihr mitbringen. Ihr mögt mit Königen sprechen wie mit Euresgleichen, aber Minoriten und Matrosen soll die *disciplina nulla manifesta* nicht durchgehen! Sie sind verhaftet!«

»Ich bin es gewohnt, mir meine Begleitung selbst auszusuchen. William von Roebruk hat schon als Emissär des Heiligen Vaters dem Großkhan aller Mongolen ins Antlitz geschaut, und Guiscard von Amalfi ist ein freier Mann –«

»*Agli ordini, Comtessa!*« schnitt ihr der Amalfitaner sichtlich bewegt die Eloge ab. »Wohin Ihr auch geht, ich werde Euch geleiten, und ginge es in die Hölle!«

Mein Vetter Johannes hatte sich brüsk abgekehrt und bahnte sich mit allen Rittern, seinen und meinen, den Weg zurück.

Ich sah, wie unsere Männer alsgleich die Triëre räumten, noch hastiger, als sie gekommen waren, kletterten sie über die Reling und sprangen auf die Schiffe, wohl heilfroh, der Reichweite der unheimlichen Sensenmänner entkommen zu sein.

Der Herr von Sarrebruck und Aprémont hatte es nicht für nötig befunden, sich von mir zu verabschieden.

»Ihr seid frei zu gehen, Jean de Joinville«, sagte mir freundlich die berüchtigte Herrin der Triëre. »Ich habe kein Unterpfand verlangt.« Sie lächelte mich an.

Welch merkwürdige, auf ihre Weise großartige Person! Laurence mochte wohl nur mit Hilfe von Henna die grauen Strähnen verbergen, aber sie strahlte immer noch die Faszination aus, die sie berühmt gemacht hatte.

Als junge Frau hatte sie vor langen Jahren im Herzen Roms, im Schatten der Engelsburg, ein Nonnenkloster gegründet, dessen heimliche Aufgabe darin bestand, Ketzerinnen schützend aufzunehmen. Als sie von der Inquisition entdeckt wurden, floh sie mit ihren Frauen aufs Meer, übertölpelte ein Korsarenschiff und übernahm selbst das Kommando. Fortan machte sie als Piratin die Meere unsicher, bis sie eines Tages dem Großadmiral des Staufers in die Hände fiel, der ihr jedoch, statt sie aufzuknüpfen, die Hand zur Ehe reichte. So wurde sie Gräfin von Otranto, doch ihr berüchtigter Beiname blieb an ihr hängen: »Die Äbtissin!« Diese Frau lächelte mich an.

»Und was würdet Ihr mir auch nützen, den sein leiblicher Cousin schon bar jeden Skrupels zu opfern bereit ist.«

Ich schwieg beschämt, sie war sich also der Gefahr bewußt – und sie ging trotzdem! »Ich will hierbleiben und für mein Wort einstehen«, entgegnete ich.

»So seid ums andere Mal mein Gast«, sagte sie leichthin und wandte sich an ihre Zofen, die sich jetzt – als alle fremden Okkupanten das Deck verlassen hatten – zögernd aus der massiven Blockhütte wagten.

Da sprangen plötzlich laut schreiend – »Wir legen die Waffen nicht nieder!« – die Kinder heraus, Roç Pfeil und Bogen schwenkend, Yeza mit ihrem Dolch herumfuchtelnd. Sie klammerten sich an William.

»Wenn William uns verläßt«, sagte Roç fest, »dann gehen wir mit in Gefangenschaft!«

»Wir sind verhaftet!« imitierte die blonde Yeza den Tonfall meines Vetters Johannes. »Wir sind alle verhaftet, und darum gehen wir alle zusammen!«

Die Idee gefiel den Kindern zunehmend. Die Gräfin lächelte. »Das geht nicht.« Sie strich dem Jungen übers Haar, eine zärtliche Geste, die ich nie von ihr erwartet hätte. »Ein Besuch bei königlichen Hoheiten ist nichts für Kinder.«

Das hätte sie nicht sagen sollen, denn nun geriet das Geschrei zum Geheul.

»Wir sind auch Könige!« protestierte Roç und entwand sich der Gräfin.

»Wir geben Euch die Ehre, von uns begleitet zu sein«, erklärte Yeza, und ich sah wohl eher ein als die gute Laurence, die berüchtigte Äbtissin, Schrecken der Ägäis, daß hier ihre Macht ein Ende hatte.

So ließ sie Hamo herbeirufen.

»Der Seneschall ist Gast dieses Schiffes, das ich während meiner Abwesenheit deinem Kommando unterstelle«, sie sagte dies nicht ohne mütterlichen Stolz, »während Clarion an meiner und der Kinder Seite sein wird.«

Und so verließen sie die Triëre. Ich sah William von Roebruk beten, er hatte auch allen Grund.

Als der einbeinige Kapitän als letzter von Bord ging, schlugen die Sensen gewaltig aneinander.

KAUM HATTEN DIE kräftigen Arme der Moriskos der Gräfin und den Kindern von Bord der Triëre an Deck des französischen Schiffes geholfen, ließ der Graf von Sarrebruck ablegen.

»Sein« kleines Schiff, wenn es auch zwei Masten aufwies, bot nicht den Komfort, den die Gräfin gewohnt war, wofür er sich entschuldigte, allerdings mit einem Unterton, der Laurence mißfiel. Sie war auf jede Torheit ihres Gastgebers oder Kerkermeisters, wie er sich am liebsten gesehen hätte, gefaßt, nicht aber darauf, daß Johannes sogleich nach Stricken schrie.

Sie stand, umringt von ihren Begleitern, aufrecht am Bug des Schiffes, und es war wohl weniger der Umstand, daß er keine fand, daß ihr diese Schmach erspart blieb, als die Tatsache, daß sich andere Schiffe voller Ritter dicht herandrängten und den Grafen auslachten, der eine wehrlose Frau in Fesseln legen wollte.

So bahnte sich eine ganze Flotille den Weg zum Flagschiff des Oberkommandierenden William of Salisbury.

Der Segler des Engländers war eine stattliche Dreimastbark, größer als alle anderen Schiffe. Sie war auch nicht so roh und plump, sondern von normannischer Schiffsbaukunst – bei aller Mächtigkeit –, lang und schlank gehalten. Wenn sie alle Segel gesetzt hatte, mußte ihr Anblick das Herz eines jeden Seefahrers höher schlagen lassen, so jedenfalls empfand es Guiscard, als sie sich dem hohen Bug näherten.

Die gut zweihundert Matrosen hockten auf den Rahen und in der Takelage, neugierig auf den sich ankündigenden Besuch.

Ein Fallreep wurde heruntergelassen, und hilfreiche Hände hievten die Gräfin, Clarion und die Kinder, William und Guiscard an Bord, gefolgt von Herrn Johannes und einigen seiner Ritter.

William of Salisbury tafelte an Deck.

Es war ein langer Tisch, bedeckt mit feinem Linnen und kostbarem Geschirr, und seine Stewarts hatten reichlich aufgetragen, was die Köche zubereitet hatten. Die Mundschenke eilten eifrig, den edlen Herren die Pokale nachzufüllen.

Herr William saß erhöht, die Plätze zu seiner Rechten und Linken waren freigehalten. Er erwartete den Besuch des Grafen von Artois, Bruder des Königs von Frankreich, und war keineswegs vorbereitet auf die Visite einer so ominösen Dame wie Laurence de Belgrave – mochte er nun in ihr die berüchtigte Äbtissin sehen oder die resolute Gräfin von Otranto.

60

Und weil er schon gut gebechert hatte, rief er mit gewaltiger Stimme: »Willkommen, edle Frau, nehmt Platz an meiner Seite!« Laurence, der die bärbeißige Art des Kriegsmannes sogleich zuwider war, die es sich aber nicht mit ihm verderben wollte, rief zurück: »Seid bedankt, Salisbury – hätt' ich gewußt, daß Ihr mich zur Tafel bittet, ich wär' nicht mit leeren Händen gekommen. Vom besten Wein Apuliens hätt' ich Euch kredenzt!«

Und sie machte einen Schritt vorwärts, um die Einladung anzunehmen. Da zerrte sie grob der Graf von Sarrebruck zurück, der an ihr vorbei vorstürmte.

»Diese Frauensperson ist nicht wert, Herr William, an Eurer Tafel zu sitzen!« Er sorgte dafür, daß seine Ritter sie abdrängten. »Sie ist eine Piratin und Kundschafterin des Sultans dazu. Wir haben sie gefangen, damit Ihr über sie zu Gericht sitzt.«

William of Salisbury, dessen Manieren ihn nicht einmal hatten sich erheben lassen, um Laurence zu begrüßen, war nicht gewillt, sich die Tafelfreuden verderben zu lassen, er eröffnete also das Tribunal mit einem kräftigen Schluck aus seinem Pokal und wandte sich an Laurence.

»Schwere Beschuldigungen, die da der Graf von ...«, er wandte sich flugs an seinen hinter ihm stehenden Beichtvater, der ihm den Namen flüsternd eingab, »... von Sarrebruck und Aprémont gegen Euch vorbringt. Auf beides steht die höchste Strafe, die allerhöchste!«

Er lenkte seinen Blick hinauf in die Rahen, von wo aus seine Mannen ihm zujubelten.

Laurence, die immer noch stand, ergriff einen Pokal von der Tafel, prostete dem Salisbury leichthin zu und leerte das Gefäß mit einem Zug, was ihr Beifall einbrachte.

»Und es ist beides sowenig die Wahrheit«, rief sie, »wie mir freies Geleit zugesichert wurde, nicht aber diese unwürdige Behandlung!«

»Sie lügt!« schrillte die Stimme des Johannes. »Ich habe sie in Haft genommen aufgrund der Anzeige meines Vetters Jean Graf von Joinville und Seneschall der Champagne!«

»Und wo ist der?« fragte William of Salisbury.

Er genoß das Dinner-Spektakel wie den Auftritt von witzigen Gauklern, die er auf dieser Kreuzfahrt missen mußte, ebenso wie heißblütige Marketenderinnen und vor allem bislang die Ausübung des geliebten Kriegshandwerks. Jede Kurzweil, die nur ein wenig von diesen vergnüglichen Zutaten versprach, war hochwillkommen.

»Der Seneschall hält das Schiff dieser Piratin besetzt und erwartet von Euch, daß Ihr Recht sprecht und ebenso danach handelt!« Johannes besann sich, daß er vielleicht den Salisbury bei Tisch gestört: »Sobald Ihr die Tafel aufgehoben«, setzte er rasch hinzu.

»Wenn es Euch nicht inkonveniert, daß ich dabei weiter esse und trinke«, wandte sich der Engländer mit ruppiger Leutseligkeit an Laurence. »Was ist denn nun die Wahrheit? Man hat Euch längsseits eines muselmanischen Schiffes aufgegriffen – wolltet Ihr es entern, oder habt Ihr heimlich Botschaft mit dem Feind ausgetauscht? Auf beides steht der Strick – Ihr könnt wählen.«

Laurence, der ein Servant unaufgefordert nachgeschenkt hatte, hielt den Pokal so, daß man erwarten konnte, sie erhöbe einen Toast auf ihren Richter.

»Wie Ihr Euch selbst überzeugen konntet, Salisbury«, sagte sie, »bevor Ihr die Dau auf den Grund des Meeres schicktet, handelte es sich um arme Pilgersleut, von Krankheit gezeichnet, kurz vorm Verdursten –«

»Und was tatet Ihr?« höhnte der Graf von Sarrebruck.

»Ich gab ihnen von unserem Wein, soviel ich entbehren konnte«, erklärte Laurence, »so wie ich jetzt Euch zu trinken gebe.«

Mit einer raschen Bewegung schleuderte sie den Inhalt des Pokals ihrem Ankläger ins Gesicht, daß er zurücktaumelte.

»Haltet mich fest«, schrie er, »daß ich die Hexe nicht ...«

Er riß sein Schwert heraus, doch auf einen Wink des Salisbury stießen ihn die Stewarts zurück.

Der mächtige Kriegsmann sprach fast scherzend, wie es wohl an seiner Tafel üblich war: »Das ist Kollaboration mit dem Feind.

Dafür müßt Ihr mit Eurem sündigen Leben büßen.« Sein Blick fiel auf William und Guiscard, dann wandte er sich wieder Laurence zu, die jedoch nicht aus der Fassung zu bringen war.

»Auf meinem Schiff gilt englisches Seerecht. Man wird Euch hängen, alle drei.«

Doch als sich seine Matrosen der Gruppe nähern wollten, riß sich plötzlich Yeza los, und ehe sich's jemand versah, hatte sie ihren Dolch gezogen und so flink gegen den Salisbury geschleudert, daß es ihm das Stück Fleisch, das er gerade zum Munde führen wollte, aus der Hand riß und vor ihm auf den Tisch nagelte.

»Du weißt nicht, wer wir sind«, rief sie, »und unter wessen Schutz wir stehen!«

»Ja«, fügte Roç laut hinzu. »Wenn du sie tötest«, er zeigte auf die erstaunte Laurence, die sich ungerührt von einem der Stewarts den Pokal wieder füllen ließ, »wird der Kaiser *dich* hängen, mit den Füßen nach oben –«

»Aber wenn du meinem William ein Haar krümmst«, Yeza stockte, weil sie sah, daß dem inzwischen schon die Hände auf den Rücken gebunden wurden, »dann bekommst du es mit uns zu tun.«

»Das gilt auch für Guiscard!« setzte Roç hinzu und legte einen Pfeil auf seinen Bogen.

Da lachte der Salisbury dröhnend, er schlug sich auf die Schenkel vor Vergnügen, während Guiscard Roç mit väterlicher Geste den Pfeil vom Bogen nahm, bevor auch er in Fesseln gelegt wurde.

»Das nenn' ich Mut!« rief der Salisbury seinen Tischgenossen zu. »Das muß belohnt werden!« Und er sagte zu Roç, auf die Gruppe zeigend, wo nur noch Laurence ohne Fesseln stand, weil niemand sich an sie herantraute, den beiden anderen wurde schon der Strick um den Hals gelegt: »Jeder von Euch beiden darf sich einen erwählen, dessen Leben er erhalten will.«

Roç warf nur einen flüchtigen Blick auf die Verurteilten. »Du vermagst keine Könige zu belohnen«, sagte er in die Stille hinein.

Der Salisbury rang um seine Fassung und hielt sich an Yeza, die jetzt angstvoll beobachtete, wie schon die Taue über die Rahen geworfen wurden.

»Nun, meine kleine Königin«, versuchte er drohend zu scherzen. »Wen willst du retten?«

»Guiscard!« sagte sie schnell, weil der zuvorderst stand.

»William!« rief Roç, nun auch verzweifelt. »Mein William!«

Der Salisbury senkte seine Stimme und sah auf die Gräfin, die – ob dieser Wahl der Kinder – nun erstmals Erschütterung zeigte.

»Nun, Laurence de Belgrave«, sagte er. »Mir scheint, Ihr müßt Eure letzte Reise allein antreten.«

Laurence antwortete nicht, sondern schritt auf Clarion zu, um sie ein letztes Mal zu umarmen. Da gab es Bewegung am Fallreep. »Der Prinz von Frankreich!« ertönten Stimmen. »Robert, Graf von Artois!« rief eine Stimme, ihn offiziell ankündigend.

Der junge Mann, ein kühner Kopf mit krausen Locken, trat, gefolgt von Jean de Joinville, schnellen Schrittes durch die sich teilende Menge und verbeugte sich lässig vor dem Salisbury.

»Gebt mir Pardon für meines spätes Kommen«, sagte er und nahm galant den Pokal aus der Hand von Laurence.

»Ich trinke auf William of Salisbury«, rief er, »und alle schönen Damen an Bord!«

Dann bot er der Gräfin seinen Arm, während Joinville sich bemüßigt fühlte, der verweinten Clarion die Honneurs zu machen.

»Laßt uns fröhlich sein«, mahnte Robert sie scherzend. »Kurz ist das Leben!«

Sie geleiteten die Dame hinauf zu den freien Plätzen rechts und links neben dem Engländer. Der stand auf und begrüßte sie alle wie längst und sehnlichst erwartete Gäste. »Musica!« rief er laut und lachte. »Spielleute, spielt auf!«

> »Levdi milde, soft and swoote,
> ich crie mercim ich am þi mon,
> to honde boþen and to foote
> on alle wise þat ich kon.«

11. September A.D. 1248

Schon um des blöden Gesichts meines Vetters willen hatte ich meine Meinung geändert und die Triëre verlassen, aber auch, weil ich Johannes nicht traute. Robert von Artois erschien mir die einzig richtige Person, im Falle von Laurence mit Autorität zu intervenieren. Ich hatte ihn gerade noch erreicht, als er sich gemächlich zum Salisbury begeben wollte. Es gelang mir geschickt, ihn nicht nur bei seiner chevaleresken Ehre zu packen, sondern ihn auch zu unziemlicher Eile anzutreiben. So war die Rettung von Laurence letztlich mein Verdienst gewesen.

Wir hatten uns nach dem Mahl erhoben, und der Prinz von Frankreich, der edle Herr Robert d'Artois, geleitete die beiden Damen, die Gräfin und Clarion von Salentin, zum Fallreep, damit sie wieder ihr eigenes Schiff besteigen konnten.

Ich kümmerte mich um die beiden Kinder und sorgte dafür, daß sie als erste die Strickleitern hinunterkletterten in die fangbereiten Hände der Moriskos, denn die Triëre war herbeigerufen worden, da der Graf von Artois den Wunsch geäußert hatte, das berühmt-berüchtigte Schlachtschiff der Gräfin zu besuchen.

Ich begab mich ebenfalls gern wieder an Bord der mir schon heimischen Triëre, denn die Vorstellung, den Rest der Reise mit meinem Vetter Johannes in der Enge der Nußschale zu verbringen, hatte für mich wenig Verlockendes.

Er hatte zwar die Hälfte der Charter von meinem Geld bezahlt, spielte sich aber als alleiniger Eigner auf, am liebsten auch noch als Kapitän, wie mir meine Ritter geklagt hatten, die er ebenfalls herumkommandierte.

Nur an Dean of Manrupt biß er sich die Zähne aus, was mich freute.

Alle waren jetzt auf dem Deck der Triëre angelangt, Frau Laurence als letzte.

Ihr Blick suchte sofort nach ihrem Capitano – und dann auch nach William. Beide waren nicht zu sehen.

»Wo steckt der Amalfitaner?« rief sie ärgerlich. »Und wo ist

William von Roebruk?«, noch ohne jeden Argwohn, doch dann antwortete ihr ein höhnisches Gelächter aus der Höhe des über uns aufragenden Hecks des Engländers, und William klatschte – von kräftigen Armen im Bogen geschwungen – nach einem Flug direkt neben der Triëre ins Meerwasser.

Ich hielt mich nicht damit auf, daß sie ihn splitternackt herabgeworfen hatten, zumal ihn die Moriskos sogleich über die Reling zerrten, denn jetzt gellte der Entsetzensschrei der Kinder: »Guiscard!«

Ich sah, wie hoch oben in den Rahen, wohin die Seeleute den Amalfitaner geschleppt hatten, sie ihm jetzt einen Stoß versetzten, daß er zu uns aufs Deck der Triëre herabstürzte.

Unwillkürlich rissen die Lancelotti ihre Sensenruder zur Seite, stemmten die Moriskos ihre Fäuste in die Höhe, um seinen Sturz aufzufangen, doch dann entdeckte ich das Tau um seinen Hals, und es folgte der furchtbare Moment, wo es sich, kurz vor dem Erreichen der ausgestreckten Hände, straffte, und Guiscard mit gebrochenem Genick über sie hinwegschwang.

Ein Wutgeschrei antwortete dem schallenden Lachen und den höhnischen Pfiffen von der Heckreling des Engländers, wo jetzt dieser riesige Schlächter Angel von Káros, den mir mein Vetter bei Tisch stolz als seinen neuen Freund vorgestellt hatte, den Strick mit seiner gewaltigen Streitaxt durchschlug – und neben ihm sah ich mit einem wohlfeilen Grinsen meinen Vetter Johannes stehen.

Es waren wohl die Griechen des Despotikos gewesen, die für diese Untat verantwortlich waren, wenn nicht er selbst.

Doch wie ich den Salisbury einschätzte, hatte der sich insgeheim vor Plaisir über die nachgereichte Ohrfeige ins Gesicht der Gräfin auf die Schenkel geschlagen, bevor er – um dem Anschein von Ordnung Genüge und dem Grafen von Artois Genugtuung zu leisten – ein halbes Dutzend der Griechen aufknüpfen ließ.

An Bord der Triëre – die Moriskos schrien nach Rache, die Lancelotti ließen minutenlang ihre Sensen scheppern in ohnmächtiger Wut – hatte die Gräfin mühsam und müde vor Schmerz die Lage in den Griff bekommen.

Als erstes waren die verstörten Kinder weggeführt worden.

66

Dann wurde der Leichnam des Amalfitaners ordentlich auf ein Langschild gebettet – es hatte ihm fast den Kopf abgerissen –, mit der Fahne von Otranto zugedeckt und verschnürt.

William sollte die *Exequien* halten.

Die Triëre hatte sich weit aufs Meer hinausbegeben, weit von den anderen Schiffen entfernt, keines wagte ihr zu folgen, nur das des Prinzen von Frankreich hielt sich in respektvollem Abstand.

Erst jetzt wurden die Kinder aus der Capanna geholt. Man konnte sehen, daß Roç geweint hatte, bei Yeza sah ich zum ersten Mal diese steile Zornesfalte auf der Stirn, und ihre sonst eher grauen Augen glommen in einem bedrohlichen Grün.

Doch beide sagten kein Wort. Sie küßten die Flagge und streichelten dem Toten über das bedeckte Haupt und traten dann zurück neben Hamo, die Gräfin und Clarion.

William trat vor, er war von heftigem Schluchzen geschüttelt, so daß ich schon bei mir dachte, es wäre besser, wir hätten meinen alten Dean of Manrupt zur Stelle, aber dann straffte sich der Franziskaner, klopfte als erstes mit seinem Kruzifix ans Holzbein des Toten und rief: »Sankt Peter, Schutzpatron aller, die zu Meere fahren, mach das Tor auf! Es kommt Guiscard, der Amalfitaner! Gott, der Herr, erwartet ihn. Er hat sich den Einlaß ins Paradies verdient, er hat dereinst die Flotte deines Stellvertreters ins Verderben gehetzt, er war es, der die *Immacolata* des Grauen Kardinals in den Grund bohrte, der das Castel Sant' Angelo in Angst und Schrecken versetzte, was ihm dies Holzbein einbrachte. Er hat immer wider den Stachel gelöckt und war doch der Treueste –«

William mußte unterbrechen, weil ihm die Stimme unter Tränen versagte.

Yeza trat zu ihm und nahm ihn an die Hand, Roç weinte, an die Flanke Madulains gepreßt.

»Es gibt viele große Namen und hohe Herren unter den Beschützern der Königlichen Kinder«, fuhr William fort, »aber ohne den aufopfernden Dienst von Männern wie dir, Guiscard, hätten die Feinde längst obsiegt.«

Der Mönch richtete sich auf und reckte die Faust mit dem Kruzifix in Richtung der Mörder und ließ sie dann wie einen Raubvogel herabstoßen.

»Du warst immer zur Stelle, Ihr habt es alle gehört –« richtete er jetzt das Wort an die verzweifelten Moriskos und die vor Schmerz wie versteinerten Lancelotti, die ihre Sensen aneinanderschlugen, daß es schepperte, »seine letzten Worte waren: ›Agli ordini, Contessa!‹.«

Danach brach William endgültig zusammen und mußte weggeführt werden.

Yeza war an ihrem Platz stehengeblieben und fügte mit fester Stimme hinzu: »Guiscard hatte die Liebe, und wir alle werden immer seiner liebend gedenken.«

Sie nestelte ihren heißgeliebten Dolch aus dem Kragen, um ihn dem Toten mit auf die letzte Reise zu geben. Da trat Robert d'Artois vor, zog sein kostbares Schwert aus der Scheide, legte brüderlich seinen Arm um sie und schob die Waffe der Länge nach unter die Verschnürung. »Er ist als Held gestorben, und als solcher fährt er nun zu Meer, das sein Himmel ist.«

Die Moriskos hoben jetzt den Schild auf die Reling, und Guiscard, der Amalfitaner, glitt auf ihm seinem kühlen Grab entgegen, doch versank er nicht sofort, sondern schwamm, von den Wellen getragen, hinaus aufs offene Meer.

»Es ist sein Holzbein«, hörte ich einen der Männer ergriffen flüstern, »das ihn nicht untergehen läßt!«

Schon war die Totenbarke mit der Fahne nur noch ein Tupfer in den Wellen, den wir bald aus den Augen verloren.

»Del gran golfe de mar
e dels enois dels portz
e del perillos far
soi, merce Dieu, estortz,
e pos a Dieu platz q'eu torn m'en
don parti ab pesanza
lo tornar e l'onranza
li grazisc, pos el mò cossen ...«

Wir reisten jetzt schon den dritten Tag auf der gastlichen Triëre der Gräfin von Otranto.

Wir, damit meine ich weniger meine Person als die des Prinzen aus königlichem Hause, des edlen Herrn Robert, der an Bord des Schiffes geblieben ist. Denn das war die Bedingung gewesen, als er die Gräfin aus der unangenehmen Lage befreite, die ihr mein Vetter Johannes beim Salisbury bereitet hatte, daß sie sich samt ihrem kampfstarken Schiff dem Kreuzzug anschlösse und uns nach Zypern begleite.

Dieser Lösung hatte Laurence de Belgrave willig zugestimmt und spontan ihren noblen Retter eingeladen, den Rest der Fahrt nicht als Wächter, sondern als Gast auf ihrem Schiff zu weilen, schon um uns allen zu zeigen, was Gastfreundschaft ist.

Daß auch ich sie weiterhin in Anspruch nahm, lag vor allem daran, daß ich nach den Vorkommnissen erst recht keine Lust mehr verspürte, mit meinem Herrn Vetter die gleichen Bootsplanken zu teilen.

Wir segelten im Verband der vereinigten Flotte, steuerbords und vor uns hatten wir die schnelleren Langboote der normannischen Engländer, und hinter uns folgten langsam die Nußschalen der französischen, die jedoch das Tempo bestimmten.

Firouz, der neue Kapitän, hatte uns Gästen aus Frankreich ein Zelt auf der Bugplattform aufschlagen lassen, wo sonst die Katapulte standen, und die Gräfin und ihre Frauen hatten es mit kostbaren Teppichen ausgelegt und mit feinen Stoffen versehen, so daß wir fürstlich lagerten.

Ich hatte meinen trefflichen Dean of Manrupt nachkommen lassen, während Graf Robert von einigen Knappen und seinem Dekan begleitet war.

Ich saß die meiste Zeit unter einem Sonnensegel, grad hinter der steil aufragenden Bugwand, und schrieb meine Eindrücke nieder, wobei mir immer bewußter wurde, daß ich es vorziehen würde, alles – auch meine intimsten Gedanken – zu notieren, als daß ich als Verfasser einer ehrenwerten Chronik mir zwar posthumen Ruhm erwürbe, aber immer von der Sorge geleitet, es allen recht zu machen.

Schon allein die unkeuschen Gedanken, die von meinem erhöhten Ausguck hinüber zum Heck der Frauen flogen, hätte ich meinem braven Dean niemals zu lesen geben können.

Clarion, die Ziehtochter der Gräfin, zog sicher die begehrlichsten Blicke der meisten Männer an Bord auf sich.

Sie war eine zur Üppigkeit neigende, überbordende Schönheit, die ihre Reize auch nicht zu verhüllen trachtete, sondern durch seidene Gewänder bald straff betonte, bald durch fließende Stoffe und Schleier zu sündigen Träumen anregte.

Aber die Gräfin bewachte sie wie ein Drachen und ließ niemanden in ihre Nähe. Nur ein einziges Mal hatte ich den Druck ihres Fleisches, den Duft ihrer Haut verspüren dürfen, als ich sie, die weinte vor Leid, am Arm nahm und zur Tafel des groben Scherzboldes Salisbury führte.

Doch auch unter den Zofen waren einige, die kein Mann von seinem Lager gewiesen hätte.

Robert d'Artois hatte mich auf eine besonders Ranke mit edlen Zügen aufmerksam gemacht, weil er ihren Namen gern gewußt hätte.

Es war Madulain, und ausgerechnet sie war die einzige der Damen, die verheiratet war, und zwar mit Firouz, dem wortkargen Gesellen, der vorher als Erster Bootsmann gedient hatte.

Jetzt, als neu ernannter Capitano, hatte er endlich das Recht, den Heckaufbau und die Capanna zu betreten und so seine Angetraute nicht nur aus der Ferne, und ob dieser unfreiwilligen Abstinenz von der Mannschaft hinter vorgehaltener Hand bespöttelt, zu sehen und zu sprechen.

Doch schien es mir, der ich oft unfreiwilliger Zeuge dieser Zusammentreffen wurde, daß sich die beiden Liebesleut fremd geworden waren.

Madulain drängte ihn anfangs oft in ihr Gemach, um endlich wieder den körperlichen Vollzug dieser Ehe einzufordern, doch Firouz genierte sich. Der Austausch von Zärtlichkeiten mußte jedesmal recht hastig vonstatten gegangen sein, man konnte es auch hören, denn die Capanna hatte dünne Holzwände, mit Teppichen und Stoffen nur dürftig bespannt.

Nach kürzester Zeit ehelicher Pflichterfüllung verließ der arme Kerl meist schnell und verlegen den Ort, er fürchtete wohl die Mißbilligung der Gräfin, der das verklemmte Geturtel, mehr und mehr gemischt mit Eifersuchtsszenen und Vorwürfen, jedoch völlig egal schien – solange es nicht auf Clarion abfärbte.

Ich war – auf Grund der mir gebotenen Zurückhaltung – nicht die Person, an der sich Liebesstreit entzündete, sondern natürlich der Prinz von Frankreich.

Allerdings muß ich Herrn Robert zugestehen, daß er sich alle Mühe gab, die schwierige Ehe des Kapitäns mit der schönen Madulain nicht zu brechen. Aber, wenn ich mir die Lieder bedenke, die er so vor sich hin auf den Stufen der Capanna zur Laute sang, dann spielte er auf seine Art doch mit dem Feuer:

>>*Ni dic qu'ieu mor per la gensor*
ni dic que-l bella-m fai languir,
ni non la prec ni non l'azor
ni la deman ni la dezir.
Ni no-l fas homenatge
ni no-l m'autrei ni-l me soi datz;
ni non soi sieus endomenjatz
ni a mon cor en gatge,
ni soi sos pres ni sos liatz,
anz dic qu'ieu li soi escapatz.<<

Ich konnte das Schiff gut überblicken. Die Lancelotti hatten inzwischen für mich ihren Schrecken verloren.

Es waren rauhe, prächtige Gesellen, und ich war nicht einmal erstaunt, von ihnen Namen zu hören, die ritterliches Geschlecht verrieten. Sie dienten ihre Zeit auf der Triëre ab, wie bei uns sich die jungen Burschen von Geblüt als Knappen verdingen, und sie bildeten an Bord eine feste Gemeinschaft.

Ganz anders waren die Moriskos. Sie hielten zwar auch zusammen wie Pech und Schwefel, aber neckten und rauften untereinander ständig, und das oft bis aufs Blut.

Der einzige, der mit beiden Gruppen klug umzugehen wußte, war Firouz, der Capitano von der traurigen Gestalt.

Und auch der Franziskanermönch William von Roebruk genoß das Wohlwollen aller. Viele suchten seinen Rat und Beistand, aber einen besonders frommen Eindruck machte er mir nicht.

Das bestätigte mir auch mein Dean of Manrupt, der sich ziemlich über die lockeren Redensarten von Bruder William entsetzte. Allerdings wußte Dean mir die Weltkenntnis und die Fähigkeiten des Minoriten in mannigfachen Sprachen wie auch im Entziffern von arabischen Schriften neidvoll zu loben.

Für die beiden so höchst besonderen Kinder, Yeza und Roç, war die Figur des jungen Grafen von Artois ein Quell höchsten Vergnügens.

Nun sah auch ich in dem edlen Herrn Robert den *Chevalier par excellence*, einen Ritter ohne Furcht und Tadel, von schöner Gestalt, aufrechter Gesinnung, auf seine Ehre bedacht und voller Mut, das allerdings bis zum bedingungslosen Draufgängertum und oft gar törichter Tollkühnheit.

Er hatte die Herzen der »kleinen Könige«, wie sie jedermann an Bord liebevoll nannte, im Sturm erobert. Nicht nur, daß er der unerschrockenen Yeza den Dolch zurückerstattet hatte, den ihr der Salisbury – vielleicht als verantwortlich denkender Vater – nicht wieder in die Hand geben wollte, sondern er hatte den grimmen Engländer sogar dazu gebracht, *»this little Assassinian lady«* mit einer Kappe aus Ziegenfell zu beschenken, die ein Geheimfach hatte.

Auch Roç war von dem französischen Prinzen beeindruckt, weil der sich sogleich für seine Waffe, einen mongolischen Bogen, interessiert hatte und schon mit dem ersten Schuß dem Grafen von Sarrebruck, meinem Herrn Vetter, den grad gefüllten Pokal aus der Hand geschossen hatte.

Robert hatte sich zwar formvollendet für das Malheur entschuldigt, aber Roç wußte, daß er es absichtlich getan hatte.

»Er hat mir nämlich zugezwinkert!« berichtete mir Roç zufrieden, als wir alle wieder zur Triëre zurückkehrten und bevor das Unglück über den Amalfitaner hereinbrach.

Die Gräfin entgalt uns unser Eingreifen für ihres Leibes Unversehrtheit mit großartigen Attacken auf unseren Gaumen. Jeden Mittag, jeden Abend wurde auf dem Heck die Tafel gedeckt und aufgefahren, was die Köche im Bauch des dreistöckigen Schiffes an Köstlichkeiten herbeizauberten, vor allem was die Moriskos täglich frisch aus dem Meer holten.

Bei solchen Gelegenheiten tat sich auch Hamo hervor, der Sohn der Laurence.

Nur mit einem Lendenschurz bekleidet und einen Dolch ans Bein gebunden, sprang er kopfüber von der Reling, in der Hand einen dreizackigen Speer, wie ein junger Poseidon, und er jagte die größten Fische.

Die Kinder wollten es ihm auf der Stelle gleichtun. Herr Robert brachte sie auf andere Gedanken, indem er sie überredete – der Vorschlag hatte erst einmal wildes Protestgebrüll ausgelöst –, ihre angestammten kleinen Waffen untereinander, leihweise, versteht sich, zu tauschen.

Yeza sah mit Pfeil und Bogen gleich aus wie die Göttin Artemis, und sie wußte auch die neue Waffe sofort – zum Schrecken aller Frauen – zu handhaben.

Dem etwas schüchternen Roç brachte Robert d'Artois bei, nicht wie man einen Dolch als Wurfgeschoß benutzt, sondern wie man mit ihm in der Hand kämpft. Und weil sich der Junge als außerordentlich gelehriger Schüler zeigte, schenkte er ihm ein richtiges Stilett, sehr zum Unmut der Gräfin.

Um Yeza zu versöhnen, kaufte ich schnell und insgeheim einem der Moriskos einen Bogen ab, der nicht zu groß für sie war, und ließ ihn ihr von Firouz überbringen. Herr Robert, dem das nicht entgangen war, sang ihr ein Lied:

»Joves es domna que sap honrar paratge
et es joves per bos fachs, quan los fa,
joves si te, quan a adrech coratge
et ves bo pretz avol mestier non a;
joves si te, quan guarda son cors bel,
et es joves domna, quan be-s chapdel;
joves si te, quan no-i chal divinar,
qu'ab bel joven si guart de mal estar.«

Wenn Herr Robert meinte, das habe erzieherische Wirkung auf
Yeza – er erreichte nur, daß sie sofort auch die Laute schlagen
lernen wollte. *»Jung ist die Dame!«*

Da ertönte vom Mastkorb der Ruf: »Land in Sicht!«

Das konnte nur Zypern sein.

Weniger um sich dessen zu vergewissern, als um sein eigenes
Schiff herbeizusignalisieren, bestieg Herr Robert behende die
Strickleiter, die nach oben in die Wanten führte. Er hätte diese
Aufgabe auch seinen Knappen überlassen können, aber so stand er
nun selbst da oben, die Füße geschickt ins Tauwerk gehakt, was
die Seeleute, glaube ich, »Fußpferde« heißen, und gab mit beiden
Armen Signal, daß man kommen solle, um ihn abzuholen.

Bei aller Jungenhaftigkeit war ihm die Diplomatie mehr noch
als die Etikette des Hofes von Paris so weit geläufig, daß er davon
absah, an Bord einer im Ruch der Piraterie stehenden Triëre anzulanden, sondern es vorzog, an der Spitze seiner Ritter vom eigenen
Schiff aus seinen Einzug in Limassol zu halten.

So zog er aller Augen auf sich, was der kleine Roç dazu benutzte, unbemerkt die Leiter des anderen Mastes hochzuklettern.
Als wir – durch das Geschrei der Frauen aufmerksam geworden –
in die Höhe sahen, stand er schon so hoch oben wie der Herr
Robert am Mast gegenüber.

Roç wollte ihm zuwinken. Da glitt er aus und stürzte von der
Leiter, konnte sich aber im Fall an die oberste Rahstange klammern, auf die er bäuchlings zu liegen kam. Durch sein Gewicht
drückte er sie seitlich herunter, was den schmalen Körper nicht

schnell, aber unaufhaltsam dem Ende der Rahe entgegenrutschen ließ.

Jetzt schrie keiner mehr. Roçs kleiner Körper drohte im freien Fall auf die Decksplanken aufzuschlagen. Katzengleich glitten die Moriskos unter das Segel und bildeten ein Netz von fangbereiten Armen.

Einige wollten die Leiter hochsteigen, doch da rief der Herr Robert, keiner solle sich rühren. Er schlang sich ein Tau mit Schlaufe um die Brust, warf seinen Gürtel über die einzige Leine, die von Mastkorb zu Mastkorb ging und eigentlich nur zum Fähnlein aufhängen ist bei festlicher Beflaggung, verhakte seine Beine bis zu den Kniekehlen in seinem Gürtel und rutschte so weit, bis sich die dünne Leine, auch unehrerbietig »die Wäscheleine der Äbtissin« genannt, aufs äußerste gespannt nach unten durchbog. Er schwebte jetzt über Roç, konnte ihn aber nicht greifen.

Da braßte er ganz behutsam die Rahe gegen den Wind, bis er nahe genug hing, um dem Jungen zuzureden, ein Bein zu heben.

Robert fing es nach mehreren vom Fahrtwind vereitelten Versuchen in der Schlaufe und zog sie über dem Knöchel zu.

Er rief Roç zu, sich nun von der Rahe ins Leere fallen zu lassen, doch der klammerte sich verzweifelt ans Holz.

Da ließ Firouz langsam das Segel einholen, während Robert das Tau zur Sicherheit durch seine Hände laufen ließ.

Roç hielt sich so verkrampft fest, daß die ihm entgegengestiegenen Moriskos seine Hände von der Stange lösen mußten, bevor er ihnen in die Arme fiel. Da war auch das Tau zu Ende.

Beifall brandete auf.

Fast hätte man darüber des Retters in seiner unkonfortablen Lage, Kopf nach unten, vergessen. Geschickte Hände warfen ihm eine Leine zu, die er auffing, zurrten ihn bis zum Mast und hielten ihn fest, während andere den Gürtel lösten und unseren Helden wieder auf die Beine stellten. Das war Herr Roberts Abschiedsvorstellung auf der Triëre.

Ich dachte bei mir, wie sehr doch in solch einer Situation sich das Fehlen der erfahrenen Hand, vor allem des kühlen Kopfes des

Amalfitaners bemerkbar machte. Guiscard hätte das Problem weniger umständlich gelöst. *Pax anima sua!*

Nach einem Dankgebet meines Dean of Manrupt und einem mit Wein gefüllten Pokal, den die Gräfin kredenzte – Herr Robert leerte ihn auf einen Zug und warf ihn über die Schulter ins Meer –, bestiegen wir das herbeigerufene Ruderboot seines Seglers.

Ich hatte mich dem Prinzen angeschlossen, unter keinen Umständen wollte ich auf mein eigenes Schiff zurück an die Seite meines Vetters.

Auf der anderen Seite lag mir auch nicht daran, ein Präjudiz zu schaffen, indem ich mich ohne Not an die Seite der Gräfin stellte und auf der ominösen Triëre in den Hafen einlief, wo mich mein König erwartete.

Vor uns lag die Küste Zyperns.

LIB.I,CAP.2

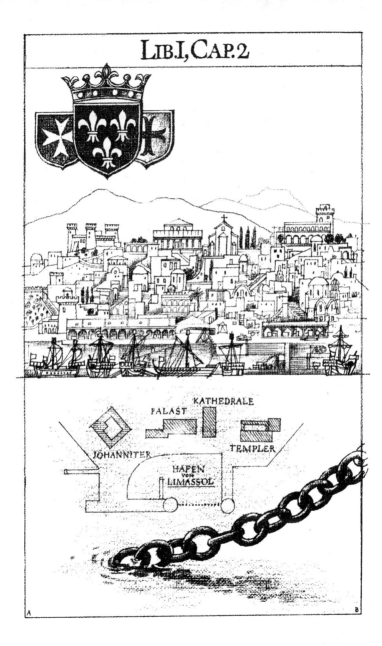

PALAST
KATHEDRALE
JOHANNITER
TEMPLER
HAFEN
VON
LIMASSOL

A   B

DER KÖNIG
UND DIE GEFANGENEN
DES TEMPELS

DIARIUM DES JEAN DE JOINVILLE

Limassol, den 15. September A.D. 1248

Als ich im Gefolge des Grafen von Artois auf Zypern eintraf, war
König Ludwig dort schon an Land gegangen. Seine Schiffe, soweit
sie ihm hatten folgen können, drängten sich an der engen Hafeneinfahrt und begannen dicht an dicht die Bucht von Limassol zu
bevölkern.

Herr Ludwig war mit seinem Bruder Charles d'Anjou von König
Heinrich, dem Herrscher von Zypern, an der Mole begrüßt worden, und sie hatten sich bereits in den Königspalast begeben, der
für die Dauer seines Aufenthalts dem kreuzfahrenden Monarchen
als Quartier dienen sollte. Wie alle anderen Edlen Frankreichs
eilte ich dorthin, kaum, daß wir unsere Quartiere bezogen hatten,
um ihm die Aufwartung zu machen. Ich verlor nicht einmal damit
Zeit, sondern schickte nur meinen Dean of Manrupt zur Belegung.
Doch der Konnetabel ließ mich tadelnd wissen, daß ich erst die
Ankunft meiner Ritter abwarten solle, wenn ich schon nicht mit
ihnen im eigenen Schiff gesegelt sei. So hatte ich Muße, mich ein
wenig umzuhören und die nacheinander Eintreffenden zu betrachten.

Es waren Ludwigs Vettern, Herzog Hugo von Burgund und Graf
Peter »Mauclerc« von der Bretagne, die beide schon vor knapp
zehn Jahren auf einem Kreuzzug gewesen waren, bei dem sich der
von der Bretagne nicht gerade mit Ruhm beköttelte, als er nichts
als eine riesige Herde von Schafen eroberte. Das Unternehmen

79

hatte schließlich in den Sanddünen von Gaza ein klägliches Ende genommen.

Weiterhin hatte sich Graf Hugo XI. de la Marche aus dem Geschlecht derer von Lusignan Ludwigs Kreuzzug angeschlossen, obgleich er noch kurz zuvor – auf Seiten der Engländer – ihn bekriegt und als Verlierer hatte 1000 Livres Strafe zahlen müssen. Auch er hatte schon als junger Mann Kreuzzugerfahrung erwerben können in der unseligen Unternehmung des Kardinal Pelagius, bei der sein Vater, den er begleitet hatte, umgekommen war.

Dann waren noch mit von der Partie Wilhelm von Dampierre, der Graf von Flandern und der alte Guido III. Graf von Saint-Pol, dessen Vater sogar am III. und IV. Kreuzzug teilgenommen hatte, und viele andere Herren mit noblen Namen. Und viele wurden noch erwartet.

Zum Empfang war aus Akkon Jean de Ronay, der Stellvertreter des Großmeisters der Johanniter, herbeigeeilt, weil sich das Oberhaupt des Ordens immer noch, seit Gaza, in ägyptischer Gefangenschaft befand. Er ließ sich begleiten von seinem Marschall Leonardo di Peixa-Rollo.

Auch die Templer, die in Limassol sowieso ein festes Haus unterhielten, waren in Erwartung ihres Großmeisters vorerst durch zwei ihrer erlauchtesten Ritter vertreten, den Präzeptor Gavin Montbard de Béthune und Guillem de Gisors, von denen Eingeweihte wußten, daß sie im Geheimen Kapitel des Ordens hohen Rang bekleideten. Nur die Abordnung des Deutschen Ritterordens stand noch aus.

Eine der ersten Anordnungen König Ludwigs, dem der junge König Heinrich bereitwillig die oberste Befehlsgewalt über sein Königreich einräumte, war die Verhängung einer totalen Nachrichtensperre über die nähere Umgebung von Limassol und seinen Hafen. Der zufolge sollte kein Schiff mehr auslaufen dürfen, sobald die Flotte sich versammelt und er das Ziel seines Kreuzzuges verkündet habe. Auf diese Weise wollte er vermeiden, daß der Feind sich am Ort der Landung auf die Ankunft des christlichen

Heeres vorbereiten könnte. So wurden, täglich wechselnd, die Ritterorden mit der Bewachung des Hafens betraut.

Diese strikte Anordnung galt auch für die Fischerboote im Umkreis von zehn Meilen von Limassol. So weit reicht nämlich die Sichtweite des großen Leuchtturms am Kap Gata, das der Bucht vorgelagert war. Auch der Turm wurde von den Orden mit einem Beobachtungsposten besetzt. Allen Fischern innerhalb dieser Bannmeile wurde bei Todesstrafe befohlen, sich ausschließlich des Hafens von Episkopi, einem nahen Dorf, zu bedienen und sich beim Ausfahren auf Fang von einem der Ordensleute begleiten zu lassen.

Sollte jemand also auf ein allein fischendes Boot stoßen, so konnte er gewiß sein, daß die Insassen Spione waren oder solche beförderten – wenn es sich nicht um eine der Fallen handelte, die der Anjou auslegte, um Deserteure ins Netz gehen zu lassen.

Soweit mein Blick reichte, war kein Segel eines Fischerbootes auf dem Meer zu sehen, nur die kreuzgeschmückten, die alle von Westen um das Kap bogen und allmählich den Hafen bis zum letzten Ankerplatz belegten.

GAVIN MONTBARD DE BÉTHUNE, eine straffe Erscheinung mit leicht ergrautem, kantigem Kopf, ritt an den Tagen, in denen der Templerorden den Wachdienst versah, auch in die hügelige, zum Strand hin zerklüftete Nachbarschaft der Stadt.

Er hatte die Weinlager passiert, die der König schon zwei Jahre vor seiner Ankunft fürsorglich hatte anlegen lassen. Riesige Fässer waren in unterirdischen Grotten von seinen Vorauskommandos eingelagert worden, und auf freiem Feld waren Getreidemieten aufgeschüttet, die oberste Schicht des Saatguts hatte zu sprießen begonnen, und von weitem sahen sie aus wie enorme begrünte Grabhügel.

Gavin ließ sein Pferd die bewachsene Schicht wegscharren. Darunter kam das Korn zum Vorschein, in gänzlich einwandfreiem Zustand, als sei es gerade gedroschen worden.

Der Präzeptor stieg von seinem Pferd. Er befand sich unweit des Ufers. In einer stillen Bucht ankerte ein zypriotisches Fischerboot, und die Fischer holten gerade das Netz ein. Das Boot hatte hier nichts zu suchen, es sei denn, es stand im Sold des Anjou.

Dann fiel ihm auf, daß einer der Männer, wenngleich mit braungebranntem Oberkörper, offensichtlich vom Fischerhandwerk keine Ahnung hatte.

Der Templer ließ sein Pferd an der willkommenen Futterkrippe zurück und schob sich selbst vorsichtig bis zur Böschung. Er erkannte den Fremden sofort.

Geduldig wartete Gavin ab, bis die Fischer das Schiff wieder auf den Strand gezogen hatten und an Land gesprungen waren. Dann stand er auf und ging ohne Hast auf die Gruppe zu.

Sein Gegenüber war klug genug, keine Gegenwehr zu leisten, zumal Gavins Pferd gerade wieherte, was auf weitere Reiter schließen ließ. Auch Gavin griff nicht zum Schwert.

Er umarmte den »Fischer« und flüsterte, ohne ihn loszulassen: »Konstanz! Prinz von Selinunt, Ritter des Kaisers, oder besser: Fassr ed-Din Octay, Emir des Sultans, Sohn des erhabenen Fakhr ed-Din, Großwesir von Kairo, von Freunden genannt ›Roter Falke‹, Ihr steht unter Arrest!«

Der Rote Falke schaute Gavin ungläubig an: »Gavin, nie rechnete ich Euch zu meinen Feinden!«

»Das soll auch so bleiben«, raunzte der Präzeptor, »weswegen ich Euch in Haft nehme, bevor einem anderen Euer mangelndes Talent als Jünger Petri auffällt und Ihr als Spion am Galgen baumelt!«

»Ihr könntet mich nicht gesehen haben —«

»Wenn ich Euch fesseln muß, Konstanz, dann müßt Ihr meinem Pferd hinterherlaufen«, antwortete Gavin ungerührt, »kommt Ihr freiwillig mit, laß ich Euch hinten aufsitzen!«

Der Prinz seufzte, zog sich das Hemd über den sehnigen Körper, übergab dem Präzeptor sein Schwert, eine reichziselierte normannische Arbeit, die Kenner sofort den Hofschmieden von Palermo zugeordnet hätten.

»Auch den Dolch!« forderte Gavin, und Konstanz zog die Waffe aus seinem Beinkleid und reichte sie ihm, Griff voran. Dann nahm er seinen Beutel und warf den Fischern eine stattliche Zahl von Goldstücken hin.

»Ihr steht weiter in meinen Diensten«, rief er ihnen zu, ungeachtet, daß der Präzeptor die Augenbraue hochzog, »so lange, bis ich wiederkomme!«

Ohne sich noch einmal umzuschauen, folgte er dem Templer.

Auf der Triëre, kaum daß die französischen Gäste von Bord waren, wurden als erstes die drei Gefangenen aus ihrem Loch, tief unten über dem Kiel, geholt. Fast zwei Wochen hatten sie das Licht der Sonne entbehren müssen, wenn es ihnen auch sonst an nichts gefehlt hatte.

Roç und Yeza hatten ihre Existenz – Gott sei Dank – längst vergessen, so daß sie die Muselmanen nicht durch unbedachte Äußerungen in Gefahr hatten bringen können.

Jetzt starrten sie neugierig auf den kleinen Mauren, das schon etwas ältere Mädchen und den würdigen alten Mann mit dem weißen Bart, die geblendet ins Licht blinzelten.

»Badet sie, und gebt ihnen neue Kleider!« wies die Gräfin ihre Zofen an, winkte aber vorher den Alten zu sich.

Sie trat unter das Vordach der Capanna, weniger um der gleißenden Sonne zu entgehen, als um den Alten fremden Blicken, die die Triëre mit Sicherheit im Auge behielten, zu entziehen.

Doch auf den anderen Schiffen war aller Aufmerksamkeit auf die Stadt Limassol gerichtet, die jetzt in Sicht kam.

»Sagt mir schnell das Wichtigste: Wer sind die beiden?«

Der Alte fiel ihr zu Füßen und bedeckte ihre Hand mit Küssen. »Allah wird es Euch ewig danken, daß Ihr uns nicht habt verderben lassen, und mein Sultan wird Euch mit Gold aufwiegen.«

Laurence wurde ungeduldig.

Schon gab Firouz laut Befehl, die Segel einzuholen und sich zur Landung bereitzuhalten.

»Es sind«, sagte der Alte, »Mahmoud, der einzige Sohn des

fähigsten Mameluken-Emirs am Hofe von Kairo, Rukn ed-Din Baibars, genannt ›Der Bogenschütze‹. Befehlshaber der Bundukdari-Palastgarde. Ein mächtiger Mann, den Allah —«

Die Gräfin schnitt ihm die zu erwartende Lobhudelei brüsk ab. »Und das Mädchen?«

»Ach, das ist nur Shirat, die jüngste Schwester des Emirs«, seufzte er, »mit der ihn Allah geschlagen hat —«

»Wie?« forschte Laurence.

»Sie ist schon siebzehn und weigert sich zu heiraten, eine Schande für —«

»Verschwindet jetzt wieder unter Deck, bis man Euch holt!« sagte Laurence schroff. »Zum Bad, so notwendig Ihr's habt, bleibt keine Zeit mehr.«

Sie wandte sich dem Eingang ihrer Capanna zu, aus der fröhliches Lachen und Platschen zu hören war.

»Ich kann sie nicht alleine lassen!« begehrte der Alte auf.

»Dann steck' ich Euch nackt zu ihnen in den Waschzuber!« beschied ihn die Gräfin energisch.

Wie ein flügelschlagender Vogel entschwand der alte Sufi schnellstens ins Unterdeck.

Die Kinder hatten es sich nicht nehmen lassen, zu dem kleinen Mahmoud in den Trog zu steigen, obgleich Clarion es ihnen verwehren wollte, waren sie doch schon für den Landgang hergerichtet.

Kaum viel älter als er, behandelten sie den Mamelukenknaben wie eine Puppe, und der, ein etwas dickliches und scheu wirkendes Kind, ließ geduldig alles mit sich geschehen, ob Roç ihn nun unter Wasser tauchte, »um die Wette, wer länger aushält«, nur daß der arme Junge gar nicht gefragt wurde, oder ob Yeza ihm die krausen Haare wusch mit einer solchen Menge an Lauge und Essenzen, daß Mahmoud die Tränen kamen. Dann wurde er umarmt und geherzt, bis schließlich die Tücher der Zofen ihn ins Trockene retteten.

Shirat hatte in der fast gleichaltrigen Madulain nach anfänglicher Schüchternheit schnell eine Freundin gefunden, die vor allem Arabisch sprach, wenn auch einen Dialekt, der zum Kichern war. Aber die Saratztochter empfand die gutturalen Laute, die Shirat heraussprudelte, nicht weniger belustigend, und kaum war das schöne Mädchen aus dem Bade gestiegen, hatte Madulain ihr schon eines der prächtigsten Beutekleider bereitgelegt, das die Gräfin eigentlich ihr geschenkt hatte.

Clarion trieb zur Eile, die Triëre passierte schon die Hafeneinfahrt mit den Wachtürmen auf beiden Seiten, und die Lancelotti nahmen auf einen Schlag ihre Sensenruder aus dem Wasser und stellten die Stangen aufrecht zum Salut der auf der Mole neugierig Wartenden.

DIARIUM DES JEAN DE JOINVILLE
Limassol, den 15. September A.D. 1248
Ganz Limassol war auf den Beinen, um die hereinkommende Flotte zu begrüßen. Dicht gedrängt standen die Menschen am Kai. Unter ihnen erblickte ich auch Gavin, begleitet von einer berittenen Abteilung seiner Tempelritter. Er mußte die Triëre schon von weitem gesichtet haben, ragte sie doch schwarz und dräuend heraus aus dem hellen Gewimmel der bauchigen fränkischen Segler, die sie eskortierten, und dem rötlichen Tuch der normannischen Langboote, die ihr jede Fluchtmöglichkeit abschnitten.

Stolz glitt sie heran, den Bug aufgerichtet wie ein Skorpion seinen Stachel, ließ sie die anderen Schiffe grad wie Kohlfalter und Borkenkäfer wirken.

Dem Präzeptor schien bei dem Anblick nichts Gutes zu schwanen, denn er dirigierte seine Ritter unauffällig zu der Stelle, wohin die Triëre zum Ankern eingewinkt wurde. Kaum trat die Gräfin mit ihrer Entourage an Land, da trat auch Gavin vor, und statt einer freundlichen Begrüßung rief er mit schneidender Stimme, so daß ein jeder es hören konnte: »Ihr steht unter Arrest!«

Ziemlich unsanft griffen die Templer die Kinder und trieben die Frauen zusammen, William und den alten Sufi eingeschlossen.

Hamo, der noch an Deck war, wollte sich empören, aber die Gräfin hielt ihn zurück. Die Templer bildeten ein Karree um die in Haft Genommenen und drängten sie im Laufschritt durch die gaffende Menge vom Kai hinauf durch eine steile Gasse zu der Anhöhe, von wo aus der Tempel das Hafenbecken und die Lagerhäuser, das Arsenal und die Quartiere der verfeindeten Seerepubliken überragte. Es waren alles befestigte Anwesen, und so führte der Weg nach oben zwischen Mauern und Türmen entlang.

Gavin hatte mit resoluter Galanterie seinen Arm unter den der Gräfin geschoben, so daß sie ihm erst einmal folgen mußte, bevor sie ihre Mißbilligung ausdrücken oder auch nur eine Frage stellen konnte.

»Diese Templerbande von Verrätern!« hörte ich Herrn Johannes vom Schiff aus schreien. »Sie stecken mit der Hexe unter einer Decke!«

Wir hatten seit unserer letzten Begegnung an Deck des Salisbury kein Wort mehr gewechselt. Auch die Wahl des Ankerplatzes für unser gemeinsames Schiff überließ ich ihm, ohne einzugreifen, sondern winkte nur grußlos meine Ritter an meine Seite, kaum daß sie meiner am Kai ansichtig wurden. Sie gestikulierten freudig und einverständlich zurück, wohl froh, endlich der Fuchtel des Grafen von Sarrebruck zu entrinnen.

Die Mannschaft hatte noch nicht das erste Tau um den Poller gleich neben der Triëre geworfen, da sprang Herr Johannes schon mit einem Satz, nicht einmal seine eigenen Ritter abwartend, an Land und rannte hinter den abziehenden Templern her.

Neugierig, wie er wohl sein dringendes Anliegen, die Äbtissin ihrer gerechten Bestrafung zuzuführen, durchsetzen wollte, folgte ich, hielt mich aber bedeckt. Ich hörte gerade noch, wie Gavin meinen Vetter Johannes, der sich ihm mit den Worten »Ich bin der Graf von Sarrebruck! Diese Weibsperson gehört mir!« in den Weg stellte, mit der dem Orden eigener Arroganz zurechtwies.

»Graf von welcher Brücke auch immer«, beschied ihn der Präzeptor, ohne in seinem Schritt innezuhalten, »solltet Ihr mit Eurem Ausdruck die Dame an meiner Seite gemeint haben, dann sehe ich mich genötigt, Euch diesen steilen Pfad, den Ihr Euch umsonst hinaufbemüht« – Johannes mußte ihm ausweichen –, »hinunterprügeln zu lassen wie einen Straßenköter.«

Meines Vetters Hand zuckte nach dem Schwert, dann aber gewahrte er, daß einige der Templer erwartungsvoll stehengeblieben waren und ihre Sergeanten bereits Steine in der Gasse aufklaubten.

»Ich werde Euch vor unsren höchsten Souverain zitieren!« zeterte der Graf, blieb aber in vorsichtiger Distanz.

»Wenn Gott mich zu sich rufen will«, sagte der Präzeptor über die Schulter, »bedarf es Eurer Anzeige nicht, meint er aber den König von Frankreich«, er sagte das mehr zu Laurence, »dann werdet Ihr mich an dessen Seite finden, wann immer es Seiner Majestät beliebt.«

Und so ließen sie den Johannes stehen, der tatsächlich wie ein geprügelter Hund abzog. Ich trat schnell in eine Tür, damit er meiner Zeugenschaft nicht gewahr wurde.

D ER TEMPEL VON LIMASSOL war ein schlichtes, fast ländliches Anwesen. Ein Geviert von zweigeschossigen Wirtschaftsgebäuden um einen großen Innenhof. Nur aus der dem Hafen zugewandten Ecke ragte über dem Kapitelsaal eine Art Donjon, der sich nach oben verjüngte, aber guten Ausblick über die Stadt verschaffte, vor allem aber Einblick in das Treiben hinter den Mauern der Quartiere.

Nur die Burg der Johanniter erhob sich am anderen Ende der Bucht noch höher und beherrschte dort die Altstadt, ein Gewimmel von engen Gassen, das sich bis zur Mole hinunterzog. Dort lebten vor allem die Handwerker und die Fischer, während die Palazzi der Kaufleute sich in der Mitte um den Palast des Königs und die Kathedrale scharten.

Von dem großen Platz dazwischen führte eine breite Straße, am Tempel vorbei, zum Osttor, das sich gleich an dessen Gemäuer anschloß. Zu dieser Seite hin befand sich auch der Eingang, der als einzigen Schmuck eine vorgebaute Säulenhalle aufwies.

Auf dem Vorplatz herrschte ein lebhaftes Treiben von Händlern, die ihre Ware feilboten, und Bettlern, die sich zwar von den hochfahrenden Rittern nichts erwarten durften, aber die Besucher um Almosen angingen.

Der Zutritt ins Innere des Gehöfts war ihnen wie allen verwehrt, nur den zerlumpten Kindern gelang es immer wieder, an der Torwache vorbei bis zur Küche vorzustoßen, sich Essensreste zu erbetteln oder gar von den Vorräten zu stibitzen.

Die Gräfin und ihre Frauen wurden über diesen Wirtschaftsräumen untergebracht, samt den Kindern. Mahmoud war als Spielgefährte ausgegeben, und Shirat war den Zofen zugeteilt worden, denn Laurence scheute mit Recht, den Templern reinen Wein bezüglich der Herkunft ihrer »Gäste« einzuschenken.

Wie sie den Orden kannte, hätten die Templer diese sofort in ihr Ränkespiel um die Machtbalance zwischen den muslimischen Höfen eingebaut.

Die Anwesenheit des Sufi hingegen zu erklären hatte William keinerlei Schwierigkeiten bereitet. Er stellte ihn als seinen erhabenen Lehrer vor, und da selbst Gavin dem sattsam bekannten Franziskaner jede Tollheit zutraute und sie ihm auch durchgehen ließ, wurde dem Schüler dieser Anfall mystischer Versenkung geglaubt.

Roç und Yeza hatten sich den kleinen Mahmoud, der sich als ein gelehriges und für sein Alter ungemein kluges Kind erwies, bald zum brauchbaren Spielgefährten zurechtgeknufft, er diente ihnen vor allem als willige Zielscheibe für ihre inzwischen mannigfaltigen Waffen. Gutmütig, fast stoisch ließ er alles über sich ergehen, ohne je zu klagen, doch bald überwand er seine Zurückhaltung. Seine Wißbegierde gab ihren Spielen sogar neue Anregungen, die vor allem Yeza, die sich wie seine Mutter fühlte, interessiert aufgriff. Der Beschäftigung mit Küchenschaben, einer Gottesanbeterin und etlichen Tausendfüßlern überdrüssig, ging es nun um das Anlegen eines privaten Terrariums zur Beobachtung größeren Getiers. Mit ein paar Molchen fingen sie an, dann kamen eine Maus, zwei gerade geschlüpfte Enten und eine Blindschleiche hinzu – schließlich machten sie regelrecht Jagd auf alles, was kreucht und fleucht.

Von den Erwachsenen kümmerte sich keiner um die Kinder, die Gewißheit, daß sie die Torwache nicht passieren konnten, genügte Clarion, deren Aufgabe es eigentlich war, sie zu beaufsichtigen, doch sie ekelte sich vor Spinnen, Schlangen und Skorpionen.

Clarion war auch mehr damit beschäftigt, ihre Garderobe in Ordnung zu bringen. Die Erkenntnis, daß die Stadt voller Ritter war, versetzte sie in höchste Erregung. Ein Gefühl, das sie vor ihrer Ziehmutter wohlweislich verbarg, aber an Shirat und Madulain auszukosten versuchte. Doch die beiden teilten ihre Wallungen keineswegs, die eine wollte keinen Mann, die andere hatte schon einen.

Die beiden Mädchen hockten ständig beieinander, erzählten sich kichernd auf Arabisch irgendwelche Geschichten, die Clarion nicht verstand, aber oder deswegen wütend machten. Für ihre neuen Kleider, das Ausprobieren von Schmuck und duftenden ätherischen Ölen zeigten sie wenig Interesse. Statt für sie zu nähen, zu säumen und zu borden, ließen sie sich lieber von der Gräfin auf den Markt oder in den Basar schicken.

Laurence fühlte sich wie eine gefangene Löwin. Sie konnte sich zwar frei im Geviert des Tempels bewegen – hinaus jedoch durfte sie nicht, schon um die Gefahr zu vermeiden, inquisitorischen Befragern, eifrigen Häschern wie dem Grafen von Sarrebruck oder gar rüden Gesellen wie dem Angel von Káros oder dem Salisbury in die Hände zu fallen.

Obgleich die Torwache sich ihr nicht in den Weg gestellt hätte, schien es ihr selbst wenig ratsam, den Versuch zu unternehmen, die Trière zu erreichen. Von ihrem Alkoven aus sah sie das Schiff unten im Hafen ankern. Es gab ihr jedesmal einen Stich ins Herz.

Sie spürte plötzlich ihr Alter. Seit dem Tod des Amalfitaners, ihres langjährigen Kapitäns, ertappte sie sich oft bei dem Gedanken, daß sie Guiscard um seine friedliche Ruhe im Meer beneidete. Sie war müde.

>>Ar em al freg temps vengut
quel gels el neus e la faingna
e-l aucellet estan mut,
c'us de chantar non s'afraingna:
e son sec li ram pels plais.<<

DIARIUM DES JEAN DE JOINVILLE

Limassol, den 28. September A.D. 1248

Wie ich meinen Herrn Vetter kannte, konnte es nicht ausbleiben, daß er mit seinen Rachegelüsten beim König vorstellig wurde. Damit dieser meine Haltung in der Angelegenheit nicht in den falschen Hals bekam, beschloß ich, Herrn Ludwig meine Auffassung vorher und, wenn möglich, unter vier Augen vorzutragen.

Wir hatten verschiedene Quartiere belegt, ich hatte erstmals Rückgrat gezeigt und meinem Herrn Vetter nahegelegt, sich doch ein anderes Nachtlager zu suchen. Die Rückendeckung durch den König, derer ich mich hier sicher fühlte, während ich über ein Jahr und vor allem auf der Überfahrt von ihr abgeschnitten war, gab mir den Mut zu dieser offenen Konfrontation. Vetter Johannes hatte sowieso und sogleich über dieses Rattenloch gemäkelt, in dem man uns untergebracht hatte. Er fand eine Bleibe bei den Johannitern.

Ich begab mich also zum Palast des König Heinrichs von Zypern, der diesen König Ludwig als Residenz für die Dauer seines Verweilens zur Verfügung gestellt hatte.

Ich traf dort genau alle Personen an, die ich gehofft hatte, *nicht* um den König versammelt zu sehen: seinen Bruder Charles d'Anjou, einen finsteren, eiskalten Machtmenschen, dem sein tüchtiger, aber frommer Bruder Ludwig in allen seinen Handlungen viel zu zimperlich, zu ehrenhaft vorging. Weiterhin sah ich des Königs persönlichen Leibwächter, Yves den Bretonen, einen ehemaligen Priester und vom König begnadigten Totschläger, sowie seinen Hofkaplan und Beichtvater, Robert de Sorbon, einen spitzfindigen Gelehrten, aber auch eine falsche Schlange.

Einzig der offene und jungenhafte Robert d'Artois schien mir ein Lichtblick. Er hatte wohl gerade erwirkt, daß der König verkündete: »Laurence de Belgrave, Gräfin von Otranto, ist Gast dieser Insel, solange wir hier verweilen.«

Das war zwar eine Bestätigung der unsichtbaren Ketten, aber auch ein Schutzbrief. Jedenfalls keineswegs das Verdikt, das sich mein Vetter Johannes erhofft hatte, der im Gefolge des Jean de Ronay, des stellvertretenden Großmeisters der Johanniter, soeben den Saal betreten hatte und gleich diese Kröte schlucken mußte. Er hatte sich die Äbtissin sicher vogelfrei gewünscht. Doch es lag noch ganz anderes in der Luft.

Herr Jean de Ronay warf dem hinter dem König stehenden Maître Sorbon einen fragenden Blick zu, dieser nickte, und der Johanniter erhob seine etwas blecherne Stimme. »Eure Majestät mag in Ihrer Großmut gern jedweder Henne ein Nest gewähren, wo sie ihre Küken wärmen kann.« Er achtete nicht des aufkommenden Unmuts des Königs. »Doch diese hockt nicht auf ihrer eigenen Brut, sondern auf einem Gezücht von jungen Nattern, das der Staufer Euch an die Brust –«

Hier unterbrach ihn der Graf von Artois heftig. »Mäßigt Euch in Eurem Ausdruck, Jean de Ronay, oder die Ehre einer Dame –«

»Deren Fall durch königliches Dekret bereits ad acta gelegt ist!« fuhr Maître Sorbon erregt zwischen die Streithähne.

König Ludwig gebot ihm mit lächelnder Geste, sich zu beruhigen.

»Ich will Euch vielmehr bitten, edler Herr de Ronay, die Person des Kaisers allein Angelegenheit meiner Brust und des darin wohnenden Herzens sein zu lassen. Bringt bitte ohne Umschweife vor, was Ihr mir sonst noch zu sagen habt!«

Der so Gemaßregelte warf dem Maître einen ärgerlichen Blick zu und trat vor.

»Ihr wißt von den Kindern – den Kindern des Gral?« fragte er, schon triumphierend ob des Erfolgs seiner Ankündigung.

Doch da er seine Kunstpause überdehnte, entgegnete der König trocken: »Nein, ich weiß von keinen Kindern.«

Jeder aufmerksame Zuhörer hätte heraushören können, daß Herr Ludwig auch nichts über sie zu vernehmen wünschte, aber der Johanniter war zu sehr von sich und seiner Wahrheit eingenommen. »Sie sind hier!« verkündete der Herr de Ronay stolz sein Wissen. »Der Tempel ließ es sich angelegen sein, sie aufzunehmen!«

Herr Ludwig lächelte und sagte verbindlich: »Darüber wird uns dann wohl der edle Herr Montbard de Béthune Auskunft geben?«

Aller Blicke richteten sich auf den Angesprochenen, den niemand hatte hereinkommen sehen.

»Der Tempel steht Gästen des Königs ebenso offen wie allen frommen Pilgern und Hilfesuchenden, beurteilt nach *unserem eigenen* Belieben.«

Gavin trat selbstbewußt neben den Johanniter, sprach aber nur den König an.

»Sicher hatte das Schiff aus Otranto auch Kinder an Bord.« Dem Präzeptor gelang ein frommer Augenaufschlag, den ich sonst noch nie an ihm bemerkt hatte. »Sollten wir gerade die Kleinen, die am meisten Schutzbedürftigen, zurückweisen?«

»Wir reden von den Kindern des Gral! Gebt zu –« brauste der Johanniter auf.

König Ludwig hob die Hand und ließ ihn verstummen.

»Also«, sagte er scheinbar gelangweilt, »Ihr habt Euch wohl getäuscht, edler Herr de Ronay, oder seid falschen Informanten aufgesessen. Mir genügt die Erklärung des Herrn Präzeptors.«

Doch so düpiert zu werden, mochte der Johanniter nicht ertragen, er zeigte auf mich. »Der Herr de Joinville ist mein Zeuge, er war auf dem Schiff der –«

»Ich verbiete ihm – und allen hier Anwesenden nunmehr jedes

weitere Wort!« rief da der König, seinen Zorn nicht länger verbergend. »Meine Herren, wollet Ihr Uns jetzt bitte verlassen!«

Ich sah zu, mich schnellstens aus dem Saal zu entfernen, wollte ich doch vermeiden, vor der Tür von dem Johanniter auf weitere *testatio* genagelt zu werden.

König Ludwig wußte nun, daß die Kinder hier waren. Das war ärgerlich für mich; ich hätte gern vor meinem Herrn damit geglänzt, Roç und Yeza als Beleg für meinen Konstantinopel-Bericht, den ich ihm immer noch schuldete, leibhaftig vorzuführen.

Ich war jetzt nicht nur der Geprellte, sondern konnte erwarten, daß der König mir bei nächster Gelegenheit vorwerfen würde, von der unerwarteten Präsenz der Kinder nicht schon zuvor durch mich informiert worden zu sein. Ich war durchaus mit diesem Vorsatz gekommen, aber andere hatten andere Interessen und hatten schneller gehandelt.

Der Informant konnte nur der Dominikaner Simon von Saint-Quentin sein, der einzige – außer mir –, der die Kinder von Angesicht kannte, weil er sowohl bei ihrer Flucht aus Konstantinopel zugegen war als auch bei ihrer Ankunft in Limassol, und sie – als Mann der Kurie – *eo ipso* hassen mußte. Yves der Bretone? Fast hätte ich den vergessen. Der Leibwächter des Königs war mir zwar nach Konstantinopel als Wachhund beigegeben worden, hatte aber keinerlei Interesse an den Geschehnissen um die Kinder gezeigt.

Und was hatte Maître Sorbon im Sinn, der den Johanniter doch verstohlen ermuntert hatte, vorzupreschen in einer Sache, von der sein König offensichtlich nichts wissen wollte? Er kannte die Kinder nicht. Außerdem war er nicht dabeigewesen, als die Triëre ankam und die Insassen in den Tempel verbracht wurden.

Hatte mein Herr Vetter eine so genaue Beschreibung der Kinder geliefert? Aber wem? Der Herr de Ronay hatte sie nie in seinem Leben gesehen. Warum hatte sich der Johanniter soweit hinausgelehnt? Oder war er herausgelehnt worden? Auf jeden Fall würde er auf Revanche sinnen, und darin würde ihn mein Vetter, der Herr Graf von Sarrebruck, von vollem Herzen, voll von schwarzer Galle, sicherlich bestärken.

WILLIAM VON ROEBRUK fühlte sich nicht wohl in seiner Haut. Heimatlos! Das spürte er jetzt erst, als er den festen Boden der Triëre nicht mehr unter den Füßen hatte. Sie war sein Zuhause gewesen. Jetzt hatte er nicht einmal mehr das. Er fühlte sich unsicher. Noch hatte keiner nach ihm gefragt oder ihn gar vor den König gezerrt, in dessen Dienst er einst stand und den er so schmählich verlassen hatte – jedenfalls konnte der Herr Ludwig es so sehen, grübelte der Franziskaner über seine neue Lage. Auch wenn es nicht seine Schuld war, widrige Winde hatten ihn umeinander geblasen und schließlich hier in Zypern an Land gespült, ausgerechnet vor die Füße des frommen Königs. Vielleicht hatte der ihn auch längst vergessen?

Vielleicht zeigte aber gerade einer seine Anwesenheit an, beschuldigte ihn als Begleiter der Kinder, als falschen Legaten des Papstes und der gefälschten Mission zum Großkhan der Mongolen? Daß der Herr de Joinville so freundlich war, konnte auch eine Falle sein.

Schon mochte ein geheimes Inquisitionstribunal tagen, wurden die Werkzeuge bereitgelegt, um alles Wissen um die Kinder aus ihm herauszuzwacken, und ihm blühte am Ende doch der Scheiterhaufen? Er mußte hier verschwinden – oder die Kinder müßten es, am besten samt Gräfin und Triëre. Doch denen lag wenig an einer Flucht, zumal sie diesmal wirklich Kopf und Kragen riskieren würden. Ein zweites Mal fände sich kein so nobler Fürsprecher wie der Prinz von Frankreich.

William dachte ungern an den Strick des gemütvollen Salisbury, er verdrängte mit Bedacht die Vision, von der Höhe der Rahen ein letztes Mal den Blick über das Meer zu tun, während das Gewicht seines eigenen fetten Wanstes ihm die Luft abschnürte. Aber des Nachts träumte er davon, mal riß ihm der Kopf ab, mal wurde sein Hals lang und länger. Schweißgebadet wachte er auf und wollte noch zur gleichen Stunde fliehen. Dann besann er sich, daß es des Nachts viel verdächtiger wirken würde, wenn er sich zur Triëre schlich.

So wartete er schlaflos den Morgen ab, bevor er sich gesenkten

Hauptes, die Hände über den dicken Bauch gefaltet, aus dem Tempel auf die Straße begab. Wie in fromme Gedanken versunken, stolperte er die steile Gasse hinab, die zwischen den Lagerhäusern zur Hafenmole führte.

Er betrat die Triëre schnellen Schrittes und begab sich zur Capanna auf dem erhöhten Heck. Hamo hatte sie nach dem Auszug der Frauen besetzt, und er fand den jungen Grafen grübelnd durch die Schießscharte auf das Wasser starren.

»Sie haben die Einfahrt des Hafens mit einer Eisenkette versperrt«, empfing er trübsinnig den Franziskaner. »Und beide Seiten der Mole sind mit Türmen bewehrt ...«

»... in deren Bewachung sich die Johanniter und die Templer täglich abwechseln. Und weil keiner dem anderen traut«, fügte Madulain hinzu, die jetzt, gefolgt von ihrem Ehegespons Firouz, die Capanna betreten hatte – offensichtlich hatte sie mit ihm die Nacht schlecht verbracht, »und da sie sich gegenseitig gar zu gern der Nachlässigkeit oder sonstigen Fehlverhaltens zu zeihen trachten, passen die Wachposten auf wie Luchse.«

»Und doch müssen wir von hier verschwinden«, murmelte William sorgenvoll. »Der König hat nicht nur Order gegeben, daß keiner mehr die Insel verlassen darf, sondern auch insgeheim angeordnet, daß alle im Hafen befindlichen Schiffe zu beschlagnahmen seien, um ihn und sein Heer zu transportieren.«

»Wohin?« wollte Hamo wissen und schien gar erfreut von der Aussicht.

»Das ist noch nicht bekanntgegeben worden«, dämpfte ihn William, »der König wird es auch erst verkünden, wenn die Anker gelichtet werden, damit kein Wort vor ihm den Feind erreichen kann.«

»Woraus zu schließen ist«, bemerkte Madulain scharfsinnig, »daß er die Höhle des Löwen im Sinn hat!«

»Ägypten?« Hamos Augen leuchteten. »Dann mag es geschehen, daß ich dem berühmten Roten Falken auf dem Schlachtfeld gegenübertrete?«

»Du nie und nimmer!« spottete William und fügte als schwachen Trost hinzu: »Alle Schiffseigner werden hier auf dieser gottverdammten Insel festgehalten, nur die Schiffe werden ihnen weggenommen!«

»Das kommt nicht in Frage!« rief Hamo empört.

William hatte ihn jetzt, wo er ihn haben wollte. »Dann überlegt, und zwar ohne Zeit zu verlieren, wie Ihr das verhindern könnt.«

In das Schweigen sagte Madulain: »Die Kinder haben einen Plan, wie man mit Hilfe eines unter Wasser verlegten Flaschenzugs die Glieder der Kette auseinanderziehen könnte –«

Da mischte sich der ansonsten so schweigsame Firouz ein. »Wir dürfen die Kette nicht *zerstören*.«

»Warum?« schnappte die »Capitana«, nicht gewohnt, von ihrem Ehemann Widerworte zu hören.

»Weil sie – nach geglückter Flucht – für etliche Zeit unsere Verfolger davon abhalten muß, uns nachzusetzen.«

»Firouz hat recht«, entschied Hamo, jetzt ganz Feldherr, »sonst holen uns die englischen Langboote des Salisbury ein, und wie der mit Euch verfährt, wißt Ihr ja«, fügte er spöttisch hinzu.

William gab ihm eins drauf: »In diesem Fall würdest auch du, lieber Hamo, dir die Triëre von oben ansehen müssen, an der Seite deiner werten Frau Mutter – bis dein Auge bricht!«

Das war keine Aussicht, die Hamo sonderlich erheiterte, und er verfiel wieder ins Grübeln.

»Hätte ich doch mit der und Euch allen nichts zu tun«, seufzte er, »dann könnt ich mich jetzt dem Kreuzzug anschließen und in der Schlacht um Kairo ruhmreich schlagen!«

»Und würdest entweder in der Wüste verdursten « – was William wohl das schrecklichste deuchte, »oder den Rest deines Lebens in den Kerkern des Sultans schmachten.«

Als er sah, daß Hamo sich beides nicht so recht vorstellen konnte, versuchte er ihn an seiner Ehre zu packen.

»Es geht auch um die Kinder, und dieser Verantwortung kann sich keiner von uns entziehen.«

William wandte sich zum Gehen. »Auch du nicht, Hamo!«

Er warf Madulain einen fragenden Blick zu, ob sie mit ihm zurück in den Tempel gehen wolle, doch die Saratz schüttelte energisch den Kopf. Mochten die Gräfin und Clarion sie ruhig mal vermissen. Ihr Platz war jetzt hier an der Seite der hilflosen Männer, die sich nichts trauten.

»Ich komme nach«, beschied sie William, »wenn hier alles klar ist!«

Was sie darunter verstand, würde sie Hamo, dem Wirrkopf, und Firouz, der Schlafmütze, schon beibringen.

Gavin hatte seinen Gefangenen, den Roten Falken, im Turm untergebracht. Er hatte zwar das Ehrenwort des Prinzen von Selinunt, nicht zu fliehen, doch ob sich auch dessen alter ego Fassr ed-Din Octay daran halten würde? Es war dem Templer bewußt, daß sie jetzt durch den Kreuzzug auf verschiedenen Seiten standen, die sich zwar noch nicht im Krieg befanden, aber kurz davor. Er hätte es dem jungen Emir nicht einmal übelgenommen, wenn der die Flucht versucht hätte, doch war dem kühl denkenden Präzeptor klar, daß eine vorzeitige Alarmierung des Sultans eine Landung erschweren, wenn nicht vereiteln könnte und zumindest einigen hundert Rittern das Leben kosten würde, vom Fußvolk ganz zu schweigen.

Einig waren sich die beiden Gefährten aus vergangenen Tagen allerdings darin, die Anwesenheit des Roten Falken vor der Gräfin und den Kindern geheimzuhalten. Die ohnehin schon schwierige Lage des Tempels hätte sich sonst noch weiter kompliziert, denn Yeza und Roç würden sich an Konstanz, den ›Prinzen von Selinunt‹ erinnern. So wurde der Sohn des ägyptischen Großwesirs im christlichen Abendland geheißen, wenigstens im Kaiserlichen, nachdem Friedrich, ein enger Freund seines Vaters, ihn eigenhändig zum Ritter geschlagen hatte. In Kairo kannte man ihn als den Mameluken-Emir Fassr ed-Din Octay, aber auch unter seinem *nom de guerre Assaqr al ahmar*.

Die Kinder hatten immer vom Roten Falken geschwärmt, gehörte er doch zum verschworenen Kreis der Ritter, die sie vor über vier Jahren aus dem belagerten Montségur vor den Häschern der Inquisition gerettet hatten. Auch wenn neuerdings ihr unangefochtener Held Robert von Artois war, hätte es leicht geschehen können, daß sie sich verplauderten und so dem Gefangenen des Turms zu Kerker, wenn nicht Schlimmerem verholfen hätten.

»Ich plädiere nicht für meine Freiheit, Gavin«, beendete Konstanz das Gespräch mit seinem *al sadschan*, seinem Kerkermeister, wie er ihn scherzend titulierte, »aber Ihr wißt genauso gut wie ich, daß die Kinder hier nicht bleiben können –«

»Wer sollte ihnen sicherere Zuflucht bieten können als der Tempel, grad dieser hier unter meinem Kommando?«

»Irgendwann trifft Euer Großmeister ein, und wenn Ludwig dann ihre Auslieferung verlangt?«

»Dann werden wir immer noch eine Lösung finden«, sagte Gavin – man wußte nicht, ob er sich amüsierte oder seinen Unmut überspielte –, »schließlich bleibt mir noch ein letzter Stein: Ihr, mein Prinz!«

Konstanz sah ihn nachdenklich an. »Früher wart Ihr ein besserer Spieler«, sagte er, »mit einem Stein gewinnt man keine Partie mehr.«

Der Präzeptor verließ das Turmzimmer. Die Wache schloß hinter ihm ab.

Gavin hatte eigentlich vorgehabt, dem Mameluken-Emir anzuvertrauen, daß mit der Gräfin auch zwei fremde Kinder in den Gewahrsam des Ordens geraten waren, die – so hatte er Clarion entlockt – ägyptische Prinzen waren, gar aus dem Hause des Sultans.

Clarion war verärgert und daher geschwätzig. Die beiden Zofen, die ihr die Gräfin überlassen hatte, Madulain und Shirat, versahen ihren Dienst immer nachlässiger, widerborstiger. Die eine benahm sich wie eine Prinzessin, und die andere war wohl eine. Shirats Erzählungen deuteten jedenfalls darauf hin, daß sie gewohnt war, bedient zu werden, und Madulain war auch alles andere als eine geborene Magd, vor allem seit der Beförderung des

Firouz spielte sie »Madame la Capitana«. Nur für die Kinder sorgten sie aus freien Stücken, und keine Mühe war ihnen da zuviel.

Den alten Sufi hatten sie als Hauslehrer eingespannt, und Roç wie Yeza waren jetzt eifrig dabei, Arabisch zu lernen, was Clarion auch wieder ärgerte. Sie fühlte sich ausgeschlossen.

Ohne zu wissen, welchen Gefallen er ihr damit getan hätte, überlegte Gavin kurz, ob er Clarion zu Konstanz in den Turm sperren sollte. Ihre Redseligkeit war gefährlich, und so wie sie ihm alles erzählt hatte, könnte sie es auch im Bazar ausplaudern. Er gab der Küche Anweisung, die Gräfin von Salentin vorerst auf Krankenkost zu setzen.

Die Kinder tollten im Hof. Der kleine, aber stämmige Mahmoud gab sich bereitwillig dazu her, daß Yeza ihm bei der Jagd auf die Gekkos auf die Schultern stieg, doch das im Schatten liegende Untergeschoß gab keine Beute her.

»Eidechsen lieben die Sonne«, rügte Roç ihr vergebliches Bemühen, in den Mauerritzen nach versteckten Tieren zu stochern.

»Wir müssen auf das Dach des Refektoriums«, entschied Yeza, »von dort aus können wir sie überraschen.«

Doch selbst von ihrem schwankenden Trittbrett aus war das Gesims viel zu hoch.

»Leiter!« Sie sprang wieder zu Boden.

Eine Leiter war nirgends in Sicht. »Eine zu holen, wäre zu auffällig«, gab Roç zu bedenken.

Der kleine Mahmoud brachte ein Tau an. Nach mehreren vergeblichen Versuchen befestigten sie einen Stein an seinem Ende und warfen es über den hervorstehenden Wasserspeier, eine steinerne Teufelsfratze. Statt des Steins wurde jetzt Mahmoud das Strickende um den Bauch gebunden, und gemeinsam zogen sie ihn hoch, bis er den Speier zu fassen bekam und sich rittlings auf ihn schwang. Dann kam Yeza an die Reihe, Roç mußte sie nun allein hochhieven, auch wenn Mahmoud von oben nachhalf.

»In Otranto warst du noch leichter!« keuchte Roç.

Yeza hakte ihr nacktes Bein über die Rinne und zog sich hoch.

Sie kroch sofort aufs Dach, und gemeinsam holten sie Roç nach. Sie blieben nicht lange auf den steil abfallenden Ziegeln hocken, sondern brachten eilig den First zwischen sich und den Hof, damit von der Küche aus sie keiner mehr sehen und zurückbeordern konnte.

Von dieser Seite des Daches aus konnte man das Meer und den Hafen schauen und tief hinab in die Gasse, die von dort zum Tempel heraufführte. Dann entdeckten die Kinder das kleine Fenster im Mauerwerk des Turmes.

Wie die Gekkos, die sie längst vergessen hatten, schoben sie sich platt auf dem Bauch bis unter die Öffnung ...

Die Gräfin saß im Kreise ihrer Frauen, die emsig damit beschäftigt waren, aus den Stoffen des Griechen kostbare Roben zu schneidern. Laurence wußte zwar nicht, wozu das gut sein sollte, war aber froh, daß so das Geplapper sich nicht um die Dinge drehte, die sie mit Sorge erfüllten. Durch das offene Fenster sah sie William zurückkehren. Einst Klotz am Bein, war er nun der einzige, mit dem sie sich aussprechen konnte. Sie ging ihm entgegen.

An der Treppe hielt sie ihn auf. »William«, sagte sie, »ich halte es hier nicht mehr aus. Entweder den Felsen von Otranto unterm Hintern oder die Planken der Triëre, aber nicht diese Absteige für kriegerische Mönche, hundertfünfzig Fuß die Langseite, hundertfünfzehn die Front, der Blick aufs Meer durch Lagerhäuser verstellt, Nahrungsaufnahme zur Matutin und zur Vesper, mittags klares Wasser – wie die Pferde, deren Ausdünstungen noch die der Küche übertreffen, dazu das ewige Gescharre, Furzen, Mampfen, Äpfeln – und alle naselang dieses blöde Gewieher!«

»Ich sehe«, sagte William, »Ihr seid bereit zu neuen Taten. Die Triëre und Eure Mannschaft ebenfalls. Es handelt sich nur darum, wie die Hafenkette überwinden und dann in die Hände gespuckt: Ein zweites Mal solltet Ihr Euch nicht fangen lassen!«

»Wieso?« fragte die Gräfin. »Wollt Ihr nicht mit uns –«

»Vergeßt solche Gedanken«, tönte die Stimme Gavins über ihren Köpfen.

Der Templer war die Treppe hinabgestiegen und hatte zumindest den letzten Teil des Gespräches mitbekommen.

»Schlagt Euch eine Flucht aus dem Kopf!« warnte er trocken, um dann verbindlicher zu werden. »Wartet hier im Tempel, bis alle ausgelaufen sind.«

»Sie werden uns zwingen, mit ihnen zu kommen«, wandte William ein.

»Dann segelt in Gottes Namen mit der Flotte. Auf hoher See könnt Ihr Euch leichter absetzen als hier aus dem Hafen.«

»Ihr könntet am Wachtag der Templer die Kette –« deutete die Gräfin an, aber Gavin schnitt ihr das Wort ab.

»Ein Mitglied des Ordens wegen Hochverrat vor den Schranken eines Kriegstribunals?!«

»Ihr wißt einfach von nichts«, bot William vermittelnd an, doch Gavin warf ihm einen herablassenden Blick zu.

»Ich bin kein Minorit, und ich sage es hiermit laut und deutlich für Eure ungewaschenen Ohren und Euer beschränktes Hirn: Ich will davon nichts wissen – und auch nichts mehr davon hören! Sonst seid Ihr der erste, der im Karzer landet!«

»Roter Falke«, sagte Yeza, »ich kann mich zwar nicht daran erinnern, aber William hat immer erzählt, wie Ihr uns aus dem Montségur gerettet habt vor dem Feind!«

»Zusammen mit Sigbert!« bestätigte Roç ihren Hinweis, der keine Frage war.

Der kleine Mahmoud hatte den Mann im Turm lange angeschaut.

»Ich kenne dich auch«, stellte er fest. »Ich habe dich mit meinem Vater gesehen.«

»Das mag wohl angehen, wenn du der Sohn des Bundukdari bist«, entgegnete der Rote Falke, »aber wie soll ich euch Kinder diesmal befreien, wo ich doch selbst ein Gefangener bin, ihr aber Gäste dieses Hauses – von keinem Feind bedroht?«

»Wir wollen aber weg«, erklärte Roç, »sie haben Guiscard umgebracht –«

»Der Kerl da!« schrie Yeza und zeigte hinunter auf die Gasse, die zum Hafen führte.

Sie rutschte vom Knie des Roten Falken, und alle drei drängten zum Fenster.

Angel von Káros, der schwarzbärtige Riese, mit einigen seiner Griechen im Gefolge, belästigte mit gröhlendem Gelächter und Zurufen, die man bis zum Turm hinauf hören, aber nicht verstehen konnte, eine allein die steile Gasse hinaufeilende Frau. Sie hatte ihr Gesicht mit einem Tuch verhüllt und beschleunigte ihre Schritte. Ihre Verfolger waren schneller als sie und hetzten sie wie Hunde ihr Wild. Ihr Anführer, dieser Koloß, ließ sich Zeit und lachte nur dröhnend, als das Weib endlich stürzte und die Meute sie an den Händen ergriff und sie rücklings über eine niedrige Mauer zerrte. Ihr Gewand verrutschte, gab erst ihr Knie, dann ihre Schenkel frei. Ihr Kopftuch fiel.

»Das ist doch Madulain!« rief Roç erregt. »Sie sollen sie loslassen!«

Der Riese stampfte breitbeinig auf Madulain zu und nestelte an seinem Gürtel.

»Wir müssen ihr helfen!« schrie Roç, als könnte er damit den Angel von Káros einschüchtern, doch der war stehengeblieben und brüllte nun seinerseits seine Kumpanen an, die Madulain festhielten, er schlug sogar mit den Fäusten nach ihnen, daß sie zur Seite flogen wie Strohsäcke, sich auf dem Boden krümmten und fluchtartig die Gasse hinabbrannten.

Jetzt erst sahen die Zeugen im Turm den einzelnen Ritter, der federnden Schritts von oben die Gasse hinunterkam. Es war der Prinz von Frankreich, Robert d'Artois.

Madulain hatte sich erhoben und bog anmutig das Knie, bevor sie ihr Tuch wieder um den Kopf schlang und Richtung Tempel enteilte.

Der Graf von Artois hielt sich nicht lange bei dem Griechen auf, der ihn um Haupteslänge überragte, sondern schritt nach kurzem Wortwechsel weiter. Der Riese schaute erst der Entschwundenen nach, dann dem Prinzen, zog dann sein schon gelockertes Beinkleid wieder hoch über seinen mächtigen Bauch und trollte sich.

»Was hat Herr Robert ihn wohl geschimpft?« wollte Yeza nun wissen.

»Daß man eine Dame erst einmal artig fragen sollte«, meinte der Rote Falke lachend, »bevor man ihr seine Begleitung oder sonstige Fürsorge anträgt!«

»Der Prinz ist ein Held!« stellte Yeza fest. »Ein echter Ritter!«

Die ebenerdig zum Hof hin gelegenen Wirtschaftsräume des Tempels waren alles andere als ein Paradies für William von Roebruk. Das Küchenpersonal bestand ausschließlich aus Männern, und einen Weinkeller hatte er auch nicht entdecken können. Die Stimmung der Gefangenen im Tempel war gereizt bis niedergeschlagen, eine Kerkersituation, die so nicht länger anhalten konnte.

Weder die Gräfin noch ihre Triëre ließen sich auf die Dauer an die Kette legen, von Roç und Yeza ganz zu schweigen.

William beschloß, die Augen offenzuhalten, und hatte sich in den Bazar begeben, beste Quelle neuester Nachrichten.

Die Augen wurden ihm allerdings plötzlich zugehalten, von hinten schlangen sich zwei Hände um seinen Kopf, und eine Stimme rief: »Hallo! Schöner Fremder!«, ohne einen Deut Rücksicht auf sein geistliches Gewand zu nehmen. »William, mein William!«, warf sich ihm Ingolinde an den Hals. »Bist du's wirklich?«

»Ingolinde, die Hur von Metz!« entfuhr es dem Minoriten wenig chevaleresk. »Deine Möse durfte hier ja nicht fehlen bei diesem Stelldichein von tausend Schwänzen!«

Alle bereit zum letzten Stoß, sinnierte er weiter, bevor in rauhe See gestochen wurde, bevor der Wüstenwind nur noch Sand in die Hosen blies oder ein Pfeil im Hals, ein Eisen im Herzen den Stecher seinen letzten Seufzer tun ließ. Solches – und übleres – Schicksal schwirrte dem William von Roebruk durch seinen flämischen Bauernschädel, während Ingolinde ihn glückselig plappernd mit festem Griff an der Hand nahm und zu ihrem Hurenwägelchen zerrte, das am Rande des Marktes stand.

»Was kümmern mich tausend edle Stößel, die Zypern zu bieten hat, wenn mir dein Schwengel widerfährt? Heiliger Franz! Hab ich doch gedacht, der sei schlaff und tot wie sein Herr, den man in Konstantinopel auf einem Langschild aufgebahrt, von einer Fahne bedeckt, an mir vorbeigetragen hat.«

Es sprudelte nur so aus ihr heraus.

»Weißt du, was man mir gesagt hat? Mein William sei den Tod eines Helden gestorben, und ich habe geweint!«

Gleich kamen ihr die Tränen wieder, diesmal vor Glück. »Nun lebt er doch!« Sie griff ihm beherzt an die Hose. »Da pfeife ich aufs Heldentum, da will die Ingolinde nur noch eines: ihren Kerl wiederhaben!«

Und sie nahm ihn sich. Grad noch riß sie den Vorhang zu, da ließ sie schon ihren schönen Hintern ins Stroh des Wägelchens plumpsen und den wiedergewonnenen William in ihren weichen, feuchten Schoß.

»Wer hätte das gedacht«, gluckste sie vor Wohlbehagen und preßte den Minoriten an sich, »daß mich deine mollige Wampe noch mal wärmen würde und dein Gemächte mich rühren? O William!« seufzte sie, als das Rütteln und Schaukeln des Wägelchens nachließ. »Was hast du erlebt, nachdem du tot warst? Erzähl' mir alles!«

»Ich hab' dir zugewinkt.« William grinste und bettete erschöpft seinen Kopf zwischen ihre Brüste. »Aber du hattest dich bereits blinder Trauer anheimgegeben.«

»Also warst du gar nicht tot?«

»Der Dolch war vergiftet. So bin ich aufs Meer gefahren, bis die Triëre hier an Land ging.«

Ingolinde verstand gar nichts mehr, aber es war ihr auch egal.

»Ein Jahr nur die See?« Ingolinde mochte es nicht glauben. »Kein Hafen? Keine Hur? Kein Suff? Wie mußt du gelitten haben unter solcher langen Weile!«

»Einmal wollte man sie mir schon verkürzen«, scherzte der Mönch, »und mich aufhängen. Aber der liebe Gott hatte wohl anderes mit mir vor.«

»Der heilige Franz hat dich bewahrt, auf daß du deine Hur wieder glücklich machen solltest. Eine Kerze werd' ich ihm –«

»Ich werde deine Dienste in Anspruch nehmen müssen«, benutzte William die fromme Anwandlung als Gelegenheit zum Aufbruch.

»Wenn's dir als Muß erscheint, scher dich zum Teufel!« Ingolinde war gekränkt. »Und schenk dir den Dienst!« Dann besann sich die kluge Hur und begann eine bekannte Melodie von Peire Vidal zu trällern:

> *»Qu'amb servir et amb onrar*
> *conquièr òm de bon senhor*
> *don e benfàch et onor,*
> *qui be'l sap tener en car:*
> *per qu'ieu m'n dei esforçar …«*

»Weder solltest du in mir einen Edelmann sehen, noch ich bei dir einen Grund zur Fröhlichkeit«, brummelte William. Doch Ingolinde ließ sich nicht beirren, sie wechselte nur die Tonlage.

> *»Ar hai dreg de chantar,*
> *pos vei joi e deportz,*
> *solatz e domnejar,*
> *qar zo es vostr' acortz.«*

»Ach«, sagte William sich frei machend. »Ich bin nicht wie du frei wie ein Vogel.« Und er küßte ihr beide Brustwarzen. »Auch nach einem Jahr bin ich immer noch in der Pflicht der Königlichen Kinder.«

»Ah«, spöttelte Ingolinde, »mein Ritter des ›Großen Planes‹! – Ein Bröcklein der Zuwendung, die diesen Kindern zuteil wird, würd' eine Hur' wie mich schon glücklich machen.«

»Jeder ist seines Glückes Schmied!« tröstete er sie und erhob sich. »Ich rechne auf dich!«

»Das tu' ich auch! Klemm dir nicht das Gelege!« rief Ingolinde, als er sich rittlings über die Holzwand des Wägelchens schwang. Sie lächelte ihm nach.

DIARIUM DES JEAN DE JOINVILLE

Limassol, den 4. Oktober A.D. 1248

Ich hatte als Quartier das Obergeschoß eines der Lagerhäuser zugewiesen bekommen. Da ich es, nachdem ich mir meinen Vetter vom Halse geschafft hatte, mit meinen acht Rittern, unseren Knappen und meinem trefflichen Dean of Maurupt allein bewohnen konnte, verfügten wir über angenehm reichlich Platz. Nichts ist an Kriegszügen so unangenehm wie die Enge, das stete körperliche Bedrängen, das laute Geschnarche und der widerliche Fußgeruch.

Unsere Pferde hatten wir aus dem Schiffsbauch geholt und unten in die Stallungen gestellt, wo auch die Knechte schliefen. Selbst wenn wir hier nur zwei, drei Wochen verweilen sollten, konnten sie sich so von der Seereise erholen, denn auch ein Pferd muß im Kampf bei Kräften sein. Davon kann das Leben abhängen, besonders wenn Rückzug angesagt ist.

Ihr würziger Duft, für jeden Ritter die herrlichste Essenz, die er durch die Nase ziehen kann, zusammen mit Schwaden von Leder, etwas Pisse und ein wenig Schweiß und dem so schwer zu definierenden Geruch von Eisen: eine prachtvolle Mischung! Sie waberte aus den Stallungen hinauf zu mir auf das Flachdach, meinem bevorzugten Aufenthaltsort.

Hier schrieb ich ungestört, und mein Blick konnte von der Templerfeste oben auf der Klippe, die steile Gasse hinunter, die ihn mit dem Hafen verband, sie führte direkt zu unsren Füßen vorbei, über Stadt und Bucht bis zur Johanniterburg wandern.

Ich hatte eigentlich erwartet, daß mein Herr König, nachdem er nun meine Präsenz wahrgenommen, mich gar bald zu sich rufen würde. Doch nichts dergleichen geschah. Sollte er tatsächlich ernst damit machen, die Kinder des Gral partout nicht zur Kenntnis zu nehmen? Und infolgedessen auf meinen Bericht aus Konstantinopel einfach verzichten? Zu abgestanden? Es war ja auch ein Jahr darüber vergangen – doch es kränkte mich.

Ich begab mich des öfteren zum Königspalast und wohnte unerkannt in der hintersten Reihe der Audienz des Königs Ludwig bei. Das war nie verlorene Zeit, einmal wegen der Gäste, die aus fremden Ländern kamen, beladen mit merkwürdigen, aber kostbaren Geschenken wie seltenen Vögeln in güldenen Käfigen, auch solchen, die nicht nur zwitscherten, sondern flöteten oder gar wie Menschen sprachen; mit Tieren, die aussahen wie Katzen, aber mit langen Armen und Beinen wie Menschen, und einem ebenso langen Schwanz. Glieder, die sie allesamt sehr behende gebrauchten, als habe jemand fünf Hände. Auch in kleinen geschnitzten Dosen versteckte Grillen, die süße Melodien zirpten, oder edle Jagdfalken für die Beiz, besonders gezüchtete Hunde mit kräftigen Lefzen und breiter Brust für die Jagd auf Wolf und Eber, und andere mit kurzen, krummen Beinen, die den Fuchs aus dem Loch treiben.

Doch weitaus mehr interessierten mich die Gesandten selbst, was sie zu sagen hatten und wie der König darauf reagierte, dieses feine Spiel der hohen Diplomatie, in der Wünsche und Ablehnung, Drohungen und Allianzen, Unterwerfung und Belohnung, alles in Gewänder gewählter Worte gekleidet wurde und genauso behutsam, wie sie vorgetragen, wieder aus dem Saal hinausgetragen wurden.

König Ludwig mochte als bescheidener Mann erscheinen, aber das sollte keiner für Geistesschlichtheit halten. Seine Worte waren von großer Einfachheit und Klarheit, doch dahinter verbarg sich ein starker Wille, und Ausdruck wie Wirkung waren wohl überlegt. Das mußte auch der ehrenwerte Maître Robert de Sorbon erfahren, immerhin des Königs Hofprediger und Beichtvater.

Er sah mich am Eingang des Audienzsaales stehen und beäugte mich mißbilligend, um mich dann am Saum meines Mantels zu packen und vor den König zu zerren.

Ich rief unwillig: »Herr Robert, was ist in Euch gefahren?«

Aber er ließ nicht locker und schnaubte, so daß der König es hören mußte: »So will ich denn von Euch wissen, ob Ihr Euch

nicht schämt, um so viel kostbarer gekleidet zu sein, mit pelzbe-
setztem Mantel und grünseidenem Wams, als der König, vor dem
Ihr steht?«

Ich wurde wütend. »Herr Robert«, sagte ich, nachdem ich
mich vor dem König verneigt hatte und seiner Erlaubnis zu sprechen gewiß war, »ich bin mir keiner Schande bewußt, denn diese
Farben und diesen Umhang habe ich von meinem Vater und von
meiner Mutter geerbt wie das angestammte Recht, sie zu tragen.
Ihr hingegen, Herr Robert, seid zu tadeln, denn Eure Eltern waren
Bürgersleut, doch Ihr verleugnet Eure Herkunft und tragt einen
Umhang von wesentlich feinerer und teurer Wolle als die, aus der
das Kleid des Königs gewebt!«

Ich griff ihn am Gewande und zog ihn daran zum Vergleich
dicht vor den König. »Seht her!« sagte ich. »Und gebt mir Recht!«

Der König gab sich Mühe, sein Amüsement zu verbergen, aber
Maître Robert war jetzt beleidigt, entwand sich meinem Griff und
rauschte aus dem Saal. Ich hatte mir einen nicht zu unterschätzen-
den Feind gemacht.

»Klug war Euer Handeln nicht«, rügte mich denn auch der König, »übertriebenem Eifer zu meinen Gunsten Euer Recht und das
Vorrecht Eurer Geburt so bar aller Schonung meines treuen Dieners entgegenzusetzen.«

Er ließ den Maître zurückrufen und sprach: »Wie der Seneschall ganz richtig bemerkte, habt Ihr beide Euch so zu kleiden,
wie es Eurem Stand und Rang entspricht. Denn, wie ein Philosoph
es ausgedrückt hat, Eure Rüstung und Eure Robe mögen derart
erscheinen, daß in Erfahrung gereifte Männer nicht sagen können,
Ihr hättet zuviel dafür ausgegeben, und junge Männer, die Erfahrungen noch vor sich haben, nicht sagen sollen, Ihr hättet zuwenig
aufgewendet.«

Damit entließ er uns.

Ich ging gemächlich, denn niemand sollte denken, ich sei nun
nicht mehr in der Gunst des Königs. Ich spürte, daß etwas in der
Luft lag.

Hinter dem König hatte ich Yves, den Bretonen, gesehen, der –

entgegen seiner Gewohnheit, einen jeden, der auch nur in die Nähe des Königs gerät, wie ein Zerberus anzufletschen – heute mit seinen Gedanken ganz woanders schien. Sein stechender Blick zog einen sonst bis aufs Hemd aus, um darunter nach verborgenen Stichwaffen zu forschen.

Diesmal hatte sich der grimmige Leibwächter keinen Deut um unseren Disput geschert, der sich hautnah vor der Person des Königs abspielte. Dafür hatte ich bemerkt, daß der Marschall der Johanniter, Leonardo di Peixa-Rollo, ein Genuese, zu ihm trat und mit ihm flüsterte. Beim Verlassen des Palastes sah ich den Marschall wieder, gefolgt von meinem Vetter Johannes – wie ein bissiges Frettchen kam er mir vor –, aber er bemerkte mich nicht. Wir hatten uns auch nichts mehr zu sagen.

Eine Hand legte sich auf meine Schulter. »Seneschall!«

Es war der Bretone, Herrn Ludwigs düsterer Schatten, sein Mann für Erledigungen am königlichen Hofamt vorbei, so wie Yves auch außerhalb der Etikette stand.

»Folgt mir unauffällig!« beschied er mich kurz angebunden und schritt voraus.

Er führte mich in die kleine Palastkapelle, zu einem Privatissimum des Königs. Herr Ludwig kniete in der vordersten Bank und winkte mich zu sich. Wir beteten zusammen. »Amen«.

Ich wartete, daß er mir Vorwürfe machen würde, weil ich ihn weder damals noch jetzt über die Kinder informiert hatte. Doch er wandte sich mir freundlich zu und sagte: »Berichtet mir, lieber Joinville!«

Ich wußte nicht, wie ich beginnen sollte, und stotterte: »Als Ihr mich nach Konstantinopel entsandtet, fand ich folgende –«

Er winkte ab. »Wer dort zugegen war und was geschah, weiß ich aus Eurem trefflichen Bericht, den mir unser Vetter Friedrich zustellte.«

Mir fiel ein Stein vom Herzen.

»Was mich interessiert, sind nicht Eure genauen Beobachtungen, sondern Eure Meinung, die Ihr ja kürzlich noch vertiefen konntet.«

Er war also bestens informiert.

»Die habe ich mir abschließend noch nicht gebildet«, wandte ich bescheiden ein.

»Einen Abschluß gibt es nicht«, belehrte mich der König, »zieht mir nur ein Resumee des Status quo Eurer Erkenntnisse, ohne«, er lächelte mir zu, »beim ›Bon Roi Dagobert‹ anzufangen.«

»Das scheint mir ein gewichtiger Wandel in der Tradition der Prieuré de Sion«, nahm ich dankbar sein Stichwort auf. »Nicht länger geht es um die Wiedereinsetzung der Merowinger, sondern es wurde – ich weiß nicht, wann und von wem – ein Schnitt gemacht, ein Sprung in die Gegenwart: Die Rettung des heiligen Blutes, des *sang réal* – verzeiht mir, Majestät, ich berichte aus der Sicht der Prieuré, so wie sie sich meinem schlichten Gemüt offenbart –, wird jetzt in der Verschmelzung mit dem des Staufers erhofft –«

»Und die Blutschuld wird wieder dem Hause Capet zugewiesen!« seufzte König Ludwig. »Das ist keine Offenbarung, lieber Joinville, und kein Affront, sondern Tatbestand. Der Arm der Capets hat Parsifal getötet, wenn's auch das Gift des Herrn Papstes war, und so besorgten Paris und Rom gemeinsam das Wiederaufleben des Mythos vom Heiligen Gral, *San Gral*, fälschlicherweise als *sang réal* gelesen. Er ist weder heilig noch königlich, sondern ketzerisch und anmaßend. Hätten meine Vorväter den Trencavel im Turm von Carcassonne eines natürlichen Todes sterben lassen, gäbe es keinen Perceval als verratenen Helden und keine Legende. Ich habe vielleicht den gleichen Fehler begangen. Hätte ich den Montségur in Frieden schlummern lassen, spräche kein Mensch vom Berg und seinen Bewohnern. Belagerung und Fall der Burg, die Scheiterhaufen haben ›die Kinder des Gral‹ aus den Flammen geboren, zwei gewöhnliche Kinder zu Wesen einer höheren Art erhoben.«

Der König schöpfte Atem, er schien sich gar nicht bewußt zu sein, daß er mich ins weltgeschichtliche Benehmen setzte, anstatt umgekehrt.

»Mit meinem Freund und Vetter Friedrich geschieht ähnliches«, fuhr er fort. »Vier Päpste rieben – und reiben sich nacheinander darin auf, ihn zum Märtyrer, zum *stupor mundi*, zur mißverstandenen ›Leuchte der Welt‹, zur verfolgten Unschuld zu machen. Ließen sie ihn gewähren, ginge es der Kirche besser, und vor allem würde evident, daß er zwar kein mäßiger, aber ein recht mittelmäßiger Herrscher ist, der seine eigentlichen Aufgaben sträflich vernachlässigt.

Aber auch hier läßt es sich mein unbelehrbarer Bruder Charles nicht nehmen, durch seinen päpstlich begünstigten Wahn, alles Stauferische vernichten zu müssen und dafür zu sorgen, daß dies schwäbische Blut schon zu Lebzeiten zum Elexir wird, aus dem sich Weltherrschaftsansprüche herleiten lassen. In der Tat«, endete mein Herr Ludwig, »wir Capets haben alles getan, daß heute zwei ›Königliche Kinder‹ geträumt werden und daß ein Teil des Abendlandes – der Teil, der sich für das Salz in der Suppe hält! – geistig Kobolz schlägt, damit dieser Traum in Erfüllung geht.«

»Die Sucht nach den Kindern des Gral«, brachte ich geschwind einen Beitrag aus meiner Feder unter, »ist bereits wie ein Funke vom Okzident auf die Welt des Morgenlandes übergesprungen! Ihr hättet sehen sollen, Majestät«, rief ich aus, »wie in Konstantinopel, diesem Brückenkopf, dieser Nahtstelle, die Weisen, die Sufis, die Derwische und Schamanen angeströmt kamen, um die Königlichen Kinder zu verehren.«

»Der Islam«, beschied mich Ludwig, »ist dennoch kein Nährboden für Geschichten, die aus den mystischen Bedürfnissen Europas geboren sind, einer Welt, in der die Kirche den Menschen fremd geworden ist und sie sich dessenthalben vom Glauben in Christo immer mehr abwenden.«

»Also muß man die Kinder, eine Ausgeburt des Heidentums, bekämpfen?« stellte ich die Frage.

Der König lächelte. »Wenn Ihr mir folgen konntet, mein werter Joinville, dann hatte ich soeben an diversen Beispielen dargelegt, daß ›Kampf‹ das falsche Mittel sein kann, es handelt sich nicht um Heidentum noch um Feinde, sondern um Verirrte und Verwirrte. Schlägt man auf solche ein, gewinnen sie nur an Anhängerschaft.«

»Aber wie entledigt man sich ihrer dann?« fragte ich kleinlaut.

»Man tötet sie stillschweigend«, antwortete der König, doch als er meine Irritation bemerkte, solches aus seinem Munde zu hören – ich dachte natürlich an Yves den Bretonen –, präzisierte er: »Man schweigt sie tot!«

Ich zeigte durch Nicken an, daß ich ihm gefolgt war.

»Anders ist es mit den Heiden. Die Muslime sind Feinde unseres christlichen Glaubens. Gegen sie hilft nur das Schwert des Kreuzzugs. Darum bin ich hier und werde es führen bis zu ihrer Unterwerfung.«

»Also«, fragte ich, »was soll ich nun wegen der Kinder unternehmen?«

»Ich sagte es Euch schon und wiederhole es jetzt: Schweigen!«

Er sah mich mit seinen klaren Augen an, die so gütig – und so hart schauen konnten. »Ich weiß, daß Euch das schwerfällt, aber es ist dennoch mein Verlangen an Euch. Schweigt – und wenn der Versucher an Euch herantritt, nehmt Zuflucht zum Gebet!«

Er entließ mich nicht, bevor er solches mit mir gesprochen:

»Caeli enarrant gloriam Dei,
et opera manuum eius annuntiat firmamentum.
Dies diei eructat verbum,
et nox nocti indicat scientiam.
Non sunt loquelae, neque sermones,
quorum non audiantur voces eorum.
In omnem terram exivit sonus eorum,
et in fines orbis terrae verba eorum.«

Als ich schon fast die Tür der Kapelle erreicht hatte, sagte er noch leise: »Dieses Gespräch hat nicht stattgefunden.«

Im Hinausgehen stieß ich auf Yves den Bretonen, der unsere ungestörte Zweisamkeit bewacht hatte. Er maß mich mit solch durchdringendem Blick, daß ich gelobte, mir den ausdrücklichen Wunsch des Königs zu Herzen zu nehmen. Versiegelt sollten meine Lippen sein!

Ich saß auf meinem Flachdach, genoß das Schauspiel der untergehenden Sonne und zerbrach mir noch immer meinen Kopf über das, was der König gesagt hatte.

Es lief dennoch auf eine Frage des Glaubens hinaus. Mein Herr Ludwig, der fest im Glauben der Kirche stand, tat die Kinder einfach als Hirngespinste von Ketzern, *item aegrotantes,* ab.

Wie fest stand ich, in welcher Gewalt würde sich mir der Versucher nähern?

Ich konnte der Versuchung nicht widerstehen, meine Tarot-Kärtchen zu befragen:

DER KAISER

»In seinem Glanz schreitet die Welt voran, denn ihm leuchten Sonne und Mars zugleich. Der Moment ist günstig für einen Wechsel oder Neuanfang. Vertraue Deiner Kraft.«

Die Kinder beschäftigten meine Gedanken auch während des Abendgebetes, das mein trefflicher Pater Dean mit mir verrichtete, als ich vom Hafen her Schreie und Waffenlärm vernahm. Eine Rauchwolke stieg auf aus der Gegend, wo ich das Quartier der Venezianer wußte.

Die Serenissima – seit einiger Zeit mit den Zyprioten auf Kriegsfuß, seit der junge König Heinrich seine Mutter Alice in der

Regentschaft abgelöst hatte – unterhielt hier keine Mannschaft, sondern hatte die Verwaltung und Bewachung ihrer Lagerhäuser den Templern übertragen. Ich sah jetzt deutlich Feuerschein, der Rauch wurde heftiger, auch das Geschrei. Unter mir in der Gasse rannten aufgeregt Menschen.

Und dann kamen schon zwei meiner Ritter angestürzt und riefen: »Die Johanniter greifen mit Waffengewalt die Templer im Hafen an! Sie haben Feuer an die Warenlager Venedigs gelegt – da steckt Genua dahinter!«

Der Meinung war ich nun nicht, und gleich darauf sah ich zu meinen Füßen einen bewaffneten Trupp der Tempelritter hoch zu Roß die Gasse hinabsprengen. Der Tempel mußte fast seine ganze Streitmacht aufgeboten haben.

Neugierig, wie ich bin, legte ich schnell meinen Brustpanzer an, nahm den Helm unter den Arm und begab mich auf die Straße, gerade als auch Gavin, der Präzeptor, an mir vorbeipreschte.

Ich war mir noch unsicher, wohin mich wenden, da sah ich aus einem Seitengehöft bewaffnete Johanniter treten. Peixa-Rollo, der Marschall, führte sie persönlich an. Es waren viele, und sie bemühten sich, kein Aufsehen zu erregen.

Zügig schritten sie die Gasse hoch in Richtung Tempel, dann bemerkte ich, wie einige Sergeanten jetzt einen Rammbaum aus der Tür trugen und auf die Schultern nahmen. Sie folgten den Rittern des Ordens im Laufschritt. Das sah sehr nach einem sorgfältig geplanten Unternehmen aus!

Ich wartete ab, bis der letzte vorbei war, ließ einigen Abstand und folgte ihnen dann. Mir war sofort klar, daß der Brand und die Scharmützel unten im Hafen nur eine Finte darstellten: Die Herren vom Tempel sollten von diesem weggelockt und abgelenkt werden, der eigentliche Stoß der Johanniter zielte auf das nun von Verteidigern entblößte Haus. Die Kinder! schoß es mir durch den Kopf. Sie wollen die Gräfin und die Ketzerkinder, diese kleinen Könige, herausholen und vor den König schleppen – oder noch ärger?

Ich beschleunigte meine Schritte, zumal jetzt auch oben vom

Tempel Waffenklirren und Geschrei deutlich zu hören waren. Als ich am Ende der Gasse um die Ecke bog, fand ich mich in einem Haufen von Bettlern und Händlern eingekeilt, die sich erschrocken bis hierher zurückgezogen hatten.

Ich sah gerade noch, wie es der mutig dreinschlagenden Torwache gelang, das zweite Tor zu schließen, obgleich von allen Seiten die Ritter vom Hospital in der Enge der Toreinfahrt auf sie eindrangen. Doch dann wurde der Rammbock vorgetragen, und schon sein erster wuchtiger Stoß ließ Holz splittern und das Tor erbeben. Lange würde es nicht standhalten. Sein Eisenbeschlag war mehr Verzierung, zur Verteidigung war eigentlich das vordere Tor gedacht, dessen schwere, mit Bronzeplatten versehene Flügel weit offenstanden. Der Überraschungsangriff schien ihnen geglückt zu sein. Den Johannitern brannte die Zeit auf den Nägeln, immer hastiger donnerten sie die eisenbewehrte, stumpfe Spitze des Baums gegen das letzte Hindernis, das jetzt schon klaffende Risse zeigte.

Da gewahrte ich, eher als die so eifrig bemühten Johanniter, eine Staubwolke auf der breiten Straße, die vom Königspalast zum Osttor führte. Ich dachte erst, jetzt kehrt Gavin zurück mit der gesamten Streitmacht des Tempels, aber es waren schwarze Kreuze auf weißer Brust, nicht rote: die Deutschritter!

Ich wußte gar nicht, daß sie in Limassol angelandet waren. Es waren nicht viele, vielleicht zwanzig Ritter, doch sie galoppierten, die Lanzen eingelegt, die Visiere heruntergeklappt, mit Entschlossenheit genau auf die Säulenhalle zu, die der Einfahrt zum Tempel vorgelagert ist. Erst auf dem Platz davor, den Händler und Bettler fluchtartig verlassen hatten, ließ ihr weißbärtiger Anführer sie die Pferde zügeln und die Lanzen senken.

»Wer will uns den Zugang verweigern?« polterte der Baß des Komturs. Sigbert von Öxfeld! Der taucht auch jedesmal auf, dachte ich, wenn den Kindern Gefahr droht. Welch weitgespanntes Netz trug die kleinen Könige?

»Haltet Euch raus!« entgegnete ihm Leonardo di Peixa-Rolla, der Marschall. »Mit Euch haben wir nichts zu schaffen.«

»Aber mit uns!« tönte da die Stimme Gavins. Er stand allein auf der anderen Seite und stützte sich gelangweilt auf sein Langschwert. Da war der Marschall verunsichert, und sein Blick fiel auf das Osttor. Dort warteten wie eine schweigende Mauer die Ritter des Tempels auf ihren Pferden, die Lanzen hoch aufgerichtet.

Peixa-Rolla gab seinen Leuten ein Zeichen. Sie steckten die Schwerter weg und zogen gesenkten Blickes ab, die Gasse hinunter, bemüht, durch langsamen Schritt die Demütigung der Niederlage mit Würde zu tragen. Die Sergeanten ließen den Rammbaum fallen und rannten hinterher.

Weil solche Flucht nun auch das gemeine Volk mutig macht, griffen die Bettler und Händler nach Steinen und warfen sie mit Flüchen hinter ihnen her. Dann nahmen die Dinge vor dem Tempel wieder ihren gewohnten Gang, und ich schritt nachdenklich von dannen. Inzwischen war es dunkel geworden.

LIB. I, CAP. 3

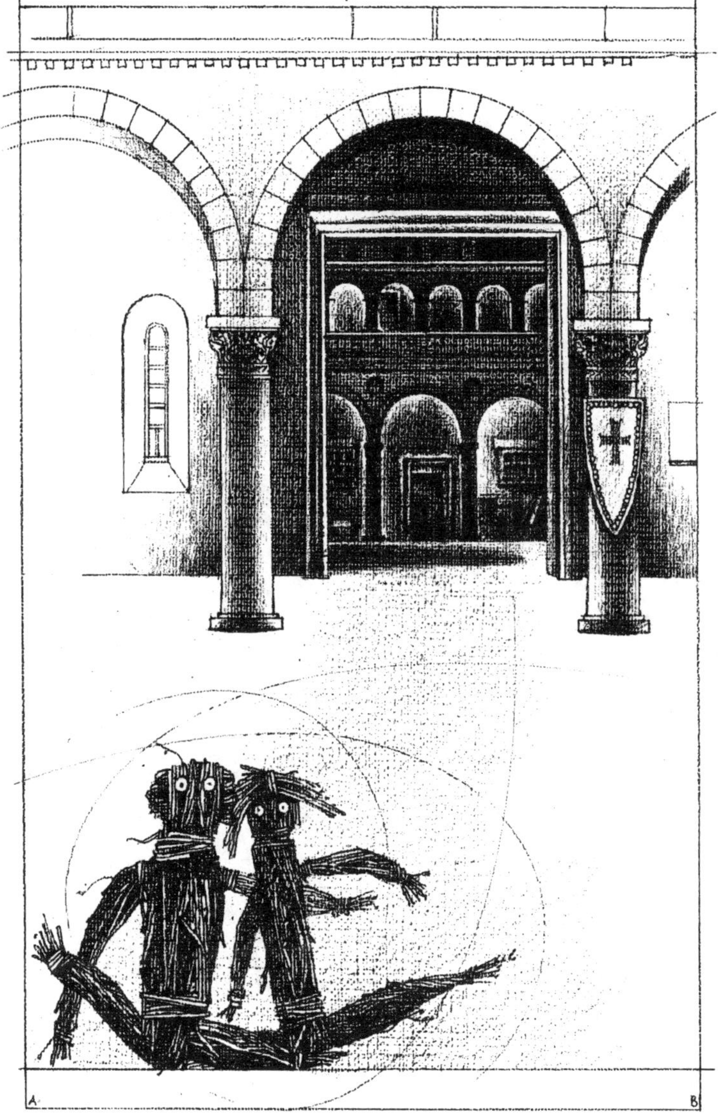

DAS
GEHEIMNIS DER
KINDER

IM TURMZIMMER nahm Sigbert von Öxfeld seinen Helm ab, und darunter kam ein gutmütiges Gesicht zum Vorschein. Es gemahnte an die Physiognomie dieser kräftigen Hunde, wie sie die Mönche von Sankt Bernhard züchten, um Verirrte und Eingeschneite aus Bergnot zu retten. Von der Statur her glich er mehr einem aufgerichteten Bären, jederzeit auch zu einem Pratzenhieb bereit, gegen den kein Kraut gewachsen. Mit diesen Pranken könnte er einem Stier die Rippen brechen, dachte Gavin, als er zusah, wie der Komtur den Roten Falken umarmte, fast erdrückte.

»Es ist mal wieder wie in der Nacht des Montségur«, scherzte der Deutschritter grimmig.

»Oder wie im ›Mittelpunkt der Welt‹«, seufzte der so Geherzte, und sein Raubvogelprofil zeigte vorwurfsvoll auf den Templer. »Nur daß ich damals, im Marmorsaal des Bischofs von Konstantinopel, nicht dabeisein konnte, heute aber hier Privatgefangener des Präzeptors bin. So ändern sich die Zeiten.«

»Das kommt davon, wenn man auf zu vielen Hochzeiten tanzt«, entgegnete Sigbert ungerührt. »Ich diene dem Kaiser, und ich weiß nicht, was ihm grad mehr frommt: daß Ihr seinen alten Freund, den Sultan, vor dem Kreuzzug warnen wollt – oder daß der König, auf dessen Loyalität er mehr angewiesen als je zuvor, eben der von Frankreich, den Sieg davonträgt?«

»Wenn Ihr Deutschen weiter denken könntet, Sigbert«, entgegnete der Rote Falke, »und etwas Phantasie hättet, dann sähet Ihr im Falle eines fränkischen Sieges die Position Friedrichs in der

Terra Sancta erheblich geschmälert. Schon jetzt, da Konrad nie von seinem Erbe Besitz ergriffen, sind des Kaisers Statthalter dort in ärgster Bedrängnis.«

»Das ist wahr«, mußte der Deutschritter einräumen, »doch ist die Politik der Templer nicht die des Reiches«, wandte er sich an den Präzeptor.

»Wenn ich wüßte, was die Politik meines Ordens ist«, antwortete dieser bedächtig, »wär' ich schon Großmeister – oder tot.« Als die anderen lachten, fügte er hinzu: »Spaß beiseite: Der Orden der Tempelritter zieht wie alle anderen an der Seite König Ludwigs in diesen weder nützlichen noch notwendigen, aber heiligen Krieg. Den zu erwartenden Verlust von Rittern und von Material so gering als möglich zu halten, sehe ich als eine meiner Aufgaben, deshalb bleibt der Emir hier! So kann er mir nicht irgendwo in der Wüste aufs Haupt schlagen.«

»Ach«, sagte Sigbert, »sterben müssen wir alle irgendwann und wo. Ich hoffe, nicht in der Wüste.«

»Die Templer reut vielmehr schon jetzt das viele schöne Geld, das sie die Unternehmung Ludwigs kosten wird«, spottete der Rote Falke. »Laßt mich frei, Gavin, und der Sultan wird Euch meinen Leib in Gold aufwiegen – und eine Burg Eurer Wahl für den Orden obendrein.«

»Verlangt die Zitadelle von Kairo, Gavin!« frozzelte der Deutsche.

Aber der Templer war verärgert. »Wenn Ihr so zu mir sprecht, Fassr ed-Din Octay, dann kann ich auch mein Gewissen erleichtern und Euch dem König ausliefern.«

In diesem Moment klopfte es heftig an die Tür zum Turmgemach. Es war ein Ritter in voller Montur.

»Der Tempel ist umstellt!« rief er. »Die Johanniter haben ihre gesamte Streitmacht auf der Insel zusammengezogen und belagern uns!«

Gavin trat an das schmale Fenster. Unten im Dunkeln blitzten Waffen. Auf dem sonst bis spät in die Nacht bevölkerten Marktplatz vor der Eingangshalle war keine Menschenseele zu sehen.

»Nun seid Ihr selbst ein Gefangener!« Man hätte denken können, dem Komtur des Deutschen Ritterordens bereite die Situation Vergnügen. »Wenn Ihr einen Ausfall unternehmen wollt, laßt mich an Eurer Seite kämpfen.« Der alte Recke sprühte vor Kampfeslust.

»Die Blockade, denke ich, gilt weder mir noch Euch, Sigbert – sie gilt den Kindern!«

Das hatte der Deutsche nicht erwartet, seine Fröhlichkeit war verflogen. »Die Kinder sind hier!?«

Gavin nickte. Auch er war besorgt. Der Rote Falke trat ans Fenster. »Es gibt doch sicher unterirdische Fluchtwege – wie aus jeder Templerburg?«

»Dies ist keine Burg, sondern ein ehemaliges Pilgerspital. Später übernahm es der Orden als Vorratshaus und ließ alle Gänge zuschütten, weil Diebe sie zu benutzen pflegten, um uns zu bestehlen. Jetzt gibt es nur noch einen Eingang, das Tor – und das ist belagert.«

»Ich befürchte nur«, sagte Sigbert, »sie werden es dabei nicht belassen.«

»Vielleicht wird auch Ludwig, beeinflußt von falschen Ratgebern, seine Haltung ändern und uns befehlen, die Kinder herauszugeben«, bestärkte ihn Gavin in seiner Sorge, »das würde er zwar teuer bezahlen müssen –«

»– aber hier und jetzt hilft es uns nicht«, brachte der Deutsche den Gedanken zu Ende. »Gegen die vereinigte Macht des Kreuzfahrerheeres können wir nicht standhalten.«

»Nicht lange«, bestätigte der Templer. »Doch heute Nacht steht nichts zu befürchten, und so laßt uns schlafen gehen – Sigbert, Ihr seid mein Gast!«

»Aber nur, wenn ich morgen früh dieses Haus wieder verlassen darf«, scherzte der Deutschritter. »Ich werde dem König der Franzmänner meine Aufwartung machen und mich über diese Störung meiner verdienten Nachtruhe beschweren!«

»*La tassubbu asseita 'ala annari!* Gießt kein Öl ins Feuer!« mischte sich da Konstanz noch einmal ein. »Haltet lieber Eure Ohren offen, Sigbert, wer bei Hofe gegen uns konspiriert – und bringt in Erfahrung, was die Pläne unserer Feinde, der Feinde der Kinder sind.«

Der Rote Falke war jetzt ganz in seinem Element. »Wir hier«, damit bezog er geschickt Gavin mit ein, »werden überlegen, wie wir ihnen begegnen, ihnen zuvorkommen können!«

Der Präzeptor mochte sich ein Lächeln nicht verkneifen. »Da wären wir wieder am Anfang der Geschichte angelangt: Drei Ritter, verschworen nur dem einen Ziel: die Kinder des Gral zu retten!«

»*Vivent les enfants du Gral!*« sagte der Deutsche, stolz auf seine Französischkenntnisse.

»*Vive Dieu Saint-Amour!*« lachte Konstanz, den Kampfruf der Templer ausstoßend, so daß Gavin nichts anderes mehr blieb als hinzuzufügen:

»*Allahu kabir. Allahu 'adhim. Allahu al moen.*«

»Warum kündigst du ihr nicht den Dienst auf«, murrte Firouz und wälzte sich von seiner Frau, die darob nicht unfroh war, »und ziehst zu mir auf die Triëre?«

Madulain lag im Halbdunkel der Vorratskammer, den Kopf auf Buchweizen gebettet, unterm Hintern einen Sack Hirse, und konnte sich Schöneres vorstellen, eben das weiche Bett in der Capanna, auch jeden Tag, den der Herr werden ließ, den kräftigen Schwanz ihres Mannes, und doch sagte sie giftig: »Es ist nicht dein Schiff, Firouz – noch bist du Kapitän von Gottes Gnaden, so wie ich Magd, bist du Knecht der Gräfin – das hast du wohl vergessen – wie so manch' anderes auch.«

Ihre blitzenden Augen suchten nach dem Genossen früherer Ausschweifungen, nach dem Tier in Firouz, das nie genug bekam. Jetzt lag er neben ihr auf dem Bauch und ließ den kostbaren Penis in die Haferkleie hängen. Er hatte getrunken.

»Früher hast du jede Gelegenheit gesucht, und auch stets einen Weg gefunden, mit mir zusammenzusein, Madoul«, sagte Firouz gereizt, aber immer noch werbend.

Als ihre einzige Reaktion war, sich bei angewinkelten, schamlos gespreizten Beinen gedankenverloren Weizenkörner aus der

Hand über den Schoß rieseln zu lassen, wurde er wütend. »Dir haben wohl die schönen Ritter hier den Kopf verdreht, ich bin dir nicht mehr fein genug!«

»Da magst du wohl recht haben«, gab ihm Madulain kühl heraus. »Aber du wirbst mich auch nicht mehr minniglich, noch stößt mich deine Lanze trefflich im gay d'amor – wahrscheinlich haben die Hafenhuren meinen scharfen Bock zum stumpfen Rammler verkommen lassen –«

Firouz sprang auf. »Ich gehe nicht mit solchen Schlampen wie dein William, der Mönch – aber vielleicht sollte ich's!« knurrte er. »Mit weniger Lust als du, Weib, können die's auch nicht besorgen.«

Madulain antwortete nicht, sie starrte zur Decke der Kammer und dachte, warum sie ihn so leiden ließ, daß er solche Worte sagte. Sie hätte ihn sich am liebsten gepackt, damit er sie, sich und die Welt wieder zurechtstieße, doch sie hörte sich sagen: »Für Ingolinde, die Hur aus Metz, mag's ja reichen, aber für mich nicht. Lieber von einem Ritter artig umworben, herzlich geminnet, als von dir ...«

Sie sah, daß ihr Ehegespons eingeschlafen war. Sie ließ ihn liegen und begab sich auf Zehenspitzen in die Kammer, die sie mit Shirat und den Kindern teilte. Es war schon spät in der Nacht oder früh am Morgen. Ihr fröstelte.

»Bem degra de chantar tener,
quar a chan coven alegriers;
e mi destrenh tant cossiriers
quem fa de totas partz doler
remembran mon greu temps passat,
es gardan lo prezent forsat
e cossiran l'avenidor
que per totz ai razon que plor.«

Als die Sonne gleißend hinter dem Osttor aufgegangen war, konnten die Belagerten das gesamte Ausmaß des Aufgebotes erkennen, das um den Tempel gelegt war wie ein Strick, bereit, wohl eher langsam als mit hastigem Ruck zugezogen zu werden. Überall blinkten Waffen, und auf dem Markt hatten sie die Stände abgerissen und daraus Barrikaden gegenüber der Säulenhalle errichtet.

Die Johanniter konnten diese Streitmacht unmöglich allein aufgebracht haben. Es war ihnen wohl gelungen, viele der fränkischen Herren, vielleicht auch der englischen, zu bewegen, sich ihnen anzuschließen. Man sah zwar keine aufgepflanzten Stander, doch längst nicht jeder Soldat und Ritter trug das weiße Pfeilspitzenkreuz auf rotem oder schwarzem Grund. Entweder vermieden es die heimlichen Bundesgenossen, sich offen gegen den mächtigen Orden der Templer zu stellen, oder die Herren vom Hospital legten Wert darauf, daß diese Unternehmung einzig auf ihre Kappe ging.

In den frühen Morgenstunden war der Komtur des Deutschen Ritterordens, Sigbert von Öxfeld, mit kleiner Begleitung aus dem spaltweit geöffneten Tor geritten, und niemand hatte ihn gehindert, ja nicht einmal nach dem Namen und Wohin gefragt.

Diesen Auszug hatte auch Firouz benutzt, sich mißmutig aus dem Tempel zu entfernen. Seine Frau hatte er nicht mehr zu Gesicht bekommen.

Er begab sich zur Triëre. Wenn sie gemeinsam die Flucht bewerkstelligen könnten, würde sich auch der Ehesegen wieder richten lassen. Madulain war so furchtbar anspruchsvoll und bedachte einfach nicht, daß die Ernennung zum Capitano nicht nur Ehre, sondern zermürbende Pflichten enthielt. Sie wollte immer nur das eine, und das auch noch in vollem Fahnenschmuck. Sie mußten weg von Zypern, weg von diesem Tempel und von diesem Schiff, Gefängnisse, die sie voneinander trennten und ihre Liebe allmählich zerstörten.

Etwas später war der Großmeister der Templer eingetroffen, Guillaume de Sonnac. Er tat so, als sähe er die Blockade nicht, und keiner der Johanniter wagte es, davon zu profitieren, daß diesmal das Tor weit aufgemacht wurde und nach seinem Einzug auch offen blieb.

Im Kapitelsaal des Tempels tagte unter dem Vorsitz des Großmeisters ein ausgewählter Zirkel, vor dem sich Gavin Montbard de Béthune zu verantworten hatte. Der Großmeister hatte ihm nicht wenig vorzuwerfen.

»Ihr habt Euch die Rechte eines Präzeptors dieses Tempels angemaßt, Gavin«, sprach er mit seiner leisen Stimme. »Eurer steht meines Wissens weit von Limassol entfernt – so bedeutend er ist«, fügte er hinzu.

Gavin überlegte sich seine Antwort nicht lange. »Ich habe den Platz – wie Ihr selber wißt – ohne Führung vorgefunden, und das im Rahmen einer Mission, mit der ich beauftragt bin, wovon Ihr ebenfalls genaue Kenntnis habt.« Er wartete ab, bis Guillaume de Sonnac einverständig genickt hatte, dann fuhr er fort: »Da dieser, plötzlich durch den Kreuzzug Ludwigs ins Licht der Welt gerückte Posten verwaist war, habe ich es als meine Pflicht angesehen, ihn auszufüllen, bis Ihr eintrefft.«

»Habt Ihr nie daran gedacht, Gavin, daß diese Lücke in unserer ›Präsenz‹ zu diesem Zeitpunkt an diesem Ort vielleicht mit voller Absicht gelassen wurde?«

»Nein«, sagte Gavin, und seine Stimme bemühte sich um Festigkeit. »Diese Überlegung war und ist mir nicht einsichtig.«

»Ich billige Euch durchaus selbständiges Denken zu, auch Handeln, Gavin, deswegen seid Ihr ja auch mit einer Mission beauftragt, aber Ihr seid nur befugt, im Rahmen *dieser* zu handeln, keineswegs im Namen des Ordens!«

Gavin schwieg.

»Ist das klar?« Die Stimme Sonnacs war jetzt noch leiser geworden, ließ aber an Schärfe nichts zu wünschen übrig.

»Ja«, entgegnete Gavin mit trockener Kehle.

Der Großmeister war nun milder gestimmt. »Es war natürlich auch nicht vorgesehen, daß Ihr den Sohn des Großwesirs in der Durchführung seiner Aufgaben behindert –«

»Sollte ich dem Befehl des Königs zuwider handeln, den wach-habenden Orden der Templer damit desavouieren, daß ich einen Spion entkommen lasse?«

»Wegschauen, Gavin«, mahnte ihn sein Großmeister. »Ihr habt ihn ja auch nicht ausgeliefert.«

Gavin senkte betroffen das Haupt, doch Sonnac ersparte ihm nichts.

»Warum wohl wählte man Euch an jenem Tage, die Ostküste zu inspizieren? Um sicher zu gehen, daß der Emir Fassr ed-Din Octay wohlbehalten die Insel verlassen konnte!«

»Hättet Ihr mich so umfassend informiert, wie es Euch jetzt beliebt –« wehrte sich Gavin.

»Das ist nicht nötig. Eure Aufgabe ist klar umrissen. Aus allen anderen, die nicht unmittelbar damit zu tun haben, haltet Euch heraus! Doch schon gefehlt, könnt Ihr es auch hören, wenngleich es Euch nichts angeht. Der Tempel hat ein Abkommen mit Damas-kus, das in Kraft tritt, wenn Syrien sich von Kairo lösen kann. Wir sind also beiden Freund. Einen Sieg der Capets in Ägypten kön-nen wir uns im Interesse des Gleichgewichts aller Kräfte nicht wünschen. Also sollte das Delta des Nils dem Kreuzzug zum Ver-hängnis werden. Dazu ist der Sultan über alle Unternehmungen – Mannschaftsstärke, Transportmittel, Nachschub und vor allem Zeit-plan des Herrn Ludwig – rechtzeitig in Kenntnis zu setzen.«

»Ich werde dafür Sorge tragen«, sagte Gavin.

»Nein«, erwiderte der Großmeister. »*Wir* werden! Ihr habt den Orden in eine unliebsame Situation gebracht. Ich spreche nicht von den leidigen Figuren, die scheint's immer noch an den Kin-dern kleben wie Bremsen am Arsch des Pferdes: diese zweifelhaft beleumdete Gräfin von Otranto und dieser tollpatschige Franzis-kaner. Das Geschmeiß hättet Ihr längst abschütteln sollen. Ich spreche auch nicht von den kleinen Mameluken – das sind Figu-ren, die in nächster Zukunft vielleicht noch wichtig werden könn-ten – ich spreche von den Kindern selbst. Es war nie vorgesehen, daß sie hier auftauchen –«

»Das sind sie aber«, entgegnete Gavin. »Ich habe sie in Sicher-

heit gebracht, die einzig sich anbietende Zuflucht war der Tempel!
Und danach haben sich die Ereignisse überschlagen!«

»Seht Ihr, Gavin.« Sonnacs leise Stimme zwang wieder Ruhe
herbei. »Wir dürfen uns weder überschlagen noch uns ›Ereignisse‹
aufzwingen lassen. Damit komme ich auf die Auseinandersetzung
mit den Herren vom Hospital. Ihr hättet sie unter den gegebenen
Umständen – ich meine, die Kinder unter unserem Dach – unbedingt vermeiden müssen. Hingegen habt Ihr sie mit Eurem Auftreten auch noch provoziert. Ich sage Euch voraus, wenn die Ordensoberen der Ritter des heiligen Johannes Baptista begreifen,
welche Rolle im ›Großen Plan‹ den Kindern zugedacht ist, dann
werden sie alles dransetzen, um sie in die Hand zu bekommen.
Nicht um sie zu töten, sondern um sich selbst, an unserer Statt, zu
ihren Protektoren aufzuschwingen. Diese Glorie fehlt ihnen noch.
Was sich jetzt vor unseren Mauern abspielt, ist nur die kleinliche
Revanche eines unnötig düpierten, Gott sei Dank begriffsstutzigen
Jean de Ronay, ein Wichtigtuer wie alle Stellvertreter. Doch irgend
jemand könnte auch ihnen ein Licht stecken, und dann haben wir
Krieg bis aufs Messer, und das allerorts!«

Gavin schwieg. Und wer garantiert mir, dachte er, daß das nicht
auch volle Absicht sein könnte?

»Doch jetzt und hier ist diese Auseinandersetzung nicht opportun, wir wollen auch nicht, daß der König hineingezogen wird
und wir uns gar einer von ihm angeordneten Untersuchung wider-
setzen oder beugen müßten.«

»Also«, fragte der Präzeptor verunsichert, »was befehlt Ihr?« Er
hatte erwartet, wegen der Johanniter-Offensive angegriffen zu werden, doch die wurde von seinem Meister vom Tisch gewischt wie
eine lästige Fliege.

Die anderen Ritter, allesamt im Dienste des Ordens ergraut,
hüllten sich in Schweigen.

»Die Kinder«, antwortete de Sonnac, »müssen verschwinden,
und zwar so unauffällig, als seien sie nie hier gewesen. Wer danach
das Gegenteil behauptet, muß als gestörten Geistes oder böswilliger Verleumder dastehen.«

»Das ist ganz im Sinne unseres Königs!« Gavin war sichtbar erleichtert.

»Gleichviel«, fügte der Großmeister ungerührt hinzu, »bei dieser Gelegenheit solltet Ihr Euch der Gräfin und des Minoriten entledigen. Sie sind nicht mehr von Nutzen, eher das Gegenteil.«

»Leichter gesagt, als getan«, seufzte Gavin.

»Ihr habt die Suppe eingebrockt«, beschied ihn der Großmeister freundlich, »ich bin sicher, Ihr werdet sie auch auslöffeln.«

Das war bei aller Freundlichkeit eine Drohung.

In der Capanna auf der Triëre brannte noch Licht. Hamo brütete zusammen mit Firouz über einem Lageplan des Hafens von Limassol, in dem jeder Wachturm, jedes Lagerhaus und die Liegeplätze der wichtigsten Schiffe eingetragen waren.

»Die drei Griechen liegen vor dem genuesischen Arsenal im zweiten Glied«, erläuterte der Capitano die Lage nicht etwa hoffnungsvoll, eher verbissen.

»Das gesamte Quartier wird von den Johannitern bewacht, deren Burg sich hier oberhalb erhebt«, wiegelte Hamo ab, »schlagt Euch die Strafexpedition aus dem Kopf – oder verschiebt sie auf einen späteren, günstigeren Zeitpunkt!«

»Wenn junge Hunde einem vors Bett scheißen, muß man sie gleich – mit der Nase in dem Haufen – mit dem Ziemer abstrafen! Später wissen sie nicht mehr, weswegen sie Prügel bezogen.«

»Darauf müssen die Moriskos sowieso verzichten, daß sie hier im Namen Otrantos die Mörder zur Rechenschaft ziehen«, entgegnete Hamo. »Das fehlt noch, daß die Mannschaft der Triëre hier Aufsehen, unliebsames dazu, erregt und aller Augen auf uns gerichtet sind.«

»Sie wollen Rache für Guiscard!« sagte Firouz.

»Und die Frau Gräfin will die Flucht für die Kinder! Sagt den Leuten das!«

Firouz verließ die Capanna, stiefelte über das Deck und stieg hinab zu dem Logis der Moriskos.

Die wilden Gesellen hockten im vordersten Kielraum. Sie warteten ungeduldig, fast aufsässig auf das Erscheinen ihres Capitanos, der längst nicht die Autorität über sie hatte wie der Amalfitaner.

»Hoffentlich hat er endlich die Namen der Ratten, die unseren Guiscard auf dem Gewissen –«

»Gewissen?« höhnte ein anderer. »Für diese Hühnerficker ist das längst Wasser des Schwarzen Meeres – vergessen!«

»Wir können doch nicht alle Griechen ...«

»Warum nicht!? Auf allen Inseln sollen sie weinen und nie wieder vergessen, daß man der Triëre von Otranto nicht ungestraft –«

»Eben nicht!« polterte da die Stimme ihres Capitanos, der die dunklen Treppenstiegen herunterkam. »Keinen Ehrenhandel, kein Strafgericht!«

Sie sollten das Bedauern in seiner Stimme ruhig heraushören, es gab auch gleich Tumult.

»Fememord – oder gar nichts!« beschied er sie. »Ihr könnt ihnen die Eier abschneiden und die Schwänze ins Maul stopfen, ihnen die Augen ausstechen und ihnen glühende Pfähle in den Arsch schlagen, aber erwischen lassen darf sich keiner!«

»Und wenn schon?« muckte einer auf.

»Wer mitmachen will, kehrt unerkannt zur Triëre zurück, oder er ist ein toter Mann. Ich werde persönlich dafür sorgen!«

Alle wußten, daß Firouz selbst bei Nacht ein treffsicherer Bogenschütze war, und sie schwiegen still.

»Wie heißen die Griechenschweine?« meldete sich einer aufsässig aus der hintersten Ecke. »Ihre Namen?«

»Erst wenn ihr mir geschworen«, beharrte Firouz, »daß ihr es heimlich tut. Es darf niemanden geben, der weiß, warum und von wessen Hand die Griechen sterben mußten!«

»Sidi, Sidi«, murmelten die Moriskos, und Firouz sagte verschwörerisch: »Bei Ingolinde haben sich neulich zwei damit gebrüstet, sie hätten einen mit 'nem Holzbein übers Deck der Triëre tanzen lassen, bis Herr Angel den Strick gekappt!«

»Den Schweineriesen sollten wir als ersten –«

»An den kommst du nicht ran!«

»Also, wen sollen wir uns greifen?«

»›Philipp, den Geier‹ und ›Xerxes, die Warzensau‹.«

»Es waren doch mindestens sechs! Keiner soll entkommen!«

»Sie werden mit den beiden sein: Mitgelacht, kaltgemacht!«

»Und wie willst du die beiden aus dem Sauhaufen herausfinden und absondern?«

»Williams Hur muß –«

»Keine Mitwisser!« mahnte Firouz.

»Und deine Frau?« meinte einer und hatte schon die Faust des Capitanos auf dem Maul.

»Verkleide dich doch selbst als Frau! Bart hast' eh noch keinen, aber 'nen hübschen Hintern!«

Der junge Morisko riß sein Messer heraus.

»*Ich* mach' den Lockvogel!« tönte da Hamos Stimme. Er hatte unbemerkt den dunklen Raum betreten.

»Vendetta!« schrie einer. »Rache für Guiscard!«, und alle klatschten.

»Im übrigen gilt, was Euer Kapitän gesagt hat«, rief Hamo bewegt, »und ich erwarte die gleiche Lust und Wut von Euch, wenn die Triëre aus diesem Loch ausbricht!«

»*Vivat lo joven Comes nuestro!*« schrien alle. »In Treue fest! Otranto!«

DIARIUM DES JEAN DE JOINVILLE

Limassol, den 11. September A.D. 1248

Mein Kriegsherr, König Ludwig, hatte mich rufen lassen. Ich fand ihn kniend in der Palastkapelle, und sein Kaplan Maître Robert erteilte ihm gerade den Segen. Ich hielt mich still im Hintergrund, aber er hatte mich wohl kommen hören.

»Tretet näher, Jean de Joinville« – er nannte mich sonst »Seneschall«, und ich war gerührt ob dieser leutseligen Anrede. »Ich habe gehört, Ihr schreibt an einer Chronik der Ereignisse, die diesen Kreuzzug betreffen.«

Er wandte sich jetzt zu mir um und winkte mich zu sich. »Ich hoffe, wir sind uns einig über das, was Ihr nicht festhalten oder erörtern solltet –«

Ich nickte, eingedenk seiner Ermahnung.

»Doch ich möchte, daß Ihr Zeuge der Worte seid, die ich an die Herren der Ritterorden richten werde.«

Da er keine Anstalten machte, sich zu erheben, kniete ich neben ihm nieder. Schon die Idee, somit die Großmeister ebenfalls in die Knie zu zwingen, gefiel mir gut. Nur Maître Robert schien sie zu mißbilligen, er murmelte etwas wie »... dies ist das Haus Gottes und kein Ort für Palaver weltlicher –«, doch Ludwig unterbrach ihn.

»Das ist genau der Grund, daß ich die Herren gleich begreifen machen will, wem hier alles zu dienen hat: nicht mir, nicht ihrem Orden, sondern Gott! Ihm allein!«

»Amen«, sagte der Kaplan und kündigte das Eintreten des ersten an.

»Herr Sigbert vom *Ordo equitum theutonicorum*!«

Der Komtur hatte sogleich begriffen, was angesagt war, und verrichtete erst mal mit lauter Stimme sein Gebet, bevor er den König in aller Form begrüßte und dann in einer Ecke Platz nahm. Denn das hatte er auch begriffen, daß er hier nur Komplementär war.

»Immer pünktlich, die Deutschen!« ließ sich Maître Robert vernehmen, weil sonst keiner etwas sagte. Er ärgerte sich, daß er hiersein mußte und daß er warten mußte. Ungeduldig schritt er vor dem Altar auf und ab. Dann traf der Herr Jean de Ronay ein.

»Wenn ich auch nur der Stellvertreter meines Großmeisters bin«, raunzte er gleich los, »weiß ich nicht, warum einer vom Orden des Hospitals zu Jerusalem einem vom Tempel den Nachtritt einräumen sollte!«

Er machte Anstalten, wieder zu gehen, aber der König flüsterte etwas in seine Richtung, das er nicht verstand. Er trat also näher und beugte sich zu Ludwig herab.

»Wie meinen, Majestät?« fragte er gereizt, und der König antwortete ruhig: »Ihr habt Euer Gebet vergessen«, und so mußte sich auch der Herr de Ronay niederknien. Ludwig betete mit lauter Stimme vor:

>*Adorna thalamum tuum, Sion,*
et suscipe regem Christum:
amplectere Mariam, quae est
coelestis porta: ipsa enim
portat Regem gloriae novi
luminis: subsistit Virgo,
adducens manibus Filium ante
luciferum: quem
accipiens Simeon in ulnas suas
praedicavit populis Dominum
eum esse vitae et mortis, et
Salvatorem mundi.«

»Amen«, ertönte die Stimme des Guillaume de Sonnac, Großmeister der Templer.

»Die letzten werden die ersten sein«, sagte der König. »Ihr, Herr de Ronay, und Ihr, Herr de Sonnac, wollt – ich bitte Euch von Herzen – zu meinen Seiten Platz nehmen, denn wir wollen in diesem Hause unsere Stimmen dämpfen, doch sollt Ihr gut hören, was ich Euch sagen will.«

So bildeten sie einen Halbkreis, der König in der Mitte, flankiert von den beiden Ordensoberen, ich war zur Seite gerutscht, und Herr Sigbert blieb in seiner Ecke.

»So wie wir jetzt vor Gott knien«, sagte Herr Ludwig, »so sollten wir auch unseren Feinden gegenübertreten. Es vermittelt den Spähern des Sultans, die er sicher ausgesandt hat, ein beschämendes Bild der Christenheit, wenn sie das Schauspiel sehen, das Ihr ihnen bietet.« Der König schaute die beiden Kontrahenten, eine Erklärung fordernd, an.

»Sicher«, erhob der Großmeister Guillaume seine Stimme, doch sie war voller Spott, »hat der Herr de Ronay nichts anderes im Sinn, als den Feind irrezuführen, ihm Uneinigkeit und Schwä-

che des christlichen Heeres vorzutäuschen. Ein genialer Schachzug, den ich – offen gesagt – nicht von ihm erwartet habe.«

Der Johanniter wollte aufbrausen, doch Herr Ludwig kam ihm
zuvor. »Wir sind gekommen, um ehrlich und offen für unseren
Herrn Jesus Christus einzutreten, der solcher Finten nicht bedarf.
Ich, für meine Person, halte sie für verabscheuungswürdig und
letztlich unserer Sache nicht dienlich.«

Diesmal ließ sich Herr de Ronay nicht zurückhalten. »Ich mag
nicht zulassen, daß der Orden des heiligen Johannes jetzt auch
noch den Beweis antreten soll, daß er fest im christlichen Glauben
steht, nur weil er es auf sich genommen hat, den Herren vom Tempel Aufnahme und Schutz von Ketzerkindern vorzuwerfen. Und
diesen Beweis werden wir erbringen. Das verlangt schon die Ehre
unseres Ordens!«

»Ihr habt Eure Ehre unnötig hoch gehängt«, rügte ihn der König, doch gerade das ließ den Herrn de Ronay erst recht laut werden.

»Wir Ritter vom Hospital des heiligen Johannis zu Jerusalem
haben eben noch Ehre –«

»Und wir Ritter vom Tempel eben der gleichen heiligen Stadt«,
unterbrach ihn kühl der Großmeister, »an deren festen Stand im
christlichen Glauben auch keinem erlaubt ist zu zweifeln, verwehren uns entschieden gegen solche Vorwürfe!«

»Aber man hat sie erkannt, man hat sie, diese Ketzerbrut, hineingehen sehen in Euer Haus, und sie haben es seitdem nicht wieder verlassen! Gestattet uns –«

Nur die erhobene Hand des Königs brachte den Johanniter zum
Abbruch seiner Anklage.

»Herr de Ronay«, sagte der König, »Ihr seid ja nicht mit einer
Frau verheiratet, doch stellt Euch vor, Ihr hättet von ihr eine Tochter.«

Der Angesprochene hatte sich bei diesen Worten bekreuzigt
und schwieg voller Empörung.

»Sie wächst heran«, fuhr der König fort, »ein hübsches Kind,
es nähert sich dem mannbaren Alter, seine kleinen Brüste schwel-

len, sein Hügelchen bedeckt sich mit zartem Flaum, Ihr, der Vater, hegt Euer Kind, haltet schützend Eure Hand über es, um es reinzuhalten in seiner – und Eurer Ehre –«

In der Kapelle war es jetzt still geworden, aber es war die feuchte Stille der Neugier, der versteckten Gier lauschender Ohren. Unkeusche Gedanken tasteten sich vor. Der Kaplan begann, leicht schwitzend, leise zu beten.

»Da kommt eines Tages Euer Nachbar daher, ein ehrenwerter Mann, und behauptet zu Eurem Erschrecken, er habe gesehen, wie ein häßlicher, grindiger Greis, dessen Haut vom Ausschlag und dessen Glieder von der Lepra befallen, in die Kammer Eures Töchterleins getreten sei, ihr auf ihrem Lager beigewohnt und sie erkannt habe.«

»Pfui, Teufel«, ließ sich Sigbert vernehmen, die anderen aber schwiegen gebannt.

»Das ist eine Lüge!« fuhr es dem Großmeister heraus.

»Eine verleumderische Lüge!« bekräftigte auch der Johanniter.

»Würdet Ihr, Herr de Ronay, der Ihr Euch so vehement diesem grauenhaften Gedanken widersetzt«, fuhr der König da fort, »Eurem Nachbarn, der darauf besteht, daß seine Augen es gesehen haben, nun gestatten, den Beweis seiner Anschuldigung anzutreten, würdet Ihr ihm gestatten, das Kleidchen Eurer Tochter hochzustreifen, ihre Beine zu spreizen und mit seinem Finger zu prüfen, ob das Kind nun seiner Jungfernschaft verlustig gegangen ist?«

»Nie und nimmer!« rief der Herr de Ronay.

»Seht Ihr«, sagte da der König, faltete die Hände zum Gebet, schloß die Augen und senkte sein Haupt, damit ein jeder sehen sollte, daß die Geschichte damit ein Ende habe.

Mein Blick fiel auf den Altar. Maître de Sorbon lag flach davor, sein Gesicht auf die Marmorplatten des Estrichs gepreßt, den Kruzifixus hatte er mit einem Tuch verhängt.

Endlich erhob sich der König, und wir anderen konnten es ihm gleichtun. Der Großmeister warf einen schnellen Blick auf den schamhaft verhüllten Christus.

»Weil wir nichts zu bemänteln haben«, sagte er, »schlage ich vor, Majestät, Ihr beauftragt den Orden mit einer Mission, die uns von Zypern wegführt, weit weg und für längere Zeit. Wir werden dann unser Haus verlassen –«

»Und es zur Inspektion freigeben?« Der Johanniter hatte die Lektion schon wieder vergessen.

»Und es den deutschen Rittern unter dem hier anwesenden Komtur Sigbert von Öxfeld –«

»Dafür gebe ich mich nicht her«, schnaubte dieser verächtlich aus seiner Ecke, »nicht einmal meinen kleinen Finger! Seid gegrüßt meine Herren, und macht Eure Rechnung mit dem da«, er zeigt zum Altar, »nicht mit uns!«

Er stampfte aus der Kapelle.

Ludwig zwang sich, seinen wenig höflichen Abgang zu ignorieren, und wandte sich ärgerlich an Guillaume de Sonnac.

»Ich verbiete Euch, Uns zu verlassen«, und zu Jean de Ronay gewandt, »ich wünsche Euch in Eurer Burg zu besuchen und hoffe bei dieser Gelegenheit, *alle* Eure Ritter dort um mich versammelt zu finden!«

Er stieg über seinen immer noch am Boden liegenden Kaplan hinweg und begab sich durch die Seitentür zurück in den Palast.

Einen Augenblick, deuchte es mich, er habe gezögert, als wolle er dem Maître mit dem Stiefel einen Stoß in die Rippen geben, doch das war wohl meine Vorstellung von seiner Verfassung.

Manchmal will man sich selbst ohrfeigen und sucht dann nach einer sich bietenden Wange, obgleich es mir widerstrebte, die Ihrer Majestät von einem Backenstreich befleckt oder gar gerötet mir vorzustellen. Ein so frommer Mann! Doch gerade das mochte den Versucher anlocken, wie süßer Honig die Wespen.

Mich hatte der König gar nicht mehr beachtet. Vor mir gingen der Großmeister der Templer und der Stellvertreter dessen vom Hospital die Treppe hinunter.

»Gebt uns die Chance«, sagte letzterer trocken, »den Ring zu lösen, ohne unser Gesicht zu verlieren.«

»Das klingt wie die Auflösung einer kinderlosen Ehe«, lachte da der Templer und legte freundschaftlich die Hand auf die Schulter des Johanniters. »Soweit sind wir noch nicht. Aber wir könnten eines Eurer Häuser im Hafen –«

Sie waren unten angekommen, und der Großmeister zog seinen Arm zurück. »Untersteht Euch!« bellte Jean de Ronay, als sie nun getrennt ins Freie unter die Leute traten, doch leise fügte er hinzu: »Kleines Feuer!«

»Der Wind bläst, wie es ihm gefällt«, sagte Guillaume de Sonnac laut, daß es jeder hören konnte, »fragt sich nur, ob man welkes Herbstlaub oder Segel ist!«

Getrennt schritten sie ihres Weges, jeder umrahmt von seiner Eskorte, die, sich feindlich belauernd, vor dem Palast auf sie gewartet hatten. Auf mich hatte Sigbert gewartet.

»Den möcht' ich nicht als Vater meiner Töchter«, sagte er trocken, als wir eine Weile Richtung Hafen gegangen waren.

»Wen?« fragte ich. »Jean de Ronay?«

»Ich meine den König!« erklärte der Komtur und verabschiedete sich mit einer Geste, die ich unpassend empfand. Inkonvenient fand ich allerdings auch das Erlebte, und ich überlegte schwer, ob ich es in meine Chronik aufnehmen sollte. Es hatte zwar der König – ziemlich inkonsequent gegenüber seinen eigenen Vorgaben – selbst über die Kinder gesprochen, aber das konnte ich als Korrektor ausbügeln mit einigen *omissis* an den fraglichen Stellen.

Die Wahrheit hat nicht immer Anspruch darauf, festgehalten zu werden, zumal sie alles andere ist als fester Boden, sondern eher schnell dahinfließendes Wasser.

Vermeint der Chronist, die Aufgabe zu haben, das flüchtige Element zu schöpfen, um es in einem kostbaren Gefäß aufzubewahren, dann kann er sich wundern, wie schnell es verdunstet.

Damit war ich an der Mole angekommen und beschloß, mir die Zeit im Hafen zu vertreiben. Nach allem dürstete es mich nach einem Krug kühlen Weines, als müsse ich etwas hinunterspülen, meine um den König kreisenden, pochenden Gedanken sanft zu dämpfen. Ich hatte Lust auf Suff.

Die Taverne »Zur schönen Aussicht« war zur Abendstunde voll mit den fremden Soldaten und Seeleuten der Schiffe, die dicht gedrängt im Hafen lagen. Nach den leidigen Wachschichten bot sich kaum anderes, als hier zu hocken und sich mit dem zypriotischen Roten vollaufen zu lassen.

Bereitwillig angezettelte Schlägereien und allfälliges Hurenbocken währten kurz und kamen teuer, Würfelspielen zog sich länger und kam die meisten auch nicht billiger. Also warum nicht gleich sich dem Suff ergeben, dachte ich, als ich die »Schöne Aussicht« betrat, die wahrscheinlich gar nicht so hieß. Nur ich nannte sie so, weil ich die Schiffe, den Hafen und dahinter das Meer betrachten konnte, solange nicht alles vor meinen Augen verschwamm.

Ich sah William von Roebruk mit einer bekannten Hur, der Ingolinde aus Metz, an einem Tisch, an dem noch ein Platz frei war.

Der Minorit erschien wenig erfreut, daß ich mich dort niederließ, dabei mußte er von mir für sein Liebchen ja wirklich nichts fürchten.

»Der Graf von Joinville«, stellte er mich diskret der Lebedame vor, wenigstens so, daß die anderen es nicht hörten.

Ich hatte auch gleich energisch abgewinkt, denn für Leute meines Standes war es nicht ratsam, sich an solchen Orten unters Volk zu mischen. Der heruntergekommene Minorit hielt sich sogleich verpflichtet, mich mit dem letzten Aufguß an Geschwätz zu versorgen, das hier bei seinesgleichen im Umlauf war.

»Schon die dritte Nacht«, flüsterte er aufgeregt, »hat man Guiscard mit seinem Holzbein um die Triëre tappen gesehen. Den Strick noch um den gestreckten Hals!«

»Ach, Unsinn«, sagte ich und bestellte einen Krug für den Tisch, »der ist bei den Fischen!«

»Das dachte ich von meinem William auch!« belehrte mich Ingolinde voller Eifer. »Und jetzt sitzt er hier!«

»Vielleicht auch nur sein Geist!« spottete ich.

»Gewiß nicht!« versicherte mir die Liebesdienerin. »Da ist noch Leben in der Hose! Des mag ich Euch wohl versichern, Herr

Graf! Doch hart wie seiner tockt auch das Holzbein über die Mole zur mitternächtlichen Stunde, ich hab's mit eigenem Auge –«

Jetzt hörten schon alle am Tisch zu, und das war mir peinlich. »Eure schönen Augen können nicht lügen«, sagte ich, um dem Gespräch eine andere Wendung zu geben, doch William, der tumbe Kerl, vereitelte es.

»Die Seele des Capitanos kann keine Ruhe finden«, erklärte er laut, »ehe nicht die Untat gerächt. Nach Rache schreit sie!«

Das gefiel den Leuten. Im Nu drängte sich die halbe Taverne an unserem Tisch und trank von meinem Wein.

»Das ist doch die Triëre der Gräfin? Die von Otranto?«

Ich bestelle nach. »Das Weib ist Beelzebub im Pakt verbunden!«

»Das sag' ich auch!« rief Ingolinde erschauernd und preßte sich an William. »Die Gräfin hat den Teufel im Leibe!«

Mir wurde dies abergläubische Geschwätz zu blöd. Nachher glaubt man selbst dran, wie Ingolinde, die Hur. Ich warf ein paar Münzen für den Wein auf den Tisch und schob mich aus der »Schönen Aussicht«.

Unter mir lag die Triëre ganz still und friedlich, kein Guiscard humpelte um sie herum, nur die Wanten ächzten leise, wenn sich die Taue an den Pollern spannten.

In mein Quartier zurückzukehren verspürte ich keine Lust. Ich hätte nachschauen können, wie die Dinge um den Tempel standen, dafür hätte ich die steile Gasse hinaufsteigen müssen. So inspizierte ich die andere Seite des Hafenbeckens, wo hinter den Quartieren der Pisaner sich die von Genua anschlossen. Die Bewachung hatten die Johanniter übernommen, deren Burg die Altstadt überragte.

Ich strich am Kai entlang. Es war dieser Teil längst nicht so belebt wie der gegenüber der Hafeneinfahrt. Je weiter ich ging, desto finsterer wurde es, hier und da brannten noch kleine Feuerchen der billigen Vetteln, in Torwegen und unter Arkaden lungerten wenig vertrauenerweckende Gestalten.

Dann hörte ich das Toc – toc – toc – toc, als wenn jemand mit dem Stock – der Einbeinige!

Toc – toc.

Mir wurde unheimlich, und ich versicherte mich mit einem Griff zum Schwertknauf, daß ich nicht unbewaffnet bösem Spuk gegenübertreten mußte. Aber neugierig war ich doch.

Toc – toc – toc. Ich ging dem Geräusch nach, durch einen gewölbten Gang gelangte ich zum Hinterhof der Lagerhäuser, weiter hinten brannte es wohl, nach dem unnatürlich hellen Lichtschein zu schließen. Was mich aber erschrecken ließ, war der Schatten auf der gegenüberliegenden Mauer, der Schatten eines Mannes mit einem Holzbein, der langsam über die Fassade glitt und dann um die Ecke verschwand. Auch das Toc – toc war nicht mehr zu hören, dafür vernahm ich nun deutlich das Prasseln des Feuers. Ein Magazin stand in Flammen!

Ich dachte an das Gespräch zwischen den Meistern der Orden – »kleines Feuer« – und wunderte mich, daß kein Johanniter weit und breit zum Löschen geeilt war. Ich trat näher, und mein Herz drohte stehenzubleiben vor Entsetzen.

An das Holztor des Magazins waren drei Leiber genagelt, Menschen mochte man sie nicht mehr nennen. Sie hingen gespreizt, die Köpfe nach unten, wie geschlachtete Rinder, aufgespalten von der Scham bis zum Hals, ihre Eingeweide quollen heraus und überdeckten doch nicht die aufgerissenen Mäuler. In sie hatten die Schlächter ihnen ihr eigenes Gekröse gestopft. Es waren wohl Griechen, nach den hochgestreiften Pluderhosen zu schließen.

Zypriotische Blutrache! schoß es mir durch den Kopf, deswegen waren auch keine Zeugen zur Stelle, brannte das Feuer, und keiner löschte. Begleichung einer *fattura* unter Einheimischen! Nicht einmischen! Nichts wie fort von diesem Ort des Grauens!

Ich zog mein Schwert, was vielleicht falsch war, und bewegte mich klopfenden Herzens durch den Torweg zurück, jederzeit gewärtig, aus dem Dunkeln angesprungen zu werden.

Draußen auf dem Kai war es unnatürlich still und menschenleer, nun war auch keine einzige Hur, kein Beutelschneider mehr zu erblicken, von betrunkenen Seeleuten und patrouillierenden Ordensrittern erst recht keine Spur.

Ich eilte an den angetäuten Schiffen entlang und sah zu, daß ich wieder in den Dunstkreis der »Schönen Aussicht« gelangte, mit den auf der Gasse torkelnden Matrosen, den kreischenden Mädchen und den sich beim Kotzen gegenseitig Stützenden. Danach war mir jetzt auch zumute. Nicht etwa danach, die Taverne noch einmal zu betreten und zu erzählen, was mir widerfahren. Es hätte mir sowieso keiner geglaubt!

Ich überwand meinen guten Vorsatz: auf einen letzten Krug! Ingolinde war verschwunden, William lag mit dem Kopf auf der Tischplatte.

So wurde ich des Morgens von zweien meiner Ritter auch gefunden. Und weil der Rausch schon ausgeschlafen war und Schwitzen guttut, begab ich mich gleich hinauf auf die Anhöhe und erfrischte nur mein Gesicht in einem Brunnen auf halbem Wege.

Der Belagerungsring um den Tempel war nicht etwa lichter geworden. Immer mehr Noble aus Frankreich gesellten sich dazu, die der Graf von Sarrebruck aufgewiegelt hatte und die vor allem empört waren, daß hier dem König von diesen arroganten Templern so frech die Stirn geboten wurde. Es mischten sich auch zusehends Geistliche unter die Belagerer. Sie neideten den Ordensrittern von jeher die Unmittelbarkeit, mit der diese jeder kirchlichen Hierarchie trotzten und nur vom Papst direkt und persönlich Weisungen entgegennahmen – wenn überhaupt von jemandem auf Erden.

Die Priester geiferten, und neue Reisige strömten herbei, es war schon längst keine Kraftprobe mehr zwischen den Johannitern und ihren Rivalen vom Tempel. Pogromstimmung kam auf, der Mob pöbelte »Wider die Ketzer und Antichristen!« und gebärdete sich so, als gelte es, eine heidnische Stadt zu berennen.

Doch die meisten waren nur gekommen, weil sonst in Limassol nichts geboten wurde und sie sich auf ihren im Hafen dümpelnden

Schiffen und in den engen Quartieren langweilten. Hier konnten sie vielleicht ihr Mütchen kühlen. Die ersten Steine flogen.

D IE GRÄFIN RÄUMTE mit ihren Frauen die Räume, deren Fenster ungeschützt im oberen Stockwerk lagen, und begab sich in die Gewölbe darunter. Sie ließ die Kinder vom Hof holen, die gerade dem staunenden Mahmoud beredt erklärten, wie groß die Steinkugeln waren, die in den Montségur einschlugen – »als wir noch klein waren«, sagte Yeza und schulterte ihren Bogen. Die Pfeile hatte ihr Gavin weggenommen, als er sie erwischte, wie sie damit aus einer Schießscharte nach draußen schießen wollte.

Das Tor stand immer noch offen. Der Großmeister hatte untersagt, es zu schließen, egal, was komme.

Roç hatte Madulain unbemerkt von der Gräfin, aber auch von Yeza, am Rock gezupft und zur Seite gezogen. Er glühte vor Stolz über seinen geheimen Auftrag. Sie schaute ihn mit spöttischem Mißtrauen an, als er von dem eingesperrten Ritter im Turm erzählte, der sie zu sprechen wünsche, doch sie folgte dem Knaben.

Gavin hatte eigenmächtig die Sicherungsmaßnahmen verschärft und den Roten Falken in ein fensterloses Gemach verlegt.

Den einzigen Zugang bildete eine Gittertür, deren Schlüssel der Präzeptor bei sich trug.

Dorthin führte Roç mit geheimnisvoller Miene die Saratztochter, und Madulain und Konstanz standen sich zum ersten Mal gegenüber, getrennt durch ein Geflecht von fingerdickem Schmiedeeisen, und es fiel kein Wort. Sie starrten sich an, musterten sich wie zwei schwarze Panther in freier Wildbahn, ungeachtet des Gatters.

Dann sagte Madulain: »Roç, du mußt zurückgehen. Wenn die Gräfin dich sucht, könnte sie auch mich vermissen!«

Roç war beleidigt – und wohl auch eifersüchtig –, nun von der Vorbereitung großer Taten ausgeschlossen zu werden.

»Du willst unseren Plan doch nicht gefährden?« appelierte der Rote Falke an sein ritterliches Heldentum.

Roç stürmte aus dem Turm. Der Rote Falke lachte und zeigte sein Raubtiergebiß, verlor aber keine Zeit. »Ihr heißt Madulain?« Er tat so, als müsse er sich dessen vergewissern. »Ich bin Fassr ed-Din Octay, Sohn des Großwesirs, Ritter des Kaisers und Hüter der Königlichen Kinder seit erster Stund!«

»Viel auf einmal«, scherzte Madulain, »mit wem hab' ich es zu tun?«

»Sucht es Euch aus! Das dringlichste ist die Aufgabe –«

»Die Flucht der Kinder«, sagte Madulain.

»Drei Steinwurf weit von der Wegkreuzung westlich von Episkopi«, kam der Rote Falke zur Sache, »liegt ein zypriotisches Fischerboot. Die Fischer sind Verräter, sonst wär ich nicht hier, aber sie warten auf mich, weil sie sich von mir noch mehr Gold erhoffen, als die Templer ihnen an Judaslohn zahlen. Sie würden uns also weg von der Insel bringen, wenn wir es schaffen, mit den Kindern bis dorthin zu gelangen. Das wäre die erste Aufgabe, die zweite ist: Kein Boot kann sich von der Insel entfernen, ohne vom großen Turm auf Kap Gata gesehen zu werden. Die Beobachter müssen also abgelenkt, die Verfolger auf eine falsche Fährte gezogen werden.«

»Für Teil eins des Planes verbürge ich mich«, sagte Madulain, »für Teil zwei habe ich meinen Mann«, sie weidete sich am verblüfften Gesichtsausdruck des Roten Falken. »Er ist der Capitano der Triëre –«

»Ah«, sagte der Rote Falke, »dann richtet ihm doch bitte aus, er möge unverzüglich die Sühneopfer für seinen Vorgänger unterbinden.«

»Ich weiß nicht, wovon Ihr sprecht!« sagte Madulain, verärgert über die hochfahrende Art des Gefangenen.

»Aber er wird's wissen«, entgegnete der Rote Falke ruhig. »Der Herr Präzeptor ist wütend über ein Feuer im Bezirk der Johanniter, das den Templern in die Schuhe geschoben wird, und er ist äußerst besorgt, es könne ans Licht kommen, daß die drei geschlachteten Griechen ausgerechnet zu den Leuten des Angel von Káros gehören, die den letzten Capitano der Triëre feige gehenkt.«

»Recht geschieht es diesen wilden Schweinen!« rief Madulain.
»Auch mich wollte dieser –«

»Jedes Aufsehen um die Triëre ist ab sofort zu vermeiden!«
schnitt ihr der Rote Falke das Wort ab. »Wenn jeder erst sein
Hühnchen rupfen will, dann können wir den Plan vergessen!
Dann sind wir nichts besser als ein Stall gackernder Hennen, und
es geschieht uns recht, wenn uns die Eier aus dem Nest genommen
werden!«

»Ich habe verstanden, Herr Hahn«, sagte Madulain, »die goldenen Küken werden in Sicherheit schlüpfen!«

Sie lachte ihm frech ins Gesicht und ging.

In der weiträumigen Küche versuchte die beunruhigte Laurence,
dem Präzeptor einen möglichen Ausweg zu entlocken. Er wußte
keinen und wollte schon wieder gehen, zumal die Zofen ihn angstvoll bestürmten. Doch dann meldeten sich Madulain und Shirat zu
Wort, die sich mit heftiger Gestik und, als sei die Situation ziemlich heiter, lachend auf Arabisch unterhalten hatten.

Madulain erklärte stolz: »Wir haben eine Idee.« Sie ließ sich
die Zeit, auf Shirat zu weisen, bevor sie fortfuhr.

»Wo sind die Bettlerkinder geblieben, die sonst in Scharen
durch das Tor gelaufen kommen, um hier unsere Vorräte zu stehlen und uns anzubetteln?« Damit wandte sie sich vorwurfsvoll an
den Präzeptor, der ihr nicht folgen konnte und ärgerlich erwiderte:
»Dieses Gesindel brauchen wir jetzt nun wirklich nicht zwischen
den Füßen. Deshalb habe ich alles« – er zeigte auf die gestapelten
Kisten und Säcke – »vom Hof hierhin verbringen lassen.«

»Dieses Gesindel ist unsere Rettung!« trumpfte Madulain keck
auf.

»Schafft die schönen Dinge wieder raus in den Hof, so offen
und verlockend wie möglich. Man soll die Feigen, Nüsse und Datteln von der Straße aus durch das offene Tor sehen können, dann
kommen die lieben Mäuse auch zurück!«

»Wie schön!« spottete Gavin, aber Madulain ließ sich in ihrem
Eifer nicht beirren.

»Wir tun alles Naschwerk, allen billigen Schmuck und Tand, den wir nicht brauchen, dazu –«

»Wozu?« tadelte die Gräfin, und Madulain antwortete:

»Weil es dann ein *karr ua farr* gibt, ein Wogen von anbrandenden Bettlerkindern gegen die Wachposten, daß keinem auffallen wird …«, hier senkte sie die Stimme und flüsterte Laurence ins Ohr.

Laurence zog einen Ring vom Finger und wollte ihn gerührt Madulain verehren.

Die legte ihn ungerührt auf den Küchentisch und sagte: »Die Gräfin gibt uns ein Beispiel!«

Da begannen alle Frauen sich von Ketten und Armreifen zu trennen, und Gavin schüttelte den Kopf, gab aber den Köchen Befehl, alles wieder in den Hof zu stellen. »Einladend wie Käs' für die Mäuse!«

Insgeheim bewunderte er das Saratzmädchen und sagte im Hinausgehen leise zu Laurence: »Die wird nicht alt in Euren Diensten, weder ist sie als Dienerin geboren, noch wird sie als solche enden!«

Die Gräfin lächelte maliziös, aber Clarion, die Madulains selbstsicheren Auftritt mit zusammengekniffenen Lippen ertragen hatte, riß jetzt die ihr zukommende Führung an sich. »Ich werde mich, begleitet von meinen beiden Zofen, bereits zuvor aus dem Haus begeben haben«, verkündete sie, in der Meinung, alles begriffen zu haben.

Nachsichtig über das Gehabe ihrer Herrin lächelnd, wollte Madulain Shirat noch etwas zuflüstern, aber Clarions Stimme fuhr befehlend dazwischen: »Bereitet meine Gewänder vor!«

Auf der Triëre geschah nichts. Die Lancelotti hatten ihre Sensenruder verschränkt aufgestellt, daß sie wie Zeltstangen das Segeltuch hielten, um sich und die Ruderer in den tieferen Bänken vor den Strahlen der Sonne zu schützen.

Die brütende Nachmittagshitze lastete auf dem Deck, einige Moriskos erfrischten sich durch Sprünge in das Hafenbecken.

In der Capanna hockten Hamo und Firouz um den niedrigen Tisch, wo ihnen William anhand einer Skizze den Mechanismus erläuterte, mit dem die Kette überwunden werden könnte.

»Die Winde, um sie zu heben und zu senken, befindet sich auf der Seite, wo der Leuchtturm ist. Auf der anderen ist sie fest in die Mauer eingelassen. Auf dieser aber läuft sie nur durch einen Ring. Die Winde gab es früher nicht, sie ist ein Einfall eines französischen Ingenieurs, um die Kette nicht jedesmal mit der Hand hochziehen zu müssen. Also gibt es irgendwo einen Haken, der die Hafenkette mit der Kette der Winde verbindet. Der ist offen, denn in der Eile hat niemand die beiden Enden zusammengeschmiedet. An dieser Stelle müßt ihr sie auseinanderhängen und statt dessen die alte Kette mit unserer Ankerkette verbinden, die dann durch den Ring läuft und von der Triëre straff gehalten wird – solange wir uns nicht auf die Ausfahrt zubewegen.«

William war ganz erschöpft von seinem Vortrag, dem die beiden gebannt gelauscht haben. Der Mönch sagte nicht, daß dieser komplizierte Einfall keineswegs von ihm stammte, sondern von den Kindern ausgeheckt worden war, insbesondere von dem kleinen dicken Mahmoud, der eine technische Auffassungsgabe bewies, daß William nur staunen konnte. Er hatte den Vortrag unter der gestrengen Kontrolle der Kinder auswendig lernen müssen.

Schließlich sagte Hamo: »Wie sollen wir das Gewicht halten, während des Auswechselns? Ich weiß, was so ein Biest wiegt!«

»Ich kann leider nicht schwimmen wie Ihr, Herr Graf«, bedauerte Firouz, »dafür geb ich Euch alle Moriskos mit, die geübte Korallentaucher und daher harte Arbeit unter Wasser gewohnt sind.«

Doch Hamo war noch nicht überzeugt: »Wie sollen wir bei helllichtem Tag dorthin gelangen, direkt zu den Füßen der Wache – jeder wird uns sehen und aufspießen wie Frösche.«

Doch der Minorit wußte auch für ihn eine Antwort. »Erst mal bemalt ihr eure Körper dunkel wie der Schlamm des Hafenbeckens, zweitens wird dann die Nachmittagssonne so tief stehen, daß sie geblendet sind, und drittens muß Firouz die Wachen ablenken. Die Luftblase unter einem gekenterten, kieloben treibenden Boot wird den Tauchern dazu dienen, zwischendurch Atem zu holen und Euch, Hamo, ungesehen an den Ort des Geschehens zu bringen und zurück. Laßt das nur Sorge Eures flämischen Schlitzohres sein!«

»Und was machen wir mit dem dann losen Ende der Windenkette?« wollte Hamo noch wissen.

Da stampfte der Mönch auf. »Es bleibt ein loses Ende!« beschied er ihn. »Wenn sie es vorzeitig entdecken, haben wir eben Pech gehabt!«

Gavin Montbard de Béthune, der Präzeptor, schloß eigenhändig das Gitter zum Gemach im Turm auf. Er lächelte etwas verkniffen.

»Ich muß Euch an die Luft setzen, Roter Falke«, scherzte er säuerlich. »Dem Tempel liegt daran, daß Ihr baldigst zu Eurem Herrn Sultan zurücksegelt, und zwar unter Mitnahme sämtlicher Kinder, ›königlicher‹ wie der Eures Freundes Baibars. Ein Schiff habt Ihr ja schon angeheuert – ich hoffe, diese unzuverlässigen Zyprioten warten noch immer auf ihren goldenen Fischzug, den sie sich von Euch versprechen.«

»Ich weiß, daß sie auf mich warten«, entgegnete der Rote Falke selbstsicher.

»Das Kindermädchen müßt Ihr selber spielen«, sagte Gavin, »die Gräfin mag keine ihrer Damen auf der Triëre entbehren.«

»Bedauerlich«, meinte der Rote Falke, »aber hinnehmbar, angesichts der unverhofften Freiheit!«

»Ich hätte sie Euch nicht gegeben, wie Ihr wohl wißt, aber das Ordenskapitel hat anders entschieden.«

»Laßt Euch darob keine grauen Haare wachsen, Gavin«, sagte der Freigelassene. »Geht nur vor, und bringt es der Frau Gräfin bei!«

»Der edle Prinz Konstanz von Selinunt«, kündigte der Präzeptor bündig Laurence die neue Sachlage an, »ist bereit, mit einem geheimen Schiff, einem unscheinbaren Fischerboot, die Königlichen

Kinder zu übernehmen und in Sicherheit zu bringen. Doch zuvor werdet Ihr, Frau Gräfin«, sprach Gavin streng, »mit Eurer Triëre den Hafen verlassen!«

Er schien sich einen Lidschlag lang an ihrer Überraschung zu weiden, bevor er fortfuhr. »Weniger, daß mir an Eurem erfolgreichen Ausbruch liegt, Laurence, sondern Ihr werdet gebraucht, um von dem fliehenden Fischerboot abzulenken! Nur durch Eure spektakuläre Flucht und das Auslaufen vieler Schiffe zur Verfolgung der Triëre läßt sich das unbemerkte Verschwinden des Fischerbootes überhaupt erst bewerkstelligen!«

»Was?« Die Gräfin richtete sich auf. »Ich soll ohne die Kinder –?«

»O ja!« Gavin blieb eisern, wenn sie meinte, er scherzte, hatte sie sich bitter getäuscht.

»Ihr – so Euch ein gütiges Los beschieden ist – sucht das Weite, und Euren Sohn und Erben Hamo L'Estrange sowie Eure Ziehtochter Clarion von Salentin nehmt Ihr mit«, schloß der Präzeptor. »Und nicht zu vergessen, diesen Mönch! Ich wünsche Euch viel Glück!«

»Wenn Ihr mich meint«, rief der gerade eingetretene William, »will ich gern bei der Flucht der Kinder von Nutzen sein, aber auf die Triëre bringen mich keine zehn Pferde zurück, eher stell ich mich König Ludwig!«

»Dann geht zum Teufel!« sagte der Templer, doch William hatte die Küche schon wieder verlassen. Durch die Tür trat der Rote Falke.

Clarion sagte nichts. Sie sah, wie Laurence litt. »Ich bleibe bei dir«, sagte sie und trat auf sie zu.

Gavin wandte sich um zum Roten Falken, an dem die Kinder hingen und der gerade dem kleinen Mahmoud tröstend über den Kopf streichelte und auf ihn einredete.

»Hier ist das Geld, das Ihr bei Euch hattet, lieber Emir«, sagte Gavin kühl, »und hier Euer Schwert und Euer Dolch. Damit schuldet Euch der Tempel nichts mehr, doch Ihr schuldet ihm nun, daß Ihr schleunigst Euer Verschwinden in die Wege leitet,

lieber Konstanz«, Gavin wurde freundlicher, »*pacta sunt servanda!*«
Mit diesen Worten stiefelte er hinaus.

»Roter Falke«, rief Yeza und schlang ihre dünnen Arme um seinen Hals, »verlaß uns nicht!«

Konstanz fuhr ihr durchs Haar. »Das mußt du jetzt färben!«
ermahnte er sie. »Deine Augen mögen durchgehen, aber nicht dieser flachsblonde Schopf!«

Wenn er gedacht hatte, sie würde jetzt in Tränen ausbrechen,
hatte er sich geirrt.

»Toll!« rief sie. »Henna!« und schaute auf die feuerrote Haarpracht der Gräfin.

»Nein«, sagte die. »Schwarz ist sicherer!«

Die Frauen führten Yeza, gefolgt von dem neugierigen Mahmoud, in die Waschräume.

»Madulain«, sprach der Rote Falke die Saratztochter an, die
unbeteiligt von dem Getriebe dastand, »ich darf Euch bitten, dieses Geld und diesen Brief zu den Fischern zu tragen, damit wir
sicher sind, daß das Boot zur angegebenen Stunde auch segelbe-
reit ist. Ich vertraue Euch diesen wichtigen Botengang an und bin
sicher –« er verneigte sich mit seinem spöttischen Lächeln, das sie
so haßte, vor Clarion –, »daß die Prinzessin von Salentin Euch
grad entbehren kann.«

Clarion warf nur den Kopf in den Nacken und sagte nichts.
Madulain band sich das Tuch um den Kopf, steckte Geld und Brief
zur Brust, nahm einen leeren Korb und ging.

Kurz darauf verließ die von Shirat herausgeputzte Clarion den
Tempel, ihre mit Körben bewehrte Zofe zwei Schritt hinter sich.
Niemand hielt sie auf. Sie schlugen den Weg zum Bazar ein.

Wie um ihr bisher hochmütiges Verhalten vergessen zu machen, überhäufte Clarion die junge Mamelukin mit allerlei liebevoll ausgesuchten Spezereien und Naschwerk, aber auch viel nützlicher Proviant war dabei, und es waren am Ende derartige
Mengen, daß Clarion selbst mit Hand anlegen mußte, um die Na-
turalien vom Markt zu tragen.

Limassol, den 27. September A.D. 1248

Von der Taverne aus hatte ich die Schiffe im Hafen zu meinen Füßen fein säuberlich aufgereiht wie Perlen an einer Kette im Blickfeld. Ich hatte schon den zweiten Krug geleert, und mein Blick war immer noch klar. Rund um die Triëre vergnügten sich die Moriskos. Mit angezogenen Beinen ließen sie sich ins Wasser fallen, daß es nur so spritzte. Ich sah, wie ein kleines Ruderboot von der Triëre abstieß, es trug nur deren Capitano Guiscard, den mit dem Holzbein!

»Wie?« dachte ich laut. »Bin ich besoffen?« Dann senkte ich beschämt meine Stimme, denn so wie es den nicht geben konnte, war ich wohl in meiner Wahrnehmung getrübt. Ich rieb mir die Augen: Es blieb Guiscard.

Er stand aufrecht in dem Kahn und handhabe das einzige Ruder auch als Steuer. Das wäre ja noch gutgegangen, hätte er nicht zugleich noch versucht, mit einer Reuse, an einem Stock aufgehängt, seine Abendmahlzeit zu fischen. Mehrmals wär' er fast vornübergefallen, das Boot schaukelte und tanzte wie ein Stück Korken durch den Hafen, fast bis vor zur Außenmole, auf der die Johanniter seit heute mittag den Wachdienst versahen. Sie lachten über des Einbeinigen vergebliches Bemühen, Balance zu halten und gleichzeitig noch das Netz zu bedienen. Nicht eine einzige kleine Makrele, Schleie, nicht mal einen Stichling hatte er bisher gefangen.

Warum blieb ihnen nicht das Lachen im Halse stecken? Da fischte ein Geist, ein Klabautermann, ein Gehenkter! Klar, daß ihm nichts ins Netz ging. Was macht ein Toter schon mit Fischen! Doch jetzt, das Seil zuckte, die Wachsoldaten waren vor Vergnügen ganz aus dem Häuschen, sie hatten wohl keine Ahnung, wer da fischte und nicht fischen konnte, weil er erwürgt war von einem langen Tau und seines Arsches Schwere. Ich beugte mich weit vor: Kein Zweifel, es war Guiscard, das sah man schon am Holzbein!

Der Geisterfischer lehnte sich auch weit vor, zerrte mit aller

Kraft – da schlug das Boot um, und er fiel ins Wasser. Die Heiterkeit der schadenfrohen Zuschauer kannte keine Grenzen, als der Pechvogel jedoch jetzt versuchte, auf den umgestülpten Boden seines Bootes zu gelangen, das kieloben auf der Stelle dümpelte. Die arme Leiche mit ihrem Holzbein tat sich natürlich schwer auf dem rutschigen Bootsleib Halt zu finden, doch dann war es gerade das Holzbein, mit dem sich der Capitano einhakte und hochzog, sein Netz, es war natürlich leer, am Stock erwischte und ungerührt wieder begann, es auszuwerfen. War es vorher schon ein wackeliges Unterfangen gewesen, dabei das Gleichgewicht zu halten, drohte der Narr nun jederzeit aufs neue ins Wasser zu stürzen.

Als die Wachsoldaten ihm mit spöttischem Gejohle einige tote Fische zuwarfen, von denen einer, oben auf dem Wasser schwimmend, ihm in die Reuse trieb, schien er tief gekränkt. Er gab auf, zog das Ruder an sich und stakte unverrichteter Dinge wieder davon, zurück zur Triëre, wo er dennoch mit großem Jubel empfangen wurde.

Diese Moriskos mußten auch allesamt besoffen sein, daß sie nicht kapierten, daß das ein Unding war, daß sie längst einen neuen Kapitän hatten, diesen Firouz. Der würde sich bedanken, wenn jetzt sein Vorgänger wieder aus dem Wasser stiege. Noch mehr Moriskos sprangen zur Begrüßung ins Wasser, als gäb's kein schöneres Vergnügen, als in diese stinkende Brühe zu tauchen. Da hielt ich mich lieber an meinen Wein.

Ich war jetzt so weit abgefüllt, daß ich über die Moriskos lachte, die nicht merkten, daß sie einem Phantom aufsaßen, während ich genau wußte, daß es keinen Guiscard gab, weil es ihn nicht geben konnte.

Nach dieser kurzweiligen Halluzination ödete mich das nachmittägliche Treiben im Hafen in seiner Trägheit an, so sehr, daß ich noch einen Krug bestellte.

Von Bord der Triëre schlenderte Hamo, der Sohn der Gräfin, auf meine Taverne zu. Ich mochte ihn gut leiden. Er schien nichts vorzuhaben, so lud ich ihn ein, mir beim Trinken Gesellschaft zu leisten. Das lehnte er ab, setzte sich aber zu mir und brütete vor sich hin wie einer, der vor einer schweren Entscheidung steht. Ich drang nicht weiter ihn ihn, zumal jetzt der neue Capitano, der einsilbige Firouz, das Schiff verließ. Noch einen Schweiger wollt ich nicht am Tisch, und das schien Hamo recht, denn auch er ließ ihn ohne Zuruf die Gasse hinaufsteigen, die neben der »Schönen Aussicht« zum Tempel hinaufführte.

Als möglicher Saufkumpan bot sich plötzlich Leonardo Peixa-Rollo an, der Marschall der Johanniter. Der kam auch gleich auf meinen Krug zugesteuert und schenkte sich ein, kaum daß ich ihn auffordern konnte. Er nickte Hamo nur zu, die beiden kannten sich wohl nicht.

»Stellt Euch vor, Seneschall«, bemühte er sich, mir seinen Wein zu entgelten, »jetzt wissen wir, daß die Templer auch einen Spion des Sultans von Kairo verstecken, statt ihn dem Konnetabel des Königs und dem Galgen auszuliefern.«

»Das ist eine schwere Beschuldigung«, entrang ich mir so empört wie möglich, »doch wie wollt Ihr den Beweis antreten, Marschall, wenn man Euch nicht eine Untersuchung gestattet?«

»Die können wir mit diesem Faktum erzwingen«, vertraute er mir an, »denn mag der König auch von der Gräfin und ihren Ketzerkindern nichts wissen wollen – vor einem klaren Fall von Hochverrat wird er die Augen nicht verschließen!«

»Ihr geht von einer Hypothese aus, solange Ihr den Beweis schuldig bleibt!«

»Wir werden ihn in Fleisch und Blut erbringen, denn wir wissen, daß der Spion seine Flucht von der Insel vorbereitet. Verläßt er den Tempel, greifen wir zu!«

»Dann würde ich an Eurer Stelle, Marschall, mich an den Ort der Wahrheitsfindung begeben, sonst habt Ihr noch das Nachsehen – in des Wortes rechter Bedeutung!«

Ich warf dem Wirt das Geld hin. »Ich darf Euch meine Begleitung antragen«, sagte ich.

Als ich aufstehen wollte, spürte ich, wie meine Beine plötzlich mit Blei beschwert waren. Ich muß wohl einen Augenblick ge-

wankt haben, denn Hamo sprang eifrig auf und stützte mich hilf-
reich. Zu zweit nahmen sie mich in ihre Mitte.

Wenngleich es völlig unnötig war, ließen sie mich auch beim
Aufstieg durch die steile Gasse nicht mehr aus, die guten Kerle,
sondern zogen mich mit. Sie mochten mich wohl gut leiden, denn
sie hatten ihre Arme um mich gelegt, wie man es bei einem lieben
Freunde tut.

Oben auf dem Vorplatz vor dem Tempel angekommen, war ich
allerdings so erschöpft, daß ich sie bat, mich hinsetzen zu dürfen.
Ich sah eine Kiste und ließ mich darauf nieder, wobei mir der Marschall noch seinen Arm lieh. Als wir uns umdrehten, sahen wir,
wie Hamo auf das Tor des Tempels zurannte.

»Wer war der junge Mann?«

»Hamo l'Estrange, der Sohn der Gräfin«, sagte ich, nicht ohne
Genuß.

»*Che fijo di bona domna!*« fluchte der Marschall des Hospitals,
und einen Augenblick fürchtete ich, er würde seine Hand gegen
mich erheben.

»Dämliche Trunkenbolde!« fuhr er statt dessen einige zerlumpte Kerle scharf an, die mit Steinen durch das offene Tor oder
über die Dächer warfen. »Unwürdiges Pack!« beschimpfte er sie
und schlug zum Nachdruck mit der flachen Klinge auf sie ein.

Dann ließ er gegenüber der Säulenhalle nur noch Ordenssolda-
ten mit dem weißen Kreuz auf der roten Toga über dem Brustpanzer aufziehen und drängte alle anderen, die keine Johanniter waren, nach rechts und links ab oder zurück ins zweite Glied. Mich
ließ man in Ruhe.

Ich saß mitten unter den Belagerern, die im weiten Rund das
Anwesen umsäumten, aber wohl nicht recht wußten, was sie da
taten. Ich sah am äußersten Flügel den Stander meines Vetters Johannes und hoffte, er würde da bleiben und nicht meiner in diesem unwürdigen Zustand ansichtig werden.

Durch das offene Tor konnte ich in den Hof bis zu den Wirtschaftsräumen sehen, dort lagerten unbeaufsichtigt wohl allerlei
köstliche Dinge, denn die Bettlerkinder, die sich bisher am Steine-

werfen beteiligt hatten, scharten sich jetzt in der Säulenhalle zusammen und starrten auf die Säcke und Kästen, die von den Köchen und Frauen einfach so in den Hof geworfen wurden. Zu überwinden waren nur die Beine der Templerwache gleich hinter dem Tor. Die standen breitbeinig auf ihre Schwerter gestützt.

Das Gedränge der Bettlerkinder, die hinten standen – sie mußten aus der ganzen Stadt zusammengeströmt sein –, wurde immer stärker, hinten die Begierde und vorne die Angst, als erster den Versuch zu wagen. Dann, mit einem Schrei aus vielen Kehlen, überwand die Traube ihre Scheu und stürzte den Soldaten entgegen, wobei sich die vordersten Kinder gleich auf alle viere warfen, um zwischen den Beinen der Soldaten hindurchzuwitschen, so griffen deren Hände ins Leere.

Immer mehr drängelten durch das Tor, zwängten sich an den Wächtern vorbei, denen jetzt andere zu Hilfe eilten und mit dem stumpfen Ende ihrer Spieße nach den Frechsten schlugen, aber sie prügelten sie nicht.

Ich hatte den Eindruck, man hatte ihnen jede Gewalt verboten. Sie achteten nur darauf, daß keine Erwachsenen sich unter die Halbwüchsigen mischten. Schon strömten die ersten, beladen mit Beute, zurück, während andere sich noch durchs Tor quetschten. Die zurückflutenden Kinder überrannten auch die Postenkette der Johanniter, um schnellstens ihre gefüllten Bündel in Sicherheit zu bringen. Ein stämmiger Sergeant trat auf ein zierliches Mädchen mit dreckverschmiertem Gesicht zu, das einen offenen Sack mit klebrigen Datteln an ihre Brust drückte.

»He, Kleine!« rief er. »Willst du mir nichts abgeben?«

Doch statt ihm schnell einen Griff in den Sack zu erlauben, starrte sie ihn angstvoll an und preßte ihre eroberten Früchte noch fester an sich.

»Halt!« versuchte der Sergeant es jetzt auf Arabisch, was die meisten Kinder sprachen, und wollte sie verärgert festhalten, da baute sich ein dicklicher Junge vor ihm auf, tippte mit dem Finger an das weiße Kreuz auf seinem Brustpanzer.

»Warum trägst du das nicht am Helm?« fragte er scheinheilig.

Der schaute ihn fassungslos an, zumal der Junge die Antwort gleich nachschob: »Dann hält es jeder gleich für die Hörner, die deine Mutter deinem Vater —«

Weiter kam er nicht, denn der Sergeant holte aus, doch das dickliche Kind war schon aus seiner Reichweite, und als er sich nach dem mageren Mädchen mit den graugrünen Augen umwandte, war das auch entkommen. Die beiden Kinder rannten an mir vorbei.

Kurz darauf trieben die Templer die Bettelnden aus dem Hof, und der Herr Präzeptor Gavin Montbard de Béthune trat vor das Tor. Er blieb dort stehen und besah sich spöttisch seine Belagerer.

Hinter ihm erschollen Flüche, und kurz darauf jagten die Torwächter einen alten, weißbärtigen Mann hinaus, der in seinem Rock einige Nüsse verborgen hatte, die ihm jetzt zu Boden fielen, die Templer ließen ihm keine Zeit, sie aufzuklauben. Der Alte mußte sich wohl mit eingeschlichen haben.

Der Marschall der Johanniter sprang hinzu und zupfte dem Greis kräftig am Bart, schaute ihm tief in die Augen, bevor er ihn fahrenließ, wütend auf ihn einprügelnd. Der Alte krümmte sich unter seinen Schlägen und sprang eilends von dannen. Herr Gavin hatte dem hartherzigen Vorgehen keinen Blick gegönnt.

M ADULAIN HATTE DAS FISCHERDORF EPISKOPI hinter sich gelassen und strebte am Meeresufer entlang zur angegebenen kleinen Bucht, wo sie das Boot finden sollte. Sie hatte die Getreidemieten erreicht und schaute hinunter zum Strand.

Dort lag tatsächlich ein Segler, halb an Land gezogen, und die Fischer hockten in seinem Schatten und würfelten.

Vertrauenerweckend sahen sie nicht aus, aber Madulain verließ sich auf die Autorität des Briefes, den ihr der Rote Falke anvertraut hatte.

Mutig lenkte sie ihre Schritte hinab und reichte dem Ältesten das Schreiben, das sie schon zuvor aus ihrem Busen genestelt hatte.

Die Fischer waren bei ihrem Erscheinen aufgesprungen, und mit Erleichterung vermerkte Madulain, daß sie ihr keine Blicke zuwarfen, als hätte sie ihr Kleid schon abgelegt.

»Das Geld?« fragte der älteste, als er die Zeilen überflogen hatte. Madulain hatte den Beutel hinter ihrem Rücken bereitgehalten und streckte ihn jetzt hin, doch die Hände des Mannes umklammerten ihre Handgelenke. Madulain versuchte sich loszureißen, trat nach ihm. Sein Griff war eisern.

»Bindet sie!« mußte er wohl auf Griechisch den Gefährten zugerufen haben, denn sie schlangen ihr wortlos ein Tau um die Fesseln, das sie zu Fall brachte.

Madulain schlug verzweifelt um sich, doch als auch ihre Hände gefesselt waren, gab sie den Widerstand auf. Sie ließ sich an der Bootswand niedergleiten und hockte in stummer Wut mit zusammengepreßten Knien im Sand.

An sie wurde kein weiteres Wort gerichtet, die Fischer sprachen untereinander einheimischen Dialekt, den sie nicht verstand, und nahmen ihr Spiel wieder auf.

Der Rote Falke, die Gräfin und ihr Capitano Firouz hatten sich schweigend den hastig von Hamo herausgesprudelten Bericht angehört.

»Verräter gibt es scheint's überall!« Den Roten Falken schien die Gefahr wenig zu beeindrucken.

»Doch nur Eurer Person, Konstanz«, stieß die Gräfin hervor, »will ich das Wohl der Kinder anvertrauen. Wer garantiert mir sonst, daß sie in fremden Landen den Schutz erfahren, dessen sie bedürfen? Ihr müßt –« sie wandte sich abrupt an ihren Kapitän – »mit Firouz tauschen!«

Sie nahm die Verwirrung wahr, die dieser Satz anrichtete.

»Nicht den Platz, sondern die Person, die physische Erscheinung –«

»Und wer soll Eure Triëre kommandieren, grad bei diesem Manöver, dem schwierigsten, das ihr vielleicht je bevorstand?« versuchte Firouz sich dem Vorschlag zu entziehen, dessen Sinn er immer noch nicht verstanden hatte, doch Hamo kam ihm in die Quere.

»Ihr hättet Firouz als ›Guiscard‹ sehen sollen, eine gelungene Maskerade, auf die alle hereingefallen sind.«

»Nicht ein zweites Mal!« wehrte sich Firouz vergeblich.

»Ihr zieht Eure Kleider aus, Capitano«, entschied die Gräfin, »und gebt sie dem Roten Falken.«

Hamo führte Firouz in die Waschräume, vor allem, um ihm bei der anschließenden Prozedur der Verwandlung in »Guiscard, den einbeinigen Amalfitaner« behilflich zu sein.

Der Rote Falke folgte ihnen, um in die abgelegten Hosen und das Hemd des Firouz zu schlüpfen, was er mit sichtlichem Widerwillen tat. Er band sich sogar den verschwitzten Turban des Kapitäns so, wie der ihn zu tragen pflegte, mit in den Nacken herabhängender Schärpe – war Firouz doch gerade in dieser Aufmachung dem Marschall der Johanniter begegnet.

Dann trat er hinaus vor die Gräfin, die ihn kritisch musterte. »Auch von Eurem kostbaren Schuhwerk müßt Ihr Euch trennen, Konstanz!«

Der Rote Falke entledigte sich seiner Stiefel aus feinstem Safian und schlüpfte in die klobigen Langschäfter des Firouz.

Laurence nahm eine Schere und schnitt dem Roten Falken einige Locken ab. Mit prüfendem Blick auf die Bartzier des echten Firouz und etwas Mastix begann sie hastig, dem Doppel die Haare ans Kinn und unter die Nase zu kleben, eine meisterhafte Arbeit.

Wie oft hatte sie sich in ihrer wilden Piratenzeit in einen Mann verwandeln müssen, um sich das Leben unter rauhen Gesellen nicht unnötig zu erschweren.

Sie preßte die letzten Haarbüschel mit der Schere auf die Oberlippe und trat einen Schritt zurück. Der Vergleich mit dem Original befriedigte sie.

Firouz hatte inzwischen sein linkes Bein mit Hamos Hilfe hochgebunden und in ein Hosenbein gestopft, daran befestigten sie einen kräftigen Knüppel, der als Holzbein durchgehen mochte.

»Ihr, Guiscard, wartet mit Eurem Auftritt, bis ich sicher den belagerten Vorplatz überquert und in die Gasse eingebogen bin, wo Hamo mich mit seinen Leuten von der Triëre in Empfang nimmt, um mir Geleitschutz zu geben.«

Das war die unmißverständliche Aufforderung an ihren Sohn, sich zu sputen.

»Ich gehe davon aus, daß Clarion von Salentin inzwischen die ihr zugewiesene Aufgabe erledigt hat, Shirat bei diesem Fischerboot und den Kindern gelassen, und sich selbst bereits auf der Triëre befindet, während – wo bleibt eigentlich die Zofe Madulain?« unterbrach sie sich, an den Roten Falken gewandt, der ihr jetzt als »Firouz« gegenüberstand.

»Schickt die Säumige uns sofort nach zur Triëre!« erteilte Laurence weiter Befehle, das Schicksal von Menschen bestimmend, wie sie es gewohnt war.

Dem echten Firouz, jetzt als Guiscard mit Holzbein versehen, fuhr ihre Bemerkung wie ein Messer ins Herz. Das hieß, wenn Madulain nicht rechtzeitig zurückkehrte zur Triëre, würde die Gräfin dennoch ablegen lassen, ohne auf Madulain zu warten. Für Clarion, dachte er bitter, riskiert sie Kopf und Kragen, aber nicht für meine Frau, die Zofe! Er bekam Angst.

Die Gräfin schob den Roten Falken zurück in die Küche und befahl mit lauter Stimme: »Firouz, Ihr nehmt den Korb, die zwei Säcke und die Ballen!« Und als er beladen war wie ein Packesel, und auch die Köche nicht befremdet reagiert hatten, gab sie das Zeichen zum Aufbruch.

DIARIUM DES JEAN DE JOINVILLE

Limassol, den 8. Oktober A.D. 1248

Von meinem Beobachtungsposten hatte ich Einblick in den Hof des Tempels, bis hin zu den ebenerdig gelegenen Bögen, hinter denen wohl die Küchen- und Wirtschaftsräume lagen, denn erst sah ich Köche herausspringen und die letzten Bettlerkinder verscheuchen, dann trat Laurence de Belgrave reisefertig, umgeben von Frauen und Trägern, hinaus in den Hof.

Grad in diesem Augenblick ratterte ein Wägelchen von äußerst dubioser Erscheinung durch die Postenkette der Johanniter auf das offene Tor zu. Hätt' ich nicht, gleich wie der Marschall Leonardo und etliche lange Hälse neben mir, die zwei dickbauchigen Ölamphoren im Stroh liegen sehen, hätt' ich wetten mögen, es handele sich um ein Gefährt der ambulanten Lust.

Auch die grell aufgeputzte Frauensperson auf dem Kutschbock sah kaum wie eine Bäuerin aus, ich erkannte sie gar bald, es war Ingolinde, die Hur aus Metz, und daß dieser verlotterte Franziskanermönch William neben ihr hockte, machte die Fuhre auch nicht vertrauenerweckender. Doch der Herr Peixa-Rollo konnte nichts beanstanden, er schaute in die Amphoren – sie waren leer – und ließ das von einer Mähre gezogene Wägelchen passieren. Auch die Torwache der Templer hielt sie nicht auf, und so rollten sie in den Hof bis vor die Küche.

Nur die Gräfin schien ungehalten ob der Unterbrechung oder Verzögerung ihres Auszuges aus dem Tempel. Ich war zwar noch weit davon entfernt, wieder nüchtern zu sein, aber es gelang mir, meinen Blick zu schärfen, und ich sah genau, wie die zwei Amphoren abgeladen und hastig ins Innere getragen wurden.

Vor dem Tor des Tempels stand immer noch in herausfordernder Gleichgültigkeit der Herr Gavin Montbard de Béthune. Er hatte das Wägelchen nicht beachtet, er schaute nicht hinter sich, sondern fixierte nur den ihm gegenüber postierten Marschall der Johanniter.

Der Zug der Gräfin setzte sich in Bewegung. Frau Laurence war von ihren Frauen dicht umgeben und gefolgt von Trägern, die ihre Habe, Kisten, Kästen und Ballen, schleppten. Ich erkannte gleich ihren Bootsmann Firouz, dem sie wohl den Inhalt ihrer Kleiderkammer aufgepackt hatte, von dem armen Kerl schaute nicht einmal die Nasenspitze hervor.

Da hörte ich meinen Vetter Johannes loszetern, der an den Flügel der Postenkette abgeschoben stand.

»Haltet sie, die Hexe!« versuchte er seine eigenen Ritter aufzuhetzen. »Die Person gehört der heiligen Inquisition!«

Doch es war nicht der Präzeptor, der ihn zurückwies, sondern Herr Leonardo. Der brüllte wütend: »Hier erteile nur ich Befehle!« Er hatte sogar sein Schwert gezogen. »Die Gräfin von Otranto hat freies Geleit!«

Damit gab sich der Graf von Sarrebruck nicht zufrieden.

»Sie mag ziehen, aber nicht die Kinder, diese Ketzerbrut!« schrie er haßerfüllt zurück und drängte gegen die ihm den Weg versperrenden Johanniter.

»Ich sehe keine Kinder!« rief Peixa-Rollo ihm höhnisch zu. »Und mein Wort gilt!«

Inzwischen hatte die Gräfin sich beim Verlassen des Tores von ihrer Begleitung gelöst und trat allein vor Herrn Gavin, während hinter ihr der Troß der Frauen und Träger ohne Zögern der Gasse zustrebte, die hinunter zum Hafen führt und an deren Ecke ich saß.

Ich war jetzt aufgesprungen, damit mir nur ja nichts entginge. Die Johanniter prüften nur die großen Kisten, ob niemand in ihnen verborgen, und stocherten in die Ballen und Stoffe, wie Firouz sie trug. Sie fanden nichts und ließen sie passieren.

»Ich vermag Euch nicht«, sagte Frau Laurence mit lauter Stimme derweil dem Präzeptor ins Gesicht, »für die gewährte Gastfreundschaft danken –«

Ich empfand ihre Stimme unangenehm schrill, sie war wohl sehr gekränkt, daß sie sich sowenig im Zaum hatte »– nachdem ich erleben muß, wie Ihr schutzlose Frauen einfach Hals über Kopf aus Eurem Tempel weist –« Gavin hatte seine sture Haltung nicht verändert, er schaute durch die Wütende hindurch, als wäre sie aus Glas, und die hörte auch nicht auf »– uns herzlos zwingt, auf den nackten Planken unseres Schiffes zu nächtigen, inmitten von lüstern auf uns gerichteten Augen der Soldateska im Hafen. Ihr solltet Euch schämen!«

Viel sprachloser als Herr Gavin schien mir der Marschall Leonardo. War das nun eine abgesprochene Finte, wollte die Gräfin von Otranto gegen das ausdrückliche Verbot des Königs mit ihrem Schiff von der Insel fliehen? In dem Fall müßte er, heute oblag seinem Orden die Überwachung des Hafens, die Gräfin mit seinen Truppen eskortieren, um sie an einem solchen Schritt zu hindern. Aber wo waren die Kinder? Sie mußten noch im Tempel sein. Um dies zu beweisen, stand er schließlich hier. Und diesen gottverdammten Spion wollte er schließlich auch fangen. Hinter der Gräfin stöckelte jetzt – ich rieb meine getrübten Augen, verdammter Suff! – ihr vormaliger Kapitän, Guiscard, der Amalfitaner, mitsamt Holzbein!

Er fletschte die Zähne, und die Leute, die sich schon dicht an die Gräfin herangedrängt hatten, aus purer Neugier, sie wichen zurück.

»Der Teufel!« wisperte jemand, der nächste schrie es schon: »Sie ist mit dem Teufel im Bunde!«

Ich hatte mich ebenfalls erhoben und erkannte – wie Schuppen fiel es mir von den Augen –, das war doch Firouz, der da den Amalfitaner imitierte! Ich sah das jetzt sonnenklar.

Wenn die »Erscheinung« jemanden verwirren wollte, war ihr dies bei Peixa-Rollo vollkommen gelungen. Der kannte zwar die Gestalt des einbeinigen Capitanos nicht, woher auch, aber es verwirrte ihn, daß die Leute sich so aufregten. Er wußte nicht mehr, was er tun und was er lassen sollte.

Aber war der Firouz nicht gerade mit Sack und Pack an mir vorbei die Gasse hinabgeschritten? Ich war doch betrunken. Oder war alles teuflisches Blendwerk, elende Zauberei?

Da schrie mein Vetter Johannes wieder los: »Haltet das Wägelchen! Laßt die Ketzerkinder nicht entkommen. Befehl des Königs!«

In der Tat war es seinem aufmerksamen Häscherblick nicht entgangen, daß gleich nach dem Auszug der Gräfin, die den Präzeptor hatte grußlos stehenlassen und erhobenen Hauptes am Arm ihres einbeinigen Capitanos Frauen und Trägern folgte, die Ölamphoren wieder auf das Wägelchen gehoben wurden, ganz vorsichtig, sie waren jetzt wohl voll und schwer. Die Köche stellten sie aufrecht ins Stroh und banden sie mit Stricken fest. Der Mönch und die Hur, da war ich mir sicher, versuchten einen tolldreisten

Schmuggel! Hastig kletterten sie wieder auf den Kutschbock und rumpelten über den Hof zum Tor, an den Templerwachen vorbei, auch an Herrn Gavin, der so tat, als ginge alles ihn nicht das geringste an.

»In Gottes Namen«, schrie mein Vetter Johannes den Marschall an, »warum steht Ihr hier herum, wenn Ihr die Beweisstücke des frevlerischen Tuns, der üblen Ketzerei, jetzt nicht arretiert!?«

Das muß dem Herrn Peixa-Rollo eingeleuchtet haben und seine Zweifel, ob hinter der Gräfin herrennen oder diese blöden Kinder, Zankäpfel der Orden seit Tagen, nun endlich in die Hand zu bekommen, schlagartig ausgeräumt haben. Die Ketzerbälge ans Licht der Gerechtigkeit zu zerren, war ja auch sein Auftrag, nicht Molestierung der Gräfin von Otranto. So trat er gewichtig vor, fiel dem Gaul ins Geschirr und brachte den Karren zum Stehen.

»Was habt Ihr geladen, schöne Frau?« fragte er wie ein Wolf, der Kreide gefressen hat, doch die Frauensperson hatte ihr Herz auf dem rechten Fleck.

»Reines Olivenöl, kaltgepreßt, von so feiner Art, als hätten wir beide die Früchte zwischen unseren Schenkeln gequetscht, hoher Herr!«

Der Marschall lief rot an, die Leute lachten.

»Abladen!« herrschte er seine Sergeanten an, und sie sprangen auf den Karren, banden die Amphoren los und ließen sie vorsichtig zur Erde gleiten. Ich war jetzt auch näher getreten, gleich meinem Vetter Johannes, der schon triumphierend grinste.

Peixa-Rollo keuchte. »Ich frage Euch ein letztes Mal, Weib – dann stech' ich zu!«

»Ohne Stich kein Tröpfchen!« machte sich die Hur über ihn lustig, und er stieß mit seinem Schwert durch den Korken – fand mitnichten den erwarteten Widerstand –, vergeblich stocherte er in der Amphore herum. Er zog es heraus, nur Öl, kein Blut tropfte von seiner Scheide.

Da sprang der Graf von Sarrebruck hinzu: »Hexerei, teuflisches Blendwerk!« Und eh ihm einer in den Arm fallen konnte, hatte er mit seinem Schwertknauf die eine Amphore zerschlagen, die andere trat er mit dem Stiefel um, sie zerbrachen beide, das Öl ergoß sich aufs Pflaster, aber zum Vorschein kamen zwei Wergbündel, Puppen, geschnürt und geformt wie kleine Menschenleiber.

Alle starrten auf die seltsamen Wesen zwischen den Scherben, da stürzte sich die lose Frauensperson vom Bock, warf sich über die öligen Hanfbündel und heulte. »Meine Kinder! Meine Kinder! Ihr habt meine Kleinen umgebracht!«

Der Marschall versuchte, sie wegzuzerren, aber sie schrie noch lauter, mit herzzerreißender Stimme: »Mörder, Mörder!«

Sie streichelte die Bälge, drückte sie an ihr tränenüberströmtes Gesicht.

»Ach, was habt Ihr getan, Kindsmörder!«

Da begann das Volk sich zu erregen und auf den Grafen von Sarrebruck loszugehen. Er wollte sich zu seinen Rittern zurück- ziehen, da flogen schon die ersten Steine. Mein Herr Vetter verließ fluchtartig den Ort seines verfehlten Triumphes. Ich tat es ihm gleich, denn schneller als dem wohl begriffsstutzigen Peixa-Rollo dämmerte mir, daß wir darüber die Gräfin vergessen hatten.

Ich rannte die Gasse hinunter zum Hafen, erreichte gerade noch die Taverne »Zur schönen Aussicht« und sah, wie der falsche Guiscard, also der echte Kapitän Firouz, wütend mit seinem Holz- bein auf die Planken stampfte, die kräftigen Arme der Moriskos als letztes die Frau Gräfin an Bord hievten, die Taue waren schon los, mit einem Ruck, der die Frauen glatt zu Fall brachte, und selbst einige Träger mit ihren Kisten und Ballen auf die Decksplanken stürzen ließ, fuhren sämtliche Ruder der unteren Reihen aus den Löchern wie Muränen und schlugen das Wasser des Hafenbek- kens, daß es aufspritzte, während die Lancelotti ihre Sensen noch funkelnd in die Höhe reckten.

Die Gräfin, die sich als einzige aufrecht hielt, schien mit dieser abrupten Abreise nicht einverstanden. Sie rang die Hände zum Ufer hin, als hätte sie dort etwas vergessen, machte Anstalten, sich über die Reling zu stürzen.

Doch das tat ihr Sohn Hamo an ihrer Stelle. Er sprang wie eine Forelle, tauchte unter, und auch »Firouz«, also der falsche Firouz, nicht der Capitano, warf seine Last ab und hechtete, die Arme voraus, hinterher. Ich konnte beide nicht mehr auftauchen sehen.

Die Johanniterwache an den beidseitigen Molenköpfen war zwar aufgesprungen, hielt aber den einbeinigen Capitano der Triëre eh für einen Narren, daß er jetzt mit voller Kraft gegen die schwere Kette rudern ließ.

Doch dann geschah etwas, das ich gut von der Bank, auf der ich stand, sehen konnte und was sie entsetzt haben mußte: Die Eisenkette senkte sich, je näher die Triëre sich heranschob. Das war auch mir unheimlich, ich bekreuzigte mich, war die Gräfin von Otranto doch mit dem Teufel im Bunde?

Es waren jedenfalls böse Geister, denn so sehr die Johanniter jetzt auch die Winde drehten, die schwere Kette sank immer tiefer. Sie versuchten ihre Armbrüste zu spannen, doch da fuhren die Sensen hernieder in die Waagrechte, und sie mußten sich flach auf den Steinboden der Mole werfen, um nicht mitleibs zerschnitten zu werden.

So glitt die Triëre aufs offene Meer hinaus, wo in der Abenddämmerung eine frische Brise ihr in die Segel fuhr, die sich jetzt blähten, als sie aus der Reichweite der Katapulte war.

Ich bildete mir ein, sehen zu können, daß die Triëre bald darauf ihren Anker warf, doch da müssen wohl meine Augen vom Wein geblinkert haben, denn wie befreit von des Eisens Last schoß sie nun davon.

Im Hafen waren die Engländer unter Salisbury die ersten, die begriffen, daß die Gräfin die Flucht versuchte. Mit seemännisch bewundernswertem Geschick jagten sie mit ihren Langbooten durch den Hafen, in dem aufgeregte Franzosen ihnen nur im Weg waren. Etliche segelten sie über den Haufen, andere rammten sie zur Seite, doch als sie sich der Ausfahrt näherten, war die Kette wie von unsichtbarer Hand wieder hochgezogen und verhinderte ihr Auslaufen. Sie beschimpften wüst die Johanniter, daß ich es bis zu meinem Platz hinauf hören konnte, die kurbelten wieder an der Winde – zum Vorschein kam nur ein loses Kettenende, das scheppernd über den Stein zur Trommel hin rutschte.

Die schwere Eisenkette aber spannte sich im Wasser, als hielte der Böse sie an beiden Seiten. Spuk oder Trug? Jedenfalls entschwand die Triëre gegen die untergehende Sonne. Und ich setzte mich wieder und ließ mir lieber noch einen Krug kommen. Wenn ich trinke, weiß ich wenigstens, warum ich Gespenster sehe.

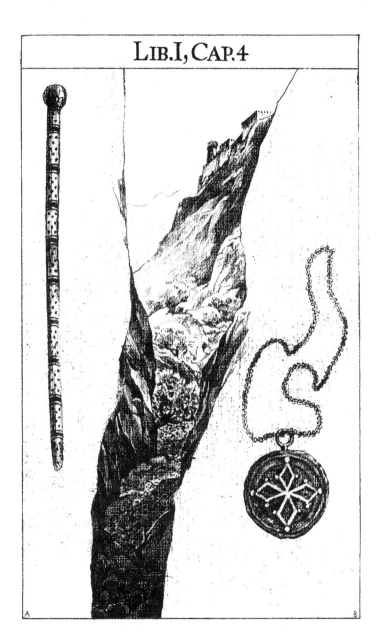

A   B

DER STURM
UND DIE STILLE VERFEINDETER
BURGEN

CLARION WIRKTE WIE EINE NOBLE DAME, der das Personal davongelaufen war, sie mußte selbst zwei Körbe tragen, weil Shirat, ihre Zofe, schon mit einem Krug auf dem Kopf und einem Sack auf dem Rücken beladen war.

Selbst die drei Kinder, Roç, Yeza und der kleine, dicke Mahmoud, hatten Bündel zu schleppen bekommen, unter deren Last sie keuchten, aber dies immer noch lachend, denn sie hielten sich so weit hinter den Frauen, daß sie ungeniert vom Inhalt ihrer Beutel naschen konnten. Das hellhäutige Gesicht der so fremdartig anmutenden, schwarzhaarigen Yeza war immer noch mit Dreck beschmiert. Wie eine Zigeunerin sah sie aus.

Nur der Sufi konnte nichts tragen, erst die Wächter des Tempels, dann der Johanniter, hatten ihm die Haut so wund gegerbt, daß er froh war, am Stock hinter den anderen herzuhumpeln.

Clarion hatte alle immer wieder ermahnt, heitere Gesichter zu zeigen, als ginge es auf eine Landpartie, und auf keinen Fall den Eindruck von Flüchtlingen zu erwecken.

Bis Episkopi hatten sie sich fahren lassen, auf einem Karren, der vom Markt zurückkehrte, aber für den Rest des Weges und das eigentliche Ziel durfte es keine Zeugen geben.

Sie zogen den Pfad durch die hügeligen Wiesen oberhalb der Küste entlang, bis sie die beschriebene Bucht mit dem Schiff unter sich sahen.

»Das ist aber ein kleiner Kahn!« machte sich Roç über das Fischerboot lustig. »Der hat ja nur einen Mast!«

Doch Yeza wies ihn zurecht. »Sonst wär' er nicht hier!«

Clarion hieß sie alle sich niedersetzen, samt der Last, und schritt allein hinab zum Strand. Die Fischer erhoben sich nicht, sie spielten weiter. Sie sah die gefesselte Madulain abseits im Schatten hocken. Clarion entnahm ihrem Beutel einige Münzen und warf sie unter die Fischer.

»Oben«, sagte sie ruhig und zeigte hinauf, »sind ein paar Mitbringsel, Proviant und Erfrischungen, die geladen werden müssen. Hebt Eure Ärsche!«

Das war eine Sprache, die die Kerle verstanden. Der älteste strich das Geld ein und jagte seine Leute mit Fußtritten hoch. Er zählte die Personen, die jetzt, die Kinder vorweg, hinabgestürzt kamen. Shirat stützte den Sufi.

»Das sind mehr als vereinbart«, sagte er unwillig.

Clarion griff abermals zum Beutel. »Ich habe mich entschlossen, wenn's Euch recht ist«, entgegnete sie seinem gierigen Blick, »die Kinder auf dieser Reise zu begleiten.«

Doch bevor sie ihm weiteres Geld geben konnte, erhob jetzt Madulain wütend ihre Stimme. »Dann laßt mich jetzt wenigstens gehen«, fauchte sie den Fischer an. »Ich will zurück zur Triëre, zu meinem Mann!«

Der Alte schaute achselzuckend auf Clarions Beutel, die warf ihm einen größeren Betrag vor die Füße. »Hört nicht hin!« sagte sie kalt. »Schafft sie ins Boot!«

Die Fischer stürzten sich auf ein Zeichen des Alten auf Madulain und zerrten die Gefesselte hoch, sie biß und kratzte wie eine Wildkatze, aber es half ihr nichts. Wie ein Netz voll zappelnder Fische wurde sie über die Bordkante gewuchtet und zusammen mit den Packen, Säcken und Körben an Deck verstaut, das heißt, man ließ sie einfach auf den Planken liegen.

Hamo l'Estrange entstieg dem Wasser wie ein junger Meeresgott, grad in der kleinen Bucht, in der das Fischerboot lag. Der falsche Firouz, sein Gefährte, der als Schwimmer ungeübte Rote Falke, brauchte länger, bis er ermattet auf die Füße kam.

»Warum ist das Schiff nicht schon im Wasser und segelfertig?« fuhr er ärgerlich den Anführer der Fischer an, nachdem er sich mit einem Blick von der Vollständigkeit seiner Schutzbefohlenen überzeugt hatte.

Daß Clarion dabei war, ärgerte ihn noch mehr. Der älteste der Fischer machte keine Anstalten, sich zu bewegen, im Gegenteil, mit einer Handbewegung hielt er die anderen zurück, die das Boot vom Sand schieben wollten.

»Der vereinbarte Preis gilt nicht mehr«, begann er mürrisch, und als er den Schimtar sah, den der Rote Falke aus den nassen Beinkleidern nestelte, fügte er erklärend hinzu: »Der Proviant wird nicht ausreichen, und es sind zu viele Leute an Bord.«

Der Rote Falke schien ihm keine Beachtung zu schenken, sondern schritt an ihm vorbei. Doch kaum hatte er den Alten passiert, trat er ihm in die Kniekehle, daß der stürzte. Der Schimtar blitzte auf, und der Kopf des Anführers lag im Sand.

»Ist noch jemand der Meinung«, fragte der Rote Falke, ohne seine Stimme zu erheben, »daß zu viele Leute an Bord sind?«

Jetzt erkannten sie ihn. Sie schoben eingeschüchtert, sich mit dem Rücken gegen die Bootswand stemmend, den Kiel ins Wasser und kletterten eiligst hoch, die Segel zu setzen.

Hamo und der Rote Falke waren die letzten. Sie ließen sich über den Bootsrand ziehen. Während Hamo sofort wieder auf den Füßen war, blieb der falsche Firouz erschöpft liegen. Genau zu den Füßen von Madulain, die ihn haßerfüllt anstarrte. Sie mußte ihn nichts fragen. Als sie die Hosen ihres Mannes erkannte, hatte sie begriffen – ehe sie noch die Reste des lächerlichen, vom Seewasser aufgelösten Bärtchens sah.

Ihre Augen wurden hart. Die »Herrschaften« hatten sich über die ehelichen Bindungen ihres Gesindes einfach hinweggesetzt. Entweder die Gräfin wollte ihren Kapitän ohne Frau, oder die Prinzessin von Salentin, die anscheinend nicht bei der Frau Gräfin zu bleiben vorhatte, mochte nicht auf ihre Zofe verzichten. Und dieser feine Herr zu ihren Füßen, Emir und Ritter zugleich, hatte bei diesem infamen Spiel mitgemacht. Rücksichtslos hatte er sie reingelegt. Ihm ins Gesicht hätte sie speien mögen, aber er schaute nicht her.

»Ablegen!« rief der Rote Falke gerade den Fischern zu und richtete sich auf. »Jetzt oder nie!«

Das Meer hatte sich mit Segeln aller Art gefüllt, die in der tiefstehenden Abendsonne leuchteten.

»Sie machen Jagd auf Laurence«, stöhnte Clarion. »Gott steh ihr bei!«

»Du hast ihr doch beistehen wollen, Clarion«, sagte Hamo schnippisch. »Ach, liebste Laurence, nimmer werd' ich dich verlassen!« äffte er die Stimme seiner Ziehschwester nach. »Meine werte Frau Mutter wär' fast ins Wasser gesprungen, als die Triëre die Leinen kappte, ohne das Fräulein von Salentin an Bord, sie wäre deinetwegen umgekehrt, hätte Kopf und Kragen riskiert, wenn der betrogene Firouz sich nicht gerächt hätte. Der hat sich wohl ersonnen« – diese Information galt weniger Clarion als dem Roten Falken, der schweigend das Manöver der Segler auf dem Meer beobachtete – »›wenn man mir meine Madulain entführt, dann sollt Ihr, Frau Gräfin, auch ohne Eure Gespielin auskommen müssen!‹«

Das Fischerboot hatte inzwischen Wind ins Tuch bekommen und kreuzte im Schutz der Küste, bis die Segel der ausgeschwärmten Armada vom Horizont verschluckt waren. Erst dann gab der Rote Falke Befehl, aufs offene Meer hinauszufahren.

»Die können sie unmöglich noch einholen«, wandte Hamo sich versöhnlich an Clarion. »Madame hat einen zu großen Vorsprung, und dann kommt die Nacht. Warum hast du ihr das angetan?«

»Weil ich endlich mein eigenes Leben leben will, wie du ja auch!«

»Dann tu's auch endlich«, sagte Hamo. »Und klammere dich nicht an andere, die das gleiche Recht haben!«

Clarion funkelte ihn erbost an. »Wenn du die Kinder meinst oder dich, ihr könnt mir gestohlen bleiben. Spielst du aber auf meine Zofen an, dann laß mich wissen, wieso ich ihre Dienste entbehren sollte! Was für ein Recht soll das wohl sein?«

Der Rote Falke bemerkte erst jetzt, daß Madulain immer noch an Händen und Füßen gefesselt war. Er schnitt ihr die Stricke durch. Sie dankte es ihm mit keinem Blick und blieb hocken, wo sie war, was ihn sehr traf. Er war verwirrt und fand nicht die richtigen Worte. Also schwieg auch er.

Doch dann drehte er sich zu Clarion um. »Weil wir jetzt eine Reise tun, die keine Ritter und keine Diener, keine Damen und Mägde braucht, sondern eine Mannschaft, in der jeder dort zupackt, wo er benötigt wird –«

»Herren und Knechte wird es immer geben!« widersprach ihm Clarion vehement. »Das ist wie Befehlen und Gehorchen. Das ist Gesetz! Habt Ihr ihm nicht gerade selbst Geltung verschafft?«

»Das geschah aus Verantwortung für uns alle und nicht aus Eitelkeit und purer Selbstsucht.«

Clarion brach in Tränen aus. »Ich weiß, daß ich zu nichts nütze bin«, schluchzte sie. Es schmerzte sie sehr, ausgerechnet von dem angebeteten Ritter derart, und das im Beisein ihrer Zofen, gemaßregelt zu werden. – »Warum müßt Ihr mich so verletzen?«

Sie weinte bitterlich, was aber niemanden rührte.

Die Kinder hatten sich längst – zufrieden, den Roten Falken bei sich zu wissen – zum Bug begeben und schauten auf die unter ihnen im letzten Licht des Abendrots dahingleitenden Wellen. Roç und Yeza hatten den kleinen Mahmoud in ihre Mitte genommen.

Nur Shirat zeigte Mitleid mit Clarion und legte tröstend ihren Arm um sie.

»Sie muß nun schnellstens lernen«, sagte der Rote Falke laut genug zu Hamo, »daß wir uns in ein Land begeben, wo es geschehen kann, daß eine Herrin zur Sklavin wird und eine Zofe zur Prinzessin.«

Madulain sagte nichts, sie spuckte ihren Ärger im weiten Bogen über Bord. Sie verachtete Clarion, und den Roten Falken haßte sie.

Inzwischen war die Dämmerung der Nacht gewichen, und der Rote Falke hatte sich der schweigenden Madulain gegenüber hingesetzt, in der Hoffnung, das Eis auftauen zu können.

»Es ist nicht meine Schuld«, sagte er leise.

Die Augen der Saratz funkelten im Dunkel.

»Den einzigen Zeugen, den Empfänger Eurer Zeilen«, antwortete sie höhnisch, »habt Ihr umgebracht. Statt mich sofort zu befreien –«

»Es war zu spät!« unterbrach sie der Rote Falke, er sagte nicht, aber es wurde ihm gerade bewußt: »Ich hab mich in Euch verliebt«.

So wandte er sich an Hamo. »Wir können beruhigt schlafen. Jeden möglichen Verfolger hat die Gräfin auf sich gezogen.«

»Soll ich für sie beten?« spöttelte Hamo. »Laurence hat noch immer zuerst an sich selbst gedacht, es gelingt ihr auch diesmal, den Hals aus der Schlinge zu ziehen!«

»Die Dunkelheit wird ihr Schutz gewähren«, antwortete der Rote Falke.

»Amen«, sagte Hamo.

Im Licht des aufgehenden Mondes segelten sie – nur den Sternen folgend – nach Osten.

William von Roebruk stiefelte mißmutig über den Bazar. Er hatte keinen Grund, schlecht gelaunt zu sein, nach dem gelungenen Auszug der Gräfin und der Kinder fühlte er sich zuerst sogar erleichtert, doch dann war ein Gefühl der Leere über ihn gekommen. Was hielt ihn eigentlich noch auf Zypern?

William ließ die schweren Stoffe aus Damaskus durch die Finger gleiten, prüfte ihr Gewebe fachmännisch zwischen Daumen und Zeigefinger. Ein neues Gewand? Konnte er sich nicht leisten!

Er mußte sich mit dem Tuch bescheiden, das die Gräfin ihm großzügig aus der Griechenbeute überlassen hatte, doch es saß nicht recht, der Stoff fiel nicht sonderlich elegant, außerdem knitterte er stark.

Hätte er doch weiter mitsegeln sollen? Wenn schon, dann mit dem Schiff, das Roç und Yeza jetzt in neue Lande trug. Jetzt saß er hier und hatte kein anderes Dach überm Kopf als das Zeltverdeck von Ingolindes Hurenwägelchen, und das auch nur, wenn spät in der Nacht sich der letzte Freier getrollt.

Dem König wieder seine Dienste anbieten? Sehr fraglich, ob der ihn nochmals in Gnaden aufnehmen würde, sich überhaupt noch an ihn erinnerte.

»Hast du das Obst eingekauft, den Wein und den Schmatz, mein William?«

Ingolinde hatte ihn aufgestöbert und sogleich an seine Versäumnisse im Alltag erinnert. Dabei war heute ein Feiertag für sie, fiel ihm ein, doch zu hören bekam er es auch.

»Wir wollten doch aufs Land fahren?« gurrte sie vorwurfsvoll und schob ihren Arm unter den seinen.

»Ich hab's nicht vergessen«, beteuerte William eilends. »Ich fand noch nichts Ansprechendes.«

»Bei den Tuchhändlern wird dir auch keine reife Melone über den Weg laufen, auch keine noch so duftende Käsesorte!« lachte sie. »Komm, ich weiß, wo es köstlichen Schinken gibt.« Und sie zog ihn mit sich zu den Marktständen der Bauern, die ihre Ware zu Hauf vom Lande nach Limassol trugen, weil solche Kundschaft wie die Kreuzfahrer nur einmal im Leben zu haben war.

»Wahrscheinlich kostet es draußen in Episkopi die Hälfte«, maulte William, aber Ingolinde ließ den Einwand nicht gelten.

»Ich mag dort nicht an jedem Gehöft stehenbleiben und mich anstarren lassen wegen eines Zwiebelringes, eines Laibes Brot und eines Körbchens voller Trauben!«

Sie kaufte also vergnügt, reichlich und mit Bedacht, und sie verstauten den Proviant im Stroh des Wägelchens, bevor sie beide auf dem Kutschbock Platz nahmen und die Stadt verließen.

»Hier sollten wir uns ein kleines Haus mieten.« Das malerische Episkopi mit seinen Klöstern und Kirchen hatten sie hinter sich gebracht, Ingolindens bürgerliche Anwandlungen noch nicht. »Du schreibst deine gelehrten Bücher, ich schaffe an im Hafen – und wenn ich zum Angelusläuten heimkomme, bin ich die ehrbare Madame de Metz!«

»Warum besorgst du mir nicht gleich eine Stelle als Priester, fromm, wie der Ort ist, dann gehst du als meine Haushälterin durch, und ich kann dir jeden Abend die Absolution erteilen!«

»Mit dem da!« Ingolinde lachte und griff ihm in den Schritt.

Sie hätte gern eine andere Bezeichnung für ihre zukünftige Beziehung gehört, aber sie war ja schon glücklich, wenn sie ihn überhaupt an sich binden konnte, ihren unsteten William. Sie lenkte das Wägelchen abseits von der Straße zum Meeresufer hin, bis sie eine stille Bucht fand, die sie vor neugierigen Blicken schützte.

Der Minorit lockerte den Strick, der seine Kutte umgurtete, zog seine Schuhe aus, schob die nackten Füße bis in die sanft auslaufende Brandung und ließ sich auf den Rücken in den Sand fallen.

Ingolinde breitete eine Decke aus und tischte das Mitgebrachte auf, doch dann sah sie ihren William mit halboffener Hose, und sie rollte sich auf den Widerstrebenden, der etwas von »erst essen!« murmelte.

Ingolinde kannte das schwache Fleisch ihres Mönches, jenes Glied insbesondere, das sich auch im Widerstand versteifte, ob er nun wollte oder nicht. Sie nahm Besitz von ihm, und da jeder Gaul bei Kräften so gut ist wie sein Reiter, hatte sie ihn bald auf Trab, dann in gestreckten Galopp gebracht. Sie versuchte ihn zu zügeln, aber nun kannte der Flame kein Halten mehr, und er trieb sie unerbittlich, bis mit einem letzten Aufbäumen sie sich auf seinen Wanst fallen ließ.

»So«, sagte Ingolinde, als sie beide wieder zu Atem kamen, »nun erzähl mal, was es mit deinen Kindern auf sich hat?«

»Was soll ich erzählen«, versuchte William träge abzuwehren, »es sind nicht meine Kinder.«

»Möchtest du keine haben?«

Das war dem Mönch als Pflaster nun doch zu gefährlich, und er bog bereitwillig ab in den vorgeschlagenen Pfad.

»Yeza und Roç«, murmelte er, »sind nicht mehr und nicht weniger als das, was bestimmte Kreise in ihnen sehen wollen. – Ich habe damit nichts zu schaffen!« setzte er abschließend hinzu.

Das genügte Ingolinde nicht. »Ich habe für dich das Gerücht

vom Amalfitaner im Hafen verbreitet, bis es Beine, beziehungsweise ein Holzbein bekommen hat und die Leute glaubten, sie hätten den von den Toten zurückgekehrten Capitano mit eigenen Augen gesehen – bald glaub' ich schon selbst daran, auch wenn ich mir immer sage: ›Ingolinde, gehängt ist gehängt.‹«

William grunzte nur, was wie Zustimmung klingen konnte, aber auch unwillig ob des Themas.

»Ich hab' für dich die Manderln geflochten, einen Buben und ein Mädchen, sie in Öl eingelegt in die Tonkrüge, daß ich sie schon wie eigene Kinder in meinem Bauch empfand und ihr Tod mich schmerzte«, seufzte Ingolinde, »und du Rabenvater willst mir weismachen, du hättest nichts mit ihnen zu schaffen!«

Sie war empört und trommelte mit ihren Fäusten auf seiner Brust.

»Also gut«, sagte er und schob sie behutsam von sich. »Yeza und Roç sind von besonderer Geburt.« Er wälzte sich herum, so daß die im Sand gedeckte Tafel in seine Reichweite kam. »Ich gehöre nicht zu denen, die Genaueres wissen, sie selbst wissen nicht, wer ihre Eltern sind, doch es muß wohl höchstes Blut sein, von so hohem Adel, daß sich Ritter und Orden, Fürsten und Könige für sie einsetzen, ihnen ihr Leben widmen und es für sie wagen –«

»So auch du, mein William!« Ingolinde war stolz auf ihn.

»Ich bin nur ein Strohhalm im Pferdemist, der sich am Rad dieses dahinrollenden Wagens verfangen hat –«

»Du bist der Splint in der Nabe!« sagte sie und reichte ihm den Krug.

William lachte. »So kommt's mir oft vor, wenn ich an die Schläge und Stöße denke, die auf mich schon entfallen sind, aber ich schwör' dir, ich habe nichts damit zu tun!«

»Und was soll aus diesen Kindern werden?« bohrte Ingolinde weiter.

»Es ist leichter zu ermessen, was nicht aus ihnen werden soll«, erklärte William. »Die Kirche verfolgt sie, damit sie nicht den Stuhl Petri einnehmen, auch wohl weil sie ketzerischen Ursprungs sind. Die Kurie fürchtet sie wie den Antichristen –«

»Vielleicht sind sie das, Papa und Papessa?« überlegte Ingolinde laut vor Aufregung.

»Glaub' ich nicht«, sagte William, ärgerlich, weil er auf die Idee noch nie gekommen war. »Den Kindern des Gral muß die *ecclesia romana* in ihrer heutigen Form als häretische Verirrung erscheinen.«

»Und warum wollten die Johanniter sie aus dem Tempel zerren und die Templer sie nicht hergeben?«

»Weil«, sagte William nachdenklich, »den Kindern Hüter zu sein möglicherweise genauso erhöht, wie sie zu vernichten. Wer aber überhaupt nicht an ihnen teilhat, ist dazu verdammt, im Mittelmaß zu verharren.«

»Klingt wie der Stein der Weisen«, träumte Ingolinde, »vielleicht können sie Gold machen? Oder aus Rittern Fürsten, aus Königen Kaiser? Aus einem dicken, flämischen Minoriten einen mächtigen Kardinal!«

»Der Herr bewahre!« murmelte der Mönch und schlug hastig ein Kreuz, »aber so falsch liegt Ihr nicht, meine schlaue Dame, es geht um Macht, alle Macht dieser Erde!«

»Wissen die Kinder das?« fragte Ingolinde fast erschrocken nach, »die Last müßte sie doch erdrücken!«

»So wird's ihnen noch keiner gesagt haben«, dachte William nach, »man läßt sie in die große Aufgabe hineinwachsen, in Prüfungen reifen –«

»Wie es unserm Heiland, dem Messias, erging!« rief die Hur erschauernd. »Von Herodes verfolgt, dann –«

»Den Tod am Kreuze«, unterbrach sie William schroff, »wünsch' ich ihnen nicht!«

»Und die Unsichtbaren, die geheimen Mächte, die sie angeblich ›hüten‹, für mich aber, das fühle ich«, Ingolinde richtete sich auf, »treiben sie die Kinder, spielen ein grausames Spiel mit ihnen, wer sind die? Wozu brauchen sie die Kinder, wo sie doch schon soviel Macht besitzen, Kirche und Kaiser zu trotzen? Wozu?«

William schaute sie erstaunt an. »Du fragst zuviel«, sagte er, »vielleicht gibt es nur eine Macht. Vielleicht sind es dieselben, die verfolgen und bewahren, Gefahr bringen und Rettung zugleich.«

Um der Hur den fragenden Mund zu stopfen, nahm William einen schlanken Schnitz von der geschälten Melone und schob ihn ihr zwischen die Zähne, und weil er wußte, wie sie's liebte, fuhr er mit seiner Zunge hinterdrein, seine Hände gruben sich im Sand unter ihr Gesäß und hoben ihren Schoß bis in die Höh' seiner sich aufrichtenden Lendenzier. Kein Zepter weltlicher Macht, kein Bischofsstab des Nachfolger Petri war ihr wichtiger als der seinen Schlupf suchende *uccello del Francescano*. Sie zog ihn in sich hinein wie das Stück Honigmelone, an dem noch seine Lippen klebten. Und jedesmal, wenn sie die ihren öffnen wollte, um noch eine Frage zu stellen, verschloß er ihr anderswie den Mund, und wenn es mit weiteren Schifflein der Melone war. Als von dieser Frucht nichts mehr zu naschen war, mußten die Trauben dran glauben, und als die letzte zwischen ihren Lippen zerplatzte, stöhnten sie beide und fielen sich in die Arme und dann keuchend in den Sand. So blieben sie liegen, bis die Flut die Brandung so weit vorangebracht hatte, daß sie beider Körper umspielte. Da es kühl geworden war, sprangen sie auf, schlugen die Decke zusammen, tranken den Wein aus und kutschierten zurück nach Limassol.

Das zypriotische Fischerboot im Sold des Emirs Fassr ed-Din Octay, Sohn des Großwesirs Fakhr ed-Din, im Orient wie im Okzident auch bekannt als *Assaqr al ahmar*, schwamm im lauen Wind der ostwärts gelegenen Küste des Landes zu, das den Christen heilig war, auf die es irgendwo im Grenzgebiet zwischen der Grafschaft Tripoli und dem Fürstentum von Antioch stoßen mußte.

Sie waren die ganze Nacht gesegelt; dann am Morgen, als sie weit genug von Zypern entfernt waren, wollte der Schlaf sie übermannen.

Auf Geheiß des Roten Falken errichteten die Fischer im Bug ein provisorisches Zelt, indem sie ein Segel darüber breiteten und es an den Wanten festbanden. Dort sollten sich die Frauen und Kinder zur Ruhe begeben. Die Kleinen waren schon auf den nackten Planken neben dem alten Sufi eingeschlafen, Madulain und Shirat trugen sie unter den Sonnenschutz und betteten sie auf einen Haufen von Netzen, die einzig weiche Unterlage, die sie fanden.

Doch dann herrschte Clarion die beiden Mädchen an, sie sollten gefälligst ihr das Lager bereiten. Shirat wies eingeschüchtert auf ein paar Lappen und Taue, die noch übrig waren, doch Madulain raffte sich trotz ihrer Müdigkeit auf und trat der nahezu Gleichaltrigen entgegen: »Ihr habt es wohl immer noch nicht begriffen, edles Fräulein, daß der gräfliche Dienst, in den ich gern, weil zusammen mit meinem Mann, getreten, nun beendet ist.«

Clarion rang nach Luft vor Wut, besann sich dann aber. »Wann Eure Dienste beendet sind, bestimme immer noch ich! Und ich habe Euch nicht entlassen, also geht an die Arbeit!«

Madulain wußte, daß sie der Salentin überlegen war, so blieb sie von nahezu unbeteiligter Ruhe: »Ihr könnt mich weder entlassen, noch auf meine Dienste zählen. Wenn ich mich um die Kinder kümmere, dann geschieht das aus mir anerzogener Verantwortung für Jüngere und aus freien Stücken. Um Euer Wohl kümmert Ihr Euch ab heute selbst!«

»Shirat!« schrie Clarion. »Mach sofort mein Bett!«

»Nein!« sagte Madulain schläfrig. »Shirat ist auch entlassen!«

Clarion war derart außer sich, daß sie sich auf Hamo stürzte und ihre Nägel in seinen Arm bohrte. »Bring sie um, töte sie!«

Hamo sah zum Roten Falken hinüber und verdrehte die Augen, doch der schaute grinsend aufs Meer. Hamo riß sich los, und da Clarion nach ihm schlug, nahm er alle Kraft zusammen, hob sie hoch und stemmte die um sich Schlagende über Bord. Das Aufklatschen im Wasser erstickte ihr Geschrei, der Rote Falke warf ihr ein Tau hinterher, das sie zu fassen bekam. Die Fischer zogen es zum Boot hin, aber Clarion, die nicht schwimmen konnte, war erst recht nicht in der Lage, die überkragende, glatte Bordwand hochzuklettern.

Der Rote Falke sprang ins Wasser, tauchte unter sie und hob sie auf seinen Schultern in die Höhe. Da hörte sie sofort auf zu schreien. Die Hände der Fischer griffen nach ihr und zogen sie über den Rand. Clarion rutschte über die Planken und spuckte. Sie hatte reichlich Meerwasser geschluckt.

Der Rote Falke schwang sich wieder an Bord und stieg wortlos, ohne ihr einen Blick zu schenken, über sie hinweg. Sie lag da wie ein nasser Sack, und kein Mensch nahm Notiz von ihr, nur der alte Sufi, der unweit von ihr ruhte, lächelte ihr kurz milde zu und schlummerte dann weiter. Clarion weinte sich in den Schlaf.

Die Kinder waren natürlich von dem Geschrei aufgeweckt worden und hatten sich die Auseinandersetzung nicht entgehen lassen.

»Siehst du, Mahmoud«, sagte Yeza, als sie wieder in die Mulde krochen, die sie, eng aneinandergeschmiegt, in den Netzhaufen gedrückt hatten, »wenn du mir keinen Platz in unserem Bett machst, dann werf' ich dich zu den Fischen ins Meer!«

»Es hätte ein Haifisch kommen können«, gab Roç schlaftrunken zu bedenken, doch Yeza war jetzt hellwach.

»Der wäre sofort wieder umgekehrt«, erklärte sie keck, »so wie Clarion ihn angekreischt hätte!«

»Mein Vater«, sagte der kleine Mahmoud friedlich, »hätte ihr den Kopf abgeschlagen.«

»Der Clarion?«

»Nein, der Madulain«, erklärte der dickliche Junge und war schon wieder eingeschlafen.

»Stimmt das?« wandte sich Yeza an Shirat, die lächelte.

»Abschlagen lassen!« sagte sie beruhigend. »Man beschmutzt sich nicht die Hände mit Sklavenblut.«

»Wenn wir in deinem Land sind«, hakte Yeza nach, »kann ich dann deine Sklavin werden?«

»Nein«, sagte Shirat. »Du bist eine Königstochter.«

»Ich glaube«, murmelte Yeza, sie konnte ihre Augen kaum noch offenhalten, »Madulain ist auch eine Prinzessin.«

Sie schliefen bis weit in den Mittag hinein, das Schiff machte kaum noch Fahrt. Sie waren in eine Flaute geraten. Gegen den späten Nachmittag zogen dunkle Wolken auf, und das Licht wurde schwefelgelb. Die Wellen setzten kleine Kronen auf.

»Wir bekommen Sturm«, sagte der alte Sufi bedeutungsvoll.

»Ach«, spottete der Rote Falke, »welch weiser Einblick in das Walten der Natur. Bindet Euch fest«, befahl er, »und die Kinder an den Mast!«

Das gefiel denen ungeheuer, wenngleich sie es für übertrieben hielten.

»Refft die Segel!«

Jedes Kind und auch die Frauen erhielten eine Leine um den Bauch, sie mußten sich zu Boden setzen, und erst das Netz, dann das Segel wurden über sie geworfen und dann an allen Enden festgezurrt. Noch schauten sie vorwitzig unter ihrem Schutz hervor, das sollte sich schnell ändern.

Wie aus dem Nichts bauten sich plötzlich die Wellen auf, rollten auf das Schiff zu, das immer schwieriger zu steuern war und auf den Wogenkämmen tanzte, in die Täler hinabschoß und von Brechern überschüttet wurde.

Das Gekreische der Kinder wurde alsbald von dem Tosen des Meeres übertönt. Die Fischer und auch Hamo schöpften nach jedem Guß mit allen verfügbaren Gerätschaften das Wasser und gossen es über die Bordkante. Madulain hatte sich geweigert, mit Clarion unter die Plane zu kriechen.

»Die kratzt mir die Augen aus«, schrie sie dem Roten Falken zu, »ich sterbe lieber sehenden Blickes!«

»Die Gefahr ist eher, daß *du* ihr die Kehle durchbeißt!« schrie der lachend zurück. »Doch ich will jetzt keine Frau zwischen den Füßen!«

Die Saratztochter, wenngleich eine Tochter der Berge, den Brechern geschickt wie eine Katze ausweichend, blieb ihm die Antwort nicht schuldig. »Du meinst wohl zwischen den Beinen! Eh' es soweit kommt, steht eine Saratz erst mal ihren Mann!« Und sie riß Hamo zurück, der unachtsam eine Woge nicht hatte kommen sehen und fast über Bord gespült worden wäre.

Sie schöpften hastig und mit gekrümmtem Rücken. Jetzt setzte auch das Gewitter ein, das Zucken der Blitze erlaubte dem Mann am Steuer, wenigstens nicht völlig die Orientierung zu verlieren, denn hätte einer der Wasserberge das Schiff voll erwischt, sie wären begraben worden unter der Wucht, mit der die oft haushohen Wassermassen sich überschlagend einstürzten. Das Meer tobte, daß der dem Zucken des Blitzes folgende Donner verschlungen wurde.

Dann krachte der Segelbaum herunter, schlug jedoch quer auf das Boot auf, so daß die Kinder unter der Plane nicht zu Schaden kamen. Aber er fegte einen der Fischer von Deck. Das ging so schnell, daß der Unglückliche nicht einmal schreien konnte, bevor er in der Gischt verschwand, verschluckt von tausend Rachen, speiend aufgerissen, die schon in der nächsten Sekunde nicht mehr existierten.

Es blieb nicht einmal Zeit, über ihn nachzudenken oder ihn gar zu bedauern, denn das Wasser stieg, schwappte den Schöpfenden bis an die Knie, die Kinder waren aufgestanden, um nicht zu ertrinken. Sie hielten die Plane über ihre Köpfe und sich selbst eng umfaßt, und das Gebilde, unter dem nur die nackten Beine herausschauten, wankte und schwankte hin und her wie eine Riesenqualle.

Der Mast barst ganz langsam, er riß längsseits auf, wurde vom Sturm verdreht, splitterte und knickte oben weg, ohne daß die Spitze abbrach. Sie hing über Bord und machte nun jedes Rudermanöver noch beschwerlicher. Doch als sei das die letzte Ohrfeige gewesen, verebbte das Brausen und Heulen des Windes, die Wellen beruhigten sich, klatschten wieder mit schamloser Gleichförmigkeit gegen die Bordwand, und der Donner rollte in die Ferne.

Die erschöpften Insassen wagten erstmals wieder, ihren Blick gegen den Himmel zu heben.

Im silbernen Mondlicht zogen die Wolken fahrig dahin, immer noch von vereinzeltem Wetterleuchten erhellt.

Da die Kinder, wenn auch nicht von der Leine gelassen, doch von Netz und Plane befreit, sich sofort am Wasserschöpfen beteiligten, selbst der alte Sufi schippte bedächtig mit seiner Schale, die er immer bei sich trug, mochte auch Clarion nicht länger zurück-stehen. Sie raffte ihr Gewand bis zur Hüfte und stellte sich mitten unter die Männer.

Shirat taumelte und wäre in die Brühe gestürzt, hätte Hamo sie nicht aufgefangen. Er trug sie behutsam auf seinen Armen zum Bug, der einzig erhöhten Stelle, und bettete sie auf den Netzhau-fen. Madulain folgte ihnen und kümmerte sich um das Mädchen.

Ein naher Blitzeinschlag, das Donnerkrachen gleich im Ge-folge, riß Shirat aus ihrer Ohnmacht. »Warum hast du keine Angst?« flüsterte sie.

»Weil es jetzt nur regnen wird«, sagte Madulain tröstlich. »Wir sollten das Himmelsgeschenk auffangen«, wandte sie sich an den Roten Falken, »denn unsere Fässer mit dem Trinkwasser sind fort-geschwemmt oder verdorben.«

Hamo warf dem Kommandanten einen fragenden Blick zu, der zeigte mit respektvollem Nicken sein Einverständnis.

Diese Saratztochter hatte wirklich ihren Mann gestanden, er konnte sehen, daß sie an den Händen blutete, aber sie verzog keine Miene. Er riß sich einen Streifen von seinem Hemd ab, um ihr die Hände zu verbinden. Madulain spuckte dem Ritter vor die Füße, ihre Augen funkelten.

»Spart Euch die Geste!« fauchte sie. »Seht lieber nach Euren Männern!«

Da sah der Rote Falke, daß einem der Fischer wohl der Segel-baum das Bein zerschlagen hatte, und dem, der am Ruder ausge-harrt hatte, war der Arm gebrochen. Mit Madulains und Clarions Hilfe verbanden und schienten sie die Verletzten. Inzwischen wa-ren die ersten dicken Tropfen gefallen, jetzt goß es in Strömen.

Die Kinder rannten mit der Plane über dem Kopf zum Bug und warfen sich neben Shirat in die Netze. Die Fischer hatten ein wei-teres Stück Segel, das in Fetzen hing, abgerissen und reichten es Madulain, um ihren Dank auszudrücken.

Da sah sie Clarion zitternd im Regen stehen, sie ging zu ihr und legte ihr das Segel um die Schultern. Clarion starrte ihr nach, Madulain hatte sich wortlos abgewendet.

»Madulain!« rief sie. »Ich bitte Euch von Herzen, kommt zu mir. Das Tuch bietet Schutz für zwei!«

Madulain drehte sich abrupt um, und die beiden Frauen umarmten sich im lange strömenden Regen, bevor sie sich zusammen in das Segeltuch hüllten.

Außer Shirat, dem Sufi und den Kindern schlief keiner in dieser Nacht. Kaum war das Meerwasser so weit ausgeschöpft, daß es keine Gefahr mehr darstellte, wurden dieselben Gefäße, Fässer und Eimer zum Auffangen des Regenwassers gebraucht. Alle, die wachten, hatten furchtbaren Durst, sie tranken soviel sie konnten, denn das betäubte auch den Hunger. Alle Lebensmittel waren fortgeschwemmt, etwas Brot schwamm im brackigen Bilgewasser, die Fischer warfen es fort. Es hatte aufgehört zu regnen.

Mit Grauen dachten die meisten an den morgigen Tag, wenn die Sonne unbarmherzig auf sie niederbrennen würde, ohne daß sie ihr entkommen konnten. Die Ruder waren fort, vom Mast nur noch der Stumpf da, aber vor allem waren die Segel in Fetzen.

Die Fischer erklärten dem Roten Falken, daß sie beim ersten Tageslicht den Schlafenden jedes Stück Tuch wegnehmen müßten, um zu versuchen, aus den Resten ein Notsegel zu nähen, bevor die Hitze alle Arbeit unmöglich machen würde. Das Trinkwasser würde bis mittags reichen. So saßen sie alle an die Bordwand gelehnt, konnten nicht schlafen, sondern warteten beklommen auf das erste rötliche Licht der aufgehenden, grausamen Sonne.

Da die Kinder die kleine Bugplattform belegten, Clarion und Madulain neben dem Sufi auf dem Ruderdeck lagen, hatte sich Hamo auf einer der tiefer liegenden, schmalen Bänke ausgestreckt. Er wachte aus dem Dösen auf, weil das Wasser bis zur Bank gestiegen war. Sie hatten ein Leck!

Er sprang auf und wollte gerade Alarm geben, da fiel sein Blick auf das fremde Schiff. Es war ein großer, dickbauchiger Segler mit hohen Aufbauten, wenn auch vom Sturm arg mitgenommen. Hamo sah, wie gerade die Segel gesetzt wurden.

»Zu Hilfe!« schrie er und schwenkte die Arme. Das machte

auch die anderen munter, die das Leuchten am Horizont, den sich ankündigenden Aufgang der Sonne, versäumt hatten. Jetzt fuhren alle hoch, und sie winkten mit Tüchern und Lappen, die sie zu fassen bekamen. Die Segel des anderen Schiffes blähten sich im frischen Morgenwind. Es setzte sogar seinen Stander, den sie aber nicht erkennen konnten. Sie schrien verzweifelt, das fremde Schiff schien sie meiden zu wollen, denn es begann sich herzlos zu entfernen. Doch dann beschrieb es einen kühnen Bogen und kam auf sie zu. Es zeigte die Farben Antiochs.

»Laß mich sprechen!« bat Clarion den Roten Falken. »Ich vertrete das christliche Otranto.«

»Ich dachte immer«, maulte Hamo, »das stünde mir zu!«

Doch sein älterer Freund hieß ihn schweigen und forderte mit stummer Geste Clarion auf, den Sprecher zu machen.

Inzwischen war das breite Schiff auf Rufweite herangekommen. Es hatte eine starke Besatzung an Bord. Der zerlumpten Mannschaft des Fischerbootes fiel auf, wie prächtig alle gekleidet waren, vor allem aber, daß offensichtlich ein Junge von höchstens zehn, zwölf Jahren das Kommando führte.

Er war es auch, der nun an die Reling trat und rief: »Wer seid denn Ihr?«

Da rief Clarion zurück: »Hier kaiserlich Otranto, gut Christ, aber schiffsbrüchig!«

»Das können wir sehen«, rief der Junge, »doch seid Ihr auch frei von ansteckender Krankheit?«

Da ging Hamo dazwischen. »Ich bin der Graf von Otranto. Wir sind gesund, wir sind leckgeschlagen – und wir haben Kinder an Bord. Also zögert nicht!«

»*Cuncto ergo sum!*« sagte der Knabe selbstgefällig. »Ich, Prinz Bohemund, Sohn des Bohemund, Fürst von Antioch und Graf von Tripoli, entscheide, daß wir Eurem Gesuch stattgeben –«

»Schnell, lieber Vetter!« rief Clarion. »Wir ertrinken!«

Geschickt brachte sich das dicke Schiff längsseits, Strickleitern wurden herabgelassen, und Hamo kletterte als erster drüben an Bord. Er schüttelte dem Prinzen die Hand.

»Seid bedankt und erlaubt, daß ich Euch jetzt wissen lasse, wem Ihr so großzügig das Leben gerettet –«

Er stellte seine so wenig der Etikette entsprechenden Leidensgefährten mit größter Grandezza vor. Clarion, die ihm auf dem Fuße gefolgt war, erwies Bohemund mit einem Hofknicks die Reverenz.

»Clarion, Gräfin von Salentin, leibliche Tochter Seiner Majestät des Kaiser Friedrich!«

Jetzt war es an Bohemund, fast erschrocken einen tiefen Bückling zu machen, doch schon prasselten weitere illustre Namen auf ihn ein, die Kinder wurden von den Fischern hochgehoben und schnitten Grimassen, als Hamo verkündete: »Roger und Isabella de Montségur, Granden Frankreichs!«

»Wir sind die Königskinder!« krähte Yeza, und der Prinz beeilte sich, ihr entgegenzukommen. »Ihr könnt ruhig Bo zu mir sagen!«

Da lachten die Kinder, weil Hamo sich fast versprochen hätte. »Ma – Ma – Manfred von Lecce«, fiel ihm gerade noch für den kleinen Mahmoud ein, der schüchtern nickte.

»Bo, Bohemund von Antioch«, sagte der Prinz und gab ihm die Hand.

»Shirat, seine Tante«, fuhr Hamo ungerührt fort.

»Madulain, von und zu Saratz, Markgräfin von Punt'razena, und dies ist mein Hauslehrer«, schob er den alten Sufi schnell vorbei und hob sich den Roten Falken genußvoll zum Ende auf, denn der kletterte erst hoch, als auch der letzte Fischer an Bord genommen war: »Konstanz, Prinz von Selinunt!« rief Hamo bedeutungsvoll. »Von des Kaisers eigener Hand zum Ritter geschlagen.«

Der Rote Falke deutete eine Verbeugung an, als Bohemund ausrief: »Wie glücklich darf ich mich schätzen, schon in meinen jungen Jahren eine solch erlauchte Runde gerettet zu haben. Seid bitte meine Gäste zum zweiten Frühstück!«

Da trat Roç auf ihn zu. »Lieber Vetter«, sagte er, »ich könnte schon das erste gebrauchen!«

Das beschämte Bo, und er rief seinem Gesinde zu: »Wir nehmen sofort unsere Morgenmahlzeit ein. Für mich warme Milch mit Honig!«

»Das will ich auch!« sagte Yeza. »Und einen Eierfisch!«

»Fisch kann ich nicht ausstehen«, sagte Bo, »willst du nicht lieber etwas gerösteten Speck zum Ei?«

»Ach, Bo«, klärte Yeza ihn auf, »ein Eierfisch ist ein zusammengeklapptes Ei, ganz einfach, das ißt sogar der Papst in Rom!«

»Warst du da schon?« Bo war tief beeindruckt. »Ich kenne nur Zypern, da komm' ich gerade her.«

»Wir auch«, wollte sie gerade sagen, da knuffte Roç sie und erklärte: »Wir, wir waren da noch nie!«

Das freute Bo. »Ich muß Euch alles erzählen, aber erst müßt Ihr meine Schwester kennenlernen.«

Inzwischen war an Deck eine große Tafel aufgebaut, und, weil die Sonne jetzt schon ihre wärmenden Strahlen sandte, mit weißem Musselin überspannt worden. Das Geschirr war kostbar, doch am köstlichsten deuchten allen die Silberschalen mit frischen Früchten, sie luden zum Zugreifen.

»Richtet der Prinzessin Plaisance aus«, rief Bo, »ich lasse sie bitten, uns die Ehre ihrer Gesellschaft zu erweisen!«

Da löste sich aus der Gruppe der jungen Frauen, die schon die ganze Zeit im Hintergrund neugierig und kichernd die Ankunft der Fremden beobachtet hatten, ein etwa zwölfjähriges Mädchen, sie war viel dicker als der kleine Mahmoud und hatte schon einen richtigen Busen, wie Yeza gleich neidvoll vermerkte.

Ihre Dienerinnen, junge Zofen und ältere Ammen, folgten ihr wie ein dichter Schwarm einer Bienenkönigin.

Plaisance nahm von den Kindern kaum Notiz, reichte schüchtern dem Roten Falken und Hamo die Hand, die Augen sittsam niederschlagend, und hielt sich dann an die Damen. Sie zog sie mit sich an das eine Ende der Tafel und bat sie, neben sich Platz zu nehmen.

Clarion und Madulain wetteiferten darin, der anderen den Vortritt zu lassen, sie nannten einander jetzt nur noch »Schwester«, so daß Shirat ihre Chance wahrnahm, nicht neben der geschwätzigen Plaisance plaziert zu werden. Sie sprach kaum fränkisch bis auf ein paar aufgeschnappte Brocken und fürchtete, als Muselmanin erkannt zu werden. Vor allem als jetzt die Eier mit dem gerösteten Speck aufgetragen wurden, in dem sie sogleich zu Recht Schweinefleisch witterte. Sie zog den kleinen Mahmoud hastig an sich.

Madulain erkannte ihre Not und sagte zu Plaisance: »Unsere liebe Base hat das Gelübde abgelegt, sie ist in einen Schwesternorden eingetreten, der ihr Schweigen auferlegt.«

»So fromm möchte ich mal sein!« fuhr es Clarion heraus, aber die dicke Plaisance faltete die Hände und sagte still: »Glücklich, wem es beschieden« und lud sich den Teller voll.

Am anderen Ende der Tafel hatte Bo den Ehrenplatz dem Prinzen von Selinunt zugewiesen, der dort mit Hamo Platz nahm, allerdings ein wachsames Auge auf die Kinder hatte, die der Gastgeber in der Mitte sich zur Seite plazierte, gegenüber von Shirat und Mahmoud.

Der alte Sufi wollte mit den Fischern bei der Mannschaft unter Deck sein Essen zu sich nehmen, aber Bo ließ ihn zurückholen. »Mein Herr Vater, der Fürst, sagt immer: ›Ehre das Alter und die Weisheit, auch wenn sie dein strengster Lehrmeister sind.‹«

Er warf einen scheuen, prüfenden Blick auf den Alten, als würde der ihn an jemanden erinnern. Er war sich aber nicht sicher, und da der Sufi beharrlich schwieg, ließ er es erst einmal auf sich beruhen und wandte sich an Roç: »Ich befinde mich auf der Heimreise von Limassol«, nahm er die Konversation wieder auf, »wohin ich meine werte Schwester begleitet habe. Mein Herr Vater, der Fürst, war nämlich verhindert, und so habe ich das Haus Antioch vertreten. Wir haben ihr Verlöbnis mit König Heinrich von Zypern gefeiert. Zum Heiraten ist sie nämlich noch zu jung«, vertraute er Yeza an, »auch wenn sie es nicht wahrhaben will!«

»Will sie denn heiraten?« fragte Yeza.

»Ich weiß nicht«, erklärte Bo, »ich hab' sie nicht gefragt. Die Kirche hat dem Bündnis zugestimmt, und Euer König Ludwig hat ihnen seinen Segen erteilt!«

»Das ist nicht mein König!« platzte Yeza heraus, bevor ein warnender Blick des Roten Falken sie hindern konnte. »Wir sind nämlich sehr ketzerische Königskinder!«

Damit konnte Bo nichts anfangen, so daß Yeza es ihm zu erklären versuchte.

»Ich denke, daß dieser König uns fürchtet, denn wir sind die wahren Kinder.«

»Und auch brauchen wir keinen Segen der Kirche«, sprang Roç ihr bei.

»Ach«, sagte Bo erleichtert, »dann seid ihr wohl wie unsere Griechen, die wollen auch von der Kirche und dem Papst nichts wissen, und doch, sagt mein Vater, der Fürst, sind sie unsere besten Untertanen!«

Der Rote Falke, froh, daß das Gespräch den gefährlichen Pfad verlassen hatte, hakte schnell ein, wohl auch eingedenk seiner Mission.

»So wird Antioch sich am Kreuzzug des Königs von Frankreich beteiligen?«

Bo war geschmeichelt, nun vor einem Sachverständigen in hoher Diplomatie glänzen zu dürfen. »Wir mußten das bedauernd absagen, unser Kanzler und unser Konnetabel«, er wies galant auf die beiden ergrauten Herren hin, die nebeneinander zwischen den Kindern und den Frauen saßen und die Gäste bisher nur mit äußerstem Mißtrauen beäugt hatten. »Der Herr Kanzler und der Herr Konnetabel«, sagte Bohemund noch mal laut, damit sie es auch hörten und sich freuten, was sie aber nicht taten, sondern weiter auf Griechisch flüsterten, Bohemund zuckte die Achseln, »die haben jedenfalls dem Herrn Ludwig dargelegt, daß Antioch schon so viele Feinde an den eigenen Grenzen zu bekämpfen hat, daß es sich nicht entblößen kann. Im Gegenteil«, erklärte er stolz ob seiner vielfältigen Kenntnisse, »wir haben den König gebeten, uns sechshundert Bogenschützen zu leihen –«

»Und habt Ihr sie auch erhalten?«

»O ja, aber nur für neun Monate, dann braucht er sie selbst –«

»Und wo sind sie?« fragte Roç.

Bo lächelte überlegen. »Auf die anderen Schiffe verteilt natürlich, fast die gesamte Flotte Antiochs hat uns geleitet. Auf diesem Schiff sind keine«, setzte er hinzu, »weil hier die Frauen sind, leider – und dann sind wir im Sturm von der Flotte getrennt worden.«

»Das war ja auch ein gewaltiges Gewitter«, sagte Yeza. »Mit Blitzen und Donner, wir haben den Mast und einen Mann verloren.«

»Kamt Ihr direkt von Otranto?«

»Nicht so direkt«, mischte sich Hamo schnell ein, »wir haben dem Bischof von Konstantinopel einen Besuch abgestattet –«

»Ah«, sagte Bo, »dem Herrn Patriarchen unserer lieben Griechen – aber doch nicht mit diesem zypriotischen Fischerboot?«

»Nein«, sagte der Rote Falke, »wir reisten auf dem Kaiserlichen Flagschiff des Admirals, es ging im Sturm unter, die freundlichen zypriotischen Fischer haben uns aufgefischt, wir waren die einzig Überlebenden, all unser Gesinde, die Soldaten, die Matrosen sind ertrunken.«

»*Audaces fortuna iuvat*«, sagte Bo zufrieden, aber Yeza war mit ihrer Verlustaufzählung noch nicht fertig.

»Leider hat er«, sie zeigte auf Roç, »auch seinen Bogen verloren, einen echten mongolischen, mit dem man vom Pferd aus –«

Damit hatte sie eine Wunde aufgerissen, die Roç tapfer leidend, noch längst nicht verschmerzt hatte.

Alle müssen Opfer bringen, kamen ihm die Worte der Gräfin in den Sinn.

»Sie«, er zeigte auf Yeza, »hat auch ihre Waffe eingebüßt, einen Wurfdolch, ganz kostbar –«

»Nein«, sagte Yeza, »den hab' ich gerettet«, und sie griff in ihr Kleid und brachte ihn zum Vorschein.

In Roç's Augen schimmerte es verdächtig.

Bo besah sich prüfend und anerkennend die scharfe Klinge, während Roç mit den Tränen kämpfte.

»Ist das was für kleine Mädchen?« rutschte es Bo heraus.

Yezas grüne Augen funkelten. »Es reicht, einen Mann zu töten.«

Sie nahm ihm mit aufreizender Ruhe den Dolch wieder weg. »Hast du schon einen Mann getötet?«

Sie steckte die Waffe wieder an ihren angestammten Platz, in den Kragen hinter der Schulter, und warf ihr Haar über den Griff. Es war immer noch schwarz, aber das Meerwasser und der Regen hatte einiges von der Farbe herausgewaschen, so daß die ersten blonden Strähnen sichtbar wurden. Das ließ sie älter wirken, und Bo war verunsichert.

»Ich kann dir ja«, hielt er sich lieber an Roç, dem er sich überlegen fühlte, »mal meine Sammlung zeigen, da finden wir sicher einen Bogen, der dir gefällt.«

»Ich hätte jetzt lieber ein Schwert«, sagte Roç.

»Mein Vater, der Fürst«, wies ihn Bo sanft zurecht, »sagt, daß erst der Ritterschlag berechtigt, ein Schwert zu führen, dann aber auch verpflichtet.«

»Da hat der Fürst völlig recht«, pflichtete der Rote Falke bei, und mit einem Seitenhieb für Roç, »das erste, was ein Knappe lernen muß, ist, die ihm anvertraute Waffe nicht zu verlieren.«

Das war ungerecht, und Roç heulte wütend auf: »Die Gräfin hat gesagt, Bettlerkinder tragen keine«, schluchzte er vor Empörung, »und hat sie mir weggenommen!«

»Ich will dich wie einen König beschenken!« rief da schnell Bo. »Komm, wir ziehen uns in meine Zitadelle zurück!«

Das war gegen alle Erwachsenen gerichtet und wohl auch gegen Yeza, die als Mädchen einen Dolch bei sich hatte und auch noch so tat, als hätte sie jemanden damit getötet.

»Die Tafel ist aufgehoben!« Bo sprang von seinem Sitz und nahm Roç brüderlich bei der Hand.

Sie rannten zusammen zum Heck, wo tatsächlich ein doppelstöckiges Blockhaus stand, das wie eine kleine Burg gebaut war. Es hatte ein Tor mit zwei Wächtern, die mit ihren Spießen salutierten, dahinter lagen die Frauengemächer, und eine steile Treppe führte nach oben. Hier waren nur noch vier Zimmer, und ein Umgang führte ringsherum, und von dem aus gelangte man über eine Treppe in eine Turmstube, die alles überragte.

»Das ist meine Burg!« sagte Bo stolz. »Durch die Schießscharten kann ich das Meer sehen und habe das ganze Schiff im Auge!«

»Aber wenn Katapulte schießen«, wandte Roç ein, »dann schlagen die Geschosse hier zuerst ein.«

Bo schaute erstaunt auf seinen Gast. »Dann muß ich sowieso runter zu den Weibern«, räumte er ein, »aber es ist noch nie passiert, leider!«

An den Wänden hingen die schönsten Dinge, Hörner aus Kupfer, Trommeln aus bemaltem Ton, mit Kamelfell bespannt, Messer mit gezackten Klingen und gekrümmte Säbel, Helme und Brustpanzer, Spieße, Pfeile und Bogen, sogar eine Armbrust. Roç kam aus dem Staunen nicht heraus.

»Das gehört alles dir?«

Bo lächelte gönnerhaft und griff nach einem reichverzierten Krückstock, wie ihn alte Leute benutzen, die sich beim Gehen stützen müssen. Er reichte ihm Roç, der seine Enttäuschung nicht verbergen konnte. »Was soll ich damit?«

Bo tat geheimnisvoll, Roç drehte und wendete das Stück und wußte nichts damit anzufangen. Bo nahm den Stock in die Hand, drehte am Griff, zog mit einem Ruck ein scharfes Stilett aus dem Schaft und sprang wie ein Fechter in die Ausfallstellung.

»In der Überraschung liegt der halbe Sieg, sagt mein –«

»Toll«, unterbrach ihn Roç, »und den willst du mir wahrhaftig schenken?«

»Wenn du mir sagst, wer ihr wirklich seid –«

»Wenn ich das so genau wüßte«, antwortete Roç. »Ich würde es dir gern anvertrauen, denn du bist ein wahrer Freund –«

»Ihr seid die Kinder des Gral?!«

»So sagt man«, antwortete Roç verlegen, doch Bo ließ nicht locker. »Ihr wart auf Zypern!«

»Nie!«

»Und die ›Gräfin‹, die du beschuldigst, deinen Bogen an Bettlerkinder verschenkt zu haben –«

»Nein«, rief Roç, »ich kenne keine Bettlerkinder, wir sind Königskinder!«

»Aber du kennst die Gräfin von Otranto, auch genannt ›Die Äbtissin‹, eine berüchtigte Piratin –«

»Tante Laurence ist doch keine Piratin!« rief Roç schrecklich aufgebracht.

»Ist sie nicht Eure Mutter?«

»Nein, wirklich nicht –«

»Wenn du lügst, gebe ich dir den Stock nicht.«

In dem Augenblick erschien Yeza, und Roç sagte schnell: »Dann behalt' ihn doch!«

Yeza schenkte der Schatzkammer Bos nur einen flüchtigen Blick.

»Gefällt es dir nicht?« fragte Bo einschmeichelnd.

»Zuviel«, sagte sie kurz und setzte hinzu, »man hat nur zwei Hände.«

Das sah auch Bo ein, vielleicht hatte sie wirklich schon einen Mann getötet.

»Er kennt Eure Mutter nicht«, versuchte er die Kinder gegeneinander auszuspielen.

»Ich auch nicht«, sagte Yeza und dachte gar nicht daran, an ihren Erinnerungen diesen eingebildeten Bo teilhaben zu lassen.

»Aber Euer Vater?« Das war Bos letzter Trumpf.

Yeza überlegte, wie sie es ihm beibringen sollte. »Hast du schon von dem berühmten Trencavel gehört, auch Parsifal geheißen?«

Sie war sicher, daß ihm der Name nichts sagen würde, dann hatte sie ihre Ruhe, und er mochte mit seiner Unwissenheit fertig werden, wie es ihm beliebte.

»O ja!« rief aber Bohemund. »Ein Troubadour hat uns zu Antioch von ihm gesungen, von Rittern der Tafelrunde des großen Königs Arthur –«

»Also«, sagte Yeza feierlich, »verstehst du jetzt, weswegen uns Kindern nicht gestattet ist, über diese Dinge zu sprechen?«

Verlegen verstummte Bo. Sein Vater hatte ihn damals gleichermaßen zum Schweigen vergattert. Das war aufregend. »Großes Geheimnis?« fragte er zögernd.

Yeza kostete ihren Sieg aus. »Es gibt Dinge, die kann man beim Namen nennen, und es gibt Dinge, die muß man leben.«

Das hatte ihr gerade der alte Sufi gesagt, doch sie ergriff Bos ausgestreckte Hand, der rasch auch die von Roç hinzuholte, indem er ihm den Stock überließ. Aller drei Hände lagen jetzt auf der Krücke, und Bohemund sagte feierlich: »Laßt uns einen Freundesbund schließen«, er grinste Roç zu, »die Brüderschaft vom geheimen Schwert!«

Yeza fand das zwar albern, aber so waren Jungen wohl, und Roç schien zufrieden.

Sie seufzte und sagte laut: »Wo kann man hier eigentlich pinkeln?«

Gegen Abend näherten sie sich der Küste. Auch das Schiff aus Antioch hatte im Sturm Schaden genommen, die Wasser hatten ihm das Ruder gebrochen, so daß sie froh sein mußten, von den Winden an Land getrieben zu werden und nicht aufs offene Meer.

Bo ließ sich von seinem griechischen Kapitän erklären, daß sie erst das Steuer reparieren müßten, bevor daran zu denken sei, im Schutz der Küste gen Norden zu kreuzen, bis nach Sankt Symeon, dem vorgelagerten Hafen von Antioch.

»Dann gehen wir solange an Land«, entschied Bo.

»Davon würde ich abraten, mein Prinz«, erlaubte sich einer der griesgrämigen Berater zu bemerken, die ihm sein Vater mitgegeben hatte. Es war der Konnetabel, und der kannte sich aus. »Wenn mich nicht alles täuscht«, sagte er, »landen wir grad zwischen dem Marqab der Johanniter und Tortosa, der Templerfeste.«

»Von beiden habt Ihr nichts Gutes zu erwarten«, fügte der Kanzler hinzu, »genaugenommen nur Ärger.«

»Sie werden es nicht wagen –« wollte Bo aufbrausen, aber der Kanzler wiegte seinen kahlen Kopf. »Ärger, weil Ihr in Eurer Großmut Eure Gastfreundschaft –«

»Ich erlaube Euch nicht«, Bohemund stampfte herrisch auf, »auch nur ein einziges Wort gegen meine lieben Freunde zu sagen!«

»Ich meine nicht, mein Prinz, die Königlichen Kinder, sondern die Ungläubigen –«

»Ich habe den berühmten Sufi Abu Bassiht gleich erkannt«, versuchte Bo den Kanzler in seine Schranken zu weisen, »er war vor einem Jahr hochgeehrter Gast an der Tafel meines Vaters, des Fürsten, als er durch Antioch reiste – und ich bin sehr stolz«, fügte er hinzu, »ihn nun als Gast an Bord meines Schiffes zu sehen! Und daran möget Ihr Euch halten!«

»Wir haben uns erlaubt, mein Prinz«, schnarrte der Konnetabel, »den ehrwürdigen Abu Bassiht zu einem kleinen Gespräch zu bitten, und dabei hat er uns gestanden, daß er mitnichten der Lehrmeister Eurer Freunde, der Königlichen Kinder, ist, sondern daß seine Schutzbefohlenen Sohn und Schwester des Befehlshabers der Palastgarde von Kairo sind, des Mamelukenemirs Rukn ed-Din Baibars, genannt ›Der Bogenschütze‹, wohl der gefährlichste Feind der Christenheit.«

Der Konnetabel hatte seine Anklage kaum beendet, da trat aufgebracht der Rote Falke, die beiden Berater mißachtend, vor Bo.

»Ehrt man so zu Antioch Alter und Weisheit, behandelt ein Prinz so seine Gäste!?« Er wies stumm mit dem Arm mittschiffs, wo der alte Sufi gerade von Shirat und Madulain in Empfang genommen wurde. Sein nackter Rücken zeigte Striemen, und auch seine Hände bluteten. Die beiden Frauen stützten ihn, und der kleine Mahmoud weinte. Yeza und Roç rannten hinzu. Bohemund war kreideweiß geworden, er zitterte vor Wut.

»Aus meinen Augen!« zischte er Kanzler und Konnetabel an. »Über Euch zu richten steht nur dem Fürsten zu, aber es ist meine Ehre, die Ihr besudelt habt. Und meine Ehre ist auch die Ehre Antiochs!«

Die beiden Berater verneigten sich mit eisiger Miene und verließen die Zitadelle des Prinzen.

»Oh!« stöhnte der. »Ich flehe Euch an«, wandte er sich an den Roten Falken, »bittet meine Freunde, zu mir zu kommen, damit ich sie um Verzeihung heischen kann. Ich kann jetzt nicht hinaustreten, ich würde vor Scham sterben.«

»Nein«, sagte der Rote Falke, »wir werden Euer Schiff verlassen, sobald es den Grund des Landes berührt, das den Nachfolgern des Propheten gehört und den Übermut der Christen schon viel zu lange erduldet hat.«

»Dann werde ich Euch begleiten!« richtete sich Bo auf. »Es wäre zwar klüger gewesen, diese Nacht noch an Bord zu verbringen, aber schlimmer als jede Gefahr, die dort draußen lauern mag, ist die Schande. Mit ihr kann ich nicht schlafen, nicht hier, nicht ohne meine Freunde.«

Die Dämmerung fiel schnell. Bohemund befahl, zwei Ruderboote fertigzumachen, und kaum knirschte der steinige Strand unter dem Kiel des Schiffes, ließ man sie zu Wasser.

Die Kinder, die königlichen und die heidnischen, die drei jungen Frauen und der gramgebeugte Sufi bestiegen das eine, Bohemund und so viele seiner Soldaten, wie die Barke aufnehmen konnte, das andere, begleitet von Hamo und dem Roten Falken. Kein Scherzwort, kein Gruß flog zwischen den beiden Booten hin und her, während sie in der Brandung eine sandige Bucht in den Felsen ansteuerten.

Es war schon dunkel, als sie an Land wateten, und so lagerten sie gleich am Strand.

Bo ertrug das Schweigen, das ihn mit Verachtung strafte, nicht lange. Er hieß seine Soldaten ein Feuer entfachen, damit sich alle wärmen konnten. Dann stand er auf und ging zu der Gruppe hinüber.

Er fand den Sufi auf den Knien im Gebet gen Mekka verneigt. *»Assalahu aniaja 'al beinakum, ua beina ladhina 'adaitum minhum mauadda uallahu qadeirun uallahu ghafurum rahim.«*

Bo wartete stumm, versuchte auch nicht, einen Blick seiner Freunde zu erheischen, die ihn nicht beachteten. Als der Sufi geendet hatte, beugte Bo das Knie, ergriff die Hand des Alten und küßte sie. »Vergebt mir und den Meinigen«, flüsterte er.

Da sagte der alte Abu Bassiht: *»Ana 'arif kif nar a-dhun tikui,* wenn der Verrat auf der Haut brennt wie griechisches Feuer, doch grausamer als alles ist die Kälte, die ins Herz kriecht, in das die

Schande ihr Messer gestoßen hat. Ich bitte Euch, junger Herr, nicht zu erfrieren. *In'ami bidif al hub aladhi astakihi min haiauki.*«

Und er bedeckte die Hand des Prinzen mit Küssen. Bo entzog sie ihm sanft, stand auf und ging bis an des Meeres Saum. Er weinte. Er starrte auf das Meer hinaus, hinüber zu dem Schiff, auf das er so stolz gewesen war. Wenn er erst einmal Fürst von Antioch sein würde ...

Bo spürte plötzlich die Anwesenheit seiner Freunde und war doch erstaunt, daß sie direkt hinter ihm im Sand hockten und daß der kleine Mahmoud dabei war. Er warf sich mehr, als daß er sich setzte, ihnen zu Füßen.

»Wir wollen Mahmoud in unsere Bruderschaft aufnehmen«, sagte Roç bedeutungsvoll, und seiner Sache nicht ganz sicher setzte er hinzu, »wenn du meinst?«

»Ich meine«, sagte Bo, »er ist ein Muslim –«

»Oje«, gluckste Yeza, »ich bin auch nicht getauft, jedenfalls von keinem Priester der Kirche, ich bin eine Tochter des Gral!«

»Dann will ich dessen Ritter sein!« rief Bo emphatisch.

»So gib ihm die Hand«, sagte Roç und knuffte den dicklichen Mahmoud, der an der Zeremonie des »Geheimen Schwertes« wenig Interesse zeigte. Sie packten seine Hand einfach dazu und umklammerten den Stock mit der verborgenen Klinge.

»Egal, woran man glaubt«, sagte Bohemund, »wir sind jetzt verbunden bis in den Tod!«

Sie schauten fasziniert auf den Roten Falken, der aus dem Feuer zwei brennende Äste gezogen hatte und jetzt unweit von ihnen am Strand mit den glühenden Hölzern in der Hand Kreise, Wellen und Striche in den Nachthimmel zeichnete und zwischendurch die Äste öfter in den Sand stieß, daß ihre Glut nicht mehr zu sehen war. Doch wenn er sie herauszog, glühten sie wieder auf, und er fuhr fort, seine Leuchtsignale zu geben.

»Ist er ein Spion?« flüsterte Bo erregt, doch Yeza beruhigte ihn.

»Auch der«, fast hätte sie »der Rote Falke« gesagt, »der ist wie du ein Hüter des Gral. Sie sind überall!« flüsterte sie in geheimnisvollem Ton.

Der Rote Falke warf seine Fackeln ins Meer, wo sie zischend verloschen. Er trat zu den Kindern.

»Wenn unser Feuer schon unseren Feinden verrät, daß hier jemand an Land gegangen ist«, sagte er leise, und es klang fast belustigt, »dann sollen unsere Freunde auch wissen, daß *Ihr* es seid, die angekommen sind!«

Er verneigte sich im Dunkeln. »Ruht jetzt. *Namu al'an Allah jahmiku.*«

Die Kinder taten, wie ihnen geheißen, und schliefen auf der Stelle ein.

Der Rote Falke hielt Wache. Seine Schritte umkreisten die kleine Schar seiner Schutzbefohlenen. Die drei jungen Frauen hatten sich in der Nähe des Feuers gelagert. Eng umschlungen lagen sie da, Madulain in der Mitte, ihren Kopf auf dem Arm der Salentin gebettet, an ihren Rücken kuschelte sich der Mädchenkörper Shirats. Der Rote Falke konnte der Versuchung nicht widerstehen, behutsam näherzutreten, um die schlummernde Saratz zu betrachten. Eine Flechte ihres glänzenden dunklen Haares war ihr ins Gesicht gefallen, ihr Atmen hob und senkte ihren festen Busen, und ihre Hand ruhte – die Decke war verrutscht – spielerisch auf ihrem Schenkel. Der Rote Falke ertappte sich dabei, daß er den Frauen ihren Platz, so eng am Leib der Schönen, von Herzen neidete. Gern hätte er mit der Mamelukin getauscht und den wohlgeformten Hintern Madulains gegen seine Lenden gepreßt, selbst Clarions Achselhöhle hätte ihm genügt, wenn er sah, wie sich das Haupt der Saratz darin schmiegte. Er betrachtete Madulain mit zärtlichem Verlangen und konnte seinen Blick nicht losreißen von dem Bild, die Wilde in seinen Armen zu halten.

Madulain schlief nicht. Ihr Schlaf war von steter Wachsamkeit geprägt, der sie jedes Nähern eines Menschen spüren ließ. Und diesen Mann vor ihr, als dunkle Silhouette gegen die schwache Glut, den hatte sie erwartet. Hatte sie von ihm geträumt? Sie zwang ihre Lider, das Feuer ihrer Augen zu verbergen. Sie zwang sich auch, die in ihr aufsteigende Erregung zu unterdrücken. Die Genugtuung mochte sie dem Roten Falken nicht gönnen, diesem

Kerl, der meinte, ein Blecken seines makellosen Gebisses würde ausreichen, ihre Lippen zu gewinnen, willig die seinen zu suchen. Sie preßte sie zusammen und wendete ihr Gesicht von ihm ab, verbarg es – wie schlaftrunken – an der weichen Brust der Salentin, und ihre Hand zog die Decke über sich.

Der Rote Falke seufzte und schritt leise hinweg ins Dunkel.

DIARIUM DE JEAN DE JOINVILLE

Limassol, den 19. Oktober A.D. 1248

Des Abends bat mich mein Feldherr König Ludwig, zu ihm zu kommen. Ich begab mich zum Palast und wurde zu Maître Robert geführt. Seine Majestät sei unwohl, und die Ärzte hätten Bettruhe verordnet und keine Aufregung, daran möchte ich mich bitte halten, wenn der Besuch schon sein mußte. Als ich das königliche Schlafgemach betrat, traf ich in der Tür die Königin Margarethe, die es gerade verließ. Sie begrüßte mich freundlich und schien keineswegs besorgt ob des Gesundheitszustandes ihres Gatten.

Herr Ludwig lag, durch Kissen gestützt, halb aufgerichtet und schien mir nicht sehr krank. Er achtete auch nicht auf die Leidensmiene des Maître Robert.

»Mein lieber Joinville«, krächzte er etwas heiser, »wie gedeiht die Chronik?«

Ehe ich ihm antworten konnte, fuhr er schon fort: »Es drängte mich, Euch Lob auszusprechen für das diplomatische Geschick, mit dem Ihr den leidigen Zwist der Orden beigelegt habt!«

Ich war so verblüfft, daß es wie übergroße Bescheidenheit ausgesehen haben muß, denn der König sagte: »Geniert Euch nicht, sondern setzt Euch zu mir! Vielleicht stecke ich Euch an, aber ich muß nicht so laut reden, daß Maître de Sorbon jedes Wort mithört.«

Der König war also guter Laune, was man von dem Beichtvater jetzt nicht behaupten konnte. Der König hustete schnell für ihn und flüsterte mir heiser zu: »Nun, wo die Kinder weg sind, könnt Ihr mir ja über sie berichten ...«

»Es ist ein seltsam Ding«, hub ich vorsichtig an, »einerseits leben auf dieser Welt zwei allerliebste Kinder aus Fleisch und Blut, die man kosen und herzen möchte, manchmal auch durchhauen, es sind wilde Kinder, an Reife und Lebenserfahrung ihrem Alter weit voraus –«

»Wuchs nicht auch mein Vetter Friedrich, der Kaiser, in seiner Kindheit zu Palermo auf wie eine streunende Katze –?«

»Ja, so sagt man, und ich fühle mich auch immer wieder an ihn gemahnt, wenn ich an ihren Wissensdurst denke oder ob der Kühnheit ihrer Gedanken erschrecke!«

»Erzählt mir mehr, lieber Joinville, mir scheint, ich habe den richtigen Beobachter nach Konstantinopel gesandt.«

Dieses Lob, obgleich ich es schon des öfteren gehört hatte, ließ ich auf der Zunge zergehen wie eine der kandierten Früchte, die hier auf Zypern die arabischen Zuckerbäcker so angenehm süß herzustellen wissen. Aber ich war doch sehr erstaunt, ob dieses menschlichen Interesses, das der König den Kindern entgegenbrachte.

»Andererseits«, sagte ich, »– und es handelt sich um die gleichen menschlichen Wesen – existieren ›Die Königlichen Kinder‹! Sind sie dagewesen, oder sind sie nicht dagewesen? Ich kann nur bestätigen, daß ein Knabe namens Roç und ein blondes Mädchen, gerufen ›Yeza‹, auf der Triëre waren, als diese in Limassol anlandete, und daß die Kinder wie alle übrigen, die auf dem Schiff gereist waren, in den Tempel verbracht wurden. Verlassen haben sie ihn nicht, wenn man dem Herrn Vizegroßmeister des Johanniterordens Glauben schenken will – es sei denn durch den Schornstein. Und wenn man sich auf Euren trefflichen Spürhund, Herrn Yves, verlassen will, der den Tempel – nach Abzug seiner beleidigten Hausherren – sofort inspizierte, hat er dort nur einen typisch mogolischen Bogen samt Pfeilen in Kindergröße gefunden. Und doch spricht ganz Zypern davon, daß sie da waren. Also waren sie auch da!«

»Das sind Phantastereien«, schalt mich Maître Robert, »den wissenschaftlichen Beweis bleibt Ihr schuldig!«

»Ach«, flüsterte der König mir heiser zu, »das sind diese neuen Priester, die zuviel denken und nicht mehr glauben können. Der Maître würde auch den Kaiser zur Ader lassen, um zu sehen, ob sein Blut von Adel ist –«

»Oder das einer Metzgerin!« knurrte der Herr de Sorbon ärgerlich dazwischen.

»Ich verstehe, was Ihr meint, Joinville«, beruhigte mich der König, »fahrt nur fort, nicht nur die Augen offenzuhalten, sondern auch das innere Ohr hochzustellen, für alles, was Ihr von diesen Kindern vernehmen könnt!«

»Und schreibt jedes Gerücht auf«, spottete der Herr Robert, »jedes Geschwätz im Bazar, jede Vision einer alten Vettel, die meint, die Engelein gesehen zu haben, wenn ihr im Gegenlicht zwei Bettelkinder im Hemde begegnen!«

»Maître Robert«, sagte da der König streng, »solche Gedanken will ich nicht in Worte gekleidet hören. Außerdem ist unserem Heiland das Kind des Bettlers lieber als ein Engel, der seines Zuspruchs nicht bedarf.«

»Als Königskinder sind sie gekommen«, Maître Robert mußte das letzte Wort haben, »als Bettlerkinder sind sie entwichen. Das habe ich gehört!«

»Hört nicht auf ihn«, sagte der König. »Ihm fehlt der Sinn für das, was uns verbindet, lieber Joinville, die Sehnsucht nach der jungfräulichen, kindlichen Mutter Maria, ihrem Kinde Mutter, Schwester und Geliebte zugleich – immer natürlich in einem überhöhten Sinn, der alles Niedrige zurückweist. Denkt an die Agape der Griechen, nicht die verwerfliche Venus der Römer!«

Meine Bildung ließ mir kein Bild der Agape vor »meinem inneren Auge« entstehen, wohl aber manches Venerische. Wenn er die Liebe zu Gott meinte, so hatten mir meine Lehrer Agape erklärt, wozu mußte dann die Kindsfrau mit von der Partie sein? Ich ließ den Herrn Ludwig in der Meinung, ihm in seinen merkwürdigen Präferenzen aufs Innigste verbunden zu sein, und bat darum – mit Rücksicht auf seine Gesundheit –, mich zurückziehen zu dürfen.

Ich weiß nicht, warum, aber Besuche beim König erwecken bei mir ein Verlangen, das nur mit viel des guten Weines zu löschen ist. In der Taverne »Zur guten Aussicht« verhieß sie mir doch auch die Hoffnung, diese Insel und den öden Ankerplatz unserer Flotte demnächst wieder verlassen zu können, traf ich zu meinem Leidwesen den verluderten Mönch.

William von Roebruk saß da, volltrunken, und stritt mit seiner Hur, die er mir unbedingt ein weiteres Mal vorstellen mußte: »Ingolinde von Metz«, lallte er. Das war fast meine Heimat, liegt doch Joinville nicht weit, und ich wollte sie auch nicht entgelten lassen, was ich an Widerwillen für den Franziskaner empfand. Ich hatte mich selbstredend an einen anderen Tisch gesetzt, aber schon saßen sie neben mir.

Der Streit ging darum, daß Ingolinde ihm von ihrem Hurenlohn ein neues Gewand gekauft hatte, in dem er mehr einem fetten Bischof glich als einem Minoriten. Der Stoff war zwar braun, aber vom feinsten Linnen, und Kragen und Saum waren mit Samt besetzt, und die Kordel, die um seinen Bauch spannte, war aus Seidenfäden gedreht. Nur das Holzkreuz erinnerte noch an den armen Franziskus, es nahm sich recht fremd aus auf seiner Brust, an der die Hur schluchzend lag, wenn sie nicht mit Fäusten dagegentrommelte.

William hatte sich in den Kopf gesetzt, wieder in den Dienst König Ludwigs zu treten. Seine bisherigen Versuche, zu einer Audienz im Palast zugelassen zu werden, waren jedoch nicht von Erfolg gekrönt. Daher oder dafür auch das neue Gewand, dessen Zweck aber Ingolinde nicht begriffen hatte, als sie es beim teuersten Schneider der Insel bezahlt hatte; hatte sie sich doch im Glauben gewiegt, der Mönch wolle ihr zu Gefallen sich von seinen Lumpen trennen.

Gerade war sie soweit, erbost zu fordern: »Dann ziehst du es auf der Stelle wieder aus, du Betrüger!«, als zwei sonderbare Heilige den Schankraum betraten.

Sie mußten mit dem päpstlichen Segler gekommen sein, der den Legaten gebracht hatte. Ich kam nicht dazu, den Hageren und den kleinen Dicken genau zu betrachten, weil William plötzlich unter dem Tisch verschwunden war.

»Assassinen!« keuchte er. »Sie suchen mich.«

Da lachte Ingolinde ungeheuerlich. »Komm wieder hoch, mein Held!« gluckste sie. »Das sind zwei Nestorianer, harmlose Priester, die schon in Konstantinopel von des Bischofs Soldaten verprügelt wurden, weil man sie für Meuchelmörder hielt.«

William traute sich wieder, über die Tischkante zu schielen, da sahen ihn die beiden, und sie strahlten vor Freude ob des Wiedersehens. Die galt allerdings Ingolinde, der Hur. Sie setzten sich sofort zu uns, und sie erzählten, daß sie ein ganzes Jahr in Rom beim Papst gewesen seien. »Der wollte immer Vollmachten sehen«, ereiferte sich noch jetzt in der Erinnerung der lange Hagere, der sich Serkis nannte, aber sein gemütvoller Gefährte namens Aibeg ließ auf den Pontifex Maximus nichts kommen.

»Seine Heiligkeit hat es uns an nichts fehlen lassen«, er zwinkerte Ingolinde vertraulich zu, »und nichts ist so verkommen wie diese urbs!«

»Dieses Caput Mundi ist eine einzige Ansammlung von Ruinen!« pflichtete ihm Serkis bei.

»Ich denk' an die Weiber!« winkte Aibeg ab. »Ärsche wie Marmor! Titten wie Kürbisse!«

»Warum seid Ihr nicht dort geblieben?« wies Ingolinde den Schwärmer zurecht und schlug ihm auf die Finger.

»Wir sollen zu unserem Herrscher Baitschu, dem großen Fürsten der Mongolen, zurückkehren«, erklärte Serkis säuerlich, »und Beschwerde führen, weil nichts unternommen wurde, um ein Bündnis zustande zu bringen!«

»Das erwartet nämlich der Heilige Vater«, fügte Aibeg hinzu, »von unserem Herrn Baitschu – anstatt selbst zu kommen, sich zu unterwerfen und um Beistand zu bitten, wie es sich gehört!«

»Und das wollt Ihr nun hier dem König von Frankreich vorschlagen?« mischte ich mich belustigt ein.

»Ja«, sagte Aibeg grinsend, es war ihm gelungen, näher an Ingolinde zu rücken, »wir werden zu einer Audienz erwartet –«

»Aber«, sagte Serkis, »wenn uns nicht vorher – mit einem Geschenk! – zugesichert wird, daß der König mit uns kommt, gehen wir gar nicht hin.«

»Ach«, sagte da schnell William, das Schlitzohr, »ich will Euch gern begleiten und beim König ein Wort für Euch einlegen, gelte ich doch als Kenner mongolischer Sitten –«

»Hier handelt es sich nicht um Weiberkram«, erboste sich Serkis, »sondern um militärische Fragen, dazu gehört Diplomatie.«

»Genau«, sagte William, »deswegen bitte ich Euch ja, den ersten Schritt zu tun und dem König Eure Aufwartung zu machen. Das weitere wird sich dann schon finden.«

»Nichts wird sich finden!« entgegnete ihm aufgebracht Ingolinde, die Hur. »Wenn du dich wieder beim König anschleimst, kannst du gleich dort bei den Köchinnen bleiben! Überleg es dir gut: bei mir Herr mit Diener – oder Gebetsmatte bei Hof, Küchenhof!«

»Wir haben schon so viele Schritte getan«, erklärte Serkis bitter, »wir sind bis nach Rom gereist, der Okzident will nicht verstehen, daß der Mittelpunkt der Welt im Reich der Mongolen liegt und der Großkhan Herrscher aller Herrscher ist. Warum ihm also nicht huldigen!«

Ich sagte: »Weil unser König von Gottes Gnaden eingesetzt ist und gesalbt.«

Und sie antworteten mir: »Wir beten zum gleichen Gott, wir sind Christen, wie Ihr es seid, so wie Nestor ein Apostel war, gleich Petrus, der unter den Jüngern nicht einmal der hellste war.«

Das überzeugte mich. »Gott ist mit den Schwachen im Geist«, erwiderte ich, »also sind wir mehr in seiner Gnade als Ihr im Orient!«

»Zuviel Torheit wird bei uns wie Hochverrat bestraft – durch Ertränken«, dachte Aibeg laut, »Gott hat gut daran getan, seine Gnade nicht aufzuteilen.«

»*Bibemus, tempus habemus et expendere noscimus!*« lautete Williams vermittelnder Vorschlag, der von Vernunft zeugte.

ÜBER DEN AN DER KÜSTE der *terra sancta* Gestrandeten ging die Sonne auf, ohne daß sie es wahrnahmen. Sie schliefen bis in den Morgen hinein.

Das Feuer glimmte nur noch und machte keinen Rauch, doch von Norden näherte sich den Strand entlang eine Staubwolke, aus der blauer Stahl blitzte und rotes Tuch.

»Die Herren von Marqab«, informierte der Rote Falke den Prinzen von Antioch. »Johanniter – Eurem Vater, dem Fürsten, zwar nicht tributspflichtig, aber wohlgesonnen.«

»Das weiß man bei denen nie!« rief Bo und ließ seinen kleinen Trupp Soldaten blankziehen.

»Steckt die Waffen weg!« riet der Rote Falke. »Laßt andere sich die Köpfe einschlagen«, und er wies gen Süden, wo von Tortosa her sich ebenfalls ein Reiterzug ankündigte.

Ihre weißen Tuniken mit dem roten Tatzenkreuz flatterten im Winde. »*Beauséant alla riscossa!*« rief Hamo. »Da hätten wir doch gleich auf Zypern bleiben können!«

Die Johanniter erreichten das Häuflein am Strand als erste, allerdings sahen sie auch das große Schiff vor der Brandung ankern, von dem der Stander des Fürstenhauses von Antioch wehte. Und sie sahen, daß ihre Rivalen bereits im Anmarsch waren. Der Konnetabel des Hospitals – als solchen wies ihn sein mitgeführtes Banner aus – war jedoch kein Mann, der sich so schnell einschüchtern ließ.

»Ihr seid verhaftet!« ließ er durch einen vorgeschickten Herold ausrichten. »Ergebt Euch unserem Orden!«

Die Johanniter waren abgesessen und versuchten eine möglichst günstige strategische Position zu erreichen, die Gruppe am Strand einzukreisen, bevor die Templer sich einmischen konnten.

»Legt die Waffen nieder«, rief nochmals der Herold, »oder Ihr –«

Er unterbrach, denn von den Felsen über ihm hatte sich ein Steinschlag gelöst, dem er mit einem Sprung ausweichen mußte. Die Templer ließen sich Zeit, sie waren nicht mehr zu sehen, mußten aber gleich auftauchen.

»Die Herren vom Marqab –«, verschreckte der Rote Falke Clarion, die sich sofort an ihn klammerte, während die Kinder keine Angst zeigten.

»Schon wieder Johanniter!« maulte Roç.

»– sie verkaufen ihre Gefangenen mit Vorliebe dem An-Nasir von Aleppo!« beendete der Rote Falke seinen Satz.

»Und der ist unersättlich«, fing Hamo den Ball auf, »was Neuzugänge für seinen Harem anbelangt.«

»Woher magst du das wissen, kleiner Bruder?« fauchte Clarion zurück, doch Bo hatte etwas Wichtiges beizutragen.

»An-Nasir hat gerade Homs erobert und dort den Emir, seinen Vetter El-Ashraf, vertrieben.«

»Ohne deinen Vater, den Fürsten, um Erlaubnis zu fragen?« spottete Clarion gerade, als endlich die Templer vom Strand her in breiter Front angeritten kamen.

Ihr jugendlicher Anführer löste sich und ritt auf die Eingeschlossenen zu. Das veranlaßte den Konnetabel der Johanniter, ihm zuvorzukommen, er schritt schnell, begleitet von seinem Bannerträger und zwei Sergeanten, hinab in die Bucht und ließ sein Banner direkt neben dem inzwischen verloschenen Lagerfeuer in den Sand pflanzen. Um die dort Versammelten kümmerte er sich keinen Deut, sondern er ging auf den Templer los, der sich hochmütig vom Pferd aus vorstellte.

»Renaud de Vichiers, *Sacrae Domus Militiae Templi Hierosolymitani Magistri!*« rief er herausfordernd. »Seit wann fischt Ihr, Jean-Luc de Granson, an einem Küstenstreifen, der wohl außerhalb der Bannmeile des Marqab liegt?«

»Ist Tortosa etwa näher?« blaffte der zurück. »Oder bilden sich die Herren vom Tempel ein, sie hätten gar Anrecht auf alles Strandgut von Dschabala bis Tripoli?«

Der Templer lachte. »Ich schlage vor, wir teilen uns die Beute, oder es wird keine geben!« Er ließ sein Pferd steigen, um die so leichthin abgegebene Drohung dennoch zu unterstreichen.

»Es wird keine geben«, sagte der Konnetabel düster.

Eher als sein jugendlicher Gegenspieler hatte er bemerkt, was der wie unbeteiligt zu den Klippen aufschauende Rote Falke längst hatte kommen sehen. Von den Bergen über ihnen wallten plötzlich Nebel herab. Schwaden von solcher Dichte krochen aus den Schluchten, hüllten die Steilküste so schnell ein, daß der Konnetabel seine eigenen Leute schon nicht mehr erkennen konnte.

Gleichzeitig hatte sich der Morgenwind gelegt, und es war still geworden, selbst das Schreien der Möwen verstummte.

»Die Assassinen«, sagte de Granson, und aus seinem Ärger klang ohnmächtige Furcht. *Sie* waren die heimlichen Herren der Berge, denen die Ordensburgen am Meer nur vorgelagert waren.

»Mit denen sollten wir uns nicht anlegen!« rief vermittelnd Renaud de Vichiers, als er sah, wie sich von den Felsen zu ihren Häuptern jetzt lautlos Bogenschützen erhoben.

Und eine hohle Stimme rief: »Ein jeder steht, wo er steht!«

»War das ›der Alte vom Berge‹?« wollte Hamo aufgeregt wissen, traute sich aber nur zu flüstern.

»Der ist doch längst tot«, wies Bo ihn zurecht, aber geheuer war ihm die Situation nicht.

»Der Ritter des Kaisers möge nähertreten!« hallte die Stimme wieder, es klang wie durch ein Sprechrohr gerufen.

Der Rote Falke wußte, daß nur er gemeint sein konnte, und schritt an den beiden Ordensleuten vorbei, als seien sie Luft. Er wußte auch, wem er jetzt gegenübertreten würde. Die Stimme hatte er trotz aller Verfremdung sofort erkannt. Er ging durch die Kette der Johanniter, die nervös zusammenzuckten, als er aus dem Nebel auftauchte und wieder in diesem entschwand.

Crean de Bourivan stand plötzlich vor ihm und legte den Finger zum Zeichen des Schweigens auf den Mund. Der Anführer der Assassinen mit den vernarbten, traurigen Gesichtszügen führte den Roten Falken an Grotten vorbei, aus denen die Nebel immer noch dichter waberten.

Als sie außer der Hörweite aller waren, sagte Crean: »Willkommen in der Heimat der Rechtgläubigen, Fassr ed-Din Octay.«

Der zum ersten Mal wieder so Angeredete erwiderte den Gruß mit stummem Verneigen.

Crean, der noch keine Fünfzig zählen konnte, war noch stärker ergraut, seit sie sich zum letzten Mal begegnet waren.

»Du bringst die Kinder«, sagte er, »wir haben sie lange erwartet.«

»Ich weiß«, entgegnete der Rote Falke, »aber es lag nicht in meinen Händen −«

»*Hum fi reaia-t- Allah*«, sagte Crean, »und Allah weiß, welche Zeit die richtige ist. Wer ist bei ihnen, außer Clarion von Salentin und Hamo l'Estrange?«

»Sohn und Schwester des Bundukdari.«

»So werden sie den Templern viel wert sein«, überlegte Crean, »stecken sie doch mit deinem Sultan unter einer Decke.«

»Hält sich Sultan Ayub noch immer in Damaskus auf?« fragte der Rote Falke besorgt.

»Sicher so lange, bis An-Nasir Homs wieder seinem rechtmäßigen Herrn zurückerstattet hat. Der Sultan ist sehr verärgert über den Zwist seiner Neffen.«

»Dann ist da noch der Sufi Abu Bassiht, der die kleinen Mameluken auf ihrer Pilgerreise begleitet hat, bei der sie das Pech hatten, unserer alten Freundin Laurence vor die Triëre zu geraten.«

»Und die andere junge Dame?«

»Ach«, sagte der Rote Falke, »das ist nur die Zofe der Clarion.«

»Alle werden wir nicht beanspruchen können«, sagte Crean, »und die Kinder sind uns das wichtigste.«

»Ich muß den Sultan warnen«, beschränkte der Rote Falke seinen Part.

»Also haltet Euch an die Templer!« erwiderte der Anführer der Assassinen. »Geht jetzt und bringt mir die Kinder!«

Der Rote Falke stieg zwischen den Felsen im Nebel wieder hinunter zur Bucht. Er ging auf Renaud de Vichiers zu und reichte ihm die Sigle, die ihn auswies als einen, an den kein Tempelritter niederen Ranges in der Hierarchie des Ordens Fragen zu stellen hatte.

»Warum habt Ihr Euch nicht gleich zu erkennen gegeben?« sagte der junge Ritter vorwurfsvoll. »Wie lautet Euer Begehr?«

»Ich werde Euch begleiten«, sagte der Rote Falke. »Die Königlichen Kinder werden als Gäste in Masyaf erwartet. Das ist so entschieden!« Er nahm das geheime Siegel wieder an sich. »Über alle anderen müßt Ihr Euch mit dem Hospital auseinandersetzen.«

»Das ist schon geschehen«, lachte Renaud de Vichiers, »wir teilen uns den Rest!«

»Ihr habt die Wahl zwischen der Tochter des Kaisers und dem Sohn Baibars, dem Befehlshaber der Palastgarde von Kairo.«

Er hatte es so laut gesagt, daß auch der Konnetabel der Johanniter sich angesprochen fühlte, der schon wütend über das leise Gespräch war, das ihn ausgeschlossen hatte.

»Nachdem sich die Herren schon über ihre Präferenzen einig sind«, knurrte er, »beanspruchen wir beide, samt Anhang!«

Und er schaute herausfordernd, ob der Templer ihm wohl zu widersprechen wagte.

Doch es war der Rote Falke, der trocken bemerkte: »Ich würde an Eurer Stelle auf beide verzichten. Es wird Euch kein Glück bringen noch Ruhm!«

»Aber Lösegeld!« erwiderte der Konnetabel voller Grimm. »Oder glaubt Ihr, werter Ritter des Kaisers, wir zögen mit leeren Händen hier ab!?«

»Lieber nichts in der Hand, aber den Kopf auf den Schultern!« warnte der Rote Falke.

»Der Eure muß seinen Verstand verloren haben«, rief Jean-Luc de Granson, »aber ich laß Euch die Tochter Eures Kaisers samt Zofe, mir reicht die Mamelukenbrut!«

Der Rote Falke sah ein, daß er von den Templern nicht erwarten konnte, sich wegen der kleinen Muselmanen und ihrem Sufi mit den Johannitern zu schlagen. Der Ausgang wäre ungewiß, die Assassinen würden kaum eingreifen, und von Prinz Bohemund, dem Sohn des Landesherren, war im Streit der beiden Orden nicht mehr die Rede. Das Ergebnis war annehmbar. Er nickte Renaud de Vichiers sein Einverständnis.

Die Johanniter griffen sich den kleinen Mahmoud und trieben auch Shirat, die ihm sofort folgte, mit sich fort. Hamo, von dem das keiner erwartet hatte, wollte sich freiwillig zu ihnen gesellen, doch der Konnetabel zog sein Schwert: »Macht Euch nicht unglücklich, junger Herr!«

Hamo, der keine Waffe trug, sah das Sinnlose seines Vorhabens, schrie aber den Roten Falken an: »Warum läßt du das zu?«

Der sagte beherrscht, auch an die empörten Kinder gerichtet: »Es ist besser als Blutvergießen –«

»Mich deucht es wenig ehrenhaft«, sagte da Bo und wandte sich an den Konnetabel. »Ihr wißt, wer ich bin, und wagt es dennoch im Land meines Vaters, des Fürsten, Euch aufzuspielen wie Herren –«

»Mein Prinz«, entgegnete Jean Luc de Granson höhnisch. »Wir haben unsere Burgen nicht von Antioch als Lehen, sondern zum Dank für den Schutz, den wir ihm gewähren.«

»Dann wollen wir uns von unseren Freunden verabschieden, und Ihr werdet uns nicht hindern«, sagte Bo, und er nahm Roç und Yeza an der Hand, und sie gingen hinüber zu Mahmoud.

»Es tut mir leid, daß ich jetzt und hier noch keine Macht habe, für die Ehre Antiochs einzutreten. Sonst wärst du ein freier Mann!« rief er ihm zu.

Yeza umarmte den dicklichen Jungen, der mit den Tränen kämpfte. »Sei tapfer, Bruder«, flüsterte sie ihm zu. »Das verborgene Schwert wird dich befreien!«

»Das schwören wir«, bekräftigte auch Roç, und sie ergriffen Mahmouds schon gefesselte Hand.

Da strahlte der kleine Mameluk und sagte zu Shirat: »Ich werde dich beschützen!« Und sie gingen beide zu den Johannitern hinüber, die sie vor sich auf die Pferde hoben.

»Ich habe Euch gewarnt!« rief der Rote Falke dem aufsitzenden Konnetabel zu. »Ihr vergreift Euch –«

»Ihr vergreift Euch im Ton«, polterte der zurück. »Seht Ihr meinen Kopf? Er sitzt immer noch auf meinem Hals!« Er lachte rauh und gab seinem Pferd die Sporen.

»Ihr irrt Euch, Jean-Luc de Granson«, tönte da die Stimme des Unsichtbaren. »Ich sehe ihn zu Euren Füßen!«

Der Konnetabel zügelte sein Pferd, daß es stieg, und starrte hinauf zu den Felsen.

Der Nebel war gewichen, es war dort niemand mehr zu sehen.

Mit einem Fluch schloß er zu seinen Leuten auf, und sie ritten gen Norden davon, eine immer kleiner werdende Staubwolke nach sich ziehend. Der alte Sufi, den keiner wollte, rannte verzweifelt hinter ihr her.

Jetzt drängten auch die Templer zur Eile, Bohemund hatte sich schon wieder zurück zu seinem Schiff rudern lassen, das gleich den Anker lichtete. Der Abschied von den Kindern war dem kleinen Prinzen schwergefallen. Die Begegnung mit Yeza und Roç hatte sein bisheriges Verständnis von sich und dem ihm überkommenen herrscherlichen Part erschüttert. Da gab es Königskinder, die hatten kein Land, das sie erben würden, sie hatten nicht einmal sechshundert Bogenschützen, die er so ärgerlich vermißt hatte in der demütigenden Auseinandersetzung mit den Ritterorden, sie hatten keine Bediensteten, und doch geboten sie über ein geheimes Reich von Freunden und Helfern und standen unter dem Schutz großer Mächte.

»Wenn ich volljährig bin«, hatte er Yeza zum Trost sich abgerungen, »könnte ich dich ja heiraten!«

Er empfand das Angebot als ein großmütiges Geschenk, doch sie hatte nur gelächelt. »Ich glaube das geht nicht, Bo –«, und als sie sah, daß sie ihn kränkte, fügte sie ernsthaft hinzu, »ich gehöre ja zu Roç, und wir beide sind Teil des ›Großen Plans‹!«

»Frag' mich nicht, was das ist«, sagte Roç, »aber wir Kinder können uns ihm nicht entziehen.«

»Dann besucht mich wenigstens in Antioch – wenn sie Euch lassen!«

Das hatten beide versprochen, und er hatte Yeza noch eine Kette geschenkt, die er um den Hals trug.

»Sie ist nicht aus Gold!« hatte er entschuldigend hinzugesetzt.

»Sie ist von meiner Mutter, und du hast ja keine.«

Das Amulett zeigte einen leicht abgegriffenen Frauenkopf im Profil und auf der Rückseite das tolosanische Schlüsselgriffkreuz, das Wappen der Grafen von Toulouse. Yeza hatte die Gabe nicht annehmen wollen, aber Bo hängte es ihr einfach um und war dann weggerannt. Yeza war nun doch gerührt, vor allem aber, als der Rote Falke ihr die Herkunft des Kreuzes erklärte.

»Ursprünglich war das mächtige Fürstentum von Antiochia eine normannische Herrschaft, doch dann starb die Linie aus, und die von Toulouse, die einst die kleine Grafschaft von Tripoli gründeten, übernahmen beider Regierung.«

»Dann sind wir ja verwandt«, hatte Roç erleichtert aufgeseufzt. Er hätte Bo gern als Freund behalten.

Sie schritten nun hinter dem Roten Falken auf einen Felsspalt zu, von dem aus grob in den Stein gehauene Stufen bis zu einer Höhle führten. Hier verabschiedete sich der Ritter von den Kindern und den beiden Frauen.

Es lag ihm wenig daran, von Clarion umarmt zu werden, dafür hielt er zu lange die Hand von Madulain, bis diese sie ihm brüsk entzog.

Hamo war traurig, den älteren Weggefährten zu verlieren, der Rote Falke war der einzige, von dem er sich verstanden fühlte.

»Wenn du doch noch Ritter werden willst«, sagte der zum Abschied, »kein christlicher, keinem Orden zugehörig, dann mußt du mich zu finden wissen, Hamo l'Estrange!«

Er schlug ihm leicht auf die Schulter und wandte sich ab. Er konnte die traurigen Augen der Kinder nicht ertragen.

»Roter Falke«, rief Roç hinter ihm her, »was wird jetzt aus uns?«

Da sagte die Stimme, die sie schon im Nebel gehört hatten: »Ay, enfans! Willkommen zu Hause.«

Sie drehten sich um. Aus dem dunklen Hintergrund der Höhle löste sich eine männliche, hagere Gestalt.

»Crean!« jubelten die Kinder.

Die Johanniter waren gar nicht bis zum Marqab geritten. Beim ersten Flußtal bogen sie landeinwärts. Der Konnetabel hatte beschlossen, sich der Beute so schnell wie möglich zu entledigen, dazu mußten sie ein Gebiet durchqueren, dessen Wege allesamt entweder über Masyaf oder Safita führten. Von diesen strategisch wichtigen Festungen war die eine der Sitz des Großmeisters der Assassinen von Syrien, und die andere befand sich in der Hand der Templer.

Hatte er sich erst mal an diesen beiden Hindernissen vorbeigedrückt, lag dann allerdings die mächtigste aller Johanniter-Burgen an der Straße nach Homs: Der *Krak des Chevaliers* oder *Qalaat el-Hosn,* wie die Einheimischen ihn ehrerbietig nannten. Welcher Emir auch immer in Homs die Macht ergriff, er mußte sich mit dem Orden des heiligen Johannes arrangieren.

Jean-Luc de Granson beschlichen dennoch Zweifel, als sie sich zu Fuß das Geröllbett des ausgetrockneten Flusses hochquälten. War seine Wahl richtig gewesen? Hätte er nicht lieber doch Hand auf die anderen Kinder legen sollen – aber wer würde schon für die zahlen? Der Kaiser? Weit weg. Gott sei Dank!

Mit An-Nasir würde leicht ins Geschäft zu kommen sein. Sein Onkel, der Sultan, residierte gerade in Damaskus und würde keine Eigenmächtigkeiten in Syrien dulden wollen. Da waren diese Geiseln ihr Gewicht in Gold wert.

Der Konnetabel hatte einige Jahre im Krak Dienst getan und erinnerte sich der Schleichwege durch Schluchten und über die steilen Kämme des Nosairigebirges.

Sie verließen das sich verengende Tal und stiegen seitlich auf. Die Sonne brannte unerträglich auf die Panzer ihrer Rüstungen, aber wenigstens wehte auf der Höhe ein frischer Wind.

Er sah sich um und bemerkte den alten Sufi, der sich nicht abschütteln ließ. Einen Stein sollte man nehmen, wie für einen lästigen Straßenköter! Er wollte sich gerade bücken, da bedachte er die Würdelosigkeit einer solchen Geste – und vielleicht kannte der Alte sich in diesem Gelände, dieser gottverlassenen Steinwüste, noch besser aus als er.

Er winkte ihn zu sich heran, ließ seinen Trupp warten und bestieg mit dem Alten die letzten Meter der Anhöhe. In der Ferne lag auf einem Bergkegel, wie von Zauberhand dahingesetzt, die marmorweiß leuchtende Riesenfestung, der Krak, der Stolz seines Ordens. Sie hatten es geschafft!

Da fiel sein Blick hinunter ins Tal. Dort zogen doch wahrhaftig die Assassinen gemächlich ihres Weges! Es waren längst nicht so viele, wie er gedacht hatte. Sie ritten auf Maultieren, in langer Kette, und er bildete sich ein, die beiden reichgeschmückten Frauen und die Kinder zu erkennen. Diesmal konnten ihm keine Templer mehr in die Quere kommen!

Die Assassinen mußten denselben Weg nehmen, den er gerade verlassen hatte, das Tal machte einen Knick und würde dann in die enge Schlucht münden. Dort könnten sie keinem, der die Höhe besetzt hielt, Widerstand leisten.

Jetzt war er, Jean-Luc de Granson, am Zuge. Sie mußten ihm die Frauen und Kinder auf Gedeih und Verderb ausliefern, oder er würde sie gnadenlos aufreiben – oder beides!

Hastig stiegen sie wieder zum Flußbett hinab, und die Johanniter bezogen Posten auf beiden Seiten der Schlucht. Der Konnetabel handelte mit äußerster Umsicht. Die Gefangenen ließ er jetzt zusätzlich zu den Fesseln auch noch knebeln. Das gleiche widerfuhr dem Sufi, der es allerdings voller Glück hinnahm, war er doch endlich wieder mit seinen Schutzbefohlenen vereint.

Der Konnetabel lobte sich selbst voller Ingrimm. Hätte er den Alten mit Steinwürfen davongejagt, wäre der unweigerlich den Assassinen in die Arme gelaufen und hätte sie gewarnt.

»Dank dir, heiliger Johannes!« murmelte er und gab dann das Zeichen, in absoluter Stille auf die Ankunft der Opfer zu warten.

Den Kindern gefiel es. Beide hatten einen eigenen Maulesel, den zwar ein Assassine am Halfter führte, aber sie ritten doch selbst.

Der Weg durch den schattigen Wald, immer entlang an dem Flüßchen, aus dem die Esel immer mal wieder tranken und dessen klares Wasser auch für sie geschöpft wurde, wenn sie Durst verspürten, war angenehm. Vorher hatte Crean sie durch dunkle, tropfende Höhlen geführt, bis sie dann zu den wartenden Tieren gestoßen waren.

Jetzt öffnete sich das Tal, und das Wasser versickerte zwischen den Steinen und Felsbrocken. So lange es ging, hielten sie sich im Schatten der Bäume am Ufer.

Den Schluß der kleinen Karawane bildeten Crean und Hamo. Sie hatten sich lange nicht gesehen, Otranto lag Jahre zurück. Hamo erinnerte sich, daß er den immer ernsthaften, fast bedrückt wirkenden Mann damals nicht hatte leiden können. Seinerzeit war es seine törichte Eifersucht auf Clarion gewesen, die heftig in den früh Ergrauten mit dem Narbengesicht verliebt gewesen war. Davon war nichts mehr übriggeblieben.

Clarion hatte jedenfalls keine besondere Freude gezeigt, als sie ihn plötzlich wiedersah. Und Crean hatte sich eigentlich nur um das Wohlergehen von Roç und Yeza gekümmert, weder um die beiden Frauen noch um ihn.

Clarion und Madulain schienen ein Herz und eine Seele, sie schliefen zusammen und teilten sich jeden Bissen geschwisterlich. Nur um die Zuneigung der Kinder wetteiferten sie noch, Männer schienen ihnen gleichgültig.

Nun, ihm konnte das nur recht sein, er, Hamo, konnte mit beiden nichts anfangen. Clarion war ihm zu exaltiert, zu launisch – und diese Madulain war ihm unheimlich in ihrer Wildheit und einer Männlichkeit, die seine eigene übertraf. Also hielt er sich doch lieber an den einsilbigen Crean, den einzigen Sohn des kauzigen John Turnbull. Crean de Bourivan war nicht nur zum Islam konvertiert, sondern auch gleich dort in den radikalsten Orden der schiitischen Ismaeliten eingetreten. Crean de Bourivan war Assassine.

Sie ritten schweigend nebeneinander her. Plötzlich stutzte Hamo.

»Ich habe etwas blitzen sehen«, sagte er. »Richtet Euren Blick unauffällig zu der Anhöhe über uns –«

»Einbildung«, sagte Crean, ohne innezuhalten, »ich sehe nichts!«

»Aber ich habe etwas gesehen, es können Speerspitzen oder Helme gewesen sein.«

»Schau nicht mehr hin«, sagte Crean, »wer soll dort oben –«

»Jetzt blitzt es vor uns!« rief Hamo mit unterdrückter Stimme. »Aber ganz anders –«

Diesmal reagierte Crean. Er hielt seine Hand vor die Augen, um von dem Licht nicht geblendet zu werden.

»Es ist wie ein Spiegel!« sagte Hamo.

»Sei bitte still!« sagte Crean und beobachtete die Signale.

»Wie lautet die Nachricht?« fragte Hamo gespannt.

»Wir müssen wieder unter die Erde! Sofort!« sagte Crean.

Er rief leise den vor ihnen reitenden Assassinen etwas zu, der Ruf pflanzte sich blitzschnell fort bis zur Spitze des Zuges. Bevor sie noch die letzten Bäume verlassen hatten, schwenkte die Vorhut in ein kleines Seitental. Sie ritten jetzt sehr schnell, bis sich vor ihnen ein unscheinbarer Einlaß zu einem scheunengroßen Gewölbe auftat, dem Geruch nach zu schließen, mußte es Ziegenhirten zur Unterkunft für ihre Tiere dienen.

Erst als alle im Schutz der Dunkelheit versammelt waren, teilte Crean seine Leute ein. Eine starke Nachhut hatte dafür zu sorgen, daß der Trupp mit den Kindern, der sich sofort auf den Weg ins Innere des Berges machte, von niemandem mehr eingeholt werden konnte. Er selbst blieb bei diesen Bogenschützen, denen alle anderen ihre Pfeile überlassen mußten. Hamo wurde mit den Frauen ebenfalls auf den Weg geschickt.

»Ihr werdet Masyaf sicher erreichen«, beruhigte ihn Crean, »die Führer kennen die Wege, bitte füge dich ausnahmsweise ihren Anordnungen, Hamo l'Estrange«, und es klang, als ob er sich über ihn lustig mache. »Deine Augen haben sich übrigens nicht getäuscht«, setzte er belobigend hinzu.

»Von wem drohte uns Gefahr?« wollte Hamo noch wissen, aber der Assassine winkte ab. »Dem Spiegel verbietet es sich, Geschichten zu erzählen! Beeilt Euch! Um der Kinder willen!«

Der vordere Teil des Höhlenlabyrinths konnte noch aufrecht sitzend auf dem Rücken der Maulesel zurückgelegt werden, es fiel auch immer wieder Tageslicht ein, mal durch ein Loch in der Decke, mal öffnete sich eine der Grotten zum Tal hin wie eine

Terrasse, doch dann wurde es niedriger, sie mußten die Köpfe einziehen und schließlich ganz absitzen.

Die Führer zündeten Fackeln an, was unzählige Fledermäuse aufschreckte, die dicht an ihnen vorbeiflatterten. Die Maulesel wurden in Kette hintereinandergebunden und bildeten den Schluß des Zuges.

Hamo schritt jetzt vorne mit den ersten Assassinen voran, doch die Kinder schlossen sofort zu ihnen auf. Roç tastete sich mit seinem kostbaren Stock vorwärts, von dem er sich nicht mehr trennte, während Yeza sich von einem der Fackelträger, der sie bei der Hand nehmen wollte, den steinigen Pfad leuchten ließ. Es wurde enger und feuchter, dann wieder öffneten sich gewaltige Kathedralen, die oft spiegelglatte Seen auf ihrem Grund bargen, aus denen Stalakmiten wie kunstvolle Altäre emporragten. Von den Decken hingen ihre Gegenstücke, riesige Zapfen, bizarre Kandelaber, und jeder Tropfen war zu hören wie ein leiser Beckenschlag. Die Kinder erlebten diese Welt voller Staunen und ohne die geringste Furcht.

Ein Gefühl der Ehrfurcht vermischte sich mit dem des Geborgenseins im Schoß der Erde, und das war auch der Grund ihres Schweigens, nicht die draußen, »oben« irgendwo lauernde Gefahr. Es war aber auch Neugierde, Spannung, denn jedesmal taten sich neue Anblicke auf oder veränderten sich mit jedem Schritt, den man tat, jedem wechselnden Feuerschein der Fackeln. Und sie fühlten mehr als bei irgendwelchen zeremoniellen Vorstellungen oder kriegerischen Auseinandersetzungen, daß sie etwas Besonderes waren, sie, die Kinder des Gral!

Die Unterwelt breitete ihre Schätze vor den kleinen Königen aus, ließ sie ihre Geheimnisse schauen. Yeza zog Roç an seinem Kittel und suchte seine Hand. Sie mußten jetzt nicht reden.

Die Johanniter unter ihrem Konnetabel hockten in der sengenden Nachmittagsglut beidseitig des engen Taleinschnitts in den nackten Felsen und warteten auf das Erscheinen der Maultierkarawane. Das Licht reflektierte gleißend im hellen Gestein, manchmal wirbelte ein Luftzug Staub auf, doch kein Hufschlag, kein Assassine, keine Menschenseele wollte sich zeigen.

Jean-Luc de Granson schickte schließlich einen Späher hinunter. Als der ergebnislos zurückkehrte, brach er wütend das Unternehmen ab. Den Gefangenen wurden die Knebel aus dem Mund genommen, sie wurden gebunden wieder auf die Pferde gesetzt, und sie zogen durch die Klamm, die der Fluß in das Gestein gewaschen hatte. Ganz wollte der Konnetabel die Hoffnung noch nicht aufgeben, seine Beute zu verdoppeln.

Als er sah, daß ein weiteres Geröllbett gleich nach der Enge einmündete, schloß er, daß die Assassinen diesen Weg genommen haben müßten. Vielleicht konnte er sie doch noch einholen. Sie ritten den neuen Weg landeinwärts.

Er stieg stetig an, und die Pferde taten sich immer schwerer, zwischen den Steinen ihren Weg zu finden. Jetzt machte sich auch der Wassermangel bemerkbar. Seit dem Morgen hatten weder Mensch noch Tier einen Tropfen des kostbaren Nasses gesehen. Es wäre vielleicht doch vernünftiger, die Jagd aufzugeben und zur Rast in den Krak zu reiten.

Auch war sich Jean-Luc de Granson nicht mehr ganz sicher, wo sie sich eigentlich befanden. Vor ihnen bauten sich riesige Felsklippen auf, schroff und kaum zu überwinden.

Er schickte Kundschafter die Talrücken hinauf, sie sollten nach der Burg Ausschau halten. Sie kamen zurück und sagten, sie hätten außer einer Felswüste nichts gesehen, kein menschliches Anwesen, keinen Baum, nur Steine.

Der Konnetabel glaubte ihnen nicht, er kroch selbst den Hang hinauf. Soweit sein Auge reichte, erstreckte sich eine tote Hügellandschaft, von ausgetrockneten Gräben durchfurcht. Hier konnten sie unmöglich bleiben, sie würden elend verdursten.

Er befahl den Rückzug, doch die Gegend kam ihm fremd vor. Es sah alles gleich aus. Sie hatten sich verirrt. Die Schatten wurden länger.

Schließlich entdeckte er einen dunklen Fleck. Wo Bäume wachsen, kann auch Wasser sein!

Als sie völlig erschöpft näher kamen, sah er, daß dort schon andere lagerten. Muselmanen, ein Heer.

Eine Attacke war sinnlos. Seine Leute wären vor Schwäche von den Pferden gefallen.

Dann bemerkte der Johanniter, daß sie bereits umzingelt waren. Also konnten sie auch ruhig weiter auf die Wasserstelle zureiten, ihr Leben war jetzt in Allahs Hand.

Mit freudiger Überraschung erkannte er das Feldbanner des An-Nasir von Aleppo, mit dem zu verhandeln er ja durchaus bereit war.

Anstatt einen Herold vorzuschicken, ritt der Konnetabel selbst zu dem Zelt unter den Bäumen.

Jean-Luc de Granson war für seine Unerschrockenheit bekannt. Ein Feldhauptmann empfing ihn: *»Assalamu aleikum! Ahlan wa sahlan!«* und ließ ihm sofort eine Schale frischen Wassers reichen.

»Der Malik hat uns zur Verstärkung nach Homs gerufen«, erklärte der Hauptmann ihm friedlich.

»Dorthin wollen auch wir«, sagte der Konnetabel, »gestattet uns, daß wir uns erfrischen, wir sind vom Weg abgekommen.«

»Ich weiß«, lächelte der gemütliche Hauptmann. »Ihr führt ein Geschenk für den Malik mit Euch.«

Der Konnetabel war nicht gewillt, Konversation zu betreiben, und wurde ungeduldig. »Können wir jetzt trinken, oder –«

Der Hauptmann blieb ruhig. »Wenn Ihr Eure Waffen abgelegt und uns die Geschenke überlassen habt, dann können die Herren Ritter sich und ihre Pferde tränken, wie es ihnen und ihrer Pferde Mägen beliebt!«

Jean-Luc de Granson begehrte ärgerlich auf. »Warum sollte ich Euch die Geschenke anvertrauen, die ich selbst dem edlen An-Nasir – *Attala Allah 'umrahu!* – zu Homs überreichen kann!«

»Weil«, sagte der Hauptmann, »ich Euch Euer Leben schenke und«, setzte er noch freundlich hinzu, »Euch sogar Eure Pferde lasse.«

Der Zug der Assassinen hatte in einer bewaldeten Schlucht die unterirdische Höhlenwelt wieder verlassen, und sie ritten unter schattigen Zedernbäumen an einem hurtig dahineilenden Bach entlang. Schnell gruben sich die Wasser immer tiefer, bald tosten sie unten zwischen den Felsen, daß eine feine Gischt aufstob in das Sonnenlicht des späten Nachmittags.

»Ich sehe einen Regenbogen!« jubelte Yeza, doch Roç hatte nur Augen für die Hängebrücke, die jetzt die Schlucht überspannte.

Sie mußten absitzen und einzeln die schwankende Konstruktion aus Seilen und dünnen Stämmen überqueren. Am anderen Ende der Brücke stand Crean mit den Bogenschützen.

»Wer war's?« wollte Hamo nun endlich wissen, und Crean stillte seine Neugier.

»Es waren die Johanniter des Konnetabels!«

»Und«, fragte Clarion spitz, »habt Ihr ihn endlich einen Kopf kürzer gemacht?«

»Das mag anderen vorbehalten bleiben«, erwiderte Crean besonnen, von Clarion ließ er sich schon lange nicht mehr provozieren, »aber man hat ihm die Zähne gezogen!« Und er berichtete kurz, daß die Leute des Malik von Aleppo ihn schimpflich entwaffnet hatten. »Allerdings steht damit fest, daß eure Freunde, die kleinen Mameluken, in die Hände des An-Nasir gelangt sind.«

»Wird der sie einkerkern?« wollte Roç wissen, doch auf die Frage konnte Crean nur mit den Achseln zucken.

»Und wo?« fragte Hamo mit ungewöhnlicher Anteilnahme.

»Es ist gleich dunkel.« Crean trieb zur Eile.

Sie ritten in Serpentinen immer höher ins Gebirge, gerade hatten sie die Baumgrenze unter sich gelassen, da zeigte Crean vor sich auf einen gezackten Felskegel: »Masyaf!«

Nur bei sehr genauem Betrachten konnte man erkennen, daß die Zacken Zinnen und Türme waren, die steil aufragende Mauern krönten.

Hamo griff die Frage auf, die ihn sehr beschäftigen mußte. »Wie weit von hier ist Homs?«

A   B

CANNABIS –
ODER DER TRAUM DER
JOHANNITER

Limassol, den 5. November A.D. 1248

Zu meiner Überraschung suchte mich der Marschall Peixa-Rollo in meinem Quartier auf und überbrachte mir die Einladung zu einem *Gra'mangir* beim Herrn Jean de Ronay in der Burg der Johanniter.

Hastig, ohne daß der Marschall es sehen konnte, befragte ich meine Karten:

DAS SCHICKSALSRAD

»Was zögerst Du noch? Nutze den Augenblick! Wissen, Wollen, Wagen, Schweigen. Saturn herrscht als Sonne der gestrigen Gebilde. Der Affe dreht das Rad.«

Das große Refektorium konnte sich in seinen Ausmaßen mit fürstlichen Festsälen messen, und was die Küche des Ordens zu bieten hatte, erfreute mein Auge schon, bevor der Gaumen sich labte. Denn nach all den Wochen zur See und der endlosen Warterei im Hafen kamen mir die Fische, die Muscheln, die kleinen Oktopi und das Meeresgetier zu den Ohren raus. Bruder Culinarius hatte seine Rittersleut' angespornt, sich im Landesinneren auf die Sauhatz zu begeben, andere zur Falkenbeiz geködert und den Rest mit der Meute zur Jagd auf Has' und Reh geschickt. Die Göttin Diana hatte sich den Waidmännern wohlgesonnen gezeigt, wie mich der Hausherr beiläufig mit Stolz wissen ließ, als er mir eigenhändig vorlegte.

Das Mahl begann mit geräuchertem Wacholderschinken vom Wildschwein, Luftgetrocknetem – mit Rosmarin gespickt – vom Bären, dazu Honigmelonen, scharf eingelegte Kürbisstreifen und ein Mus von dunkelroten Moosbeeren, deren säuerlicher Geschmack auch trefflich harmonierte mit den gebratenen Leberstücken und den Zwiebelringen, die gleich im Anschluß zu ofenwarmem Fladenbrot gereicht wurden.

Doch ich will den superben Genuß dieser Gaumenkitzler dazu benutzen, schnell zu schildern, wen ich sonst noch an der Tafel sah. Zur Rechten des Herrn de Ronay saß der junge Herr Robert d'Artois, der Bruder des Königs, was mich erfreute, denn ich schätze seine offene und kühne Art, mit der er sich in jedes Getümmel stürzt, wie er auch seine Meinung frei heraussagt.

Die Linke beanspruchte Maître Robert de Sorbon, den ich – nach seinem wenig asketischen Äußeren – für einen verkappten Anhänger der Fleischeslust halte. Neben mir saßen der Graf von Flandern, der sich indigniert bei mir nach dem William von Roebruk erkundigte, so daß ich es vorzog, dessen nähere Bekanntschaft zu leugnen, und Walter von Saint-Pol, ein besonders tapferer Krieger. Man hatte mich dem Prinzen gegenüber plaziert, was mich mit Genugtuung erfüllte, denn ich sah meinen Vetter Johannes ganz unten am Ende der Tafel.

Gedanken machte ich mir mehr über die, die nicht geladen

oder erschienen waren wie Herr Charles d'Anjou, des Königs finsterer Bruder, der mich immer deucht, er neide Herrn Ludwig die Krone. Sicher hält er sich für befähigter, das Herrscheramt auszuüben. Als ich ihn einmal mit Yves, dem Bretonen, einen Blick wechseln sah, dachte ich mir, welch fürchterliches Gespann die beiden abgeben würden. Der zynische Anjou an der Macht und der Bretone als sein Büttel, Häscher und Henker zugleich.

Nun, der war ebenfalls nicht da, es hätte mich auch gewundert. Yves hatte weder den Rang, hier geladen zu werden, noch – so schätze ich ihn ein – legte er Wert darauf. Er war ein Mann des Königs und entfernte sich wie ein Hund nur dann von seinem Herrn, wenn der ihn losschickte.

Daß der Herzog von Burgund nicht zugegen war, lag daran, daß er sich nach Griechenland begeben hatte, um dort noch Fürsten zu bewegen, sich dem Kreuzzug des Königs anzuschließen.

Ich konnte mir nicht vorstellen, daß dieses Essen von Jean de Ronay in Vertretung des verhinderten Großmeisters nur gegeben wurde, um die Mäuler anspruchsvoller Fresser zu stopfen. Viele der Geladenen waren sicher Staffage, aber es fiel mir doch auf – und die Tendenz der laut geführten Gespräche ging dahin, daß hier weder Freunde des Kaisers noch Verbündete der Templer zusammengebracht waren.

Die Herren vom Deutschen Ritterorden, den angesehenen und allseits beliebten Komtur Sigbert von Öxfeld, und die Engländer, den poltrigen Kämpen William von Salisbury, die hatte man schlichtweg ignoriert. Daß ich Gavin hier nicht sehen würde, war nach den Vorfällen um den Tempel verständlich. Mehr aus den Abwesenden als aus den hier Tafelnden konnte man herauslesen, daß der Gedanke an ein stärkeres Frankreich der Capets die Gemüter bewegte. *Gesta Dei per los Francos!* Und gewisse patriotische Aufwallungen waren unüberhörbar und konnten nur hinter dem Rücken König Ludwigs stattfinden, der zu vielen der hier Anwesenden zu gut, zu fromm, zu edel war, all die Feinde im Herzen seines Landes zu erkennen: »Den Staat im Staate der Templer, dieser Blutsauger!« Die unverschämten Territorialansprüche der

Plantagenets, die sich leider auf so französische Kernlande wie Aquitanien, Anjou oder die Normandie stützen konnten. Und dann schließlich die Staufer, mit England so mannigfach verbandelt! Der Papst hatte recht: Zum Teufel mit ihnen! Wenn im Abendland eine Kaiserwürde zu vergeben war, gebührte sie dem frommen Ludwig! *Vive la France!*

Sollte ich Gewissensbisse haben bezüglich der Äußerungen über den Kaiser, die mir hier zu Ohren kamen? Ich war zwar Seneschall der Champagne, ein ererbtes Recht, aber Joinville war Teil des Reiches. Mein Grübeln, meine Bedenken wurden vom nächsten Gang vertrieben.

Es gab wahlweise Linsen oder Bohnen, doch beides als lauwarme Suppen, so raffiniert mit Kräutern, Essig und jungfräulichem Olivenöl angemacht, daß mir das Wasser schon im Munde zusammenlief, bevor die Köche auf heißen Grillrosten schlachtfrische Würste, gesottene Hoden und Herz vom Auerochs, die Rippchen von Bergziegen und die Lendenstücke vom Hirsch hereintrugen, letztere im Sud einer Sauce aus Kastanie, Estragon und Honig. Dazu wurde der Wein gewechselt, statt des leichten der Insel rollten die Diener jetzt ein Faß Roten herein, den der Herr de Ronay laut als Geschenk des Fürsten von Antioch pries, der ja berühmt ist für seinen Weinkeller.

Das war ein Schmatzen, Schlürfen, Völlern und Rülpsen. Damen waren ja keine geladen, und so konnten die feinen Herren so recht die Sau rauslassen, sie wieherten vor Vergnügen und schlugen sich gröhlend auf die Schenkel.

Als dann schon alle voll waren bis zum Rand und die Knochen abgeräumt, die Schüsseln ausgetauscht gegen flache Zinnteller, da wurde eine riesige Platte hereingeschleppt, zweimal so groß wie ein Langschild. Auf ihr war Astwerk aufgebaut wie im Innern eines Vogelzwingers. Und auf den Ästen hockten Rebhuhn und Fasan, braun und brutzelig gebraten, doch am Steiß noch die Zierfedern. Und auf die Dornen aufgespießt die Wachteln und Täubchen, Drosseln und Lerchen. Auch sie schon bereit, in den geöffneten Mund zu fliegen. Unterhalb des Astwerks mit seinen silbernen

Blättern und Dornen, da schwammen Enten mit knuspriger Brust. Allen Tieren hatte man die Köpfe allerliebst wieder aufgesetzt und sie mit ihrem Gefieder bestückt, daß es ein farbenfrohes Bild war – bevor das Rupfen und Reißen losging! Das war ein Lachen und Tranchieren, Scherzen und Knabbern!

Ich hatte gedacht, alle seien schon plump satt, aber im Nu waren da nur noch Knöchelchen, hier ein Flügel, dort ein Bein.

Die Diener reichten nun Schalen mit wohltemperiertem Wasser, auf dem die Blätter von Rosenblüten schwammen, damit sich die Herren die Finger säubern konnten.

Zum Nachtisch gab es Naschwerk aus Syrien, das die Prinzessin Plaisance mitgebracht hatte, Granatäpfel, Walnüsse und frische Feigen. Dazu einen Muskateller.

Dann gingen auch schon die meisten, um Siesta zu halten, im Hammam oder bei den Huren zu schwitzen. Bald saßen da nur noch ich, Jean de Ronay und der Maître de Sorbon. Und damit ich auch gleich merken sollte, daß dies kein Zufall war, eröffnete der oberste Johanniter das Gespräch mit einer mir übertrieben erscheinenden, bekümmerten Miene.

»Der Maître macht sich Sorgen um den König und um Frankreich.«

»Ist denn das nicht bei ihm in den besten aller nur denkbaren Händen«, begann ich mit Vorsicht, die ich dann schnell fahrenließ. Ich wollte wissen, mit wem ich woran war. »Oder meint Ihr, daß der gute König Ludwig im Land der Franzosen nicht mehr allerorts und jederzeit sein Haupt betten kann, wenn er des sicheren Schlafes bedarf?«

»Das habe ich nicht gesagt«, entgegnete mir, den Bestürzten spielend, Maître Robert, »und das wünsche ich auch nicht zu sagen. Es ist aber so, werter Joinville, daß Taten und Wünsche eines Königs und seines Landes eins sein sollten.«

»Der Maître meint«, griff Jean de Ronay klärend ein, »daß der Eindruck entstehen könnte, König Ludwig sei zu edel für die Rolle des Königs von Frankreich.«

»Kürzlich sprach er mich doch an«, griff der den Faden auf,

»ob Frankreich und sein Herrscherhaus, also seine eigenen Vorfahren, nicht vielleicht unrecht gehandelt hätten am Stamme Levis, am Trencavel und auf wen oder was sich diese Belissensöhne Okzitaniens auch zurückführen mögen! Als ob *er* diesen Parsifal ermordet hätte! Fragte Seine Majestät mich doch – es war rein rhetorisch als Frage gekleidet! –, ob man es nicht an den Kindern wiedergutmachen sollte!«

Der Maître bebte vor Empörung bei dieser Idee, und ich goß Öl ins Feuer.

»Ach! Vielleicht so in der Art, wie er seinen Bruder Alphonse von Poitou mit Johanna, der letzten Erbin des Landes, verheiratet hat? Ihr habt wohl vergessen, daß ihr Vater bis zur vollzogenen Eheschließung jahrelang im Louvre gefangengehalten wurde und daß es unser edler Herr Ludwig war, der dann Toulouse als Kronland einzog?! Nein!« rief ich. »Das wünsch' ich nicht einmal meinen Feinden, schon gar nicht den Kindern!«

»Ihr legt Euch ja sehr ins Zeug für sie, Herr de Joinville«, rügte mich der Johanniter, »für einen treuen Sohn der Kirche –«

»Lassen wir das!« mahnte der Maître, dem das Gespräch zu entgleiten drohte. »Ich ziehe Euch, werter Seneschall, ins Vertrauen, weil ich weiß, daß Ihr loyal zu Herrn Ludwig steht und Seine Majestät Eure Nähe und Euren Rat sucht und schätzt –«

»Ach«, winkte ich bescheiden ab, »was für Ratschläge kann ich junger Mann schon geben –«

»Wenn der König das Bedürfnis verspürt, etwas für diese Kinder zu unternehmen, sie gar blutsmäßig an das Haus Capet zu binden, dann sollte man auf solchen Wunsch vorbereitet sein, ihn rechtzeitig in die rechte Bahn lenken, damit nicht aus Alterstorheit, gemischt mit religiöser Inbrunst, es zu unüberlegten Handlungen kommt.«

»Vielleicht sollte er sie adoptieren?« regte ich an, grad ins Blaue. Doch der Maître war schon mit einem fertigen Plan gekommen. Jetzt ließ er die Katze, den Kater aus dem Sack.

»Robert d'Artois«, flüsterte er konspirativ, »könnte sie in vier, fünf Jahren ...«

Es ging also nur um Yeza, den kleinen Roç würde man ertränken oder sonstwie abschieben.

»Und bis dahin bleibt sie Gefangene des Louvres?« protestierte ich schwach. »Und außerdem: Ist Herr Robert nicht schon verehelicht?«

»*Sacra Rota!*« lächelte der Maître maliziös. »Den Part des Advocatus Diaboli übernehme ich gern!«

»Ist es denn nicht eher so, hochverehrter Herr de Sorbon«, raffte ich mich zu einem besser fundierten Einwand auf, »daß es hier nicht darum gehen sollte, das Blut der kleinen Könige sangund klanglos in dem der Capets aufgehen zu lassen, sondern mit Hilfe der Kinder, dem Blut der Kinder, dem Hause der herrschenden Könige von Frankreich die Weihe zu geben, derer es bedarf und derer es auch würdig ist!«

»Das habt Ihr jetzt gesagt, werter Joinville«, er zog sich mit falschem Lächeln den Johanniter als Zeugen heran. »Ich bin ja froh und getröstet, daß Ihr so fest in der Gunst des Königs steht. Denn solch Unterfangen muß geheim vonstatten gehen. Jemand, der sich mit Teilnahme oder Verdienst brüsten will, muß ausgeschlossen werden. Ihr, Joinville, seid im Verhältnis zu Euren Fähigkeiten ein bescheidener Mann.«

»Eine so untadelige Erscheinung«, mischte sich jetzt Herr Jean de Ronay wieder ein, »daß die Vermutung auf Hochverrat von Euch abprallt wie ein Regenschauer vom Zeltdach, denn – das muß allen Beteiligten klar sein – einem solch schwerwiegenden Verdacht setzt sich hier ein jeder aus!«

»Überlegt es Euch reiflich, doch zieht niemanden zu Rate«, sagte der Maître wenig einladend, »denn dieses Gespräch hat nie stattgefunden, und jede diesbezügliche Behauptung müßte vor dem Kronrat als dem Obersten Gericht Frankreichs den ungünstigen Eindruck erwecken, der Seneschall der Champagne konspiriere mit Feinden der Kirche wie der Krone! – Ich danke Euch für Euer Kommen!«

Der stellvertretende Großmeister der Johanniter hatte sich ebenfalls erhoben, so daß ich die Verabschiedung annehmen mußte. »Es geht um Großes«, sagte er feierlich, »um den Eingriff in dynastische Verhältnisse, die die Welt verändern können!«

Er stieß mit seinem Stab auf, nicht um seine pathetischen Worte zu bekräftigen, sondern um den Marschall Peixa-Rollo auf den Plan zu rufen, der mich hinausbegleitete. Zu meiner Verwunderung führte der mich jedoch nicht in den Torweg, sondern gewundene Wehrgänge entlang bis zu einem entlegenen Wachturm in der Mauer. Der Raum sah aus, als würden dort unfreiwillige »Ehrengäste« untergebracht werden, denn Tür und Fenster waren vergittert, aber er wies Liege, Tisch und Schemel auf, keine eisernen Ketten. Dort sollte ich wohl so lange bleiben, bis ich mürbe war.

Doch der Marschall schloß mich nicht ein, sondern sagte freundlich: »Herr Jean de Ronay möchte Euch noch sprechen.«

»Ach«, entfuhr es mir, »es geht wohl um die Templer, die mit ihrem Auszug aus Limassol zwar nicht als Sieger glänzten, aber *de facto* die Gewinner sind?«

»Der König konsultiert sie«, klagte mir der Marschall sein Leid, »bei jeder wichtigen Entscheidung.«

»Er hat ihnen aber untersagt, dem Sultan Hilfstruppen für die Eroberung von Homs zu stellen –«

»So wie wir ja auch dem An-Nasir nicht helfen dürfen.«

»Das wäre ja eigentlich auch beides widersinnig! Man kann doch nicht den gleichen Gegner in einem Land als Bundesgenossen unterstützen und im anderen als Feind des Glaubens bekriegen!?«

»Kann man alles«, sagte der Marschall, »es ist nur eine Frage der Biegsamkeit. Der König hätte allen Grund, den Templern nicht über den Weg zu trauen. Was macht er? Er schickt täglich Boten und Geschenke nach Episkopi, wohin sich die feinen Herren auf ihre Landgüter zurückgezogen haben, während wir jetzt den Wachdienst allein am Hals haben, Tag für Tag – und ohne jeden Dank!«

»*Primum cogitare, deinde agere*«, beschied ich ihn mitleidslos, »und nun laßt mich bitte – aus eben diesem Grund – allein!«

Ich brauchte die Abgeschlossenheit auch dringend, um meine Gedanken zu ordnen. Es gab also bei Hof Strömungen, die mit dem, was der König tat und ließ, nicht zufrieden waren. Es hätte mich nicht verwundert, wenn diese Kräfte nun einfach auf Vernichtung der Kinder gedrängt hätten. Doch waren wohl Mächte am Werk, Maître Robert konnte nur deren vorgeschobenen Läufer darstellen, die die Bedeutung der möglichen Partie sehr wohl übersahen und, weit über die Figur des Königs hinaus, an Frankreich dachten. Imperiale Gelüste, also Ablösung der Staufer, dafür konnte Charles d'Anjou stehen, mehr Turm als Springer – jederzeit zur Rochade bereit. Doch dieser Spieler war noch nicht ans Brett getreten. Es waren also vorerst andere am Zuge. Ich hatte es zweifellos mit Anhängern der dynastischen Idee zu tun, die die Kinder, kleinen Bauern gleich, bis an den Feldrand vorschubsen wollten, um sich so eine neue »Dama« zu erschaffen – ging es schief, war's nur ein Bauernopfer!

Es war also doch etwas an den Gerüchten um die Linie des Heiligen Blutes – vom Hause David über die Nachfahren des Messias bis tief hinein in die Blutsbande Okzitaniens, Inbegriff des »wahren Adels«? Ich hatte natürlich schon davon gehört, dem Geraune jedoch keine Bedeutung beigemessen. Der *sang réal* als der Heilige Gral? Seine Anhänger – sonst stets und naturgemäß im Kontrast zu den Usurpatoren wie den Capets, zu den Fälschern wie der Ecclesia Romana – sollten sich nun mit ihren Todfeinden versöhnen? Wer konnte einen solchen Wandel wünschen, wem lag daran? Denn das wurde mir immer klarer: Ausschlaggebend waren hier nicht die Sehnsucht des Königs nach marianischer Harmonie von Jungfräulichkeit und Mutterschaft, noch die späte – und daher um so törichtere – Reue derer, die begriffen hatten, daß irgendwann die merowingische Blutschuld über die Nachkommen des Kurzmantel kommen würde! Konnten die Kinder des Gral diesen Fluch von Ludwig nehmen? Sollten sie es?

Ausschlaggebend waren hier nicht, die sich all das ausdachten und herbeiwünschten, sondern die, die es zulassen mußten. Nach über tausend Jahren Verfolgung, Verfehmung, Verketzerung sollte jetzt den geheimen Hütern des Gral ein solches Angebot gemacht werden? Denn ohne ihre Zustimmung konnte nichts bewegt werden, was die Kinder betraf. Das hatte man ja gesehen. Und ohne die Kinder waren alle Pläne nicht mehr wert als der Sand, in den sie von dubiosen Verschwörern gezeichnet wurden. Ein Windstoß, und sie waren dahin. Warum hatte man ausgerechnet mich, Jean de Joinville, da – ohne mich zu fragen – hineingezogen?

»Warum?!« rief ich zum vergitterten Fenster hinaus. Als ich mich umdrehte, stand Jean de Ronay im Raum.

»Vergeßt alles, was ich vorhin gesagt habe«, eröffnete er sogleich das Gespräch, »ich mußte erst den Maître loswerden, der mich immerhin auf Euch aufmerksam gemacht hat, den ich aber nicht in alles einweihen will.«

»Und er hat keinen Verdacht geschöpft?«

Da lachte der Johanniter. »Ihr wißt doch sicher, wie eine Maid verfährt, wenn ein Liebhaber ansteht? Sie bezeugt dem Gespons laut ihre Liebe, hebt ihn vor allen anderen hervor, bis er beglückt von dannen zieht!«

»Wie sollte er auch an ihrer Treue zweifeln«, sagte ich, »doch da Ihr Euch, werter Herr de Ronay, den Rock dieser Maid angezogen habt, wie soll ich Zutrauen bei solcher Durchtriebenheit fassen?«

Der Stellvertreter des Großmeisters vom Hospital musterte mich belustigt. »Wir beide müssen uns nicht Zuneigung noch höhere Ideale vorgaukeln, auch des Königs Gunstbeweise für Euch nehme ich nur als angenehme Beigabe. Wir stellen unsere Beziehung auf solide Füße: Ihr tretet in meine Dienste als geheimer Ratgeber, und der Orden wird Euch mit dem entlohnen, was Ihr als Euren Preis nennt. Wie gefällt Euch das?«

»Als Liebhaber sind mir Jaworte so fremd wie Preisbindung. Laßt mich zu fürderst wissen, worin Ihr von mir beraten sein wollt?«

»Wenn ich Euch darin einweihe, steht Ihr schon im Vertrag –«

»Mich lockt die Aufgabe mehr als die Belohnung!« unterbrach ich ihn. »Also laßt es mich schon wissen!«

»Es geht – wie Ihr Euch schon denken könnt – um die Ritter vom Tempel –«

»Sie fehlen Euch wohl?« sagte ich patzig, so enttäuscht war ich von dieser Eröffnung.

»Vergeßt die Balgerei von neulich, vergeßt jedes Scharmützel, jede blutige Fehde, die zwischen den Gliedern des Ordens, stolze Ritter wie gemeines Fußvolk, um irgendwelche Vorteile ausgetragen wurden oder zukünftig noch ausgetragen werden. Das sind Händel, die sich naturgemäß ergeben, wenn zwei Orden fast gleichzeitig am selben Ort zu gleichen Bedingungen und mit gleicher Zielsetzung gegründet werden.«

»Also«, sagte ich, »wenn alles gleich und natürlich ist, dann –«

»Ist es aber nicht!« sagte Herr de Ronay schroff. »Die Bedingungen waren nie gleich und die Zielsetzung schon gar nicht!«

»Laßt hören!« forderte ich ihn auf.

»Was der heilige Bernhard den ersten Rittern zu Jerusalem versprochen hat, weiß ich nicht, doch seit dem ersten Spatenstich im Tempel fühlten sie sich als *electi* –«

»Während ihr im Hospital aufopfernden Dienst an den Kranken leistetet!«

Ich gab mir Mühe, meiner Stimme den Spott zu verbieten. Ein verhaltener Seufzer dankte mir für mein Verständnis.

»Laut Ordensstatut – und wir haben nur eines und kein weiteres – ist unser Ziel identisch: Schutz der Pilger und der heiligen Stätten der Christenheit!«

»Bescheiden unterschlagt Ihr«, wandte ich ein, »daß das Hospital schon vor der Einnahme Jerusalems durch den ersten Kreuzzug bestand und nur durch Auswechseln des Schutzpatrons, von Johannes dem Täufer zum streitbaren Johannes dem Evangelisten, der den Adler im Wappen führt, von der Krankenpflege zum militanten Ritterorden umgewandelt werden mußte.«

»Die Templer hingegen kamen als verschworene Rittergemeinschaft aus dem Herzen Frankreichs, wie ein geheimes Kommandounternehmen tauchten sie auf, erhielten gleich, was sie wollten, nämlich den Tempel Salomons, und umgaben von vornherein ihre

Machenschaften mit dem weißen Mantel der Verschwiegenheit und der elitären Abgrenzung. Zugegebenermaßen waren ihre Ritter hervorragende Streiter.«

»Nun«, sagte ich, »dabei sind beide Orden nicht arm geblieben, beide müssen heute vorrangig daran denken, ihren Besitzstand, ihre Handelsniederlassungen, ihre vielfachen Interessen zu schützen!«

»Das laß ich ja auch gelten«, räumte der Johanniter nolens volens ein, »aber den Templern ist es von erster Stunde an gelungen, sich mit einer Aura zu umgeben, die sie attraktiver machte, die ihnen mehr Privilegien verschaffte, die ihnen schließlich erlaubte, unverhohlen mit den Feinden des christlichen Glaubens zu paktieren –«

»Wie?« lachte ich. »Ihr handelt nicht mit den Muslimen – seien es Sklaven oder Waffen? Schließt keine Verträge mit den Ungläubigen?«

»Ich meine die Ketzerei! Die Unterstützung der Häresie innerhalb des Machtbereichs der Kirche, ich meine ihr Eintreten für die Kinder des Gral!«

»Ihr fragt, werter Herr de Ronay, warum es dem Orden des heiligen Johannes an Charisma mangelt, und habt Euch die Antwort schon gegeben –«

Da war er lange still. Dann sagte er: »Ihr habt Euch eine erste Pfründe schon verdient.«

Jean de Ronay verfiel in ein tiefes Grübeln, als müsse er mit sich kämpfen, wohl weniger, was die Einhaltung des mir gegebenen Versprechens anbelangte, als um den Willen, die von mir ausgesprochene Erkenntnis zu akzeptieren. »Laßt mich Eure klugen Worte überdenken.«

»Es war mir ein Vergnügen!« sagte ich leichthin, ich empfand es auch so in meinem Stolz.

Doch als ich die Burg verlassen hatte, sprach ich zu mir: Liebwerter Joinville, Ihr solltet vielleicht auch überdenken, auf was Ihr Euch da einlaßt!

Limassol, den 23. November A.D. 1248

Die nächsten Tage verbrachte ich mit dem Aufschreiben dessen, was sich in letzter Zeit ereignet hatte. Die Finger schmerzten mir, und ich ärgerte mich, daß ich an mein Pult gebunden war, anstatt draußen mich umhören zu können, was nun weiterhin geschah. In einem war ich mir sicher: An all den Eiern, die da ausgebrütet wurden, war der König nicht wissentlich beteiligt. Herr Ludwig mußte völlig ahnungslos sein, und doch war er es gewesen, der den Stein – die Steine – ins Rollen gebracht hatte.

Daran dachte ich, als ich zu einer der offiziellen Audienzen im Palast eilte, denn der König liebte es, bei solchen Anlässen seine Granden um sich zu sehen. Als ich am Tempel vorbeikam, in dem jetzt die Ritter des Deutschen Ordens ihr Quartier aufgeschlagen hatten, löste sich aus dem Schatten der Säulenvorhalle eine Figur: William von Roebruk.

Er trug sein Festtags-Minoritengewand und hatte mich offensichtlich abgepaßt, um an meiner Seite in den Palast zur Audienz zu gelangen. Ich vermochte ihm die Begleitung nicht abzuschlagen. Er hatte mir nie Übles getan oder nachgesagt, und ich sah es nicht als meine Rolle, über den Lebenswandel anderer zu richten. Immerhin hatte er – im Gegensatz zu vielen seiner lieben Brüder im Orden des heiligen Franz – wildere Abenteuer hinter sich, als sich nur an Vögeln zu delektieren. Er war über weite Strecken mit den Kindern zusammengewesen. Das machte ihn für mich interessant. Und er war nicht dumm. Er hatte für den König Ludwig eine Bittschrift verfaßt, die er ihm übergeben wollte, um wieder in Gnaden aufgenommen zu werden.

»Wolltet Ihr nicht, Zierde aller Minoriten«, ließ ich ihn meinen wohlfeilen Spott verspüren, »die beiden Abgesandten des Großkhans der Mongolen dem König vorstellen?«

»Die Herren Aibeg und Serkis haben schon genug daran zu tragen, daß der Papst sie nicht zurückbegleitet zu ihrem Herrn, der nicht einmal der Große Khan selbst ist, sondern nur dessen Statthalter in Täbriz«, klärte mich William auf, »nun trinken sie sich Mut an, vor Herrn Ludwig zu treten und ihn zum gleichen Schritt aufzufordern. Das kann noch Wochen dauern!« scherzte er bekümmert. »Doch wenn es Euch lästig ist, mich armen Sünder vor den Thron des Königs zu bringen, will ich Herrn Gavin Montbard de Béthune um diesen Liebesdienst bitten.«

»Das wird Euch schwerfallen – oder Eure Sünden sind zu groß –, denn den Präzeptor hat sein Großmeister, Herr de Sonnac, von dieser Insel verbannt!«

William schaute mich ungläubig an, so daß ich genüßlich hinzusetzte: »Kaum daß der Tempel geräumt, hat er ihn nach Syrien geschickt!«

Ich sah, daß ihn das hart ankam, und so sagte ich freundlich: »Doch wenn Ihr meine Skripta hinter mir hertragen wollt, lieber William, will ich Euch als meinen Sekretarius mit mir führen.«

So passierten wir die Saalwachen und schoben uns durch das Gedrängel nach vorn. Da saß der König mit seinen Brüdern und dem Grafen von Flandern und dem von der Bretagne, und hinter ihm standen seine Leibwache Yves der Bretone und sein Hofkaplan Robert de Sorbon.

Als der Herr Ludwig meines Begleiters ansichtig wurde, sagte er laut zu seiner Umgebung: »Seht, welch Mann von Fähigkeiten unser Herr Seneschall ist: Er bringt mir längst Totgeglaubte wieder zurück!«

Dies hielt William für den geeigneten Augenblick, sich dem König zu Füßen zu werfen und ihm seine gerollte Bittschrift demütig zu überreichen. Der kam gar nicht dazu, einen Blick hineinzuwerfen, da hatte schon der Maître seine Hand ausgestreckt.

»Das gibt Euch ein Bild von der Ewigkeit, meine Herren«, gab sich der König launig. »Vor Jahren habe ich diesen Mönch zum Montségur geschickt, um mit seinem Gebet die Unsrigen zu stärken! Jetzt kehrt er zurück. Sollen Wir das Inbrunst oder Ausdauer heißen?«

William meinte sich rechtfertigen zu müssen. »Wenn ich Euch erzählen dürfte, Majestät, was mir in diesen fünf Jahren alles widerfahren ist, würdet Ihr mir großmütig verzeihen!« sagte er. Aber da fuhr ihm Yves der Bretone übers Maul: »Gesteh' Deinem König lieber, was du in den letzten fünf Wochen getrieben hast, die du schon auf dieser Insel bist, ohne dich reumütig zurückzumelden!«

Doch der König war gut gelaunt, so schien es mir. Er sagte: »Herr Yves, verwerft mir nicht die Gnade, bevor ich die Rechtfertigung anhören konnte!«

Doch das ließ nun den Maître Robert nicht ruhen. »Laßt mich ihn prüfen, ob er es wert ist, daß Ihr Euren Großmut an ihn verschwendet!«

»Großmut ist nie verschwendet, Maître«, sagte der König, »doch verfahrt gnädig mit einem Büßer.«

Robert de Sorbon ließ sich durch den Verweis nicht beirren. »Ich will eine Parabel anwenden«, begann er maliziös, »die Eure Majestät höchst eigens erdacht.«

Er wandte sich voller Selbstgerechtigkeit an den armen William, der immer noch vor dem Herrn Ludwig kniete.

»Erhebt Euch, William von Roebruk«, sagte der König, »seinen Freunden soll man ins Auge schauen wie seinen Feinden!«

William stand auf, und der Maître sagte: »Was zieht Ihr vor, von der Lepra befallen zu sein oder eine Todsünde begangen zu haben?«

William schaute seinem Inquisitor ins Auge und antwortete freimütig: »Lieber will ich dreißig Todsünden begangen haben, als der Lepra anheimfallen!«

Er dachte wohl, was ich auch dachte, daß es gleich sei, was er antworten würde. Hätte er das Gegenteil gesagt, hätte ihn der Maître einen verstockten Lügner genannt.

So aber nannte ihn der Herr Robert: »Narr! Keine Lepra erzeugt mehr Fäulnis als jegliche Sünde. Darauf hat der Teufel nur gewartet, und er wird Eure Seele holen. Der Lepröse wird hingegen von Gott erwartet, sein schwäriges Fleisch fällt ab wie Schuppen, aber seine Seele ist rein!«

Da sah William, daß ihm kein Verzeihen gewährt würde, denn einem Gesunden neidet man die Sünde, und eigens um des Seelenfriedens sich Lepra an den Leib zu wünschen, war nicht seine

Art. Er verneigte sich still vor dem König und verließ aufrecht den Saal.

Der Herr Ludwig sah mich an, und wie sooft blitzte Schalk in seinen Augen.

»Seneschall«, sagte er, »versteht Ihr jetzt, warum ein kluger und offener weltlicher Herr mir allemal lieber ist, als ein noch so frommer Mönch schlichten Gemüts oder ein spitzfindiger Herr geistlichen Standes?«

Er wollte darauf keine Antwort hören, und so lächelte ich nur einvernehmlich zurück. Wer wollte, konnte den Einwurf als endgültige Absage an William verstehen oder als verstecktes Lob für mich, doch war es ein ärgerlich hingeschleuderter Schuh, den sich der Maître anziehen sollte.

Ich fand den Franziskaner in der Taverne »Zur schönen Aussicht«, wo er im Begriff war, sich zu betrinken. Ihm gegenüber auf der Bank herzte Ingolinde schamlos zwei Engeländer des Salisbury.

»Wenigstens keine Assassinen!« scherzte ich. »So braucht Ihr Euch nicht unterm Tisch zu verkriechen.«

»Gern tät ich's vor Scham«, sagte William zerknirscht.

»Doch nicht wegen der da?« versuchte ich ihn aufzurichten.

»Der König hat recht«, sagte William, »vor vier Lenzen hat er mir die Ehre eines Feldaltars gewährt, und seitdem habe ich mich unterm Tisch verborgen, unter einer Decke mit Häretikern, Mongolen und Assassinen!«

»Lassen wir die Geschichte vom Großkhan mal beiseite«, drohte ich mit dem Finger. »Was wißt Ihr über die Assassinen des Alten vom Berge?«

»Wenig«, gestand William freimütig.

»Laßt es mich wissen«, ermunterte ich ihn und bestellte einen neuen Krug.

»Aufgetaucht sind sie in Syrien gegen Mitte des letzten Jahrhunderts«, grub William in seinen Kenntnissen, »als Ableger des in Persien so mächtigen wie geheimen Ordens. Ihr Hauptquartier dort ist Alamut, über das man sich viele schreckliche Wunderdinge erzählt, es muß irgendwo im unzugänglichen Khorasan-Gebirge liegen, südlich des Kaspischen Meeres, und zusammen mit anderen Burgen ringsherum die Seidenstraße kontrollieren.«

»Auch im Heiligen Lande haben sie sich in den Bergen festgesetzt, ausgerechnet an der engsten Stelle, die den Norden Antiochs mit dem Süden, Tripoli und dem ›Königreich‹, verknüpfen sollte?«

Ich wollte ihm nur zeigen, daß ich nicht völlig unwissend war, und der Mönch hatte das auch sofort begriffen.

»Die Assassinen stellten aber für die Christen nie ein Problem dar, denn – als strenggläubige Anhänger der *Schia*, also der dynastischen Linie, die sich vom Propheten herleitet, bekämpfen diese ismaelitischen Kriegermönche vor allem, und das voller Fanatismus, das sunnitische Kalifat –«

»Und trotz aller Gefährlichkeit zahlen sie den Templern Tribut?«

»Es herrscht seit Anbeginn eine merkwürdige Wechselbeziehung zwischen der Bruderschaft der *fida'i*, den Getreuen – wie sie sich selbst nennen – und den Templern, die fasziniert etliche ihrer Strukturen adaptierten, sie andererseits nach Kräften unterdrückten, was schon daran liegen mag, daß sie – wie auch die Johanniter – nirgendswo ihre Burgen so massiert haben wie im Noisiri-Gebirge.«

»Und der Alte vom Berge?«

»Eine Legende!« lächelte William verschmitzt. »Um 1170 schickte Alamut den Scheich Rachid ed-Din Sinan nach Syrien. Er errichtete in Masyaf seinen Kommandositz und verschaffte sich durch unerbittlichen Terror so weit Geltung, daß die Könige von Jerusalem sein Bündnis suchten und auch Saladin als sunnitischer Sultan von Kairo klein beigeben mußte. Damals begann die gefürchtete Käuflichkeit der Assassinen, sie mordeten auf Bestellung.«

Wir wurden durch Schreie und Waffenklirren unterbrochen. Ich warf William einen vielsagenden Blick zu.

»Wenn man vom Teufel –« Aber da kam ein englischer Bootsmann in die Taverne gestürzt und brüllte seinen dem Trunk oder sonstigem ergebenen Landsleuten zu, sie sollten sich sofort auf ihren Schiffen melden.

»Alarm! Alarm!« schrie er, und die beiden am Busen der Ingolinde sprangen auf und brüllten »Aye, aye – Salisbury, all here!« Dann sprangen sie über die Bänke und rannten hinaus, während ihr Bootsmann sich einen genehmigte. Ich zog ihn am Ärmel an unseren Tisch.

»Ach«, sagte er und wischte sich das Blut ab, das ihm vom halb abgerissenen Ohr tropfte, »eine kleine Schlägerei zwischen uns und den Griechen des Angel von Káros, nichts Arges, kein Toter!«

Er hatte seinen Krug geleert und griff zu meinem. »Dann tauchte aus dem Nichts die Garde des Königs auf, unter Yves dem Bretonen, diesem Totschläger! Sie hackten so wüst auf die Griechen ein, daß die Kerle einem schon leid tun konnten. Im Nu lagen drei, vier ohne Leben am Boden – und das geht doch nicht!« empörte er sich mit Maßen. »Also kommen wir den Knoblauchfressern zu Hilfe! – Klar?«

»Klar!« sagte ich, er nahm noch einen tiefen Schluck, vom Waffenlärm war nichts mehr zu hören, wankenden Schritts stapfte er wieder von dannen.

»Dieses Umbringen auf Kontrakt«, sagte ich, »gab den Assassinen also ihren berüchtigten Namen?«

»Klar!« sagte William. »Auch wenn's ein Mißverständnis, ein Hörfehler war – sie galten nun als die Meuchelmörder par exellence, genauso wie der ›Alte vom Berge‹, das Synonym des gefürchteten Scheich Sinan, der längst verstorben war, sich als Beiname hielt für die nachfolgenden *Gran Da'ï*, die jeweiligen Großmeister zu Masyaf«, kam William zum Ende seines beachtlichen Exkurses, er tat einen langen Zug aus dem Krug, der nun leer war. »Ebenso verhält es sich mit der unauslöschlichen Furcht vor ihren Mordanschlägen.«

»Und ihr Verhältnis heute zu uns Christen?«

»Bei allen Abkommen und gegenseitigem Respekt – gespannt!«

Ich sagte voller Anerkennung zu William: »Ihr könnt lesen und schreiben, Ihr sprecht und versteht die Sprache des Landes, das wir bekriegen wollen. Ich arbeite, wie Ihr sicherlich schon gehört habt, an der Chronik dieses Kreuzzuges, doch gerät alles, was ich für erwähnenswert erachte, immer umfangreicher, immer verästelter und auch immer geheimer. Ich brauche einen erfahrenen Skribenten, der mir gewisse Teile abnimmt.«

Ich sagte natürlich nicht, daß ich auch an die Kinder dachte, die immer mehr Aufmerksamkeit und Zeilen beanspruchten.

William antwortete mir: »Wenn Ihr mit *gewissen* Teilen den trockenen Feldzugsbericht oder die Lobpreisung des Herrn Königs und seines Kreuzzuges meint, dann sag' ich lieber gleich nein und kehr' zu meiner Hur zurück. Doch wenn Ihr mich an allen Euren Gedanken teilhaben laßt, also auch den apokryphen, dann ist das ein Angebot, das mir Freude bereiten würde und – ich weiß, daß ich Euch nützlich sein könnte. Überlegt es Euch in Ruhe, Herr Seneschall, aber zahlt schon mal die Zeche!«

Wir tranken uns zu.

M ASYAF WAR FÜR NEUANKÖMMLINGE eine völlig unüberschaubare Burganlage. Die Felsklippen des steil aufragenden Bergkegels waren so geschickt in das Gewirr von Mauern, Türmen und vor allem Schluchten überspannenden Brücken einbezogen, daß es Feinde vor immer neue Hindernisse stellte, während es für Freunde stets Überraschungen bereithielt, deren harmloseste war, daß der Gast in Kreisen herumirrte oder sich hoffnungslos verlief, während man im schlimmsten Fall leicht zu Tode stürzen konnte, denn Falltüren waren an jeder nur erdenklichen Stelle angebracht.

Das war auch der Grund, weswegen die Kinder streng gehalten wurden und bei weitem nicht die Bewegungsfreiheit genossen, die sie gewohnt waren. Die beiden Frauen, Clarion und Madulain, waren ganz im verborgenen untergebracht, denn der Aufenthalt von weiblichen Wesen war auf Masyaf nicht vorgesehen.

Hamo hielt sich weitgehend an Crean, doch auch dessen stets

freundliche, aber stille Gesellschaft konnte ihm nicht über den Eindruck hinweghelfen, sich in einem ziemlich öden Gefängnis, »einer Zuchtburg für Fanatiker«, aufzuhalten. Überall nur Mauern, kein Baum, keine Blumen, kein Grün.

Ein weiteres Merkmal von Masyaf war das völlige Fehlen eines Haupthauses oder zumindest eines Donjons, sowie auch kein Baumeister sich anscheinend die Mühe gemacht hatte, den Steinhaufen zu formen oder zumindest Akzente zu setzen. Vom Observatorium mal abgesehen, das wie ein schlanker Mast aus einem klobigen Fischerboot aufragte, war jeder Turm nicht mehr gestaltet, als daß er begehbar war, seine dicken Mauern Schutz gegen Steinschleuderbeschuß und seine Zinnen gegen Pfeile boten. Kein Ornament, keine Farben, nichts!

Einen Speisesaal gab es auch nicht. Die Küche teilte zweimal am Tag eine karge Mahlzeit aus, die jeder verzehrte, wo er Zuflucht fand, jetzt im späten Herbst vor dem Regen und den kalten Winden. Im Sommer war es die unbarmherzig brennende Sonne. Zu trinken gab es Quellwasser von größter Reinheit und gutem Geschmack.

Den Kindern, die, weit neugieriger als Hamo und von stetem Forschungsdrang beseelt, sich bald in dem Labyrinth über den Felsen fast genauso gut auskannten wie ihre Bewacher, blieb nicht verborgen, daß es unter der Erde jedoch noch ungeahnte Geheimnisse zu entdecken galt. Das waren einmal die in den Fels gehauenen Korridore der Bibliothek. Roç und Yeza verschafften sich Zugang durch einen der vielen Belüftungsstollen, und die alten Männer, die dort lasen und Abschriften anfertigten, hatten ihre Freude an den staunenden Augen und wißbegierigen Fragen.

»Warum nennen sie Euch ›Mörder‹?« wollte Yeza gleich die Frage beantwortet haben, die ihr schon lange auf der Zunge brannte – und Crean zu fragen hatte sie sich nicht getraut.

»Wir sind nämlich auch ›Assassins‹«, fügte Roç erklärend hinzu, »wir haben schon mal jemanden getötet!«

»Das hättet ihr nicht tun sollen«, sagte der Älteste lächelnd, »ich habe noch nie einem Lebewesen Allahs etwas zuleide getan!«

»Also«, sagte Roç bündig, »warum heißt ihr dann so?«

»Weil die Fremden, die nicht so gescheit sind wie ihr beiden«, fügte ein anderer Weißbart hinzu, »*Hashaschyn* nicht korrekt ausgesprochen haben, so wurde *Assassin* daraus. Früher haben wir Cannabis angepflanzt, den abgetropften Blütenharz gesammelt und auch den Rauch der getrockneten Blätter inhaliert –«

»Bitte«, sagte Yeza, »was heißt das?«

»Ganz einfach, *khif-khif*, du atmest es tief ein oder tust so, als wolltest du den Rauch schlucken –«

Er machte es ihr vor, und Roç mußte lachen. »Davon wird man ›Hashaschyn‹?«

»Cannabis ist eine Droge«, erklärte der Älteste, »es versetzt in einen Rausch, und im Rausch fällt es leichter, dem Tod ins Auge zu schauen, denn ein zum Töten ausgesandter Hashaschyn muß immer damit rechnen, selbst getötet zu werden.«

»Ich«, sagte Yeza und führte stolz ihren Dolch vor, »kann töten, ohne erwischt zu werden.«

Ein anderer Weißbart wackelte bedenklich mit dem Kopf. »Mädchen sollten mit einem Dolch nur ihre Ehre verteidigen.«

»Ich«, sagte Roç, »möchte solche Blätter gern rauchen, und dann werden wir ja sehen, wen ich töte, vielleicht einen Johanniter.«

»Oh«, sagte der Älteste, »tu das nicht, das ist schlimmer als mit nackter Hand in ein Wespennest gegriffen!«

»Versprochen!« antwortete Roç schnell. »Aber Ihr müßt mir versprechen, daß ich Cannabisblätter zum Trocknen bekomme –«

»Wo wachsen die denn?« fragte Yeza argwöhnisch. »Ich hab' hier noch keine Pflanzen gesehen.«

»Im Garten des Großmeisters«, entgegnete der Weißbärtige, »den Schlüssel hat der Kanzler.«

»Den kennen wir, der hat einen Turban und heißt Tarik ibn-Nasr, der ist unser Freund.«

»Er ist alt und krank und zeigt sich nicht mehr«, flüsterte der Älteste, »aber wenn du von ihm Haschisch bekommst, bring' uns etwas mit!«

»Ja«, wisperte jetzt auch der Weißbart, und seine Augen leuchteten, »bring es her, und wir zeigen Euch, wie man ein Pfeifchen raucht.«

Die Kinder krochen beglückt durch den Luftstollen wieder ins Freie, aber wen sie auch nach dem Kanzler und seinem Garten fragten, keiner gab ihnen eine Auskunft.

»Wie beneide ich diese Vögel!« sagte Hamo und wies hinauf zum azurblauen Himmel, in dem sie wie dunkle Sterne standen, nur daß dann und wann einer die mächtigen Schwingen einzog und sich völlig unvermittelt der Erde, den Felsen, entgegenstürzen ließ, um sich dann – die gesamte Spannweite seiner Flügel einsetzend – wieder emportragen zu lassen.

»Die Freiheit der Adler«, lächelte Crean, »beruht auf der Sicherheit ihres Horstes. Niemand kann ewig durch die Lüfte segeln!«

»Sie müssen hier irgendwo nisten«, sagte Hamo, der Creans erzieherische Ratschläge haßte, »ich habe sie schreien gehört.«

»Sie haben ihre Nester in den Mauern«, bestätigte Crean. »Wenn ein *fida'i* ins Paradies eingeht, fliegt ihm stets ein Adler voran.«

Hamo ging mit Crean die Wälle ab. Sie standen auf einer der hohen Mauern, die den Torweg umschlossen. Er war so angelegt, daß man in gewundenen Kehren längst in der Reichweite der Bogenschützen und Katapulte war, ehe die Zugbrücke überhaupt in Sichtweite kam. Auf der der Burg zugewandten Seite fielen sie ohne Zinnen steil zum ersten der terrassenförmig angelegten Höfe ab.

»Hier soll der Alte vom Berge dem König von Jerusalem, der seiner Einladung gefolgt war, demonstriert haben«, sagte Crean, »was Gehorsam der Assassinen bedeutet.«

Er ließ seinen jungen Gast bis dicht an den Rand treten, daß es Hamo schwindelte, vor allem angesichts des mit Steinplatten ausgelegten Vierecks unter ihm, das in der Mitte den Einlaß zur Regenwasserzisterne aufwies.

»Der Großmeister klatschte nur zweimal kurz in die Hände, da sprang einer der Wächter, die hier oben standen, wo wir jetzt stehen, wortlos in die Tiefe –«

»Und war tot?«

»Sicher«, sagte Crean, »willst du es mal versuchen?«

»Furchtbar!« Hamo schauerte zurück.

»Jedesmal, wenn der Alte vom Berge klatschte, sprang einer und blieb mit zerschmetterten Gliedern liegen!«

»Hör auf!« rief Hamo. »Das ist ja entsetzlich.«

»Das sagte der König auch und bat Scheich Sinan, das grausame Spiel zu beenden. ›Seht Ihr, König‹, erwiderte der dann, ›weswegen Ihr uns nie ausrotten könnt? Weil wir den Tod nicht scheuen!‹«

Diese Logik überzeugte Hamo keineswegs. »Das mag in Zeiten gegolten haben, als Ritter Mann gegen Mann kämpften und Todesmut noch Vorteile verschaffte. Heute schließt jedes gut ausgerüstete Belagerungsheer Masyaf ein, bombardiert es mit Griechischem Feuer und hungert es aus. Dagegen können so viele von den Mauern springen, wie sie wollen. Sie entgehen nur dem Schicksal, danach über die Klinge springen zu müssen!«

»Soweit lassen die Assassinen es eben nicht kommen. Noch nie haben diese Mauern ein feindliches Heer sehen müssen, weil wir unter ihren Führern schon vorher so viel Angst verbreiten, daß sie gern davon Abstand nehmen, uns zu bedrohen. Und für diese Art der Abschreckung ist es wichtig, über Männer zu befehlen, die den Sprung in den Tod nicht fürchten. Ihren Dolchen entkommt letztlich keiner, denn vor zu allem entschlossenen Attentätern kann sich auf die Dauer kein Fürst schützen. Oder er müßte sich unter der Erde verkriechen – dann ist er aber längste Zeit Fürst gewesen!«

»Ich will dir den Glauben an die Unbesiegbarkeit der Assassinen nicht nehmen«, sagte Hamo, »ich bin auch zu unerfahren im Kriegshandwerk. Aber ich kann mir riesige Heeresmaschinen vorstellen, die auch noch weiter funktionieren, wenn du einen, zwei, zehn Anführer ausschaltest, weil ständig neue Köpfe nachwachsen. – Deine Assassinen aber sind wie Bienen, die sterben, wenn sie einmal gestochen haben.«

»Solche Heere gibt es nicht, Hamo«, sagte Crean, »weil noch immer jede Armee kopflos die Flucht ergreift, wenn ihr Führer gefallen ist«, aber er war nachdenklich geworden.

Hamo hingegen phantasierte weiter. »Ich halte es sogar für möglich, daß eines Tages Kriege gar nicht mehr von sichtbaren, angreifbaren, verwundbaren Menschen geführt werden, sondern nur noch von gewaltigen Maschinen, die aus der sicheren Ferne mit Seilen bewegt werden, in denen einige wenige gutgeschützte Männer sitzen, die sie lenken und bedienen –«

»Hör auf«, sagte Crean, »das ist eine verrückte Vision! Ein Alptraum!«

»Vielleicht ist sie das«, sagte Hamo, »aber dann sitzen die Köpfe, die solches ersinnen, die Führer, auch unter der Erde, gefeit gegen deine Dolche – und unabhängig von Gunst und Laune des Volkes.«

»Ach, Hamo«, seufzte Crean, »was soll aus dir mal werden?«

»Kein Ritter!« antwortete der überzeugt. »Entweder Erfinder, Forscher – oder Strauchdieb, Beutelschneider, Quacksalber, Kommödiant, auf jeden Fall einer, dem der Galgen winkt.«

»Du weißt nicht, was du da redest –«

»Und du weißt nicht, wer da kommt«, antwortete Hamo und wies auf den kleinen Trupp Berittener, der eine Sänfte den Torweg hoch eskortierte.

»So kann ich die Assassinen auch noch ausrotten«, hakte Hamo noch einmal nach. »Ich schicke dir den Tod, einen Mann, der die Pest hat –«

»Hamo!« verwies ihn Crean streng. »Dort kommt mein Vater!«

Hamo begehrte Einlass vor der mit eisernen Nägeln und geschmiedeten Beschlägen bestückten, schweren Holztür, die in eine der Mauern eingelassen war. Er ließ den bronzenen Klopfer dreimal niederfallen. Ein Guckloch öffnete sich, und die Augen einer Alten blickten über den Schador mißtrauisch auf den Fremden, bevor sie es hastig wieder schloß.

Es dauerte seine Zeit, bis die Tür sich spaltbreit öffnete und ihn einließ. Hamo stand vor einer Mauer, die er seitlich umgehen mußte. Erst jetzt öffnete sich seinem Blick ein kunstvoll angelegter Garten, beschnittene Hecken säumten die Kieswege und die in Marmor gefaßten Wasserläufe.

Der erste Innenhof war von einem gedeckten Säulengang umgeben, Rosen rankten an ihnen hoch, und seltene Bäume spendeten in der Mitte dem Brunnen Schatten. Im nächsten Geviert waren die Mauerwände von Spalierobst überzogen, während in der Mitte ein steinerner Pavillon dazu einlud, dem Zwitschern der bunten Vögel zu lauschen, deren Käfige zu beiden Seiten so geschickt in die Bäume eingearbeitet waren, daß die gefiederten Insassen den Verlust der Freiheit leicht verschmerzten und das Auge des Betrachters von diesem Zusammenspiel von Schmiedekunst und Blattwerk der Natur nur entzückt sein konnte. Der dritte Hof wies drei Fontänen auf, deren Strahl jeweils in das Marmorbecken der anderen niederfiel, und der Besucher wie unter funkelnden Torbögen hindurchschritt. Hier blühten die meisten Blumen und Sträucher, und am Ende des Gartens stand auf aus dem Fels geschlagenen Stelzen ein zierliches Haus mit vergitterten Fenstern. Eine Eisentreppe führte von der Grotte aus hinauf, aber sie hing an Ketten und konnte hochgezogen werden.

Hamo hielt Ausschau nach Clarion und Madulain, doch nichts rührte sich. Dann vernahm er das kichernde Lachen seiner Ziehschwester und wußte, sie hatten sich versteckt, um ihn zu necken. Er trat schnell hinter den nächsten Fels und lehnte sich in einer Nische an die Statue einer griechischen Göttin.

Zu seinem Erstaunen begann sich deren Sockel mit ihm zu drehen, und da er sich eng an den marmornen Torso schmiegte, ließ dieser ihn in einem sich öffnenden Felsspalt verschwinden. Er erschrak, aber da er sah, daß eine steile Wendeltreppe sowohl nach oben wie nach unten führte, würde er irgendwie schon wieder hinauskommen. Er war ganz still und weidete sich an dem verstummenden Gekicher und der aufkommenden Unruhe der beiden Frauen.

»Hamo? Hamo!«

Er ahmte Tierlaute nach, nur kurz, damit sie sein Versteck nicht ausmachen konnten, und genoß diebisch die sich steigernde Verwirrung. Doch bald war er das Spiel leid. Er hatte die Gesellschaft der beiden gesucht, weil er eigentlich Sehnsucht nach der dritten verspürte, der scheuen Shirat, die nicht mehr da war.

Ob seine Mamelukenprinzessin jetzt wohl wie er in einem dunklen Verlies schmachtete und an ihn dachte? Er traute sich nicht, die Stufen hinab- oder hinaufzusteigen. Zuviel hatte er von verlockenden Geheimgängen gehört, die dem Uneingeweihten zur Todesfalle wurden.

Und Clarion auf seine mißliche Lage aufmerksam machen? Den Triumph mochte er ihr nicht gönnen, und dieser Madulain noch weniger. Was Clarion ihm zuviel an überbordender Weiblichkeit besaß, hatte die herbe Saratztochter ihm zuwenig. Sie verhielt sich wie ein Krieger, und die Vorstellung, sie in den Armen zu halten, machte ihm angst.

Die sanfte Shirat hingegen hatte er erst nicht wahrgenommen, und dann war sie ihm entführt worden, ohne daß er es verhindern konnte. Wie sehr er sich nach ihr sehnte, verspürte er erst jetzt.

Er wollte sich gerade bemerkbar machen, als er die Stimmen der Kinder hörte, und zwar unter sich. Sie klangen dumpf und hohl, aber mit der üblichen Zuversicht, mit der Roç und Yeza überall herumkrochen. Er hörte sie jetzt ganz nah.

»Hier ist schon wieder eine Treppe«, sagte Yeza, und Hamo rief leise:

»Erschreckt nicht, ich bin es, Hamo!«

Dann hörte er Roç lachen. »Ich hab' eben Hamo gehört. Er sagt, wir sollen nicht erschrecken –«

»Vielleicht hat er sich verkleidet –?«

»Nein«, rief Hamo flüsternd, »nehmt die Treppe, ich bin hier gefangen!«

Er hörte, wie sich ihre Schritte im Gewölbe unter ihm entfernten, und dann nur noch ganz leise: »Hier ist er nicht!«

Dann war es still, doch plötzlich sprachen die Kinder grad vor ihm.

Yeza sagte besorgt: »Wo ist Hamo denn nun?«, und Roç verteidigte sich:

»Ich schwör dir's. Es war Hamo!«

Sie mußten genau vor seiner Göttin stehen, und Hamo rief: »Ich bin hier! Hinter dieser Statue, aber ich kann sie nicht mehr bewegen. Helft mir raus!«

»Ach«, sagte Roç, »das geht doch so einfach –«

»Warte!« hielt Yeza ihn zurück. »Er muß uns erst sagen, woran man die Cannabis-Pflanze erkennt.«

»Hast du gehört, Hamo?« flüsterte Roç direkt in dessen Ohr. »Versprichst du uns das, dann lassen wir dich frei, sonst –«

»Ich verspreche es euch. Sie wächst hier im Garten, ich hab' sie schon gesehen.«

Da drehte sich der Sockel, und Hamo konnte aus dem sich öffnenden Spalt zwischen den Felsen wieder ins Freie schlüpfen.

»Hamo! Wo hast du gesteckt?« schrillte die Stimme Clarions. Hamo drehte sich nach den Kindern um. Sie waren schon wieder spurlos verschwunden.

»Ich stand die ganze Zeit hier«, sagte Hamo, »aber ihr Hühner habt ja keine Augen im Kopf vor lauter Gegacker!«

In ihren langen, fließenden Gewändern sahen sie eher aus wie Priesterinnen, dachte er, besonders Madulain, die ihn streng musterte. »Für einen guten Hahn kräht Ihr zu laut, Hamo l'Estrange!«

Hamo verspürte jetzt keine Lust, sich mit den Weibern zu streiten, und wollte wieder gehen, als Crean de Bourivan durch die Wasserbogen der Fontäne schritt. Er schien merkwürdig erregt und sagte ohne seine üblichen artigen Floskeln ziemlich bedrückt zu Clarion: »John Turnbull, mein Vater, ist gekommen – um sich hier zum Sterben zu legen, wie er mir gleich zur Begrüßung mitgeteilt hat.«

»Oh!« entfuhr es Clarion.

»Dann jedoch«, sprach Crean mit belegter Stimme weiter, »als er hörte, die Kinder seien hier, erwachten seine Lebensgeister wieder. Er will sie sofort sehen. Wo sind sie?«

»Hier nicht!« sagte Madulain schroff, und auch Clarion bestätigte wortreich, daß sie keine Ahnung habe, wo die beiden sich herumtrieben.

»Wir haben die ganze Burganlage durchgekämmt«, sagte Crean sorgenvoll, »sie sind mal wieder verschwunden.«

»Wenn ich sie finde«, warf Hamo ein, »wo hält sich der gute John Turnbull jetzt auf?«

»Er ist bei Tarik, dem Kanzler, oben im Observatorium! Aber die beiden alten Herren wollen nicht gestört werden«, setzte er noch mahnend für alle hinzu und entschwand eilends, als habe er Hemmungen, länger mit den Damen beisammenzustehen, deren Blicken er die ganze Zeit über ausgewichen war.

Hamo wußte um das Faible seiner Ziehschwester für den traurigen Witwer. Auch Madulain schien das vernarbte Gesicht des Konvertiten nicht so zu mißfallen wie sonst alle Männer, seit man ihr ihren Firouz genommen hatte.

Hamo trat den Rückzug an. Als er durch den Blumengarten ging, zischte es aus dem Gebüsch: »Wo ist das Cannabis?«

Er sah sich um und entdeckte sofort die meterhohen Stauden.

Er trat schnell auf eine zu und rief leise: »Seht ihr das Haschischkraut?«

»Danke, guter Hamo!« riefen ihm die Kinder leise nach, und er sah nicht mehr, wie sie auf allen vieren zu der Anpflanzung krochen und wie hungrige Zicklein die Blätter abrupften, nur daß sie sich die heimliche Ernte sorgsam in die Taschen stopften.

»Wir liegen hier wie zwei Mumien«, sagte John Turnbull zu dem neben ihm aufgebahrten Kanzler, »als wenn wir unsere letzte Reise gar nicht erwarten könnten –«

Tarik ibn-Nasr lächelte unter fahler Haut, er hielt seine Augen geschlossen. Das Licht blendete ihn. Man hatte sie beide in Korbsessel gebettet, in ihre Rücken Kissen gestopft und sie in Decken gehüllt, die herabreichten bis zu den Füßen, unter die Schemel geschoben waren, damit ihre Beine hochlagen. So waren ihre Oberkörper leicht aufgerichtet, und Turnbull konnte den Blick über den Djebl Bahra, die Berge und Täler genießen, hinter denen die Sonne im Westen glutrot sich anschickte unterzugehen. Ein Wind kam auf und strich über die Plattform des Observatoriums. Sie lagerten in der offenen Halle, und es wurde kühl.

Crean hatte ihnen weitere Decken bringen lassen, als die eigensinnigen Alten erklärt hatten, sie gedächten dort auch die Nacht zu verbringen.

Mit dem Tee kam die Nachricht, daß man die Kinder gefunden habe, schlafend, und sie ihnen morgen bringen würde.

»Wenn sie dann nicht schon wieder entwischt sind«, hüstelte Tarik. »Sie sind wie die Eidechsen, wo sie ein Loch in der Mauer finden, huschen sie hinein. Weg sind sie!«

Er richtete sich auf und griff nach der Kanne. Schweißperlen standen auf seiner Stirn.

»Macht Euch doch keine Mühe, Ihr solltet jede Anstrengung –«

»Wenn ich nicht einmal mehr diesen indischen Sud einschenken kann«, fauchte der Kanzler ärgerlich, »er wird sowieso nur genießbar durch die Blätter der wilden Minze und den Honig aus unseren Bergen!«

Er hob die bauchige Messingkanne hoch und ließ im feinen Strahl die braune Flüssigkeit aus dem gebogenen Hals in die silbernen Becher fließen, die auf der *tarabeza* zwischen ihnen standen.

»Ich bin ja froh, daß sie überhaupt da sind, hier bei Euch in Sicherheit.«

Tarik nippte vorsichtig an seinem Getränk. »Noch habe ich Alamut nicht benachrichtigt«, murmelte er und ließ sich erschöpft zurück in die Kissen sinken. »Ich bin mir auch nicht sicher, ob sich unsere Leute im fernen Persien überhaupt Gedanken über die Kinder machen. Zu sehr sind sie ob des Ameisenhaufens verstört, der im Osten wächst und wächst – tausende, vielhunderttausende krabbelnde, kleinwüchsige, sechsfüßige Räuber«, scherzte er bitter, »vier für das Pferd, auf dem sie wie angewachsen hocken, diese säbelbeinigen, schlitzäugigen Tataren!«

»Ein kulturloses Volk«, nörgelte der alte Turnbull, »meiner Meinung nach völlig überschätzt! Wenn ich an die in Jahrtausenden gehortete Wissenschaft und Weisheit denke, allein zwischen den Pyramiden und dem Zikkurat, hier liegt die Wiege der Menschheit –«

»Und die läßt sich einlullen«, krächzte Tarik ihm dazwischen, »erstarrt in ihren Traditionen, matt und schläfrig –«

»Und heillos zerstritten!« trumpfte Turnbull auf, »das ist unser Glück! Deswegen ist Masyaf heute der sicherste Ort, weil es wie ein Spinnennetz an so vielen sich waffenstarrend bedrohenden Ekken und Kanten befestigt ist, daß es elastisch auf jede Veränderung reagieren kann.«

»Das Bild gefällt mir nicht«, seufzte Tarik, »es mag für Fliegen und Mücken gelten, aber eines Tages kommt eines dieser schnellen Pferde vorbeigestürmt und zerreißt das kunstvolle Gebilde, ohne es überhaupt zu bemerken!«

»Und doch gehören die Kinder dem Okzident an, dem *mare nostrum*, unserer Zivilisation – und nicht dem fernen Osten, der sich für den Mittelpunkt der Welt hält!«

»Ich bin ja bereit, ihnen hier Zuflucht zu gewähren – solange es höheren Ortes nicht anders entschieden wird –, dennoch sehe ich mit Sorge dem Kreuzzug dieses närrischen Glaubensstreiters Ludwig entgegen. Wohin er auch immer zielen mag, er wird unsere Welt hier in Aufruhr und Unordnung versetzen. Wir gehen unsicheren Zeiten entgegen.«

»Um so mehr müssen wir alten erfahrenen Füchse wachsam sein, wir können uns jetzt nicht leisten, unsere Gebresten zu pflegen –«

»Ihr habt gut reden, John«, keuchte der Kanzler und goß beiden heißen Tee nach auf die Pfefferminzblätter. »Zum Sterben seid Ihr Narr hergekommen, aus freien Stücken, obwohl Euch keiner gerufen hat, schon gar nicht der Sensenmann!« Er träufelte liebevoll vom dunklen Tannenhonig in die Silberbecher. »Euch fehlt nichts, außer daß Ihr Euch auf Starkenberg gelangweilt habt, mir aber pocht der Tod in den Adern, rasselt mit meinem Atem, will mein Herz stillstehen lassen, mich erwürgen – und ich bin absolut nicht bereit, seinem Drängen nachzugeben!«

»Dann verschieben wir unseren Abgang«, krächzte John Turnbull heiter, »und wechseln als erstes das Getränk!«

Tarik griff nach dem silbernen Klöppel und schlug damit auf
die ziselierte Tischplatte, daß die Becher klirrten.

Das Licht des Morgens fiel gedämpft in die Bibliothek. In die Dekken eingelassene dünne Scheiben aus gelblichem Marmor verteil-
ten es in die Korridore, in denen beidseitig die Regale mit den
Schriften, Rollen und Tontafeln übermannshoch sich aneinander-
reihten.

Die Kinder kamen durch den Lüftungsschacht gekrochen, und
die Weißbärtigen sagten vorwurfsvoll: »Man sucht Euch überall.«

»Wir sind echte Hashaschyn«, sagte Yeza, »wir haben zugeschlagen, wie Ihr es uns befohlen!« Sie wies stolz auf den Sack mit
den Cannabisblättern, den sie hinter sich hergezogen hatten.

»Um Allah's willen«, räsonierte der Älteste, »sie waren im ›Paradies‹! Nie haben wir Euch solchen Frevel geheißen!«

»Nun jammert nicht«, sagte Roç, »sondern holt lieber das Pfeifchen – khif-khif!«

Da lachten die Männer mit den weißen Bärten meckernd, und
der Älteste sagte: »Zwischen Ernte und Genuß liegt die Zeit der
Behandlung, der Zubereitung – eine hohe Kunst!« Und er wiegte
bedeutungsvoll sein Haupt, als er den Inhalt des Sackes auf den
Tisch geschüttet hatte.

Die Kinder konnten ihre Enttäuschung nicht verbergen. Der
Älteste griff sich zittrig eines der Blätter und kaute mit Kenner-
miene darauf herum. »Es geht doch nichts über unseren gelben
Libanesen!« sagte er und spuckte es aus.

»*Bala!*« sagte da ruhig eine Stimme, die Roç und Yeza bekannt
vorkam: »*Afghan al ahmar*, unser Roter aus Afghanistan!«

Hinter ihnen stand plötzlich Abu Bassiht, der alte Sufi. »*Idha
aradtum an tudachinu schei'an dschajidan, fachudhu min hatha!*«

Doch die Kinder hatten ihr Gelüst schon vergessen.

»Wo ist Mahmud?« fragte Roç. »Ist er im Kerker von Homs?
Und Shirat?«

»Schmachtet sie angekettet an nassen Mauern im tiefsten Verlies?« wollte Yeza ihre böse Vermutung gleich bestätigt haben. »Hat sie Hamo schon vergessen?«

»Der verzehrt sich nämlich vor Sehnsucht«, fügte Roç hinzu, »nimmt nichts mehr zu sich, seufzt den ganzen Tag und bricht sich sein Herz!«

»Ach! Ach!« sagte der Sufi lächelnd. »*Falljakul ùa jaschrab ùa jahun saidan, fa Mahmud ùa Shirat hum dujùf schàrraf*, sie essen und trinken an der Tafel des An-Nasir. *Lakinahum laissu bi suadà, liannahum la jastati'ùn mughàdarat Homs.*«

»Also doch!« stellte Roç fest. »Sie sind Gefangene!«

»*Dujuf schàrraf*, Ehrengäste!« entgegnete der Sufi.

»Ich glaub' das nicht!« erklärte Yeza. »Für mich weinen sie sich die Augen aus, wenn sie durch die Gitterstäbe den Flug der Vögel sehen, doch an ihren zarten Fußgelenken ist eine schwere, eiserne Kette festgeschmiedet –«

»Und sie bekommen auch nur Wasser, das von den Kerkerwänden tropft, und trockenes Brot von gestern!« fügte Roç aus tiefster Überzeugung hinzu.

»*Halla!*« sagte der Sufi, »*Innahum ju'anùn faqat min dschua' al horrija ùa 'attasch lihubb abbihum alqualiq.*«

»Wir Hashaschyn sind aufgerufen, sie zu befreien«, sagte Roç, »zeig mal deinen roten Afghanen – hast du ihn dabei?«

Der Sufi zog ein kleines, unscheinbares Klümpchen aus der Tasche seiner Djellabah.

»Reicht das –?« Yeza wollte sagen: »um einen Mann zu töten«, aber der Weißbärtige fiel ihr ins Wort:

»Das reicht für alle!«

»Allahu akbar! Allahu akbar!
Aschaddu anna la illaha illa Allah!
Aschaddu anna Muhammad arrassulullah!
Heija allassalàh! Heija allalfalàh!
Allahu akbar! Allahu akbar!
La illaha illa Allah!«

Der Muezzin rief zum *assala-t-il 'asr*, dem Nachmittagsgebet. Der spitze Felskegel, der hinter dem Dach des offenen Pavillons aufragte, war die höchste Erhebung von Masyaf. In den Stein geschlagene Stufen führten spiralförmig zum Minaret oberhalb des Observatoriums hinauf.

Bissmillah ir-Rahman ir-Rahim.
Ilhamdulillahi rabb il-alamin.
Ar-rahman ir-Rahim.
Maliki iaum id-din.
Ijaka nabudu ua ijaka nasta'in.

Auf der darunterliegenden Plattform des Observatoriums knieten Tarik und John Turnbull gemeinsam auf ihren Teppichen. Sie hatten ihre Liegen im Pavillon mit Hilfe von Crean verlassen, der sich – auf den Abstand des Respekts bedacht – hinter ihnen gen Mekka verneigte.

John Turnbull war für ihn in erster Linie jetzt ein Gast des Tarik ibn-Nasr, seines Kanzlers. Als Assassine hatte er sich von allen verwandtschaftlichen Bindungen zu lösen.

Ihdinas-sirat al-mustaqim,
sirat alathina ana'amta 'aleihim,
ghairil-maghdubi 'aleihim ua lad-dalin.
Amin.

Vom Rande der Terrasse aus fiel der Blick der betenden alten Männer in die Tiefe. Nur von hier hatte man einen Überblick über das Meandergeflecht der Mauern und Torwege, konnte das Baumgrün im »Garten des Großmeisters« wahrnehmen und weit ins Land hinausschauen.

Auf einer der brüstungslosen Bastionen lagen die Kinder auf dem Bauch und hielten sich an der Hand. Sie schoben sich eng zusammen, und Roç legte beschützend seinen Arm um Yeza. Gemeinsam rutschten sie noch weiter vor und schauten erst in den

Abgrund, dann sich an. Man konnte die Zärtlichkeit bis hier oben spüren. Wie sich liebende Eidechsen, dachte Tarik und konnte den Blick nicht von ihnen wenden.

>>*Allahu akbar!*
Subhàna rabbi l'athim,
Subhàna rabbi l'athim,
Subhàna rabbi l'athim.
Allahu akbar!
Subhàna rabbi al'ala,
Subhàna rabbi al'ala,
Subhàna rabbi al'ala.
Assalamu aleikum ua rahmatullah.
Assalamu aleikum ua rahmatullah.<<

DIARIUM DES JEAN DE JOINVILLE

Limassol, den 18. Dezember A.D. 1248

König Ludwig hatte mich suchen lassen. Ich war nicht in meinem Quartier – und auch nicht in der Taverne am Hafen, die bei Hofe schon als möglicher Ort bekannt war, mich zu finden, wie mir der Page freimütig steckte, den man nach mir ausgesandt hatte. Gott sei Dank verkniff sich der junge Lümmel, er hieß Jacques de Juivet, jedes anzügliche Feixen, so daß ich ihn nicht zurechtweisen mußte.

Ich hatte den Bazar nach William durchkämmt, der heute seinen Dienst bei mir antreten wollte. Gefunden hatte ich ihn nicht. Ingolinde, die mir hätte Auskunft geben können, war mit ihrem neuen Fuhrknecht – oder wie ich ihn nennen soll – nach Episkopi gefahren.

Also folgte ich dem Pagen eiligen Schritts zum Königspalast. Die Audienz sollte in der Kapelle stattfinden, weil Herr Ludwig zwei Abgesandte des Großkhans der Mongolen empfangen wollte. Da sie Nestorianer, also Christen, waren, hatte er diesen Ort als angemessen empfunden, schon um zu zeigen, daß es allein der gemeinsame christliche Glaube sei, auf dessen Boden er gewillt war, Gespräche mit den wilden Tataren zu führen.

Wir hatten die im Obergeschoß gelegene Palastkapelle noch nicht erreicht, als der amtierende Großmeister der Johanniter samt seiner gesamten Entourage ziemlich empört an uns vorbeirauschte und wütend den Palast verließ.

Bevor ich die Treppe hinaufgestiegen war, sah ich oben an der Brüstung William von Roebruk, der mir Zeichen machte, ihn zu treffen, bevor ich die Kapelle beträte.

»Ihr braucht gar nicht mehr hineinzugehen, es sei denn, Ihr wollt noch die Messe hören, die Maître de Sorbon gerade zu Ehren der beiden Glaubensbrüder zelebriert – mit spitzen Fingern!« grinste William. »Denn für Monsignore Roberto sind Nestorianer halbe Heiden!«

»Und der König?«

»Der ist wütend, weil die Johanniter sich brüskiert fühlen, nur weil seine Majestät die Einladung zu einem Bankett zu Ehren ihres Namenspatrons nicht angenommen hat.«

»Ihr wollt sagen, er nimmt an der Messe nicht teil –?«

»Doch, aber er ist nicht ansprechbar«, warnte mich William, »ich kenne diese schlimmen Launen bei ihm. Ihr wart sowieso nicht pünktlicher Zeuge des Gesandtenempfangs. Jetzt könnt Ihr Euch nur noch Ärger einhandeln.«

Ich sah dies ein und stieg mit William die Treppe wieder hinab. Dieser Franziskaner war sicher ein miserabler Mönch, aber als Sekretarius vielleicht desto brauchbarer.

»Sie sagten, sie hießen Markus und David«, berichtete er mir, »und seien von einem mongolischen Heerführer namens Aldschighidai geschickt, der Statthalter in Mossul sei.«

Ich vermochte meine Enttäuschung nicht zu verbergen, liegt diese Stadt doch nicht weiter als Bagdad – und nicht in der fernen Tatarenwüste.

»Nicht einmal vom Großkhan persönlich?«

»Keineswegs!« sagte William, als wir vor dem Palast wieder ins Freie traten. »Sie brachten zwar ein Schreiben mit, das voller

Emphase von der Hinwendung der Mongolen zum Christentum schwärmt, aber als Herr Ludwig sie fragte, ob sie auch am Gründonnerstag mit eigener Hand den Armen die Füße wüschen, da haben die beiden ziemlich ratlos dreingeschaut. ›Wahrscheinlich kennen sie diesen kirchlichen Feiertag gar nicht!‹ hatte da Monsignore Roberto voller Hohn gezischt – oder waschen sich die Füße nie, würde *ich* sagen.«

»Es könnte auch angehen, lieber William, daß die Mongolen keine Armut kennen? Ihr wart doch schon dort, nicht wahr?«

Jetzt stotterte mein Minorit, ließ sich aber nicht ertappen auf seiner Lügenreise und antwortete mir schnell. »So ist es, werter Herr, sie sind alle gleich arm und kennen weder Reichtum noch Besitz, weil sie alles teilen!«

Ich tat so, als würde ich ihm Glauben schenken, dabei war es wirklich eine haarsträubende Unverfrorenheit, solche Märchen zu verbreiten.

Ich sagte: »Ehrenwerter William von Roebruk, Ihr wolltet heute in meinen Dienst treten, nun laßt mich wissen, wie ich Euch entlohnen soll? Ich sage Euch gleich, ich besitze keine Reichtümer, die ich mit Euch teilen könnte.«

Da antwortete er mir: »Wenn Ihr mich teilhaben laßt an allem, was Eure Ohren erfahren und Eure Augen sehen, dann will ich es Euch mit gleicher Münze entgelten und will dafür auch keinen Lohn, außer Unterkunft und Verpflegung, ein gutmütiges, aber kräftiges Reittier und einen Diener.«

»Keinen Diener!« sagte ich fest. »Das kostet mich zuviel Lohn – auch wenn er nur die Hälfte frißt von dem, was Ihr täglich verzehrt!«

»Gut«, gab mir William heraus, »ich verzichte auf den Diener, aber die tägliche halbe Portion extra, die er fressen würde, die müßt Ihr mir hinstellen. Und was das Trinken anbelangt, will ich mich mit dem Quantum zufrieden geben, das Ihr Euch gönnt!«

Der Mönch war unverschämt, aber von dialektisch geschulter Bauernschläue. Das war es mir wert.

»Wenn aber«, fuhr mein William fort, »Ihr mich nur als Schreiber einzusetzen gedenkt für Eure offizielle Chronik, die Ihr verfaßt, um des Nachruhmes willen und um dem König zu gefallen, was beides wenig Kurzweil verspricht, dann müßt Ihr mich löhnen für jede Zeile, die Ihr mir in die Feder diktiert –«

»Und das wäre *per lineam?*«

»Wieviel habt Ihr Ingolinde gezahlt, damit sie Limassol gen Episkopi verläßt, samt Galan?«

Ich sah mich ertappt und lachte. »Ihr seid ein flämisches Schlitzohr, William! Es sei drum: Für jede Stunde, die ich Euer Talent als Skribent mißbrauche, erhaltet Ihr vollen Hurenlohn! – Ansonsten seid Ihr anderthalbfach in fester und einfach in flüssiger Nahrung mein Sekretarius und Vertrauter – samt Esel!«

Ich hielt ihm die Hand hin, aber er schlug nicht ein.

»Es ist ein Pakt auf Abruf«, sagte er, »heute will der König nichts mehr von mir wissen, und von den Kindern bin ich getrennt. Es ist ein trügerischer Boden, auf den wir uns begeben. Nicht unsere Hände sollen ihn besiegeln, sondern das mir zustehende Quantum Wein!«

Wir zogen also zum Hafen, doch William lotste mich nicht »Zur schönen Aussicht«, sondern in eine finstere Spelunke am anderen Ende der Bucht, wo die Engländer lagen und auch die Griechen, unter der lockeren Aufsicht der Johanniter. Mir war nicht ganz wohl dabei zumute, erinnerte ich mich doch meiner letzten Exkursion in diese düstere Gegend und der grauslichen Entdeckung der Geschlachteten.

»Ihr müßt der *sceleritas vitae* ins Auge zu blicken lernen, Seneschall«, erklärte William unerbittlich, und so schleppte er mich vorbei an wüst geschminkten Hetären mit fetten Hintern aus dem Königreich Armenien, abgetakelten Megären mit Hängebrüsten von den Sporaden und den schamlosesten Weibsbildern, den Kreterinnen.

Zotige Zurufe flogen uns um die Ohren und Lippenfurze zur Begrüßung. Die meisten schienen meinen Mönch zu kennen. Viele Lagerhäuser waren so verfallen, daß sich in die Torgänge und Ladeluken Kneipen und Abtritte eingenistet hatten wie Geschwüre am Körper einer Leprösen. Es ging laut zu, Dudelsäcke bliesen aufreizende Weisen, die im Gegröhl untergingen, wenn wieder mal einer die Stiegen hinuntergeworfen wurde oder Dirnen sich um einen Freier prügelten.

Die Taverne »Zur schönen Aussicht« erschien mir – am anderen Ende der Welt gelegen – ein friedliches Pilgerasyl, als wir jetzt in eine *cantina* hinabstiegen, aus der ein Dunst quoll, der mir den Atem nehmen wollte. Hier konnte man nur stehen, doch der Wein, den uns der *kephalos* über die tropfnasse Theke schob, war von erster Güte, wenn auch harzig-schwer.

Es herrschte ein Gedröhn, daß man sein eigenes Wort nicht verstehen konnte, deswegen versuchte ich auch gar nicht erst mit William ins Gespräch zu kommen, der mir nur zubrüllte:

»Da vorne steht Simon von Saint-Quentin, ein *canis Domini* schlimmster Sorte, ein Straßenköter, der mir ans Bein –«

Mehr verstand ich in dem Krach nicht, fand aber, er sollte es nicht so laut schreien.

Unweit von uns hatte sich eine kleine Schar königlicher Pagen in dieser Räuberhöhle mehr verloren als versammelt. Der Teufel mußte sie geritten haben, hier mit ihren blauen Samtwämsern, bestickt mit den goldenen Lilien Frankreichs, ihre jungen Nasen hereinzustecken.

Ich erkannte den Jacques de Juivet unter ihnen. Sie hatten einen Ring gebildet und tranken sich aus einem Krug Mut zu. Dann flog die Tür oben auf, und auf der Treppe stand der riesige Angel von Káros in seiner ganzen Körperfülle, hinter ihm drängten seine Griechen in ihrer Pluderhosentracht, die bestickten Westen auf nackter, behaarter Brust.

Sie hatten sofort die »Königlichen« erspäht, und ihre Mienen verhießen denen nichts Gutes. Die Musik, Mandolinen, eine Zitter und eine schrille Flöte, verstummte, auch das lauteste Gelächter und Gekreisch.

Die Pagen begriffen, daß ihres Seins hier nicht mehr war, und versuchten, durch die Menge zu flüchten. Die Griechen machten

Jagd auf sie – doch oben auf dem Treppenabsatz stand Herr Angel, und an dem mußten sie vorbei.

Er griff sich jeden, drückte ihn runter, betrachtete mit Kennermiene den gewölbten Arsch und versetzte ihm dann einen Tritt, daß der Knabe aus der Spelunke mehr hinausflog als stolperte.

Doch als ihm, es war wohl der letzte, der Jacques de Juivet unter die Pranken kam, da strich er dem mit obszöner Geste den Finger durch die Gesäßfalte, hielt ihn sich schnüffelnd unter die Nase, bevor er ihn triumphierend hochreckte.

Das war das Signal. Er hielt den Pagen, der davon nichts mitbekommen hatte, immer noch im Genick, doch jetzt schleuderte er ihn rückwärts die Treppe hinunter, in die Arme seiner Leute. Die fegten vom nächstbesten Tisch Becher und Krüge, drängten die Zecher beiseite, warfen, zogen den Jacques über die Platte, zwei Mann hielten seine Arme, und die anderen zerrten seine Hosen runter.

Ich dachte, der wird doch nicht hier vor allen Leuten! – Doch Herr Angel hatte schon im Herabschreiten der letzten Stufen den Gürtel gelöst und unter allgemeinem Johlen sein nicht einmal so mächtiges Geschlechtsteil herausgeholt, ein eilfertiger Untergebener war schon mit einer Kanne Olivenöls zur Stelle, Jacques de Juivet rüttelte wie wild, trat nach allen Seiten, bis ihm die Beine ebenfalls festgehalten und auseinandergebogen wurden. – Mehr sah ich nicht, denn der breite Rücken des Angel verdeckte jetzt den Vollzug seiner Schandtat.

Was mich aber am meisten entsetzte, war, daß die Musik jetzt wieder einsetzte und die Leute den Vergewaltiger rhythmisch klatschend anfeuerten.

In dem Gegröhl machte ich William Zeichen, daß ich den Ort auf der Stelle zu verlassen wünschte. Wir drängten uns durch die gierig gaffenden Zuschauer des widerlichen Aktes, und erst draußen konnte ich ihn wütend anfahren, was ihm einfiele, mich, einen Seneschall Frankreichs, in eine solche Situation zu bringen.

»Ihr habt mich in dieser Höhle zum Zeugen einer Knabenschändung gemacht!«

»Konnt' ich's wissen!« sagte William. »Und verhindern mochtet Ihr es auch nicht!«

Da hatte er Recht: Ich bin nicht der mutigste. Ich war dennoch wütend, nun auch mit mir selbst.

»Ist es Euch erkenntlich«, klärte mich mein William ungerührt auf, »an wessen Adresse diese *valedictio sodomae* ging: an Yves den Bretonen!«

Was kann der arme Jacques de Juivet dafür? dachte ich. Wir spülten unseren üblen Geschmack im Mund in der Taverne »Zur schönen Aussicht« noch mit vielen Krügen runter.

Limassol, den 28. Februar A.D. 1249

Peixa-Rollo, der Marschall der Johanniter, tauchte verstohlen in meinem Quartier auf. Weil William im Raum war, wollte er nicht mit der Sprache heraus.

Ich erklärte: »William ist mein Sekretarius.«

Doch der Marschall murrte: »Es ist schon zuviel, wenn ich vor einem anderen Ohr als dem Euren, edler Herr von Joinville, sage, daß es sich um die Einladung zu einem höchst geheimen Treffen handelt!«

Da lachte William. »Herr Leonardo will Euch sicherlich mitteilen, daß Euch der Stellvertreter des Großmeisters an Bord von dessen Galeere im Hafen erwartet. Dorthin hat sich der edle Herr de Ronay nämlich vor einer halben Stunde höchst geheim begeben!«

Da lief der Marschall rot an, und ich sagte schnell: »Diesmal will ich noch unbegleitet kommen, wie Ihr es wünscht, und William soll mich dann abholen.«

Ich folgte also Peixa-Rollo »unauffällig« in den Hafen, das heißt, ich ging zehn Schritte hinter ihm und betrat so ungesehen die prächtige Galeere des Großmeisters vom Hospital. Sie hatte nicht nur im Heck, sondern auch mittschiffs doppelstöckige Aufbauten, die im Inneren kostbar eingerichtete Räumlichkeiten bargen.

Der Marschall führte mich über eine Holztreppe hinauf in die *camera delle mappe*, den Karten-Saal, der das gesamte Mittelmeer, bis weit über den Djebel al-Tarik hinaus, im Süden bis zu den Kanaren, im Norden bis zu Portugals Küste kartographisch erfaßte. Im Osten war das Schwarze Meer verzeichnet bis nach Tiflis und hinter dem Sinai auch das Rote. Dazu die seltsamsten Instrumente zur Bestimmung von Kurs und Ort, die ich noch nie gesehen. Es war wohl eine große Ehre, oder es sollte mir die machtvolle Bedeutung dieses Ordens so recht vor Augen führen. Das war nicht mehr der kleine Ritterorden vom Hospital zu Jerusalem, der Pilger gesund pflegte und sporadisch für die Sicherheit auf den Straßen zu den heiligen Stätten gesorgt hatte, das war die navigatorische Befehlsstätte einer gewaltigen See- und Handelsmacht!

Dort empfing mich Herr Jean de Ronay mit den Worten: »Wollt Ihr lieber den Titel eines *Herzogs* von Joinville oder das Aprémont als zusätzliches Lehen!«

Mir gefiel beides nicht und schon gar nicht die Art, wie er mich zu kaufen versuchte.

Ich sagte: »Das eine macht nur böses Blut, das andere gehört meines Vetters Wittib!« Und da ich mich ärgerte, setzte ich grob hinzu: »Denkt Euch bitte etwas Entfernteres aus, und mischt Euch nicht in die sowieso schon delikaten Lehens- und Tributsverhältnisse zwischen Burgund, der Champagne und Lothringen, Chaumont und Vaudemont ein, von den Bischöfen von Metz und Tull ganz zu schweigen!«

»Ich bitte Euch, nehmt uns unsere Ignoranz nicht so übel«, lenkte der Herr de Ronay ein, wurde aber gleich wieder überheblich. »Wir Johanniter denken in kontinentalen Dimensionen, und so werden wir schon etwas finden, was Euren Ansprüchen gerecht wird. Denn«, fuhr er fort, »Euch als Bundesgenossen zu wissen, ist uns viel wert, sehr viel!«

»Berater«, wiegelte ich ab, »und ich habe Euch einen Rat schon gegeben. Habt Ihr ihn überdacht?«

»Ach ja, die Kinder«, sagte er ohne rechte Überzeugung. »Müssen es denn Nachkommen von ausgemachten Ketzern sein,

Sprosse von Buhlschaften des Staufers, vielleicht sogar noch Fehltritte heidnischer, wenn nicht gar jüdischer Art?«

»Wenn Ihr derlei Skrupel an den Tag legt«, sagte ich, »werden Euch die Templer immer über sein!«

»War nicht der Gral das Gefäß, mit dem Maria das Blut des Herren am Kreuze auffing?«

»Dann«, spottete ich, »war es jüdisches. Wenn Ihr akzeptiert, daß sie es nach Okzitanien rettete, dann beginnt die Ketzerei. Wenn Ihr das leugnet, habt Ihr den Beginn der christlichen Kirche, aber vom Gral seid Ihr so weit entfernt wie eh und heute!«

»Die Mär vom Heiligen Gral ist doch zutiefst christlich?« begehrte er auf. »Ihr könnt nicht von mir verlangen, mich auf etwas einzulassen, das den Orden außerhalb der Kirche, ihres christlichen Glaubensbekenntnisses stellt. Macht mir bitte einen Vorschlag, der zumindest – wenn schon nicht von unseren Statuten vorgesehen – nicht gegen sie verstößt. Die Kinder sind mir zu konkret, zu lebendig, zu jetzig! – etwas Legendäres, und sei's frühchristlich, wär mir lieber!«

»Mit König Artus Tafelrunde kann ich Euch leider nicht dienen.« Ich verspürte keine Lust mehr, ihm entgegenzukommen, mochte er von mir denken, was er wollte. Für ihn war dies Gespräch sowieso gefährlicher als für mich. »Wenn Ihr nicht den Mut habt –«

»Ich könnte mir auch etwas Zukünftiges vorstellen«, sinnierte Jean de Ronay zu meinem Erstaunen, »etwas Neues, zu Entdeckendes, in Ländern, die wir nicht kennen, jenseits der Meere –«

»Selbst da sind Euch die Templer schon voraus«, stieß ich ihn in die Gegenwart zurück. »Ihre Karten vom westlichen Ozean enden sicher nicht bei Madras –«

»Das sind alles nur Gerüchte!« erregte er sich sogleich. »Wie die von den Wikingern! Alles Unsinn!«

»Dann eben nicht«, sagte ich ruhig, aber er hatte die Fassung etwas verloren, bei meiner letzten Bemerkung über die vermutlichen Entdeckungsfahrten der Rivalen.

»Wißt Ihr eigentlich, wo die Kinder sind?«

»Nein«, antwortete ich wahrheitsgemäß und wollte mich auch nicht für ihr Verschwinden verantwortlich machen lassen.

»Aber ich weiß es! Sie sind in den Händen der Assassinen von Masyaf – aber die werden sie uns ausliefern – müssen!«

»Hoffentlich habt Ihr auch Order erteilt, sie wie Könige zu behandeln?«

»Ihnen kein Haar zu krümmen, sie vor den Templern zu verbergen und nur mich unverzüglich zu benachrichtigen.«

»Bestens«, sagte ich.

In dem Moment meldete Peixa-Rollo aufgeregt, der König wünsche mich sofort zu sehen.

»Ach, ja«, sagte Herr Jean, »das hatte ich ganz vergessen. Herr Ludwig läßt es sich heute angelegen sein, einer Einladung des Deutschen Ritterordens in den Tempel Folge zu leisten. Er hält dort sogar Audienz.«

Es war unschwer herauszuhören, wie sehr ihn die königliche Geste und vor allem der wohl mit Bedacht gewählte Ort wurmten.

Wahrscheinlich hatte er sich auf sein Schiff begeben, um einer in die Burg überbrachten Aufforderung, sich ebenfalls zu dieser Audienz einzufinden, nicht Folge leisten zu müssen. Und mir hatte er's verschwiegen. Er wußte genau, daß Herr Ludwig größten Wert auf meine Präsenz bei solchen Staatsakten legte.

Ausgerechnet meinen Vetter Johannes, den Grafen von Sarrebruck, hatte man nach mir ausgeschickt: »Hat denn Euer neuer Herr Kanzleirat William von Roebruk Euch nicht ausgerichtet, daß Ihre Majestät Euch in persona zu sehen wünscht?«

Ich schüttelte den Kopf.

»Schon das letzte Mal hat der Maître Robert Euren Herrn Sekretarius vor aller Augen davongejagt mit den Worten ›Dem Grafen von Joinville steht es frei, in seine Dienste zu nehmen, wen er will. Aber er sollte nicht erwarten, daß Wir uns mit einem Imitat zufriedengeben, besonders, wenn es sich um eine *persona non grata* handelt‹.«

Ich sagte nichts, weil ich nichts davon wußte, und so setzte er noch gehässig drauf: »Das ist ein übler Affront gegen unseren Souverän!«

Das war es zweifelsohne. Meinem Vetter Johannes mochte ich den Triumph nicht gönnen, aber mit bangem Gefühl betrat ich den Tempel und folgte ihm in das Refektorium. Sigbert von Öxfeld, der bärbeißige Komtur der Deutschen Ritter, begrüßte mich mit ausnehmender Herzlichkeit, und auch Herr Ludwig lächelte mir zu, als sei nichts geschehen, ja, er erschien mir sogar erleichtert, mich endlich zu sehen. Ich stellte mich an den mir zugewiesenen Platz in der ersten Reihe und konnte den weiteren Verlauf der Zeremonie verfolgen.

Die beiden Nestorianer waren schon verabschiedet worden, wie mir Herr Sigbert zuflüsterte: »Ihr habt nichts versäumt! Weder dieser Markus noch dieser David haben die Weisheit mit Löffeln gegessen. Herr Ludwig hingegen wird mit einer hochkarätigen Gesandtschaft den läppischen Brief dieser Monophysiten beantworten.«

Jetzt ergriff der König das Wort. »Die Botschaft unserer Brüder und Vettern in Christo hat Uns hoch erfreut. Wir wollen sie vor allem in der Vertiefung und Ausbreitung dieses unseres Glaubens bestärken. Das liegt Uns mehr am Herzen als jedes noch so willkommene Bündnis.«

Maître Robert de Sorbon, der die Rolle eines Zeremonienmeisters stets an sich riß, wenn Kirche oder Glauben involviert waren, und das war bei Herrn Ludwig meist der Fall, gab ein Zeichen, und hereingeschleppt wurde eine tragbare Kapelle.

Ein wahres Kunstwerk der Silberschmiedekunst. Ein Sechseck im Grundriß, Spitzbögen, wie sie jetzt in Frankreich in Mode waren, mit frei aufragendem Strebwerk, das in der Mitte ein Türmlein mit spitzem, filigranem Dach hochhielt, als würden Engel eine Krone tragen. In den Bögen waren Türen. Sie öffneten sich so, daß je dreimal zwei Personen vor den Gebetsbänken knien konnten, während der juwelengeschmückte Altar, als schwenkbares Triptychon gestaltet, die andere Hälfte einnahm und dem Priester genug Raum ließ, sich in Ausübung seines sakralen Amtes zu bewegen.

Das Türmchen enthielt nicht nur den Schrein für die Monstranz, sondern war auch als Kanzel zu nutzen, wenn man von hinten eine Treppe hinaufstieg. Das Ganze war sicher sehr schwer, denn mindestens vier Dutzend Männer mußten es auf Stangen tragen, aber ich konnte mir gut vorstellen, wie das Kirchlein – anstelle einer Jurte – von diesen hochrädrigen Ochsenkarren schaukelnd durch die Steppe der Tataren gezogen wurde. Der Chor der Deutschen sang das Kyrie Eleison.

Die Träger stellten das Kunstwerk schwankend ab, und der König kniete als erster, um darin zu beten. Er gab mir einen Wink, an seine Seite zu kommen, und auch die anderen Granden des Hofes eilten sich, die noch freien Plätze einzunehmen, während Maître Robert die – in seinen Augen wohl sinnlose – Anlage mit Weihwasser besprengte.

Dann rief der König den Silberschmied vor, einen Guillaume Buchier aus Paris, einen großen Meister seines Faches, und Herr Ludwig streifte einen schweren goldenen Armreif ab.

»Dieser ist ein Geschenk des Großkhans an mich. Ich bedarf seiner nicht, doch Euch als Schöpfer dieses Wunderwerks des Glaubens gebührt der Dank der Mongolen!«

Meister Buchier war ein kleiner, dicklicher Mann, wohl kurzsichtig, er kniff die Augen kennerisch prüfend zusammen, als er den Armreif in die Hand bekam, bevor er sich beim König mit einem Kniefall für die Ehrung bedankte.

Dann rief Maître Robert: «Die Brüder Andreas und Anselm von Longjumeau vom Predigerorden des heiligen Dominikus mögen jetzt vortreten und vom König die Insignien ihrer Mission zum Großkhan in Empfang nehmen!«

Ich kannte beide schon von Konstantinopel her. Der ältere und eitlere Andreas war schon einmal für den Papst bis zum Karakorum gereist, und der jüngere, *Fra 'Ascelin*, der weitaus Gescheitere, aber auch Ehrgeizigere, hatte noch einen eklatanten Mißerfolg bei einem mongolischen General wettzumachen, der ihn fast hätte ausstopfen lassen.

Sie knieten jetzt vor dem König, und der überreichte ihnen

eigenhändig von ihm selbst ausgewählte Reliquien und andere kostbare Geschenke weltlicher Art, die den Tataren – so dachte ich mir still, aber Sigbert flüsterte es respektlos – weitaus mehr zusagen würden. Danach war die Audienz beendet.

Ich eilte zurück ins Quartier in Sorge um den Verbleib meines Williams. Hier wurden enorme Intrigen gespielt, dessen war ich mir sicher – und es ging sicher nicht darum, mein kaum gefaßtes Vertrauen zu meinem Sekretarius zu unterhöhlen, sondern darum, mein Ansehen beim König zu schmälern.

Als ich William dort nicht vorfand, suchte ich ihn in der Taverne »Zur Schönen Aussicht«. Wo die Triëre der Gräfin geankert hatte, lag jetzt die Großmeister-Galeere der Johanniter. Ich konnte sie gut überblicken und sah, wie mein William von Peixa-Rollo von Bord geleitet wurde. Ihr Einvernehmen schien nicht besonders gut, denn der Marschall gab ihm zum Abschied einen Tritt.

Der Bericht, den mein Sekretarius mir lieferte, schien höchst abenteuerlich, doch mehr und mehr schenkte ich ihm Glauben.

Kaum hatte er zaghaft seinen Fuß an Bord des Johanniterschiffs gesetzt, ließ ihn Peixa-Rollo arretieren, ohne auch nur im geringsten auf seine Einwände einzugehen, er sei doch nur wie verabredet gekommen, um den Seneschall abzuholen. Der Marschall hörte ihn gar nicht an.

William wurde in eine Gerätekammer mittschiffs eingeschlossen, und die Tür wurde verriegelt.

Als er sich an die Dunkelheit gewöhnt hatte, erwachte sein Sinn für Fluchtwege, und er fand heraus, daß er den gesamten Unterbau durchwandern konnte, doch wo immer er einen Ausweg ins Freie entdeckte, standen bewaffnete Johanniter vor seiner Nase, und da er nicht auf der Flucht erschossen oder mit zuviel Eisen am Leibe ins Wasser des Hafenbeckens versinken wollte, blieb er in dem Labyrinth von Waffen-Arsenalen und Segelkammern.

Dann hörte er plötzlich meine Stimme über sich im Gespräch

mit Jean de Ronay, gerade als ich diesen ermahnte, die Kinder – so er ihrer habhaft würde – wie Könige zu behandeln. Dann hätte ich mich verabschiedet, weil ein Bote des Königs mir nachgesandt worden sei – doch kaum hätte ich den Raum verlassen, müsse schon Charles d'Anjou eingetreten sein, der – sicher mit Wissen des Jean de Ronay – alles mitangehört hatte. Und der Prinz von Frankreich schien äußerst ungehalten über den Verlauf der Unterredung.

»Mein lieber de Ronay«, kanzelte er den Vizegroßmeister ab, »ich habe meine Zeit nicht gestohlen, um mir Eure *invidia opinionis* anzuhören. Ich habe Euch mein Ohr geliehen, um klar dargelegt zu bekommen, zu was diese Kinder zu gebrauchen sind für jemanden, der Frankreichs Glorie auch noch den gebührenden Rang unter den Mächtigen dieser Erde hinzufügen will – und wird! Ich bin es leid, ständig und bei jedem Unternehmen unter Geldnot zu stehen, um Unterstützung betteln zu müssen! Seien diese Unternehmen nun so unnötig wie ein Kropf wie dieser Kreuzzug meines königlichen Bruders, oder seien sie notwendig zur Erweiterung der Handelsmacht, des sinnvollen – weil ausbeutbaren – Territorialbesitzes, ich will nicht mehr fragen müssen, sondern ich will verfügen können. Welche Antwort könnt Ihr mir geben? – Gar keine!«

»Was immer Ihr außerhalb des französischen Mutterbodens unternehmen werdet, Charles d'Anjou«, antwortete scharf Jean de Ronay, »wir stehen zu unserem Pakt!«

»Und wozu dies Getue mit den Kindern des Gral? Den ›Königlichen Kindern‹! Welches Königs? – Wo ist denn eigentlich ihr Königreich?«

»Ihr wollt nicht verstehen, daß den Kindern das Friedenskönigstum gegeben ist, daß sie der Hebel sind, mit dem die magische Macht der Templer gebrochen werden kann. Und nur die Ausschaltung der Templer macht für uns den Weg frei zu der Stärke des Monopols, dessen Mittel Ihr, Charles d'Anjou, so sehnlich herbeiwünscht, um Eure Herrschaftspläne in die Tat umzusetzen!«

»Bleibt mir vom Leibe mit ›Friedenskönigstum‹, daran glaubt Ihr doch selbst nicht! Es muß doch einfachere Wege geben?«

»Ihr könnt ja mal bei den Herren vom Tempel nachfragen, ob man dort bereit ist, Eure Gelüste so selbstlos zu fördern, wie –«

»So selbstlos handelt der Orden des heiligen Johannes nun auch wieder nicht! – Aber bitte: Eine Hand wäscht die andere!«

»Ja«, sagte de Ronay, »nur der Tempel wäscht sich beide allein. Er will selbst diese Herrschaft, die Ihr anstrebt. Wir wollen sie nicht!–«

»Ihr könnt sie nicht erreichen, weil Euch etwas fehlt, was der Tempel Euch voraus hat«, sagte Herr Charles lauernd. »Wenn Ihr die Kinder in der Hand habt, werdet Ihr dann immer noch so abstinent denken?«

Es folgte ein längeres Schweigen. Dann räusperte sich der Johanniter: »Wir werden gemeinsam über die Kinder verfügen. Ihr müßt uns vertrauen, wie wir Euch vertrauen. Wir sind aufeinander angewiesen, und – wenn wir wirklich Großes wollen, die Welt verändern – dann sind wir auf die Kinder angewiesen. Sie haben kein Königreich, aber sie sind der Schlüssel zur Macht, die alle Reiche umfassen kann!«

»Dann schafft sie her!« sagte der Graf von Anjou kurz angebunden und war dann wohl gegangen.

William von Roebruk war nicht rechtzeitig in die Gerätekammer zurückgeschlichen, so daß Reixa-Rollo wütend wurde, weil er nicht gleich auftauchte, als er ihm aufschloß. Irgend jemand mußte sich wohl seiner erinnert oder sich für ihn eingesetzt haben. Zu viele hatten ihn die Galeere betreten sehen. So wurde er von Bord gejagt.

»Welche Folgerungen sind zu ziehen, mein lieber Sekretarius?« Ich hatte die Antwort schon parat: »Es ist ein Gezerre losgegangen, um mich, wegen des Königs Gunst, die andere wieder zu mindern suchen, vielleicht um mich geneigter oder willfähriger zu machen, ihren Interessen zu dienen. Und um dich, William, weil du in der Vergangenheit, wie ein Eisennagel vom Magneten angezogen, immer wieder irgendwie zu den Kindern fandest: William, der Indikator! Aber letztlich sind wir beide nur Mittel zum Zweck. Es geht um die Kinder!«

»Ihr habt sie nun alle erwogen, mein Herr de Joinville, die ›Monarchisten‹ um Maître de Sorbon, die ›Capetinger‹ um Robert d'Artois, den Imperialisten in Person des d'Anjou, die Monopolisten des heiligen Johannes – sie alle haben begonnen zu agieren, zu intrigieren, sich zu streicheln, sich zu belügen und sich zu bedrohen. Aber alle machen ihre Rechnung ohne die Macht, die bislang schützend ihre Hand über die Kinder gehalten hat – und daß sie diese nicht von ihnen abgezogen hat, beweisen mir die bisherigen Ereignisse: Weder die Templer noch die Assassinen sind gewillt, irgendeine der von Euch aufgezählten Richtungen zum Erfolg gelangen zu lassen. Und wer hinter allem steht, wißt Ihr ja wohl, Jean de Joinville!?«

»Die Prieuré«, sagte ich, weil es keinen Sinn hatte, so zu tun, als wüßte ich es nicht.

IN DEM HOHLSPIEGEL AUF DER PLATTFORM des Observatoriums von Masyaf flackerte ein Blitzen kurz auf, einmal, zweimal. Crean hielt sich zur Sicherheit die Hand vor das Auge, um besser hinüberblinzeln zu können zu dem Holzgestell, in dem schwenkbar der umgedrehte Rundschild hing, auf der Innenseite sorgsam mit Silberplättchen beschlagen. Er schaute zu seinem Kanzler hinüber, der sich auf seinem Lager aufgerichtet hatte.

Tarik ibn-Nasr war matt, aber hellwach. Das Funkeln, reflektiert von dem polierten Metall, wiederholte sich in mal kürzeren, mal längeren Abständen, wie auch die Dauer des Gleißens für das angestrengte Auge deutlich von verschiedener Länge war.

Mit halblauter Stimme las Crean die Nachricht: – »Der verjagte Emir von Homs – El-Ashraf – sucht Unterstützung gegen An-Nasir. Frage: Wie sollen wir uns verhalten?« –

»Abwarten!« sagte der Kanzler trocken. »Warum sollten die Hashaschyn in interne Streitigkeiten der Ayubiten eingreifen?«

Crean antwortete nichts und justierte die Einstellung des Spiegels nun so, daß die Strahlen der Sonne gebündelt in ihm gefangen wurden, und schickte die bündige Nachricht gezielt über die Berge in die Ferne. Irgendwo am diesigen Horizont traf sie auf einen ähnlichen Spiegel. Sein Aufblinken war mit dem Auge nicht wahrnehmbar.

»Hier wimmelt es von Fledermäusen!« flüsterte Roç. »Stimmt es, daß sie nachts den Menschen Blut aus dem Hals saugen?«

»Glaub' doch so was nicht!« sagte Yeza. »Das verbreiten nur Leute, die nicht wollen, daß man bestimmte, geheime Orte betritt –«

»Und lassen ihre Schätze von Drachen bewachen.«

Yeza lachte ihn an: »Sieh mal, Roç, wie sie an der Wand hängen! Mit dem Kopf nach unten, Drachen tun so was nicht!«

Die Kinder krochen durch schmale Rinnen, über aufgewölbte, bizarre Kalkablagerungen.

»Ich war bei den Adlern!« sagte Roç, vielleicht würde Yeza das beeindrucken. »Sie sind wirklich riesig, mit Krallen wie der Vogel Greif.«

»Du bist durch die Bibliothek gegangen, durch die Tür hinter dem Alten?«

Yeza ließ ihm auch diese Entdeckung nicht. Doch Roç gab nicht auf. »Die Gittertür ist nämlich unverschlossen, man kann sie öffnen, wenn man durchgreift, auf die Idee kommen die dummen Vögel nicht!«

»Sag nur«, endlich hatte er Yeza beeindruckt, »du warst im *Ma'ua al Nisr*, dem ›Nest der Adler‹?«

»Sicher«, sagte Roç, so beiläufig wie möglich, »das Gitter geht so nach innen auf, daß sie zurückgedrängt werden – außerdem waren sie gerade ausgeflogen.«

Roç genoß ihre Bewunderung. »Gleich dort steht nämlich der Giftschrank der Alten, der *chasnih assumum*. Die Adler schützen ihn, weil er furchtbar gefährlich ist.«

»Das ist gut zu wissen«, sagte Yeza, »wenn wir mal jemanden töten müssen, und es keiner wissen soll.«

»Das möchte ich lieber nicht«, schauderte es Roç, doch dann dachte er an Vitus von Viterbo, den hätte er auch mittels Gift umgebracht. Aber der war ja tot.

»Aber sag's niemandem, das wir das Geheimnis kennen«, beschwor er Yeza, die sich jetzt an den Boden gepreßt hatte und durch eine Öffnung in die Tiefe schaute.

»So schön stell ich es mir unter Wasser vor«, flüsterte sie aufgeregt, »es fehlen nur die Fische!«

Die Kinder hatten »Die Blaue Moschee« im Innern des Berges schon lange entdeckt, sie hatten sich durch Gänge und Höhlen bis zu ihrer Kassettendecke vorgearbeitet, aus der die Stalaktiten hinunterragten. Durch die von Menschenhand gebohrten Löcher, in denen an schweren Ketten die kristallenen Lüster hinabhingen, hatten sie schon oft ehrfürchtige Blicke in den prächtigen Saal geworfen, zu dem die natürliche Grotte unter ihnen umgestaltet worden war.

Doch vor allem Roç bestand darauf, das Heiligtum unbedingt auch von innen sehen zu wollen und zusammen mit den Gläubigen zum Gebet niederzuknien.

Ein Vorstoß bei dem alten Tarik, bei dem Yeza sonst alles erreichte, hatte beiden nur einen längeren Vortrag über den wahren Glauben eingetragen, der damit schloß, daß Ungläubige keine Moschee betreten dürften, sonst sei sie entweiht und der Frevler des Todes. Das hatte die Kinder wenig beeindruckt, doch sie verschwiegen sicherheitshalber, wie oft sie schon mit ihren Augen von oben in den verbotenen Raum eingedrungen waren.

Yeza versuchte einen letzten Durchbruch mit dem Hinweis, daß sie ja auch keine Christenkinder seien, sondern gar nichts, also auch alles –

»Also auch Muselmanen!« griff Roç ihre Beweiskette auf, doch der hinzugetretene Crean, der sowieso immer vor seinem Kanzler kuschte, verschreckte ihn mit dem Hinweis:

»Dann müßten wir dich ja sofort beschneiden?«

»Nein!« rief da Yeza, denn das wußte sie genau, was das bedeutete, sie hatten es beide anhand des Pimmels von dem kleinen Mahmoud ausführlich studiert und diskutiert.

»Halla!« sagte sie energisch. »Là taf'alu thalik!«

Den von Roç wollte sie so behalten, wie sie ihn kannte, und dazu gehörte die Vorhaut mit allen ihren spielerischen Möglichkeiten.

Roç war durch ihren Einsatz das Gespräch noch unangenehmer geworden, und er hatte trotzig erklärt: »Wenn Ihr uns, den Königlichen Kindern, das Betreten der Moschee verweigert, dann sind wir auch keine Hashaschyn!«

Er merkte nicht, wie sehr diese Worte den alten Tarik trafen. Doch als kurz darauf John Turnbull, wohl als Vermittler in dieser heiklen Frage beauftragt, den Kindern anbot, ihnen einen Blick von der Schwelle aus ins Innere der Blauen Moschee zu gestatten, sagte Yeza: »Wir wollen nichts Halbes – und außerdem dürfen da nur Männer rein, die sich dafür initiieren lassen. Richtig rein – ohne Abschneiden – und zusammen – oder gar nicht!«

Das erheiterte den John Turnbull. So liebte er die Kinder, und er war froh, noch nicht gestorben zu sein.

Als der junge Emir El-Ashraf auf Masyaf eintraf, wurde er schweigend von den Wächtern hinauf ins Observatorium geleitet. Tarik ibn-Nasr empfing ihn in seinem Korbsessel sitzend, in kostbare Decken gehüllt. Rechts von ihm stand Crean im schwarzen Burnus, das Gesicht bis auf die Augen verhüllt wie ein Krieger der Wüste – er hielt eine Streitaxt waagrecht von sich gestreckt –, und links standen hintereinander drei junge Assassinen. Der vorderste hielt senkrecht drei Dolche, die so ineinandergesteckt waren, daß immer die Klinge des einen im Schaft des anderen steckte.

So wußte der Emir gleich, daß der, vor dem er stand, stellvertretend für den Großmeister der Assassinen sprach, denn nur diesem stand solcher Auftritt zu.

El-Ashraf war kein Held, ein schielendes Auge gab ihm etwas Verschlagenes, und dazu kam jetzt noch die Furcht, sein Leben verlieren zu können, denn woher sollte er wissen, ob nicht sein

Vetter An-Nasir dafür gezahlt hatte, daß ihm der Kopf abgeschnitten würde. Er begann am ganzen Leib zu zittern und brachte kein Wort heraus.

Tarik sagte: »Wir wissen, weswegen Ihr uns die Aufwartung macht, El-Ashraf. Als Ihr noch in Homs saßet, habt Ihr dergleichen nicht für nötig gehalten, noch uns den Tribut gezahlt.«

Da fürchtete sich El-Ashraf noch mehr, er warf sich zu Boden und rief: »Sagt mir, erhabener Meister, was ich Euch schulde, und ich will es Euch geben – sobald ich wieder in Homs Einzug gehalten habe.«

»So wollt Ihr Eure Schuld nicht noch erhöhen«, sagte Tarik, »indem Ihr von uns Truppen ausleiht, denn es gibt eine Höhe von Schulden, die an eine Rückzahlung nicht mehr denken läßt, und daher nur noch mit Blut zu begleichen ist?–«

»Nein, nein!« rief der Emir verwirrt. »Ich werde Homs aus eigener Kraft zurückgewinnen, und dann will ich Euch –«

»Soviel zahlen«, unterbrach ihn Tarik kühl, »wie An-Nasir, seitdem er dort herrscht –«

»Ja, ja«, stotterte El-Ashraf, immer noch gegenwärtig, daß sein Vetter schon den Korb geschickt hatte, in dem er sein Haupt zu sehen verlangte.

»Ihr wollt also keinen unserer Bogenschützen, keinen unserer Soldaten mit Dolch und Axt?« fragte Tarik noch mal.

»Nein, wirklich nicht – Ich wünsche Euch ein langes Leben im Wohlgefallen Allahs, des Gerechten!«

»Dankt Allah«, entließ ihn Tarik, »und seid unser Gast, solange Ihr nicht wißt, wohin Ihr Euer Haupt betten sollt, ohne daß es Euch jemand abschneidet, um An-Nasir zu erfreuen.«

Der junge Emir war leichenblaß geworden, er stürzte vor und bedeckte die Decke, unter der er die Füße des Kanzlers vermutete, mit Küssen. Auf einen Wink hin ergriffen ihn die Wächter und zogen ihn wieder hoch.

»Geht jetzt in Frieden!«

Sie begleiteten den Wankenden die steile Wendeltreppe hinunter. Unten angekommen, übergab er sich.

»Jetzt kann der Spiegel unsere Antwort senden«, wies der Kanzler Crean an, »das ist kein Mann, der An-Nasir die Stirn bietet«, und zum ersten Mal glaubte dieser das Zucken eines ironischen Lächelns um die müden Augen seines sonst so undurchdringlichen Meisters bemerkt zu haben: »Keine Unterstützung.«

Die Nasen der Kinder hatten schon mitbekommen, wie übel dem Gast auf Masyaf mitgespielt worden war, ehe sie ihn zu Gesicht bekamen und ehe ihre Ohren hörten, daß es der vertriebene Emir von Homs sei.

Da wurden sie natürlich sofort hellhörig, und sie stürmten durch die Gärten des Großmeisters und überfielen Clarion und Madulain, die sich in Ermangelung anderer Abwechslung das sehnsüchtige Klagen Hamos nach seiner verlorenen Prinzessin Shirat anhörten.

> *»Mortz sui si s'amors no-m deynha,*
> *qu'ieu no vey ni-m puesc penssar*
> *vas on m'an ni-m vir ni-m tenha,*
> *s'ilha-m vol de si lunhar;*
> *qu'autra no-m plai que-m retenha,*
> *ni lieys no-m puesc oblidar;*
> *ans ades, quon que m'en prenha,*
> *la-m fai mielhs amors amar.«*

»Wir können sie befreien!« unterbrachen sie das ziemlich unmelodische Gestöhn und berichteten von dem fremden Emir, dem Homs eigentlich gehöre und der sich daher sicherlich dort gut auskennen müsse.

> *»Ai las, e que-m fau miey huelh,*
> *quar no vezon so qu'ieu vuelh?«*

Hamo nahm mit gebrochenem Herzen, zumindest mit brüchiger Stimme, sein Wehklagen wieder auf. Madulain bereute schon lange, daß sie ihm dafür ihre Laute geliehen und ihm beigebracht hatte, sie zu schlagen.

»Chantan prec ma douss'amia,
si-l plai, no m'auci'a tort,
que, s'ilh sap que pechatz sia,
pentra s'en quan m'aura mort;
empero morir volria
mais que viure ses conort,
quar pietz trai que si moria
qui pauc ve so qu'ama fort.
Ai las, e que-m fau miey huelh,
quar no vezon so qu'ieu vuelh?«

Roç behauptete einfach: »Der Emir kennt jeden unterirdischen Gang zu seiner Zitadelle und jeden Kerkermeister bei Namen!«

Da hörte Hamo sofort auf zu seufzen, vor allem, als es aus Madulain herausbrach, sie habe schon lange die Nase voll von diesem öden Masyaf und würde sofort mitmachen.

Als auch Roç und Yeza erklärten, die Hashaschyn hätten sich nicht als würdig erwiesen, sie, die Königlichen Kinder in ihren Mauern zu beherbergen, war die Verschwörung zur Flucht aus der Assassinenfeste und das Eindringen in die Kerker von Homs eine beschlossene Sache.

Nur Clarion zeigte sich noch ängstlich, wollte aber auf keinen Fall allein in Masyaf zurückbleiben.

Als erstes war jetzt ein Geheimgespräch mit dem Emir in die Wege zu leiten. Die Kinder wußten bereits, wo er untergebracht war, und standen plötzlich vor seinem Bett.

El-Ashraf fuhr schweißgebadet aus seinem Mittagsschlaf, als er Yeza sah, die mit ihrem Dolch herumfuchtelte. Roç hatte sich ausbedungen, den jungen Emir überreden zu dürfen, ohne daß sie ihm ins Wort fiele:

»Edler Herr«, begann er, »die Kühnheit Eures Gemütes, die

Stärke Eures Armes und die Verschwiegenheit Eurer Lippen«, er holte tief Luft, bevor er fortfuhr, »haben zwei der schönsten Huris des Paradieses, zwei Blüten am Rosenstrauch des geheimen Gartens, zwei reife Früchte am Baum der Versuchung und der Erfüllung bewogen, Euch durch uns Botschaft zu geben, daß sie bereit sind, Euch die verborgenen Kammern ihrer ... ihrer ... die Kammern ...«

Roc hatte den kunstvollen Faden verloren.

»Ihrer Herzen!« flüsterte Yeza.

»Richtig: ihrer Herzen zu öffnen!« beendete Roç seine Einladung.

El-Ashraf war nicht weniger verwirrt als vorher. »Wieso zwei?« fragte er.

»Das ist so«, sagte Yeza, und als El-Ashraf keine Anstalten machte sich zu erheben, sagte sie: »Zwei oder keine, jetzt oder nie!«

Dabei fuchtelte sie noch mehr mit ihrem Dolch herum, denn sie hatte wohl bemerkt, daß sie dem Emir damit Angst einjagte.

Der sprang jetzt auf und sagte: »Dann will ich mich sogleich erfrischen.«

»Nein«, sagte Roç, »erfrischen könnt Ihr Euch am Tau der Rosen, wenn er in des Morgens Früh −«

»Bei den Huris gibt's Wasser!« unterbrach ihn Yeza knapp.

El-Ashraf folgte kopfschüttelnd den Kindern durch eine Tür, die er vorher nicht bemerkt hatte. Sie führte in die Tiefe.

Yeza und Roç lagen flach auf einer der Außenmauern und starrten sich aus leicht glasigen Augen beglückt an. Dann mußten sie beide völlig unmotiviert lachen.

Sie hatten ihre einzigen Freunde, die Weißbärtigen, in der Bibliothek besucht und waren mit der freudigen Nachricht empfangen worden, das Haschisch sei nun bereit.

Die Alten holten ein Gefäß hervor, das aussah wie eine große Teekanne, innen drin gluckerte auch Wasser, nur daß Schläuche herausragten mit Mundstücken am Ende.

Sie hockten sich alle im Kreis um die *Nargila*; der Älteste tat das Haschisch in kleinen Klümpchen in die oberste Kammer des Gefäßes hinein und zündete es mit glühender Holzkohle an. Dann klappte er den Deckel zu, und alle griffen zu den Mundstücken. Das Wasser blubberte in der Kanne, aber in den Mund bekam man den kühlen Rauch.

Yeza mußte husten, auch Roç hätte sich beinahe verschluckt, doch er achtete genau darauf, wie es die Alten machten, und sog in kleinen Zügen an seiner Pfeife.

Bald war den Kindern schwummerig geworden, sie hatten sich an der Hand gefaßt und, sich gegenseitig stützend, schiebend und ziehend, waren sie durch den Lichtschacht hinaufgekrochen und ins Freie getaumelt. Wie in Trance hatten sie ihren Lieblingsplatz auf der äußersten Umfassungsmauer erreicht, keinmal der Steilheit achtend, mit der sie in die Tiefe fiel, obgleich ihr schwindelerregender Pfad über die Mauerkronen sich manchmal so verengte, daß sie hintereinandergehen mußten. Während sie sonst ihr Ziel Schritt für Schritt erreichten, hatten sie diesmal jede Fährnis mit schlafwandlerischer Sicherheit überwunden.

Da lagen sie nun glücklich und erschöpft und versuchten, Ordnung in ihre Gedanken zu bringen.

»Ich verstehe jetzt«, keuchte Roç »dieses Khif-Khif macht die Hashaschyn alle Gefahren vergessen –«, und er lachte.

»Der Emir Schielauge hat sich fast in die Hose gemacht, als du ihm gesagt hast –«

Yeza fand das in der Erinnerung auch furchtbar komisch –

»Wir dringen in Homs ein, setzen ihn wieder auf seinen Thron und holen Mahmoud und Shirat aus dem Kerker!«

»Und dann verheiraten wir Hamo mit seiner Prinzessin und feiern ein großes Fest!«

»Komm, Roç, tanz mit mir!« lachte Yeza und versuchte sich aufzurichten, sie schaffte es nicht und entsann sich statt dessen des Fortgangs der Geschichte:

»Schielauge, der große Feldherr, sagte: ›Wir brauchen Truppen!‹«

»Eine ganze Armee!« fügte Roç giggelnd hinzu. »Schielauge macht der Clarion schöne Augen!«

»Ist nicht wahr! Schielauge schielt nach Madulain!«

»Und da hat Hamo gesagt —«

»Nein«, beharrte Roç, »ich habe gesagt: ›Hamo, du gehst nach Antioch und leihst dir von Bo die Truppen!‹«

»Eine ganze Armee, um Homs zu befreien!«

Die Kinder wurden still und schauten von der Mauer in die Ferne.

»Jetzt ist Hamo schon eine ganze Woche weg«, sagte Yeza ernsthaft.

»Beim nächsten Vollmond werden wir ihn treffen.«

»Mit den Truppen aus Antioch – ob Bo wohl mitkommt?«

»Liebst du den Bo?« fragte Roç unvermittelt.

»Er will mich heiraten«, sann Yeza nach, »aber er ist mir zu langweilig. Ich denke oft an Robert d'Artois —«

»Mehr als an mich?« fragte Roç angstvoll.

»Du bist mein lieber Ritter —«

»Wie sehr?«

Yeza kannte die Antwort. Ihre Hand war schon unter sein Hemd gekrochen und schob sich in seine Hose vor.

Roç seufzte und sagte dennoch: »Wie sehr?«

Das gehörte zum Ritual. Hätte er es nicht gesagt, hätte Yeza ihre Hand zurückgezogen. Er wäre ihr auch so gern zwischen die Beine gegangen, dort, wo jetzt schon ein weicher Haarflaum den Eingang zum Nest verbarg, aber Yeza hatte es ihm verboten, sie könne es nicht ertragen. So war er auf ihre Hand angewiesen, die jetzt mit sicherem Griff sein Glied umschloß. Yeza tastete nach seiner Vorhaut und murmelte wie einen Abzählvers:

»*Naqus, la naqus!*« eingedenk Creans grausamen Vorschlags.

»*Naqus! La naqus!*«

Yeza hätte so gern gesehen, was ihr da zwischen den Fingern wuchs und sich verhärtete, doch die Zeiten waren lange vorbei, daß sich Roç ihr nackt zeigte oder sie sein Glied aus der Hose ans Tageslicht befördern durfte.

»*Naqus! La naqus!*« rief sie leise, doch ihr Atem wurde schneller. Roç krümmte sich.

»Halt mich fest!« keuchte er, und sie spürte, wie sein Glied in ihrer Faust pulsierte und etwas Warmes ihr zwischen den zusammengepreßten Fingern hervorquoll.

»Yeza!«

Ihre Bewegungen wurden matter. Sie fühlte sich todunglücklich. Lediglich das Leuchten in den Augen von Roç, als der sie jetzt endlich wieder ansah, gab ihr Befriedigung. Wenigstens er war zu seinem Glück gekommen.

Sie zog ihre Hand aus der Hose und wischte sie bedächtig auf seiner Brust ab. Dann küßte sie ihn auf den Bauch, und er war endlich so lieb, ihr den Hals zu küssen und mit der Zunge in ihr Ohr zu fahren.

»Also«, sagte Roç, »das ist immer noch schöner als Khif-Khif!«

Dann sah er, daß Yeza weinte. Er zog sie zu sich, als sie ihm den Rücken zudrehte. Er schob sein Knie unter ihrem Po zwischen ihre Beine und wiegte sie sanft, während seine Lippen ihren Hals liebkosten. Sie preßte sich in ihn hinein, und er ließ nicht nach in allem, was sie ihm mühsam beigebracht hatte, bis ein Zittern durch ihren zarten Körper ging und er wußte, daß sie zu weinen aufgehört hatte. Behutsam lockerte er seinen Griff, und sie rollte von ihm weg.

Roç war verunsichert. »Yeza, woran denkst du?«

Sie hatte einen Blick über die Mauerkrone getan und drehte sich jetzt zu ihm um.

Diese Augen, dachte er, ich werde nie von diesen Augen loskommen!

»Heute ist der halbe Mond, ganz wie damals, als wir Hamo losgeschickt haben«, sagte Yeza leise, und Roç verstand.

»Madulain hat gesagt, jede gelungene Flucht besteht aus drei Schritten: verschwinden – gesucht und vergessen werden – und drittens der eigentlichen Flucht!«

»Ja«, sagte Yeza, »sie ist sehr klug, keine dumme Gans wie Clarion –«

»Und Schielauge ist ein Schaf, hoffentlich verderben die nichts, wenn wir nicht mehr zu sehen sind.«

»Heute nacht müssen wir unter die Erde, Madulain wird uns immer zu essen hinstellen bei der Göttin.«

»Mir tut nur der liebe John Turnbull leid und der gute Tarik, ich schäme mich fast, ihnen einen solchen Kummer zu bereiten!«

»Roç«, sagte Yeza, »ein Ritter schaut vorwärts. Wir müssen auch leiden, und denk' an Mahmoud und Shirat! Sollen wir sie in den Kerkern von Homs schmachten lassen?«

»O Homs!« stöhnte Roç. »Ich mag gar nicht daran denken – vielleicht sollten wir für unsere Armee ganz viel Haschisch mitnehmen – mit Khif-Khif geht alles leichter!«

Da mußten sie beide wieder lachen.

Oben auf der Plattform standen die beiden Alten. John Turnbull, der alte Ketzer und unruhige Geist, Initiator der Rettung von Montségur, erfüllt von schwärmerischer Leidenschaft für das Schicksal der Kinder, und Tarik ibn-Nasr, der kühle Planer und Vollstrecker aller Maßnahmen zu ihrer Sicherheit. In einem Winkel seines Herzens nistete eine stille Zuneigung, fast eine Schwäche für Yeza und Roç, den Erben des Gral. Johns Augen schimmerten feucht, er konnte den Blick nicht abwenden von den beiden da unten auf der Mauer.

»Ihr braucht Euch Eurer Tränen nicht zu schämen, alter Freund«, sagte der Kanzler, »bei aller ungewissen Zukunft verfügen unsere kleinen Könige doch schon über ein gewaltiges Reich, den kostbarsten Schatz, den Allah zu gewähren vermag, den ihrer Liebe zueinander!«

»Insch'allah«, murmelte John Turnbull, »ich bin ja so froh, daß sie sich bei Euch wohlfühlen – und wie sehr wird ihnen erst Alamut gefallen, die Blume des Paradieses –«

»Ihr kennt es ja nicht«, wandte Tarik ein, was Turnbull nicht davon abhielt, emphatisch fortzufahren: »Das Wunder in der Wüste, eine stählerne Rose im Fels, entstanden aus der chymischen Hochzeit von Wasser und Feuer! Wenn die Kinder es erreichen, werden es meine Augen gesehen haben, mehr wünsch' ich mir nicht mehr von diesem Leben!«

Sie traten zurück unter das Vordach und begaben sich zur Ruhe. Der Abend dämmerte in der Ferne herauf, und der Mond zeigte seine letzte feine Sichel.

LASTER IM HAFEN,
SCHRECKEN UND STRAFEN

DIARIUM DES JEAN DE JOINVILLE

Limassol, den 2. April A.D. 1249

Von der Terrasse meines Quartiers aus konnte ich das freigelassene Geviert auf dem Hafenkai gut einsehen. Meine Taverne »Zur schönen Aussicht« wäre sicher die bessere Zuschauertribüne gewesen, aber eigentlich liegen mir solche Spektakel wenig. Seit der König in Nicosia weilte und dort seine Gäste empfing, hatte hier in Limassol die Disziplin des sich ständig vergrößernden Kreuzzugheeres noch mehr nachgelassen. Das Verpflegungsamt des Hofes hatte nie mit einer so langen Liegezeit gerechnet. Und ein Ende war immer noch nicht abzusehen, obgleich es jetzt hieß, der König kehre zurück, um die letzten Vorbereitungen für den Aufbruch zu treffen.

Die Folge des untätigen Verweilens waren immer mehr Streitigkeiten, oft mutwillig vom Zaun gebrochen, und der Mangel an Nahrungsmittel führte erst zu gereizter Unzufriedenheit, zu Plünderungen in der Umgebung, schließlich zu Räubereien untereinander. Die Leute wollten weg.

Jedes Entfernen von der Truppe aber hatte der König aufs strengste verboten, schon um dem Feind keine Informationen zuzuspielen. Es war immer mal wieder vorgekommen, daß einige mit Hilfe von bestochenen Fischern die Insel verlassen hatten. Wurden sie von den, seit dem geglückten Ausbruch der Triëre von Otranto, vor der Küste patrouillierenden Schiffen der Johanniter aufgegriffen, gab es Prügelstrafen und Karzer – wenn es sich um Gemeine handelte. Ein paar waren auch wohl von ihren Herren aufgeknüpft worden.

Jetzt, *in absentia* seines königlichen Bruders, führte der Graf von Anjou das Regiment, und wer ihn kannte, wußte, daß er hart durchgriff. Ausgerechnet in diesen Tagen hatte den Herrn Oliver von Termes der Hafer gestochen, es hatte auch wohl Streit zwischen ihm und dem Anjou gegeben, jedenfalls glaubte er sich berechtigt, nicht länger verweilen zu müssen.

Ihm hatte sich einer der Pagen des Hofes angeschlossen, der junge Jacques de Juivet, was ich ihm nachfühlen konnte, denn seit der Schmach, die ihm der Angel von Káros vor aller Augen angetan, konnte er sich vor Hänseleien nicht mehr retten. Er war ein Kind der Auvergne und hatte zuvor ein frohes Gemüt bewiesen, wenn er mich abholte, weil mein König mich zu sehen wünschte. Jetzt übermannte ihn die Scham, wenn er sich überhaupt noch irgendwo zeigen mußte.

Der Herr Oliver dürfte seine Flucht so ungeschickt bewerkstelligt haben – oder er war denunziert worden –, daß die Schergen des Anjou – angeführt von Yves dem Bretonen, wie alle gesehen hatten – sein Schiff schon enterten, kaum daß es die Segel gesetzt hatte. Der Graf von Anjou zwang Yves den Bretonen, der den Deserteur ja »in flagranti« gestellt hatte, dies beim Konnetabel anzuzeigen. Das eiligst zusammengetrommelte Hofgericht konnte gar nicht anders als, den Direktiven des abwesenden Königs folgend, Anklage wegen Fahnenflucht und Verrat vor dem Feinde zu erheben. Die Johanniter erhoben Anspruch auf ihre Rechte als Wächter und erzwangen die Auslieferung des Oliver von Termes, den sie auf ihrer Burg einkerkerten bis zur Rückkehr des Königs, denn nur dem stünde zu, über einen Noblen Frankreichs zu richten. Der Anjou aber wollte unbedingt ein Exempel statuieren. Die Fischer waren sofort am Mast ihres eigenen Schiffes aufgeknüpft worden, aber das genügte ihm nicht. Also wurde der junge Jacques de Juivet – aufgrund der Angaben Yves – zum Tode verurteilt.

William war jetzt auch an meine Seite getreten, wir sahen, wie der Junge zum Richtblock geführt wurde, die Wachen drängten die gaffende Menge zurück, der Scharfrichter hob sein Schwert – und der Kopf des armen Jacques rollte über das Pflaster des Kais. William starrte noch eine Zeitlang versonnen auf das Treiben im Hafen. Er muß wohl gedacht haben, wie oft er an solch blitzschnellem Verlust seines flämischen Bauernschädels um Haaresbreite vorbeigeschrammt war.

»Solches zu vermeiden, lieber William«, sagte ich, »solltet Ihr Euch stets der Vorsicht befleißigen, die ich bei allen meinen Handlungen zum obersten Gebot mache. Denn was nützen Ruhm und Ehr und angehäufter Reichtum, Pfründe und Titel, wenn man seinen Gegnern die Möglichkeit einräumt, unseren Leib oberhalb des Kragens zu verkürzen.«

»Ich denke darüber nach, mein Herr, ob das nicht alles eigentlich zu Lasten des Bretonen angezettelt wurde. Ist es nicht ein merkwürdiger Zufall, daß die Flucht exakt zusammenfällt mit dem einzigen Tag, an dem Yves nach Limassol zurückkam, um des Königs wollenes Halstuch zu holen, das der vergessen hatte – und ohne das er fürchtet, sich in den Bergen von Nicosia zu verkühlen. Irgend jemand will den Herrn Yves hinter dem Rücken des Königs wegschießen. Es wurde ihm eine Falle gestellt. Simon de Saint-Quentin, die Ratte, war ebenfalls auf dem Schiff. Gegen ihn wurde keine Anklage erhoben. Hingegen wurde der Bretone auch noch und wider Willen gezwungen, für die Durchführung der Exekution Sorge zu tragen und sie persönlich zu überwachen.«

»Ihr meint, Yves der Bretone sollte in seinem bekannten Eifer für Recht und Ordnung dazu gebracht werden, über jedes vertretbare Maß hinaus zu agieren?«

»Der König hat viele Ratgeber«, sagte William, »aber nur einen, der ihm hündisch treu ergeben ist. Da er aber weder käuflich noch stupid ist, muß er ausgeschaltet werden, wenn jemand seine Majestät beeinflussen will!«

»Oder«, sagte ich, »jemand will Yves in die Hand bekommen und sorgt dafür, daß die schützende Hand des Königs voller Abscheu vom Haupt des Bretonen abgezogen wird.«

»Aber wer sollte das wollen?« Mir war es nicht einsichtig.

»Die gleichen, die mir noch mein Leben lassen«, sagte William, »ich habe Euch verschwiegen, weil ich Euch nicht unnötig aufregen wollte und weil ich es sowieso abgelehnt hatte, daß Oliver von Termes auch mir die Mitreise angetragen hatte, mit der Begründung, ich hätte hier auf Zypern doch sowieso nichts mehr verloren. Und was meint Ihr, wer mich warnte, das Angebot anzunehmen? Ausgerechnet Simon de Saint-Quentin und Euer werter Herr Vetter!«

»Ich bin sprachlos.« Das war ich auch.

»Man braucht mich noch«, war Williams Folgerung. »Aber was haben beide Vorgänge inhaltlich gemeinsam?«

»Die Kinder?« fragte ich, und ich sagte nicht, was ich dachte, nämlich, daß das Interesse an meiner Person zugenommen hatte, seitdem ich William eingestellt hatte. Mit ihm direkt mochte sich keiner einlassen, so bemühte man sich um den Herrn des Dieners. Ich stand in der Gunst des Königs, William hatte das Vertrauen der Kinder.

»Und weil dem so ist«, sagte William, »und ich – Ihr mögt es nun glauben oder nicht – mich Euch aus purer Lust angeschlossen habe, nur davon getrieben, weiter in ›die Sache‹, die Sache der Kinder, verwickelt zu bleiben, laßt uns nun festlegen, wie wir mit dem Schreiben der diesbezüglichen Chronik verfahren –?«

»Auch wenn Ihr mir unterstellt, ich handelte nur aus Gier nach Besitz, laßt mich festhalten, daß auch Lorbeeren aus geistiger Betätigung, sprich der Nachruhm eines bedeutenden Chronisten, für mich hinreichender Beweggrund sind. Und deswegen mache ich Euch folgenden Vorschlag zur Güte: Wir schreiben beide, jeder, wann er will und was er mag, aber das sei für einen Außenstehenden nicht erkennbar!«

»Wie?« sagte William. »Ich soll als ›Ich‹ schreiben und dabei denken ›Ihr‹ seid es, der denkt und meine Feder lenkt?«

»Denken mögt Ihr, was Ihr wollt, und ich lenke auch nicht Stil oder Inhalt, Ihr seid einfach mein *alter ego,* ich bin höchst neugierig, was dabei herauskommt –«

»Damit Ihr es nicht mit Euren eigenen Kreationen verwechselt, werde ich also auch immer als ›A.E. von Joinville‹ das Geschriebene signieren.«

»Mögen sich meine Nachfahren darüber den Kopf zerbrechen!« lachte ich. »Laßt uns jetzt in der Taverne ›Zur schönen Aussicht‹ die Geburt eines *incubus scriptoris* begießen!«

DIARIUM DES A.E. DE JOINVILLE

Limassol, den 9. April A.D. 1249

Der König, der nicht der meine ist, wenngleich ich ihm von Herzen wohlwill und ihm als Seneschall treu diene, kehrt aus Nicosia zurück. Er hatte fast drei Monate im Landesinneren verweilt, drei Monate zu lange, denn hier im Heerlager ist die Stimmung inzwischen nahe an der Meuterei, die Verpflegung wird immer miserabler, die Vorräte sind längst aufgebraucht, und die Felder und Scheuern der Bauern sind leergefressen, als seien Heuschrecken oder eine Mäuseplage durchgezogen.

Dazu kommt der Terror des Angel von Káros im Hafen, gegen den keiner etwas unternimmt, obgleich es doch für die Johanniter wie für den Anjou ein Leichtes wär', dem wüsten Treiben der Griechen ein Ende zu machen. Es kann doch nicht an den inzwischen auf ein gutes Dutzend angewachsenen Schiffen des ›Despotikos‹ liegen, die keiner von der Teilnahme am Kreuzzug vergraulen will, daß keiner den Riesen ernsthaft in seine Schranken verweist? Aber selbst der Anjou, der ansonsten seine Schreckensherrschaft in der Stadt rigoros durchsetzt, scheint auf dem griechischen Auge blind zu sein. Alle hoffen auf die Rückkehr »normaler« Zustände, jetzt, da der König wieder in den Palast einzieht.

An der Seite der Königin Margarethe schreitet Marie de Brienne, die arme Kaiserin von Konstantinopel. Ihr Mann, der Kaiser Balduin, hat sie ausgeschickt, bei Herrn Ludwig Hilfe zu erbitten gegen den griechischen Kaiser von Nicäa. Ludwig kann natürlich jetzt keinen Mann entbehren, denn es soll ja nun gleich losgehen – sobald das leidige Transportproblem gelöst ist. Auch wird sich der König wohl gesagt haben, daß dies »Lateinische Kaiserreich« gegen den Paläologos nicht zu halten ist, nachdem die Rechnung nicht aufgegangen ist: Die Griechen würden unter einer aufgepropften römischen Kurie und fränkischen Regierung glücklicher als unter ihrem eigenen degenerierten Kaiserpack!

DIARIUM DES JEAN DE JOINVILLE

Limassol, den 14. April A.D. 1249

Natürlich hat für Herrn Ludwig der Kreuzzug, quasi sein Lebenstraum, den er jahrelang unter größten Opfern vorbereitet hat, absoluten Vorrang. Auch sind ihm Kriege von Christen gegen Christen zuwider, es reicht ihm, daß er im Süden seines »eigenen« Landes, in Okzitanien, ein Unternehmen zu Ende führen mußte, das sein Großvater schon begonnen, bei dem außer Ketzern auch viele Anhänger der Kirche umgekommen waren. Das war auch der Grund, daß er den Oliver von Termes, dessen Vater von den Franzosen damals erschlagen wurde, sofort begnadigte und ihm seinen unbedachten Schritt verzieh. Sehr zum Ärger des Anjou. Die größte Sorge bereitete Herrn Ludwig das Fehlen von Schiffsraum, denn viele Truppen waren von kurzfristig angemieteten Schiffen auf Zypern angelandet worden und mußten jetzt weiterbefördert werden. Die Venezianer, die den gesamten Kreuzzug mißbilligten, hatten schon vor seiner Ankunft ihre hier stationierten Flotteneinheiten abgezogen. Das Interesse ihrer Handelsbeziehungen zu Kairo überwog, und so hatte die Serenissima Herrn Ludwig abblitzen lassen.

Der König setzte dann auf Genua. Die ligurische Seerepublik war auch höchst begierig, die von Venedig geschaffene Lücke auszufüllen. Aber ausgerechnet in diesen Monaten, genaugenommen seit dem Winter, hatten sich die Genuesen auf einen Seekrieg mit Pisa um irgendwelche Niederlassungsrechte in Akkon und entlang der Küste des Heiligen Landes eingelassen und diesen unerwarteterweise verloren. Und Pisa war kaiserlich. Der König schrieb also an Friedrich, erhielt aber keine Antwort. Er wußte natürlich, daß der Staufer den Kreuzzug mit höchstem Mißtrauen beobachtete, denn nominell war sein Sohn Konrad König von Jerusalem, und der hätte zumindest gefragt werden müssen. Aber Herr Ludwig konnte Friedrich auch schlecht sagen, daß – was jeder aufmerksame Stratege längst als gegeben ansah – er sein Heer gar nicht in oder über die Terra Sancta führen wollte, sondern unvermittelt gegen Kairo. Denn dazu war ihm der Kaiser zu eng mit dem Sultan befreundet. Es blieb also nur die ramponierte Flotte der Genuesen, wenn man Pisa dazu bewegen konnte, diese Operation, wenn schon nicht zu unterstützen, so doch wenigstens zu dulden. Eine fatale Situation, denn die Zeit drängte.

DIARIUM DES A.E. DE JOINVILLE

Limassol, den 15. April A.D. 1249

Die Lösung wäre natürlich ganz einfach herbeizuführen, nämlich mit Geld – barem Geld, denn Versprechen auf Handelsrechte verfangen bei allen drei Seerepubliken nicht mehr. Sie besitzen bereits alle, die verfügbar sind – weswegen sie sich ja schon untereinander streiten! Und die in Ägypten, über die König Ludwig ja seriöserweise noch nicht verfügen kann, die sehen sie eher gefährdet. Venedig würde das Heer sogar kostenlos transportieren: zurück nach Frankreich! Es bleibt, so sage ich, A.E. de Joinville, mir, nur eine Aussöhnung zwischen Pisa und Genua, und zwar eine mit Geld versüßte. Wer, frage ich mich also, sind die möglichen Mittler in dieser Angelegenheit, in der sich Herr Jean de Joinville als Friedensstifter höchsten Ruhm und Dank des Königs erwerben könnte? Und wenn es nur ein befristeter Waffenstillstand wär! Ich denke da an die erprobten Bande zwischen dem Orden des heiligen Johannes und den Genuesen, während die Pisaner sich vielleicht beschwichtigen lassen, wenn der Rat aus den Reihen derer käme, die dem Kaiser in Treue fest ergeben: die Ritter vom Orden der Deutschen. Einen Versuch ist es allemal wert!

Und das leidige Gold? Es gibt wenig Grund für die Templer, es herauszurücken. Aber auch die Johanniter haben gefüllte Kassen. Sie hätten jetzt allen Grund, hineinzugreifen und sich als Notretter darzustellen. Es ist nicht nur das Charisma, das ihnen die Templer voraushaben, sie sind auch beweglicher, zupackender und vor allem reicher an Phantasie. Das müßte dem Herrn de Ronay bei passender Gelegenheit mal gesagt werden. Wenn man auf seinen Geldsäcken nur immer hockt, dann bringt das zwar sicheren Zins, aber nie den großen Gewinn. Und vielleicht kann König Ludwig doch in ein paar Wochen, Monaten das ägyptische Handelsmonopol an die vergeben, die sich als seine wahren Freunde gezeigt haben. Dann wird der König seinen Jean de Joinville auch nicht vergessen, Herr Vizekönig!

P.S.: A.E. de Joinville begibt sich für ein paar Tage auf geheime Mission und empfiehlt dem Herrn Jean, seine Vorschläge zu beherzigen. Die Lage wird jeden Tag für den König desperater, davon hat niemand einen Vorteil, am allerwenigsten der Angesprochene.

P.P.S.: Daran ändert auch nichts die heutige Ankunft des Herrn Sempad, Konnetabel und Bruder des Königs Hethoum von Armenien. Er hat außer schönen Geschenken auch Truppen nach Zypern gebracht, die mit König Ludwig ziehen sollen, aber die Boote, auf denen sie von der nahen Küste Armeniens übergesetzt sind, nimmt er wieder mit.

Diese Nußschalen hätten auch nie die Fahrt nach Ägypten überstanden. Für den Augenblick also nur ein paar Hundert Fresser mehr.

GOLDGELB FIEL DIE SONNE des späten Nachmittags durch die dünnen Marmorscheiben, die im Oberlicht jeden Strahl von den kostbaren Folianten und Schriftrollen der Bibliothek abhielten. Die Alten von Masyaf schauten kaum auf, als Roç und Yeza schon wieder mit einem Sack voll frisch gerupfter Cannabisstauden anrückten. Die Kinder nahmen das auch nicht übel, sondern hängten geschäftig die Blüten sachverständig nach unten über dem größten Arbeitstisch auf, den sie mit einem Tuch abdeckten, wo normalerweise die Pergamente und das Leder zugeschnitten wurden.

»Ich muß mal Pi –«, murmelte Yeza und entschwand mit größter Selbstverständlichkeit durch die Geheimtür hinter dem Platz des Ältesten, den Zugang zum Falkenhorst, eigentlich kaum der geeignete Ort für ihr Vorhaben, wenn man von dem Felsgang dorthin mal absieht. Aber niemand schenkte ihr Beachtung, und keiner bemerkte, daß sie mit sicherem Griff auch einen Schlüssel mitgehen ließ. Auch um Roç kümmerte sich keiner. Die Alten umstanden den Tisch mit dem blühenden Haschishkraut, zerrieben die Blätter prüfend zwischen den Fingern, hielten die Hände unter die Kelche, bis ein Tröpfchen Harz von den Dolden sich löste, schnupperten daran und waren höchst zufrieden.

Roç war auf eine der Leitern gestiegen, bis ziemlich hoch in die Regale. Er wußte, was er suchte. Mit gespielter Gedankenlosigkeit zog er einen schweren Folianten aus der Reihe und begann in dem Buch zu blättern, auf dem in vergoldeten Lettern stand:

DE SOPORE
INTER MORTEM ET VITAM
Mirabilia, crimina, incantamenta
per flores et plantas minerales geae
cum exemplis sicut fertur
apud naturalis historiae et superstitiones

AUCTOR
DAREUS DELLA PORTA PARADISI
Venenarius Trismegistos Veneratus
Magister Universitatis Alexandriae

Divi soporis dicatum

Zielstrebig schlug Roç die Seiten um. »*Sopora*«, murmelte er lautlos vor sich hin, »*somnifer, soporifera, vide canus, soporem miscere,
sopio, sopirio* –«

Roç schaute von der Leiter, ob sein Verweilen auffiel, doch die
Alten waren längst an ihre Pulte zurückgekehrt und wieder in ihre
Arbeit vertieft. Yeza sollte sich beeilen, dachte Roç.

Er hatte jetzt die Stelle gefunden, die er in Erinnerung behalten
hatte: »… die mögliche Zusammensetzung der Flüssigkeit, wie sie
im Schwamm enthalten war, der dem Messias am Kreuze heraufge-
reicht wurde, nicht zur Erfrischung, sondern zur Betäubung seiner Schmerzen und zur Verhinderung eines Wundstarrkrampfes
oder des Herzstillstandes. *Enim effectus tincturis simulatio mortis
erat*, damit die Römer eine vorzeitige Abnahme der Leiche vom
Kreuze gestatteten.«

Das war aufregend, und Roç mußte sich zwingen, mit Bedacht
vorzugehen. Wo blieb nur Yeza? Fand sie nicht das, was sie suchte,
was sie mühsam auswendig gelernt hatte?

»Die Mischung mußte so stark sein, daß der kontrollierende
Lanzenstich klaglos und ohne Zucken hingenommen wurde und
eine womöglich Tage dauernde Totenstarre garantiert war. Dafür
bieten sich an …«

Roç überflog die Seite mit den ihm unverständlichen Namen
fieberhaft und versuchte zu memorieren, ob er Yeza auch alles
richtig referiert hatte. Sein Gedächtnis war ihm zu unsicher. Darauf mochte er sich nicht verlassen. Er warf einen Blick zu den
Alten, niemand schaute her, und so begann er die Seite mit zitternden, schwitzenden Fingern herauszutrennen. Niemand beachtete
sein Treiben oben auf der Leiter. Hastig schob Roç sich das Pergament unter den Kittel, stellte den Wälzer wieder ins Fach und begann den Abstieg, die eine Hand fest auf die Brust gepreßt. Zu
seiner Erleichterung ging jetzt unten die kleine Tür auf, und Yeza
erschien wieder. Sie trug den Sack, mit dem sie das Cannabis gebracht hatte, sorglos unterm Arm und zwinkerte ihm stolz zu.

Roç rief: »Oh, es ist spät geworden, wir müssen auf der Stelle
gehen!«

Die Alten blickten freundlich von ihrer Arbeit auf, der *Ach saheb al muftah* geleitete die beiden zur Tür und entließ sie aus der unterirdischen Bibliothek.

»Sagt uns Bescheid«, mahnte ihn Yeza mit schelmischem Lächeln, »wenn das Haschisch getrocknet, gepreßt und im eigenen Harz geklumpt!«

Der Bruder des Schlüssels griente, vorbei waren die Zeiten, daß die Kinder sogleich die frische Ernte konsumieren wollten oder die Stauden gar ernteten, bevor sie richtig voll erblüht. Sie kannten längst alle Formen des Cannabis-Genusses, als labendes Getränk mit Honig und Limonen versetzt, in gesüßte Fladen verbakken, als Süpplein und als Naschwerk.

»Ohne Euch schmeckt es uns gar nimmer!« sagte er und verbeugte sich.

Die Kinder eilten auf kürzestem Wege in ihren Garten, rannten zum Pavillon und verschwanden hinter der Marmorstatue des Bacchus in die Tiefe.

»Habt ihr nicht gehört, wie die Adler geschrien haben?« fragte Yeza, während sie den Inhalt ihres Beutels vorsichtig auspackte. »Sie haben sich furchtbar aufgeregt, als ich an den Schrank gegangen bin. Sie fühlen sich als die wahren ›Wächter der Gifte‹, *horras as-sumum!*«

Roç hatte das Pergament herausgezogen und begann die Beute, lauter kleine Ampullen, Flakons und lasierte Keramikgefäße, lateinisch beschriftet, mit dem Text der Seite zu vergleichen:

»*Absinthiatum sic facies, atropa bella donna*–«

»Das klingt gut!« lachte Yeza. »Das nehmen wir. Da schwimmen kleine Kirschen –«

»Halt!« sagte Roç. »Ist wegen seiner Gefährlichkeit in der Dosierung *nicht* zu empfehlen, ein Tropfen zuviel, und es weht der Hauch des Todes – *non solum spiritus, sed corpus morietur.*«

»Dann lieber nicht«, sagte Yeza, »ich hatte mir schon ausgemalt, wie du eine in den Mund nimmst und sie mir dann mit einem Kuß –«

»Kuß des Todes«, verwies Roç sie ihrer Heiterkeit. Durch den schmalen Schlitz oben neben dem Sockel der Statue fiel ein Lichtschein auf das Pergament, das er jetzt weiter entzifferte:

»... zu harmlos und zu schwach sind *exotica occidentales* wie *passiflora* und *alba spina*. Als wahrscheinlichste Lösung drängt sich ein Potium auf: *tinctura Thebana* vermischt mit Haschischsaft ... *cum herba sine nomine quam vidi apud Arabes: aliquot eorum vidi herbam istam edere;* ›Hashishin‹ *esse dicitur* ...«

»Och«, sagte Yeza enttäuscht. »Wozu habe ich dann –« sie hob die Flakons ins Licht, »Digitalis und Styrax und –« sie hatte Schwierigkeiten mit der Aussprache – »Escholtzia angeschleppt? Laß uns von jedem ein bißchen nehmen!«

»Kommt nicht in Frage«, sagte Roç, »wir halten uns an Jesus, der hat es auch überlebt – Hast du die Tinktur aus Theben?«

»Sicher«, sagte Yeza stolz und wies die Ampulle vor, »*vis papaveris* steht darunter.«

»Also«, sagte Roc, »ich würde sagen: ein Drittel davon, und den Rest pressen wir aus dem Cannabis –«

»Das holst du«, entschied Yeza, »und ich besorge einen Krug mit Wasser und Honig. Es ist ganz gut, wenn wir noch mal gesehen werden.«

»Ich werde Madulain Bescheid geben, daß wir heute abend –«

»Aber verrat ihr nicht, wo wir uns hinlegen. Clarion könnte hysterisch werden.«

Roç erhob sich. Nacheinander verließen sie das Versteck.

»Sag der Saratz«, mahnte Yeza, »sie soll die Milch nicht vergessen. Wir werden sicher sehr hungrig und durstig sein!« rief sie ihm leise nach, dann lenkte sie ihre Schritte ein letztes Mal zu den Küchenräumen.

Nach dem Abendessen, bei dem sie beide kräftig zulangten und dem Ruf des Muezzin zum *salat al maghreb*, zum Abendgebet, hörte man sie noch lange fröhlich im Garten toben, bis die schrille Stimme Clarions sie laut und energisch aufforderte, zu Bett zu gehen. Dann wurde es still in Masyaf.

Roç und Yeza hatten ihr »Nest« sorgfältig vorbereitet, sie hatten im Lauf der letzten Tage Heu und Kissen dorthin geschafft und sich einen Vorrat von nicht so schnell verderblicher Nahrung angelegt, sie hatten an Decken gedacht und an genügend Wasser, falls sie vorher aufwachen sollten, dann würde der Durst das schlimmste sein. Sie hatten ihr Versteck mit Bedacht gewählt und den Zugang hinter sich mit Steinen verbarrikadiert, denn sie waren gewiß, daß bei Entdeckung ihres Verschwindens von den Assassinen eine Suchaktion unternommen würde, die auch ihre üblichen Schlupfwinkel unter dem Pavillon und über der Moschee nicht aussparen würde.

Deswegen war es auch wichtig, sich im Schlaf nicht durch kräftiges Atmen zu verraten. Sie kuschelten sich aneinander, und Yeza goß zwei Becher voll aus dem Krug mit dem Gebräu, das sie zusammen angerührt hatten. Sie wollten unbedingt zur gleichen Zeit in den Schlaf fallen.

»Und wenn wir nicht wieder aufwachen?« wagte Roç noch das Schicksal aufzuhalten.

»Dann merken wir es beide nicht und sind zusammen –«, Yeza war entschlossen, dem Hades zu trotzen. »Man stirbt nicht von Haschisch«, sagte sie, »und seit wann ist Mohn giftig?!«

»Liebst du mich?« fragte Roç und nahm seinen Becher.

»Würde ich sonst mit dir trinken«, sagte Yeza und schmiegte ihr Gesicht an das seine. »Ich liebe dich.«

Sie tranken beide ihren Becher aus bis auf den Grund.

»Schmeckt faulig«, sagte Roç, und Yeza schenkte ihnen mit unsicherer Hand noch einmal nach. »Schnell ein zweites, sonst hält es nicht lange genug vor!«

Sie tranken die Becher bis zur Hälfte und setzten sie dann in schon eintretender Schlaffheit ab, Roç, immer noch krampfhaft bemüht, mit ihr gleichzuziehen.

»Ich liebe ...«, murmelte Roç noch, erfaßte aber nicht mehr, daß Yeza keine Antwort gab. Sie war an seiner Brust eingeschlafen, sein Kopf senkte sich langsam ihrem Haar entgegen.

WILLIAM VON ROEBRUK ritt auf seinem Esel durch Episkopi. Der alte, längst aufgegebene Bischofssitz glich mehr einer Sommerresidenz für die begüterten Herren unter den Kreuzfahrern, die es vorzogen, den überfüllten Hafen von Limassol zu meiden, als einem Fischerstädtchen, obgleich man die gesamte einheimische Fangflotte hierin ausquartiert hatte. Die buntgestrichenen Boote, gedrängt am Strand und in der Bucht hinter Kap Gata, ergaben eine malerische Kulisse, die der Turm an der Spitze der Halbinsel überragte.

William hatte, weil »in geheimer Mission«, seine alte Franziskanerkutte übergeworfen und hielt Ausschau nach der Schenke, die ihm Ingolinde als Treffpunkt beschrieben hatte. Ihre weinüberwachsene Pergola lag der Hauptstraße zugewandt, was den Nachteil hatte, daß jedermann ihn sehen konnte, wenn er dort saß und sie ihn warten ließ.

Der Mönch band seinen Esel an, um sich ins Innere zurückzuziehen. Die Hur war natürlich unpünktlich, und um den Ärger vollständig zu machen, prallte er auf Simon de Saint-Quentin, der im hintersten Winkel wie eine Spinne hockte, bei einem Krüglein Wasser.

Der Dominikaner, den er auf den Tod nicht ausstehen konnte und der bekanntlich für ihn ähnliche Gefühle hegte, begrüßte ihn mit einer Freundlichkeit, die man eigentlich nur mit einer Ohrfeige beantworten konnte. William ließ sich auf das Spiel ein:

»Meinen aufrichtigen Glückwunsch«, feixte er, »daß Ihr so glimpflich davongekommen!«

Simon verstand sofort. »Als Legat des Heiligen Vaters kann ich auf Zypern kommen und gehen, wann und wie es mir beliebt, die königlichen Anordnungen greifen bei mir nicht – außerdem lag es mir fern, Limassol zu verlassen und davonzusegeln.«

»Ihr wolltet nur den törichten Oliver von Termes in seinem Vorhaben bestärken.«

»Das habt Ihr gesagt«, lächelte Simon unverschämt, »und es trifft auch nur zum Teil zu.«

»Jacques de Juivet hat es den ganzen Kopf gekostet.«

»Sein Pech, in ein Räderwerk geraten zu sein, das nichts mit ihm zu tun hatte: Der Bretone mußte zugreifen, Herr Charles konnte nicht mit leeren Händen dastehen.«

William bekam Gefallen an der Fechterei und bestellte sich demonstrativ einen »Großen«. Simon lehnte dankend ab, noch bevor der Franziskaner ihn einladen konnte.

»Wann geht der Anjou je leer aus!« sagte William provokant und tat einen ordentlichen Schluck.

»Ein Besessener in seiner Sucht nach Macht, seinem Streben nach Herrschaft«, erklärte Simon kühl. »Dabei lau wie ein Reptil. Das macht ihn so gefährlich!«

William, der den Dominikaner immer für einen Parteigänger des Anjou gehalten hatte, legte noch eins drauf: »Herrn Charles beliebt es, über Leichen zu gehen, weil er das für den Zustand ansieht, in dem andere ihm nicht gefährlich werden können.«

»Ich bin kein Mann des Anjou«, sagte Simon de Saint-Quentin, »ich stehe an seiner Seite, solange ich dies mit den Interessen der Kirche vereinbaren kann, William von Roebruk!«

Der Franziskaner begann sich unwohl zu fühlen und griff wieder zum Krug. Simon ließ ihn zappeln, dann sagte er: »Ihr hingegen habt Euch der Ketzerei verschrieben, wenn nicht gar dem Teufel.«

William dachte an die Gräfin und schwieg.

»Die heilige Inquisition hat mich ermächtigt«, fuhr der Dominikaner genüßlich fort, »jede Maßnahme zu ergreifen, die ich für nützlich erachte, und dafür auch den weltlichen Arm in Anspruch zu nehmen, um Häresien in jeder Form und Person mit Stumpf und Stiel auszurotten.«

Simon wartete die Wirkung seiner Drohung ab, bevor er die Katze aus dem Sack ließ. »Ihr könnt die Unversehrtheit Eures Leibes retten, vielleicht sogar Eurer Seele Heil, woran Euch ja bekanntlich wenig liegt, so bedenkt also nur gewisse Torturen und den sie erlösend abschließenden Scheiterhaufen – Ihr werdet ihn noch bei vollem Bewußtsein besteigen. Wenn der Henker die Flammen klein hält, könnt Ihr noch lange über Eure Fehlentscheidung nachdenken, bei der richtigen Mischung von Holz und nassem Stroh werdet Ihr nicht so schnell ohnmächtig, Ihr könnt sehen – und spüren –, wie sich Blasen an Euren Beinen bilden, dann auch am Bauch, Eure Füße platzen auf, dann sackt Ihr etwas tiefer, Euer Hoden –«

»Schon recht!« sagte William mit mühsam bewahrter Fassung, »was ist Euer Verlangen, Herr Inquisitor?«

Simon ließ sich Zeit, William trank in kleinen Schlucken. »Ihr reist mit mir in die Terra Sancta.«

»Und was soll ich da?«

»Die Kinder finden, natürlich!«

William hatte das erwartet, tat aber erstaunt: »Und dann?«

Jetzt war Simon überrascht. »Das erledigen andere!«

Es war herauszuhören, daß er es verabscheute, mit eigener Hand zu vollstrecken, doch dann wurde sein Blick stechend, und er fixierte jemanden, der jetzt die Schenke betrat. William drehte sich um und erblickte Yves, den Bretonen, der sich suchend umschaute.

Der Minorit mußte grinsen. »Wenn man vom Teufel spricht«, wandte er sich an den Dominikaner, der das gar nicht lustig fand, aber sich hütete, eine abfällige Bemerkung zu machen, denn der Herr Yves trat jetzt an ihren Tisch und war gleich voll des Spotts:

»Ei, sieh an, die liebenden Brüder von Franz und Dominik traut vereint beim Weine!«

Das war dem Simon der Peinlichkeit zuviel, und er schlug zurück: »Habt Ihr gar Ausgang erhalten«, höhnte er, »oder heftet Ihr Euch heimlich an die Fersen des Angel? Seht nur, da draußen zieht der böse Riese gerade mit frischer Beute davon.«

Er zeigte hinaus, wo die Griechen sturzbesoffen um ihren mächtigen Anführer herumtorkelten, die Arme voll mit geraubtem Gut. Schreiende, klagende Weiber liefen dem gröhlenden Haufen händeringend nach.

Yves, der Bretone, erstarrte, dann tastete seine Hand zum Schwert, verkrampfte sich, als sie den Knauf umfaßte, daß das Weiß der Knöchel sich abzeichnete.

In diesem umpassenden Augenblick stürmte Ingolinde in die Schenke, die mit ihrem Hurenwägelchen vorgefahren war, ohne daß William sie bemerkt hatte.

»Was glotzt ihr Herren so hinter dem Räuber her!« begrüßte sie herausfordernd die versteinerte Runde. »Fünf erschlagene Mannsbilder, einer Frau den Bauch aufgeschlitzt, einer die Brüste abgeschnitten, zwei Kindern die Schädel an die Wand geschmettert – na ja, und mit den Knaben das Übliche –«

»Gibt es Zeugen?« fragte Yves, wie aus einer Ohnmacht erwachend.

»Zeugen?« lachte Ingolinde. »Zeugen werdet Ihr keine finden! Nicht die Witwen, nicht die Mütter – Euch Fremden wird nichts bezeugt, eher beißen sie sich die Zunge ab.«

Herr Yves wandte sich zum Gehen, aber plötzlich sprang William auf. »Mir ist es so zuwider!« schrie er, doch vom Bretonen erntete er nur einen verächtlichen Blick, da griff der Mönch ihn am Ärmel: »Wißt Ihr eigentlich, warum der Page seinen Dienst beim König, den Kreuzzug und Limassol verlassen wollte, obgleich er wohl wußte, daß er sein junges Leben damit verlieren konnte? Weil *der* da«, sein spitzer Finger stieß hinter dem Angel von Káros her, »ihn entehrt hat, geschändet vor aller Augen – und dafür gibt es Zeugen! Mich – und hier den Herrn Simon de Saint-Quentin.«

Der Dominikaner war blaß geworden, doch als Yves ihn ansah, schlug er die Augen nieder und nickte. Wortlos verließ der Bretone in seiner gebückten Haltung schlurfenden Schrittes die Schenke.

»Sein Herr und König hat dem armen Kerl wohl verboten, auf seine Art für Recht und Ordnung zu sorgen«, spöttelte der Dominikaner in das Schweigen hinein. »Ihr hättet mich nicht hineinziehen sollen«, sagte er zu William. »Ich habe eine Reputation –«

»Und ich ein Gewissen«, schnitt ihm William den Sermon ab, warf dem Wirt das Geld hin, legte seinen Arm um Ingolinde und ließ ihn einfach sitzen.

»Deine Bekanntschaft offensichtlich lockerer Frauenspersonen, William«, scherzte sie im Hinausgehen, »gereicht dir auch zur Reputation: als Limassols größter –« Er hielt ihr schnell den Mund zu, zog sie hinaus ins Freie und band seinen Esel hinten ans Wägelchen.

Ingolinde machte Anstalten, den Mönch zu umarmen und zu herzen.

»Wo steckt denn dein Galan, der Engländer?« wollte William abwehrend wissen.

»Ach, dieser Kanalschiffer«, rief sie, »der hat mich sitzenlassen und ist auf und davon!«

Ingolinde blinzelte ihrem alten Bockgenossen zu. »Zum Schluß besorgte er's mir auch nicht mehr ordentlich – na ja, Ihr wißt schon!«

»Ich kann's mir denken«, sagte William geschäftig, »und wir können darauf auch zurückkommen –«

»Ich erkenn' Euch nicht wieder, William von Roebruk –«

»Was ich suche, holde Maid, ist ein Treffen mit dem Templer Gavin Montbard de Béthune –«

»Der ist nach Syrien!« entgegnete sie zu schnell.

»Sollte er aber noch im Land sein«, kam er ihr entgegen, »dann könnt Ihr mir vielleicht helfen –?«

»Ich habe Euch schon oft geholfen, William von Roebruk – und wie habt Ihr mir's entgolten?«

»Ich kann nicht aus meiner Haut«, gab der Minorit kleinlaut zu.

»Und ich nicht aus meiner – also steigt auf, verdammter flämischer Bock!«

Und so fuhren sie, den Esel hinten angebunden, aus dem Ort aufs Land.

»Herr Gavin will niemanden sehen«, vertraute Ingolinde ihm an, während sie die steinigen Pfade entlangrollten, »Ich bringe ihm jeden zweiten Tag etwas zu essen, und er lohnt es mir gut fürstlich.«

»Und sonst nichts?«

Statt einer Antwort schlug sie ihm auf die Hand, die schon unter ihren Rock gerutscht war.

»Nicht jeder nimmt sein Mönchsgelübde so wenig ernst wie Ihr, William. Der Herr Gavin ist erstens ein hoher Herr, zweitens ein Asket. Er lebt wie ein Eremit.«

»Ihr müßt es ja wissen!« lachte William. »Die Moral von Einsiedlern zeigt sich erst, wenn sie zu zweit sind!«

»William, du bist der verdorbenste Minorit«, und sie griff ihm schnell prüfend an die Hose, »der mir jemals untergekommen ist!«

Die Fuhre war in einsamer Gegend an einem verfallenen Gebäude angekommen, wohl ein aufgelassener Konvent. Ingolinde stieg ab und hieß ihn warten. Die stehengebliebenen Wände waren von Efeu überwuchert, und gleich dahinter erstreckte sich der Wald, in den sich einer, der mit niemandem sprechen wollte, ungesehen zurückziehen konnte. Doch nach einiger Zeit erschien Ingolinde im Torbogen und winkte ihm zu.

»Nehmt Euren blöden Esel mit!« rief sie, und als William sie erreichte, schimpfte sie.

»Ich muß Euch hier verlassen«, sagte sie, und ihre schönen Augen füllten sich mit Tränen, »und ob ich je wieder herkommen darf, ist auch nicht sicher – so wütend war der Herr Gavin«, schluchzte sie. »›Ausgerechnet William von Roebruk!‹ hat er gesagt, und recht hat er!«

William griff in seinen Beutel und drückte ihr ein paar Goldstücke in die Hand. Die Hur warf sie ihm vor die Füße und schritt von dannen zu ihrem Wägelchen. Der Mönch zog seinen Esel hinter sich her und betrat den kleinen Innenhof.

»Wenn es nach der Verständigkeit ginge«, höhnte Gavins Stimme, »so sollte ich sagen: ›Hör zu, Brauner – pack dir deinen falschen Minoriten wieder auf den Rücken, und trag ihn schnellstens fort von hier. Wo du ihn, mit einem kräftigen Tritt in seinen fetten Arsch, unterwegs abwirfst, ist mir gleich.«

Die Stimme räusperte sich, als habe sich ihr Besitzer verkühlt in seinem luftigen Refugium. »Da du Esel aber mir diesen Ausbund an Begriffsstutzigkeit, diesen Verächter jeden Feingefühls und Verderber jeglicher Diskretion hier schon angeschleppt hast, mag er mir kurz und bündig sagen, was er von mir will.«

Damit trat der Präzeptor aus dem Schatten einer Eiche. Er trug nicht die weiße Tunika der Ordensritter, sondern die schwarze der Sergeanten, allerdings mit derart lässiger Grandezza, daß sich der Gedanke an eine etwaige Degradierung ausschloß. Außerdem war es ein langer Umhang, wohl eigens für Gavin gefertigt, denn das rote Tatzenkreuz an der Schulter war aus feinster Seide aufgestickt. Er trat auch nicht näher, sondern sagte: »Bleibt, wo Ihr seid!«

Der so Angesprochene blieb also demütig stehen und sagte kleinlaut: »Ein Pilger hat die beschwerliche Reise auf sich genommen, um in wichtiger Angelegenheit Euren Rat einzuholen, Edler Gavin Montbard de Béthune –«

»Sprecht mich nicht mit Namen an, und kommt zur Sache, die Eure Angelegenheit nicht ist!«

»Die Johanniter –«

Schon da winkte Gavin herrisch ab: »Der Herr Jean de Ronay und der Maître Robert de Sorbon können aushecken, was immer ihnen in den verwirrten Sinn kommt.«

»Es betrifft aber den Tempel«, warf der Pilger schüchtern ein, »sie werden sämtliche Mittel in die Waagschale werfen und viel Geld obendrein!«

»Sie können den Herrn Jean de Joinville in Gold aufwiegen, und seinen fetten Sekretarius noch dazu, die Waage wird nie zu ihrer Seite ausschlagen. Die Johanniter bleiben, was sie sind: politische Leichtgewichte. Sie denken an Handelsmonopole, wo Einfluß zählt, sie träumen von Macht, wo es um den Sieg einer Idee geht! Sie wollen die Kinder und wissen nichts mit ihnen anzufangen. All das trifft den Tempel nicht. Er muß nicht Figuren wie Euch und Euren Herrn anheuern, sondern sich von solchen lösen, William von Roebruk!« sagte er. »Ich warne Euch ein letztes Mal: Laßt Eure Finger von den Kindern, und versucht nicht, Ruhm und Ehr, weltlichen Besitz und Titel aus dem Handel mit ihnen zu erwerben. Ihr werdet sie Euch sonst verbrennen!«

»Ich will«, stotterte des Pilgers Zunge, »und ich bin sicher, der Herr Jean de Joinville denkt da wie ich – ich will ja nur das

Schlimmste verhüten, die Königlichen Kinder schützen, ihr Glück –«

»Ihr derzeitiges Glück besteht darin, *nicht* von Euch beschützt zu werden, Euch nicht zwischen den Beinen zu haben, und sollte ihnen Schlimmeres geschehen, so wißt Ihr ja, was allen blüht, die sich schuldig gemacht haben. Das schließt mich als Person nicht aus – und nun geht! Ich hoffe in diesem Zusammenhang – zu Eurem kleinen Glück –, nichts mehr von Euch zu hören!«

Der Pilger griff sich eilends seinen Esel, mit dem er gern getauscht hätte, und verließ den Ort.

»Bei Androhung des Todes, meines Todes«, teilte ihm die immer noch völlig aufgelöste Ingolinde mit, die den Mönch in geziemender Entfernung erwartet hatte. »Der Herr Gavin hat mir angekündigt, er würde mich eigenhändig erwürgen«, schluchzte sie, »es ist Euch verboten, William, irgend jemanden über die Tatsache zu informieren, daß Ihr ihn gesehen habt. Oh, hätte ich Euch doch nie – *escoutatz!*«. Wütend, mit naß-funkelnden Augen begann Ingolinde zu singen:

> *»Ab diables pren barata*
> *qui fals' Amor acoata,*
> *no-il cal c'autra verga-l bata;*
> *– Escoutatz! –*
> *plus non sent que cel qui-s grata*
> *tro que s'es vius escor jatz …«*

William, der das Liedlein des Marcabru wohl kannte, wählte sicher die falschen Worte, wenn er die Hoffnung hegte, sie zu besänftigen, ja aufzuheitern:

> *»Qui per sen de femna reigna*
> *dreitz es que mals li-n aveigna,*
> *si cum la Letra-ns enseigna;*
> *– Escoutatz! –«*

Sie hörte nicht. William sah keine andere Wahl, als sie vom Kutschbock in die Kissen ihres Wägelchens zu ziehen und ihre Tränen zu trocknen. Selbst wenn er in solchen Augenblicken die rasende Lust verspürte, seine Hände um den Hals der zu Tröstenden zu legen, deren Kummer kein Ende nehmen wollte, und einfach zuzudrücken. Als der Mönch selbst dazu zu erschöpft war, und ehe ihre Lebensgeister wieder erwachten, ließ er Ingolinde im Pfuhl ihrer Sünde liegen, schwang sich auf seinen Braunen und kehrte nach Limassol zurück.

> *»Malaventura-us en veigna*
> *si tuich no vos en gardatz!«*

DIARIUM DES JEAN DE JOINVILLE

Limassol, den 20. April A.D. 1249

Ich hatte den Komtur von Starkenberg, den edlen Herrn Sigbert von Öxfeld, Rangältesten der Abordnung des Deutschen Ritterordens hier in Limassol, im Tempel aufgesucht, wo er seit dem Auszug der Templer sein Quartier aufgeschlagen hat. Herr Sigbert hörte sich meinen Vorschlag, einen Waffenstillstand zwischen den Seerepubliken herbeizuführen, schweigend an.

»Um das Fortkommen des Kreuzzuges willen, Herr de Joinville, werde ich mich – ungern – für eine Angelegenheit zur Verfügung stellen, die nicht die des Deutschen Ordens ist. Wenn Herr de Ronay es über sich bringt, seinen Fuß über diese Schwelle zu setzen, werde ich mit ihm reden. Aber ich sage Euch gleich, weder ist *er* von den Genuesen zu solchen Verhandlungen bevollmächtigt, noch haben *mir* die Pisaner einen Auftrag erteilt.«

Ich sagte: »Darum handelt es sich ja: gemeinsam, von neutraler, aber nicht einflußloser Seite aus auszuloten, was zumutbar, was machbar ist.«

»Bitte«, sagte er, »an mir soll es nicht liegen!«

Ich begab mich, nicht etwa heimlich, sondern für jeden sichtbar, zur Burg der Johanniter und ließ mich bei dem stellvertretenden Großmeister, dem edlen Herrn Jean de Ronay, anmelden. Um meinem Zug durch den Hafen und meinem Auftritt in der Burg die genügende Beachtung zu verschaffen, begleitete mich ein Détachement Deutscher Ritter. Auch meine eigenen, die ich sonst wenig bemühte, mußten mir diesmal die Ehre geben. Ich wurde sogleich empfangen.

»Ich sehe, lieber Joinville, Ihr habt Euch entschlossen, mein Angebot in besagter Sache anzunehmen –?«

Ich sagte: »Ich bin nicht hier, um Euren Wünschen zu willfahren, sondern von der Sorge getrieben, daß dieser Kreuzzug des Königs ein Fehlschlag wird, ehe er recht begonnen.«

Das waren auch seine Bedenken: »Das Heer wird ungeduldig, die Mannschaften laufen der Führung aus dem Ruder. – Eine Armee muß bewegt werden!«

»Das ist es«, sagte ich, »der König braucht jetzt Schiffe, eine Flotte.«

»Genua ist willig, doch Pisa legt sich quer!«

»Der Kaiser ist weit«, sagte ich, »aber es gibt hier Männer, denen er vertraut. Und das wissen auch die Pisaner.«

»Ihr wollt also, werter Joinville, daß ich mich mit denen zusammensetze? Jederzeit bin ich bereit, eine Abordnung zu empfangen!«

»Ich habe den Komtur von Starkenberg bewogen, Euch heute noch im Tempel zu erwarten«, gab ich ihm die Kröte zu schlucken, doch zu meiner Überraschung sagte der edle Herr de Ronay: »Dann gehen wir also!«

Er blitzte mich schalkhaft an. »Das habt Ihr nicht erwartet, aber Ihr habt richtig bedacht, daß mein Orden hier Farbe zeigen sollte, wenn – und gerade weil die Serenissima und die mit ihnen verbandelten Templer sich der Verantwortung nicht stellen. Es bedarf nur einer offiziellen Einladung der Deutschen, sichtbar gemacht durch eine Eskorte, denn ich mag nicht wie ein Bittsteller den Tempel betreten.«

»Hoher Herr de Ronay«, lächelte ich, »auch daran hat Euer bescheidener Ratgeber schon gedacht: Die Deutschen erwarten Euch vor dem Tor Eurer Burg.«

So bot sich der gaffenden Menge das rühmliche Bild, daß der Seneschall der Champagne, Jean Graf von Joinville, Seite an Seite mit dem höchsten Herrn des Ordens vom Hospital zu Jerusalem die Stadt durchquerte, flankiert von dessen wie den Deutschen Rittern und seinen eigenen – erkenntlich am Banner derer von Joinville und Aprémont – und am königlichen Palast vorbei dem Tempel zustrebte, wo ihn der Komtur Sigbert vor dem Tor erwartete und ihm einen sichtbar herzlichen Empfang bereitete.

Das Ergebnis der Verhandlung, die sich den ganzen Tag bis in den Abend hinzog, ist dem A.E. von Joinville ja rühmlich bekannt. Es war nicht einfach, und ich darf es meiner ausgesprochenen Begabung zuschreiben, mich als Vermittler stets – und im schnellen Wechsel! – in die Gemütsverfassung der Kontrahenten hineinzudenken. Die Schwierigkeit bestand darin, daß sich Herr Sigbert, übervorsichtig wie eine Schnecke in ihr Haus, auf den Standpunkt zurückzog, daß er im Namen Pisas nichts Verbindliches zusagen könne, während der Herr de Ronay forsch so tat, als könne er für Genua alles vereinbaren – so daß einer dem anderen nicht recht glaubte. Schlußendlich fanden wir die Formel, daß für zwei Monate alle Niederlassungen nicht in den *status quo ante* zurückversetzt werden, sondern in der Hand derer verbleiben, die sie gerade besetzt halten – daß beide Flotten unbehelligt von der Küste des Heiligen Landes nach Zypern auslaufen können und von dort dahin, wohin es den König Ludwig zieht. Sie zu chartern und zu welchen Konditionen, obliegt der königlichen Kriegskasse.

Eventuell in Feindesland erworbener Neubesitz wird hälftig aufgeteilt, ungeachtet der Ansprüche, die Venedig sicher stellen wird. Die Begleichung des bisher den siegreichen Pisanern entstandenen Schadens wird vom Orden der Johanniter für die Republik Genua garantiert. Der edle Herr de Ronay wird die Anweisung nach Akkon geben, unverzüglich alle Feindseligkeiten einzustellen, während der edle Herr Sigbert sich selbst dorthin begeben und versuchen wird, in diesem Sinne auf die Pisaner einzuwirken. Herr König Ludwig hat ihn nämlich gebeten, die Frau Königin Margarethe und ihren Hofstaat sicher nach Akkon zu geleiten, wo sie abwarten sollen, bis der König sie nachkommen läßt, sobald er seine Eroberungen abgeschlossen hat. Dort in Akkon soll auch der Waffenstillstand zwischen den beiden tyrrhenischen Seerepubliken förmlich geschlossen werden.

Dies Ergebnis durfte ich dem König mitteilen, der mich vor Freude umarmte und sich seiner Tränen nicht schämte.

»Edler Joinville«, hat er gesagt, »was die Christenheit Euch verdankt, kann nicht mit Ruhm und Ehr, weltlichem Besitz und Titel abgegolten werden. Nehmt dies als Zeichen von Gottes Dank!« Er zog einen Armreif von seinem Gelenk und streifte ihn mir über.

Ich aber eilte schnellstens in mein Quartier, um zu sehen, ob mein A.E. de Joinville schon zurückgekehrt ist.

DIARIUM DES A.E. DE JOINVILLE

Limassol, den 22. April A.D. 1249
Unsere Erfolge wie Mißerfolge können wir teilen oder aufteilen, je nachdem, was Jean oder sein A.E. errungen bzw. angerichtet haben. Unser Tun wird davon nicht berührt, wohl aber dessen Niederschrift. Um sie zukünftig zu erleichtern, wird A.E. in den Rang eines entfernten Vetters erhoben, ohne Titel, ohne Erbanspruch, und William von Roebruk wird endgültig verbannt. Wir werden seine Taten verfolgen und objektiv beurteilen, ihn aber nicht mehr zu Wort kommen lassen. Das hat der Herr Jean Graf von Joinville so verlangt und A.E. ist es recht, denn die subjektive Existenz des Minoriten stürzte ihn nur in Verwirrung.

Ich habe den Eindruck gewonnen, daß uns Gavin – so er für die Templer sprechen kann – bewußt in die Arme der Johanniter treiben will, als seien wir die beste Garantie dafür, daß die Sache für das Hospital erst recht schieflaufen wird. Jedenfalls scheint der Herr Präzeptor dieser Ansicht zu sein, wenn er sich auch nicht explizit so ausgedrückt hat.

Limassol, den 23. April A.D. 1249

Wenn ich auch mißbillige, daß dieser Mönch eigenmächtig den – wohl verbannten – Präzeptor aufgesucht hat, und dieser sicher zur Zeit nicht berechtigt ist, Ordenspolitik zu betreiben, wie er es gerne tut, hat es doch den Vorteil erbracht, daß wir jetzt wissen, woran wir sind. Die Templer legen keinen Wert auf unsere Kollaboration in der »Sache«, und die Johanniter sind bereit, uns dafür hoch zu honorieren. Es ist dies nicht der ausschlaggebende Punkt für mich, aber nach dem hochfahrenden Verhalten dieses Gavin, das jedoch mit der Arroganz seines Ordens übereinstimmt, und der offenen Brüskierung meiner Person – ich habe keinen Grund, an der Wiedergabe der Worte des Templers durch den Mönch zu zweifeln –, sehe ich mich nunmehr veranlaßt, meinen Ehrgeiz, wenn ich schon von meiner gekränkten Ehre nicht sprechen will, dareinzusetzen, es den Templern zu zeigen, daß sich die Sache auch ohne sie, sogar gegen sie durchführen läßt. Die Templer sehen nicht, wie sie den Bogen allmählich überspannen. Sie glauben, sie haben mit den Capets Frankreich im Griff, sie glauben, daß sie es sich mit zunehmender Verschuldung des Königshauses herausnehmen können, wie ein Staat im Staate zu agieren. Sie erwecken jedoch zunehmend den Unwillen derer, die sich auch als Teil Frankreichs empfinden und die sich ihren Souverän zwar nicht wählen können, denn das Königstum ist von Gott eingesetzt, doch eines vermögen sie sicher: die ungewollte Herrschaft eines übermächtigen Ordens zu verhindern. All diese Gefahren gehen von den Johannitern nicht aus. Sie sind zwar genauso eitel, genauso geldgierig, doch ihr Machthunger zielt auf Ausweitung ihres Handels, auf Monopole, nicht aber auf Territorialbesitz, um weltliche Macht zu erwerben. Sie sehen in den Fürsten dieser Erde ihre ideale Ergänzung und denken gar nicht daran, Herrschaft im feudalen Sinne zu errichten.

Der edle Herr de Ronay hat zwar diesmal uns beide zu einem Gespräch geladen, aber ich ziehe es vor, allein dort aufzutreten, um die Bedingungen zu klären. Wir sind zwar Vettern im Schreiben, aber durchaus nicht Geschäftspartner zu gleichen Teilen. Ich erwarte also diesmal, bei meiner Rückkehr den Mönch hier meiner harrend vorzufinden und höchstens sich damit die Zeit zu vertreiben, A.E. de Joinville Berichtenswertes oder Gedankenblitze mitzuteilen, wie sie unserem Minoriten ja zuweilen zufliegen. Aber in keinem Fall wünsche ich jetzt irgendwelche Taten, die nicht vorher abgesprochen wurden – noch soll er mir etwa nachfolgen auf die Burg der Johanniter.

DIARIUM DES A.E. DE JOINVILLE

Limassol, den 24. April A.D. 1249

Dem Herrn sei Dank, daß der arme Vetter A.E. wenigstens das gleiche Recht der Niederschrift hat, während der Mönch William ja nur Anspruch auf Unterkunft und Verpflegung erheben kann, und im übrigen gehalten wird wie der letzte Knecht. Auch die Apanage des A.E. von Joinville ist kärglich, weswegen er auch nicht hören soll, mit wieviel Gewinn der Herr Graf die Arbeit seines Schreibsklaven verhökert. Das ist die Abmachung, das ist der Standesunterschied. Was mich beunruhigt, ist, daß er nicht meine Erfahrung mit einbringen will, denn das Spiel, auf das wir uns da einlassen, wird mit hohem Einsatz gespielt. Der Graf Jean de Joinville kann zwar dabei Ruhm und Ehr, Besitz und Titel verlieren, aber beide verlieren wir womöglich unseren Kopf – und das ist neben meinem Schwanz all mein Hab und Gut. Darüber kann er nicht im Alleingang befinden!

Ich werde mich mit A.E. zusammentun, und wir werden uns beschweren, und wenn das nichts hilft, werden wir meutern. Denn ich weiß besser als der junge Seneschall um die Mächte, die hinter den Templern stehen. Ich habe erlebt, wie die Prieuré eingreift, wenn sie ihren »Großen Plan« gefährdet sieht.

Nie werde ich das Auftauchen der schwarzen Sänfte vergessen und den Satz »Es sind die gleichen, die nehmen und die geben«. Die Prieuré ist überall, auch dort, wo andere nur ihre Feinde vermuten. Das heißt, wir müssen uns im klaren sein, daß das Spiel um die »Sache« der Johanniter nur *ein* Schachzug sein könnte im »Großen Plan«! Ich weiß nicht, ob mein Herr Jean de Joinville diese Dimension begreift. Denn es hieße wohl den Gegner gewaltig zu unterschätzen, wenn man annähme, er ließe sich auf eine Partie ein, die er nicht übersieht. Daß uns die Templer nicht haben wollen, heißt noch lange nicht, daß sie uns aus den Augen verlieren, und bis jetzt ist ihnen jeder Schritt, den wir tun, schneller bekannt, als wir ihn bedacht haben. Ich hoffe, mein Herr, Ihr laßt Euch in der Burg, geblendet von Macht und Reichtum und blind vor gekränkter Eitelkeit, nicht auf Züge ein, die ihr nicht, oder nur mit Verlust wichtiger Figuren, bestreiten könnt. Und das wichtigste ist, um es Euch noch mal in Erinnerung zu rufen, nicht der Erfolg der »Sache«, sondern der Erhalt unserer Köpfe – ohne sie keinen Titel, ohne sie keinen Schwanz!

W ILLIAM VON ROEBRUK stand, wenn sein Herr außer Haus war, selten dortselbst am Schreibpult, sondern erwartete ihn in der Taverne »Zur schönen Aussicht«, wo er sicher sein konnte, daß der Graf von Joinville »vorbeischaute«, um sich für den Aufstieg ins Quartier zu stärken. Der Wirt kreidete die Weine des Sekretarius selbstredend dem Balken des Seneschalls an.

Es war längst Abend geworden, und der Erwartete war immer noch nicht von den Johannitern zurück. Am Nebentisch saß der Inquisitor und fixierte ihn ständig, aber William tat so, als sähe er ihn nicht.

Dann fegten plötzlich Engländer durch die Taverne, und William hörte, wie sie sich aufgeregt zuriefen:

»Die Knappen des Königs sind in der Griechenkaschemme! Die Milchbärte wollen's wissen!«

Der provozierte Zusammenstoß mit den Griechen versprach auf jeden Fall ein schönes Spektakel, und so etwas wollte auch William sich nicht entgehen lassen. Er erhob sich gemächlich, konnte es aber nicht lassen, den Dominikaner aufzufordern mitzukommen.

»Herr Angel wird Euer Gesicht vermissen, Bruder«, warf er ihm im Vorbeigehen hin, »Euer Zeugnis ist gefragt.«

Doch Simon de Saint-Quentin hob abwehrend die Hände.

»Ruft die Sodomie mit Knaben nicht die Inquisition auf den Plan?« höhnte William. »Ihr habt's doch sonst mit Kindern! Stellt ihnen heimlich nach!«

Die Leute horchten auf.

Der Inquisitor sprang wütend auf und rannte aus der Taverne. William ging als Sieger.

Das bevorstehende Ereignis schien sich im Hafen herumgesprochen zu haben, etliche, immer mehr, strömten in Richtung des Genuesenviertels. William beschleunigte seine Schritte, er wollte nichts verpassen.

In den Torbögen der Lagerhäuser hatten die Händler und Huren, die Säufer und die Diebe allesamt ihre Tätigkeit unterbrochen und starrten hinüber zur Tür, die hinabführte in die verrufene Schenke.

Dann sah William auch schon den Angel von Káros heranstürmen, er stampfte vorwärts, so schnell es ihm sein massiger Körper erlaubte, und sein Fett bebte sichtbar vor Zorn. Seine Griechen hasteten ihm voran, um seinen Auftritt gebührend vorzubereiten und dem Stäupen der verrückten jungen Hunde beizuwohnen.

»Ducken und versohlen!« hetzten sie ihren Anführer auf, dem sie jetzt die Tür aufrissen, und Angel wälzte sich hindurch, kaum daß William ihm zu folgen vermochte. Auf dem ersten Treppenabsatz blieb der »Despotikus« stehen und warf seinen gefürchteten Blick in die Menge, seine Augen suchten und fanden auch sofort die aufmüpfigen Pagen, die sich jedoch – wie auf ein Kommando – erhoben, als ob ihr Herr König die Spelunke betreten hätte. Schlagartig war es dort still geworden. Doch die Pagen drehten Angel den Rücken zu, ließen allesamt ihre Hosen fallen und streckten ihm sich bückend ihre nackten Hintern entgegen. Alles johlte.

Die Griechen wollten sich auf die Frechen stürzen, aber sie blickten in gezückte Schwerter: Die Garde hatte – unter Verzicht auf ihre königsblauen Mäntel mit den goldenen Lilien Frankreichs – die Pagen begleitet und sich unerkannt unter das Publikum gemischt. Die Griechen waren verunsichert, denn auf jeden von ihnen kamen zwei, und einer hatte sie schon gepackt, ehe sie ziehen konnten. Ihr »Despotikus« oben auf der Kellertreppe hatte das nicht bemerkt und brüllte: »Bastarde, ölt sie ein!«

Ein Furzchor der Pagen war die Antwort, und Angel blieb vor Empörung wie angewurzelt stehen.

Dann rief eine Stimme: »Die Ärsche sind bereit, Dicker, jetzt zeig deinen kleinen Schwanz!«

Das hatte noch keiner gewagt, und Angel riß die Streitaxt aus ihrem Gehänge zur Rechten, während zur Linken sein Morgenstern baumelte. Er war furchtbar mit diesen beiden Waffen, aber hier sollte wohl die Axt genügen.

»Kommt heraus!« schrie er in die Richtung des Unbekannten, den er auf die Entfernung nicht recht erkennen konnte. »Sonst muß ich Euch holen!«

»Geht nur voraus!« Yves der Bretone trat aus dem Schatten einer Säule, krumm, mit hängenden Armen wie immer. Keiner sah ihm die Anspannung an. »Ich will Euch gerne folgen«, und er bahnte sich seinen Weg durch die Menge.

William stolperte rückwärts aus der Tür, weil sich der Riese wortlos umgewandt hatte und hinausdrängte. Seine Griechen wollten ihm weniger beistehen als die Abstrafung des Bretonen miterleben, doch die Garde versperrte ihnen den Ausgang, kaum daß Yves sich hindurchgezwängt hatte. Angel war nach einigen Schritten stehengeblieben und sah sich einer Arena gegenüber. Eine dichte, schweigende Menschenmauer bildete ein Rund, in dessen freier Mitte ein Korb stand.

»Wohlan, Angel von Káros«, hörte er hinter sich die krächzende Stimme des Bretonen, »darin wird weggetragen, was vom Verlierer übrigbleibt!«

Wie von einer unsichtbaren Faust geschoben, stakste der Riese vorwärts und lockerte nun auch den Morgenstern. Er trat auf den Korb zu und warf einen Blick hinein. Er war leer.

»Seinen Inhalt habe ich den Fischern von Episkopi als Köder versprochen«, erläuterte ihm Yves mit aufreizender Ruhe. »Ich dachte, das sei auch in Eurem Sinne.«

Mit einem Wutschrei schlug der Riese, ohne sich umzudrehen, den Morgenstern nach hinten, wo er den Stand des schildlosen Herausforderers vermutete, aber Yves hatte sich geduckt, und die Kugel mit ihren Stacheln wischte über seinen Kopf hinweg.

Zurückweichend streifte Yves seinen Umhang ab, den er über den Schultern getragen hatte, und der metallene Schild kam zum Vorschein, eine gewölbte Scheibe, seinem Rücken angepaßt wie der Panzer eines Käfers. Mit einem Griff hatte er ihn gelöst und vor sich gebracht. Die Menge jubelte, als der nachfolgende Axthieb des für seine Masse erstaunlich behenden Riesen daran abglitt. Yves' Schwert schnellte vor und fuhr über Angels Faust, etwas fiel zu Boden, während Angel noch ungläubig seine blutende Hand besah, hatte sich der Bretone schon gebückt, den Finger aufgehoben und in den Korb geworfen. Angel stürmte, den Morgenstern schwingend, brüllend hinter ihm drein, doch Yves benutzte den Korb geschickt als Deckung und tauchte erst wieder auf, als die Stacheln sich im Geflecht verfangen hatten. Dem zweiten Schwertstreich fiel die linke Hand samt der Waffe zum Opfer, die Faust umklammerte sie noch, als sie im Korb verschwand. Aus dem Armstumpf schoß das Blut. Angel wollte fliehen, sich mit der Axt seines unheimlichen Gegners erwehrend, versuchte er, rückwärts aus dem Menschengehege zu entkommen. Doch die stachen in seinen Rücken, er sah sich entsetzt um und erkannte erst jetzt, daß die erste Reihe von den Fischern gebildet wurde, die ihm haßerfüllt, bewegungslos ihre Harpunen entgegenstreckten. Zu spät wandte er sich wieder seinem Feind zu. Yves wich der Axt aus und trennte vom anderen Arm nun auch das Stück bis zum Ellenbogen. Der Riese schwankte, so daß der Bretone sich furchtlos vor ihm niederbückte und den Unterarm vom Boden aufhob. Die Axt fuhr kraftlos neben ihm in den Sand. Yves drehte seinem Opfer den Rücken zu und trug das blutende Fleisch zum Korb. Der Riese vermochte ihm nicht zu folgen.

»Komm her, Bretone!« schrie er. »Wenn du kein Feigling bist –
ich kann nicht mehr gehen!«

Er stand da, breitbeinig mit gehobener Axt. Yves warf seinen
Schild weg und trat ihm entgegen, er wechselte sein Schwert blitz-
schnell in die andere Hand. Als die Axt niedersauste, hatte das
Schwert schon zugeschlagen. Seine Schärfe schnitt unter der Ach-
sel durch die Muskeln, die Axt fiel zur Erde. Der Riese brach in die
Knie.

»Töte mich«, röchelte er, »schnell!«

Der Bretone wandte sich wortlos ab, klaubte seinen Schild auf
und schleuderte die Axt den Fischern zu. Das war das Zeichen, auf
das sie gewartet hatten. Sie warfen sich auf den Riesen, zerrten ihn
zum Korb und hackten auf ihn ein.

Alles war so schnell gegangen – zwischen der Ankunft des
»Despotikos« und seinem gräßlichen Ende war kaum ein »Ave
Maria« vergangen –, daß nicht einmal die Griechen von den Schif-
fen rechtzeitig ihrem Herrn zur Hilfe herbeieilen konnten. Die
Engländer dachten gar nicht daran, in diesen Zweikampf einzu-
greifen.

Von Simon herbeigeholt oder vom Geschrei der Menschen, erschien jetzt die Johanniterwache und löste die Traube um den
Korb mit Schlägen und Stößen ihrer Lanzen auf. Die Fischer waren blutbeschmiert. Von Angel gab es nichts mehr zu sehen. Der
Korb war voll. Der Wachhabende schaute hinein und prallte angewidert zurück. Der Kopf oben auf den Fleischstücken hatte keine
Ohren, keine Augen, keine Lippen und keine Nase mehr.

DIARIUM DES JEAN DE JOINVILLE

Limassol, den 25. April A.D. 1249

Die Griechen waren ob der Hinmetzelung ihres Heerführers derart
empört, daß sie erst Brand an die Scheuern der Genuesen legten,
wobei auch ihre Lieblingsspelunke niederbrannte. Dann waren sie
aufrührerisch durch den Hafen gelaufen, pöbelnd und Streit suchend. Als die inzwischen verstärkte Johanniterwache die ersten

von ihnen niedergeritten hatte, waren sie schreiend, ob des Unrechts, auf ihre Schiffe gestürmt und hatten die Anker gelichtet.

Der Anjou war bereit, ihnen Genugtuung zu geben, was den Kopf des Bretonen bedeutet hätte, aber den hatten die Johanniter in Schutzhaft genommen. So drängten sie mit all ihren Schiffen zur Hafenausfahrt, doch der Konnetabel weigerte sich, die Kette lösen zu lassen. Der Verlust dieser zwar ungebärdigen, aber kampfstarken Truppe mit ihren inzwischen sechzehn Schiffen hätte für das Kreuzzugsheer eine empfindliche Schwächung bedeutet. Herr Ludwig war wütend auf seinen Yves, aber als er dessen Motive erfuhr, mußte er ihm innerlich recht geben und war nicht bereit, ihn strategischen Interessen zu opfern, wie es sein Bruder von ihm verlangte. Er bestand nicht einmal auf seiner Auslieferung. Die Griechen blockierten also weiterhin den Zugang zum Meer, in Erwartung, daß ihre Forderung erfüllt werde.

Da mein Sekretarius pflichtvergessen mich nicht im Quartier erwartet hat, sondern, mit Sicherheit auf jede Art von Tumult versessen, sich im Hafen herumtreibt, erstatte ich auf diesem Weg meinem lieben Vetter A.E. Bericht über das Treffen auf der Burg.

Anwesend war – außer dem Herrn Jean de Ronay – auch Maître de Sorbon, was mich nicht erstaunte. Was mich hingegen überraschte, war, daß der das Wort führte – und daß beide davon ausgingen, daß die Kinder für »die Sache« zur Verfügung stehen, als habe man schon ein Übereinkommen mit denen, die sie gerade hüten.

»Die Sache« stellt sich für die beiden Herren wie folgt dar, wobei ich immer noch nicht weiß, wer den Maître vorgeschoben hat: Unterwirft König Ludwig Ägypten – das Ziel wurde klar ausgesprochen unter uns –, dann sieht Maître Sorbon einen Thronprätendenten, für den sich seine Partei vorbehaltslos eingesetzt: Robert d'Artois.

Der junge Prinz von Frankreich als Begründer einer Dynastie, die von Bagdad über Damaskus bis Kairo das gesamte Mittelmeer beherrschen soll, das ehemalige Heilige Land, Zypern und Sizilien eingeschlossen. Um den dynastischen Anspruch, bei dem es ja bei den Capets hapert, zu untermauern, soll ihm das Königliche Kind Yeza zur Ehe gegeben werden. Maître Robert hält es zu diesem Zeitpunkt für überflüssig, den Grafen von Artois von dem Vorhaben in Kenntnis zu setzen oder das andere Königliche Kind verschwinden zu lassen, damit es keine Komplikationen gibt, bis der König tatsächlich seinen Fuß auf Ägypten gesetzt hat.

Soweit die dynastische Seite, der man ein klares Konzept nicht absprechen kann, bei allen Imponderabilien. Die Johanniter, so Herr Jean de Ronay, immerhin stellvertretender Großmeister, sind bereit, dieses Vorhaben zu unterstützen, und zwar mit allen Mitteln, die ja nicht unbeträchtlich sind. Doch legte er auch klar, daß der alleinige Antrieb nicht die Errichtung einer neuen Herrschaft im Mittelmeer sei, bei der ihm selbstredend alle bestehenden und entstehenden Handelsmonopole zufallen, sondern eine grundsätzliche Entscheidung: die Entmachtung des Tempels! Er meine damit nicht dessen Vernichtung, nicht einmal dessen Überflügelung in Reichtum und Handel, sondern dessen »Demystifizierung«. Es ginge nicht an, und es sei für jeden Ritter Johannis unerträglich, daß jeder der Mitgliedschaft im Orden der Templer einen höheren Wert beimesse – als sei der Dienst im Hospital zweitrangig. Schon hieße es: »Der ist Johanniter geworden, der Tempel hat ihn nicht genommen!« – Da diese *defectio rationis* nicht auszugleichen sei mit *res actae et visibiliae*, »denn wir tun unsere Pflicht als Orden weiß Gott ordentlicher als die Templer!«, müsse man sich nun um das Charisma bemühen.

Dankenswerterweise habe der Herr de Joinville darauf hingewiesen, daß die Kinder des Gral heute die einzig bekannten Überlebenden aus der Linie des heiligen Blutes seien. Ihnen wolle man sich nun also nähern, in aller Ehrfurcht und aller Behutsamkeit. Es ging natürlich nicht an, was da der Maître vorhabe, das Mädchen einfach ins Brautbett zu stoßen und den Jungen vielleicht zu ertränken wie einen überflüssigen jungen Hund.

Da griff auch ich ein: »Das wäre genau die Zerstörung des Mythos, damit ist keinem gedient!«

Da lachte mich der Maître Robert aus. »Gut, wir lassen Euch den Jungen. Der Orden des heiligen Johannes kann ihn in einen Schrein setzen und als Gralskönig verehren, wenn der Papst es erlaubt. Aber ich sage Euch, als Reliquie würde er weniger Scherereien machen!«

»Das kommt gar nicht in Frage!« Ich ertappte mich dabei, daß ich Empörung verspürte. Ich, der Graf von Joinville, als Verteidiger der Kinder! »Die Kinder bleiben zusammen – und zwar lebend! Sonst könnt Ihr meine *consultatio* gleich vergessen!«

Und der Herr de Ronay wiegelte auch ab und sagte: »Es gäbe nur einen Weg, die Kinder ohne Schaden für ihre Reputation, die für den Orden eine *conditio sine qua non* ist, für Thron und Bett zu trennen: Wir versteifen uns darauf – über jeden Zweifel erhaben –, daß sie Geschwister sind. Dann wären sie teilbar – auf die sanfte Art.«

»Genial!« sagte Robert de Sorbon. »Ich sehe mich doch noch als Advocatus diaboli vor die Sacra Rota treten.«

»Amen!« sagte der Herr de Ronay. »Als erstes wollen wir beschließen, jemanden nach Masyaf zu schicken – denn dort sind die Kinder, wie ich aus dem Marqab erfahren habe –, um zu hören, ob und zu welchen Konditionen die Assassinen bereit sind, die Kinder in unsere Obhut zu übergeben.«

»Ich schlage vor«, ließ sich der Maître sogleich vernehmen, »mit dieser Aufgabe Yves, den Bretonen, zu betrauen, der spricht Arabisch.«

»Um Gottes willen!« rief ich. »Ihr macht den Bock zum Gärtner!«

Wie wir inzwischen alle wissen, lag ich mit dieser Einschätzung des Bretonen ja nicht so falsch. Es muß grad um die Zeit gewesen sein, in der wir oben in der Burg tagten, daß Herr Yves unten den Angel zerhackte. Ein solcher *raptus* war bei ihm immer möglich.

Auch der Johanniter schien ob dieser Idee entsetzt. »Der Bretone ist gefährlicher als jeder Skorpion. Die stechen nur zu, wenn sie sich bedroht fühlen, der aber aus Lust am Töten –«

»Ich könnte William von Roebruk schicken«, warf ich ein, »der kann auch Arabisch, und die Kinder lieben ihn –«

»Aber er erscheint mir nicht würdig«, sagte der Herr de Ronay, »unseren Orden bei einer so wichtigen Verhandlung zu vertreten, außerdem ist mir dieser Minorit zu unberechenbar. Ich ziehe vor, den edlen Herrn Oliver von Termes zu beauftragen, der ist uns verpflichtet und ist froh, wenn er Zypern den Rücken kehren kann.«

Dagegen konnte der Maître wenig einwenden, denn wenn er für einen erwiesenen Totschläger plädierte, konnte er gegen einen überführten Deserteur kaum protestieren. Also wurde es so beschlossen und sofort durchgeführt, noch am selben Abend. Welch Glück, will mir scheinen, denn wenige Stunden später wäre alles durch den Aufruhr der Griechen nicht mehr möglich gewesen.

Das Schiff, das den Komtur Sigbert und die Königin mit ihren Frauen nach Akkon bringen sollte, lag segelfertig im Hafen.

Herr Oliver wurde, ohne ihn lange zu fragen, aus seinem Zimmer geholt – grad recht, denk' ich, um jetzt Herrn Yves dort einzuquartieren! – und verkleidet als blinder Passagier vom Marschall Peixa-Rollo auf das Schiff geschmuggelt. Denn der Anjou ist immer noch scharf auf ihn. Einmal auf hoher See, kann er sich dann zu erkennen geben. Der Komtur ist eingeweiht. Von Akkon soll sich der Herr Oliver, den Herr Jean de Ronay selbst mit seiner Aufgabe vertraut gemacht hatte, dann sofort zum Marqab begeben und sich beim Konnetabel Jean-Luc de Granson melden.

Wir besprachen dann noch die offenstehenden geschäftlichen Fragen, die zu meiner vollen Zufriedenheit geregelt wurden, und ich dachte mir, wie angenehm es doch sein müßte, in geldlichen Dingen so aus dem vollen schöpfen zu können!

P.S. des A.E. de Joinville: Ihr solltet aber auch bedenken, daß man eben nicht alles mit Geld zuscheißen kann, daß ein Zuviel Reaktionen hervorruft, die von Gefühlen gesteuert werden – wenn sie überhaupt gesteuert werden. Gerade in dem näheren Umfeld der Königlichen Kinder – so wird Euch William von Roebruck gern bestätigen – werdet Ihr immer wieder auf Persönlichkeiten stoßen, die sich nicht kaufen lassen und doch bereit sind, jederzeit ihr Leben für die Kinder zu geben.

P.P.S.: Als heute nacht, oder genauer in den frühen Morgenstunden, wieder Ruhe im Hafen einkehrte, lagen die griechischen Schiffe immer noch dicht gedrängt vor der Ausfahrt. Die Engländer haben sich bereit erklärt, sie zu entern, aber die Griechen haben gedroht, beim ersten Anzeichen eines Angriffes würden sie ihre Schiffe allesamt dort selbst versenken. Dann säße die gesamte Flotte in der Falle, und Herr Ludwig kann seinen Kreuzzug begraben und vergessen.

Doch der König ist nicht weniger starrköpfig, und da seine Frau Königin noch kurz zuvor abgereist war, besteht für ihn keine *necessitas imminens agendi*. Er hat angeordnet, die Griechen weder mit Trinkwasser noch mit Proviant zu versorgen. So steht Blockade gegen Blockade. Die Waage halten sich auch die Ratgeber, die dafür sind, den Bretonen preiszugeben – das sind wohl die, die ihn schon immer loswerden wollten –, und die, die dem König raten, er solle die Griechen ziehen lassen, sie seien nunmehr noch weniger zuverlässig denn je, eine Gefahr für die sowieso schon verlotterte Moral im Hafen und eine Schande für ein christliches Kreuzfahrerheer.

DIE SONNE GLÜHTE UNBARMHERZIG auf Masyaf. Die Festung der Assassinen lag wie ausgestorben in der Mittagsglut. Es war jetzt fünf Tage her, daß die Kinder entflohen waren. Es kehrten zwar noch jeden Abend die erschöpften Suchtrupps hinter die Mauern zurück, aber man konnte schon von weitem sehen, daß sie mit leeren Händen kamen, müde und von Staub bedeckt. Hoch oben am Himmel standen die Adler, als wollten sie, in Schluchten und Höhlen des Djebel Bahra und der umliegenden Berge spähend, sich an der Suche nach den Verschwundenen beteiligen.

Crean zog stets als erster aus und kam immer als letzter zurück, er war abgemagert, und sein vernarbtes Gesicht war mehr denn je von Gram zerfressen. Er meldete sich schon längst nicht mehr zum Rapport oben auf der Plattform des Observatoriums, er mochte seinem Kanzler ebensowenig wie seinem alten Vater unter die Augen treten. Crean hatte die Verantwortung für die Kinder getragen. Er hatte ihnen den Freiraum gelassen, damit sie sich glücklich fühlten. Sie hatten ihn hintergangen.

Es war ein Tag wie alle anderen gewesen.

Die Sonne glühte unbarmherzig auf Masyaf. Die Festung der Assassinen glich einer Burg von Waldameisen, in die ein unbedachter oder mutwilliger Wandersmann getreten. Von oben gesehen, lagen die Mauern und Wege wie bleiche Rippen frei, auf denen die aufgebrachten Mönchskrieger hin und her eilten. Selbst die Adler in ihrem unsichtbaren Horst in der Mauer schrien heiser, lauter, und strichen in beängstigendem Tiefflug um die Türme von Masyaf, über denen sie sonst still in größter Höhe kreisten.

Der alte Turnbull griff sich mit der Hand ans Herz, als es hieß: »Die Kinder sind verschwunden!« Tarik erbleichte und versuchte sich ins Scherzen zu retten, weil Yeza und Roç schon so oft sich stundenlang versteckt gehalten oder auf Erkundungszügen durch verbotene Gänge gekrochen waren. Die Bibliothekare hatten sie nicht gesehen, auf der Kuppel der blauen Moschee war keine Spur zu finden noch in den Gärten des Großmeisters. Clarion war prompt in Tränen ausgebrochen und jammerte von da an so herzzerreißend und ohne Unterlaß, daß Madulain schon befürchtete, ihr übertriebenes Geflenne könne auffallen. Der ebenfalls eingeweihte El-Ashraf nahm die Gelegenheit wahr, sich ihr tröstend zu nähern. Dann hatte man vor einem längst stillgelegten Türchen in der Außenmauer, der Zugang galt als verfallen, Yezas rotes Stirnband gefunden. Und dann meldeten die Köche, daß jemand Nüsse, getrocknete Datteln und Feigen entwendet habe. Auch ein Topf Honig fehlte.

Daraufhin ließ sich der Kanzler, von einem neuerlichen Fieberanfall geschüttelt, auf seiner Bahre vom Observatorium nach unten tragen und enthob Crean der Befehlsgewalt über die sofort einsetzende Suchaktion.

Das war jetzt fünf Tage her, und man durfte sich keiner Illusionen hingeben: Die Flucht – oder Entführung der Kinder war von langer Hand vorbereitet worden. Sonst hätte man die Flüchtlinge gefaßt, zumal sie sich in den schwer zugänglichen, zerklüfteten Noisiri-Bergen nicht auskannten.

Nach drei Tagen hatte Tarik Delegationen an alle umliegenden Burgen geschickt, auch eine nach Homs, eingedenk des Besuchs des Sufis und der immer noch andauernden Anwesenheit von El-Ashraf. Die Gesandtschaft war heute früh mit dem bitter enttäuschten Turnbull, der sich ihre Führung nicht hatte nehmen lassen, zurückgekehrt. An-Nasir hätte zur Antwort gegeben, er habe zwar zwei Kinder zu Gast, aber das sei allein eine zwischen ihm und dem Sultanat von Kairo zu erörternde Angelegenheit. Man habe sie ihm aber dann doch gezeigt: Es waren nicht *die* Kinder. Im übrigen möge man El-Ashraf ausrichten, er solle zurückkehren, als Vettern vom gleichen Stamm der Ayubiten würden sie sich schon über das Lehnsverhältnis von Homs einig werden.

»Was ich jedoch für eine Falle halte«, warnte John Turnbull im gleichen Atemzug.

Doch der ansonsten von allen für ziemlich feige eingeschätzte Emir mit dem schielenden Auge erklärte zur größten Überraschung des Kanzlers, er wolle die Einladung annehmen. Er habe die Gastfreundschaft auf Masyaf lange genug mißbraucht. Dem mochte keiner widersprechen, und so wurde seine Abreise für den nächsten Tag vereinbart.

Da meldete sich Clarion zu Wort, die fünf Tage lang nur geheult und davon ganz rote Augen hatte.

»Nachdem die Kinder fort sind«, wehklagte sie, »ist meines Bleibens hier nicht mehr. Ich hätte besser auf sie achten sollen«, warf sie sich vor, und, sich an El-Ashraf wendend: »Wenn der Herr Emir mich und meine treue Begleiterin als Reisegefährten akzeptiert, dann werden wir mit ihm Masyaf verlassen.«

Dagegen hatte der Kanzler auch nichts einzuwenden, denn ihre ständigen Tränen und gelegentlichen hysterischen Ausbrüche, die jedem Klageweib zur Ehre gereicht hätten, gingen ihm schon seit dem ersten Tag des Verschwindens der Kinder auf die Nerven, mehr aber noch das besserwisserische Getue dieser Madulain, die ihm in ihrem grauenhaften Arabisch ständig Ratschläge erteilte, wo und wie man zu suchen habe. Er war froh, die Frauen loszuwerden, die in der mönchischen Männerwelt von Masyaf nur Unruhe gestiftet hatten. Also wurde den Damen gestattet, ihre Habseligkeiten zu packen.

Yeza wachte als erste auf. Es dauerte eine Zeit, bis sie begriff, wo sie war, und sich erinnerte. Sie brachte ihre Wange an die kühle Nase von Roç und erschrak, weil sie seinen Atem nicht spürte. Sie legte ihr Ohr auf seine Brust und hörte endlich sein Herz ganz weit weg und so leise schlagen. Yeza löste sich von ihm und stand langsam auf, sie fühlte sich schwindelig. Noch unsicher auf den Beinen tastete sie sich vorwärts, bis sie an das selbst errichtete Steinhindernis stieß. Jemand hatte es zur Hälfte niedergerissen, es dann aber wohl aufgegeben. Yeza kniete nieder und drückte die Steine zur Seite, sie fühlte sich zu schwach, sie wegzuräumen. Als die Öffnung groß genug war, kroch sie auf allen vieren über den Steinhaufen. Fast wäre sie ermattet liegen geblieben und wieder eingeschlafen. Yeza raffte sich auf und lief den ihr vertrauten Gang entlang, bis sie zur Steintreppe kam, die hinaufführte zur drehbaren Marmorstatue des Bacchus'. Sie lauschte – nichts! Sie preßte ihr Gesicht an den Spalt und sah die beiden prallen Ziegenlederbeutel hinter dem Sockel liegen. Da wußte sie, daß es höchste Zeit war. Sie hastete zurück und weckte Roç, als Schütteln nichts half, mit Spritzern, dann mit einem Schwall aus dem Wasserkrug. Er richtete sich auf und fragte verschlafen: »Leben wir?«

»Wir haben fünf Tage geschlafen«, sagte Yeza. »Ich habe einen furchtbaren Durst.« Sie tranken den Krug mit kleinen Schlucken abwechselnd leer und begannen, dazu das hart gewordene Brot zu kauen.

»Wenn man jemanden aus dem Kerker befreien will, dann muß man Opfer bringen.«

»Ach ja, Homs!« fiel es Roç wieder ein, es klang nicht sehr begeistert.

In dieser Nacht verließen die Kinder ihr Versteck unter dem Pavillon und begaben sich auf die Wanderung durch die dunklen Gänge, in denen sie sich mittlerweile blind auskannten. Sie hatten sich noch einmal gestärkt und trugen jeder einen der Ziegenlederbeutel mit frischer Milch mit sich. Das war das mit Madulain vereinbarte Zeichen zum Aufbruch gewesen. Als sie die Beutel hinter der Göttin an sich genommen hatten, wußten Roç und Yeza, daß nun der dritte Schritt zu tun war: das eigentliche Entkommen. Sie kannten den Rhythmus der Patrouillengänge auf den Mauern, und sie rutschten mehr, als daß sie schlüpften, gar nicht weit entfernt von dem Haupttor durch einen steil abfallenden Abwasserkanal, mit zugehaltenen Nasen. Sie waren fast unten angekommen, immer wieder lauschend, ob niemand auf ihre Geräusche achtete, als Yeza plötzlich einen Schrei nur mühsam unterdrückte: Sie war im Knöchel umgeknickt und saß in der Scheiße. Roç, der ihr vorausgeschliddert war, kroch wieder zurück. Man konnte bereits fühlen, wie der Knöchel anschwoll.

»Dreckig bist du eh«, tröstete er sie flüsternd, »bleib sitzen, ich ziehe dich!« Und so zerrte er sie durch den glitschigen Moder, dessen Anblick die Nacht gnädig verbarg, und an den Gestank mußte man sich gewöhnen. Zur Sicherheit nahmen sie auch den weiteren Lauf der stinkenden Kloake als Wegweiser und verließen sie erst, als sie aus der Sichtweite der Burg waren. Die Verabredung mit Hamo war in der Höhle, durch die sie – auf der Flucht vor den verfolgenden Johannitern – damals nach Masyaf gelangt waren. Madulain hatte den Treffpunkt zwar für gefährlich gehalten, weil Crean sich daran erinnern könnte, aber Yeza hatte keck gesagt:

»Du darfst Hamo nicht überfordern. Sei froh, wenn er die Grotte wiederfindet!«

Außerdem lag sie in entgegengesetzter Richtung, denn sie

mußten damit rechnen, daß die Assassinen – als letzten verzwei-felten Versuch – den Weg der abziehenden Gruppe unter El-Ashraf für einige Zeit beschatten würden. Tatsächlich verließ Crean be-reits im frühen Morgengrauen die Burg und postierte sich in den Felsen über der Straße nach Homs.

Yeza stützte sich auf Roç und quietschte jetzt ab und zu vor Schmerzen, doch mehr als nach deren Linderung sehnte sie sich nach einem nächtlichen Bad in einem silbrig glänzenden See im Mondschein. Sie stanken fürchterlich.

»Es ist zwar Neumond, aber sie brauchen nur ihren Nasen nachzugehen, wenn sie uns verfolgen wollen«, heiterte Roç sie auf, doch Yezas Traum ging in Erfüllung.

Kaum waren sie in das Höhlensystem eingetaucht, stießen sie auf einen kleinen unterirdischen See von größter Klarheit, daß sie glaubten, das Funkeln der Sterne würde sich in ihm spiegeln, zu denen sie durch eine Öffnung in der Decke aufsehen konnten. Rasch warfen sie ihre Kleider ab, und vorsichtig, Roç führte sie am Arm, stiegen sie beide splitternackt in das Wasser.

Es war bitterkalt und nur durch kräftiges Umsichschlagen zu ertragen, aber es tat Yezas Knöchel gut, und so hielt sie ihn noch hinein, während Roç ihre Kleider wusch und auswrang. Am lieb-sten wäre sie nackt weiter durch die Nacht gegangen, aber Roç gab zu bedenken, daß sie gleich auf Hamo und die aus Antioch stoßen würden. Roç war immer so besorgt, sich richtig zu benehmen. Ihr kleiner Ritter! Mit Schaudern und Bibbern legten sie die nasse Kleidung wieder an.

Zur Überraschung von Roç und Yeza saß Hamo bereits in der Grotte, die sie gerade rechtzeitig erreichten, bevor die Sonne auf-ging. Aber er war allein.

»Wo sind die Truppen? Das Heer?« fragte Roç argwöhnisch.

»Bos Vater, der Fürst, hat es nicht erlaubt«, seufzte Hamo. »›Antioch hat ein Waffenstillstandsabkommen mit Aleppo ge-schlossen, auf drei Jahre, wenn du solange warten willst –‹ hat er seinem Sohn erklärt. ›Das schließt Homs ausdrücklich mit ein,

darauf hat An-Nasir bestanden. Eben damit wir El-Ashraf *nicht* unterstützen! Ich hoffe, dein Freund versteht das.‹ Im übrigen sei
ich, der Sohn der berühmten Gräfin von Otranto, ihm herzlich
willkommen!«

»Und wie befreien wir nun Mahmoud und Shirat?« fragte Yeza
kleinlaut.

»Erst mal müssen wir hinkommen und die anderen treffen«,
sagte Hamo. »Ich warte hier schon seit drei Tagen auf euch.«

»Dann bist du zu früh gekommen, typisch Hamo«, mäkelte
Roç, »aber wenigstens hast du Esel mitgebracht –«

»Iaah!« machte Hamo. »Und Treiber, die mit den Viechern umgehen können«, er zeigte auf die schlafenden Gestalten, »und
auch Frauenkleider für uns alle drei!«

»Was?« sagte Roç. »Ich soll als deine Frau –?«

»Nein«, erklärte ihm Hamo, »der älteste Treiber spielt den
Mann, und wir sind seine drei verschleierten Frauen, auf die kein
Fremder einen neugierigen Blick zu werfen hat!«

»Ich will aber keinen Schleier«, maulte jetzt Yeza, doch Hamo
lachte sie aus: »Dein blondes Haar erkennt jeder Assassine schon
von weitem! Du hast die Wahl: Homs oder Schleier!«

Gegen Mittag des gleichen Tages traf Oliver von Termes auf Masyaf
ein. Die Johanniter, die ihn bis hierher geleitet hatten, mußten vor
der Burg warten. Der Kanzler empfing ihn in Gegenwart von John
Turnbull. Sie ließen den von Ronay schriftlich Bevollmächtigten
reden und das Konzept des Ordens in »der Sache« entwickeln,
ohne ihn zu unterbrechen, wenngleich Turnbull vor Empörung
dem Abgesandten am liebsten die Tür gewiesen hätte. Doch Tarik
ibn-Nasr blieb die Ruhe selbst, ja man konnte sein Zuhören sogar
als »freundschaftlich interessiert« bezeichnen. Als Oliver geendet
hatte, erwiderte der Kanzler:

»Wie Ihr sicher wißt, edler Herr, fallen Entscheidungen dieser
Größenordnung nicht hier in Syrien, sondern auf Alamut. Gebt
uns die Zeit, die Anweisung unseres Großmeisters und Imams Muhammad III. einzuholen! Wenn sie getroffen ist, werden wir den

Marqab benachrichtigen. Auf jeden Fall danken wir dem edlen Herrn Jean de Ronay für die Aufmerksamkeit, die er uns mit diesem Angebot erwiesen hat. Er ist ein weitsichtiger Mann.«

Oliver verneigte sich und sagte: »Ich werde im Krak absteigen. Bitte laßt mich dort persönlich wissen, wie die Antwort ausgefallen ist. Es ist nicht nötig, daß jeder Ordensritter von der Sache jetzt schon weiß.«

»Vor allem nicht die Herren vom Tempel!« setzte Turnbull spöttisch hinzu. »Sie würden Euch, Oliver von Termes, die Haut bei lebendigem Leibe –« Der Kanzler brachte ihn mit einer Gebärde des Unmuts zum Schweigen.

Als sie von oben sahen, wie die Johanniter mit Oliver wieder abzogen, erregte sich John Turnbull:

»Sein Vater war ein berühmter Katharer und ist für die Freiheit seines Glaubens, sein Eintreten für den Gral gestorben. Sein Sohn gibt sich dafür her, ihn zu verraten! Die Kinder zu kaufen! So etwas kann auch nur den Johannitern einfallen!«

Tarik blieb kühl. »Wenigstens wissen wir jetzt – wenn das alles keine Finte war –, daß bei denen die Gesuchten *nicht* sind. Zweitens, lieber John, brüskiere nicht ohne Not jemanden, der dir ein Bündnis anträgt. Wer weiß, was die Zukunft noch bringt.«

»Hoffentlich die Kinder zurück!« seufzte der alte Turnbull.

Die bescheidene Eselskarawane des finster dreinschauenden Beduinen mit seinen drei jungen Weibern war unangefochten bis kurz vor Homs gelangt, als plötzlich der Sufi am Straßenrand stand. Er führte sie in ein Wäldchen, wo schon El-Ashraf und die beiden Frauen lagerten.

IM
HAREM VON
HOMS

DIARIUM DES JEAN DE JOINVILLE

Limassol, den 5. Mai A.D. 1249

»Eigentlich sollte man die Gasse, die vom Tempel hinunterführt zum Hafen«, empörte sich William, als er schnaufend die Taverne betrat, in der ich auf ihn wartete, »nachts nur noch zu zweit betreten – und bis zu den Zähnen bewaffnet!«

»Das ist der Verfall der Sitten«, tröstete ich meinen Sekretarius, »für lautere Seelen wie die Eure nehmen die Gefahren zu!«

Solchen Spott mochte er nicht zulassen. »Eine verdächtige Gestalt hängte sich an meine Fersen, als ich unser Quartier verließ«, berichtete er. »Ich war ohne Waffe. Als die Schritte immer näher kamen, tat ich so, als ob ich stolperte, bückte mich und ergriff einen Stein, mit dem in der Hand ich meinem Verfolger entgegentrat. Es war der Graf von Sarrebruck!«

Das erstaunte mich. »Wie das?«

»Er trug eine Kapuze, als wolle er nicht erkannt werden. ›William von Roebruk!‹ zischte er mich an. ›Nur gut, daß ich Euch treffe‹ – dabei hatte er mir aufgelauert –, ›das erspart mir, weiter nach meinem Vetter Jean de Joinville zu suchen, der um diese Stunde wohl in seiner Spelunke herumhängt –‹«

»Was erdreistet sich der Kerl!« entfuhr es mir. »Ihr habt ihm hoffentlich Bescheid gestoßen?!«

»Mit Maßen«, räumte mein Sekretarius ein: »Ich habe ihm geantwortet: ›Da ist mein Herr allemal in besserer Gesellschaft als in der Euren, Herr Johannes, doch wie lautet die Botschaft?‹

Der Graf von Sarrebruck gab sich alle Mühe, seiner Erscheinung etwas Unheimliches und seiner Stimme einen fürchterlich drohenden Unterton zu geben:

›Hände weg von Sizilien!‹

Gern hätte er mir zur Bekräftigung seiner Worte seinen Degen in den Leib gerannt, aber er besann sich und fixierte mich wie eine Schlange das Vogilein.

›Da müßt Ihr schon deutlicher werden‹, antwortete ich ihm sanft, ›und auch vielleicht hinzufügen, von wem diese schreckliche Warnung stammt –?‹

›Macht Euch nur lustig, Minorit!‹ fauchte der Herr Johannes, und seine Hand zuckte nach seinem Schwert, ich sprang einen Schritt zurück und hob meine Hand mit dem Stein.

›Sie stammt aus dem Munde eines sehr hohen Herren, der nicht viel Worte macht noch viel Federlesens – Das möge meinem umtriebigen Herrn Vetter genügen!‹

Er blieb stehen, und ich sagte: ›Grüßt Herrn Charles im Namen des Grafen von Joinville und richtet ihm aus, die Botschaft sei angekommen!‹

›Kann ich mich darauf verlassen?‹

›Als hättet Ihr Euch selbst in die Spelunke getraut und die Stirn gehabt, Euer Anliegen dem Seneschall persönlich vorzutragen!‹

Ich schritt von dannen, und jetzt bin ich hier!« endete William seinen Bericht.

»Gut so«, sagte ich, »jetzt wissen wir, daß wir den Anjou zum Feinde haben und daß mein Vetter Johannes für ihn arbeitet, was ja nicht verwundert.«

»Das ist eine Erkenntnis«, sagte mein Sekretarius, »über die mir nur ein Krug des besten Weines hinweghelfen kann.«

»Den habt Ihr Euch verdient, William«, sagte ich, »es erwartet Euch allerdings auch Ingolinde von Metz!«

Der Blick des Minoriten fiel mit einem tiefen Seufzer der Resignation auf seine Hur. Sie war völlig umringt von betrunkenen Matrosen, und sobald sie William sah, zeigte sie mit dem Finger auf ihn:

»Da kommt mein Unglück, William von Roebruk!« Sie lachte trunken. »Er bringt mich noch um –«

Die Matrosen machten Anstalten, sich auf meinen Sekretarius zu stürzen, bis Ingolinde den Satz zu Ende brachte: » – meinen Lohn mit seiner Blödheit!«

Das war ihnen wohl gleichgültig, und sie gröhlten: »Was willst du denn noch Lohn, wenn du mit so einem gehst!?«

Da zog sie die beiden nächsten mit sich aus der Tür. »Das werd' ich Euch zeigen, ihr Dudelsäcke!« Und schrill lachend vor Wut, entschwand sie mit ihnen.

Ich hieß William sich zu mir setzen und bestellte einen neuen Krug. Ich hab' ja selbst einen kräftigen Zug, aber das muß ich meinem Herrn Sekretarius lassen, er kann in aller Ruhe und Besonnenheit Mengen in sich hineinschütten, die einen Ochsen umgeworfen hätten, ohne auch nur die geringste Wirkung zu zeigen.

»Wißt Ihr, mein Herr«, sagte William nach dem ersten Schluck, »was den Anjou so vergrätzt hat? Der will nämlich selbst –«, er wischte sich genüßlich übers Maul, »mit Hilfe des Papstes, den Staufer um Sizilien, wenn nicht um den ganzen Süden Italiens beerben, doch sein königlicher Bruder läßt es nicht zu. Und auf den Königsthron von Jerusalem hat er auch schon ein begehrlich Aug geworfen, nachdem das lateinische Konstantinopel noch weniger wert geworden ist als der Kaisertitel. Jedenfalls hat Herr Charles das Mittelmeer im Sinn, und die Idee, dort seinen jüngeren Bruder zu inthronisieren, wird ihm übel aufgestoßen sein.«

»Beim Rülpsen wird es einer wie der Anjou nicht belassen, das werden wir noch zu spüren bekommen. Das erklärt auch, wieso der Herr Charles – in einem plötzlichen Gesinnungswandel – von seinem königlichen Bruder nicht mehr den Kopf des Herrn Yves verlangte. Er bot nämlich an, den von Ludwig Verstoßenen in seine Dienste zu nehmen, im Gegenzug das künftige Wohlverhalten des Bretonen zu garantieren. Doch Herr Ludwig ließ sich darauf nicht ein, genauso wenig wie auf die Nötigung durch die Griechen. Herr Yves wurde durch königliches Dekret vom Kreuzfahrerheer verbannt und wird binnen kurzem nach Akkon verfrachtet werden, wo er über die Sicherheit der Königin wachen soll. Und, wie Ihr sehen könnt, William, sind wir die Griechen los. Der Herr Ludwig hat sie durch den Konnetabel vor die Wahl gestellt, zu bleiben und sich zu fügen oder aber den Kreuzzug zu verlassen. Erpressen lasse sich der König nicht. Daraufhin wurde die Kette gesenkt, und sie segelten unter unflätigen Verwünschungen von dannen.«

Ich nahm einen tiefen Schluck und wunderte mich, daß William so beunruhigt seine Schweinsäuglein über die zechende Menge in der »Schönen Aussicht« wandern ließ, als suche er jemanden, den er nicht finden wollte.

»Ingolinde auf der Spur?« fragte ich scherzend.

»Nein«, flüsterte William, »ich bilde mir ein, zwei Assassinen gesehen zu haben –«

»Ich sehe nur Simon de Saint-Quentin auf uns zukommen. Er schaut allerdings so grimmig drein, als wolle er Euch ermorden, William«, sagte ich und schenkte dem Dominikaner mein schönstes Lächeln.

Doch er begrüßte mich nicht einmal, sondern ging gleich meinen Sekretarius an: »Ihr habt die Hand ausgeschlagen, die Euch die heilige Inquisition in ihrer Güte zur Rettung Eurer Seele hingestreckt, nun nehmen die Dinge ihren Lauf –«

»Hand?« lachte William. »Daumenschraube! Die Instrumente habt Ihr mir gezeigt!«

»Die Phase ist vorbei, William von Roebruk!« sagte der Dominikaner leise drohend. »Wir brauchen Euch nicht mehr. Yves der Bretone wird mich ins Heilige Land begleiten!«

Er hatte es so triumphierend verkündet, als würde er nun erwarten, daß mein Sekretarius reumütig klein beigeben würde. Doch weit gefehlt!

»Wie man's dreht und wendet«, spöttelte William nur, »zwei *canes domini!* – Weiß denn der Bretone schon, wo die Wurst hängt?«

»Er wird's schon rechtzeitig erfahren«, sagte Simon geringschätzig, »und er wird ein folgsamer Hund sein, denn er ist nicht so dumm.«

»Paßt nur auf, daß er Euch nicht ins Bein beißt!« erlaubte ich mir hinzuzusetzen. Der Dominikaner maß mich mit einem Blick voller Verachtung und ging. Er setzte sich weit von uns weg.

»Hunde, die bellen ...«, munterte ich William auf. »Den könnt Ihr vergessen. Der König hat mich beauftragt, insgeheim und darum um so ehrenvoller, ihm die Grundlagen für eine Rede zu erstellen, die er vor den versammelten Heerführern halten will –«

»Will er sie zur Zucht ermahnen –« William gefiel sich heute wohl darin, alles, auch das Erhabene, ins Lächerliche zu ziehen, »– ihren unmoralischen Lebenswandel geißeln?«

»Nein«, sagte ich stolz. »Sie soll von den Kreuzzügen handeln, von der Idee, die ihnen zugrunde lag, von ihrer Pervertierung, von Fäulnis und Verderbtheit, von dem Verblassen und Vergessen des Kampfes für den Glauben –«

»Und dann wie Phönix aus der Asche«, spöttelte William, »erhebt sich jetzt das Banner des Herrn Ludwig und führt uns – das klingt nach baldigem Aufbruch!« erkannte mein schlauer Sekretarius.

»Ihr habt es erfaßt, William von Roebruk. Ich und der König –« Ich kam nicht dazu weiterzusprechen, kein Dolch kam geflogen, um zitternd neben mir im Holz steckenzubleiben, sondern die Hälfte eines abgeschlagenen Weinkrugs zerbarst vor meiner Nase. Zwei Tische weiter war eine Schlägerei ausgebrochen zwischen englischen Seeleuten des Salisbury und einigen Hurentreibern aus Marseille. Messer blitzten auf, dann splitterten die Bänke, weil die Matrosen daraus Schlaginstrumente brachen, wenn sie ihren Gegner nicht gleich damit auf den Kopf droschen, Weiber kreischten, ein paar brüllten vor Schmerz, die meisten aber aus Angst oder um sich Mut zu machen. Als die Johanniterwache in der Tür erschien, war das Aufwallen der hitzigen Gemüter schon verebbt, der Zorn verraucht. Einige Bewußtlose wurden hinausgetragen. Vielleicht waren sie auch tot – oder nur betrunken.

Erst jetzt fand man den Simon. Er lag unter einem Tisch –

erstochen! Von mehreren Dolchen ins Herz getroffen, und keiner hatte es gesehen.

»Ich hatte also doch recht«, bemerkte William trocken, »Assassinen.«

»Er hat zu laut gebellt.« Ich fühlte auch die Genugtuung der richtigen Vorhersage. »Sagte ich nicht: Ihr könnt ihn vergessen? Also laßt uns mit der Arbeit für den König beginnen –«

Doch William war von dem plötzlichen Ableben seines Inquisitors doch betroffener, als es im Augenblick den Anschein hatte.

»Vielleicht wäre es auch für uns beide gesünder«, murmelte er, »ausschließlich für des Königs ehrenhafte Sache tätig zu sein, anstatt uns auf Konspiration und Intrigen aller anderen einzulassen?«

»Ist Euch der Exitus aufs Gedärm geschlagen?«

»Ihr mögt es sehen, wie Ihr wollt«, sagte William kleinlaut, »ich sehe es als Warnung! Die Prieuré warnt nicht zweimal! Und jetzt sind die Assassinen am Zug, die gehen direkter vor als die Herren vom Tempel.«

»Fürchtet Ihr von deren Seite keine Einwände betreffs des weiteren Schicksals der Kinder?«

Mein Sekretarius klärte mich auf: »Den Assassinen spielen die Templer ein zu riskantes Spiel und bieten demzufolge nicht genügend Sicherheit, und den Templern sind die Assassinen zu sehr von Mongolen bedroht, als daß sie den Königlichen Kindern den notwendigen Schutz geben könnten. Denn Masyaf, wo sie jetzt weilen mögen, ist nur eine Station auf dem Wege nach Alamut.«

»Dann müssen sich die Herren Johanniter aber sputen!« kam mir die Erkenntnis. »Sonst ist das Nest leer!«

»Der Herr de Ronay macht sich auf jeden Fall Illusionen, wenn er glaubt, die Assassinen verkaufen ihm die Kinder. Die wissen nun durch die Prieuré um den Wert des königlichen Bluts und werden es für ihre eigenen Belange einsetzen. Da genügt ihnen die unvermeidliche Auseinandersetzung mit den Templern, wozu brauchen sie noch zusätzlichen Ärger mit den Johannitern?«

»Doch ist das gerade der Punkt, wo ich an Herrn de Ronays

Stelle ansetzen würde, denn was können die Ritter vom Hospital den Assassinen nicht bieten, was die vom Tempel zu bieten haben? Aber mit dem feinen Unterschied, und das werden die Assassinen sicher dankbar vermerken, daß die Johanniter zwischen spiritueller Herrschaft und weltlicher Macht trennen können. Das macht sie zu akzeptablen Bundesgenossen.«

»Entscheidungen dieser Größenordnung werden nicht in Masyaf gefällt. Da müßte sich Herr Oliver schon nach Alamut bemühen, oder was noch mehr Erfolg versprechen würde: Der Orden schickt eine hochkarätige Delegation nach Persien, die auch wirklich über das sprechen kann, was dort gefragt ist: Schutz vor den Horden des Großkhans!«

»Summa summarum«, sagte ich, »Ahnungslosigkeit können wir für uns nicht mehr geltend machen. Freien Willens sind wir in eine Raubtiergrube gestiegen, und es gibt keine wilde Bestie darin, die nicht wach geworden ist, knurrt und die Zähne fletscht – bis auf die Schlangen, die lautlos herangleiten. *Polla ta deina kŏuden anthropou deinoteron pelei.*«

»Also«, sprach William, »damit wären wir bei den Kreuzzügen. Laßt mich wissen, was dem großen Chronisten wert erscheint, daß er es seinem König an die Hand gibt oder – wo sich der edle Herr Ludwig schon in die Eure begeben hat – was ich notieren soll?«

»Aber doch wohl nicht hier an Ort und Stelle, werter Herr Sekretarius!«

Ich erhob mich mit unmißverständlicher Geste, indem ich unsere Zechschulden in der Taverne »Zur schönen Aussicht« beglich. »Die Isolation und die Kargheit unseres Quartiers seien der geeignete Rahmen für meines Geistes und Eurer Finger hartes Ringen.«

Ich bemühte mich tatsächlich, meine Gedanken jetzt ausschließlich auf die anstehende Arbeit zu konzentrieren, während wir die nächtliche Gasse hinaufstiegen, doch Williams erster Beitrag war ein grinsend vorgebrachtes »Das fällt unter den vereinbarten Hurenlohn!«

DEUS LO VULT
»Über die Idee der bewaffneten Pilgerfahrt
zu den Stätten des Heiligen Landes
und deren historische Entwicklung,
genannt ›Die Kreuzzüge‹.

Europa im ausgehenden Millenium. Der Weltuntergang hatte nicht stattgefunden, stand also noch bevor, erwartet wurde er allgemein.

Seltsame Himmelserscheinungen, Sonnenfinsternis, Kometen beunruhigten das Volk. Mißernten und Dürren vertrieben es von der kargen Scholle der Waldrodungen in die Enge der Städte. Seuchen und Hungersnöte blieben nicht aus.

Wenn das alles kein Omen war für die ersehnte Wiederkehr des Messias auf diese Erde des Leidens, so kündigte es doch sicher das Kommen des gefürchteten ›Antichristen‹.

Begierig und in dumpfer Verzweiflung wartete das Volk in einem von feudalen Fehden geschütteltem Abendland auf ein Zeichen —«

»Ein ziemlich düsterer Einstieg«, gab mein Sekretarius zu bedenken. »Der König bedarf nach dem nunmehr dreivierteljährigen Fegefeuer hier auf Zypern keiner trübsinnigen Beschreibung finsterer Zeiten, sondern eines Aufrufes für seine Leute, freudig ins Paradies einzutreten?!«

»Werter William«, sagte ich, »unterbrecht bitte nicht meiner Gedanken Fluß noch den Verlauf der Historie! Ihr bin ich als Chronist verpflichtet. Was Herr Ludwig mit ihr anfängt, was er *omissis* unter den Tisch fallen läßt, das ist seine Sache. Also schreibt:

›Die Versöhnung zwischen Westrom und Ostrom, die Aufhebung des Schismas und die Anerkennung des Papstes als alleinigen und unfehlbaren Herren der gesamten Christenheit war in weite Ferne gerückt. Dafür rüttelten dynastische Verwerfungen an der althergebrachten Aufteilung der Welt des Abendlandes. Die Normannen Frankreichs setzten über nach England und bemächtigten sich des Thrones der Angeln und der Sachsen. Dann – immerhin löblich – befreiten sie den Süden Italiens und Sizilien von den Ungläubigen. Der deutsche Kaiser warf sich auf zum Erben des Römischen Reiches und bestritt dem Papst das Recht der Investitur –‹«

»Gestattet, daß ich Euch unterbreche, mein Herr, aber wo steht geschrieben, daß es der Krönung durch den Statthalter Petri bedarf, um Deutscher Kaiser zu sein?«

»Und wo«, schlug ich zurück, »daß der Kaiser den Papst einsetzt? Jedenfalls bildet der Streit den Humus, den es hier auszubreiten gilt.

›Triumph und Demütigungen wechseln sich auf beiden Seiten ab. Mal mag der Papst den deutschen Herrscher zu Canossa in Schnee und Regen warten lassen – dann wieder muß der Papst ausgerechnet vor dem später als so fromm und vorbildlich gepriesenen Gottfried von Bouillon, in seiner Eigenschaft als kaiserlicher Heerführer, in die Engelsburg fliehen. Doch der eigentliche Dorn im Fuß des Fischers ist und bleibt das Schisma. Sein Gegenspieler, der griechisch-orthodoxe Patriarch von Byzanz, hat es leichter, weil Ost-Kaisertum und Ost-Kirche als Einheit auftreten. Dazu kommt – unverdientermaßen – der Glanz der Tatsache, daß die Geburtsstätten des Christentums, vor allem das prestigeträchtige Jerusalem, zum Herrschaftsbereich von Byzanz gehören. Also insgesamt für den Papst eine kaum rosig zu nennende Situation. Nichts kommt ihm so gelegen, als daß in den letzten Jahren des ausgehenden Milleniums zunehmend Hilfsersuchen zur Verteidigung der heiligen Stätten gegen die immer dreister vordringenden Turkvölker in Rom eintreffen. Nicht nur von gebeutelten, gepeinigten Pilgern, sondern auch vom »Bruder in Christo« zu Konstantinopel. Es war ein wehleidig Geschrei, und wir wissen auch nicht, wer es letztlich inszeniert hat –‹«

»Na, wer schon!?« Mein Sekretarius hatte anscheinend eine Pause vonnöten, um sich die Fingergelenke zu reiben.

»Nein, William«, sagte ich, »macht nicht für alles die Prieuré verantwortlich!«

»Doch sicher für diese Hinwendung zu den Anfängen! Nur von Jerusalem aus läßt sich ihr Anspruch und ihr Vorwurf gegen die Kirche Roms, das Vermächtnis des Messias gefälscht zu haben, wieder aufwickeln und belegen. Weswegen waren die Templer die ersten, die –«

»Nicht so schnell!« mahnte ich ihn freundlich ab. »In den Tempel Salomonis kommen wir noch. Jetzt geht es mir erst mal um die Lage der Christen in Palästina *vor* den Kreuzzügen, und die war gar nicht so schlecht. Selbst an Orten, die dem Kalifat von Bagdad unterstanden, lebten seit nunmehr fast tausend Jahren alle Arten von Christen, die ungehindert ihren Glauben ausüben konnten, denen es unvergleichlich viel besser ging als etwa den Juden im christlichen Abendland. Nein, sie hatten nur einen Fehler: Sie waren nicht römisch-katholisch! In den Augen der Kirche Roms war Palästina schließlich und mit Gottes Hilfe ›christliches Morgenland‹ geworden, man hatte – in Stellvertretung Gottes – die Juden für ihre Schuld am Tod des Herrn bestraft, und so sollte es auch bleiben. Aber dann war da ein neuer Prophet aufgetreten, dieser Mohammed hatte die Glaubensbewegung des Islam entfacht und damit die gottgewollte Ordnung umgekrempelt. Sollte ein Christ diese Wilden aus der Wüste um Erlaubnis bitten müssen, dort zu beten, wo man eigentlich Herr im Hause war?!«

»Ist ja auch wirklich ärgerlich!« spottete mein Sekretarius. »Warum bloß war dieser Jesus von Nazareth nicht in Rom zur Welt gekommen?!«

»Das fragt Ihr nur, William, weil es Euch dann erspart geblieben wäre, diese Geschichte der Kreuzzüge aufzuschreiben!«

»Gut«, sagte William, »zurück nach Byzanz, das – solange in Ägypten die Fatimiden herrschten – sich mit denen stets nachbarlich verständigt hatte, ohne wegen des Besitzes von Jerusalem auf seine Macht zu pochen.«

»Richtig«, fuhr ich fort, »doch jetzt wurde es in Asia Minor von den Seldschuken bedrängt, die zugegebenermaßen gegen die Christen ruppiger vorgingen, vor allem aber Byzanz von seinem Besitz und florierendem Handel in Palästina abzuschneiden drohten. *Das* war der eigentliche Grund des weinerlichen ›christlichen Hilfeschreies‹ an den Okzident, *nicht* ›die drangsalierten Pilger‹!«

»Konstantinopel rief sich mit Rom einen Pyromanen zum Löschen des Feuerchens – und was entstand?«

»Die Feuersbrunst der Kreuzzüge!« nahm ich ihm das Wort aus dem Mund und riß die Geschichte wieder an mich. »›Der Papst als helfender Bruder, nebenbei Ostrom auf den zweiten Platz verwiesen. Der Papst als Retter Jerusalems, denn das hatten die Seldschuken nun den Ägyptern weggenommen. Der Papst als der oberste Befehlshaber der gesamten Christenheit! Nicht der Kaiser! Jeder sollte es sehen, und jeder konnte es sehen. Geschickterweise standen zur fraglichen Zeit sowohl der deutsche Kaiser als auch der französische König im Bann, konnten sich also nicht in Persona an die Spitze eines »Kreuzzuges« setzen. So wurde dafür Sorge getragen, daß genügend andere klingende Namen sich an dem Unternehmen beteiligten. Es wurde von vornherein mit gezinkten Würfeln gespielt, denn hinter dem Rücken und gegen Byzanz als dem rechtmäßigen Souverän wurden »Herrschaften«, Feudalbesitz und Adelstitel, in Aussicht gestellt. Nur *das* bewegte letztlich die noblen Herren, nicht der Glaubenseifer – der blieb schlichteren Gemütern vorbehalten. Und so wurde anno domini 1095 das »Konzil von Clermont« in Szene gesetzt, der Papst klagte herzerweichend und aufwiegelnd »*Deus lo vult*« und »spontan« nahmen die ausgesuchten Aspiranten das Kreuz.‹«

»Und wir«, sagte mein William mit einer Entschiedenheit, der ich nichts entgegenzusetzen hatte, »wir nehmen jetzt einen Krug des besten Weines zu uns, den ich gern aus der Taverne holen will.«

Wir unterbrachen also, und ich machte mir Gedanken, ob das bisherige Werk wohl dem entsprach, was sich Herr Ludwig von mir erwartete. Ich will ihm ja gern für seinen eigenen Kreuzzug lautere Motive unterstellen und das auch so niederschreiben, aber er kann von mir als gewissenhaftem *historicus* nicht etwa heischen, daß ich die nun einsetzenden Raubzüge im nachhinein in ihrer Gesamtheit seligspreche. Das pure Verlangen nach Eroberung, Bereicherung – und meinetwegen »Prestige« stand heimlich Pate, die weiteren Gevatter waren: Abenteuerlust, Verdrossenheit mit dem herrschenden, beengenden Feudalsystem des Abendlandes und nur zuletzt der fromme Wunsch, aller Sünden ledig, sich das Paradies, das Seelenheil zu verdienen. Doch Rom verstand es mit zugegebenermaßen perfekter *propaganda fidei*, der Welt das Gegenteil einzureden. Greuelmärchen von geschändeten Priestern und Altären wurden in Umlauf gebracht, in unverantwortlicher Weise dem meist besitzlosen niederen Adel ausgemalt, welche Beute, welche Pfründe im Heiligen Lande seiner harrte – als gäbe es dort keine Bewohner, keinen Adel und keine Verwaltung und vor allem keine Hoheitsrechte seitens Byzanz! – von Bagdad, Damaskus und Kairo ganz zu schweigen. Wen das noch nicht zur Genüge lockte, dem winkte die Vergebung aller Sünden und auch aller Schulden, insbesondere wenn die Gläubiger Juden waren.

William kehrte zurück, und wir labten uns für kommende Taten.

»Der Aufschrei von Clermont«, führte mich mein Sekretarius zum folgerichtigen Ablauf zurück, »setzt also den ersten Kreuzzug in Bewegung.«

»Mitnichten! ›Die Saat ging völlig anders auf als erwartet und geplant. Der hohe Adel ließ sich – nachdem die »spontane« Zusage öffentlich abgelegt war – erst mal Zeit, die Dinge, die man zurückließ, zu ordnen und den zukünftigen Besitzanspruch zu klären. Das Volk, die Ärmsten der Armen, die Namenlosen, die brachen sogleich auf, verhärmte Tagelöhner mit ihren Familien, entkommene Strauchdiebe, verluderte Mönche und andere Hungerleider, aber auch Zweit- und Drittgeborene aus dem Ritterstande, denen sonst nur der Beruf des Priesters oder des Raubritters blieb, sie strömten durch Deutschland, veranstalteten auf ihrem Weg die schlimmsten Pogrome, die das Abendland bis dato gekannt hatte, und ergossen sich als wüster, zügelloser Haufen über den Balkan. Ihr bekanntester Anführer war »Peter, der Einsiedler«. Die byzantinische Polizei erschlug etliche von diesen Raubbrennern und Plünderern, schaffte den Großteil über den

Bosporus nach Kleinasien, wo die Seldschuken den Rest massakrierten. Nur wenige kehrten – Jahre später – zurück.

Inzwischen hatten sich, wir schreiben A.D. 1096, die großen Armeen versammelt. Vier Heeresblöcke. Den ersten führte Gottfried von Bouillon an, Herzog von Niederlothringen von Kaisers Gnaden in zunehmender Ungnade, das Lehen nicht erblich. Den zweiten hatte Raimund von Toulouse aufgeboten.‹«

»Ah«, unterbrach mich William, »der hatte von der Zukunft auch nichts zu erwarten. Der König von Frankreich – keine Sorge, ich schreib das nicht! – gierte nach der reichen Grafschaft im Süden, der Kirche war sie ein Dorn im Auge ob der toleranten Art, mit der dort Araber, Juden und Christen friedlich zusammenlebten, der freiheitliche Nährboden, auf dem sich bald die Ketzerei des Katharertums ausbreiten sollte.«

»Er muß es wohl geahnt haben«, gab ich zu. »›Der dritte unterstand dem Herzog der Normandie, und den vierten bildeten die süditalienischen Normannen unter Bohemund von Tarent. Sie versammelten sich alle erst einmal zu Konstantinopel, wo der Kaiser von ihnen den Lehnseid verlangte, bevor er bereit war, sie überzusetzen. In Asia Minor stießen sie auf die Seldschuken, denen sie eine empfindliche Niederlage beibrachten, deren Nutznießer jedoch Byzanz war. So zogen sie weiter, Gottfrieds jüngerer Bruder Balduin spaltete sich ab und gründete im Landesinnern die »Grafschaft Edessa«, heute längst wieder Urfa. Bohemund machte sich nach der langwierigen Einnahme von Antioch zu dessen »Fürst«, und Graf Raimund nahm sich Tripoli. Mit Mühe konnte Gottfried sie bewegen, ihm bis Jerusalem zu folgen. Das Ziel der bewaffneten Pilgerfahrt fiel endlich 1099, und die Kreuzfahrer richteten ein Blutbad unter der Bevölkerung an, von dem man heute noch mit Schaudern spricht. Gottfried, der bescheidene *advocatus Sancti Sepulcri* stirbt im Jahr darauf, und sein Bruder Balduin macht sich zum ersten »König von Jerusalem«. Ende des Ersten Kreuzzuges und Beginn des »Königreiches«.‹«

»Jetzt entstehen die Ritterorden?« schnappte William vorwitzig dazwischen.

»Ihre Anerkennung durch die Kirche erhalten sie erst später, aber wir können davon ausgehen, daß die Johanniter mit ihrem Hospital sowieso schon vertreten waren und die Templer sofort nach der Eroberung in den Pferdeställen des Salomon auftauchten und heimlich zu graben begannen.«

»Und was suchten sie?«

»Das mußt du die Prieuré fragen, da ihr Mentor, Sankt Bernhard von Clairvaux, nicht mehr unter uns weilt.«

»Und, haben sie es gefunden?«

»Noch dümmere Frage! Schreib!«

William spitzte die Feder.

»›Das Königreich konsolidierte sich, gewann Hafenstädte und errichtete Burgen. Es beherrschte die gesamte Küste von Armenien bis Gaza. 1144, die Gründergeneration der Kreuzfahrer war längst unter der Erde, kam der erste Rückschlag. Sultan Zengi eroberte Edessa zurück. Empörung im Abendland. 1147 setzt sich, angestachelt vom heiligen Bernhard, ein zweites Aufgebot in Bewegung: der »Kreuzzug der Könige«, der Staufer Konrad III. und der Capet Ludwig VII., begleitet von seiner jungen Gattin Eleonore von Aquitanien. Der ganze Aufwand bringt nichts. Es dauert noch weitere vierzig Jahre, dann ist die muslimische Gegenseite von Damaskus bis Kairo unter Sultan Saladin erstmalig geeint. Er schlägt die Christen in der Schlacht bei den »Hörnern von Hattin« mit der verheerenden Folge, daß Jerusalem im gleichen Jahr 1187 wieder in die Hände der »Ungläubigen« fällt. Noch einmal rafft sich das Abendland auf: Der III. Kreuzzug verspricht allein durch seine illustren Teilnehmer ein glorreiches Unternehmen zu werden, doch der greise Kaiser Friedrich I. »Barbarossa« ertrinkt schon 1190 unterwegs in Kleinasien, und der berühmte Held Richard Löwenherz, König von England, verausgabt sich im Ränkespiel mit seinem Cousin Philipp II. Augustus, König von Frankreich. Immerhin werden Akkon erobert, Tyros und Jaffa gehalten. Es kommt zum Waffenstillstand, der selbst freie Pilgerbesuche in Jerusalem mit einschließt. Auf seiner Heimreise gerät Richard in Gefangenschaft des deutschen Kaisers. Dieser, Heinrich VI., hat den Staufern durch seine Heirat mit Constance, der Erbin des Normannenthrons, die Ausdehnung des Reiches bis Sizilien gebracht. Ein gigantischer, seit 1196 exakt geplanter und nicht zuletzt mit dem Lösegeld für den Löwenherz finanzierter Kreuzzug soll seine Herrschaft im Mittelmeer abrunden. Doch im Jahr darauf stirbt der Sohn Barbarossas und Vater des heutigen Kaisers Friedrich. Die große Begeisterung ist nach nunmehr hundert Jahren völlig verflogen. In der Terra Sancta mit Hauptstadt Akkon haben sich Feudalherren etabliert, die sich mit den muslimischen Nachbarn arrangiert haben. Neue Kreuzzügler bringen nur Ärger. Inzwischen haben auch die italienischen Seerepubliken ihren Handel mit dem islamischen Hinterland in den christlichen Hafenstädten fest in der Hand. So wird ein neuer, der IV. Kreuzzug 1202 mit schweigender Billigung Roms und unter massivem Druck Venedigs gegen den alten Erzfeind Byzanz ›umgeleitet‹. Konstantinopel wird in den folgenden zwei Jahren hemmungslos ausgeplündert und zur Kapitale eines ›Lateinischen Kaiserreiches‹ gemacht. Die erhoffte Wiedervereinigung der Kirchen findet jedoch nicht statt. Damit sind die letzten moralischen Barrieren gefallen. Unter dem Deckmantel eines ›Kreuzzuges‹ werden jetzt Eroberungskriege auch ohne Hemmungen gegen Christen geführt. Frankreich greift, nicht nur gebilligt, sondern angestachelt von der römischen Kirche, nach Toulouse und dem Languedoc, der sogenannte ›Kreuzzug gegen den Gral‹, der 1209 beginnt und 1213 mit der Schlacht von Muret abgeschlossen wird. Im gleichen Jahr laufen in ganz Europa die Kinder ihren Eltern davon, deren Verhalten sie anwidert und denen sie keinen Glauben mehr schenken, daß sie Jerusalem noch je ernsthaft zurückgewinnen wollen. Dieser ›Kinderkreuzzug‹ gerät bald zur traurigen Katastrophe für die begeisterten jugendlichen Teilnehmer. Die meisten kommen um oder werden in die Sklaverei verkauft. Das Heilige Land haben sie nie zu Gesicht bekommen. 1220 unternimmt die Kirche selbst einen Versuch. Die Geschichte dieses Unterfangens, seine Strategie und sein Ergebnis, sei Eurer Majestät zur besonderen Aufmerksamkeit empfohlen. Unter dem päpstlichen Legaten Pelagius greift sie nämlich Ägypten direkt an. Die Armee landet im Nildelta bei Damiette, das sie sofort einnimmt. Sie rückt erfolgreich weiter vor gen Kairo bis Mansurah, dann setzen die alljährlichen Nilüberschwemmungen ein, die Eroberer werden abgeschnitten, aufgerieben, wenn sie nicht elendiglich ersaufen.‹«

»Ein Desaster!« pflichtete mir mein Sekretarius bei. »Und unnötig dazu.«

»›Der Staufer zeigte dann der staunenden Welt, daß die Zeit der bewaffneten Auseinandersetzung mit dem Islam überholt ist. 1228 reist er mit kleinstem Gefolge nach Jerusalem, das er sich vorher durch Heirat der Erbin des Königreiches und durch geschicktes Verhandeln mit dem Sultan gesichert hatte, betrat die Stadt, ohne einen Tropfen Blut zu vergießen, und ließ sich dortselbst krönen.‹«

»Nur neideten es ihm alle –«

»Kein Wunder, werter William, Herr Friedrich hatte diesen Kreuzzug so lange vor sich hergeschoben, daß ihn der Papst mit dem Bann belegte. Als Gebannter darf er aber –«

»– keinen Erfolg haben!«

»Es war auch kein dauerhafter: ›1244 verlieren die Christen die Stadt gänzlich und für immer!‹«

»Das wär's«, sagte mein Sekretarius ungerührt, »mir schmerzen Finger und Handgelenk.«

»Es wäre noch hinzuzufügen, daß der nächste – der wievielte?«

»Der VI. oder der VIII. – wie man's nimmt –«

»– Kreuzzug zweifellos der unsrige ist. Er steht ebenso bar allen Zweifels in dieser Kette seiner Vorgänger, mag sein *spiritus rector* noch so lautere Absichten hegen. Wir können nur für ihn beten.«

»Amen«, sagte William.

EIN FINSTERER BEDUINE lagerte mit seinen »Frauen« am Eingang zu einer Grotte. Ihre Gesichter waren von Tüchern so verhüllt, daß keiner Roç, Yeza und Hamo zu erkennen vermochte. Zum Leidwesen des Haremsbesitzers hatten sie kein Feuer entzündet und ihn mit dem gerösteten Zicklein erfreut, das er ihnen gejagt. Sie unterhielten sich in einer Sprache, die er nicht verstand, so daß ihm nur das einsilbige Gespräch mit dem Sufi blieb. Der Emir El-Ashraf, ebenfalls dick vermummt, scherzte hingegen mit seinen Weibern, beziehungsweise die mit ihm, was er aber nicht merkte.

Gegen Abend brachen sie auf. Sogleich entstand Streit zwischen El-Ashraf und Abu Bassiht, auf welchem Weg man am besten ungesehen, nicht gern gesehen oder sonstwie heimlich nach Homs hineinkommt. Vor Erregung über die unerwartete Widerrede nahm das Schielen des jungen Emirs beängstigende Formen an.

»Schließlich bin ich in diesen Mauern aufgewachsen«, schäumte El-Ashraf, um dann mit seiner Sachkenntnis zu überzeugen. »Gegenüber der Zitadelle liegt das Außenfort, verfallen. Von dort führt ein gemauerter Fluchtgang sogar unter dem wasserführenden Felseinschnitt hindurch, der die beiden trennt. Dessen Decke ist schon in meiner Jugend eingestürzt, aber wenn man nur einige Meter taucht, kann man ihn immer noch benutzen –«

Der Sufi wiegte uneinsichtig sein weises Haupt, was den Emir noch mehr in Rage brachte.

»Wer dazu den Mut nicht aufbringt, der muß draußen bleiben!«

Der Sufi sagte: »Wir kommen gar nicht bis dorthin –«

»Ach!« rief der Emir, die anderen als Zeugen der Widersetzlichkeit des frommen Mannes einbeziehend. »Natürlich, wem der Aufstieg durch die Felsen schon zu beschwerlich –«

»Nein«, sagte der Sufi ruhig, »dort haben sie schon ein Katapult hinaufgeschafft –«

»Wer?« griff Hamo ein.

»Die Soldaten des Sultans, die die Stadt belagern –«

»Wie?« Der Emir schnappte vor Empörung nach Luft. »Sie be-schießen mein Homs, ohne mich vorher um Erlaubnis gefragt zu haben?«

»Sie schießen nicht«, sagte der Sufi, »sie hungern An-Nasir aus. Ein dichter Belagerungsring –«

»Also hat Euer Herr, der Sultan, für den rechtmäßigen Besitzer Partei ergriffen«, rief Clarion, »das sollte doch Euer Herz erfreu-en!«

»Ihr kennt meinen Onkel nicht«, antwortete El-Ashraf, »der nutzt jeden kleinen Streit in der Verwandtschaft, um strittige Le-hen einzuziehen. Ich muß mich sofort mit An-Nasir verständi-gen.«

»Also müssen wir auch noch durch einen Belagerungsring!« jammerte Clarion, doch das Problem nahm schon nach der näch-sten Biegung konkrete Formen an, denn eine frisch gefällte Zeder versperrte ihnen den Weg.

Eine Flucht zurück wäre töricht gewesen. Also ritten sie weiter auf die Wachen zu, die um ein Feuer am Straßenrand saßen. Die erhoben sich nicht einmal.

»Wir wollen nach Homs!« rief El-Ashraf mutig, und die Posten am Feuer lachten.

»Immer geradeaus!« rief einer. »Von hier aus nur eine halbe Stunde zu Fuß!«

»– denn Eure Tiere, Wassersäcke und jeglichen Proviant müßt Ihr uns abliefern! Dafür lassen wir Euch Eure Frauen –«

Sie lachten, während El-Ashraf den Sufi fragend ansah. Der nickte wieder nur ergeben mit dem Kopf, er hatte ja weder Esel noch Frau. Der bärtige Beduine gab das Zeichen zum Absteigen. Die Soldaten machten sich auch jetzt nicht die Mühe zu kontrol-lieren, was jeder einzelne an Habe mit sich trug. Die glorreichen Eroberer ließen die Esel mit Sack und Pack vor der gefällten Tanne stehen, und weil sie jetzt auch die Treiber nicht mehr benötigten, wurden die ebenfalls verabschiedet, bis auf den ›bärtigen Bedui-nen mit seinen drei jungen Frauen‹. Auch der andere Beduine, El-Ashraf, tief verhüllt, damit man sein schielendes Auge nicht sah, mit seinen zwei Weibern passierte im Gänsemarsch die freigelassene Lücke. Jetzt konnten sie im Tal die Stadt liegen sehen, umgeben von einer Lichterkette, die Feuer des Belagerungsheeres. Der kleine Trupp schritt schweigend den dunklen Weg hinab.

»Gleich neben dem großen Tor«, sagte der Sufi, nachdem der Emir in ein grübelndes Schweigen verfallen war, »wird die kleine Seitenpforte nachts für die Mutigen geöffnet, die versuchen, in den Gärten vor der Mauer etwas Obst zu pflücken oder sonst etwas Eßbares zu finden. Sie kehren meist nicht zurück.«

»Was dem An-Nasir nur recht ist«, erkannte El-Ashraf richtig, »ein paar unnütze Fresser weniger. Mein armes Homs!«

Der Emir schwieg, und der Sufi fuhr fort: »Die Wachen dort sind Eure Parteigänger, wie alle Bürger in Homs.«

»Weil sie den An-Nasir für Hunger und Dürre verantwortlich machen und meine Rückkehr herbeisehnen?« fragte El-Ashraf, glücklich Bestätigung heischend.

Der Sufi sparte sich lächelnd die Antwort.

»Ich bekomme Durst!« meldete sich Yeza zu Wort, die bislang erstaunlich still an der Seite von Madulain gegangen war. Roç torkelte vor Müdigkeit, der Sufi nahm ihn wortlos auf seine Schulter. Sie gelangten vor das große Tor und von da aus zu einer vor Reiterüberfällen und Rammstößen geschützten, höher gelegenen Seitenpforte. Sie klopften. Keine Antwort. Sie riefen. Die Torwachen stellten sich taub, oder sie schliefen.

Dann schrie Roç, der vorher fast eingenickt war, von seinem erhöhten Sitz: »Die Königlichen Kinder begehren Einlaß!«

Hoch oben in der Tür öffnete sich ein Guckloch, und der hinausstarrende Wächter war verblüfft, direkt vor sich das vermummte, immer noch als Frau verkleidete Kindergesicht Roçs zu sehen, der ihm »Im Namen der Kinder!« befahl: »Öffnet die Tür!«

Jetzt wurden im Innern des Torraumes Stimmen laut, und es öffnete sich die Tür spaltweit, daß gerade eine Person hineinschlüpfen konnte. Die Frauen, der Sufi, die Kinder waren schon drin, dann betrat El-Ashraf seine Stadt. Keiner erkannte ihn, und der Sufi versuchte durch Gesten ihn davon abzuhalten, sich zu erkennen zu geben, doch der schielende Emir konnte sich den Triumph nicht versagen, er riß sich die *kufia* vom Gesicht, das jetzt natürlich jeder sofort erkannte, und rief stolz: »Homs hat mich wieder!«

Einen Augenblick lang starrten ihn die Wachen fassungslos an. »El-Ashraf, der Verräter!« brach ihre Entrüstung sich Bahn. »Feiger Wicht! Dir verdanken wir Hunger und Durst!« schrien die Soldaten wütend und zogen blank. »Du hast uns den Sultan auf den Hals gehetzt!«

El-Ashraf war mit einem Satz zurück zur Tür gesprungen, durch die sich gerade Hamo und als letzter der bärtige Beduinen-Ehemann quetschen wollten. Er stieß sie zurück ins Freie und floh.

Hamo wollte auf keinen Fall von den anderen getrennt werden und polterte wild gegen die Tür, doch die blieb jetzt verschlossen. Dann flogen oben von der Mauer die ersten Pfeile, und er war gezwungen, mit El-Ashraf im Dunkeln das Weite zu suchen.

Im düsteren, nur von einer Fackel erhellten Torraum drängten sich die Kinder eng um die Frauen, doch es nützte ihnen wenig, sie wurden allesamt unter Verwünschungen über die nächtliche Ruhestörung, den feigen El-Ashraf und die Not allgemein, an eine lange Kette gelegt und durch die nächtlichen Straßen der Stadt hinauf zur Zitadelle gezerrt.

Nur an den Sufi legte keiner Hand, die Wachen versuchten ihn zu verjagen, aber er lief neben dem Zug her wie ein herrenloser Hund.

In der Burg war An-Nasir schon geweckt worden mit der Nachricht, sein Vetter El-Ashraf habe versucht, sich der Stadt zu bemächtigen, aber man habe ihn im heldenhaften Kampf zurückgeschlagen und seine Frauen und sein engstes Gefolge gefangen, das die siegreichen Torwachen jetzt vor ihn führen wollten.

An-Nasir warf gereizt seinen Pantoffel nach dem Diener, der ihn aus dem Schlaf gerissen hatte, und befahl, die Frauen in den Harem einzuschließen und die Männer in den Kerker zu werfen.

Das brachte die Wachen in einige Verlegenheit, denn sie hatten ja keine Männer gefangen. In dem Moment drängte sich der schlaftrunkene kleine Mahmoud an den Hütern des Harems vorbei und starrte neugierig auf die Ankömmlinge, die er nicht gleich erkannte.

Da zog Roç das Tuch vom Gesicht und rief: »Wir sind gekommen, dich zu befreien, Mahmoud!«

Die Torwächter ergriffen beide, froh, wenigstens zwei männliche Wesen vorweisen zu können, aber die vom Harem, denen Mahmoud anvertraut war, wehrten es ihnen. Und auch Clarion und Madulain versuchten Roç an sich zu zerren. Der Oberste Meister des Bades nahm es auf sich, ein weiteres Mal An-Nasir zu stören.

»Es sind Kinder, Herr! Ihr könnt doch nicht –«

Der zweite Pantoffel flog, und ein barsches »Wer jetzt noch einmal stört, verliert seinen Kopf! In den Kerker mit ihnen!« ertönte.

Das war bis vor die Haremstür zu hören. Yeza rief schnell den befriedigten Torwächtern zu: »Auch ich bin ein Mann!« und ließ sich mit Roç und Mahmoud abführen.

Der Sufi wollte sich ihnen anschließen, wurde aber abgedrängt und schließlich davongejagt.

Die drei Kinder wurden über steile Treppen und tief in den Fels geschlagene Gänge geführt, in eines der Verliese gestoßen, und hinter ihnen fiel die schwere Gittertür ins Schloß. Damit kehrte in Homs und seiner Zitadelle wieder Ruhe ein.

DIARIUM DES JEAN DE JOINVILLE

Limassol, den 13. Mai A.D. 1249

»Chevaliers, mult estez guariz
Quant Dieu a vus fait sa clamur
De Turs et des Ajubiz
Ki li unt fait tels deshenors.

Cher a tort unt ses fieuz saisiz;
Bien en devums aveir dolur,
Cher la fud Dieu primes servi
E reconnu pur segnur.«

Es ist soweit! Wir fahren gegen Ägypten! »Den Feind des Glaubens in seinem Herzen treffen!« hat unser König in der soeben beendeten großen Audienz für alle Heerführer, Herzöge und Grafen verkündet, an der auch die Repräsentanten der beiden Ritterorden – einträchtig nebeneinander stehend –, des Tempels Großmeister Herr de Sonnac und für die Johanniter der stellvertretende Jean de Ronay teilgenommen hatten. Nur der Herr Sigbert von Öxfeld von den Deutschen war nicht dabei. Ihm hatte der König seine Frau Margarethe anvertraut, daß sie sicher in Akkon verweilte, bis er sie nach Kairo nachkommen ließe.

Außer dem päpstlichen »Deus lo vult« hat mein Herr Ludwig aus meiner Aufarbeitung von Idee und Historie der Kreuzzüge gerade noch das Bild »von der Kette, in der wir stehen« in seiner Ansprache verwendet, allerdings im Sinne einer höchstlöblichen Verpflichtung. Mir kommen Zweifel, ob er von unserer Arbeit überhaupt mehr als den Anfang und das Ende gelesen hat.

»Ki ore irat od Loovis
Ja mar d'enfern avrat pour,
Char s'alme en iert en pareis
Od les angles nostre Segnor«

sangen die Soldaten im Hafen.

Als letzter ist der Herr Guillaume de Villehardouin, Fürst von Achaia, mit vierundzwanzig Schiffen und einem gewaltigen Heer aus Morea eingetroffen. Der Herzog von Burgund hatte den Winter bei ihm in Sparta verbracht und ihn bewogen, sich dem Kreuzzug anzuschließen. Damit waren jetzt so viele Truppen in Limassol versammelt, daß schon ihre Verpflegung vor Ort nicht mehr zu bewerkstelligen war, die Vorräte reichten gerade noch für die Überfahrt. Außerdem war die Moral des Heeres so weit gesunken, daß Bewegung not tat. Nicht daß Mut und Zuversicht abhanden gekommen wären, sondern der Müßiggang, der zum liederlichen Lebenswandel verleitet, hatte wie ein brandiges Geschwür erst zu Eiterbeulen des Zwistes, dann zum Ausbruch von Mord und Totschlag geführt.

»*Pris est Syon ben le savez,*
Dunt cretiens sunt esmaiez,
Les musteirs ars e desertez:
Dieus n'i est mais sacrifiez.
Chevalers, cher vus purpensez,
Vus ki d'armes estes preisez;
A celui voz cors presentez
Ki pur vus fut en cruiz drecez.«

So trieben die Heerführer die Mannschaft auf die hundertzwanzig großen und zahllosen kleineren Schiffe, die Genua und Pisa nach dem Waffenstillstandsabkommen von Akkon zur Verstärkung der Flotte in den Hafen und vor die Reede gesandt hatten.

»*Ki ore irat od Loovis*
Ja mar d'enfern avrat«,

erscholl der Refrain. Die Matrosen setzten die Segel.

Selbst die Venezianer ließen sich jetzt herbei, einige ihnen genehme Persönlichkeiten samt deren Ritter, Pferde und Fußvolk zu befördern. Die Orden konnten auf ihre eigenen Galeeren zurückgreifen.

Gerade, als alle sich eingeschifft hatten und nur noch auf den König warteten, kam ein gewaltiger Sturm auf und zersprengte die Flotte.

Ich griff zu meinen Karten und zog »den Gehängten«, der mich immer erschreckt, letztlich völlig grundlos.

DER GEHÄNGTE

»Dein Leben in der Schwebe, Übergang. Atempause zwischen bedeutenden Ereignissen. Zeit des sich Besinnens und des Rüstens für neue Erfahrungen. Versäumst Du diese Chance, können Deine Anstrengungen umsonst sein.«

DIARIUM DES JEAN DE JOINVILLE

Limassol, den 30. Mai A.D. 1249

Heute, am Tag der Heiligen Dreieinigkeit, ist mein Herr Ludwig in See gestochen. Auf Grund des vorangegangenen Unwetters, das viele als ein schlechtes Omen ansahen, konnte nur ein Viertel der Flotte dem königlichen Flagschiff »Montjoie« folgen, die anderen mußten sich getrennt durchschlagen.

Als erster Zielort und Sammelpunkt war die Stadt Damiette im Delta des Nils angegeben worden, der »Schlüssel zu Kairo«. Ich verzichtete darauf, mit meinem Vetter Johannes das gemeinsam angemietete Boot zu benutzen, sondern bestieg auf Einladung mit meinen Rittern und Knappen eine geräumige Galeere der Johanniter, in Begleitung meines Sekretarius William von Roebruk und meines Priesters Dean of Manrupt.

IN SEINER PRÄCHTIGEN RESIDENZ zu Damaskus empfing Sultan Ayub seinen Neffen, den vertriebenen Emir von Homs. El-Ashraf war nicht freiwillig hier erschienen, der Sultan hatte keineswegs zu seinen Gunsten eingegriffen, sondern aus rein disziplinarischen Gründen. Nach dem unglückseligen Auftritt in seiner Stadt hatten die belagernden Truppen El-Ashraf ergriffen und als Gefangenen nach Damaskus gesandt. Ayub ließ ihn drei Tage warten, bevor er ihm Gehör schenkte.

El-Ashraf war sich bewußt, daß nichts seinen Onkel mehr langweilen würde, als die Bitte, ihm Homs wiederzugeben, und er beschloß daher, sich mit den Königlichen Kindern Aufmerksamkeit zu verschaffen. Er plapperte alles aus, was er in Masyaf vom Gesinde aufgeschnappt hatte, sie seien »natürliche Nachkommen des Staufers, wenn nicht sogar von dessen eigenen Samen«, was den Sultan höchst beeindruckte, verehrte er doch den Kaiser sehr. El-Ashraf fügte auch seine eigenen Eindrücke von diesen ungewöhnlichen jungen Wesen bei, wobei er seiner Phantasie freien Lauf ließ, die aus Yeza eine junge Göttin machte, der Pallas Athene und der Artemis ebenbürtig, während Roç zu einem künftigen Alexander gedieh, Welteneroberer und Friedensfürst zugleich. Mit einigen Nebensätzen berichtete der schieläugige Emir auch von dem edlen Anliegen, das die »Kleinen Könige« veranlaßt habe, sich furchtlos gegen An-Nasir zu wenden: die Befreiung von irgendwelchen Mameluken-Kindern, Mahmoud, der Sohn eines gewissen Baibars Bundukdari, und dessen Schwester Shirat.

Sultan Ayub hörte sich die Geschichte mit Vergnügen an, denn den Sohn des Befehlshabers seiner Palastgarde als Geisel zu wissen, schien ihm auch recht nützlich, und vertröstete seinen Neffen auf den nächsten Tag. In der Zwischenzeit schickte er eilends einen Boten nach Homs und bot dem An-Nasir Aufhebung der Belagerung gegen Auslieferung der Gefangenen an. Solange die Antwort des An-Nasir ausstand, wurde El-Ashrafs neuerliches Vorsprechen von Tag zu Tag verschoben.

Nun hatte An-Nasir, der belagerte Herrscher von Homs, angesichts der Hungersnot und des Wassermangels, aber vor allem seiner aussichtslosen militärischen Lage, inzwischen für teueres Geld den Obereunuchen des Harems in der Residenz des Sultans bestochen, seinen Herren zu vergiften. Da dieser an die Speisen und Getränke nicht herankam, verfiel er auf die Idee, den Platz, an dem der Sultan sich täglich zum Schachspiel niederließ, mit einer hochgiftigen Substanz zu besprühen, und hatte damit auch Erfolg, denn Ayub pflegte die Matten barfüßig zu betreten. Er bekam einen furchtbaren Hautausschlag, dem eine Lähmung beider Beine folgte.

Nur, daß der Verdacht auf den schielenden El-Ashraf fiel, mit dem er jedoch nie Schach gespielt hatte. Der Sultan ließ ihn in den Kerker werfen, damit er unter Folter sein Verbrechen gestehe. Allein die Tatsache, daß an dem Tag die Antwort aus Homs eintraf, rettete ihm das Leben, denn der Bote wies auch den Obereunuchen an, sofort für eine Genesung des Sultans zu sorgen, und brachte das Gegengift gleich mit.

Statt es El-Ashraf unterzuschieben, der mit solchem Eingeständnis sein Leben verwirkt hätte, wollte der Obereunuche sich selbst als Lebensretter verdient machen und behauptete, die Phiole dem Eingekerkerten entwunden zu haben. Nun war der Sultan zwar in den Beinen gelähmt, aber nicht im Kopf, und ihm dämmerte, daß selten ein Meuchelmörder auch Gegengift mit sich führt. Also wurde der Obereunuche gefoltert. Da man ihm sonst nichts mehr abschneiden konnte, hielt man sich erst an die Ohren, dann an die Nase, schließlich an den ganzen Kopf.

Die Antwort des An-Nasir schlug vor, daß er als erstes die »Kinder des Gral« und die »Prinzessin von Salentin« freilassen würde, als Zeichen seines guten Willens. Dann möge der Sultan seinerseits die Belagerung von Homs aufheben und ihn in dessen Besitz bestätigen. Als letztes werde er ihm dann die kleinen Mameluken nach Damaskus schicken.

Sultan Ayub, der sich immer noch sehr elend fühlte, obgleich das Gefühl in seine geschwollenen Beine langsam zurückkehrte, war mit der Antwort des An-Nasir zufrieden, ließ den armen El-Ashraf aus dem Kerker holen, *innahu jandhur beheqd!*, und gleich aus der Stadt weisen.

An-Nasir selbst litt weder Hunger noch Durst. Die Zitadelle verfügte über eine reichsprudelnde Quelle, tief in den Felsen gebohrte Brunnen, und auch die Zisternen waren wohl gefüllt. Die Gärten des Harems wurden täglich gewässert, und selbst in den Kerkern gab es eines in Übermaß: Wasser. Es lief von den Wänden, und die drei kleinen Gefangenen hatten Mühe, einen trockenen Platz in ihrem Verlies zu finden, wo das Stroh nicht faulte, allerdings mußten sie den gegen die Ratten verteidigen. Den meisten hatten sie schon einen Namen gegeben, und sie fütterten die Tiere mit den Resten ihrer Mahlzeiten, mit denen sie das gutmütige Wachpersonal reichlich versorgte.

Aus dem Harem schickten Clarion, Madulain und Shirat durch den Oberbademeister jeden Tag frisches Obst und gebratenes Geflügel, so daß es den Kindern wie den Ratten recht gut ging. Die Kinder hatten schnell herausgefunden, daß der Abstand zwischen den Gitterstäben für sie nicht eng genug war, und wanderten so von Zelle zu Zelle, sehr zum Entsetzen ihrer Wächter, die sie jedesmal suchen mußten. Nur der dicke Mahmoud hatte anfangs Schwierigkeiten, aber nach einigen, von Yeza verordneten Tagen der halben Portionen vermochte auch er sich durch die Eisenstäbe zu zwängen. Es war sonst kein Gefangener in den Verließen von Homs, denn die wenigen aufsässigen Anhänger des schieläugigen früheren Emirs hatte An-Nasir gleich köpfen lassen. So gehörte das unterirdische Reich ihnen ganz allein.

An-Nasir lag hingestreckt auf seinem großflächigen Lager, ein Fleischberg, ein wahres Gebirge, das halslos in einen viel zu kleinen, runden Kopf überging. Seine Lippen waren breit und verrieten Lust am Genuß, das akkurat ausrasierte Bärtchen darüber deutete auf Eitelkeit hin, und die hinter schläfrigen Lidern stechenden Augen warnten, ihn nicht für dumm oder gar angenehm im Umgang zu halten. An-Nasir war skrupellos. Er dachte über das Angebot des Sultans nach, den er fast umgebracht hätte. Das Schicksal meinte es also gut mit ihm. So beschloß er, sich die Gefangenen erst noch einmal anzuschauen, bevor er sie als Preis für die Aufhebung der Belagerung ungesehen weggab. Die Kinder interessierten ihn nicht, aber Frauen ungekostet aus seinem Harem zu entlassen ging ihm wider die Vorstellung, die er von sich selbst pflegte, die eines unersättlichen Liebhabers. Er klatschte in die Hände.

Sechs Kammerdiener betraten eilfertig den Ruheraum. Er streckte wortlos seine Hände aus, und je zwei auf jeder Seite zogen ihn hoch, während einer sich auf seine Füße geworfen hatte, damit sie nicht ausglitten, und der Stärkste, das war der oberste Meister des Bades, sich Rücken an Rücken unter ihn schob, damit die Zerrenden ihm nicht die Arme ausrenkten.

So wurde An-Nasir aufgerichtet und stand jetzt in seiner ganzen Fülle vor seinem Lager, während die Diener mit krummen Rücken am Boden kauerten. Er war ein Hüne, und er zog jetzt seine tief herabhängende *schirwal* so hoch, daß sein Gemächte sich deutlich und imposant abzeichnete.

»Bringt mir diese Prinzessin von Salentin«, schnaufte er und schritt zum Fenster, um schon durch einen Blick in den Garten zu seinen Füßen sich einen Vorgeschmack auf die fleischliche Vereinigung zu verschaffen.

Es erregte ihn, wenn – höchst unterschiedlich – die Auserwählte wiegenden Schrittes oder schüchtern huschend sich der Treppe näherte, und er hatte Zeit, sich zu überlegen, wie er über sie herfallen wollte. Das höchste Vergnügen bereiteten ihm immer noch die sich Sträubenden, die von den Dienern mit Gewalt durch den Garten geschleift werden mußten. Dann spielte er den Retter, schlug und trat nach den Dienern wie ein Berserker, um dann die Zitternde in seine Arme zu nehmen, sie bis zum Lager zu tragen und genußvoll alle Register eines großen Verführers zu ziehen.

Er erinnerte sich an die junge Mamelukin, Shirat hieß sie. Sie war steif wie ein Brett gewesen, als er sie in die Kissen bettete, und hatte seine Liebkosungen über sich ergehen lassen, als fühle sie nichts. Als er dann nicht mehr an sich halten konnte, war aber sie es, die ihm behilflich war.

Sie sagte: »Es geschieht mir recht, jetzt so entehrt zu werden, habe ich doch jeden Mann zurückgewiesen«, und sie spreizte ihre Schenkel, um sein Glied in sich aufzunehmen. Er gab sich ausnahmsweise Mühe, ihr nicht weh zu tun, und war auch wohl nicht mehr recht erregt. Sie streichelte ihn freundlich, als er sich zurückzog, ohne zum Samenerguß gelangt zu sein, und sie weinte auch nicht, wie viele es hinterher tun.

»Jetzt mußt du mich auch töten, An-Nasir«, sagte sie ruhig, »denn sonst tötet mich mein Bruder – und dich dazu, wenn ich zum Zeichen meiner Schande nun ein Kind gebäre!«

Da mußte er furchtbar lachen und ihr umständlich erklären, daß seine schwache Leistung keinerlei Zeugung beinhaltet haben dürfte.

»Es gibt nur einen Grund, dich zu töten, Shirat«, sagte er und spielte einen Augenblick auch mit dem Gedanken, »das ist der, daß ich keinen lebenden Beweis für mein Versagen dulden kann!«

Da hatte sie gelacht und war ihm ans Gekröse gegangen wie eine gelernte Huri.

»Wenn du das im Sinn hast, dann töte mich mit der Lanze, die ich dir noch mal aufrichten will!« Und sie hatte ihn schnell dazu gebracht, seine Männlichkeit zu beweisen, ihn in sich hineingezogen und nicht mehr aus ihrem kreisenden Becken gelassen, bis er seinen Samen in sie ergossen hatte. Er bewunderte ihren Mut und ihre Fähigkeit, bislang nicht schwanger geworden zu sein, obgleich sie noch oft sein Lager geteilt hatte. Sie war die einzige, bei der er seinen Bademeister angewiesen hatte, sie nicht zu kommandieren, sondern höflich anzufragen, ob sie Lust hätte, ihren Herren zu sehen. Sie war immer gekommen, und er sah in ihr die verständige Freundin.

Doch jetzt fiel sein Auge auf die zwei Frauen unten im Garten, die sich gegenseitig drängten, der anderen zuvorzukommen. Auf den

Einfall, daß sie sich gegenseitig füreinander opfern wollten, kam er nicht.

Die Diener folgten dem Schauspiel ratlos und wurden auch jedesmal – das von beiden gemeinsam – so heftig zurückgewiesen, daß sie nicht wagten, Hand an die zu legen, die gerade verkündete, *sie* sei die Prinzessin von Salentin.

An-Nasir überdachte für einen Augenblick, ob er es wohl mit beiden gleichzeitig aufnehmen sollte, verwarf aber diesen Gedanken. Das ging mit Huris und Vertrauten, aber nicht mit diesen unberechenbaren Weibern der Ungläubigen, die in einem Harem alles mögliche sahen, finsteren Schrecken oder Lasterhöhle ihrer geheimen Wunschträume, aber nie das, was es war: ein gepflegter Ort der Lust. Am schlimmsten waren die Damen des Okzidents, die von ihrem Herzen schwärmten, wenn es um Leidenschaft, und von Liebe, wenn es um die Kunst der gegenseitigen Befriedigung ging. Sie waren anstrengend, und was da auf ihn zukam, sah auch anstrengend aus.

Clarion hatte inzwischen die Oberhand über Madulain behalten, indem ihr einfiel, den Dienern einen Beutel mit Gold zuzuwerfen, den sie unter ihrem Rock trug. Allein die Geste, mit der sie das tat und dann ihren Kopf in den Nacken warf, daß sich ihr volles Haar löste und über die Schultern fiel, das erregte An-Nasir aufs äußerste. Eine Siegerin schritt die Treppen hoch, um ihn zu fordern, während im Garten seine Diener die um sich schlagende Madulain in den Harem zurückbeförderten. An-Nasir war unschlüssig, wie er der Löwin begegnen sollte, und tat etwas, was er noch nie versucht hatte. Er schaute einfach weiter aus dem Fenster, ihr den Rücken zuwendend, um sich überraschen zu lassen.

Er spürte, wie sie den Raum betrat, er hörte das Knistern und Rauschen ihrer Kleider, und gerade als die ihre Nacktheit verkündende Stille für ihn unerträglich wurde, schlang sich ein Tuch von hinten um seine Augen und wurde von energischer Hand festgezurrt. Er griff hinter sich, aber er griff ins Leere. Dann waren die Hände wieder bei ihm, sie streiften ihm die Hosen den Bauch, die Schenkel hinunter und ließen sie infamerweise über seinen Knöcheln liegen, so daß er sich nicht bewegen konnte, dafür spürte er ihre Finger, die sich prüfend um sein Glied legten, doch als er nach ihnen greifen wollte, glitten sie über ihre Brüste, die sich ihm sofort entzogen. Es gelang ihm, aus seinen Beinkleidern zu steigen und dabei unmerklich die Augenbinde etwas zu lüften, so daß er wenigstens ihre Beine bis zum Schenkelansatz sah. Er tat weiter so, als wäre er das blinde Opfer ihres Spiels, trieb sie aber mit Bedacht in eine Ecke des Raumes, er pendelte mit seinem mächtigen Körper hin und her wie ein Ringer, wobei seine Arme immer wieder vorschnellten. Clarion versuchte auf dem Boden kriechend ihm noch einmal zu entkommen, doch ihr heftiger Atem mußte sie verraten haben. Von hinten schlangen sich seine Hände um ihre Hüfte, hoben ihr Hinterteil hoch, während er zwischen ihre Schenkel getreten war und sein Glied in sie einfuhr. Er ließ sie weiter auf ihren Händen laufen, stieß sie quer durchs Zimmer. Er brüllte bei jedem Stoß, sie schrie wie am Spieß, aber sie wußten beide, daß sie es aus wahnsinniger Lust taten. Für ihn, der schon Hunderte von Frauen gehabt hatte, gab es keine Erinnerung, etwas ähnlich Gewaltiges, Wahnsinniges erlebt zu haben, je erleben zu können – und für Clarion, die noch nie einem Mann gehört hatte, war es endlich der Vulkanausbruch, glühende Lava wollte sie in den Himmel spritzen, nie sollte der Stier denken, daß es das erste Mal war, es sollte auch so weitergehen, immer! – Die Natur schwächte ihre Brunft, seine Stöße wurden langsamer, die Lava floß breiter. Clarion hatte keuchend das Lager erreicht, hatte ihre Hände ausgebreitet, sie lag auf ihrem Gesicht und wartete darauf, daß An-Nasir ihr den Rest ihres Körpers zurückerstatten würde, doch er verstand es geschickt, sich rücklings aufs Bett fallen zu lassen, ohne sie freizugeben, und sie spürte es wieder in sich, das Horn des Stieres bis tief in ihren Leib hinein, der für nichts anderes geschaffen schien als für die Begierde. Sie bäumte sich auf und warf sich herum. Sie wollte endlich dem Mann, der diese Wollust in ihr entfachte, ins Gesicht sehen, doch An-Nasir hatte das damastene Laken über sich gezogen. Ohne ihren schwankenden Ritt zu unterbrechen, ergriff Clarion eines der Kissen und drückte es auf ihn, als wolle sie ihn ersticken, da schlug er schnell um sich und wand sich aus dem Laken. Sie sahen sich entgeistert an, und Clarion beugte sich vor, bis ihre Lippen die seinen fanden.

»Mein Herr und Gebieter!« flüsterte sie.

An-Nasir zog das Laken über sie zu einem schummerigen Zelt.

»Sprecht jetzt nicht, Prinzessin, in der Dämmerstunde, nur der Abendwind soll unser Herz erfreuen, nur das Licht des aufgehenden Mondes unsere Glieder erfrischen.«

»Mich dürstet nach –«, sie lächelte ihn verklärt an, aber da klatschte der Emir schon in die Hände.

Die Diener brachten gekühltes Rosenwasser. Sie stellten gesenkten Blickes die Karaffe und die Becher auf der *tarabeza* neben der Lagerstätte ab und verschwanden wieder.

»Also«, sagte der kleine Mahmoud, der einiges an Gewicht verloren hatte, dafür aber immer besser sich in einer Mischung von Provenzalisch und Latinesk ausdrücken konnte, »oben im Harem gefiel es mir besser.«

»Es tut mir leid«, sagte Roç gekränkt, »daß wir dich befreien wollten. Aber was ist schon ein Harem voller Weiber –«

»Gegen dieses Gefängnis voller Ratten!« lachte Yeza.

Sie hatten »Verstecken vor dem Henker« gespielt. Einer mußte die steinerne Wendeltreppe hinaufgehen bis zu der schweren Tür, von der aus man die Verliese nicht gleich übersehen konnte. Die beiden anderen verstecken sich derweil. Wenn der Henker dann, die verschiedensten Todesarten laut aufzählend, sie nicht gefunden hatte, wurde er selbst zum Tode verurteilt. Suchen durfte er, solange ihm neue Strafen einfielen. Wiederholte er sich, hatte er auch verloren. Inzwischen hatten sie jedoch alle Varianten erschöpft, einschließlich »Mit der Lieblingsratte in einen Sack genäht zu werden«.

»Wenn der An-Nasir deine Schwester ruft –« wollte Yeza von ihm wissen.

»Das ist meine Tante«, wehrte sich Mahmoud, »auch wenn sie es nicht gern hört.«

»Wenn der Emir also Tante Shirat zu sich ruft«, blieb Yeza beharrlich, »was macht er dann mit ihr?«

»Sie spielen Schach«, sagte Mahmoud, »das kann sie ganz gut. Hinterher ist sie immer erschöpft und muß sofort baden!«

»Und das findest du nun so besonders am Harem, daß man baden muß?«

In dem Moment rasselten die Schlüssel im Schloß der schweren Tür, und es ertönten die Tritte der Wächter auf der Treppe.

»Zurück in den Harem!« rief einer.

»Da hilft kein Verstecken!« Und die Kinder krochen aus den verschiedenen Verliesen, sie holten alles Eßbare von den Mauersimsen, wo sie es aufbewahrt hatten, und warfen es den umherhuschenden Ratten zu.

»Als erstes kommt ihr in den Hammam!« sagte der Oberste Meister des Bades, der mitgekommen war. »So könnt ihr unmöglich vor den Herrn Emir treten!«

Er hielt sich die Nase zu, als die drei an ihm vorbei die Treppe hinaufstiegen.

Der gewaltige Emir An-Nasir lag bei Clarion auf seinem Lager und hielt sie umschlungen.

»Ich darf Euch nicht verlieren, meine Prinzessin«, seufzte er, und Clarion warf sich wild über seinen Bauch.

»Ich verlasse Euch nicht«, klagte sie und biß ihn kräftig in seine Brustwarze. »Ihr verstoßt mich, um Homs zu retten –«

»Der Sultan verlangt ausdrücklich die Auslieferung Eurer Person, zusammen mit diesen ›Königlichen Kindern‹.«

»Aber der Sultan hat mich nie gesehen«, schmollte Clarion gekonnt.

Ein Leuchten ging über das verschwitzte Gesicht des Emirs. »Wenn die Kinder Euch nicht verraten, dann könnten wir doch Eure Zofe schicken –?«

»Als Gräfin von Salentin?« Clarion war hochgeschnellt wie eine Kobra. »Nie und nimmer erlaube ich –«

Doch der mächtige Emir warf sie zurück in die Kissen.

»Bedeutet Euch etwa Euer Titel mehr als ich?« fragte er, und seine Stimme bekam sofort etwas lauernd Grausames.

Clarion spürte die Gefahr und flüsterte: »Nie und nimmer erlaube ich – dem Sultan das Band unserer Liebe zu zerschneiden. Laßt mich mit den Kindern reden!«

An-Nasir war tief beeindruckt von dieser kühnen Capriole seiner Prinzessin, deren geistige Beweglichkeit nur noch von der ihres Beckens überboten wurde. Er schlug ihr mit der flachen Hand auf den Arsch, daß es knallte und ihr die Tränen kamen.

»Du Ungeheuer!« schrie sie laut. »Ich tue ja alles, was Ihr von mir verlangt. Ich bin Eure Sklavin, und die Prinzessin Madulain begleitet die Kinder nach Damaskus!«

DURCH DIE WÜSTE ritten Vater und Sohn, der Großwesir des Sultans, Fakhr ed-Din, und der Emir Fassr ed-Din Octay, auch genannt »der Rote Falke«. Sie vertrieben sich die Zeit des monotonen Rittes mit gelegentlicher Falkenjagd.

Den ersten Teil der Reise hatte der betagte Großwesir um den Sinai herum auf dem Roten Meer zurückgelegt, dort, in Aqaba hatte ihn sein Sohn abgeholt. Der schwierigere Abschnitt lag vor ihnen: unter Umgehung der christlichen Burgen jenseits des Jordan Damaskus zu erreichen. Eine Schiffreise über das Mittelmeer hatte sich verboten, zu groß war die Gefahr, dem von Zypern aus absegelnden Kreuzzug in die Hände zu fallen.

Sultan Ayub hatte seinen Wesir rufen lassen, als die Lähmungserscheinungen so bedrohlich waren, daß seine Ärzte das Schlimmste befürchteten. Drei Tage und Nächte konnte der Sultan sich weder rühren, noch essen oder sprechen. Dann, mittels des unter merkwürdigen Umständen aufgetauchten Gegengiftes, hatte sich sein Zustand wieder gebessert.

»Und wen verdächtigst du?« fragte ihn sein Vater rundheraus. »Deine Freunde, die Assassinen?«

»Nie und nimmer, Herr Vater«, antwortete der Rote Falke leicht erregt. »Die sind darauf erpicht, den Schutz der Mauern von Masyaf nicht auf die Probe zu stellen, und werden den Teufel tun, sich gerade jetzt mit irgend jemanden anzulegen. Ich schätze, es war An-Nasir, der sich in Homs bedrängt fühlt – oder diese wahnsinnigen Johanniter, die auf diese Weise ihr Scherflein zum Gelingen der Pilgerfahrt im Namen des Kreuzes beitragen wollten –«

»Merkwürdige Art, Gott zu verehren«, murmelte der Großwesir, »dabei drücken diese Christen sich schon seit Malik-Rik davor, endlich wieder Jerusalem in ihren Besitz zu bringen, dessen Könige sie sich immer noch nennen! Nein, sie bauen ihre Burgen und Häfen an unserer Küste aus, denn Handel, Gelderwerb, ist ihr höchster Gott. Sie werden also mal wieder Akkon aus allen Nähten platzen lassen, die Umgebung unsicher machen, sich um die erworbenen Besitztümer streiten und dann wieder abreisen: Gelübde erfüllt, braver Christ!« spottete der Alte.

»Ich glaube«, sagte sein Sohn vorsichtig, »sie werden uns diesmal in Ägypten angreifen –«

»Nie!« rief sein Vater.

»König Ludwig macht auf Zypern soviel Geheimnis um sein Unternehmen, daß er Kairo im Visier haben *muß* – denn Akkon als Ziel wäre ja keines Aufhebens wert!«

»Da vermag ich dir nicht zu folgen, mein Sohn, auch würde das der Kaiser niemals zulassen!«

»Erlaubt mir, Euch zu widersprechen. Euer Freund und Gönner Friedrich muß vieles zulassen, seit sein Erzfeind, der Papst, ihn für abgesetzt erklärt hat und der Staufer froh ist, daß der französische König dies infame Spiel nicht mitspielt – aber Kreuzfahren muß er den frommen Ludwig dafür schon lassen, wohin immer dem der Sinn steht –«

»Du weißt viel über den Glauben der Christen und deren Verhaltensweisen, mein Sohn, daß du vielleicht mehr ausrichten könntest in ihrer Welt, in der deine Fähigkeiten –«

»Sprecht nicht weiter, Vater –« unterbrach ihn der Rote Falke, »unter dem Banner des Propheten wird nicht weniger Verrat geübt, Unrecht begangen und Zwist gesät, gerade in einer Zeit, in der die

Sache des Islam nichts mehr bräuchte, als Einigkeit und kühle Überlegenheit des Verstandes!«

»Und warum, wenn du schon die Einsicht hast, daß der Stoß nicht gegen unser Herz, aber gegen unseren Kopf gerichtet ist, warum reiten wir hier, warum sind wir nicht in Kairo, wo jetzt Rat und Tat vonnöten sind –?«

»Weil es Allah gefiel, Euch von dort, wo Euer Leben gefährdet war, abzuberufen mit der Stimme unseres Herrn Sultan – und weil ich glücklich bin, diese wenigen Tage mit Euch zusammensein zu dürfen, Herr Vater –«

Sie ritten schweigend weiter, wohl wissend, daß es ein geborgtes, wenn nicht gestohlenes Glück war, das sie auf ihrem Ritt durch die Wüste genossen. Wann waren sie schon gemeinsam auf die Beiz geritten? Das letzte Mal, an das sich der Rote Falke entsinnen konnte, da war er ein Knabe gewesen und sollte bald seine Heimat verlassen, um in Palermo, am Hofe Friedrichs, erzogen zu werden. Er war dort empört weggelaufen, als der Staufer gezwungen wurde, seinen Kreuzzug durchzuführen, aber dann hatte der Kaiser ihn getröstet und ihm versichert, nie würde er seine Hand mit dem Blut von Freunden beflecken, und er hatte ihm seinen ersten *qufàs assaqr*, einen Falknerhandschuh, geschenkt. Später hatte er ihn zum Ritter geschlagen und dabei immer wieder betont, daß er es auch tue, um den Vater zu ehren. Er, der Kaiser, könne sich glücklich schätzen, einen Mann wie Fakhr ed-Din als Freund zu wissen, und er, der Sohn, solle stolz auf ihn sein!

Das Leben hatte ihnen wenige Tage der Gemeinsamkeit gegeben, und nun war der Rote Falke ein Erwachsener und sein Vater ein alter Mann.

FINIS

LIB. I

DIE GUNST
DER AYUBITEN

DIARIUM DES JEAN DE JOINVILLE

Damiette, den 4. Juni A.D. 1249

Vor uns breitet sich Ägypten aus! Die Stadt unweit der Küste, am Ausgang des Nildeltas, heißt Damiette. Sie liegt vor uns, zum Greifen nahe. Wir hatten beschlossen, am nächsten Freitag anzulanden. Doch inzwischen hat sich die Armee des Sultans aufgebaut, den ganzen Strand entlang. Ihre Brustpanzer gleißen im Licht der Sonne, daß einem die Augen weh tun, und der Krach, den sie mit ihren Kesselpauken und Hörnern veranstalten, dröhnt uns gewaltig in den Ohren. So ganz ist uns die Überraschung also nicht geglückt, ich hatte allerdings auch keinen menschenleeren Strand erwartet, wie einige meiner Mitstreiter.

»Alum conquer Moïses,
Ki gist el munt de Sinaï;
A Saragins nel laisum mais,
Ne la verge dunt il partid
La Roge mer tut ad un fais,
Quant le grant pople le seguit;
E Pharaon revint après;
El e li suon furent perit.«

Wir dümpeln vor der Küste und scharen uns auf ein Signal um die »Montjoie«, das Flagschiff des Königs.

Herr Ludwig will von uns, seinen Baronen hören, was sie raten. Die meisten plädieren dafür zu warten, bis die restliche Flotte, die der Sturm vor Zypern zersprengte, ebenfalls eingetroffen ist, denn im Augenblick ist höchstens ein Drittel seiner Streitmacht um den König versammelt. Doch Herr Ludwig stimmt nicht mit dieser Meinung überein. Als Grund gibt er an, daß solch eine Verzögerung die Moral des Feindes heben würde, und, was noch entscheidender ist, Damiette verfüge, wie wir alle wissen sollten, über keinerlei Hafenanlage noch eine natürliche Bucht, in der wir mit unseren Schiffen ankern könnten, ohne der Gefahr ausgesetzt zu sein, daß ein neuerlicher Sturm uns, die wir bis jetzt glücklich mit ihm vereint, auseinandertreibe.

Es wird beschlossen, daß wir nächsten Freitag vor Trinitate anlanden und dem Feind im Kampf begegnen werden, »bis der Sieg unser ist!«

I N HOMS WURDEN DIE KINDER königlich eingekleidet, man bereitete sich auf den Tag ihrer Übergabe vor. Um die Garderobe von Madulain kümmerte sich Clarion mit der Hingabe einer Schwester, und An-Nasir ließ seine Favoritin tief in die Schmuckschatullen greifen, die ihm bei der Einnahme der Zitadelle in die Hände gefallen waren.

Madulain sollte – über jeden Zweifel erhaben – wie eine Prinzessin wirken, und der kastrierte dicke Bademeister ließ sie einölen und salben, bestäubte sie so lange mit stark duftenden Essenzen, bis er jubelnd die Mischung aus Moschus und Myrrhe, Lavendel und Rose mit einem Tupfer der wilden Limone und einem Hauch von Jasmin herausgefunden hatte, von der er behauptete, sie vertrüge sich am besten mit ihrer Haut. Er bearbeitete eigenhändig die Nägel ihrer Finger und Füße, während der beste Frisurenmeister ihr den Kopf wusch, das Haar leicht tönte und ihre Achseln ausrasierte.

Die Kinder schauten bewundernd zu, bis ihnen – trotz wilden Protestgeschrei – auch eine Kopfwäsche verordnet wurde. Der kleine Mahmoud ließ sich gleich mitwaschen. Er war traurig, seine Spielgefährten schon wieder zu verlieren, doch Roç tröstete ihn, es sei ja fest vereinbart, daß er und seine Tante gleich nachfolgen sollten, und dann würden sie alle zusammen nach Kairo reisen, wo schon seine Eltern warteten. Nur Shirat stand still dabei und sagte nichts.

Schon seit vielen Tagen, seit Clarion zum ersten Mal in das Privatgemach des An-Nasir geführt worden war, hatte dieser die junge Mamelukin nicht mehr rufen lassen. Nicht, daß sie Clarion ihr Glück neidete, die Salentin war aufgegangen wie eine Rose über Nacht und genoß ihre Stellung im Harem, dessen sonstigen Frauen, fast alle von El-Ashraf übernommen, jetzt ihr, der Favoritin, jeden Wunsch von den Augen ablasen.

Clarion ließ Shirat, von der es hieß, sie habe sonst regelmäßig Schach gespielt mit An-Nasir, in Ruhe, noch hatte sie jemals gewagt, ihren gewalttätigen Liebhaber, ihren Minotaurus, nach seinem Verhältnis zu der schüchternen Mameluken-Prinzessin zu befragen. Aber der Argwohn bohrte in ihr, und sie ließ es Shirat spüren, indem sie das Mädchen schnitt.

Shirat, die mit Madulain ihre einzige Freundin im Harem verlor, wurde jeden Tag stiller. Sie hatte plötzlich das Schicksal vor Augen, als vergessene Konkubine kinderlos im *beit al missa' al ma' asulat* alt zu werden. Sie würde keinen Mann mehr finden, ihr Bruder würde sie verstoßen. Sie sah die anderen Frauen, die dieses Leben schon gelebt hatten, die in jeden neuen Tag hineindämmerten und darauf warteten, ob sie wenigstens des Nachts noch gerufen wurden. Sie wurden nicht gerufen, wurden verbittert, ihre Gesichter verhärmten – und sie verloren auch den letzten Rest von Hoffnung. Sie wurden ernährt, gebadet und gekleidet, sie plapperten, waren albern, eitel und intrigant, aber sie hatten keine Zukunft, nur die Sicherheit, eines Tages vergessen im Harem zu sterben. Shirat hatte sich ihr Leben anders vorgestellt. Sie war jetzt achtzehn.

Der Großwesir Fakhr Ed-Din war in Damaskus eingetroffen und sofort zu seinem Herrn, dem Sultan, geeilt, um mit ihm über die Lage zu sprechen, die Bedrohung Ägyptens, aber Ayub hatte nur abgewinkt.

»Habt Ihr Euren Sohn wieder mit zurückgebracht?« wollte er wissen. »Ich will ihn mit einer Aufgabe betrauen –«

Der Rote Falke wurde hereingerufen.

»Fassr ed-Din Octay«, sprach der Sultan langsam, das Sprechen machte ihm noch immer Mühe. »Der Kaiser, der Freund meines Vaters, des erhabenen El-Kamil, hat Euch die Ehre erwiesen und Euch zu seinem Ritter erhoben, so kann ich mir keinen Würdigeren denken und keinen, dem ich in dieser Sache mehr vertrauen kann als Euch.«

»Und er ist mein Sohn«, sagte der alte Wesir, ein klein wenig in seinem Stolz gekränkt.

»Davon bin ich ausgegangen«, lächelte der Sultan. »Es handelt sich um zwei Königliche Kinder, so sagte man mir, eben vom Samen des von Uns hochverehrten Kaisers, die mein Neffe An-Nasir zu Homs in seinen Besitz gebracht hat. Ihr werdet die Belagerung der Stadt aufheben, sobald Euch diese Kinder übergeben worden sind und noch dazu eine ältere Tochter eben desselben Kaisers, der er zum Ausgleich für ihre natürliche Geburt den Titel einer ›Gräfin von Salentin‹ verliehen hat –«

Hier unterbrach ihn wieder sein alter Großwesir mit gewissem Stolz. »Clarion, meine Enkeltochter!«

»Ein weiterer Beweis für die ungebrochene Manneskraft des von Uns hochverehrten Kaisers!« bemerkte der Sultan sarkastisch. »Jedenfalls – auch wenn es um die Legitimität nicht sonderlich gut bestellt ist – alles stauferisches Blut, und damit gern von Uns genommenes Pfand, um den Kaiser zum Eingreifen zu bewegen, wenn dieser wahnwitzige französische König Uns Ärger bereiten sollte –«

»Er wird, erhabener Ayub!« sagte da der Rote Falke kühn.

»Er wird nicht!« fuhr ihm der Sultan dazwischen. »Und wenn er es wagen sollte, wird Allah ihn strafen!«

Damit war die Audienz beendet, der Sultan war erschöpft und sagte noch zu seinem Wesir: »Die schriftlichen Vollmachten für Euren Sohn, Allah möge ihm mehr Ehrfurcht vor dem Alter geben, mögt Ihr nun vorbereiten, eine für meinen Feldhauptmann vor Homs und eine für meinen widersetzlichen Neffen darin! Übermorgen soll der Emir Fassr ed-Din Octay aufbrechen!«

DIARIUM DES A. E. DE JOINVILLE

Damiette, den 5. Juni A.D. 1249

Man sollte meinen, daß in solchem entscheidenden Augenblick Mißgunst, Neid und Rivalität vergessen sind. Doch je näher der Termin des Landeangriffs rückte, um so erbitterter entbrannte in unserer christlichen Flotte der Kampf um die vordersten Plätze, als ginge es zum Turnier. Gestritten wurde vor allem um die flachen Langboote und die Rudergaleeren, denn die meisten unserer Segelschiffe wiesen zuviel Tiefgang auf, um wirkungsvoll die Ritter in voller Rüstung samt ihren gepanzerten Schlachtrossen nahe genug ans Ufer zu befördern, noch eine genügende Menge von Fußsoldaten, sie zu begleiten. Wir hatten kein solches Langboot. Der König hatte dem Grafen von Joinville eines zugesichert, aber dann sollte es in letzter Minute uns wieder weggenommen werden, dabei lag es schon längsschiffs. Als unsere Ritter dies hörten, da sprangen sie einfach von Bord und ließen sich in das Boot fallen, im wirren Übereinander, so ungeordnet und zu so vielen, daß das Ruderboot merklich Schlagseite bekam und zu sinken begann. Die meisten Ruderer verließen es daraufhin in Panik und kletterten an den Stricken hinauf an Bord unseres Seglers. Mein Herr Jean de Joinville brüllte hinunter zum Bootsmann, wieviel Mann sein Boot wirklich tragen könne. Der schrie zurück:

»Nicht mehr als zwanzig Ritter!«

Wir zählten schnell von oben, es waren weitaus mehr. Alsdann rief mein Herr, ob der Bootsführer einverstanden sei, daß – um die Anzahl seiner Ruderer zu verringern – unsere Soldaten mit an die Riemen gingen? Das wurde bejaht, und der Graf von Joinville mußte seine ganze Autorität aufbieten, seine Leute in drei Fuhren aufzuteilen, die dann hintereinander angelandet werden sollten. Ein Ritter war übrigens in der ersten Aufregung neben das Boot gesprungen und war gleich wie ein Stein untergegangen, ohne daß ihm irgend jemand helfen konnte. Ich drängte mich nicht, mit den ersten an Land zu gehen, und überließ diese Ehre dem Kaplan meines Herren de Joinville, Dean of Manrupt. Ich bin hier nicht zum geistlichen Beistand der kämpfenden Truppe, sondern um schriftlich festzuhalten, was geschieht. Das kann ich nur, wenn ich mir mein Leben erhalte. Ich winkte dem Grafen de Joinville zum Abschied zu, als er – an der Spitze seiner Ritter – sich zum Ufer rudern ließ, an dem nach meiner Schätzung sechstausend Männer des Sultans ihn erwarteten.

>>*Ki ore irat od Loovis ...*
Wer da zieht mit Ludwig,
furchtlos zur Hölle muß reiten!
Des Paradies ist sein Seel'
gewiß, Engel ihn begleiten!<<

DER ROTE FALKE streifte ziellos durch den Bazar von Damaskus. Die Worte des Sultans hatten ihm einen Schrecken eingejagt. Wie hatten die Kinder das sichere Masyaf verlassen können und ausgerechnet dem An-Nasir in die Hände fallen können? War nicht einmal mehr auf die Assassinen Verlaß, denen er sie übergeben hatte? Ein Glück, daß *ihm* der Auftrag erteilt war, die Kinder im Empfang zu nehmen, aber was sollten sie hier in Damaskus? Spielbälle von unausbleiblichen Intrigen im Hause Ayub, ein vermeintliches Druckmittel, um die Hilfe des Kaisers zu erlangen. Denn dieser, da war sich der Rote Falke sicher, hatte Besseres zu tun. Da sah er am Rande des Bazars eine Gestalt im Schatten eines Baumes hocken, die ihm bekannt vorkam. Der Rote Falke warf einen kleinen Stein gegen den Stamm, und der junge Mann blickte auf, ohne ihn zu entdecken: Es war Hamo. Was hatte ihn nach

Damaskus verschlagen? Wieso war er nicht bei den Kindern? Er schlich sich von hinten an und flüsterte: »Weshalb weilt der Sohn der Gräfin nicht auf Masyaf?«

Hamo fuhr herum und erkannte den Roten Falken. Der setzte sich zu ihm und ließ sich die Geschichte der fehlgeschlagenen »Befreiung von Homs« erzählen.

»Wenn Kinder solch törichte Ideen ausbrüten ...«, tadelte er Hamo, der natürlich seine persönlichen Beweggründe verschwiegen hatte, er brachte nicht einmal Shirats Namen über die Lippen, »doch Ihr, Hamo L'Estrange, seid nun erwachsen genug, um so etwas nicht mitzumachen!«

Hamo schwieg, weil der Ältere ja Recht hatte.

»Ihr könnt«, sagte der Rote Falke leise, »die Scharte auswetzen. Ich besorge Euch ein schnelles Pferd. Ihr reitet nach Masyaf. Ich«, der Emir dachte kurz nach und vergewisserte sich, daß sie keine Zuhörer hatten, »ich werde – nachdem mir die Kinder übergeben worden sind – meinen Rückweg nach Damaskus nicht über die Hauptstraße, sondern über Baalbek nehmen. Dort in den Ruinen des Tempels mögen die Assassinen unter Crean mir einen Hinterhalt legen, möglichst ohne Blutvergießen, aber doch so glaubwürdig, daß ich mit leeren Händen vor den Sultan treten kann.«

»Wenn der Euer Spiel durchschaut«, sagte Hamo, »ist es besser, die Assassinen hätten Euch gleich erdolcht!«

»Lernt erst mal Spiel und Ernst zu unterscheiden, Hamo L'Estrange«, sagte der Rote Falke und führte ihn zu einem verschwiegenen Pferdehändler, suchte das beste Tier für ihn aus, drückte auch Hamo noch ein paar Münzen in die Hand und schickte ihn los. »Sputet Euch«, mahnte er ihn, »in zwei Tagen mach ich mich auf den Weg, und dann muß alles bereit sein!«

»Schaut nicht so ernst, Roter Falke«, rief der ihm zum Abschied zu, »es ist alles nur ein Spiel!«

Damiette, den 5. Juni A.D. 1249

Wir sind gelandet! Unsere Soldaten legten sich als Ruderer so mächtig ins Zeug, daß wir an dem königlichen Beiboot der »Montjoie«, auf dem sich der König selbst befand, vorbeizogen. Als die Männer des Königs einsahen, daß wir schneller waren als sie, jubelten sie uns zu und riefen, wir sollten uns beim königlichen Stander, dem »Saint-Denis«, sammeln, der von einem der vorderen Boote an Land getragen wurde.

Ich dachte gar nicht daran, mich um diese Anweisung zu scheren, und ließ im Gegenteil mein Boot genau gegenüber einem größeren Haufen feindlicher Reiter in den Ufersand laufen. Kaum wurden diese dessen gewahr, als sie gegen uns schwenkten und mit wildem Lärm auf uns zustürmten. Wir hatten gerade noch Zeit, ohne unsere Pferde vom Boot zu springen und unsere Schilde mit den spitzen Enden in den Sand zu bohren und auch unsere langen Lanzen so abzustützen, daß sie schräg von unten auf Hals und Bauch der herangaloppierenden Pferde zeigten. Da rissen die Reiter ihre Tiere herum und wandten sich von uns ab.

Links von meiner Gruppe ging jetzt Jean d'Ibelin, der Graf von Jaffa, an Land, ein entfernter Verwandter des Hauses von Joinville. Er zeigte uns allen, wie man hier wirkungsvoll auftritt. Sein prächtiges Schiff war über und über mit seinen Farben bemalt, rot und gold. Dreihundert Ruderer trieben es vorwärts, und neben jedem Ruderplatz war ein Schild befestigt, der gleichfalls sein Wappen führte, und über jedem Schild flatterte wiederum ein Fähnchen in seinen Farben. Die Galeere schien auf das Ufer zuzufliegen, und die Fähnchen flatterten im Winde, und seine Kesselpauken dröhnten, und seine Hörner bliesen, als es wie der Sturmwind, wie ein Gewitter mit Blitz und Donner, jetzt knirschend weit hinauf den Strand hochschoß. Da sprangen die Feinde gleich meterweit zurück, während der Graf von Jaffa seelenruhig erst einmal sein Zelt aufschlagen ließ. Die Sarazenen taten noch einmal so, als würden sie uns angreifen, aber als sie sahen, daß das niemanden beeindrucken konnte, drehten sie wieder um.

Zur rechten Hand, einen Bogenschuß entfernt, war die Galeere mit dem Königlichen Stander an Land gegangen. Als der »Saint-Denis« aufgepflanzt wurde, konnte einer der Sarazenen entweder sein Pferd nicht halten, oder er muß gedacht haben, die anderen würden seinem Beispiel folgen, jedenfalls galoppierte er mitten unter die Fahnenträger, und die hackten ihn in Stücke.

DER STREITWAGEN

»Umbruch steht bevor, der große Wechsel. Wohl dem, der seine Verhältnisse bereits geordnet! Nichts kann den Wagen aufhalten, wenn er einmal rollt – doch vier Sphingen setzen ihn in Bewegung.«

Mein William, der mit dem dritten Boot gekommen war und mir das unhandliche Langschwert mitbrachte, machte seinen ersten Gefangenen. Der Sarazene war ihm von seinem scheuenden Pferd direkt vor die Füße geflogen, so daß William ihm die Spitze des mächtigen Eisens nur noch auf den Hals setzen mußte. Mein tüchtiger Sekretarius tat das einzig Vernünftige, er brüllte den wie ein Käfer auf den Rücken Gefallenen an:

»Wo ist Euer Sultan?«

Dabei kam heraus, ziemlich verdrossen und daher auch unverblümt, daß man Ayub schon dreimal Nachricht mit Brieftauben geschickt habe, aber nie eine Antwort erhalten. Die führungslose Armee fühlte sich verraten und verkauft. Zu dessem grenzenlosen Erstaunen gestattete William nach dieser interessanten Auskunft dem Mann, auf allen vieren zurück zu seinem Gaul zu kriechen, der unweit friedlich in den Dünen graste, und ließ beide ungeschoren entkommen.

IN DER ABENDDÄMMERUNG flog eine Taube mit mattem Flügelschlag über die Gärten des weitläufigen Palastareals von Damaskus. Sie hatte kaum das Flugloch in dem hoch gestelzten *beit al hamàm* gefunden, als sich im Innern schon eine Klappe öffnete und eine Hand nach ihr griff, um ihr die Botschaft vom Fußring abzustreifen. Die knappe Nachricht wurde in die Kanzlei des Großwesirs getragen und diesem von seinem Geheimkämmerer geöffnet vorgelegt.

Fakhr ed-Din warf einen Blick auf das Röllchen und ließ sich sofort beim Sultan melden. Ohne sich lange mit Vorreden aufzuhalten, sagte er bekümmert: »Sie sind bei Dumyat gelandet!«

Ayub war erschüttert. »Können wir die Stadt halten?«

»Noch ist sie in unseren Händen!«

»Ist Euer Sohn schon abgereist?«

Der Großwesir schüttelte verneinend sein Haupt.

»Ruft ihn zu Euch! Er muß sofort nach Norden reiten, nach Diarbekir, und meinen Erstgeborenen, Turanshah, bewegen, vom süßen Leben in der Gezirah zu lassen, um mich hier in der Hauptstadt Syriens zu vertreten. Ich weiß, es ist eine lange und beschwerliche Reise, aber –«

»Ihr könnt in Eurem Zustand unmöglich –«

»Ich muß! Und Ihr, mein lieber Freund und in Ehren ergrauter teurer Ratgeber, Ihr müßt auf Eure alten Tage noch einmal den Mantel des Feldherrn überwerfen und in Eilmärschen mein Heer nach Ägypten zurückführen. Kairo ist aufs höchste bedroht. Weist Baibars an, den Christen den Weg zu verlegen, bis Ihr eintrefft – und wenn es uns Dumyat kostet!«

»Und was ist mit den Kindern des Kaisers?« Der Wesir wußte, daß sie jetzt keine Rolle mehr spielten, aber er wollte die Bestätigung hören.

»Unser Feldhauptmann soll sie in Empfang nehmen und hier abliefern. Turanshah mag dann über ihr Schicksal entscheiden. Geht jetzt und bereitet Euch auf den Abmarsch der hiesigen Garnison vor, noch in dieser Nacht! Ihr habt das Oberkommando. Ich werde Euch mit den Truppen von Homs folgen: *Allah jahmina!*«

Vater und Sohn umarmten sich. Der Rote Falke war bereits reisefertig an der Spitze einer kleinen Eskorte von ausgesuchten Beduinen und den Söhnen einiger Emire des Landes, das sie jetzt in einem Gewaltritt zu durchqueren hatten. Diarbekir lag weit im Nordosten von Aleppo, dem eigentlichen Herrschaftssitz des An-Nasir.

»Es gilt den Vorteil schnell zu nutzen, mein Sohn, daß der dicke Emir noch in Homs weilt und vielleicht noch nicht erfahren hat, was in Ägypten geschehen ist. Wüßte er es, würde er alles unternehmen, Turanshah, dem Erben Ayubs, den Weg abzuschneiden, um ihn von Damaskus fernzuhalten. Der Dicke schielt selbst nach dem Thron und sieht in seinem Vetter natürlich einen Rivalen, einen schwachen dazu.« Fakhr ed-Din überlegte einen Moment, bevor er dann sagte: »Das andere Problem wird sein, den Sohn des Sultans vom Ernst der Lage zu überzeugen. So wie An-Nasir nach ihr giert, scheut Turanshah die Regierungsverantwortung und befaßt sich lieber mit schöneren Künsten in der geistvollen Gesellschaft seiner zahlreichen Freunde auf seinen Lustschlössern im Mardin.«

»Ich weiß«, sagte der Rote Falke, »er liebt ein bequemes Leben und gilt als kein großer Krieger.«

»Sehr zum Kummer Ayubs«, murmelte der Großwesir. »Ich empfehle dir, ihn bei seiner Eitelkeit zu packen, wenn du ihn veranlassen willst, gleich nach Damaskus mitzukommen.«

Das war alles, was Fakhr ed-Din seinem Sohn an Ratschlägen mit auf den Weg geben konnte.

»Ich wollte, Herr Vater, ich dürfte Euren Platz einnehmen und an Eurer Stelle mich dem Feind entgegenwerfen. Ich mache mir Sorgen!«

»*Massiruna bijadillah al quadir,* unser Schicksal liegt in der Hand des Allmächtigen. Wenn Er mich zu sich rufen will –« er erlaubte dem Roten Falken nicht, ihn noch einmal zu küssen –, »sollte ich ihm nicht folgen?«

»Insch'Allah!« sagte der so Verabschiedete und gab das Zeichen zum Aufbruch.

Noch in der gleichen Nacht brach das in Damaskus stationierte Heer gen Süden auf. Es führte den greisen Oberwesir in einer Sänfte mit sich. Da es stark genug war, jeden Widerstand zu brechen, schickte Fakhr ed-Din Boten voraus, die den Christen des Königreiches seinen Durchzug ankündigten und ihnen empfahlen, auf ihren Burgen zu bleiben.

Nach diesen Maßnahmen, die sinnlose Scharmützel verhindern sollten, wählte er den kürzesten Weg, an den Mauern von Jerusalem vorbei, der verlassenen Hauptstadt, die dem Königreich der Christen immer noch seinen Namen gab.

Auf seinem scharfen Ritt nach Norden hatte Hamo den Belagerungsring von Homs, da kannte er sich aus, im Westen umgangen und hielt jetzt auf Masyaf zu, als er einen einzelnen Reiter hinter sich spürte. Da er nichts Verdachterregendes bei sich führte und sein Pferd auch nicht mehr das frischeste war, ließ er den Ritter herankommen. Es war Oliver von Termes. Er hatte sich aufgemacht, durch einen neuerlichen Besuch auf Masyaf das Interesse des Johanniter-Ordens zu unterstreichen, nachdem von den Assassinen nichts mehr wegen der Kinder zu hören war.

Sie hatten also das gleiche Reiseziel, wie sich sehr schnell herausstellte, und Oliver entfuhr, als Hamo seinen Namen nannte:

»Ach, der Sohn der Gräfin!«, was Hamo immer ärgerte, doch er schluckte es runter.

Es war dann Oliver, der das Gespräch auf die Kinder brachte.

Und da Oliver auch William kannte und selbst Crean de Bourivan aus dessen okzitanischer Heimat, faßte Hamo Vertrauen zu dem fremden Ritter, zumal Oliver von den »Kindern des Gral« voll höchster Verehrung sprach.

Er sagte: »Diese kleinen Könige gehören dem Abendland, das ihrer so dringend bedarf. Ich vermag nicht einzusehen, warum das Heil uns genommen und den Heiden zugute kommen soll.«

Das fand Hamo L'Estrange einen richtigen Gedanken. Er war zwar nicht christlich erzogen worden, seine Mutter hatte die Pfaffen immer fern von der Burg von Otranto gehalten, aber er fühlte sich durchaus dem Okzident zugehörig, wenn er es bisher auch abgelehnt hatte, ein »christlicher Ritter« zu werden.

»Crean de Bourivan«, sagte Oliver, »ist wie ich ein Mann, den die *ecclesia catolica* grausam um seinen Besitz und um seine Lieben gebracht hat. Mir haben die Mordbrenner im Zeichen des Kreuzes meinen Vater erschlagen und mich meines Erbes beraubt – ihm haben sie sein junges Weib erwürgt und ihn als *faidit* in die Fremde getrieben. Und doch handelt er jetzt als konvertierter Assassine nicht recht, daß er die Kinder den Mächten des Ostens überantworten will! Schließlich sind sie das einzig lebende Symbol eines Abendlandes, das nicht im deprimierenden Zeichen des Kreuztodes steht, sondern in dem des auferstandenen Christus.«

»*Ex oriente crux!*« sagte Hamo, weil ihm nichts Passenderes einfiel. »Der Okzident hat den ›sang réal‹, das königliche Blut, das Blut des Heiligen Gral nicht angenommen, sondern bitter verfolgt, die Kinder gejagt, bis sie erst bei uns im kaiserlichen Otranto ihre Sicherheit fanden, jetzt hier bei den Assassinen, bei denen sie aber ...«

Hier stockte Hamo, fing sich dann. »Hier im Orient reißen sich alle darum, sie zu schützen!«

»Sie zu besitzen!« rief Oliver, dem die Unsicherheit Hamos nicht entgangen war. »Sind sie denn nicht mehr in Masyaf?«

Er hatte das so nebenher gefragt, daß Hamo sich nichts dabei dachte, den fremden Ritter ins Vertrauen zu ziehen. Er erzählte ihm – und gab sich Mühe, seine Rolle dabei in einem etwas besse-

ren Licht erscheinen zu lassen – von der »Eroberung von Homs«
und daß es jetzt dem Sultan die Aufgabe der Belagerung wert sei,
um die Königlichen Kinder nach Damaskus zu holen.

»Die Kinder in den Händen des Herrschers aller Ungläubigen?«
rief empört Oliver. »Das müssen wir verhindern! Sie gehören auf
den Thron von Jerusalem, den Thron des christlichen Königreiches, das mit ihnen wieder auferstehen wird im alten Glanz. Das
wird auch Eurem Kaiser gefallen, dem der Thron zusteht, denn sie
sind auch von seinem Blut! Aber nicht in die Hände der Ayubiten,
nie und nimmer!«

Oliver von Termes war ein beredter Mann, und er brauchte
kaum die Wegstrecke bis Masyaf, um Hamo davon zu überzeugen,
daß er das Schicksal der Welt in den Händen halte, und als der
junge Graf von Otranto dann endlich sein Pferd zügelte, war es
Oliver auch ein Leichtes, den »Überfall von Baalbek« anstatt an
die Assassinen an die Johanniter zu vergeben, immer mit der Zusi-
cherung, daß dem Roten Falken dabei kein Haar gekrümmt werden dürfe.

Die beiden rissen ihre Pferde herum und preschten im Galopp
die Straße zurück zum *Qualaat el Hosn,* wie die Einheimischen den
Krak des Chevaliers nannten, um dort sofort eine Abteilung Ritter
zu den Tempeln von Baalbek zu entsenden. Oliver von Termes
wollte selbst die Verantwortung für die maßvolle Durchführung
übernehmen, Hamo weigerte sich, mit auf die Burg der Johanniter
zu kommen. Er hätte dem Roten Falken nicht mehr unter die Augen treten können. Mit schlechtem Gewissen machte er sich aus
dem Staub.

Einen Tag später passierte der Gesandte des Sultans, der Emir
Fassr ed-Din Octay, mit seinem Gefolge das Noisiri-Gebirge. Da er
auf seinem Weg nach Norden sowieso Homs wegen des An-Nasir
umgehen mußte, nahm er den Umweg über Masyaf auf sich. Es
war ihm nicht ganz wohl zumute, daß er niemanden anderen als
den jungen Springinsfeld Hamo mit der Aufgabe betraut hatte, die
Assassinen zu benachrichtigen, aber der Rote Falke hatte – anders

als in Kairo – in Damaskus keine Vertrauten, und ein Spiegel zur Übermittlung von Botschaften an die Assassinen gab es dort auch nicht. Er mußte sich keine Vorwürfe machen, aber als er in Masyaf eingelassen wurde, spürte er sofort, daß dort die Stimmung gedrückt war. Der Verlust der Kinder hing wie ein Trauertuch über den kargen Mauern. Er wurde sofort von Crean am Tor abgeholt.

»War Hamo hier?« war seine erste Frage an den noch bekümmerter als sonst wirkenden Sohn des John Turnbull.

Der schüttelte stumm den Kopf.

»Es hätte auch nichts geändert«, sagte der Rote Falke, als er vom Verschwinden der Kinder erfuhr. »Wir können die Kinder nicht mehr erreichen.«

Crean wollte mehr wissen, aber der Rote Falke bestand darauf, zum Kanzler ibn-Nasr geführt zu werden.

»Ich hatte gehofft«, gestand er Tarik, »ich vermöchte dem Schicksal in die Speichen zu greifen, aber Allah hat es nicht gewollt«, und er berichtete knapp, was er von Hamo erfahren und was sein Plan gewesen sei. »Dieser unselige Kreuzzug des Königs gen Ägypten!« murmelte er. »Allah straft uns!«

»Nein«, sagte Tarik, der immer noch nicht genesen war und sich setzen mußte, »Allah wird die Christen strafen, und wenn die Kinder jetzt nach Damaskus gebracht werden, dann sind sie für uns nicht verloren!«

»Erlaubt mir«, rief Crean, »daß ich sofort –«

»Nein«, sagte Tarik streng, »ein Todeskommando, wie du es dir herbeisehnst, Crean, muß immer einen Sinn haben oder wenigstens die Aussicht auf Erfolg. Sosehr ich verstehe, daß du dein Leben opfern willst, holt jetzt keiner mit Gewalt die Kinder mitten aus dem Heer des Sultans. Nein, was wir durch Leichtsinn verschuldet haben, können wir nunmehr nicht durch heißes Blut, sondern nur durch kalte List wieder zu unseren Gunsten wenden. Das Rad des Schicksals dreht sich unaufhörlich!«

Der Rote Falke und sein Gefolge erfrischten sich kurz und ritten weiter nach Norden. Crean gab ihnen eine Zeitlang Geleit.

»Ich halte es in den Mauern nicht aus«, vertraute er dem Gefährten aus alten Tagen an, »ich mache mir Tag und Nacht Vorwürfe – John, mein alter Vater, hat aus gleichem Grund Masyaf wieder verlassen und irrt sicher auf der Suche nach den Kindern umher – für ihn ist ihre Rettung die Erfüllung seines Lebens!«

»Behaltet kühlen Kopf«, mahnte ihn der Rote Falke, »und gebt nicht der Erfahrung recht, daß es immer die Konvertierten sind, die in ihrem Eifer über das Ziel hinausschießen! *Aualan sallu bissalàm, likai jastadschiba Allah.*«

»*Schukran lakum, al sagr al ahmar.* Ihr seid ein wahrer Freund und den Kindern wahrscheinlich nützlicher als ich.«

Mit diesen Worten verabschiedete sich Crean und ritt zurück. Er kämpfte mit sich, unfähig, sich einzugestehen, daß er zumindest diese Runde im Kampf um die Kinder verloren hatte. Auch widerstrebte es ihm, nachdem die Aussicht, die Kinder doch wieder in die Hand zu bekommen, so greifbar nahe gewesen war, nach Masyaf zurückzureiten und dort tatenlos der Dinge zu harren.

Der Weg gabelte sich. Anstatt nach Masyaf zurückzureiten, schlug er den Weg nach Homs ein.

Von einem Bergrücken aus sah er, wie das Heer des Sultans abzog und in seiner Mitte, von einer Hundertschaft Bewaffneter umringt, eine Sänfte mit sich führte. Das mußten die Kinder sein. Neben der Sänfte ritt auf einem Zelter eine prächtig gekleidete Dame, wahrscheinlich Clarion, der es zuzutrauen war, sich derart den begehrlichen Blicken der Männer auszusetzen. Tarik ibn-Nasr hatte recht gehabt. Ein Angriff auf diesen Heerestrupp hätte nur Tote gebracht. Er beschloß, seinen Kanzler zu bitten, ihn für einige Zeit in die Einsamkeit zu entlassen, damit er in der Versenkung ins Gebet wieder zu Gott und zu sich finden könnte.

> »Ich bin der, den ich liebe,
> und der, den ich liebe, bin ich.
> Wir sind zwei Geister, wohnend in einem Leibe.
> Wenn Du mich siehst, so siehst Du ihn, und
> wenn Du ihn siehst, so siehst Du mich.«

Hinter den Säulen und Gesimsbrocken des antiken Heliopolis, den eingestürzten Tempeln von Baalbek, lauerte ein Regiment der Johanniter unter ihrem Konnetabel Jean-Luc de Granson. Sie waren noch in gleicher Nacht aufgebrochen und ohne Aufenthalt bis hierher durchgeritten. Nun warteten sie schon zwei Tage, und der Konnetabel wandte sich ärgerlich an Oliver von Termes:

»Auf Eure Freunde scheint wenig Verlaß zu sein«, knurrte er.

Auch Oliver war enttäuscht. »Ich kann nur wiederholen, was der Sohn der Gräfin erzählt hat«, verteidigte er sich, »vielleicht –«

»Vielleicht sollte man diesem Hamo L'Estrange die Ohren lang ziehen!« Und eingedenk seiner eigenen bisherigen »Erfolge« bei der Jagd auf die Kinder murmelte er verstimmt: »Verdammte Balgen!«, aber so, daß der Ritter es nicht hören mußte.

Jean-Luc de Granson schwieg sich über das Thema ansonsten aus, seitdem er erfahren hatte, welchen Wert die Oberen seines Ordens plötzlich auf diese Kinder legten. Er wischte sich den Schweiß von der Stirn und starrte zwischen dem weißen Marmor in den blauen Himmel und dann wieder auf die leere Straße, in der immer mehr schwindenden Hoffnung, sie würden plötzlich aus einer Staubwolke doch noch auftauchen.

Von der nach Homs zurückkehrenden Begleitmannschaft, die Madulain als »Prinzessin von Salentin«, Yeza und Roç, die Königlichen Kinder, dem Feldhauptmann des Belagerungsheeres übergeben hatte, erfuhr An-Nasir jetzt von den Ereignissen in Ägypten. Er ärgerte sich gewaltig, denn ihm war schlagartig klar, daß Ayub das Heer auf jeden Fall abgezogen hätte, weil er es jetzt dringend anderweitig brauchen würde. Die Geiseln hatte er ihm also völlig unnötig erstattet. Aber da waren ja noch die Mamelukenkinder, die er laut Abkommen erst jetzt ausliefern sollte.

»Kommt nicht in Frage!« brüllte er und ließ sofort nach Shirat rufen.

Der Sohn des Kommandanten der Garde von Kairo, also wahrscheinlich jetzt der Oberbefehlshaber des im Nildelta stehenden Heeres des Sultans, konnte ihm, An-Nasir, noch wichtig werden im Spiel der Kräfte und des plötzlichen Vakuums, das in Syrien entstand. Er würde Ayub, seinem Onkel, schon noch zeigen, daß er noch zu weitaus mehr in der Lage war, als sich Homs gegen dessen Willen anzueignen.

Shirat erschien. »Seit wann müßt Ihr mich zu Euch befehlen, mein Gebieter?«

Sie kniete rasch nieder, weil sie merkte, wie schlecht seine Laune war. Er polterte auch gleich los: »Seitdem ich gehört habe, mein Täubchen, daß Ihr mich aufsucht, um mit mir Schach zu spielen!?«

Shirat schwieg betroffen. »Was hätte ich Mahmoud sonst sagen sollen?« sagte sie kleinlaut.

Da lachte An-Nasir grob. »Also spielen wir! Was ist dein Einsatz?«

Sie schwieg wieder. »Mein Einsatz kann nur ich selbst sein«, sagte sie dann.

»Richtig erkannt«, sagte An-Nasir. »Ich war bereit, mit dir um deine Freilassung oder dein Leben zu spielen!«

»Mein Leben gehört Euch sowieso –«

»Und deine Freilassung ist mir jetzt verwehrt. Die Christenhunde greifen Kairo an, der Sultan räumt Damaskus, dein Herr Bruder wird zur wichtigen Figur im Spiel um den Thron. Sein Sohn bleibt in meiner Hand!«

Er hatte gedacht, sie würde jetzt weinend zusammenbrechen, aber Shirat sagte nur: »Warum sprecht Ihr nicht von mir? Wenn Ihr mich fragen würdet, dann würde ich Euch bitten, mich nicht zu verstoßen!«

Sie wagte es, ihren Blick zu erheben: »In schweren Zeiten ist mein Platz erst recht an Eurer Seite, erhabener Gebieter, wann immer Ihr mich rufen laßt!«

Da hob er sie hoch wie eine Feder, küßte sie auf die Stirn und sagte: »Ihr habt auch diese Partie gewonnen. Geht nun!«

Als Shirat in den Harem zurückkehrte und überlegte, wie sie es Mahmoud beibringen sollte, hörte sie, wie Clarion den Meister des Bades anfauchte:

»Wieso hat er mich nicht gerufen?«, und als sie Shirats ansichtig wurde, ging sie auf sie los. »Hast du wieder Schach spielen dürfen?« höhnte Clarion. »Denkst du, du hast gewonnen?«

»Sicher«, sagte Shirat, »aber es bedeutet mir nichts.«

Sie zog, ohne sich weiter um die vor Wut funkelnde zu kümmern, Mahmoud an sich und schlang ihre Arme um den Jungen. »Du kannst jetzt deine Freunde nicht in Damaskus treffen noch deinen Vater wiedersehen – es ist Krieg ausgebrochen: Die christlichen Heere sind in Ägypten gelandet.«

Mahmoud kämpfte mit den Tränen: »Allah wird sie strafen«, sagte er dann, »und solange bleiben wir hier.«

Er schluckte tapfer. »Lange kann das ja nicht dauern, mein Vater wird sie furchtbar aufs Haupt schlagen!«

Clarion ließ die beiden allein. Um Verzeihung zu bitten verbot ihr der Stolz. Sie hätte Madulain doch nicht an ihrer Stelle mit den Kindern ziehen lassen sollen – aber hatte sie denn die Wahl? Die so freche wie kluge Tochter der Saratz fehlte ihr sehr.

In Damaskus hatte sich Sultan Ayub zur Abreise vorbereitet. Draußen zogen die Soldaten seines Heeres in die Stadt mit Pauken und Hörnern, als hätten sie vor Homs einen großen Sieg errungen. Der Oberkämmerer schaute aus dem Fenster. Da er sehr kleinwüchsig war, um nicht zu sagen, ein Zwerg, mußte Abu Al-Amlak erst eine Trittleiter benutzen, und er rief dem Sultan zu: »Sie bringen die Prinzessin und die Kinder!«

»Schaff sie in den Harem, ich hab jetzt kein Verlangen, mich mit Begrüßungen aufzuhalten!«

Aber Abu Al-Amlak liebte Zeremonien, und ihm gefielen Roç und Yeza, die jetzt wie kostbare Puppen, prächtig angezogen, aus der Sänfte gehoben werden sollten, nein, sie sprangen einfach herunter! Wenn Abu Al-Amlak etwas noch mehr als feierliche Empfänge behagte, dann waren es Gesten, die diese völlig durcheinanderbrachten. Da hüpfte sein Herz vor Vergnügen, und er dachte gar nicht daran, die Kinder aufzuhalten. Und so stürmten Roç und Yeza auch schon an den Wachen vorbei, wider jedes Protokoll die

Treppe hinauf in den kleinen Saal, in dem der Sultan an seinem Schreibtisch saß und den letzten Dekreten mit dem Ring sein Siegel aufdrückte.

Da Ayub schon reisefertig gekleidet war und von seiner Tätigkeit nicht aufschaute, Abu Al-Amlak aber immer durch teure Roben seine bedeutende Stellung unterstrich, er konnte auch ein arger Giftzwerg sein, richtete Roç seine Begrüßungsansprache an den kleinen Mann auf der Leiter:

»Erhabener Sultan, Herrscher aller Gläubigen –« hob er an, und Abu Al-Amlak schnitt Grimassen und zeigte armwedelnd auf den Mann am Schreibtisch. Worauf Roç einen Schreck kriegte, und Yeza ihr Lachen kaum unterdrücken konnte. Roç warf sich also mit geschickter Drehung auf die Knie und rief schnell: »Die Königlichen Kinder knien vor dir, großer Sultan.«

Er betonte das »groß« so ausdrücklich, um damit den streng dreinschauenden Mann hinter dem Schreibtisch zu versöhnen. Der blickte jetzt auf und betrachtete zerstreut die Kinder, was Yeza veranlaßte, sich nun auch platt auf den Boden zu werfen: »Unser Leben ist in deiner Hand!«

Ayub wandte sich ärgerlich an seinen Kämmerer: »Sie sollen sich bitte wieder erheben. Ich weiß, was ich meinem erhabenen Freund, dem Kaiser, schuldig bin.«

Mit diesen Worten gedachte sich der Sultan wieder seiner unterbrochenen Tätigkeit zuwenden zu können. Doch kaum wieder auf den Füßen, trat Roç zu ihm und beobachtete fasziniert das Erhitzen des Lacks und das Hineindrücken des Siegels mit Hilfe des Ringes. Der Sultan bemerkte lächelnd das Interesse des Jungen, der jetzt schüchtern fragte:

»Ist das ›Regieren‹?«

Ayub stutzte und sagte dann: »Es ist der letzte Akt des Herrschens, davor liegt die eigentliche Arbeit des Abwägens und Entscheidens. Siegeln ist eine Erholung!«

Und einer spontanen Laune folgend, zog er den Ring von seinem Finger und schenkte ihn Roç. Der war so verwirrt, daß er fast vergaß, sich zu bedanken, Yeza knuffte ihn schnell, und er fügte es noch ein in seine Frage: »Und was kann ich – vielen Dank – damit jetzt machen?«

»Du kannst Gesetze erlassen, Steuern einziehen, Botschafter empfangen, Übeltäter zum Tode verurteilen und begnadigen.«

»Jeden?« fragte Roç schnell.

»Jedes Dokument, vorausgesetzt, Abu Al-Amlak legt es dir vor, wird durch dies Siegel Gesetz, mein kleiner Sultan.«

»Und ich?« fragte Yeza.

»Solange der Sultan lebt«, sagte Ayub belustigt über ihre Empörung, »bleibt der Sultana nur eine beratende Funktion!«

»Und dann?«

»Dann berät sie ihre Söhne!«

Die Aussicht ließ Yeza, was selten geschah, verstummen. Der Sultan winkte Abu Al-Amlak zu sich, und der zog eine Schatulle hervor, öffnete sie, und Ayub wählte einen besonders schön gearbeiteten Ring mit einem feingeschliffenen Diamanten. Er steckte ihn Yeza an den Finger.

»Frauen herrschen durch Anmut, Schönheit und Klugheit – über die Männer«, sagte er begütigend, »direkt ausgeübte Macht macht sie häßlich!«

Yeza war klug genug, nicht zu widersprechen.

»Ich muß jetzt eine Reise antreten«, sagte der Sultan, die Kinder verabschiedend. »Ihr vertretet mich hier, bis mein Sohn Turanshah eintrifft – Abu Al-Amlak wird Euch in allem zur Hand gehen, damit Ihr Euch wohl fühlt. Es tut mir leid, Euch nicht selbst Gastgeber sein zu können.«

Roç küßte dem Sultan die Hand, aber Yeza reckte sich zu dem jetzt wieder müde an seinem Schreibtisch Sitzenden, schlang ihre Arme um ihn und küßte ihn auf die Wange. Dann rannten sie die Treppe hinunter.

»Wir sollten diese Welt von Kindern regieren lassen«, sagte der Sultan zu seinem Kämmerer, »sie können es nicht schlimmer machen ...«

In der Abendsonne bot sich den Bewohnern von Damiette ein grandioses Bild. Soweit das Auge reichte, war das Meer bedeckt mit Schiffen. Während die tiefergehenden Segler noch ihr Tuch einholten, brachten die flinken Langboote immer neue Scharen von Rittern mit ihren Pferden ans Ufer. Schon erhoben sich ihre Zelte entlang der Küste, und die ersten Lagerfeuer flammten auf.

Die muslimischen Bürger von Dumyat, wie die Stadt im Arabischen heißt, sahen es mit Bangen – zumal ihr eigenes Heer zwar immer noch vor den Mauern wogte, auch mal mit viel Lärm eine Attacke ritt, aber schleunigst kehrtmachte, wenn die christlichen Reiter den geringsten Widerpart leisteten. Das Dröhnen der Kesselpauken und Aufheulen und Fiepen der Hörner zerrte an ihren Nerven in den engen Gassen der Medinah und im Gedränge des Bazars. Denen, die Zugang zu den Mauern und Türmen hatten oder von den Dächern ihrer hohen Häuser mit eigenen Augen das Geschehen genau beobachten konnten, wurde schnell klar, daß ihre Stadt verloren war. Mit Grausen stieg ihnen die Erinnerung an das Wüten der Kreuzfahrer vor dreißig Jahren hoch. Panik erfaßte sie. Selbst die christliche Bevölkerung, zumeist natürlich Kopten, war sich keineswegs sicher, ob sie das Herannahen der Pilgerfahrer begrüßen sollte.

Die letzte Eroberung von Damiette und alle bisherigen Kreuzzugserfahrungen der einheimischen, christlichen Gemeinden, von Antioch bis Alexandria, sprachen dagegen. Die nun schon hundertfünfzig Jahre andauernden Kriege waren stets zu ihren Lasten gegangen, da die mit den Heeren ziehenden römischen Legaten sie als Nichtkatholiken kaum anders traktierten als Juden und Muslime.

In gedrückter Stimmung zogen sie sich tief in ihre Häuser zurück, um nicht zwischen die zu erwartenden Ausschreitungen erst der verzweifelt Fliehenden, dann der aufgeputschten Eroberer zu geraten.

Der Großwesir Fakhr ed-Din war erst vor wenigen Stunden im Delta eingetroffen. Er hatte sofort ein Beduinen-Regiment vom

Stamme der Banu-Kinana, bekannt für ihre wilde Tapferkeit, mit reichlich Waffen und Munition zur Verstärkung in die Stadt geworfen, aber als er selbst ankam, hatte er mit einem Blick die Lage vor den Mauern und die Moral dahinter erfaßt. Zudem berichteten ihm die Beduinenführer, daß bereits die Besatzung der Zitadelle schwankte und heimlich die Flucht vorbereitete.

Fakhr ed-Din schlug sein Hauptquartier östlich des Hauptarms des Nils bei Ashmun-Tannah auf, also bereits in gebührlichem Abstand von Damiette.

Bei Anbruch der Dunkelheit zog sich die ägyptische Reiterei, was nichts Besonderes war, in ihre Feldlager seitlich der Stadt zurück und überließ den Strand den Kreuzfahrern, die inzwischen ihr gesamtes Heer angelandet hatten. Doch für die muselmanische Bevölkerung war dies das Signal zum wilden Exodus durch die rückwärtigen Stadttore. Sie zwangen die Wachen, ihnen zu öffnen, und flüchteten mit Sack und Pack aus Dumyat. Mit ihnen desertierte auch ein Teil der Garnison.

Als der Großwesir davon hörte, zog er auch – gedeckt von der Nachhut der Banu-Kinana – seine restlichen Truppen über die Schiffsbrücke ab. Diese überquerte den einzigen Kanal, der noch Stadt und Eroberer voneinander trennte. Die Beduinen hatten den Befehl, die Brücke nach dem Abzug in Brand zu stecken, was sie aber – wohl aus Angst, den Feind unnötig auf sich aufmerksam zu machen – unterließen. Dafür legten sie, als sie durch die Stadt zurückfluteten, Feuer an den Bazar. Damit war die Panik perfekt, und nun flohen auch die letzten Verteidiger.

DIARIUM DES JEAN DE JOINVILLE

Damiette, den 6. Juni A.D. 1249

Im Morgengrauen – wir trauten unseren Augen nicht – schienen die mächtigen Mauern und Türme der Stadt völlig unbemannt. Ich witterte eine üble Falle, doch dann wagten sich einige Christen aus ihren Häusern und kamen bis zur Schiffsbrücke gelaufen, um uns zuzurufen, daß die Ägypter abgezogen seien. Daß sie auch die Brücke unversehrt gelassen hatten, wunderte mich am meisten.

König Ludwig schickte einige Ritter aus, und sie kamen zurück und erzählten, daß sie sogar ungehindert den Palast des Sultans betreten hätten: Alles deute auf eine völlig überstürzte Flucht hin.

»Vielleicht ist der Sultan, dessen schlechter Gesundheitszustand Eurer Majestät ja bekannt, plötzlich gestorben?« gab ich zu bedenken. »Anders läßt sich der Rückzug des starken, zahlenmäßig uns weit überlegenen Heeres nicht erklären!«

Der Palast sei leergestanden, von jeglichem Personal entblößt, berichteten die Kundschafter, allerdings läge der Bazar in Schutt und Asche, was für eine maurische Stadt ungefähr so schlimm sei, als würde jemand daheim in Paris den Petit-Pont niederbrennen.

Der König war hoch erfreut. Er rief den Legaten und alle Prälaten von den Schiffen zu sich, soweit sie nicht sowieso an den Kampfhandlungen teilgenommen hatten. Es wurde ein mächtiges »*Te deum laudamus*« angestimmt, dann bestieg Herr Ludwig sein Pferd. Ein Beispiel, dem wir alle folgten, und so zogen wir siegreich über die Brücke in Damiette ein.

> »*Vexilla regis prodeunt:*
> *Fulget crucis mysterium.*
> *Quo carne carnis conditor*
> *Suspensus est patibulo.*«

Im geplünderten Sultanspalast hielt unser König eine improvisierte erste Versammlung ab, bei der er, der bittersten Erfahrung des V. Kreuzzuges unter dem unseligen Pelagius eingedenk, ein weiteres Vorrücken kategorisch ablehnte. Heißsporne wie sein Bruder Robert d'Artois wären am liebsten gleich bis Kairo vorgestürmt. Andere wollten sich durch Einnahme Alexandrias die Flanke sichern. Doch die Überschwemmungen des Nildeltas mußten in Kürze einsetzen, und sie verboten vernünftigerweise das eine wie das andere.

Außerdem wartete Herr Ludwig immer noch auf den Rest seiner vor Zypern versprengten Flotte und vor allem auf Verstärkung aus Frankreich unter seinem Bruder Alphonse, dem Grafen von Poitou.

Ich hatte erwartet, daß jetzt entschieden würde, wie die Stadt vordringlich zur Verteidigung gegen sicher zu erwartende Angriffe zu besetzen sei, wer verantwortlich für Tore, Mauern und Türme sei, und vor allem für die Zitadelle, doch statt dessen ging gleich der Streit um die Verteilung der Beute los.

Robert, der greise Patriarch von Jerusalem, erhob als erster seine Stimme:

»Majestät«, sagte er, »Ihr solltet Kontrolle ausüben über die Lagerhaltung von Weizen, Gerste, Reis und allem, was zum Lebensunterhalt vonnöten ist, so daß keine Hungersnot über die Stadt und Euer Heer kommt. Aber sämtliche andere Beute, das solltet Ihr unter Euren Soldaten ausrufen lassen, ist bei Androhung der Exkommunikation im Quartier des Herrn Legaten abzuliefern!«

Der Vorschlag fand wohl deshalb widerspruchslose Zustimmung, weil natürlich keiner gedachte, sich auch nur im geringsten daran zu halten.

Ich verließ enttäuscht die Versammlung. William hatte ich ebenso wie meine Ritter im Lager vor der Stadt zurückgelassen, da es sich bei dieser »Inbesitznahme« um einen Vorgang handelte, an dem nur die militärischen Führer teilnehmen sollten. Ansonsten hatte ich meine Standesbrüder durchaus daran gewöhnt, daß ich als Chronist dieses Kreuzzuges in Begleitung meines Sekretarius auftrat.

Als ich am Bazar vorbeiritt, sah ich das Ausmaß der Zerstörung durch den Brand, aber auch, daß einige Herren die Zucht ihrer Soldaten nicht im Griff hielten, denn es wurde kräftig geplündert und geraubt.

IM HEERLAGER VOR DER STADT herrschte Unmut, daß die zum Greifen nahe Beute nicht – wie *usus* – zur dreitägigen Schatzung freigegeben wurde. Doch dagegen stand das Verdikt des Königs, der die verbliebenen Einwohner, fast alles Christen, wenn auch Monophysiten, für sich gewinnen wollte. Die Geistlichkeit setzte aber die Ernennung eines katholischen Bischofs durch, und die große Moschee wurde, wie schon vor dreißig Jahren, abermals zur Kathedrale umgewidmet und neu geweiht.

Herr Ludwig schickte eiligst Botschaft nach Akkon, daß die Königin Margarethe zu ihm stoßen möge, ohne sie und ihre Damen versprach das Hofleben einen trübsinnigen Winter in der feuchten Ebene des lehmig dahinfließenden Nils.

Den drei Ritterorden wurden weitläufige Gebäudekomplexe angedient, was nicht ohne Reibereien vonstatten ging, weil Templer wie Johanniter sich insgeheim um die Belegung der Zitadelle bewarben.

Den Deutschen, die sich bereits als lachender Dritter sahen, wollte die Zitadelle keiner überlassen, damit der Kaiser, dessen Sohn Konrad schon beim Tod seiner kindlichen Mutter Jolanda von Brienne der Titel des »Königs von Jerusalem« in die Wiege gefallen war, gar nicht erst auf die Idee kam, diese Neueroberung auch noch dem stauferischen Hausbesitz zuzuschlagen. Der Ärger über den König Jean de Brienne, der sein elfjähriges Töchterchen ohne Not dem Deutschen ins Brautbett gelegt hatte, nagte immer noch am Empfinden der Franzosen, die den Kreuzzugsgedanken gepachtet zu haben glaubten und *Outremer,* wie sie das Heilige Land nannten, als eine urfranzösische Kolonie ansahen.

Also bestimmte König Ludwig kurzerhand seinen Bruder Robert und einige Ritter zur Besatzung der Burg, unter ihnen auch der Graf von Joinville. Dem Grafen von Artois lag nicht das geringste daran, dort wie festgenagelt hocken zu müssen und über die Sicherheit in der Stadt zu wachen, er wollte so schnell wie möglich auf Kairo losmarschieren. Auch fühlte er sich unwohl in seiner neuen Rolle als Gouverneur samt Steuereinzug und Gerichtsbarkeit. Er war froh, daß Charles d' Anjou, der sich weigerte, in der Stadt zu schlafen, und draußen mit harter Hand das Feldlager befehligte, es ihm abnahm, Marodeure und Plünderer aufzuknüpfen.

Das Heer hatte natürlich gehofft, es sich in der Stadt bequem machen zu können, doch es blieb ausgeschlossen. Statt dessen wurden die Pisaner und die Genuesen für ihre Fährdienste mit je einem Markt und einer Straße belohnt. Die Venezianer zeigten schnell Reue ob ihres so wenig kollaborativen Verhaltens, und auch sie erhielten großmütig einen Stadtbezirk geschenkt. Der Rest wurde zum Zwecke der Geldeinnahme durch Besteuerung gestückelt und den Heerführern überlassen. Die Folge war, daß im Quartier des Herrn Legaten, wo sich nach einhelligem Beschluß die Beute aus der ganzen Stadt sammeln, türmen sollte, nicht einmal Ware im Gegenwert von sechstausend Livres abgeliefert wurde.

DIARIUM DES JEAN DE JOINVILLE
                    Damiette, den 10. Juni A.D. 1249
Eigentlich war es ja alter Kreuzfahrerbrauch, daß bei jeder Einnahme einer Stadt vom Beutegut ein Drittel dem »König von Jerusalem« zukam, während zwei Drittel unter die Eroberer verteilt wurden. Doch mein Herr Ludwig sah sich daran nicht gebunden, oder er ließ die Dinge einfach schleifen. Das gab natürlich böses Blut und ermunterte viele Herren, auf eigene Faust die Versorgung ihrer Schutzbefohlenen sicherzustellen.

Graf Robert schickte kurz entschlossen ein paar Berittene mit Wagen ins Quartier des Legaten und ließ für die »Besatzung der Zitadelle« soviel an Nahrungsmitteln beschlagnahmen, wie ihm notwendig dünkte, um ohne Not durch den Winter zu kommen.

»Wenn ich denn meine Jugend hier zwischen Bewässerungskanälen vertrödeln muß«, sagte er ärgerlich zum Maître de Sorbon, der uns einen Besuch abstattete, »dann will ich wenigstens nicht vom Fleisch fallen und so meine Lust auf Kairo verlieren! Richtet das meinem königlichen Bruder aus, falls er Einwände erheben sollte, und fragt ihn auch gleich, wann wir wieder heimwärts segeln, nachdem er mit der glorreichen Eroberung dieser Perle des Nildeltas offenbar sein Lebensziel erreicht hat!«

Außer dem verärgerten Prinzen von Frankreich waren fast alle Ritter zugegen, die wie ich hier Wohnung genommen hatten. Der Maître bat sie, den Ort nun zu verlassen, eine fensterlose Säulenhalle, die aber angenehme Kühle verbreitete und daher unser bevorzugter Aufenthaltsraum war. Nur mich, und – mit einem zögerlichen Seufzer – meinen Sekretarius bat er zu bleiben. Er führte uns in das anschließende, dunkle Gewölbe, das mein Priester Dean of Manrupt zu einer schlichten Kapelle gestaltet hatte, und schloß die Tür hinter uns.

»Ihr dürft die Geduld nicht so schnell verlieren«, wandte er sich an den Herrn d'Artois. »Euer Bruder hat durchaus das höhere Ziel im Auge und handelt in höherer Verantwortung für das ihm von Gott anvertraute Heer, wenn er jetzt nicht sogleich unbesonnen nach Kairo vorstürmt.«

»Als wir unseren Fuß auf diesen sandigen Boden setzten«, spottete d'Artois, »klang es anders! Da hieß es ›Vorwärts, damit der Feind nicht zur Ruhe kommt!‹« Er lachte bitter. »Jetzt sind wir es, die sich zur Ruhe setzen. – Und der Sultan in Kairo kann sein unverhofftes Glück gar nicht fassen!«

»Die Erdentage des Sultans sind gezählt«, wies ihn der Maître ernsthaft zurecht.

Er konnte es sich leisten, mit dem Grafen so zu reden, hatte er ihn doch schon als wilden Knaben auf den Knien gehalten. »Und wenn Ihr, mein Prinz, mir Euer Ohr leihen wollt, was noch nie zu Eurem Schaden war, dann will ich Euch unterbreiten, wie es kommen mag, daß der nächste Fürst auf dem Thron von Ägypten als Robert der Erste in die Geschichte eingehen wird!«

Der Maître schwieg und sah uns eher beifallsheischend an, als daß er sein kühnes Wort wirken lassen wollte. Das war auch nicht nötig, denn der Herr d'Artois war gleich Feuer und Flamme:

»Was muß ich tun, mein edler Lehrmeister«, er umarmte de Sorbon, »außer Euch sogleich zum Großwesir zu ernennen?«

Der Maître gab sich geheimnisvoll, senkte seine Stimme zum Flüstern.

»Ihr werdet in eine eheliche Verbindung eingehen«, gab er bedeutsam preis, »mit einer Jungfrau, die im hohen Mut Euch ebenbürtig, mit Ihrem Blut mehr als das Reich der Pharaonen als Mitgift einbringt, mehr als das Königreich von Jerusalem Euch zu Füßen legen wird, Ihr braucht nur zuzugreifen!«

Da lachte d'Artois. »Nur her mit der jungen Dame!« rief er aus, während ich mich räusperte, was der Maître mit strengem Blick zu unterbinden suchte, doch Robert d'Artois hatte schon aufgemerkt. »Was ist, mein lieber Joinville«, wandte er sich an mich, »hat sie einen Buckel? Schiefmaul oder den bösen Blick?«

»O nein!« sagte ich schnell. »Ich dachte nur, daß dies Land erst noch erobert werden müßte –«

»Da habt Ihr recht, Seneschall«, rief er, »und deswegen will ich mich gleich zu meinem königlichen Bruder begeben, um ihn zur Eile anzuspornen, damit ich gar bald –«

Hier unterbrach ihn der Maître mit ungewöhnlicher Strenge: »Nichts dergleichen werdet Ihr tun, mein Prinz, oder –« er gab sich düster, »es löst sich alles in Rauch auf. Wer die geheime Offenbarung nicht in verschwiegener Brust halten kann, mag Ihrer nicht für würdig erachtet werden.«

Da knickte der Herr Robert ein wie ein ertappter Scholar und wagte nur noch kleinlaut zu fragen: »Und die Braut darf ich auch nicht sehen –?«

»Wir sind im Orient«, sagte der Maître, dem es gefiel, sich wichtig zu machen, »ich kann Euch nur versichern, an ihr ist kein Makel« – er lächelte maliziös –, »vielleicht außer, daß sie im Temperament so ungestüm ist wie Ihr, mein Prinz – wenn der Tag kommt, wird sie Euch munden!«

Und brüsk zu mir gewandt, schnaubte er: »Daß wir Kairo zuvor einnehmen müssen, weiß ich auch, Herr Seneschall! Doch Pläne dieser Reichweite werden nicht spontan entwickelt, sondern müssen bereit sein. – Und so frage ich Euch, Robert d'Artois, seid Ihr bereit?«

Da beugte der junge Graf artig sein Knie und legte seine Hand auf den güldenen Kronreif, den der Maître unter einem Tuch verborgen, jetzt plötzlich in den Händen hielt, wie ein Magier das Kaninchen aus dem Hut zieht. William und ich mußten auch niederknien und schwören, daß wir Schweigen bewahren würden, ob unseres Wissens um den »geheimen König und seine noch geheimere Königin« und die Größe seines Reiches von den Pyramiden bis – ich weiß nicht, wohin, das Kaiserreich von Byzanz ging jedenfalls auch darin auf.

Robert d'Artois verzog keine Miene bei der Aufzählung seiner zukünftigen Herrschaft, ganz im Gegensatz zu meinem Sekretarius, der nur mühsam seine Belustigung unterdrückte. Ich preßte dem Grafen die Hand, wie jemandem, dem man viel Glück wünscht für ein Unternehmen, an dessen günstigen Ausgang man selbst nicht glauben mag.

Herr Robert umarmte mich und stürmte aufgewühlt aus dem Gewölbe, doch in der Tür blieb er wie angewurzelt stehen. Wir waren ihm gefolgt. In der ansonsten leeren Säulenhalle stand ein schwarzer Sarg. Der Herr de Sorbon, auch er bleich geworden, zog wenigstens die Tür wieder zu, um uns und sich den Anblick zu ersparen.

»Ein übler Scherz«, sagte ich, »laßt mich gehen und sehen –«

»Nein«, sagte William, »ich werde es prüfen und Ihr, werte Herren, wartet bitte hier auf mich, bis ich die Kiste habe entfernen lassen.«

Er verließ uns, und wir taten das Naheliegendste: Wir knieten nieder und beteten. William kam zurück und sagte:

»Keiner will's gewesen sein! Auf jeden Fall habe ich ihn eigenhändig in die nächste Abstellkammer getragen. Ihr mögt jetzt hinaustreten – und das Vorkommnis vergessen!«

»Dank Euch, William von Roebruk«, murmelte der Maître, und wir verließen die Kapelle.

Ich konnte es kaum erwarten, mich mit meinem Sekretarius unter vier Augen in unseren Gemächern auszusprechen.

»Wer?« – fragte ich. »Ihr wollt doch nicht behaupten, keiner der Besatzung hat –«

»Doch!« sagte William. »Niemand hat irgend etwas bemerkt. Alle waren sogar entsetzt und verstört.«

»Also eine *factura,* eine Drohung und gleichzeitig eine letzte Warnung – von wem?«

»Von dem, dem das alles nicht paßt!«

»Mit der jungfräulichen Braut kann der Maître ja wohl nur Yeza gemeint haben?«

»Still!« sagte William. »Wie Ihr erfahren durftet, haben hier die Wände Ohren. Drängelt Euch nicht vor, sonst paßt der Sarg auch noch Euren Maßen!«

»William!« Ich machte ein Zeichen der Abwehr alles Bösen. »Sprecht so nicht mit mir, der ich sehr wohl an die dunklen Mächte glaube, während Ihr Euch lustig zu machen scheint –«

»Durchaus nicht, mein edler Herr, nur denke ich, daß wir diesmal nicht – noch nicht, gemeint –«

»Wer dann?« fragte ich, mehr erleichtert als gekränkt. »Robert de Sorbon?«

»Wer bleibt«, sagte mein so überlegener Sekretarius, »ist ja nur der Maître als *spiritus rector* – und der Artois als der ›geheime König‹.«

»Jedenfalls mißfällt die vom Maître nicht ausgesprochene, aber der anderen Seite durchaus geläufige Verbindung mit der Blutslinie des –«

»Pschtt!« flüsterte William. »Mitwisser leben oft gefährlicher als die Täter und die zukünftigen Opfer. Die brauchen einander. Uns brauchen sie letztlich nicht.«

»Also gut –« sagte ich.

»Also schlecht!« sagte William. »Nach dem Stand der Dinge können es alle sein, die wir bisher kennen – und das reicht mir schon. Mir gefällt ›die Sache‹ nicht mehr.«

Ich dachte daran, wie der Herr Robert mich umarmt hatte. Ein stattliches Lehen wäre mir sicher, wenn ..., ich sagte also nichts und schwieg, was mein Sekretarius als Zustimmung auffassen mochte. Er hatte ja recht, nicht drängeln! Sollten die *conspiratores* erst einmal das Eisen aus dem Feuer holen. Auch wenn's eine güldene Krone wär!

I M SULTANSPALAST ZU DAMASKUS in dem *Quaat al sabea' chitmet,* dem Arbeitszimmer des Sultans, hockte Abu Al-Amlak auf der Trittleiter. Er hatte sie an den Schreibtisch geschoben, um in gleiche Höhe mit den Kindern zu gelangen, die auf ihren Stühlen nebeneinander eifrig siegelten. Auf den hohen Lehnsessel des Sultans traute sich auch in seiner Abwesenheit keiner, Platz zu nehmen. Yeza erhitzte das jaspisfarbene Lackstäbchen, bis es auf die vorgesehene Stelle des Pergaments tropfte, und Roç drückte mit spitzen Fingern den Ring hinein. Er hatte sich den Handrücken schon zweimal schmerzhaft verbrannt. Da ihnen der Oberkämmerer jeden Tag, den Allah werden ließ, von Mathematikern, Dichtern und Koranlehrern Schrift und Sprache näherbrachte, waren sie schnell des Arabischen leidlich mächtig geworden.

»Al uchra?« las Roç laut vor und hielt den Ring zurück: »Was heißt: *al jad al uchra,* die ›andere‹ Hand? Welche?«

Abu Al-Amlak warf einen kurzen Blick auf das Urteil.

»Ein rückfälliger Dieb!« erklärte er sachlich. »Er geht seiner zweiten diebischen Hand verloren, weil er mit der weiter gestohlen hat.«

»Aber dann –«, sagte Yeza und zog das Pergament an sich, »kann er ja nicht einmal mehr essen.«

»O doch«, eiferte sich der Kämmerer. »Der Hund kann immer noch fressen – wie ein Hund!«

»Ich begnadige ihn«, sagte Roç, »was kann er mit einer Hand schon groß klauen?«

»Geldbörsen«, erklärte ihm der zwergenhafte Hüter des Gesetzes, »er ist ein verdammt geschickter Hund. Wenn ihm die Hand nicht abgehackt wird, wird er wieder Beutel schneiden –«

»Was soll er auch sonst machen mit einer Hand?« empörte sich Yeza.

»Arbeiten zum Beispiel, als Lastenträger, als Eselstreiber –«
regte Abu Al-Amlak an, der sah, daß er seine kleinen Sigillanten
nicht so leicht überzeugen konnte.

»Kann man nicht einen kleinen Eisenkäfig für die Hand bauen,
daß er arbeiten und essen kann, aber nicht mehr stehlen?« überlegte Roç, und Yeza griff die Idee gleich auf:

»Wie eine Rattenfalle!« rief sie. »Und du bekommst den
Schlüssel!«

Sie wußte, wie sie den Zwerg um den Finger wickeln konnte,
und der gab sich auch geschlagen. »In Allahs Namen. Der
Schmied soll dem Hundesohn einen Handkorb verpassen, aber
ohne Schlüssel!«

»Beim nächsten Mal«, verkündete Roç mit Würde. »Wir haben
ihn schon begnadigt!«

Übertrieben seufzend strich der Kämmerer das Urteil durch
und schrieb – unter dem wachsamen Auge der Kinder: »Strafe erlassen. Bei Wiederholung *masikat al aidi!*«

»Nicht, daß du dann etwa seine Hand einmauerst, *abu al taglib,*
Meister des verdrehten Wortes!« mahnte ihn Roç, während er behutsam den Ring in den neuerlich aufgebrachten Lack drückte.

»Mir reicht die *qas al halqm anf ua udhun* für heute«, sagte Yeza
und blies das Ölflämmchen aus, »ich möchte reiten.«

Enttäuscht räumte der Oberkämmerer die nicht bearbeiteten
Pergamente beiseite und klatschte in die Hände.

»Ich dachte, ihr wolltet noch die Mittagshinrichtung ansehen?« lächelte er.

Doch die Kinder schüttelten angewidert den Kopf und sprangen erleichtert auf, als die beiden Mameluken eintraten, ihre Reitlehrer. Sie liefen ihnen voraus, die Treppe hinunter bis in die Gärten des Palastes, wo in wunderschönen Stallungen die Pferde
standen. Im Laufen zog Roç seine Gefährtin am Ärmel.

»Hast du schon mal zugesehen, wenn der Scharfrichter so –«
Roç suchte nach dem rechten Ausdruck, »mit einem Hieb –? Ich
könnte das nicht ertragen –«

»Kann man lernen«, erklärte Yeza trocken, »wenn das Blut

spritzt, dreht sich einem der Magen um, dann stopfen die Gehilfen schnell den Armstumpf in ein Faß siedendes Öl –«

»Hör auf!« stammelte Roç, doch Yeza zeigte Härte. »Das ist, damit man nicht verblutet. Verstehst du?«

Roç kämpfte mit den Tränen, aber er nickte. »Und was machen sie mit der Hand?« fragte er leise.

»Die werfen sie den Hunden vor!«

»Und das hast du gesehen –?« rief Roç erschüttert.

»Noch nicht«, sagte Yeza, »aber der Vater des Riesen hat es mir erzählt.«

Die Kinder waren bei den Boxen angekommen. Sie hatten jeder ein eigenes Pferd. In der Sattelkammer stießen sie auf Madulain, die gerade von ihrem morgendlichen Austritt zurückgekommen war.

Die Saratztochter hatte sich geweigert, in den Harem zu ziehen, auch schon aus der Sorge, einmal dort gelandet, so schnell nicht wieder herauszukommen. Schließlich war sie die »Prinzessin von Salentin«, Tochter des Kaisers! Das hatte sie dem nachgerückten Obereunuchen handgreiflich klargemacht, als der pflichtbewußt nach ihrer Jungfernschaft forschen wollte. Sie hatte ihm das Gesicht so zerkratzt, daß er schreiend zum Oberkämmerer gelaufen war – und so bewohnte sie jetzt zusammen mit den Kindern einen Pavillon im weitläufigen Park des Palastes, nicht weit von den Pferdeställen. Um dem Anstand genüge zu tun, hatte der Obereunuch zwei baumlange kastrierte Nubier davor postiert, die mit riesigen Schimtars und Pfauenwedeln darüber wachten, daß den Kindern kein Leid geschah und die wilde Amazone keinen nächtlichen Besuch von den Mameluken erhielt. Doch die Wächter waren höchstens damit beschäftigt, die Fliegen wedelnd zu verscheuchen. Männer ließ Madulain nicht an sich heran, und die Kinder waren die erklärten Lieblinge aller, und die kräftigen Nubier mit ihren glänzenden schwarzen Oberkörpern hüteten sie wie ihre Augäpfel, zumindest, wenn sie schliefen. Den Tag verbrachten sie im Palast, was Madulain verwehrt war. Sie war Gefangene der Gärten, auch wenn die so groß waren, daß man stundenlang darin reiten und doch immer wieder über neue Hecken, Blumenrabatte und kunstvoll angelegte Wasserläufe hinwegsetzen konnte.

Madulain preschte mit ihrem sprungfreudigen Falben durch Bambuswäldchen und Oasen mit Dattel und Palm, daß die Zweige ihr ins Gesicht schlugen, durch Becken mit Zierfischen, daß das Wasser aufspritzte, an Gattern mit gefangenen Raubkatzen und Volieren vorbei, daß die Tiere fauchten und die langbeinigen Vögel aufflatterten. Alles nur, um der Sehnsucht nach dem Mann zu entfliehen. Immer öfter ertappte sie sich dabei, wie das Bild von Firouz verblaßte und sich die schlanke Gestalt des Roten Falken vor ihr Auge schob. Dann gab sie dem Hengst erst recht die Sporen und trieb ihn gegen immer höhere Hindernisse, aber er verweigerte nie. Jedesmal endete die wilde Jagd mit ihrer völligen Erschöpfung. Dann schämte sie sich und umarmte den Hals des Pferdes lange, bis sich ihre Erregung gelegt hatte und sie das Tier in den Stall zurückbrachte.

Die Saratztochter trug ihren Sattel selbst in die Kammer, strich Roç übers Haar, hob Yeza aufs Pferd und sah ihnen nach, wie sie mit ihren Mameluken davonritten.

Abu Al-Amlak schaute von seiner Trittleiter durch das Fenster auf den Vorplatz des Palastes, wo nach dem *salat al dhubur,* dem Mittagsgebet, der Henker seines Amtes walten würde. Noch war der Ort menschenleer, die Gläubigen hatten sich in die Moschee begeben oder knieten im Schatten der engen Gassen.

Da sah er die Sänfte, umgeben von Reitern aus den Bergen, auf das Portal zustreben. Der Besuch würde ihn zwar um das gewohnte Schauspiel bringen, versprach aber Abwechslung, zumal eine Fahne vorangetragen wurde, die noch aus den Zeiten des Vaters des Sultans, des großen El-Kamil, stammen mußte. Neugierig lauschte er den Geräuschen unten in der Torhalle und dann den langsamen Schritten eines alten Mannes, der sich die Treppe hinaufmühte.

Als er der zierlichen, weißhaarigen Gestalt ansichtig wurde, kam ihm in Erinnerung, was ihm sein Herr Ayub über den Sonderbotschafter seines Vaters, den merkwürdigen Sonderling John Turnbull, erzählt hatte. Ein ewiger Wanderer zwischen den Welten, der des Islam und der des Kaisers, »ein verworrener Geist mit der Vision einer Aussöhnung« zwischen den Religionen. Er mochte achtzig sein oder mehr, doch sein Gesicht war jünger, frischer.

»*Allah jaatiku al 'umr at-tawil*, Allah schenke Euch Freude an einem langen Leben!« rief Abu Al-Amlak und rutschte flink die Stufen hinunter, scheuchte die Wächter des Tores, die den Gast hinaufbegleitet hatten, ihm einen Stuhl anzubieten und ihn dann allein mit ihm zu lassen.

»Allah bereite dem großen Sultan, der den gleichen würdigen Namen trägt wie der ruhmreiche Begründer der Dynastie, der ich durch drei Generationen zu dienen die Ehre hatte, die immerwährende Genugtuung, ein Gebirge an Geist und Weisheit wie Euch als seinen *rais al chaddam* zu wissen.« John Turnbull hatte sich lächelnd niedergelassen und fügte ohne weitere Einleitung hinzu: »Wo sind die kleinen Könige?«

Abu Al-Amlak stieg die Leiter wieder hinauf.

»Die kleinen Sultane«, entgegnete er stolz, »erholen sich auf dem Rücken der Pferde von der Anstrengung des Regierens. Sie sind geborene Herrscher: Was der junge Herr noch zuviel an Weichheit der Seele aufweist, gleicht die kleine Sultana mit kühnem Herzen aus. Wenn es sich umgekehrt verhalten könnte, was Allah gebe, wären sie das ideale Paar auf jedem Thron.«

»Vielleicht will Allah diese neue sensiblere Männlichkeit und den eigenen Willen für die Frau?« entgegnete Turnbull.

»Allah vielleicht«, rief der Oberkämmerer, »aber sicher nicht die Nachkommen des Propheten!«

»Einem Stock, der in der Erstarrung verharrt, dem sprießen keine Triebe«, sagte John Turnbull. »Die Welt muß innerlich bereit sein, das heilige Blut in ihren Adern pulsieren zu lassen, sonst können die königlichen Kinder ihre segensreiche Tätigkeit nie entfalten, und die Knospe verwelkt, verdorrt, ehe sie zur Blüte kommt.«

»Innerlich!« höhnte der Kämmerer. »Die Welt ist äußerlich und wird nur vom Gesetz zusammengehalten. Und das Gesetz verlangt Herrscher, die in ihm stehen, sonst begehrt das Volk auf und jagt sie davon.«

»Das Volk folgt nicht dem Gesetz, sondern der Verheißung. Wer sie nicht zu geben vermag, ist kein Herrscher, sondern nur ein Verwalter. Und dazu gehört eben alles, großer *rais al chaddam,* was Ihr an den Kindern so bemängelt. Sie sind nicht gekommen, um einen Thron wie diesen« – er zeigte erregt auf den Sessel des Sultans – »zu besetzen, als Gefangene bestehender Gesetze, sondern ein Reich zu errichten, das –«

Turnbull war zu erschöpft, um weiterzusprechen, was der stirnrunzelnde Zwerg dazu benutzte, in die Hände zu klatschen, auf daß die Bediensteten dem Gast eine Erfrischung reichten. Er überlegte kurz, ob er die Kinder vergiften sollte oder den alten Gesandten, der offensichtlich nicht mehr verstand, wie die Welt funktionierte. Doch als die Pokale gereicht wurden, verzichtete er seufzend darauf, an seinem Ring zu drehen, so daß der Deckel nicht aufsprang. Sein Sultan hatte ihm die Kinder anvertraut, damit er sie Turanshah, seinem Sohn, übergab. Und der war wieder ganz anders. Vielleicht würde dem dies Gerede vom neuen Reich sogar gefallen? Sultan Ayub war ein vom Tod gezeichneter Mann. Warum sollte er, Abu Al-Amlak, jetzt noch eine Entscheidung »zur Rettung des Throns für die Dynastie« fällen, die ihm den Kopf kosten könnte, wenn sie einem aus der Herrscherfamilie mißfiel.

Als Abu Al-Amlak dem Vater des Sultans zum Geschenk gemacht wurde, dem großen El-Kamil, war der Enkel noch ein scheuer Knabe. Jetzt hieß es, Turanshah habe sich in Diarbekir nicht gerade zum kraftvollen Vizekönig entwickelt, sondern pflege mit Freunden, alles Dichter und Künstler, die er sich aus Alexandria, aber auch aus Konstantinopel und Edessa einlud, geistvollen Umgang in der Gezirah, anstatt sich auf die harten Aufgaben des Sultanats vorzubereiten. Er sei ein genialer Architekt, mit großem mathematischen Wissen und einem ausgeprägten Sinn für Schönheit, schöne Knaben und kluge Frauen. Der Oberkämmerer fühlte

Neid in sich aufsteigen. Das war ihm alles nicht gegeben. Er hatte hier einsam die Herrschaft zu erhalten und dafür zu sorgen, daß das Gesetz befolgt würde. Das Gesetz der Macht. Ein Wink nach Homs würde genügen, und An-Nasir nähme das wehrlose Damaskus auch noch in seinen Besitz. Der würde es ihm, Abu Al-Amlak, vielleicht mit dem Titel eines Großwesirs danken – oder ihn noch kürzer machen, grad um seinen Kopf, den er bei dem Gedanken zwischen die Schultern einzog. Nein, er mußte strikte Kampfbereitschaft nach außen signalisieren und Freundlichkeit gegenüber den Freunden seines Herrn.

Der Oberkämmerer lächelte Turnbull zu und sagte demütig: »Die Kinder sind mir an mein kleines Herz gewachsen.«

DIARIUM DES JEAN DE JOINVILLE

Damiette, den 12. August A.D. 1249

Damiette ist zur französischen Residenzstadt geworden. Kein Klein-Paris, sondern eher Chalons-sur-Marne. Die Barone und Heerführer, die – so möchte man es erwarten – die einheimischen Kaufleute und Händler im Bazar eigentlich generös behandeln sollten, preßten aus ihnen die höchsten Abgaben heraus. »Schutzgelder« nannten sie es. Wer nicht willig zahlte, wurde der Soldateska überlassen. Meist reichte eine Nacht, in der die Läden brannten und die Frauen und Töchter Freiwild waren. Das hatte natürlich zur Folge, daß viele nun nicht mehr in der Lage waren oder nicht mehr daran interessiert, das vor der Stadt gelegene Feldlager zu beliefern. Die hohen Herren, ich muß zu meiner Schande zugeben, ausnahmslos Standesbrüder, verpraßten ihre so erzielten »Einnahmen« in wilden, überbordenden Banketts, bei denen mehr gute Nahrungsmittel vergeudet wurden und auf dem Abfall landeten, als draußen das Heer als karge Tagesration erhielt. Etwa für die harten Zeiten des Winters Vorräte anzulegen, daran dachte kaum einer. Auch die Hurerei nahm entsetzlich zu; inzwischen waren aus dem Heiligen Land, aber auch aus Alexandria, immer mehr Liebesdienerinnen angereist. Die in Zypern vorsorglich angelegten Lager von Weinfässern waren eingetroffen und leichtsinnigerweise – oder war es Sabotage der Moral des Heeres? – auf einen Schlag verteilt worden, es wurde gezecht und gekotzt.

Der König beschwerte sich bei mir, daß selbst gegen die Mauern des von ihm bewohnten Sultanspalastes einige ihm namentlich bekannte Herren ihre Notdurft verrichtet hätten.

Inzwischen war, unter Obhut des Sigbert von Öxfeld und seiner Deutschritter, die Königin aus Akkon angereist, was meinem Herrn Ludwig wohl höchst behagte, führte er sie doch gleich in sein Schlafgemach, nachdem er uns zugerufen, jetzt gälte es für das Reich der Pharaonen einen kleinen König zu zeugen! Ich fand das eher peinlich, auch sein alter Freund Balduin, der verarmte Kaiser von Konstantinopel, den er einfach stehenließ, war von diesem wenig noblen Gehabe unangenehm berührt.

Kaiser Balduin war nun selbst dem König bis hierher nachgereist, nachdem die Mission der Kaiserin Marie de Brienne nach Zypern so ohne jeden Erfolg geblieben war. Er hatte mehrere Reliquien mitgebracht, die die Brandschatzung von Konstantinopel im Jahre 1204 überstanden hatten, und wollte sie Ludwig verkaufen, weil die Staatskassen des lateinischen Kaiserreiches völlig leer waren und er dringend Geld brauchte, um sein Heer zu entlohnen, das ihn vor den herandrängenden Griechen schützen sollte.

Doch unser König, wie er ihm durch Maître de Sorbon mitteilen ließ, benötigte das seine ebenso bitter, um die Bedürfnisse seiner Kriegsherren zu befriedigen. Kaiser Balduin mochte nicht einsehen, warum die Eroberung von Kairo für das Abendland wichtiger sein sollte, als der Erhalt der urchristlichen Stadt Konstantinopel, des Bollwerks gen Osten. Ich vermochte es ihm auch nicht zu erklären.

Die Templer gaben ihm schließlich – gegen horrende Sicherheiten – ein Darlehen. Wohl weniger aus triftigem Interesse, als um den Johannitern eins auszuwischen.

EIN ZITTERN ERREGTER NEUGIER durchlief das mittäglich in der Hitze brütende Damaskus, als die Staubwolke im Norden sich lichtete und das stattliche Heer auf das Tor zutrabte.

Turanshah, Sohn und Erbe des Sultans, hatte, dem Ruf seines Vaters folgend, die liebliche Gezirah verlassen und hielt mit seinem Hofstaat Einzug in Syriens Hauptstadt.

Der Oberkämmerer Abu Al-Amlak war auf die höchste Stufe seiner Trittleiter gestiegen, um aus dem Fenster des Palastes seinen neuen Herrn in Augenschein zu nehmen. »Denn das nehmt als von Allah gegeben«, wandte er sich an den zu seinen Füßen harrenden John Turnbull, »den erhabenen Sultan Ayub wird Damaskus nicht mehr wiedersehen.«

John Turnbull hatte sich in Anbetracht der herrscherlichen Ankunft des Turanshah in sein teuerstes Gewand geworfen, er fühlte sich immer noch als Sondergesandter seines Kaisers Friedrich beim Sultan – und wenn es nun auch schon die dritte Generation der Ayubiten sein sollte, bei der er um Verständnis und Freundschaft für die stauferische Sache warb. Er hatte auch nicht mit der Wimper gezuckt, als Abu Al-Amlak ihm stolz »die Tochter des Kaisers« vorstellte, mit der er seinen neuen Gebieter zu begrüßen gedachte. Es war keineswegs »Clarion von Salentin«, die der Kämmerer wie eine kostbare Puppe prächtig herausgeputzt hatte, sondern deren Zofe Madulain.

Allerdings ein schönes Weib, stolz und bissig! Vor etlichen Jahren, Dezennien, hätte sie auch mir gar sehr gefallen, bedachte John Turnbull sein Alter und sein unstetes Leben. Hätte er die beiden Frauen nicht erst kürzlich in Masyaf erlebt, also bereits ohne die Gräfin von Otranto, hätte er schwören mögen, Laurence habe Madulain in diese Rolle gedrängt, damit sie, Laurence, ihres Augapfels, ihrer heißgeliebten Ziehtochter Clarion, nicht verlustig ginge. Auch die Kinder spielten das Spiel eifrig mit und titulierten die Saratz in Gegenwart des Zwerges nur mit »Principessa«.

Roç und Yeza waren mit Mühe und viel gutem Zureden dazu gebracht worden, sich festlich zu kleiden. Bei ihnen überwog die Sorge, der junge Sultan könnte ihnen als erstes den Siegelring wieder abnehmen, mit dem der alte Ayub seine kleinen Reichsverweser ausgestattet hatte. Es behagte ihnen gar nicht, daß sie das Zeichen ihrer Macht nun auf einem Kissen dem Turanshah anbieten sollten.

»Wie ich ihn kenne«, hatte Abu Al-Amlak zwar tröstend gemurmelt, »wird er Euch mit Freuden in Eurem Amt bestätigen.« Doch sie spürten, daß er den Turanshah wenig kannte und selbst bangte, seiner Ämter enthoben zu werden.

Draußen vor dem Palast lag der Richtplatz. Er war jetzt leer, und Abu Al-Amlak starrte nachdenklich auf ihn hinab, in Erwartung, daß jetzt am anderen Ende, wo das Volk von den Soldaten zurückgedrängt wurde, die Spitze des Heereszuges sichtbar würde.

»Habe ich Euch so überrascht«, sagte eine helle Stimme, »daß Ihr mir nicht am Tor meiner Stadt die Aufwartung machen konntet, Abu Al-Amlak?«

Der Oberkämmerer wäre fast rücklings die Leiter hinuntergestürzt. Jetzt beeilte er sich, so behende wie möglich hinunterzurutschen, dabei die Drehung zu schaffen, um auf dem Bauch liegend seine Unterwerfung anzuzeigen. Es gelang ihm auch, nur die Richtung stimmte nicht. Turanshah war nicht die Treppe hinaufgekommen, sondern zum Vergnügen der Kinder aus einer Tapetentür hinter dem Thronsessel getreten.

Er war ein hochgewachsener Mann mit weichen Gesichtszügen. Der gelichtete Haaransatz verlieh ihm die hohe Stirn eines Gelehrten, doch seine Augen waren scharf wie seine Stimme. Er nahm Platz.

Der Oberkämmerer hatte sich auf dem Boden gedreht wie eine Magnetnadel.

»Damaskus empfängt an den Toren nur seine Gäste«, stieß er hervor. »Sein Herr betritt die Stadt, wie es ihm beliebt.«

»Meinen Palast desgleichen!« schnitt ihm Turanshah das Wort ab.

Die Kinder traten vor und hielten ihm stumm das Samtkissen

mit dem Siegelring hin, doch Turanshah hatte nur Augen für die junge Frau, die aufrecht im Raum stand und ihren Blick nicht senkte, was ihn irritierte. Da ergriff John Turnbull das Wort:

»Willkommen, erhabener Turanshah«, sagte er, »mein Kaiser, den ich schon vor dem Antlitz Eures Großvaters, des mächtigen El-Kamil, zu vertreten die Ehre hatte, entbietet Euch seine Grüße und Glückwünsche –«

»Endlich jemand«, unterbrach ihn der junge Sultan – ohne seinen Blick von Madulain zu wenden –, »der mich hier begrüßt.«

»Wir auch«, sagte Roç und legte das Kissen auf den Schreibtisch. »Wir haben das Siegel verwahrt, wie uns der erhabene Sultan Ayub – Allah schenke ihm ein langes Leben – geheißen, und, und –«

Roç wußte nicht mehr weiter, Yeza sprang ihm bei: »Wir können auch für dich siegeln.«

Zum ersten Mal überflog ein Lächeln das blasse Gesicht des Turanshah. »Ihr seid die Königlichen Kinder?«

Roç nickte, und Yeza wies galant auf Madulain: »Und das ist die Prinzessin von Salentin!«

»Ist sie Eure Mutter?«

»O nein«, lachte Yeza, »so einfach ist das nicht.«

»Das Blut des Kaisers manifestiert sich in mannigfacher Form«, griff Turnbull ein, »die Linie der Königlichen Kinder ist eine verborgene –«

Der junge Sultan schob Roç fast gedankenlos das Kissen mit dem Ring zu. Sein Blick hing wieder an der beharrlich schweigenden Saratztochter.

»So werden wir mit dem Ring das Siegel auch für Euch, Turanshah den Erhabenen, in den erhitzten Lack prägen und so Euren Erlassen die gebührende Geltung verschaffen?« hakte Roç nach und drückte das Siegel an sich.

»Die Königlichen Kinder danken für das Vertrauen«, sagte Turnbull.

»Ich habe zu danken!« erwiderte Turanshah, erhob sich brüsk, stieß den immer noch am Boden liegenden Oberkämmerer mit der

Spitze seines Reitstiefels in die Seite: »Folgt mir!« und schritt die Treppe hinunter, wo unten jetzt sein Gefolge eingetroffen war.

Der Rote Falke hatte sich sofort nach der Ankunft von den Herrschaften aus der Gezirah abgesondert, sie waren ihm fremd und interessierten ihn nicht. Turanshah hatte während der langen Reise nicht eine einzige Frage an ihn gerichtet, die mit der politischen Lage zu tun hatte. Über bauliche Verbesserungen, Verschönerungen der Stadt Damaskus, seiner zukünftigen Residenz, hatte er stundenlang gesprochen, aber kein Wort über die tödliche Bedrohung Kairos. Der Rote Falke stieß in den Gärten auf den alten John Turnbull, der ihn gleich festhielt:

»Ihr wißt, daß die Kinder hier sind?«

Der Emir war nicht erstaunt.

»Sie wurden dem Sultan ausgeliefert«, sagte er. »Er verehrt sie als Kinder des großen Kaisers. So gesehen, haben sie kein schlechtes Los gezogen.«

»Durch schwere Zeiten geht unser Kaiser Friedrich«, seufzte John Turnbull, dem dies wohl als Auskunft genügte, was die Kinder betraf. Der rüstige Greis, er mußte die Siebzig längst überschritten haben, ging gebeugt am Arm des Roten Falken.

»Es ist dieser furchtbare Haß des Papstes zu Rom, der geifert und schäumt, ekle Galle fließt ihm aus dem Maul, das ihm keiner mit einer eisernen Schelle zuschlägt!«

John Turnbull war aufgebracht. Sie schritten durch den Park des Palastes, der Rote Falke glaubte, seine Irritation verbergen zu können, als ihm der Alte beiläufig anvertraute, wer sich unter dem Namen »Clarion von Salentin« im Pavillon bei den Pferdeställen aufhielt, und hatte etwas vorschnell von »Aufwartung machen« gemurmelt, dann aber seinen väterlichen Freund recht energisch genötigt, ihn auf diesem Gang zu begleiten. Weniger um das Thema zu wechseln, als um seine brennende Erwartung zu dämpfen – er hatte nicht zu hoffen gewagt, Madulain so bald wiederzusehen –, erkundigte sich der Rote Falke nach dem Schicksal der *echten* Gräfin von Salentin.

»Die unbeherrschte Clarion«, gab Turnbull bereitwillig Auskunft, obgleich er das wahre Anliegen seines jüngeren Freundes durchschaute, »so ist mir zu Ohren gekommen, hat ihre Stellung als Favoritin des An-Nasir unklugerweise überzogen. Sie glaubte, bald selbst bestimmen zu können, wann der Herr ihr zu Diensten zu sein hatte, und begehrte dieses wohl zu häufig und zu fordernd. An-Nasir reagierte – wie das seine Art ist –, indem er sie verprügelte. Als das nicht half, sogar ganz im Gegenteil das Blut der Dame erst recht in Wallung brachte, wurde sie in den *beit al nissa' al ma'asulat* verbannt. Jetzt herrscht Belagerungskrieg, denn An-Nasir vermißt die Heißblütige, und die verweigert sich jetzt mit dem wiedergefundenem Stolz einer Kaisertochter.«

»Bastardtochter! Bastarde haben einfach mehr Temperament!« warf der Rote Falke ein und lachte. »Ich darf mich so ausdrücken, denn schließlich war ihre Mutter nicht allein Hochzeitsgeschenk meines Herrn Vaters an den Kaiser, sondern auch eine von ihm gezeugte Tochter. Clarion ist also meine leibliche Nichte, und nicht nur ›natürliche‹ Tochter Friedrichs!«

Das brachte Turnbull wieder auf die Mißhelligkeiten des Stauferkaisers. »Stellt Euch vor«, beschwor er den Roten Falken und blieb stehen, ohne Rücksicht auf dessen Drängen, »erst kürzlich gelang es diesem perfiden Antichristen auf dem Stuhle Petri den Kaiser zu vergiften. Schwer erkrankt schleppt sich unser Herr Friedrich nach Apulien zurück. Dort erwartet ihn sein engster Vertrauter und Ratgeber, der Magister Petrus von Vinea. Dessen Arzt rät, ein Abführmittel und darauf ein eigens bereitetes Kräuterbad zu nehmen. In letzter Sekunde wird der Staufer gewarnt, er zwingt den – vom Papst frevlerisch bestochenen – Arzt, vor ihm aus dem Becher zu trinken. Der ist zu Tode erschrocken, tut so, als ob er strauchle und vergießt den größten Teil des Trankes. Den verbliebenen Rest läßt der Kaiser zwei zum Tode Verurteilten geben, die aus dem Kerker geholt werden. Sie verenden auf der Stelle unter entsetzlichen Krämpfen. Den ungetreuen Medicus – ich hätte ihn im Badewasser schluckweise ertränkt«, ereiferte sich John Turnbull, »wird sofort aufgehängt, dem Petrus von Vinea aber, von dessen Mitschuld er felsenfest überzeugt ist, läßt der Kaiser die Augen ausstechen und ihn durch viele Städte führen, als abschreckendes und warnendes Beispiel, bis es dem Unglücklichen schließlich gelingt, seine Stirn an einer Säule zu zerschmettern –«

Derart in die Schilderung des gräßlichen Ereignisses vertieft, hatte der Alte gar nicht wahrgenommen, daß sie den Pavillon erreicht hatten, doch als sie sich dem Eingang näherten, kreuzten die dort stehenden Wächter die Spieße und wiesen die Besucher barsch zurück.

»Befehl des Turanshah!« hieß es, und es tauchten immer mehr Soldaten auf und umringten sie feindlich, bis der zwergenhafte Oberkämmerer in einer offenen Sänfte herbeigetragen wurde und den Roten Falken frech des Gartens verwies.

»Fassr ed-Din Octay, ich wüßte nicht«, zischte er, »was der Herr Emir hier zu suchen hat?«

Da der Rote Falke betroffen schwieg, wies Turnbull den Giftzwerg zurecht: »Sollten wir vom rechten Weg abgekommen, Herr Obergärtner, und unbedacht einer Blume zu nahe getreten sein?«

Abu Al-Amlak schluckte, und der alte John stieß nach. »Als Gesandter des Kaisers wandelte ich schon in diesem Paradies, als Euer großmächtiges Erdendasein, Sohn eines Riesen, von diesem noch nicht einmal beschlossen war. Allah wußte, warum er so lange zögerte –«

Da schlug der Oberkämmerer mit seinem Stock nach seinen Trägern, und sie führten ihn eilends von dannen.

In respektvollem Abstand von den Soldaten eskortiert, schlenderten die beiden zurück zum Palast. Sie ließen sich Zeit, und Turnbull verkürzte sie mit einer weiteren traurigen Begebenheit, die dem Kaiser kürzlich widerfahren war:

»Enzio, sein Lieblingssohn, auch ein ›natürlicher‹ Sproß, den er zum König von Sardinien gemacht hatte, fiel in die Hände der Bolognesen. Sie krümmten ihm kein Haar, sind aber offenbar gewillt, ihn für kein Lösegeld der Welt wieder freizugeben. Unser Kaiser ist außer sich vor Wut und Kummer!«

»Ich auch!« fügte der Rote Falke sarkastisch hinzu und dachte an die ihm soeben widerfahrene Behandlung.

Sie näherten sich dem Hintereingang des Palastes. Eine verhüllte weibliche Gestalt war herausgetreten. Das Herz des Roten Falken schlug höher, er machte Anstalten, auf sie zuzugehen, er winkte ihr zum Gruße.

Da wurde Madulain von den Haremswächtern zurück in den Palast gezerrt, und im Fenster über dem Torbogen erschien die Nase des Abu Al-Amlak. Seine Stimme war voll gehässiger Schadenfreude:

»In Anbetracht Eurer rastlosen Leidenschaft, Fassr ed-Din Octay, falkengleich Euren Schnabel in Dinge zu stecken, die Euch niemand geheißen hat, gefällt es dem hochedlen Turanshah, Euren kühnen Schwingen ein angemessenes Ziel zu weisen –«

Der Oberkämmerer mußte jetzt wohl die oberste Stufe der Trittleiter erreicht haben, denn man sah seine dünnen Beinchen. »Ihr fliegt als Brieftaube nach Kairo. Die Nachricht an Eurem Fußring verkündet die freudige Ankunft des erhabenen Turanshah hier zu Damaskus!«

Er warf eine Pergamentrolle hinab, die dem Roten Falken vor die Füße fiel. Als der keine Anstalten machte, sie aufzuheben, sprang ein Wächter hinzu und überreichte sie John Turnbull. Der Inhalt des Schreibens bestätigte das Gesagte.

»Das Siegel ist von der Hand der kleinen Könige«, setzte Abu Al-Amlak noch höhnisch darauf. »Sie lassen Euch grüßen. Ihr reitet sofort.«

Der Rote Falke wandte sich um zu Turnbull. Er sah, wie von den Ställen ein gesatteltes Pferd gebracht wurde.

»Sorgt dafür, alter Freund«, flüsterte er, »daß die Kinder so schnell wie möglich von dieser Umgebung loskommen! Nichts ist dem Gral so fern wie diese Art orientalischer Hofintrigen.«

John Turnbull umarmte den junge Emir. »Und doch ist ihr Platz irgendwo zwischen Abendland und Morgenland«, versuchte ihn der Alte aufzumuntern.

»Sicher nicht hier«, sagte der Rote Falke und schwang sich in den Sattel, »als Siegelverwahrer im untergehenden Reich der Ayubiten!«

Er gab dem Pferd die Sporen.

Der greise Großwesir Fakhir Ed-Din, der Oberbefehlshaber des ägyptischen Heeres, hatte nach der Aufgabe von Damiette sein Hauptquartier weit zurück im Nildelta bei der Stadt Mansurah aufgeschlagen. Um sie zu erreichen, mußte der Feind ein Gewirr von Seitenarmen des Nils überwinden, die dazu noch durch Kanäle verbunden waren. Hier traf jetzt der auf den Tod kranke Sultan ein. Den von der Vergiftung geschwächten Körper hatte auch noch eine Lungenschwindsucht ergriffen. Die beschwerliche Reise hatte seinen Zustand verschlechtert, was ihn mit Ingrimm erfüllte. Ohne seinen treuen Wesir zu begrüßen, ließ er als erstes sämtliche Heerführer der Beduinen vom Stamme der Banu-Kinana verhaften und auf der Stelle als Deserteure aufknüpfen, weil sie Damiette nicht bis zum letzten Mann verteidigt hatten. Auch Fakhr ed-Din und die Emire der Mameluken ließ er spüren, daß sie in Ungnade gefallen waren. Das hinderte den Großwesir nicht, er war ein furchtloser Mann und vor allem zu alt, um den Tod noch zu fürchten, den Sultan aufzusuchen. Ayub lag darnieder, seine Krankheit ließ ihn nicht aus den Klauen.

»So muß man mit ungehorsamen Dienern und Aufrührern verfahren!« empfing Ayub seinen Berater und wies aus den Fensterbögen des Palastes auf den Aufmarschplatz des Heerlagers, dessen Stirnseite das lange Gerüst zierte, von dem die Körper der Banu-Kinana hingen.

»Es mag den Mameluken eine Lehre sein.«

»– oder sie in die offene Revolte treiben!« hielt Fakhr ed-Din dagegen. »Und das will ich vermeiden – jetzt, in dieser, unserer Lage!«

»Wenn Ihr glaubt, alter Freund, daß Nachgiebigkeit sich auszahlt, gleich in welcher Situation«, es machte ihm Mühe, seiner Stimme die gewünschte Härte zu geben, »müßt Ihr Euch gefallen lassen, entweder nunmehr als senil angesehen zu werden – oder als Verräter, der mit Aufrührern unter einer Decke steckt, denn in der Tat wollen die Mameluken mich stürzen, an der Spitze dieser Baibars. Ich befehle Euch auf der Stelle, mir sein Haupt zu weisen, sonst –«

»Gebt mir eine Stunde, erhabener Ayub! Sie werden sich unterwerfen – und das Heer, Ägypten, braucht diese Köpfe in dieser Stunde der Not. Gelingt es mir nicht, sowohl die Mameluken wie Euch, mein Herr, von dieser Notwendigkeit zu überzeugen, dann wird Euch das abgeschlagene Haupt zu Füßen liegen – meines!«

Mit diesen Worten verneigte sich der Großwesir und verließ den Sultan. Nichts ärgerte ihn mehr als Starrköpfigkeit, besonders wenn sie nicht auf die wesentliche Sache bezogen war, sondern »aus Prinzip« beharrte. Der Emir Rukn ed-Din Baibars, der überaus fähige Kommandant der Palastgarde, war genau dieser Typ, und auf ihn hörten die meisten der Mameluken-Offiziere. Er, Fakhr ed-Din, war jetzt gezwungen, ihnen bessere Argumente zu liefern, denen sie Glauben schenken konnten und die ihren Stolz, ihre Vaterlandsliebe herausforderten. Der Großwesir überwand seinen Unmut und überredete die Rädelsführer, von ihrem Vorhaben abzulassen. Ayub überschüttete seinen treuen Wesir mit Gunstbeweisen und schenkte ihm sogar den Ring, den er seit Antritt seiner Herrschaft am Finger trug.

»Ihr solltet«, riet Fakhr ed-Din seinem Herrn, »den Christen das gleiche Angebot unterbreiten – so wie es auch Euer Vater tat vor nunmehr dreißig Jahren –«

»Damals haben sie es hochmütig abgelehnt«, wandte der Sultan ärgerlich ein, aber Fakhr ed-Din ließ sich nicht beirren. »Und«, sagte er, »Dumyat fiel wieder in unsere Hand. Ein gutes Omen liegt in diesem Prozedere. Bietet ihnen also die Abtretung Jerusalems gegen Rückgabe unserer Stadt! Nehmen sie die Offerte an, gut, zumal sie Jerusalem nicht werden halten können. Weisen sie Eure Güte zurück, wissen wir, daß Allah sie verderben wird!«

»Bereitet die Gesandtschaft vor!« sagte der Sultan müde.

Seine Lungenschwindsucht machte jeden Satz zur üblen Anstrengung. Dennoch ließ er sich in der Sänfte in das Feldlager tragen und überwachte in Persona die Neugliederung des Heeres. Nicht Angriff war jetzt gefragt, sondern Verteidigung. Besonderes Augenmerk legte er auf die Bereitstellung weitreichender Katapulte, die in der Lage waren, auch das berüchtigte »Griechische Feuer« zu verschießen, eine klebrige Masse, die brennend in Tontöpfen geschleudert wurde und die mit Wasser nicht zu löschen war. Seine weitere Sorge galt den Pioniereinheiten. Das schnelle Errichten – und Abbrechen – von Schiffsbrücken wurde wichtig, um dem schwerfälligen Feind in den Rücken fallen zu können.

Doch sein Herz hing an den mutigen Einzelkämpfern, die sich – nur mit einem Dolch bewaffnet – des Nachts in das gegnerische Lager schleichen sollten, um jeden umzubringen, der ihnen über den Weg lief.

»Das wird die Moral des Feindes mehr untergraben, als jeder noch so geniale Tunnel der Sappeure es vermöchte!« stieß der Sultan keuchend hervor, an seinen Wesir gewandt, der ihn fürsorglich begleitet hatte. »Ich denke nicht daran, diesem närrischen Frankenkönig irgendeine Genugtuung zu geben. Wieso sollte ich ihnen das Heilige Jerusalem in den Rachen werfen?«

»Weil dort das Blut beider Propheten sich mischen könnte«, sinnierte Fakhr ed-Din, »eine solche Herrschaft würde uns mit den Christen versöhnen und sie von weiteren Einfällen in unser Land abhalten –«

»Da kennt Ihr die Kreuzesanbeter schlecht«, murrte der Sultan, »die würden ihren Messias heute ein zweites Mal kreuzigen, weil er versäumt hat, sich dem Oberpriester in Rom zu unterwerfen –«

»Ein rechtgläubiger Catholicus wär' er auch nicht«, griff der Wesir den Gedanken flugs auf, »als Ketzer würden sie ihn betrachten, ihn verfolgen, wie sie die Königlichen Kinder aus seinem Stamm verfolgen. Nein!« sagte Fakhr ed-Din. »Wir sollten rein dynastisch denken, eine Kombination starker, herrscherlicher Blutslinien anstreben: die Verbindung des erhabenen Hauses Ayub mit dem glorreichen der Staufer!«

»Auf Turanshah ist kein Verlaß«, seufzte der Sultan, »Söhne hat er auch keine gezeugt.«

»Da wäre noch Euer Neffe, der kleine Musa – er hätte das richtige Alter«, spann der Wesir seinen Faden weiter, »wir lassen das Mädchen nach Kairo kommen und vermählen sie –«

»Und wer schützt sie? Der Kaiser, der nicht einmal seinen Sohn Konrad geschickt hat, den ihm zustehenden Thron eines ›Königs von Jerusalem‹ einzunehmen?«

»Gerade dieserhalb müßte dem Staufer die Lösung behagen –«

»Dem König von Frankreich kann sie nicht gefallen«, wandte Ayub ein, »und der steht uns *ante portas,* nicht Euer werter Freund Friedrich! Ich bin ein alter Mann, dem der Tod schon die Hand auf die Schulter gelegt hat. Und Ihr, mein Bester, seid auch nicht mehr der Jüngste.«

»Gerade deshalb sollten wir Vorsorge treffen, durch einen kühnen Schachzug, der –«

»Überlassen wir das Geschick unserer Nachkommen Allah«, sagte der Sultan abschließend, »will er unsere Häuser erhöhen und vereinen, wird er es zu richten wissen. Ist sein Ratschluß ein anderer, mühen wir uns vergeblich, *maschiat Allah al hakima.*«

Der Wesir schwieg und ritt schweigend neben der Sänfte her. Der Sultan hatte sich blaß zurückgelehnt. Er war müde.

DIARIUM DES JEAN DE JOINVILLE

Damiette, den 27. September A.D. 1249

Seuchen gehen um in unserem Lager. Eine wahre Geißel Gottes für das lasterhafte Leben, dem sich Herren wie Fußvolk hingeben. Die andere Heimsuchung sind die ständigen Stiche, die uns die Ägypter versetzen, die Tag und Nacht wie ein Schwarm Mücken unsere Zelte umkreisen. Immer wieder ballt sich ihre Reiterei zusammen, so daß wir einen Überraschungsangriff befürchten müssen, dann wieder beschießen ihre Bogenschützen uns aus sicherer Distanz. Um jeden Schlaf gebracht, kommen wir aus unseren Rüstungen nicht mehr heraus.

Ich hatte mir meine Situation selbst eingebrockt, gegen den vehementen Widerspruch meines Sekretarius, das Wohlleben in der Stadt mit den Unbillen des Feldlagers vor den Toren einzutauschen. Aber schon um meiner Chronik willen wollte ich sein, wo der König war, und unser Herr Ludwig wollte bei seinem Heer sein. So hatte ich mich vom Dienst in der Zitadelle entbinden lassen und war mit ihm hinausgezogen.

Ich begab mich also zum Zelt des Königs, um mich anerbietig zu machen, mit meinen Leuten einen Ausfall zu wagen, der uns etwas Luft und Respekt verschaffen sollte.

Ich fand Herrn Ludwig gewappnet im Kreise seiner Männer, von denen der Konnetabel – ohne des Königs Antwort abzuwarten – mich sogleich zurechtwies, ich hätte meinen mir zugewiesenen Standplatz nicht zu verlassen ohne ausdrücklichen Befehl.

Während wir noch stritten, weil ich den König selbst sprechen wollte, wie ich es gewohnt bin, erhob sich im Feldlager ein Geschrei.

Erst dachte ich, der Feind sei eingedrungen, dann aber stellte es sich als Beifall heraus. »Chatillon! Chatillon!« brüllten die Stimmen, und wir sahen alle von der Anhöhe des königlichen Zeltes, wie der Herr Walter, ein Ritter aus dem berühmten Geschlecht gleichen Namens in voller Montur sich auf sein Schlachtroß heben ließ, den Stander mit seinen Farben vom Zelt riß und losgaloppierte, der Schild hing ihm noch auf dem Rücken, und seine Leute schrien »Bravo, Chatillon!«, machten aber keine Anstalten, ihm zu folgen. Herr Walter stürmte mit einem Satz über Wall und Graben direkt auf den Feind zu, doch bevor er den auch nur erreichte, bäumte sich sein Gaul auf und warf ihn ab, sprang aber weiter vorwärts und schleifte ihn in seiner Rüstung hinter sich her, mitten zwischen die erstaunte ägyptische Reiterei.

»Der Hengst wittert die Stuten!« spaßte einer von des Königs Leuten grob, doch das Lachen verging uns, als wir mit ansehen mußten, wie einige Ägypter absaßen und mit ihren Kriegskeulen auf den hilflos am Boden Liegenden einschlugen.

Ich hatte kein Pferd dabei, aber der Konnetable preschte mit seinen Sergeanten hinüber. Die Ägypter ergriffen sofort die Flucht, wie das ihre Art war, und der bärenstarke Konnetable hob den

Herrn Walter auf und trug ihn auf seinen Armen zurück zu seinem Zelt. Ich wartete seine Rückkehr nicht ab und empfahl mich still. Mein Appetit auf Glanzleistungen als Einzelkämpfer war mit vergangen. Von meinem Priester Dean of Manrupt hörte ich dann, daß der Tollkühne seine Sprache noch nicht wiedergefunden habe und die Chirurgen ihn zur Ader gelassen hätten.

Spät in der Nacht regte mein Sekretarius an, wir sollten doch mal nach dem Verletzten sehen, was mich erstaunte, denn ich kannte ihn nicht näher und William meines Wissens auch nicht. Kaum hatten wir mein Zelt verlassen, erzählte mir William, was er mir nur unter vier Augen anvertrauen wollte:

»Die Familie derer von Chatillon ist berüchtigt für ihre Ungebärdigkeit spätestens seit jenem Reynald, der den großen Sultan Saladin bis aufs Blut ärgerte, so daß der dem Frechen den Kopf vor die Füße legte und uns Jerusalem wieder nahm. Dem glorreichen Hause Chatillon entstammt aber auch der heilige Bernhard von Clairvaux, Begründer des Ordens der Tempelritter.«

William hielt inne, denn mein alter Dean of Manrupt war uns nachgeeilt, »um uns nicht allein bei dem verwundeten Helden für dessen Genesung beten zu lassen!« In Wahrheit wollte er eine derartige Handlung dem William von Roebruk nicht überlassen und wachte eifersüchtig über seine geistlichen Vorrechte.

Wir schritten also schweigend zu dem Zelt des Chatillon. Sein Kammerdiener fing uns ab und bat uns, leise zu sein, um seinen Herrn nicht aufzuwecken. Herr Walter lag auf seinem Feldbett, und als wir behutsam uns näherten, sahen wir, daß er tot war. Dean kniete nieder und begann zu beten:

»*Ex Adae vitio*
nostra perditio
traxit primordia
Dei et hominum
per Christum dominum
facta concordia.«

»Amen«, sagte William, als er mit mir wieder ins Freie trat.

»Es hat heute nachmittag eine Besprechung zwischen den Templern und dem Anjou stattgefunden«, flüsterte er mir zu, »der Tote da drinnen sprach darüber mit Eurem Vetter Johannes, der nichts Eiligeres zu tun hatte, als mich – stellvertretend für Euch – zu verhöhnen, daß Ihr auf das falsche Pferd gesetzt hättet. Nicht die Johanniter würden sich durchsetzen noch ihr Favorit Robert d'Artois, sondern die Templer! Ob ich etwa glaube, ein Mann wie Herr Charles ließe sich von seinem Bruder übertölpeln und das noch mit Hilfe der Ketzerkinder!«

Ich ließ ihn ausreden, bevor ich fragte: »Und, was hattet Ihr Euch von Herrn Walter erhofft?«

»Auf dem Sterbelager erleichtert mancher seiner Seele«, lächelte mein Sekretarius. »Besonders wenn man etwas nachhilft.«

»Diese Fürsorge blieb ihm erspart«, antwortete ich. »Ihr, William, solltet Euch schämen, meinem Sekretarius jedoch danke ich für die Warnung!«

»Das heißt«, entgegnete der ungerührt, aber mit leiser Stimme, »die anderen wissen von der Sache –«

»Damit meint Ihr den Anjou?«

»Genau«, antwortete mein Sekretarius, »und damit ist Yezas Leben in unmittelbarer Gefahr, denn Hand an seinen Bruder zu legen, hat wohl auch der Herr Charles Skrupel, aber wohl kaum, die Kinder zu töten.«

»Das wird die Prieuré zu hindern wissen!«

»Letztlich mit Sicherheit – doch was wissen wir von allen gewagten Spielzügen? Vielleicht behagen ihr die hochfliegenden Pläne des Anjou, vielleicht gefällt es ihr, Capet auf Capet zu hetzen? Unterschätzt den Anjou nicht, der tritt morgen in den Orden ein, wenn es –«

»Da machen die Templer nicht mit!« protestierte ich.

»Woher sollen sie von seinen Mordabsichten wissen«, engte mich William ein. »Still, dort kommt der König!«

Aus der Dunkelheit, ohne Fackelträger, um den Feind nicht auf das Ziel aufmerksam zu machen, trat der König mit seinem Gefolge. Der Kammerherr des Chatillon verkündete mit bedrückter Stimme den Tod seines Herrn. Da sagte König Ludwig laut:

»Auch auf tausend Ritter könnt' ich verzichten, wenn sie so wären wie der Herr Walter, denn das hieße, sie würden sich alle über meine Befehle hinwegsetzen, so wie dieser Ritter es getan hat!«

Da schwiegen alle beklommen, und der König fügte hinzu: »Niemanden kommt das Hinwarten schwerer an als mich. Doch es ist Unser Entschluß, nicht weiterzuziehen, als bis unser Bruder Alphonse mit den Verstärkungen eingetroffen ist – er müßte längst dasein«, wandte er sich freundschaftlich an mich. »Wir sind ohne Nachricht und machen uns größte Sorgen –«

Da trat mein alter Dean of Manrupt hinzu.

»Majestät«, sagte er, »warum greift ein allerchristlicher König nicht auf das naheliegendste Mittel des Heils zurück –«

Ich dachte, ich trau' meinen Ohren nicht.

»– und verleiht seiner schwachen Hoffnung demütigen Ausdruck durch eine Bittprozession?«

Der König schaute ihn erstaunt an und wandte sich dann an seine Männer: »Immer wieder werden wir beschämt durch die wahren Priester, die fest im Glauben stehen«, und an mich gerichtet, fügte er hinzu: »Lieber Joinville, der Ihr so treffliche Männer in Euren Diensten habt, Ihr werdet mir diese Prozessionen ausrichten. So lange, bis der Graf von Poitou hier bei Uns angelangt!«

Damiette, den 24. Oktober A.D. 1249

»Ave maris stella,
Dei mater alma,
Atque semper virgo,
Felix coeli porta.«

Das Begehr der Johanniter nach mehr Prestige, die – von unbekannter Hand – gesteuerte Sehnsucht der Capets nach imperialer

Würde hatte allein durch den Gedanken einer Einbeziehung der Kinder eine tödliche Dimension bekommen. Es waren Mächte ins Spiel getreten, die nur den einen Ausweg ließen. Mit einem Bauernopfer würde sich ihr herausgeforderter Stolz nicht begnügen. Das hieß noch lange nicht, daß Figuren wie meine Wenigkeit verschont blieben.

Jeden Sonnabend fanden jetzt die angeordneten Prozessionen statt. Sie nahmen ihren Ausgang vom Quartier des päpstlichen Legaten und führten durch die ganze Stadt bis zur Kirche unserer Lieben Frau, denn der Gottesmutter war nun die ehemalige Moschee geweiht worden.

»Solva vincla reis,
Profer lumen caecis,
Mala nostra pelle,
Bona cunctis posce.«

Das hinderte die Ägypter nicht, sich Nacht für Nacht zu Fuß in unser Heerlager zu schleichen und, wen sie schlafend fanden, mir nichts, dir nichts, hinzumeucheln.

So fand der edle Herr von Courtenay seine Wachen des Morgens im Blut, ohne Köpfe, denn der Sultan hatte für jeden Christenschädel eine Goldbesantine ausgelobt. Der Anjou untersagte daraufhin, daß die Lagerwachen weiterhin hoch zu Roß ihren Dienst versahen, denn so entgingen ihnen die wie Eidechsen sich am Boden zwischen den Zelten hineinschlängelnden Beduinen. Auch hieß er einen Graben rund um das Lager ausheben und die Sandwälle verstärken, daß wenigstens die eine Hälfte des Heeres schlafen konnte, während die andere Wache schob.

»Monstra te esse matrem:
Sumat per te preces.
Qui pro nobis natus,
tulit esse tuus.«

Am Sonntag nach der dritten Wallfahrt wirkte die Fürsprache unserer Lieben Frau: Der Graf von Poitou kam mit einer stattlichen Flotte angesegelt und brachte die lang erwartete Verstärkung aus Frankreich.

König Ludwig berief uns Heerführer alle zu sich in seinen Palast in der Stadt. Nur der Graf von Anjou, der das Feldlager befehligte, blieb dieser Versammlung fern. Der König ließ uns als erstes wissen, daß er ein Angebot des Sultans, Damiette gegen Jerusalem zu tauschen, unbeantwortet gelassen habe. Er verhandele nicht mit Ungläubigen. Dann eröffnete er uns, wir seien jetzt stark genug, gegen Kairo vorzurücken.

Graf Peter von der Bretagne, dem der Anjou seine Stimme im Rat übertragen hatte, gab sogleich zu bedenken, daß es klüger sei, Alexandria anzugreifen. Ein solcher Schritt würde den Feind überrumpeln, wir besäßen jetzt genug Schiffe, um alle dazwischen gelegenen Wasserarme des Nils und die Kanäle zu überqueren, und hätten auch noch Flankenschutz der eigenen Flotte. Mit der Eroberung Alexandrias, das auch im Gegensatz zu Damiette einen Hafen für Nachschub besäße, würden wir die gesamte Mittelmeerküste Ägyptens beherrschen und den so von jeglichem Handel abgeschnittenen Sultan bald in die Knie zwingen.

Die Barone von Outremer, die aus bitterer Erfahrung um die Wirkung eines solchen Embargos wußten, stimmten ihm sofort zu. Doch Robert d'Artois widersetzte sich vehement einem solchen Vorgehen, das nach Handelskrieg röche und nicht nach christlicher Kreuzfahrt.

»Wer die Schlange töten will, muß ihren Kopf zertreten.«

Wider alles Erwarten pflichtete Herr Ludwig ihm bei, und da die meisten Heerführer, der langen Untätigkeit überdrüssig, nur eines wollten: daß sich endlich etwas bewegte, keinen Einspruch erhoben, ja dem König zu Gefallen ihm zustimmten, wurde es so beschlossen.

Damiette, den 20. November A.D. 1249

Wir brechen auf! »Auf nach Kairo!« schallt der Ruf durch die geräumten Lagergassen. In Damiette läßt der König nur den Patriarchen von Jerusalem und eine starke Garnison zum Schutz der schwangeren Königin zurück. Nach der Oktave des heiligen Remigius waren die alljährlichen Überschwemmungen vorüber, das Wasser wieder gefallen. Die Fellachen, die jetzt entlang dem Flußtal ihre Felder im fruchtbaren Schlamm bestellen wollten, flohen erschrocken, als sie unserer ansichtig wurden. Wir litten bald Durst, doch das Wasser erschien mir zu schmutzig.

William machte mich darauf aufmerksam, er habe auf seinen Reisen in den fernen Orient gehört, daß, wenn man über Nacht zerstoßene Bohnen oder Nüsse im Wasser ließe, es am nächsten Morgen klar wie aus der Quelle sei.

Ich glaubte ihm zwar kein Wort von seinen Abenteuern am Hofe des Großkhans der Mongolen, schrieb es aber seiner angeborenen Bauernschläue zu, so etwas zu wissen.

Wir versuchten es mit Mandeln, und tatsächlich war das Wasser am Morgen sauber und schmeckte nicht einmal bitter oder faulig.

Kurz darauf stießen wir auf einen kleinen Nilarm, den wir auf einem rasch aufgeworfenen Damm überqueren konnten, der das Wasser in den Hauptstrom zurückstaute. Schon dabei wurden wir heftig angegriffen, doch ging der Feind weiterhin einer frontalen Auseinandersetzung aus dem Wege.

DIE SOMMERRESIDENZ DES SULTANS lag am Rande der Stadt, an den Gestaden des Nils. Sie hatte früher als Jagdschloß gedient. Dann war hier ein Teil des Harems untergebracht worden, eine Fürsorglichkeit, mit der Ayub jetzt wenig anfangen konnte.

Er dachte über seine Regierung nach, die er spät angetreten hatte. Ein knappes Dutzend Jahre war es erst her, daß sein Vater El-Kamil gestorben war, und er hatte wie dieser die meiste Zeit damit verbracht, seine eigene Verwandtschaft in Schach zu halten. Die Ayubiten waren Emporkömmlinge, kein Wunder, daß sie untereinander kaum Respekt vor dem gerade Herrschenden empfanden, sondern stets der Meinung waren, jederzeit mit gleichem Recht seinen Thron einnehmen zu können. Und in Ägypten waren sie Fremdlinge geblieben, die sich auf Turksöldner stützen mußten, also auf ihresgleichen, denn auch Saladins Vater war aus dem Kurdistan an den Nil gekommen.

Die Mameluken waren alles andere als ein sanftes Ruhekissen, eher ein Nagelbrett, wie es die Fakire aus dem fernen India zur Erprobung ihrer Versenkung, ihrer Loslösung vom Körperlichen, benutzen. Ayub war kein Fakir, er litt an seinem Leib, an seinen Gebrechen, wie er dumpf unter der Aufsässigkeit der Mameluken litt. Wegbrennen wie ein Geschwür? Aber was dann? Sie waren die Arme und die Beine.

So hatte er seinen Sohn Turanshah weit weg von ihnen aufwachsen lassen, damit sie dem Knaben nichts antun konnten, bevor er alt und reif genug war, sich ihrer zu erwehren. Doch nun hieß es, der Aufenthalt in der Gezirah hätte den Jüngling verweichlicht, der Macht entfremdet. Turanshah wolle gar nicht Sultan werden. – Vielleicht war es sogar besser so. – Brächte sein Nachfolger nicht die notwendige Härte mit, würden sie ihn in Stücke hauen, zerfleischen. Und zu seinem Erstaunen registrierte Ayub, daß ihm dies und alle Dinge gleichgültig wurden, er fühlte sich auf einer Wolke ruhend, und die Dinge zogen auf anderen Wolken an ihm vorbei, er spürte keinen Ärger mehr, keinen Haß – und auch keine Angst. Sollten sie doch allesamt sehen, wie sie ohne ihn fertig würden!

Noch war die Wolke sein Krankenlager, und dies stand fest im Palast, und er war in Laken und Tücher gehüllt, doch keiner der ihn umstehenden Ärzte und Diener, nicht einmal sein Wesir, wußten, daß er jederzeit auf seiner Wolke ihnen davonfliegen könnte. Der Sultan lächelte.

Ayub schätzte die Sommerresidenz wegen der frischen Luft, der leichten Winde vom Fluß her und wegen der schattigen Palmen. Er schaute hinauf zu der Taube, der dritten heute, die sein Botenmeister in die Lüfte entließ. Turanshah, seinen Sohn, sollte sie herbeiholen, damit er ihn noch einmal in die Arme schließen konnte.

Flach auf dem Rücken liegend, schaute Ayub der Taube nach, bis sie als kleiner weißer Punkt im hellen Himmel aufgegangen war.

DIARIUM DES JEAN DE JOINVILLE

An den Ufern des Nil, den 6. Dezember A.D. 1249

Am Tage des heiligen Nikolaus zogen wir weiter, immer umschwärmt von Reiterhorden, die ihre Pfeile auf uns abschossen. Der König hatte uns strengstens untersagt, zurückzuschlagen oder uns zu Ausfällen provozieren zu lassen. Wohl durch Spione wurde dieses Verbot den Ägyptern hinterbracht, deren Angriffe immer dreister wurden. Besonders hatten darunter die Templer zu leiden, die die Nachhut bildeten. Als einer der Ordensbrüder von einer Lanze durchbohrt an seiner Seite vom Pferd sank, wußte sich deren Marschall Renaud de Vichiers nicht länger zurückzuhalten.

»In Gottes Namen«, schrie er seinen Rittern zu, »laßt uns dreinschlagen! Ich mag's nicht mehr ertragen!«

Und er riß sein Pferd herum, und sein gesamter Haufen folgte ihm. Da ihre Pferde frisch waren, holten sie den entsetzt fliehenden Feind ein und hieben die Ägypter nieder bis auf den letzten Mann, soweit diese nicht in den Fluß fielen und ertranken. Dann schlossen die Herren vom Tempel wieder zum Hauptheer auf, als wenn nichts geschehen wäre.

Und der König sagte nichts.

IN MANSURAH, der Stadt, die das letzte große Hindernis auf dem Weg nach Kairo bildete, lag der Sultan im Sterben. Allah erlöste ihn von seinen Leiden, drei Tage nachdem der König sich mit seinem Heer in Marsch gesetzt hatte.

In dieser prekären Situation hätte die Todesnachricht das Ende des ayubitischen Sultanats in Ägypten bedeuten können. In Kairo wußte niemand, ob sich sein einziger Sohn und Erbe, Turanshah, noch als Vizekönig in der fernen Gezirah oder bereits auf dem Weg nach Damaskus befand. Der Thron von Ägypten wurde von der verwitweten Sultana Schadschar gerettet, einer Armenierin, die noch rechtzeitig in Mansurah eingetroffen war.

Sie zog nur zwei Leute ins Vertrauen, den Oberaufseher des Harems, einen Eunuchen jüdischer Herkunft namens Gamal ed-Din Mohsen und den Großwesir Fakhr ed-Din.

»Ein kluger Gedanke«, sagte der Obereunuch zu Fakhr ed-Din, als sich Schadschar in ihre Gemächer zurückgezogen hatte, »den Tod des Sultans vorläufig zu verheimlichen. Welch tapfere Frau!«

Der Wesir maß den anderen mit prüfendem Blick. Es galt, sich die Geschwätzigkeit des Eunuchen zunutze zu machen. »Der Körper sollte sofort in den Harem gebracht werden. Ihr, Gamal, seid mir verantwortlich für einen ständigen Fluß von Nachrichten über das Wohlergehen des Sultans und die kleinen Freuden – übertreibt nicht! – im Kreise seiner Damen.«

Der Obereunuch verschwieg, daß er genau wußte, was die tatkräftige Sultana gerade tat: Sie fälschte die »Alama« ihres verstorbenen Gatten und würde als erstes ein Dokument anfertigen, das Gamal ed-Din Mohsen zum Oberaufseher des gesamten Palastes, samt der Garde, ernannte und den Großwesir zum Oberbefehlshaber über alle Truppen des Reiches.

Somit war die dringlichste Sicherheit geschaffen, vor einer alleinigen Vormachtstellung des Großwesirs und vor allem gegenüber den – *Alhamdu lillah!* – im Felde stehenden aufrührerischen Mameluken.

Schadschar ed-Durr blickte kalt, als ihr der mit Tüchern verhüllte Sultan ins Gemach getragen wurde. Die beiden Alten, diese machtgierigen Würdenträger, hatte sie befriedigt. Nun konnte sie sich umsichtig daran machen, das Testament aufzusetzen, das Turanshah, der nicht ihr Sohn war, als Sultan bestätigte.

Sie selbst hatte keine Kinder, und Musa, der Neffe, war noch zu klein. Es wurde beschlossen, die Nachricht von der Verschlechterung des Gesundheitszustandes des Sultans tröpfchenweise durchsickern zu lassen, in dem Maße, wie man Gewißheit habe vom Zeitpunkt des Eintreffens des Turanshah. Bei der Bekanntgabe des Todes müsse dieser bereits die Macht in den Händen haben.

Der greise Großwesir wollte sich gerade zurück in sein Hauptquartier begeben, als der Rote Falke Mansurah erreichte und den Verschwörern die Nachricht überbrachte, daß Turanshah Damaskus erreicht habe und dort – wie von seinem Vater gewünscht – die Herrschaft angetreten habe.

Sie weihten Fassr ed-Din Octay als Sohn des Großwesirs in den Tod des Sultans ein, und der Großwesir wie auch der Obereunuch wunderten sich, daß sie auf die verschlüsselten Nachrichten, die sie dem Turanshah durch Brieftauben hatten zukommen lassen, keine Antwort erhalten hatten. »Hat Euch denn keine Taube erreicht?« Der Rote Falke wußte dazu auch nichts zu sagen. Er ließ sich nur ungern zu einer Aussage bewegen. »Nach meiner persönlichen Auffassung ist die Lust Turanshahs, den Thron in Kairo zu besteigen, nicht sonderlich groß.«

»So wenig«, ertönte da die Stimme der hinzugetretenen Sultana, »wie gewisse Kreise in der Hauptstadt ihn dort an der Macht zu sehen wünschen.«

»Erhabene Herrscherin, ehrwürdiger Herr Vater, wenn ich von der ernsten Lage gewußt hätte, wäre ich nicht ohne den edlen Turanshah zurückgekehrt.«

»Fassr ed-Din Octay, werter Sohn eines bedeutenden Vaters, und mir treu zugetaner Emir«, sagte die Sultana, »ungeachtet der mühsamen Reise, die ihr gerade hinter Euch gebracht habt, muß ich Euch bitten, nach Damaskus zurückzukehren und Turanshah schnellstens herbeizuholen.«

»Begebt Euch nach Alexandria, mein Sohn«, pflichtete ihr der Großwesir bei, als sie wieder allein waren. »Ich werde Euch dort ein Schiff bereitstellen, daß Euch auf dem Seeweg unverzüglich nach Tyros bringt –«

»Ein ägyptisches Schiff läuft Gefahr, vor Damiette abgefangen zu werden«, gab der Rote Falke sogleich zu bedenken.

»Aber kein venezianisches!« lächelte sein Vater. »Und in Tyros werden befreundete Ritter den Prinzen von Selinunt empfangen und sicher bis vor die Tore von Damaskus geleiten.«

»Dort muß ich dann wohl selbst für meine Sicherheit sorgen!« lächelte der Sohn zurück, obgleich ihm keineswegs danach zumute war.

Der Großwesir ging noch ein paar Schritte mit ihm. »Bring die Kinder mit!« sagte er dann mit halblauter Stimme, denn Flüstern hätte in dieser Situation Argwohn erregt.

Der Rote Falke war dennoch überrascht. »Was wißt Ihr, Herr Vater, von den Kindern?«

»Tut, wie Euch geheißen!« hob der Großwesir seine Stimme und legte seine Hand auf des Sohnes Schulter. Hinter ihnen war der Obereunuch in der Tür erschienen.

A   B

INS STOCKEN
GERÄT DER SCHNELLE SIEG

DIARIUM DES JEAN DE JOINVILLE
Vor Mansurah, den 14. Dezember A.D. 1249

»Praeliti et barones
comites incliti
religiosi omnes
atque presbyteri
milites mercatores
cives marinari
burgenses piscatores
praemiantur ibi:
Ave Maria!«

So sangen die Soldaten.

Wir zogen nun schon mehr als zwei Wochen den Nil entlang, ständig neue Seitenarme und künstliche Kanäle überquerend. Mein Sekretarius machte mir den Vorschlag, doch beim König zu erreichen, daß wir in der Vorhut mitreiten dürften, die von den Johannitern gebildet wurde. Ich fragte zurück, ob er von plötzlicher Sehnsucht nach Heldenruhm übermannt sei oder ob sich hinter seinem Begehr der Wunsch verstecke, mit Jean de Ronay neue konspirative Pläne zu entwickeln, von denen ich nichts wissen sollte.

»Der amtierende Großwesir reitet nicht ungedeckt an der Spitze, sondern im Gefolge des Königs«, antwortete mir William verschmitzt, »aber habt Ihr die Fellachen bemerkt, die am Rande des Weges hocken und auf Matten frische Früchte feilbieten und allerlei Schmackhaftes vom Vater Nil, wie sie den Fluß nennen? Immer, wenn wir vorbeikommen, sind ihre Matten schon leer, leergefressen von der Vorhut!«

»Das ist wahrlich ein Motiv, für das wir den Tod nicht scheuen sollten«, lobte ich ihn, »für ein paar Wurzelknollen, halb verfaulte Früchte und unreife Nüsse willst du dein junges Leben geben?«

Doch William meinte es ernst. »Die Bauern hier wissen mit dem Fluß zu leben«, antwortete er, »sie werfen des Abends ihre Netze aus und ziehen sie am Morgen wieder ein, voll mit Rhabarberstrünken, Ingwer, Aloe und Zimtstäbchen. Darauf habe ich eine unbändige Lust, auch auf frisch gefangenen Fisch! – Nicht immer nur schimmeliges Brot und sonntags ein Viertel gestreckten Weines.«

So ritt ich zum Konnetabel des Königs, der es ungern sah, wenn man ihn überging, und erbot mich, mit meinen Leuten die Vorhut zu verstärken. Der schaute mich erstaunt an und grummelte, daß auch dort der Befehl des Königs seine Gültigkeit habe: keine eigenmächtigen Attacken gegen den Feind!

Ich versprach's ihm wohl zu eifrig, so daß er plötzlich wieder in sein hochmütiges Gehabe verfiel und mich abwies mit den Worten: »Wenn Ihr aber Euer Chronistenhaupt nicht mit kriegerischem Lorbeer zu schmücken gedenkt«, ich spürte den Windhauch des Neides, »dann sehe ich keinen Grund, warum Ihr Euch von unserem Herr König entfernen wollt, der allein Eure Aufmerksamkeit verdient.«

Und er hieß mich wieder meinen mir zugewiesenen Platz im Heereszug einnehmen.

»*Reginae comitissae*
illustres dominae
potentes et ancillae
juvenes parvulae
virgines et antiquae

pariter viduae
conscendunt et hunc montem
et religiosae:
Ave Maria!«

Mein Sekretarius war enttäuscht ob des erzwungenen Verzichts auf die kulinarischen Köstlichkeiten des *Abu taiarat,* des Vaters aller Ströme. Er erzählte mir, daß Sultan Saladin schon habe wissen wollen, woher dieser Segen kommt. Er habe Kundschafter stromaufwärts geschickt, die nach vielen Monden erst zurückkehrten und berichteten, daß sie weit hinter den Tempelruinen der Königsstädte auf ein Felsengebirge gestoßen seien, wo das Wasser – klar wie ein Quell – in Kaskaden herabgeschossen sei, und oben auf den Felsen wüchsen grüne Bäume dicht an dicht, und schwarze Gestalten von schlankem Wuchs und besonderer Schönheit, mit Gold geschmückt, aber sonst nackt, wie Gott sie erschaffen, hätten auf sie heruntergeschaut.

»Waren sie ins Paradies gelangt?« endete er sehnsüchtig.

»Das habe ich mir immer wie die Küste Flanderns vorgestellt«, sagte ich, um ihn zu ärgern, »mit dickbäuchigen Menschen mit weißer Haut und roten Haaren!«

»Princepes et magnates
ex stirpe regia
saeculi potestates
obtenta venia
peccaminum proclamant
tundentes pectora
poplite flexo clamant
hic: Ave Maria!«

Drei Tage vor dem Weihnachtsfest erreichten wir den größten Nebenstrom des Nils, den wir bislang angetroffen hatten. Die Ägypter nannten ihn *Bahr as Saghir,* was im Arabischen kleines Meer heißt, und er war so breit, daß er ein echtes Hindernis darstellte. Auch hörten wir, daß uns dahinter das gesamte Heer Ägyptens erwarte, bei einer Stadt, die sie *El-Mansurah,* die Siegreiche, nannten. Das konnte ein gutes Omen sein, fragt sich nur, für wen.

Eine gute Nachricht war jedenfalls das Gerücht, der Sultan sei vor Schreck über unser Erscheinen gestorben und der Oberbefehl läge jetzt in den schwachen Händen seiner Witwe und des greisen Großwesirs.

König Ludwig hieß uns direkt am Ufer – grad gegenüber von Mansurah – unser Lager aufschlagen.

D IE BOTIN verließ aufgeregt flatternd den *beit al hamam* im Wirtschaftsteil der Sultanresidenz und strich dann mit sicherem Flügelschlag über die Palmwipfel der Oase von Mansurah davon gen Osten. Kaum hatte die Taube die äußeren Befestigungswerke überflogen und sah schon das Glitzern der Wasser des Bahr as-Saghir vor sich, als ein Pfeil fast senkrecht hochstieg und ihre Brust durchbohrte. Den Beifall, den seine Umgebung dem Schützen spendete, konnte sie nicht mehr wahrnehmen, sich überschlagend stürzte sie zuckend zu Boden.

Einer der Mameluken hob sie auf, zog den Pfeil durch sie hindurch, worauf ein Zittern durch ihren Körper ging und ihr Kopf schlaff herabfiel. Die Hand entfernte sorgsam das gewachste Schilfröhrchen von ihrem Fußgelenk und warf sie dann in den Fluß. Mit respektvoller Verneigung überreichte er die abgefangene Nachricht dem Emir Baibars.

»Zu Recht, Bundukdari, tragt Ihr den Beinamen ›Der Bogenschütze‹.«

Der Angesprochene lächelte nur finster, er hatte das Pergament entrollt und mit einem Blick seinen knappen Inhalt überflogen.

»Weil die Tauben sich ›verirren‹, schicken sie jetzt den Roten Falken, damit das verzogene Söhnchen des zur Hölle gefahrenen Ayub endlich hier die Herrschaft übernimmt!«

Er zerknüllte die Nachricht, steckte sie dann aber doch in die Tasche.

»Sollen wir ihn töten?« fragte einer aus der Gruppe der dem Baibars treu ergebenen Mameluken.

»Nein, das hat sein alter Vater nicht verdient. Es genügt, wenn Fassr ed-Din Octay Damaskus nicht erreicht.«

Die Rudergaleere war meilenweit von den Sklaven über Land getragen worden, wenn kein Kanal sich anbot, quer durch das Delta mit seinen meerwärtsstrebenden Nebenflüssen, endlich den Arm des Nils zu erreichen, der in den Mareotis-See mündete. An dessen äußerem Rande lag Alexandria, wo den Roten Falken ein Handelsschiff der Serenissima erwartete.

Ächzend ließen die Rudersklaven den Bootskörper in das Wasser des Flusses, führten das Pferd ihres Gastes über eine Planke an Bord, und als auch der Herr selbst das Deck betreten hatte, legten sie sich in die Riemen, um zügig die Flußmitte zu erreichen, wo die Strömung ihnen dann die Arbeit abnahm. Vom gegenüberliegenden Ufer stießen zwei, drei Daus ab und setzten die Segel.

Fischer, dachte der Rote Falke, welch befriedigendes, friedliches Handwerk. Doch die Segler holten die Rudergaleere schnell ein und umschlossen sie von beiden Seiten: Piraten!

Es waren zu viele, übersah der Rote Falke die Situation, und seine Sklaven trugen keine Waffen. Der Piratenkapitän, ein ziemlich fetter Phönizier, wie am Tonfall zu hören, rief ihm zu: »Leistet keine Gegenwehr, hoher Herr, und es wird Euch kein Haar gekrümmt!«

Der Rote Falke hatte sich erhoben, ihm war klar, dieser Überfall galt ganz gezielt nur seiner Person.

»Kommt nur rüber!« forderte ihn der Pirat freundlich auf. »Es wird Euch an Bequemlichkeit nicht mangeln!«

»Nicht ohne mein Pferd«, entgegnete der Geladene fest, »und erst wenn Ihr mir gesagt habt, wer Euch geschickt hat.«

Der Fettwanst grinste. »Wer uns bezahlt, erkauft auch unser Schweigen.«

»Ich zahle mehr als jeder Auftraggeber Euch bieten kann –«

»Ihr irrt, hoher Herr, zählt unsere Köpfe, dann wißt Ihr, wieviel wir zu verlieren haben, wenn Ihr Euch jetzt nicht ergebt und das Schiff wechselt – samt Eurem Pferd meinetwegen!«

Der Rote Falke sah ein, daß er sich fügen mußte, und nickte sein Einverständnis. Einige der Piraten sprangen herüber, legten die Planke von Bord zu Bord und brachten das nervöse Tier auch heil an Deck der Dau, wobei es heftig ausschlug, einen der Piraten vor die Brust traf, er fiel zwischen den treibenden Schiffen ins Wasser und versank. Ohne die Planke zu benutzen, sprang der Rote Falke hinüber und beruhigte sein Pferd.

Die Piraten warfen ein Netz über die Rudersklaven und stachen dann auf sie ein. Als sich nichts mehr rührte, beschwerten sie Netz und Galeere mit Steinen, zertrümmerten mit Axthieben den Schiffsboden und sprangen schnell zurück auf die Daus, bevor die Galeere in den lehmigen Fluten des Nils versank.

»Was sind die Bedingungen?« wandte sich der Rote Falke an den Kapitän.

»Ihr seid unser Gast«, antwortete der freundlich, »bis wir anderslautende Order erhalten!«

W IR WISSEN«, sagte Abu Al-Amlak und blickte befriedigt in die Runde, »wie viele Tiere die Bauern, die Jäger, die Händler jede Woche lebend oder tot durch die Tore der Stadt bringen und wie viele sie wieder hinaustreiben. Von den verbliebenen landen – abzüglich Schwund durch ungeschicktes Handwerk der Metzger oder Jagdpech der Jäger – wohl alle bei den Abdeckern und Schindern, und ihre Felle, noch einmal ein Zehntel abgezogen, bei den Gerbern dieser Stadt. Wieso protestieren diese, sie müßten verhungern?«

Die Sitzung fand im *qua'at mahkamat al daraib,* dem Saal des Steuergerichts, statt, im Sultanspalast zu Damaskus. Roç und Yeza saßen hinter der wuchtigen Barriere, die die Sprecher des Rechts, die *quailu al haq,* von Klägern wie Beklagten trennte. Der Oberhofkämmerer hockte auf einem besonders hohen Schemel, der ihn gleichgroß mit den Kindern erscheinen ließ. Über ihnen lagerte nur Turanshah, der sich sichtbar langweilte, zumal die verschleierte Schöne an seiner Seite interessiert der beginnenden Verhandlung folgte und seine nach Liebkosung heischende Hand ignorierte.

»Laßt uns also die Abordnung der Gerber hören«, ermahnte Turanshah seine Beisitzer, doch Yeza wandte sich um und sagte: »Bitte noch nicht. Wir sollten erst den Steuereintreiber vernehmen.«

Abu Al-Amlak warf einen fragenden Blick, der Stolz über seine Schützlinge verriet, nach oben, und Turanshah nickte lächelnd. Ein Lächeln, das er allerdings an die Dame neben sich nicht weitergeben konnte. Madulain starrte geradeaus. Abu Al-Amlak klatschte in die Hände, und der Steuerbüttel wurde in den Saal geführt.

Es war ein großer, vierschrötiger Kerl mit niedriger Stirn. Ihm waren die Hände gefesselt, und die Wachen blieben auch bei ihm stehen.

Roç hatte sich in die vor ihm liegenden Pergamente vertieft. »Euer Bezirk des Bazars, das Viertel der Gerber, umfaßt siebenunddreißig Gerbereien mit über hundert Gehilfen, die Familienangehörigen nicht gezählt«, eröffnete er den Fall. »Wie kommt es, daß Ihr jedes Jahr weniger Steuereinnahmen abliefert?«

Der Stiernackige ballte die gefesselten Fäuste: »Weil die stinkenden Hunde behaupten, immer mehr für ihre stinkenden Häute zahlen zu müssen und immer weniger für sie zu erhalten!«

Yeza schnitt ihm das weitere Wort ab. »Ihr solltet nicht so übel von einem Handwerk reden, ohne daß es keine Kürschner, keine Sattler gäbe, also auch keine Felle, kein Leder und feines Grauwerk. Wenn hier etwas stinkt, dann möcht es Eure Tätigkeit sein.«

Der Steuereinnehmer glotzte erstaunt hinauf zur Barriere, wo er nie und nimmer ein Kind erwartet hätte, ein Mädchen dazu. Aber sein Instinkt sagte ihm, daß er dagegen jetzt besser nicht rebellierte.

»Wie lange seid Ihr im Amt?« fragte jetzt Roç rein rethorisch, denn er wußte die Antwort aus seinen Unterlagen. »Fünf Jahre! Und in dieser Zeit habt Ihr nie darüber nachgedacht, wie es angeht, daß die Warenlager der Kürschner und der Sattler voller sind denn je, jedes Stück trägt ja Euren Brandstempel, und Euer Steuereinzug ist um mehr als die Hälfte zurückgegangen?«

»Und die Fleischpreise«, sprang Yeza ein, »haben sich nicht verändert noch die Löhne der Abdecker –«

»Überlegt Euch gut, was Ihr antwortet«, mahnte jetzt Abu Al-Amlak den unter ihm Stehenden, doch der überhörte die Warnung.

»Dann sind es eben die stinkenden Laugen, in die man sie stek-ken müßte, um sie dann aufzuhängen und so lange zu schlagen, bis sie ehrlich dem Sultan geben, was des Sultans ist!«

Die Wachen preßten dem Tobenden die Fessel zusammen, bis er schwieg. Yeza wechselte einen Blick des Einverständnisses mit Roç.

»In die Kiste!« sagte sie dann kalt, und die Wachen schoben ihn zu einem sargförmigen Holzverschlag, schubsten ihn hinein und schlossen den Deckel hinter ihm.

»Die Abordnung der Gerberzunft!« verlangte Roç jetzt, und drei Gestalten mit ungesunder Gesichtsfarbe und spröden Händen wurden hereingeführt. Sie warfen sich vor der Barriere zu Boden.

»Erklärt uns«, sagte Yeza, »wie Ihr einkauft, welche Kosten Euch entstehen und zu welchem Preis Ihr Eure Ware abgebt?«

Auch die Gerber waren verwundert über die junge Dame, die solche Fragen an sie stellte, doch ihr Sprecher verneigte sich und sagte: »Wir zahlen nach Fellen, gewöhnlich vom Rind, für Kamele die Hälfte mehr, für ein Dutzend Gazellen das Doppelte. Es sollte nicht mehr sein als ein Drittel des Preises«, den uns die Händler dann zahlen«, fügte er erklärend hinzu.

Roç schrieb mit und nickte auffordernd dem Wortführer der Gerber zu, der zögerte, denn aus der Kiste drangen dumpf Flüche und Verwünschungen einer Stimme, die ihnen bekannt vorkam.

»Dann müssen wir ein Zehntel für die Laugen in den Becken und den Bottichen rechnen und ein weiteres für die Miete –«

»Also bleibt Euch die Hälfte«, fragte Roç nach, »von der ihr dem Sultan ein Drittel schuldet?«

»O nein, hoher Herr«, entgegnete verlegen der Gerber. »Der Herr Steuerpächter kümmert sich nicht um unsere Kosten. Er verlangt ein Drittel von dem Preis, zu dem wir verkaufen müssen, sonst gibt er uns den Stempel nicht, und ohne den nimmt niemand ein Stück Haut von uns, weil es strafbar ist.«

»Und so bleiben Euch nur von einer Byzantine 20 Kopeken?« hakte Yeza nach. »Für Eure Arbeit, Eure Familien, Eure Gehilfen?«

»So ist es, und davon können wir nicht leben!«

»Und dieses Geld habt Ihr immer gezahlt?«

»Solang wir konnten. Aber wir können nicht mehr. Auch wenn wir die Felle auf Kredit bekommen. Wir haben keine Mittel, die Laugen anzusetzen, wir sind die Mieten schuldig, die Löhne sowieso.«

»Tragt die Kiste her!« befahl Abu Al-Amlak den Wachen.

Sie stellten sie unter der Barriere auf. Mit katzenhafter Behendigkeit beugte sich der kleine Oberkämmerer vor und trommelte mit den Fäusten oben auf das Kopfendes des Schranks.

»Betrüger, Betrüger!« Er hielt kurz inne. »Ich lasse dich ertränken, zersägen –«

Keine Antwort.

»Dreht die Kiste um«, befahl Abu Al-Amlak wütend. »Nein! Auf den Kopf!« schrie er, als die Wachen nicht gleich begriffen.

Ein Stöhnen kam aus der Kiste, an die der auf die Barriere gesprungene Zwerg jetzt sein Ohr legte.

»Du hast den Sultan betrogen!« zischte er. »Ich lasse dich –«

Schließlich war gepreßt ein Stöhnen zu vernehmen. »Ich zahle alles zurück!«

Da triumphierte der Oberkämmerer. »Aufmachen!« rief er, und die Wächter öffneten, ohne daß sie den Mann herausholten, der immer noch auf seinem Kopf stand.

»Also gestehst du?«

Der Mann verdrehte die Augen, er hatte auch wohl Schwierigkeiten, den Kiefer auseinanderzubringen.

»Du zahlst alles zurück, alles?«

Keine Antwort kam mehr, nur ein gequetschtes Röcheln.

»Legt die Kiste flach!« befahl Yeza, und kaum war der Mann in Rücklage, brach es aus ihm heraus.

»Alles Geld? Daß ich nicht lache!« höhnte er. »Glaubt Ihr Kinder denn, man wird Steuereinnehmer, ohne dafür zu zahlen?«

Seine verquollenen Augen funkelten böse.

»Wer hat dich denn zum Steuereintreiber gemacht?« fragte Roç sachlich, und Yeza sah, wie jetzt der Zwerg den Mann unter sich noch böser anstarrte.

Der Stiernackige in der Kiste stotterte: »Der Herr Oberaufseher des Harems!« stieß er dann schnell hervor.

»Den Verbrecher hat der Sultan, Euer erhabener Vater«, wandte sich Abu Al-Amlak um zum Turanshah, »bereits hinrichten lassen!«

Und wieder zum Mann in der Kiste: »Dir wird die Zunge herausgerissen, weil du gelogen hast, dir wird ein Auge ausgestochen, weil du sowieso nur die Hälfte siehst, und eine Hand wird abgehackt, weil sie in die eigene Tasche –«

»Halt«, sagte Yeza, »die Richter sind Wir, die Königlichen Kinder. Und Wir ziehen uns zur Beratung zurück! Der Mann bleibt in der Kiste. Die Wachen haften für seine körperliche Unversehrtheit bis zum Urteilsspruch!«

Das war mit einem scharfen Blick zu Abu Al-Amlak gesprochen, und Roç fügte nur noch hinzu: »Die Sitzung ist nur unterbrochen!«

Roç und Yeza stürmten hinaus, die Treppen hinunter in den Park.

»Gut gebrüllt, kleine Löwen!«

Turanshah erhob sich mit einem feinen Lächeln. »Welch prächtiger Sprachduktus! Ihr seid ein vorzüglicher Lehrer für das junge Herrscherpaar«, ließ er seinen Oberkämmerer gnädig wissen.

»Ich habe ihre Sinne geschärft wie eine Damsazener Klinge.«

»Seht nur zu, daß sie Euch nicht in den Daumen schneiden, die lieben Kleinen!«

Er bot galant seinen Arm Madulain, die weniger der Verhandlung gefolgt war, als daß sie ihren eigenen Gedanken nachgehangen war. Faszination des Herrschens! Turanshah schien ihr in keiner Weise erlegen zu sein. Madulain hingegen fühlte sie wie ein berauschendes Gift, wie eine Droge, die sie noch nicht kannte, in ihrem Leib aufsteigen. Oder hatte sie sich so sehr in die Rolle der »Prinzessin von Salentin« eingelebt, von mächtigen Männern umworben, von Kühnen begehrt? Sie hatte den Roten Falken nicht vergessen, nur an den armen Firouz dachte sie kaum noch.

Madulain folgte dem Herren des Palastes schweigsam in seine Gemächer. Mit einem Blick durchs hohe Fenster sah sie den Zwerg durch den Garten stapfen und die Kinder, die auf die Ställe zuliefen.

Als Madulain den großen Speisesaal betrat, vermerkte sie mit Unwillen, daß die Tafel schon wieder für sämtliche Freunde Turanshahs gedeckt war. Die bodenständige Saratztochter ertrug die lärmende Gesellschaft dieser dilettierenden Dichter, Pseudoplatoniker, Neo-Pythagoräer und Epi-Aristotelianer, ihr wichtigtuerisches Geschwätz seit der Ankunft des ganzen Trosses aus der Gezirah nur mit Mühe.

Es gab wenige darunter, die unterhaltsam waren, kaum geistreich, die meisten waren Schmarotzer oder Blender. Besonders die Dekorateure und Schneider zeichneten sich durch anbiedernde Vorschläge überladener Ausstattung und überbordendes Gepränge aus. Damastene, brokatene, seidene Kostüme, bar jeden Geschmacks! Diese Lehmquetscher und Farbenkleckser schwärmten – mehr als daß sie daran arbeiteten – von ihren Marmorbüsten und monumentalen Portraits. Aber Turanshah fand an den Schmeichlern sein Wohlgefallen, fühlte sich von Künstlern und Denkern umgeben und war sichtlich betrübt, als »seine Prinzessin« darauf bestand, mit ihm allein und ungestört zu speisen.

Sie tastete sich mehr und mehr an den jungen Herrscher heran, der sie reizte, weil er Gewalt hätte ausüben können und darauf keinen Wert legte. Im kleinen Speisesaal, der durch Bögen zur Terrasse und zum Park hin offen war, wurde sofort für sie gedeckt, indem die Diener den einzigen dort befindlichen Gast hinauskomplimentierten.

Turanshah sah, daß es der alte John Turnbull war, der sich dorthin zurückgezogen hatte. Ohne auf die Mißmutsfalte zu achten, die sich auf der glatten Stirn seiner angebeteten Prinzessin bildete, schickte er die Diener dem bewährten Sonderbotschafter seines Großvaters hinterher und bat ihn um seine Gesellschaft bei Tisch.

Das war typisch für Turanshah, stellte Madulain für sich fest. Er scheint dir bereitwillig nachzugeben – in einem – und setzt seinen Kopf doch sogleich durch – im anderen!

Vielleicht sollte sie doch von diesem blassen Jüngling lernen – diese Elastizität des Herrschens?

Es wurden gekühlte Früchte aufgetragen, Melonen und Granatäpfel. Der Vorschmecker schälte und schnitt sie, probierte mit seinem silbernen Gäbelchen von jeder ein Stück, bevor er die Platte herumreichte.

»Wenn die Gabel schwarz anläuft«, scherzte Turanshah, »oder er blau, dann läßt mein Vetter An-Nasir schön grüßen!«

»A propos«, sagte Turnbull, »die Kinder hatten Euch gebeten, sich bei dem Herrn von Homs um die Freilassung ihrer Freunde zu verwenden –«

»Wir haben den Vater des Riesen beauftragt, ein solches Gesuch aufzusetzen und für seine Beförderung zu sorgen, die Kinder haben es eigenhändig versiegelt, nicht wahr, meine Prinzessin?«

Madulain nickte bestätigend. Sie sagte nicht, daß sie dem Zwerg das Schreiben in einem Ton diktiert hatte, der eine positive Beantwortung ausschloß. Sie hatte nichts gegen die Freilassung des kleinen Mahmoud, aber sie mußte das Auftauchen von Clarion, der wahren Kaisertochter und Gräfin von Salentin, verhindern, und auch Shirat sollte ihre Kreise nicht stören.

Sie zwang sich zu einem Lächeln. Turanshah erwiderte dankbar das wiedergewonnene Wohlwollen.

Draußen ritten die Kinder vorbei. Niemand wunderte sich, daß sie allein ihre Pferde bewegten, ohne die übliche Begleitung durch die Mameluken.

Das Obst wurde abgeräumt, es folgten Salate und geröstete Flußkrebse, deren Schalen der Vorschmecker aufknackte und ihnen das zarte Fleisch entnahm. Er kostete und legte dann vor.

»Ich träume davon«, vertraute Turanshah dem versonnen im Salat vor sich hin stochernden Turnbull an, »mich eines Tages nur noch der Kunst als Mäzen und der Wissenschaft als Forscher und Ingenieur widmen zu können.«

»Man lobt durchaus Eure poetische Ader –« wandte der diplomatische Turnbull ein.

»Speichellecker preisen auch noch die Würze des aufgefangenen *sputums!*« lachte Turanshah. »Ich bin ein miserabler Reimeschmied, aber ich habe eine ausgeprägte Begabung für Konstruktion, für das Errechnen funktionierender Mechanismen. Dem Studium der angewandten *mathematica*, dem großen *physicum* will ich mein Leben weihen –«

»Und die verantwortungsvolle Aufgabe des Herrschens, großer Turanshah«, mockierte sich plötzlich Madulain, die bis dahin mit wachsendem Unmut den Elogen ihres Gastgebers gefolgt war.

Turanshah sah sie erstaunt an. »Regieren ist keine Aufgabe, sondern Anmaßung. Allah straft dafür mit Verzehr der Kräfte, Verschleiß des Geistes, und das Volk dankt es durch Undank.«

»Wem Gott Macht verliehen hat«, empörte sich Madulain, »der sollte sie nicht mißachten! Ihr seid als Herrscher geboren, von Gottes Gnaden!«

Der flammende Protest seiner Prinzessin amüsierte den Turanshah. »Wenn Allah gnädig mit mir verfahren will, erspart er mir diese Last: ein Leben als aufgeblasener Frosch, angekettet mit Eisenkugeln an den Füßen und Blut an den Händen!«

»Ihr könntet dem hohen Amte Sinn geben, Euch von Güte bestimmen lassen, als Friedensbringer« – versuchte John Turnbull zu vermitteln, doch Turanshah ließ ihn nicht ausreden:

»Frieden?!« höhnte er. »In dieser Welt? Werft doch Eure Königlichen Kinder, die Friedenskönige der Zukunft, in diese Schüssel von Haß und Mord, unter dieses Otterngezücht, in dieses Nest von Skorpionen!« fuhr er den ob solcher Heftigkeit Erschrockenen an. Als er es bemerkte, milderte Turanshah seinen Ton und sagte ernsthaft: »Wenn die Kinder des Gral mir die Last der Herrschaft von den Schultern nehmen wollen – und können, will ich der erste sein, der vor ihnen niederkniet und ihnen die Hände küßt.«

Alle drei hatten aufgehört, von den Speisen zu sich zu nehmen, und es wehte eine merkwürdige Stille durch den Raum, hinaus durch die Säulen auf die Terrasse, als sei ein unsichtbarer Paradiesvogel, seine Schwingen schlagend, hindurchgeflogen.

Turnbull sah sich dem Traum seiner alten Tage näher denn je, und Madulain überdachte fiebrig, ob sie diesen Thronverzicht schätzen oder verachten sollte.

Sie hatte immer gedacht, für den blassen Jüngling mit der hohen Stirn und den feingliedrigen Händen, der sie so intensiv wie unbeteiligt umwarb, der ihr um so fremder wurde, wie er sein Innerstes ihr offenbarte, nichts zu empfinden.

Jetzt spürte sie plötzlich, daß der Teil ihres Körpers, den sie auf keinen Fall ins Spiel bringen wollte, sich für Turanshah erregte. Der Gedanke, mit ihm zu schlafen, machte sie wütend, aber er war pötzlich da.

Madulain zwang sich zu einer Stellungnahme, denn mehr als an den greisen Botschafter waren die Worte des jungen Herrschers wider Willen an sie gerichtet.

»Mit der Inthronisierung der Kinder des Gral«, log sie, ihre wahren Absichten verdeckend, »als Könige des Friedens für den Orient und den Okzident geht ein alter Traum der Menschheit in Erfüllung.«

Sie lächelte Turanshah an und reichte ihm die Hand. Herrschen kann man auch durch die Kinder, malte sie sich aus, vielleicht sogar noch weitaus wirkungsvoller!

Turanshah führte ihre Hand an seine Lippen. In John Turnbulls Augen schimmerte es verdächtig feucht.

Die Kinder trabten durch den Park, ganz vergnügt, bei den Ställen ihre Reitlehrer nicht vorgefunden zu haben und auch sonst niemand, der sie daran hinderte, ihre Pferde aus den Boxen zu holen, selbst zu satteln und mit ihnen davonzureiten.

»Dir ist klar«, sagte Yeza, »daß derjenige, der diesen gräuslichen Steuerbüttel eingesetzt hat, niemand anderes ist als unser kleiner Giftzwerg?«

»Sicher«, sagte Roç, »mir ist schon längst aufgefallen, daß mit seinem Amtsantritt die Abgaben der Händler in der Kasbah sich wundersam vervielfältigt haben, ohne daß irgendwelche Mehreinnahmen in den Büchern der Staatskasse verzeichnet sind. Vermehrt hat sich nur die Zahl der wegen Diebstahls abgeschlagenen Hände –«

»Klar«, sagte Yeza, »die Leute mußten ihr Handwerk aufgeben oder ihre Läden schließen – wenn sie ihnen nicht sogar wegkonfisziert wurden –, und es blieb ihnen nur noch der Bettelstab.«

Roç nickte. »Oder wenn sie zu stolz waren, der Griff in fremde Taschen!«

Sie waren bei den Vogelvolieren vorbeigeritten, ohne wie sonst anzuhalten und dem sich Putzen und Schnäbeln, Picken und sich Aufplustern der bunten Schar zuzuschauen. Sie achteten auch nicht darauf, daß die Vögel aufgeregt flatterten und ihr Flöten und Trillern wie Warngeschrei klang.

»Mich sollte nicht wundern«, sagte Roç, »wenn der Vater des Riesen auch seine kleine Hand in dem Giftattentat auf den guten Sultan Ayub hatte, für das der Obereunuch dann hingerichtet wurde.«

»Daß säh' ihm ähnlich«, rief Yeza, »einen Teppich zu vergiften, über den man barfuß läuft!«

»Wer sich von so vielen bezahlen läßt, der nimmt auch Geld von An-Nasir. Wer weiß, ob er wirklich den Brief wegen der Freilassung von Mahmoud und Shirat abgeschickt hat?«

Die Kinder waren bei den Raubtiergehegen angelangt, doch hinter den eisernen Gitterstäben döste kein Löwe. Die Tür stand offen.

Sie zügelten ihre Pferde, da knackten schon hinter ihnen zerbrechende Zweige, und mit einem Fauchen sprang eine Löwin sie an. Ihr Prankenhieb riß die Flanke von Yezas Tier auf, das sich mit einem instinktiven Satz zu retten suchte. Yeza flog fast hinüber auf das Pferd von Roç, bekam es aber nur am Hals zu fassen. Es stieg erschrocken und schleuderte das Gewicht, was Yezas Glück war, sich auf den Hinterhufen wendend ab. Sie prallte gegen das Gitter des Käfigs und geistesgegenwärtig klammerte sie sich daran fest.

Roç hielt sich mit Mühe im Sattel, sein Pferd raste mit ihm davon. Das von Yeza schleppte sich noch ein paar Meter, dann brach aus dem Unterholz brüllend die ganze Bande und stürzte sich auf das Opfer.

Yeza schaute nicht hin, sondern zog sich mit schmerzenden Gliedern verbissen an den Stäben hoch, bis ihre zitternden Beine ein Quereisen unter den Füßen fanden.

Die Löwen zerfetzten knurrend den Tierleib und achteten nicht auf die schwankende Gestalt des Mädchens. Roç hatte sein Pferd wieder in die Gewalt gebracht und tätschelte dem feurigen Araber Zuversicht, bis er ruhig wurde.

»*Bézant*«, schrie er, »*alla riscossa!*«

Den Kampfruf hatte er bei den Templern gehört, und das verlieh ihm Mut. Roç trieb sein Pferd an und galoppierte zurück auf das Gehege zu. Die Löwen nahmen ihr Mahl in drei Pferdelänge Entfernung zu sich und schauten kaum auf, als Roç sich anschickte, zwischen ihnen und dem Käfig hindurchzupreschen.

»Beim nächsten Mal«, rief er Yeza zu, »rette ich dich!«

Das Mädchen hatte sich nicht aus Angst, sondern vor Schmerzen an ihren geprellten Beinen, geschürften Armen so verkrampft, daß es nicht einmal die Zähne auseinanderbrachte, dabei sagte ihr Verstand, daß Roç, statt den Helden zu spielen, besser daran täte, zurück zum Palast zu reiten und Hilfe zu holen. Doch Roç hatte den Käfig schon umrundet und kam diesmal langsamer, aber dichter am Gitter entlang geritten.

Die Raubkatzen hatten sich, jede mit ihrem eroberten Anteil an der Beute, ins Gebüsch zurückgezogen, sie knurrten, fauchten, machte aber keine Anstalten, sich zu erheben. Roç hatte sein Pferd jetzt genau unter Yeza gebracht. Sie zögerte, sich umzudrehen und sich fallen zu lassen, doch dann löste das plötzliche Gebrüll des ältesten Löwen ihre Erstarrung. Sie streckte ein Bein aus, konzentrierte sich darauf, daß ihre Hände beidseitig den Hals des Tieres zu umfassen bekamen, und stieß sich von den Stäben ab. Roç warf sich nach vorne und umklammerte ihre Hüfte, während der Araber so klug war, sich diesmal nicht aufzubäumen. Er wieherte voller Stolz und beschleunigte seine Gangart, ohne daß seine Reiter ihn fordern mußten. Er trug seine Last im lockeren Trab bis zum Palast, wo er stehenblieb.

Die Wächter kamen herangestürzt und hoben Yeza, die Roç eng umschlungen gehalten hatte, vom Rücken des Tieres und betteten sie ins Gras.

Oben am Fenster erschien der Kopf von Abu Al-Amlak. Man sah nur seine Augen. Sie glitzerten ärgerlich.

Warum habt ihr diesen wirren Geist nach Alexandria geschickt?«

Madulain hatte sich auf den damastenen Polstern gelagert und nahm sich eine Traube. Turanshah saß noch am Tisch und betrachtete sie versonnen.

»Ich habe den Maestro Venerabile gebeten, dort unter den weisen Männern und in der Bibliothek der Universität zu erforschen, wie es rechtens zu bewerkstelligen ist, diese Königlichen Kinder, die weder von der Sunna unseres Glaubens getragen werden, noch sich auf die Schia berufen können, dennoch auf den Thron zu setzen und sie zu Herrschern über alle Gläubigen zu erheben –«

»Und Ungläubigen!« Madulain beherrschte sich. »Ihr wollt also tatsächlich auf den Euch zustehenden Titel des Sultans verzichten –?«

»Ich will der Macht entsagen –«

»Es wäre leichter – und annehmbarer«, gab sie schlau zu bedenken, »wenn Ihr diesen Schritt erst tätet, nachdem Ihr unangefochten den Thron bestiegen habt. Eure Feinde könnten es Euch nicht als Schwäche auslegen, Eure Priester müßten sich damit abfinden, und das Volk würde sich nicht erheben!«

In diesem Moment klopfte es aufgeregt, die Wächter meldeten, die Kinder seien von den Löwen angefallen worden, aber wohlauf.

Turanshah war aufgesprungen. »Wo sind sie?«

Sie seien in den *qua'at mahkamat al daraib* zurückgekehrt, weil der Prozeß zum Abschluß gebracht werden müsse.

Turanshah bot Madulain seinen Arm, und sie begaben sich eiligst in den Gerichtssaal.

Hinter der Barriere saßen die Kinder und Abu Al-Amlak. Vor ihnen lag in der Kiste der häßliche Steuereinnehmer, jemand hatte den Deckel lose darübergelegt.

Yeza trug eine Binde um die Stirn und einen Arm in der Schlinge. Als Turanshah und Madulain ihre Plätze hinter ihnen eingenommen hatten, ordnete Roç an, als sei rein gar nichts geschehen:

»Man führe die Gerber wieder herein!«

Doch kaum hatte die kleine Abordnung den Saal betreten, meldeten die Wachen, eine Gesandtschaft der Assassinen sei eingetroffen.

»Sie mögen warten«, befand Turanshah, aber Yeza wandte sich um, ihre grauen Augen kreuzten sich mit dem leicht erregten Blick von Madulain, der versuchte, sie in gleicher Weise zu beeinflussen, wie sie mit einem leichten Kopfschütteln dem Turanshah die gewünschte Äußerung in den Mund gelegt hatte.

»Wir wünschen«, sagte Yeza fest, »die Gesandtschaft sogleich hier zu sehen. Sie sollen dem Abschluß der Verhandlung beiwohnen und danach ihr Anliegen vorbringen!«

Turanshah nickte, und die Wächter führten die Assassinen herein.

An ihrer Spitze schritt Crean und hinter ihm ein Jüngling, der das Symbol des Ordens, die drei ineinandergesteckten Dolche, vor sich hertrug. Crean schaute etwas irritiert auf zu Roç und Yeza hinter der Barriere und verneigte sich dann vor dem Turanshah und Madulain ohne das geringste Zeichen des Erkennens.

»Wir grüßen Euch, hochedler Turanshah, Sohn des erhabenen Sultans, *Allah jahfadhaq.*«

»Nehmt Platz, lieber Crean de Bourivan«, unterbrach ihn Roç,

»und gestattet, daß wir eine Sache zu Ende bringen, bevor wir eine neue eröffnen.«

Crean tat lächelnd, wie ihm geheißen, während Turanshah, von der Formulierung betroffen, einen nervösen Blick mit Madulain tauschte. Er suchte ihre Hand, und sie ließ sie ihm.

»Wir sind zu dem Entschluß gekommen«, fuhr Roç fort, »allen Besitz des ungetreuen Steuereinnehmers zu beschlagnahmen und ihn selbst als Arbeitssklaven den Gerbern auszuliefern!«

»Für fünf Jahre!« fügte Yeza hinzu. »So lange, wie er sie betrogen hat!«

»Und wo bleibt seine Bestrafung dafür, daß er den Sultan hintergangen hat!?« fuhr jetzt Abu Al-Amlak dazwischen. »Sollen wir ihm das Geld schenken?«

»Nach fünf Jahren ist er Euer«, beschied Roç überlegen, und Yeza befahl: »Holt ihn aus der Kiste, ich will ihn noch etwas fragen –«

Zwei Wächter traten zu der Kiste und hoben den Deckel. Der Kerl rührte sich nicht, seine Augen starrten angstvoll. Sie stießen ihn an, sie rüttelten an ihm.

»Er ist tot«, wandte sich der Wächter an Roç.

»Das kann doch nicht sein!« ereiferte sich Abu Al-Amlak voller Entsetzen. »Aus Furcht vor gerechter Strafe hat er sich entleibt!«

»Das mag tatsächlich nicht so sein«, begann Roç erregt, doch Yeza unterbrach ihn trocken. »Die Zunft der Gerber ist für fünf Jahre von jeder Abgabe befreit. Die Verhandlung ist geschlossen.«

Die kalte Wut war ihr ins Gesicht geschrieben: »Schafft die Kiste raus!«

Sie drehte sich zu Crean. »Seid willkommen!« Sie versuchte sich ein freundliches Lächeln abzugewinnen. »Tragt uns Euer Begehr vor – ohne Furcht!«

Crean erhob sich, trat zurück vor seine Delegation und richtete befremdet das Wort über die Kinder hinweg an den Turanshah.

»Mein Kanzler schickt mich«, begann er ohne Umschweife, »Euch aufzufordern, die Kinder des Gral unserem Orden zurückzuerstatten, dem sie von höherer Macht anvertraut waren.«

Diesmal ließ sich Turanshah selbst zu einer Antwort herab. Er stand dafür sogar von seinem Sitz auf.

»Erstens: Auch der gefürchtete Orden der Assassinen hat hier nichts zu fordern, sondern zu bitten. Zweitens: zumal wenn er seine Sorgfaltspflicht gegenüber den ihm anvertrauten Königlichen Kindern offensichtlich vernachlässigt hat. Drittens: entscheiden darüber die Königlichen Kinder selbst. Fragt sie!«

Crean bewahrte Fassung. Er richtete seinen Blick fest auf Roç und Yeza und sagte leise: »Bitte kommt zurück!«

Die Kinder tauschten ein Lächeln des Einverständnisses untereinander, das nur regelte, wer antworten sollte. Es war Yeza:

»An jedem Ort«, erwiderte sie leise, »bleiben wir so lange es uns gegeben ist. Wir sind Reisende, und wer wie Ihr, Crean, um den ›Großen Plan‹ weiß, der sollte auch wissen, warum wir nicht mehr in Masyaf verweilen durften –«

»Was aber nicht besagt«, beeilte sich Roç tröstend hinzuzufügen, »daß wir nicht wiederkommen. Doch sicher nicht jetzt.«

»Aber wir lieben Euch doch!« brach es aus Crean heraus. »Unser Leben würden wir für Euch geben –«

»Dafür werden wir Euch auch immer in Dank verbunden sein«, sagte Roç, »und wenn wir in Not sind, wissen wir, daß wir auf Euch zählen können. Doch unsere Liebe gehört allen, Ihr könnt sie nicht für Euch allein vereinnahmen.«

»Wahre Liebe«, sagte Yeza, »dient, sie gibt, gibt sich, sie fragt nicht nach Bedingungen oder gar nach dem Lohn. Niemand kann uns besitzen!«

Roç war den Tränen nahe, weil er sah, wie Crean litt, er war auch stolz auf Yeza und was sie über die Liebe wußte.

»Grüßt mir den verehrten Herrn Tarik«, sagte er, »und alle in Masyaf, besonders die lieben Alten in der Bibliothek!«

»Wir vergessen Euch nicht«, sagte Yeza, auch ihre Stimme war jetzt brüchig. »Wir denken an Euch und fühlen, wie Eure Gebete uns schützend begleiten, besonders wenn uns Gefahren bereitet werden.«

»Ihr seid immer bei uns!« sagte Roç. »In unserem Herzen!«

Crean beugte schweigend das Knie. Die Kinder liefen um die Barriere herum und umarmten ihn. Er erhob sich, verneigte sich vor Turanshah und verließ den Saal, seine Gesandtschaft folgte ihm schweigend.

Yeza und Roç schauten ihnen nach, dann verneigten sie sich ebenfalls vor dem Turanshah, der stehend der bewegenden Szene gefolgt war. Er erwiderte ihre Verneigung, seine Handflächen zusammenfügend, wie er es von den Sufis in der Gezirah gelernt hatte. Er war stolz auf die Kinder, daß sie sich aus freien Stücken für ihn entschieden und dabei soviel Haltung gezeigt hatten, und war glücklich über sein Vorhaben, ihnen die lästige Herrschaft anzudienen.

Da erst fiel ihm die von Crean vorgetragene Begrüßungsformel wieder ein, die eigentlich hätte lauten müssen ›Allah schenke ihm ein langes Leben‹.

Er befahl Abu Al-Amlak, der auf seine Trittleiter geklettert war und den abziehenden Assassinen nachstarrte: »Schickt die Wachen hinter ihnen her, und laßt sie fragen, was sie von meinem Vater wissen!«

Der Zwerg drehte sich langsam um: »Allah hat ihn zu sich gerufen, erhabener Sultan, Allah schenke Euch ein langes Leben!«

Turanshah zeigte seine Betroffenheit nicht, er fühlte auch keinen Schmerz. Allah hatte es so bestimmt, es war jetzt an ihm, aus der Situation das zu machen, was er, Turanshah, wollte.

»Es ist auch Nachricht von An-Nasir gekommen«, fügte Abu Al-Amlak hinzu. »Der mächtige Herr von Homs ist nur bereit, seine Geiseln gegen die Königlichen Kinder zu tauschen.«

»Er kann sie behalten!« sagte Turanshah ärgerlich, doch der Oberhofkämmerer wagte zu widersprechen.

»Wenn Eure Hoheit vorhat, sich nach Kairo zu begeben, um den Thron Eures Herrn Vaters zu besteigen, dann ist es vernünftiger, wir, Ihr hättet den Sohn des Mameluken-Emirs Baibars, des Befehlshabers der Palastgarde, in Eurem Besitz als Geisel für Euer persönliches Wohlgehen, o Herr!«

»Wenn ich das täte, bräuchte ich mir über mein Wohlergehen

keine Sorge mehr zu machen, o Vater des Riesen«, antwortete Turanshah. »Die Assassinen haben zwar eben eine Abfuhr eingesteckt, doch das ist allein Angelegenheit zwischen ihnen, den Kindern und den höheren Mächten, die hinter den Kindern stehen. Wenn Wir, der Hof von Damaskus, sie aber An-Nasir ausliefern würden, dann würde der gesamte Orden von hier in Syrien bis ins ferne Persien nicht ruhen, bis sie jeden Schuldigen umgebracht haben, unbedeutende Figuren wie mich ebenso wie so gewichtige wie Euch, Vater eines Gehirns von sieben Skorpionen.«

Turanshah beugte sich zu Madulain und forderte sie auf, ihm zu folgen. Sie schritten durch den Park.

»So unrecht hat Abu Al-Amlak nicht«, sagte Madulain. »Ihr solltet Euch durch Geiseln absichern, wenn Ihr schon unbedingt nach Kairo wollt –«

»Ich muß, meine Prinzessin, der Feind steht am Nil –«

»Euer Feind sitzt in Kairo«, antwortete Madulain hellsichtig, »mir scheint, von den Mameluken droht Euch mehr Gefahr als von den Christen, deswegen –«

»Kein Wort mehr, Prinzessin«, unterbrach sie Turanshah. »Die Kinder bleiben bei mir, und ich werde sie beschützen.«

»Schützt Euch lieber selbst!« sagte Madulain ärgerlich. »Wohin gehen wir eigentlich?«

»Ich begleite meine Angebetete in ihren Pavillon, in der Hoffnung –«

»Macht Euch keine Hoffnung!« sagte sie schroff. »Ich mag mich nicht an einen Menschen verschwenden, der sein Leben so leichtsinnig aufs Spiel setzt –«

»Was kann ich tun, daß ich Eure Zuneigung dennoch erringe?«

»Laßt Euch wenigstens krönen«, antwortete Madulain, »an ein gekröntes Haupt legen auch die Mameluken so schnell keine Hand! Mein Herr und Gebieter!«

Sie war stehengeblieben und wollte ihn zärtlich umarmen, da fiel ihr Blick über seine Schulter: »O Gott!«

Sie waren in Sichtweite der Pferdeställe angelangt. Auf den Spitzen der eisernen Zaunpfähle steckten – einer neben dem anderen – menschliche Köpfe. Die beiden Nubier, die sonst den Pavillon hüteten, standen Wache darunter mit ihren breitklingigen Schimtars.

Madulain hatte sich an Turanshah geklammert, ihr Gesicht abgewendet. Er winkte die beiden zu sich. Sie warfen sich zu Boden.

»Der Oberhofkämmerer hat es befohlen«, riefen sie, »alle zu enthaupten, die Schuld daran sind, daß die Löwen die Kinder fressen wollten: die Mameluken, die Wärter des Geheges, die Pferdejungen.«

Turanshah sagte nichts. Er zog Madulain an der Hand zurück zum Palast.

»Du hast wie immer recht, Prinzessin. Ich werde mich erst krönen lassen und dann für Ordnung sorgen. Die Kinder sind noch zu jung, zu gut für diese Welt. Ich werde den Feind aus dem Lande vertreiben – und dann werden wir uns zurückziehen, wir beide, meine wundersame, kluge und starke Prinzessin!«

»Den Zwerg würde ich schon vorher zum Teufel jagen«, sagte Madulain, anstatt mit zärtlicher Geste auf seine Liebeserklärung zu reagieren.

»Einen solch schlichten Abgang hat Abu Al-Amlak nicht verdient, auch will ich dem Sheitan nichts Böses antun.«

Turanshahs Stimme war jetzt wieder von kühler Arroganz, und kalte Grausamkeit schwang im Unterton: »Zu den Krönungsfeierlichkeiten liebt das Volk, sich an besonders ausgefallenen Spektakeln zu ergötzen. Ich werde mir eines ersinnen, das seine niederen Instinkte in besonderer Weise befriedigt.«

»So will ich Euch!« flüsterte Madulain heiser vor Erregung.

Hätte er sie jetzt auf die marmornen Stufen des Palastes gestoßen, sie hätte sich ihm auf der Stelle hingegeben.

Vor Mansurah, den 30. Januar A.D. 1250

Seit über sechs Wochen liegen wir jetzt schon dem Feind gegenüber, nur getrennt von dem Bahr as-Saghir. Und dahinter liegt
Mansurah, das letzte Bollwerk auf unserem Weg nach Kairo.

Am letzten Adventssonntag – oder am 13. Ramadan, wie die
Muslime sagen – hatten wir unsere Zelte am Ufer aufgeschlagen.
Der Fluß war tief und wies eine beachtliche Strömung auf. Der
König befahl dennoch, sofort damit zu beginnen, einen Damm
vorzutreiben. Um die Arbeiter zu schützen, die Pfähle einschlagen
und dann Steine aufschütten mußten, wurden zwei fahrbare hölzerne Wachtürme errichtet und rechts und links von seinem Aus-
gangspunkt postiert. Sie wurden dann vorgeschoben, und dahinter begannen die Faschinenarbeiten, auch diese unter einem
Schutzdach auf Rollen. Das war bitter nötig, denn kaum hatten
sich unsere Männer nur einen Meter vorwärts bewegt, prasselten
Steine aus sechzehn Katapulten über das Wasser hinweg auf die
Pioniere herab.

Nicht, daß wir über keine Wurfmaschinen verfügten, wir hatten sogar achtzehn Stück, nur plumpsten unsere Geschosse meist
in den Bar as-Saghir. Dennoch trieben unsere Pioniere den Erd-
damm voran, er ragte bereits weit in den Fluß.

Doch der Oberbefehlshaber auf der anderen Seite war ein alter
Fuchs. Der Großwesir Fakhr ed-Din, den die Unsrigen – durchaus
mit Respekt! – *Szezedin* nannten, ließ genau gegenüber Löcher in
die Böschung graben, die von unserem Damm sowieso schon ge-
staute Strömung spülte dort das Erdreich fort, und es entstand
eine Ausbuchtung, mit dem Erfolg, daß wir mit unserem Damm
genauso weit vom anderen Ufer entfernt waren wie zuvor.

Dieser Szezedin, was »Sohn des alten Sheiks« heißen sollte
und einen Ehrentitel darstellte, war seit dem Tod des Sultans Regent und damit uneingeschränkter Herr Ägyptens. Er führte in
seinem Stander nicht nur das Wappen des Maliks von Aleppo und
das des Sultans von Kairo, sondern auch das des Kaisers Friedrich,
es hieß sogar, der Staufer habe den Sohn des Großwesirs eigen-

händig zum Ritter geschlagen und ihm den Titel eines »Prinzen von Selinunt« verliehen. Jetzt führte der Alte sein Volk in den Krieg gegen uns, und ich muß sagen: sehr umsichtig und mutig!

Am Weihnachtstag, William hatte Prachtexemplare von fetten Nilkarpfen »beschafft«, mein treuer Dean of Manrupt hatte den Tisch gesegnet und für uns gebetet – denn das traute er William weder zu, noch daß er es duldete –, tauchten die Sarazenen, ich weiß nicht woher, vor unserem Lager auf und erschlugen mehrere Soldaten, die fischen gegangen waren.

Wir warfen uns in unsere Rüstungen, aber waren nicht schnell genug, meinem Sekretarius zu folgen, der sich bereits ins Kampfgetümmel gestürzt hatte. Ich hatte ihm ein Ungestüm von Zweihandschwert aus Familienbesitz derer von Joinville überlassen, und er handhabte es furchterregend – für seine nächste Umgebung, vor allem für die, die hinter ihm standen. Freunde hatten mich schon gebeten, es ihm wieder wegzunehmen.

Auch diesmal fuhrwerkte er mit dem Eisen herum wie ein schlechter Schmied beim verpönten Rundschlag, verlor prompt das Gleichgewicht, weil seine Gegner behend zur Seite sprangen, und fiel vornüber auf die Nase. Wäre nicht eine berittene Templer-Patrouille erschienen, wir hätten unser Mahl ohne ihn fortsetzen müssen, denn er lag schon am Boden wie ein strampelnder Käfer, wehrlos den Keulen des Feindes ausgesetzt, als Renaud de Vichiers, der Marschall, und Guy du Plessis, der junge Komtur von Tortosa, ihn heraushauten.

Während wir uns wieder zu unserem inzwischen erkalteten Karpfen niedersetzten, erzählte mein tapferer William, daß Szezedin seinen Leuten versprochen habe, am Tage des heiligen Sebastian, also in eines Mondes Zeit, würde er in dem roten Zelt König Ludwigs speisen.

»Auch hat der alte Fuchs einen Appell an das Volk von Kairo gerichtet, der zum *harb al kabir,* zum ›großen Krieg‹, aufruft und von der Kanzel der großen Moschee vorgelesen wurde.«

Mein Sekretarius legte eine verschmitzte Pause ein. »Nur trug der Text noch die *alama* des toten Sultans – verfaßt hat ihn wohl Baha' ad-Din Zuhair, der bekannte Dichter. Genau genommen hat der auch nur den 41. Vers der Koransure Al-Tauba, was da heißt ›Die Buße‹, genommen und ausgeschmückt: *Infuru chifafan ua thikalan ua jahidu...*« – William ließ uns als Zubrot von seinen Arabischkenntnissen kosten – »Zieht in den Kampf, leicht und schwer, und kämpft mit Gut und Blut für die Religion Allahs, dies wird besser für euch sein, wenn ihr es nur einsehen wollt.«

Mein kluger Sekretarius lieferte uns gleich die Reaktion der Ägypter mit.

»Das Volk trinkt solch große Worte begierig, zumal es noch nichts von dem Ableben Ayubs weiß. Es meldet sich in Scharen begeistert zu den Waffen.«

William weiß solche Geschichten, des Arabischen mächtig, von Gefangenen und Überläufern, er behauptet auch zu wissen, wie viele von uns schon als Gefangene durch die Straßen Kairos geführt worden seien.

Ich verbot ihm, darüber zu reden, denn das würde der König bei schärfster Strafe nicht dulden.

Auf jeden Fall nahmen die Angriffe zu, die Ägypter schickten immer mehr berittene Einheiten über den Fluß, und aus unserem glorreichen Vormarsch auf Kairo war eine zermürbende Kette von Abwehrgefechten geworden.

H AST DU DIE MASCHINE GESEHEN?« fragte Roç aufgeregt. Die beiden Kinder waren mit viel Mühe zu Bett gebracht worden, es mochte drei Uhr in der Frühe sein, in Damaskus knallten immer noch die Feuerwerkskörper, zogen ihre Bahnen am nächtlichen Himmel, zerplatzten im farbigen Funkenregen und tauchten das Bett in magisches Licht. Roç und Yeza waren nackt.

»O ja«, sagte Yeza. »Ich weiß sogar, wie sie funktioniert.«

»Das kannst du gar nicht wissen!« rief Roç und rückte zur

Seite, um Platz zwischen ihnen zur Demonstration seines technischen Verstandes zu gewinnen, den er Yeza rundweg absprach.

»Mir hat der Turanshah den Mechanismus erklärt, und der muß es ja besser wissen, weil er die Maschine erfunden hat –«

Yeza lächelte überlegen, als sie sich aufrichtete und ihre Beine bereitwillig von den seinen löste. »Dann zeig mal!«

»Lenk jetzt nicht ab!« rügte Roç ihre Aufforderung ·ind bedeckte seinen Penis mit dem Laken. »Also«, er knüllte ein Kissen zurecht. »Da ist erst mal der eiserne Käfig «

»Dessen Boden aus geschliffenen Säbeln –«

»Sei doch still!« sagte Roç. »Unter dem ein Holzkohlefeuer das gesamte Gestänge bis zur Glut erhitzt.«

Er schob seine Hände unter ihren Po und drückte sie noch weiter zur Seite. Yeza lag auf dem Rücken und strampelte mit den Beinen.

»Du hast das Tretrad mit den Ratten vergessen«, quietschte sie, »genialer Konstrukteur! Von ihm geht alle Bewegung aus – es ist das Herz der Maschine!«

Roç ließ sie ausstrampeln und quieken. »Das hätte ich schon nicht vergessen«, sagte er nachgiebig, »durch eine *transmissio* wird das Werk in Bewegung gehalten –«

»Und durch Schaukeln!«

Yeza hatte sich über ihn geworfen, so daß sie auf ihn zu sitzen kam und wiegte ihren Körper, wohl darauf bedacht, seinen Lenden zuzusetzen. Er warf sie runter.

»Wenn du mich unterbrichst, hör ich auf«, mahnte er. »Die Schaukel kommt noch lange nicht!«

»Jetzt ist er da!« rief Yeza und zeigte grinsend auf das sich wölbende Laken.

»Also gut«, sagte Roç und schlug das Tuch für einen Augenblick zur Seite, aber nur um sich auf den Bauch zu wälzen. »Den Pfahl«, grinste er sie an, »den ich meine, der dreht sich«, gab er sich mutig.

»Er schiebt Spieße in den Käfig!« stöhnte Yeza gespielt. »Vorwärts und zieht sie auch wieder zurück, mal hier, mal da!«

»Das macht doch wohl nur Sinn, wenn du mich vorher die Schaukel beschreiben läßt?«

»Bitte laß uns schaukeln«, bettelte Yeza.

»Jetzt nicht!« sagte Roç streng. »Oben öffnet sich im Käfig mal diese, mal jene Klappe: Mal rutschen Schlangen an den Schaukelketten herunter, mal flattern bissige Vögel in den Käfig, die einem die Augen aushacken können –«

»Die Schlangen sind nur zum Angstmachen da«, widersprach Yeza. »Man hat ihnen die Giftzähne gezogen –«

»Aber das weiß der Schaukler nicht!«

»Sonst ginge es ja auch zu schnell!«

»Die Schaukel ist ein Nagelbrett, auf dem der Schaukler angekettet ist wie ein Affe«, versuchte Roç Ordnung in das Geschehen zu bringen, »und jede Bewegung setzt den Blasebalg in Bewegung, und der pustet die Glut zu den Ratten, und die fangen wieder wie wild an, im Rad zu rennen! – Toll, was?«

»O ja!« rief Yeza. »Eine wohlverdiente Torturmaschine für den Vater des Riesen! Nur hat der große Sultan«, setzte sie hinzu, »vergessen, den Zwerg rechtzeitig zu verhaften!«

»Das hat den Turanshah so geärgert, daß keiner die Maschine zu sehen bekommen hat«, bedauerte Roç, »das Volk hatte sich so darauf gefreut –«

»Sie steht bei den Löwenkäfigen, wo wir nicht mehr hindürfen.«

»Wo doch die Löwen alle tot sind, zur Strafe –«

»Weil sie das Lieblingspferd aufgefressen haben – so wie ich dich jetzt!«

Yeza stürzte sich wie eine fauchende Löwin plötzlich auf Roç. »Mich bändigst du nicht!« provozierte sie ihn, der sich flach ins Laken drückte, sie biß ihm in den Hintern, und er fuhr herum. Sie hüpfte auf. »Soll ich dir mal vormachen, wie ich zu dir aufs Pferd gesprungen bin, mein Retter?«

Und sie sprang ihm ins Genick, daß er vornüberfiel.

»Spiel du das Pferd«, schnaufte Roç, und Yeza ging merkwürdigerweise sofort darauf ein, wo sie doch sonst so gern der Ritter war. Alles war ihr recht, wenn sie nur seinen Leib fest an sich gepreßt spürte. Sie kniete folgsam nieder und nahm ihn auf den Rücken.

»Die Königlichen Kinder werden im Triumphzug zu den Krönungsfeierlichkeiten durch die Stadt geführt«, proklamierte Roç wohlgemut, »die Menschen in den Straßen jubeln –«

»Und plötzlich galoppierten wir los«, rief Yeza und bewegte sich so heftig, daß Roç fast aus dem Sattel geflogen wäre, »und die Leute haben gelacht!«

»Nur Madulain nicht, die Prinzessin fand, es mangele uns an ›Würde‹!«

»Ach was«, schnaufte Yeza unter seiner Last, »die Aufmerksamkeit war von ihr abgezogen – am liebsten hätte sie uns in einer geschlossenen Sänfte gesehen –, was machst du da eigentlich?«

»Ich?« stotterte Roç verlegen. »Er –«

»Mach mir bloß nicht wieder die Haare naß«, mahnte Yeza, »das klebt so im Nacken.«

Roç ließ sich an ihr hinuntergleiten, umklammerte sie aber mit beiden Händen und ächzte und stöhnte furchtbar. Aber Yeza duldete es nicht, sie hielt es nicht aus.

»Komm da weg«, sagte sie leise, »setz dich auf meinen Bauch, ich will dich sehen –«

Sie warf ihn ab, sich selbst auf den Rücken und zog ihn wieder zu sich. Jetzt hatte sie seine schräg aufgerichtete Lanze vor sich, zwischen ihre kleinen Brüste gebettet. Sie schloß die Augen.

»Du denkst an Robert d'Artois?« fragte Roç beklommen.

Yeza fühlte sich ertappt. »Und du stellst dir vor, ich sei die schöne Antinoos mit dem tollen Busen!« schritt sie zur Gegenwehr.

»Quatsch!« rief Roç. »Das ist doch ein Mann!«

»Hach!« kreischte Yeza. »Was verstehst du schon von Frauen! Du bist verliebt und willst es nicht zugeben!«

»Also«, sagte Roç ernsthaft, »das ist ein Hermaphrodit, er hat einen richtigen Penis – und halt etwas Busen, ich hab's gesehen!«

»Daß du nicht blind geworden bist, du Lügner!«

»Ich schwör's dir, Yeza«, keuchte Roç, »und ich liebe nur dich –«

»Laß mich's sehen!« schmollte Yeza und richtete sich auf.

Sein auf ihr pulsender Penis erregte sie maßlos. Sie ließ ihn nicht aus den Augen. Sie atmeten jetzt beide schwer. Sie legte ihre Arme um ihn.

»Laß mich nicht allein!« schluchzte Roç. »Halt mich fest!«

Er brach auf ihr zusammen, während seine Lanze hilflos auf ihrem Busen tobte. Dann spürte sie das warme Naß, ihre Hände krallten sich in seinen Nacken, sie riß ihn zu sich und bedeckte seinen Kopf mit wilden Küssen, bis er ermattet auf ihr liegenblieb.

»Abwischen!« sagte Yeza kühl nach einer Zeitspanne, die Roç immer herzlos kurz vorkam. Er griff nach dem Laken und begann sie abzurubbeln.

»Die Krönung selbst« – seine ärgerliche Verlegenheit ließ ihn in den Ereignissen des Tages Zuflucht suchen – »auf dem großen Platz fand ich langweilig, der Imam redete so lange –«

»Dabei warst du ganz schön stolz, als dir auch eine kleine Krone aufgesetzt wurde –«

»Dir ja auch!« verteidigte sich Roç. »Und Madulain war sauer wie eine Limone, weil sie keine –«

»Dein Hermaphrodit nicht minder!« maulte Yeza. »Die beiden balgen sich wie zwei hitzige Katzen um die Gunst des Turanshah.«

»Ich glaube, er mag den Antinoos, überhaupt Jungen, lieber.«

»Das ist doch kein Mann!« Yeza war beharrlich.

»Doch!« sagte Roç. »Auch wenn er sich wie ein Mädchen anzieht –«

»Ich bin jetzt die ›Emirin von Shaizar!‹« wiegte sich Yeza in den Hüften. »Und du hast den Titel eines ›Amirs von Baalbek‹ erhalten. Wollen wir tauschen?«

»Warum?« sagte Roç und schaute mißtrauisch auf seine, das Bettuch um sich schlingende Gefährtin.

»Weil dort Salomé getanzt hat, den Tanz der sieben Schleier.« Yeza wirbelte das Laken herum. »Jochanaan!« seufzte sie. »Ich will dich küssen!«

Sie griff in das Haar des vor ihr knienden Roç und versuchte ihn zu küssen, ohne ihren Tanz zu unterbrechen. Sie verhedderte sich im Bettuch und stürzte auf das Lager.

»Salomé ließ dem Jochanaan den Kopf abschneiden«, sagte Roç vorwurfsvoll.

»Na und«, rief Yeza trotzig, »wenn er sie nicht küssen will!«

Sie lag erschöpft auf dem Rücken und wußte, daß er – nur, um sie zu ärgern – jetzt nicht kommen würde. Ihre Hände tasteten sich über ihren eigenen Leib, streichelten ihren Bauch und glitten weiter in das gekrauste Haar ihrer Scham. Er sollte es nicht merken.

»Die Gesandtschaften«, sinnierte Yeza laut, »es gibt ferne Länder, da tragen alle das gleiche – wie bei den Mongolen, das find' ich gut.«

»Ja«, sagte Roç und rückte näher an sie heran, »hier in Syrien machen sie furchtbare Unterschiede zwischen Männern, die alles, und Frauen, die nichts zu sagen haben.«

Er wußte nicht, was sie jetzt tat, nur daß er ausgeschlossen war. »Vielleicht ist Ägypten anders, die Pharaone?«

Dabei konnte sie doch alles mit ihm teilen. Er legte zögernd seine Hand auf ihr Bauchfell, gleich unter die Rippen ihrer Brust.

»Ich bin nicht so«, flüsterte er ihr ins Ohr, »ich liebe dich – auch wenn du meine Schwester bist!«

Er fühlte, wie ein Zittern ihren schmalen Körper durchlief, und er preßte sie fest an sich. Sie sollte nur wissen, daß er bei ihr war. Yeza stöhnte auf und wandte ihm ihr Gesicht zu. Ihre grünen Augen schimmerten ihn an.

»Mein Ritter!« sagte sie leise. »Wüßte ich nur, was Liebe ist!«

Draußen vor den Gärten des Palastes trieb ein plötzlicher Regenschauer die letzten Feiernden von den Straßen. Die Musik brach ab, die Trommeln und die Hörner verstummten. Kein Feuerwerkskörper erhellte mehr das nächtliche Damaskus.

»Ich glaube«, sagte Roç unvermittelt, »Abu Al-Amlak ist zu An-Nasir geflüchtet –«

»Schade«, murmelte Yeza.

Roç steckte seine Nase in ihr ausgebreitetes Blondhaar, und bald verrieten seine ruhigen Atemzüge, daß er eingeschlafen war. Was war Liebe? – Robert d'Artois?

In wenigen Stunden würden sie nach Kairo aufbrechen.

DIARIUM DES JEAN DE JOINVILLE

Vor Mansurah, den 5. Februar A.D. 1250

Eines Nachts, ich und meine Ritter von Joinville hatten Wachdienst bei den Holztürmen, brachten die Ägypter eine Steinschleuder in Stellung und luden sie – was sie vorher noch nie gemacht hatten! – mit »Griechischem Feuer«. Das war ein Tongefäß mit einer klebrigen Flüssigkeit, und einmal gezündet und abgeschossen, zog es einen langen Feuerschweif hinter sich her. Es machte einen Höllenkrach, als flöge ein feuerspeiender Drache donnernd durch die Lüfte. Wenn es aufschlug, zerplatzte es mit einem Lichtblitz, der unser Lager in Tageshelle tauchte, und wo es hinspritzte, brannte es. Und es war mit Wasser nicht zu löschen, nur mit Sand zu ersticken.

Gott sei Dank konnten sie damit nicht genau zielen, der erste Topf landete zwischen den hölzernen Türmen, allerdings mitten unter den Arbeitern, die auch des Nachts den Dammbau vorantrieben. Die Erde brannte, und einige Männer rannten als lebende Fackeln umher. Wir eilten ihnen zur Hilfe.

Als die Sarazenen das sahen, schossen sie Pfeile fast senkrecht in die Luft, die auf uns herabregneten und uns bei den Rettungsarbeiten selbst in höchste Gefahr brachten. Dreimal schossen sie noch diese höllischen Feuertöpfe auf uns ab und den Pfeilhagel gleich dazu.

»Popule meus,
quid feci tibi,
aut in quo contristavi te?
Responde mihi!«

König Ludwig saß aufrecht in seinem Bett und betete, daß Gott ihm gnädig seine Leute erhalten möge.

»Quia eduxi te in
terram Aegypti,
parasti crucem
salvatori tuo?
Responde mihi!

Hagos ho theos,
hagos ischyros,
hagos athanatos,
eleison hymas!«

Erst am nächsten Morgen erfuhr ich von meinem Priester Dean of Manrupt, welch höchster Fürbitte ich einzig und allein noch mein Leben verdankte.

Jedenfalls schickte Herr Ludwig nach jedem Einschlag seinen Kammerherrn zu uns, um nachzusehen, wie es uns ergangen war. Beim dritten Mal fing der eine Turm Feuer. Wir konnten es zwar löschen, bekamen aber jede Menge Pfeile ab. Vom Himmel fallend, haben diese auch eine viel höhere Durchschlagskraft, und es war kaum einer von uns, der kein Loch in der Schulter hatte, keine Wunden im Rücken bis hin zu seiner Verlängerung, die von keinem Panzer geschützt ist.

Der König entschied, daß wir weiterhin nachts aufziehen sollten, während der Graf von Anjou die Tagwache übernahm. Der schickte sofort seine Armbrustschützen auf die Türme und beschoß die Besatzung der altmodischen Steinschleuder, mit der die Ägypter jetzt auch tagsüber die Tontöpfe warfen.

Daraufhin deckten die Sarazenen die Männer des Anjou mit einem Steinhagel von den Katapulten ein, die sie jetzt so nah heranbringen konnten, weil wir den Damm so weit vorangetrieben hatten. Sie standen jetzt rechts und links am anderen Ufer und beschossen den Damm von beiden Flanken.

Die Schanzarbeiter mußten sich in Deckung begeben und die Türme preisgeben. Die wurden sofort Opfer des Griechischen Feuers und brannten beide nieder, samt den Armbrustschützen. Charles d'Anjou war so außer sich vor Wut, daß er sich beim vergeblichen Löschversuch fast selbst in die Flammen gestürzt hätte.

Ich und meine Ritter von Joinville waren froh, daß er dafür gesorgt hatte, daß sich die Ereignisse so überstürzten. Ansonsten wäre der Verlust der Türme während der folgenden Nacht fällig gewesen, in der die Reihe an uns war, den Wachdienst zu versehen, und wir wären elendiglich verbrannt.

Als der König das Desaster vernahm, schickte er sofort Boten zu allen Baronen und Heerführern und bat sie um Holz für den Bau eines neuen Turms, denn Holz war ein rares Gut und konnte eigentlich nur den eigenen Schiffen entnommen werden, die uns nilaufwärts bis hierher begleitet hatten. Keinem war so recht wohl dabei, sein Schiff zu zerstören, doch jeder gab etwas, und alles zusammen machte dann den Gegenwert von über zehntausend Livres aus. Ich mußte nichts geben, denn ich hatte kein eigenes Schiff.

Der König entschied, daß der neue Turm nicht eher auf den Damm gerollt werden sollte, bis der Graf von Anjou wieder Wachdienst habe. So könne er diesmal den Verlust der beiden anderen Türme wettmachen, die in Flammen aufgegangen waren, als er für ihren Schutz verantwortlich war. So geschah es dann auch.

Sobald Herr Charles d'Anjou wieder an der Reihe war, ließ der Herr Ludwig den Neubau auf das fertiggestellte Dammstück schieben. Die Sarazenen schienen uns diesmal gewähren zu lassen, oder sie waren zutiefst beeindruckt von der Hartnäckigkeit unseres Königs – dachte ich.

Kaum war der Turm an der äußersten Dammspitze angelangt, begannen sie Schlag auf Schlag konzentriert mit allen sechzehn Katapulten den Damm dahinter derart zu bombardieren, daß sich keiner von uns mehr hinauswagte. Die mit dem Turm vorangegangen waren, wurden allesamt vor unseren Augen erschlagen. So von unserer Löschwehr abgeschnitten, wurde dann auch der teure neue Turm ein Opfer des Griechischen Feuers. Wir durften ohnmächtig zusehen.

Nach diesem weiteren Rückschlag rief der König uns alle zusammen und bat um unseren Rat. Einstimmig erklärten wir, daß es keinen Sinn mache, den Dammbau fortzusetzen, denn ungeschützt ließe sich das nicht bewerkstelligen. Danach herrschte große Ratlosigkeit, und die Stimmung im Lager war sehr bedrückt. König Ludwig zog sich zum Gebet zurück.

>>Sede, Sion, in pulvere,
Caput asperge cinere,
Induere cilicio.
Quo stetit spei firmitas,
Caret vexillo caritas
Et fides privilegio.<<

DIE DREI WEISSGEKLEIDETEN MÄNNER waren am geheimen Ort zusammengekommen, weil der Älteste sie einberufen hatte. Ihre Gesichter waren durch Kapuzen verdeckt, doch sie wußten, mit wem sie es zu tun hatten, auch wenn sie nicht wußten, wo sie sich befanden. Diener hatten sie hierhergebracht, es mußte sich wohl um ein unterirdisches Heiligtum handeln, denn sie standen um einen mit Tuch verhangenen Altar.

>>Erhabener Sami<<, wandte sich der eine an den Älteren, >>Ihr wißt um die letzte Wahrheit, das *haqu'iq,* so bitten wir Euch, uns mit den anderen zusammenzuführen, damit wenigstens die Schritte getan werden, in denen wir uns einig werden können.<<

>>Wir wünschen uns nicht etwa<<, entgegnete der andere, >>um Euch zu gefallen, daß der König scheitert, sondern weil wir in diesem Land, das so überwiegend der Lehre des Propheten folgt, keinen verheißungsvollen Beginn der Erneuerung zu sehen vermögen.<<

Der Älteste schwieg zu dem sich anbahnenden Disput, so daß der eine Antwort gab:

»So stimmt Ihr zu, daß die Herrschaft des Hauses Ayub ein Ende finden muß, denn sie ist unfähig, dieses Scheitern zu garantieren?«

»Ihr habt bereits das Eure dazu beigetragen«, entgegnete der andere. »Ihr habt die nächste Umgebung des Sultans mit Euren jungen Leuten durchsetzt, die Dolche der *halca* sind geschliffen – aber seid Ihr sicher, daß die Nachfolger sich der Schia öffnen? – Daß Ihr sie im Griff habt?«

»Wie unsere Dolche!« entfuhr es dem Angesprochenen.

Der Älteste sah sich genötigt einzugreifen. »Es geht darum, ob sie sich auch in Zukunft von Euch leiten lassen –« Das war an den einen gerichtet, dann wandte er sich an den anderen. »Doch eher mag es geschehen, daß ein Mameluk, den Allah bisher von der Hingabe an den wahren Glauben ferngehalten hat, den Weg zu Ihm findet, als daß die Nachkommen des Saladin, die sich nur auf die Sunna berufen können, den Weg freigeben.«

»Uns kümmert der Thron von Kairo nur insofern«, sagte der andere, »daß wir Sorge tragen, daß er von niemanden in den ›Großen Plan‹ einbezogen werden kann und daß ihn jemand einnimmt, der Jerusalem unangetastet läßt.«

»Wenn Ihr zu Eurem Wort steht«, entgegnete der eine, »daß dort eine Macht installiert wird, die auch gen Osten ausstrahlt und wirkungsvoll Eure mongolischen Glaubensbrüder in Schach hält, so sind wir die ersten, die das königliche Herrscherpaar nicht nur anerkennen, sondern mit unseren Leibern schützen werden – wie wir es bisher, getreu unserem Pakt, ja schon getan!«

»Eurer beider Einsatz«, beschwichtigte der Älteste, »wird von niemandem hier in Zweifel gezogen. Zu tolerieren sind alle drei Weltreligionen, sofern sie der dynastischen Linie anhängen, dem ›Blut der Könige‹, also auch die jüdische, von der es sich herleitet. Der Thron von Jerusalem soll allen heilig sein, allen zugänglich sein. Ein Ort des Friedens – durch Begegnung, Verstehen und Achtung.«

Dem anderen schien dieses Bild zu weitschweifig und zu verträumt.

»Es ist demnach in unser aller Interesse, daß sich das Schicksal des alten Regimes in Kairo erfüllt und das neue den richtigen Weg einschlägt. Also ist der letzte Ayubit herbeizuholen, damit dieser Wechsel beschleunigt wird, und zwar endgültig.«

»Und die Franken verjagt werden! Es ist nicht damit getan, daß Ihr diese Einsicht in Worte faßt, und Ihr solltet sie auch für Euch behalten«, mahnte der Älteste. »Es zeugt jedoch von wenig Weitsicht Eurer Mameluken, daß sie unseren Freund bislang davon abgehalten haben, den Turanshah ins Gefecht zu führen.«

»Das war Baibars!« verteidigte sich der eine.

»Sorgt umgehend für die Freilassung des Roten Falken«, beschied ihn der Älteste.

»Sie ist dieserhalb nicht mehr vonnöten, Turanshah ist schon auf dem Weg, dennoch wollen wir Eurem Wunsch nachkommen.«

»Sonst nehmen wir das in die Hand«, sagte der andere, »schließlich hat der Rote Falke sich der Sache der Kinder verschworen und sich um sie verdient gemacht. Er ist ein Ritter der ersten Stunde.«

»Streitet Euch nicht«, sagte der Älteste, »dienen wir doch allesamt den ›Kindern des Gral‹! Sorgt bitte als Schwertbrüder gemeinsam dafür, daß unser Freund seine Freiheit zurückerhält! Wir brauchen jeden Arm und jeden Kopf.«

Die beiden so Angesprochenen verneigten sich vor dem Ältesten und verließen den Ort.

Aus heiterem Himmel, so wie sie ihn gefangen hatten, ließen die Piraten den Roten Falken wieder frei. Sie segelten sogar mit ihm bis fast zu der Höhe, wo der Nil in den Mariotis-See mündet, und setzten ihn dort in ein Fischerboot.

Selbst seinen Geldbeutel erstatteten sie ihm zurück, es fehlte keine Münze, wie er feststellen konnte, als es ihm gelungen war, sich erst von seinen Fesseln, dann von seiner Augenbinde zu befreien.

Als die Fischer in der Frühe kamen, fiel es dem Roten Falken nicht schwer, sie zu überzeugen, daß es für sie rentabler sei, ihn über den See nach Alexandria zu bringen, als ihrem täglichen Handwerk nachzugehen.

Alexandria stellte Kairo noch immer in den Schatten, was Würde, Wissen und jede geistige Bedeutung anbetrug. Auch wenn der Brand des *museion* die berühmte Bibliothek vernichtet hatte, zog seine Universität über Jahrhunderte die hervorragendsten Philosophen aus Orient wie Okzident an.

> *»O tocius Asiae gloria*
> *regis Alexandriae filia,*
> *Graeciae gymnasia*
> *coram te, Maxentia,*
> *dea confidit philosophia,*
> *de cuius victoria*
> *protectorem virginum.«*

Alexandria war reich, über seine Häfen wurde der gesamte Überseehandel Ägyptens abgewickelt, Tausende von christlichen Kaufleuten lebten in seinen Mauern, wenngleich nach dem mißlungenen Kreuzzug vor dreißig Jahren ihre Steuer erheblich angehoben und ihnen nur noch die Benutzung des Osthafens gestattet war, den die Halbinsel Pharos von der Stadt abtrennte. Dort hatte sich einst der Leuchtturm erhoben, eines der sieben Weltwunder.

John Turnbull war nicht das erste Mal in Alexandria. In den Jahren, als er dem großen Sultan El-Kamil als Sonderbotschafter zum Kaiser diente, hatte er des öfteren Gelegenheit gehabt, die Stadt zu bewundern, und viele seiner Reisen hatten hier ihren Ausgang genommen.

Doch das war lange her, über zehn Jahre hatte er den *quaat al quiraa,* den großen Lesesaal der Universität, nicht mehr betreten, und der Name Ezer Melchsedek war ihm nur in Erinnerung geblieben, weil der angesehene Kabbalist damals als erster es wagte, die Großen Arkana in Bilder umzusetzen, was viel Geschrei bei den Strenggläubigen hervorgerufen hatte.

Inzwischen, so hieß es, wurden schlechte und plump vereinfachte Kopien sogar unter der Hand in Marseille gehandelt, und, was noch übler war, es wurde mit ihnen um Geld gespielt, was allen divinatorischen Absichten widersprach.

So traf John Turnbull, der in der Stadt als »Chevalier du Mont-Sion« Quartier genommen hatte, nur auf geringschätziges Achselzucken, als er in den Kolonaden der Akademie nach dem berühmten Gelehrten fragte. Er fand ihn schließlich in der Altstadt an einer Straßenecke, wo er, auf einer Kiste hinter einem wackeligen Tischchen kauernd, Passanten die Zukunft, Handel und Liebesdinge weissagte und dafür Almosen einstrich.

»So werdet Ihr die Geister, die Ihr rieft, nicht wieder los!« sprach er den Alten an.

Der blickte nur kurz von seinen verdeckt vor ihm ausgelegten Bildtäfelchen auf und fixierte den Besucher.

»Ihr reist auch schon sieben Jahre in gleicher Sache«, antwortete er, ohne lange überlegen zu müssen. »Jung sind noch die Infanten und unsicher ihr Königreich.«

Er wies dem Gast einen Schemel und war dabei, die Goldstücke einzustreichen, die Turnbull ihm auf den Tisch legte.

»Was wollt Ihr von mir?« fragte er mißtrauisch, als er den Wert des Geldes feststellte.

»Nicht hier, nicht jetzt, Ezer Melchsedek, sollt Ihr mir die Antwort auf die Frage geben, die ihr ja schon zu kennen scheint.«

Turnbull beugte sich vor und senkte seine Stimme zum Flüstern, denn es waren einige stehengeblieben, um neugierig zuzuhören. Ezer schwieg sich aus, bis die Langeweile sie weitergehen ließ.

Turnbull räusperte sich. »Geht nach Hause, und konzentriert Euer Denken auf die Kinder und ihr Imperium! Ich werde es Euch lohnen. Es sind zwei Fragen, die die Beantwortung der dritten implizieren: Können und dürfen sie zusammenbleiben, sich lieben und im Fleische vereinigen – und wo steht ihr Thron, wann und wie manifestiert er sich? Die dritte ist: Sollen sie ihn besteigen?«

Melchsedek sah sein Gegenüber offen an. »Liegt Euch so viel

an ihrem Glück«, sagte er leise, und nach einer langen Pause, »daß Ihr Euch den Mächten im Ungehorsam widersetzt, die – nach dem Allmächtigen, dessen Willen wir nur erahnen, aber nie wissen können – an ihrem Schicksalsfaden spinnen? Ihr müßt mir die Frage nicht beantworten, aber denkt darüber nach!«

In diesem Moment trat ein gutgewachsener und vornehm gekleideter Mann mit einem weißen Turban hinter John Turnbull und berührte mit seiner Hand dessen Schulter.

»Chevalier du Mont-Sion«, sagte er dem irritierten Melchsedek zulächelnd, »ergebt Ihr Euch dem Glücksspiel, oder spielt Ihr mit dem Glück?«

Turnbull zuckte zusammen, er fühlte sich ertappt. Doch die Stimme kam ihm bekannt vor, und er drehte sich langsam um. Vor ihm stand der Rote Falke.

Melchsedek raffte eilig seine Sachen zusammen, verstaute sie in der Kiste und trollte sich.

»Haben unsere Schutzbefohlenen«, fragte der Emir leichthin, als der zerlumpte Weißbärtige außer Hörweite war, »inzwischen jegliche Etikette des Palastes von Damaskus auf den Kopf gestellt, den Hofstaat düpiert und den neuen Sultan derart in Verlegenheit gebracht, daß Ihr schon zweifelhafte Kabbalisten bemühen müßt?«

»Nichts von alledem!« John Turnbull hatte sich wieder gefangen und war sogleich bereit, dem Jüngeren den Spott zu entgelten. »In Verlegenheit, lieber Konstanz von Selinunt, brachten den Turanshah nur die feurigen Augen und das verliebte Schmachten eines jungen Mannes, der nicht weiß, wann er als islamischer Emir und Sohn seines weisen Vaters zu handeln hat und wann er der Minne freien Lauf lassen darf, von der er als Ritter des Kaisers anscheinend nicht gelernt hat, sie zu zügeln, wenn schon das Auge des Herrschers auf die Dame gefallen ist!«

»Blind verschießt Amor seine Pfeile«, versuchte der Rote Falke scherzend die Rüge zu entschärfen, aber Turnbull fuhr fort:

»Blind wird, wen er trifft! So wie Ihr die lauen Sinne des Turanshah unbedacht entfacht habt, denn der neue Sultan hat normalerweise so viel heißes Blut wie ein Reptil, so ist es den Kindern gelungen, sich derart ins kühle Herz des Herrschers zu toben, daß er sie – ebenso wie die nun erklärte Favoritin – unbedingt mit nach Kairo schleppen will –«

Der Stich saß für den Roten Falken tiefer, als er zu zeigen gewillt war.

»Es fragt sich nur«, fuhr Turnbull fort und reichte dem Roten Falken den Arm, damit der ihm beim Aufstehen behilflich war, »ob es der falschen Kaisertochter beschieden ist, an des Sultans Seite auf den Thron zu steigen – oder den königlichen Kindern, ihn zu bewegen, abzudanken und ihnen die Herrschaft zu überlassen. Ihr werdet verstehen, daß mich beide Varianten zutiefst beunruhigen«, sagte er bekümmert, »so daß ich selbst die geheimen Offenbarungen der Kabbala auf den Knien in Empfang nehmen wollte – sollten sie mir zuteil werden. Ezer Melchsedek ist als Adeptus fähiger, als seine selbst verschuldeten Lebensumstände schließen lassen.«

»Da ich mich heute zur Seereise nach Damaskus einschiffe«, sagte der Rote Falke, »will ich Eure Ermahnung beherzigen. Mein Vater schickt mich, den Turanshah nunmehr dringend nach Kairo zu bitten. Ich werde diese Aufforderung mit niedergeschlagenen Augen vorbringen, damit er sie mir nicht ausstechen läßt!«

»Die Vorsicht nicht, aber die Reise könnt Ihr Euch sparen, Fassr ed-Din Octay«, erwiderte Turnbull, »denn ich kann Euch versichern, daß der neue Sultan samt Gefolge schon auf dem Wege ist. Die Reiseroute stand bereits fest, als ich Syriens Hauptstadt verließ. Er wird das Jordantal hinunterziehen, vielleicht unterwegs die Kinder in Jerusalem krönen oder auch nicht, und sich jedenfalls in Aqaba einschiffen, da er den beschwerlichen Marsch durch die Wüste Sinai scheut. Ihr mögt ihn also in El-Suwais erwarten.«

»Und Ihr seid Euch dessen völlig sicher?« hakte der Rote Falke nach. »Ihr zwingt mich, den ausdrücklichen Befehl meines Herrn Vaters nach Eurem Gutdünken auszulegen, vor dessen Angesicht ich nicht wieder treten kann, ohne Turanshah mitgebracht zu haben.«

»Wenn Ihr mir hier in Alexandria noch lange nachspioniert, dann kann es durchaus geschehen, daß Ihr das Antlitz des ehrwürdigen Fakhr ed-Din, *Allah jitawil 'umru,* erst recht meiden müßt. Beeilt Euch also, fliegt, mein Roter Falke!«

Der Emir tat, wie ihm geraten, und schiffte sich eilends ein, mit einer Rudergaleere zurück nach Kairo. Von dort aus führte die einzige Straße nach Suez.

»Er wird rechtzeitig eintreffen«, murmelte Ezer Melchsedek, als ihn John Turnbull nach einigen Tagen wieder an seiner Ecke aufsuchte, »doch er wird seinem Vater nie mehr unter die Augen treten können.«

Turnbull versuchte, in den »Alten« – Melchsedek war weitaus jünger als er selbst – zu dringen, doch der hüllte sich nur in Schweigen.

»Ihr habt mir eine Aufgabe gestellt, Chevalier, es ist wahrlich keine leichte. Also lenkt mich nicht ab mit Schicksalsbeschlüssen«, sagte er schließlich unwillig, »die Jahwe verfügt und die nicht zu ändern sind. Es ist furchtbar«, fuhr er fort, »und für mich eine schwere Bürde, mich in die Wege der Kinder zu versenken. Meine Gedanken kreuzen unaufhörlich die von Geistern und Mächten, guten wie bösen, die sie zu beeinflussen suchen. Und alles ist miteinander verwoben, alles hat mit der Idee zu tun, dem gewaltigen Konzept, das hinter diesen Kindern steht – selbst das Schicksal Eures jungen Freundes und seines alten Vaters sind Teil davon.« Ezer Melchsedek stöhnte leise. »Ich weiß nicht, ob ich dieser Aufgabe gewachsen bin.«

»Ja«, seufzte John Turnbull, »ich habe selbst die letzten Jahre meines Lebens damit verbracht, hinter das Geheimnis des *motus spiritualis,* des ›Großen Planes‹, zu gelangen, obgleich ich mich zu seinen *conditores* zählen darf. Der Gral setzt Energien frei, die auch mir oft unheimlich werden. Laßt es Euch nicht verdrießen, großer Melchsedek«, fügte er aufmunternd hinzu und zog noch einmal seinen Geldbeutel.

Als John Turnbull das nächste Mal zum vereinbarten Treffen mit dem Kabbalisten erschien, fand er dessen Platz leer.

Al tenaseh et iluhim stand in hebräischer Schrift an die Mauer geschrieben, unter der Ezer Melchsedek sonst seinen Tisch aufgebaut hatte. Betroffen wiederholte John Turnbull die Worte an der Wand: »Du sollst Gott nicht versuchen.«

LIB.II, CAP.3

DAS HAUPT
AUF DER STANGE

DIARIUM DES JEAN DE JOINVILLE

Vor Mansurah, den 6. Februar A.D. 1250

Wir lagerten immer noch vor dem Bahr as-Saghir, unfähig, ihn zu überschreiten. Drüben, am anderen Ufer, vor den Mauern und beflaggten Türmen von Mansurah, die uns Hohn zu winken schienen, wuchs das Heerlager der Ägypter. Wie unsere Spione uns berichteten, waren jetzt auch die zwölf Söhne des An-Nasir von Aleppo und zwei seiner Brüder dazugestoßen. William meinte, das sei wohl weniger der Begeisterung für den ausgerufenen Heiligen Glaubenskrieg zuzuschreiben, als zur Unterstreichung des Anspruches auf den verwaisten Thron durch diesen Zweig der Ayubiten.

Wir verbrachten unsere Zeit damit, unser Lager durch Schanzen und Gräben gegen Überfälle abzusichern. Dann erschien der Konnetabel aufgeregt beim König, er habe einen Beduinen zur Hand, der bereit sei, dem christlichen Heer eine Furt zu zeigen, durch die der Fluß von Reitern zu überqueren sei. Der Mann verlange allerdings fünfhundert Byzantinen als Belohnung. Der anwesende Graf von Anjou erklärte sofort, die solle man ihm geben, wenn der Übergang sich als passierbar erweise.

Der König witterte sogar eine Falle und sprach von Judaslohn, mit dem er sich nicht die Hände beschmutzen sollte, worauf Robert d'Artois ausrief:

»Wenn wir jetzt die Gelegenheit nicht beim Schopfe packen, dann –« Er sprach's nicht aus, weil er ärgerlich das rote Zelt verließ. William, der draußen auf mich wartete, behauptete, er hätte deutlich den Rest des Satzes gehört – »dann können wir ja warten, bis mein Herr Bruder – vor lauter Heiligkeit! – über Wasser zu gehen vermöchte!«

Der Konnetabel sprach nochmals mit dem Beduinen, der sich aber weigerte, ihm die Furt zu zeigen, bevor er nicht den gesamten Betrag im voraus erhalten habe. Schließlich bewilligte der König die Ausgabe.

Vor Mansurah, den 7. Februar A.D. 1250

DER TURM

»Altes wird zerstört und macht Platz für Neues. Was fest steht, stürzt leicht. Wer Heil sucht, möge sich bescheiden. Wer aber glaubt, den eigenen Tempel bauen zu können, der wird zerschmettert.

Der Großmeister der Templer, Herr Guillaume de Sonnac, empfing mittels einer Brieftaube die Nachricht aus dem östlich des Jordan gelegenen Gebiets, daß Turanshah sich bereits in Damaskus zum Sultan von Syrien habe ausrufen lassen und jetzt mit stattlichem Gefolge am Kerak vorbeigezogen sei und sich bei der alten Kreuzfahrerfeste Montreal von seinem Heer getrennt habe, das quer durch den Sinai zöge, während er auf dem Weg nach Aqaba sei, um sich nach Kairo einzuschiffen. Eile sei also geboten, doch wenn das ägyptische Heer noch stärker anwüchse, dann würde auch die schönste Furt nichts mehr nutzen – oder gradwegs in die Hölle führen!

Vor Mansurah, den 8. Februar A.D. 1250

Am Abend vorher hatte König Ludwig entschieden, daß der Herzog von Burgund das Lager hüten sollte, während er mit seinen drei Brüdern Alphonse, Charles und Robert den Bahr as-Saghir an der Stelle überqueren wolle, die der Beduine uns gezeigt hatte.

In kleinen Trupps begaben wir uns des Nachts in die Nähe der Stelle, ohne daß wir uns am Ufer blicken ließen. Im ersten Morgengrauen, ohne jedes Signal, traten wir aus unseren Verstecken heraus und trieben aufgesessen unsere Pferde ins Wasser. Ein Stück mußten sie schwimmen, dann aber, ab der Mitte des Flusses, fanden ihre Hufe Grund und sicheren Halt. Drüben, auf der anderen Seite, formierten sich gut dreihundert Ritter des Feindes.

Ich rief meinen Leuten zu: »Nun, meine Herren, haltet Euch zur Linken, denn vor uns ist die Böschung glitschig und morastig, die Pferde könnten ausrutschen oder einsinken!«

Tatsächlich stürzten vor uns schon einige der Unsrigen, wurden unter ihren Pferden begraben und ertranken, so der Herr Jean d'Orléans, der Wellenlinien in seinem Wappen führte. Wir folgten meiner guten Eingebung und fanden etwas flußaufwärts festen Sand – Gott sei gelobt, denn kaum waren wir ohne alle Verluste drüben an Land, ritt der Feind seinen ersten Angriff. Das Hauen und Stechen begann!

Es war vereinbart gewesen, daß die Templer die Nachhut bildeten und den Anschluß zum Grafen von Artois sicherstellten, der die zweite Welle kommandierte. Doch kaum hatte Herr Robert übergesetzt, warf er sich sogleich auf die Ägypter und schlug sie in die Flucht.

Der Marschall der Templer, Herr Renaud de Vichiers, rief ihm wütend zu, daß er die Abmachung gröblich verletzt habe, indem er ihnen vorgegriffen habe, statt ihnen nachzustehen. Sie forderten ihn auf, sich jetzt wenigstens zurückzuhalten und ihnen die Ehre zu lassen, gegen den restlichen Feind anzurennen.

Doch Herr Robert kam nicht einmal dazu, dem Marschall zu antworten, weil sein Pferdeknecht schwerhörig, wenn nicht völlig taub war und nichts von alldem mitbekam, sondern immer nur brüllte: »Nachsetzen! Nachsetzen!«

Der König schickte einen reitenden Boten zu seinem Bruder, um ihn zu gemahnen, dem Feind nicht zu folgen, bis das gesamte Heer übergesetzt habe. Aber zu dem Zeitpunkt war Robert d'Artois schon nicht mehr zu halten. Er hatte mit viel Geschrei dem jungen Komtur von Tortosa, Guy du Plessis, klargemacht, er dächte nicht daran, sich des Vorteils der Überrumpelung zu entgehen und wolle dem Feind keine Verschnaufpause gewähren.

Als die Templer einsahen, daß er alleine vorrücken würde, zogen sie mit. Sein bedingungsloser Angriffsgeist wurde belohnt.

IM ÄGYPTISCHEN FELDLAGER, das ungefähr zwei Meilen östlich von Mansurah, Richtung Ashmun-Tannah lag, war niemand von den Vorgängen benachrichtigt worden, schon weil die am Fluß stationierte Reiterei bis zuletzt glaubte, mit dem christlichen Angriff fertig zu werden. Jetzt flohen ihre Reste in Panik zurück, und ihnen auf den Fersen donnerten bereits Robert d'Artois und die Tempelritter mitten in die Morgentoilette.

Der Großwesir war gerade aus dem Bad gestiegen und ließ sich von seinem Leibbarbier den weißen Bart mit Henna nachfärben, als er vor seinem Zelt den Kampflärm und die Entsetzensschreie hörte. Er nahm sich nicht einmal die Zeit, seinen Brustpanzer anzulegen oder wenigstens den Helm aufzusetzen. Fakhr ed-Din sprang aus seinem Zelt, ließ sich auf sein Pferd heben und galoppierte geradewegs auf einen von Guy du Plessis angeführten Trupp Templer los.

Der Marschall Renaud hatte soviel Übersicht behalten, um aufzumerken, daß der ungewappnete Alte aus dem Rundzelt des Oberkommandierenden gestürzt war, er schrie seinen Rittern zu, den Großwesir zu schonen, aber der Marschall war zu weit entfernt oder Guy, der Komtur, und seine Leute wollten ihn nicht hören. Außerdem attackierte sie der Alte furios, so daß die Ritter Mühe hatten, seinem Schimtar auszuweichen, sie verwundeten ihn am Kopf und Arm, doch er riß sein Pferd herum und preschte, wild auf sie einschlagend, um ein anderes Mal mitten zwischen die Templer, diesmal erschlugen sie ihn.

Robert d'Artois war jetzt Herr des ägyptischen Lagers. Inzwischen war der Großmeister der Templer, von Herrn Ludwig eigens bevollmächtigt, eingetroffen und beschwor Robert d'Artois zu warten, bis sein Bruder mit dem Haupttheer die Furt durchquert habe. Selbst der alte Haudegen William von Salisbury, der mit seinen Engländern in Sorge, beim Kampf zu kurz zu kommen, den Bahr as-Saghir grad neben der Furt durchschwommen hatte und so dem bedächtig übersetzenden Haupttheer voraus war, warnte jetzt vor unüberlegtem Handeln.

Aber Robert sah die Mauern und vor allem die Tore von Mansurah zum Greifen nah und hielt den Templern Verzagtheit vor und spottete den Salisbury einen Zauderer.

Fast wäre es zu Tätlichkeiten zwischen den Siegern gekommen, als sich eines der Tore von Mansurah öffnete und eine schwarze Sänfte herangetragen wurde. Sie war völlig schmucklos, doch schien ihr Erscheinen den anwesenden Tempelrittern ungeheuren Respekt einzuflößen und ihnen in gewisser Weise aufs Gemüt zu schlagen.

Sie wurde von weißgekleideten Rittern eskortiert, die ganz offensichtlich keine Muslime waren, vielmehr gemahnten ihre schmucklosen Togen, die Clayms, die Templer an ihren eigenen Orden. Angeführt wurden sie von einem blutjungen Ritter von außerordentlicher, fast mädchenhafter Schönheit. Er hielt einen Abakus, zur Hälfte aus Elfenbein, zur Hälfte aus Ebenholz.

Er verneigte sich vor dem Großmeister und wies auf den inzwischen notdürftig aufgebahrten Fakhr ed-Din: »Wir sind gekommen, ihn zu holen«, sagte der Engel mit heller Stimme.

»Verfahrt, wie Euch geheißen«, sagte Guillaume de Sonnac, und die weißen Ritter hoben den Körper in die Sänfte. Der Engel winkte Guy du Plessis zu sich. Er sprach leise, so daß es höchstens der in der Nähe stehende Großmeister und der Marschall Renaud de Vichiers hören konnten.

»Ihr seid dem Schicksal in den Arm gefallen, Komtur«, sprach der weiße Ritter mit leidenschaftsloser Stimme, »leiht ihm jetzt Euren Kopf.«

Er wies ihm den Abakus, Guy du Plessis beugte sein Knie und berührte ihn mit den Lippen, da beugte sich der Engel nieder, hob ihn auf, flüsterte ihm den Befehl ins Ohr und küßte ihn auf den Mund. Dann wandte sich der Zug mit der Sänfte nicht wieder der Stadt zu, sondern ostwärts der Wüste entgegen.

Robert d'Artois hatte dem Erscheinen der Sänfte wenig Augenmerk geschenkt, sein Blick war gebannt auf das Stadttor von Mansurah gerichtet, das offengeblieben war und auch jetzt nicht wieder verschlossen wurde. Er drängte zum entschlossenen Angriff.

Inzwischen waren allerdings weitere Grafen Frankreichs im Lager eingetroffen, die von Coucy, von Brienne und Peter von der Bretagne. Sie alle drangen in ihn zu warten.

Robert wurde unschlüssig und wütend: »So füge ich mich dem Willen des Königs. Mit einem Haufen von Feiglingen kann keiner Kairo erobern!«

Während alle so taten, als hätten sie die Beleidigung überhört, trat der junge Guy du Plessis vor den nahezu gleichaltrigen Grafen von Artois. »Keinem Pair von Frankreich ist es gestattet, uns Ritter vom Tempel der Feigheit zu bezichtigen!«

Er fixierte den Bruder des Königs mit einem Blick höhnischer Verachtung. »Wenn Ihr den Mut habt, Mansurah im Sturm zu nehmen, werdet Ihr uns an Eurer Seite, nicht hinter Euch finden!«

Da gab es für den jungen Heißsporn kein Halten mehr. »Wem ritterlich Blut in den Adern rollt, der folge mir!« schrie Robert d'Artois. »Kairo ist unser!«

Er war wie von Sinnen, sie sahen es alle, aber keiner wollte zurückstehen. Im gestreckten Galopp donnerte die gesamte Kavalkade aus dem gerade eroberten Lager auf die Stadt zu. Die Flügel des Osttores standen immer noch weit offen: »Wie heißt die Pforte zum Paradies?« brüllte Robert lachend dem neben ihm dahinstiebenden Komtur zu und wies mit dem Schwert nach vorn.

»*Bab al muluk!* Das Tor der Könige!« schrie der zurück, und gleich darauf ergossen sich die christlichen Reiterscharen in die Stadt, deren Bewohner angstvoll in alle Richtungen entwichen.

Erschrockener noch als die Bevölkerung von Mansurah wäre die von Kairo gewesen, wenn Armbrustschützen die Botin nicht vom Himmel geholt hätten, daß die Federn stoben und ihr Blut in einem Schleier von feinen Tröpfchen versprühte.

Die Brieftaube, die jemand noch hastig in der bedrängten Stadt aufgelassen hatte, trug als knappe Nachricht für den Statthalter Jusam ibn abi 'Ali, den einzigen in Kairo zurückgebliebenen hohen Beamten, daß in den Straßen von Mansurah ein erbitterter Kampf tobe, das Schlimmste sei zu befürchten. »Allah beschütze uns vor den Schwertern der Ungläubigen!«

Robert D'Artois und den mit ihm die Stadt Stürmenden war es gelungen, sich ziemlich rasch, eigentlich nur behindert durch die mit zusammengeraffter Habe Fliehenden, bis in die Nähe des Sultanspalastes durchzuschlagen. Dabei verloren sich die Ritter in dem Wirrwar der Gassen. Bei dem Grafen von Artois waren nur noch die Herren von Coucy und Brienne.

Zu diesem Zeitpunkt hatten sich die führerlosen Kommandanten der Mameluken von dem Schock erholt, und ihr fähigster Emir, Rukn ed-Din Baibars, riß die Initiative an sich und warf zwei Eliteeinheiten ins Gefecht, die Bahriten, die so genannt wurden, weil ihr Quartier am Nil lag, und die Gamdariten, die »Kämmerer«, die eigentliche Palastgarde, die gerade aus Kairo eingetroffen war. Sie ließen ihre Pferde vor den Toren und rückten zu Fuß vor.

Es begann ein furchtbares Gemetzel, denn es stellte sich heraus, daß die Pferde den christlichen Rittern in den engen Gassen zum Verhängnis wurden. Sie konnten nicht wenden. Bis sie in ihren schweren Rüstungen ohne Pferdeknechte abgestiegen waren, lag schon ein großer Teil von ihnen am Boden, getroffen von den feindlichen Armbrustschützen, die inzwischen die Dächer besetzt hatten. Die gestürzten Ritter und ihre Tiere wälzten sich – ein hilfloses Knäuel – am Boden und wurden Opfer von Keulen und Äxten. Nur wenigen gelang es, Schild und Schwert unter den um sich ausschlagenden Pferden hervorzuzerren und, sich gegenseitig den Rücken deckend, ein Haus zu erobern, sich dort zu verbarrikadieren in der Hoffnung, daß Verstärkung und vor allem ausreichend Fußvolk nachkäme.

Guillaume de Sonnac, der Großmeister der Templer, hatte mit Entsetzen die Blüte seines Ordens dem tollkühnen Grafen von Artois nachstürmen sehen. Gerade als er sich – wider besseres Wissen, doch um seinen Rittern beizustehen – mit der ihm verbliebenen Eskorte durch den *Bab al muluk* in die Stadt begeben wollte, taumelte ihm blutüberströmt Peter von der Bretagne entgegen, fiel ihm mit einer üblen Kopfwunde fast vor die Hufe, und die Torflügel wurden hinter ihm geschlossen.

Wütend versuchte der Großmeister, es noch zu verhindern, aber ein Pfeil traf ihn ins Auge und warf ihn vom Pferd, während das Tor endgültig von innen verrammelt wurde. Wer in der Stadt war, saß in der Falle, so ungestüm und ohnmächtig die Franken auch gegen die Mauer anrannten.

William of Salisbury hatte in der Stadt als erster die tödliche Gefahr erkannt. Er sammelte seine Engländer, ließ aufsitzen, soweit noch Pferde erhalten waren, und ritt an ihrer Spitze eine wüste Attacke die Straße hinunter gegen die Torwachen. Doch bis dahin kamen sie nicht. Die Mauerbesatzung stürzte angesichts eines solch verzweifelten Durchburchversuchs die nächststehenden Katapulte in den Torweg hinunter, ohne Rücksicht auf die eigenen Leute. Ihre Balken versperrten jedem noch so wagemutigen Reiter, wenn er nicht schon im Sprung von seinem Pferd geholt wurde, den Zugang zur Verriegelung. Wie durch ein Wunder war der Salisbury unverletzt geblieben, weil sein Pferd scheute und ihn in Panik vornüber abwarf. Er flog in den Torraum mitten unter die Wachen. Wie ein Berserker hieb und stach er nieder, wer sich ihm in den Weg stellte. Sich rücklings gegen das Tor lehnend, versuchte er allein, mit seinen Bärenkräften, den eichenen Riegel hochzustemmen, wozu sonst vier starke Männer vonnöten waren. Fast wäre es ihm gelungen, doch ein Geschoßhagel nagelte ihn buchstäblich an das Holz, die ersten Pfeile riß er sich noch aus dem Fleisch, brüllend vor Zorn und Schmerz, aber dann traf ihn einer in den Hals, und seine mächtige Stimme erstarb.

Als die Handvoll seiner Leute, die das Massaker bis jetzt überlebt hatten, das sahen, stürmten sie die Treppe der Mauer hinauf und warfen sich auf die Schützen. Doch so viele sie auch erschlugen, immer mehr Mameluken drangen auf sie ein. Die Engländer wichen nicht. Sie schlugen um sich, bis auch der letzte von ihnen von der Mauerkrone in die Tiefe gestürzt war, den Kreuzfahrern draußen vor die Füße. Kurz darauf folgte der abgeschlagene Kopf des William of Salisbury.

Robert d'Artois hatte sich mit Raoul de Coucy und Jean de Brienne in das Haus eines Tuchhändlers in der Kasbah geflüchtet. Es schien, daß niemand in dem Getümmel in der dunklen, teilweise überdachten Ladenstraße davon Notiz genommen hatte, denn die Verfolger rannten draußen im Blutrausch vorbei.

Die drei Ritter atmeten auf. Jean de Brienne steckte ein abgebrochenes Pfeilende in der Schulter, Raoul de Coucy humpelte, weil ihn sein Pferd im Todeskampf getreten hatte. Nur Robert d'Artois war unverletzt. Er war als einziger von seinem schwerhörigen Pferdeknecht begleitet. Die Männer zogen sich durch das Stofflager im Innenhof in den hinteren Teil, den Wohntrakt, zurück.

Das Atrium war durch einen zum Zelt gespannten Teppich gegen die Sonne abgedeckt, so daß die immer noch auf den Flachdächern hin und her eilenden Bogenschützen keinen Einblick hatten. Der große Teppich wurde von einem Masten in der Mitte hochgehalten. Sie wiesen dem Knecht an, sich hinter der Tür zu postieren, damit er die Gasse im Auge behielt, falls der Entsatz endlich eintreffen würde. Herr Robert wollte dem Kampf dann nicht länger fernbleiben, denn zu diesem Unterschlupf hatten ihn seine Freunde nur mühsam überredet.

Robert d'Artois hatte auch keineswegs seine hochgemute Laune eingebüßt. »Es zeugt von wenig feiner Sitte des Sultans«, spottete er leise, als sie in der Küche sich die Gesichter mit dem Wasser erfrischten, das die geflüchteten Bewohner grad geschöpft hatten stehenlassen, »daß er den Anwärter auf seinen Thron in der Gesindekammer warten läßt!«

»Eure Schuld, edler Coucy«, versuchte Jean de Brienne schmerzverzerrt zu scherzen, »wäret Ihr besser zu Fuß gewesen, hätten wir den Palast des Herrn noch erreicht und säßen jetzt bequem im Audienzsaal.«

Der Angesprochene hatte sich auf der Steinbank ausgestreckt und stöhnte.

»Bequem, meine Herren«, antwortete statt seiner Herr Robert, »sei noch dahingestellt. Diese Mameluken hätten sicher nichts unversucht gelassen, recht lästig zu stören, wenn wir in den heiligen Hallen diese Verschnaufpause eingelegt hätten. Nehmen wir also mit dieser Hütte vorlieb, meine Herren, und stärken unsere Glieder für –«

Er hielt inne, von der Straße her erscholl wieder Waffenlärm. Sie sahen durch die offene Tür, daß selbst der nahezu taube Pferdeknecht es gehört haben mußte, denn er winkte ihnen zu, verborgen zu bleiben. Ein Tempelritter hatte sich kämpfend in den Eingang zum Laden zurückgezogen. Robert erkannte ihn sofort, es war der junge Komtur von Tortosa, Guy du Plessis, der ihn so stolz herausgefordert hatte. Feige war er nicht, er schlug sich geschickt mit mindestens vier, fünf Angreifern, dabei Hieb für Hieb sich zwischen den Stoffballen Vorteil verschaffend.

Robert d'Artois wollte ihm schon zur Hilfe eilen, doch Jean de Brienne hielt ihn zurück. In diesem Moment zersprang die Klinge in der Hand des Templers, er stieß den Stumpf dem vordersten

Gegner zwischen die Zähne und sprang zurück, dabei die nächste Rolle kostbaren Damastes zwischen sich und seine Feinde zerrend.

Der treue Pferdeknecht warf ihm sein eigenes Eisen zu, Guy du Plessis fing es im Fluge und ließ den Mann, der sich im Tuch verfangen hatte, in die Schneide stolpern.

Doch genau sein Beispiel ließen sich die anderen Angreifer eine Lehre sein, sie rissen die Ballen aus den Regalen und schleuderten die Stoffbahnen über den Templer, der blind um sich schlug. Brokat und golddurchwirktes Tuch bedeckten ihn, als ihre Schwerter ihn zerstachen.

Als der Knecht sah, daß die Mameluken Anstalten machten, über das blutige Bündel in den Hof vorzudringen, unternahm er einen letzten Versuch, seinen Herren schützend zu verbergen. Mit gewaltigem Satz rannte er gegen den Masten und brachte das schwere Teppichzelt zum Einsturz, sich selbst unter dieser Last begrabend. Aber es war ihm gelungen, die Tür zur Küche damit den Blicken zu entziehen. Der Teppich hing die Hauswand herunter.

Inzwischen hatte das Kampfgetümmel weitere Mameluken auf den Plan gerufen. Sie stiegen über den Teppich hinweg und begannen, ihn wahllos aufzuschlitzen. Es war nur noch eine Frage von Augenblicken, dann würden sie die in der Küche Versteckten entdecken.

»Wohlan, meine Herren«, sagte Robert d'Artois leise im Dunkeln, der Lärm auf der Straße erlaubte es, »sollten diese unwissenden Heiden das Blut ihres zukünftigen Königs vergießen« – er küßte seinen Freund, den Herrn Jean –, »so grüßt meine kleine Braut!« Er klopfte ihm auf die Schulter mit dem Pfeil, daß der zusammenzuckte. »Kurz ist der Schmerz!« scherzte Herr Robert und wandte sich an den Herrn Raoul, der sich erhob und sein Schwert zur Hand nahm.

»Ich wußte gar nicht«, stöhnte er dabei, »daß Ihr Euch verlobt habt. Wie heißt denn die glückliche junge Witwe?«

Robert flüsterte es ihm ins Ohr, als er ihn umarmte. »Ihren wirklichen Namen weiß ich nicht – vielleicht Jezabel?«

Der Teppich wurde herabgerissen, und Licht drang in den Raum, fiel auf die drei Ritter. Draußen erhob sich ein Wutgeheul. Raoul und Jean postierten sich seitlich hinter der Tür, Robert hielt sich im Hintergrund bereit, falls es einem der nun vehement Anstürmenden gelingen sollte, durchzubrechen. Sie hieben wie die Sensen eines Streitwagens und traten die Erschlagenen zurück durch die Öffnung. Ein gutes Dutzend war schon lebend hereingestürzt und tot wieder hinausbefördert, als ein Pfeil den Brienne in die andere Schulter traf, er verlor das Gleichgewicht und fiel vornüber. Noch im Fallen verlor er seinen Kopf, der Rumpf blieb in der Tür liegen.

Coucy hatte das nicht sehen können und wollte ihn an den Füßen zurückziehen, doch der Herr Robert war an die Stelle des Gefallenen gesprungen, ohne sich um ihn zu bemühen, denn er hatte das Blitzen des Schimtars wohl wahrgenommen.

»Er ist tot!« rief er seinem Genossen zu, doch der hielt es für seine Freundespflicht, ihn zu bergen. Gebückt hinter seinem Schild griff er zu, da riß ihm die mit Eisendornen bewehrte Kugel an einer Kette den Schutz weg und ihn gleich mit, weil er seinen Arm nicht freibekam.

Der niedersausende Schimtar hinter der Mauer trennte Arm und Mann. Raoul de Coucy versuchte sich aufzurichten, sein Schwert zu heben, da verließen ihn die Sinne, und er fiel in sein Blut.

»Yeza!« Robert d'Artois sprang mit wildem Schrei aus der Tür mitten unter die Belagerer, die gedacht hatten, mit den beiden Rittern alle Verteidiger erlegt zu haben. So wild griff er die Umstehenden an, daß sie erst erschrocken zurückwichen. Dann drangen sie von allen Seiten mit Spießen auf ihn ein und stießen ihn zu Tode wie einen Keiler. Sie steckten die drei blutigen Köpfe auf lange Lanzen und rannten mit Triumphgeschrei mit ihnen durch die Straßen.

Vor Mansurah, den 8. Februar A.D. 1250

Ich befand mich noch in dem von den Ägyptern geräumten Lager, das wir jetzt bezogen hatten, als mein Sekretarius mit König Ludwig und dem Hauptheer eintraf. Es war ein prächtiger Anblick, wir hörten die Kesselpauken und Hörner und atmeten erleichtert auf.

Meinen William von Roebruk bekam ich allerdings nicht so schnell zu Gesicht. Von den Geschehnissen, die sich innerhalb der Stadtmauern von Mansurah abspielten, drangen nur völlig wirre Gerüchte zu uns.

Der Großmeister Guillaume de Sonnac war von den Chirurgen der Templer sofort operiert worden. Sein Gefolge ließ niemand an sein Rundzelt heran. Es hieß, sein Auge sei nicht zu retten gewesen, und er habe gestöhnt, er gäbe es gern her, wenn er dafür seine Ritter mit dem anderen lebend wiedersehen könne, die an ihm vorbei in dies verfluchte Mansurah gestürmt seien. Als Herr Ludwig von dem ungewissen Verbleib – und möglichen Verlust seiner Vorhut – erfuhr, hieß er seine vordersten Reihen Schlachtordnung einnehmen, um einen etwaigen Gegenangriff aufzufangen. Seinen Pionieren befahl er, unverzüglich eine Brücke über den Fluß zu schlagen, denn das gesamte Fußvolk und insbesondere die Armbrustiers befanden sich immer noch auf der anderen Seite des Bahr as-Saghir, und er bedurfte ihrer Unterstützung dringend.

Wie richtig von ihm vorausgesehen, stürzten bald darauf die Mameluken aus den Stadttoren heraus und brandeten ungezügelt gegen das christliche Reiterheer an. Der König hielt seine Leute eisern zurück, bis der Feind seinen Pfeilhagel verschossen hatte, erst dann ließ er sie lospreschen. Die Ritter trieben die Mameluken bis unter die Mauern zurück. Weiter konnten sie sich nicht vorwagen, weil sie sonst in die Reichweite der Katapulte und der radgespannten Armbrüste geraten wären. So konnte sich der Feind neu formieren.

Der König hatte mittlerweile ins Feldlager geschickt, wir sollten ihm zur Hilfe kommen, soweit wir nicht als Wachen unabkömmlich seien. Wir brauchten selbst Hilfe, denn außer den marodierenden Beduinen, die uns die reiche Beute in den Zelten der geflüchteten Emire stehlen wollten, drangen pausenlos bewaffnete Kommandos ein, die versuchten, die stehengelassenen Katapulte, die besser waren als unsere eigenen, zurückzuerobern.

Es waren besonders mutige Kämpfer, und ich und meine Leute hatten jeder bereits so viele Wunden davongetragen, daß wir – nachdem sie endlich in die Flucht geschlagen waren – keine Rüstung mehr über unsere notdürftig verbundenen Leiber bekamen.

Ich hatte mich mit William von Roebruk zum Standquartier der Johanniter begeben, als gerade der Pferdeknecht des Grafen von Artois auf einer Bahre ins Lager getragen wurde. Kurz darauf erhielten wir Nachricht, dem Knecht wäre ein Dach auf den Kopf gefallen, so sei er der einzig Überlebende des Massakers und habe sich erst jetzt, beim Ausfall der Mameluken, aus einem der Stadttore schleppen können.

Sein Herr Robert und alle seine Kampfgefährten seien erschlagen, auch von den Templern habe seines Wissens keiner überlebt. Er habe die Köpfe auf Stangen ausgestellt gesehen, als er durch die Stadt geflohen sei, und kein Kampfgetümmel habe noch irgendwo stattgefunden, die Muslime seien im Siegestaumel. Mit dieser bedrückenden Gewißheit ritten wir zu König Ludwig.

Die Mameluken hatten inzwischen ihre Taktik geändert, sie verriet jetzt wieder die starke Hand eines Befehlshabers. Sie griffen von mehreren Seiten an und versuchten vor allem, hinter den Rükken unseres Heeres zu gelangen, um den Bau der Schiffsbrücke zu verhindern. Um ein Haar hätten sie den König in den Fluß abgedrängt. Einigen war es sogar gelungen, sein Pferd am Zügel zu ergreifen, um ihn so lebend in Gefangenschaft zu führen. Aber Herr Ludwig schlug so wild auf sie ein, daß sie davon abließen.

In dem Augenblick trafen wir ein und griffen sofort von der Flanke an. Die Mameluken fluteten zurück und beschränkten sich darauf, aus sicherer Entfernung uns mit Geschossen aller Art zu traktieren.

Gegen Sonnenuntergang war die Schiffsbrücke fertiggestellt, und die Armbrustschützen überquerten den Fluß, auf dessen nördlichem Ufer jetzt nur noch eine Wache beim Brückenkopf verblieb, als Verbindung zwischen uns und dem zurückliegenden Lager des Herzogs von Burgund.

Die Mameluken, nunmehr wirkungsvoll unter dem Beschuß unserer Armbrustiers, zogen sich hinter die Mauern der Stadt zurück. Der Sieg war unser, doch zu welchem Preis?

Der König befahl uns allen, sich für die Nacht wieder in die Zelte zu begeben und unsere Wunden zu pflegen. Erst jetzt trat Jean de Ronay an ihn heran und teilte ihm tröstlich umschrieben mit, »er hat seinen Einzug ins Paradies gehalten«, daß sein Bruder Robert unter den Toten von Mansurah sei.

Herr Ludwig brach in Tränen aus.

>>*Car cel q'era de valor caps,*
lo rics valens Robertz,
comes dels Frances,
es mortz – Ai Diaus!
Cals perd'e cals dans es!
Mortz!
Cant estrains motz,
cant dol ad auzir!
Ben a dur cor totz
hom q'o pot sofrir.<<

IN KAIRO waren gegen Abend die ersten Flüchtlinge aus Mansurah eingetroffen, darunter viele Würdenträger und hohe Beamte des Hofes. Ihre Schilderung, mit welchem Ungestüm die Christen das ägyptische Lager überrannt hätten und in Massen in die Stadt eingedrungen seien, ließ nichts Gutes hoffen.

Wehklagen setzte ein, immer mehr Verzweifelte strömten in die Hauptstadt, die nichts als ihr nacktes Leben gerettet hatten. Auf Anordnung des Statthalters Husan ibn abi 'Ali blieb der *Bab an-Nasr* die ganze Nacht geöffnet. Keiner fand Schlaf vor Angst und Sorgen, die Moscheen waren überfüllt.

Mit der aufgehenden Sonne traf die Siegesnachricht ein. Freude und Ausgelassenheit herrschte auf Straßen und Plätzen. Der Name des siegreichen Helden von Mansurah, Rukn ed-Din Baibars, genannt »Der Bogenschütze«, war in aller Munde. Dies war die erste Schlacht, die die Mameluken, an ihrer Spitze die zuvor mehr berüchtigten als bewunderten Bahriten und die stolzen Gamdariten, siegreich gegen die ungläubigen Hunde bestanden hatten. Allah gönnte ihnen diesen Ruhm.

Am Kai von El-Suwais stand der Rote Falke und wartete, daß die reichgeschmückte Ruderbarke endlich festmachte. Die Mannschaft ließ sich Zeit, denn offensichtlich hatte ein Vorauskommando den Gouverneur der Hafenstadt schon ins Bild gesetzt, wer da nahte und wie er zu empfangen sei.

Ein Militärorchester von Hornbläsern, Trommlern und Paukenschlägern übertönte die Flöten, Zimbeln und Tamburine, zu denen Tänzerinnen leichtfüßig über die Teppiche wogten, die über die Mole in ihrer gesamten Länge gebreitet waren. Wo immer auch der Fuß des neuen Herrschers sein Land betreten würde, war ihm die festliche Begrüßung gewiß. Das Empfangskommitee der örtlichen Würdenträger wogte mit, je nachdem, wo es den Anschein hatte, daß die Barke nun gnädigst anzulegen geruhe. Turanshah zeigte sich noch nicht seinem Volk, dafür hüpften die Kinder wenig protokollgemäß zwischen den salutierenden Wachen herum, sie hatten den Roten Falken entdeckt und winkten ihm zu, während die Ruderer mit atemberaubender Langsamkeit ihre Hölzer ins Wasser tauchten und sie dann ebenso gemächlich einzogen, als die Taue geworfen wurden.

In dem wohlberechneten Moment, als das Boot die durch Stoffkissen abgepolsterte Mole sanft berührte, öffnete sich das Prunkzelt, und heraus trat, nach rechts und links spalierbildend, der Hofstaat und gab schließlich den Blick frei auf den erhabenen Turanshah. Madulain, sie hatte eine schlichte *fustan* durchgesetzt, was ihr Würde und Schönheit einer Pharaonin verlieh, wie der Rote Falke mit einem Stich im Herzen feststellte, ging nur einen Schritt hinter ihm, aber seitlich so versetzt, daß niemand sie und ihre herausgehobene Stellung übersehen konnte.

Turanshah hatte sofort den Emir unter den Wartenden entdeckt und den feurigen Blick ebenfalls, der an ihm vorbei der Frau galt, und sein Antlitz verdunkelte sich. Er tat aber so, als habe er den Gesandten nicht bemerkt. Über die mit kostbarem Samt belegte Planke trat er an Land, und die Würdenträger warfen sich vor ihm zu Boden.

Doch dann trat ein Bote des Hofes von Kairo auf ihn zu, der Rote Falke erkannte ihn sofort, es war ein Höfling der Sultana Schadschar, und ihm wurde unwohl bei dem Gedanken, vielleicht von irgendeinem Ereignis überholt worden, vor allem nicht mehr als einziger zur Stelle zu sein, den Herrscher zu empfangen. Woher sollte er jetzt noch die Autorität nehmen, Turanshah dringend – wenn auch in die Form einer Bitte gekleidet – aufzufordern, in die Hauptstadt zu eilen – geschweige denn an die Front?

Gerade wollte er sich abwenden, da winkte ihn Turanshah zu sich und erstaunlicherweise mit einer überaus freundlichen Geste, die der Rote Falke nicht erwartet hatte. Turanshah ließ auch nicht zu, daß er niederkniete, sondern fing ihn mit beiden Armen ab wie einen brüderlichen Freund.

»Es ist mir leid«, sagte er, »um Euren Herrn Vater. Fakhr ed-Din hat sich das Paradies tausendmal verdient, aber Ägypten vermißt ihn in dieser Stunde vieltausendfach.« Wie um sicherzugehen, daß er richtig verstanden wurde, fügte er hinzu: »Allah gefiel es, dem großen Wesir das Leben zu nehmen bei El-Mansurah und uns den Sieg zu schenken.«

Er umarmte den erstarrten Sohn und wollte sich seinem Gefolge zuwenden. Der Emir hatte sich gefaßt und war entschlossen, sich seiner Aufgabe jetzt so rasch wie möglich zu entledigen, denn es drängte ihn, sofort an den Ort zu eilen, wo sein Vater aufgebahrt auf sein Kommen wartete.

»Erhabener Turanshah«, sagte er, »Allah mag es auch gefallen, wenn Ihr, auf dessen Schultern die Verantwortung für das Volk der Ägypter lastet, Euch nun schnellstens nach El Mansurah begebt und das Oberkommando übernehmt. Laßt meinen Herrn Vater nicht umsonst sein Leben gegeben haben.«

Alle waren erstaunt ob der kühnen Worte, und die den Turanshah kannten, sein ihn umdienerndes Gefolge, erwarteten einen ungezügelten Ausbruch, der die Frechheit desjenigen strafte, der es wagte, den Herrscher an seine Pflichten zu gemahnen, doch nichts dergleichen geschah.

Turanshah wechselte einen um Verständnis heischenden Blick mit Madulain, die den Roten Falken herausfordernd anfunkelte und ihrem Gebieter eine frostige Miene herauskehrte. Bekümmert wandte er sich ab und sagte: »Fassr ed-Din Octay, ich weiß, was ich zu tun habe«, dann senkte er seine Stimme, »wenn dieses Zeremoniell überstanden, erwarte ich Euch in meinem Zelt. Ich habe mit Euch zu sprechen«, und laut fügte er für alle Umstehenden hinzu: »Wir werden nach Kairo weiterreisen.«

Der letzte Satz galt vor allem Madulain, die ihn mit Genugtuung quittierte. Turanshah dachte mit Übelkeit an die Konfrontation mit seiner Stiefmutter Schadschar, die ihm in Kairo bevorstand und die sicher eine so starke Persönlichkeit wie diese »Tochter des Kaisers« nie und nimmer goutieren würde. Er wäre tatsächlich lieber auf kürzestem Wege ins Feld gezogen. Aber was erwartete ihn dort?

Er war froh, als die letzten Honoratioren ihre Glückwünsche – *Allah jaatikum al 'umr at tawil ua saada ual maschd* – abgelassen hatten, sie dachten dabei einzig an den Zuwachs ihrer Pfründe – *Allah jichalilkum aschschaja'a ual karam* – und die Vermehrung ihrer Titel.

Er war froh, den Roten Falken jetzt auf seinen Pavillon zukommen zu sehen, den man ihm auf der Mole hatte errichten lassen. Madulain hatte als erstes die Tänzerinnen daraus verscheucht und sich dann zurückgezogen, aber er war sicher, sie würde sich das kommende Gespräch nicht entgehen lassen. Er hätte es lieber unter vier Ohren geführt.

Der Emir trat ein, Turanshah ließ die Zeltplanen schließen und bat ihn, Platz zu nehmen.

»Ihr seid aus altem Geschlecht, Octay«, begann er umständlich, »und dem Hause Ayub stets treu verbunden. Das erlaubt mir mit Euch die Sorgen zu teilen, die mich bedrängen.« Er nötigte den Zögernden, Platz zu nehmen, blieb aber selbst stehen. »Soll ich erst in Kairo den Thron besteigen und so den äußerlichen Glanz der Macht eines Sultans von Ägypten auf mich fallen lassen und mir den Unmut der Mameluken zuziehen, die im Feld den Feind bekriegen?« Er tigerte unruhigen Schrittes vor dem Roten Falken auf und ab. »Oder soll ich mich erst mit Schlachtruhm zu bedecken suchen und mich ohne den schützenden Titel in die Schlangengrube der *bahariz* begeben und hoffen, daß sie mich, ›als strahlender Sieger‹ – so Allah will – danach die Früchte des Erfolgs in Ruhe genießen lassen?«

Turanshah machte eine Pause, das Eingeständnis seiner Unsicherheit fiel ihm nicht leicht: »Ich spreche, wie Ihr seht, zu Euch, wie mein Vater zu Eurem Vater gesprochen hätte, auch wenn ich nicht annehme, daß Ihr dessen vakantes Amt anstrebt.«

Er setzte sich dem Roten Falken gegenüber und vergrub sein Gesicht in den aufgestützten Händen.

»Mein Herr Vater ist noch nicht unter der Erde«, wies ihn der Rote Falke zurecht, »es steht mir nicht der Sinn danach, mir darüber Gedanken zu machen, es sei denn, er hätte es so verfügt. Doch ich will versuchen«, lenkte er ein, als er die Bekümmernis des Turanshah sah, »Euch wie ein Wesir zu antworten: Welchen Schritt Ihr auch als ersten tut, es kann der falsche sein. Ihr wart die meiste Zeit Eures Lebens nicht in Kairo, und Euer Vater wußte, warum er Euch in der fernen Gezirah – weitab von Schuß, Gift und Dolchstoß – in Sicherheit gebracht hat.«

Madulain war in den Raum getreten. Turanshah begrüßte sie sarkastisch: »Ihr müßt jetzt mit anhören, Prinzessin, welchen Gefahren wir entgegengehen, welchen Gefährnissen auch Ihr entgegengeht an meiner Seite und ganz besonders dort!«

»Ich fürchte nur«, sagte Madulain und sah dabei fest den Roten Falken an, »von Euch verlassen zu werden!«

»Das kann schneller geschehen, Prinzessin, als Ihr Euch das

vorstellen mögt!« entgegnete Turanshah leichthin. »In dem Fall« – wandte er sich voller Ernst an den Roten Falken – »bitte ich Euch, Emir, der Dame meines Herzens allen Schutz zu gewähren, dessen die kühne Prinzessin dann sicher bedarf.«

»Klärt uns bitte auf, Fassr ed-Din Octay«, bewahrte Madulain Haltung, wenngleich sie von dem plötzlichen Anfall von Schwermut ihres ansonsten so bedenkenlosen Gebieters betroffen war, »was droht dem Turanshah an ernstzunehmender Gefahr – nicht an Gespenstern!?« Sie setzte sich neben ihn und nahm seine Hand in die ihre.

»Es ist ein alter Brauch des Hauses Ayub, ich nenne es ›Fluch‹«, begann der Emir, ohne beide aus den Augen zu lassen, »sich Kinder von Sklavenhändlern zu kaufen, die in Kriegen, meist im Osten, von ihren Eltern getrennt wurden, geraubt oder ihrer verlustig gegangen sind, erschlagen. Die Kinder werden vom Sultan persönlich adoptiert, er läßt ihnen die beste Erziehung angedeihen, besonders im Umgang mit Waffen, von klein auf. Sie schlafen in seinem Zelt, was immer das impliziert.«

Er hielt inne, in kurzer Sorge, zu weit gegangen zu sein, aber Turanshah hatte mit keiner Wimper gezuckt. »Beginnt diesen *bahariz* der Bart zu wachsen, schlägt er sie zu seinen Rittern. Sie dürfen sein Wappen im Schild führen und bilden nun die verschworene Gemeinschaft der *halca,* der persönlichen Leibwache des Sultans. Haben sie sich dann im Kampf bewährt, steigen sie auf in den Rang von Emiren und werden zu Befehlshabern der Armee, werden je erfolgreicher, desto mächtiger. Man darf nicht vergessen, sie sind nicht gewöhnlicher Herkunft, ihre Eltern waren Fürsten und Kriegsherren, sie haben wildes, starkes Blut und mehren ihren Ruhm durch große Taten. Doch wenn sie derartig emporgestiegen sind, daß der Sultan ihren anerzogenen unstillbaren Ehrgeiz fürchten muß, dann läßt er sie aus nichtigen Gründen verhaften und enthaupten.«

»Das ist grausam!« rief Madulain aus.

»Das ist vor allem tödlich«, sagte der Rote Falke, »denn seitdem dieser Mechanismus im Laufe der Regierungszeit der letzten beiden Sultane für die *halcas* durchsichtig geworden ist, sind sie auf der Hut, das heißt bereit, eher selbst zu töten, als getötet zu werden. Fast alle derzeitigen Mameluken-Emire, ich muß mich dazurechnen«, verneigte er sich höflich gegen den Turanshah, »nur mit dem Unterschied, daß ich am Hofe Kaiser Friedrichs aufwachsen durfte – sind ehemalige *halcas*.«

»Ich werde diese Unsitte abschaffen«, erregte sich Turanshah.

»Zu spät«, sagte der Rote Falke, »warum sollten die Mameluken Euch Glauben schenken, warum Euch an die Macht kommen lassen, warum dieses Risiko mit einem weiteren Sultan aus dem Hause Ayub eingehen?«

»Ich werde ihnen zeigen, daß ich anders bin. Erstens werde ich an ihrer Seite kämpfen, gegen die fränkischen Eindringlinge. Zweitens werde ich nach dem Siege der Macht entsagen – ich werde die Kinder des Gral inthronisieren. Ihnen wird kein Mameluk unterstellen, sie suchten, durch präventives Köpfen sich die Herrschaft zu sichern –«

»Wo stecken sie eigentlich?« lockerte der Rote Falke die bedrückend gewordene Atmosphäre auf. »Ich halte es für bedenklich, sie mit in Euer Unternehmen einzubeziehen.«

»Sie sind, *insch'allah,* an Bord geblieben, im Schutz meiner *eigenen* halca. Aber ich werde sie mitnehmen, gerade damit sie ein jeder sieht und begreift, daß sich die Welt ändern muß. Sie sollen Frieden bringen!« Turanshah war aufgesprungen. Seine Worte galten jetzt wieder Madulain. »Ich werde Kairo, meiner Stiefmutter die Aufwartung machen und dafür Sorge tragen, daß die, die meinem Herzen am nächsten stehen, dort in Sicherheit untergebracht sind, während ich sofort weiterziehen werde nach Mansurah und dort den Befehl übernehme. Nach dem Sieg, den uns Allah nicht verweigern wird, sollen die Mameluken noch wagen, sich gegen mich aufzulehnen!«

»Ich habe Euch das Dilemma ausführlich geschildert, mein erhabener Gebieter, Ihr trefft die Entscheidung«, sagte der Rote Falke und warf Madulain einen besorgten Blick zu, doch die fing ihn nicht auf.

Ihr Auge hing voller Stolz an Turanshah, der jetzt die Zeltplanen öffnete und den Aufbruch befahl. »Ich habe meine Entscheidung gefällt!« wandte er sich zurück an den Emir, der sich jetzt ebenfalls erhob. »Und ich möchte Euch bitten, mich auf diesem Weg zu begleiten, auch wenn Ihr sicher vorhattet, ohne Verzug nach Mahsurah zum Begräbnis des Großwesirs zu eilen. Tote können warten, es geht jetzt um unser Leben. Das ist ein Befehl, Fassr ed-Din Octay!«

DIARIUM DES JEAN DE JOINVILLE
Vor Mansurah, den 10. Februar A.D. 1250

Schild und Waffenrock mit den Insignien der Krone Frankreichs wurden vor der ägyptischen Armee zur Besichtigung an einer Stange ausgestellt. Die blutige Trophäe stammte von Robert d'Artois, aber Baibars, der jetzt – so schien es – das Kommando an sich gerissen hatte, ließ verbreiten, es seien Wappen und Kleider des Königs selbst, der erschlagen sei.

»Vor einem Leib ohne Kopf«, wurde ausposaunt, »soll sich keiner fürchten. Die Christenhunde sind eine herrenlose, verlorene Meute, laßt sie uns verjagen, ins Meer zurücktreiben und ertränken! *Haia bina lil m'araka al achira!* Auf zum letzten Gefecht!«

Es bedurfte keiner Spione, um von dem neuerlichen Angriffsplan zu erfahren. Des Abends beorderte Herr Ludwig seine Truppenführer zu sich und befahl ihnen, bereits um Mitternacht – wenn auch vor dem Morgengrauen die feindliche Attacke kaum zu erwarten war – mit ihren Leuten kampfbereit hinter den Palisaden des diesseitigen Lagers Aufstellung zu nehmen. Er setzte auch das rückwärtige Lager, das der Herzog von Burgund befehligte, in Alarm und verstärkte die Wachen an den Brückenköpfen.

William hatte mich vor dem roten Zelt erwartet und begleitete mich zurück. Er schien bedrückt, und auch mir ging das grausame Ende des königlichen Prinzen noch immer im Kopf herum.

»Wer ist eigentlich der junge Templer, der so völlig abgehoben von jeglicher Ordenshierarchie, mit einer schwarzen Sänfte zwischen den Fronten auftaucht und den Tod –?«

»Wovon sprecht Ihr?« unterbrach mich mein Sekretarius schroff. »Ich habe keine Sänfte gesehen. Und wer sagt Euch eigentlich, daß es ein Templer war?« Es schien mir, er wolle nichts weiter davon hören, und so spann ich meine Gedanken fort. »Aber Ihr erinnert Euch des Sarges, der wie von böser Zauberhand –?«

»Dumme Scherze!« wies er mich zurück. »Von gelangweilten Soldaten, um ihren Führern Schrecken einzujagen!«

»Es galt aber dem Artois«, beharrte ich auf meinem Grübeln, »und das Avis hat sich ja auch bewahrheitet«, setzte ich nach.

»Gespenster!« rief William ärgerlich. »Ihr seht Gespenster!«

»Unser Kronpätendent ist tot«, sagte ich, »wir sollten uns mit dem Maître und den Johannitern zusammensetzen, um schnellstens zu überlegen –«

»Wer der nächste ist?!« William lachte mich aus. »Mein lieber Herr de Joinville«, sagte er spöttisch, »laßt erst mal den morgigen Tag über uns kommen, dann sehen wir am Abend, mit wem wir noch reden können – oder ob noch irgend jemand von uns redet!«

William hatte das Wort kaum ausgesprochen, da trat der Herr Leonardo di Peixa-Rollo, der Marschall der Johanniter, aus dem Schatten unseres Zeltes. Er schien uns ungeduldig erwartet zu haben.

»Der Meister bittet Euch, edler Herr«, sagte er mit ungewohnter Höflichkeit und leiser Stimme, »mir zu folgen.« Ich bedeutete William, im Zeltinneren meiner zu harren, da fügte der Marschall hastig hinzu: »Der werte Bruder William darf nicht fehlen!«, was mich sehr erstaunte.

Wir schritten also hinter ihm her, und er führte uns an den Rand des Lagers, wo die Johanniter ihren Pavillon aufgeschlagen hatten. Er war mit Wachen doppelt umringt und im Inneren nur von Kerzen erhellt. Ich erkannte außer Jean de Ronay alle älteren Ritter des Ordenskapitels wieder, die schon in Zypern an den Sitzungen teilgenommen hatten. Aber auch Maître de Sorbon war zur Stelle. Uns wurde ein ehrenvoller Platz gleich neben ihm angewie-

sen, und der Maître erhob sich und verneigte sich flüchtig zu mir
hin, doch betont vor William von Roebruk. Der amtierende Großmeister kam gleich zur Sache.

»Brüder!« sagte er feierlich. »Unsere Feinde machen ihr Volk
glauben, der König sei tot. Sie stellen den geschundenen Leichnam unseres unglücklichen Prinzen aus.« Er legte eine Pause
ein, um das protestierende Gemurmel verebben zu lassen, aber
auch, um die Aufmerksamkeit zu erhöhen. »Brüder«, fuhr er
dann fort, »wir werden den Fälschern nicht nur einen Strich
durch die Rechnung machen, sondern auch die in Angst und
Schrecken versetzen, die vermeinen, die Wahrheit zu wissen. Wir
werden diesen Mameluken zeigen, daß unser Held *lebt!* Robert
d'Artois lebt!« rief er mit gedämpfter Stimme aus, und das erstaunte Geraune schwoll an. Jean de Ronay gebot Ruhe. »Wir
werden ihnen die Beweisstücke entführen und den Prinzen von
Frankreich zu ihrem tödlichen Entsetzen wieder in unseren Reihen mit uns führen!«

Das Stimmengewirr war jetzt kaum noch zu bändigen, und
viele taten laut ihren Unmut kund. »Humbug! Schwarze Magie!«
Sie mochten nicht an eine solche Möglichkeit glauben.

»Erinnert Euch an den großen El Cid!« rief er sie auf, und der
Marschall schlug mit seinem Stab auf den Tisch, um Ruhe zu ge-
bieten. »Silentium!«

»Morgen früh«, erklärte Jean de Ronay, »wird der Feind uns
angreifen. Kein Muslim wird auf den Gedanken kommen, daß sich
zur gleichen Zeit ein als Beduinen verkleideter Trupp unserer Turkopolen unter dem verdienstvollen, umsichtigen und des Arabischen mächtigen Bruder William von Roebruk von hinten in die
Stadt begibt und Kopf, Leib, Schild und Waffenrock des Grafen
von Artois birgt. Daß unsere Wahl auf diesen braven Mann fiel, hat
seine Ursache nicht in seiner Tapferkeit und Klugheit allein, sondern vor allem in der Stärke des Glaubens, für die er berühmt und
seinem Orden ein Beispiel ist. *In pedes,* Brüder, *in pedes* und gebt
Bruder William den Beifall, der ihm gebührt!«

Während alle die Hände rührten, Maître de Sorbon ihn umarmte und brüderlich auf beide Wangen küßte, sah ich meinen Sekretarius von der Seite an: Er war blaß geworden und den Tränen näher als der guten Miene zum bösen Spiel.

Doch der Maître rief: »Schämt Euch Eurer Tränen nicht, braver Mann, Ehre, wem Ehre gebührt!«

Und auch der amtierende Großmeister schloß ihn jetzt in die Arme: »Keine falsche Bescheidenheit, Commandante! Wir sind es, die zu danken haben!«

Er gab seinem Drapier ein Zeichen, und der und seine Leute zogen meinen William fort, um ihn wohl auf der Stelle einzukleiden. Auch ich zwang mir ein Lächeln ab, damit er nicht denken sollte, ich machte mir Sorgen um ihn, als sie ihn freundlich aus dem Pavillon schoben, wie einen Ochsen, den man zur Schlachtbank führt. Jedenfalls deuchte mich sein letzter Blick so, den er mir zuwarf. Er dauerte mich, aber ich war auch mächtig stolz auf meinen Sekretarius, zumal jetzt alle zu mir drängten, um mich zu diesem Wagemut zu beglückwünschen. Man muß Opfer bringen können!

Vor Mansurah, den 11. Februar A.D. 1250

Mit dem Aufgehen der Sonne sahen wir uns gut viertausend aufgesessenen Reitern gegenüber. Baibars hatte sie in langgezogener Kette antreten lassen. Sie reichte beidseitig unseres Lagers vom Nilufer bis Ashmun-Thanna. Zusätzlich stellte er den Palisaden unseres Lagers gegenüber noch einmal soviel Fußvolk auf, und im Hintergrund ließ er uns seine Eingreifreserven sehen, ihre Waffen funkelten im Frühnebel, ihre Masse ließ sich höchstens erraten. Dann ritten die ägyptischen Heerführer allein vor die Front. Als seien wir gar nicht vorhanden, ließen sie ihre Zelter tänzeln und steigen. Sie verglichen unser Aufgebot mit dem ihren, und wo keine vierfache Überlegenheit gegeben war, verstärkten sie ihre Linien.

Dann ließ der Mameluk dreitausend Beduinen ausschwärmen. Sie wandten sich jedoch nicht gegen unser Lager, sondern bedrängten das des Herzogs von Burgund, wohl mit der Berechnung, Herr Ludwig würde ihm Hilfe schicken und sich diesseits des Bahr as-Saghir schwächen. Wir rührten uns nicht von der Stelle. Es zog sich in den Mittag hinein, wir standen schon seit Mitternacht auf den Beinen, bis endlich die Kesselpauken ertönten.

Wir erwiderten ihr dumpfes Trommeln durch verächtliches Schweigen. Schlagartig und mit wildem Geschrei stürmten die Mameluken los. Es war ein ohrenbetäubender Lärm, der deswegen in unseren Ohren so gräßlich erscholl, weil der König nicht einmal die Fanfaren antworten ließ. Das erste Aneinanderkrachen der Schilde und der helle Klang sich kreuzender Klingen war dann die befreiende Musik!

Unseren Flügel zwischen Lager und Nil befehligte der Graf von Anjou, der seine Ritter hatte absteigen lassen und die Pferde in der Hinterhand hielt. Ihn überschütteten sie derart mit Griechischem Feuer, daß seine Truppen ins Wanken gerieten und Gefahr liefen, überrannt zu werden.

Herr Ludwig selbst warf sich mit seiner Reitergarde dazwischen. Die Kruppe seines Pferdes fing Feuer, aber sein Eingreifen trieb die Feinde zurück.

Schlimmer geriet es im nächsten Abschnitt, den die Barone von Outremer hielten, zusammen mit den Templern – oder was von ihnen noch übrig war. In dem eitlen Abenteuer von Mansurah hatten sie zweihundertachtzig ihrer Ritter eingebüßt. Ihre Aufgabe war, die Steinschleudern und Wurfmaschinen zu verteidigen, die sie bei der Überrumpelung des Großwesirs erbeutet hatten.

Der hier angreifende Feind hatte offensichtlich Order, sie eher zu zerstören, als in unserer Hand zu belassen. Die Ägypter schleuderten auch hier Griechisches Feuer und behinderten die Löscharbeiten durch einen Pfeilhagel.

Guillaume de Sonnac, dem Großmeister, der schon vor den Toren von Mansurah ein Auge eingebüßt hatte, drang ein Pfeil ins andere. Diesmal kostete es ihn das Leben. Rund um die brennende, von dichtem Rauch verhüllte Stellung der Templer wogte es wie ein Kornfeld: So dicht steckten die steil abgeschossenen Pfeile in der Erde.

William hatte sich nur vier der Turkopolen ausgesucht, die zu den einheimischen Hilfstruppen der Johanniter gehörten und dem Orden als Fußvolk dienten. Sie waren durchweg koptische Christen, und sie kannten sich aus in den Sitten und Gebräuchen einer arabischen Stadt, auch wenn sie aus der Terra Sancta stammten.

Das flämische Schlitzohr hatte den Einfall, sich als verletzter Sarazene von ihnen auf einer Bahre nach Mansurah hineintragen zu lassen, so daß Bandagen seinen rötlichen Haaransatz verdeckten. Auch ein Arm und Bein waren gräßlich zugerichtet, jedenfalls hatte der unbekannte Tote diesen Anblick geboten, als sie ihm die blutigen Kleider ausgezogen hatten. Ein Johanniterpfeil steckte in seiner Brust, William hielt ihn mit blutverschmierter Hand fest, und die Turkopolen waren als Beduinen verkleidet. Ein, seinem Rang entsprechender, zerbrochener Schimtar lag zwischen seinen Beinen, als die Träger mit dem Verletzten dem Bahr as-Saghir entstiegen, grad als die ersten Beduinen – vom Burgunderherzog zurückgeschlagen – über den Fluß zurückfluteten. Williams Träger rannten »*Ibe'adu ja klab, uailla jasilu dammu sajiddina!*« schreiend über das Schlachtfeld auf die Mauern der Stadt zu. »Platz da, ihr Hunde! Oder soll unser Herr verbluten?« Wobei sich immer zwei von ihnen mit dem Tragen des schwergewichtigen Minoriten ablösten, und die beiden anderen mit Stockhieben eine Gasse schlugen, um Neugierige fernzuhalten. Auch die Torwachen brüllten sie gleich an: »*Aina attabib, sane'a al ajaib?* Wo ist der Arzt, der große Wundertäter? Das Leben des Herrn hängt an einem seidenen Faden, dünn wie ein Haar, nur er kann es retten! *Aina hua?* Wo ist er?« Die Wächter wiesen ihnen den Weg, und sie verschwanden im Laufschritt in der nächsten Gasse.

Wie mag es wohl jetzt meinem William ergehen? dachte ich mir etliche Male – nicht zu oft –, während ich meine nässenden Wundverbände wechselte. Ich hätte mich an seiner Stelle aus dem

Staube gemacht, anstatt meinen kostbaren Leib für ein abgeschlagenes Haupt und dessen ruhmreiches Wams aufs Spiel zu setzen! Aber William hatte ja immer seinen eigenen Kopf.

Ich, der Seneschall der Champagne, gehörte mit meinen Leuten zu denen, die die Palisaden des Lagers zu verteidigen hatten. Da wir davor einen Pikettenwall von aufgepflanzten Spießen und angespitzten Stangen errichtet hatten, ließ uns der Feind während der gesamten Schlacht ziemlich in Ruhe.

Es gab immer wieder Reiterhaufen, die gegen uns losstürmten, aber jedesmal – wenn sie des Hindernisses ansichtig wurden – schwenkten sie wieder ab. Das war unser Glück, denn kaum einer von uns war in der Lage gewesen, seine Rüstung anzulegen wegen der vielen Wunden, die wir vor drei Tagen davongetragen hatten. So beschränkten wir uns darauf, unseren bedrängten Freunden Unterstützung zu geben, die außerhalb des Lagers kämpften.

Als eine überlegene Meute von Reitern den Grafen von Flandern in die Flucht schlug und zu seiner Verfolgung ansetzte, ließ ich unsere Bogenschützen sie von der Flanke unter Beschuß nehmen, daß eine große Anzahl von ihnen stürzte.

Das veranlaßte meine Reiter, ungepanzert, wie sie waren – und gegen die Order –, über die Palisaden zu springen und derartig auf die Verwirrten einzuschlagen, daß es den Rückzug des Grafen von Flandern zu einem erfolgreichen Manöver ummünzte. Wir erbeuteten eine Unzahl kostbarer Schilde und das Banner des Emirs. Ich schickte es dem Grafen mit meinen Glückwünschen.

D IE BAHRE MIT WILLIAM VON ROEBRUK schwankte durch das Gewimmel der aufgebrachten Stadt Mansurah, vor deren Toren die Schlacht tobte. Die vier als Beduinen vermummten Turkopolen rannten mit dem »Schwerverletzten« durch die engen Straßen, bis sie den Hauptplatz erreichten, in dessen Mitte die Köpfe auf hohen Stangen staken, weit über ihren Körpern, die wie gepfählt aussahen oder mehr wie Vogelscheuchen, nur daß sie Rüstung und Schilde der Erschlagenen trugen.

William hatte das Wappen des jungen Grafen von Artois eher erkannt als seinen Schädel, der – im Unterschied zu den anderen – nicht aus leeren Augenhöhlen von der Stange grinste. Man hatte ihm eine Binde um die Stirn geschlungen, auf der *malek al infraj,* König von Franken, stand. Sie war ihm über die Augen gerutscht, und das hatte die Krähen davon abgehalten, sie ihm auszuhacken.

»*Insarif min hunna!* Weg von hier!« keuchte William. »Bevor uns die Wächter gesehen haben!«

In der Tat wurden die Stangen bewacht, doch nur von alten Männern, die zum Kampf draußen nicht mehr taugten. Die Bahre bog wieder in die Kasbah, und ihre Träger fanden, was sie suchten, einen verlassenen Innenhof, dessen Bewohner wohl geflüchtet waren. Sie kippten William ziemlich unsanft von der Bahre, und es blieb ihm nur, sich nicht mehr zu rühren. Jetzt war er erst mal tot.

Die Träger liefen mit dem leeren Traggestell zurück zum Marktplatz, genau auf die angegebene Stange zu. Die alten Wächter traten ihnen in den Weg.

»Wir sollen«, rief der Keckste der Turkopolen, »auf Befehl des edlen Emirs Baibars, den Kadaver dieses christlichen Hundekönigs holen und ihn vor die Stadt in den Kampf bringen, den Unseren, denen Allah den Sieg schenken will, zur Ermutigung und den Feinden – *Allah jicharibhum!* – zum Schrecken.«

Die Alten waren bestürzt. »Den Schädel dieses Bastards können wir Euch geben, aber sein Gebein haben längst die Hunde gefressen.«

Jetzt sahen auch die Turkopolen, daß Wams und Hose nur ausgestopft waren und nur als Kleiderständer für die Trophäen dienten.

»Besorgt Euch doch irgendeinen Rumpf«, krächzte einer der Alten, der wohl der klügste war, »es liegen immer noch genügend Christen herum, die noch nicht von den Geiern entdeckt worden sind.«

»Sie liegen in jedem Winkel, geht nur der Nase nach«, mischte sich ein anderer ein.

»Bringt uns einen Körper«, entschied der Älteste, »und wir geben den Kopf dazu. – Er paßt zu jedem Hals!« Sie meckerten vor Lachen.

Die Träger rannten mit ihrer Bahre wieder von dannen, bis sie – von niemanden beobachtet – wieder bei William angelangten. Sie teilten ihm bündig mit, daß er jetzt zusehen müßte, wie er wieder aus der Stadt käme, denn sie hätten den strikten Auftrag, mit Robert d'Artois heimzukehren, und der müsse ja wohl getragen werden, mit wessen Leib auch immer! Williams Lebensgeister kehrten zurück und mit ihnen seine Fähigkeit, sich in jeder Situation am eigenen Schopfe aus der Gülle zu ziehen.

»Ich bin euer Toter!« erklärte er und feixte krampfhaft.

»Wir können Euch doch nicht den Kopf abschneiden?« bemängelte der Turkopolenführer die Idee. »Davon war jedenfalls nicht die Rede!«

William war das Grinsen vergangen. »Dessen bedarf es auch nicht«, fing er sich schnell und – damit sie nicht auf dumme Gedanken kamen – befahl er ihnen, einen Schlitz in den Stoffbezug der Bahre zu schneiden, dann legte er sich wieder rücklings darauf, schob aber seinen Schädel durch den Schlitz, daß dieser unter dem Tuch hing, als sie wieder angehoben hatten. Jetzt hieß er sie erstens, ihm den Kopf hochzubinden und seitlich Tücher herabhängen zu lassen, so daß niemand das gute Stück noch sehen konnte. Zweitens, seinen Hals mit Blut zu beschmieren und mit Eingeweiden zu belegen, daß es aussah, als wäre dem verbliebenen Rumpf wüst Gewalt angetan worden, und drittens ihm nun die sarazenischen Kleider vom Leib zu reißen, damit ein jeder die weiße Haut sehen könne, wie man es von nackten Christenhunden erwartet.

Als das alles ausgeführt war, brach der kleine Trupp wieder auf. Triumphierend wiesen sie den Wächtern ihren Fund vor, diesen Christenhund, unversehrt sei er in einen Teppich eingewickelt gewesen. Allerdings hätte das Versteck dem Schwein in der Wurstpelle nichts genützt, den Kopf hätten sie ihm abgehackt, der wäre ja nicht vonnöten. »Der Schweinekörper ist noch warm, Ihr könnt Euch selbst davon überzeugen!«

Doch die Alten schauderten zurück vor soviel Grausamkeit der Beduinen und beeilten sich, den Schädel des Grafen von der Stange zu holen. Er wurde mit spitzen Fingern oben an das blutige Rumpfende gefügt, und der weiße Leib wurde hastig mit den kriegerischen Utensilien bedeckt. Die Beduinen drängten zur Eile, und die Alten waren froh, diese barbarischen Kerle schnellstens loszuwerden, denn mehr noch als der gräßlich zugerichtete Kopf mit den abgefressenen Lippen und der bis auf die Knochen abgenagten Nase, ekelte sie die Vorstellung von dem warmen, weißen Leib, in dem vor kurzem noch das Leben gepulst hatte. Wer weiß, mit welchen stumpfen Messern diese Schakale der Wüste ihm den Hals durchgesäbelt hatten, dieses diebische Gesindel! Die Turkopolen nahmen die Bahre auf und enteilten schnellen Schrittes.

DIARIUM DES JEAN DE JOINVILLE

Vor Mansurah, den 11. Februar A.D. 1250

Die Schlacht wogte hin und her, immer wieder dachte ich, jetzt hat unser letztes Stündlein geschlagen, wenn ein neuer Hauf gegen die Palisaden anbrandet, doch die spitzen Speere halten stand, und wir dahinter tragen durch unsere gereckten Lanzen einiges dazu bei, besonders weil wir jede Attacke mit gellendem Trompetengeblase verschrecken.

In etlichen Quartieren unseres Lagers ging es weniger glimpflich ab. Auch der andere Bruder des Königs, Alphonse de Poitou, hatte absteigen lassen und war als einziger zu Pferde geblieben. Dadurch zog er natürlich die Aufmerksamkeit auf sich. Seine Leute wurden überrannt, und schon hatten sich einige Sarazenen des Grafen von Poitou bemächtigt und sich darangemacht, ihn als Beute mit sich fortzuzerren, als die Marketenderinnen und Lagerköche sich mit Kreischen, Löffeln und Pfannen auf sie warfen und sie in die Flucht prügelten.

Nach diesem glücklich überstandenen Mißgeschick ließ Alphonse seine Herren wieder ihre Pferde besteigen und griff seinerseits auf der äußersten Flanke den Feind an, unterstützt durch die

Armbrustschützen des Herzogs von Burgund, der die auf ihn angesetzten Beduinen mittlerweile restlos ins Wasser getrieben hatte,
wo sie meist ersoffen, weil diese Söhne der Wüste nicht schwimmen können.

Er ließ jetzt über den Bahr as-Saghir hinweg auf den fliehenden Feind schießen.

Als die ägyptischen Heerführer sich eingestehen mußten, daß
ihnen an keiner Stelle ein entscheidender Durchbruch gelungen
war, gab Baibars das Signal zum Rückzug, und die Truppen zogen
sich nach Mansurah hinein oder in ihre Lager hinter der Stadt
zurück.

D IE ZURÜCKFLUTENDEN TRUPPEN sorgten für ein derartiges Gedrängel in den Gassen, daß keine Autorität der Bahre
achtete, die im Laufschritt durch die Gassen getragen wurde. Auch
die Träger waren so mit ihrer haarigen Aufgabe beschäftigt, daß sie
nicht begriffen, daß die Schlacht längst geschlagen war.

Dennoch starb William tausend Tode. Immer wieder hörte sein
Kopf, der nur Füße sah, Stimmen die wüstesten Verwünschungen
brüllen, aufgebrachte Weiber kreischen, und er mußte gefaßt sein,
daß sich ein Fanatiker auf ihn, den verfluchten *malek al ifranj*
stürzte, um seinen Dolch in Brust oder Bauch des »stinkenden
Kadavers« zu stoßen.

Den Turkopolen gelang es nur mühsam, mit Stockschlägen solches Begehr zu vereiteln und den Pöbel abzuschütteln, doch nur
weil sie in ihrer Not in den nächstbesten Torweg einbogen – es
waren, was sie nicht wußten, die Stallungen das Sultanspalastes –
und die erste Tür, die sie fanden, hinter sich zuschlugen.

Sie befanden sich im Halbdunkel einer riesigen Säulenhalle.
Alle Pferde und ihre Bediener waren wohl zur Schlacht ausge-
rückt.

Sie setzten die Bahre im Stroh ab und befreiten William aus
seiner argen Lage.

»Das edle Haupt«, sagte der Turkopolenführer außer Atem,

»mögen wir wohl aus dem Tor schmuggeln, aber kaum Euren Leib!«

William richtete sich benommen auf. »Ich habe mein Leben für diesen Kopf riskiert«, widersetzte er sich, zog das Haupt des Robert bei den Haaren an sich und schloß es fest in seine Arme. »Ihr könnt mich doch nicht –«

In dem Moment ging weit hinten eine Tür, und aufgeregte Stimmen waren zu hören. »Sie haben den *malek al infranj* geraubt! Es müssen Christenhunde sein!«

Noch verbarg sie der Säulenwald und die Dunkelheit vor den feindlichen Blicken. »Dann seht zu«, wechselte der wendige Turkopole seine Meinung, »wie Ihr Euren Auftrag zu einem guten Ende bringt!«

Er gab seinen drei Genossen einen Wink, und sie verschwanden katzengleich hinter den nächsten Säulen. Es raschelte noch im Stroh, und dann war William allein, nackt auf der Bahre sitzend, mitsamt den königlichen Gewändern und dem verdammten Kopf. Die fremden Stimmen hatten sich wieder entfernt.

William stand auf und versuchte, in die Hosen des jungen Grafen zu kommen, sie gingen nicht zu. Er schlüpfte in das Wams, die Arme standen ihm ab, so eng war es. Er brachte es zum Platzen, zog es wieder aus und begnügte sich, seinen Wanst in den Waffenrock zu zwängen. Er nahm den Schild auf, wickelte das Haupt in das zerrissene Wams und machte sich auf den Weg. Würden sie ihn fangen, würde er »königlich« massakriert werden.

William irrte durch den Säulenwald der Pferdeställe. Viertausend Tiere, hatte er gehört, konnten hier gleichzeitig untergebracht werden, und für ihn sollte es keinen Platz geben, wo er sich, klein wie eine Maus, verkriechen könnte?

Er war erschöpft und nicht mehr bereit, den warm nach Mist duftenden Ort zu verlassen, um auf den Straßen vor den aufgeputschten Einwohnern davonzurennen, dann schließlich von den Torwachen gefaßt zu werden – die einen würden ihn in Stücke reißen, die anderen vierteilen. Und selbst wenn er diese Hürden überwinden sollte, lief er vor der Stadt dem Feind direkt in die

Arme, es sei denn, König Ludwig habe den Sieg davongetragen, dann aber konnte er auch hier getrost abwarten, befreit zu werden.

Im Halbdunkel sah er in einer Nische die Sänfte stehen. Sie kam ihm bekannt, aber auch diesmal nicht vertraut vor. Er erinnerte sich des Fröstelns, das ihn beschlichen hatte, als er sie das erste Mal gesehen hatte. Das war schon Jahre her. Damals am Fuß des Montségur.

Irgend etwas hatte sie mit dem Geheimnis der Templer zu tun, sie war ein plötzlich auftauchender schwarzer Komet am hellen Himmel, der ihm nur Unheil verheißen konnte. Er sollte ihr aus dem Weg gehen, sie meiden, wie er die Templer meiden sollte!

Gavins warnende Worte kamen ihm in den Sinn. Doch das dunkle, schmucklose Gehäuse zog ihn magisch an, und William wäre nicht William gewesen, wenn seine Neugier und seine Bequemlichkeit nicht obsiegt hätten. Irgendwo mußte er ja bleiben, in diesem Aufzug, mit einem abgeschlagenen Kopf unterm Arm. Behutsam lüftete er den Vorhang der Sänfte und schlüpfte hinein, ließ sich auf die freie Bank fallen.

Ihm gegenüber saß ein alter Herr, völlig bandagiert, und die Binden waren auch an den Wänden der Sänfte so befestigt, daß er nicht umfallen konnte. Die Stoffe waren mit allerlei scharf und säuerlich riechenden Essenzen getränkt, daß es William fast den Atem nahm.

Im fahlen Lichtschein betrachtete er die teuren Kleider des Toten, die Ketten, den edelsteinbesetzten Dolch in der Schärpe und den prächtigen Turban, der so über dem Kopf zusammengebunden war, daß auch der Kiefer nicht herunterfallen konnte, die Arme waren über der Brust verschränkt, an den Händen trug er kostbare Steine.

William von Roebruk saß dem Großwesir Fakhr ed-Din gegenüber, der hier weniger aufgebahrt als zum Weitertransport abgestellt war. Da von dem alten Herrn nichts Grausiges ausging, blieb er sitzen, er fühlte sich beschützt, und die ätherischen Öle taten ein übriges: William schlief ein.

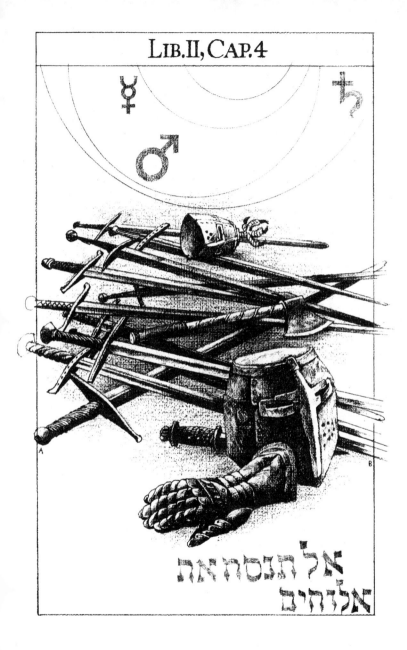

FEHLER,
VON HERRSCHERN
BEGANGEN

DIARIUM DES JEAN DE JOINVILLE

Vor Mansurah, den 11. Februar A.D. 1250

Ich schätze, daß sich die Muslime als Sieger empfanden, und sie hatten dazu auch das Recht desjenigen, der uns noch viele solche Schlachten aufzwingen konnte, während wir wohl jede weitere immer schwerer, unter immer größeren Verlusten, hätten durchstehen müssen.

Nichtsdestotrotz versammelte König Ludwig am Abend seine Heerführer und besten Ritter um sich, ließ ihnen eine Messe lesen, kniete nieder und pries laut Gott den Allmächtigen:

»Herr, wir danken Dir! Zweimal hast Du uns in dieser Woche auf dem Felde die Ehre gegeben, wenn auch nicht den endgültigen Sieg über diese Heiden. Steh unserer Sache weiterhin bei, denn in Deinem Namen sind wir ausgezogen, und Dir zum Ruhm wollen wir sie zu Ende bringen! *Non nobis, Domine! Non nobis, sed nominis tui ad gloriam!*«

Der letzte Zusatz war eine klare Hommage an die Ritter des Templerordens, die auch diesen zweiten Schlachtentag mit hohem Blutzoll bezahlt hatten.

Der Marschall Renaud de Vichiers nahm den verwaisten Platz des Großmeisters ein.

Daß der König von »der Sache« gesprochen hatte, bezogen allerdings die Johanniter auf sich und schlossen daraus, daß ihm die kühnen Ambitionen seines gefallenen Bruders Robert geläufig waren und von ihm gebilligt wurden.

Dies jedenfalls glaubte ich aus seinem Gehabe herauszulesen, mit dem mich der Herr Jean de Ronay unterm Arm nahm, als ich den roten Pavillon des Königs verließ. »Habt Ihr, lieber Joinville, Nachricht von Eurem Sekretarius?« Es klang freundlich besorgt – Williams Wohlergehen scherte ihn keinen Deut. – »Meine Turkopolen sind nämlich zurückgekommen und haben erklärt, daß der Minorit – mitsamt dem edlen Haupte und sonstigen Reliquien des Grafen von Artois – sich aus dem Staube gemacht habe! Ein recht seltsames, eigenmächtiges Handeln –«

»Was soll ich dazu sagen, edler Meister« – ich wußte es auch wirklich nicht –, »William von Roebruk geht oft seine eigenen Wege, aber bisher kam er immer ans Ziel. Faßt Euch also noch etwas in Geduld!«

Ich wand mich aus seinem Arm und schritt zu meinem Zelt zurück. Wo mochte mein William wohl stecken?

M ÖCHTET IHR DEN ERHABENEN WESIR, *Allah jirhamu ua juchdu 'ala al janni,* noch einmal sehen?«

»Nein«, antwortete eine herrische Stimme, die William erschreckte. »Ihr bringt ihn unverzüglich zur *jasirat attahnid,* zur Insel der Einbalsamierer, damit sie sich *fauran* –!«, Baibars Stimme nahm an Schärfe zu, »ich sagte *sofort,* seiner annehmen. Sie sollen alle anderen Mumien stehen- oder liegenlassen, sollen Tag und Nacht arbeiten, damit der Wesir schnellstens in einem Zustand nach Kairo zurückkehrt, der uns nicht die Schamröte ins Gesicht schießen läßt – weniger vor seinem Sohn als vor Turanshah. Der neue Sultan soll sehen, daß wir einen edlen und gerechten Mann in Ehren halten, so wie er am Haupt des königlichen Frankenhundes sehen kann, wie wir mit unseren Feinden verfahren!«

Der Angesprochene schwieg, er überließ es wohl anderen, diesem mächtigen Herrn die Unglücksbotschaft zu überbringen, daß der Kopf des Robert d'Artois nicht mehr herzeigbar war.

Der brannte in Williams Schoß wie glühende Kohle in seinem blutigen Wams. William wagte kaum zu atmen.

Die Sänfte wurde aufgehoben, ohne daß einer es für nötig hielt, noch einen Blick hineinzuwerfen. William quetschte sich in die gegenüberliegende Ecke, der alte Herr nickte leicht mit dem Kopf, als sie sich in Bewegung setzten. Er schien ihm Vertrauen zuzulächeln.

Die Ruinen von Helipolis lagen eingebettet in die weitläufigen Gärten der Sommerresidenz der Sultane von Kairo. Sie wurden mit Vorliebe zu Jagdveranstaltungen und für festliche Freuden im engeren Kreis der Hofgesellschaft benutzt.

Turanshah hatte seine Stiefmutter Schadschar durch Boten wissen lassen, daß er sie dort zu treffen wünsche, denn er hatte vor, Kairo gar nicht erst zu betreten, sondern sich anschließend direkt nach Mansurah zu begeben. Als er mit seinem Gefolge durch das *Bab asch-schams al muschriqa,* das Tor der aufgehenden Sonne, einritt, wunderte er sich schon, dort kein Begrüßungskomitee vorzufinden, auch waren über dem mit Basaltplatten ausgelegten Zufahrtsweg keine Girlanden gewunden, keine Fahnen wehten. Die Wachen standen zwar Spalier, aber sie jubelten ihm nicht zu.

Mehr noch als der frisch gekrönte Sultan ärgerte sich Madulain, die mit den Kindern auf einem offenen Wagen saß, der hart in den Rinnen der alten *via triumphalis* rumpelte, ohne daß der Weg der Räder von ausgelegten Teppichen gedämpft wurde.

Der Rote Falke ritt leicht versetzt hinter Turanshah und sah sich mehrfach sorgenvoll nach den ihm anvertrauten Mitbringseln des neuen Herrschers um. Wenn das Willkommen tatsächlich so frostig ausfallen sollte, wie es sich ansagte, waren es die Favoritin und die Kinder, an denen der Hofstaat seinen offensichtlichen Unmut als erstes auslassen würde – wenn sie nicht sogar der Grund waren.

Die Schranzen von Kairo waren ein Hornissennest, die bunte Schar der Günstlinge aus der Gezirah nahm sich dagegen aus wie ein harmloser Schwarm Schmetterlinge. Und Blumen hatte auch keiner gestreut. Die wenigsten ritten zu Pferde, Antinoos im Damensitz, die meisten ließen sich in Sänften tragen und freuten sich an den Zimbel- und Flötenklängen der Musikanten, die sie mit sich führten. Für den sie erwartenden Ärger hatten sie kein Gespür, und wenn, dann hätte es sie kaum gekümmert.

Zwischen den Palmen tauchten jetzt die Spitzen der Pavillons auf, die Gamal Mohsen, der Obereunuch, hatte aufschlagen lassen. Sie waren samt und sonders vom Hofstaat, den Würdenträgern aus der Hauptstadt, okkupiert worden. Die Gäste konnten sehen, wo sie bleiben wollten.

Vor dem größten stand Schadschar ed-Durr, die regierende Sultana. Sie war eine stattliche, herrische Erscheinung, Armenierin von Geblüt, die sich von der türkischen Sklavin zur uneingeschränkten Gebieterin hochgearbeitet hatte. In der Tat war die ihr von den Mameluken eingeräumte Machtposition einmalig in der arabischen Geschichte, und Schadschar hatte sich in den drei Monaten ihrer Regierungszeit an diese Macht gewöhnt.

Neben ihr stand Husam ibn abi' Ali, der Gouverneur, und Baha Zuhair, der Hofschreiber. Er fieberte als einziger den Ankömmlingen freudig entgegen, wenn auch nur insgeheim. Der Ruf, der Turanshah als kunstsinnigem Mäzen vorausging, ließ ihn hoffen, nun endlich als Dichter anerkannt zu werden.

Alle übrigen Höflinge, an ihrer Spitze der Chronist Ibn Wasil, waren dem Sohn Ayubs, der ihnen völlig fremd war, ausgesprochen feindlich gesonnen, und sie gaben sich auch wenig Mühe, dies zu verbergen. Lediglich Gamal Mohsen, der Eunuch, suchte den Eklat zu vermeiden.

Doch der war schon da.

Turanshah ließ sein Gefolge angesichts der voll besetzten Zelte halten und wartete, daß man ihm jetzt wenigstens entgegengehen würde, um sich zu unterwerfen. Doch die Sultana hielt mit unsichtbarer Hand jeden zurück, der eventuell zu diesem Zeremoniell bereit gewesen wäre.

Turanshah war blaß geworden. Er sah aber nicht zum Roten Falken hinüber, damit gar nicht erst der Eindruck entstehen konnte, er suche Rat. Mit leiser Stimme befahl er seinem Konnetabel, mit seinen Leuten vorzutreten. Sie schritten schweigend bis vor den Pavillon, den die Höflinge besetzt hielten, griffen sich plötzlich rechts und links neben Ibn Wasil je einen Schranzen, und zwar an den Ohren, und schleppten die beiden zurück vor Turanshah. Der Griff an die Ohren läßt wenig Gegenwehr zu, und mit einer Drehung zwangen sie die Opfer in die Knie. Vor jedem der Schranzen stand jetzt ein nubischer Scharfrichter und wartete auf das Zeichen seines Herrn.

Da raffte sich Schadschar wütend auf und schritt mit funkelndem Blick ihrem Stiefsohn entgegen. Der Gouverneur folgte ihr eilends, doch schneller als sie war Baha Zuhair, der Hofschreiber.

Er deklamierte noch im Laufen: »Es lächelt dir, Strahlender, die Sonne Ägyptens, seinen Teppich, blütenbestreut, rollt dir Vater Nil entgegen, zitternd vor Wonne jauchzt beider Tochter, das ewige Kairo: *Ahlan wa sahlan bil sultan al kabir!* Willkommen, großer Sultan!«

Er warf sich vor Turanshah auf den Boden, der Gouverneur tat es ihm gleich, und hinter ihnen folgte der Hofstaat ihrem Beispiel.

Nur Schadschar stand noch aufrecht. »Ich grüße Euch, Turanshah«, sagte sie mit gepreßter Stimme. »Wir haben lange auf Euch gewartet.«

»Offensichtlich noch nicht lange genug«, antwortete ihr Turanshah. »Ich sehe Euch noch immer auf den Füßen, Schadschar ed-Durr – und ich vermisse auch die Begrüßung meiner Freunde –, noch habt Ihr Anstalten gemacht, der Frau an meiner Seite, der Tochter des Kaisers, zu huldigen.«

Anstatt endlich den verlangten Kniefall anzudeuten, zischte Schadschar: »Die kommt mir nicht ins Haus! Nicht solange ich Sultana –«

»Ihr seid eine der Witwen meines erhabenen Herrn Vaters«, unterbrach sie Turanshah, »und wenn Ihr mit Eurem Haus den Palast des Sultans meint, dann muß ich Euch als erstes auffordern, mir Rechenschaft für die vergangenen drei Monate dieses Haushalts abzulegen, wie über das übrige Erbe, das mein erhabener Vater mir hinterlassen hat.«

Er blickte amüsiert auf seine Stiefmutter, die jetzt doch in den Knien wankte. »Danach«, fuhr er genüßlich fort, »werdet Ihr alles *meiner* Sultana übergeben. Derweil« – er richtete jetzt das Wort über sie hinweg an alle, Schadschar war in die Knie gesunken, aber er achtete ihrer nicht mehr – »werden die Prinzessin und die Königlichen Kinder mich nach Mansurah begleiten, das mir so lange als Hauptstadt dienen wird, bis Kairo sich erinnert, wie es seinen Herrscher zu empfangen hat!« Er wandte sich abrupt an den Gouverneur. »Wo ist der Seneschall, wo ist der Marschall, wo ist der Vorsteher des Diwans?« Turanshah gab sich die Antwort gleich selbst: »Hielten sie es nicht nötig, vor Uns zu erscheinen, so erachten Wir es für unnötig, sie in ihren Ämtern zu belassen. Teilt ihnen das mit!«

Die aus Kairo herbeigeeilten Hofschranzen, die sich ein anderes Schauspiel versprochen hatten, machten sich aus dem Staub. Gamal Mohsen ließ hastig die Zelte säubern und für das Gefolge des Turanshah herrichten. Erst dann kümmerte er sich um Schadschar ed-Durr, die noch immer am Boden kniete. Er rief eine Sänfte herbei. Ibn Wasil, der Hofchronist, leistete der Gedemütigten Gesellschaft.

In langem, trübsinnigem bis zornig erbostem Zug setzten sich die Sänften des nach Kairo zurückkehrenden Hofstaates in Bewegung.

Baha Zuhair mischte sich unter die Maler und Poeten aus der Gezirah. Seit den Krönungsfeierlichkeiten in Damaskus hatte sich die Bagage mit Wonne auf die »Infanten des Gral« gestürzt.

Yeza als jungfräuliche Göttin Artemis mit Pfeil und Bogen, als kluge Pallas Athene – ob ihrer bewunderten Rechtssprechung – waren ihre beliebtesten Motive.

Roç besangen sie als jugendlichen Helden Alexander, sein Kampf – hoch zu Roß mit den Löwen – inspirierte sie zu überschwenglichen Oden, und als Antinoos, der neidlos den beiden seine Stellung als Divus und Gra'diva gleichermaßen überließ, ihm einen Lorbeerkranz wand, überboten sich die Künstler mit Entwürfen für monumentale Skulpturen, Gobelins und Mosaikböden. Die Kinder saßen ihnen geduldig Modell, belustigt, doch mit ernsthafter Würde.

Die Hofschneider hatten sie völlig neu ausstaffiert. Sie konnten jetzt wählen zwischen strenger Kleidung kurdischer Krieger, den Phantasien vom Harem des Kalifen: Yeza als Sherehazade, während Roç in ihrer Kostümierung mehr zum Dieb von Bagdad geriet als zum weisen Harun al-Raschid. Für die Reise ins Land der Pharaonen hatten sie sich noch übertroffen: Kein geringeres Götterpaar als Isis und Osiris stand den Kunstwerken aus Damast und Seide, hauchdünnen Geweben und Goldbrokaten Pate.

Gamal Mohsen war hingerissen von den Kindern, aber mehr noch von dem Antinoos, doch er riß sich los und sorgte sich um das leibliche Wohl des Turanshah und seiner Favoritin, die er in das große Zelt geleitet hatte.

Als sie an der reichgedeckten Tafel Platz nahmen, streckte Madulain von sich aus ihre Hand nach der ihres Gebieters aus. Als habe sie sich verirrt, griff sie, vom Tischtuch vor unziemlichen Blicken geschützt, an ihr vorbei an sein Gemächte. Sie war stolz auf ihn, aber mit ihrem Instinkt für Gefahr, der der Saratztochter nicht abhanden gekommen war, spürte sie, daß er sich nun mehr tödliche Feinde geschaffen hatte, als er überleben konnte. Die Nähe des Todes verschaffte ihr eine nicht gekannte Lust. Weit stärker als jede lüsterne Gier.

Die schwarze hohe Sänfte schwamm jetzt auf einer Barke ihrem Bestimmungsort entgegen. William hatte die meiste Zeit gedöst, nur als sein Harndrang sich nicht mehr bändigen ließ, hatte er, der Not gehorchend, allen im Innern verfügbaren Stoff genäßt, damit nicht plötzliches Tröpfeln aus dem Edelholzgehäuse ihn verriet. Die Verdunstung bereitete ihm keine Sorgen, der Großwesir roch eh sehr stark, und die frevlerische Tatsache, daß er den alten Herren mit seinen Bandagen ebenso wenig schonen konnte wie das ihm anvertraute teure Haupt im blutigen Wams, deuchte dem Minoriten dagegen vergleichsweise gering.

Befreit wagte William, einen vorsichtigen Blick durch den Schlitz des Vorhangs zu werfen. Die Barke näherte sich einer Insel im Strom. Sie war von Palmen dicht bewachsen, und in ihrer Mitte ragte ein großes, fensterlos strenges Gemäuer auf, wohl ein Konvent.

Er sah die gekrümmten Rücken seiner Ruderer, die jetzt ihre Schläge verlangsamten, und gleich darauf knirschte der Sand unter dem Kiel der Barke. Stimmen kamen näher.

William lehnte sich erwartungsvoll zurück, er hatte den Kopf des Robert d'Artois aus dem Wams gewickelt, um ihn quasi als Legitimation sogleich vorweisen zu können, aber die hinzugetretenen Männer mit den sanften Stimmen voller Bestimmtheit öffneten den Vorhang nicht, sondern wiesen die Ruderer an, hier am Ufer in ihrer Barke zu warten, wie es dem Gesetz des *jamaiat al hulud* entspräche, nach dem kein Lebender die Insel betreten dürfe.

Das machte William zwar erschauern, weil er sich ausrechnete, daß eine Überschreitung des Gebotes ziemlich einfach zu ahnden sei, doch sein dickfälliger Sinn für Unerlaubtes und sein durch nichts gerechtfertigtes Vertrauen, daß der Herrgott wie immer für ihn eine Ausnahme machen würde, ließ ihn mucksmäuschenstill in seiner Ecke kauern, dem Großwesir gegenüber, der ihm jetzt gar nicht mehr so freundlich zuzulächeln schien. Den Artois hielt er immer noch krampfhaft an den krausen Haaren, weil er sich jetzt nicht zu rühren wagte.

Der Bootsführer war mit den Gebräuchen des seltsamen Ortes wohl vertraut, denn er wies nur darauf hin, daß der Emir Baibars um eine zügige »Behandlung« des erhabenen Fakhr ed-Din bäte, damit er in der Hauptstadt präsentiert werden könne. Es wurde ihm wohl mit stummem Nicken geantwortet, denn die Sänfte wurde jetzt wieder aufgenommen und gemessenen Schritts landeinwärts getragen.

»Jede Eile ist unnötig, Bruder Horus«, sagte eine der sanften Stimmen, »der neue Sultan ist vor Stunden schon in Kairo eingetroffen.«

»So nehmen wir uns die Zeit, die ›Unsterbliche Schönheit‹ von uns verlangt, Scarabäus.«

Nach den veränderten Schritten, die über eine Schwelle stiegen, der plötzlichen Dunkelheit und den sich entfernenden Stimmen zu schließen, hatten die Wächter der Insel, diese Brüder der Zeitlosigkeit, die Sänfte in einer ebenerdigen Kammer des Konvents abgestellt.

William wartete eine Zeitlang, bis sich sein Herzschlag beruhigte, dann schob er behutsam den Vorhang zur Seite. Der Raum war karg eingerichtet. Dünnmaschige Gaze hinderte Insekten am Eintritt durch die einzige, hochgelegene Fensteröffnung. Festgemauerte, mannslange Steintische standen an den Wänden, aber keine Stühle. Auf einer der Marmorplatten lag ein toter Mann mit heller, weißlich ungesunder Hautfarbe, als habe man ihn aus dem Wasser gefischt. Er besaß keinen Kopf, aber einen Penis beachtlicher Größe. Seine Bauchdecke schien aufgeschnitten zu sein, Blut war keines zu sehen.

Die Neugier war stärker als Williams würgende Übelkeit. Er stieg aus seinem schützenden Gehäuse, den Kopf des Prinzen immer noch in der Hand.

Vorsichtig, als könne er den Toten wecken, trat er an das »Kopfende« und fügte das Haupt an den glatt durchschnittenen Hals. Es fiel langsam zur Seite, und die erloschenen Augen Roberts starrten ihn vorwurfsvoll an. William schaute verlegen auf die so wenig adlige Nacktheit des Rumpfes.

Da ging die Tür auf, und in ihr standen zwei weißgekleidete Männer in bodenlangen Gewändern. »William von Roebruk?« sagte der eine mit einem Ton milden Vorwurfs.

»Welch ein schöner Kopf!« setzte der andere hinzu.

William errötete schamvoll: »Ich hab' ihn Euch gebracht«, sagte er, »damit Ihr –«

»Ich meinte deinen flämischen Schädel, *species calva flamingensis*«, entgegnete der Weiße lächelnd, »was uns zu tun bleibt mit dem Grafen von Artois« – er nahm dessen Kopf abwiegend in die Hand –, »wissen wir schon.« Sein Lächeln verschwand. »Auf jeden

Fall kannst du das Ergebnis nicht hier abwarten«, fügte er hinzu, »nicht unter unserem Dach!«

»Und wohin soll ich –?« wehrte sich William kleinlaut.

Da ergriff der erste das Wort. »Du sollst nach Alexandria gehen. Dort wirst du den Ezer Melchsedek finden. Wenn du mit ihm hierhin zurückkehrst, steht der Graf für Frankreich bereit!«

Mit unmißverständlicher Geste wurde William aufgefordert, den Raum zu verlassen. Die weißen Männer wiesen ihm den Weg zum Nilufer. »Ein Schiff liegt für dich bereit.«

»Und hüte dich, beim nächsten Mal dies Haus zu betreten, du könntest es nicht wieder verlassen!«

»Verfahr nicht so streng mit einem Freund der Kinder, Scarabäus!« sagte der Jüngere. Aus einem Krug schöpfte er einen Becher voll milchiger Flüssigkeit. »Der Herr Sekretarius hat sicher Durst.« William stürzte das angebotene Getränk hinunter. Es schmeckte angenehm kühl und erfrischend säuerlich, auch leicht nach Kokosmandel. Ein angenehmes Brennen durchzog sein Gedärm.

Leicht benommen torkelte der Minorit den Pfad zwischen den Palmen zum Strand des Flusses hinunter. Er hatte Hunger, doch die Datteln hingen viel zu hoch, und reif waren sie auch noch nicht. Er erreichte die Dau, hilfreiche Hände zogen ihn an Bord. Bevor er den Bootsleuten ein Wort sagen konnte, war er schon in tiefen Schlaf gefallen.

DIARIUM DES JEAN DE JOINVILLE

Vor Mansurah, den 7. März A.D. 1250

Neun Tage nach der großen Schlacht – eine weitere war nicht erfolgt – trieben die Leichen der Erschlagenen aufgebläht an die Oberfläche des Bahr as-Saghir. Sie schwammen mit der gemächlichen Strömung bis zur Schiffsbrücke, die unsere beiden Lager verband.

Inzwischen hatte das Hochwasser eingesetzt, und die Kadaver stauten sich zu Hunderten. Es waren so viele, daß sie von einem

Ufer zum anderen reichten, und sie vergifteten das Wasser. Seuchen brachen aus.

Der König zahlte aus seinem Säckel den englischen Seeleuten des Salisbury einen Extralohn, damit sie den Fluß reinigten. Wer beschnitten war, flog über die Brücke, um zu den Sarazenen zu schwimmen, die Christen wurden in rasch ausgehobenen Massengräbern bestattet.

Es stank fürchterlich, und wer unter den aufgequollenen, halbverwesten Leibern nach Freunden suchte, wurde bitter enttäuscht. Die abgenagten Gesichter waren unerkenntlich.

Die einzige Art Fisch, die es im Lager zu essen gab, war Aal. Dieses widerliche Gewürm hatte sich an den Leichen fett gefressen, ein Gedanke, der jedem Übelkeit bereitete, bis dann der Hunger diese Nahrung hereintrieb.

Das ungesunde Klima trug seinen Teil bei, seit Wochen war kein Tropfen Regen gefallen, und erst faulte das stehende Wasser, dann begannen auch wir zu verfaulen. Das Fleisch dörrte, an den Beinen erschienen schwarze Flecken, schließlich bildeten sich Schwären, und die Haut platzte auf, Blut schoß aus der Nase. Das war dann schon das Zeichen für den unausweichlichen Tod. Ich hatte meinen Leuten befohlen, dem Fluß fernzubleiben und sich die Gesichter wie die Beduinen mit Stofftüchern zu verhüllen, um so wenig wie möglich von dieser verpesteten Luft einzuatmen. Die Aale ließ ich häuten und nicht kochen, sondern in Öl sieden. Wir hatten noch Wein, und von den Johannitern erhielt ich gemahlenes Korn, woraus meine Köche Fladen buken, die nicht übel schmeckten, solange Gewürze und vor allem Salz vorhanden waren.

Ich schämte mich etwas, diese lebensbewahrenden Gaben anzunehmen, denn das unrühmliche Verhalten Williams lag, auch wenn es nicht ausgesprochen wurde, den Johannitern und mir wie ein Stein im Magen – oder ein zu fetter Aal.

Jean de Ronay gab sich Gott sei Dank auch selbst Anteil an der Schuld, so es denn eine ist, meinen Sekretarius überrumpelt und quasi wider Willen auf diese Mission geschickt zu haben.

Nun war an einen glorreichen Gegenangriff unsererseits, bei dem der Graf von Artois hätte unseren Reihen wundersam vorausreiten können, gar nicht mehr zu denken. Sein Körper war unauffindbar geblieben, so angestrengt seine Kämmerer unter den Flußleichen Ausschau gehalten hatten. Sein Kopf hätte also in Frieden ruhen können, nachdem er von der höhnischen Stange heruntergeholt war. Aber wo steckte er nun, wo steckte William?

Was den amtierenden Großmeister der Johanniter – und alle anderen Barone und Heerführer – jedoch weit mehr verwunderte, war, daß uns die Ägypter nicht mehr angriffen. Hatten sie uns vergessen, wollten sie uns verfaulen lassen, oder hatten sie selbst mit der gleichen Seuche zu kämpfen wie wir?

WILLIAM VON ROEBRUK hatte sich in der Kasbah von Alexandria auf die Suche nach diesem Ezer Melchsedek gemacht. Ein heruntergekommener Kabbalist offensichtlich, von dem wenige mit besonderer Ehrfurcht sprachen, die Christen bekreuzigten sich, sobald William auf ihn ansprach, die Muslime stießen Hornfinger Richtung Erde, um das Böse abzuleiten wie einen Blitz im Gewitter.

Schließlich verriet ihm eine Frau, daß der Melchsedek an einer Ecke des Bazars seinen festen Standplatz hätte, wenn überhaupt, sei er dort zu finden. William ließ sich den Ort so genau beschreiben, daß er ihn nicht verfehlen konnte.

Jetzt stand er an der Ecke. Niemand saß dort. An der Hauswand stand in unbeholfenen Lettern: »Du sollst Jahwe nicht versuchen.« Jemand hatte mit roter Farbe das »nicht« durchgestrichen und wie eine Unterschrift daruntergesetzt »Sheitan«.

Während der Franziskaner die Schrift noch sinnend betrachtete, legte sich eine Hand auf seine Schulter. »Nicht jeder, der sucht, wird finden!« Es war der alte John Turnbull.

William war zu erfreut, jemanden, den er kannte, zu treffen, als daß er sich über die Zufälligkeit der Begegnung Gedanken machte, zumal Turnbull auch gleich geschickt auf seinen Kaiser Friedrich zu sprechen kam. Obgleich es William überhaupt nicht interessierte, durfte er die letzten Neuigkeiten aus dem fernen Deutschen Reich vernehmen.

»Stellt Euch vor, William«, plauderte der Sonderbotschafter, den keiner von seinem Posten abberufen hatte, weil niemand auf den Gedanken kam, der alte John, dieser merkwürdige »Chevalier du Mont-Sion« könnte immer noch leben, »sie haben deinen Willem von Holland zum Gegenkönig gekrönt, in Aachen!«

Der Minorit sah ein, daß es keinen Sinn hatte, dem alten Turnbull zu erklären, daß er, William von Roebruk, Flame sei, so ging er höflich auf die Nachricht ein.

»Also ist die Herrschaft des Staufers am Ende?«

»O nein!« ereiferte sich Turnbull. »Zwar starben ihm der Freunde viele, aber noch herrscht Konrad, sein Sohn.« Als habe er ihm ein Staatsgeheimnis anzuvertrauen, flüsterte der Chevalier: »König Konrad hat den Holländer vernichtend geschlagen und heimgeschickt.«

»Der Papst wird dennoch keine Ruhe geben«, gab William seine Meinung kund. »Innozenz wird so lange andere Figuren aufs Brett stellen, bis er in den Himmel oder der *servus satanis* zur Hölle gefahren ist!«

»Oder umgekehrt«, schnaubte des Kaisers vergessener Botschafter. »Innozenz spielt falsch, Gott kann ihn nicht belohnen. Der Kaiser ist im Recht, im göttlichen Recht des Gesalbten!«

Die Frage erregte John noch jedesmal. William besann sich seiner eigentlichen Aufgabe und verabschiedete sich von dem Alten mit einer Notlüge, er müsse noch in die Bibliothek, bevor diese schließe.

»Sucht Ihr jemanden, der Euch berät –?« fragte Turnbull listig.

»Nein, nein«, wehrte William ab und riß sich los. »Ich muß nur jemanden treffen!«

Er verschwand, wie von Eile getrieben, schnellen Schritts im Gewühl des Bazars, dann verlangsamte er ihn, weil er keineswegs wußte, an wen sich wenden. Aber den alten Turnbull einzuweihen wäre doch zu lästig gewesen.

William bemerkte nicht, daß dieser sich an seine Fersen heftete. Dafür trat ihm die Frau in den Weg, die ihn zu der Gassenecke gewiesen hatte.

»Sucht Ihr immer noch den Melchsedek?« fragte sie freundlich.

William nickte erleichtert und überlegte, ob er ihr ein Geldstück in die Hand drücken sollte. Sie sah verhärmt, aber nicht arm aus. »Folgt mir«, sagte sie, »ich führe Euch zur Herberge des Hermes Trismegistos!«

William behielt sein Geld. Die Frau blieb noch einige Male stehen in den Ladenstraßen und kaufte mit Bedacht und Sachverstand getrocknete Kräuter, grob zerstoßene Kristalle und fein gemahlenes Pulver. Sie kaufte verschnürte Säckchen und verschlossene Amphoren. Sie tat alles in Körbe, und die Körbe gab sie William zum Tragen, er war bald beladen wie ein Packesel. Sie durchquerten immer engere Gassen der Altstadt, bis sie an einer schmalen Tür ankamen.

Der sich öffnende Gang führte auf einen Innenhof. Die Frau ging ihm voraus und nahm ihm jetzt seine Lasten ab. »Wartet hier«, sagte sie, »man soll Euch nicht sehen!«

William trat in die Dunkelheit des Ganges zurück, und sie schloß die Tür hinter sich. Ihm kam ein Argwohn. Er griff nach der Klinke. Die Tür war verschlossen, so sehr er auch an ihr rüttelte. Er tastete sich zurück zu der Pforte, die auf die Gasse mündete. Sie hatte nicht einmal eine Klinke.

Er war gefangen!

William bemühte sich, seine Augen an das Dunkel zu gewöhnen.

»Ist es der Chevalier, der sich für die Prieuré de Sion in Person hält und keine Ruhe gibt«, tönte eine Stimme dumpf aus der Decke über seinem Kopf, kein Lichtstrahl war zu entdecken, »oder ist es die Versuchung des William von Roebruk, der, keiner Warnung eingedenk, schon wieder seine Nase in Dinge steckt, die nicht die seinen sind.«

Die Ironie im Tonfall deuchte William nicht unbekannt, aber es gelang ihm nicht, aus der Erinnerung die Gestalt zu beschwören, mit der er sie in Verbindung hätte bringen können.

Der Gefangene war auf der Hut. »Ich suche den Ezer Melchsedek«, sagte er und wartete.

Die Stimme ließ sich ebenfalls lange Zeit. »Angenommen, Ihr hättet ihn gefunden, was habt Ihr ihm zu sagen?«

»Ohne dem Meister ins Angesicht zu sehen, will ich nicht Rede noch Antwort stehen.«

»Wartet heute abend nach dem *plilat ha'erev,* dem Abendgebet, vor dem Tempel auf ihn. Er wird Euch fragen, warum Ihr den Kopf nicht geweihter Erde übergeben habt, nachdem der Leib geschändet.«

William überlegte fieberhaft, um dann schließlich unterwürfig den törichten Minoriten herauszukehren, den der unsichtbare Inquisitor von ihm erwartete.

»Und was soll ich dem Meister antworten?«

»Daß Ihr den Kopf in seine Hände legt – und schleunigst verschwindet, Mönchlein!«

Jetzt war sich William seiner Sache ziemlich sicher. »Gavin!« rief er und griff nochmals nach der Klinke der Tür zum Innenhof. Diesmal gab sie nach. Im Hof stand aufrecht der Komtur der Templer, auf sein Schwert gestützt, so wie er ihn das letzte Mal auf Zypern gesehen hatte. Seine Züge waren in den fast zwei Jahren noch markanter geworden, härter, sein gestutzter Bart eisgrau, aber er trug noch die härene Kutte des Eremiten, kein rotes Tatzenkreuz zierte die breite Schulter. Gavin Montbard de Béthune betrachtete den Franziskaner mit seinem üblichen Lächeln, voller Sarkasmus, wenn nicht Arroganz – das William längst nicht mehr einschüchterte.

»Was wartet Ihr noch?« fragte der Templer.

»Ich möchte erfahren«, entgegnete keck der Minorit, »wie verhält sich die Sänfte zum Sarg – oder wie kommt der Sarg zur Sänfte?«

»Sie steht, er liegt«, grinste der Templer, »oder *vulgo:* Ihm steht er, wenn sie liegt.« Seine Stimme wurde wieder ernst. »Ihr wollt immer zuviel wissen, und Ihr wißt immer weniger. Es ist wohl Euer Schicksal, *nuntiatio und transitio* nicht auseinanderhalten zu können. So kehrt Ihr besser zu Eurem Joinville zurück, der auch nichts verstanden hat und seine Ignoranz wohlfeil solchen andient, denen es nicht gegeben ist, an den Geschicken der Welt mitzuwirken!«

»Ihr *pauperes commilitones Christi templique* hingegen seid die Erwählten!« versuchte William zu spotten.

»Ihr habt *Salomonici* vergessen!« Der Komtur maß ihn mit einem belustigten Blick. »William, Ihr seid zu dumm, um frech zu werden! Gebt Euch keine Mühe! Geht jetzt, *pax et bonum!*« Gavin wandte sich ab. »Führt nur Euer kopfloses Unternehmen aus!« rief er über die Schulter hinter William her, der sich durch den dunklen Gang schleunigst zurückzog.

Im Gedränge des Bazars hörte er bei den Muslimen den Jubel über die Ankunft des Turanshah an der Front. Der neue Sultan sei ein findiger Kopf, Schiffe habe er zerlegen lassen, auf dem Landweg hinter den Rücken der Feinde schaffen und zwischen ihren bis Mansurah vorgeschobenen Feldlagern und der von ihnen gehaltenen Stadt Dumyat wieder in den Fluß setzen lassen. Eine ganze Flotte bewaffneter, schneller Kaperschiffe! Sie würden den Nachschub der Christenhunde, *Allah jicharibhum,* Allah verderbe sie, abfangen!

Bis William sich in der Abenddämmerung zum Tempel durchgefragt hatte, war die Zeit des Abendgebets verstrichen, und die gläubigen Juden waren schon aus dem Gebäude geströmt. Er sah den alten Turnbull mit einem hageren Mann in der Tür stehen, den seine Kopfbedeckung und sein langer Bart als Schriftgelehrten auswiesen.

William bekam noch mit, wie Melchsedek sagte: »Versteift Euch nicht auf das ›Mischen‹ des Blutes der Nachkommen ausgerechnet dieser beiden *haniviim*« – Ezer schloß die Augen – »es trübt sich, wird unrein«, flüsterte er, laut genug, daß der Hinzugetretene es verstehen konnte. Turnbull drehte sich ärgerlich um, doch der Kabbalist ließ sich im Verkünden seiner Vision nicht stören, noch dämpfte er seine Stimme. »Beiden Linien ist der Untergang bestimmt. Der stauferische Adler wird nicht mehr lange fliegen, erschlagen sehe ich den letzten Löwen aus dem Hause Ayub«. Melchsedek starrte durch John Turnbull hindurch. »Ihr seid ein Hochzeitsbitter, der seinen Auftrag überlebt hat, die Brautleute sind längst zu Staub zerfallen.« Er seufzte tief und senkte jetzt seinen Blick in die Augen des Angesprochenen. »Erspart den Kindern, von den Greisenhänden der lebenden Toten berührt und vergiftet zu werden!«

John Turnbull erstarrte wie Lots Weib zur Salzsäule, sein Gesicht war aschfahl geworden, aber er wich nicht. William erwartete ungeduldig, daß sich der alte Herr still entfernen würde. John Turnbull tat ihm leid, selbst in seinem Altersstarrsinn. So nahm er den Zeugen in Kauf und sprach selbst den Ezer Melchsedek an.

»Großer Meister«, sagte er bescheiden. »Ihr werdet auf der Insel erwartet –«

»Ich weiß«, sagte der hagere Mann müde, »aber ich werde nicht mit Euch gehen!«

William war einen Augenblick sprachlos, er hatte diesen Widerspruch nicht erwartet. »Eure Aufgabe hat sich erledigt«, fügte der Kabbalist leise hinzu. »Laßt mich aus dem Spiel, das noch unsinniger ist als das vermessene der Prieuré!« Und er versetzte William noch einen Stoß: »Ihr betreibt es um des schnöden Mammons willen, und so ist Euer Ansinnen frevelhaft.«

Im Gegensatz zum alten Turnbull, dessen Versteinerung keine Reaktion erkennen ließ, gab sich William nicht geschlagen. Er hielt auch nicht die andere Wange hin, sondern mit dem Blut schoß ihm der boshafte Gedanke in den Kopf, mit welcher Skrupellosigkeit ein jeder im »Großen Plan« agierte oder als Rivale in »der Sache«. Die hatte er, William von Roebruk, Sekretarius des Grafen von Joinville, zu vertreten, und wenn es sein mußte, ohne Samthandschuhe, ganz brutal.

»Ezer Melchsedek«, sagte er leise, »mag sein, daß die Kreuzfahrer Kairo nicht erobern werden – aber wenn sich unser Heer zurückzieht, bietet es sich an, den Weg über Alexandria zu nehmen –«

Der alte Turnbull erwachte aus seiner Starre und schaute befremdet auf den Franziskaner, den er bislang als gutmütigen Tölpel eingeschätzt hatte – ein Tor war dieser William wohl immer noch, aber ein gefährlicher, doch der ließ sich durch nichts beirren.

»Das Schicksal der jüdischen Gemeinde hier hängt von Eurer Kollaboration ab, Ezer Melchsedek! Ich muß Euch nicht in Erinnerung rufen, wie leicht unter solchen Umständen, Eroberung durch ein christliches Heer, das nach Schuldigen für seine Erfolglosigkeit sucht, gerade die Kinder Israels zu Opfern eines Pogroms werden –?«

Ezer Melchsedek schwieg. Es war, als schämte er sich für den, der die Drohung ausgesprochen hatte, mehr als vor sich selbst, der sich der Erpressung auslieferte. Doch das bemerkte nur John Turnbull, William keineswegs. »*Vae, Vae, qui regis filiam das in manu leonis! Vae, qui profanas gloriam!* – Ich werde Euch begleiten«, sagte der Kabbalist nach diesem jähen Ausbruch, der William nun doch erschauern ließ, und schloß ergeben die Augen. »König Ludwig und sein Heer werden Alexandria nicht zu Gesicht bekommen.«

William nickte befriedigt und warf dem alten Sonderbotschafter einen triumphierenden Blick zu. »Ich erwarte Euch morgen früh am Schiff«, sagte er wie ein siegreicher Feldherr.

»Wir fahren noch heute nacht!« überraschte ihn Melchsedek, »und der Chevalier hier wird uns begleiten.«

William war's recht. Man soll den Bogen nicht überspannen.

DIARIUM DES JEAN DE JOINVILLE
                              Vor Mansurah, den 17. März A.D. 1250
Wir schmorten nun schon die sechste Woche in unserem aaligen Fett, gezählt ab der Schlacht von Fastendienstag. Und wenn man das Inferno, das uns in den Klauen hielt, noch so anregend beschreiben wollte, die Hölle steckte in uns, sie brannte in unseren

eiternden Körpern, denen die Teufel das Fleisch bei lebendigem Leibe abrissen und das Blut aus den Nasen sogen.

Ich kämpfte gegen die teuflische Krankheit an, aber ich spürte, daß ich ihr nicht entkommen konnte, so wenig wie die sündige Seele dem glühenden Spieß, der sie unerbittlich in den siedenden Topf stößt, zu den Verdammten. Und das waren wir alle.

Zumindest nachdem die Ungläubigen uns den herbsten Schlag versetzt hatten, den wir bislang einstecken mußten, schlimmer als jede verlorene Schlacht und härter als all die Toten, die wir zu beklagen hatten. Ihnen blieb das Leiden erspart, das jetzt über uns kommen sollte. Es erklärte auch, warum die Ägypter uns solange mit Angriffen verschont hatten.

Der neue Sultan hatte seine Macht etabliert und sich dafür Zeit gelassen. Die Muße schenkte ihm den genialen Einfall, eine Anzahl von Barken und Galeeren, die nordwärts im Delta lagen, so wie sie waren oder zerlegt, über Land zu schleifen und hinter uns wieder zu Wasser zu lassen, mit dem Erfolg, daß wir jetzt von jedem Nachschub abgeschnitten waren, kein frisches Fleisch mehr, kein Gemüse, keine Frucht – kein Wasser!

Wir hätten von der Blockade nicht einmal gewußt, wenn nicht ein paar kleine Boote des Grafen von Flandern dank ihrer flinken Ruderer durchgekommen wären und von des Sultans Kaperflottille hinter unserem Rücken berichtet hätten.

»Weit über achtig von unseren Versorgungsschiffen, die von Damiette heraufgekommen waren, sind bereits aufgebracht worden! Ihre Mannschaften haben sie über die Klinge springen lassen!«

Sofort schnellten die Preise in unserem Lager in die Höhe: Ostern kostete ein Lamm dreißig Livres, ein Fäßchen Wein zehn, und selbst ein Ei war nicht unter zwölf Deniers zu haben.

Jenseits des Bahr as-Saghir, den 22. März A.D. 1250
Ich bin krank und kann mich nicht mehr auf den Beinen halten. Auch das Schreiben fällt mir schwer. Von William immer noch

keine Spur, keine Nachricht – geschweige denn vom Ausgang seiner Mission, die mir nachgerade lächerlich vorkommen will.

Der König und seine Berater haben beschlossen, das Feldlager von Mansurah zurückzuverlegen, neben das des Herzogs von Burgund, das auf der anderen Seite des Flusses lag und näher am Nil. Um den Übergang zu sichern, ließ Herr Ludwig an beiden Brückenköpfen Tortürme errichten, die es nicht erlaubten, hoch zu Roß auf die Schiffsbrücke zu gelangen. Als diese Vorkehrungen abgeschlossen waren, wurden als erstes die Kranken und alles Gepäck hinübergeschafft. Ich weigerte mich, mich tragen zu lassen, sondern schloß mich dem königlichen Troß an, der dann als erstes übersetzte.

Kaum hatten die Sarazenen bemerkt, was im Gange war, bedrängten sie von allen Seiten unser Lager, doch unsere Nachhut war zahlreich genug, sie von dem Brückenaufgang fernzuhalten. Es stellte sich allerdings heraus, daß dort die Wehr zu niedrig war, so daß der Feind vom Pferd aus seine Pfeile unter die Abziehenden schütten konnte. Unsere Leute wehrten sich, indem sie den Anreitenden Steine und Uferschlamm ins Gesicht warfen, um sie so am Zielen zu hindern. Es war dann mal wieder der Graf von Anjou, der dazwischenfuhr und sie verjagte. Aber da war ich schon drüben und wurde nach einem neuerlichen Schwächeanfall in mein Zelt gebettet.

Plötzlich stand William da, klitschnaß und verdreckt.

»Wenn Ihr, werter Herr«, schnaufte er, »Eure Adresse ändert, solltet Ihr das Euren Sekretarius wissen lassen. Fast hätte ich Order gegeben, mich auf der falschen Seite abzuladen!«

Das flämische Schlitzohr war durch keine Widrigkeit unterzukriegen! Während er sich mit Heißhunger auf mein Krankenmahl stürzte, begann er zu erzählen, wie er auf einer »Insel der Einbalsamierer« gelandet sei, nach einer gemeinsamen Reise in einer Sänfte mit dem Großwesir des Sultans, von dem doch jeder weiß, daß er von den Templern erschlagen wurde, dachte ich mir, sagte aber nichts. Mein Sekretarius stopfte weiter die Früchte in sich hinein, die mir Genesung verschaffen sollten. Dort habe er die

Restaurierung des Robert d'Artois in Auftrag gegeben, vorrangig und von bester Qualität. Die weißen Brüder vom »Orden der Zeitlosigkeit« hätten ihn sofort erkannt –

»Wen?« fragte ich. »Den Grafen?«

»Nein, mich!« schmatzte mein William. »Ich bin ein fester Begriff in der Welt des Islam, mein Ruf –«

»Ihr wollt sagen: ein fetter Begriff!« versuchte ich zu scherzen, schwach wie ich war, und dachte an Schweinefleisch. »Ein Ruf wie die Trompeten von Jericho!«

»Das mögt Ihr wohl sagen und mich loben, denn dann bin ich nach Alexandria gereist und habe den besten Kabbalisten angeheuert, der dort an der berühmten Universität zu finden war, ein großartiger Gelehrter, der uns Verfechtern ›der Sache‹, der imperialen Herrschaftsgelüste der Capets und der *munditia esoterica* der Johanniter große Dienste erweisen wird!« sprach mein Sekretarius mit vollem Munde, er muß wohl selbst dort eifrig studiert haben, und ich sagte nur:

»Und wo ist diese Leuchte geheimen Wissens?«

Mein William war nicht auf den Kopf gefallen: »Ich habe ihn beauftragt, den wunderschön hergerichteten Pair von Frankreich –«

»Was?!« unterbrach ich ihn. »Ihr habt den Herrn Robert nicht mitgebracht?«

»Ich habe ihn in ein würdiges Versteck schaffen lassen, bis die Umstände hier«, er wies durch den offenen Zelteingang auf das mehr hingeworfene als gestapelte Gepäck, den Dreck und die Abfälle unseres hastig errichteten Lagers, »es gestatten, den Toten, den lebendigen Toten«, korrigierte er sich, »angemessen und wohlüberlegt einzusetzen –«

»Und wo sitzt er jetzt?« Ich konnte meinen Spott nicht länger zurückhalten.

»In der Pyramide!« klärte mich mein Sekretarius auf, als sei das der normalste Aufbewahrungsort für einen Pair von Frankreich.

»In welcher Pyramide?« fragte ich entgeistert.

»In der von Gizeh natürlich«, sagte William stolz und begoß

sein Mahl mit einem tiefen Zug aus meiner Karaffe. »Ezer Melchsedek begleitet ihn und wartet dort auf uns.«

Ich mußte schlucken. William reichte mir den Rest des Rotweins. »Mir scheint es«, sagte ich beherrscht, »wir bewegen uns grad entgegengesetzt, Kairo ist nicht länger das Ziel der bewaffneten Pilgerfahrt unseres frommen Königs. Ich seh' uns nicht am Fuß der Pyramiden –«

»Aber Ezer Melchsedek«, entgegnete William treuherzig. »Er hat uns dort gesehen, auch den König!«

Ich leerte die Karaffe bis auf den Grund und sagte: »Ich fasse zusammen: Der größte Kabbalist aller Zeiten, ein alttestamentarischer Seher, vor dem die uns überlieferten Fähigkeiten der Propheten zu Taschenspielertricks verblassen, reist mit Robert d'Artois – wie schaut er eigentlich nun aus?« Mir fiel die zu wenig Hoffnung verleitende Deskription der Turkupolen ein. »Es war ja nicht mehr viel von ihm übrig –?«

»Ich«, sagte William, nicht etwa kleinlaut, »ich habe ihn nicht wiedergesehen, aber Ezer –«

»Aha«, sagte ich, »also der leibhaftige Hermes Trismegistos –«

»Richtig!« sagte William.

»– überführt den Grafen in das Grabmal der Pharaonen, ohne daß mein schlauer Sekretarius weiß, in welcher Grabkammer er ihn bettet.« Ich war jetzt doch leicht verärgert, für wie gutgläubig hielt er mich eigentlich? »War der Großwesir auch wieder dabei?«

»Nein«, sagte William, »aber der Chevalier du Mont-Sion!«

»Großer Gott«, sagte ich, »John Turnbull?«

William nickte eifrig, und ehe ich meine Bedenken an den flämischen Schädel bringen konnte, beschwichtigte er: »Doch diesen Spion der Gegenseite konnte ich ausschalten. Als wir drei zur Insel der Zeitlosigkeit zurückkehrten, erfuhren wir, daß die Dinge sich hier zu unseren Ungunsten entwickelt hätten. Da erbot sich Ezer Melchsedek, allein weiter gen Süden zu fahren, denn für Christen sei dies nicht der geeignete Zeitpunkt. John Turnbull pochte auf seinen Status als Sonderbotschafter des Sultans, wobei das der Großvater des jetzigen war«, belächelte mein juveniles

Schlitzohr die Senilität des Gegners, »doch ich bestach die Boots-leute –«

»Welche Bootsleute?«

»Es waren wohl Piraten«, räumte der Herr Sekretarius ein, »sie waren von den Weißen Brüdern herbeigerufen worden und nah-men uns alles Geld ab, dafür brachten sie uns sicher durch die Blockade, die der Sultan hat errichten lassen.«

»Und wo ist John Turnbull?«

»Er verließ dort das Boot und wurde von des Sultans Leuten respektvoll empfangen –«

»Und mein berühmter Sekretarius?«

»Mich warfen sie gleich danach ins Wasser, so daß ich schwim-mend das Lager erreichen konnte und Euch jetzt wieder zu Dien-sten steh.«

»Danke, William« war alles, was mir dazu einfiel.

Zu den immer noch nicht verheilten Wunden, der jetzt offen aus-gebrochenen Seuche, die von den griechischen Ärzten Blattern ge-heißen wird, hatte sich bei mir auch noch hohes Fieber eingestellt. Mein Priester Dean of Manrupt kam, um mir Messe zu halten. Er war selbst schwer erkrankt und grad im Moment der *consecratio* drohte er ohnmächtig umzufallen. Ich sprang barfuß von meinem Lager und fing ihn auf. Ich hielt ihn in meinen Armen, bis er den Gottesdienst zu Ende gebracht hatte. Dann weinten wir beide bit-terlich, aus unseren Nasen floß Blut.

Der König überwand seine Prinzipien, mit den Ungläubigen nicht zu verhandeln, und ließ eine Gesandtschaft zusammenstellen, die dem Sultan anbieten sollte, Damiette gegen Jerusalem zurückzu-geben. Des weitern sollte der Sultan für die Kranken und Verwun-deten in Damiette sorgen, bis sie wieder transportfähig seien, sollte das Pökelfleisch trocken aufbewahren – die Muslime mach-ten sich ja nichts aus Schweinernem – und die Belagerungsma-schinen ebenfalls, bis der Herr Ludwig Gelegenheit fände, jeman-den zu schicken, um sein Eigentum abzuholen. Obgleich fast alle

Barone von Outremer fließend Arabisch sprechen, legte der König Wert darauf, daß einer von seinen Herren dabei war. Wohl in Erinnerung an seinen früheren Hauslehrer, jetzt mein Sekretarius, bat er mich – samt William von Roebruk – an der Gesandtschaft teilzunehmen. Ich mußte ihm absagen, aber ich schickte William.

Die Botschafter wurden durch Mansurah geführt, alle Straßen waren flankiert von bewaffneten Truppen, auf den Plätzen standen Tausende von Reitern in Reih und Glied, nicht um den Abgesandten des Königs von Frankreich die Ehre zu erweisen, sondern um ihnen vor Augen zu führen, mit welcher intakten und überlegenen Streitmacht sie es zu tun hatten. Schließlich brachte man sie in den am Rand der Stadt gelegenen Sultanspalast. Den Sultan selbst bekamen sie nicht zu Gesicht. Der Emir Fassr ed-Din Octay führte die Verhandlung.

William war klug genug, durch nichts zu erkennen zu geben, daß es sich um einen alten Bekannten handelte, der ihm wohl vertraut war. Auch der Emir zuckte mit keiner Wimper, als er sich neben den anderen noblen Herren, die er zumeist bei Namen nannte, den Mönch als Dolmetscher vorstellen ließ. Er eröffnete das Gespräch sogleich mit der Gegenfrage, welche Sicherheiten der König zu geben gewillt sei, bis sein Herr, der Sultan, die Stadt Dumyat wieder in seinen Besitz genommen habe. Die Barone von Outremer boten ihm einen der Brüder des Königs als Geisel an, wahlweise entweder den Grafen Alphonse von Poitou oder den Grafen Charles d'Anjou. Doch der Emir bestand darauf, daß sich der König selbst zur Verfügung stellen sollte.

Da platzte dem Konnetabel, der nichts verstand und sich alles erst von William übersetzen lassen mußte, der Kragen, und er rief: »Lieber sollen uns diese Türken allesamt auf der Stelle umbringen oder als Sklaven in den Kerker werfen, als daß ich die Schmach erdulden will, ihnen den König ausgeliefert zu haben!«

William übersetzte abgemildert: »Der edle Herr Konnetabel ist gern bereit, sein Leben oder seine Freiheit dafür zu geben, daß dem König dieses Los erspart bleibt.«

Der Rote Falke lächelte und sagte im besten Französisch: »Voz ofert fait gran honor«, und setzte lächelnd hinzu: »Aber das stand hier nicht zur Debatte.«

Damit war die Verhandlung geschlossen. Als die Delegation wieder hinausgeleitet wurde, sah William durch ein offenes Fenster die Kinder über eine Wiese reiten.

Roç und Yeza übten sich mit einer leichten Lanze im Ringelstechen. Sie waren so damit beschäftigt, daß sie nicht aufsahen.

Die sarazenischen Wächter des Palastes drängten William freundlich weiterzugehen.

»*Vita brevis breviter*
in brevi finietur
mors venit velociter
quae neminem veretur.
Omnia mors perimit
et nulli miseretur
et nulli miseretur.«

Die Seuche im christlichen Lager nahm furchtbare Ausmaße an. Vielen wucherten Schwären am Zahnfleisch, so daß sie keinerlei Nahrung mehr zu sich nehmen konnten. Die Barbiergehilfen mußten ihnen die Geschwüre wegschneiden. Die derart Balbierten schrien, daß man es durch alle Zeltwände hörte. Maître de Sorbon verweigerte seinen Gaumen der brachialen Kur und erbat von seinem Herrn die Erlaubnis, sich in Damiette behandeln zu lassen. Es gelang ihm auch mit Hilfe der Flamen und einer günstigen Strömung, den Schiffen des Sultans zu entwischen. Die ägyptischen Ärzte in Dumyat kurierten seinen *morbus scorbuticus* mit Säften der Limone und allerlei Kräutern so weit, daß er von dort aus die Heimreise nach Paris antreten konnte.

»*Scribere proposui*
de contemptu mundano
ut degentes seculi
non mulcentur in vano.«

Im Feldlager, den 5. April A.D. 1250

Als der König Ludwig einsah, daß wir alle hier nur elend verrecken würden, beschloß er, sein so hochherzig begonnenes Unternehmen abzubrechen und die Armee aus dem verseuchten Lager nach Damiette zurückzuführen. Inzwischen war auch als weitere Geißel eine Typhus-Epidemie über uns hergefallen, die Leute starben wie die Fliegen.

Unsere Flotte wurde, soweit sie den Nil befahren konnte, von der Küste herbeigeordert, um vor allem die Kranken zu transportieren, die den Fußmarsch nicht mehr überlebt hätten.

Als die ägyptischen Kaperschiffe, die im Unterlauf lagen und schon ganze Geleitzüge von über dreißig Versorgungsbarken abgefangen hatten, die geballte Macht der kriegerischen Galeeren und Langboote erblickten, zogen sie sich in die Seitenkanäle zurück, jederzeit bereit, wieder hervorzukommen und zuzuschlagen.

Ich hatte mich bei Einbruch der Dunkelheit auf eines der Boote begeben, doch die Seeleute weigerten sich plötzlich, den Anker zu lichten. Sie hatten Angst, im Dunkeln von den Ägyptern aufgebracht zu werden.

Irgend jemand hatte den irrwitzigen Befehl gegeben, Feuer anzuzünden, damit die Siechen und Krüppel sich zum Ufer schleppen konnten, um dort auf die Schiffe geladen zu werden.

»Tuba cum sonuerit
dies erit extrema
et iudex advenerit
vocabit sempiterna
electos in patria
prescitos ad inferna
prescitos ad inferna.«

Das Lager befand sich in völliger Auflösung, es wurden unsinnige Parolen ausgegeben, vernünftige Order wurden nicht befolgt. Am Ufer und auf den Booten schlug man sich um die Plätze.

Um das Unheil vollständig zu machen, war die Nachhut, die

noch an der Schiffsbrücke über den Bahr as-Saghir aushielt, beauftragt, die Stricke zu zerhauen, die diese zusammenhielt. Doch aus unerfindlichen Gründen unterblieb diese so wichtige Maßnahme. So, und angelockt durch die Feuer, kamen sofort die Sarazenen herüber und begannen die Wehrlosen im Schein der Flammen niederzumachen. Die einsetzende Panik bewirkte, daß jetzt alle Matrosen auf einmal die Taue kappten und sich wüste Knäuel von überladenen Schiffen im Strom gegenseitig gefährdeten, etliche kenterten.

König Ludwig, der inzwischen auch von der Krankheit befallen war, steckte mitten in diesem Getümmel. Seine Begleitung beschwor ihn, die Anker zu lichten und sich, von seinen Getreuesten eskortiert, in Sicherheit zu bringen. Doch Herr Ludwig weigerte sich standhaft, seine Leute in dieser Not zu verlassen, obgleich er mehrfach sein Bewußtsein verlor und derart heftig unter der Ruhr litt, daß ihm sein Kämmerer einfach die Hosen aufschnitt. Meine Bootsleute wollten es nun auch wagen loszufahren, aber jetzt hinderten uns des Königs Armbrustschützen. Sie waren am Ufer aufgezogen, hatten die marodierenden und massakrierenden Beduinen verjagt und verlangten nun von mir, ich solle gefälligst auf den König warten, andernfalls würden sie uns alle erschießen.

Mein William schrie zurück, daß der Seneschall im Sterben liege, er aber an seiner statt beim König bleiben würde. Er rief eines von den königlichen Begleitbooten herbei, winkte mir zu und kletterte über Bord. Wir hatten unser Schiff aus dem Pulk gelöst und trieben jetzt mit der Strömung flußabwärts.

Die Aufregungen waren zuviel für mich gewesen, mir schwanden die Sinne.

>>Vila, vila cadaver eris
Cur non peccare vereris
ut quid pecuniam quaeris
Quid vestes pomposas geris
ut quid honores quaeris
Cur non paenitens confiteris.«

DER PARK DES SULTANSPALASTES zu Mansurah war festlich illuminiert, überall brannten bengalische Feuer hinter Paravents aus farbiger Seide, auf denen allegorische Darstellungen aus dem alten Reich der Pharaonen bis zu den gloriosen Taten des großen Saladins zu bewundern waren, des Begründers der jetzt herrschenden Dynastie.

Die Zedern und Fächerpalmen, die aus fernen Ländern herbeigeschafften Blütenbäume und die heimischen Papyrosstauden waren in ein magisches Licht getaucht. Lichtergirlanden schwangen sich hinunter zum Fluß, zur Anlegestelle, denn die Gäste des Festes sollten mit Schiffen eintreffen, ob nun aus Kairo oder aus den Feldlagern.

An allen Wegen standen Sklaven mit Fackeln Spalier, um den Ankommenden die blumenbestreuten Wege in die aufgeschlagenen Zelte zu leuchten. Diese waren im Innern mit Teppichen ausgelegt, und vor ihnen drehten sich die Hammel, die Zicklein und die Gazellen an den Spießen, Gruppen von Musikanten, Gauklern und Tänzerinnen zogen von Zelt zu Zelt, und die prächtig gekleidete Menge der Geladenen wogte mit ihnen hin und her, wenn sie nicht auf den gepolsterten Pfühlen lagerten und sich von den Bediensteten mit Speis und Trank versorgen ließen.

Nirgendwo war das Gedränge so stark wie vor dem Zelt des Sultans. Viele bekamen erst heute abend die Gelegenheit, ihrem neuen Herrscher zu huldigen, und manch einer von den Hofbeamten aus der Hauptstadt war dabei, der ihm die Unterwerfung bei seiner Ankunft in Heliopolis verweigert hatte.

Der Turanshah lagerte auf einer mit Samt ausgeschlagenen Empore in weichen Kissen, den Thronsessel hinter sich, das Zeichen seiner Herrschaft, hatte er verschmäht. Es war das Fest seines Sieges, und er dachte nicht daran, der höfischen Etikette an diesem Abend Konzessionen zu machen. So war er denn auch umgeben von dem Schwarm seiner Dichterfreunde aus der Gezirah, seinen Philosophen und Malern, doch in Tuchfühlung flankierten ihn Madulain, seine heißblütige Favoritin, und Antinoos, sein engelsgleicher Hermaphrodit.

Diese beiden schönen Wesen, jedes auf seine besondere Art, wetteiferten – weniger aus eigenen Stücken, denn durch die Kreationen ihrer Couturiers, Juweliere und Haarkünstler –, wie Göttinnen um den Apfel des Paris und waren sich dabei doch so ähnlich: die herbe Saratztochter in ihrer wilden, kriegerischen Männlichkeit und der weiche Knabe mit seinen wohlgeformten weiblichen Attributen. Sie hatten sich wohl beide vorgenommen, nicht miteinander zu rivalisieren, sie lächelten, wenn sich ihre Blicke trafen, aber beide suchten die Anerkennung, die zärtliche Zuneigung des Turanshah, die dieser so zerstreut an sie verteilte.

Seine Gedanken waren in die Ferne geeilt, in eine Zukunft, die ihn für immer der Aufgabe enthob, auf dem Bauch liegenden Beamten und martialisch niederknienden Gesandten huldvoll zuzuwinken, sich Namen, Titel und Geschenke zu merken und auch noch hinter all den Floskeln die wahre Gesinnung der ihm Huldigenden ergründen zu müssen. Sein Auge ruhte auf den Kindern, den heute abend wieder wahrhaft »Königlichen« Kindern.

Was ihn, den Sultan, langweilte, bereitete Yeza und Roç größtes Vergnügen. Sie hockten zu Füßen des Turanshah auf zwei Kissentürmen und kommentierten jede Aufwartung mal sachlich, mit entlarvenden Hinweisen auf Kleinigkeiten, die selbst Madulain entgangen wären, mal voller Witz, daß sich der Antinoos verkneifen mußte, mit ihnen zu lachen.

Sosehr sich Turanshah auch mühte, seine Stimmung wie auf Wolken in einer Traumwelt zu halten, wo Erlasse in Gedichtform wirkten, und Schlachten sich nur auf Wandgemälden abspielten, Verrat und Haß nur im Theater, wo kunstvolle Melodien und weise Gedanken jede lästige Form des Regierens ersetzten, wurde er doch in die ärgerliche Wirklichkeit zurückgeholt.

Es war ausgerechnet der Rote Falke, jener Emir, den er mehr und mehr schätzte, der ihm jetzt vorwarf, warum er, Turanshah, so unklug gehandelt habe, die Mamelukenemire nicht zu diesem Fest einzuladen.

»Weil ich mir die Laune nicht verderben lassen wollte!« wies er ihn zurecht und fühlte, wie sie ihm schon verdorben war.

Doch darauf mochte Fassr ed-Din keine Rücksicht nehmen. »Es ist eine Siegesfeier. Sie fühlen sich ausgeschlossen, ungerecht behandelt.«

»Sollen sie!« sagte der Sultan und wollte es eigentlich dabei bewenden lassen.

Aber er wollte den Roten Falken nicht auch noch vor den Kopf stoßen. So setzte er erklärend hinzu: »Sollen sie sich daran gewöhnen, daß kriegerische Taten ihre Pflicht sind – und noch lange kein Anspruch an mich, sie wie meine besten Freunde zu halten.«

»Ein freier Mann kann es halten, wie es ihm beliebt«, sagte der Rote Falke und senkte seine Stimme. »Nicht der Sultan! Er ist Gefangener eines Systems. Wenn ein Architekt seine Berechnungen falsch anstellt, die Gesetze der Statik, von Zug und Druck mißachtet, dann stürzt die Kuppel zusammen.«

Turanshah versuchte ihn zu unterbrechen, doch der Emir ließ es nicht zu: »Wenn Ihr wollt, daß ich Euch beratend diene, dann müßt Ihr meinen Ratschlägen auch Euer Ohr leihen, wenn Ihr Eurem Verstand schon verbietet, ihnen zu folgen. Niemand verlangt von Euch, die Mameluken in Euer Herz zu schließen, aber wer heißt Euch, sie in den Hintern zu treten?«

Bevor der Sultan ihn aufbrausend maßregeln konnte, warf ihm der Rote Falke ein »So kann ich und will ich Euch nicht dienen!« hin und ging.

Turanshah, den seine Leibwächter umringt hatten, weil sie befürchten mußten, der Emir würde sich nicht nur im Ton vergreifen, zwang seinen Ärger hinunter. Er hätte die *halca* hinter ihm herhetzen können, um ihn zurückzubringen und in die Knie zu zwingen.

Verlegen lächelte er zu Madulain hin, doch seine Prinzessin starrte geradeaus. Sie war verärgert. Sie war wütend, daß der Rote Falke recht hatte, wütend, daß der Antinoos seinem Herrn jetzt die Hand küßte und seinen Arm beruhigend tätschelte wie einem Pferd nach scharfem Ritt. Aber am meisten litt sie darunter, daß ihr Herr und Gebieter sich nicht zu einer klaren Linie der Herrschaft aufraffte. Turanshah war ein Mann der Ansätze, nicht der

Konsequenz. Halbe Schritte, zögerlich, unbesonnen oder zu lange bedacht, und dann kein Durchmarsch, nicht der befreiende Hieb, der den gordischen Knoten der *halca,* der Mameluken, durchschlug. Und doch begehrte sie ihn heftig.

Madulain ließ sich eine Laute reichen und sang mit ihrer rauchigen, dunklen Stimme:

>*»Qu'ieu n'ai chausit un po e gen,*
>*percui pretz meillur'e genssa,*
>*larc et adreig e conoissen,*
>*on es sens e conoissenssa.*
>*Prec li que m'aia crezenssa,*
>*ni om no'l puosca far crezen*
>*qu'ieu fassa vas eui faillimen,*
>*sol non trob en lui faillensa.«*

Die Saratz hielt im Schlagen der Saiten nicht inne, als sie jetzt die Bewegung der Finger des Turanshah auf ihrem Schenkel fühlte. Es war zwar nur, wie sie mit leichtem Seitenblick feststellte, die Hand, die Antinoos bereitwillig freigab, aber sie genoß es, sich von der Erregung durchströmen zu lassen.

>*»Mout mi plai, car sai que val mais,*
>*cel qu'ieu plus desir que m'aia,*
>*qu'anc de lui amar non m'estrais,*
>*ni ai cor que m'en estraia.«*

Ihr Zorn war verraucht. Unter gesenkten Lidern erwiderte sie das Lächeln des Turanshah.

>*»E qui que mal l'en retaie*
>*no'l creza, fors cels qui retrais*
>*c'om cuoill maintas vetz los balais*
>*ab qu'el mezeis se balaia.«*

Der alte John Turnbull hatte die frühen Abendstunden auf der obersten Terrasse des Palastes verbracht, wo seit Jahren bizarre Instrumente verrotteten, die früher der Observierung der Gestirne gedient hatten. Er hatte sich Baha Zuhair zum willigen Gehilfen herangezogen und die ihm wichtigsten Geräte wieder brauchbar gemacht, wie das kostbare Astrolabium, die Armillarsphäre, den Sextanten und ein kupfernes Rohr, durch das man den Blick auf einen bestimmten Sektor des Himmelszeltes richten und konzentrieren konnte. Die Konstellationen, die sich seinem Auge darboten, schienen ihn aufs äußerste zu beunruhigen. Er wiederholte seine Messungen und Berechnungen, die er dem Baha Zuhair diktierte, nun schon das dritte Mal.

»Was ist?« fragte der nervös.

»Der Stand des *Saturnus in Pisces* ist und bleibt im Quadrat zum Herrscher, dem großen Jupiter, und der ist deszendent im *Sagittarius* ...«

»So wie Mars im Skorpion ihm die *coniunctio* anbietet«, fügte Baha Zuhair hinzu.

»Was heißt hier Offerte«, grollte John Turnbull. »Der Sichler in den lethalen Fischen im bösen Karree, er selbst zwar im anscheinend sicheren Domizil, doch was heißt das schon, wenn man den Bogenschützen im Hause hat und wider den giftigen Stachel des Kriegers löckt: Mord und Totschlag!«

»Meint Ihr wirklich, dieser Baibars will den König umbringen und die anderen Gefangenen auch?« Baha Zuhair verstand wenig von dem, was er da säuberlich aufzeichnete, deuten vermochte er's schon gar nicht. Das überließ er respektvoll dem weißhaarigen *maestro venerabilis,* den Ibn Wasil hinter vorgehaltener Hand der schwarzen wie weißen Magie für mächtig hielt.

»Epi xyou histatai akmes«, knurrte John Turnbull, betroffen von soviel Ignoranz, nahm seinem Adlatus das Papier aus der Hand, warf einen letzten Blick darauf und zerknüllte es.

Weit entfernt vom herrscherlichen Palast, dessen Betreten ihnen verwehrt war, hatten sich die Mamelukenemire in den Pferdeställen des Sultans getroffen. Dieser Versammlungsort war ihrer Gemütslage nicht unangemessen: die verstoßenen tapferen Heerführer, statt an des Sultans Tafel gefeiert und geehrt, an den Krippen zwischen Stroh und Pferdemist!

Die heimliche Zusammenkunft der Unzufriedenen war von den Emiren angezettelt worden, denen der Turanshah gleich bei seiner Ankunft ihre Ämter genommen hatte, der Konnetabel, der Marschall und der Seneschall. Sie fühlten sich zu Unrecht degradiert, denn sie waren nicht aus Mißachtung des neuen Sultans seiner Begrüßung in Helipolis ferngeblieben, sondern weil sie hier in Mansurah im Felde standen, um seine Herrschaft über Ägypten gegen die Ungläubigen zu verteidigen.

Es war der Emir Baibars, der seinen Unmut, auch den der anderen, in Worte faßte.

»Es steht zu befürchten«, sagte er, »daß zukünftig kein Mameluk mehr in ein solches Ehrenamt aufsteigt, weil er alle diese Posten an seine Freunde aus der Gezirah vergeben wird. Wie auch die *halca* befürchten müssen, daß keiner von ihnen mehr in den Rang eines Mamelukenemirs erhoben wird. Sie werden ewig Sklaven, Türabtreter und Bettvorleger bleiben, wie wir uns mit dem Los des Kriegers zu bescheiden haben, und wenn wir nicht auf dem Schlachtfeld sterben, dann erwartet uns daheim der Henker des Herrn Sultan.«

Diese Rede beeindruckte alle ungemein, und sie sahen erst jetzt, daß auch einige der halca-Leibwache zugegen waren.

»Turanshah hatte kein Recht«, fuhr Baibars fort, »uns der Würden zu entkleiden, die uns sein Vater verliehen hatte, und ich sage Euch, wenn dieser Sultan erst einmal Dumyat wieder in den Händen hat und das Gold des Königs, dann braucht er uns nicht mehr und wird sich unserer entledigen!«

Der Bogenschütze wartete ab, bis sein Geschoß die schlichten Herzen der Krieger getroffen hatte. Als unwilliges Gemurmel ihm anzeigte, daß der Pfeil saß, kam er auf den Punkt: »Also ist es besser, wir töten ihn, bevor er uns tötet!«

Beifall.

»Und«, setzte Baibars listig hinzu, »da die *halca* noch beweisen müssen, daß sie zu Emiren taugen, übertragen wir die Durchführung dieses Beschlusses ihren Händen, die ja sowieso dem Ziel am nächsten sind!«

Nur die *halca* klatschten nicht, die anderen gaben ihre Zustimmung durch Handaufheben. In diesem Augenblick trat der Rote Falke in die Runde. Baibars war wütend, aber der Sohn des Großwesirs, Mameluk wie sie, genoß so viel Ansehen, daß erwartungsvolle Stille eintrat und er ihm den Mund schlecht hätte verbieten können.

»Ich verstehe Euren Unmut«, sagte der Rote Falke, »doch ist der Zeitpunkt für eine Auseinandersetzung nicht klug gewählt. Noch steht der Feind im Land, zwar geschlagen und uns auf Gedeih und Verderb ausgeliefert, aber immerhin viele Tausend Mann stark. Die müssen wir erst mal mit Anstand uns von den Füßen schaffen, sonst haben wir morgen hier die vereinigten Heere von Engeland und des Kaisers am Hals.«

Ein Brausen des Unmuts bewies dem Sprecher schnell, daß er nicht die erhoffte Zustimmung finden würde, doch der Rote Falke war keiner, der sein Anliegen nicht bis zum Ende durchzog.

»Die Verhandlungen mit dem König von Frankreich stehen vor dem Abschluß. Laßt uns die Durchführung erledigen, und dann sehen wir weiter!«

»Sultansknecht, Christenritter!« waren die Beleidigungen, deren Rufer sich zwar nicht hervortrauten, aber sie waren unüberhörbar.

Baibars sagte mitleidig: »Unser Fassr ed-Din Octay mag kein Blut sehen, deswegen plädiert er für mildes Hinhalten, aber« – wandte er sich an den Roten Falken – »um Eure eigenen Worte zu gebrauchen: ›Laßt uns die Durchführung erledigen, und dann sehen wir weiter!‹«

Da lachten alle, und der Rote Falke sagte nur: »Wie Ihr alle wißt, und wer es zu bezweifeln wagt, mag vortreten, bin ich immer Moslem geblieben, und daß Kaiser Friedrich mich zu seinem Ritter schlug, erfüllt mich heute noch mit Stolz. Mein Vater, Mameluk wie Ihr und ich, diente in Treue dem Hause Ayub und diesem Land, wie Ihr und ich. Ich sehe keinen Sinn darin, diese Ordnung aus verletztem Stolz gewaltsam und letztlich unbedacht zu stürzen, ohne daß sich einer überlegt hat, was *danach* kommen soll – Ihr, Ruck ed-Din Baibars«, wandte er sich spöttisch an den Rädelsführer, »sicher nicht!« Sprach's und ging.

Baibars starrte dem Roten Falken nach, wie dieser zwischen den Säulen verschwand.

»Friedenstaube!« zischte er verächtlich, zu den *halca* gewandt. Doch die jungen Leibwächter zollten seinem Hohn keinen Beifall mehr. Das Ansinnen, dem sie sich nicht entziehen konnten, lastete schwer auf ihren Schultern.

Das Festzelt des Sultans begann sich zu leeren, Turanshah hatte die Musikanten und die Tänzerinnen weggeschickt, auch die Kinder waren schon zu Bett gebracht worden, als der alte John Turnbull eintrat. Er blieb im Eingang stehen, und sein Blick verweilte so lange und intensiv auf Turanshah, daß dieser sein Haupt von den Schenkeln des Antinoos hob, die Hand seiner Prinzessin aber nicht losließ. Er winkte den greisen Botschafter leutselig zu sich, und der schritt auch auf die Empore zu, wo die Herrschaften in ihren Kissen lagerten.

»Sagt an, Chevalier du Mont-Sion, vielverschlagener Odysseus, haben Eure vom weisen Alter ungetrübten Augen je ein glücklicheres Dreigestirn erblickt als den erhabenen Turanshah, seinen schönen Antinoos und seine herrliche Prinzessin –?«

John Turnbull war erschrocken über diese Frage und flüchtete in den behenden Versuch, ihrer Beantwortung eine unverfängliche Richtung zu geben.

»Viel haben meine Augen gesehen«, sagte er.

Doch es war Madulain, die sein Bemühen spürte, seine wahren Gedanken zu verschleiern.

»Was sagen die Sterne?« bohrte sie schroff. »Droht Unheil?«

»Ein Gestirn von so selten köstlicher Trinität«, wand sich der Alte, »gehört ans Firmament, leuchtend am nachtblauen Himmel.

Hier auf Erden«, setzte er seufzend hinzu, »droht Schönheit immer Gefahr!«

»So fahren wir wenigstens nicht zur Hölle!« lachte der Sultan und schlug dem Antinoos auf den Schenkel. »Und ein fernes Sternentriangel wird unsere Namen tragen!«

Der Botschafter verbeugte sich und verließ das Festzelt schneller, als er es betreten hatte.

Soweit das Auge reichte brannten in dieser Nacht Feuer am gegenüberliegenden Ufer des Nils, es waren die der Sarazenen, die der abziehenden christlichen Armee folgten, zu Land und auf ihren Schiffen. Sie beleuchteten das Wasser und verrieten viele der fliehenden Boote, die versuchten, nach Damiette zu entkommen. Wen die Sarazenen fingen oder wer zu ihrer Seite herübertrieb, den schlachteten sie auf der Stelle ab. Gefangene wurden nicht gemacht. Doch sie hielten sich zurück. Bedrängt wurde das fränkische Heer von den Truppen, die unter Benützung der intakt gelassenen Schiffsbrücke über den Bahr as-Saghir nachgesetzt waren. Das waren mittlerweile Tausende, und vor allem nach Zerstörung der hinderlichen Brückentore auch die Reiterei.

König Ludwig bestand geradezu bockig darauf, wieder an Land gebracht zu werden, und übernahm das Kommando über die Nachhut. Die Johanniter bestürmten den König, er möge diese Aufgabe ihnen überlassen, setzten aber nur durch, daß er einer Abteilung vom Krak des Chevaliers unter ihrem Konnetabel Jean-Luc de Granson gestattete, sich ihm anzuschließen. Dabei konnte sich der König kaum auf dem Pferd halten.

So zogen sie durch die Nacht gen Norden, ständig angegriffen und vor allem mit Pfeilen beschossen, deren Spitzen zuvor in Griechisches Feuer getaucht worden waren. Es war, als würden Hunderte von Sternschnuppen auf den unglücklichen König niederstürzen. Sein eigener Konnetabel, der wie ein treuer, bissiger Schäferhund nicht von seiner Seite wich, sorgte dafür, daß immer genügend Schilde sich reckten, um sie aufzufangen, denn dazu war König Ludwig in seiner Schwäche schon nicht mehr fähig.

Hinter ihm ritt schweigend William von Roebruk. Der König hatte ihn nicht etwa freudig begrüßt, zu tief saß immer noch der Stachel, daß William damals den Dienst bei ihm quittiert hatte, eine Erklärung wollte er sich nicht anhören. Doch der eigentliche Grund für die königliche Verstimmung war wohl das, was seitdem – es war nun bald sieben Jahre her, daß er ihn als Feldkaplan zum Montségur gesandt hatte, von dem er nicht zurückgekehrt war – über den Lebenswandel des Mönchs zu vernehmen war. Nichts, was ihn prädestinierte, von einem frommen Mann wie ihm wieder mit offenen Armen aufgenommen zu werden. Aber er duldete den Franziskaner in seinem Gefolge und hatte sich sogar zu der sarkastischen Bemerkung herbeigelassen, daß er sich mittels des Dolmetschers doch noch mit dem Sultan ins Benehmen setzen könnte, wenn dieser seinem heidnischen Glauben abschwören wolle.

Der Morgen graute.

Der König ritt ein gedrungenes Halbblut, dem man eine seidene Schabracke übergeworfen hatte.

So erreichten sie bei Sonnenaufgang ein kleines Dorf nördlich von Scharimschah, also noch nicht einmal die halbe Wegstrecke bis nach Damiette. Der Konnetabel brachte seinen Schutzbefohlenen in einem Haus unter, dessen Besitzerin, wie sich herausstellte, in Paris geboren war.

Der König war so elend, daß man ihm sofort ein Sterbelager bereitete, weil keiner mehr daran glaubte, er könne den Tag noch überleben.

Einige Sarazenen waren bis an den Dorfrand gefolgt, und Ludwigs Leibwache mußte sie verscheuchen wie lästige Fliegen, bis die Nachhut einen Kordon um das Dorf gelegt hatte.

Doch Ludwig wollte nicht, daß seinetwegen das weiterziehende Heer im Rücken ungedeckt blieb, und befahl ihnen, sich nicht aufzuhalten. Wenigstens akzeptierte er jetzt, daß die Johanniter unter Jean-Luc de Granson bei ihm blieben. Die Reste der einst so glanzvollen Armee des Ordens der Templer hatten sich auf ihre eigenen Galeeren eingeschifft und bildeten die Speerspitze des Flottenverbandes, der versuchen sollte, mit den Kranken und Verwundeten nilabwärts wieder bis Damiette durchzukommen.

Philipp de Montfort, einer der Barone von Outremer, die an der letzten, fehlgeschlagenen Verhandlung mit den Emiren des Sultans teilgenommen hatten, schlug sich zum König durch.

»Ich habe unterwegs«, berichtete er, »jenen Emir Fassr ed-Din Octay wieder getroffen, den seine Leute den ›Roten Falken‹ rufen, und habe mir erlaubt, mit ihm die Möglichkeit eines befristeten Waffenstillstandes zu erörtern.«

König Ludwig schaute ihn erwartungsvoll an.

»Wenn Eure Majestät einverstanden ist, will ich die Frage gern in unserem Sinn –?«

»Ich bitte Euch, lieber Montfort«, flüsterte der König hastig.

So ritt Herr Philipp mit einer weißen Fahne dem nachrückenden Feind entgegen. Zu seinem freudigen Erstaunen stieß er gleich nach Verlassen des Dorfes auf den Roten Falken, der allein weit vor seinen Leuten galoppierte, als habe er den Baron erwartet.

Die beiden Männer wurden sich sofort einig, daß beide Seiten sich einen Tag nicht rühren sollten – jedenfalls die zu Lande zogen –, solange der König mit dem Tode rang. In der Zeit sollte der freie Abzug organisiert werden und danach Damiette dem Sultan zurückerstattet. Von Jerusalem war nicht mehr die Rede. Philipp schwor auf das Kreuz. Der Emir nahm seinen Turban ab und streifte den Ring von seinem Finger zum Zeichen, daß er loyal sich an diese Abmachung zu halten gewillt sei.

Doch er hatte die Rechnung ohne seinen Rivalen, den Mameluken Emir Baibars, gemacht.

Baibars hatte in der Zwischenzeit einen gefangenen Sergeanten des Hauptheeres freigelassen und bestochen. Der tauchte jetzt plötzlich wieder auf, rannte die Reihen der Abziehenden entlang und rief:

»Ergebt Euch, legt die Waffen nieder! Das ist der Befehl des Königs!«, und auf Befragen setzte er aufgeregt hinzu: »Der König ist gefangen! Wenn wir uns nicht ergeben, wird man ihn töten!«

Das hielten alle für gut möglich, und da die Verbindung zu dem Dorf, wo man den König zurückgelassen hatte, abgerissen war, wollte keiner an seinem Tode schuldig werden. So begannen die Soldaten ihre Waffen wegzuwerfen und zwangen so die Ritter, ihre Schwerter den Sarazenen auszuhändigen.

Das Fußvolk wurde zuhauf getrieben und mußte sich – die Hände auf dem Rücken – zu Boden setzen. Die Barone und die adeligen Heerführer wurden als Gefangene zurückverfrachtet. Als die ersten Trecks an dem Dorf vorbeizogen, wo sich des Königs Leibwache und die von Fassr ed-Din Octay befehligte Truppe friedlich gegenüberlagen, erkannten Montfort und der Emir die Vergeblichkeit ihres Bemühens.

Der Rote Falke stand auf und sagte mit Bedauern: »Nun, da Ihr Euch ergeben habt, kann ich mich für keinen Waffenstillstand mehr verbürgen.«

Philipp de Montfort erhob sich ebenfalls und übergab dem Emir seine Waffe. Dann gingen sie gemeinsam zurück, um dem König mitzuteilen, daß er sich unter Arrest befände.

»Unde hoc mihi,
ut veniat mater Domini mei
ad me? Halleluia!«

LIB.II,CAP.5

DER
BRENNENDE
TURM

DIARIUM DES JEAN DE JOINVILLE
Auf dem Nil, den 6. April A.D. 1250
In meinen nächtlichen Fieberträumen erlebte ich mit, wie die geschlossene Templerflottille an uns allen vorbei und auch vom Feind unbelästigt mit hartem Ruderschlag nach Norden entschwand. Dann gerieten wir dahintreibend plötzlich in einen Strudel, der uns unweigerlich auf die Seite drückte, wo die ägyptischen Galeeren auf uns lauerten.

Das veranlaßte die Soldaten, die der König zu unserem Schutz in die leichteren Ruderboote befohlen hatte, uns schlagartig zu verlassen und sich ebenfalls gen Damiette abzusetzen. Mit Mühe gelang es unseren Matrosen, den Wirbeln entgegenzusteuern, aber mit dem Morgen kam ein frischer Wind von der Küste und blies derart stark, daß wir auch bei gerefften Segeln von der Strömung nicht mehr mitgenommen wurden, sondern wie festgenagelt auf dem Fluß schaukelten.

An Land, das gesamte jenseitige Ufer entlang, tauchten jetzt Banden von Beduinen auf, die wie Schakale mit jedem Schiff von uns mitliefen, das den Kampf mit dem Wind aufgab. Sie mußten keinen Finger rühren, die Beute trieb ihnen unweigerlich in die Arme und damit ins sichere Verderben. Ich konnte mit ansehen, wie sie sich der ersten Boote annahmen.

Sie machten die Besatzung auf der Stelle nieder, warfen die Körper ins Wasser und bargen die Kisten und Körbe, das Fluchtgepäck der Erschlagenen. Es schien mir fast wie eine Erlösung, daß wir uns jetzt der Höhe näherten, an der die Blockadestreitmacht des Sultans sich postiert hatte. Von ihren Galeeren gefangen zu werden, schien mir mehr Überlebenschancen zu bieten, als den Beduinen in die Hände zu fallen. Doch meine Bootsleute fürchteten sie mehr als die Teufel am Ufer.

Ich mußte sie mit blanker Waffe zwingen, jetzt den Anker zu werfen. Mein Koch drehte durch und schrie: »Sollen sie uns doch erschlagen, dann kommen wir ins Paradies!«

Ich war mir da nicht so sicher und erleichterte meine sündige Seele erst mal, indem ich meine Truhen mit Gold und Juwelen über Bord warf und auch meine kostbarsten Reliquien. Sie versanken in den lehmigen Fluten. Mein Priester, der alte Dean of Manrupt, sah fassungslos zu.

»Immer noch besser als den Heiden in die Finger!« tröstete ich ihn, und er sagte:

»Mein Herr de Joinville, dem ich solange dienen durfte, Ihr solltet Euch als Cousin des Königs ausgeben, um wenigstens Euer Leben zu retten. Ich gebe meines in die Hände des Herrn Jesus Christus!«

Von der vordersten ägyptischen Galeere, die jetzt auf uns zuschoß wie zum Rammstoß, rief ein Mann auf französisch:

»Wer mit der Waffe in der Hand angetroffen wird, ist des Todes. Ergebt Euch!«

Da warfen alle meine Leute ihre Schwerter weg, und ich stellte mich vor sie, als die hochbordige Galeere längsschiffs ging. Die Sarazenen warfen mir ein Tau herab, das ich ergriff. Vor Schwäche wäre ich ins Wasser gestürzt, hätten nicht hilfreiche Hände mich hochgezogen. Ich stolperte an Deck, wurde niedergeworfen, mein Brustpanzer abgerissen und mir ein Dolch an die Kehle gesetzt.

»Ich bin der Vetter des Königs!« röchelte ich, und sie ließen von mir ab und führten mich zum befestigten Heck, wo mich der Admiral der Flottille erwartete.

Bevor er mich befragte, ließ er mir ein Gewand und einen Gürtel reichen und auch einen bitteren Trank, der meinem Kopf sehr wohl tat. Dann fragte er mich durch den Dolmetscher, der vom

Hofe Kaiser Friedrichs zu Parlemo war, ob ich tatsächlich mit dem König von Frankreich verwandt sei. Ich dachte, die Lügerei macht keinen Sinn und sagte:

»Ich glaube nicht, aber sicher ist meine Frau Mutter eine Base des Staufers!«

Da umarmte mich der Admiral und rief aus: »Jeder Freund des großen Kaisers ist unser Freund!«, und sie gaben mir erst mal reichlich zu essen.

Inzwischen hatten die anderen Galeeren auch die übrigen von unseren im Strom ankernden Schiffen geholt. Sie trennten die Ritter, soweit sie einigermaßen gesund aussahen, von den Gemeinen, worunter sie auch die Priester warfen. Uns von Stand und Adel behielten sie an Bord, während der Rest angelandet wurde.

Ich mußte mit ansehen, wie mein alter Dean of Manrupt strauchelte, er war ja krank wie ich, wenn nicht schlimmer, sie schlugen ihm mit einer Keule den Schädel ein und warfen seinen Körper in den Fluß. Ich protestierte bei dem Admiral, der mir antworten ließ, es handele sich in diesen Fällen nur um eine Abkürzung der Leiden, die doch zum Tode führten – und für einen Priester der Christen, der ja annimmt, daß sein Herr für ihn am Kreuz gestorben sei, sei es nur billig, wenn er es ihm vergelte, indem er nun für seinen Herrn stürbe.

Der Sarazene fügte aber rasch hinzu: »Für Euch, mein Graf, gilt jedoch das Wort des großen Sultans Saladin: ›Du sollst keinen Mann töten, wenn du Brot und Salz mit ihm geteilt.‹«

Das beruhigte mich und meine Ritter, die sich ebenfalls satt gegessen hatten, denn wir wurden nun auch an Land gebracht. Ich wurde auf einen Zelter gesetzt und durfte neben dem Admiral reiten, was beides eine besondere Auszeichnung darstellte, denn meine Gefährten mußten in langer Kette aneinander gefesselt zu Fuß den Marsch in die Gefangenschaft antreten.

Durch den Dolmetscher, der neben uns herlief, wies mich der Admiral darauf hin, daß es meinen Leuten nicht erspart bleiben würde – ich sei sicher als Neffe des großen Kaisers davon ausgenommen –, ihrem christlichen Glauben abzuschwören.

Ich warnte ihn. »Schenkt solchen Schwüren keinen Glauben, denn so leichtfertig wie jemand sich seines Glaubens entgibt, verrät er auch den angenommenen. Oder«, fügte ich hinzu, »wie Saladin sagte: ›Nie sah ich einen Christen einen guten Moslem werden, noch ist je aus einem Moslem ein guter Christ geworden.‹«

Wir erreichten Mansurah und wurden an der »Siegreichen« vorbei, mir fiel die Bedeutung ihres Namens wieder ein – uns hatte der Ort nur Unglück gebracht! –, in ein eigens für uns errichtetes Lager geführt, wo er uns ablieferte.

Ich bedankte mich für die korrekte Behandlung, und er sagte nur: »Dankt Eurem Kaiser!«

Das Lager, nicht weit von den Gärten des Sultans am Nil, bestand aus mehreren Gevierten, getrennt durch mannshohe Lehmmauern. Es ähnelte einem Gatter für Schafe, und mehr als zehntausend Männer waren wohl darin eingepfercht. Immer ein Dutzend wurde von den Wachen durch ein Tor in den nächsten dieser Innenhöfe getrieben, wo sie aufgefordert wurden, ihrem Glauben abzuschwören. Wer sich weigerte, dem wurde sogleich der Kopf abgeschlagen. Die Entsetzensschreie der Unglücklichen waren über die Mauern zu hören.

Mir blieb diese Prozedur erspart, der sarazenische Dolmetscher holte mich heraus und geleitete mich in einen Pavillon. Hier waren die meisten unserer Heerführer untergebracht, und ich wurde mit Freudenschreien begrüßt, weil keiner erwartet hatte, mich noch unter den Lebenden zu finden.

Wir umarmten uns alle in der Wiedersehensfreude, und es hieß, der König sei auch in der Nähe, in einem gesonderten Pavillon. Dann kamen Hofbeamte des Sultans und wollten von uns wissen, wer unser Sprecher sei, dem sie die Botschaft ihres Herrn ausrichten könnten. Wir bestimmten den Grafen Peter von der Bretagne.

Zu meinem Erstaunen trat nun mein Sekretarius William von Roebruk als Dolmetscher auf, er war mit einer kostbaren Djellaba bekleidet und schien sich bester Reputation zu erfreuen. Er feixte mir schnell zu, bevor er mit der Übersetzung begann. Er stellte uns den Oberhofschreiber Baha Zuhair vor, den er dann folgendes sagen ließ:

»Mein Herr, der erhabene Sultan, läßt Euch als erstes durch mich fragen, ob es Euer Wunsch ist, die Freiheit wiederzuerlangen?«

Graf Peter bestätigte dies gern, und William fuhr fort:

»Was seid Ihr bereit, dem Sultan dafür zu geben?«

»Alles, was in unserer Macht steht«, antwortete der Graf, »und sofern es ein billiges Ansinnen ist.«

»Würdet Ihr uns«, lautete die nächste Frage, »etliche der Kreuzfahrerburgen aushändigen, die sich im Besitz der Barone von Outremer befinden?«

Der Graf entgegnete: »Darüber haben wir keine Verfügungsgewalt – noch die Barone, denn alle festen Plätze sind Lehen des Kaisers.«

Das schien dem Oberhofschreiber Eindruck zu machen, aber er insistierte. »Wollt Ihr denn wenigstens, um Eurer Freiheit willen, einige Festen der Templer oder der Johanniter übergeben?«

Wieder mußte der Graf verneinen. »Das ist nicht durchführbar, denn jeder Ordenskomtur muß bei der Übernahme seines Amtes auf die Bibel schwören, daß er niemals die ihm anvertraute Burg dafür hergäbe, um jemanden aus der Gefangenschaft zu lösen – und wenn's der Kaiser selbst wäre!«

Da sagte Baha Zuhair durch Williams Zunge, er habe nicht den Eindruck gewonnen, wir hätten das Verlangen freizukommen, und so sei es ja nur rechtens und billig, wenn wir jetzt dem Schwert überantwortet würden.

Sprach's und schritt von dannen, gefolgt von meinem Sekretarius, der nun nicht mehr grinste. Dafür drängte jetzt ein Schwarm junger Sarazenen in unseren Pavillon, sie waren teilweise noch im Knabenalter, aber sie fuchtelten wie wild mit ihren scharfen Schimtars vor unseren Nasen herum.

Mir fiel auf, daß die gefährlichen Krummsäbel allesamt reich verziert, ziseliert und versilbert waren, auch die Kleidung der Jungen war kostbar und mit des Sultans Emblem bestickt.

»Das sind die *halca*«, flüsterte mir einer der Barone von Outremer zu, »des Sultans Knabengarde.«

»Gefährliche Bürschlein«, zischelte ein anderer, »und blutrünstig, weil sie sich noch als Männer beweisen müssen.«

Doch die Knaben hielten sich zurück, weil ein würdiger Greis mit schlohweißem, langem Bart, wohl ihr Lehrer, nun das Wort ergriff.

»Glaubt Ihr an einen Gott, der gefangen wurde, um Eures Heiles willen, verhört, gefoltert und hingerichtet, und doch am dritten Tage wieder auferstanden?«

»Ja«, sagten wir fast im Chor.

»So erleidet Ihr alle Schmach, die Ihr erlitten habt, um seinetwillen?«

Wieder riefen wir: »Ja!«

Und er sagte: »Doch Ihr seid noch nicht gestorben, wie er für Euch gestorben ist. Und wenn er die Macht hatte, zum Leben zurückzukehren, so könnt Ihr versichert sein, daß er Euch auch wieder vom Tode auferstehen läßt, wenn es ihm gefällt, so mit Euch zu verfahren.«

Mit diesem Trost ließ er uns allein, allerdings nahm er den Haufen der jugendlichen Säbelschwinger wieder mit sich.

»Sie werden uns einzeln hinausführen«, flüsterte der Baron von Outremer, der sich wohl auskannte.

Mir wollte das Herz in die Hose fallen, als ich gleich darauf mit Namen als erster aus dem Pavillon gerufen wurde. Doch ich wurde zum König geführt, über dessen Schulter mich wieder William mit einer Grimasse begrüßte.

Beim König, für den man eigens sein rotes Rundzelt aufgeschlagen hatte, befanden sich die Großmeister der Orden, das heißt, die an ihrer Statt amtierenden: der Marschall des Tempels, Renaud de Vichiers, und der Johanniter Jean de Ronay sowie der Konnetabel von Frankreich und die beiden Brüder des Königs. Auch der Herzog von Burgund und der Graf von Flandern waren zugegen. Peter von der Bretagne wurde gleich nach mir gebracht.

Herr Ludwig wurde gerade verhört, der Oberhofschreiber stellte ihm die gleichen Fragen wie uns zuvor, und zu meiner Erleichterung beantwortete er sie genau wie der Graf von der Bretagne.

Das ärgerte nun den Herrn Inquisitor ungeheuer, und er ließ wütend dem König das Instrument zeigen, das ihn zur Änderung seiner entschieden geäußerten Meinung bewegen sollte. Mein William wurde angewiesen, seine Funktion zu beschreiben, und ich muß sagen, er tat es mit Inbrunst.

»Dieses Folterwerkzeug nennt man ›harnakel‹«, dozierte er, »es ist wohl von dem mißverstandenen Begriff ›Harnisch‹ herzuleiten, denn zwischen die Eisenzähne dieses Gebisses werden die Extremitäten des zu Folternden gesteckt, zu Beginn mit Vorliebe die Füße – den Grad der Tortur bestimmt derjenige« – er nahm ein Stück Rundholz, schob es in den Rachen und setzte sich auf das »harnakel«, daß das Krachen und Splittern des Holzes zu hören war –, »der die Befragung durchführt«, beendete er stolz die Demonstration und warf das zermalmte Scheit weg.

Baha Zuhair schaute triumphierend, aber der König sagte nur: »Ich bin Euer Gefangener, verfahrt, wie es Euch beliebt!«

Da rauschte der Oberhofschreiber beleidigt hinaus, ohne William mitzunehmen. Der schien auch von dem ganzen Vorgang unberührt und verneigte sich vor König Ludwig und sagte leise: »Eure Festigkeit, Majestät, ist stärker als ihr Wille, sie zu brechen. Macht Euch keine Sorgen, sie werden Euch kein Haar krümmen!«

In der Tat erschien jetzt der Oberhofschreiber wieder, begleitet von dem Emir, den sie den »Roten Falken« nennen. Der übernahm jetzt die Verhandlung und bedurfte dafür auch keines Dolmetschers.

»Welchen Betrag, Majestät«, sagte er bündig, »seid Ihr bereit, dem Sultan zu zahlen, und in welcher Form wollt Ihr Damiette übergeben?«

Der König antwortete: »So der Sultan willens ist, eine vertretbare Summe anzunehmen, will ich gern der Königin die Bitte zukommen lassen, solch Lösegeld zu zahlen.«

Der Emir überlegte nicht lange: »Wollt Ihr Euch bitte genauer ausdrücken, Majestät, daß – und wie – Ihr so verfahren wollt?«

Da antwortete der König: »Wie soll ich wissen, ob die Königin dem zustimmt. Denn wenn sie auch mein Ehegespons ist, so ist sie doch Herrin ihrer eigenen Entschlüsse.«

Diesmal dachte der Rote Falke länger nach, doch er beriet sich nicht mit den Hofbeamten, die offensichtlich darauf drängten, an höchster Stelle Rücksprache zu nehmen. Der Emir gebot ihnen Schweigen.

»Ich gehe mal von einer Summe aus«, sagte er kühl, »und dafür würde ich mich auch beim Sultan einsetzen, die sich auf eine Million Goldbyzantinen beläuft, was fünfhunderttausend Livres in Eurer Währung ausmacht, Majestät.«

Das war auch für die Hofbeamten ein gewaltiger Betrag, ich sah es an ihren sprachlos aufgerissenen Mündern. Doch der König sagte:

»Wenn die Königin dieses Lösegeld aufbringt, verspricht der Sultan dann im Gegenzug, mich und alle meine Leute freizugeben?«

Der Rote Falke antwortete: »Majestät, davon könnt Ihr ausgehen!«

Er verneigte sich und verließ den Pavillon. Der Hofstaat rauschte aufgeregt schnatternd hinter ihm her.

Der König umarmte Herrn Peter von der Bretagne, dann mich und schüttelte William die Hand.

IN DEN LEHMMAUERGEHÖFTEN des Gefangenenlagers waren die Johanniter von allen anderen separiert worden. Sie hielten das für eine Auszeichnung, die dem Orden zustünde. Templer waren fast keine gefangen worden, sie hatten sich in letzter Sekunde ohne Rücksicht auf den Konvoi der Kranken und Verwundeten, die sie begleiten sollten, geschlossen nach Damiette abgesetzt, und den Deutschrittern, zahlenmäßig sowieso kein großes Kontingent, war ein Gebäude im Wirtschaftsteil des Sultanspalastes zugewiesen worden, eine Geste im Geiste der freundschaftlichen Beziehungen des Hauses Ayub zum Kaiser.

Den Mamelukenheerführern, die sich von dem jungen Sultan mehr und mehr um die Siegeslorbeeren gebracht fühlten, gefiel diese Sonderbehandlung keineswegs, aber sie konnten nichts daran ändern. Der Wortführer der Mamelukenemire war nicht etwa der dienstälteste Offizier, der bedächtige Izz ed-Din Aibek, sondern unangefochten Baibars, »der Bogenschütze«, der Sieger von Mansurah.

Da ihnen der Zutritt zum Palastbereich verwehrt war, trafen sich die Unzufriedenen in den Pferdeställen, jener weitläufigen Säulenhalle, wo sie unbelauscht offen reden konnten.

»Ich verstehe nicht«, bemühte sich Aibek, den Mißmut nicht zur offenen Revolte umschlagen zu lassen, »warum Turanshah zögert, unser Dumyat jetzt mit Gewalt zurückzuerobern, und mit dem König der Franken verhandelt, anstatt ihm Ägyptens Bedingungen zu diktieren –«

»Und das auch noch von Fassr ed-Din Octay besorgen läßt«, rief Baibars erregt, »diesem Christenfreund!«

In das beifällige Gemurmel der anderen Emire mischte sich auch unüberhörbarer Protest, der dem Bogenschützen anzeigte, daß er zu weit geschossen hatte. Aibek nahm den Abwesenden in Schutz:

»Der Rote Falke ist Mameluk wie wir, wie sein verehrungswürdiger Vater es war, der sein Leben für Ägypten gelassen hat.«

Damit beruhigte er erst mal die Aufgebrachten. »Und wenn Fassr ed-Din Octay die Verhandlungen zu weich führt, wie es wohl dem Sultan schmecken mag, aber nicht uns« – Zustimmung –, »dann sollten wir ihm das ins Gesicht sagen. Das ist meine Meinung, und wenn Ihr der gleichen seid, bin ich bereit, unsere Sorge sofort dem Roten Falken ans Herz zu legen.«

Durch Handaufheben wurde abgestimmt, selbst Baibars konnte sich dem einstimmigen Votum nicht entziehen, was ihn wurmte.

»Es bleibt aber«, sagte er ärgerlich, »die Freilassung aller Gefangenen ...«

Wieder versuchte Aibek zu beschwichtigen. »Sie werden mit
ihrem König das Land verlassen und hoffentlich aus ihrer Niederlage eine Lehre ziehen, die sie nie wiederkommen läßt!«

»Das gilt aber nicht für die Barone von Syrien und Galiläa oder
Outremer, wie sie es frech heißen, und vor allem nicht für die
bornierten Ritter dieser verfluchten Orden! Sie werden wiederkommen – wenn wir sie nicht –«

»Halt!« rief Aibek in das Schreien der Empörung, aus der Drohung und Haß deutlich herausklangen. »Wir dürfen keine Gefangenen töten, wenn ein Lösegeld vertraglich –«

»Genau!« schrie Baibars. »Noch ist kein Vertrag beschworen,
dank unserer rücksichtsvollen Verhandlungsführung! Was gilt, ist
der status quo!«

Es hatten sich jetzt mehrere Truppenführer um Baibars geschart und zum Zeichen ihrer Entschlossenheit die Schwerter gezogen, sie drängten aus der Versammlung. Aibek sah, daß er sie
nicht aufhalten konnte.

»Ihr besudelt Euch mit dem Blut –« Er wurde niedergeschrien.

»Sagt nur nicht ›Unschuldiger‹«, spottete Baibars, »wie hieß
doch der Statthalter, den Christenhunden für immer in bester Erinnerung? Pontius Pilatus!«

Er lachte Izz ed-Din Aibek ins Gesicht. »Haltet es, wie er es
hielt!«

Sie marschierten gradwegs zum Gefangenenlager und drangen
in das Geviert, daß die Johanniter beherbergte. Ihre Absicht war
unverkennbar.

Der Ranghöchste, der Konnetabel von Marqab, Jean-Luc de
Granson, stellte sich ihnen entgegen, er wußte, mit wem er es zu
tun hatte, und auch, daß er nicht mehr als seinen Kopf zu verlieren
hatte.

»Da kommt der Rabenvater«, spottete er laut, »der sein Söhnlein, ich glaube Mahmoud war der Name, unbeschützt an unserer
Küste stranden ließ –«

Damit hatte er Baibars einzigen wunden Punkt getroffen. Ein Jahr und acht Monate war es jetzt her, daß er seinen Sohn und Erben verloren hatte, verschollen auf einer Pilgerfahrt. Er sprach jetzt ganz langsam, weil er sich beherrschen mußte.

»Was wißt Ihr –? Wo ist mein Sohn?«

Seine Stimme war lauernd. Er hatte bis Konstantinopel, bis Bagdad Nachforschungen anstellen lassen. Ohne jeden Erfolg, ohne jede Spur. Doch der Johanniter schien nicht zu lügen.

»Das werde ich Euch mitteilen lassen, wenn wir wieder in den Krak des Chevaliers zurückgekehrt sind –«

In Baibars Augen glomm Mord.

»Ihr sagt es gleich!« stieß er zwischen den Zähnen hervor. »Oder Ihr werdet Eure Burg nicht wiedersehen.«

Der Konnetabel wußte, daß das Spiel verloren war.

»Bogenschütze«, sagte er grimmig, »Ihr geltet nicht als ein Mann, auf dessen Wort ein Ritter etwas geben kann, und so will ich Euch auch nichts geben.«

Baibars brüllte: »In die Knie!«, doch der Konnetabel rührte sich nicht, er, der sich sonst kein Lächeln gestattete, lachte jetzt aus vollem Hals.

»Jetzt verliert Ihr auch noch das Gesicht!«

»Und Ihr den Kopf!« Baibars schlug nach dem Johanniter, doch der wich zurück, daß der Krummsäbel ihm nur den Arm aufschlitzte.

»Ihr solltet bei Pfeil und Bogen bleiben!« höhnte Jean-Luc de Granson. »Laßt mich es allein ausmachen!« wies er seine Ritter zurück, die sich schützend an seine Seite drängten.

Er trat vor, zwei Mameluken packten ihn und versuchten, ihn in die Knie zu zwingen. Er schüttelte sie ab. Eine Meute warf sich auf ihn, einer trat ihm in die Kniekehlen, sie stachen ihm in den Bauch, einer bekam sein Haar zu fassen und zog den Kopf nach vorne. Baibars war zur Seite gesprungen, er hob den Schimtar und ließ ihn niedersausen. Der Mann, der das Haupt bei den Haaren hielt, fiel rücklings, den Kopf in der Hand. Das Blut, das aus dem Hals sprang, spritzte über ihn.

Baibars brüllte: »Schlagt sie alle tot!«, doch da ging der Rote Falke dazwischen.

Er schrie nicht etwa, sie sollten einhalten, sondern er sagte laut zu Baibars, der ihn haßerfüllt anfunkelte: »Es ist gekommen, wie es dem Konnetabel prophezeit wurde.«

Baibars hob den Arm, um dem Störer dennoch Gehör zu verschaffen, obgleich die Worte nur ihm galten. Der Rote Falke ließ ihn schmoren.

»Als Jean-Luc de Granson Euren Sohn dem An-Nasir ohne Not auslieferte, warnten ihn die Ismaeliten, er würde seinen Kopf – er machte eine Pause, bis auch der letzte Mameluk von den Johannitern abgelassen hatte und ihm zuhörte – »durch *die* Hand verlieren, die sich jetzt dazu hergegeben hat, einen Wehrlosen zu töten. *Inch' Allah*«, fügte er trocken hinzu, »aber es ist nicht Allahs Wille, daß wir Mameluken unser Gesicht als Schlächter von Gefangenen verlieren.«

Er wartete keine Antwort ab und verließ das lehmgemauerte Geviert. Kurz nach ihm verließen es auch die ersten Mameluken schweigend, verdrossen die anderen, als letzter Baibars.

Im Palast des Sultans hatte Baha Zuhair, der Oberhofschreiber, seinem Herrn stolz berichtet, wie es ihm gelungen sei, durch Verhandlungsgeschick und unnachgiebige Härte den Betrag von einer Million Goldbesanten aus dem König herauszupressen.

»Stellt Euch vor, eine Million!«

Turanshah war begleitet von seinem Hofstaat, aber auch Ibn Wasil, der Chronist, war zugegen. Der Sultan wandte sich jedoch nicht an seine Ratgeber, die samt und sonders tief beeindruckt und auch hoch erfreut über die gewaltige Summe waren, sondern mit einem auffordernden Blick an die Kinder.

Roç und Yeza, beide in Hoftracht, wobei Yeza darauf bestanden hatte, wie Roç seidene Pumphosen und einen Turban zu tragen, was sie wie einen schmalen Jüngling wirken ließ, saßen nebeneinander dem Herrscher gegenüber. Die Kinder fühlten sich zwar nicht wohl in der Rolle, die sie immer in das steife Zeremoniell zwang, aber sie waren jedesmal glücklich, wenn sie um ihre Meinung gefragt wurden. Sonst war es furchtbar langweilig.

»Hat er geschworen?« fragte Roç ernsthaft nach, und Baha Zuhair, leicht verwirrt, beeilte sich mit einer Verbeugung zuzugeben:

»Noch nicht, junger Herr, aber er ist jederzeit bereit.«

»Sagt uns genau die Bedingungen!« verlangte Yeza, aber Baha Zuhair wiederholte nur, an den Sultan gewandt:

»Der König der Franken zahlt fünfhunderttausend französische Livres für die Freilassung seiner Untergebenen und aller, die mit ihm gezogen sind. Und er übergibt Dumyat als Lösegeld für seine eigene Person«, führte der Oberhofschreiber wichtigtuerisch aus, wobei zu spüren war, daß er die Bedeutung der Geste keineswegs begriffen hatte, »weil er der Meinung ist, daß es sich für einen Mann seines Ranges nicht ziemt, seine Freiheit mit Geld zu erkaufen.«

»Bei Allah!« rief Turanshah da aus. »Welch noble Gesinnung! Dieser König«, fragte er fast ungläubig nach, »hat also nicht versucht, mit Euch zu handeln?«

Baha Zuhair mußte den Kopf schütteln, auch wenn dies leicht dem widersprach, was er zuvor verkündet hatte. Aber der Sultan sah darüber hinweg.

»Er will mich beschämen?«

Abwehrend hob der Oberhofschreiber die Hände.

»So lassen wir ihm doch hunderttausend nach?« schlug Yeza vor. »Vierhunderttausend Besanten.«

Das gefiel dem Turanshah. »Bei Allah«, sagte er, »das ist die Lösung!«

»Und immer noch ein schönes Lösegeld«, setzte Roç trocken hinzu, »ich würde es gern auf einem Haufen sehen.«

Der Sultan lächelte den Kindern zu. Der Hofstaat hatte dem Verlauf des Disputs mit aufgerissenen Mündern gelauscht und beeilte sich jetzt, durch eifriges Nicken seine vollste Zustimmung zu erkennen zu geben. So rasch hatte noch keiner hunderttausend Besanten verschwinden sehen, und das nicht einmal in irgendeine ihrer Taschen.

Diese fremden Königskinder konnten also höchst unangenehm werden, geradezu gemeingefährlich! Aber alle lächelten.

Die Kinder verließen den Audienzraum. Zwei Leibwächter begleiteten sie.

Turanshah sagte zu seinem Oberhofschreiber: »Ich möchte, daß der alte Herr Botschafter, der schon meinem Großvater, dem erhabenen El-Kamil, und meinem erhabenen Vater diente, mit der Gesandtschaft reist, die der König zu seiner Königin in Dumyat schicken wird. Ich wünsche auch, daß er bei dem heiligen Schwur zugegen ist, den der König wie auch ich vorher ablegen wollen.«

Baha Zuhair verneigte sich und verließ rückwärts gehend den Raum, er wäre fast mit Ibn Wasil zusammengestoßen, der sich gerade hinausstehlen wollte.

Der Chronist mußte die Entwicklung der Dinge unbedingt dem Emir hinterbringen. Er machte sich eilends auf die Suche nach Baibars.

Auf der Suche nach Baibars waren auch zwei einfach gekleidete junge Männer. Man hätte sie für Beduinen halten können. Sie hatten sich im Feldlager, in den Quartieren der Mameluken, systematisch über seine Lebensweise informiert, sie kannten die Wege, die er zu nehmen pflegte, und wußten auch von den geheimen Treffen in den Ställen. Sie gingen ziemlich unbekümmert vor, fühlten sie sich doch geborgen in ihrem Auftrag, spürten die Kühle ihres versteckten Dolches auf nackter Haut und die Verheißung des Paradieses im Herzen.

Die beiden Männer waren Assassinen aus Masyaf. Sie warteten auf einen Mann, den sie nicht von Angesicht kannten, und wenn sie ihn erkannt hätten, spielte es keine Rolle. Ihre Lippen wären auch in der Folter versiegelt geblieben. Er würde ihnen das Losungswort sagen, und ihr Opfer kannten sie.

Sie saßen im Bazar und tranken schwarzen Tee, in dem ein Zweiglein wilder Minze für den erfrischend bitteren Geschmack sorgte. Die zerriebenen Blätter, die sie noch zusätzlich in das heiße Getränk streuten, fielen niemandem auf. Dachten sie.

John Turnbull verließ nachdenklichen Schrittes den Audienzraum im Palast des Sultans. Turanshah hatte ihn eben gebeten, und mit allen erdenklichen Vollmachten ausgestattet, die Delegation der Franken zu ihrer Königin zu begleiten. Der Sultan legte offensichtlich großen Wert darauf, daß der Vertrag schnellstens erfüllt würde, damit er die Gefangenen, die er jetzt mehr als seine Gäste betrachtete, vom Hals bekäme. Eventuell auftretende Schwierigkeiten in Damiette an Ort und Stelle elegant und generös zu bereinigen, das war die Aufgabe, mit der er John Turnbull betraut hatte. Sie lastete auf den Schultern des greisen Botschafters, denn, das wußte er aus langer Erfahrung, bei den Summen, um die es hier ging, fühlten sich auch Kreise auf den Plan gerufen, die es eigentlich wenig angehen sollte.

Die ägyptische Hofkamerilla betrachtete die Staatskasse als ihre höchstpersönliche Schatulle, und die Heeresführung, die mächtigen Mameluken, war sowieso der Ansicht, daß der Schlüssel zur Schatzkammer in ihre Hände gehörte.

John Turnbull war nicht so senil, als daß er das feine Beben, begleitet von Wispern und Geraune, nicht verspürt hätte. Er hatte aber nicht nur die potentiellen Geldempfänger im Auge, sondern auch die, die den gewaltigen Betrag würden aufbringen müssen. Königin Margarethe hütete unmöglich derartige Mittel in ihren Truhen. Sie würde Anleihen aufnehmen müssen; dafür kamen nur die Seerepubliken in Frage und die reichen Ritterorden. Waren sie in der Lage, dem ruinierten König unter die Arme zu greifen? Und gewillt? Als letzter Notretter bot sich noch Kaiser Friedrich an. Turnbull seufzte und nahm leichtgebeugt seinen Weg durch den Garten. Da sprach ihn der Chronist Ibn Wasil an, der wohl nicht per Zufall daherkam.

»Ihr werdet mich nicht kennen, hochverehrter Maestro Venerabile. Ich bin Ibn Wasil, Freund des Gouverneurs von Kairo, des edlen Husam ibn abi'Ali, erfreue mich der Gunst der Sultana Schadschar ed-Durr und vor allem des wohlwollenden Vertrauens des mächtigen Emirs Rukn ed-Din Baibars, des obersten Heerführers aller Mameluken.«

Der alte Turnbull sah ihn an, ein listiges Lächeln spielte in den Falten seiner grauen Augen, was Ibn Wasil als Aufforderung auffaßte, mit seinem Anliegen herauszurücken.

»Dem großmächtigen Bogenschützen, dem alle Gewalt Ägyptens zukommt, gefällt es nicht –«

Da wurde er schon von John Turnbull unterbrochen.

»Ich dachte immer«, sagte er mit feiner Ironie, »die Macht und die Herrlichkeit dieses Landes läge beim Sultan, und als ranghöchsten Befehlshaber kenne ich den besonnenen Emir Aibek.«

Das ärgerte den Ibn Wasil. »Ihr werdet gut daran tun«, mahnte er den alten Botschafter, »Euch mit dem Gedanken vertraut zu machen, daß sich die Dinge geändert haben, seit El-Kamil –«

Das war eine Spitze gegen Turnbull, und der fing sie auf, lächelnd. »Was also mißfällt dem ehrwürdigen Baibars, auf daß ich alles unternehme, was in meiner bescheidenen Macht steht, um die Dinge so zu ändern, daß es ihm behagt.«

»Ich wußte«, dankte zufriedengestellt Ibn Wasil, »mit Euch kann man reden, und auf dem schwierigen Felde der Diplomatie seid Ihr beschlagen wie kein zweiter, großer Maestro Venerabile.«

Wenn etwas John Turnbull schlichtweg verstimmte, dann war es diese Ansprache, der törichte Gebrauch seines geheimen Titels durch einen Unbefugten. Gut, über seine Rolle in der Prieuré wurde viel gemunkelt, das gab aber einem ägyptischen Hofkolumnisten noch längst nicht das Recht, diese Anrede in den Mund zu nehmen. John Turnbull schüttelte sein schlohweißes Haupt, was Ibn Wasil als Zustimmung nahm und die Katze aus dem Sack ließ.

»Wir«, sagte er in aller Bescheidenheit, »sind der Meinung, daß es besser wär', wenn die Königin das Lösegeld nicht zahlen und auch keiner es ihr leihen würde –«

»Ja?« sagte John Turnbull freundlich.

»Es liegt in Eurer Macht«, ging Ibn Wasil in die Falle, »und es würde Euch auch hoch angerechnet werden, wenn Ihr in Damiette dafür sorgtet, daß es zu keiner Zahlung kommt. Diese Lösung wäre auch von Vorteil für Euer hohes Alter, Allah schenke Euch Gesundheit und ein langes Leben!«

»Die sich verschlechtern und verkürzen würden« –der Falten-
kranz um seine Augen lächelte noch immer, doch das Grau seiner
Pupille wurde hart wie Granit, – »wenn ich dem Ansinnen des
großmächtigen Baibars, Allah schenke ihm Gesundheit und ein
langes Leben, nicht willfährig nachkommen sollte?«

»Es sind unsichere Zeiten«, sagte der Chronist bedeutungsvoll,
»und ich kann Euch auch noch anvertrauen, daß Turanshah –
nach Erhalt des Lösegelds – Eure Freunde keineswegs ziehen lassen will, er wird sie samt und sonders alle umbringen lassen –«

Er wartete, ob seine geflüsterte Warnung den erhofften Eindruck machte, dann fügte er hinzu: »Ich wünsche Euch nicht unter diesen Erschlagenen zu sehen!«

»Wer wünscht sich das schon«, sagte Turnbull sanft, »Ihr habt,
mein lieber Freund, es an Klarheit nicht mangeln lassen. Ich reise
mit Euren besten Wünschen im Gepäck.«

Er verneigte sich artig vor dem Ibn Wasil und schritt von dannen. Seine Schultern hatten sich gestrafft, und eine steile Falte des
Zorns stand auf seiner Stirn. Er verließ den Park auf der Abkürzung durch die Pferdeställe und hielt stracks auf den Bazar zu.

Die Späher des Roten Falken hatten die beiden Assassinen nicht
aus den Augen gelassen. Als jetzt John Turnbull in die überwölbte
Ladengasse einbog, in der die Teestube lag, benachrichtigten sie
ihren Auftraggeber.

Wie zufällig und zerstreut setzte sich der weißhaarige alte Herr
zu den beiden jungen Beduinen. Die Worte, die sie wechselten,
schienen nichtssagende Begrüßungsflokeln unter sich fremden
Besuchern. Kurz darauf erhoben sich die Burschen, doch hinter
einer Säule trat der Rote Falke hervor.

»Seid noch meine Gäste«, sagte er freundlich, als er sah, wie
ihre Hände unwillkürlich zur Brust fuhren, »Freunde meines alten
Freundes sind mir stets willkommen.«

Er nötigte sie, wieder Platz zu nehmen, und bestellte Getränke
für alle.

»Hört mir gut zu!« sagte er leise. »Die Häscher des Bogenschützen haben Euch längst im Visier. Baibars hat seine Leibwache derart verstärkt, daß auch keiner an ihn herankommt, der sein Leben wegwirft. Das zum einen«, und er wandte sich mit gleicher Freundlichkeit an John Turnbull, »der Bericht des Ibn Wasil hat ihn nicht befriedigt. Begebt Euch also nicht zum Schiff, das die Delegation nach Damiette bringen soll, Ihr würdet es nicht lebend erreichen! Ich habe für Euch und Eure beiden Freunde hier ein Boot bereitgestellt, das Euch sofort aus Mansurah fortbringt. Geht vom Bazar den Weg zurück in die Pferdeställe, dort werdet Ihr erwartet!«

»In die Höhle des Löwen?« fragte Turnbull verunsichert nach.

»Wie sagen die Christen doch so treffend«, lachte der Rote Falke, »im Schatten der Kathedrale baut sich der Teufel sein sicherstes Nest!«

»Sollen wir dort übernachten?« ging Turnbull auf den scherzhaften Ton ein, jeder Lauscher mochte denken, welch lustige Gesellschaft.

»Nein«, sagte der Rote Falke und zahlte die Zeche, »dort erwarten Euch mir ergebende Piraten, auf die ich zählen kann, seit ich ihr Gast war. Sie werden Euch schützend geleiten. Geht jetzt! Ich übernehme die Nachhut.«

Sie lachten alle und gingen von dannen.

An einer Ecke saß ein bettelnder Krüppel. Er beobachtete die Szene schon lange. Jetzt nahm er seine Krücken und humpelte eilends von dannen. Der Rote Falke stellte ihm ein Bein. Der Mann stürzte. Der Emir war sofort bei ihm, um ihm aufzuhelfen. Er trat ihm dabei ganz langsam auf die Hand und hielt ihm ein Goldstück hin. Der Krüppel hatte verstanden.

Er nahm es und hinkte an seinen Stammplatz zurück.

Turanshah betrat die Räumlichkeiten, die er für sich privat hatte herrichten lassen. Madulain war es gelungen, den Einfluß seiner Künstlerfreunde dabei ziemlich auszuschalten, und sie hatte dafür gesorgt, daß die schönen hohen Räume nicht mit schwerem Mobiliar vollgestellt und mit Damast verhangen wurden. Schlichte gelbliche Rohseide hing in langen Bahnen vor den Fenstern und ließ die grelle Sonne nicht hinein, sondern tauchte alles in ein helles, warmes Licht. Nur Teppiche, wunderbare Afghanen in leuchtenden Farben, kostbar gewirkte aus Isfahan, aber auch einfache erdfarbene Berber bedeckten reichlich die Böden, und viele Kissen aus Samt und weicher Antilopenhaut lagen verstreut.

Madulain erwartete ihren Herrn in der klassisch strengen Tunika, wie sie auf den Vasen der Griechen zu sehen sind. Die Saratz wußte, daß ihr das fließende Gewand stand und er es an ihr liebte. Manchmal kam ihr der Gedanke, wie eben jetzt, als sie seine kurzsichtigen Augen auf sich ruhen fühlte, ob sie es nicht lieber hätte, er würde es ihr abstreifen. Oder sollte sie vor ihn treten und es fallen lassen?

Ganz langsam sollte der glatte Stoff ihren Körper entlanggleiten, während er immer näher kam, um sie in seine Arme zu schließen. Doch Turanshah schien anderes im Kopf zu haben.

Er setzte sich ihr zu Füßen und barg seinen Kopf wie ein kleiner Junge in den Falten ihres Kleides, sie konnte seine Wärme spüren, seinen Atem, aber er öffnete die Lippen nur, um sie an seinen Sorgen teilhaben zu lassen.

»Die Mameluken trauen mir nicht«, klagte er, »auf der einen Seite wollen sie einen starken, wendigen Anführer, doch wenn ich dann den Oberbefehl übernehme und sie zum Sieg führe, dann fürchten sie sich vor der übergroßen Macht des Sultans.«

»Das Problem seit nicht Ihr, mein Herr«, sagte Madulain, die sich katzengleich wieder mit der Rolle der verständigen Ratgeberin abgefunden hatte, »sondern die Struktur der *halca*. Sie hebt diese fremden Knaben aus dem Stand der Sklaven zu kampfsüchtigen Kriegern, und wenn sie zu perfekten Gladiatoren geworden sind, gelernt haben, daß nur die brutalsten und gerissensten überleben, dann geraten sie in das Räderwerk der Macht. Als Emire befehligen sie nun ihrerseits diese Kampfmaschinen, sie wissen, wie man auf dem Tiger reitet, und jetzt beginnen die Intrigen und das Gemetzel um den Erfolg, der Weg nach oben.«

»Und da stehe ich ihnen im Wege«, murmelte Turanshah. »Einmal, weil das Sultanat die verlockendste, oberste Stufe der Leiter darstellt, einer Verheißung gleich, und zum anderen, weil der Sultan nun gefordert ist, irgendwann den Baum zu stutzen.«

»Das wollt Ihr aber nicht«, stellte Madulain mit Bitternis fest.

»Ich müßte alle umbringen, sofort! Eine Schlächterei!« stöhnte der Sultan. »Die Zeitspanne zwischen dem Tod meines gefürchteten Vaters, der grausam jeden Trieb dieser Art beschnitt, und meinem Eintreffen war zu lang, aus den nicht vernarbten Wunden ist wildes Fleisch gewuchert. Die Mameluken sind nicht mehr zu bändigen.«

»Doch«, sagte Madulain fest, »Ihr habt eine ganze Armee zur Verfügung gegen sie, und wenn Ihr morgen den Kaiser ruft –«

»Das kann ich nicht, ich kann nicht Ordensritter auf treue Muslime hetzen, nur um meinen Kopf –«

»Treu?« höhnte Madulain und trat einen Schritt zurück, so daß er seinen Kopf nicht mehr verstecken konnte. »Sie wollen Euch umbringen«, schrie sie, »und uns alle dazu, und Ihr habt noch Skrupel? Sie haben diese Skrupel nicht, sie sind durch eine härtere Schule gegangen als Ihr in der Gezirah, sie haben gelernt: fressen oder gefressen werden!«

»Ich kann mich nicht mit ihnen auf eine Stufe stellen!« empörte sich Turanshah. »Ich bin der Sultan.«

»Dann flieht noch heute, geht ins Exil, zu Eurem Freund, dem Kaiser!« stellte sich Madulain schrill gegen ihn. »Der Thron von Kairo will täglich erobert werden. Wer kein Blut vergießen kann, dessen Blut wird vergossen werden!«

»Was für gräßliche Worte!« lachte da Antinoos, der den Raum betreten hatte, ohne von den beiden im Eifer des Gefechts bemerkt zu werden.

»Ich habe Musikanten und die Tänzerinnen mitgebracht«, sagte er verunsichert ob der gereizten, wenn nicht geladenen Atmosphäre, »soll ich sie wieder wegschicken?«

»O nein, mein Schönster!« rief da Madulain erregt, als habe sie zuviel des Weines getrunken. »Stell sie hinter die Wand, dort sollen sie uns trommeln und flöten, und die Mädchen mögen nackt hinter den Vorhängen auf der Terrasse tanzen, damit die Lockungen ihrer Silhouetten unsere Phantasie anfachen.«

Sie hatte wie eine Raubkatze den Hermaphroditen angeschlichen. »Du aber«, schrie sie und riß ihm sein Gewand herunter, »zeig mir, was du zwischen den Beinen hast, das den Herrn da so sehr erfreut!«

Sie zerrte an seinem Unterkleid, bis das Glied freilag. Seine Vollkommenheit verschlug Madulain die Sprache, doch es war vor allem das Zusammentreffen in einem schönen Körper, denn nun sah sie auch die formvollendete Büste, die breiten Schultern, die beiden glatten Honigmelonen, die schmalen Hüften und wie der marmorne Arsch in die sehnigen Beine Antinoos' überging. Er lächelte sie an und ließ seinen Penis wachsen und steigen.

»Vergebt mir!« flüsterte sie heiser zu Turanshah gewandt, der nur traurig aufgeschaut hatte und seinen Kopf wieder in seinen Händen vergrub.

Madulain ließ ihr Gewand blitzschnell fallen, faßte den schönen Antinoos bei den Händen und bog ihn herunter zu Turanshah, bis sie beide neben dem Unglücklichen knieten. Sie umarmte ihren Gebieter mit beiden Armen, zog ihn auf sich und bedeckte seinen Hals, sein Gesicht, sein Haar mit Küssen, ließ ihn alle Lust spüren, die sie verspürte, weil jetzt Antinoos in sie eindrang.

Auch der Hermaphrodit hatte sich an seinen Herren gepreßt, hob seine festen Brüste zu seinen Lippen, während sein Schwanz mit langsamen Stößen das ihm entgegengestreckte Becken der Madulain einnahm. Er ließ sich in seinen Bewegungen nicht beirren, weder von dem Stöhnen des Weibes noch von ihrem Drängen.

Antinoos entkleidete zärtlich den Turanshah, vergrub sein Gesicht in dessen Gemächte, während Madulain jetzt keuchend den Mund des Turanshah suchte, sich in ihm festsaugte, bis er endlich ihrer wühlenden Zunge antwortete und sie biß, daß sie glaubte, ihr Blut zu schmecken.

Sie bäumte sich auf, weil Antinoos ihr mit sanftem Gleiten sein köstliches Werkzeug entzogen hatte, gerade als Aphrodite ihr das

Tor zum Olymp öffnete, doch er tat es nur, um seinem Herrn den Platz zwischen ihren Schenkeln freizumachen. Turanshah stürmte mit wilden Stößen durch die Pforte des Gärtleins und berannte sie, wie der Rammbock das Tor einer Festung angeht. Er griff mit beiden Händen gewalttätig unter ihren Hintern, stülpte ihn zu sich hoch und stieß sie wie rasend, Madulain schrie vor Schmerz, Geilheit und Zorn, sie krallte sich in die Brust des Antinoos, der sich neben sie gebettet hatte und beide mit seinem engelsgleichen Lächeln zu immer wüsteren Attacken peitschte. Madulain schlug ihre Beine um die Hüften des Turanshah, trieb ihn an, bis er in ihr explodierte wie Griechisches Feuer.

»Huri!« war das erste Wort, das der Sultan brüllte. »Du Huri des Paradieses!«

Er raffte sich auf zu einem letzten Ansturm, die Anstrengung hatte sein bleiches Gesicht gerötet.

»So fahren«, schrie er stockend, »wir denn zur Hölle!« und wäre abgeschlafft auf ihr zusammengesunken, wenn nicht der Hermaphrodit ihn vor seine Lenden genommen hätte und mit seinen ruhigen Stößen, die sich Madulain mitteilten, dafür gesorgt hätte, daß ihre Erregung im Einklang mit ihrem aufgewühlten Körper abklingen konnte.

Dann lagen sie alle drei ganz still da und vernahmen zum ersten Mal die Musik, die Zimbeln und Lautenschläge, die ihre Ekstase die ganze Zeit untermalt hatten. Sie sahen die wallende Seide, das Sich-Wiegen, Schwenken und Kreisen der Bauchtänzerinnen, bis der Trommelwirbel immer heftiger wurde und die Mädchenleiber unter Paukenschlägen so in sich zusammensanken, als ob sie zu einem Körper verschmelzen würden.

Madulain zog den Kopf des Antinoos zu sich heran und küßte ihn zärtlich auf den weichen Mund.

»Ich danke dir«, sagte sie leise.

Der Hermaphrodit lächelte. Turanshah hatte sein Haupt am Busen des Antinoos gebettet und spielte im aufgelösten Haar seiner Favoritin.

»Meine wilde Prinzessin«, sagte er und starrte an ihr vorbei an die Kassettendecke des hohen Raumes. »Morgen ziehen wir um nach Fariskur. Dort nehme ich meine letzte Amtshandlung vor, und dann will ich dieser Welt entsagen.«

»Handelt, wie Ihr es für gut befindet, mein Gebieter«, flüsterte Madulain ergeben.

Die Vorhänge wehten leer im Frühlingswind, die Mädchengestalten waren verschwunden, auch der letzte Flötenton war verklungen, die Musiker hatten sich zurückgezogen.

Königin Margarethe war hochschwanger in Damiette zurückgeblieben. Drei Tage bevor sie niederkommen sollte, mußte sie erfahren, daß der Feldzug des Königs fehlgeschlagen und er selbst mit all seinem Heer in Gefangenschaft geraten sei. Das bereitete ihr solchen Alpmar, daß sie im Schlaf laut um Hilfe schrie, weil sie träumte, ihr Zimmer sei voll von blutrünstigen Sarazenen, die nach ihr griffen.

Um des Kindes willen, das sie unterm Herzen trug, schickte sie nach dem treuen Deutschritter, dem alten Sigbert von Öxfeld.

Der mußte jetzt sein Lager neben ihrem Bett aufschlagen, ihre Hand halten und ihr Zuversicht zusprechen. Als die Wehen einsetzten, schickte die Königin alle aus dem Zimmer außer dem Komtur. Sie forderte ihn auf niederzuknien und ließ ihn schwören, genau das zu tun, was sie von ihm verlange.

Dann sagte sie: »Beim Eid, den Ihr mir geschworen, lieber Öxfeld, werdet Ihr mir, sollten die Sarazenen die Stadt nehmen, eigenhändig den Kopf abschlagen, damit ich nicht in ihre Hände falle.«

Da antwortete ihr der Komtur: »Seid unbesorgt, meine Frau Königin, das hätte ich sowieso getan.«

Margarethe brachte einen Knaben zur Welt, der eigentlich Jean heißen sollte. Doch in Anbetracht der traurigen Umstände wurde er Tristan genannt. Am Tag, als die Königin von ihm entbunden wurde, erfuhr sie, daß die Vertreter der Seerepubliken im Begriff waren, Damiette den Rücken zu kehren. Schon am darauffolgenden Tag ließ sie die Consules zu sich bitten und beschwor sie, die Stadt nicht zu verlassen.

»Meine Herren, um Gottes willen, es muß Euch doch klar sein, daß, wenn Ihr dieses Unterpfand aufgebt, Ihr auch den König aufgebt und alle, die mit ihm gefangen sind. Wenn mein Flehen Euch nicht rührt, dann habt wenigstens Erbarmen mit der armen, schwachen Kreatur hier«, sie wies auf ihr Kindlein, »und wartet mit Eurem Schritt, bis ich genesen bin.«

Doch die Pisaner und die Genuesen antworteten ihr: »Hohe Frau, was bleibt uns anderes? Hier nagen wir am Hungertuch!«

Da richtete sich die Königin in ihrem Wochenbett auf und sagte: »Aus Furcht vor einer Hungersnot braucht keiner die Stadt zu verlassen. Ich mache mich anheischig, sogleich alle in Damiette gelagerten Lebensmittel aufzukaufen. Von heute an betrachtet Euch als Gäste des Königs!«

Die reichen Pfeffersäcke schämten sich etwas, aber sie nahmen die generöse Offerte an. Die Maßnahme kostete das Säckel der Königin dreihundertsechzigtausend Livres, und danach war es ziemlich leer.

Dann traf John Turnbull ein und überzeugte den Deutschritter, die Königin, ungeachtet ihres Zustandes, nach Akkon zu bringen, wo sie ihren Gemahl erwarten könne, denn Damiette müsse in den nächsten Tagen den Sarazenen ausgehändigt werden. Der greise Botschafter aber blieb in der Stadt, um auf die Ankunft der offiziellen Delegation zu warten, die mit der Aufbringung des Lösegeldes und der anschließenden Übergabe der Stadt beauftragt war. Für sich selbst befürchtete er nichts, aber er riet allen Kranken und Verwundeten, die sich hierher gerettet hatten, sich dem Komtur anzuschließen, sofern sie sich fortbewegen oder von Freunden tragen lassen könnten. Denn, einmal im Besitz des Lösegeldes und ohne die lästigen Augen von zehntausend Franken, die ihnen auf die Finger schauten, sei den Sarazenen in der »befreiten« Stadt alles zuzutrauen, nur keine *caritas!*

Das verursachte eine ziemliche Panik, und die Königin Margarethe bestellte John Turnbull zu sich, um ihm sein Reden als unverantwortliche Stimmungsmache vorzuwerfen, doch der Maestro Venerabile war nicht mehr auffindbar und ließ der Königin durch seinen alten Freund Sigbert ausrichten, daß alle die, die sich wie sie selbst rechtzeitig in Sicherheit brächten, es ihm eines Tages, den er noch zu erleben hoffe, auf den Knien danken möchten.

»Außerdem«, setzte der Komtur von sich aus hinzu, »verlassen müssen wir Dumyat sowieso und allesamt. Bringen wir es lieber heute hinter uns, als am letzten Tag unter drohend geschwungenen Krummsäbeln hinausgejagt zu werden.«

Da bedachte die Königin ihre bösen Träume und bat den Deutschritter, sich für sie bei John Turnbull zu entschuldigen.

DIARIUM DES JEAN DE JOINVILLE
Fariskur, den 2. Mai A.D. 1250
In vier Galeeren wurden wir, die dazu ausersehen waren, in Damiette für die Durchführung der vereinbarten Bedingungen zu sorgen, nun auf den Weg dorthin gebracht. Mit mir an Bord waren die Grafen von Flandern und von der Bretagne, der Konnetabel von Frankreich sowie einige der führenden Barone von Outremer.

Die Atmosphäre war angespannt, auf unseren Schultern lastete die Verantwortung für die Freilassung des Heeres und des Königs in eigener Person. Aber mit dem zügigen Ruderschlag, der uns von diesem verdammten Mansurah forttrug, und der frischen Brise auf dem Fluß spürten wir doch wenigstens, daß die Dinge in Bewegung gekommen waren, wenn auch noch längst nicht ausgestanden.

»Offen gesagt«, sprach ich meine größte Sorge vor meinen Gefährten aus, »ich weiß nicht, wie wir in Damiette eine solche Summe baren Geldes auftreiben sollen!«

Wie immer war es der gestrenge Konnetabel, der mir zwar nicht das Maul verbot, was er liebend gern getan hätte, aber der mich barsch zurechtwies.

»Im Gegensatz zu Euch, Seneschall, ist unsere Frau Königin

Manns genug, sich dieses Problems anzunehmen. Ihr braucht Euch nicht ihren Kopf zu zerbrechen!«

Die anderen empörten sich jedoch gegen seinen Ton, so daß er sich entschuldigte, was ich gern annahm, denn ein Ehrenduell fehlte uns jetzt gerade noch. Dabei hätte ich sowieso den kürzeren gezogen, selbst mit blanken Fäusten, denn unsere Waffen hatte man uns ja abgenommen. Aber der Disput erledigte sich schon deshalb, weil unsere Fahrt nach zwei Dritteln der Wegstrecke unterbrochen wurde und man uns in Fariskur anlandete.

Hierhin hatte Sultan Turanshah jetzt sein Hauptquartier vorverlegt. Hier wollte er zum erstenmal dem König von Angesicht zu Angesicht gegenübertreten, um mit ihm die Eide auszutauschen. Dafür wurde auch, von Damiette kommend, der greise Patriarch von Jerusalem erwartet. Dann sollten alle gemeinsam sich zu der nahen Stadt begeben, der König diese feierlich dem Sultan ausliefern und danach in die Freiheit entlassen werden, vorausgesetzt, wir hatten vorher das Lösegeld für die anderen Gefangenen entrichtet, die im Lager von Mansurah warten mußten.

Die aus dem Boden gestampfte provisorische Residenz des Sultans erinnerte mich mehr an unser Gefangenenlager als an einen Palast, nur daß sie statt aus Lehm aus Holz errichtet war.

Gleich am Ufer, wo wir ankerten, erhob sich ein Turm aus gehobelten Fichtenstämmen, der als Eingangstor diente. Ihm schloß sich ein Raum an, in dem alle Besucher, auch die Mamelukenemire, ihre Schwerter abzugeben hatten, bevor sie vorgelassen wurden. Dann kam noch einmal ein Turm mit bewachtem Zugang, der zum Audienzsaal führte. Ein dritter schirmte die Privatgemächer ab, die um einen Innenhof lagen. In dessen Mitte erhob sich der höchste Turm mit einer überdachten Veranda mit verschließbaren Fenstern, den nur der Sultan betreten durfte.

»Er hat ihn sich ausbedungen, um dort ungestört seinen Gedanken nachhängen zu können«, erklärte mir einer der höheren Hofbeamten, »aber in Wahrheit will er uns Tag und Nacht von dort oben im Auge behalten.«

Dieser Höfling sprach fließend Französisch, denn er war von Geburt aus Paris, hatte dann nach Ägypten in eine führende Familie eingeheiratet, die ihm schnell den Aufstieg in eine bedeutende Stellung in der Verwaltung verschafft hatte.

»Ist dieser Turanshah denn so argwöhnisch?« fragte ich meinen gesprächigen Gewährsmann ahnungslos.

Da lachte der bitter. »Vielleicht viel zuwenig! – Argwöhnisch sind vielmehr die Mameluken, und die schauen sich eine Gefahr nicht lange an –«

»Droht etwa eine Palastrevolution?« fragte ich verstört, denn das würde alle bisher erzielten Verhandlungsergebnisse auf einen Schlag zunichte machen und wer weiß wie enden.

»Sie liegt in der Luft«, sagte er vieldeutig, »mehr kann ich Euch auch nicht sagen.« Er verabschiedete sich hastig von mir und fügte hinzu: »Außer daß ich nicht in der Haut des Turanshah stecken möchte!«

Von diesem abgeschirmten Innenhof führte auch ein Gang direkt zum Wasser, wo ein großes Zelt den Badeplatz abdeckte. Die gesamte Anlage war mit einem Gitterzaun umgeben, und alles, Türme, Korridor wie Zaunwerk, war mit blaugefärbtem Segeltuch abgehängt, so daß kein Unbefugter einen Blick hineinwerfen konnte. Wir bekamen sie nur zu sehen, weil wir in die Halle geführt wurden, um dort vor Antritt unserer Mission noch einmal namentlich registriert zu werden.

Den König hatten die Ägypter zwar mit uns zusammen hierhergebracht, doch dann von uns getrennt. Er verfügte über sein eigenes Zelt, gleich neben dem ersten Tor.

Obwohl erst später Vormittag war, brannte die Sonne schon heiß. Es herrschte eine drückende Schwüle.

Wir gingen zu unseren Galeeren zurück und warteten ...

DEM AUDIENZSAAL zur Seite war ein großes Zelt errichtet, das man durch die hölzernen Arkaden von dort aus betreten konnte. Es diente für die Gastmahle, die der Sultan dort seinem Hofstaat und den Mameluken-Emiren gewöhnlich gab.

Turanshah lagerte leicht erhöht, umgeben von seiner *halca*-Leibgarde, und war schlecht gelaunt, weil Madulain geraten hatte, dem Essen fernzubleiben, und als er dies von sich wies, sich geweigert hatte, daran teilzunehmen. Als Grund gab sie an, die lauten, rohen Sprüche der Emire nicht ertragen zu können, aber er spürte, daß sie aus Rücksicht auf ihn so handelte, um die Provokation zu vermeiden, die es jedesmal in dieser Männerwelt darstellte, wenn eine Frau in ihr auftrat, wenn nicht als Tänzerin.

Turanshah hatte keine Lust, solche Rücksichten zu nehmen, und seine Prinzessin fehlte ihm. Schließlich war er der Sultan und erhob als solcher zumindest den Anspruch, sich nicht zu langweilen.

Er hätte sich mit dem Roten Falken unterhalten können, der sich immer noch zierte, den Posten seines Vaters zu übernehmen. Gern hätte er Fassr ed-Din Octay zu seinem Wesir gemacht, wie sehr fehlte ihm eine solche Vertrauensperson, eine echter Freund. Inzwischen war er sogar bereit, ihm die Prinzessin zur Frau zu geben, wenn er das wünschte – doch der Rote Falke saß abseits und schien noch ärgerer Laune zu sein als er selbst. Er rührte nicht einmal die ihm vorgesetzten Speisen an. Sollte er ihm den Befehl erteilen, sich hier oben neben ihn zu setzen? Wahrscheinlich wäre es ihm vor den anderen Mameluken peinlich, so ausgezeichnet und erhöht zu werden. Zum Teufel mit der Rücksichtnahme auf dieses Pack!

Gerade wollte er einen der *halca* zu ihm schicken – doch die waren heute auch schwerhörig –, als er sah, wie Ibn Wasil, der Chronist, sich zu Fassr ed-Din begab und diesen anscheinend dringend aufforderte, ihm zu folgen.

Der Rote Falke verließ das Zelt, ohne ihm, seinem Herrn, durch eine Verbeugung eine Entschuldigung anzudeuten. Auch keine Art!

Das Essen schmeckte Turanshah immer weniger, obgleich die Vorkoster durch verzückte Grimassen kundtaten, wie vorzüglich die Köche es gerade heute zubereitet hatten. Seine Freunde aus der Gezirah lud er schon längst nicht mehr zu diesen Pflichtabspeisungen der Emire. Sie fanden daran kein Vergnügen, und die Mameluken reagierten gereizt, weil sie in den »Neuen« Rivalen sahen. Weniger um seine, des Sultans, Gunst, als in der Zuteilung von Ämtern und Pfründen.

Tatsächlich hätte er Philosophen und Dichter in seiner Umgebung, im täglichen Regierungsgeschäft, vorgezogen, doch weder eigneten sie sich, noch hatten sie derartige Ambitionen.

Turanshah fühlt sich furchtbar einsam und verlassen. Nur die Kinder nahmen an dem Essen teil. Roç und Yeza saßen mit Baha Zuhair zu seinen Füßen und ließen sich von ihm noch einmal alle Einzelheiten der für morgen angesetzten Übergabe von Damiette erklären. Am meisten waren sie allerdings darauf erpicht, endlich den König von Frankreich zu Gesicht zu bekommen. Turanshah hatte ihnen versprechen müssen, nachher der Eidesleistung beiwohnen zu dürfen, allerdings mit der scherzhaften Ermahnung, nicht mit spontanen Anregungen und behenden Fragen den feierlichen Schwurakt zu stören.

Diese Kinder machten sich so herzerfrischend wenig aus allem Zeremoniell! Er beneidete sie. Am liebsten hätte er jetzt den Antinoos herbeirufen lassen, da hätten sich wenigstens alle das Maul zerreißen können über ihren Sultan! An die Kinder hatten sich die Mameluken anscheinend gewöhnt, recht so! Außerdem, wer konnte diesen außerordentlichen Geschöpfen, wahren Königskindern, schon übel wollen. Man mußte sie lieben! – Doch wer liebte ihn? –

Turanshah schickte eine Schale besonders süßer, kandierter Datteln und Nüsse hinunter, und sie winkten ihm ihren Dank zurück. Wo blieb der Rote Falke?

Der Emir Fassr ed-Din Octay war von Ibn Wasil aus dem Zelt gelockt worden mit der Nachricht, Robert, der Patriarch von Jerusalem, sei eingetroffen. Das stimmte nicht, aber einmal im Vorzimmer angelangt, war er von den *halca* unter Androhung von Gewalt festgesetzt worden. Sie schienen nervös, und der Rote Falke atmete auf, als sie ihn nur in eine Art Wandschrank sperrten, der sonst wohl zur Aufbewahrung deponierter Waffen diente, und ihn nicht aus Angst, er könne sich rächen, gleich umbrachten.

Schlimmere Befürchtungen kamen ihm allerdings für das Leben des Turanshah, denn nur seinetwegen konnte man ihn aus dem Zelt entfernt haben. Und was geschah mit den Kindern –?!

Turanshah hob die Tafel auf und wollte sich schnurstracks zu seinen Privatgemächern begeben, als ihm einige *halca* im Turm entgegentraten. Sein Schwertträger hielt ihm unaufgefordert seinen eigenen Schimtar hin.

Als der Sultan verwirrt nach der Waffe greifen wollte, schlug der nach seiner Hand und spaltete sie ihm zwischen den Fingern bis zum Gelenk. Mit einem wütenden Schrei trat er dem Angreifer in den Unterleib und schlug ihm den Säbel weg. Turanshah raste in den sich leerenden Audienzsaal zurück, wo ihn sofort seine Höflinge, aber auch die Mameluken umringten.

»Was ist geschehen?« riefen sie ungläubig entsetzt.

»Meine eigene Leibwache!« schimpfte der Sultan. »Ein Bahrit hat mich verletzt!« Und er hielt die blutende Hand hoch.

»Das werden die Assassinen gewesen sein!« erhob jetzt Baibars seine Stimme, und es gelang ihm auch der anklagende Ton, doch kein Bedauern.

»Nein!« schrie der Sultan ihn an. »Es war ein Bahrit, ein Mameluk wie Ihr!«

Fassungslos starrten die Kinder auf die Szene, Baha Zuhair versuchte, sie fortzuziehen. Der Schwarm der Höflinge, aber auch einige verstörte *halca,* die in das Attentat nicht eingeweiht waren, geleiteten den Sultan zum Innenhof und wollten ihn in seine Gemächer bringen. Aber der wehrte sich dagegen. Er traute keinem mehr. Sie riefen nach einem Arzt. Madulain kam herbeigestürmt.

Turanshah verlangte, der Arzt solle zu ihm in den Turm kommen, und begab sich – immer noch heftig blutend – dort hinauf. Nur Madulain durfte ihm folgen. Die Kinder hatten sich von Baha Zuhair losgerissen und schauten ihm vom Hof aus nach.

»Das war ein Mordversuch«, sagte Roç sehr beeindruckt, aber keineswegs erschüttert.

»Wir müssen den Roten Falken rufen«, erfaßte Yeza die Situation, und sie rannten zurück in das Zelt, wo die Diener in kleinen Gruppen aufgeregt beieinanderstanden.

Doch auch die Mameluken hatten sich in einer Ecke um Baibars geschart. Obgleich das Tragen von Waffen hier verboten war, hatten sie alle ihre Schwerter aus dem Vorraum geholt, und keiner dort hatte sie daran gehindert.

»Der dämliche *halca* hat versagt!« fauchte Baibars ärgerlich in Richtung der Leibwächter, die ebenfalls beieinanderstanden.

»Jetzt gibt er uns die Schuld!«

Das war das Stichwort. »Wir müssen die Sache zu Ende bringen«, rief einer, »sonst sind wir alle dran!«

»Also nicht lange fackeln!« stieß Baibars zwischen den Zähnen hervor, und sie packten ihre Schwerter, bereit, sich den Weg zu des Sultans Gemächern freizuhauen, und zogen los.

In seinem Karzer hatte der Rote Falke eine schwere Streitaxt vorgefunden, die dort abgestellt und anscheinend vergessen worden war, als die *halca* ihn hastig weggesperrt hatten. Dann drangen die Geräusche des Tumults im Saal bis zu ihm. Kurz darauf hörte er, wie draußen die Kesselpauken ertönten, und er hörte die Wachen im Turm rufen, der Sultan sei nach Dumyat aufgebrochen, das Heer solle ihm folgen. Darauf hub ein großes Gerenne an, und es wurde still vor der Tür.

Ihm kamen Zweifel, daß die Vorgänge tatsächlich so und nicht anders abliefen. Wenn es ihm gelänge, sich zu dem treuergebenen Leibregiment seines Vaters durchzuschlagen – doch wahrscheinlich war das auch schon losgezogen.

Als er jetzt die Stimmen der Kinder im Turm vernahm, die den

Wachen empört vorhielten, wieso sie den Mameluken ihre Schwerter ausgehändigt hätten, und spürte, wie die wenigen dort noch verbliebenen Männer, es waren nach seiner Schätzung höchstens zwei, drei, in Verlegenheit gerieten, da nahm er alle Kraft zusammen und warf sich gegen die Holztür, die splitternd aufsprang. Gegen die eiserne Axt in der Hand des berühmten Emirs erhob sich keine Gegenwehr.

Der Rote Falke wußte nicht, wohin mit den Kindern, also schob er sie mit sich aus dem Raum, wobei er zuließ – die eingeschüchterten Wachen desgleichen –, daß sich sowohl Roç wie Yeza jeder einen Dolch griffen und einsteckten.

Im Zelt, wo sonst niemand mehr war, rief er die Vorkoster und die Köche, die aus der Küche gekommen waren, zu sich und übergab ihnen die beiden lauthals Protestierenden mit der Androhung, ihnen Arme und Beine zu brechen, wenn sie nicht auf die Kinder achten würden wie auf ihre Augäpfel – und selbst die würde er ihnen ausstechen. Dann rannte er zum Innenhof, in dem es von Mameluken wimmelte.

Mit einem Blick erfaßte der Rote Falke, warum die Verschwörer das Heer weggeschickt hatten. Obgleich sein plötzliches Wiederauftauchen ihnen ein Dorn im Auge sein mußte, kümmerte sich keiner um ihn. Es war auch nicht nötig. Die Dinge nahmen ihren Lauf, er konnte sie nicht hindern.

Bei Turanshah oben in seinem Turmgemach waren jetzt die Ärzte, sowie die Imame und, wie der Rote Falke befürchtet hatte, auch Madulain. Der Sultan hatte sich verbarrikadiert. Die Mameluken, die ihn erst in seinen Privatgemächern gesucht hatten, sie verwüstet und den dabei aufgestöberten Hermaphroditen in Stücke gehackt hatten, waren jetzt um den Turm versammelt und brüllten, Turanshah solle herabsteigen.

Als er nicht reagierte, schossen sie die massive Holzkonstruktion mit Griechischem Feuer in Brand. Da der ganze Turm nur aus harzigen Fichtenstämmen gebaut und mit Zeltplanen abgehängt war, schlugen die Flammen sofort prasselnd hoch. Der Sultan öffnete eines der Fenster und schrie um Hilfe seiner Soldaten, doch da war kein einziger, nur die johlende Meute der Mameluken.

Turanshah sprang, was ihm keiner zugetraut hatte und im Rauch auch nicht sofort bemerkt wurde, aus der Falltür, und es gelang ihm, den umzäunten Weg zum Fluß zu erreichen.

Einer der Mameluken warf ihm einen Speer nach, der ihn unter den Schulterblättern traf. Doch er rannte weiter, die herabhängende Waffe hinter sich herschleifend. In seinem Badezelt stürzte er sich in die Fluten und versuchte schwimmend zu entkommen.

Als Baibars das sah, lief er hinterher und stürmte ebenfalls in das Wasser, er erreichte den Sultan, der sich in den Netzen verfangen hatte, die den Badeplatz zum Nil hin abgrenzten. Baibars stach auf ihn ein, bis er sich nicht mehr rührte und das Wasser sich rot verfärbte.

Der Rote Falke war sofort zum brennenden Turm gestürzt. Oben in der Luke stand Madulain und versuchte, die Leiter herabzulassen.

»Spring!« brüllte der Rote Falke. Sie sprang, selbst in dem kurzen Fall fingen ihre Gewänder Feuer. Der Rote Falke versuchte sie aufzufangen, die Wucht ihres Aufpralls riß ihn mit zu Boden. Madulain fest in den Armen, war er geistesgegenwärtig genug, sich aus der Feuerhölle zu wälzen. Er erstickte die Flammen, die aus ihren Kleidern züngelten, und ließ sie liegen.

Der Hof hatte sich fast völlig geleert, alle waren zum Fluß gerannt. Der Rote Falke ergriff seine Axt und stürmte hinterher. Er sah gleich, daß alles zu spät war. Der Blutrausch hatte sie erfaßt.

»Laßt uns alle totschlagen! Tod seinen Günstlingen, seinen Weibern und Kindern!«

Stimmen ertönten geifernd und schrill. Baibars stand mit dem blutigen Schwert bis zur Hüfte im Wasser, bösartig triumphierend.

Nur ein Gedanke kreiste durch den Kopf des Roten Falken: Ich muß Madulain und die Kinder retten.

Baibars hatte den verhaßten Rivalen noch nicht gesehen, der Leichnam des Turanshah löste sich aus den Netzen und schwemmte ans Ufer.

Der Rote Falke griff einem der Herumstehenden an den Gürtel und entwand ihm mit einem Ruck seinen Dolch. Er schritt ruhig zur Leiche an der Böschung und schlitzte ihr mit zwei Schnitten den Brustkorb auf. Es kostete ihn eine wahnsinnige Überwindung, aber er griff in das noch warme Fleisch und riß das Herz heraus. Ein lustvoller Aufschrei der Mameluken übertönte den Fluch Baibars. Der Rote Falke hielt das tropfende Herz hoch, das Blut rann ihm den nackten Arm herunter. Er setzte sich an ihre Spitze und führte die gröhlende Meute zum Zelt des Königs. Er trat vor Ludwig hin und rief laut:

»Euer Feind und unser Feind ist tot! Dafür sollt Ihr uns belohnen, und zwar königlich, denn würde er noch leben, seid sicher, er hätte Euch umgebracht!«

Die Mameluken riefen dem Roten Falken jubelnd Beifall, der König sah ihm nur ins Gesicht und sagte kein einziges Wort.

Vor dem Zelt stellte Baibars den Roten Falken, ein Zusammenstoß, den dieser erwartet hatte, aber nicht, daß der Mameluk die Kinder vor sich herstieß.

»Ihr seid doch so fähig, Octay«, höhnte er roh, »Herzen aus bereits Erschlagenen herauszuschneiden. Diesmal überlasse ich Euch die ganze Arbeit und werde Euch zuschauen!«

Er gab den Kindern einen Stoß und fixierte seinen Gegner herausfordernd. Der Rote Falke hob auch die Axt.

»Bewegt Euch nicht«, sagte er leise. »Es mag gleich viel Blut fließen, aber seid gewiß, Baibars, Eures ist dabei – und wenn den Kindern ein Leid geschieht, wird auch das Eures Sohnes vergossen!«

»Ich vergaß«, murmelte der Bogenschütze erschrocken, und sein Blick verfinsterte sich, »daß Ihr wahrlich mit dem Scheitan unter einer Decke steckt.«

Er gab den ihn umgebenden Mameluken ein Zeichen, sich zu entfernen.

»Ich will meinen Dolch wieder«, sagte Yeza mit trotzigem Blick zu Baibars, »und Roç auch!«

Der konnte sich eines belustigten Lächelns nicht erwehren. »Du würdest mich töten?«

Yeza nickte ernsthaft. Der Mamelukenemir winkte seinen Waffenträger zu sich und ließ den Kindern die beiden Dolche überreichen.

Dann forderte er den Roten Falken auf, mit ihm ein paar Schritte zu gehen. Der hatte dem verdutzten Mameluken das blutige Herz in die Hand gedrückt, hielt aber immer noch die Axt umklammert.

»Ihr, Octay, werdet mich nicht töten«, eröffnete Baibars das Gespräch, »wir beide müssen noch lange miteinander auskommen.«

Es spielte wieder dieses grausame Lächeln der Macht um seine harten Mundwinkel. – Ein Herrscher! dachte der Rote Falke, gerissener und machthungriger als dieser letzte Ayubit. »Ihr tut gut daran, mich Euch nicht zum Feind zu machen, und ich brauche Euch.«

»Ich würde es vorziehen, Rukn ed-Din Baibars«, entgegnete der Rote Falke, »weit von Euch entfernt zu leben.«

»Sicher«, sagte Baibars, »doch davor steht erst noch die Erfüllung des Paktes, den wir schließen werden.«

Er suchte nicht lange nach einer gefälligen Formulierung.

»Ich gebe Euch ein Heer, und Ihr bringt mir meinen Sohn Mahmoud zurück, und ich laß Euch die Kinder – und« – er lächelte ein drittes Mal, diesmal spöttisch – »die Favoritin, deretwegen Ihr Euch sogar in die Flammen gestürzt habt.«

Der Rote Falke ließ sich Zeit.

»Hört jetzt meine Bedingungen, Baibars«, sagte er dann bedächtig. »Ich bedarf keines Heeres, aber ich nehme die Kinder mit – und die Tochter des Kaisers«, fügte er hinzu, »sie zu meiner Freude, Roç und Yeza, weil nur sie wissen, wo ihr Freund Mahmoud gefangen gehalten wird, und nur sie Zugang haben –«

»Dann genügt ja der Junge«, unterbrach ihn Baibars lauernd, »das Mädchen bleibt hier und gibt mir die Garantie, daß Ihr Euch nicht voreilig Euren Herzenswunsch erfüllt, mir nie wieder unter die Augen zu treten.« Er blieb stehen und schaute den Roten Falken erwartungsvoll an. »Ich will Euch wiedersehen – *mit* meinem

Sohn Mahmoud, den ich in die Arme schließen mag, so es Allahs
gütiger Wille ist.«

Als Vater ist er verletzbar wie jeder Vater, dachte der Rote Falke,
gewillt, sich nicht rühren zu lassen.

»Dann schwört jetzt auf der Stelle, und Allah sei unser Zeuge,
daß Ihr Yeza hüten und beschützen werdet, gegen alle Unbill, als
sei sie Eure Tochter, und –« fügte er hinzu, als er sah, wie bereitwillig Baibars die Hand zum Schwur hob, »daß Ihr nach glücklicher Bergung Eures Sohnes, so es Allahs gütiger Wille ist, *nie* wieder nach dem Leben oder der Freiheit der Königlichen Kinder
trachten werdet, *oder* Euer einziger Sohn Mahmoud soll verderben
und Euer Same verdorren!«

»Ihr seid übler als der Scheitan!«, knurrte Baibars.

»Schwört!« beharrte der Rote Falke. »Wort für Wort. Allah
wird Sorge tragen, daß Euer Schwur sich erfüllt, wenn Ihr den Eid
brecht!«

Baibars schwor stockend, aber mit lauter Stimme. Dann gingen
sie zurück, und der Rote Falke nahm die Kinder bei der Hand.

»Madulain haben wir in der Küche versteckt«, berichtete ihm
Roç voller Stolz, »sie sah aus, als sei sie durch den Bratrost gefallen –«

»Nicht sehr schön«, erläuterte Yeza, »sie hat Brandblasen überall – und ihr Kleid ist auch hin!«

DIARIUM DES JEAN DE JOINVILLE

Fariskur, den 3. Mai A.D. 1250

Wir hatten die Kesselpauken gehört, den Rauch und dann auch
das Feuer gesehen, in dem der Turm des Sultans verbrannte wie
eine Fackel. Das ägyptische Heer zog eilend an uns vorbei Richtung Damiette, was uns sehr verwunderte und beunruhigte, denn
wenn sie die Stadt nun erobern würden, gab es nichts mehr zu
verhandeln, und wir waren ihrer Willkür ausgeliefert. Dann
stürmte eine Horde von diesen Mameluken auf unsere Galeere,
Säbel und Äxte in der Hand, und sie schrien uns entsetzlich an.

»Was ist geschehen?« fragte ich einen der Barone von Outremer, die ja alle die arabische Sprache beherrschen.

»Sie sagen, sie hätten den Sultan umgebracht, und jetzt würden sie uns die Köpfe abschlagen!«

Da fiel ich auf die Knie und legte ihm schnell die Beichte ab, obgleich er mir gar nicht zuhörte.

»Ich vergebe Euch alle Sünden, Joinville«, sagte er dann zu mir, »denn sie wollen uns jetzt doch nicht erschlagen!«

Ich fühlte mich erleichtert, war aber doch erschrocken, an wie viele Sünden ich mich erinnert hatte. Dann hieß es, wie mir übersetzt wurde, wir würden alle erst nach Kairo gebracht werden, auch der König. Dort würde über uns Gericht gesessen werden.

Die Mameluken trieben uns in das Vorschiff und legten uns wie eingepökelte Heringe in die enge Bugkammer. Es war derart eng, daß ich die Füße des Grafen von Flandern im Gesicht hatte – und er die meinen. So verblieben wir die ganze Nacht.

Durch die Ritzen graute schon der Morgen, als leichte Stöße und ein Plätschern unter unseren steifen Leibern uns Gewißheit gaben, daß wir die Reise angetreten hatten. Ein Ende, und schon gar kein gutes, war nicht abzusehen.

»Vida qui mort aucis
Nos donet paradis
Gloria aisamen
Nos de Deus veramen.«

diauſ voſ
beneſiaa

ALLAH SOLL SIE
STRAFEN!

DIE MAMELUKENEMIRE ließen sich Zeit und schickten erst einmal ihre prominentesten Gefangenen, den König und seine Brüder, seine Grafen, seine Heerführer und den Herzog von Burgund, vorweg nach Kairo. Dorthin hatten sie auch schon einen Teil der christlichen Soldaten geschleppt, die – im Widerspruch zu allen bisherigen Abmachungen – teils öffentlich hingerichtet wurden, teils von der Menge gelyncht. Die wenigsten, nur die ganz jungen und gesunden, kamen auf den Markt.

Die Emire versammelten sich zu Fariskur im Gastzelt des Sultans und berieten weniger die Frage der Nachfolge, als die der vorläufigen Regentschaft.

Die Sultanin Schadschar ed-Durr machte sich anerbietig, das Sultanat weiterhin nach außen zu repräsentieren, also die Erlasse mit ihrer Sigle auszufertigen, verlangte aber, daß ihr ein gewählter Regent zur Seite gestellt würde. Das ließ sie die in Fariskur versammelten Emire unmißverständlich wissen.

Der erste sich anbietende Kandidat war der Gouverneur von Kairo, Husam ibn abi' Ali. Den interessierte das Amt, weil er sich ausrechnete, wie er seinem Protegé Ibn Wasil zugab, daß er – durch Heirat mit Schadschar – dann als zweiten Schritt sich ein für allemal als Sultan etablieren könnte. Nur strauchelte er schon beim ersten, weil er sich zu lange bitten ließ, die Regentschaft zu übernehmen.

Als er seinen Fehler bemerkte, war er schon nicht mehr alleiniger Anwärter. Denn Baibars, der den Vorsitz über die Versammlung an sich gerissen hatte, schlug bündig als nächsten den Obereunuchen Gamal ed-Din Mohsen vor, eine Wahl, die sofort Zuspruch fand, weil dieser als völlig unambitioniert galt. Aber Gamal Mohsen, dem eine Ehe mit der Sultana verwehrt war, dachte – das Beispiel seines Vorgängers vor Augen – nicht im Traum daran, sich auf diesen Thron zu setzen, über dem weiterhin das Damoklesschwert der Mameluken schwebte. Er lehnte höflich und bescheiden ab.

Baibars ärgerte sich, aber noch mehr, weil ihm nicht schnell genug ein weiterer Kandidat einfiel und der rangälteste Emir, Izz ed-Din Aibek, ausgerechnet Fassr ed-Din Octay, den Sohn des Wesirs, vorschlug und sich sogar Zustimmung breitmachte.

»Warum nimmt der Emir nicht an unserer Versammlung teil?« versuchte Baibars den Abwesenden herabzusetzen. »Der Herr Ritter ist sich wohl zu fein –«

Doch es war der von allen respektierte Aibek, der ohne jeden polemischen Unterton darauf hinwies, daß er selbst den Roten Falken dem Gesandten des Kalifen von Bagdad beigeordnet habe. Der Leichnam des Turanshah hatte die ganze Zeit über am Ufer des Flusses gelegen, weil niemand gewagt hatte, ihn zu bestatten. Erst der Gesandte hatte es erreicht, »diese Schande des Islam« beseitigen zu lassen. Er meinte damit weder den verübten Mord noch etwa den Ermordeten selbst, sondern die Tatsache, daß der Leichnam halb im Wasser verweste.

»Der hat auch allen Grund, sich um das Begräbnis zu kümmern, so wie er den Toten zugerichtet hat – mehr einem Geier gleich als einem Falken«, knurrte Baibars.

Aibek gab Auftrag, den Emir Fassr ed-Din Octay sofort herbeizuholen. Baibars schickte Baha Zuhair, den Oberhofschreiber, der sich ihm – mit sicherem Instinkt für die neuen Machtverhältnisse – gleich angedient hatte. Am Hofe, bei der Sultana, durfte er sich keine Karriere mehr ausrechnen.

Wenn Baibars gehofft hatte, der Gesuchte würde sich unauffindbar erweisen, sah er sich ein weiteres Mal getäuscht.

Der Rote Falke betrat sehr selbstsicher und eher gelangweilt das Zelt durch den hinteren Einlaß, der zu den bisherigen Privatgemächern des Sultans führte. Er hatte – nur mit Rücksprache beim Obereunuchen, einen Teil dieser Räume requiriert und dort Madulain und die Kinder untergebracht, unter der sicheren Bewachung durch die ihm treuergebenen Truppen seines Vaters.

Madulain sollte nicht der Schadschar unter die Augen kommen und keiner, auch nicht Baibars, seine Hand auf die Kinder legen können.

»Wollt Ihr Euch« – empfing ihn Baibars und unterschlug »etwa« nur mit Mühe – »um die Regentschaft dieses Landes, an der Seite der gütigen und weisen Sultana, der Mutter Halils, der mächtigen Bewahrerin der Sigle, bewerben?«

Es bedurfte dieser aufgereihten Einschränkungen nicht, um den Roten Falken, der Schadschar ed-Durr wohl auch kaum ehelichen wollte, sofort zu einem klaren »Nein!« zu veranlassen.

Doch er ließ es dabei nicht bewenden, sondern machte von sich aus den Vorschlag, doch an die Kür des ältesten und erfahrendsten unter ihnen zu denken: an den Emir Izz ed-Din Aibek! Weil der noch geschmeichelt den Kopf wiegte, konnte Baibars brüsk die Versammlung vertagen, mußte allerdings einstecken, daß der Oberbefehl des Heeres nicht ihm, sondern eben Aibek übertragen wurde. Es blieb ihm nicht einmal Zeit, seinen taktischen Fehler, den er noch bereuen sollte, einzusehen, weil die Wachen meldeten, aus Dumyat sei der Patriarch von Jerusalem samt Gefolge eingetroffen. Diesen hatte die Königin vor ihrer Abreise bevollmächtigt, ihr Einverständnis zur Leistung des Lösegeldes dem Sultan zu überbringen.

Baibars frohlockte, doch es war der Gouverneur Husam Ali, der jetzt seine Karte spielte, um verlorenes Terrain wieder gutzumachen.

»Nun ist es nach unserem Brauch üblich, Botschafter, die nach dem Ableben des Adressaten eintreffen«, gab er schnell den Versammelten Kostprobe seines Talents, »nicht etwa an den Nachfolger weiterzureichen, sondern sie als Gefangene zu betrachten.«

Er schaute sich beifallheischend um, so daß Baibars ihm den Stich entreißen konnte. »In den Kerker mit dem Patriarchen und allen, die mit ihm sind!« befahl er den Wachen, und die Versammlung löste sich auf.

Weder der Rote Falke noch Aibek hatten der groben Verfahrensweise widersprochen. Sie schauten ungerührt zu, wie der Patriarch Robert, ein würdiger Greis von weit über Achtzig, samt seiner Begleitung abgeführt wurde. Darunter fand sich auch der Graf Johannes von Sarrebruck, der sich bis dato eigens in Damiette herumgedrückt hatte, um solcher Unbill zu entgehen.

Baibars trat zu ihnen, was der Rote Falke zum Anlaß nahm, sich zu entfernen. Zwischen ihm und Baibars bestand zwar die Vereinbarung, dessen Sproß Mahmoud zu befreien – als Preis für die Freiheit der Kinder und Madulains –, aber er hoffte, sich diese Mühe sparen zu können, ohne daß seine Schutzbefohlenen ständig in Gefahr durch den gewalttätigen Mameluken-Emir schwebten. Auch Baibars war seinerseits gewillt, alles zu unternehmen, das es ihm ersparte, in die Schuld des verhaßten Rivalen zu geraten. Er wandte sich an Aibek und forderte von ihm ein Heer, stark genug, um nach Syrien zu ziehen und An-Nasir zu zwingen, Mahmoud herauszurücken. Doch Aibek verweigerte es ihm rundheraus.

»Abgesehen davon«, beschied er ihn, »daß wir unsere Armee nicht gleich schon wieder in den Krieg schicken wollen, ist auch abzuwarten, wie sich der Herr von Aleppo und Homs verhält. Greift An-Nasir nach Damaskus, wo er als Ayubit sicher nicht abgewiesen würde, müssen wir ihn sowieso mit Krieg überziehen, dann aber mit unseren gesamten Truppen. Es ist also unangebracht, ihn jetzt zu reizen. So leid es mir ist um Euren Sohn, aber Ihr müßt Eure familiären Interessen hintanstellen, Emir.«

Baibars war erst sprachlos ob dieser unerwarteten Unbotmäßigkeit, dann ob der Einsicht, daß er selbst die Kommandogewalt leichtsinnig verspielt hatte. Er grüßte seinen Oberbefehlshaber knapp und ging.

Er stürmte zum Quartier des Roten Falken. Die Wachen ließen ihn nicht durch. Er schäumte. Doch dann wurde der Sohn des Wesirs herbeigerufen und kam auch sofort in den Hof. Sie schritten um die verkohlten Reste des Turmes des Turanshah. Baibars war Milch und Honig.

»Helft einem Vater, dessen Herz blutet, so sehr verzehrt er sich nach seinem einzigen Kinde. Wir werden Krieg bekommen mit An-Nasir, und dann ist das Leben meines kleinen Mahmouds in gräßlicher Gefahr! Schlachten wird ihn das Ungeheuer von Homs!«

»Schau, wer spricht!« sagte der Emir. »Ihr meint wohl, ich sei grad recht für blutende Herzen, nur fürchte ich, wenn man Eures herausschneiden sollte, würde man auf Granit stoßen!«

»Verspottet mich nur«, schnaufte Baibars. »Ihr seid ja kein Vater!«

»Aber ich bin Sohn«, sagte der Rote Falke, »und Ihr habt es mir nicht einmal vergönnt, meinen verehrten Herrn Vater noch einmal zu sehen und ihm ein würdiges Grab zu bereiten! Mag sein«, ließ er sich hinreißen, »daß solcher Brauch in der Familie, aus der Ihr stammt, nicht üblich ist!«

Baibars zuckte nicht etwa zusammen ob dieser beleidigenden Attacke, sondern weil ihn die schon aufgegebene Hoffnung wie ein plötzlicher Lichtstrahl traf. »Ihr beschuldigt mich zwar völlig zu Unrecht«, er änderte seinen Ton, »aber wenn ich Euren Wunsch erfülle, schwört Ihr mir dann, ohne weiteren Verzug aufzubrechen?«

»Wie wollt Ihr das?« grollte der Rote Falke ungläubig. »Es sind drei Monde ins Land gegangen seit dem Tod meines Vaters –«

»Schwört!« sagte Baibars, und der Rote Falke konnte gar nicht anders.

»Ich schwöre.«

»Kommt«, sagte Baibars, der Bogenschütze, griff den Sohn des Wesirs am Arm und führte ihn den umzäunten Gang entlang, der hinunter zum Fluß, zum Badezelt des Sultans führte, zum Ort des Deliktes, dessen Betreten seitdem jedermann untersagt war und wohin es auch wohl niemanden zog. Baibars lüftete die herunterhängende Zeltplane. Im Dämmerlicht des verödeten Badegebiets begann der Holzsteg, der hinaus in den Fluß führte, die Anlegestelle für die Galeere des Sultans. Dort schaukelte jetzt eine Barke auf dem Wasser des Nils.

»Geht!« sagte Baibars und ließ den Roten Falken allein.

Der Rote Falke betrat über die Planke das Schiff. Es war eine Totenbarke. Auf ihr war das Zelt seines Vaters errichtet, mit seinem Wappen an der Tür und seinem aufgepflanzten Banner. Der Rote Falke schlug die Plane zur Seite: Vor ihm saß in seinem hochlehnigen Sessel der Großwesir.

Die Einbalsamierer hatten hervorragende Arbeit geleistet. Die Leiche strahlte Würde und Frieden aus. Der Sohn trat nicht näher, sondern kniete nieder zum *salat al mauta,* dem Totengebet.

Seine Gedanken wanderten zurück zu allem, was ihm sein Vater für dieses Leben, so selten sie sich gesehen hatten, mitgegeben hatte, angefangen mit seinem *nom de guerre: sakr al ahmar,* wie sein Beiname auf Arabisch lautete. Der weise Fakhr ed-Din wußte, daß der Sohn Annas, einer christlichen Sklavin, weder seine Nachfolge würde antreten können, noch sich zur Seßhaftigkeit eignete. Fassr ed-Din Octay war bestimmt, ein Wanderer zwischen den Welten zu sein.

Der Wesir hatte ihn zu seinem Freund Friedrich geschickt, und der hatte den Knaben zum Ritter des Okzidents erzogen.

Der Sultan hatte ihn als Botschafter eingesetzt, und der heranwachsende Mann hatte alle weltlichen Spielarten und geistigen Kräfte des Orients erfahren, von den Assassinen bis zu den Sufis in Asia Minor, vom degenerierten Kalifat zu Bagdad bis zu den herandrängenden Barbaren. Er war für den Flug des Falken bestens vorbereitet worden, und dafür dankte er seinem Vater.

Der Emir wußte nicht, wie lange er so im Gebet verharrt hatte, als sich Schritte näherten. Es waren Izz ed-Din Aibek und Gamal ed-Din Mohsen, der Obereunuch, die gekommen waren, dem Großwesir die letzte Ehre zu erweisen. Der Rote Falke erhob sich.

»Im Angesicht des großen Toten«, sagte er, »möchte ich Euch

einen Pakt vorschlagen. Ich werde – Euer freundliches Einverständnis vorausgesetzt«, er verneigte sich vor beiden, »eine längere Reise antreten. Zuvor will ich jedoch sicherstellen, daß die Regentschaft in Eure Hände, Izz ed-Din Aibek, gelangt und die Macht über den Palast in Euren bewährten Händen verbleibt, Gamal ed-Din Mohsen. Entspricht das Euren Wünschen?« Die beiden nickten, und so fuhr er fort: »Geht davon aus, daß mein Einfluß ausreicht, dieses durchzusetzen. Es wird sich keine Stimme dagegen erheben.«

Der Oberbefehlshaber schaute etwas ungläubig. »Keine«, bekräftigte der Rote Falke und lächelte Aibek an, »dafür müßt Ihr mir eine vergleichsweise geringe Bitte erfüllen. Ich werde das Mädchen hier als Pfand lassen. Sorgt dafür, daß dem Kind kein Leid geschieht! Yeza ist mir ans Herz gelegt wie eine Tochter.«

»Ihr habt mein Wort, Fassr ed-Din«, sagte Aibek, und auch der Eunuch eilte sich, seine Fürsorge zu zeigen: »Verlaßt Euch auf mich, kein Haar soll ihr gekrümmt werden!«

Der eine dachte, daß er keines weiteren Feindes bedürfe, Baibars Bundukdari würde ihm reichen bis ans Lebensende, wohl aber der Unterstützung durch die Hausmacht des Fassr ed-Din Octay. Der andere hatte keine Ambitionen, aber auch keine Liebe. Das Schicksal des Mädchens war ihm völlig gleichgültig. Sie verabschiedeten sich unter überschwenglichen Freundschaftsbeteuerungen, um auf ihren Schiffen die Rückreise nach Kairo anzutreten.

Der Rote Falke ließ Madulain und die Kinder an Bord der Barke bringen und machte sich ebenfalls auf den Weg in die Hauptstadt. Dort wollte er seinen Vater in der Grabkammer der Familie zur letzten Ruhe betten und dann mit Roç und Madulain nach Syrien aufbrechen. Doch sagte er ihnen davon noch kein Wort, sondern saß die ganze Fahrt über im verschlossenen Zelt in stummer Zwiesprache mit dem Großwesir.

Gizeh, den 4. Mai A.D. 1250

In einer langen Karawane wurden wir noch am Spätnachmittag, nach unserer Ankunft nahe der Hauptstadt, nach Gizeh gebracht, einem nahe gelegenen Ort mitten in der Wüste. Wir, die wir alle von höherem Rang und nobler Geburt waren, ritten auf Kamelen, was nur besagen will, daß wir auf den ungewohnt schaukelnden, hohen Reittieren hockten und Beduinen diese am Strick führten. Aber das eigentlich Beeindruckende war wohl für uns alle der Augenblick, als die Pyramiden in unser Blickfeld traten.

Inzwischen war es Abend, der Mond zeigte schon seine Sichel, die Sonne war noch nicht glühend rot versunken. Ein Schauspiel von erhabener Fremdartigkeit: die kantigen, ebenmäßigen Zyklopenbauwerke im schnell sich verändernden Licht. Nie hatte ich mir ein von Menschenhand errichtetes Gebirge von so gewaltiger Macht vorgestellt, von derartiger Majestas.

Die Spitzen der Dreiecke lagen noch im goldenen Feuerschein des einen Gottes, während dahinter das Firmament sich silbern mit den Gestirnen der anderen Götter zu schmücken begann. Ein atemberaubendes Erlebnis, dessen Schönheit schauern machte. Wir wurden in das hastig für uns aufgeschlagene Lager gebracht, Zelte ohne Umzäunung in der Wüste.

Dem König war, als besondere Aufmerksamkeit, wieder sein eigener roter Pavillon errichtet worden.

Eigentlich war alles wie zuvor in unserem Feldlager, nur daß wir keine Meuchelmörder, weder Pfeilregen, Griechisches Feuer noch nächtlichen Alarm befürchten und nicht in unseren Rüstungen zu Bett gehen mußten. Doch wer sich auf einen köstlichen Schlaf gefreut hatte, sah sich getäuscht.

Kaum hatten wir uns niedergelegt, trieben uns Wachen aus den Zelten, und wir mußten im Freien warten, jeder vor seinem Quartier. Mein Sekretarius, der als Dolmetscher bereits seinen eigenen Status hatte und sich auch sonst kaum um irgendwelche Anordnungen scherte, nahm die Gelegenheit wahr, sich bei Herrn Ludwig zu beurlauben und bei mir vorbeizuschauen.

Von ihm erfuhren wir, daß die Mamelukenemire wünschten, die abgebrochenen Verhandlungen wiederaufzunehmen, noch heute nacht. Aber das war nicht der Grund seines Besuches.

»Seht Ihr, mein Herr de Joinville«, flüsterte William aufgeregt, »mein Ezer Melchsedek hat es doch richtig vorausgesehen: Vor uns erhebt sich die große Pyramide –«

Er war richtig stolz auf seinen Kabbalisten. »Und irgendwo in diesem von Göttern getürmten Mal aus Stein wartet der mumifizierte Robert d'Artois auf uns«, spottete ich, »in einer versteckten Grabkammer, bewacht von den Geistern der Pharaonen! – Wo steckt denn dein allwissender Hermes Trismegistos?«

»Wenn er um unser Kommen wußte, wird er auch nicht fehlen, sich uns zu offenbaren, wenn es an der Zeit ist.« William zeigte sich tief beeindruckt, ich glaube sogar, er empfand Scheu.

Jedenfalls wurden wir gerade in diesem Moment aufgerufen, uns in ein beleuchtetes Zelt zu begeben, wo die Emire uns erwarteten. Als Herr Ludwig eintrat, erhoben sie sich und verneigten sich. Da der Graf von der Bretagne noch immer so krank war, daß ihm erlaubt wurde, das Bett zu hüten, fiel die Sprecherrolle mir zu. Wir nahmen an einer langen, niedrigen Tafel Platz, der König in der Mitte. Die Emire saßen uns gegenüber auf der anderen Längsseite. William, der sich hinter den König und mich postiert hatte, stellte uns den Leiter der ägyptischen Delegation vor, den Gouverneur von Kairo, den Emir Husam ibn abi 'Ali.

Was mich und meine Gefährten viel mehr interessierte – wir bekamen zum ersten Mal den berühmten »Bogenschützen« zu Gesicht, den Emir Rukn ed-Din Baibars. Welche Enttäuschung! Der große Kriegsheld verbarg sich in einem untersetzten, fast gedrungenen Körper. Der leicht ergraute Schädel glich einem viereckigen Gesteinsbrocken, nur die flinken, kleinen Augen erzwangen Aufmerksamkeit. Sie sahen alles und verrieten keine Regung. Der gefürchtete, für seine Härte berüchtigte Emir erinnerte mich an einen dieser Hirten in der Einsamkeit der Wildnis, fähig, seine Herde zu treiben, jedes verletzte Tier zu pflegen und es notzuschlachten, wenn die Wunden zu schwer.

Baibars hielt sich sehr zurück, dennoch gewann ich im Verlauf der Verhandlung den Eindruck, daß er nicht unseretwegen dabei war, sondern um dem Gouverneur auf die Finger zu schauen. Der war ein Mann von unverhohlener Eitelkeit, der selbst seine beachtliche Eloquenz dieser Eigenschaft unterstellte. Ich ließ ihn reden. Es wurden auch nur die bereits bekannten Bedingungen wieder aufgewärmt. Sobald wir Damiette geräumt hätten, sollten der König und alle seine Herren auf freien Fuß gesetzt werden. Der Rest, soweit er nicht bereits über die Klinge gesprungen war, sollte uns folgen dürfen, wenn wir das Lösegeld aufgebracht hätten, was zu geschehen habe, bevor wir das Land verließen.

Husam ibn abi'Ali versäumte auch nicht, uns darauf hinzuweisen, daß ihn und die anwesenden werten Mameluken-Emire keine Schuld träfe an den mittlerweile vorgenommenen Massenhinrichtungen, es beweise nur allzu deutlich, daß der von ihnen beseitigte Sultan keineswegs gewillt gewesen war, sein Wort zu halten, und uns alle ebenso hätte umbringen lassen.

Für mich war das kein Beweis, vor allem keiner, daß die ehrbaren Herren nicht genauso mit uns verfahren würden. Dem war ein Riegel vorzuschieben, und ich sagte:

»Wir sind bereit, von der vereinbarten Summe Lösegeldes zweihunderttausend Livres, also die Hälfte, bei der Abfahrt, die andere Hälfte von Akkon aus zu zahlen, denn«, unterbrach ich den aufkommenden Protest, den mein William mir nicht übersetzen mußte, »denn erstens verfügen wir in Damiette über keine weiteren Mittel, zweitens wollen wir sichergehen, daß die bereits aufgelisteten Katapulte, radgespannten Bogen und Steinschleudern, das gepökelte Fleisch und die Kranken gepflegt und aufbewahrt werden, bis der König Gelegenheit findet, dies alles abholen zu lassen: Wir haben nicht genügend Transportraum auf den uns verbliebenen Schiffen für das wertvolle Gerät.«

Der Gouverneur sah das wohl ein und sagte: »Es ist alles nur eine Frage der Sicherheiten. Wir werden Euch wissen lassen, welche Geiseln Ihr für diese Variation der besprochenen Abwicklung stellen müßt.«

Damit schickten sie uns zu Bett. Ich nahm den Marschall der Johanniter, Herrn Leonardo di Peixa-Rollo, beiseite und sagte ihm, daß ich gern noch heute nacht den edlen Herrn de Ronay gesprochen hätte. Der Marschall in seiner rüden Art, der sich schon ärgerte, daß er dem Baibars brav gegenübersitzen mußte, dem er eigentlich an die Kehle gehen wollte ob des feigen Mordes an Jean-Luc de Granson – auch ein Grund, weswegen sein Meister sich geweigert hatte, hier zu erscheinen –, blaffte mich an, ob denn mein Anliegen nicht Zeit hätte bis morgen früh. Ich wollte ihn gerade in die Schranken weisen, als ich hörte, wie der Gouverneur sich privat an den König wandte. Herr Ludwig war im Begriff, begleitet von William und seinem Konnetabel, als letzter das Zelt zu verlassen. Seine beiden Brüder Alphonse de Poitou und Charles d'Anjou waren schon gegangen.

»Wie ist es eigentlich Eurer Majestät in den Sinn gekommen, trotz aller Vortrefflichkeit und klarem Verstande, ein Schiff zu besteigen und auf dem Rücken des Meeres reitend in dies Land einzufallen, das doch von Muslimen so dicht bevölkert ist und über eine entsprechend starke Armee verfügt? Wie konntet Ihr überzeugt sein, Ägypten zu erobern und Euch zu seinem Herren zu machen? Dieses Unternehmen ist doch die größte Gefahr gewesen, der Ihr Euch und Eure Untertanen habt aussetzen können.«

Der König lächelte, antwortete aber nicht, so daß sich der Gouverneur bemüßigt fühlte fortzufahren: »Nach unserem Gesetz wird einer, der ohne Not übers Meer fährt und dabei sich selbst und seine Habe aufs Spiel setzt, nicht mehr als Zeuge vor Gericht zugelassen.«

»Warum?« fragte der König höflich.

»Weil wir wegen solcher Handlungsweise annehmen, er sei schwachsinnig, und das Zeugnis Schwachsinniger gilt nicht.«

Der König lachte erheitert. »Fürwahr, der dies verfügt hat, war trefflichen Geistes. Ihr aber, mein Herr, der mir diese Geschichte erzählt habt, solltet Euch der Mühe unterziehen, über den Sinn des Wortes ›ohne Not‹ nachzudenken. Gute Nacht!«

Ich begab mich zum Pavillon des Großmeisters der Johanniter. Als ich am Quartier des Grafen von Anjou vorbeikam, sah ich den Herrn Charles im Dunkeln mit einem Mauren stehen, der seine *kufia* tief ins Gesicht gezogen hatte. Solche Heimlichkeit bestätigte mich in meinem Verdacht, den ich schon lange hegte, daß der Anjou seine eigenen Wege ging.

Vor dem Zelt des Herrn Jean de Ronay, das mit den Insignien des Großmeisters geschmückt war, als seien wir zu Gast und nicht Gefangene, hielt mich die Wache zurück und rief den Marschall herbei. Peixa-Rollo war ungehalten und kurz angebunden:

»›Die Sache‹ habe sich erledigt, soll ich Euch ausrichten, werter Herr, und Ihr selbst möget Euch als entbunden betrachten.«

»Das mag ich aus dem Munde des Meisters selbst vernehmen«, beharrte ich auf meinem Recht.

»Morgen früh!« beschied mich der Büffel.

Als ich in mein Zelt zurückkam, saß dort mein Sekretarius mit einem ärmlich wirkenden alten Mann, dessen langer Bart in spärlichen Strähnen vom Kinn herunterhing. Seine klapprige Gestalt war in einen ausgefransten Kaftan gehüllt.

»Das ist Ezer Melchsedek«, sagte William zu allem Überfluß. »Er hat uns erwartet, um uns den Grafen von Artois vorzustellen.«

»Morgen früh!« sagte ich und fügte auf Deutsch hinzu: »Was soll ich mit dem Kerl? Die Sache ist abgeblasen wie eine mißratene Reiterattacke. Die Johanniter wollen nicht mehr!«

»Das können die nicht so einfach«, klärte mich William in seinem flämischen Dialekt auf, den ich nur mühsam verstand, also half er in Latein nach. »Cum profanus in monte ingressus est, regrediendum numquam est. Voluntas sua nihil est, sed lex potentiae in monte regnantes sola valet.«

»Erklärt Ihr das doch bitte, schlauer William von Roebruk, morgen früh dem Herrn Jean de Ronay, und nun laßt mich ausruhen.«

»Ezer Melchsedek wird hier schlafen müssen«, sagte mein trefflicher Sekretarius, »er hat sonst keinen Platz, wo er sein Haupt betten kann, in das Zelt des Königs mag ich ihn schlecht bitten.« William erhob sich. »Übrigens«, sagte er, »es geht das Gerückt, Yves der Bretone sei im Lager, als Moslem verkleidet habe er sich eingeschlichen …«

Mir fiel die Gestalt ein, die ich mit Charles d'Anjou gesehen hatte, aber ich sagte: »Er wird nicht wagen, dem König unter die Augen zu treten.«

»Das vielleicht nicht«, entgegnete William, »aber es zeigt, daß wir zur rechten Zeit am rechten Ort sind. Wenn das Tor zur Hölle sich öffnet, ist der Bretone zur Stelle. Das wird auch dem Groß-meister einleuchten.«

»Der Teufel ist unter uns«, ließ sich da Ezer Melchsedek be-dächtig vernehmen. »Die Sache kocht im Kessel, tief in der Pyra-mide glüht das reinigende Feuer, wartet auf den König und seine Braut.« Er hatte die Augen geschlossen. »Sie müssen es durch-schreiten.« Er sah mich plötzlich an, mit einer Begeisterung, als sei er selbst der Bräutigam, und fuhr in makellosem Latein fort: »*Qui incantationem incipuit cameram magicam exire non possit. Haec lex!* Das ist Gesetz!«

»Wessen Gesetz?« empörte ich mich mit gedämpfter Stimme.

»Das Gesetz der Pyramide«, klärte er mich sanft auf.

»Es ist spät«, sagte ich, um meinen Schlaf besorgt.

»Zu spät«, antwortete der Ezer Melchsedek.

DER MAGIER

Ich wandte ihm den Rücken zu und zog, ohne daß er es sehen konnte, eine Karte aus meinem Tarot: Der Magier!

»Hinauf in das Reich der schöpferischen Geister! Finde den rechten Rahmen für Deine Begabung, Adept.

Im Zeichen des Merkur kann der Meister alles wenden. Licht und Schatten kann er tauschen, aber schmal der Grat, auf dem er wandelt.«

Nun war auch ich betroffen, ließ es mir aber nicht anmerken.

William stahl sich davon. Ich bedeutete dem Kabbalisten, er könne sich niederlegen, wo er saß, und zog mich zurück. Ich schlief schlecht in dieser Nacht. Ezer Melchsedek schnarchte.

D IE MAMELUKEN hatten sich im Dorf Gizeh einquartiert, um ihre hochrangigen Gefangenen nicht aus den Augen zu verlieren. Baibars und Aibek sowie einige andere Emire hatten ein Jagdschloß des Sultans in Sichtweite der Pyramiden requiriert, das ihnen Gamal Mohsen empfohlen hatte unter Umgehung des Gouverneurs, dessen Erlaubnis sie hätten eigentlich einholen müssen.

Husam ibn abi' Ali beschwerte sich bei der Sultana, und der als zuständiger oberster Aufseher über alle Paläste herbeizitierte Gamal Mohsen pflichtete ihm eifrig bei, doch keiner wagte den Mameluken den Befehl zu erteilen, das Anwesen wieder zu räumen.

Das Landhaus des Großwesirs grenzte an den Besitz des Sultans. Es war eine großzügige Anlage mit Schatten spendenden, mächtigen Bäumen, und Hecken aus Rosen und Jasmin verströmten einen betäubenden Duft.

Der Rote Falke hatte Madulain als erste in die Entscheidung eingeweiht, mit ihr und Roç Kairo zu verlassen und die beschwerliche Reise nach Syrien anzutreten. Die Saratz wirkte seit der Ermordung des Turanshah wie versteinert, sie hatte ihrem Retter, der sie aus der Feuersbrunst des brennenden Turmes befreit hatte, mit keinem Wort gedankt, sie sagte auch jetzt kein Wort.

»Ihr könnt hier nicht länger bleiben, Madulain!« beschwor sie der Rote Falke. »Die Sultana wird euch nie verzeihen, daß sie Euretwegen niederknien mußte. Bislang schützte Euch der Nimbus der ›Kaisertochter‹, doch unter den Gefangenen im Lager sind einige, die unbedacht oder aus Häme den Siegern Hinweis geben könnten, daß Ihr keineswegs die ›Prinzessin von Salentin‹ seid – und das würde Euren sicheren Tod bedeuten!«

Zum ersten Mal reagierte die Angesprochene, und zwar blitzenden Auges. »Clarion ist nur eine Gräfin – und nichts als eine Bastardtochter des Staufers.« Und stolz fügte sie hinzu: »Ich bin eine gebürtige Prinzessin der Saratz, wenn Ihr das bitte zur Kenntnis nehmen wollt, Konstanz von Selinunt, ich bedarf keines von Kaiser Friedrich verliehenen Titels.«

Der Rote Falke betrachtete sie amüsiert, wie sie so vor ihm stand und ihn anfunkelte: »Also, meine Prinzessin –«

»Sprecht mich nie wieder so an!« fauchte sie und wandte sich ab, Tränen schossen ihr in die Augen.

»Wie es Euch gefällt!« sagte der Rote Falke und bezwang seinen Ärger über die Kapriziöse. »Doch steht mir jetzt zur Seite, wenn ich den Kindern ihre Trennung beibringen muß.«

»Das ist nicht nötig, verräterischer Ritter des Kaisers!« schrie da Roç, der sich hinter einer Hecke versteckt hatte, und warf sich mit solcher Heftigkeit durch das Dornengestrüpp, daß Gesicht und Arme blutig gekratzt waren, als er die beiden erreichte. »Ich gehe keinen Schritt mit Euch!« heulte er wütend auf. »Ihr könnt mir den Kopf abschlagen lassen, Mameluk!«

Das war wohl das ärgste Schimpfwort, das ihm einfiel, und er warf sich auf den Boden und weinte. Da erst kam Yeza um die Ecke, sie war blaß, und die stauferische Zornesfalte stand senkrecht auf ihrer Stirn.

»Laßt uns bitte allein, Prinzessin«, sagte sie mit bestimmter Würde zu Madulain, die bei Roç niedergekniet war, ohnmächtiges Schluchzen durchlief seinen schmalen Körper. Madulain half ihm auf und führte ihn mit sich weg.

Sie drückt ihn an sich wie eine Mutter, dachte der Rote Falke und fühlte etwas wie Erleichterung.

»Laßt uns reden wie Erwachsene«, sagte Yeza. »Ich hoffe, Ihr könnt Euren Mann stehen, ohne daß Madulain Eure Hand hält.«

»Ich will's versuchen.« Der Rote Falke lächelte.

»Das Grinsen könnt Ihr Euch auch sparen«, sagte Yeza, »was kommt Euch in den Sinn, Roç und mich trennen zu wollen? Wir sind die Königlichen Kinder, niemand sollte das besser wissen als Ihr, der Ihr Euch brüstet, uns als hilflose Bündel aus dem Montségur gerettet zu haben –«

»In der Tat«, hielt ihr, leicht gereizt, der Rote Falke entgegen, »und auch aus Zypern brachte ich Euch fort in Sicherheit!«

»Welche Sicherheit?« widersprach Yeza. »Daß wir Kinder froh sein dürfen, noch nicht erschlagen worden zu sein, unsere Herzen nicht herausgerissen, unsere Köpfe nicht auf Stangen stecken?«

»Die Feste der Assassinen habt *Ihr* verlassen«, verteidigte sich der Rote Falke. »Alles das wäre nicht geschehen, Euer kleiner Freund Mahmoud müßte nicht im Kerker des An-Nasir schmachten, wenn Ihr nicht –« Er mußte abbrechen, denn Yeza umarmte ihn, in Tränen ausbrechend.

»Ich bin schuld«, sagte sie leise, »der arme Mahmoud!« –

Der Rote Falke ließ sie sich ausweinen, dann setzte er sich auf eine Mauer und sagte: »Laß uns jetzt beratschlagen, wie wir deinem kleinen Freund Mahmoud helfen können.«

Yeza wischte sich Augen und Nase, löste sich von ihm und hockte sich neben ihn. »Ich bin zu alt, um auf den Schoß genommen zu werden«, klärte sie ihn auf. »Also«, sagte sie sachlich, »wenn eines von uns Kindern als Unterpfand bei den Mameluken bleiben muß und das andere die beschwerliche Reise mitmachen soll, warum setzt Ihr dann Roç dieser Gefahr aus, denn eine solche Befreiung ist gefährlich! Warum nicht mich?«

Ah, dachte der Rote Falke, daher weht der Wind. Doch die Antwort mußte gut überlegt sein.

»Die Königlichen Kinder«, sagte er endlich, »sind immer in Gefahr.«

»Aber ich kann besser –« begehrte Yeza auf.

»Eben«, sagte der Rote Falke. »Hierbleiben ist das gefährlichere. Wenn ich Roç hierlassen würde, liefe er Gefahr, getötet zu werden, fast sicher würden sie ihn umbringen. Ihr aber, als junge Frau, Erbin eines von Legenden umwobenen Reiches –«

»Ich weiß«, unterbrach ihn Yeza stolz, »König Artur und die Ritter von der Tafelrunde!«

»Tocher des Gral, Euch wird man nicht antasten. Begehren wohl, bedrängen vielleicht, aber nicht töten.«

»Aha«, sagte Yeza, »wenn ich aber Roç treu bleibe –?«

»Ihr sollt ihm treu bleiben, Yeza – wie er Euch treu bleiben wird. Verabschiedet ihn also, wie eine Dame ihren Ritter verabschiedet, der in einen noblen Streit zieht, den Freund zu befreien.«

»Hoffentlich schafft er das auch«, seufzte Yeza, »wenn ich ihm nicht zur Seite stehe.«

»Laßt ihn spüren, daß Ihr seiner Tüchtigkeit voll vertraut – und daß Ihr auf ihn wartet, bis er siegreich heimkehrt! Dessen bedarf ein Ritter, wenn er hinauszieht.«

»Ihr verlangt ein großes Opfer von mir, Roter Falke«, sagte Yeza, »aber ich werde nicht weinen.«

»*Chanterai por mon corage*
Que je vueil reconforter
Souferai en tel estage
Tant quel voie repasser.«

Der Emir Rukn ed-din Baibars hatte, um sich keinen Anfeindungen auszusetzen, vom Jagdschloß des Sultans nur den Gesindeteil für sich in Anspruch genommen und die prächtigen Privatgemächer des Herrschers seinem Vorgesetzten, dem Emir Izz ed-Din Aibek, überlassen. Allerdings hatte er sich mit den Räumen der Wache auch den Turm gesichert. Dieser hatte im obersten Stockwerk eine überdachte offene Veranda, und dort weilte Baibars bevorzugt, weil er das Treiben der anderen überblicken konnte. Selbst das benachbarte weitläufige Anwesen der Familie des Großwesirs konnte er von hier aus mühelos einsehen.

»Unser Freund, der Rote Falke, hebt tatsächlich die Schwingen, um sich auf den Weg zu machen«, sagte er befriedigt zu dem unterwürfig hinter ihm stehenden Baha Zuhair. »Ich wünschte, er würde wenigstens ein paar meiner tüchtigsten Soldaten mitnehmen –«

»Ihr vergeßt, hoher Herr, daß der Emir in Syrien mehr Freunde hat als hier in Kairo. Er kann sich sowohl auf die Barone stützen, als auch der Hilfe der Templer gewiß sein.«

»Ihr unterschlagt die Ismaeliten, Baha Zuhair. Ein Unternehmen wie dieses ist ohne die Assassinen gar nicht zu bewerkstelligen – wenn überhaupt!«

Baibars hatte seine Zweifel, mußte aber auf Erfolg hoffen, wenn er sein Kind je wieder in die Arme schließen wollte. Er mußte für den Roten Falken also auch noch von Allah, dem einzig Mächtigen, alles Glück dieser Erde erflehen, wo er ihn doch lieber zum Sheitan gewünscht hätte.

»Militärisch gesehen, bleibt es ein Unding, ein Wahnsinn!«

»In der Unvorhersehbarkeit des Zugriffs liegt die Stärke des einsamen Räubers – wie des Falken, nicht in seinen Krallen noch in seinem Schnabel!« Baha Zuhair gab sich zuversichtlich. »Seid nur guten Mutes!«

»Bin ich aber nicht!« fuhr ihn Baibars unwirsch an. »Ich hab' eher das ungute Gefühl, übertölpelt zu werden. Fassr ed-Din Octay trau' ich alles zu. Ihm kommt es nur darauf an, den jungen König, dessen Reich keiner kennt, in Sicherheit zu bringen. Und wozu belastet er eine so gefährliche Expedition auch noch mit einer Huri des Turanshah? Ich werde den Gedanken nicht los, der lacht sich in die Kralle, kaum daß er die Grenze Ägyptens hinter sich hat, und ich sehe den feinen Herrn nicht wieder und meinen Sohn auch nicht!«

»Euer Mißtrauen frißt die Klarheit Eurer Gedanken auf, mein Gebieter«, sagte Baha Zuhair. »Was die Favoritin betrifft, habe ich den Eindruck gewonnen, daß es sich um eine ältere Geschichte handelt, die weit vor den Turanshah reicht, der diese Bastardtochter des Kaisers erst in Damaskus kennengelernt hat, um ihr sogleich zu verfallen, wie mir berichtet wurde. Eine Jugendliebe des

Roten Falken vielleicht, und nun haben sich die beiden endlich wiedergefunden und wollen nicht mehr voneinander lassen!«

Baha Zuhair war ins Schwärmen geraten. Als verkannter Poet gefiel er sich ungemein darin, ein solches Drama von Liebesleid und Liebesfreud in allen Farben auszumalen. Dem Baibars gefiel es überhaupt nicht, doch das bremste den Redefluß des Dichters nicht im geringsten.

»Der Knabe Roç, von dem sie sagen, er sei der Sohn eines gewissen Gral, hat mit Eurem Sohn Mahmoud den Kerker des An-Nasir geteilt. Er ist der einzige, der den Weg dort hinein und hinaus weiß. Und dann ist ja noch das Mädchen da –«

»Wer weiß, ob sie die nicht drangeben –?«

»Ich glaube nicht.« Baha Zuhair lächelte. »Prinzessin Yeza ist nicht die Person, die sich ›vergessen‹ ließe.«

Er deutete hinüber zum Hof vor dem Landhaus des Großwesirs, wo jetzt eine kleine Karawane aufbrach, um die lange Reise anzutreten. Baibars sah, daß für die junge Frau keine Sänfte bereitgestellt war, sondern sie sich wie ein Wüstenkrieger in den Sattel schwang.

»Seltsame Erziehung läßt dieser Kaiser seinen Töchtern angedeihen, sie teilen das Lager, mit wem sie wollen, und besteigen den Rücken eines Pferdes wie ein Mann – Allah bewahre uns vor solchen Weibern! Kommt jetzt!« wandte er sich an seine Schranze.

Sie folgten, umgeben von der Mameluken-Leibwache des Emirs, der Karawane, die zum nahen Nil strebte, wo Baibars ein Schiff hatte bereitstellen lassen. Ihm lag daran, daß der Rote Falke schnell und sicher die Küste Syriens erreichte. Baibars hatte keine Eile, er mußte nur darauf achten, daß das Mädchen, sein Unterpfand, ihm nicht in letzter Minute doch entzogen und heimlich an Bord gebracht wurde. Allerdings würden die Bootsleute nicht ablegen, solange er, Baibars, nicht das Kommando dazu gegeben hatte.

Seine flinken Augen hatten sofort bemerkt, daß »die Tochter des Gral«, diese Prinzessin Yeza, hoch zu Pferde den Zug bis zum Fluß begleitete.

»Was sagt Ihr mir über das Kind«, hielt er Baha Zuhair auf Trab, »wie alt ist es?«

»Zu jung für Euch«, erlaubte sich der zu scherzen, was ihm sogleich einen Hieb mit der Reitgerte einbrachte.

»Ich denke an eine Frau für meinen Mahmoud!«

»Wenn Ihr gestattet, daß ich eine eigene Meinung äußere –«

»Nur wenn Ihr solcherhalb befragt seid! Also –?«

»Für Euren Sohn ist Yeza nicht zu alt, sondern zu erfahren.«

»Wie? Sie ist keine *batul* mehr?«

»Das wage ich nicht zu beurteilen, ich meinte ihre Art, selbständig zu handeln. Sie hat während der Vakanz in Damaskus die Sigle des Sultans Ayub nicht nur bewahrt, sondern damit Erlasse ausgefertigt und zu Gericht gesessen.«

»Wie alt, sagtet Ihr?« rief Baibars ungläubig.

»Auf die Gefahr hin, daß Ihr mich zum anderen Male züchtigt, gegen jeden Anschein habe ich von diesem William gehört, sie könne höchstens elf sein.«

Baibars schüttelte den Kopf. Sie waren an der Anlegestelle eingetroffen. Er hob seine Hand und ließ seinen Trupp halten. Weniger, daß er den Abschied nicht stören wollte, Baibars erwartete, daß der Rote Falke die Geisel persönlich bei ihm ablieferte. Und so wartete er.

Yeza war den Weg von Gizeh bis zum Ufer des Nil allein mit Roç am Ende der Karawane geritten. Er war wie ein sarazenischer Krieger ausstaffiert, trug – wie er ihr stolz zeigte – einen eigens für ihn geschmiedeten und fein ziselierten Brustpanzer unter dem hellen Überwurf, und im Turban, in den Farben des Großwesirs umwickelt, eine passende spitze Eisenhaube.

»Schau«, sagte er und wies auf die Stickerei auf seiner Schulter. »Das Wappen des Kaisers!«

An seiner Seite baumelte auch im kostbaren Ledergehänge ein richtiger Schimtar, doch das wichtigste war ihm sein Stock, jener versteckte Degen im unverdächtigen Futteral, den ihm Bo von Antioch geschenkt hatte.

»Ich sehe«, sagte Yeza, »du führst ›das geheime Schwert‹ mit dir. Erinnerst du dich, als wir darauf uns Treue schworen, der kleine Mahmoud war auch dabei – und jetzt reitet mein Held aus, ihn zu befreien.«

Yeza zog ein Tüchlein aus der Tasche. Es war in der Ecke mit dem tolosanischen Kreuz bestickt, der alte Turnbull hatte es ihr einmal geschenkt, und sie wiederholte seine Worte, die ihr gut erinnerlich waren.

»Damit du immer daran denkst, woher du kommst, wohin dich deine Bestimmung auch führt!« Sie beugte sich hinüber und steckte es Roç an die Brust. »Verlier es nicht«, sagte sie, »es ist das Zeichen unserer Liebe und des geheimen Gral.«

Roç führte es an seine Lippen und stopfte es dann oben in sein Hemd.

»Ich habe mir damit die Nase geputzt!« fügte Yeza hinzu und lachte.

»Ich dachte, du hättest darin geweint.«

»Ich und weinen!« rief Yeza. »Ich neide dir nur das heldenhafte Abenteuer!«

»Das wird sich in Grenzen halten«, feixte Roç. »Madulain wird versuchen, mir jeden Tag den Hals zu waschen, und der Rote Falke wird sich bemühen, mich von jeder Heldentat fernzuhalten!«

Sie waren am Schiff angelangt. Roç sprang sogleich ab und wollte sein Pferd selbst über die Planke führen, doch die Bootsleute nahmen ihm die Zügel aus der Hand.

»Siehst du«, sagte er hinauf zu Yeza, die wohlweislich nicht abgestiegen war – sie hatte den Mamelukentrupp im Hintergrund bemerkt –, »welche Art von Abenteuern ich schon jetzt nicht bestehen darf, nicht einmal ein Pferd am Halfter über ein fußbreites Brett darf ich selber führen!«

»Mein Trencavel«, sagte Yeza und reichte ihm die Hand. »Ich muß dich jetzt lassen. Auch mich erwartet ein grimmer Feind – nicht die Mameluken, sondern die Langeweile – ohne dich, Roç!«

»Mir wär's auch lieber, wenn du mitkämst, meine Esclarmunde, Schwester und Hüterin –«

Er gab sich solche Mühe, tapfer zu sein, den großen Helden zu spielen, jetzt, wo er Yeza wirklich verlassen mußte, oder wie Roç es empfand, er von ihr verlassen wurde, da brach der Schmerz noch einmal durch, mit aller Heftigkeit. Er riß sich los, rannte über die Planke und warf sich hinter der Reling, wo ihn keiner sehen konnte, flach aufs Deck und trommelte mit seinen Fäusten, während ihm die Tränen die Wangen herunterliefen.

Yeza wandte sich ab. Um ihm die Abreise nicht durch ihren Anblick noch schwerer zu machen, gab sie dem Roten Falken einen Wink, der zu den Mameluken hindeutete. Sie wartete gar nicht ab, daß er ihr folgte, sondern ritt allein auf den sie erwartenden Trupp zu. Der Rote Falke konnte sie gerade noch einholen.

»Ich will Euch dem Emir Rukn ed-Din Baibars vorstellen!« rief er, doch Yeza ging darauf gar nicht ein, sondern sagte:

»Lieber Roter Falke, das kann ich alles allein, macht Euch keine Sorgen! Ich bitte Euch nur um eines, beschützt mir Roç!«

Als sie sah, daß er zögerte, fügte sie freundlich hinzu: »Fahrt jetzt, ihm bricht sonst das Herz – und meines hält das höfische Spiel auch nicht mehr lange durch, also *Diaus vos bensigna!*« Und sie wandte sich um zu Baibars: »Mein Herr, ich bin in Eure Hand gegeben!«

Der Rote Falke sah sich noch mehrfach nach ihr um, als er langsam zum Schiff zurückritt.

»Schnell weg von hier!« rief Yeza und blinzelte dem vierschrötigen Mamelukenemir herausfordernd zu. »Ho!« Sie gab ihrem Pferd die Sporen.

Baibars und die Männer seiner Leibgarde wechselten Blicke, die zwischen Respekt und Belustigung schwankten, dann galoppierten sie hinter Yeza her. Sie ließen ihrem Herrn den Vortritt, und Baibars schloß mühelos zu dem wilden Mädchen auf, das dann auch die Gangart seines Tieres zurücknahm. Der Emir sah, daß sie geweint hatte, und das rührte das alte Rauhbein.

»Ihr habt nichts zu befürchten«, fiel ihm nur ein, um Yezas Kummer zu trösten.

»Doch!« sagte sie trotzig. »Ich bin jetzt ganz allein.«

Als sie merkte, daß der Emir damit nichts anfangen konnte oder wollte, setzte sie gezielt und traurig hinzu: »So allein wie der kleine Mahmoud, den meine Ritter jetzt befreien – und ich darf nicht dabeisein!«

Das traf den Baibars natürlich ins Vaterherz: »Ihr müßt mir alles von ihm berichten, ich wußte ja nicht, daß mein Sohn Eure Freundschaft errungen hat, königliche Hoheit!«

Yeza zeigte ihren Triumph mit keiner Miene. »Die großzügige Gastfreundschaft des berühmten Bogenschützen weiß ich wohl zu schätzen, doch sie wird mich nicht vor der Einsamkeit bewahren.«

»Es wird Euch an nichts mangeln«, beeilte sich der Emir zu versichern, »Hofdamen und Gespielinnen will ich Euch –«

»Tut mir das nicht an!« rief Yeza. »Wenn ich über eine Abreise froh bin, dann ist es die jener Dame –«

Da lachte der Emir, und sie mußte auch lachen. »Wen wollt Ihr denn, doch nicht schon junge Burschen?«

»Nein!« sagte Yeza ernsthaft. »Ich ziehe reife Männer vor. Wenn Ihr mich erfreuen wollt, nehmt mich mit, wenn Ihr zur Jagd ausreitet oder ins Turnier zieht.«

»Oho!« lachte Baibars. »Seid Ihr nicht noch ein wenig zu jung als Knappe?«

»Prüft mich«, sagte Yeza, »und danach reden wir weiter. Und nennt mich ›Yeza‹, wie ich es gewohnt bin von meinen Freunden.«

Baibars war ziemlich sprachlos, so daß Yeza sich ermutigt sah, noch gleich einen weiteren Wunsch zu äußern. »Der König von Frankreich«, erklärte sie beiläufig, »hat einen Dolmetscher, einen Franziskaner –«

»Ja?« sagte Baibars. »Dieser dicke Mönche mit den roten Haaren, der ein Arabisch spricht, *bitmarrid!*«

»Genau den will ich zurück in meine Dienste haben, weil er mit seiner Tolpatschigkeit mein Herz erfreut!«

»Wenn Euer Gemüt davon wieder erheitert wird, soll dies sofort geschehen!« sagte Baibars und schickte Baha Zuhair zum Pavillon des Königs, um William von Roebruk zu holen.

Sie waren wieder in Gizeh angelangt, und Yeza wurde im Sultans-palast untergebracht. Sie hatte den ganzen Harem für sich. Bis auf ein paar alte Frauen, die jungen hatte Gamal ed-Din Mohsen, der Obereunuch, nach Kairo zurückgeschickt, zur Verfügung der Sultana Schadschar, doch die betagten Matronen und das gesamte Personal waren entzückt, die blonde Prinzessin mit ihren Aufmerksamkeiten überschütten zu können.

Der aufsichtsführende Eunuch war allerdings leicht irritiert, als ihm von seinem Vorgesetzten bedeutet wurde, bei diesem Neueingang vorerst von der üblichen Prozedur zur Feststellung der Jungfernschaft Abstand zu nehmen, das Mädchen sei eine Geisel und bislang nur zu Gast.

Yeza bezog das Gemach der Favoritin und erschreckte den braven Mann gleich um ein weiteres damit, daß sie ihren Dolch so nach ihm warf, daß dieser zitternd im Türrahmen neben seinem Ohr steckenblieb. Noch am gleichen Tag kam der Eunuch bei Gamal Mohsen um seine Versetzung ein.

Baha Zuhair hatte sich zum Pavillon des Königs begeben und dort beim Konnetabel, der wie ein treuer Wachhund den Eingang des Zeltes hütete, im Namen seines Herrn den Dolmetscher Bruder William verlangt.

Dem rutschte erst das Herz in die Hose, als er den Namen des gefürchteten Emirs hörte, vor allem als der bärbeißige Konnetabel scherzte, der Mönch würde sicher gerufen, sein eigenes Todesurteil zuvor in ein für Christenmenschen verständliches Idiom zu übersetzen.

William folgte dem Baha Zuhair erleichtert, als er sah, daß keine Soldaten diesen begleiteten und ihn sogleich in Ketten legten. Er dachte, es ginge um Formalitäten der für den heutigen Tag angesetzten Eidesleistung, statt dessen wurde er in den Harem des Sultanspalastes gebracht, wo ein völlig entnervter, Türen schlagender, von Weinkrämpfen geschüttelter Eunuch ihn im vergitterten Vorraum warten hieß. Die Gemächer hinter den Gittern hatte seit Menschengedenken, oder jedenfalls seitdem er diesen Harem leitete, keines Mannes Fuß betreten, der noch *illi aindu beidhen* hatte, abgesehen natürlich vom Sultan.

DIARIUM DES JEAN DE JOINVILLE

Gizeh, den 5. Mai A.D. 1250

Ich hätte so gern die Pyramiden aus der Nähe besichtigt und wäre auch eigenen Fußes hinaufgestiegen, um mich der Mühe zu unterziehen, mir den halb verschütteten Eingang anzuschauen, der durch endlose halbhohe Gänge und Rampen zu der geheimen Grabkammer führen sollte. Hineingestiegen wäre ich sicher nicht, keine hundert Teufel und drei Mameluken hätten mich dazu gebracht, nach dem, was mir Ezer Melchsedek über die Innereien dieser von außen so ordentlich und klar wirkenden Steinbauten anvertraut hatte. Doch ich kam gar nicht in die Verlegenheit, meine Seele dieser Gefahr auszusetzen, denn eine solche Exkursion wurde uns Gefangenen verwehrt. So ragten die magischen Vierkantdreiecke weiterhin in einer meine Phantasie und Alpträume beflügelnden Entfernung in den Himmel und waren doch so nah, daß die Geister, die in ihnen wohnten, jederzeit, besonders des Nachts, Zugriff auf mich hatten.

Jederzeit konnten sie mich holen kommen, die dünne Plane über meinem Kopf war für sie kein Hindernis, die sie durch fuderdicken Stein gehen konnten. Ich saß aufrecht in meinem Bett und wartete.

Wir Nobel-Gefangenen durften unser Zeltlager nur verlassen, um zum großen Beduinenzelt aus dunkelbraunem Tuch zu wandern, wo die Verhandlungen stattfanden.

Weil der Graf von der Bretagne immer noch krank darniederlag, oblag es mir weiterhin – mit vollster Billigung durch Herrn Ludwig –, unsere Delegation anzuführen.

Die Emire betraten das Zelt erst, als wir schon Platz genommen hatten. Das ersparte ihnen beim Eintritt unseres Herrn Ludwigs, des Königs, sich *nolens volens* erheben zu müssen. Sicher auf An-

weisung des Emirs Baibars, dem diese Referenz – wie mir erinnerlich – zuvor äußerst mißbehagt hatte.

Erst jetzt fiel mir auf, daß mein Sekretarius, unser Übersetzer,
nicht zur Stelle war. Ich wandte mich entschuldigend an den
Herrn Ludwig, fühlte ich mich doch noch immer für die Kapricen
meines William verantwortlich.

Der König beruhigte mich auch nicht gerade, als er sagte: »Lieber Seneschall, Euer vielbeschlagener Sekretarius –«

Ich machte unwillkürlich eine einladende Geste eingedenk des
Königs älterer und auf jeden Fall vorrangiger Rechte auf dessen
Dienste, und er lächelte.

»Also *unser* trefflicher William hat auch unsere Gastgeber von
seinen mannigfaltigen Begabungen so überzeugt, daß sie ihn für
sich beschlagnahmt haben, wir bedürfen also eines Ersatzes.«

»Ich hätte jemanden anzubieten«, entfuhr es Herrn Charles
d'Anjou, aber er biß sich schnellstens auf die Zunge und winkte
ab.

Die Gegenseite hatte schon Vorsorge getroffen. Der Obereunuch Gamal Mohsen präsentierte diesen Raschid al-Kabir, wohl
ein sehr reicher Mann, denn er war kostbarer als wir alle gekleidet,
sprach aber ein erstaunlich gutes Französisch. Schriftlich, in beiden Sprachen, weil keiner von uns die arabischen Zeichen entziffern konnte, wurden jetzt von diesem Raschid die Eidesformeln
festgehalten, die von den Emiren zu schwören waren. Sollten sie
ihr dem König gegebenes Wort *nicht* halten, so würden sie ihre
Ehre verlieren und müßten – für jedermann als unehrenhaft erkenntlich – barhäuptig nach Mekka pilgern. Oder, das war die
zweite Androhung, sie sollten der Schande anheimfallen, gleich
einem Mann, der sein Weib verstoßen hat und es wieder bei sich
aufnimmt. Denn, so wurden wir von Raschid aufgeklärt, nach dem
Gesetz des Propheten Mohammed, darf kein Ehemann eine von
ihm verstoßene Ehefrau wieder zu sich nehmen, wenn er nicht
zuvor mit eigenem Auge sich vergewissert hat, daß ein anderer
Mann ihr beigewohnt hat.

Ich dachte, ich hätte es falsch verstanden, denn ich würde es vorziehen, eine von mir geschiedene Frau nicht gerade vor meiner Nase besprungen zu sehen, so daß ich mir bei einer Versöhnung wenigstens einbilden könnte, sie hätte die schmerzliche Zeit der Trennung von mir mit Seufzern und Sehnen, jedoch in der vollen Treue einer Liebenden verbracht. Aber nein! Der Prophet will der leichtfertigen »Scheidung« den Riegel der Scham vorschieben, Reue allein genügt nicht, ein anderer Mann muß dich strafen! Seltsames, mich wenig überzeugendes Gesetz!

Und so verlangte ich noch eine dritte Auflage zur Einhaltung der geschlossenen Verträge und dachte dabei an unser Pökelfleisch in Damiette.

»Wenn Ihr«, wandte ich mich an den Vorsitzenden der Emire, den Gouverneur Husam ibn abi' Ali, »auch nur eine der Abmachungen brecht, dann soll der gleiche Fluch auf Euch fallen, der über einen Moslem kommt, der Schweinefleisch gegessen hat!«

Als der Herr Raschid diesen Vorschlag übersetzt hatte, waren die Emire entsetzt und empört. Sie berieten aufgeregt und wütend, was mich aber gerade beharrlich stimmte, denn das schien mir nun bindender als dieser vage *hadj bidun lafha,* diese Pilgerfahrten ohne Mütze, oder ihre merkwürdigen Scheidungsbräuche. Schließlich sagte der Gouverneur durch Raschid, daß sie alle drei Eide beschwören wollten.

Und tatsächlich erhoben sich jetzt die Emire einzeln und sagten jeder: »*Iqsumu billah,* Ich schwöre bei Allah, daß ich den mir bekannten Vertrag bei gleichzeitiger Kenntnis der *gharamat muchalafitin* einhalten werde.«

Danach waren sie so aufgewühlt und verstört, daß sie die Abnahme unserer Eide, also den des Königs, auf den nächsten Tag verschoben.

Als der Gouverneur das Zelt verlassen wollte, sprach ihn unser Herr Ludwig durch den Herrn Raschid an, ob er zu einer Erkenntnis, das Wort »ohne Not« betreffend, gelangt sei.

Husam ibn abi' Ali geriet ins Stottern, er hätte den Herrn König nicht so ansprechen sollen, versuchte er sich zu entschuldigen.

Das sei seine Sache, sagte der König, und er wolle ihm gern verzeihen, habe der Gouverneur ihm doch die Gelegenheit gegeben, selbst über das Wort nachzudenken, und er wisse nun, daß es für ihn die ›Not‹ des Glaubens war und ist, die ihn dazu gebracht hat, sein Hab und Gut, sein Reich und sein Leben für Jesu Christo einzusetzen. Jemand habe die Frage gestellt: ›Was ist der edelste Tod?‹, und die Antwort lautete: ›Der Tod auf dem Wege Gottes.‹

»Also gut«, schloß der König, »das Schlimmste, was mir zustoßen kann, ist, den edelsten Tod zu sterben.«

Der König wartete, bis der Herr Raschid dem Gouverneur alles übersetzt hatte, die meisten Mameluken waren stehengeblieben und hörten zu, dann fügte Herr Ludwig bescheiden an:

»Der die Frage gestellt und auch die Antwort darauf gegeben hat, war kein geringerer als Saladin.«

Da gingen die Emire still davon, und der Husam ibn abi'Ali besonders schnell. Der König wandte sich an Herrn Raschid: »Wie kommt es, daß Ihr so gut Französisch sprecht?«

Da verbeugte sich der und sagte: »Weil ich einst in Paris geboren wurde und ein Christ war wie Eure Majestät.«

»Geht mir aus den Augen!« rief der König flammend. »Ich wünsche kein weiteres Wort mit Euch zu wechseln!« Und zu mir gewandt: »Sorgt dafür, daß wir die Dienste eines solchen Menschen fürderhin nicht mehr in Anspruch nehmen müssen!«

Sprach's und rauschte hinaus, gefolgt vom Konnetabel und den Herren, die auf ihn gewartet hatten. Ich machte mir die Mühe, den völlig verdatterten Raschid al-Kabir, der nur aus Freundlichkeit das Amt des Übersetzers übernommen hatte, weil er den König Ludwig besonders verehrte, nach seiner Geschichte zu fragen, und es stellte sich heraus, daß er als junger Tuchhändler in Kairo eine Tochter aus gutem Hause geheiratet und sich dort niedergelassen und nach seinem Übertritt zum Islam es zu großem Vermögen und einer einflußreichen Stellung bei Hof gebracht hatte.

»Seht Ihr denn nicht«, fühlte ich mich veranlaßt, ihm vorzuhalten, »daß Ihr damit Eure Seele der ewigen Verdammnis preisgegeben habt?«

»Mit diesem christlichen Vorurteil, wenn nicht Aberglauben, kann ich leben«, entgegnete mir Herr Raschid, »nicht aber mit der Intoleranz, die mir entgegenschlagen würde, sollte ich in mein Heimatland zurückkehren, was ich mir für mein Alter immer gewünscht habe. Ich wäre ein Ausgestoßener und würde der Armut anheimfallen. Das könnt Ihr mir nicht wünschen.«

»Lieber arm, aber des Paradieses gewiß, als reich und im Fegefeuer! Am Tag des Jüngsten Gerichts –«

»Werden wir sehen, werter Herr Seneschall«, unterbrach er mich heiter, »wo wir uns wiedertreffen. Ich glaube fest, daß ein Mensch dann nach seinen Taten beurteilt wird und nicht nach seiner Religion – und weil Ihr Euch so menschlich mir gezeigt, und ich gern Gutes tue«, er streifte einen seiner schweren goldenen Ringe vom Finger, mit einem herrlich geschliffenen Saphir, kostbar gefaßt, und reichte ihn mir. »Nehmt ihn bitte als Geschenk von mir reichem Sünder, damit Ihr Euch an jenem besagten Tage an Raschid al-Kabir erinnert.«

Ich war unsicher, ob ich richtig daran tat, sein Geschenk anzunehmen, und bequemte mich zu einer Geste lauer Abwehr.

Da lachte er. »Auch Hartherzigkeit ist eine Sünde. Macht Euch ihrer nicht schuldig, indem Ihr die ausgestreckte Hand eines anderen Menschen zurückweist!«

Ich steckte die wertvolle Gabe ein, beschloß aber, das feine Stück nicht vor Herrn Ludwigs Augen zu tragen.

»Das entbindet mich jedoch nicht von dem königlichen Verdikt«, scherzte ich verlegen, »gegen Eure Person als Dolmetscher zu protestieren!«

»Das nehmen wir hiermit zur Kenntnis«, antwortete er mir in dem gewandten Ton, mit dem er sein Ehrenamt heute ausgeführt hatte. Wir trennten uns im besten Einvernehmen.

B AIBARS KAM SPÄT IN DEN SULTANSPALAST und verspürte wenig Lust, seine Emire noch zu sehen, bevor er sich in seinen Turm begab. Doch im großen Festsaal des Sultans brannten noch alle Fackeln, und Baibars konnte ihr dröhnendes Lachen hören, dann wieder völliges Schweigen, als würden sie gebannt einer Vorstellung folgen, dann wieder diese Heiterkeitsausbrüche und Beifallsrufe, sie schienen sich großartig zu unterhalten.

Zu Baibars Fähigkeiten als unbestrittener Anführer seiner gleichrangigen Mameluken gehörte auch der Instinkt, im richtigen Moment präsent zu sein. Er zögerte, doch dann gab er seiner Neugier nach. Er riß die Tür auf, wie das seine Art war, gefaßt auf den Anblick halbnackter Tänzerinnen, nicht aber auf das Bild, das sich ihm nun bot.

Mitten unter den rauhen Männern, die im Kreis um sie lagerten, saß Yeza und erzählte Geschichten. Sie tat dies im Stil der *rawijun*, diesen Märchenerzählern. Ihnen hatte sie stundenlang auf den Märkten von Damaskus gelauscht und hatte die trefflichsten zu sich in den Palast eingeladen, und Abu Al-Amlak, der Giftzwerg, mußte sie reich dafür entlohnen.

Überhaupt – die Geschichten aus Damaskus, aber auch von An-Nasir, kamen am besten bei den Mameluken an, das war eine Welt, die sie kannten, während der Montségur oder auch die Gräfin von Otranto ihnen äußerst befremdlich vorkamen. Yeza war dann auch geschickt von diesen Episoden ihres turbulenten Lebens abgerückt, wie sie auch ihren Aufenthalt in Masyaf und ihre Erfahrungen mit den Assassinen nur scheu gestreift hatte.

Seltsamerweise konnten diese Krieger gar nicht genug hören von dem Leben und den Taten König Ludwigs, ihres Gegners. Sie zeigten nicht nur tiefen Respekt, sie verehrten den König regelrecht und wollten alles über ihn wissen.

Yeza hockte im Schneidersitz auf einem Lederkissen, ihren Mongolendolch – ein ebenfalls bewunderter Gegenstand – vor sich auf den Knien, und ging schlagfertig auf alle Fragen ein. Baibars war in der Tür stehengeblieben, er ärgerte sich erst, »seine« Geisel plötzlich als Besitz aller zu sehen, doch dann brach sein

Stolz durch, als Yeza laut sagte: »Mein Herr und Gebieter!« und sich anmutig verneigte. »Wir begrüßen den großen Bogenschützen in unserem Kreis!«

Das wärmte sein Herz. Baibars setzte sich zu ihr und steuerte die Geschichte bei: »Wie mein Gast«, er wies galant auf Yeza, »die berühmte Kaisertochter und Prinzessin des Gral, den Vorsteher des Harems derartig verstört hat, daß dieser um seine Entlassung nachsucht: Ihre königliche Hoheit«, er zeigte wieder auf Yeza, »hat ihren Dolch so geschickt nach ihm geworfen, daß er zwar mit dem Leben davonkam, aber das Herz ist ihm in die Hose —«

Brüllendes Gelächter dankte ihm und der Hauptperson für diese Schilderung, denn es gibt kaum einen Gegenstand, dankbarer, seinen Spott an ihm auszulassen, als die Verknüpfung von Eunuch und Beinkleid oder die Angst des Beschnittenen vor dem Messer.

Doch Yeza gebot mit einer Handbewegung Schweigen und sagte: »Ich habe dem Hüter des Harem Unrecht getan, weil ich meinen Unmut an ihm ausgelassen habe, ich habe ihn um Verzeihung zu bitten und darum, daß er bleibt, denn er ist ein guter Mann und hat unseren Spott nicht verdient. Und weil er es nicht gewohnt ist, des Nachts zu wachen, weil eine ihm anvertraute Dame sich im Kreis von Männern vergnügt, will ich jetzt zurückgehen, damit der Wächter meiner Tugend zu seinem Schlaf finden kann.«

Sie erhob sich lächelnd. Die Mameluken ließen es sich nicht nehmen, Yeza *juafaq fil haja!* hochleben zu lassen und sie bis zu den vergitterten Türen zu begleiten. Zitternd ob des Anblicks der vielen Männer ließ der Hüter sie ein. Bald umfing die Ruhe der Nacht den Palast, den Harem und seine Gärten.

Nur in den privaten Gemächern des Obereunuchen Gamal ed-Din Mohsen, die hinter dem Harem lagen und durch eine nur Eingeweihten bekannte, unscheinbare Pforte mit der Außenwelt verbunden waren, tagte ein kleiner Kreis ausgewählter Männer des Hofstaats.

Dazu zählten vorerst noch der Gouverneur Husam ibn abi' Ali und sein Freund Ibn Wasil. Seit der blamablen Figur, die er bei dem christlichen König abgegeben hatte, war seine Aussicht auf das angestrebte Amt eines Regenten so weit gesunken, daß Ibn Wasil sich bereits innerlich von ihm gelöst hatte und nur noch nicht wußte, welchem mehr Erfolg versprechendem Gönner er seine Dienste anbieten sollte. Es war aber auch der ehemalige Oberhofschreiber Baha Zuhair anwesend, der glaubhaft versicherte, daß nicht er für Baibars spionierte, sondern im Gegenteil die Bewegungen des Mamelukenemirs durch ihn zum Besten aller ausgespäht würden. Als das Beste aller würde zweifellos die Restaurierung der ayubitischen Sultansdynastie empfunden, darüber waren sich die Verschwörer einig, zumindest sollte verhindert werden, daß die Mameluken die Macht offiziell und legal erhielten.

»Kostbare Zeit verstreicht zugunsten des Militärs, und das Haus Ayub liegt darnieder«, faßte Ibn Wasil zusammen, »die Nebenlinien in Syrien, wie An-Nasir oder El-Ashraf, sind weder opportun noch durchsetzbar, und hier in Kairo ist nur noch ein vierjähriger Knabe namens Musa verfügbar, ein schwacher Thronprätendent!«

»Das Kind wäre nichts als eine willenlose Puppe in den Händen der Mameluken«, stimmte ihm sein Freund, der Gouverneur, bei.

Da kam Gamal ed-Din Mohsen der Einfall. »Wenn wir ihn aber mit einer so starken, herrscherlichen Person vereinen könnten wie dieser fremden Prinzessin Yeza, Tochter des Kaisers, der Freund unseres Hauses Ayub ist, dann wäre dieses Paar durchaus präsentabel, und selbst die Mameluken müßten seine Herrschaft anerkennen – oder zur offenen Militärrevolte schreiten.«

»Das würde aber das Volk Ägyptens nicht dulden, und der Kaiser Friedrich käme zu unserer Hilfe herbei«, ließ sich Baha Zuhair vernehmen.

»Da bin ich mir nicht so sicher«, schränkte der Obereunuch die Aussichten seines eigenen Vorschlages ein. »Ihr, Baha Zuhair, solltet bei Eurem Emir mal abtasten, wie er sich zu einem solchen Heiratsplan stellen würde.«

»Viel wichtiger wäre es«, hielt Ibn Wasil dagegen, »sich des Wohlwollens des Emirs Izz ed-Din Aibek zu versichern.«

Er unterschlug die Bemerkung, die ihm auf der Zunge lag – unseres zukünftigen Regenten.

»Das will ich gern übernehmen«, bot er sich an, ohne auf den tadelnden Blick seines Freundes zu achten, der daraufhin sagte:

»Es ist auch sicherzustellen, daß Schadschar, unsere Sultana, über diese Ehe erfreut ist. Darum werde ich mich kümmern!«

»Wenn wir alle glücklich machen wollen«, sagte der kluge Obereunuch, »dann werden wir dieses einmalige Geschenk des Himmels, ein Mädchen, zur Herrscherin geboren, versäumen, und das erhabene Sultanat von Ägypten, die Nachfolge der Pharaonen, fällt in die Hände dieser Barbaren!«

Er sah sich unter seinen Mitverschwörern um. Einzig Raschid al-Kabir schien seine Meinung zu teilen, alle anderen dachten nur an ihr eigenes Wohl, dafür würden sie sogar ihre Freunde verkaufen und eine solche grandiose Idee erst recht. Man sollte die ganze Bande vergiften, sinnierte Gamal ed-Din Mohsen, dann könnten sie sein geniales Vorhaben weder verraten noch zerreden.

Er nahm sich das für das nächste Mal vor, sollten sie sich wieder so selbstsüchtig und feige zugleich erweisen wie heute. Er winkte Raschid al-Kabir zu sich und entließ die Versammlung.

»Habt Ihr den Dolmetscher des Königs, diesen William, dingfest gemacht?« fragte ihn dieser. »Ich muß morgen unbedingt wieder als Übersetzer auftreten, sonst kommt es zur Eidesleistung durch den König, und die Mameluken haben gewonnenes Spiel. Meine Person aber vermag den Herrn Ludwig so in Zorn zu versetzen, daß er die Abtretung von Dumyat platzen läßt oder sie zumindest noch einmal verzögert. Zeit, die wir brauchen.« Raschid al-Kabir rieb sich die Hände, an denen ein Ring fehlte, doch der war gut angelegt.

»Macht Euch keine Sorgen«, sagte der Obereunuch, »es wird kein anderer Übersetzer verfügbar sein. Der Arabisch sprechende Mönch ist in meinem Hause und wird auch den morgigen Tag in einem Bett verschlafen – und sei's in seinem eigenen.«

Die beiden Herrn trennten sich als letzte, wenn auch nicht sonderlich zufrieden mit dem Gang der Dinge.

»Es hätte schlimmer kommen können!« tröstete sich Gamal ed-Din Mohsen und ging zu Bett, nachdem er seinen Besucher auf die Straße entlassen hatte.

Es konnte nur noch schlimmer kommen: William von Roebruk hatte nicht geschlafen, sondern alles mit angehört.

DIARIUM DES JEAN DE JOINVILLE

Gizeh, den 6. Mai A.D. 1250

Die Gemeinde der koptischen Christen von Kairo hatte dem König einen Knabenchor geschickt; der hatte für den bewunderten Gefangenen eigens ein Marienlied einstudiert:

> »Maria, Dieu maire
> Deus t' es e fils e paire
> Domna preje per nos
> To fil lo glorios.«

Nach dem Morgengebet in des Königs Zelt versicherte uns der Priester Niklas von Akkon, der ebenfalls des Arabischen mächtig war, daß die gestern geschworenen Eide der Emire für jemanden, der der Welt des Islam verhaftet sei, eine kaum überbietbare starke Bindung ausdrückten. Wir könnten uns heute darauf gefaßt machen, daß vom König nun ähnlich kräftige Formulierungen verlangt würden.

Aber der Herr Ludwig weigerte sich, überhaupt vor den Emiren zu erscheinen, wenn ihm nicht ein anderer Dolmetscher zur Verfügung stünde.

William war wie vom Erdboden verschwunden. Selbst eine vorsichtige Nachfrage bei Baibars ergab nur, er sei in den Harem geschickt worden, und dort hieß es voller Empörung, daß kein Mann, auch nicht ein Mönch, die Schwelle übertreten habe.

Wir einigten uns darauf, den Herrn von Beirut, Philipp de

Montfort, vorzuschlagen, und ich ging mit ihm und einigen unserer Ritter und des Königs Brüdern schon einmal vor, damit es nicht aussah, als wollten wir die Eidesleistung boykottieren. Die Stimmung, die wir im Verhandlungszelt vorfanden, war gereizt.

Als erstes wurde uns mitgeteilt, daß der Emir Izz ed-Din Aibek der ägyptischen Delegation vorsitzen würde. Es hatte, wie mir Herr Raschid, der sehr wohl wieder präsent war, gleich im Vertrauen mitteilte, eine Art Machtkampf um die Regentschaft gegeben, die – ohne es zu wollen – unser König mit entschieden habe. Sein Disput mit dem Gouverneur, der in den Augen der Mameluken für diesen so unrühmlich ausgegangen sei, daß sie ihn kurzerhand als Sprecher abgewählt hätten, habe ihn auch als Kandidaten für das Amt des Regenten an der Seite der Sultana unmöglich gemacht.

»Er hat sein Gesicht verloren«, nannte es mein Herr Raschid. »An seine Stelle ist der Oberbefehlshaber des Heeres getreten, dem nun niemand mehr das höchste Staatsamt streitig machen mag, dem König sei Dank! Jedenfalls könnte Aibek ihm dankbar sein. Weil aber«, sagte mein gesprächiger Informant, »kein Mameluk es schätzt, Vorteile durch einen Eingriff von außen und dann noch vom christlichen König zu erhalten – zumal der Emir Baibars es wohl auch nicht als Vorteil sieht –, sind die Herren jetzt wild entschlossen, seiner Majestät die Flügel zu stutzen, und haben seine vergleichsweise harmlose Bitte um einen Übersetzer ohne Tadel«, er lächelte – keineswegs verlegen, aber auch nicht boshaft – »rundheraus abgeschmettert. Herr Ludwig muß also noch einmal mit mir ›abtrünnigem Verräter‹ vorlieb nehmen!«

Wir wurden durch einen heftigen Wortschwall arabischer Brocken aus dem Munde Baibars unterbrochen, die mir Herr Raschid hastig übersetzte: »Und der König tut gut daran, jetzt schleunigst zu erscheinen, andernfalls wird er in Ketten vorgeführt. Ihr solltet eilen und ihn herbringen!«

Ich tat, wie mir geheißen, und lief zurück in des Königs Zelt. Ich verschwieg dem Herrn Ludwig auch nicht, was er angerichtet hatte, nämlich offensichtlich einen Sieg der Falken, des Militärs, über die konzilianteren Tauben, wenn man den Hofklüngel um den Gouverneur und die Sultana so freundlich bezeichnen will.

»Die harte Linie hat sich durchgesetzt, und sie wird an Eurer Person, Majestät, statuiert, sozusagen als Exempel!«

»Mein lieber Joinville«, sagte der König und hielt den aufbrausenden Konnetabel zurück, der gleich in das Zelt zu den Emiren stürmen wollte, um sie *mores* zu lehren, »es ist ganz schlecht, wenn man sich schon vor einer so entscheidenden Frage wie einer Eidesabgabe von der Gegenseite einschüchtern oder demütigen läßt. Ich werde unter diesen Umständen nicht erscheinen.«

»Dann werden sie Euch holen!«

»Sollen sie mich in Ketten legen und mir sichtbar Gewalt antun. Ein solchermaßen erzwungener Eid ist vor Gott null und nichtig!«

Mein ratloser Blick fiel auf seinen neuen Beichtvater, Niklas von Akkon. Seinen alten hatten sie wie den meinen erschlagen.

»Nehmt doch einfach den Priester mit. Er kann Euch alles übersetzen, und Ihr müßt dem Renegaten nicht ins Auge schauen«, schlug ich vor. »Ihr seht den Mann einfach nicht!«

Das war ein verzweifelter Vorschlag, von dem ich auch nicht wußte, wie ihn die Mameluken aufnehmen würden, aber wenigstens gelang es mir, die Halsstarrigkeit des Königs aufzuweichen, wobei mich nun selbst der Konnetabel unterstützte.

»Majestät«, grummelte er, »wenn Ihr mich fragt: Laßt es uns hinter uns bringen! Die Kirche wird Euch Absolution erteilen.«

Niklas von Akkon nickte eifrig, aber der Herr Ludwig stöhnte: »Die Kirche, die Kirche! Mit meinem Gott muß ich es ausmachen!« Er erhob sich. »Gehen wir, meine Herren!«

Der Empfang im Zelt war frostig, wenn nicht eisig, trotz der schwülen Hitze, die auch im Innern herrschte. Kein Mameluk erhob sich, als der König eintrat, nur der Obereunuch befleißigte sich, ihn zu seinem Platz zu begleiten. Der Herr Regent Izz ed-Din Aibek saß leicht erhöht wie ein Richter, flankiert von dem grimmig dreinblickenden Emir Baibars und seinem Übersetzer, dem Herrn

Raschid al-Kabir. Der teilte uns auch gleich mit, daß man die vom König verlangten Eidesformeln bereits schriftlich niedergelegt habe, nur ihre französische Textversion Rechtsgültigkeit besäße und daß, er ersparte sich einen Seitenblick auf Niklas von Akkon, auch nur von ägyptischer Seite vorgegebene Formulierungen zugelassen würden. »Wir hören allein des Königs Wort!« schloß er ab, weil Herr Aibek schon ungeduldig mit den Fingern trommelte. »Wenn der hier anwesende Ludwig IX., König von Frankreich, die ihm bekannten Vereinbarungen mit dem gesetzlichen Vertreter des Sultanats von Kairo, nicht, im ganzen oder teilweise, einhält, so soll er als Christ entehrt sein wie jemand, der, Gott und seiner Religion entsprechend, den Gottessohn und die Gottesmutter leugnet. Er soll ausgestoßen sein aus der Gefolgschaft der Kirche, der zwölf Apostel und aller Heiligen.«

Die Formulierung verriet mir sehr die hilfreiche Handschrift des Raschid. Vielleicht tat der König gar nicht so unrecht, mit einem solchen Mann nicht mehr sprechen zu wollen. Der König schaute auch angestrengt an dem Dolmetsch vorbei und fixierte den Herr Aibek, aber er sagte: »Dies beschwöre ich.«

Der Regent nickte und gab das Zeichen fortzufahren.

»Wenn der hier Schwörende also seinen Eid bricht, so soll er nicht nur entehrt und ausgestoßen sein, sondern der Tatbestand soll auch gleichgesetzt werden mit dem, er habe das Kreuz bespien und mit seinen Füßen darauf herumgetrampelt!«

Als Raschid diesen Zusatz vorgelesen hatte, rief der König aufgebracht: »So etwas werd' ich bei Gott nie und nimmer auf meinen Eid nehmen, weil mir solches nicht über die Lippen kommen will!«

Der Eklat war da. Die Emire drängten sich um ihren Regenten, und wir folgten dem empörten Herrn Ludwig in eine Ecke. Mich winkte der Raschid zu sich, es war mir peinlich, ihm unter den Augen des Königs stattzugeben, aber der Faden durfte nicht reißen. »Richtet Seiner Majestät aus«, drängte mich der Verräter unseres Glaubens, »die Emire nähmen es sehr übel, daß – nachdem sie ihre Eide abgelegt hätten – der König sich jetzt verweigere. Ihr mögt ihm versichern«, setzte er mit leiser Stimme hinzu, »daß, wenn er nicht einlenkt, ihm der Kopf abgeschlagen wird und der Eure desgleichen.«

Ich sagte das dem König, und er rief laut, so daß seine Haltung auch ohne Übersetzer erkenntlich war: »Die Herren Emire mögen verfahren, wie es ihnen beliebt! Was mich anbelangt, so will ich lieber als guter Christ sterben, als weiterzuleben im Unfrieden mit unserem Herrn Jesus Christus und der Gottesmutter Maria!«

Da wurde der alte Patriarch Robert von Jerusalem in Ketten hereingeschleift. Ihm war das Unglück widerfahren, sich als Botschafter der Königin mit freiem Geleit von Damiette aus zu den Sarazenen begeben zu haben, doch ausgerechnet zu diesem Zeitpunkt war der Aussteller seiner Akkreditierung, der Sultan Turanshah, zu Tode gekommen.

Nach barbarischem Brauch der Sarazenen verfällt unter solchen Umständen nicht nur das freie Geleit, der Botschafter wird nicht etwa zurückgewiesen und heimgeschickt, sondern als rechtloser Gefangener betrachtet und behandelt. Das führten sie uns jetzt vor. Sie schrien den alten Mann, er war weit über Achtzig, an, er sei schuld an des Königs Trotz, ja, er habe ihm zu solchem Starrsinn geraten.

Und Baibars bot laut den anderen Emiren an: »Wenn Ihr mich ranlaßt, *ich* werde den König schon schwören machen, denn ich werde diesen Greisenkopf gradwegs in seinen Schoß segeln lassen!«

Das übersetzte uns alles stockend Niklas von Akkon, doch Gott sei Dank ließ es Aibek nicht zu, sondern der Patriarch wurde an einen der Zeltmasten gebunden, so stramm, daß seine Hände im Nu anschwollen und das Blut unter den Fingernägeln hervortrat.

Der Patriarch brüllte vor Schmerz und schrie zum König herüber: »Schwört, schwört ohne Furcht! So fest Ihr gewillt seid, Euren Eid zu halten, so sicher will ich jede Sünde auf mich nehmen, die in Eurem Schwur enthalten sein mag!« Da wurde dem Patriarchen auf Anweisung des Raschid auch noch ein Knebel ins Maul gestopft, als wolle er nicht, daß der König auf ihn höre.

Und ich sagte zum König: »Ihr habt die Garantie eines Märtyrers, laßt nicht die obsiegen, die Euch töten und uns alle verderben wollen, sondern laßt uns endlich dieser Hölle entfliehen. Gebt den Mameluken Euer Wort, so wie Eure Feinde es zu Papier gebracht haben, sie sind nichts als ahnungslose Krieger, die man um die Früchte ihres Sieges, um Dumyat und Euer Lösegeld, bringen will. Schwört bitte, ich flehe Euch an!«

Das brachte mir Zustimmung bei allen, und Herr Ludwig nickte.

Ich rannte hinüber und schrie: »Bindet ihn los! Der König schwört!«

Ich sah, wie sich der Raschid auf die Zunge biß und mir einen giftigen Blick zuwarf, aber er wurde von Herrn Aibek aufgefordert, den Text noch einmal zu verlesen, er tat es mit böswilliger Betonung aller gräßlichen Untaten, doch der König hielt mit unsichtbaren Händen die Ohren zu und sagte dann, als der Judas geendet hatte: »Ich schwöre!«, und der Patriarch wurde losgebunden, und die Mameluken, der Emir Baibars an der Spitze, traten vor den König und verneigten sich tief.

W ENN DU NICHT BESSER AUFPASST auf deinen armen König«, sagte Yeza ermahnend, »dann bekommt der eins über die Rübe, und deine Weißen haben die Partie klar verloren!«

Yeza spielte Schach mit William im »Atrium der Favoritin«, dem überdachten Mittelpunkt des Harems, von wo aus alle Türen zu den einzelnen Zimmern abgingen.

Es war selten genug, daß sie ihres Gesellschafters habhaft wurde, denn meist war er in einem der vielen Kissenpfühle spurlos untergetaucht, und nur Lustgestöhne zeigte ihr an, wo der Mönch gerade am Werke war, oder sie erwischte ihn in einem der Alkoven, wo er – wonnevolles Gekicher – schnell eine der Zofen beglückte.

William war Hahn im Korbe, die älteren Damen stellten ihm nach mit einer obszönen Aufdringlichkeit, daß er oft mehr auf der Flucht als auf der Suche nach Abenteuern war.

»William!« sagte Yeza. »Woran denkst du?«

Der Franziskaner brachte beschämt seinen König durch eine kühne Rochade in Sicherheit.

»Jetzt hau ich natürlich deinen Turm«, sagte Yeza und tat's. »Gardez!« William hatte mit Fleiß auf das Brett gestarrt, weil in Yezas Rücken, hinter einem Paravant, schon wieder ein nacktes Bein, hager und faltig, sich kokett vorstreckte. Das dazugehörige Gesicht war nicht zu sehen, war auch nicht nötig, jedenfalls glaubte er, es zu kennen. Er zog fahrig seinen Läufer vor die gefährdete Dame. Yeza lächelte amüsiert, weil jetzt eine besonders Dicke ihren Busen entblößte und schnaufend auf die Aufmerksamkeit ihres Williams hoffte.

»Wenn das so weitergeht, William«, sagte sie laut auf Arabisch, »werde ich dich kastrieren müssen!« Sie schob ihren Springer vor. »Schach!«

William versuchte sich mit dem Ausdruck gelinder Verzweiflung auf das verlorene Spiel zu konzentrieren. Wohin er blickte, glutvolle Augenpaare hinter jedem *hijab,* winkende, beringte Finger und zum Kuß gespitzte Münder. Er schlug sinnlos einen harmlosen schwarzen Bauern, und Yeza bot ihm »Matt?«

Er nickte, obgleich die Weiterführung der Partie ihm die einzige Rettung erschien. Yeza hatte Erbarmen. »Sag mir, William, welche von den Damen«, und sie blickte forschend um sich, ihr Finger stach in die spaltbreit geöffneten Türen und zwischen die so wenig verhüllenden Vorhänge, »die häßlichste ist? – Die, die oder die?«

Da war plötzlich alles Bein und Busen verschwunden, nur noch ein Schwall von süßlichem Parfum und säuerlicher Empörung wehte durch das Atrium.

Der Eunuch erschien gramgebeugt. Er vermied es, den Mönch, mehr noch als Yeza, Grund seines zutiefst verletzten Selbstverständnisses, anzusehen, und sagte: »Prinzessin, der Emir Rukn ed-Din Baibars schickt nach Euch.«

»Laßt mich hier nicht allein!« beschwor William sie. »Nehmt mich mit!«

»Du spielst zu schlecht«, beschied ihn Yeza. »Du könntest deinen Kopf verlieren!«

Sie erhob sich und folgte dem Hüter des Harems zum Ausgang, wo hinter dem Gitter Baha Zuhair sie erwartete. William lief hinter ihr her, doch da erblickte er ein armselig gekleidetes Mädchen, das er noch nicht kannte. Wenigstens eine Junge! Sie mußte wohl in der Küche arbeiten, denn ihr Kittel war fleckig, und sie trug einen Krug auf dem Kopf. Der Blick, den sie ihm zuwarf, war spöttisch frech. Ohne auf den Eunuchen zu achten, der gepeinigt die Augen verdrehte, verließ der dickliche Mönch mit einem flinken Haken den vorgenommenen Pfad der Enthaltsamkeit und entschwand in dem lichtlosen Gang, der zu den Wirtschaftsräumen führte.

Als Yeza sich nach ihm umdrehte, war er schon verschwunden.

»Baha Zuhair hat sie abgeholt«, meldete der Eunuch seinem Vorgesetzten Gamal ed-Din Mohsen und verließ sich verbeugend rückwärts den Raum.

»Siehst du«, sagte der oberste Herr über den Harem zu Raschid al-Kabir, »sie folgt ihm also ohne Argwohn.«

»Es ist nicht ihr Argwohn, den ich fürchte, sondern der aller anderen, vor allem den der Mameluken!«

»Wir müssen jetzt handeln«, sagte Gamal Mohsen und setzte hinzu, »nachdem es dir nicht gelungen ist, den König vom Schwören abzuhalten, wie du dich anheischig gemacht –«

»Er ist ein willensstarker Mann, ich bewundere ihn!«

»Das fehlt gerade noch!« seufzte Gamal Mohsen.

»Was sollte ich machen?« antwortete Raschid al-Kabir.

»Es sollte dir wenigstens leid tun«, wies ihn der Obereunuch zurecht, »und dafür mußt du nun ein Opfer bringen.«

»Wenn es dem Hause Ayub dient – und was geschieht mit ihrem Begleiter, diesem rothaarigen Bruder des heiligen Franz?«

»William?« lachte Gamal Mohsen geringschätzig. »Jede *mehbal* auf zwei strammen Beinen sackt ihn länger ein, als wir brauchen werden, um uns seiner kleinen Herrin zu bemächtigen!«

Der Emir Baibars tigerte in seinem Turmgemach auf und ab. Er hatte gerade diesen Sufi, diesen Abu Bassiht, zum Teufel gejagt, auspeitschen hätte er ihn sollen! Jetzt, nach zwei Jahren, kam der Kerl daher und berichtet als große Neuigkeit, daß die ihm anvertrauten Kinder von An-Nasir in Homs gefangen gehalten wurden.

»Mahmoud, mein Sohn!« stöhnte er. Shirat, seine eigene Schwester, war ihm völlig gleichgültig – sicher war sie längst entehrt. Und warum saß er, Abu Bassiht, nicht im Kerker? Weil man ihn davongejagt hatte! Recht so! Man soll ja keinen Sufi töten! Oder Hand an ihn legen! Seltsam verteilt Allah seinen Schutz – seinen kleinen Mahmoud hatte er nicht behütet, trotz aller Gebete. Yeza trat ein.

»Setzt Euch und erzählt mir von Mahmoud, meinem Sohn!« Und Yeza erinnerte sich ... an die Triëre und das Pilgerschiff, an den Salisbury, wie Angel von Káros Guiscard aufgehängt hatte, wie sie auf Zypern von den Templern versteckt gehalten wurden und wie sie mit dem Roten Falken geflohen waren. Sie erzählte von Bo von Antioch, von der Bruderschaft des Geheimen Schwertes. Das beunruhigte Baibars.

»Doch wohl kein christlicher Ritterorden?«

»Ritter schon«, sagte Yeza, »aber nicht christlich, ordentlich schon gar nicht – ich gehöre auch zu ihnen!«

»Und weiter?«

»Und dann kamen die Johanniter und haben Mahmoud beschlagnahmt und Shirat auch! Und wir wurden auseinandergerissen, der arme Mahmoud war so traurig,«

Baibars legte ihr die Hand auf die Schulter. »Werde ich ihn wiedersehen?«

»Ihr werdet ihn wiedersehen. Daran glaube ich ganz fest«, sagte Yeza, »weil es meine Ritter sind.«

Sie sah zu ihm auf und lächelte ihm Vertrauen zu. Die Wache kam und meldete den Besuch des Emirs Izz ed-Din Aibek. Der schien erbost und war erregt.

»Was soll das?« schnaubte der General, der sonst kühle Überlegenheit ausstrahlte. »Ich höre, die Mameluken wären gewillt, dem fränkischen König die Sultanswürde anzutragen? Wer, wenn nicht Ihr, Baibars, steckt dahinter?«

Baibars fing an zu lachen. »Kennt Ihr mich so wenig, Aibek? – Wenn ich solch einen schwachsinnigen Plan hegen würde, wäre ich immer noch klug genug, Euch vorher umzubringen und ihn durchzuführen, bevor er als Gerücht wider mich als Urheber verwandt werden könnte! Aber ich schwöre Euch, ich habe nichts damit zu tun und höre aus Eurem Munde zum ersten Mal davon.«

Aibek war nun unsicher. »Haltet Ihr es denn für möglich, daß ein solcher Plan besteht?«

Jetzt lachte Baibars nicht mehr. »Ich denke, ein derartiges Hirngespinst findet stets seinen Humus wie Pilze nach dem Regen in einer ungeklärten Situation, wie wir sie haben: keinen Herrscher auf dem Sultansthron und einen charakterstarken König, der zwar unser Gefangener ist – aber wir sind auch die seinen!«

»Und was ist Euer Vorschlag, Baibars?«

»Wir sollten schnellstens einen Herrscher wählen und – den König töten!«

Aibek schien betroffen von der klaren Härte dieser Aussage. »Ihr wißt, Baibars, daß ich Eure Meinung schätze, aber nicht immer teile. Ich werde für das eine Sorge tragen, ohne die Schuld des anderen auf mich, auf die Mameluken insgesamt, zu laden.«

»Wenn Ihr kein Blut sehen könnt, Aibek, tut, was Ihr wollt«, brummte Baibars, »aber macht mich nicht noch einmal verantwortlich!«

Aibek ließ sich von Baha Zuhair hinausbegleiten. Baibars schnaufte vor Ärger, bezwang ihn dann, als sein Blick auf Yeza fiel, die stumm der Auseinandersetzung beigewohnt hatte.

»Möchtet Ihr denn gern Sultana werden?« wandte er sich unvermittelt an das Mädchen.

Yeza zwang ihn, ihr in die Augen zu schauen. »Das würde mich einengen«, sagte sie bedächtig. »Kein Volk sollte die Königlichen Kinder für sich allein beanspruchen!« Sie erhob sich und trat neben ihn ans Fenster. »Wir sind für alle da, sonst wird es keinen Frieden auf der Welt geben!«

Baibars starrte in die Weite der Wüste, die sich hinter den Pyramiden erstreckte, und Yeza tat es auch. Sie dachten beide an etwas, das in der Ferne war.

»Ihr liebt also diesen Roç?«

»Ich habe sonst niemanden«, sagte Yeza leise, »wir gehören zusammen!«

»Und Mahmoud?«

»Mahmoud ist mein kleiner Bruder. Er ist gerissen und geduldig. Ich finde, er sollte Sultan werden!«

Das befriedigte den Baibars. »Wenn die Zeit kommt ...«, seufzte er.

»So ist es«, sagte Yeza, »darauf warten wir alle.«

IM SCHATTEN
DER GROSSEN PYRAMIDE

WIE HEISST DU?« William hatte die kindliche Trägerin der Amphore in einer Ecke an die Wand gepreßt, daß sie ihm nicht mehr entkommen konnte. Sie sah zu ihm auf, und ihre kleinen Brüste hoben und senkten sich.

»Alisha!« stieß sie hervor, als seine Hände sich um ihre Hüften legten. Sie schlug die Augen nieder und nahm mit beiden Händen das dickbäuchige Gefäß an seiner schmalsten Stelle und glitt dann den Schaft empor mit einer lasziven Langsamkeit, als wolle sie ihm zeigen, wie er sie zu greifen habe. William fühlte seine Lendenzier im Beinkleid wachsen.

»Wenn Ihr, hoher Herr«, flüsterte sie erregt, »für einen Augenblick den Krug halten wolltet?«

Das klang wie ein Angebot ungezügelter Sinneslust, und William entfernte seine Hände, nicht ohne ihre Brüste zu streifen, streckte sie beidseitig ihrer dunklen Haarpracht, auf der ein *iqal* das Tragen erleichterte, und nahm ihr vorsichtig die Last aus den Händen.

Alisha lehnte sich zurück an die Wand, die Hände immer noch erhoben, nicht, als habe sie sich dem drängenden Mönch ergeben, sondern sich williglich dem Eroberer anbietend. Sie nahm den Stoffring aus ihrem Haar und ließ sich langsam mit dem Rücken an der Wand heruntergleiten. William folgte ihrer Bewegung erwartungsvoll, denn ihre Lippen näherten sich jetzt der Höhe, in der sein Schlegel immer härter sich gegen das Tuch stemmte. Mit katzenhafter Geschmeidigkeit knickte ihr Körper vollends ein,

Alisha warf sich zur Seite und war dem breitbeinig dastehenden Mönch entwichen.

William sah sich mit der hochgereckten Amphore vor der leeren Wand. Das sich entfernende Lachen des Mädchens deuchte ihm gerade recht für die Art, mit der er sich hatte übertölpeln lassen. Er balancierte die Amphore auf sein Haupt, doch sein schütterer Haarkranz schützte ihn wenig vor dem Druck des Gefäßes. Er biß die Zähne zusammen, in seiner Hose kehrte Schlaffheit ein, und er trat als reuiger Büßer den Weg zur Küche an. Er war gewillt, die treulose Kariatyde dort zu stellen.

Bedächtig Schritt vor Schritt setzend, tastete er sich den dunklen Gang entlang, meist mit beiden Händen die heftig schaukelnde Amphore vor dem Abrutschen bewahrend. Plötzlich stieß er auf einen Widerstand, grad in Bauchhöhe, eine behende Maus schlüpfte ihm in den Schritt, durchstöberte hastig sein Beinkleid und fand mit schmerzhaft festem Griff die beiden Eier im Nest. William wankte, bemüht, das Gleichgewicht zwischen dem zerwühlten Gemächte und der schwankenden Last auf dem Kopf zu halten. Nichts mußte er jetzt mehr fürchten, als daß die Maus zur Löwin wurde und sich die Beute, den heftig pulsierenden Knochen, genüßlich in den Rachen schob, ihn mit rauher Zunge umleckte, ihn mit zärtlichen Bissen zu kauen begann – doch Alisha hatte Erbarmen mit ihrem Opfer. Sie richtete sich auf, darauf achtend, daß ihre Brustspitzen die nackt aus der Hose ragende Männlichkeit dabei ausführlich liebkosten, und nahm ihm die Amphore wieder ab.

Sie zog William mit sich fort, durch Gänge, in die nur trübe ein Oberlicht einfiel, Kammern mit Getreide und Lagerräumen, in denen die Ölamphoren im Sand steckten. Sie sprachen kein Wort. Sie führte ihn in ein dunkles Loch, es roch teerig nach verbranntem Holz. Sie befanden sich über dem großen Rauchabzug der Küche des Palastes. William konnte hinuntersehen, wenngleich ihm die aufsteigenden Dämpfe und die hochwirbelnde Hitze die Augen tränen machten. Eine kräftige Frau rührte auf der Herdplatte in verschiedenen Töpfen und Tiegeln. Sie zerstieß Kräuter in einem Mörser und schüttete sie, zusammen mit kleinen Pulvermengen, in eine Phiole, in der auf schwacher Glut eine farblose Flüssigkeit brodelte.

»Das ist meine Mutter!« flüsterte Alisha erklärend. »Sie ist schwerhörig, doch sie versteht sich auf Tränke aller Art.«

»Auch für die Liebe?« fragte William spöttisch.

»Wenn einer dessen nicht bedarf, seid wohl Ihr das, mein Herr«, kicherte Alisha, wurde aber gleich wieder fast kindlich besorgt. »Wartet hier auf mich, ich bringe ihr den Krug und komme dann wieder!«

Schon war sie verschwunden. William schaute hinunter. Er sah jetzt auch die Gestalt, die am Rande des Herdes hockte und aus einem Napf eine Gemüsebrühe löffelte. Es war Abu Bassiht, der Sufi. Welcher *Djinn* trieb denn den hierher? Er wirkte noch hagerer und weißhaariger und sprach nicht, sondern schlürfte bedächtig seine Suppe. Doch dann vernahm der Mönch ganz deutlich die Stimme des Ezer Melchsedek.

»Nimmer sollst du vertauschen
Frühlings Klingen und Herbstes Rauschen;
Saturn die Sense schwingt,
langsam sein Kind verschlingt,
die Zeit läuft ab,
es sinkt ins Grab,
wer in der Jugend Sprießen
Merkurs Tinktur will genießen,
will von Venus Saft wagen,
verwechselt Herz und Magen.«

Der knarzende Singsang wechselte in eine normale Tonlage: »Wart Ihr folgsam, alte Hexe?« William reckte sich vor, konnte den Kabbalisten aber nicht zu Gesicht bekommen, dafür schaute jetzt die Frau auf und rollte ärgerlich ihre Augen, ihr Auftraggeber mußte sie gut bezahlt haben, oder sie war eingeschüchtert, denn sie veränderte ihren Gesichtsausdruck zu einem willfährigen Grinsen, als sie sich dem Unsichtbaren wieder zuwandte. »Sehr wohl, mein Herr und Meister«, sagte sie ergeben. »Der eine Trank, ich nenne ihn ›den stillen See in der Wüste‹, weil er Frieden und sanfte Erfüllung vorgaukelt, ist für bejahrte Menschen, damit sich ihr Innerstes beruhigt und sie noch im Gehen dahindämmern, bis der Schlaf sie übermannt. Das ist dieser« – sie zeigte auf die Phiole mit der farblosen Flüssigkeit –, »es braucht seine Zeit, bis er seine volle Reife entwickelt hat.«

»Schon gut, köstliche *venefica*«, lobte sie Ezer Melchsedek, »ermattet dein Trank des Königs Wachen, durch seinen Darm sich windend, doch was verbürgt mir der Jungfrau Lachen mit deinem Saft im Blut sich findend?«

Jetzt traten die nackten Beine von Alisha ins Bild. Die Mutter hielt ihre Beschreibung wohlweislich zurück. William konnte von oben in die Amphore blicken, und was ihn mehr entzückte, auf die runden Brüste im Kittel des Mädchens. Sie stellte das Gefäß anmutig ab und wollte wieder entschwinden. Ihre Mutter schaute sie durchdringend an.

»Brünstig riechst du, Alisha!« Sie wies mit der Hand auf einen Korb mit ungewaschenen Erdrüben. »Du bleibst hier und schneidest sie in feine Stücke!«

Alisha senkte den Kopf, breitete resigniert die Arme aus, womit sie William einen letzten Gruß ihrer festen Marmoräpfel schickte, und setzte sich so, daß William sie nicht mehr zu Gesicht bekam.

»Schnell, der andere Liebestrunk!« drängte die Stimme Ezers.

»Der putscht auf wie der Wind die Wogen, läßt alle Hemmungen wie Dämme brechen, er macht das Herz klopfen wie rasend, es pocht bis zum Hals, es fiebert dem Opfermesser entgegen, mit dem der Priester das zuckende, blutige –«

Die Mutter Alishas unterbrach ihre emphatisch sich steigernde Schilderung. Weswegen, konnte William nicht sehen, nur daß der würdige Kabbalist mit einer Behendigkeit, die er ihm nie zugetraut hatte, über den Korb mit den Rüben sprang und sich anscheinend hastig versteckte.

»Es kommt jemand«, hörte William Alisha sagen. »Der Teufel!«

Ihre Mutter war verstummt und rührte die trübe Flüssigkeit im Topf auf dem Feuer. Sie brodelte auf und lief zischend über. Jetzt waren deutlich die Schritte zu vernehmen, und die Giftmischerin starrte angstvoll zur Tür hin. Doch der weißhaarige Sufi unterbrach sein Löffeln und sagte:

»Die Gefahr des Todes droht«, er nahm mit Gelassenheit noch einen Löffel, »wenn jemand ›die siebenundsiebzig Stufen zur Sonne‹ mit dem ›Trank der schleichenden Betäubung‹ verwechseln sollte.«

Er schlürfte mit aufreizender Langsamkeit den Rest seiner Suppe, den er sorgfältig zusammenkratzte, ohne auf das begierige Interesse seiner Zuhörer zu achten, dem oben im Kamin und dem in der Tür, den man von dort nicht sah.

»Sein Gift kann einem jungen Menschen den Atmen lähmen und ihn in den Schlaf des Todes schicken, während der Trank der Ekstase bei einem betagten Lebewesen zum jähen Herzschlag führen kann.«

»Also vertauscht sie nicht!« sagte eine rauhe Stimme knapp. William erkannte sie sofort: Yves, der Bretone.

»Vertauscht sie gerade!« wies ihn der Sufi zurecht. »Liegt Euch doch an der Apathie des Zickleins, daß es sich nicht aufbäumt, sondern willig den Hals dem Schlächter darbietet?«

»Was wißt Ihr, Alter«, fauchte der Bretone, ohne näher zu treten »von dem, was ich selbst noch nicht weiß – Euch sollt ich erschlagen auf der Stelle!«

Der Lauscher mußte sich nicht quälen, das dazugehörige Gesicht zu beschwören. Es stieg vor ihm auf wie eine Dunstwolke aus der Esse, bleich, die Augen stechend im Morgennebel. Ein offener Wagen mit vier Erschlagenen ratterte vorbei. William fröstelte.

Doch der Derwisch sah Yves, den Bretonen, lächelnd an.

»Mein Leben liegt nicht in Eurer Hand, und das Wohlergehen des Königs liegt Euch wenig am Herzen, sonst würdet Ihr ihm die Aufregung nicht zumuten!«

Eine Tür schlug, und eine Schuhspitze trat dem auf dem Bauch liegenden William in die Seite. Er schaute hoch. Über ihm stand der oberste Hüter des Harems, der Herr Obereunuch Gamal ed-Din Mohsen. William lächelte beschämt, bevor der mit seiner hellen Stimme klagte: »Warum hat man Euch nicht kastriert, William von Roebruk?«

Unten in der Küche grinste Alisha von ihrem Gemüsekorb hoch, hob eine krumme Rübe sichtbar empor und schnitt sie in Scheiben. William erhob sich und folgte Gamal Mohsen, der sich auskannte im Labyrinth der Gänge und Kammern.

Sie stiegen über eine steile Treppe und gelangten an eine Tür, die Gamal Mohsen vorsichtig öffnete, mit seinem Finger auf den Lippen Schweigen gebietend. Er schlüpfte aus seinen Pantöffelchen und hieß William, es ihm gleichzutun. Im ansonsten leeren Raum erhob sich eine Gipskuppel, groß und rund wie eine Mutterbrust. Sie schlichen sich auf Zehenspitzen näher. William lehnte sich vorsichtig über die Wölbung. Wo sonst der Nippel sitzt, krönte ein gedrechselter Holzknopf den Hügel, den der Eunuch jetzt mit spitzen Fingern entfernte. Darunter war ein winziges Löchlein. William brachte sein Auge näher und sah auf ein Prunklager aus Damast und Seidenkissen herab.

»Das Gemach der Sultane«, erläuterte Gamal Mohsen ihm voller Ehrfurcht. »Was seht Ihr?«

»Ein Bett!«

»Und sonst niemanden?«

William preßte sein Auge noch enger an die Öffnung. Jetzt sah er die Männer.

»Ich bin kurzsichtig«, flüsterte die Stimme des Obereunuchen in sein Ohr. »Wer ist es?«

William ließ seine Pupille kreisen. »Ich sehe«, hauchte er vor Angst, die da unten könnten ihn hören, »den Gouverneur Husam ibn abi' Ali –«

»Der will den König töten, weil er selbst die Sultana ehelichen will –«

»Ich glaube kaum«, zischte William, »daß es dem Herrn Ludwig in den Sinn gekommen ist, ihm die Schadscharr ed-Durr streitig zu machen –«

»Was wißt Ihr schon, Mönch, über die Gesetze, nicht der Liebe, sondern über die Erfordernisse einer dynastischen Vereinigung – Wen seht Ihr noch?«

»Den Ibn Wasil –«

»Falsche Natter am Busen des Gouverneurs!« informierte der Eunuch sein verlängertes Auge. »Tut so, als sei er gleichen Sinnes, in Wirklichkeit trachtet er der Prinzessin Yeza nach dem Leben, damit die Sultana den König Frankreichs heiraten kann!«

»Was hat Yeza damit zu tun?« fragte William argwöhnisch, doch der Eunuch lächelte nur perfide.

»Wer ist der dritte Mann?« fragte er. »Sie nennen ihn Yusuf, er soll ein Meuchelmörder sein, den man kaufen kann –«

William durchfuhr es siedendheiß. Er hielt den Atem an, dann hob er den Kopf und bedeckte das kleine Loch mit der Hand: »Das ist Yves, der Bretone.«

»Der Gouverneur hat ihn beauftragt, Euren Herrn Ludwig zu ermorden!«

»Das ist doch ein Hirngespinst, der helle Wahnsinn!« keuchte William. »Der Bretone ist ein Mann des Königs!«

»Na also!« sagte Gamal Mohsen. »Desto besser! Er kann ihm also des Nachts im Schlaf die Kehle durchschneiden und die Schuld den Assassinen geben.«

»Halt«, flüsterte William, »jetzt kommt noch jemand – es ist Baha Zuhair, ich kann nicht hören, was er sagt –«

»Aber ich«, lächelte der oberste Herr des Harems und preßte sein Ohr an die Kuppel. »Er behauptet, im Auftrag Baibars zu kommen, der verlange den Tod der Prinzessin – es soll wie ein Ritualmord wirken, Tat eines Fanatikers – Ibn Wasil wendet sich wohl an diesen Yusuf: ›Mein Herr erwartet, das Herz und die Augen der Prinzessin zu sehen – und eine Strähne ihres blonden Haares‹. Euer Bretone ist wohl ein sehr wortkarger Mann? Er sagt nicht ja und nicht nein –«

William, der alles im Stummen mit angesehen hatte, richtete sich auf. »Bei Yves, dem Bretonen, weiß kein lebender Mensch, wessen er fähig ist. Er hat den Raum grußlos verlassen – ich vermag das alles nicht zu glauben«, sagte William erschüttert, als Gamal Mohsen die Tür zur Kuppel von außen wieder verschloß.

Er folgte dem Eunuchen die Treppe hinunter.

»Das ist auch nicht nötig«, sagte Gamal Mohsen, ohne sich nach ihm umzudrehen. »Mir fehlte nur ein Zeuge« – er hebelte ein Holz im Treppengeländer, die Stufen, auf denen sich William befand, gaben in der Halterung nach, und der Mönch stürzte in die Tiefe – »für alle Fälle!« rief ihm der Obereunuch nach.

William war nicht tief gestürzt und auch ganz weich gefallen. Nur hatte die Kammer keine Tür und war lediglich zur Treppe hin oben offen.

»Ich muß sichergehen, daß ich Euch das nächste Mal leichter finde, wenn ich Eurer bedarf, William – dennoch seid schon mal bedankt!«

Er schloß die Stufen über ihm, und William hörte, wie sich sein tippelnder Schritt schnell entfernte.

DIARIUM DES JEAN DE JOINVILLE

Gizeh, den 8. Mai A.D. 1250

In der Nacht vor Christi Himmelfahrt fand ich mich mit dem Ezer Melchsedek im Quartier der Johanniter ein. Nachdem nun alle Eide geleistet, war angesetzt, daß am morgigen Tag mit unserem Abtransport nach Damiette begonnen werden sollte. Man hätte annehmen können, daß dies Ereignis allein die Gemüter beschäftigt hätte, doch ein Orden wie der des heiligen Johannes vom Hospital zu Jerusalem denkt weiter, größer, über die niedrigen Dinge des Tages hinaus.

Wer vom Ordenskapitel den Krieg und die bisherige Gefangenschaft überlebt hatte, war um den Herrn Jean de Ronay versammelt. Ich stellte ihm den Kabbalisten vor, den ich mit einem der mir von Raschid geschenkten Gewändern samt Beinkleidern, Schuhzeug und Gürtel so weit ausstaffiert hatte, daß der heruntergekommene Chiromant mir wenigstens vom Aussehen her keine Schande bereiten konnte. Mit seinem mit Perlen geschmückten hohen Turban wirkte er sogar recht würdig. Wir nahmen an der langen Tafel Platz, und als alle Diener und niederen Chargen das Zelt verlassen hatten, eröffnete Herr Jean sogleich den Diskurs:

»Gegeben die Umstände, die zur von uns nicht gewollten Trennung der Königlichen Kinder führten und in Anbetracht, daß die uns übelwollenden Ungläubigen diabolische Pläne schmieden, müssen wir in besagter Sache nunmehr handeln. Die Mächte der Finsternis halten uns zwar als Gefangene, aber sie können den *spiritus Iohannis* nicht bezwingen.«

Alle nickten, und er fuhr fort: »Ich sehe es als einen Wink des Himmels und unseres Ordensheiligen, daß eines der Königlichen Kinder bei uns geblieben ist, Yeza, die Tochter des Gral und des Kaisers Friedrich von Hohenstaufen.« Wieder nickten alle stumm ihre Genugtuung ob dieser erlesenen Blutsmischung. »Dem Hause Capet, dem König von Frankreich hingegen wurde – welch wunderbare Symbolik liegt doch in allem, was der Herr geschehen läßt! – gerade jüngst, in der Stunde höchster Not, in der Stadt Dumyat ein Kindlein geboren, ein Knabe, Tristan geheißen –«

Der Herr Ronay legte eine Pause ein, sich beifallsheischend umblickend. »Was sind schon zehn Jahre Unterschied, wenn es um das Blut von Königen geht? Laßt uns Yeza zu seiner Isolde küren, laßt das Wunder der Christnacht von Bethlehem sich mit dem Fest der Auferstehung verbinden ...« Er konnte nicht weitersprechen, die Rührung, eine echte Erschütterung, hatte ihn übermannt.

Irgend jemand stimmte das »Da laudis« an:

»*Verbum, quod erat in principio, o,*
virginis in utero verbo fit caro.«

erklang die brüchige Stimme des betagten Ordensritters, andere fielen ein:

»*O verbum, verbum, verbum fit caro,*
o fit caro verbum, quod erat in principio.«

Und dann erklang mächtig der Hymnus in die Nacht hinaus.

»Gloria patri sit ingenio, o,
nato quoque hodie eius filio,
o nato, nato, nato, nato hodie,
o nato hodie cum sancto flamine. Amen.«

Ich schaute auf den Melchsedek, doch der sagte nichts, sondern wies meinen Blick zum Zelteingang. Dort stand aufgeregt der Marschall Peixa-Rollo und versuchte seinen voller Inbrunst mitsingenden Meister durch Zeichen auf sich aufmerksam zu machen. Als der letzte Ton verklungen war, gelang ihm das auch.

»Sie haben die Insignien der Sultanswürde an des Königs Zelt befestigt!« rief er aufgeregt.

»An König Ludwigs Zelt?«

»Ja, sie tragen ihm die Herrschaft an!«

»Wer? Die Mameluken?«

»Silentium!« sagte der Herr de Ronay und schlug mit seinem Stab auf den Tisch. »Habt Ihr es mit eigenem Auge gesehen?«

»Ja«, sagte der Marschall.

»Und der König?«

»Ist zu Bett gegangen. Er will darüber schlafen.«

»Gelobt seist du, Maria, Gnadenkönigin«, entfuhr es dem Meister. »Der Mann muß einen gesegneten Schlaf besitzen!« Er sah zu mir und Melchsedek hinüber. »Uns ist ein solcher nicht vergönnt, denn das ändert die Situation: König Ludwig Sultan!«

Ich fühlte mich aufgefordert. »Das erleichtert unsere Lage –«

»Was heißt das?« fiel mir der Marschall ins Wort. »Wir sind wieder Herren der Lage!«

Ich überging seinen Einwurf. »Des Herrn Königs und Sultans Einverständnis vorausgesetzt, können wir jetzt jede Variante in Betracht ziehen, die der Sache dient. Wir haben mit viel Aufwand den Prinzen von Frankreich restauriert, einwandfrei und wunderschön, wie mir unser Ezer Melchsedek bestätigt. Wir haben ihn mit viel Mühe hergebracht und in der großen Pyramide deponiert.« Es war jetzt still im Zelt geworden, alle hingen an meinen Lippen. »Wollen wir Robert d'Artois, unseren Helden, dort einfach vergessen? Warum nicht mit *ihm* die transzendentale Verbindung eingehen zwischen Capet, Staufer und Gral? Nach einer *resurrectio symbolica* eine *sacra nuptialia*?«

»Und warum nicht gleich mit dem König?« spottete der Marschall Leonardo.

»Weil der sich – mit dem Hinweis auf seine Königin – sicher nicht dem Vorwurf der Bigamie aussetzen wird«, wies ich ihn zurecht.

»Welcher *coniunctio* auch immer die Herren Ritter Johanni den Vorzug geben«, erhob da der Ezer Melchsedek seine Stimme, »sie muß in der Pyramide vollzogen werden, und zwar morgen nacht – oder nie!«

»Also«, hakte ich ein, »Yeza mit Robert d'Artois?«

»Nein!« sagte da der Meister Jean de Ronay. »Jetzt mit König Ludwig, König und Sultan!«

Alle schwiegen betroffen, nur ich fragte in die Stille hinein: »Und wie wollt Ihr das vor Kirche und Gesetz rechtfertigen?«

»Ganz einfach, mein lieber Herr de Joinville«, trumpfte er auf »eine sogenannte Stellvertreterhochzeit, wie weiland zu Tyros durch den Erzbischof in Vertretung für den Kaiser mit der kleinen Jolanda de Brienne! König Ludwig als Vertreter für seinen Sohn Tristan!«

»Und wie wollt Ihr Herrn Ludwig dazu bewegen – er hat die Königlichen Kinder noch nie von Angesicht gesehen?«

»Nun, werter Joinville, unterschätzt Ihr den Ruhm der Tochter des Gral und des Kaisers, dem Herr Ludwig in Lieb und Treu verbunden ist.«

Ich gefiel mir als *advocatus Diaboli*. »Gegeben, daß dem König von Frankreich weitere Blutsbande mit seinem Cousin Friedrich angenehm sind, bleibt immer noch die Pyramide! Wie wollt Ihr ihn des Nachts in diesen wenig einladenden Steinhaufen locken?«

»Dafür«, Jean de Ronay gab sich geheimnisvoll, »habe ich bereits einen Verbindungsmann, der dieses geringste Problem lösen

wird.« Und mit stolzgeschwellter Brust fügte er hinzu: »Wofür
Eure Vorstellungskraft anscheinend nicht ausreicht.«

»Ade – Pfründe, Lehen und Belohnung!« schoß mir durch den
Kopf. »Ich werde mir dennoch erlauben, zur Stelle zu sein, um
einzuspringen, wenn Eure Phantasie mit Mächten aneinanderge-
rät, die Ihr Euch jetzt und hier noch nicht vorstellen könnt. *Pacta
sunt servanda*, werter Meister!«

»Nichts für ungut, lieber Joinville, auch ich stehe zu meinem
Wort. Laßt uns Hilfe und Schutz Mariae herbeiflehen!« wandte er
sich an alle.

»*Ergo maris stella,*
verbi Dei cella
et solis aurora,
Paradisi porta,
per quam lux est orta,
natum tuum ora.
Ut nos solvat a peccatis
et in regno claritatis
quo lux lucet sedula,
collocet per secula.
Amen.«

Gizeh, den 6. Mai A.D. 1250

Am nächsten Morgen umringte, wer Rang und Namen hatte, das
rote Zelt des Königs, um die über Nacht angebrachte Fahne und
das Wappenschild der herrscherlichen Würde von Ägypten zu bewundern.

Der König vermied es, seinen Pavillon zu verlassen und so
offiziell mit der Frage konfrontiert zu werden, zu der er – mit
Recht! – eine sehr gespaltene Meinung hatte. Er beriet sich mit
seinen Brüdern, doch die Gerüchte drangen schneller durch die
Zeltwände, als die erregten Stimmen zu entziffern waren. Herr
Charles war strikt dagegen, er nannte es »eine Falle der Ungläubi-

gen«, und auch Herr Alphonse befürchtete eine Schwächung der Herrschaft im Mutterland, besonders im Hinblick auf den englischen König, wenn sich Ludwig eine so ferne und schwierige Würde wie die eines Sultans von Kairo aufbürden wollte. Die Hauptfrage, deren Beantwortung ihm nur – wenn nicht der Papst – der Patriarch hätte beantworten können, war, wie würde sich der unerwartete Titelzugewinn mit seinem Selbstverständnis als »allerchristlicher« König in Einklang bringen lassen, war doch der Sultan auch geistiges Oberhaupt seines Volkes?

Die Neugier der draußen Wartenden wurde endlich belohnt, als Baha Zuhair mit großem Pomp auftrat und vom König empfangen wurde. Immer noch unter Ausschluß der Öffentlichkeit – es hatten sich inzwischen auch viele Sarazenen vor dem roten Zelt eingefunden – bestätigte der hohe Hofbeamte, daß die Emire des Reiches nichts sehnlicher wünschten, als daß er, der Herr König, die Sultanswürde annehme. Er war seiner Sache so sicher, daß er sich schon zu Boden warf, um als erster dem neuen Herrscher zu huldigen. Doch der Herr Ludwig war immer noch von Zweifeln geplagt.

Niklas von Akkon, der Priester, sah es als einziger pragmatisch. »Und wenn es nur unserem raschen Fortkommen von hier dient«, meinte er trocken, »ohne daß wir weitere Menschenleben und vor allem diese gewaltigen Lösegelder einbüßen, dann hat sich die Annahme schon gelohnt.«

Diese Denkweise gefiel Herrn Ludwig nicht. »Er soll mich nicht drängen«, sagte er zu seinem Konnetabel, auf den Baha Zuhair hinweisend, und der erklärte mit Vergnügen dem Abgesandten:

»Seine Majestät beansprucht Bedenkzeit für eine Entscheidung dieser Tragweite!«

Baha Zuhair rauschte mit seinem Gefolge pikiert ab. Er schien beleidigt.

Draußen, in bester Sichtweite vom Zelt des Königs aus, bereitete sich ein neues Spektakel vor. Ein Trupp Soldaten, denen der Herr Obereunuch Gamal ed-Din Mohsen auf einem geschmückten

Kamel voranritt, schleppte einen Mann mit nacktem Oberkörper zu einem Pfahl. Sie banden ihn fest, die Hände oben an der Spitze. Es war Raschid-al-Kabir, der von Herrn Ludwig so verabscheute Dolmetscher. Ein knapper Wink des weiterreitenden Obereunuchen, und die Soldaten begannen auf dessen Rücken einzuschlagen, während der Herr über alle Paläste sich vor dem roten Zelt von seinem Kamel helfen ließ. Gamal ed-Din Mohsen war ebenfalls gekommen, seinem neuen Herrscher die Aufwartung zu machen. Im Angesicht der Insignien des Sultans warf er sich gleich zu Boden, bevor ihn der Konnetabel ins Zelt bitten konnte.

Aus seinem reichen Gefolge, das kleine Schmucktruhen und kostbare Geschenke herantrug, löste sich jetzt auch zu aller Erstaunen mein Sekretarius, der lang vermißte William von Roebruk. Gamal ed-Din Mohsen ließ ihn vor dem König niederknien und sagte feierlich:

»Jener Renegat«, er wies, ohne sich umzuwenden, hinter sich auf den sich unter den Schlägen windenden Raschid, dessen Rücken schon blutig aufplatzte, »den ich für Euch, Majestät, verdientermaßen züchtigen lasse, hat dieser Verräter des Glaubens doch Euren Dolmetsch verschwinden lassen, um selbst an seiner Stelle Euch, Majestät, mit seiner unwürdigen Person zu kränken und zu beleidigen.«

Er ließ die Pretiosen, goldgewirkte Stoffe und edelsteinbesetzte Schalen und Pokale, von seinen Dienern, lauter dunkelhäutigen Knaben, vor dem König ausbreiten. »Ägypten bittet um Verzeihung für dieses Vorkommnis!«

William übersetzte seine Worte, immer noch kniend.

»So laßt es gut sein!« rief der König, dem das alles peinlich war, und er wies, ebenfalls, ohne hinzuschauen, hinaus. »Diesem Sünder kann nur Gott die gerechte Strafe zuweisen.«

Der Obereunuch schickte sofort jemanden hinaus, um das Auspeitschen des Raschid zu beenden, und William erhob sich verlegen. Er schien ziemlich eingeschüchtert, kaum, daß er seinen Blick zum König erhob und zu dessen Brüdern, die neben ihm standen. Der Obereunuch fuhr jetzt in seiner Ansprache fort wie einer, der seiner Sache völlig sicher ist und nur noch ein paar Detailfragen zu klären hat.

»Der Oberste Herr über den Palast, der edle Gamal ed-Din Mohsen«, erläuterte William eintönig, »weist untertänigst darauf hin, daß jeder Herrscher Ägyptens – seit der glorreichen Zeit der Pharaonen – bei Antritt seines hohen Amtes eine Nacht in der Pyramide verbringen müsse, so verlange es der Brauch –«

Das war gerade der Zeitpunkt, zu dem ich das rote Zelt betrat und noch hörte, wie mein Herr Ludwig indigniert etwas wie »heidnisches Zeug!« von sich gab, was mein William aber unterschlug. Ich gab auch gleich zu bedenken, daß es vielleicht unklug sei, das Angebot brüsk zurückzuweisen, der Emir Aibek könnte gekränkt sein – und: »Baibars ist immer noch zum Töten bereit!«

Das beeindruckte den König, und William raffte sich auf, mit einem furchtsamen Blick auf den Anjou, so wollte mir scheinen, und sagte leise und hastig: »Man will Euch töten, heute nacht! Der einzig sichere Ort ist die Pyramide!« Er setzte angstvoll hinzu: »Sagt irgend etwas, Majestät, das ich übersetzen kann!«

Der König schenkte Gamal Mohsen ein gequältes Lächeln und sagte: »Es ist eine große Ehre für mich, so gewaltig und unverhofft, daß wir alle nun zu Rat gehen wollen, um die feierliche Form zu finden, die der Bedeutung eines solchen Schritts gemäß und würdig ist.«

Mein Sekretarius machte daraus in seinem krächzenden Arabisch wohl eine ziemliche Zusage, denn ich sah, wie sich das Gesicht des Obereunuchen freudig erhellte. Er verneigte sich vor dem König und seinen Brüdern: »Ich werde vor dem Zelt warten, bis er sich entschieden hat. *Afhimuhu fianna la chiara lahum!*«

Gamal ed-Din Mohsen zog sich rückwärts zurück. William übersetzte: »Er will die Beratung nicht stören und hofft, daß Allah Euch erleuchten wird und bei Anbruch der Dunkelheit den rechten Schritt tun läßt.«

»Ich komme mit Euch, Majestät!« bot da der Konnetabel an, was den Anjou spotten ließ: »Und ich lege mich heute nacht in Euer Bett, mal sehen, was geschieht!«

»Mich deucht, meine Herren«, sagte der König traurig, »Ihr habt Eure Entscheidung schon getroffen, ohne erst den Beistand der Heiligen zu erflehen oder unseren Herrn Jesus Christus zu fragen –«

»Die Kirche«, ließ sich der Priester vernehmen, »kann in dem Prozedere nichts Unstatthaftes sehen, andererseits ist ein heidnischer Brauch für sie auch nicht bindend. Wenn Ihr also morgen oder wann auch immer erklärt, Ihr wollt auf Titel, Würde und Bürde verzichten, so seid auch Ihr nicht gebunden.«

»Ich will aber«, sagte Herr Ludwig fest, »ich füge mich der himmlischen Macht meines Glaubens, der mich in einen Krieg ziehen ließ um dieses Land, den ich verloren habe. Nun trage ich doch den Sieg davon, weil es Gott gefällt, uns dieses verheißene Land auf seine Weise zu schenken. Diesem Willen muß ich mich fügen.«

Ein hörbares Aufatmen ging durch das Zelt. Der König setzte sich, niedergedrückt von der Last seiner Entscheidung, doch auch mit einem Leuchten um die Stirn, das nur den Auserwählten zuteil wird.

»Ruft den Herrn Moses herein«, sagte er, »und laßt ihn wissen, daß Wir heute abend bereit sein werden!«

William eilte hinaus und führte den Wartenden wieder ins Zelt, eifrig auf ihn einredend. Der Obereunuch dankte dem König mit einem stummen Kniefall, bedeckte die dargebotene Hand mit Küssen und entfernte sich. Ich wollte auch gehen, als der Konnetabel mich zurückhielt.

»Euren Sekretarius und unzuverlässigen Dolmetsch – warum hat nur *er* keine Prügel bekommen –«, flocht er kurrend ein, »könnt Ihr nun auch wieder mit Euch nehmen, Seneschall. Der Herr König bedarf seiner Dienste nicht mehr – und hoffentlich nie wieder!« fügte er noch hinzu.

William verbeugte sich vor dem König und sagte: »Ihr mögt mich wegjagen lassen wie einen Hund, Majestät – aber wenn Ihr meiner bedürft, werde ich Euch immer und gern zu Diensten sein.«

Da lächelte der König huldvoll. »Wir werden Uns Eurer erinnern, William von Roebruk!«

Mein Sekretarius verließ mit mir den Pavillon.

»Ich verstehe den Beschnittenen nicht«, vertraute William mir an, kaum, daß wir außer Hörweite waren. »Die Hofpartei tritt doch für die Paarung unserer Yeza mit diesem zurückgebliebenen Neffen, einem gewissen Musa, ein? Ein Kind noch!«

»Was sagt das schon«, belehrte ich ihn, »und wer sagt Euch, daß die Hofpartei, also der Klüngel um die Sultana, mit *einer* Stimme spricht?«

»Und wenn«, ergänzte mein schlauer William, »dann könnte es auch dazu dienen, unseren König nicht zu erhöhen, sondern ihn wegzuschlagen!«

»Ihr scheint doch beim Schach noch etwas zu lernen«, sagte ich. »Dem König droht Gefahr, wenn er die Pyramide betritt *und* wenn er ihr fernbleibt. Wir müssen also dafür Sorge tragen, daß kein Weiterer in das Innere hineingelangt. Außer natürlich Yeza!«

»Yeza?« entsetzte sich William. »Das Mädchen ist gefährdeter als alle anderen – Yves, der Bretone, ist da!«

»Ich weiß«, sagte ich, »deswegen habt Ihr auch vorm König das Maul nicht aufgekriegt aus Angst, der Anjou könnte es Euch für immer stopfen. – Mit dem Bretonen müssen wir rechnen, aber wer sonst noch sollte Yeza gefährlich werden?«

»Die Sultana wird sich nicht von ihr verdrängen lassen wollen –«

»Maria!« entfuhr es mir.

»Nein, Schadschar!«

»Aber wer kann helfen?«

»Nur einer!« sagte mein William und ließ mich stehen.

IM EILMARSCH war am Nachmittag die Sultanin Schadschar ed-Durr in einer Sänfte von Kairo nach Gizeh gebracht worden. Sie verlangte sofort von Ibn Wasil, der sie empfing, in den Palast geführt zu werden und ihre Gemächer zu beziehen. Mühsam mußte der auf sie eingeschworene Chronist ihr dies ausreden, weil es unnötig Aufsehen erregen würde und weil dort ihre Rivalin sich aufhielte.

Das hätte er nicht sagen sollen, denn nun spie Schadschar Gift und Galle, sie wolle auf der Stelle in den Harem getragen werden, damit sie der kleinen Usurpatorin mit eigenen Nägeln die Augen auskratzen könne, die Nase abschneiden und die kleinen Brüste, so sie schon solche habe. Fast mit Gewalt, unter vielen Entschuldigungen seitens Ibn Wasils und fürchterlichen Flüchen der Sultana, wurde sie zum Nil gebracht, um dort auf einem ankernden Schiff dem Abend entgegenzuharren. Von einem rituellen Treffen mit König Ludwig hatte ihr niemand etwas gesagt.

Sie erwartete ein Stelldichein mit ihrem heimlichen Liebhaber Husam ibn abi' Ali, der ihr mitgeteilt hatte, er hoffe – an ihrer Seite – die Pyramide als endlich unbestrittener Regent Ägyptens zu verlassen. Sie hielt ihn für dieses Amt nicht für besonders befähigt, aber gerade seine Eitelkeit, seine Schwäche, versprachen ihr, Schadschar ed-Durr, »Mutter des Halil«, eine ungestörte Fortsetzung der Herrschaft, an die sie sich gewöhnt hatte.

Und jetzt mußte sie wegen einer Christengöre auf einer gewöhnlichen Transportbarke hocken, wie eine ... »Schwört mir, Ibn Wasil, daß Ihr heute nacht dieser Huri vor meinen Augen in den Leib stecht – ich werde ansonsten keinen Schritt in die Pyramide setzen!«

Der Chronist kniete nieder und schwor und überlegte, wie es sich wohl anfühlt, wenn man mit eigener Hand einen Menschen mit dem Schwert tötet. Er besaß keines.

Er hatte sowieso vorgehabt, Yezas junges Leben zu beenden, doch beileibe nicht so blutig – er konnte kein Blut sehen. Ihm schwebte das Erwürgen mit einer seidenen Schlinge vor. Doch das sollte seine Sorge nicht sein, dafür hatten sie ja diesen Yusuf angeheuert, dem der Ruf vorausging, ein bedenkenloser Meuchler zu sein, ein äußerst zuverlässiger, verschwiegener Totschläger.

Sein Freund und Gönner Husam, der Gouverneur, hatte sich den anderen Eingang der Pyramide, dort wo der König sie betreten würde, als Ausgangsort seiner Tat vorgenommen. Yusuf, den ihm Baha Zuhair vorgeschlagen hatte, würde wohl im Innern der Pyramide lauern. Der Mann machte durchaus den Eindruck, er sei sein Geld wert und verstünde sein Handwerk. Das einzig Beunruhigende war, daß ihn dieser windige Baha Zuhair angeschleppt hatte. Dem Kerl konnte man eigentlich nicht trauen. Es war verabredet, daß, wenn Yusuf aus der Pyramide träte, er, Husam, hineingehen könnte, weil das das Zeichen war, daß der König tot sei – und das Mädchen auch. Der Gouverneur trug zur Sicherheit drei vergiftete Nadeln in seinem Turban, die er eigenhändig, zugegebenermaßen mit zitternden Fingern, im Gift der Aspis getränkt hatte, deren tödlicher Biß schon Cleopatra hingerafft. Das schien ihm angemessen, um den königlichen Nebenbuhler aus dem Weg zu räumen, wenn Yusuf versagte. Husam ibn abi' Ali wußte zwar noch nicht genau, wie, aber die Gelegenheit würde sich finden. Finden müssen! Sonst war Aibeks Zugriff auf die Regentschaft seinerseits nichts mehr entgegenzusetzen, und wie er Schadschar kannte, würde sie auch mit dem Mameluken vorliebnehmen, Hauptsache, die »Mutter des Halil« blieb die Bewahrerin der Sigle des Sultans!

Gamal ed-din Mohsen hatte in aller Heimlichkeit den kleinen Musa, einen vierjährigen Knaben, ebenfalls nach Gizeh bringen lassen. Das stellte für den Hüter aller Paläste kein Problem dar. Er steckte den Jungen zu Yeza in ihr Haremszimmer, wobei er ihn ihr mit dem Namen »El-Ashraf« ans Herz legte. Sie sollten zusammen spielen. Der Kleine war so verwirrt und scheu, daß er sich erstmal naß machte. Yeza legte ihn aufs Bett und wechselte ihm die Windeln mit Hilfe von Alisha.

Wie häßlich, dachte sie, und wie furchtbar, wenn das schöne Glied ihres Roç derart verstümmelt wäre. Und Alisha lachte über ihr Interesse und fragte, ob Yeza schon ihre *haid* habe. Yeza verstand sie nicht, und Alisha erklärte ihr: »Erst dann bist du eine richtige Frau, wenn du alle Monde lang blutest. Dann kann ein Mann dich erkennen.«

»Ach so«, sagte Yeza mit rotem Kopf, denn sie fand es ärgerlich so etwas Wichtiges nicht zu wissen, »das liegt wohl behütet in meines Liebsten Hand!«

Da lachte diese Alisha unverschämt. »In der Hand«, kicherte sie, »hoffentlich nicht! Auch nicht mit dem Finger, es sei denn, er wüchse ihm zwischen den Beinen!«

»Das werd' ich wohl wissen!« wehrte Yeza empört die Freche ab, schließlich war das *ihr* Geheimnis! Sie war froh, daß aus der Küche das Abendessen kam und Alisha dorthin zurückgerufen wurde. Warum sollte sie bluten für etwas, das bei aller schaurigdumpfen Erregung im Bauch nur Freude versprach? Und sollte sich Roçs harter Penis in ihr wohlbehütetes Geheimnis bohren, sie würde nicht schreien!

Yeza setzte den kleinen Musa neben sich und fütterte ihn. Das Mahl bestand aus einem Hirsebrei mit säuerlicher, dicker Milch obendrauf, wie sie es so liebte, und einem Saft aus gepreßten Früchten. Musa bekleckerte sich, sie wollte ihn abwischen, doch sie fühlte sich plötzlich zu müde, wohlig matt und völlig lustlos, und der Junge glotzte sie so apathisch an. Offenen Auges fielen beide in eine schlaffe Gleichgültigkeit, als würde eine unsichtbare Macht, ein klarer Nebel von ungekannter Schwere sie in ihre Sitze pressen, nicht einmal die Hände mochten sie mehr heben …

Baibars hatte die Mamelukenemire, auf die er glaubte zählen zu können, zu sich in seinen Turm gerufen und sie aufmerksam bewirtet.

»Freunde«, ging er dann behutsam zu Werk, »wenn ihr meine Meinung nach reiflicher Überlegung hören wollt, dann sollten wir uns des Königs entledigen, ein für allemal, desgleichen aller seiner Leute von Bedeutung und Rang.« Er ließ die erstaunten Emire gar nicht erst zu Wort kommen. »So hätten wir für die nächsten Jahre

Ruhe. Und das ist mehr wert als vierhunderttausend Pfund, und Dumyat fällt uns sowieso in den Schoß.«

Die Emire waren teils unangenehm berührt, teils völlig seiner Meinung. Die einen schwiegen, die letzteren meldeten sich aufgeregt zu Wort. »Ihr habt ja alle mit eigenen Augen sehen können«, rief einer, »schon hängt diese Palastbande, diese Anhänger der Ayubiten, dem fränkischen Herrn König die Insignien des Sultans ans Zelt, die Würde unserer Herrschaft, des Sultanats von Kairo, wofür wir gestritten, gelitten, unser Leben gelassen haben!« Viele gaben ihm recht.

»Tod den Fremden! Ägypten den Muslimen!« brüllten sie und achteten nicht darauf, daß Izz ed-Din Aibek mit seiner Leibgarde eingetreten war. Er warf Baibars einen finsteren Blick zu und wartete, bis sich das Geschrei gelegt hatte.

»So wenig wie die Hofkamerilla befugt ist«, sagte er laut mit Strenge, »den Titel des Sultans über Ägypten zu vergeben – seid ihr berechtigt, beeideten Verträgen den Gehorsam zu verweigern!«

Jetzt wurde es still. Aibek, ihr Oberkommandierender, galt nicht als grausam und war nicht gefürchtet wie Baibars, der Bogenschütze, aber er wußte sich Respekt zu verschaffen. »Wenn wir den König töten, nachdem wir schon unseren eigenen Sultan umgebracht haben, würde die gesamte Welt, Orient wie Okzident, mit den Fingern auf uns zeigen, voller Verachtung – und mit vollem Recht!«

Er wandte sich an Baibars, der vor Wut bebend sich den Vorwurf anhören mußte, denn keiner wäre soweit gegangen, gegen Aibek die Hand zu erheben, außerdem stand der in der Tür und hielt sich so den Rücken frei – und Baibars Turm war mit Sicherheit umstellt. Das Ende des Turanshah vor Augen, machte er eine Geste der Unterwerfung, doch das genügte Izz ed-Din Aibek nicht.

»Ihr werdet das Buch des Propheten zur Hand haben, Emir Baibars?« fragte er provokant, doch der griff hinter sich und reichte seinem Vorgesetzten ein kostbar in Leder eingeschlagenes Exemplar des Korans. Man konnte das Umblättern der Pergamentseiten hören, dann sprach Aibek, ohne hineinzuschauen:

»Hier steht geschrieben: *Jajibu 'aleika an tahfada sajidakka ua ahrussku mithla ainaiha.*«

Er reichte das Buch dem Baibars zurück, der jetzt nicht mehr an sich halten konnte.

»Erstens«, keuchte er, »handelt es sich kaum um unseren Herrscher! Dazu wollen wir es ja gerade nicht kommen lassen. Sonst blüht uns noch, daß wir alle uns zum Christentum bekehren müßten!« Das brachte etwas Heiterkeit in die überhitzte Atmosphäre im Turm. Baibars schlug mit sicherem Griff die Stelle auf, die Aibek gesucht hatte. »Und im folgenden steht hier: *La hefidh al 'aquida ua herasetuha jajibu 'alaika an tuquatil al 'adou.* – Müssen wir das Gebot Mohammeds nicht höher achten, als einen Vertrag mit Ungläubigen!?«

Sofort wallte wieder die Hitze von Haß und Revolte durch den überfüllten Raum. Aibek hob die Hand, seine Stimme war jetzt kalt und schneidend. »Der Emir Baibars verläßt auf der Stelle diesen Ort und wird sich ihm bis zum morgigen Sonnenuntergang nicht einen Schritt weniger als eine Meile nähern! Alle anderen legen ihre Waffen ab!« Aibek wartete, bis Baibars an ihm vorbei aus der Tür stürmte. »Kühlt Euren Mut auf der Jagd ab«, riet er dem Hitzkopf fast freundschaftlich, als der schon auf halber Treppe war, »die Einsamkeit der Wüste wird Euch guttun!«

Dann stieg auch er hinab, gefolgt von seiner Leibgarde, ohne sich noch einmal nach den Meuterern umzudrehen. Die Emire ließen ihre Schwerter im Turm, sie warfen sie auf den Fußboden des Zimmers.

Unten umstand eine Hundertschaft sudanesischer Lanzenjäger, die soeben aus Kairo eingetroffen waren, den Sockel. Sie hielten die scharfgeschliffenen Enden ihrer Ebenholzspieße gesenkt. Neben jeder Fünfergruppe stand ein irdener Topf, aus dem das Griechische Feuer züngelte. Die schwarzhäutigen Krieger mit den ölig glänzenden, nackten Oberkörpern warteten dumpf auf das Kommando, ihre Speere in die brennende Pechmasse zu tauchen. Den Befehl dazu konnte ihnen nur Husam ibn abi' Ali erteilen. Der Gouverneur hatte die ihm ergebenen Sudanesen nach Gizeh kommen lassen, damit sie für ihn den König töteten – und bei dieser Gelegenheit den Emir Aibek, seinen Nebenbuhler, gleich mit. Die Lanzenjäger hegten nicht die geringsten feindlichen Absichten gegen die Mameluken im Turm.

Zwei Augen hatten all diese Vorgänge stechenden Blicks verfolgt. Im Halbdunkel des Hintereingangs, der zur Küche des Palastes führte, stand hinter einem Pfeiler verborgen der Mann, den einige vom Hofe des Sultans als »Yusuf« kannten. Keiner wußte, woher er gekommen war und wer ihn eigentlich eingeführt hatte. Er galt als zuverlässiger *mujrin*, obgleich niemand ihn in der Ausübung seines Handwerks geprüft hatte. Im christlichen Lager zeigte er sich wohlweislich nicht.

Yves, der Bretone, der ehemalige Leibwächter, galt als beim König in Ungnade gefallen und war so kategorisch aus seiner Umgebung verbannt worden, daß der Herr Ludwig nicht einmal in höchster Not die Dienste dieses Mannes je wieder in Anspruch genommen hätte. Aber der Bretone war trotz des Verbotes zugegen, einige wenige ahnten es, einer wußte es.

Ezer Melchsedek begriff hellsichtig sofort, wer ihm da im schummrigen Kücheneingang an die Gurgel fuhr, er spürte nur die Kälte des Messers und besaß sogleich das sichere Gespür für die Absicht des Unbekannten, daß er röchelte: »Ich tue, was Ihr von mir verlangt!«

Die Hand an seiner Kehle ließ nicht locker, sie zerrte ihn mit eisernem Griff tiefer in das Dunkel der verwinkelten Korridore und ließ ihm grad genug Luft, um nicht zu ersticken. »Beschreibt mir den Ort, wo Ihr den Prinzen versteckt habt!«

Ezer Melchsedeck fühlte, wie die Kralle sich lockerte, er atmete tief durch. »Das ist eine Frage von wo und wie Ihr es seht, mein Herr: von vorn oder hinten, von oben oder unten?«

Er spürte, wie ihm die Kehle wieder zugedrückt wurde. »Von der Königspforte aus!«

Der Kabbalist keuchte. »Ihr geht durch den kleinen Saal, laßt den ersten Luftschacht liegen. Wenn Ihr die Treppe des Thot hinaufsteigt, endet sie mit dem konisch verlaufenden Kanal, der im Solstiz auf Sirius wiest.«

»Ich will nicht bis zur Sonnenwende hin warten!« bellte die Stimme den Kabbalisten an.

»Gleichwohl betretet Ihr ihn. In der Mitte ist ein Loch, wie eine Falltür. Überspringt es nicht, sondern steigt hinein. Ein Stein wird sich senken, und Ihr steht im Vorraum, die Grabkammer zu Euren Füßen!«

Der Unbekannte schwieg, Ezer Melchsedek spürte seinen Atem im Gesicht, und die Kühle des Stahls an seinem Hals. »Warum töte ich Euch nicht?«

»Weil Ihr nicht wißt, ob ich lüge, mein Herr, und danach niemanden mehr nach dem Wege fragen könnt?«

Nein«, sagte die Stimme, »weil ich noch eine andere Aufgabe für Euch habe, nachdem Ihr mir bewiesen habt, wie trefflich Ihr lügt!«

Sie warteten, bis am anderen Ende des Ganges Abu Bassiht, der hagere Sufi, aus der Küche angeschlurft kam. Er schwenkte zwei Ziegenlederbeutel, in jeder Hand einen. »Mit der Rechten sollst du frohen Mutes fechten!« deklamierte er und hielt Yusuf die linke Hand hin, weil die andere noch an der Kehle des Melchsedek war. »Mit der Linken wirst in tiefen Schlaf du sinken!«

»Aber sie sind ja völlig gleich!« empörte sich der Bretone, als er jetzt auch den anderen Beutel in den Händen hielt.

»Deswegen hat sie dem Melchsedek ja auch den Merkvers mitgegeben.«

»Habt Ihr sie auch nicht vertauscht?« fragte Yusuf mißtrauisch.

»Ich nicht, aber Ihr«, sagte der Sufi seelenruhig. »Ihr habt ›Fechten‹ nicht in der Rechten, sondern in der Linken.«

Gereizt tauschte Yusuf sie aus.

»Jetzt habt Ihr ›Sinken‹ in der Linken«, bestätigte ihm Abu Bassiht. »Doch den Schlaf sollte ich ja zur Rechten dem König kredenzen – so gebt den Trank mir zurück!«

»Nein! Zur linken Seite wird der König die Pyramide betreten!« mischte sich jetzt der Ezer Melchsedek ein. »Wenn er zur Linken dem König wird winken, wem soll ich dann zur Rechten – denn das ist es wohl, was Ihr von mir wollt?«

Der Kabbalist gab sich Mühe, den Yusuf nicht in Zorn zu versetzen, wenn der auch das Messer weggesteckt hatte, um beide Hände freizuhaben für die so gleich aussehenden Ziegenlederbeutel, in denen die beiden so verschieden zubereiteten Getränke gluckerten.

Yusuf gab ihm den Beutel aus seiner rechten Hand. »Ihr macht Eurem Ruf als scharfsinniger Kabbalist alle Ehre, Ezer Melchsedek«, sagte er. »Ein Geist, der schnell begreift, hat Aussicht auf ein längeres Leben.«

»Danke, mein Herr«, sagte der, »oder soll ich zur Linken –«

»Nein!« zischte Yusuf entnervt. »Von hier aus gesehen zur Rechten wird ein Mädchen die Pyramide betreten, der werdet Ihr den Trank einflößen, wenn es sein muß, mit Gewalt!«

»Das liegt mir fern, doch seid unbesorgt: Sie wird ihn trinken –«

»Und in tiefen Schlaf versinken!« gab der Abu Bassiht hinzu.

»Falsch!« brüllte Yusuf. »Das geschieht auf der Linken!«

»Ich hab's begriffen«, sagte Ezer Melchsedek und tauschte seinen Beutel gegen den des Sufis aus. »Ruhen soll die Krone«, er zeigte wie ein Wegweiser nach links, wo Yusuf jetzt den Sufi hinschob, »erregen sich der Gral.« Er breitete den anderen Arm aus nach rechts.

»Geht jetzt«, sagte Yusuf und schob sie beide aus dem Gang, »wenn ich euch nicht beim ersten Erscheinen des Mondes auf euren Plätzen antreffe«, er deutete auf das Messer in seinem Gürtel, »weiß ich doch, wo ich euch finden werde.« Er verschwand in der Dunkelheit des Korridors.

Draußen im Hof sahen sich der Sufi und der Kabbalist zum erstenmal bei Licht. Die Sonne des späten Nachmittags warf schon lange Schatten. Im Hintergrund erhob sich majestätisch die große Pyramide.

»Ich glaube«, sagte Abu Bassiht, »ich halte die Ruhe in der Hand und Ihr die Erregung –?«

»Das wäre ja rechtens, denn Ihr steht links.«

»Laßt uns lieber tauschen!«

»Wenn Ihr meint«, sagte Melchsedek. »Ich will keinen Ärger mit diesem Mann.«

Die Beutel wechselten die Besitzer, aber jetzt war es der Kabbalist, der seine Zweifel äußerte: »Ihr kamt mit ›Sinken‹ in der Linken und gabt es ihm in die Rechte – erinnert Ihr Euch? – Er gab es Euch zurück, ich tauschte aus, dann wechseltet Ihr es hier: Der Beutel gehört mir!«

Ezer Melchsedek hielt die Hand auf, und der verdatterte Abu Bassiht gab ihn zurück. »Ihr habt wohl recht!«

»Alles eine Frage von vorn und hinten, oben und unten!«

Sie trennten sich, der Sufi ging recht hastig seines Weges.

Im roten Pavillon des Königs wurden die letzten Vorbereitungen für die Nacht getroffen. Den Eingang hatte Herr Ludwig schließen lassen, um Neugierigen, die seit dem Morgen das Zelt umkreisten und nur von einem Kordon der Johanniter zurückgehalten wurden, unziemliche Blicke in sein Innerstes zu verwehren. In der Enge des Zeltes herrschte gedämpft festliche Erregung und ein Gedränge zwischen den Herren, die es als ihr Vorrecht ansahen, ihrem Souverän das Geleit zu geben, wozu auch und ganz besonders die Kirche sich zählte, vertreten durch Niklas von Akkon und den noch nicht eingetroffenen Patriarchen. Die Johanniter hatten ihn gegen eine stattliche Bestechungssumme für diese eine Nacht beim Gouverneur freigekauft, damit er als freudige Überraschung für den König die Zeremonie der Eheschließung – stellvertretend für sein unmündiges Söhnlein – mit Yeza würdig und unantastbar vornehmen sollte. Doch er kam nicht. Sollte man Niklas von Akkon einweihen oder noch warten?

Jean de Ronay stand nervös zwischen den eifrig wieselnden Kämmerern, auf deren Schultern die Arbeit nicht ruhte, sondern lastete, denn die Zeit drängte. In der Hektik fiel niemandem auf, daß Herr Charles d'Anjou den Pavillon verließ und sich zu seinem eigenen zurückbegab. Er war als einziger der hohen Herren nicht festlich gekleidet, sondern in voller Rüstung, denn er war auch jetzt nicht gewillt, seinem Bruder zur Seite zu stehen, sondern seine Ankündigung wahr zu machen, in dessen Bett wachend, die angekündigten bedrohlichen Ereignisse der Nacht abzuwarten.

In dem Zelt des Grafen, das sich, abgesehen von der strikten Observanz durch seine Leibwache, durch kein heraldisches Emblem als das eines Pairs von Frankreich auszeichnete, harrte seiner, abgerissen und verdreckt, Bart und Haare von der langen Gefangenschaft verwildert: Johannes von Sarrebruck.

»Ihr solltet Euch waschen!« empfing ihn der eintretende Herr Charles mit barschem Ton. »Ein Kleid wird Euch mein Kämmerer geben, denn so könnt Ihr dem König nicht unter die Augen treten, noch jener Dame, die von Eurer Hand ins Jenseits befördert werden soll.«

»Eine Frau? Ich soll eine Frau töten?« empörte sich der Graf von Sarrebruck. »Haltet Ihr mich für einen Totschläger? – Ihr müßt mich mit Eurem Herrn Yves verwechseln!«

Der Anjou, der ruhelos im Zelt auf- und abgegangen war, blieb stehen und betrachtete ihn stirnrunzelnd. »Wie würde ich auf jemanden wie Euch, Herr Johannes, zurückgreifen, wenn der Bretone zur Hand wär!« Er nahm seinen Gang wieder auf. »Aber das ist es ja gerade: Herr Yves oder Yusuf, wie er sich zur Zeit camoufliert, ist nicht wieder aufgetaucht. Ich kann meinen Herrn Bruder nicht daran hindern, die Pyramide zu betreten und meinethalben dort die Nacht zu verbringen. Aber ich muß unterbinden, daß darin mit ihm Schabernack angestellt wird, magische Riten an ihm vollzogen werden, daß er vermeint, morgen früh, wenn er rauskommt, Sultan von Ägypten zu sein! Und vor allem darf nicht geschehen, daß in irgendeiner ketzerisch-blasphemischen Zeremonie ihm dort heute nacht ein Weib zugeführt wird – wobei durchaus die Gefahr besteht, je jünger sie ist, daß mein Ludwig sich vergißt und aus der Pyramide kriecht ein Bastardwurm, mit dynastischen Ansprüchen auf Gott weiß was!«

»Dazu geb' ich mich nicht her!« verweigerte sich der Graf von

Sarrebruck. »Ich lege meine Hand an keine Weibsperson, gleich welchen Alters oder Standes!«

Der Anjou lachte kurz. »Ihr sollt sie nicht ficken, sondern ihr kurz und bündig ein Eisen ins Herz stoßen, das Euch mein Waffenträger geben wird, ist das klar?!«

»Nein!« rief Johannes. »Ich weigere mich entschieden!«

Der Anjou schaute ihn erstaunt an, er war solchen Widerspruch nicht gewöhnt. »Meint Ihr, ich hätte Euch aus dem Kerker freigekauft, um mir jetzt Euer Wehleid anzuhören? Wenn Ihr Euch weigert, kehrt Ihr auf der Stelle an die Seite des Patriarchen in das Loch zurück, und ich garantiere Euch, die Behandlung, die Ihr dann erfahren werdet, wird Euch wünschen machen, allen Weibern dieser Erde den Garaus bereiten zu dürfen –«

»Der Patriarch«, muckte der Sarrebruck auf, »verläßt heute nacht den Kerker. Die Johanniter –«

»Ich habe das Doppelte gegeben, daß der alte Herr dort verbleibt«, beschied ihn der Anjou kühl, »und Ihr, Johannes, werdet Euch nach seiner kühlen Enge sehnen, wenn Ihr jetzt nicht pariert. Ihr werdet winselnd schwören und, vor Qualen heulend, alles versprechen, doch dann ist es zu spät. Die Sarazenen werden Euch morgen früh an den Haaren herauszerren aus dem Loch, bis zum Mittagsgebet werden sie Euch dem Volk überantworten. Was dann noch von Euch atmet und fühlt, wird dem Scharfrichter überantwortet.« Die Lippen des Johannes bebten, aber er bekam die Zähne nicht auseinander. Sanft fügte der Anjou hinzu: »Nie mehr werdet Ihr die lieblichen Hänge der Saar, die Hügel, auf denen Euer saurer Wein wächst, die Brücken, deren unverschämte Maut Euch reich gemacht, das alles werdet Ihr *nie* mehr wiedersehen!«

»Ihr wißt zu überzeugen, mein Herr«, sagte Johannes und gab sich geschlagen, »ich werde Euch den Dienst erweisen. Wer ist die Dame?«

Der Anjou betrachtete die verwahrloste Gestalt mit offener Verachtung. »Das wird sich zeigen! – Welches weibliche Wesen auch immer auf der *Bab al muluk*, dem Königstor, entgegengesetzten

Seite der Pyramide Einlaß begehrt, Ihr werdet sie begleiten bis in den Tod. Und nun richtet Euch menschlich her – spart nicht an Scheuersand!«

Er rümpfte die Nase, als der Herr von Sarrebruck wie ein geprügelter Hund das Zelt verließ. Der Saargraf war ein kümmerlicher Ersatz, aber wer erledigte schon Schmutzarbeit noch ordentlich?

Die Sonne stand jetzt tief, wie ein feuerroter Ball. Noch gab es Hoffnung, daß Yves, der Bretone, auftauchte und die lästige Angelegenheit in seine bewährten Hände nahm. Auf jeden Fall müßte er dann diesen Mitwisser, diesen armseligen Johannes, beseitigen.

William von Roebruk hatte den ganzen Nachmittag versucht, beim Mamelukenemir Baibars vorgelassen zu werden. Erst hieß es, er sei in seinem Turm und wolle nicht gestört werden, danach hielt er dort eine Versammlung ab, zu der ihm der Zutritt höhnisch verweigert wurde, und schließlich, als er sich mit wilder Entschlossenheit noch einmal aufmachte, war der Hof verödet und der Turm leer. Baibars sei auf die Jagd geritten.

William lieh sich das Pferd seines Herrn, des Grafen von Joinville, aus, ohne diesen zu fragen. Der Seneschall war – außer dem König – der einzige, dem die Sarazenen ein Reittier zur Verfügung gestellt hatten, weil er ein Verwandter des Kaisers Friedrich war.

Der Franziskaner war ein miserabler Reiter, er fürchtete sich vor den großen Tieren, und die spürten das. Aber allein die Tatsache, daß er hoch zu Roß das Lager der Gefangenen am Fuße der Pyramiden verließ, beeindruckte die Wachen am Tor derart, daß sie ihn anstandslos passieren ließen. Sie wiesen ihm sogar die Richtung, in die Baibars weggeritten war. Gradwegs in die Wüste. William machte sich auf den Weg.

Wenn er gehofft hatte, im Sand die Spur des Reiters zu finden, sah er sich bitter getäuscht, denn rund um das Zeltlager wimmelte es von Spuren.

Die Sonne sank tiefer, verfärbte sich blutrot, die Schatten wurden länger, und ein leichter Wind kam auf und wehte über die

Dünen. William hielt nach mühsamem Aufstieg, der weder ihm noch dem Pferd behagte, auf einer dieser Anhöhen und sah sich um. Von dem einsam jagenden Baibars war nichts zu entdecken. Er blickte zum Lager zurück.

Die Hundertschaft der Lanzenjäger aus dem Sudan hatte das Tor im Laufschritt verlassen, trabte in langer Doppelreihe auf die große Pyramide zu, teilte sich jetzt, als wolle sie den Berg aus Stein umzingeln wie ein wildes Tier. Die Schwarzen hatten ihre Oberkörper mit Tierfellen von Löwe und Leopard, Giraffe und Zebra eingehüllt, denn sie wußten, wie kalt es des Nachts in der Wüste werden kann. Die Häupter der gleichen Tiergottheiten trugen sie, halb über die Köpfe gestülpt, im Nacken, auch ihre Speere, ihr ganzer Stolz, waren mit Fellen und Schwänzen umwickelt. Die wilden Krieger trugen die Töpfe mit dem Griechischen Feuer und Fackeln mit sich.

Vorsichtigen Schritts lenkte William seinen Gaul wieder hinab und die nächste Düne wieder hinauf, sie sanken immer tiefer ein. Der Gaul knickte so geschickt mit den Hinterläufen zusammen, daß der dicke Mönch endlich aus dem Sattel fiel, und weil er schon kniete, tat er etwas, was er schon lange nicht mehr mit solcher Inbrunst getan: William betete, ein Vers seines Namensvetters Guilhem kam ihm in den Sinn. Er hatte ihn oft mit Yeza und Roç gebetet, als sie noch klein waren und nicht schlafen wollten:

>*Esperanza de totz ferms esperans*
Feums de plazers, fons de vera merce
Cambra de Dieus, ort don naisso tug be ...«

Dann waren sie meist eingeschlafen, wenigstens Roç. Und William pflegte hizuzufügen: »*Repaus ses fi.*« Und wenn Yeza noch murmelte: »*E tu?*«, dann mußte er antworten: »*Capdels d'orfes enfans.*«

William stieg auch nicht wieder auf, sondern zerrte das Tier weiter. Vor ihnen, so weit das Auge reichte, ein Meer aus Sand, die tiefen Wellentäler und steil aufgewehten Dünenkämme mild dem Blick verbergend. Er mußte Baibars finden!

In langer Reihe aneinandergekettet, verließen die Johanniter gesenkten Hauptes das Lager, ihr Marschall Peixa-Rollo ging als letzter. Es mußte den Eindruck erwecken, sie würden zur Hinrichtung geführt. Umgeben war der Zug von heulenden, verhüllten Weibern, doch ihr Klagegeschrei entsprang nicht dem Schmerz, sondern dem Haß. Sie bespuckten die Gefangenen, bewarfen sie mit Steinen und umkreisten sie wie reißende Wölfe eine Schafsherde. Die Ritter waren froh, ihre Helme auf dem Kopf zu haben und unter den Tuniken ihre Panzer. Nur Waffen hatten sie keine.

An ihrer Spitze ritt der mächtig aufgeputzte Baha Zuhair. Er ließ nach Passieren des Lagertores den Zug an sich vorbeiziehen und wandte sich, als sie außer Hörweite waren, besorgt an den Marschall: »Die Lanzenjäger aus dem Sudan stehen schon Spalier bis binauf zum *Bab al malika*, der Pforte der Königin«, er wies zur Pyramide in der Abendsonne hin, »bereit, Euch abzuschlachten –«

»Der Löwe von Melchsedek, der große Zauberer, hat es übernommen«, grummelte Peixa-Rollo, »die wilden Tiere in folgsame Staffage für das Hochzeitsspektakel zu verwandeln –«

Ganz wohl war ihm auch nicht bei dem Gedanken, unbewaffnet den Nacken vor diesen ungebärdigen Schwarzen zu beugen und sich nur auf die magische Kraft des Kabbalisten zu verlassen, wie ihm sein Großmeister empfohlen hatte. Er stampfte trotzig weiter durch den Sand am Ende der langen Kette. Sein Blick glitt hinauf zu der Pyramide. Dort standen sie – als Silhouetten gegen den violett sich verfärbenden Himmel – regungslos, die tödlichen Speere gereckt. Dann warfen sie sich zu Boden, auf den Bauch, die Hände mit den Speeren weit von sich gestreckt. Sie fielen wie angestoßene Dominosteine, von oben bis hinunter zum Fuß der Pyramide.

Aus dem *Bab al malika* war eine Tiergestalt getreten, ein Fabelwesen mit Vogelkopf und Leopardenpranken, die Arme gefiedert wie Flügel, wenn es sie hob. Hinter sich her schleppte es den Schwanz eines riesigen Krokodils, als es die Stufen hinabschritt, um den Zug der Opfer entgegenzunehmen.

William hatte Schwierigkeiten mit seinem Gaul. Beide steckten sie knietief im jungfräulichen Sand, dessen Unberührtheit zierliche Wellenmuster anzeigte, die der leichte Wüstenwind dauernd veränderte. Während der Mönch immer noch von desperater Entschlossenheit war, seine selbst auferlegte Mission zu erfüllen, hatte das Pferd beschlossen, sich nicht weiter fortzurühren.

William ließ also die Zügel fahren und kroch auf allen vieren die nächste Böschung hinauf.

Da sah er in der Ferne die Reitergestalt, leichthufig schien das Tier über den Sandboden zu fliegen, mit seinem Reiter zur Einheit verschmolzen wie ein Kentaur. Seine Hunde hetzten mit, und Baibars schoß mit seinem Bogen aus vollem Lauf. Die Gazelle versuchte einen Haken zu schlagen, genau in diesem Augenblick, in der sie ihre Breitseite bot, fuhr ihr der Pfeil in den Hals. William fuchtelte mit den Armen und schrie, doch sein Ruf wurde schon von den nächsten Dünen geschluckt.

Er sah sich um.

Die Pyramiden waren jetzt schon weit und schwarz, die Sonne rollte als blutrote Kugel dem Horizont aus Sand entgegen, nichts als Sand. William zog sein Hemd aus und begann zu winken.

A   B

DIE BRAUT
IN DER GRABKAMMER

S ULTANA SCHADSCHAR hatte wütend den Nachmittag auf der im Nil ankernden Barke verbracht. Endlich, gegen Abend, war ihr Vertrauter, Ibn Wasil, erschienen und hatte bestätigt, daß die vom Gouverneur zu ihrem und seinem Schutz herbeibeorderten Lanzenjäger in Stellung gegangen seien, und die Mutter des Halil gebeten, nun die zeltartige Trage wieder zu besteigen.

Als sie sich dem Fuß der Pyramide näherten, erwarteten sie auch die martialisch aufgemachten Sudankrieger, aber sie knieten am Boden, und zwischen ihnen standen die Johanniter, und jeder von ihnen hielt zwei, wenn nicht drei der gefürchteten Speere in der Hand. Der Marschall des Ordens, Herr Leonardo di Peixa-Rollo, trat der Trage entgegen und forderte sie auf zurückzukehren. Die Sultana war außer sich, aber Ibn Wasil sah, daß die Situation nichts anderes als einen glimpflichen Rückzug übrigließ. Da Schadschar ed-Durr jedoch sich diesen Schimpf nicht antun lassen wollte, wurde sie mitsamt ihrer Trage in der Wüste abgestellt, wo sie ihr Hofstaat aufgebracht schimpfend umringte. Ibn Wasil begab sich die Stufen hinauf, um Baha Zuhair zur Rede zu stellen, den er oben an dem *Bab al malika* stehen sah und den er – mit Recht – für das Vereiteln des abgesprochenen Planes mitverantwortlich hielt. Doch dazu kam er nicht, denn, begleitet von dem Weiberschwarm aus dem Harem des Palastes, diesmal kreischten sie vor Wonne und winkten mit farbigen Tüchern, brachte der Obereunuch Gamal ed-Din Mohsen die beiden Kinder.

Er hielt sie selbst an der Hand, und sie machten einen ermüdeten, apathischen Eindruck, sie stolperten schlaftrunken an seiner Seite, so daß er den kleinen Musa bei Beginn der steilen Stufen auf den Arm nehmen mußte. Eine der Frauen wollte Yeza helfen, doch die raffte sich auf und stieg ohne Hilfe die Steinquadern empor. Man hatte sie in ein langes blaues Gewand gehüllt, das zwar im Stehen sehr erhaben und prächtig wirkte, mit seinen Perlensäumen und seiner Goldstickerei aber jetzt beim Klettern nur hinderlich war. Yeza nahm sich ärgerlich vor, es bei erster Gelegenheit abzustreifen, schließlich hatte sie darunter noch Hosen an, und in denen steckte, sie konnte ihn fühlen, ihr Dolch, und das gab ihr die Sicherheit. Der Eunuch hatte ihr gesagt, als er sie »weckte« aus dieser merkwürdigen, lähmenden Starre, sie dürfe heute die große Pyramide von innen sehen, und das fand sie sehr aufregend. Wenn sie nur nicht so müde gewesen wäre!

Das Aufgebot von Spalier stehenden Johannitern und demütig knienden schwarzen Männern mit Tiermasken auf dem Kopf beeindruckte sie, und sie beeilte sich, vor dem Obereunuchen oben anzukommen. Doch dann erschrak sie furchtbar. Dort stand der Marschall der Johanniter, Peixa-Rollo, der in Zypern vor dem Tempel Jagd auf sie gemacht hatte.

Sie wollte umdrehen und schnell weglaufen, doch der sonst so rüde Ordensmann lächelte ihr auffordernd zu und beugte sogar sein Knie. »Willkommen, Königliches Kind«, rief er, »Tochter des Gral!«

Das klang so aufrichtig, daß Yeza sich besann, man kann immer neue Freunde gewinnen, auch wenn sie früher deine Verfolger waren, wie jene Johanniter, die ihnen den Weg nach Masyaf verlegen wollten. Jetzt mußte auch sie lachen, und tapfer setzte sie ihren Weg fort, immer die dämliche Schleppe des blauen Kleides hinter sich die Steine hochzerrend. Anstrengend.

Neben dem grantigen Johanniter stand ein alter Mann mit langem Bart. »Ich bin Ezer Melchsedek«, erklärte er feierlich und ließ sich einen kostbaren Pokal reichen. »Der Trunk der Verheißung«, sagte er freundlich. »Er löscht den Durst der körperlichen Mühen, die hinter uns liegen, und erfrischt den Geist zur Aufnahme der Erfahrungen, denen wir entgegenschreiten.«

Yeza hatte ganz einfach Durst nach der anstrengenden Kletterei. Sie sparte sich die Antwort mit einem strahlenden Blick des Dankes aus ihren grünen Augen, nahm den Pokal und trank bedächtig. Es schmeckte nach bitteren Früchten, war aber angenehm kühl. Sie trank ihn aus bis auf den Grund und sah dem alten Mann nach, der sein Trinkgefäß nicht zurückhaben wollte, sondern für sein Alter recht behende, wie eine Ziege, dachte Yeza, daran mochten sie auch die spärlichen Barthaare erinnert haben, über die klobigen Steine nach oben, zur Spitze der Pyramide hin entschwand. Er winkte ihr noch einmal freundlich zu, dann hatte die Dämmerung ihn verschluckt. Yeza drückte Baha Zuhair den leeren Pokal in die Hand.

»Hebt ihn gut auf!« sagte sie. »Das ist ein wertvolles Geschenk.«

Baha Zuhair nahm den Pokal verlegen an sich und traute sich nicht, Yeza in die Augen zu schauen. Inzwischen war auch der Obereunuch ächzend auf der Plattform vor dem Einlaß angekommen. Er trug immer noch den kleinen Musa, der in seinen Armen wieder einzuschlafen drohte. Doch bevor er das Kind absetzen und zu Yeza gesellen konnte, trat ihm der Marschall entgegen.

»Niemand darf die Tochter des Gral begleiten!« sagte er bündig.

Gamal ed-Din Mohsens empörter Blick glitt von dem breitbeinig ihm den Eingang verwehrenden Johanniter hinüber zu Baha Zuhair, der sich in die Ecke drückte und die Augen niederschlug. »Gibt es noch jemanden, den Ihr nicht verraten habt, Baha Zuhair?« stieß Gamal Mohsen spöttisch hervor, als er einsah, daß er sich in das Unvermeidliche fügen mußte. »Ihr werdet hier oben sterben müssen, denn Ägyptens Boden« – er wies mit der freien Hand pathetisch über das Land, über dem sich die Dämmerung schnell senkte – »wird Euer Fuß nicht mehr lebend berühren! Verdammt seid Ihr, verdammt!« Er schrie seine Wut heraus: »Dreimal verdammt!«

Ohne sich nach den anderen umzusehen, preßte er den kleinen Musa fest an sich, raffte sein Gewand und machte sich an den Abstieg. Die Frauen waren ihm gefolgt, und jetzt war auch Ibn Wasil eingetroffen.

Er hatte die Szene verfolgt. »Wir tun beide gut daran, Gamal ed-Din Mohsen«, sagte er, »jetzt nicht der Sultana unter die Augen zu treten. Jener«, er zeigte mit spitzem Finger auf Baha Zuhair, »hat uns beide verraten, die wir beide das Beste für unser Land wollten. Laßt uns hier warten, auf das, was uns das Schicksal bestimmt hat. Was den Baha Zuhair aber anbetrifft, will ich seinen Anblick unter den Lebenden nicht länger ertragen!«

Er zückte sein Schwert und wollte sich auf den Verängstigten stürzen, doch Gamal hielt ihn zurück. Er übergab den kleinen Musa einer der Frauen und befahl ihnen allen, sich zu der Trage am Fuß der Pyramide zu begeben und der Sultana Gesellschaft zu leisten.

»Hochherziger Ibn Wasil«, wandte er sich an den Hofchronisten, »wir sollten uns nicht ohne Not des Mannes begeben, der die Schuld für alles, was geschehen ist und noch geschehen mag, auf sich geladen hat. Der Sultana wird es ein Vergnügen sein, den Elenden von ihren Weibern in Stücke reißen zu lassen –«

Er deutete hinab auf den Schwarm der alten Frauen, die jetzt die Trage erreicht hatten. Ein schriller Schrei aus vielen Kehlen tönte, und ihr gellendes Wehklagen, das sofort einsetzte, durchlief die Wüste wie der über den Sand streichende Wind, umwehte jammernd die Pyramide. Die Sudanesen hatten ihre Fackeln entzündet, die Lichterkette reichte hinauf bis zum *Bab al malika*, wo sich jetzt Yeza bereit machte, den Eingang zu durchschreiten. Sie war neugierig und ermattet zugleich. Sie lächelte und ließ sich eine der Fackeln reichen.

D ER BAB AL MULUK, der prunkvolle Einlaß auf der anderen Seite der Pyramide, befand sich nahezu ebenerdig im weit ausladenden Sockelgeschoß der Pyramide, das einer vorgelagerten halb über-, halb unterirdischen Tempelanlage glich. Eine breite

Treppe führte zum Tor der Könige hin, und die Sudankrieger standen beidseitig Spalier, in der einen Hand den gefürchteten Ebenholzspeer mit seiner palmenblattbreit sich wölbenden Spitze, in der anderen die Fackeln. Die Töpfe mit der brennenden Feuermasse standen zwischen ihnen bereit. Sie warteten.

>>*O quanta mirabilia*
quam felix matrimonium
Christo nubit ecclesia
celebratur convivium.<<

Aus der Ebene, vom Lager her, bewegte sich langsam ein festlicher Zug in der Dämmerung auf die Pyramide zu. Die Herren gingen zu Fuß, nur der König ritt.

>>*Celebratur convivium*
superni regis filio
hoc predixere gaudium
prophete vaticinio.<<

Die Ritter führten alle Fahnen mit, die die Mameluken ihnen gelassen oder die ihnen freundlich Gesinnte unter den Gegnern wieder rückerstattet hatten.

>>*Novo cantemus homini*
novis induti vestibus,
laudes canamus virgini
fugatis procul sordibus.<<

Vorneweg schritt der Priester Niklas von Akkon. Er hatte sich – des Arabischen mächtig und mit einheimischen Christen im heimlichen Einvernehmen – mit einer ausreichenden Menge von Messdienern und Chorknaben umgeben, die auch ihre Gerätschaften mitgebracht hatten, so daß es weder an dem vorangetragenen Banner mit dem Bild einer schwarzen Mutter Gottes noch an Weihrauchkesselchen, Wedeln, Glöckchen und der Monstranz mangelte. Da keiner von der vorgesehenen Einbeziehung des Patriarchen wußte, vermißte ihn auch niemand.

»Est Deus, quod es homo, sed novus homo,
ut sit homo quod Deus, nec ultra vetus.«

Ihr leiser Gesang wurde vom aufkommenden Nachtwind fast verweht.

»O pone, pone, pone, pone veterem,
o pone veterem, assume novum hominem.«

Yeza war in dem schmalen Gang, der sich der Pforte der Königin anschloß, noch nicht verschwunden, man sah noch das flackernde Licht ihrer Fackel, das sich wie ein Glühwürmchen in der Tiefe der Pyramide verlor, als der Graf von Sarrebruck die Stufen hochgehetzt kam.

»Ihr seid wohl wahnsinnig geworden!« schrie er den ihm wohlbekannten Marschall Peixa-Rollo an. »Ihr könnt doch nicht ein kleines Mädchen allein des Nachts in die Pyramide schicken!«

»So lautet der Auftrag«, stotterte Peixa-Rollo, ganz wohl war ihm auch nicht dabei.

»Ihr könnt es halten, wie Ihr wollt, Marschall«, fuhr ihn Graf Johannes an. »Ich werde eilen, sie zu geleiten und zu schützen, wenn das Kind schon in der Nacht diesen Ort betreten muß!«

Und er entriß einem der Sudanesen die Fackel, um sich auf den Weg zu machen.

Der Johanniter hatte ein Einsehen. »Wartet!« Sein schlechtes Gewissen schob den ausdrücklichen Befehl beiseite, daß niemand außer Yeza die Pforte durchschreiten sollte. »Ich komme mit Euch!« sagte der Marschall, nahm dem Grafen die Fackel ab und schritt voran. »Eilt Euch!«

Das Glühwürmchen tanzte schon weit in der Ferne.

Gizeh, den 9. Mai A.D. 1250

»Visitatur de sede supera
Babilonis filia misera.«

Singend schritten wir durch die Nacht auf die Pyramide zu. Nur
die Chorknaben an der Spitze des Zuges trugen brennende Kerzen,
deren Schein grad das hoch aufragende Bild Mariens vor uns auf-
leuchten ließ.

»Persona filii missa, non altera
nostre carnis sumit mortalia.
Moratus est fletus ad vesperum,
matutinum ante luciferum
castitatis egressus uterum
venit Christus nostra laeticia.«

Ich dachte an die kleine Yeza, der hier wohl der Part der Tochter
Babylons zugedacht war, und mir war es nicht ganz wohl, bei aller
Feierlichkeit. Wenn dem Marschall und dem Melchsedek nichts
dazwischen geraten war, mußte das Mädchen jetzt schon seinen
Gang angetreten haben. So waren die Berechnungen des Kabbalisten, und ihrem Zeitplan folgten wir, ohne daß wir es unserem
frommen Herrn Ludwig auf die Nase gebunden hatten.

Er ritt mitten unter uns, ich konnte sein Gesicht im Dunkel
nicht studieren, wohl aber seine Stimme vernehmen.

»Nube carnis maiestatis
occultans potentiam
pugnaturus non amisit
armaturam regiam,
Sed pretendit inimico
mortalem substantiam.«

Wir, das waren außer mir, dem Seneschall der Champagne, der amtierende Großmeister der Johanniter, Herr Jean de Ronay, des Königs anderer Bruder, der stille Herr Alphonse de Poitiers, Graf von Poitou, der unvermeidliche Herr Konnetabel und alle Herren, die den König auf diesem Gang begleiten wollten. Er hatte es keinem zur Pflicht gemacht.

Im Gegenteil, unser Herr Ludwig hatte uns darauf hingewiesen, daß er sich aus freiem und eigenem Entschluß in eine Situation begeben wollte, die durchaus Gefahren für Leib und *Seele*, das hatte er eigens betont, bergen könnte. Er habe uns schon in einen Krieg geführt, dessen Sieg Gott uns verweigert habe, und viele hätten dafür ihr Leben gelassen. Er wolle nun nicht sein Gewissen zusätzlich belasten. Keinem würde er verübeln, wenn er von der Teilnahme an diesem Unternehmen, dessen Ausgang völlig ungewiß sei, Abstand nähme, wie es ja auch sein Bruder Charles täte, der vorzöge, sein, des Königs, Bett zu hüten.

Es war dennoch ein recht beachtlicher Zug, der nun das Spalier der sudanesischen Lanzenträger erreichte. Wir sahen sie erst, als Niklas von Akkon, unser Priester, ihnen laut auf Arabisch zugerufen hatte: »*Ascha'alu al mascha'il ua irka'u – la anna malek al muluki atin!*« »Entzündet die Fackeln und beugt euer Knie – es kommt der König der Könige!« übersetzte mir einer der Barone.

Das wirkte wie ein Buschfeuer, so schnell flammten die Fakkeln auf und gaben uns helles Licht, in dem sich jetzt uns der *Bab al muluk* zeigte.

> *»Rubus ardet, sed ardenti*
> *non nocet vis elementi,*
> *flamma nihil destruit.*
> *Sic virgine pariente,*
> *partu nihil destruente*
> *virginitas floruit.«*

WIE EINE TROPFSTEINHÖHLE, nur alles viereckig – so hatte sich Yeza das Innere der Pyramide vorgestellt. Ab und zu ein Tempel oder ein großes Tier aus Stein, mit Menschleib und dem Kopf einer Hyäne, oder grad umgekehrt.

Alisha hatte ihr von den Grabkammern der Pharaonen erzählt, alles aus Gold, man müsse nur wissen, wie man sie findet. Dann seien da allerdings noch »Djinn«, die sie bewachen. Ihr Großvater habe eine Kammer entdeckt, und Alisha hatte Yeza auch einen grünen Käfer gezeigt, den sie an einem Lederband versteckt um den Hals trug, doch als der Großvater dann das viele Gold holen wollte, sei er nicht wieder zum Vorschein gekommen.

Nichts von alledem war zu erblicken, wohin sie auch ihre Fakkel leuchten ließ, sie befand sich immer noch in demselben Gang. Die Stimmen vom Eingang hörte sie allerdings nicht mehr. Es war ganz schön still hier drinnen, unheimlich. Der Gang ging jetzt um die Ecke und auch mal wieder bergauf, zweimal hatte sie auch schon Treppenstufen unter den Füßen gefunden und gedacht, aha, jetzt kommt gleich die Tür zu einem dieser unterirdischen prächtigen Paläste, in denen die Pharaonen und ihre Frauen als »Mumien« wohnen. Das hatte ihr William beigebracht, der sagte, er wisse, wovon er rede, das würde noch heute so gemacht. Das sei eine besondere Art von Einbalsamiererei und sehe aus wie lebendig, besser sogar. Aber es kam auch nicht die geringste Art von Tür, auch keine geheime.

Yeza klopfte mit dem Schaft ihrer Fackel gegen die Steinplatten. Hohl klang es nicht, und es waren keine verdächtigen Fugen zu entdecken oder Schleifspuren, auf die man besonders achten muß. Sie hätte Roç jetzt gerne bei sich gehabt, aber der war ja auf einem viel gefährlicheren Ritt, wo man mit der Waffe kämpfen mußte.

Yeza überzeugte sich, ob ihr Dolch noch in der Hose steckte, und dabei fiel ihr ein, daß sie jetzt das blöde lange Kleid ausziehen konnte, das nur im Staub hinter ihr herschleifte und dabei ein Geräusch machte, daß man denken konnte, irgendein Tier, eine Ratte oder so, würde einem folgen. Yeza lehnte die Fackel behutsam an die Wand und schlüpfte aus dem blauen Festgewand. Das war ganz einfach, oben geöffnet, rutschte es herunter, und sie stand in ihren Hosen da. Auf dem Rückweg konnte sie es ja wieder mitnehmen, sogar wieder anlegen, damit der Herr Gamal nicht beleidigt war. Sie legte es gut sichtbar auf einen Stein – da war ihr, als hätte sie Schritte gehört. Sie lauschte – nur Stille, und sie hatte gelernt, weder vor ihr noch vor der Dunkelheit Angst zu haben. Abu Bassiht, der Sufi, hatte gesagt, wer das nicht ertrüge, würde nie in sich selbst hineinlauschen können, was eine erste Stufe zum Eintritt ins Paradies sei. Und weder Dunkelheit noch Stille seien jemals völlig dunkel oder völlig still. Man könne immer etwas hören, das Wasser, den Wind, das Arbeiten des Steins und immer etwas sehen, wenn sich die Augen an die Dunkelheit gewöhnt hätten, auch Steine gäben Licht, gerade in der Tiefe. Weil überall Leben sei, hatte der Sufi gesagt. Yeza nahm ihre Fackel auf und schritt unbekümmert weiter.

Der Marschall Peixa-Rollo stampfte, gefolgt von dem Grafen von Sarrebruck, den engen Gang entlang, in dem Yeza verschwunden war. Anfangs hatten sie noch den Schein ihrer Fackel irrlichtern sehen, doch dann machte der niedrige Korridor einen Knick, und sie hatten den kleinen Punkt aus den Augen verloren.

»Solange es immer geradeaus geht, und gegabelt hat sich Weg bisher nicht«, grummelte der Johanniter, »werden wir sie schon finden.«

Der Graf hinter ihm drängte. »Wenn Ihr's weiter so langsam angehen laßt, holen wir sie nie ein!«

Doch der Marschall trug die Fackel und bestimmte damit auch das Tempo, zumal der aufsteigende Gang zu schmal war, um an seinem massigen Körper vorbeizukommen. Der Graf zog vorsichtig sein Schwert aus der Scheide. Sie erreichten eine Treppe, deren Stufen hinabführten, und der Johanniter wollte sich zuvorkommend umdrehen, um sich zu vergewissern, ob dem Grafen auch genügend Licht auf die Stufen fiel, als im Schein der Fackel das Schwert hinter ihm aufblitzte.

»Was –?« konnte der Marschall noch gerade erstaunt fragen, als sich das Eisen mit voller Wucht von oben, zwischen den Schulterblättern in seinen Rücken bohrte, er stolperte vornüber die Treppe hinab, die Fackel fiel ihm aus der Hand, er blieb mit dem Gesicht nach unten liegen. Johannes von Sarrebruck wagte es nicht, sich ihm zu nähern und sein Schwert wieder an sich zu bringen. Er trat nach dem Körper, der rührte sich nicht, aber das konnte eine Falle sein. Erst als die Fackel den einen Ärmel in Brand setzte, und der Arm nicht zuckte, nahm Johannes seinen feigen Mut zusammen und stieg über den Liegenden hinweg, griff nach der Fackel und zog mit einem Ruck sein Schwert aus dem Leib. Da legten – in letzter Kraftanstrengung des Sterbenden – sich dessen Hände wie eine Zwinge um die Fußknöchel des Meuchlers. Graf Johannes verlor das Gleichgewicht und stürzte kopfüber die restlichen Stufen hinab und mit dem Gesicht direkt in die brennende Fackel, die zischend erloschen wäre, hätte sie nicht Nahrung in seinem Haar gefunden. Er schrie und schrie.

DIARIUM DES JEAN DE JOINVILLE

Gizeh, den 9. Mai A.D. 1250

»Rex Salomon fecit templum
quorum instar et exemplum
Christus et ecclesia ...«

Der Priester hatte sich jetzt wohl besonnen, die Rolle der Kirche bei diesem ziemlich heidnischen Unterfangen herauszustreichen ...

»Fundamentum et fundator,
mediante gratia.
Quadri templi fundamenta
marmora sunt, instrumenta
parietum paria.

Candens flos est castitatis
lapis quadrus in prelatis
virtus et constantia.«

Unser Herr Ludwig schritt mit uns die letzten Stufen auf das verschlossene Tor zu. Auf einem Stein davor hockte ein Derwisch, einer dieser heiligen Männer, wie sie vor allen Tempeln hocken und denen man um des Seelenfriedens gern etwas gibt. Doch dann erkannte ich ihn. Es war der Sufi, den ich schon auf der Triëre als Begleiter der Mameluken-Kinder kennengelernt hatte, und das beunruhigte mich, denn mit seinem Auftauchen glaubte ich das unsichtbare Netz zu spüren, das über uns geworfen wurde.

»Longitudo,
latitudo,
templique sublimitas,
intellecta
fide recta
sunt fides, spes, caritas.«

Ich schaute zu den anderen, zum Meister Jean de Ronay und zum Konnetabel, doch sie schenkten dem Alten keine Beachtung, zumal jetzt der Gouverneur hinter uns die Stufen heraufgeschritten kam, mit etwas unziemlicher Hast für die Kleidung, die er zum festlichen Anlaß angelegt. Er ließ sich jetzt von seinem Waffenträger aus dem zahlreichen Gefolge seinen riesigen goldenen Schimtar reichen. Sein Blick streifte nervös die sudanesischen Lanzenjäger, die uns mit ihren Fackeln den Weg leuchteten, das Knie gebeugt, die Speere gesenkt, wie ihnen der Priester befohlen hatte, und damit kein Mißverständnis aufkam, empfing der mutige Niklas von Akkon auch den hohen Herrn in der Sprache seines Landes:

»*Mutaschakkiran jataquabbal al maleku ualaakum*«, sagte er laut, »dankend nimmt der König Eure Huldigung entgegen. *Arraja' arruku'a*, wollet Ihr bitte hier niederknien.«

> *»Templi cultus extat multus*
> *cinnamomus, odor domus,*
> *mirra, stactis, casia;*
> *Que bonorum decus morum*
> *atque bonos precum sonos*
> *sunt significantia.«*

Und dem Husam ibn abi' Ali, wenn er sich seinen Auftritt auch ganz anders vorgestellt hatte, blieb nur, dem Gebot Folge zu leisten. Er knickte auch nur andeutungsweise ein, um gleich loszusprudeln – der Priester übersetzte es gemächlich:

»Der Gouverneur von Kairo, Oberster Hüter aller Bauten aus Stein – den Palast ausgenommen« – das war sicher ein ironischer Zusatz des Übersetzers –, »somit auch Hausherr der Pyramiden, rechnet es sich als Ehre an, den hohen Gast auf seinem Weg in das Innere des Bauwerks zu begleiten.«

»Kommt gar nicht in Frage!« polterte der Konnetabel gleich los, aber Herr Ludwig hob beschwichtigend die Hand:

»Sagt dem Herrn, daß ich seine Geste und Bereitschaft zu schätzen weiß«, und er schenkte dem Gouverneur ein freundliches Lächeln, das dieser sofort mißverstand und sich in Bewegung setzen wollte, nur da der König weitersprach, mußte er noch innehalten, »doch diesen Gang tue ich für mich allein, um mit mir ins reine zu kommen und allein mit meinem Gott zu sprechen, wenn er denn zu mir sprechen will. Dies ist kein Staatsakt, sondern der steinige Weg eines reuigen Sünders. Ich kann ihn nur allein gehen«, und er wandte sich an uns, »was der Herr dieses Hauses schon daraus ersehen mag, daß *niemand* mich begleiten wird.«

Während Niklas von Akkon die Worte verhaltener Erregung verdolmetschte, hatte sich unser Protest erhoben, vor allem der Konnetabel schwor laut, daß er es nicht zulassen wolle, und auch der Priester schien fest damit gerechnet zu haben, seinem König geistlichen Beistand gewähren zu dürfen, doch Herr Ludwig schnitt allen das Wort ab. »Von nun an erbitte ich mir absolutes Schweigen, und Ihr, mein treuer Konnetabel, achtet mir gut auf diesen Hüter der Pyramide, daß er mir mit seinem großen Schwert nicht nachläuft, und alle meine übrigen Herren bitte ich jetzt, still für mich zu beten!«

Während wir, die wir seine Besorgnis verstanden hatten, schnell dem Gouverneur in den Weg traten, dessen Augen jetzt vor Wut funkelten, schritt Herr Ludwig die letzten Stufen hoch. Trotz des Gebots der Stille, aber auch um die Spannung aufzulösen, intonierte der Prieser:

>»In hac casa cuncta vasa
sunt ex auro de thesauro
praelecto penitus.
Nam magistros et ministros
decet doctos et exoctos
igne Sancti Spiritus.«

Als Herr Ludwig die letzte Stufe genommen hatte und auf den Stein der schmalen Plattform trat, schwangen – lautlos, wollte mir scheinen – die Torflügel nach innen auf und gaben uns den Blick auf den säulenbekränzten Treppenaufgang frei. An jeder Säule brannte ein Öllämpchen, und die Lichterkette verlor sich in der Höhe des Raumes. Damit hatte wohl auch der Gouverneur nicht gerechnet. »Die Djinn!« Er verhüllte erschrocken das Gesicht mit dem Ärmel seines wallenden Gewandes. *»Leisa Allahu jatakalamu ileika«*, zischte er gehässig. »Die Djinn werden dich holen!«

Was auch immer er an Verwünschungen ausstieß, König Ludwig konnte das abergläubische Gerede nicht gehört haben, denn der neben dem Tor hockende Sufi reichte ihm jetzt seinen einfachen Ziegenlederbeutel, damit der König sich erfrische, bevor er seinen Gang antrat.

Mir schwante – eben weil es kein gewöhnlicher Sufi war – nichts Gutes, ich gestikulierte abwehrend. Der König sah mir auch in die Augen, ignorierte meinen stummen Protest, nahm den Beutel hoch und trank den Strahl, wie es die Hirten tun. Er streifte einen Ring vom Finger, gab ihm den Sufi und durchschritt das Tor, ohne sich noch einmal nach uns umzuschauen. Kaum hatte er das Innere der Pyramide betreten, schwangen die Torflügel wieder zu, diesmal mit einem dumpfen Knall.

DER MOND

»Letzte Prüfungen stehen bevor. Dunkel regiert Leidenschaft, verrückt die Gesetze, dem Wahn zur Beute. Die Großen verfallen den Kleinsten. Im Zeichen der Fische vergeht alles Beständige.«

BAIBARS WAR WIE EIN ZYKLON über die vor der Pforte der Königin Stehenden hergefallen, als sei er von der Spitze der Pyramide herabgefegt, keiner hatte ihn die Stufen heraufstürmen sehen, er hackte mit einem Streich und einem wilden Schrei den Baha Zuhair entzwei, den Schädel gespalten bis tief in die Brust, er stieß den Eunuchen und den Wasil zur Seite und raste wie von Sinnen, ohne auch nur nach einer Fackel zu greifen, in das Dunkel der Pyramide.

»Nun können wir gehen«, sagte der Hüter des Harems und aller Paläste zu Ibn Wasil, als sie sich von dem Schreck erholt hatten und sahen, daß Baha Zuhair keine weitere Schuld mehr auf sich laden konnte, »und der erhabenen Schadschar ed-Durr – Allah

schenke ihr ein längeres Leben! – kundtun, daß der Verräter gerichtet sei!«

Doch der Hofchronist, teils aus beruflicher Neugier, teils weil
er die Hoffnung auf eine Wendung zugunsten der Sultana nicht
aufgeben wollte, sagte: »Jetzt können wir auch warten, ob wir der
erhabenen ›Mutter Halils‹ – Allah stimme sie gnädig gegenüber
ihren treuen Dienern! – nicht eine noch viel angenehmere Nachricht überbringen können: den gräßlichen Tod ihrer Kindsrivalin,
dieser Tochter des Sheitans durch den Emir Baibars?«

Und so warteteten sie, zusammen mit den mit Holzspeeren bewaffneten Johannitern und den Fackeln haltenden Sudanesen, deren Kette hinunterreichte bis zur Trage am Fuß der Pyramide, immer noch umwogt von dem leisen Wehklagen der Frauen, ein an-
und abschwellender, monotoner Heulton, ab und zu unterbrochen
von einem spitzen Triller.

Es schrie und schrie. Yeza hatte das furchtbare Schreien gehört, es
klang schaurig durch das steinerne Gedärm der Pyramide, es
strich wimmernd die Gänge entlang und tönte von den Wänden
als schepperndes Echo zurück. Erst dachte sie, ein wildes Tier,
dann daß jemand ihr Angst einjagen wollte, das machte sie lachen,
denn sie wußte genau, die wirkliche Gefahr, die fürs Leben, die
kommt auf leisen Sohlen. Also bemühte auch sie sich, keinen
Lärm zu verursachen, und lauschte. Das Kreischen hatte aufgehört, nur manchmal glaubte sie ein Heulen zu vernehmen, langge-
zogen, als würde jemand seine Schmerzen hinausschreien. Ach,
wäre Roç doch nur bei ihr!

Zu zweit waren sie schon mit gefährlicheren Situationen fertig
geworden, als man sie ertränken wollte – sie dachte an den Koch
mit seinem großen Messer und an die Löwen im Palastgarten von
Damaskus. Krieg war immer gefährlich, und seit sie den brennenden Montségur verlassen hatten, hatten sie Frieden nur immer für
eine kurze Dauer kennengelernt, in versteckten Gärten und unterirdischen Grotten, bis sie auch daraus wieder vertrieben wurden.
Und Roç? Der war auch in den Krieg gezogen. Also marschierte sie

weiter. Der Herr Gamal hatte gesagt, sie dürfe die ganze Pyramide durchwandern, und wenn sie auf der anderen Seite wieder das Licht der Erde erblicken würde – der drückte sich immer so fein aus –, dann würde er dort auf sie warten. Jetzt war sie allerdings schon um so viele Ecken gebogen, Treppen rauf- und runtergestiegen, daß sie gar nicht mehr wußte, wo vorn und hinten war, ob sie sich unterm Dach befand oder im Keller. Yeza hatte den Obereunuchen gefragt, ob sie dann, wenn sie wieder herauskäme wie ein Maulwurf, ob sie dann eine »Frau« geworden sei? Da hatte der ganz komisch geguckt, als ob sich so eine Frage nicht gehöre, und hatte gemeint, das könne wohl eintreten. Bisher war davon noch nichts zu spüren. Aber pissen mußte sie.

Sie stellte die Fackel so, daß sie ihren Strahl im Auge behalten konnte, denn Alisha hatte ja gesagt, man würde bluten. Also, da war nichts zu sehen. Sie zog die Hose wieder hoch und sah jetzt zum ersten Mal etwas, das Abwechslung versprach nach dem ewigen Einerlei der Steinkorridore. Vor ihr öffnete sich der Gang zu einem Raum, der aus einem Labyrinth von Mauern bestand, darüber hing eine niedrige Decke, von wenigen Säulen abgestützt. Einige der Säulen waren umgestürzt oder ragten nur noch als Stümpfe empor. Die Oberkanten der Mauern schienen begehbar. Sie mußten Gewölbe getragen haben, doch die Bögen waren eingestürzt, und fast überall gähnten rechts und links schwarze Löcher.

»Grabkammern!« dachte Yeza, und ihre Neugierde wurde wach. Sie setzte vorsichtig den Fuß auf die nächst liegende Mauerkrone und tastete sich langsam vorwärts. Etwas kroch über ihren Schuh, und es knackte unter ihrem Schritt. Sie leuchtete und sah in dem Raum unter sich den Boden, die Wände bedeckt mit grünlich schimmernden Käfern. Kupferfarben, goldglänzend schienen sie ihr. Das Schlagen ihrer Flügel erfüllte die Luft mit einem feinen Sirren.

Yeza balancierte behutsam, denn auf der anderen Seite wimmelte es genauso von diesen Insekten, die alles überzogen wie ein lebender Schuppenpanzer. Wovon sie sich wohl ernährten? Sie dachte an die Mumien, und es schauderte sie. Höchst giftig sahen sie auch aus. Yeza schob die ihr nächsten mit dem Schuh von den Steinen. Dabei wäre sie fast ausgerutscht.

Vor ihr erhob sich plötzlich eine Gestalt am anderen Ende der Mauer und schrie: »Yeza!« Es klang ganz gräßlich, und sie sah im Licht einer jetzt auftauchenden Fackel ein unter Blut und Ruß aufgeplatztes Gesicht, das sie nicht kannte, genauso wenig wie die Stimme, doch beides erschien ihr nicht geheuer, auch wenn sie jetzt das Wimmern vernahm. Sie hatte ein blutiges Schwert aufblitzen sehen, und so machte sie einen Satz übers Eck, auf die nächste Mauer, um einem Zusammentreffen mit dem Kerl zu entgehen. Doch der kroch auch dorthin, wohl in der Absicht, ihr den Weg abzuschneiden. Sie sprang auf eine andere Mauer und tastete sich vorwärts, doch mit Schrecken stellte sie fest, daß diese nicht weiterführte, sondern am Ende steil abstürzte. Ein gräßliches Lachen zeigte ihr an, daß der Verfolger ihre Notlage erkannt hatte. Yeza stolperte zurück, doch der Kerl war schon vor ihr da. Sie sah das gezückte Schwert und schleuderte ihm mit wütender Verzweiflung ihre Fackel entgegen. Der tierische Schrei zeigte, daß sie ihn getroffen hatte, doch er war nicht in die Tiefe gestürzt, wie ihre Fackel, vor der jetzt zirpend die Käfer sich in eine Ecke ihres Verlieses flüchteten. Das flackernde Licht warf von unten ihrer beider Schatten an die niedrige Decke. Der schwarze Schatten hob das Schwert – da ertönte ihr Name ums andere Mal:

»Yeza!« donnerte es durch das Gewölbe. Diese Stimme kannte sie, auch die Hand mit dem Schwert hielt für den Bruchteil einer Sekunde inne. Yeza sah den Pfeil durch den Hals dringen, bevor sie noch das Sirren in der Luft, den matschigen Schlag wahrgenommen hatte. Das Schwert fiel scheppernd zu Boden. Der Graf von Sarrebruck ging in die Knie, legte seine Fackel zur Seite, versuchte mit beiden Händen den Pfeil aus seinem Hals zu zerren, er verlor das Gleichgewicht und kippte wie ein gefällter Baum von der Mauer mitten unter die wimmelnden Käfer. Yeza glaubte ihr erregtes Zirpen zu hören. Sonst nichts.

»Rühr dich nicht vom Fleck!« dröhnte von weither die Stimme Baibars, doch es klang so schrecklich, daß Yeza genau das Gegenteil tat. Sie raffte die Fackel ihres Verfolgers auf und rannte über die Mauern um die nächste Ecke, rannte Treppen rauf und runter, bis sie sicher sein konnte, daß Baibars ihre Spur verloren hatte.

König Ludwig war die breite Treppe mit den Säulen hinaufgeschritten. Oben angelangt, stand er vor einer Wand mit zwei offenen Türen. Die beiden Wege dahinter waren beleuchtet. Er umgriff fest den Kruzifixus auf seiner Brust und wählte den rechten. Er führte langsam abfallend in die Tiefe und war mit Steinplatten gepflastert. Der König ließ sich Zeit und verharrte immer wieder im Gebet. Gefiel es Gott dem Allmächtigen, daß er seine Hand nach dem Thron von Kairo ausstreckte?

Kein Zweifel hatte ihn beschlichen, als er zu diesem Kreuzzug aufgebrochen war, als er hier an Land ging und ihm Damiette in den Schoß fiel. Er hatte sich nie darüber Gedanken gemacht, wie es sein würde, wenn er Ägypten erobert hätte. Ein christlicher Herrscher über Millionen von Ungläubigen? Nicht einmal zwangstaufen hätte er sie alle können. Er hätte sich seinen neuen Untertanen anpassen oder einen Regenten einsetzen müssen, der noch eher versucht gewesen wäre, sich den Gesetzen des Propheten Mohammed zu unterwerfen, denn gegen sie kann man ein Land nicht regieren, das sich dem Islam verschrieben hat. Er hätte also den christlichen Glauben verraten müssen. Das hatte Gott verhindert und ihm mit der Niederlage den Ausweg gewiesen. Somit verbot es sich auch, noch länger mit dem Titel eines »Sultans von Ägypten« zu liebäugeln.

Ludwig fiel auf die Knie, er sah sich auf einem schmalen Damm zwischen zwei Wassern, dunklen Seen, von deren Grund herauf zur Rechten die Insignien des Beherrschers aller Ungläubigen klar und verlockend herauffunkelten, während zur Linken seine Krone im Morast lag. Er schämte sich und drehte um. Schnellen Schritts erreichte er die Mauer mit den beiden Türen. Er verließ den eingeschlagenen Weg und betrat den linken. Dieser ebenfalls von Öllichtern erleuchtete Pfad stieg steil an und war unbefestigt. Geröll, spitze Steine bedeckten ihn. Der König ging barfuß weiter.

Gizeh, den 9. Mai A.D. 1250

Draußen vor dem verschlossenen *Bab al muluk* standen wir Getreue des Königs in achtungsvollem Abstand und beteten mit dem Priester:

>»*Tu civitas regis iusticiae,*
>*tu Mater es misericordiae*
>*de lacu fecis et miseriae*
>*theophylum reformans gratiae.*«

Der Gouverneur umstrich uns kleine Herde wie ein Wolf die Schafe, wagte es aber nicht, zum Sprung anzusetzen, gegen den wir machtlos gewesen wären. Es war nicht sein gewaltiger, güldener Schimtar, der uns angst machte – der bärenstarke Konnetabel hätte den Herrn Gouverneur mit bloßer Faust unterlaufen und ihm die Waffe entwinden können, doch die schwarzen Lanzenträger hatten sich mittlerweile – weil ihnen auch sonst nichts geboten wurde – erinnert, daß sie unter seinem Kommando standen und nicht unter dem unseres Priesters. Sie hatten unser Häuflein umringt wie weiland die Gladiatoren die ersten Christen in der Arena. Ihre fürchterliche Fleischwunden verheißenden, breiten Speerblätter waren auf uns gerichtet.

»Zum letzten Mal«, sagte Husam ibn abi 'Ali, was uns nicht übersetzt werden mußte, weil wir es auch so verstanden: »Gebt den Weg frei!«

>»*Te collaudat celestis curia,*
>*tu Mater es regis et filia.*«

Tapfer harrten wir im Gebet aus, ihnen fest in das Weiße ihrer Augäpfel blickend, den Gouverneur hingegen wie Luft behandelnd:

»Per te iustis confertur gratia,
per te reis donatur venia.«

Da kam der Herr Raschid aufgeregt gelaufen und beschuldigte den
Gouverneur, er wolle – wir ahnten es alle längst – den König ermorden. Husam ibn abi 'Ali drehte sich um und rammte dem Raschid seinen riesigen Schimtar grad in den Bauch. Das war für uns
die einmalige Chance, unser Gebet unterbrechend, möge Gott verzeihen, uns auf den Gouverneur zu werfen.

Der Herr Alphonse war ihm auf den Rücken gesprungen, und
ehe der Gouverneur seine furchtbare Waffe auch nur gegen uns
wenden konnte, hatte sie ihm der Konnetabel aus der Hand gehe-
belt, daß man die Knochen knacken hörte. Er preßte ihm die blutige Klinge von hinten unter die Kehle und schob ihn wie einen
Schild vor seiner Brust her. Die schwarzen Krieger waren durchaus
gewillt, das Leben des Gouverneurs fahrenzulassen, um sich auf
uns zu stürzen, aber Husam schrie derartig, ihnen wohl alles Böse
an den Hals wünschend, um den seinen zu retten, daß sie betroffen innehielten und dann ihre Speere ärgerlich wegwarfen. Das
war für den Konnetabel noch längst kein Grund, den Griff zu lok-
kern, im Gegenteil, ich hatte den Eindruck, er zöge die Klinge
noch etwas an, grad so, daß der Gouverneur noch röcheln konnte,
sie sollten gefälligst dahin gehen, woher sie gekommen waren,
sonst würde er ihnen alle Djinn aus der großen Pyramide ins Genick springen lassen. Da warfen sie die Fackeln weg, stießen die
Töpfe mit dem Griechischen Feuer um und liefen schreiend von
dannen in die Dunkelheit.

Dafür erschien jetzt der General Aibek mit einem Gefolge von
Mamelukenemiren und fragte uns ärgerlich, Niklas von Akkon
übersetzte es, was zum Teufel wir hier eigentlich trieben. Er forderte uns auf, *stante pede* in unsere Zelte zurückzukehren. Wir sagten ihm nicht, daß der König in der Pyramide sei, übergaben ihm
den zitternden Gouverneur und folgten ihm ins Lager. Nur der
Sufi blieb neben dem verschlossenen Tor hocken.

YEZA SPÜRTE, wie eine bleierne Schwere in ihren Beinen hochstieg. Sie hatte inzwischen mehr Stufen erklommen, auch
wenn sie sie nicht gezählt hatte, als sie hinabgestiegen war und
meinte, jetzt müßte sie bald mit dem Kopf unter das Dach der
Pyramide stoßen. Ihre Fackel begann zu blaffen. Sie würde bald
ausgehen.

Eine Zeitlang hatte sie noch tief unter sich die grollende
Stimme Baibars gehört, der sie beschwor, sich zu zeigen, er sei
doch gekommen, um sie herauszuholen, ihr zu helfen, ihr Leben
zu retten. Sie war auch bereit, ihm Glauben zu schenken, aber
alles, was bisher geschehen war, die Umstände, unter denen sie
überhaupt hier in die Pyramide gebracht worden war, machten sie
so mißtrauisch, daß sie beschloß, lieber allein weiterzuziehen
oder sich irgendwo schlafen zu legen. Schließlich bestand ja noch
die Möglichkeit, daß sie in dieser Nacht zur Frau würde, und das
allein war schon ein Grund, noch hinzuwarten. Ob wohl das Krib-
beln in den Beinen, die Müdigkeit damit zusammenhingen?

Vielleicht hatte der Herr Gamal sie deswegen hierher gebracht,
der war ja oberster Herr des Harems und verstand bestimmt etwas
von Frauen. Oder war sie hier, weil sie ein Königliches Kind war?

Die Flammen ihrer Fackel begannen jetzt immer kleiner zu
werden, sie züngelten nur noch blau. Hatte sie nicht sogar dieser
stiernackige Marschall von den Johannitern mit »Tochter des
Gral« angeredet, als sei es für ihn das größte Glück auf Erden, sie
so begrüßen zu dürfen, wo er doch in Zypern eine dumme Jagd auf
sie gemacht hatte, vor dem Tempel?

Und dieser alte Mann mit dem Pokal – hoffentlich hatte Baha
ihn gut aufgehoben –, der stand da ja wohl auch nicht jeden
Abend und begrüßte die Gäste, die sich die Pyramide von innen
anschauen wollten? Der war also ihretwegen gekommen. Aber was
half das alles, wenn Roç nicht da war? Ohne ihn war sie nur ein
halbes der Königlichen Kinder, sie gehörten zusammen!

Im letzten Aufflackern ihrer Fackel sah sie den Eingang zu einem kleinen Tempel. Die Tür war niedrig. Sie hockte sich unter
den Giebelsturz und zog die Beine an. Quakelnd verlosch die Fak-

kel, glühte noch etwas stark rauchend nach. Dann erloschen auch diese Funken.

Die Kinder des Gral? Jedes für sich war ein gewöhnlicher Mensch und gewöhnlichen Gefahren ausgesetzt, wie sie hier – und Roç vielleicht grad auch irgendwo. Hoffentlich nicht, wo sie doch nicht bei ihm war, um ihn zu beschützen, ihren Parsifal! Aber wenn sie beieinander waren, dann gerieten die Abenteuer anders, wichtiger, größer, schöner! Sie sehnte sich nach ihm, jetzt, hier im Dunkeln.

Baibars lauschte in die Finsternis hinein. Beim Abschießen des Pfeils hatte er in dem Licht der beiden sich wild bewegenden Fakkeln noch wahrgenommen, daß es hier nur für Nachtsichtige ein Weiterkommen gab. Da er wußte, daß er auch über die Entfernung hinweg sein Ziel getroffen hatte, mußte es Yeza gewesen sein, die mit der einzigen Lichtquelle entkommen war. Er rechnete sich aus, daß sie sich nach oben flüchten würde, und überlegte, wann und wo er an einer Treppe oder einem Gang vorbeigekommen war, der unter Umgehung der Mauerreste dorthin führen mochte. Das Kind war verschreckt, deswegen hatte er sein Rufen auch bald eingestellt. Er mußte sie finden, denn er fühlte mit dem Instinkt eines Raubtieres, daß hier noch weitere Bestien lauerten, er konnte den Geschmack von Gewalt auf der Zunge spüren wie Blut, die Mordgedanken eines anderen, der viel gefährlicher war als diese erbärmliche Kreatur, die er erlegt hatte, krochen durch die Luft, kauerten im Raum, irgendwo. *Ihn* mußte er stellen, bevor *er* Yeza fand.

Baibars fieberte vor Erregung diesem Treffen entgegen. Er tastete sich zurück, ohne ein Geräusch zu verursachen. Da war die steile Treppe, mehr eine Leiter, die er in Erinnerung hatte. Baibars schaute hoch und sah am Ende des schmalen Kanals in den Nachthimmel, genau auf den hellen Sirius. Er steckte sein Schwert zum Bogen auf den Rücken, damit es ihn beim Klettern nicht behinderte. Wie eine Katze erklomm er zügig die glatte Steinwand, mit den Fingern die eingelassenen Tritte ertastend. Die Abstände wurden immer größer, wie um dem Aufsteigenden den Weg zu erschweren. Baibars fühlte sich gefordert, er reckte sich hoch – und der Stein, gegen den er sich preßte, kippte vornüber, warf ihn, die Hände voraus, in eine Rinne, die ebenso steil abwärts führte. Sie spülte ihn wie Regenwasser durch die Abflußröhre. Als sein Sturz mit dem unsanften Aufprall auf einer Steinplatte beendet war, lag er unter freiem Himmel – außerhalb der Pyramide!

Von draußen war dieser Auslaß gar nicht zu erkennen, er war so in den Stein gehauen, daß er in der Ansicht völlig verdeckt war, und befand sich auf einer der unteren Stufen. Dennoch stand nicht weit von ihm auf gleicher Höhe eine schwarze Sänfte, fremdartig, wie er sie nur einmal gesehen hatte, als die Weißgekleideten den erschlagenen Großwesir vor Mansurah abgeholt hatten. »Die Templer!« fuhr es ihm durch den Kopf; und er sprang auf und riß sein Schwert heraus. Doch weit und breit war keine Menschenseele zu entdecken.

Am Fuß der Pyramide, grad unter ihm, zog ein Trupp Mameluken vorbei. Mit mächtigen Sätzen hastete er die restlichen Stufen hinab. William von Roebruk habe sie geschickt, erfuhr Baibars von dem sie anführenden Emir.

»Was können wir für dich tun, Bruder?« fragte dieser ehrerbietig.

»Nichts mehr«, murmelte Baibars, »ich bin zu spät gekommen – und habe alles falsch gemacht!«

Er schaute zurück zu der kantig aufragenden schwarzen Masse aus Stein. Drei Menschen waren jetzt noch in der Pyramide: ein König, ein Mädchen und ein Mörder.

Eine wilde Wut packte ihn. »Doch!« schrie er. »Vor dem *Bab al malika* stehen noch die herum, die sich schuldig daran gemacht haben, daß die mir anvertraute Prinzessin jetzt in der größten Gefahr ihres Lebens ist – und ich kann ihr nicht helfen!« Das hatte er in ohnmächtiger Verzweiflung hinausgeschrien. Dann besann sich der Bogenschütze auf sein in jeder noch so desperaten Situation kalt berechnendes Hirn. »Besteigt lautlos die Pyramide von der Rückseite und stecht, hackt sie nieder, alle!«

Die Mameluken machten sich auf den Weg. Baibars ging zu

dem Ort, an dem er sein Pferd gelassen hatte, und ritt zum Tor der Könige. Er hastete die Stufen hinauf, doch so sehr er auch an der Tür rüttelte und auf dem Stein davor herumtrampelte, der *Bab al muluk* blieb ihm verschlossen.

Daneben hockte immer noch der Sufi. »Es ist Allahs Wille, Rukn ed-Din Baibars«, sagte er leise, als sich der Tobende beruhigt hatte und sich niedergeschlagen zum Gehen wandte, »daß Ihr hier nicht eingreifen sollt, weder im Guten noch im Bösen. Diese beiden Mächte der Welt müssen sich allein auseinandersetzen – *Allah u akbar ua saufa tatahaquq maschiatu*.«

Die Füße und Knie blutig, hatte sich König Ludwig den steinigen Weg hochgequält, nur um oben angelangt auf einer nackten Felsplatte zu stehen, in der fremdartige Symbole eingraviert waren. Er schaute auf. Über ihm streckte sich, nach allen vier Seiten gleichmäßig gerade abfallend, das viereckige Zelt der Pyramide – wenn es denn kein Trug war und er sich ganz woanders, an einem weniger konzentrischen Platz befand und über sich keineswegs den Himmel, sondern viele Tonnen Sand und Stein. Ihm fielen Gespräche mit Maître de Sorbon ein, der ein eifernder Verfechter der Idee war, christliche Kathedralen sollten nicht wie von den Römern überkommen, und wie es auch die Musline hielten, mit runden Kuppeln überdeckt sein, auch nicht wie die himmelstrebenden Kunstwerke der gotischen Bauhütten mit Spitzbögen, von Pfeilern und Streben gestützt und abgefangen, sondern der klaren mathematischen Form der Pyramide gleichen. Solche Dächer allein wären durchlässig für den Geist, der vom Göttlichen sich herniedersenke und den zum Empfang bereiten Gläubigen träfe, ihn durchströme, zurückgeworfen von den schrägen Wänden, gebündelt in der Spitze und geballt durch die Begrenzung des Raumes. Nur so könne der Mensch zu sich finden und von Gott erreicht werden, in diesem Kraftfeld. Der König stellte sich genau in die Mitte der Steinplatte und lauschte in sich hinein. Er vernahm nur ein leichtes Rauschen, er sah sich um, überall brannten die kleinen Öllämpchen, auch hier oben, doch ihr Licht wurde schwächer, und eines nach dem anderen begannen sie zu verlöschen. Der König zwang sich, keine Panik in sich aufsteigen zu lassen, er würde den gleichen Weg jetzt zurückgehen, schließlich hatte er sich ja zu der klaren Entscheidung durchgerungen, Gott hatte sie ihm offenbart, die Sultanswürde nicht anzunehmen. Aber wozu dann der ganze Kreuzzug, all die Qualen, die Erschlagenen, die Verbrannten, die Ertrunkenen? Der Durst, der Hunger, die Seuchen? Sollte das Sterben von so vielen umsonst gewesen sein? Hatte er als König etwa versagt?

Die letzten Lichter flackerten, schwelten, glühten nach und ließen ihn schließlich in der Finsternis. Maria, heilige Gottesmutter, hilf! Da war wieder das Rauschen, es waren Stimmen, die Stimmen der Blutenden, der Siechen, der Röchelnden, Wimmernden, Schreienden. Sie schrien ihn an, sie schrien in seinem Kopf. Er preßte die Hände auf die Ohren und stolperte von der erbarmungslosen Plattform, die ihn so bar jeder geziemenden Schonung den grausamen Vorwürfen aussetzte.

»Ich bin der König!« keuchte er tonlos. »Kein Sterblicher hat das Recht, den Gesalbten anzuklagen! *Virgo immaculata,* nimm mich in Schutz, hülle Deinen Mantel um mich, laß mich in Dich hineinkriechen.« Er zwang das Bild der Lieben Frau vor seine Augen, er war das Kind in ihren Armen. »Drück mich an Deine Brust!«

Der steinige Weg abwärts war jetzt im Dunkeln voller Tücken, das Geröll gab keinen Halt, der König rutschte, schlug hin. Die Steine zerschnitten ihm die Hände, schürften sein Gesicht. Er tastete blind an der Felswand entlang, mit den wunden Füßen seinen Weg suchend. Golgatha!

Er wollte nicht Christus sein, nicht der König – er war das gepeinigte Kind, der Knabe, der Anrecht auf die Weichheit, die Wärme des Busens hatte, in dem er wohlig versinken wollte. Maria, breite Dein langes blondes Haar über mich, scheue Dich nicht Deiner Nacktheit unter dem blauen Mantel der Himmelskönigin, umarme mich, halte mich – er geriet schon wieder ins Schliddern, sein zerschrammtes, heißes Gesicht glitt die Wand entlang, er sank in die Knie – laß mich Dich umfassen, führe mich – doch: führe mich in Versuchung. Er preßte seine Lippen auf den kalten Stein. Dein Leib, Dein Bauch, Deine Hüften – an sie will ich mich klammern. Laß mich den Garten Deiner Scham spüren, erhabene kühle Jungfrau, keiner hat Dich je erkannt. Ich erkenne Dich, hier im Dunkel dieser heidnischen Pyramide. Seine Hände tasteten fahrig den Fels entlang, er kroch auf allen vieren.

Eine Öffnung in der Mauer tat sich auf, ein Loch, noch dunkler als die Nacht, die ihn umgab. Er spürte mit den Fingerkuppen eine Schwelle. Vielleicht eine Treppe, die ihn sicher wieder hinabführen sollte, ihm diesen Dornengang des steinig abfallenden Leidensweges ersparen würde.

Es war eine Treppe. Die Himmelskönigin hatte ihn erhört. Er richtete sich auf und stieg sie hinab. Nie wieder, schwor er sich, will ich von ihnen lassen, den weißen Schenkeln meiner Maria, dem duftenden Rosenhag ihres Schoßes, in dem rötlich-dunkelblond sich das gelockte Haar kraust wie Heckenröslein um die Laube der Geliebten. Sie ist mein, mein, mein! Mit jeder Stufe in die Tiefe stieg er erregt tiefer in sie hinein.

Yeza wußte nicht mehr, wie lange sie in der Tornische des kleinen Tempels geschlafen hatte, sie wußte nicht einmal, wo sie war – als der feurige Stern mit dem funkelnden Schweif durch den Raum flog und alles taghell erleuchtete. Es donnerte und krachte furchtbar. Wäre sie nicht so entsetzlich müde gewesen, hätte sie sich vielleicht dazu verleiten lassen, entsetzt aufzuspringen, aber die bleierne Schwere in ihren Armen und Beinen war so geschwind gar nicht zu überwinden. Also blieb sie sitzen und rührte sich nicht, während vor ihrem Auge die blitzende Lichtquelle, die jeden Stein ausleuchtete und alle Schatten mit sich zog, irgendwo aufschlug mit Krachen und einen Feuerschein verbreitete, der sie nun doch den Atem anhalten ließ. Jetzt wußte sie, das war Griechisches Feuer, und der es geworfen hatte, hoffte auf nichts anderes, als daß sie, Yeza, im dummen Erschrecken loslaufen würde, ihr Versteck preisgebend, eine leichte Beute für den unsichtbaren

Jäger. Nur nicht bewegen, sagte sie sich. Er ist nicht nah genug, um alles genau erkennen zu können, sonst wäre er schon mit dem Schwert in der Hand herbeigestürmt, hätte sie angeschrien oder sie stillschweigend in den Leib gestochen. Sie atmete ganz leise und schloß die Augen, damit nicht der Widerschein ihrer Iris sie verraten konnte. Der Brand wird hier zwischen den Steinen keine Nahrung finden und bald ausgehen. Sie blinzelte, die Flammen zuckten nur noch, dann war es wieder dunkel. Sie lauschte und wußte, der andere lauschte auch. Dann hörte sie deutlich sich entfernende Schritte. Zu deutlich. Pech, mein Lieber, zu offensichtlich, um darauf reinzufallen. Die Schritte hielten inne. Dann tappten sie weiter. Yeza glaubte einen Lichtschein, wohl eine Fackel, verschwinden zu sehen. Sie tastete nach einem Stein neben sich und warf ihn, so weit sie konnte, in die Richtung. Aber es blieb alles still. Am besten, sie würde einfach hier sitzen bleiben und weiterschlafen, müde genug fühlte sie sich. Ein zweites Mal würde der Verfolger nicht wiederkommen oder doch? Dieser war gefährlicher, das hatte er schon damit bewiesen, daß er so lange gewartet hatte. Sie hätte sich doch Baibars ausliefern sollen, dumme Gans!

Wenn er es wirklich gewollt hätte, hätte der Mamelukenemir sie längst töten können. Baibars war auch kein Mann, der kleine Mädchen umbrachte. In den Harem hätte er sie vielleicht gesteckt, nicht mal in seinen eigenen. Sie könnte längst wieder in ihrem Bett schlafen, statt jetzt hier durch die Pyramide zu irren, deren Ausgang sie sowieso von nun an nicht mehr suchen, sondern meiden mußte, denn dort wartete der Mann mit dem Griechischen Feuer mit aller Sicherheit, wenn er nicht blöd war. Und der war nicht blöd, der war gefährlich wie *Kriegs*, jedenfalls behauptete das William. Wo war der eigentlich?

Er sollte – wenn ihr schon nicht Gesellschaft leisten – doch wenigstens auf sie aufpassen! Unzuverlässiger Franziskaner! Wahrscheinlich war er wieder hinter den Küchenmädchen her. Die freche Alisha hatte es ihm angetan. Was William mit der wohl machte, wenn er sie im dunklen Flur erwischte. Den Penis von William konnte sie sich gar nicht vorstellen. War er klein und dick wie der Minorit oder wie ein mageres Vogilein? Alisha würde es wohl längst wissen, aber die hatte ja gesagt, man müsse erst bluten, bevor ein Mann einen erkennen könne. Männer waren ziemlich dumm. Sie mußte dafür sorgen, daß Roç nicht so einer würde.

Ein Held sollte er werden, so mutig wie der Robert d'Artois, mit seinen blitzenden Augen und seinem krausen Bart – den hatte sie nicht vergessen, das war ein tollkühner Draufgänger, mit dem hätte Alisha nicht ihre Scherze treiben können. Frau müßte man sein! Sie mußte aus dieser Pyramide wieder raus.

Der Ausgang war wohl unten, also wartete da der Mann. Der hatte nicht im Sinn, sie als Frau zu erkennen, der wollte sie umbringen, um ihres Blutes willen, das sie in sich trug, das Blut des Gral. Und das sollte er nicht erlangen, schwor sich Yeza und erhob sich langsam, streckte und dehnte sich. Dabei spürte sie die Kühle des Dolches in ihrer Hose auf der nackten Haut. Das gab ihr Mut. Ihre Glieder schmerzten, es war ein Ziehen und Stechen, das sie nicht kannte. Es kam aus dem Bauch. Sie beschloß, bis in die Spitze der Pyramide zu steigen. Dort oben mußte es so eng sein, daß nur eine kleine Person wie sie darin Platz fand. Das war bestimmt der Ort der größten Sicherheit.

Yeza machte sich auf den Weg und kroch durch die niedrige Tür unter dem Giebel. Sie hatte den Tempel, ein Geviert von einigen dickbauchigen Säulen umstanden, noch nicht verlassen, da krachte der Topf mit dem Griechischen Feuer draußen gegen das Tympanon, daß die herabfallenden Tonscherben zu hören waren, und im Nu breitete sich die züngelnde Brandmasse im Eingang aus, wo sie eben noch gesessen hatte. Die Säulen warfen bedrohliche Schatten, aber Yeza stürmte zwischen ihnen hindurch. Sie fand gleich dahinter eine Treppe, die so steil war, daß sie die hohen Stufen nur mit Hilfe der Hände erklimmen konnte. Sie beeilte sich, aus dem Schein des Feuers herauszukommen. Oben teilte sich der Weg, es war eine Balustrade. Sie wagte einen Blick hinunterzuwerfen und sah auf den Innenhof und den Giebel des Tempels. Das Feuer leckte an den steinernen Säulen, alles war hell, aber der Verfolger zeigte sich nicht. Yeza ließ sich auf den Bauch gleiten, so daß die Brüstung ihr Schutz gab, und bewegte sich wie ein Gekko über den Steinboden. Vor ihr öffnete sich die Felswand, und sie kroch in das Loch. Es war wie eine natürliche Grotte, sehr niedrig, und sie verengte sich nach hinten. Mit ihrem ausgeprägten Sinn für Geheimgänge ließ sich Yeza nicht entmutigen. Sie zwängte sich hindurch und befand sich auf einem Pfad, der in die Höhe führte. Hatte sie den Verfolger abgehängt? Leise stieg sie Schritt für Schritt nach oben, immer wieder lauschend.

Eine dunkle Flüssigkeit breitete sich auf dem Stein aus, erreichte das Ende des Quaders und rann hinab zur nächsten Stufe, sie floß von dem *Bab al malika* bis hinab zu der Stelle, wo die Sultana in ihrer Trage wartete. Als es die letzten Steine herabtropfte, konnte selbst Schadschar ed-Durr es sehen, es war Blut, und es zeigte ihr, daß sie hier nun nichts mehr zu erwarten hatte. Sie gab hastig das Zeichen zum Aufbruch.

Sie hatte Stunden hinaufgestarrt zu der Lichterkette der Fakkeln, stets in Erwartung eines Zeichens ihrer Getreuen, daß sie, die regierende »Mutter des Halil«, endlich den ihr gebührenden Platz einnehmen könne, um auf dem feierlichen Gang durch die Pyramide den Mann zu treffen, der an ihrer Seite die Geschicke des Landes in die Had nehmen sollte. Nichts war geschehen. Da sie nicht annehmen mochte, man hätte sie vergessen, konnte das nur bedeuten, daß ihr, der rechtmäßigen Sultana und Bewahrerin der Sigle, immer noch der Eintritt durch die Pforte der Königin verweigert wurde – zugunsten dieser »Tochter des Gral«, *Allah ji-charibha!* Dann waren plötzlich die Lichter da oben in Unruhe und heftige Bewegung geraten, es sah nach einem Kampf aus, eine Fakkel nach der anderen war verloschen. Totenstille. Und jetzt kam das Blut. Die Weiber heulten klagend auf, rannten noch eine Weile neben ihrer Trage her, in deren Ecke, von Schadschar dahin geschoben, der kleine Musa hockte.

Er hatte von allem nichts mitbekommen, er schlief fest. Die alten Frauen schlugen sich mit der flachen Hand auf den zum schrillen Kreischen geöffneten Mund, um diesen scheppernden

Klageton zu erzeugen, und liefen dann zum Palast zurück, in den friedlichen Alltagstrott des Harems.

Der König irrte durch den von niedrigen Gängen und engen Korridoren durchzogenen Untergrund des Bauwerks. Er hatte jede Orientierung verloren. Doch auch wenn es stockfinster war, kreisten in seinem Hirn Bilder von greller Geilheit, nicht weil er sich den Schädel einige Male angeschlagen hatte im Versuch, zu einer aufrechten Würde zurückzufinden, die war spätestens dahin, als er gerade noch sich die Hosen herunterreißen konnte, weil sich sein Gedärm, in Aufruhr wie seine Sinne, entleerte. Wohin er faßte, ertastete er weibliche Formen, jeder Stein wurde ihm zum Schenkel, jede Mauerritze zum sich spreizenden Schoß. Weggewischt waren die zarten Bilder der Innigkeit Mariens, alabastern keusches Fleisch in Rosen gebettet, schamhaft die Brüste vom blauen Mantel der Himmelskönigin verhüllt, jetzt drangen die heidnischen Göttinnen auf ihn ein, sie kannten keine Scham, sie bestiegen ihn, besprangen ihn, als sei er Priapos, und so sehr er auch strafend nach seinem aufsässigen Glied schlug, es drückte sich gegen seine Beinkleider, unwürdig fordernd, ihn bloßstellend, obszön. Langbeinige Pharaoninnen, die er nur von Vasenmalereien kannte, hoben ihren knappen Lendenschurz, preßten ihm ihre unzüchtig ausrasierte Vulva ins Gesicht, griffen nach seinem Penis, dessen Erektion er nicht mehr verstecken konnte. Eine fette, vielbusige Maya umschlang ihn, quetschte ihre Brüste milchspritzend gegen seinen Bauch und zwang ihn, seine Hände in ihren gewaltigen Hintern zu krallen. Sie wälzte sich über ihn, bereit, ihn zu erdrükken, wenn er ihr nicht zu Willen wär.

Ludwig stöhnte und stieß heisere Schreie aus, die er selbst nicht hörte, er rollte neben seinem brünstigen Körper auf dem Boden, versuchte sich selbst zu ersticken, seine Augen herauszureißen, wenn sie nicht aufhören wollten, der Sünde zu willfahren. Er schlug sich mit den Fäusten in den Leib, gegen die Schläfen. Er hielt sich die Nase zu. Alles roch nach Schoß, nach Erregung, nach Samen, Harn und Brunft. Durch einen Spalt zwischen den

Steinen sah sein Auge die Lenden rot vom Blut der für die Göttin geschlachteten Jünglinge, lustvoll tauchte sie den weißen Finger in das Blut. Er verlor den Halt, fand den Spalt nicht wieder, weil die Hölle sich dem Lebenden nur einmal zeigt. Er torkelte den Gang entlang, als jetzt auch noch der Himmel mit seinen Gestirnen auf ihn einstürzte. Da wußte Herr Ludwig, er war tot, er taumelte durchs Fegefeuer, die Hölle hatte sich aufgetan, das Jüngste Gericht war angebrochen. Mit Donnern und einem pfeifenden Ton, wie ihn nur die Posaunen der Erzengel erzeugen können, wenn alles auf Erden in Trümmer sinken soll, raste ein Feuerball durch den Raum, alles taghell erleuchtend, damit der strafende Gott auch jeden in seiner Sünde sah. Die glühende, flammenspeiende Kugel drehte sich um sich selbst auf ihrer Sphärenbahn und schlug dann krachend ein. Jetzt würde auch die Pyramide bersten, ihn unter sich begraben. Der König hatte sich zu Boden geworfen und wartete auf das Ende der Welt. Dann geschah gar nichts. Irgendwo war ein Feuerschein, und er sah, wie die Jungfrau Maria flüchtete, ein zierlich weibliches Wesen mit wehendem Blondhaar und einem blauen Gewand, das nur dürftig ihre Blöße verdeckte. Die zarte Erscheinung huschte angstvoll aus dem Licht und verschwand im Dunkeln. Die ewige Virgo! Himmlische Lichtgestalt! Sie bedurfte seiner Hilfe!

Ludwig erhob sich, er griff nach seinem Schwertgehänge, dann fiel ihm ein, daß er auf das Tragen einer Waffe verzichtet hatte, als er sich zu diesem Gang entschloß. Jetzt stand er einem Gegner gegenüber, der selbst hier mit dem verdammten Griechischen Feuer operierte, einem perfiden Feind, der Jagd machte auf ein verschüchtertes Mädchen, eine schutzlose Jungfrau, und das vor seinen, des Königs Augen. Er suchte mannhaft seinen Weg zu der Stelle, an der sich der Brand ausgebreitet hatte, nun aber bereits im Begriff war zu verlöschen. Bevor das Licht wieder der Finsternis wich, stellte er sich in die Mitte des Herdes, damit sein Herausforderer ihn sehen sollte und sich stellen. Ihn zu rufen fand er unstatthaft. Es mußte genügen, wenn er sich zeigte. Doch der feige Wicht nahm die Herausforderung nicht an. Und Ludwig blieb allein im Dunkeln, jetzt mit dem flüchtigen Bild vor Augen, das ihm im Moment der Explosion erschienen war.

Spiralförmig wand sich der Weg immer höher, den Yeza beschritt, er war gepflastert und breiter als alle anderen. Dann sah sie einen Lichtschein, und es wurde ihr blitzschnell bewußt, daß sie damit dem Verfolger ihre Silhouette anbot, falls er sich hinter ihr befand. Eine heitere Gleichmut überkam sie. Er war eh vor ihr hier gewesen, denn im Weiterschreiten sah sie die Öllämpchen, die im Kreis aufgestellt waren und noch nicht lange brennen konnten, nach der Helle ihres Scheins zu urteilen. In der Mitte des Ringes stand ein gutgeschliffener Stein aus schwarzem Marmor, wie ein Altar. Darauf lag ihr blaues Kleid. Sie wußte nun, daß sie ihr Leben verlieren sollte, und schaute an sich herunter. Im Schritt wiesen ihre Hosen einen großen dunklen Fleck auf, es hatte sich schon die ganze Zeit so feucht angefühlt beim Gehen, und jetzt ahnte sie, daß es ihr Blut war. Sie blutete. Es hatte sich erfüllt, sie war Frau geworden, und sie würde ihren Tod treffen, zur gleichen Zeit. So wollte sie ihm nicht gegenübertreten, mit solch einem Fleck auf der Hose. Zum Sterben war das blaue Gewand auch viel besser geeignet, und als Frau starb man nicht in Hosen. Sie löste energisch den Gürtel, nahm den Dolch heraus – von dem wollte sie sich nicht trennen, damit konnte sie sich immer noch selbst entleiben, wenn es gar zu arg käme. Sie ließ ihre Hosen fallen und stand in ihrer Nacktheit da. Ihr Blick glitt voller Neugier hinunter zu ihrem Gärtchen und weiter zu ihren Schenkeln. Sie waren rot, von Blut verklebt. Doch um sicher zu gehen, nahm sie noch ihren Finger und tastete in ihrem »Goldenen Vlies«, wie Roç es mal getauft hatte, nach der Pforte zum Paradies. Sie hob ihn hoch ins Licht. Er glänzte von dunklem Blut. Yeza war so mit ihrem Körper beschäftigt, daß sie das verhaltene Stöhnen des heimlichen Beobachters, geschweige denn die glänzenden Augen des Königs, nicht wahrnahm. Sie warf das blaue Kleid über, stopfte die Hosen in eine Ecke, damit sie niemand finden sollte, steckte den Dolch in den Ausschnitt und verließ raschen Schrittes den Ort. Sie lief den breiten Weg auf der anderen Seite der Anhöhe wieder hinunter. Es fiel ihr nicht einmal auf, daß der jetzt auch von einer Kette von Öllichtern beleuchtet war. Weil es steil bergab ging, geriet sie ins Rennen, sie mußte nur darauf achten, daß sie sich nicht in dem langen blauen Samt verhedderte. In ihr Laufen krachte die dritte Explosion und erhellte die Gewölbe und Treppenaufgänge taghell. Sie lief einfach weiter, einmal mußte es ja ein Ende haben. Und diesmal hörte sie auch die Tritte des Verfolgers hinter sich. Die Beine wurden Yeza schwer, wozu sollte sie noch fliehen!

Irgendwann würde er sie doch erreichen. Yeza kam an einer Tür vorbei, sie war angelehnt. Sie schlüpfte hinein und schloß die Tür leise hinter sich. Schweratmend lehnte sie sich dagegen. Draußen ging schweren Schritts der Mann vorbei, der ihr nach dem Leben trachtete. Warum hatte er ihr das blaue Kleid nachgetragen? War es der geheime Priester eines verborgenen Tempels, der sie zum Opfer erkoren hatte? Ein Wahnsinniger, wie der mit dem verwüsteten Gesicht, vor dem Baibars sie gerettet hatte? Yeza drehte sich langsam um. Sie stand in einem Tempel! Oder war es eine Grabkammer?

Der Raum war strahlend illuminiert. Hunderte von Talglichtern brannten hell an den Wänden, und in der Mitte lag auf einer hochgestellten Bahre Robert d'Artois! Yeza näherte sich ihm zögernd. Was sie befremdete, waren nicht die vertrauten Züge des stets so jungenhaft Lachenden, sein krauser Bart und die ungebändigten Locken – alles war wie lebendig, als ob er lebte und gleich die Augen aufschlagen würde –, sondern das steil aufragende, riesige Glied. Es war vergoldet, was sie als noch irritierender empfand, nicht abstoßend, aber auch keineswegs anziehend. Es gehörte einfach nicht zu dem Robert, den sie gekannt hatte. Der Ritter mit den verschmitzten Augen! Sie waren grüngrau wie ihre, erinnerte sie sich. Yeza gähnte. Sie war müde und erschöpft. Sie hätte im Stehen schlafen können. Yeza hatte sich oft dabei ertappt, daß sie sich vorstellte, was der große Held wohl in der Hose hatte, aber an einen goldenen Penis – und so groß! – hatte sie nie gedacht. Yeza war enttäuscht und fühlte Mitleid mit dem Toten. Sie hätten ihm ein Langschwert auf den Leib legen sollen, darüber die Hände gefaltet. Das wäre seiner würdig gewesen. Oder den Schild mit seinem Wappen. Der hätte die Stelle auch verdeckt. Man holt einem Leichnam nicht den Penis aus der Hose. Hinfassen und fühlen, ob er wohl festgemacht war oder nur so aufgesteckt, das mochte sie auch nicht. Sie ging hin und beugte sich über die Schultern Roberts, um ihn zu trösten. Sie kniete neben der Bahre nieder, legte ihren Kopf auf seine Brust und schlief ein.

Der Emir Baibars traf mit seinen Mameluken, deren Schwerter noch blutig waren, auf den Trupp, dem Aibek den Gouverneur übergeben hatte, damit sie ihn in den Gewahrsam führten. Baibars hielt sie an und trat vor Husam ibn abi' Ali. »Mir wurde ein Kind anvertraut, und ich mußte schwören, es wie meinen Augapfel zu hüten!«

Der Gouverneur sah ihn trotzig an: »Das taten andere auch!« spottete er. »Auf dem Spiel stehen die Interessen des Staates – und schließlich«, fügte er geringschätzig hinzu, »handelt es sich ja nur um ein Mädchen.«

Baibars starrte ihn einen Augenblick an, dann sagte er kalt: »Das habt ihr gesagt, Husam ibn abi' Ali, und ich sage Euch nun: Es handelt sich ja nur um Euren Kopf!«

Er ließ sich von einem der Mameluken den riesigen vergoldeten Schimtar reichen, den der Gouverneur zum Zeichen seiner Macht mit sich getragen hatte. Er zog ihn aus der Scheide und strich prüfend mit dem Daumen über die Klinge. Der Krummsäbel, eine Wertarbeit aus Damaskus, war so schwer, daß man gut daran tat, ihn mit beiden Händen zu heben, man mußte ihn dann nur noch in einem Zug durchziehen. Das Gewicht der rasiermesserscharf gebogenen Schneide trennte auch den Schädel eines Büffels vom Rumpf. Der Gouverneur war kein Büffel, er fing jetzt an zu schreien.

»In die Knie!« brüllte Baibars, und die Mameluken versuchten, den sich Sträubenden zu zwingen. Als Husam ibn abi' Ali sah, daß er dem Tod nicht mehr entrinnen konnte, stellte er das Schreien plötzlich ein und hob die Hand in einer Achtung gebietenden Gebärde. Er griff mit beiden Händen an seinen kostbaren Turban, daß alle dachten, er wolle sich nun den Hals freimachen, doch preßte er seine Handgelenke in die Spitzen der Nadeln. – Während die Mameluken noch ungeduldig warteten, daß er sich endlich von dem guten Stück trennte, trat Schaum aus seinem Mund, der Gouverneur röchelte, verdrehte die Augen und fiel vornüber in die Arme der Mameluken, Baibars vor die Füße. Der warf mit einem Fluch den schon erhobenen Schimtar zu Boden, drehte sich abrupt um und ging weg. Die Mameluken zogen den Körper an den Armen hoch und trennten den Kopf vom Rumpf.

»Yves!« ertönte die Stimme des Königs mit alttestamentarischer Macht. »Du sollst nicht töten!«

Der Bretone war durch einen geheimen Eingang in die Grabkammer getreten, hatte Yeza wie erwartet schlafend gefunden und in einer unverhofft günstigen Position. Ihr blondes Haar hing zur Seite und bot ihm ihren Nacken dar.

Yves wollte keine weitere Zeit verlieren, das einzige, was ihn störte, war, daß Yeza im Schlaf die Hand des Prinzen Robert an sich gezogen hatte und jetzt mit der Wange auf ihr lag. Yves hätte den Arm des Prinzen mit durchschlagen müssen. Das ließ ihn, allerdings nur einen Augenblick lang, zögern. Er hatte seine Streitaxt schon gereckt, als, von ihm unbemerkt, der König in der Tür erschienen war. Yves wankte. Hier sein Opfer, das zu töten er beauftragt war, dort sein König, der ihn verstoßen hatte. Der König schaute seinem eigenmächtigen Diener fest ins Auge, ihn nicht einen Lidschlag lang aus seinem Blick entlassend. Die Axt in Yves erhobener Hand zitterte nicht, sie senkte sich, dem Nacken des Mädchens entgegen. Niemand, auch kein Herr Ludwig, sollte sagen können, Yves der Bretone führe nicht das aus, was er sich einmal vorgenommen – und schließlich war es zum besten Frankreichs, dem Frankreich der Capets.

»Haltet ein, Yves«, sagte der König leise, »ich kann Euer Hände Tun nicht dulden, Ihr erhebt sie gegen Euren König!«

Yves zog die Axt noch einmal hoch, als habe er zuvor nur Maß genommen, um sie jetzt endgültig niederfallen zu lassen, doch er erstarrte, als habe er eine Vision, und die Axt glitt ihm kraftlos aus der Hand. Mit einem häßlichen Knirschen schlug sie in den Steinboden.

Yeza erwachte und sah über Robert d'Artois hinweg auf den König, und hinter dem König auf die weißgekleideten Männer.

Erst als Yves hinter ihr niederkniete, die Axt aufnahm und sie seinem Herrn fordernd auf beiden Händen darbot, warf sie einen Blick auf ihren Verfolger. Der starrte immer noch wie gebannt zu der Empore über dem König. Sie war jetzt leer, die weißen Männer waren in den Schatten zurückgetreten. Yves ahnte, daß sie es waren und nicht der Anjou, die wollten, daß er hier zugegen war, die Waffe hob und sie auch wieder sinken ließ. Ihr aller Schicksal lag in *ihren* Händen, mochte der König auch glauben, daß sein Wort die Macht besaß, den Bann zu brechen.

»Tötet mich jetzt, Majestät«, sagte Yves, »in mir wohnt das Böse und wird eines Tages mehr Macht über mich haben als Ihr!«

»Niemals, Yves«, sagte der König, trat von der Tür zu den beiden und nahm dem Bretonen die Axt aus den Armen. »So wie Ihr mit der Waffe leben müßt, wird der König mit der Macht seines Wortes, die ihm aus seinem Blut erwächst, herrschen, und immer wird er das Böse besiegen.« Er drückte dem erstaunten Yves die Streitaxt wieder in die Hand. »Mein Herr ist Gott«, sagte er. »Und Ihr tut gut daran, mich und nicht irgendeinen Teufel als Euren einzigen Herrn anzuerkennen.«

Der König schaute auf Yeza, die ihren Kopf hob, ihr blondes Haar flutete über die Brust des Toten, und es war, als erkenne er erst jetzt, daß es sein liebster Bruder Robert war, dessen Hand das Mädchen noch immer hielt.

»Wie könnt Ihr mir verzeihen, Majestät«, störte Yves den Ansturm der Gefühle, denen Ludwig ausgesetzt war.

»Überhaupt nicht, Yves!« sagte er barsch. »Ihr wart nicht hier, ich habe Euch nicht gesehen, und wenn wir uns wiedersehen, dann wißt Ihr, was ich von Euch erwarte. Geht jetzt!«

Der Bretone erhob sich, verbeugte sich hastig vor beiden, warf Yeza noch einen stechenden Blick zu und beeilte sich, die Grabkammer durch die Tür zu verlassen. Die Tür fiel etwas laut ins Schloß.

»War das der Teufel?« lächelte Yeza, erhob sich in ihrem langen blauen Kleid und bettete behutsam die Hand des Toten wieder auf dessen Brust.

»Nein, meine Jungfrau«, sagte der König, »ein armer Mensch! Ein armer Mensch wie wir alle«, und er warf sich über den Leichnam und weinte. Er weinte lange und bitterlich.

Yeza stand neben ihm und zwang sich, nun gerade keine Tränen zu zeigen, aber weil er ihr so leid tat, strich sie ihm nach einiger Zeit über das Haar. Da weinte der König noch mehr, und Yeza hielt ihre Hand fest auf seinem Kopf, bis er sich beruhigte. Ludwig zog seinen Mantel aus und breitete ihn über den Toten, wobei er besonders darauf achtete, das goldene Glied zu verdekken. Er machte drei Kreuzzeichen über die anstößige Erhöhung, die es dennoch im Tuch des Mantels hinterließ, dann beugte er sich zu dem freigelassenen Antlitz des Bruders und drückte ihm einen Kuß auf die wächsernen Lippen.

Der König nahm Yeza bei der Hand und verließ mit ihr die Grabkammer. Auf dem breiten, beleuchteten Weg, auf den die Tür hinausging, standen schweigend sechs Männer in langen weißen Gewändern. Eine helle Stimme, deren Besitzer sich nicht zeigte, ertönte:

»Wenn Ihr wünscht, Majestät, werden wir Euch und das Königliche Kind ungesehen an Bord eines Schiffes bringen, das Euch sicher zurück nach Frankreich trägt.«

»Nein«, sagte Ludwig, »ich wünsche nicht, von Euch dazu gebracht zu werden, mein gegebenes Wort zu brechen und alle, die mit mir hierhergezogen sind, dem sicheren Verderben auszuliefern.«

»War *das* der Teufel?« flüsterte Yeza.

»Nein«, flüsterte ihr Herr Ludwig zurück. »Schlimmer!« und trat auf die Männer zu. »Nein«, sagte er nochmals laut und deutlich. Sie neigten ihre Häupter vor Yeza und dem König, und zwei gaben ein Zeichen, ihnen zu folgen.

Die beiden schritten voran, und nach nur einer kurzen Wegstrecke und einigen wenigen Biegungen entließen sie den König und das Mädchen genau an der Stelle, wo die Mauer mit den zwei Torbögen war. Sie waren den Pfad hinaufgekommen, den Ludwig zuerst beschritten und auf dem er dann umgekehrt war. Der *Bab al muluk* öffnete sich, und der König und Yeza sahen, daß der Morgen schon graute und keiner sie erwartete.

FINIS
LIB. II

DER FALKE
UND DIE TAUBE

Die Steine des Tempels von Baalbek glühten flimmernd in der Julihitze. Der kleine Trupp hatte Rast gemacht im Schatten der Säulen, hatte auch die Reittiere vor der senkrecht niederstrahlenden Scheibe in Sicherheit gebracht. Ein Mauerwinkel, in dem zwischen den Ritzen etwas Gesträuch wucherte, das Gras war längst verdorrt.

Zwischen dem Roten Falken und der Saratz war im Laufe des Ritts durch meist feindliches Land die Spannung gestiegen, die Schwüle tat ihr übriges. Doch der Emir wagte es nicht – oder vermied es jedenfalls, sich so weit zu entblößen, daß er sich eine Abfuhr einholen mochte. Er hatte sich Madulains Laute gegriffen und sang den bekannten *tenso* vor sich hin, als sei die Anwesende gar nicht gemeint. Roç beobachtete das Spiel zwischen den beiden mit verhaltener Erregung.

> *»Car jois e joven vos gida*
> *cortese'e prez e senz*
> *e toz bos captenemenz.«*

summte der Rote Falke, und Madulains Augen funkelten.

> *»Per qu'us sui fidels amaire*
> *senes toz retenemenz,*
> *francs, humils e merceiaire,*
> *tant fort me destreing e-m venz*

vostr'amors, qe m'es plasenz;
per qe sera chausimenz,
s'eu sui vostre benvolenz
e vostr'amics.«

Roç litt unter dem Spiel der Worte, deren Sinn er nicht ganz erfaßte, was ihn mit Argwohn erfüllte, zumal jetzt auch noch Madulain, die das Streitlied wohl kannte, dem Sänger, ohne ihm einen
Blick zu schenken, das Instrument wieder entwand und genauso
»unbeteiligt« antwortete:

> *»Si fossi fillo de rei.*
> *Creid voi que sia mosa?*
> *Mia fe, no m'averei!*
> *Si per m'amor ve chevei,*
> *oquano morrei de frei.«*

»Domna, no-m siaz tant fera«, grinste der Rote Falke mit dem unverschämten Blick, den er haben konnte, und erhob sich.

Dann war er ausgeritten, die Gegend, die nächste Etappe ihrer
Straße zu erkunden und auch weitere Pferde zu besorgen, denn
Homs war nun nicht mehr weit, und es wäre vielleicht auffällig,
wenn ein solcher Einkauf in unmittelbarer Nähe erfolgte, denn
sicher hatte An-Nasir seine Späher überall.

Die Saratztochter und der Knabe lagerten versteckt zwischen
den Felstrümmern, daß kein Vorüberziehender sie bemerken
konnte, und selbst ein Besucher der Ruinen wäre von ihnen früher
gesehen worden, als er sie hätte entdecken können. Dann hatten
sie immer noch die Möglichkeit, sich zwischen die höher gelegenen, Schutz gewährenden Mauern zurückzuziehen.

So hatte der Rote Falke es ihnen jedenfalls erklärt. Außerdem
käme hierhin niemand. Dem Gott Baal seien hier früher Menschen
geschlachtet worden, und die Geister der Opfer irrten immer noch
zwischen den steinernen Altären und Blutrinnen.

Madulain klebte das Kleid naß am Körper. Sie hätte sich gern ausgezogen, jetzt, wo der Rote Falke fort war, aber sie wollte auch den Knaben nicht unnötig reizen, der mit dem Fortschreiten der Reise sie, die junge Frau, zunehmend mit den Augen verschlang.

Seine anfängliche Sehnsucht nach Yeza verblaßte schnell angesichts dieser geheimnisvollen Weiblichkeit, der sich durch den nassen Stoff abzeichnenden Brustspitzen, der so scharf, so fremdartig duftenden Achselhaare, die er bei jeder Bewegung ihrer Tunika erspähte, und dem dunklen, verborgenen Dreieck, das er nur erahnen konnte, wenn sie vor ihm stand und der Schweiß das Tuch an ihren Schenkeln, an ihrem Bauch haften ließ.

Roç hatte sich wie stets bei jeder Rast bis auf einen Lendenschurz aller Kleidungsstücke entledigt, nur der Gürtel mit dem Schimtar hing ihm um die Hüfte, denn das hatte der Rote Falke auch gesagt: »Auf Kriegspfad geht ein Ritter mit dem Schwert selbst pinkeln und schlafen.« Der sehnige, gebräunte Körper des Knaben wirkte hier gegen die Säulen der heidnischen Kultstätte nun ganz besonders wie die Inkarnation des Adonis, den Roç zwar nicht kannte, dessen sinnliche Wirkung er aber ahnungslos spielerisch auskostete.

»Steh da nicht so herum!« sagte Madulain gereizt. »Jemand könnte dich sehen!«

Um ihn von der Mauer zu locken, fand sich Madulain sogar zu einer einladenden Geste bereit, er solle an ihre Seite zurückkehren. Sie hielt ihm den Beutel mit Wasser hin und trank selbst davon, weil sie längst bemerkt hatte, mit welcher Lust er davon nahm, wenn ihre Lippen das Mundstück vorher genetzt hatten.

Roç sprang zu ihr hinab und rollte im Fallen ihr fast in den Schoß. Er suchte die Berührung mit ihr, und sie wußte nicht, ob sie sein ungeschicktes Verlangen genießen oder zurückweisen sollte. Vor allem aber mußte sie Harn lassen, und zwar sofort, wenn auch nicht auf der Stelle. Sie wußte, daß er ihr nachschleichen würde, weil er immer versuchte, sie zu beobachten, und nur die Gegenwart des Roten Falken hatte ihn bisher davon abgehalten, ihr unters Kleid zu kriechen.

»Ich schau' mal nach den Pferden«, sagte sie leichthin und erhob sich schnell, »paß du hier auf – und laß dich nicht sehen!«

Madulain verschwand in Richtung der Tempelvorhalle, deren Dach eingefallen war, wo die Tiere ausruhten.

Roç wußte genau, daß es nur eine Umschreibung für ihre zu verrichtende Notdurft war, und bewegte sich wie eine Katze auf allen vieren hinter ihr her, kaum daß sie um die Ecke gebogen war.

Zweimal war es ihm schon gelungen, sie zu überraschen, wenn sie ihr Kleid hob und niederhockte, ihr nackter Hintern war wie Marmor und, tief an den Boden gepreßt, hatte er einmal sogar durch ihre Beine hindurch das schwarze Haar deutlich gesehen und das glitzernde Funkeln des herausschießenden Strahls bis hin zu seinem Versiegen in einzelnen Tropfen wie Perlen. Das war für ihn eigentlich der aufregendste Augenblick, in dem sein aufgerichtetes Glied zu pochen begann und er in banger Erregung hoffte, sie würde sich umwenden, ihm zuwenden – den Rest konnte er sich nicht vorstellen. Aber nie war es ihm vergönnt gewesen, sie von vorne, von unten zu sehen. Sie müßte in eine verlassene Zisterne pissen, und er müßte es vorher wissen und sich dort verborgen haben – wenn sich der schwarze Wald öffnete und – und, ja was dann? Das müßte Madulain dann in die Hand nehmen, nein, nicht in die Hand! Sie war eine Wissende, da war er sich ganz sicher, auch wenn sie dem Roten Falken während der langen Reise nie ihren Körper dargeboten hatte, dessen war er auch ganz sicher, denn darauf hatte er eifersüchtig geachtet, daß die beiden nie allein waren, und selbst des Nachts zwang er sich aufzuwachen, um zu kontrollieren, daß sie jeder für sich schliefen.

Aber wo war Madulain? Er hatte aus Vorsicht zu lange gezögert, jetzt war der Platz vor dem Tempel leer.

Roç schlich – von Säule zu Säule Deckung suchend – zur Vorhalle. Bei den Tieren war sie nicht. Sie versteckte sich vor ihm. Roç lauschte mit klopfendem Herzen.

Dann hörte er einen unterdrückten Schrei, wie den Schmerzlaut eines Tieres – er griff nach seinem Schimtar und federte los, eine halb eingestürzte Treppe hinauf, bemüht, kein Geräusch zu verursachen. Sie endete auf einem Mauerumgang.

Er hörte Männerstimmen und einen Fluch, als er sich schon hinauslehnte und seinen Kopf nicht mehr zurückziehen konnte. Roç starrte in die Tiefe.

Unter ihm lag auf den Steinplatten rücklings Madulain, das Kleid hochgestreift bis zur Hüfte, zerrissen, ihr schwarz behaarter Schoß bäumte sich wild auf, sie wand sich, ihr Becken in die Seitenlage zu bringen, um ihre Schenkel zu schließen, sie versuchte den Angreifer zu treten, doch zwei Kerle hatten sich auf ihre Unterarme gesetzt. Und den zwischen ihren Knien hatte sie wohl in die Hand gebissen, denn er spie gerade Blut aus, bevor er ihr ins Gesicht schlug. Den Schreck des Weibes ausnutzend, rammte er ihre Schenkel auseinander und, mit einer Hand an ihrer Gurgel, preßte er mit der anderen sein Glied gegen ihre dunkle Vulva.

Roç, den keiner bemerkt hatte, stockte der Atem, denn der Mann tat nun etwas, was der Junge nicht erwartet hatte. Statt hastig in sie einzudringen, führte er seinen Penis jetzt von unten nach oben den wilden Garten pflügend auf und ab. Seine Kumpane feuerten ihn mit einem Singsang an, der Roç an Fischer erinnerte, die ihre Netze einholten, und ein jedes Mal tauchte die Eichel tiefer in die Furche ein.

Roç verfolgte das Schauspiel gebannt, immer in der Erwartung, daß jetzt der Schaft endgültig in den zuckenden Schoß stoßen würde. Sein Blick irrte ab zu dem Gesicht Madulains. Mit Entsetzen gewahrte er ein Glitzern in ihren Augen, das nicht mehr Wut, sondern Lust verriet, er sah ihren halb geöffneten Mund und den wogenden Busen mit den steil aufgerichteten Warzen ihrer Brüste.

Und sie sah ihn und schrie: »Roç!«, und es war kein Schrei um Hilfe, sondern ein zorniger Verweis.

Roç riß seinen Krummsäbel aus der Scheide und sprang dem Pflüger in den Rücken, wie man auf ein Pferd springt, nur daß er dabei mit der Schneide keineswegs dessen Hals den notwendig tödlichen Hieb versetzte, sondern er fuchtelte mit seiner Waffe herum, wurde von dem starken Nacken vornüber abgeworfen und fiel genau zwischen den beiden Armsitzen auf Madulain. Nur der Tatsache, daß der kleine Krummsäbel dabei weit genug wegflog, verdankte er es, daß die Männer den Störenfried jetzt mit den nackten Fäusten bearbeiteten und wild auf ihn einschlugen.

Das weckte nun auch den Widerstandsgeist der Saratztochter, sie bekam einen ihrer Armhocker voll an den Hoden zu packen und trat blind dem Furchenpflüger in die Pflugschar, denn sehen konnte sie nichts, weil Roç auf ihr lag und sich schutzsuchend an sie klammerte.

Dann ertönte ein Schrei und noch einer, und etwas fiel neben ihr zu Boden, sie starrte in die aufgerissenen Augen des Mannes, der ihr eben noch Schrecken und Lust gefurcht hatte, dann drehte sich der Kopf zur Seite und blieb liegen, und ein dritter Schrei sagte ihr, daß nun auch der von ihr gequetschte Hoden keinen Schmerz mehr empfand.

Sie schob Roç von sich und sah das blutige Schwert des Roten Falken. Er trat den störenden Rumpf zu Seite und reichte ihr die Hand.

Roç begriff jetzt erst, was geschehen war, und begann hemmungslos zu schluchzen. Erst als er merkte, daß er als Kissen sich nicht auf Madulain, sondern an den Körper eines der Erschlagenen gepreßt hatte, stand er zitternd auf, suchte seinen Schimtar und folgte den beiden schweigend zu den Pferden.

DIARIUM DES JEAN JOINVILLE
Damiette, den 10. Mai A.D. 1250
Als wir nach Mitternacht ins Lager zurückkehrten, erfuhren wir als erstes, daß Damiette am Abend bereits übergeben worden war. Davon berichtete uns der Baron Philipp de Montfort, der zu denen gehörte, deren Aufgabe es war, die Stadt ordnungsgemäß den Ägyptern wieder auszuhändigen. Kaum sei die Fahne des Sultans auf der Zitadelle und allen Türmen aufgezogen worden, waren die Soldaten, die Mameluken an der Spitze, durch die Tore hineingeströmt und über unsere Vorräte hergefallen.

»Es waren da noch Hunderte von Weinfässern. Sie begannen zu trinken und gerieten sogleich außer Rand und Band. Sofort richteten sie ein Blutbad unter den Schwerverletzten und den Siechen an, deren Zustand es nicht erlaubt hatte, sie vorher abzutransportieren. Diese Unglückseligen erschlugen sie allesamt. Des Königs Kriegsgerät, Steinschleudern und die kostbaren Katapulte hackten sie in Stücke, dabei war doch vertraglich vereinbart worden, daß dies Eigentum der Krone pfleglich zu konservieren sei. Und genauso machten sie es mit dem Depot von teurem Schweinefleisch, das sie ja verschmähen. Sie häuften alles, die Maschinen, das Gepökelte und die Leichen zu großen Haufen und steckten sie einfach in Brand. Das Feuer brennt sicher jetzt noch und stinkt zum Himmel!« beendete der Baron seinen Bericht.

Dann war der Emir Aibek noch einmal zurückgekommen, um zu kontrollieren, ob wir uns auch alle in unseren Zelten aufhielten, wie er es befohlen hatte. Das taten wir auch, aber wir schliefen nicht, schon aus Sorge um unseren Herrn Ludwig, den wir immer noch in der Pyramide wußten, was aber unserem Aufseher bislang entgangen war, zumal der Konnetabel wie gewohnt vor dem Königlichen Pavillon Wache hielt.

Dann war ein Zug Mameluken mit noch blutigen Schwertern laut schreiend durch unser Lager gelaufen. Ich dachte, jetzt bringen sie uns doch noch um, denn ich hatte deutlich wenigstens einen abgeschlagenen Kopf gesehen, den sie mit sich führten. Gleich hatte ich Angst um den König. *»Al majdu li Aibek, haqimuna!«* schrien sie, doch mein William, der als einziger sich zum Schlafen gelegt hatte – und jetzt davon aufwachte, übersetzte: »Hoch lebe Aibek, unser Regent!«

Und wir traten aus unseren Zelten und wurden Zeuge, wie ihm das Haupt des Gouverneurs überreicht wurde. *»Iafaddal! Ma ahla umniat al Amir Baibars!«*

»Wie?« sagte Aibek konsterniert. »Wie ist das geschehen?«

Sie antworteten ihm, der Emir Baibars habe ihn eigenhändig von seinem Rivalen befreit. *»Al majdu li Aibek, haqimuna!«* jubelten sie ihm zu.

»Das sehe ich«, sagte Aibek kalt, »was mich interessiert, ist nicht die Hand noch der Kopf, noch der Grund, sondern ob der

Emir Baibars dabei auch nicht um einen Fuß die Bannmeile übertreten hat, die ich ihm auferlegt habe?«

Das mochte nun keiner so genau wissen, die meisten schwiegen betroffen und verdrückten sich. Aibek ließ das Haupt an einen Pfosten vor des Königs Pavillon stecken und sagte laut zu uns: »Zur Warnung für alle, die meine Befehle nicht befolgen.«

Wir zogen uns in unsere Zelte zurück. »Ich mache mir Sorgen um Yeza«, sagte William, »ich habe Baibars zur Pyramide geschickt, aber ich weiß nicht, ob er rechtzeitig eingetroffen ist –«

»Wenn Yves der Bretone schneller war«, sagte ich, »dann steht das Schlimmste zu befürchten –«

Der dickfellige Flame legte sich doch tatsächlich wieder zum Schlafen nieder. Ich wartete, draußen graute der Morgen.

Es kündigte sich bereits der Tag an, ich war wohl auch eingenickt, als Rufe »Der König! Der König!« mich weckten.

Herr Ludwig betrat unsere Lagergasse mit Yeza an der Hand. Er war im Hemd, ohne seinen Mantel, und Yeza trug ein blaues Samtkleid, das ihr viel zu lang war und auch leicht derangiert aussah. Sie waren beide sehr ernst und gaben auch keine Erklärungen ab. Da bliesen die sarazenischen Wächter ins Horn, und uns wurde gesagt, wir sollten uns zum Lagertor begeben, wir würden jetzt auf die Schiffe gebracht und – nach Zahlung des Lösegeldes, selbstredend – in die Freiheit entlassen werden.

Im langen Zug, der König – immer mit Yeza voraus –, zogen wir zum Flußufer. Eine Unmenge Volkes folgte uns, ich schätzte den Schwarm auf einige Tausend Männer, die mit ihren Schimtars und Speeren herumfuchtelten und schrien, und Frauen, die sich mit der Hand auf den Mund schlugen, um ihrem Gekreische das durchdringende Vibrato zu verleihen. Die uns begleitenden Mameluken hatten alle Hände voll zu tun, die Menge zurückzuhalten. Am Ufer des Nil lagen etliche Barken bereit, und ich hoffte, wir könnten sie nun endlich besteigen und davonsegeln. Aber nein!

Die Mameluken erklärten uns, sie würden sich schämen, wenn

sie ihre Gefangenen hungrig abreisen ließen. Also mußten wir uns auf herbeigebrachten Teppichen niedersetzen und verspeisen, was sie uns anboten. Es waren in der Sonne gedörrter Ziegenkäse und hartgekochte Eier, mindestens drei Tage alt, deren Schalen sie aber uns zu Ehren farbig bemalt hatten.

Ich hatte immer erwartet, daß die Sprache nun endlich auf die Sultanswürde des Königs kommen würde, aber davon war nicht mehr die Rede – weder auf mamelukischer Seite noch in der nächsten Umgebung des Königs.

Dann endlich segelten wir, immer noch unter einer Art Bewachung, die sich aber mehr wie ein Ehrengeleit ausnahm, bis unter die Mauern von Damiette. Unweit von uns ankerte unsere eigene Flotte, die uns nach Hause bringen sollte.

Doch der König bestand darauf, an Land gebracht zu werden, um höchstselbst das Aufbringen des Lösegelds zu überwachen, denn er wollte nicht heimziehen, ohne sich mit eigenen Augen vergewissert zu haben, daß die vereinbarte Summe zum Freikauf seiner Leute entrichtet worden war.

Außerdem hatten die Mameluken seinen Bruder Alphonse als Geisel in Kairo zurückbehalten bis zur Übergabe der vertraglich festgelegten ersten Hälfte der Lösegeldsumme. Ich drang jedoch in Herrn Ludwig, daß er nahe bei uns am Ufer bleiben sollte, denn wir hatten verabredet, die zweihunderttausend Livres an Bord zu sammeln und nicht vor den Augen der Menschenmenge, die uns auch hier umlagerte, aufzuhäufen und zu zählen.

Die ersten Herren verließen uns jetzt bereits, so der Graf von Flandern und Peter von der Bretagne, der sich von seiner schweren Krankheit nicht erholt hatte und sehnlichst nur wünschte, in seiner Heimatstadt begraben zu werden.

Mir oblag es, die Verbindung mit unserer Flotte aufrechtzuhalten und dafür zu sorgen, daß die Gelder zu uns gebracht, hier sortiert und gezählt wurden. Mein Sekretarius hatte nach stundenlanger Zählerei bis in die tiefe Nacht den guten Einfall, eine Waage zu Hilfe zu nehmen. Wir nahmen am nächsten Morgen Kästen, von denen jeder zehntausend Livres faßte, und konnten so das

Silber nach Gewicht messen, aber gegen Mittag fehlten uns immer noch gut dreißigtausend.

Ich ging mit William an Land, um dem König Bericht zu erstatten, und traf ihn mit Yeza an, der er aus der Heiligen Schrift vorlas. Nach ihrem skeptischen Gesichtsausdruck zu schließen, wurde die »Tochter des Gral« zum ersten Mal in ihrem Leben mit den Worten des Neuen Testaments konfrontiert, und William machte mich spöttisch hinterher darauf aufmerksam, daß der Herr Ludwig einen ins Okzitanische übersetzten Bibeltext benutzte, der von der Kirche ganz und gar nicht zugelassen sei, weil er nämlich das Werk eines Lyoner Kaufmanns Petrus Waldus sei, den Rom als Häretiker verdammt habe – wahrscheinlich nähme der König an, daß Yeza kein Latein könne, dabei habe er, William, ihr doch Vokabular und Grammatik kundig beigebracht, was die schlaue Tochter des Gral wohl jedoch geflissentlich verschweige. Was mich vielmehr rührte, war, wie väterlich der König mit Yeza umging und wie gesittet sich das sonst so wilde Mädchen gebärdete.

Bei Herrn Ludwig waren sonst nur der Konnetabel von Frankreich und Niklas von Akkon, der Priester, der so tat, als sähe und höre er nichts von der zweifelhaften Unterweisung des Ketzerkindes durch den königlichen Laien. Ich sagte zum König, es wäre doch wohl angebracht – angesichts des Defizits –, die Templer um ein Darlehen anzugehen, ich wüßte, daß sie auf der Galeere des Großmeisters noch reichliche Reserven lagerten. Herr Ludwig war damit sehr einverstanden, und ich ließ mich mit meinem Sekretarius hinüberrudern zu der Galeere.

»Mein lieber Herr von Joinville«, wies mich der Kommandant Etienne d'Otricourt zurecht, »der Rat, den Ihr dem König gegeben, ist weder gut noch praktikabel. Wie Ihr wissen solltet, darf der Tempel keine Gelder zum Freikauf von Gefangenen hergeben, auch nicht leihweise!«

Das fand ich widersinnig, denn was geht es den Kreditor an, was der Debitor mit dem Geld anstellt, solange er es nur zurückzahlt, und das wollte er beim König von Frankreich wohl nicht in

Zweifel ziehen! Im Nu hatten wir heftigen Streit, bei dem es an Beleidigungen nicht fehlte. Der Herr Renaud de Vichiers, der frühere Marschall, jetzt amtierende Großmeister, trat zwischen uns Streithähne.

»Es verhält sich in der Tat so, wie es der Kommandant dargestellt hat. Wir können keinen Sou hergeben, ohne unseren Eid zu brechen. Aber wie wäre es, werter Herr Sekretarius«, sprach er jetzt plötzlich meinen William an, »wenn der Herr Seneschall es sich einfach nehmen würde? Mich würde das nicht überraschen, doch Ihr müßt selbst wissen, wie Ihr es bewerkstelligt.«

Ich begab mich gar nicht erst zurück zum König, sondern ging gleich an Ort und Stelle vor, denn das Geld war ja zu unseren Füßen. William fragte den Kommandanten, ob er nicht mitkommen wollte, um zu sehen, wieviel ich mitnähme, doch das wies der entrüstet zurück. Der Herr de Vichiers hingegen erklärte, er werde Zeuge sein, wie ich im Namen des Königs mit Gewalt vorginge.

Die Geldtruhen wurden in einem besonders gesicherten Raum unter Deck gelagert, der nur vom Heckaufbau her zugänglich war. Die Schlüssel verwahrte der Schatzmeister, und der verweigerte natürlich ihre Herausgabe ganz entschieden, zumal er mich nicht kannte und mein von Krankheit und Entbehrungen verwüstetes Gesicht auch wohl wenig vertrauenerweckend erschien – von meinem Sekretarius ganz zu schweigen.

William fand eine Axt und rief laut: »Dann sei dies der Schlüssel Seiner Majestät!« Er wollte gerade beginnen, das Schloß aus den schweren Eichenbohlen herauszuhacken, als der Großmeister mich mit der Faust an der Brust packte und rief:

»Da Ihr offensichtlich nackte Gewalt gegen Uns anzuwenden gewillt seid, Seneschall, so sollt Ihr die Schlüssel haben!«

Der Schatzmeister schaute seinen Großmeister noch befremdeter an als mich zuvor, rückte sie aber heraus. Ich fand auch eine alte Kiste, und wir mußten sie dreimal vollgepackt aus dem Unterdeck auf unser Schiff hochwuchten, es half uns natürlich keiner, bis sich dort die nötige Summe türmte. Ich ließ es mir nicht nehmen, auf der Rückfahrt dicht am Ufer vorbeizusteuern und dem

König zuzurufen: »Seht her, Majestät, wie reich ich bin!«, und der Herr Ludwig freute sich sehr.

So hatten wir denn endlich alles Geld beieinander, und ich benachrichtigte die Herren auf beiden Seiten, die vorgesehen waren, die Übergabe de facto vorzunehmen. Dazu gehörte auch der Baron Philipp de Montfort, Herr von Beirut. Er riet dem König, einen Teil zurückzuhalten, bis der Herr Alphonse tatsächlich wieder bei uns sei. Doch davon wollte der König nichts wissen. »Ich habe mein Wort gegeben, dieses Geld zu zahlen, und werde es auch halten!«

Also wurde die Übergabe durchgeführt, während der ich, nachdem ich den Herren den gesamten Betrag, Kiste für Kiste, vorgewiesen hatte, beim König blieb. Ich sah, daß Yeza den Vorgang aufmerksam verfolgte und eifrig mitzählte, und als Herr Philipp dann kam, um zu melden, die Übergabe sei ordnungsgemäß erfolgt, sich eine steile Falte auf der Stirn des Mädchens runzelte.

Der König hatte sie nicht beachtet, wohl aber der Baron. »In der Tat, meine kleine Schatzmeisterin«, sagte er belustigt, »habe ich mir erlaubt, zehntausend Livres abzuziehen als geringes Äquivalent für die Schäden, die sie – vertragswidrig – an des Königs Eigentum zu Damiette angerichtet. Sie haben es nicht einmal bemerkt«, fügte er stolz hinzu.

»Aber ich empfinde, es zeugt von schlechtem Stil«, sagte der König scharf, »und ich fordere Euch auf, unverzüglich und ohne Widerworte die fehlende Kiste nachzureichen!«

Der Herr Philipp veranlaßte dieses, forderte jedoch den König auf, sich nun bitte an Bord eines unserer Schiffe zu begeben, denn nachdem die Stadt übergeben und das Lösegeld gezahlt sei, wäre es purer Leichtsinn, seine Person hier am Ufer weiter dem Zugriff der Sarazenen auszusetzen. Herr Ludwig zeigte sich mal wieder äußerst starrsinnig. Er habe sein beeidetes Wort erfüllt, und nun wolle er warten, daß sie ihm seinen Bruder zurückerstatteten.

Wie um die Warnungen des Herrn Philipp zu bitterer Wahrheit werden zu lassen, kamen jetzt Tausende von schreienden, waffenschwingenden Sarazenen angestürmt.

»Die haben wohl das viele Geld gesehen«, murmelte William.

»Und es nachgezählt«, fügte Yeza hinzu, »deswegen freuen sie sich.«

»Da bin ich nicht so sicher«, drängte der Montfort. »Laßt uns bitte gehen!«

Dazu war es zu spät, uns war der Weg zu den Schiffen schon abgeschnitten. Doch tatsächlich griff uns keiner an, sondern es öffnete sich eine Gasse, und der Emir Baibars schritt auf uns zu.

»Ich wollte mich von Euch verabschieden, Majestät«, sagte er und verbeugte sich von dem König, »und Euch bei dieser Gelegenheit sagen, daß Ihr ein tapferer Gegner gewesen seid. Doch noch mehr Respekt habt Ihr uns als Gefangener abverlangt, weil Ihr ein Mann hohen Mutes seid. Ich bin glücklich, Euch kennengelernt zu haben«, und er beugte sein Knie, »den Mann«, setzte er hinzu, »nicht den König der Franken!«

Mir fiel auf, daß es in den Augen des berüchtigten Bogenschützen gefährlich glitzerte, doch dachte ich, sind Tränen diesem harten Burschen nicht zuzutrauen. Aber er schien mir unendlich traurig, als er das sagte, und ich hatte das Gefühl, er hatte noch ganz etwas anderes auf dem Herzen. Jedenfalls beeilte sich Herr Ludwig, ihm zu antworten, viel hätte nicht gefehlt, und die beiden Männer wären sich in die Arme gefallen.

»Ich danke Euch für diese Geste, Emir Baibars«, sagte er leise. »Ihr habt mir meinen Bruder getötet und mich schwer geschlagen, aber Ihr tatet dieses für Euer Land und für Euren Glauben, der nicht der Unsere ist. Ich werde Euch immer in Erinnerung behalten als einen der fähigsten Heerführer und mutigsten Krieger, die mir je begegnet sind. Vor allem aber als einen ehrenhaften Sieger, der mir vor Augen geführt hat, welcher Wahn es doch war, Euer Land mit Krieg zu überziehen. Dafür habe ich Euch zu danken, wenn ich jetzt als freier Mann von dannen segle.« Und der König streifte seinen Ring ab und reichte ihn dem Emir: »Ehre dem Mann, der Uns besiegt, aber nicht vernichtet hat.«

Des Königs Blick, der selbst wässrige Augen hatte, glitt ab zu Yeza, zu der sich jetzt Baibars niedergebeugt hatte. »Prinzessin«, sprach der Mameluk, »lehrt Ihr den großen König, daß es nur einen Gott gibt, dem wir alle dienen sollten, dem es nicht gefallen kann, wenn Kriege darüber entscheiden, wer den richtigen Glauben hat.« Der rauhe Krieger suchte nach Worten, wie hilfesuchend legte er seine schwere Hand auf die Schulter des zierlichen Mädchens. »Nur wer den Frieden bringt, wird einst über diese Erde und ihre Völker herrschen, und sein Reich wird dem Allmächtigen wohlgefallen – Allah sei mit Euch, Yeza!« Er erhob sich und wandte sich an den Herrn Ludwig: »Ich habe geschworen«, sagte er traurig, »die Tochter des Gral zu hüten wie meinen Augapfel. Ich habe sie schlecht gehütet, Ihr aber, Majestät, habt sie vor Schlimmem bewahrt.«

Der König, dem gar nicht in den Sinn gekommen war, daß die von ihm in der Pyramide wie ein Findelkind errettete Yeza nun nicht seiner Obhut anheimgegeben sein sollte, war verwirrt ob dieser Worte, doch Baibars fuhr fort, so schwer es ihm fiel: »Da Ihr nach Syrien segeln werdet, wohin sich der Königliche Knabe begeben hat, bin ich bereit, sie Euch weiterhin anzuvertrauen, damit sich die Kinder wieder vereinen können!«

Da warf sich Yeza mit einem Satz an den Hals des gefürchteten Emirs. »Auch ich«, rief sie jubelnd, »werde Euch immer in Erinnerung behalten, großer Bogenschütze«, sie stellte sich vor ihn hin, »und ich werde als Geisel zu Euch zurückkehren«, versprach sie voller Ernst, »wenn Ihr, *Allah jimma,* Euren Sohn Mahmoud nicht bald wieder in Eure Arme schließen könnt.«

Baibars streichelte ihr übers Haar. »Ihr seid uns immer willkommen, Prinzessin«, sagte er und ließ sich von einem seiner Leute einen in Tuch eingeschlagenen Gegenstand reichen. Yeza wickelte ihn aus. Es war eine Laute. Sie gab durch ein schalkhaftes Lächeln zu verstehen, daß sie den Sinn der Geste erkannt hatte. Mit einem damenhaften Knicks zog sie sich zurück.

Der Mameluken-Emir wandte sich noch einmal an den König: »Ihr tretet in eines Mannes Schwur ein, Majestät, wenn ich sie jetzt mit Euch ziehen lasse –«

Da gab ihm der König die Hand. Baibars hielt sie fest und gab seinen Leuten, die in gebührendem Abstand gewartet hatten, ein

Zeichen. Da öffnete sich der Kreis, und des Königs Bruder, der Herr Alphonse de Poitiers, kam auf uns zu. Baibars verneigte sich noch einmal vor dem König und vor Yeza und ging zurück, sein Weg kreuzte sich mit dem des Prinzen von Frankreich.

Die beiden Brüder umarmten sich stumm, und wir gingen alle an Bord. Sofort wurden die Segel gesetzt, und wir hielten auf die offene See zu.

»Alta undas que venez suz la mar«,

Yeza entlockte dem Instrument, das ihr Baibars geschenkt hatte, eine wehmütige Weise.

»Que fay lo vent gay e lay demenar
de mun amic sabez novas comtar,
qui lay passet? No lo vei retornar!«

»Sie rührt mich in ihrem Kummer«, sagte ich leise zu William und warf dem hinter uns zurückbleibenden Dumyat einen letzten Blick zu. Der Mönch betrachtete versonnen die zusammengekauerte Gestalt des Mädchens vor der im Dunst entschwindenden Küste Ägyptens. »Der Herr Ludwig wird sich noch wundern, welch ungebärdige Tochter er da an Vaters Statt adoptiert hat!« spöttelte er.

Und ich sagte: »Ach, Herr Sekretarius, wir alle werden älter, und Yeza ist seit ihrem *iter initiationis,* ihrem Gang durch die Pyramide, reifer geworden, will mir scheinen!«

»Scheinen? – *Fallax in speciem,* der Schein trügt«, sagte mein William. »Älter schon, aber nicht weiser!«

Er mußte wohl das letzte Wort haben.

»Oy, aura dulza, qui vens dever lai
un mun amic dorm e sejorn' e jai,
del dolz aleyn un beure m'aporta.y!
La bocha obre, per gran desir qu'en ai.«

DURCH WILD ZERKLÜFTETES GELÄNDE waren sie geritten. Die tief eingeschnittenen Flußläufe lagen trocken, gesäumt von wildem Lorbeer und knorrigen Eichen.

Der wohl wenig benutzte Pfad schlängelte sich durch mannshohe Ginsterstauden, jeden Augenblick mußte der kleine Trupp gewärtig sein, auf eine größere Anzahl nicht freundlich gesonnener Reiter oder schlicht auf eine Räuberbande zu stoßen.

Der Rote Falke, Madulain und Roç hatten das äußerste Grenzgebiet des Königreiches erreicht, die sogenannte »Syrische Pforte«. Sie ließen die Treiber mit den Tieren vorausgehen, ihr Rufen und der Hufschlag der Pferde waren das einzige Geräusch in der Stille der Hügel. Dann – es war Roç, der es als erster vernahm und den Arm hob, Madulain zügelte ungläubig ihren Zelter, der Rote Falke schloß zu ihr auf.

»Allerêst lebe ich mir werde,
sit min sündic ouge siht ...«

Deutlich war jetzt – vom Wind leicht verweht – der Gesang, ein Choral, zu vernehmen.

»daz here lant und ouch die erde,
der man vil der eren giht.«

Roç bog vorwitzig um die Ecke. »Starkenberg!« rief er leise.

Gegenüber dem Hang, an den schroffen Felsen klebend wie ein Hornissennest, ragte die Burg des Deutschen Ritterordens auf. Sie näherten sich dem Rand der Schlucht, drüben erschien eine Wache auf der Mauer, im wehenden weißen Umhang, das schwarze Kreuz der Schwertbrüder zeichnete sich auf der Tunika ab, von der Brust bis zur Kniehöhe.

»Mirst geschehen des ich ie bat,
ich bin komen an die stat
da got mennischlichen trat.«

Der Wächter beäugte die Ankömmlinge und wies ihnen dann stumm den Abstieg, den sie vorher nicht wahrgenommen. Sie mußten ihn zu Fuß antreten.

> *»Schoenui lant rich unde here*
> *swaz ich der noch hen gesehen,*
> *so bist duz ir aller ere.*
> *waz ist wunders hie geschehen!«*

Der mächtige Choral drang jetzt im Innern der Burg viel dumpfer durch die Mauern, als sein Ton draußen ins Land geweht war.

> *»Daz ein magt ein kint gebar*
> *here übr aller engel schar,*
> *was daz niht ein wunder gar?«*

Sigbert von Öxfeld, der Komtur, stand bei seinen Freunden im Sockelgeschoß des Donjons und hörte sich lächelnd ihren Plan an, die Mamelukenkinder aus Homs zu befreien.

»Ich bewundere Euren Mut«, raunzte er dann bärbeißig den Roten Falken an, »aber ich spreche Eurem Vorhaben jegliche Aussicht auf Erfolg ab. Ihr dürft unmöglich jetzt als Mamelukenemir dem An-Nasir gegenübertreten!«

»Das gedachte ich sicher zu vermeiden«, entgegnete ihm der Rote Falke schnippisch, »Roç kennt einen geheimen –«

Das dröhnende Gelächter des Öxfeld unterbrach ihn. »Sicher den kürzesten Weg in den Kerker, und dort erwartet Euch nur einer: der Henker! Nein, so keinesfalls, mein Lieber!«

»Und wenn«, beendete Madulain das betretene Schweigen, »der Herr von seiner illustren Vergangenheit als ›Prinz Konstanz von Selinunt‹ nützlichen Gebrauch machen würde?«

»Höchst kluge Tochter der Saratz!« polterte Sigbert erfreut. »Das ist die Lösung: Ihr tretet als Gesandter des Kaisers auf, in geheimer Mission selbstredend und somit nur von seiner Dame und« – er schaute belustigt auf Roç herab – »einem sehr jungen

Schildknappen begleitet –« »Ich ziehe es vor, nicht als solche zu erscheinen«, wandte Madulain ein, »vergeßt nicht: Mich und Roç kennt man in Homs. Die Verkleidung müßte also umgekehrt geschehen, ich als Pferdeknecht und Roç als Tochter oder Schwester oder –«

»Ich bin Ritter und trage keine Weibersachen!« empörte sich Roç. Sigbert räusperte sich. »Wenn Ihr schon von Homs nicht lassen wollt, dann muß sich jeder in die Rolle fügen, die ihn nicht wiedererkennbar und glaubwürdig gegenüber dem An-Nasir macht. Du willst doch deine kleinen Freunde befreien – oder?«

Roç schluckte, Madulain warf den Kopf zurück, und sie stiegen hinter dem Deutschritter hinauf in die oberen Turmgemächer.

»Hier nächtigte schon mancher König nebst seiner Gemahlin«, erläuterte der Komtur den kargen Raum mit dem von einem Baldachin gekrönten Ehebett. Er öffnete einige der Schränke, ihr hervorquellender Inhalt an Samtwesten und feinem Beinkleid reichte, um eine ganze Pagenschar einzukleiden.

»Wir lassen die Dame jetzt allein«, schlug Sigbert wohlgemut vor, »und erwarten dann einen ranken Knappen.«

Er schob die beiden Männer aus der Tür in das Vorzimmer. Auch hier standen Schränke und Truhen.

»Darin, Roç, wirst du finden, was dir steht – oder soll dir Madulain zur Hand gehen?«

»Anziehen kann ich mich schon selbst!« wies der Junge den altväterlichen Komtur zurecht.

»Deinen Stock!« fügte der Rote Falke hinzu. »Den darfst du hierlassen. Kleine Mädchen führen keine Ebenholzknüppel mit verborgener Klinge bei sich.«

Roç war so wütend, daß er mit hochrotem Kopf tief in der Kiste wühlte.

»Könnt Ihr mich jetzt gefälligst allein lassen!« keuchte er, und die beiden Ritter gingen.

Von Sigbert ließ sich Roç ja alles sagen, aber nicht vom Roten Falken, der bloß hinter Madulain her war, auch wenn er's nicht zeigte. Und dann solche Fehler machte, als Mamelukenemir die

Mamelukenkinder befreien zu wollen! Jetzt wurde es also ernst, er, Roç, würde, wenn auch als Zofe getarnt, seine erste Rittertat begehen. Daß Yeza ihn nicht sehen konnte!

Der Raum, in dem man ihn allein gelassen hatte, mußte den Kriegermönchen als Skriptorium gedient haben. In den anderen Kisten waren Pergamentrollen und Folianten aufbewahrt, wie Roç neugierig feststellte. Lesen konnte er es nicht. Es war wohl Deutsch. Aber er fand ein unbeschriebenes kleines Blatt, Feder und Tinte.

Es konnte ihm natürlich auch ein ruhmreicher Tod beschieden sein – als gefallener Held sollte man der Liebsten einen letzten Gruß zukommen lassen, damit sie was zum Weinen hatte. Er mußte Yeza einen vorsorglichen Abschiedsgruß schreiben, den sollte man dann finden, wenn er nicht mehr war – oder auf einem Schild aufgebahrt zur Ritterburg zurückgetragen wurde, die Hände über dem Schwertknauf gefaltet. Der Knauf! Das wäre ein Versteck, von dem nur sie wüßte, Yeza, seine trauernde Wittib.

Roç setzte sich auf die Truhe und begann zu schreiben.

»Liebste Yeza, wenn Du diesen Brief in den Händen hältst –«

Nein, er mußte mutiger beginnen, ihr Vertrauen in eine Zukunft ohne ihn einflößen – ohne ihn? Das war zu traurig, der Gedanke ließ ihm selbst die Tränen kommen. Noch war er ja nicht tot! Also:

»Meiner heiß und innig geliebten Yeza ein hurtig Grußwort von Starkenberg, der Festung unseres väterlichen Hüters Sigbert, dessen Gastfreundschaft ich gerade genieße. Morgen brechen wir auf gegen Homs, die Freunde zu befreien, denn es gilt den Schwur der Brüder und Schwestern des geheimen Schwertes einzulösen. Sollte mir etwas zustoßen wie der Tod oder so, nimm's leicht – nach angemessener Trauerzeit –, geh nicht ins Kloster, und vergiß mich nie!«

Jetzt mußte er doch wieder weinen. Er raffte sich noch einmal mannhaft auf und setzte darunter: »Dein Dich ewig liebender Roç«.

Er schneuzte sich, rollte das Pergament zusammen, zog die

Klinge aus ihrer versteckten Scheide, wickelte die Botschaft sorgfältig um sie und versenkte sie bedächtig. Dann stellte er den unverdächtigen Stab in eine Ecke, so daß ihn jeder sehen mußte, der nach einem Stück von ihm suchte. So würde Yeza als seine einzige Erbin die Nachricht erhalten, und das war dann auch sehr würdig.

Jetzt mußte er sich aber schleunigst in das verlangte Frauenzimmer verwandeln. Er würde sich einfach so verkleiden, als wäre er Yeza. Ob Madulain schon mit dem Anprobieren fertig war? Roç lauschte. Er hörte, wie sie sich im Nebenraum bewegte.

Auf Zehenspitzen schlich er zur Tür und preßte sein Auge gegen das Schlüsselloch. Ihm stockte der Atem. Madulain stand splitternackt vor dem Schrank und hielt sich ein Wams nach dem anderen vor den Körper, sie war ihm zugewandt, daß er ihre Schenkel und die dunkle Paradiespforte sehen durfte, die ihm allerdings wie ein Höllenschlund erschien, doch ehe er dies genauer ergründen konnte, stieg sie behende in ein Paar zweifarbige enge Hosen, zwängte ihren marmornen Bauch und ihren Hintern hinein und verbarg ihm so das Geheimnis.

Seit der Geschichte mit den Männern in Baalbek kam er von diesem Anblick nicht mehr los. Er verfolgte ihn sogar in den Schlaf, er träumte von diesem schwarzbehaarten Schoß, der sich ihm entgegenwölbte, ihn lockte, ihn in sich hineinzog. Roç atmete schwer, und er spürte seinen Penis unter dem Rock steifer werden und wachsen, doch er traute sich nicht, die Tür zu öffnen und – ja, wie sollte er der schönen Saratz gegenübertreten, was sollte er ihr sagen, sie, die sogar schon verheiratet war, die selbst einen Ritter wie den Roten Falken verschmähte? – Sie einfach umarmen? Vor ihr niederknien?

»Or me laist Dieus en tel honor monter,
que cele ou j'ai mon cuer et mon penser,
tiegne une foiz entre mes braz nuete,
ainz que voise autre mer.«

Sich sporenklirrend nähernde Schritte im Gang bewahrten ihn vor der Entscheidung. Mit einem Satz war Roç zurück bei der Kleidertruhe und wühlte, den roten Kopf tief hineingebeugt, in den Stoffen.

»Hast du nichts gefunden?« fragte die Stimme Sigberts väterlich. »Ich werde dir helfen –«

Roç nickte dankbar und legte seine eigenen Sachen ab. Der Penis, das fühlte er mit Erleichterung, war schon wieder so weit abgeschlafft, daß er ihn nicht verraten würde. Warum bloß war Yeza nicht da; ihn einfach allein zu lassen in der Fremde!

»Probier das mal an!« Sigbert hielt ihm eine seidene Bluse hin, und Roç erkannte das Wappen der Staufer.

Stolz stieg in ihm auf.

DIARIUM DES JEAN DE JOINVILLE

Akkon, den 3. Juli A.D. 1250

Die Stadt Akkon, das alte Ptolemais, am nördlichen Ende der Bucht von Haifa gelegen, galt als das weitaus bestbefestigte Bollwerk dessen, was uns Christen noch vom »Königreich von Jerusalem« übriggeblieben war.

Seit dem Verlust von Hierosolyma, der glorreichen Namensgeberin, vor genau 63 Jahren durch den großen Saladin, diente Akkon Outremer als Hauptstadt, Sitz der Könige oder ihrer Regenten, des Patriarchen und aller drei Großmeister der Ritterorden.

Als unser Schiff mit Herrn Ludwig am »Turm der Fliegen« vorbei in das gesicherte Hafenbecken einbog und beim Arsenal anlandete, hatten sich die wenigsten der Genannten zum Empfang eingefunden.

Mich wunderte das wenig, denn auch auf dem genuesischen Schiff, das den König hierherbrachte, waren nicht einmal neue Kleider für ihn bereitgelegt worden.

Er war gezwungen, die Reise in denselben Gewändern hinter sich zu bringen, die er seit seiner Gefangennahme am Leibe trug, denn Geschenke der Mameluken hatte er – als einziger von uns – standhaft verschmäht.

Regent von Outremer war – seit dem Tod seiner Mutter Alice – König Heinrich von Zypern. Der war auf seiner Insel geblieben.

Der Patriarch Robert schmachtete noch in Ägyptens Kerkern, ebenso wie der Großmeister der Johanniter Guillaume de Chateauneuf, der allerdings schon seit der unglücklichen Schlacht von Gazah A.D. 1244.

Das Hospital wurde repräsentiert durch seinen Profeß Henri de Ronay, doch der kam erst mit einem späteren Schiff, der Tempel durch seinen bisherigen Marschall Renaud de Vichiers, den sein Ordenskapital allerdings jetzt offiziell zum Großmeister gewählt hatte, was ihm wohl zu Kopfe gestiegen war, denn ich sah nur den Herrn Gavin Montbard de Béthune am Ufer.

Auch bei den Deutschen hatte es im vergangenen Jahr nach dem Tod von Heinrich II. von Hohenlohe einen Wechsel gegeben.

Der neue Hochmeister ihres Ritterordens, Graf Günter von Schwarzburg, residierte jedoch im fernen Prussien und hatte das Heilige Land noch nicht mit seinem Besuch beehrt. Und da auch nicht sein Herr und König Konrad jetzt hier eintraf, sondern Herr Ludwig Capet, würde er ihm auch weiterhin fernbleiben. Er ließ sich durch den Komtur von Starkenberg, den alten Kämpen Sigbert von Öxfeld, vertreten, der seit den schweren Stunden von Damiette in höchster Huld der Königin Margarete stand.

Die stand am Kai, das drei Monate alte Söhnlein im Arm, das sein Vater noch nicht zu Gesicht bekommen hatte, war es doch erst nach seiner Gefangennahme geboren worden.

Und hinter ihr, reuig sich ins zweite Glied drückend, mußte Herr Ludwig seinen ungebärdigen Garde-du-Corps, Yves den Bretonen, erblicken.

Es war also ein recht spärliches Willkommen, das uns da geboten wurde, als Herr Ludwig, Yeza an der Hand, von Bord des Schiffes ging.

Die Königin schaute etwas befremdet auf das blonde Mädchen in Hosen, mit einem Dolch im Hüfttuch, das ihr unbefangen entgegentrat, während sie mit einem Hofknicks dem König seinen Sohn Jean-Tristan darbot.

Yeza zeigte für das Kindlein mehr Interesse als der Herr Ludwig selbst, der seinen Sohn nur flüchtig auf die Stirn küßte.

Nur das energische Dazwischengreifen der Damen verhinderte, daß Yeza es auf den Arm nahm. Sie grinste ihm zu und kniff ein Auge zusammen, und das Kind begann zu greinen.

Sigbert trat vor und befreite das Herrscherpaar von der erklärungsbedürftigen Inkonvenienz einer derart selbständigen unerwarteten Pflegetochter.

Doch Yeza fiel rechtzeitig ein, was sich gehörte, und knickste tief vor Frau Margarethe, bevor sie sich von dem Deutschritter zur Seite ziehen ließ.

Der König wandte sich an Yves: »Ach«, sagte er leichthin, »Herr Yves, ich wähnte Euch schon mit Eurem Grafen Peter Mauclerc in die Bretagne zurückgekehrt –«

»Ich wollt, Ihr wünscht mir nicht das gleiche Schicksal, Majestät«, sagte Yves und beugte sein Knie, »der Graf wird sein Land nicht wiedersehen. Er starb noch angesichts der Küste Ägyptens –«

»So will ich Euch seinen Beinamen ›Mauclerc‹ vermachen«, sagte der König bitter, »denn wenig Gutes habe ich von ihm erfahren und übler könnt auch Ihr mir nicht mitspielen, hoffe ich. Ein ›schlechter Priester‹ seid Ihr allemal«, fügte er hinzu.

»Aber ein Schutzschild, der sich für Euch in Stücke schlagen ließe, Majestät! Ein Arm, der jeden Stoß auffangen will, der gegen Euch –«

»So tretet hinter meinen Rücken, Yves Mauclerc, damit Ihr mir nicht den Anblick vergällt, und ich verbiete auch, daß Euer Arm je wieder zuschlägt, denn ich will lieber von drei Mameluken erschlagen als von einer Hand beschützt werden, die das Heil der Seele nicht achtet.«

Während der Bretone sich erhob und schnell wieder seinen angestammten Platz hinter dem König einnahm, richtete die Königin ein Wort an ihren Gemahl. »Sire«, sagte sie und wies auf Sigbert, »Verdienst um das Wohl Eurer Familie hat sich hingegen der Komtur von Starkenberg erworben.«

Dem König paßte dieser Hinweis jetzt wenig, und er sagte mürrisch: »Komtur, Wir sind in Eurer Schuld und wüßten nicht, wie Wir sie je begleichen könnten – oder haben die Deutschritter ein dringliches Anliegen?«

»Es genügt uns, Majestät«, erwiderte Sigbert und legte seine breite Pranke auf Yezas Kopf, »daß Ihr dem Kaiser und seinem Blute in diesen Zeiten der Anfeindung so loyal die Freundschaft haltet. Dagegen verblaßt mein Verdienst. Wir haben für Euren Schutz des Kindes zu danken.«

Er beugte sein Knie und wollte Yeza mit sich wegführen, doch der König winkte ihn zurück.

»Euch kann ich nicht halten«, sagte er und griff nach Yezas Arm, »doch sollt Ihr meines kaiserlichen Vetters Sproß nicht in die Einöde von Starkenberg entführen. Yeza ist mir ans Herz gewachsen. Ich will sie der Liebe der Königin anvertrauen.«

Frau Margarethe war sprachlos, sie reichte Yeza die Hand, die diese jedoch nicht ergriff. Erst als Sigbert sie zu der Königin geleitete, gab sie ihren Widerstand auf.

Mich dauerte sie, und so gab ich William einen Stoß und sagte laut zu Herrn Ludwig und seiner Gemahlin: »Das Kind ist schwer zu hüten und soll Euch nicht zur Last fallen. Ich gebe Euch meinen Sekretarius dazu, der sich schon als Erzieher der Prinzessin bewährt hat.«

William trat vor, und ein dankbares Lächeln ging über Yezas Züge, doch die Königin sagte spitz: »So ungebärdig kann die Tochter Eures Friedrich doch wohl nicht sein, daß es eines Komturs, eines Sekretarius und der Fürsprache eines Seneschalls bedarf«, und sie winkte ihre Damen herbei, damit diese Yeza in Empfang nahmen.

Da sagte die schnell, zum König hingewandt: »Ich nehme den Herrn William von Roebruk gern in meine Dienste –« und zu Sigbert: »Ich danke Euch für Eure Obhut.«

Sie stellte sich zwischen die beiden Männer, so daß die Hofdamen davon Abstand nahmen, sie zu behelligen.

Der König lachte und sagte zu seiner Frau: »Da habt Ihr einen Vorgeschmack, Madame«, und als er sah, daß die Königin diesen wenig goutierte, fügte er hinzu: »wenn schon der Deutsche Orden seinen treuesten Ritter und Ihr, lieber Joinville, die Blüte der Sippschaft des heiligen Franz abstellt, will ich nicht zurückstehen und meinerseits Herrn Yves beisteuern, der solch liebender Betreuung gar sehr bedarf.«

Mich deuchte, mir bleibt das Herz stehen! Wußte denn der Herr Ludwig nicht, daß er da den ärgsten Bock zum Gärtner machte – oder wollte er gerade dies, das versteinerte Herz des Bretonen durch den Umgang mit der liebreizenden Yeza umstimmen? Ein gewagtes Spiel! Frau Margarethe, wohl betroffen, daß dem fremden Kind so viel mehr Aufmerksamkeit geschenkt wurde als ihrem eigenen, bat darum, sich zurückziehen zu dürfen.

Jetzt erst bemerkte der König ihre Verärgerung, nahm den Sohn auf den Arm und bot ihr seine Begleitung an.

»Folgt nur Eurem Herzen«, sagte sie darauf und schritt voran.

EIN SELTSAMES BILD bot sich den Händlern des Bazars von Akkon, der sich zwischen dem Patriarchat, Montjoie und dem Arsenal ausbreitete.: Drei völlig verschiedenartige Männer wetteiferten um die Gunst eines kleinen Mädchens, das blond und zart zwischen ihnen ging, und da nur für zwei von ihnen Platz zur Rechten wie zur Linken war, eilte der dritte voraus oder – je nach Temperament –, er stapfte hinterdrein.

Dem mächtigen teutonischen Bären Sigbert vermochte keiner den festen Platz an der Seite Yezas streitig machen. Nur wenige Male gelang es dem dicken Minoriten mit dem lustigen rötlichen Lockenkranz, den gedrungenen Yves zu verdrängen, so daß dieser mit seinem bleichen Albengesicht, von langem schwarzen Haar düster umrahmt, gebeugt, fast buckelig, hinterherschleichen mußte. Meist blieb dem Franziskaner nichts anderes übrig, als vorwegzuhüpfen und Yeza auf allerlei Köstlichkeiten des Marktes aufmerksam zu machen.

Yves spürte die widerwillige Wachsamkeit des deutschen Rekkens und den nervösen Argwohn des Mönches, als habe ein verwirrter Hirte seine treuen Schäferhunde geheißen, einen Wolf in ihren Reihen zu dulden. Er war der Wolf, ein einsamer Wolf.

Doch auch der finstere Bretone achtete flinken Auges auf seltene Arbeiten, versteckte Raritäten und skurile Gerätschaften und, da alle drei – wie auch Yeza selbst – des Arabischen mächtig waren, stöberten, entdeckten und feilschten sie um die Wette. Die Männer taten alles, um das Mädchen mit kleinen Aufmerksamkeiten zu überhäufen.

Längst folgte ihnen ein Lastenträger, dessen Korb sich zusehends füllte, mit silbernen Fußreifen, dicken Bernsteinketten, Flakons mit wohlriechenden Essenzen, intarsiengeschmückten Kästen voller Henna und Myrrhe, perlenbestickten Pantöffelchen, Schals, Bändern und Gürteln, doch Yeza hatte nur Augen für die Waffen, für die Säbel und Spieße, Keulen und Bögen und die dunklen Gewölbe der Waffenhändler. Sie bemerkte als einzige, daß Yves sich heimlich davonstahl. Neugierig folgte sie ihm.

Ihr war der unheimliche Geselle mit dem breiten Brustkorb und den langen Armen durchaus noch von der Grabkammer her in dumpfer Erinnerung, auch wenn ihr der Blick auf die erhobene Axt des Bretonen erspart geblieben war. Jetzt stand der Bretone vor dem offenen Schmiedefeuer, dessen glutroter Schein ihn beleuchtete, und sah einem Schmied aufmerksam bei seiner Arbeit zu.

Seit seinem Waffengang mit Angel von Káros war Yves die Idee von einer Kombination von dessen zwei Mordinstrumenten im Kopf herumgegangen, denn ein Morgenstern in der einen und eine Axt in der anderen Hand waren zwar fürchterlich anzuschauen, aber wie von ihm selbst schlagend und schneidend bewiesen, boten sie dem Träger keinen hinreichenden Schutz. Yves mochte auf den freien Arm für den Schild nicht verzichten. Er hatte dem Schmied umständlich erklärt, wie die stachelige Kugel auf dem Dorn der Axt zu sitzen habe und ihre Kette im hohlen Stiel zu

verbergen sei, so daß die aufgesetzte Kugel hinter der Klinge des
Beils dessen Schwere verstärkte und gar nicht als mobiles Element
erkennbar war.

Yeza sah, wie der Schmied das gerade geschmiedete Eisen jetzt
in einen Wasserbottich stieß, daß es zischte, und es dann dem
Bretonen überreichte. Die gefährliche Waffe faszinierte sie ebenso
wie das Verhalten von Yves, der den Mechanismus mit der Sanftheit eines Lammes bemängelte. Die Anwesenheit von Yeza hatte er
immer noch nicht bemerkt. »Guter Mann«, sagte er zu dem
Schmied, »Ihr habt die Kette einfach und sichtbar um den Schaft
gewunden, statt sie darin zu verstecken.« Der Schmied betrachtete
seinen seltsamen Auftraggeber voller Argwohn: »Hohl würde der
Stiel an Stärke einbüßen, Euch in der Hand zerbrechen – und«,
murmelte er aufsässig, »so kostet es Euch weniger.«

Yeza hatte sofort begriffen, was dem begriffsstutzigen Mann
nicht einleuchten wollte, er war der Tradition seines Gewerbes zu
verhaftet oder der verlangten Tücke abhold.

»Dann schmiedet mir ein Rohr aus Eisen«, schlug der Bretone
geduldig vor, »kümmert Euch nicht um die Schwere für meinen
Arm noch um die Belastung für meinen Beutel. Kugel und Beil
könnt Ihr wiederverwenden. Sie sind gute Arbeit«, lobte er ihn
und wollte ihm die Waffe zurückreichen, als er Yeza hinter sich
entdeckte.

»Du tötest gern, Yves?« fragte Yeza leise, als er mit dem Daumen prüfend über die Schneide fuhr.

Er zuckte zusammen.

Das Kind hatte ein so wissendes Lächeln und Augen, die man
nicht belügen konnte. Er spürte, wie er zusehends dem Bann des
seltsamen Geschöpfes verfiel, das er hatte töten sollen und das
ihm jetzt nie gekannte Gefühle eines väterlichen Beschützers auf-
zwang.

»Ich tat es stets im Namen der Gerechtigkeit«, sagte er bedächtig, »im Interesse der Krone, für den rechten Glauben –«

»Das mag jeder Henker von sich sagen«, entgegnete Yeza, »aber
für Euch trifft es nicht zu, Ihr seid ein Jäger.«

»Ich danke Euch für soviel gut gemeintes Verständnis, Prinzessin, aber ich bin auch der Wolf – und das viele Blut, das ich schon vergossen habe, im Namen welchen Gesetzes auch immer, es macht mich zum wilden Tier – und nicht zum besseren Menschen. Gerechtigkeit«, Yves lachte bitter, »ist immer das Gericht der Mächtigen über die Unterlegenen. Für die Armen gibt es sie nur als frommes Geschwätz oder huldvolle Geste, aber nie als Recht – und ich bin ein Armer, Prinzessin!«

»Nein«, sagte Yeza, »wer sich so selbst erkennt, ist schon reicher als alle, die in blöder Ignoranz verharren. Macht euch nicht geringer, Yves, sondern stärker!«

»Wollt Ihr das Arsenal hier aufkaufen?« polterte da Sigbert in die Höhle. »Der Bretone ist ein gar gefährlicher Umgang für eine junge Walküre.«

»Was soll ich bitte sein?« ging Yeza, verärgert über die Bevormundung, den nachdrängenden William an und verließ das Gewölbe.

Fast verlegen gab Yves die Axt mit dem Morgenstern dem Schmied zurück. »Versucht meine Wünsche zu erfüllen, Meister, ich will's Euch gut lohnen!« Dann folgte er schnell den anderen.

»Eine Art Ritterin«, beantwortete der Mönch die Frage des Mädchens, »sie trägt nach der Schlacht die gefallenen Helden.«

»Was habt Ihr von Roç gehört?« fragte Yeza heftig. »Was verschweigt Ihr mir?«

»Eure Freunde haben«, mischte sich Sigbert ein, »Starkenberg bei bester Gesundheit verlassen und werden ihr Ziel sicher wohlbehalten erreichen.«

William verschwieg, daß die meisten Stimmen übler von dem Schicksal des Roten Falken und seiner Gefährtin zu berichten wußten, von Tod bis Gefangenschaft – und Yeza ließ sich nicht anmerken, daß der neugierige Gang über den Bazar von ihr nur vorgeschoben war, um etwas über die Verschollenen in Erfahrung zu bringen. Zu lange Zeit war es her, daß die drei nach Homs aufgebrochen waren, und immer noch fehlte jede Nachricht von ihnen.

Sigberts vertröstende Auskunft stürzte sie in eine tiefe Traurigkeit. Sie verspürte keine Lust mehr, in den Gassen und Läden herumzustöbern, und so sehr sich auch alle, selbst Yves, der den anderen wie ausgewechselt erschien, sich Mühe gaben, sie aufzuheitern, Yeza verfiel ins Grübeln.

Yves gab Geschichten vom Hof zum besten, in seiner knappen, sarkastischen Art, von der Würfelleidenschaft der Brüder des Königs, die dem Herrn Ludwig als äußerst verwerflich erschien. Mal hatte er dem Herrn Charles nicht nur die Würfel, sondern auch das bereits gewonnene Geld so vom Tisch gefegt, daß es seinen hoch verlierenden Mitspielern unerwartet in den Schoß flog, und der Herr Alphonse hatte die Angewohnheit, immer, wenn ein Bettler vorbeikam, nicht von seinem Haufen, sondern von dem der anderen reichlich zu nehmen und es den Armen zuzuwerfen.

William konnte darüber lachen, Yeza nicht. Gavin, der Templer, hatte von weitem die Gruppe um Yeza beobachtet, und er runzelte mißbilligend die Stirn. Yves, der Bretone, mochte sich über Nacht, die Nacht in der Pyramide, vom Saulus zum Paulus gewandelt haben und den König jetzt mit neuer Frömmigkeit und der Sanftheit eines Lammes erfreuen. Es gab immer noch eine unsichtbare Nabelschnur, die ihn mit Charles d'Anjou verband – das übersah der gute Herr Ludwig –, und solange diese Verbindung bestand, konnte jederzeit der böse Geist des Anjou den schlicht denkenden Yves wieder in den reißenden Wolf zurückverwandeln.

Gavin trat zu der Gruppe und begrüßte Yeza respektvoll, Sigbert freundschaftlich, William spöttisch und Yves kühl. »Der Herr König hat dem Gesuch des Herrn Komtur des Deutschen Ritterordens stattgegeben, so daß unser Freund Sigbert nach Norden eilen kann, um nach Eurem Roç zu forschen«, wandte er sich an Yeza, »und wie ich Herrn Sigbert kenne und schätze, wird er ihn finden.«

Das war die als Trost bemäntelte Ankündigung, daß Yeza dieses Schutzes entbehren müsse.

Doch das Mädchen fiel dem überraschten Sigbert um den Hals und dankte ihm für sein Vorhaben.

»Auch mich hat der König beiläufig darauf angesprochen«, setzte Gavin spöttisch hinzu, »ob die Templerburgen an den Grenzen nicht meines Armes bedürften, und vor allem meiner Erfahrung.«

»Und Ihr habt ihm stolz erwidert, im Orden des Tempels sei jeder ersetzbar, und keine Burg sei je ohne qualifizierte Führung gelassen worden«, ergänzte Sigbert die Schilderung vorsichtig, denn er wußte nicht, worauf der Templer hinauswollte.

»Ich erwiderte ihm«, sagte Gavin, »meine Aufgabe sei anderer Natur, und deswegen würde ich Akkon grad verlassen, ohne es jedoch aus den Augen zu verlieren.«

Sigbert hatte begriffen: »Das will ich auch so halten – und schließlich ist ja Akkon in zweier Tage scharfen Ritts von Starkenberg her zu erreichen!«

»Wenn Ihr Euch um mich Sorgen macht, lieber Sigbert«, sagte da Yeza, »so reitet immer weiter, viele scharfe Tagesritte, bis Ihr meinen Roç gefunden und ihn mir sicher zurückgebracht habt!«

Sie schenkte ihm das Strahlen ihrer Augensterne und wies dann, zu Gavin gewandt, auf William und Yves, den Bretonen. »Ich habe mit Eurem Fortgang zwar keinen richtigen Ritter mehr, aber zwei Herren, die, so verschieden sie in ihrer Art sein mögen, sich die undankbare Aufgabe haben aufbürden lassen, um mein Wohl besorgt zu sein, dazu die Fürsorglichkeit des Königs selbst. Um meinen Schutz ist es also nicht schlecht bestellt! Und nun laßt uns gehen, meine Herren, die Frau Königin fragt sich sonst mit Recht, was sich wohl ein junges Mädchen mit vier ausgewachsenen Männern und einem Lastenträger so lang auf dem Bazar herumtreibt.«

»Mich entschuldigt«, Gavin verbeugte sich förmlich vor Yeza, »ich muß noch meine Abreise vorbereiten, denn ich will das Tor von Maupas so schnell wie möglich hinter mich bringen. – Euch sehe ich noch«, wandte er sich vertraulich an Sigbert, grüßte William und Yves durch Hochziehen der Augenbrauen und verschwand.

Akkon, den 4. Juli A.D. 1250

Heute morgen hat uns mein Herr Ludwig zu sich gerufen. »Meine hohen Herren«, sagte der König, »ihre Königliche Hoheit, die Königinmutter, hat mir die dringliche Botschaft zukommen lassen, ich möge nach Frankreich zurückkehren, denn das Land sei in höchster Gefahr, da sich der Herr Henri, König von England, nicht an die vom Papst auferlegte Waffenruhe hält. Andererseits – die Bewohner von Outremer bitten mich flehentlich zu bleiben, denn wenn ich von dannen zöge, wäre der Traum von Jerusalem zunichte, es blieben nach dem durch mich zugefügten Aderlaß nur wenige, um auch nur Akkon halten zu können. So erwarte ich von Euch, meine lieben Herren, daß Ihr reiflichen Ratschluß wägt. Dem Ernst der Lage Rechnung tragend, lasse ich Euch dazu eine angemessene Frist. Dann sollt Ihr mir Eure wohlweisliche Meinung kundtun.«

DER TEUFEL

»Tiphon grüßt aus ägyptischem Sand. Leidenschaft heißt die Kette, an der er führt. Die falsche Frucht bringt Unheil. Je höher einer steigt, der Vergebung um seiner selbst willen sucht, desto tiefer kann er stürzen.«

Kaum hatte uns der König vor die schwere Entscheidung gestellt, suchte mich der römische Legat in meinem Quartier auf, um mich wissen zu lassen, er sähe auch nicht die geringste Möglichkeit für Herrn Ludwig, im Heiligen Land zu verweilen, und lud mich ein, auf seinem Schiff die Rückreise nach Frankreich anzutreten.

Ich sagte ihm nicht, daß ich kein Geld mehr besaß, um meine Schulden hier zu zahlen, sondern daß ich mich von seinem Angebot hoch geehrt fühlte, doch die Mahnung meines alten Priesters Dean of Manrupt – Gott habe ihn selig! – im Ohr behalten hätte: »Auf Kreuzzug ausfahren ist ein gar löblich Unterfangen, aber achtet darauf, wie Ihr heimkehret! Denn jeder Rittersmann, ob arm oder reich, verlör' sein Ehr, bedeckte sich mit Schand, wenn er Gottes schlichte Knechte, mit denen er ausgezogen, in den Kerkern der Heiden schmachten ließe.« Der Herr Legat war sehr verschnupft ob dieser Zurückweisung.

Alsbald rief uns der König wieder zusammen, seine Brüder und die anderen Pairs von Frankreich hatten den Grafen von Flandern beauftragt, ihren gemeinsamen Entschluß darzulegen.

»Majestät«, sagte der. »Wir haben Eure Lage gewissenhaft bedacht und sind zu der Auffassung gelangt, daß Ihr hier nicht bleiben könnt, ohne Schaden an Eurer Ehr und dem Wohlergehen des Königreiches von Frankreich zu nehmen. Von allen Rittern, die mit Euch ausgezogen sind – zweitausendachthundert brachtet Ihr nach Zypern – umringen Euch heute hier in Akkon grad' noch hundert! Deshalb lautet unser Rat: ›Kehrt heim nach Frankreich, verschafft Euch dort Mannen und Geld, und kommt mit solchen versehen schnellstens wieder, um Vergeltung zu üben an den Feinden Gottes, die Euch diese Schmach angetan.‹«

Der Herr Ludwig war wenig erbaut von diesem Vorschlag, er fragte seine Brüder Charles und Alphonse, ob sie diese Ansicht teilten, und sie nickten.

Der Legat, der sich als Mann der Kirche in der heiklen Frage bedeckt hielt, obgleich ich wußte, daß ihm jegliche Bemühungen um das Heilige Land zuwider sein mußten, stand doch sein Trachten darauf, im Abendland eine bewaffnete Koalition gegen den

Staufer auf die Beine zu bringen, wandte sich törichterweise an den Philipp de Montfort, um eine weitere Stimme *pro signo recipiendi* ins Feld zu führen, doch der bat, man möge ihm die Antwort ersparen, »denn meine Burgen liegen im Grenzland, und wenn ich den König aufforderte zu bleiben, so erweckte ich den Eindruck, ich täte es aus Eigennutz.«

Doch Herr Ludwig gebot ihm, seine Gründe darzulegen, und so erhob er sich und sagte: »Wenn Eure Majestät es ermöglichen könnte, seinen Feldzug noch um ein Jahr zu verlängern, dann würdet Ihr viel Ehre gewinnen und das Heilige Land retten.«

Der erboste Legat fragte jetzt – um die Schlappe abzuschwächen – jeden laut, und alle waren zu seiner sichtlichen Befriedigung für den Vorschlag des Grafen von Flandern.

Aber dann kam, und er konnte mich nicht übergehen, die Reihe an mich, und ich sagte laut: »Ich stimme mit dem Montfort überein!«

Der Legat war so wütend, daß er den Fehler beging, sich mit mir in einen Disput zu verwickeln, weil er nämlich sagte, wie ich mir denn einbilden tät, daß der Herr König mit so wenigen Leuten hier bestehen könnte.

Und weil er mich so schön gereizt hatte, stand ich auf und antwortete: »Das will ich Euch gerne sagen, werter Herr, weil Ihr es ja hören wollt. Bislang – so sagt man, und ich will auch gar nicht wissen, ob es wahr ist – wurde dieser Kreuzzug von den Abgaben bestritten, die von der Kirche eigens dafür eingetrieben wurden. Wie wär's, wenn der König nun etwas aus dem eigenen Säckel spendieren tät, und zwar freigiebig und großzügig? Dann kämen genug Ritter aus aller Welt angelaufen, und es wäre ihm ein Leichtes, so Gott will, dieses Land – wenn schon nicht zu retten, so doch zumindest um ein weiteres Jahr zu halten. Und so, und *nur* so, wäre es ihm vergönnt, in dieser Frist die Gefangenen zu befreien, die für Gott und im Vertrauen auf ihn, den König, ausgezogen sind und die *nie* mehr freikommen würden, wenn er selbst das Feld räumen tät!«

Ich hatte eigentlich erwartet, jetzt ein empörtes Zischeln zu hören, weil ich es als einziger gewagt hatte, gegen den allgemeinen Konsens aufzutreten, aber es herrschte betroffene Stille, einige schneuzten sich, denn es war wohl keiner, der nicht einen Freund in den Händen der Ungläubigen wußte.

Und der König sagte: »Ich habe nun gehört, meine Herren, was Ihr mir zu sagen hattet. Ich will's überschlafen und meine Absicht Euch dann wissen lassen.«

>»Gloria in excelsis Deo.
>Et in terra pax hominibus bonae voluntatis.«

Der König zog sich zur Abendtafel in seine Gemächer zurück, und wie stets erging die Einladung an mich, ihm bei Tisch Gesellschaft zu leisten.

Er hieß mich an seiner Seite sitzen, aber er richtete während des Essens kein Wort an mich, was mich beunruhigte. Sicher war er höchst verärgert, weil ich so rundheraus ihm vorgehalten hatte, daß er bislang noch kein Livre aus den eigenen Truhen ausgegeben, wo er solches doch wirklich vermöchte.

Ich war auch nicht gewillt, den Vorwurf, so er denn stimmte, zurückzunehmen.

>»Crucifixus etiam pro nobis;
>sub Pontio Pilato passus et sepultus est.
>Et resurrexit tertia die secundum scripturas.«

Während Herr Ludwig noch mit seinen Priestern die übliche Danksagung abhielt, war ich an das Fenster getreten, und es kam mir in den Sinn, wenn der König nach Frankreich zurückgehen würde, dann könnte ich beim Fürsten von Antioch Bleibe finden, der – ein entfernter Verwandter – schon angefragt hatte, ob ich zu ihm kommen wolle. So könnte ich meine Kasse wieder auffüllen und abwarten, bis ein neues Heer aufgestellt würde oder jedenfalls die Gefangenen wieder freikämen.

»Hosanna in excelsis.
Benedictus qui venit in nomine Domini.
Hosanna in excelsis.«

Da legte sich eine Hand schwer auf meine Schulter. An dem königlichen Siegelring erkannte ich sie.

»War es der Widerspruchsgeist des jungen Mannes«, fragte der König, »oder seid Ihr tatsächlich der Meinung, ich täte schlecht daran, wenn ich dieses Land im Stich lassen würde?«

»Beides, mein Herr«, sagte ich.

»Würdet Ihr bleiben, wenn ich bleibe?«

»Gewißlich!« antwortete ich. »Fragt sich nur, auf wessen Kosten, denn ich habe alles verloren.«

»Darüber macht Euch keine Sorgen, Seneschall«, sagte der König, »denn ich bin Euch zu großem Dank verbunden für die Haltung, die Ihr gezeigt – die Ihr mir gewiesen –«

Mit kräftigem Druck nahm er seine Hand von meiner Schulter.

»Sprecht mit niemandem darüber«, mahnte er mich, »bis ich meine Entscheidung verkündet habe!«

Der Komtur der Deutschen von Starkenberg wurde gemeldet, Herr Sigbert kam um seinen Abschied ein.

Gleichzeitig erschien auch die Königin mit einer sittsamen Yeza im Gefolge – sie trug zumindest ein hochgeschlossenes Kleid, das Blondhaar geflochten und gesteckt, und der geliebte Mongolendolch blieb unsichtbar.

Frau Margarethe, der die Amme ihr Söhnlein nachtrug, zog einen Reif vom Finger und sagte: »Lieber Öxfeld, Uns verbindet mehr als solcher Tand, er soll Euch auch nur zur Erinnerung dienen für Stunden, die ich Euch nie vergessen will –«

Der Komtur beugte sein Knie vor dem Königspaar und sagte: »Ich gehe davon aus, daß Eure Herrschaft dem Königreich von Jerusalem noch lange erhalten bleibt.«

Der König blickte erstaunt, die Königin betroffen, aber beide hielten an sich.

»Sonst hättet Ihr mir die Prinzessin mit nach Starkenberg gegeben«, löste er das Rätsel seiner zur Gewißheit erlangten Vermutung, »denn Ihr wißt, Majestäten, um meine Verpflichtung, sie zu
schützen. Der Ring, den Ihr mir gabt«, wandte er sich jetzt an Frau
Margarethe, »möge Euch vielmehr daran erinnern, daß nun Ihr in
diese Verantwortung eintretet.«

»Wieso?« entfuhr es der Königin, den knienden Ritter überge-
hend. »Lieber Herr Gemahl, kehren wir nicht heim nach Paris?«

Der König lächelte gequält.

»Der Komtur ist sicher nicht in der Absicht gekommen, Unserem Entschluß vorzugreifen. Ihm geht es lediglich darum, Unserer
Fürsorge gewiß zu sein, und dies will ich ihm gern zum Abschied
bestätigen.«

Er reichte Sigbert die Hand zum Kuß und ließ Yeza vortreten.
Sigbert erhob sich.

»Wir haben uns alles gesagt«, sprach das Mädchen mit fester
Stimme, »und sind uns unseres Vertrauens gewiß. Habt eine gute
Reise, lieber Sigbert!«

Yeza deutete einen Knicks an, zwinkerte ihm zu und trat sittsam unter die Frauen der Königin zurück. Der Komtur neigte grü-
ßend sein Haupt und schritt hinaus.

Akkon, den 5. Juli A.D. 1250

»*Credo in unum Deum,*
Patrem omnipotentem,
factorem coeli et terrae,
visibilium omnium et invisibilium.«

Am nächsten Morgen versammelte uns der König gleich nach der
Morgenmesse. Als wir vollzählig waren und Schweigen eingetreten war, schlug unser frommer Herrscher das Kreuzeszeichen über
seine Lippen, wohl um den Heiligen Geist anzurufen, bevor er das
Wort an uns richtete.

»Ich danke, meine Herren, allen, die mir geraten, nach Frankreich heimzukehren, aber auch denen, die mir empfohlen hierzubleiben. Ich bin zu der Überzeugung gelangt, daß die Kronlande nicht so gefährdet sind, zumal meine Frau Mutter über genügend wehrtüchtige Armeen gebietet, um Frankreich wirkungsvoll zu verteidigen! Andererseits wäre das Königreich von Jerusalem verloren, weil niemand bleiben würde, wenn ich ginge. Somit habe ich entschieden, daß ich das Heilige Land auf gar keinen Fall im Stich lassen werde, bin ich doch hergezogen, es zurückzuerobern. Nun erwarte ich von Euch, meine edlen Herren, daß Ihr offen mit mir sprecht. Ich will jedem, der bei mir bleibt, so großzügige Bedingung bieten, auf daß es nicht meine Schuld ist, sondern seine, wenn er nicht an meine Seite tritt.«

Da breitete sich große Befangenheit aus.

»*Agnus Dei, qui tollis peccata mundi,*
miserere nobis.
Agnus Dei, qui tollis peccata mundi,
dona nobis pacem.«

Um allen Widerworten die Spitze zu brechen, befahl Herr Ludwig seinen beiden Brüdern, nach Frankreich zur Königinmutter zurückzugehen. Und als sie nicht widersprachen, und auch sonst keiner spontan sein Bleiben erklärte, war der König sehr traurig und entließ uns mit plötzlicher Heftigkeit.

D ER GRAF VON ANJOU war schon im Packen seines Hofhalts begriffen, als Yves, der Bretone, zu ihm geführt wurde.

»Ihr habt mich rufen lassen, Herr Charles –?«

Der Graf scheuchte die Bediensteten aus dem Raum.

»Früher«, sagte er leise, als der letzte die Tür hinter sich geschlossen, »ließet Ihr Euch nicht lange bitten, Bretone! Woher die Widersetzlichkeit? Wollt Ihr den Ast, auf dem Ihr gut sitzt, dem Strick vorbehalten, an dem Treulose baumeln?«

»Ich bin kein Verräter«, sagte Yves, »und das ist genau die Gabelung, an der sich unsere Wege trennen. Früher diente ich durch Euch dem Hause Capet und damit dem König, der – wie Ihr wohl wißt – mein einziger Herr ist. Ihr schlagt jetzt eine Richtung ein, die Euren Interessen frommen mag, aber denen meines Herren Ludwig gar bald in die Quere kommen wird. Ich will und kann nicht –«

»Ich bin gerührt«, sagte der Anjou, der ihn mit unbeweglicher Miene hatte bis dahin ausreden lassen, »ich bin zerknirscht wie zwei Mühlsteine, in die ein Kiesel geraten ist: Mein Bretone hat Skrupel.«

Yves sah ihm gradaus in die Augen, soweit das seine immer leicht vorgebeugte Statur zuließ. Er wollte den hochfahrenden Anjou nicht unnötig reizen, aber er wollte auch Klarheit.

»Mein Sinn für Recht und Unrecht ist mir, dafür danke ich meinem Schöpfer, nie abhanden gekommen. Wenn Ihr mir ein weites Gewissen unterstellen wollt, edler Herr, dann habt Ihr Euch von meinem bedingungslosen Einsatz für die Krone leiten lassen – und darauf mag ich stolz sein. Nun strebt Ihr nach einer eigenen Krone, und so bin ich Euer Mann nicht länger –«

»Das wird Euch leid tun«, sagte Anjou, ohne zu drohen, fast als bedauere er den Bretonen mehr als sich selbst, der diesen Diener verlor. »Ich biete Euch dennoch eine Abfindung an, die Euch vor Augen führt, was Ihr so leichtfertig ›aus Gewissensgründen‹ aufgebt. – Wollt Ihr es hören?«

»Nein«, sagte Yves. »Ich will es nicht, aber das hat Euch ja noch nie geschert.«

»Die Grafschaft von Sarrebruck ist mir wieder zugefallen«, er beobachtete Yves aus den Augenwinkeln, »ich gebe sie Euch zum Lehen –«

Der Bretone starrte zu Boden. »Und was verlangt Ihr von mir dafür –?«

»Nichts Unehrenhaftes«, sagte der Anjou leichthin, »auch nichts Neues: nur die Köpfe –«

»Nein!« sagte Yves. »Ich lege die Hand nicht an die Kinder,

nicht mehr, nimmermehr – nicht weil mein Herr König die Seine schützend über sie hält, sondern weil ich diese Art von Henkersarbeit nicht mehr will, um meinetwillen!«

»Wollt Ihr Eure Seele retten?« spottete der Anjou.

»Nein«, lachte Yves ihm ins Gesicht, »die hab' ich spätestens verloren, als ich Euch traf.«

Das gefiel dem Anjou. »Ihr könnt sie zurückkaufen, Ritterschlag und den reichen Besitz an der Sarre obendrein für einen einzigen blonden Kopf, nicht größer, nicht schwerer als ein Krautkopf – seid kein Narr!«

»Ich wär' ein Narr«, sagte der Bretone, »wenn ich mich weiterhin an Euch binden wollte. Das ist nicht der Weg zum Rittertum! Gehabt Euch wohl – ich werde für Euch beten, wann immer ich von Euch höre.«

»Geht nur, Yves«, lachte der Herr Charles. »Ihr werdet von mir hören! Bis dahin begreift, daß weder Gott noch ein Herrscher dieser Welt von Euch fromme Gebete erwartet, sondern den Zuspruch des Schwertes!«

Er entließ Yves mit einer ärgerlichen Handbewegung. »Bretonischer Dickschädel!«

DIARIUM DES JEAN DE JOINVILLE

Akkon, den 16. Juli A.D. 1250
König Ludwig zeigte seinen Unmut nur im kleinsten Kreise der ihm treu Ergebenen, für die es eine Selbstverständlichkeit darstellte, ihm Gefolgschaft zu leisten, wohin er auch ging oder schritt.

»Meine Herren«, sagte er, »bald sind es zwei Wochen, daß ich mein Verweilen hier kundgetan, und Ihr habt noch keinen einzigen Ritter in meine Dienste genommen?«

»Majestät«, antwortete der Konnetabel, »die wollen alle nach Haus, und so setzten sie den Preis für ihr Hierbleiben so unverschämt hoch an, daß weder Euer Marschall noch Euer Schatzmeister es für vertretbar hielten, sie festzuhalten.«

»Und bietet sich keiner billiger an?« fragte der König bekümmert.

»Doch«, sagte der Konnetabel und wies auf mich, »der Herr Seneschall de Joinville, und selbst der verlangt so viel, daß wir es nicht wagen, ihn einzustellen.«

Da wandte sich Herr Ludwig an mich und sagte: »Ihr habt Euch immer meiner besonderen Gunst erfreut – und immer hatte ich auch das Gefühl, daß Ihr mich liebtet – wo liegen die Schwierigkeiten?«

Ich antwortete: »Ihr wißt, Majestät, daß ich alles verloren habe, und so brauche ich zweitausend Livres sofort auf die Hand: Jedes der drei Ritterbanner, die ich in den Dienst nehmen will, kostet mich vierhundert bis Ostern nächsten Jahres –«

Der König nahm seine Finger zur Hilfe. »So kosten Euch Eure Mannen zwölfhundert –?«

»Richtig«, entgegnete ich, »aber denkt dran, daß ich für Pferde, meine Rüstung und Knappen nochmals gut achthundert aufwenden muß – und dann soll ich noch alle Mann verköstigen, denn Ihr wollt sie ja wohl nicht täglich an Eurem Tisch sehen, schätze ich.«

Der König wandte sich an seine Berater: »*Divine nutu gratiae solus comes campaniae!* – Ich sehe nichts Übertriebenes in dieser Forderung«, und zu mir sagte er freundlich: »Ich nehme Euch in meine Dienste, mein lieber Joinville.«

Kurz darauf begaben sich die Brüder des Königs und alle anderen Herren an Bord ihrer Schiffe. Gerade als sie in See stechen wollten, ging der Herr Alphonse de Poitiers noch einmal bei allen abreisenden herum und lieh sich von ihnen, was sie ihm an Schmuck und Juwelen überlassen wollten. Die Stücke verteilte er freigiebig an uns, die wir in Akkon beim König zurückblieben.

Beide Brüder flehten mich voller Sorge an, ich möge ihren lieben Bruder gut behüten, denn ich sei der einzige von allen, zu dem sie dieses Vertrauen hätten.

Als Herr Charles die Segel setzen ließ, überkam ausgerechnet den kaltherzigen Grafen von Anjou eine so weinerliche Rührseligkeit, daß alle, die am Kai standen, peinlich berührt waren.

Wir winkten mit unseren Tüchern, bis die stattliche Flotte außer Sicht war. Dann fühlten wir uns erleichtert.

Jetzt wußten wir, auf wen wir uns verlassen konnten: Nur auf uns selbst.

YVES, DER BRETONE, hatte tagelang das Tor des Maupas nicht aus den Augen gelassen, um nur ja nicht das Wegreiten der Templer unter dem Präzeptor Gavin Montbard de Béthune zu versäumen.

Nach dem letzten Gespräch mit Charles d'Anjou sah er seinen Weg klar vor sich, denn solange er seinem Herrn, dem König Ludwig, diente und sich somit zwangsläufig im Dunstkreis der Capets aufhielt, würde ihn Charles, dieser Geier, immer wieder in die Krallen bekommen, ihn zu verführen, zu dingen, zu pressen versuchen. Zu Taten oder Untaten, die mit seinem neuen Selbstverständnis nichts zu tun hatten, und er würde irgendwann diesen perfiden Einflüsterungen, diesen Verheißungen weltlichen Standes erliegen.

Wessen er, Yves, der Bretone, bedurfte, das war die eherne Disziplin eines Mönchsordens, in dem der Sache Gottes, dem göttlichen Recht gedient wurde, und so er in solcher Zucht und Gehorsamkeit sein Schwert ziehen müsse, dann geschähe es für den Glauben – und nicht für oder gegen feudalistische Ziele.

Es war zwar nicht ohne Belang, ob diese Kinder des Gral nun eine Gefahr für die Capets darstellten, wie der Anjou befürchtete, der wohl mehr an seine eigenen Herrschaftspläne dachte, oder ob sie, wie jetzt die Prinzessin Yeza, von Herrn Ludwig ins Herz geschlossen wurden, aber das sollte nicht länger seine Sorge sein.

Er wollte gleichfalls nicht, wie geschehen, vom König zum Leibwächter des königlichen Kindes bestellt sein, denn auch diese »Tochter des Gral« war weltlicher Macht unterworfen, war Spielball dynastischer Bestrebungen, und wenn er sich heute auf diese

Hüterrolle einließ, dann war er morgen wieder der Vollstrecker irgendwelcher Interessen.

Von Sankt Andreas nächst dem Tempel am Meer her und Sankt Sabas im Viertel der Pisaner ertönten die Glocken zum Angelusläuten. Um ihre eigene Schanze, mit der die doppelte Mauer der Stadt an ihrem nördlichsten Zipfel ins Meer mündete, bogen die Templer. Sie mußten die gesamte Altstadt und den Faubourg Montmusart noch einmal durchritten haben, um von dort sich dem Tor von Maupas zu nähern.

Geschlossen galoppierten sie über das Kopfsteinpflaster des äußeren Ringes, an ihrer Spitze Gavin Montbard de Béthune. Ihre weißen Clayms mit dem roten Tatzenkreuz leuchteten im Licht der Abendsonne. Es war ein stattlicher Trupp, der da abzog, denn Renaud de Vichiers, ihr neuer Großmeister, legte Wert darauf, dem König zu zeigen, daß hier im Herzen des Heiligen Landes er allein darüber bestimmte, welche Kräfte der Orden an welchem Ort zu seiner, nicht des Königs Verfügung hielt.

Der Kreuzzug war zu Ende, in Akkon kehrte der Alltag von Outremer ein, und es galt wieder die Außenbastionen zu besetzen, um nicht im täglichen Disput um Tribut, Handel und Erwerb den kürzeren zu ziehen. Für die Hauptstadt des Königreiches mochte die symbolische Präsenz des Großmeisters genügen.

Für ihn, den Präzeptor von Rennes-les-Chateaux, den auffälligen, zu auffälligen Gesandten des Ordens hinter dem Orden, eingeweiht in die geheimen Dinge und in den »Großen Plan« und verwickelt in Machenschaften, die oft am Großmeister vorbeiliefen, war nun kein Platz mehr.

Gavin sah den Bretonen sofort, ließ seinen Trupp halten, so daß Yves wie ein Bittsteller sich ihm nähern mußte.

»Auf ein Wort unter vier Augen, Präzeptor«, sagte Yves bescheiden, »lange habe ich Eurer geharrt.«

»Ich wüßte nicht«, entgegnete Gavin und lenkte sein Pferd beiseite, ohne abzusteigen, »was mir die Ehre verschafft?«

Yves schluckte die demütigende Situation – das »zweifelhafte« hing unausgesprochen in der Abendluft. Sie war Teil der Prüfung, die zu bestehen er willens war.

»Als Postulant trete ich vor Euch hin, Herr Gavin«, gestand Yves leise, »ich bitte um Aufnahme in Euren Orden.«

Der Templer hatte mehr konsterniert als höhnisch die Augenbrauen hochgezogen. »Ich bitte Euch, Herr Yves, bedenkt, was Ihr da vorbringt – bei allem Respekt vor einem trefflichen Mann des Königs: Das kann doch nicht Euer Ernst sein!«

»Prüft mich!« sagte Yves. »*Probat spiritus, si ex Deo sit*«, fügte er hastig hinzu, um zu beweisen, daß er nicht unvorbereitet war.

»Ihr wollt anscheinend aus meinem Munde hören, damit Ihr mich noch mehr haßt, Bretone, was jeder Mann der Kirche weiß, daß jemandem wie Euch die Akzeptanz für immer verwehrt bleibt: Erstens habt Ihr die Priesterweihe erhalten –«

»Ich bin nicht exkommuniziert!« begehrte Yves auf.

»Das wäre besser für Euch!« lachte Gavin trocken. »Doch es würde Euch, Herr Yves, auch nicht weiterhelfen, denn zweitens: Wie wollt Ihr die Frage beantworten, die Euch unweigerlich gestellt wird: ›Seid Ihr der Sohn eines Ritters und seiner Gemahlin, sind Eure Väter aus Rittergeschlecht?‹«

Der Bretone schwieg betroffen. Wie hatte er auch glauben können, der elitäre Orden würde für ihn eine Ausnahme machen? Gut, der Ritterlichkeit könnte der König mit einem Schlag nachhelfen, aber seine Vergangenheit als Kleriker konnte er nicht ohne weiteres abstreifen, es sei denn durch Dispens.

»Ich sehe«, ließ sich Gavin vernehmen und zügelte sein Pferd, »Ihr habt keine weiteren Fragen. Ihr hättet Euch auch diese sparen können, aber Ihr wolltet Euch wohl quälen?«

»Ich will den Sünden dieser Welt fliehen«, sagte Yves, »und ich bin in der Lage, alle Härten zu ertragen.«

»Dazu reicht ein jedes strenge Klosterleben –«

»Ich bin ein Mann des Schwertes, wie Ihr wohl wißt, Herr Gavin«, bockte Yves, »ich kann kämpfen, ich könnte den Kindern ein Hüter sein –«

Der Templer zog sein Pferd noch einmal herum und beugte sich leicht hinab zu Yves. »Das ist nicht Eure Bestimmung, Yves«, sagte er bedächtig. »Ihr seid ein gefährlicher Prüfstein und nicht Beschützer der Königlichen Kinder. Daß Ihr Eurem Schicksal zu entgehen versucht«, sagte er leise, »zeigt mir um so mehr, daß Ihr ausersehen seid. Gott schütze die Kinder vor Euch, Yves –« Er riß sein Pferd herum. »Gehabt Euch wohl!«

Der Präzeptor schloß zu seinem Zug auf, und sie ritten mit wehenden Mänteln aus dem Tor. Blutrot ging die Sonne unter.

Yves starrte ihnen nach, bis der letzte Hufschlag verklungen war.

Q ASR AL AMIR, der Emiratspalast von Homs, zog sich von der tiefer gelegenen Medina in einer Folge von ansteigenden Innenhöfen bis zur höchsten Erhebung der Stadtmauern, in deren spitzen Winkel dann die eigentliche Zitadelle hoch aufragte. Die Zufahrtswege verliefen in überdachten Serpentinen. So konnte man zu Pferd bis hinauf zu den privaten Gemächern reiten, nicht aber bis zum Harem, der über den höchsten Innenhof kragte und nur von den Räumen des Herrschers aus erreichbar war.

Von hier aus hatte An-Nasir den Blick über die Stadt nach Süden bis in die Beka'a-Ebene, an deren Ende die Tempel von Baalbek lagen, im Norden auf das Nosairi-Gebirge, das sich die Ritterorden und die Assassinen des Alten vom Berge streitig machten. Auf der nach innen gewandten Seite schaute er hinab in die Gärten des Harems.

Das tat der mächtige Mann jetzt auch, sie waren wie leergefegt, und er lauschte, wie viele, auf den ersten Schrei. Er hörte nichts, dann aber entstand Bewegung beim Eingang zu den Frauengemächern, und er sah den Vater des Riesen durch den Garten laufen.

An-Nasir trat vom Fenster zurück und begab sich wieder zu den Arkaden, die zur Stadt hin sich öffneten. Als Abu Al-Amlak die Treppe hinaufgestiefelt war, fand er seinen Herren, den Blick versonnen gen Süden gerichtet, wo An-Nasir hinter den Gebirgsketten des Antilibanons das begehrte Damaskus wußte.

»Eine Tochter!« keuchte der Zwerg und warf sich hinter den Beinen des Herrschers zu Boden. Der drehte sich auch nicht nach ihm um, sondern tat nur einen tiefen Seufzer – es mangelte ihm ja nicht an Söhnen, aber er hatte sich vorgestellt, daß Clarion ihm einen Sohn gebären würde.

»Gemeinhin pflegt man Überbringer schlechter Nachrichten einen Kopf kürzer zu machen«, sagte er launisch, »aber was bliebe dann von dir, Abu Al-Amlak?«

Der Zwerg erhob sich auf alle viere und erklomm die Brüstung.

»Das Weib, das sich immer noch für Eure Favoritin hält«, klatschte er, »ist wohlauf – und – das muß ich zugeben –, das Kind ist wunderschön, ganz der Vater!«

An-Nasir gab ihm einen Schlag auf die Schulter, daß der Kleine fast aus dem Fenster kippte.

»Ich hoffe, es gleicht der feurigen Tochter des Kaisers, ohne deren Flausen im Kopf geerbt zu haben! – Hat es schon einen Namen?«

»Das Weib –«

Ein neuerlicher Stüber ereilte ihn. »Du spricht von der Mutter der Tochter des An-Nasir!«

»Also, die Prinzessin will sie ausgerechnet ›Salomé‹ nennen, was ich für ganz und gar –«

Diesmal tauchte er rechtzeitig unter der Hand weg.

»– vorzüglich halte, erhabener An-Nasir, zielt es doch über Baalbek nach Damaskus, verspricht Euch der aufregendsten Töchter eine und wird auch den Kaiser erfreuen, denn hieß nicht so schon die Dame, der wir die Existenz der so herrlich zur Mutter gewordenen Favoritin verdanken – ›Salomé?‹«

»Ausgerechnet ›Salomé‹! Nichts als Ärger hat man mit diesen Weibern!« schnaufte An-Nasir. »Ruft mir Shirat – aber ohne den *Jen an nar as-sahir*. Ich muß mich mit ihr beraten. Die nächsten Schritte wollen genau überlegt sein –«

»Ihr Bruder, Emir Baibars, der Vater des kleinen Feuerteufels, ist – wenn Ihr mir gestattet, meine Meinung zu äußern – sehr wenig zufrieden mit der Entwicklung in Kairo.«

Abu Al-Amlak hatte den Raum durchquert und stand schon an der Treppe zu den Gärten des Harems.

»Der General Aibeg hat Schadschar ed-Durr geheiratet und sich zum Sultan ausrufen lassen, den kleinen Musa als Mitregenten auf den Schoß genommen. So hatte sich der große Bogenschütze wohl die Machtübernahme durch die Mameluken nicht vorgestellt.«

»Ich auch nicht!« grollte An-Nasir und wandte sich bedrohlich um.

»Wie denn?« fragte der Vater des Riesen frech mit stolzgeschwellter Brust, weil er die zusammengerollte *kurbadj* in der Hand des An-Nasir nicht sah.

»Ich hatte gesagt, daß ich Shirats Rat hören will – nicht aber dein Gequake eines Frosches aus dem Nilschlamm!«

Die Peitsche reichte blitzartig wie eine vorschnellende Schlange durch den ganzen Raum und klatschte häßlich auf den krummen Rücken. Diesmal sprang Abu Al-Amlak freiwillig aus dem Fenster, es war das zur Gartenseite. Er plumpste in ein Rosenbeet, verhakte sich in den Dornen, riß sich los und kugelte über den Rasen.

Seht Leute dieses einmalige Prachtexemplar einer edlen Brieftaube, würdig, die Nachrichten des Kalifen von Bagdad zu überbringen!«

Hamo hatte in der Kasbah von Homs, dort wo das Gedränge der Händler und der Kauflustigen am dichtesten war, ein zusammenklappbares Tischchen, mehr einen hohen Hocker, vor sich aufgebaut, der mit schwarzem Tuch bis zum Sockel verhängt war.

»Kommt nur näher, Leute, und bewundert den sehnigen Hals, das geschmeidige Gefieder, das reine Weiß dieser Rassetaube, gewohnt, vom Euphrat bis zum Nil zu eilen! Ohne je zu ermüden, befördert sie euch jeden Liebesbrief, jede geschäftliche Nachricht – und doch«, er streichelte dem majestätisch auf der kleinen Fläche einherschreitenden, heftig gurrenden Vogel über das Köpfchen, ließ sie ihre Füße heben, »obgleich ein jeder Kenner weiß, daß sie gut und gern ihre siebzig, achtzig, ach was sage ich, hundert Darham wert ist, reiße ich sie mir für nur zehn, Leute, nur zehn Darham vom Herzen!«

Hamo küßte die Taube in den Nacken und sah mit schnellem Blick, daß sich immer mehr Interessierte drängten.

»Nur einer kann der stolze Besitzer werden, also werden wir eine Lotterie veranstalten. Der Preis von nur zehn Darham bleibt, ein Mann, ein Wort – nun Leute, ergreift die Gelegenheit!«

Und sie drängten sich, um ihre Münzen auf den Tisch zu zählen, der Taube zu Füßen. Dafür erhielt jeder von Hamo drei Körner in die Hand gedrückt, und als alle eingezahlt hatten, ließ er sie einen Kreis bilden und ihre offenen Handflächen mit den Körnern ausstrecken.

»Mein Täubchen entscheidet selbst«, verkündete Hamo, »von wem sie das letzte Korn pickt, der ist Sieger!«

Er ließ die Taube auf seinem Finger sitzen, zeigte ihr den Kreis der ausgestreckten Hände und warf sie in die Luft. Der Vogel flatterte und flog sogleich die erste Hand an. Er nahm aber nur ein Korn und hüpfte auch nicht etwa auf des Nachbars Hand, sondern strich wieder davon, um flügelschlagend gegenüber sich ein Korn zu picken. Einer versuchte die Hand schützend über den Körnern zu schließen, doch da landete sie sofort, hackte ihm auf die Knöchel und fraß zur Strafe gleich alle drei auf.

Die Leute lachten, der Mann ging. Während die Taube ihre Auswahlarbeit verrichtete, die Stimmung sich lockerte, brachte Hamo das Gespräch auf die Täubchen insgesamt und auf die des An-Nasir ganz im besonderen und bekam so zu hören, daß Clarion, die Favoritin, das Ei ausgebrütet habe, daß ihr der Herrscher ins Nest gesteckt, und daß die andere Täubin, die Mamelukin, ihn immer noch in Schach zu halten wisse, das sei eine gar Kluge, die würde sogar dem Vater des Riesen auf den Kopf scheißen, was aber nicht schwierig sei. Unter sich steigerndem Gelächter lichtete sich der Kreis der Konkurrenten.

»Wie?« hakte Hamo nach. »Die Tochter des Kaisers hat diesem einen ayubitischen Enkel geschenkt?«

»Keinen Sohn, nur eine Tochter! Salomé geheißen. Sie soll Augen wie zwei Sterne haben und schon dichtes schwarzes Haar!«

»Wie wird das wohl die Gräfin aufnehmen?« durchfuhr es Hamo, und reichlich Schadenfreude kam in ihm hoch, aber noch stärker berührte es ihn, endlich wieder von Shirat, seiner Prinzessin, zu hören, zumal die Leute bereitwillig ausplauderten, daß sie oft auf den Markt käme, in Begleitung des »Jen an nar as-sahir«, des »kleinen Feuerteufels«, der Mahmoud hieße und nicht minder klug sei, nur, daß er nicht Schach spiele, sondern mit allerlei Pulver herumhantiere und die Leute mit Blitz und Donner erschrekken tät, was aber dem An-Nasir sehr gefalle.

Mehr konnte Hamo nicht in Erfahrung bringen, denn jetzt waren es nur noch drei, die ihre Hände tapfer hinhielten in der Hoffnung, die Taube möge sie verschmähen. Noch einer wurde weggepickt, und dann der vorletzte, der wütend nach ihr schlug. Der Gewinner strahlte, als sie ihm auf die Hand schiß bei der Aufnahme des allerletzten Kornes. Die anderen trollten sich.

»Ich zeig Euch jetzt noch«, sagte Hamo fürsorglich und strich das Geld vom Hocker, »wie Ihr sie behandeln müßt, damit sie Euch als tüchtige Briefträgerin dient. Ihr nehmt diesen Ring, befestigt ihn ihr am Fußgelenk und flüstert ihr das Ziel ins Ohr –«

Hamo verrichtete flink die beschriebene Prozedur des Beringens. »Kommt nur näher und probiert es, aber leise, damit keiner den Namen Eurer Geliebten hört!«

Der Mann tat wie ihm geheißen. Hamo nahm die Taube und warf sie in die Luft. Sie kreiste noch einmal um ihre Besitzer, den alten und den neuen, und strich davon.

»Allah!« entfuhr es Hamo. »Was habt Ihr dem Tier gesagt?«

»Suleika!« antwortete der treuherzig.

»Ihr solltet es doch nur zur Probe – jetzt ist sie fort – ohne Brief! Wißt Ihr, wie viele ›Suleikas‹ es auf dieser Welt gibt?« rügte er den Verstörten.

»Kommt sie denn nicht wieder?«

»Doch«, sagte Hamo, »wenn sie bei allen Suleikas angeklopft hat –«

»Ach, ich Unglücklicher«, jammerte der Mann.

»Wißt Ihr was«, unterbrach ihn Hamo, »was habt Ihr gezahlt? Zehn Darham. Hier gebe ich sie Euch wieder.«

Er drückte dem Verdutzten die Münzen in die Hand, der sich gerade überschwenglich bedanken wollte, als ein greller Blitz, gefolgt von einem dumpfen Knall, dazwischenfuhr. Der Luftdruck wehte sie fast um. Drüben in der anderen Ecke der Kasbah prasselte ein Feuerwerk hoch, eine dicke graue Wolke stieg auf, und in ihr funkelten tausend kleine rote und blaue Sterne. »Der Feuerteufel!« schrien die Leute in einer Mischung von Schreck und Bewunderung aus der Ladengasse, wo die Händler hockten, die Holzkohle, Potasche, gemahlenen Schiefer, Gips und Graphit säckeweise verkauften, aber auch in Tüten aus altem Pergament, dazu Schwefel und Salpeter, zerstoßenes Natrium und natürliche Phosphate.

Hamo klappte seinen Tisch zusammen, raffte das schwarze Tuch und rannte hinüber. Von weitem sah er schon Mahmoud mit rauchgeschwärztem Gesicht die kokelnden Reste aus einem Bottich kratzen, während das Deckengebälk noch schwelte.

Die Händler umstanden den Jungen und gaben fachmännische Ratschläge.

»Ihr hättet mehr vom *meleh barud* nehmen sollen«, sagte einer.

»Nein, das Verhältnis stimmte, es lag an der Mischung!«

»Es liegt an der Öffnung des Gefäßes!« erklärte Mahmoud. »Sie müßte geringer sein!«

»Dann platzt es!« warf ein anderer ein. »Es muß viel dickwandiger sein und aus gegossenem Metall, so wie ein Mörser mit engem Hals!«

Hamo baute in fliegender Hast seinen Hocker auf, zauberte aus dem schwarzen Tuch drei Becher.

»Das Hütchenspiel, meine Herren!« rief er. »Alle drei Becher sind gleich, kein doppelter Boden.«

Er hob einen nach dem anderen und zeigte sie herum.

Mahmoud hatte den Sohn der Gräfin sofort erkannt und ging auf die Aufforderung ein.

»Meines Vaters Schwester«, sagte er zu jemanden, den Hamo nicht sah, »mag zwar auf dem Brett eine Meisterin der langen Gedanken sein, aber in des Auges flinker Beobachtung schlag ich sie allemal!«

Hamo zog eine goldglänzende Münze hervor und tat so, als würde er sie unter einen der Becher stecken, in Wirklichkeit vertauschte er sie nach wenigen Bewegungen mit dem Fußring der Taube, in dem ein Briefchen steckte. Mahmoud hatte begriffen. Er warf ein wesentlich größeres Goldstück auf den Tisch, und Hamo begann die Hütchen kreisen zu lassen, immer bemüht, daß Mahmoud folgen konnte.

Doch da fuhr eine Zwergenhand von unten hoch über die Tischkante, und Abu Al-Amlak griff sich den Becher, seine Augen glommen bösartig, er schnappte sich den Ring.

»Wa-ch-ch-chen!« wollte er gerade schreien, aber Hamo hatte das schwarze Tuch über ihn geworfen und den Tisch gleich dazu. Mit schnellen Schritten war er in der Menge verschwunden, bevor die Soldaten den zeternden Vater des Riesen befreit hatten.

Mahmoud hob sein Goldstück vom Boden auf, warf die drei Becher dem Flüchtigen hinterher, so daß die Leute um sie zu raufen begannen und kein Durchkommen mehr war.

Der mächtige An-Nasir und die zierliche, fast knabenhafte Shirat saßen sich an dem niedrigen *taquqat asch-schatrandj* gegenüber. Sie spielten nicht. Das Mameluken-Mädchen benutzte den Schachtisch, um mit den Figuren auf den Feldern ihre Sicht der Dinge plastisch darzustellen.

»Das erste, erhabener Herrscher, und dringlichste kann nur sein, daß Ihr Euch Damaskus' bemächtigt.«

Sie zog den weißen König vom Rand des Feldes und stellte Turm, Springer und Läufer daneben. »Ihr müßt diesen Schritt jetzt unternehmen, sonst wird mein Bruder Euch zuvorkommen.« Sie schob mit der Hand alle restlichen weißen Figuren von der anderen Seite vor.

»Warum nehmt Ihr nicht die Schwarzen?« sagte An-Nasir.

»Weil wir alle dem Glauben des Propheten angehören, und es traurig ist, wenn man es so sieht.«

»Das Schwarz habt Ihr also den Christenhunden vorbehalten?«

Shirat nickte. »Ihr König«, sie nahm ihn, »steht jetzt hier in Akkon. Euch sehr nahe, vielleicht zu nahe –«

An-Nasir schaute verwundert auf ihre Hand, die jetzt flink ein christliches Heer zusammenraffte.

»Damaskus wird Euch als legitimen Sproß des großen Ayubiten-Sultans Saladin wahrscheinlich mit Freuden empfangen.«

»Ich verbünde mich mit den Franken und ziehe gegen Ägypten«, erklärte An-Nasir bündig.

»Dazu gehören zwei!« wies in Shirat zurecht. »Zumindest zwei: die einen, die Euer Bündnis annehmen, und die anderen, die es zulassen. Unterschätzt meinen Bruder nicht!«

»Meine liebste Gespielin«, sagte An-Nasir, »erstens heißt in Kairo der Sultan jetzt ›Aibeg‹ –«

»Und zweitens«, unterbrach sie ihn, »muß König Ludwig auf die Gefangenen in ägyptischer Hand Rücksicht nehmen, so er sie lebend wiedersehen will.«

»Aber unsere Freunde, die Templer –«

»Das wird weniger ins Gewicht fallen, wie auch die traditionell gute Beziehung zu Eurer neuen Hauptstadt Damaskus, die Rückgabe von Jerusalem, und was Ihr sonst noch bieten wollt. Schwerer wiegt die hohe christliche Moral dieses Königs von Frankreich.«

»Ich werde ihm ein Angebot machen, das ein frommer Mann wie er nicht zurückweisen kann!« begehrte An-Nasir auf und scharte die Schwarzen um sich, den weißen König von Damaskus, und drängte mit Hilfe des Unterarms die gesamte Heeresmasse gegen Shirats weißes Häuflein.

Sie nahm eine Handvoll schwarzer Bauern weg und legte sie hinter den Brettrand auf ihre Seite. »Ich habe Euch gewarnt, An-Nasir! Schaut auf Eure Armee, sie ist gesprenkelt wie eine Straßenkatze und so launisch. Damit werdet Ihr Ägypten nicht erobern! Nie!«

»Ihr wollt es nicht!« polterte An-Nasir.

»Ihr könnt es nicht!« hielt ihm Shirat entgegen. »Dabei ist unwichtig, daß ich finde, Ihr braucht es auch nicht. Freut Euch an Syrien und schätzt Euch weise und glücklich, nicht auf dem Nagelbrett zu sitzen, das sich Thron von Kairo nennt – in ein Katapult gespannt, an Euren Füßen Töpfe mit Griechischem Feuer, über Eurem Haupt rasiermesserscharfe Klingen!«

»Das Bild lobe ich mir, wie eine damaszener Schneide will ich zwischen diese aufrührerischen Mameluken fahren.«

»Den schlanken Anblick kann ich abwarten«, spottete Shirat und lachte ihm ins Gesicht, das puterrot anlief.

Wütend fegte er mit einer Hand die Figuren vom Brett, während er mit der anderen nach ihrer Kehle griff, aber Shirat bog nur anmutig den Hals zurück, und die Hand konnte nicht weiter vorschnappen, weil ihn sein Bauch hinderte.

An-Nasir fuchtelte noch eine Zeit vor ihrem Gesicht herum, bis Shirat in einem Moment nachlassender Anspannung seine Hand ergriff und zärtlich seine Finger küßte.

Er beruhigte sich, und sie bettete ihren Kopf in seine Pranke.

»Geht jetzt bitte, mein Gebieter, und bewundert Eure Tochter«, sagte sie einschmeichelnd, »und habt auch ein Wort der Anerkennung für Clarion, sie leidet –«

»Sie hat nur ihre Pflicht getan«, murrte An-Nasir, »und auch das nur zur Hälfte: Ich hatte einen Sohn gewünscht!«

»Seid stolz auf Eure Tochter!« mahnte Shirat gerade, als ein harter Schlag die Mauer erzittern ließ, dem ein ohrenbetäubender Knall folgte und dann das Geräusch von berstendem Stein.

Sie saßen beide einen Moment erstarrt, Shirat war zusammengezuckt, aber dann begann An-Nasir schallend zu lachen.

»Meinen Stolz verdient Euer Neffe!« Er schlug sich vor Vergnügen auf die Schenkel. »Er wird entweder Homs in Trümmer legen oder mir eine Waffe schaffen, der kein Turm der Ägypter standzuhalten vermag!«

Die Tür wurde aufgerissen, und herein kugelte mit zerfetztem Gewand der Vater des Riesen. Sein Gesicht war grau gepudert, seine wenigen Barthaare versengt.

»Er hat ein Loch in das Küchengewölbe gedonnert, mit einer Eisenkugel, nicht größer als meine Faust, das Loch aber ist weit genug, um einen dicken Mann durchzulassen!«

Das hätte Abu Al-Amlak nicht sagen sollen, denn so schnell wie der mächtige An-Nasir den *kurbadj* entrollte und nach ihm hieb, konnte er sich nicht in Sicherheit bringen. Das dünne Ende wickelte sich um seine dünnen Beinchen und ließ ihn tanzen wie einen Kreisel.

»Wie ein Büffel!« jammerte er. »Wie ein Elefant!«

Aber das machte es alles noch schlimmer, die Peitsche sauste, bis es dem Zwerg gelang, mit einem Satz sich unter dem Schachtisch zu verkriechen. Als er von dort unten sah, daß auch Shirat lachte, streckte er seine Hand aus und hielt einen Ring hoch, wie man ihn Brieftauben ans Bein befestigt.

»Lach nur, Verräterin!« keifte er, zerrte mit fahrigen Fingern die Nachricht heraus und entrollte sie.

»Ich bin gekommen, Euch aus den Klauen des An-Nasir zu befreien!« las er laut vor.

Da lachte Shirat erst recht, und An-Nasir griff unter den Tisch und zog den Vater des Riesen hervor und ließ ihn am ausgestreckten Arm in der Luft hampeln.

»Wen willst du befreien, Abu Al-Amlak?«

»Ich doch nicht!« zeterte der Zwerg. »Ein betrügerischer Brieftaubenverkäufer!«

»Verkehrt Ihr, meine kluge Gespielin, mit dem Übermittler solcher Nachricht?«

»Noch nicht, mein Herr und Gebieter«, antwortete Shirat, »aber wenn mir der Vater des Riesen auch die zum Ring gehörige Taube bringt, dann werd ich's mir überlegen!«

»Also«, sagte An-Nasir und stellte den Zwerg auf den Estrich, »schafft die Taube herbei und den Händler gleich dazu!«

»Das ist doch der Betrug!« jammerte der Vater des Riesen mit zitternden Beinen. »Immer fliegt sie weg!«

»Das haben diese Vögel so an sich!« grunzte An-Nasir vergnügt. »Ich glaube, Abu Al-Amlak, du fliegst jetzt nach Damaskus und bereitest auf dir vertrautem Boden Unsere Ankunft vor. Ich«, er verneigte sich lächelnd zu Shirat hin, »gehe jetzt das Loch bewundern – und werde bei der Gelegenheit auch einen Blick auf Tochter und Mutter werfen.«

Sie erwiderte sein Lächeln, bis er – den Vater des Riesen am Kragen wie einen nassen Sack mit sich schleppend – den Raum verlassen hatte. Dann griff sie sich den Zettel und überflog nochmals die Botschaft.

A   B

DIE
NOVIZIN UND IHRE
RITTER

DIARIUM DES JEAN DE JOINVILLE

Akkon, den 20. August A.D. 1250

König Ludwig hatte in der Burg von Akkon, gleich bei der Porte Saint-Antoine und der Trennmauer zum Montmusart, seine feste Bleibe für die Dauer seines Aufenthalts in Outremer gefunden, und de facto ging damit die Regierungsgewalt über das »Königreich von Jerusalem« auf ihn über, denn Heinrich von Zypern überließ ihm die Ausübung der Regentschaft.

Friedrichs Sohn hatte sein Erbe nie angetreten, und es war auch höchst unwahrscheinlich, daß er sich je der Mühe unterziehen würde. Selbst wenn er Wert darauf gelegt hätte, es in Augenschein zu nehmen, wären da stets die Hindernisse gewesen, die der Herr Papst – in heimlicher Absprache mit dem ehrgeizigen Anjou – rastlos und haßerfüllt den Staufern bereitete, die ein Verlassen der Reichsgrenzen gar nicht erlaubten.

So erhob sich kein Widerspruch gegen das Amtieren des französischen Königs, und Friedrich, der schon eine Gesandtschaft zu den Ägyptern geschickt hatte, als er von der Gefangenschaft seines königlichen Cousins erfuhr, billigte sein Vorgehen ausdrücklich. Er wies sogar seine Vögte an, sich zu Ludwigs Verfügung zu halten. Das geschah allerdings auch als Gegenleistung für die strikt neutrale Haltung, die dieser und die Königinmutter Blanche in der Auseinandersetzung zwischen Staufern und Papsttum einnahmen.

Wenn ich auch Herrn Ludwigs Kostgänger war, hatte ich doch Quartier am Montjoie am Hafen genommen, um nicht jederzeit für meinen Herren verfügbar zu sein. Die Gegend um Sankt Sabas war auch die mit den meisten Tavernen, und es ging des Nachts meist heiß her, denn hier stießen die Quartiere der Genuesen, Pisaner und Venedigs zusammen.

Oft genug geriet ich auf dem Heimweg von der Abendtafel des Königs in handfeste Schlägereien zwischen den Matrosen der drei Seerepubliken, wenn ich mich nicht an der Mauer der Deutschen entlang zwischen dem Patriarchat und dem Arsenal in meine Bleibe schlich.

William, mein Sekretarius, fehlte mir sehr, aber den hatte ich vorerst an den König und seine Schutzbefohlene verloren, ich sah ihn höchstens beim gemeinsamen Essen.

Diese allabendlichen kargen Gaumenfreuden wurden nicht nur mir, sondern auch den übrigen Teilnehmern zunehmend zur Strapaze der Peinlichkeit, denn Herr Ludwig, ungeachtet der mißbilligenden Blicke seiner Frau Gemahlin, der Königin Margarethe, hatte einen derartigen Narren an der kleinen Yeza gefressen, daß er oft das Maß höfischer Courtoisie überschritt, er führte das Kind zur Tafel, legte ihr vor, und es gab kaum einen Disput, bei der er sie – eine zweifellos für ihr Alter aufgeweckte und gescheite Person von größter Schlagfertigkeit und gewinnender Anmut – nicht einbezog, ihre Meinung gleich der meinen oder der des Konnetabels erfragte. Dabei ging ihm Yeza nicht etwa zur Hand, sondern gab keck Widerworte. Doch mit der Zeit wurde sie unlustiger, fahrig und mürrisch.

»Sie sorgt sich um Roç«, vertraute William mir an, »aber sie will es niemandem sagen, auch nicht dem König.«

Yeza wirkte mit jedem Tag bekümmerter. Die Königin saß dabei und verbarg mühsam ihren aufsteigenden Unwillen. Yeza gehörte offiziell zu den Damen ihres Hofstaates, doch allein die Tatsache, daß sie – auch nach der Abreise Sigberts – immer noch über einen eigenen Leibwächter und einen Hofnarren verfügte, hob sie von allen anderen ab. Die beiden »Männer« Yezas, wenn ich mal Yves, den Bretonen, und William von Roebruk so bezeichnen will, gaben sich – genau genommen sogar im Zusammenspiel mit Yeza –

alle Mühe, einen Eklat zu vermeiden, aber es war Herr Ludwig, der immer wieder Situationen heraufbeschwor, die zu einer permanent gereizten Stimmung im Palast führten.

Denn, wer will es der hohen Frau verargen, ihres Gemahls Geturtele um die soviel Jüngere, weckte der Königin Eifersucht und schürte ihr Mißtrauen. Die beiden hatten zusammen in Ägypten irgendwelche Aventiuren bestanden, über die keiner mit ihr sprach, von denen sie sich ausgeschlossen fühlte. Und die Blöße, Yeza danach auszufragen, mochte sie sich nicht geben.

Obgleich Frau Margarethe spürte, daß die Schuld nicht bei dem Mädchen lag, richtete sich ihr Unmut doch gegen dieses »Königliche« Kind, diese »Prinzessin des Gral«.

Yeza nahm das Ärgernis, das sie verursachte, so wenig wahr wie die übertriebene Aufmerksamkeit, die ihr der König schenkte.

>*De lai don plus m'es bon e bel*
non ei mesager ni sagel,
per que mos cors non dorm ni ri …«

Ihre Gedanken weilten bei Roç, und weil sie nicht wußte, wo er war und ob er überhaupt noch unter den Lebenden weilte, wurde sie jeden Tag betrübter.

Seit Sigbert Akkon verlassen hatte, schwand ihre Hoffnung auf ein Lebenszeichen von Roç dahin wie ein Rinnsal in der Hitze des Sommers.

>*Be-m degra de chantar tener,*
quar a chan coven alegriers;
e mi destrenh tant cossiriers
que-m fa de totas partz doler …«

Erst hatte sie noch gebangt, gar bald Nachricht von dem deutschen Ordensritter zu erfahren, und zwar schlechte. Sie hatte für diesen gräßlichen Fall schon spontan verkündet, daß sie ins Kloster gehen würde.

Als dann immer länger nichts aus Starkenberg zu hören war, nahm sie Roçs Tod als Gewißheit und erwog nun ernsthaft, den Schleier zu nehmen.

Als dies Frau Margarethe zu Ohren kam, unternahm sie auf der Stelle alles, um diesen Gedanken zu vertiefen und alsbald in die Tat umzusetzen, schon um ihrem Gespons mit dem Entzug der kindlichen Favoritin den verdienten Schlag zu versetzen. Sie nahm mit der Äbtissin des ehrwürdigen Nonnenklosters auf dem nahen Berg Karmel Kontakt auf und stimmte sie in der Angelegenheit durch eine beträchtliche Schenkung günstig, wenn nicht sogar gefügig.

Yeza schwankte noch, nicht aus Furcht vor der strengen Klosterzucht, sie hätte jede Buße auf sich genommen, um ihrer Trauer Ausdruck zu verleihen, sondern weil da immer noch ein Fünkchen Hoffnung war.

Vielleicht darbte Roç jetzt – mit den anderen – im Kerker von Homs oder war nach Aleppo auf den Sklavenmarkt verschleppt worden. Dann war sie, Yeza, nämlich gefordert, keine trübe Schwesterntracht anzulegen, sondern eine Rüstung, und auszuziehen, mit William als Schildknappen, ihren Liebsten zu befreien.

Sollte sie Yves auch mitnehmen? Er war sicher ein hervorragender Mann des Schwertes, aber kein ritterlicher Degen. Gut, das war noch zu erörtern.

Vielleicht müßte sie Roç loskaufen? Das Geld würde ihr Sigbert geben, und wenn der nicht genug hatte, dann konnte sie noch den König angehen um ein Darlehen, für das sie sich verbürgen wollte.

Aber wahrscheinlich waren das alles müßige Überlegungen, und Roç war längst tot und kalt. Der Gedanke machte sie frösteln, und Yeza beneidete die anderen, die gewöhnlichen Kinder auf dieser Erde, die jetzt zu weinen begonnen hätten. Yeza weinte nicht.

Akkon, den 28. September A.D. 1250

Der Tatsache, daß mein Sekretarius wieder bei Hofe wohlgelitten war, verdankte ich einen ständigen Fluß von Informationen, die mir als besoldeter Seneschall und formeller Tischgast entgangen wären.

William versorgte mich mit seinen amourösen Abenteuern unter den verschämt gerafften Röcken der Zofen und den gleichgültig gelüfteten Kitteln des Küchenpersonals mit der gleichen Schwatzhaftigkeit, mit der er delikate Eheszenen des königlichen Paares, diplomatische Winkelzüge und politische Überlegungen zum besten gab.

Da niemand mein flämisches Schlitzohr sonderlich ernst nahm, ließ man ihn überall dabeisein wie einen der königlichen Windspiele, die ein benachbarter Emir dem christlichen Herrscher als kleine Aufmerksamkeit übersandt hatte.

Ganz besonders amüsierte mich die Allianz, die sich zwischen William und dem König ergab, weil beide – wenn auch aus völlig verschiedenen Motiven – versuchten, Yeza ihre fixe Idee mit dem Kloster auszureden. Der König konnte dem frommen Begehren schlecht widersprechen, bejammerte aber schon wie ein abgeschobener Greis den Tag, an dem er seines Herzblattes nicht mehr von morgens bis abends ansichtig sein würde. Dabei hätte er eine strenge religiöse Unterweisung im Sinne der allein seligmachenden *ecclesia catolica* für das Ketzerkind eigentlich begrüßen müssen.

Er intensivierte ihre Unterweisung in Katechismus und Bibelstunden in der vagen Hoffnung, Yeza würde dieses Quantum an Frömmigkeit als ausreichend erachten und von dem fatalen Schritt ins Noviziat Abstand nehmen.

Das kluge Kind meisterte den Unterricht auch spielerisch, weil es alles Wissenswerte an Philosophie und Historia aufsog, ohne im geringsten von der Morallehre oder gar dem christlichen Glauben beeindruckt zu sein.

Darin fand die Tochter des Gral denn auch die denkbar

schlechteste Gesellschaft in der Person des abtrünnigen Franziskaners, der sie in ihrem frühchristlichen, wenn nicht heidnischen Bild des Jesus von Nazareth gar noch bestärkte.

Der Messias als aufrührerischer Prätendent auf den Thron eines Königs der Juden, verurteilt von der römischen Militärgerichtsbarkeit und mit einer Scheinexekution in die angestrebte Märtyrerposition befördert. Danach verläuft sein Lebensweg im Dunkeln, und da begann das Interesse Yezas. Und mit der Moral war das so eine eigene Sache.

Oft empfand ich bei ihr einen geradezu frivolen Mangel, denn wieder überraschte sie durch hehre Grundsätze und tiefbewegende Menschenfreundlichkeit.

Doch in letzter Zeit verfiel Yeza oft in eine Teilnahmslosigkeit, die das bigotte Herrscherpaar fälschlich als Anzeichen einer Hinwendung zum Religiösen ansah.

»Welch hohe Moral!« erbaute sich Herr Ludwig. »Das Kind nimmt der Jungfrau Schmerzen auf, ergibt sich, ohne zu klagen, der heiligen *ecclesia*.« Yeza biß die Zähne aufeinander und schwieg.

»Welche Verstocktheit«, sagte die mißgünstige Königin.

Wenn Yeza mit William allein war, benutzte sie immer öfter ihre Laute, um ihm anzuzeigen, was in ihr vorging und worüber sie nicht sprach.

»Ni'n soi conqvistz ni'n soi cochatz
ni'n soi dolenz ni'n soi iratz
ni'n no'n loqui messatge.«

»Welch verstockte Moral!« spottete mein Sekretarius.

»Ar me puesc ieu lauzar d'amor
que no-m tol manjar ni dormir;
ni-n sent freidura ni calor
ni no-n badail ni no-n sospir
ni-n vauc de nueg arratge.«

Yeza jedoch wurde in ihrem Entschluß, den Schleier zu nehmen, immer unbeirrbarer, es war, als wolle sie sich geißeln für den Verlust von Roç, sich bestrafen, als läge die Schuld bei ihr.

»Ich werde Buße tun für die Liebe, die ich nicht gegeben habe, für die versäumte Fürsorge, ja die Gefährdung meines Liebsten!« hatte sie William erklärt.

Sie war darin wie verbohrt.

DIE LIEBENDEN

»Die Vermählung der Kaiserin mit dem Kaiser. Das Sehnen ist stärker als alle Vernunft. Im Zwilling vereinen sich Tag und Nacht. Nichts kann sich zwischen das stellen, was schon immer eins war und sein wird.«

Ich dachte darüber nach, daß Yeza einen solchen Schritt ins Kloster niemals tun könnte, ohne die Unitas der Königlichen Kinder zu gefährden, und ganz sicher noch Widerstand zu spüren bekommen würde von den Mächten, die ihr Leben bestimmten und leiteten.

»Was sagt denn eigentlich Yves dazu?« fragte ich meinen Sekretarius.

»Der hält die Idee für ausgemachten Unsinn. Er hat Yeza erzählt, daß er selbst einmal geglaubt habe, sich dem Priesteramt zuwenden zu müssen, und wie kläglich er dabei gescheitert sei. So werde es ihr auch ergehen, und deswegen solle sie's gar nicht erst versuchen – und ich, William, gereichte ja auch kaum zum ermutigenden Beispiel, geschweige denn meinem Orden zur Zier!«

»Das mußtet Ihr wohl hinnehmen, mein lieber William«, spottete ich.

»Ich habe dem Bretonen entgegnet: ›*Undhur man i atakallam!*‹, und er forderte mich auf, mit ihm zum König zu kommen. Ich dachte, er will über mich Beschwerde führen, aber Herrn Yves hatte ganz anderer Hafer gestochen. Wir fanden den Herrn Ludwig in der Kapelle der Burg, wo er sich Messe halten ließ. Auch die Frau Königin war zugegen mit den Damen und Frauen, darunter auch Yeza. Sie taten allesamt so, als seien sie ins Gebet vertieft, in Wahrheit warfen mir die Zofen versteckte Blicke zu, und ihre Herrinnen musterten mich schamlos, als hätt' ich die Kirche nackt betreten.

Der Herr Yves wartete an der Tür, bis der König seine Andacht beendet hatte. Als Herr Ludwig sich zum Gehen wendete, versperrte der Bretone ihm mehr den Weg, als daß er als Bittsteller auftrat. Der Konnetabel wollte ihn schon ärgerlich zur Seite drängen, da sagte Herr Ludwig: ›Habt Ihr, Yves, ein so dringlich Begehr, daß Ihr es jetzt und hier vorbringen müßt?‹

Der Bretone nickte nur und sagte mit gesenktem Haupt: ›Es ist auch, Majestät, nur für Euer Ohr bestimmt.‹

Der König gab seinem Hofstaat ein Zeichen, sich zu entfernen, und wandte sich nicht gerade einladend an Yves: ›Ihr werdet gestatten, daß die Königin zugegen ist, wenn Ihr Euch schon Williams Beistand versichert habt.‹

Der Bretone wartete ergeben, wie es so gar nicht seine Art ist, bis alle anderen an ihm vorbei hinausgegangen waren, auch Yeza wurde – trotz sichtbarer Neugier – von den Damen der Königin mitgezogen.

Der König mochte keine Zeit verlieren und blieb an der offenen

Tür stehen, so daß Yves sich entschloß, sein Anliegen fast flüsternd vorzubringen. Die Königin hatte auf einer der Bänke Platz genommen, war aber ganz Ohr.

›Majestät‹, sagte Yves, ›ich weiß, daß ich mir Euer Wohlwollen erst wieder erringen muß und es mir daher wenig ansteht, Euch um eine Gunst zu bitten. Doch entspricht der Wunsch nicht weltlicher Eitelkeit noch Ruhmessucht, noch dem Trachten nach Titel und Pfründe, sondern er soll mir nur die Pforte aufstoßen für den steinigen Weg, den ich mehr und mehr als den meinen sehe, Gott im Kampf und in der Entbehrung zu dienen!‹

Der Herr Ludwig hatte ihn nicht unterbrochen, doch jetzt sagte er kühl: ›Ich weiß nicht, Yves, was einen Menschen hindern kann, all diese löblichen Vorsätze in die Tat umzusetzen, dazu bedarf es sicher nicht des Plazets des Königs, sondern allein der Hinwendung zu unserem Heiland. Das sollte doch dem Priester nicht fremd sein!‹

›Ich kann und will aber nicht Priester sein!‹ brach es aus Yves heraus. ›Schon gar kein gewesener! Majestät, gebt mir die Ehre eines Mannes, eines Mannes, der ein neues Leben beginnen will! Mein einzig Streben ist, einem der Ritterorden beizutreten, mein Herr, ich flehe Euch an: Schlagt mich zum Ritter!‹

Jetzt war es heraus, und Herr Ludwig war höchst indigniert.

›Herr Yves‹, sagte er dann, ›das ist ein unziemlich Verlangen. Weder seid Ihr von Geblüt, noch habt Ihr – und das durch eigenes Verschulden! – in der Feldschlacht, im Kampf gegen die Ungläubigen, irgend Ruhm erworben. Dagegen steht indessen Euer bösartiger Charakter, Euer unbeherrschtes Temperament und das Fehlen jeglicher Tugenden.‹

Der Bretone hatte das Haupt bei jedem Schlag noch tiefer gesenkt und schwieg verbissen. Der König wurde unduldsam.

›Wie konntet Ihr mich nur mit einer solchen Frage behelligen, wo Ihr wissen konntet, wie allein meine Antwort lauten mußte!‹

Er wandte sich zum Gehen.

›Mein Gebieter‹, stöhnte Yves, ›ich will nichts, als Gott und Euch dort zu dienen, wo meine geringen Fähigkeiten sinnvoll zum

Einsatz kommen könnten, zur höheren Ehre unseres Herrn Jesus Christus und unserer Lieben Frau!‹

›Ihr habt es ausgesprochen, Yves‹, fuhr ihm der König dazwischen, ›gering zu achten sind Eure Fähigkeiten und keineswegs dazu geeignet, Euch in den Ritterstand zu erheben, und wenig Ehre erwächst unserem Heiland und seiner Gottesmutter aus der Gesinnung, die Ihr bisher an den Tag gelegt, und den Taten, die Ihr bisher vollbracht. Doch‹, besann sich der König, ›Ihr könnt Euch bewähren. Ich werde ein noch strengeres Auge auf Euer Tun und Lassen richten.‹

Der Herr Ludwig hatte es eilig, den Raum zu verlassen, er warf seiner Frau Gemahlin einen auffordernden Blick zu, doch Frau Margarethe erhob sich nicht, sondern sagte fest, sie wolle noch bleiben und beten. Der König schritt ärgerlich von dannen.

Die Königin hatte zuvor ja alle Zeit zum Beten gehabt und sie nicht genutzt, ich spürte, daß sie uns, mich oder Yves oder beide zusammen, noch zu sprechen wünschte.

Frau Margarethe kam auch gleich zur Sache. ›Die Gelegenheit, beide Herren, die mein Gemahl, der König, zum Schutz und Geleit unserer lieben ›Tochter des Gral‹ bestellt hat, auf ein Wort festzuhalten, will ich mir nicht entgehen lassen. Nehmt Platz!‹

Sie wies auf die schmale Kirchenbank hinter sich.

›Sagt an, Herr William, der Ihr ja schon lange, so wurde mir gesagt, in den Diensten der Königlichen Kinder steht, waren denn nicht beide mit Euch in Ägypten bei den Pyramiden?‹

›Ich sagte: ›O nein, Majestät, der Knabe wurde verschleppt, und Yeza blieb als Geisel.‹

›Bei den Ungläubigen?‹

›So war es, doch beeindruckt von der Würde Eures Gemahls, des Herrn König, machten sie ihm das Mädchen zum Geschenk.‹

›In der Pyramide?‹

Da war die Katze aus dem Sack!

›So könnte man es ausdrücken‹, entgegnete ich mit Vorsicht. ›Aber ich war nicht zugegen.‹

›Aber ich‹, sagte Yves trocken und ließ sie zappeln.

›Ich gehe davon aus, daß der König sich einen Besuch der Pyramide nicht hat entgehen lassen – waren denn beide in dem Bauwerk?‹

Frau Margarethe machte jetzt keinen Hehl mehr aus ihrem nagenden Argwohn. ›Zusammen und allein?‹

›Weder noch‹, sagte Yves, ›ich war ja dabei, und die Pyramide ist gewaltig groß, voller Gänge und Kammern. Sie trafen sich erst am Ausgang.‹

›Seid Ihr da sicher, mein lieber Herr Yves, könnt Ihr das beschwören, daß sie sich nicht vielleicht doch schon vorher –?‹

Ihre Stimme geriet ins Stocken, sie bebte vor Mißtrauen, die Unwahrheit, vor Angst, die Wahrheit zu hören. ›Ihr sagtet ja groß und voller Kammern?‹

›Meine Herrin‹, sagte Yves, ›nie würde ich zulassen, daß Euch ein Herzensschmerz widerfährt. Doch hier kann ich Euch beruhigen. Der König und das Mädchen kannten sich nicht, als sie sich in meiner Gegenwart zum ersten Mal trafen.‹

Die Königin schwieg lange, in ihrem Hirn summte der Verdacht, ihr Herz schlug noch immer wild vor Eifersucht.

›Und was hat sie dann dem König so lieb und wert gemacht?‹

Sie tat mir leid, und ich sagte: ›Nichts als die demütige Bitte des ärgsten Feindes, unseres Besiegers, das Kind zu hüten wie seinen Augapfel. Dafür hat der König sein Wort gegeben.‹

Die Königin schwieg betroffen.

›Geht jetzt, meine lieben Herren‹, sagte sie zitternd, ›Ihr habt der Königin einen Dienst erwiesen, für den ich Euch Dank schuldig bin.‹

Das war an die Adresse von Yves, dem Bretonen, gerichtet, der auch artig die dargebotene Hand ergriff und zu den Lippen führte. ›Wißt in mir eine Gönnerin, die um Eure Sorgen weiß.‹ Tiefer Blick in die Augen des Yves.

›Ihr habt mich als Frau beschämt. Das will ich Euch nicht nachtragen, so Ihr Euch als Mann von Ehre verhaltet.‹ Das galt mir, und mein geistlicher Stand ersparte mir, ihr die Hand zu küssen.

›Ich will jetzt in tiefer Reue noch hier im Gebet verharren.‹

Damit waren wir beide entlassen, und laßt Euch, mein werter Seneschall, von Eurem Sekretarius gesagt sein: Mit der Reue ist es nicht weit her!«

Akkon, den 2. November A.D. 1250

Keiner hatte die Triëre kommen sehen. Es lag spätherbstlicher Frühnebel über Hafen und Bucht, und das Morgengrauen ließ sich jetzt schon Zeit.

Ich stand noch mit dem neuen Konnetabel vor dem Portal der Kirche Sankt Andreas, wo der König auf Einladung des Bischofs die Morgenmesse gehört hatte.

Der neue Amtsmann des Königs war Gilles le Brun, den bisherigen, den alten Haudegen, der nicht grad mein Freund gewesen war, hatte Herr Ludwig nach Frankreich zurückgeschickt.

Wir schauten hinunter zum Hafen, als aus der grauen Wolkenwand das vielrudrige Ungetüm herangeglitten kam wie ein seltsames Insekt, eine Art Wasserläufer, und sich an die Außenmole herantastete, an deren Ende der »Turm der Fliegen« aufragt.

Wir hatten beide das Schiff sofort wiedererkannt, ich aus Erfahrung am eigenen Leibe, der Konnetabel nach blumigen Erzählungen, die seit Zypern über die Gräfin und ihre Triëre im Schwange waren.

Ein einzelner Mann wurde verstohlen angelandet, das große waffenstarrende Schiff hielt auf Distanz und war bald von wallenden Nebelbänken wieder verschluckt, konnte sich aber nicht weit vom Hafen entfernt haben, denn das Boot ruderte zurück. Es sah mir sehr, und das fand der Herr Gilles auch, nach Spionage aus.

Zumindest schien die berüchtigte Schiffseignerin erkunden zu wollen, ob die Luft rein war oder ihre Flucht von Zypern vergeben und vergessen. Davon jedoch, fand der Konnetabel, könne nicht die Rede sein. Neu im Amte mußte er sich noch profilieren, sich einen Namen machen als zupackender Wachhund.

Wir eilten durch das pisanische Viertel hinunter zum kleinen

Hafen. Hier hatte eine aufmerksame Johanniterstreife den Mann schon festgenommen.

Es war Firouz, der Kapitän der Gräfin, mit dem der ruhmreiche Ritterorden noch eine fette Gans zu rupfen hatte. War es doch Firouz gewesen, der ihnen die Schmach mit der Eisenkette angetan hatte, ausgerechnet an dem Tage, an dem die Johanniter die Hafenwache hielten.

Firouz gab nicht zu erkennen, daß er mich schon einmal gesehen hatte, er schwieg verbissen, und so nahm der Konnetabel die Befragung vor.

»Ihr seid der Kapitän dieses Schiffes«, begann er konstatierend, »wieso schleicht Ihr Euch an Land, und die Triëre versteckt sich draußen auf dem Meer?«

Firouz war um die Antwort verlegen. »Weil wir dieses Land nicht kennen und meine Herrin, Laurence de Belgrave, kaiserliche Gräfin von Otranto, erst sichergehen wollte, ob hier Christen oder Ungläubige uns erwarten.«

»Oder«, fiel ihm der Herr Gilles ins Wort, »ob schon Gras über Piraterie, Desertation und Mißachtung der Order des Königs gewachsen?«

Firouz bekam die Kiefer nicht auseinander. »Ihr wart doch damals schon der Kapitän?« Firouz schwieg verbissen. »Dann wißt Ihr auch, was auf unerlaubtes Auslaufen stand.«

Da Firouz nichts zu seiner Verteidigung vorbrachte, fügte der Konnetabel fast beiläufig hinzu: »Ihr werdet gehenkt.« Er wandte sich bereits an mich. »Das trifft sich gut heute morgen, zusammen mit diesem jungen Gauner mit dem Taubentrick. Stellt Euch vor, lieber Joinville, da mietet sich ein Bursche bei Euch ein, und Ihr geht bald auf den Markt und seht ihn dort wieder, wie er gerade Eure schönste Brieftaube, Euren Augapfel, Eures Schlages schneeweiße Zier verkauft, was sag ich, verschleudert.«

»Höchst abartig«, wußte ich dazu nur zu sagen, Brieftauben interessierten mich nicht, überhaupt konnte ich diese trippelnden, gurrenden Schißvögel, diese »Ratten der Lüfte«, nicht leiden!

»So ist es gestern einem angesehenen Bürger dieser Stadt widerfahren«, informierte mich der gute Herr Gilles des weiteren. »Wollt Ihr wissen, was der Bengel zu seiner Entschuldigung vorbrachte?«

»Ihr könnt es mir nachher erzählen, mein lieber Gilles le Brun«, unterbrach ich seinen geschwätzigen Eifer. »Ich an Eurer Statt, würde hingegen wegen des Kapitäns von Otranto Rücksprache halten: Die Gräfin ist eine Kaiserliche, und was vor zwei Jahren auf Zypern noch als Hochverrat galt, mag heute, von der Warte hoher Diplomatie betrachtet, als Lappalie und das Hängen als ›nicht opportun‹ durchgehen.«

Wir waren seit unserem Gespräch durch das sich entlang des Hafens bis zum Arsenal erstreckende Quartier der Venezianer geschlendert, jetzt gab ich meinem uns folgenden Pferdeknecht ein Zeichen und ließ mir auf den feinen Gaul helfen, den ich von König Ludwigs Geld bei einem Pferdehändler aus Damaskus erstanden hatte. Ein guter Kauf. »Es geht mir nicht um den Hals des zweifellos schuldhaften Bootsmannes«, sagte ich zum Abschied, »sondern darum, Euch Ärger zu ersparen.«

Doch der Konnetabel reagierte beleidigt. »Ich weiß mich mit dem König einig, was Zucht und Ordnung anbelangt, und will meines Amtes walten.«

Er ließ sich ebenfalls sein Pferd geben: »Wenn Ihr Euch zum Maupas-Tor hinausbemühen wollt, Seneschall, dann sollt Ihr den Henker bei seiner Arbeit bewundern!«

Er gab den Soldaten ein Zeichen, die den Firouz von den Johannitern übernommen und gefesselt hatten. Der Zug mit dem Verurteilten setzte sich in Bewegung. Ich ritt grußlos von dannen, unsicher, ob ich etwas unternehmen sollte.

Eine Audienz beim König zu erlangen, reichte die Zeit nicht aus, dennoch hielt ich auf die Burg zu, und weil ich dort nun schon bei dem Haupttor der Stadt war, entschloß ich mich, vor den Mauern doch bis zum Galgen zu reiten und noch rechtzeitig einzutreffen, denn der Delinquent – so will es der Brauch – muß zuvor durch die gesamte Innenstadt geführt werden, um dann vom Montmusart aus durch den Maupas den Richtplatz zu betreten.

Ich befand mich noch im Torweg von Saint-Antoine, als ich Yeza, begleitet von ihrem Leibwächter und meinem William, von der Burg herabkommen sah. Sie machten einen reisefertigen Eindruck, mehrere Packtiere waren voll beladen, und eine berittene Eskorte gab ihnen Geleit.

»Wohin des Weges, Prinzessin?« begrüßte ich sie artig, aber das Königliche Kind, das für mich sonst stets ein freundliches Wort bereit hielt, erwiderte meinen Gruß grad mit einem Nicken. Trauer umflorte den Blick ihrer grauen Augen, die weit in die Ferne gerichtet waren.

»Die Prinzessin«, klärte mich mein Sekretarius auf, »hat sich entschlossen, in ein Kloster einzutreten. Wir begleiten sie ob Haifa auf den Berg Karmel.«

»Und wohin treibt es Euch, werter Herr Joinville«, sprach mich Yves, der Bretone, mit ausgesuchter Höflichkeit an.

»Ach«, sagte ich zu William, »sie haben den Kapitän der Gräfin, den Firouz, gefangen und wollen ihn grad hängen wegen der alten Zyperngeschichte.«

»Wie das? Ist denn die Gräfin –?«

»Die Triëre landete ihn heute morgen«, sagte ich, »er lief dem neuen Konnetabel direkt in die Arme, und jetzt wird –«

»Wo?« mischte sich da plötzlich Yeza ein.

»Vor dem Maupas!« sagte ich.

»Meine Herren!« rief sie da mit ihrer energischen Schärfe. »Das wollen wir doch mal sehen!« Und sie gab ihrem Pferd die Sporen.

Wir preschten am Außenwall entlang, als ritten wir Attacke, der Herr Yves schloß am schnellsten zu ihr auf, und seinem Gesicht war anzusehen, daß es ihm gefiel, wie das Mädchen eine solche Angelegenheit in die Hand nahm. Wir bogen in gestrecktem Galopp um die Johanniter-Schanze und sahen bald den Anger vor uns, gerade noch rechtzeitig, denn aus dem Arm-Sündertor ritt schon der Zug des Konnetabels, gefolgt vom schnell dahinrumpelnden Henkerskarren.

Mir schoß ein Bild ins Gehirn, das mir William so eindringlich geschildert hatte, als hätt' ich es selbst erlebt. William auf der

Flucht mit den Kindern des Gral, im Nebel durch die Camargue –
entgegen kommt ihnen der Karren des Profoses von Paris, drei
Erschlagene und der Totschläger, ein junger Priester stechenden
Blicks: Yves, der Bretone!

Der König begnadigt ihn und nimmt ihn in seine Dienste,
wußte ich dem flämischen Schlitzohr später zu erzählen, das ich
kurz darauf in Marseille in einer üblen Hafenspelunke kennen-
lernt. Hinter einem Holzverschlag, vor meinen Augen versteckt,
schlummerm die Königlichen Kinder – so schließen sich die
Ringe: Yves, der Bretone, an der Seite Yezas, um einen Mann vor
dem Galgen zu retten – und mein William keucht als letzter hinter
uns, die wir wie der Sturmwind dahin fegen.

Der Henkerskarren ist schon unterm Galgen angekommen, den
beiden zu Hängenden werden die Stricke um den Hals gelegt, der
Konnetabel verliest das Urteil.

»Nein!« gellt Yezas Schrei.

»Im Namen des Königs! Haltet ein!«

Der Bretone eilte mit mächtiger Stimme dem Mädchen zur
Hilfe, das außer diesem angstvollen »Nein!« keinen Ton mehr
über die Lippen brachte.

Jetzt erkannte ich, warum sie so entsetzt aufgeschrien hatte.
Der andere Verurteilte war Hamo!

Der Herr Gilles le Brun schaute unwillig auf, doch jetzt war es
Yves, der noch vom Pferd aus den Gäulen vor dem Henkerskarren
in die Zügel fiel.

»Konnetabel!« fuhr er den Empörten mit einem Befehlston an,
daß dieser zusammenzuckte. »Habt Ihr eigentlich gefragt, wessen
Namens dieser junge Herr –?«

»Der betrügerische Langfinger behauptet jetzt auch noch«, erwiderte der wütend, »er sei gar der Graf von Otranto – ein feines
Gespann!«

»Das mögt Ihr halten, wie Ihr wollt, mein lieber le Brun«, sagte
Yeza schneidend, »es handelt sich jedoch um Hamo l'Estrange,
den Grafen von Otranto.«

»Den Sohn der –? Dann erst recht!« schnaubte der Konnetabel.

»Macht Euch nicht unglücklich!« ging jetzt William dazwischen.

»Ihr werdet Eures Lebens nicht mehr froh«, versuchte auch ich nun zu vermitteln.

Doch Yeza sagte: »Ihr verliert Euer Leben auf der Stelle, wenn Ihr noch eine falsche Bewegung tut.«

Sie warf ihren Dolch William zu, der ächzend auf den Karren kroch und umständlich Hamos Fesseln und dann die des Firouz' löste.

»Ihr bedroht mich«, schäumte der Herr Gilles mit einem schnellen Blick auf unsere Eskorte, die zahlenmäßig der seinen überlegen war und vor allem des Königs Rock trug, während seine Soldaten nur das Stadtwappen von Akkon aufweisen konnten.

»Ihr fallt dem Gesetz des Königs in den –«

»Das laßt nur meine Sorge sein«, schnitt ihm Yeza das Wort ab. »Seine Majestät weiß, wo sie mich findet. Ich übernehme alle Verantwortung.«

»Und Ihr, Konnetabel«, pflichtete ich bei, »tut gut daran, den Vorfall nicht zu hoch zu hängen. Ihr habt nicht das Recht, einen Mann von Stand, einen Grafen des Kaisers und damit des Herrschers über Akkon, ohne Prozeß vor dem Hochgericht dieses Königreiches abzuurteilen. Das kann Euch Amt und Kragen kosten.«

Da war er dann plötzlich still, und Herr Yves gab ihm noch eines drauf: »Gebt den beiden Herren auf der Stelle jedem ein Pferd, was sie als Eure Entschuldigung annehmen werden, um jetzt mit uns zusammen diesen ungastlichen Ort zu verlassen!«

Der Konnetabel hieß mit zusammengekniffenen Lippen zwei Soldaten absteigen und ihre Tiere übergeben und zog sich dann mit einem leeren Henkerskarren durch die Porte du Maupas zurück.

Ich verabschiedete mich von Yeza und ihren Begleitern, denn es schien mir ratsam, beim Herrn Ludwig dem Bericht des Konnetabels zuvorzukommen.

AUS DEM DICHTEN NOVEMBERNEBEL tauchten die Mauern der Stadt Homs auf.

»Es ist klüger, wir begehren Einlaß noch am hellen Tag«, sagte Konstanz leise, »dann achten die Wächter weniger auf Gesichter.«

Der Botschafter des Kaisers Friedrich ließ sich von Rittern des Deutschen Ordens den Stander des Reiches vorantragen, ihm folgte sein schöner »Knappe« mit Schild und Schwert, während er galant seiner jungen »Tochter« vom Pferde half.

Die Eskorte hatte ihn der Torwache gemeldet, und alsbald schwangen die Flügel so weit auf, daß die fremden Ritter einzeln passieren konnten. Der abgesessene Trupp wurde höflichst gebeten, sich noch im Torraum zu gedulden, bis man An-Nasir benachrichtigt habe. Heißer Tee aus Indien, mit Honig und Minze bereitet, wurde den Gästen mittlerweile gereicht, und im übrigen ließ man sie allein.

Die Ankömmlinge wußten jedoch, daß aus Schlitzen und Scharten manches Augenpaar neugierig auf sie gerichtet war, und hielten die Köpfe gesenkt und sprachen kaum miteinander. Die Recken vom Deutschritterorden umringten dicht den Prinzen von Selinunt und die Seinen, so daß sie vor allzu vorwitzigen Blicken abgeschirmt waren. Dennoch verging die Zeit zäh in der Spannung, ob der Bote bei Rückkehr ihre schmähliche Festsetzung verkünden würde oder ein angemessenes Willkommen.

Der Knappe hatte sich breitbeinig gesetzt, müde sich auf den Schild stützend, und des Prinzen Töchterlein hockte artig auf dem Knie ihres Vaters und lehnte sich scheu an dessen Brust, das von einer Haube sowieso schon nahezu verdeckte Gesicht in die Falten von dessen Mantel pressend.

Dann kam die Nachricht vom Palast, die Gäste zeigten nicht, daß sie allesamt genau verstanden, was die Wächter hastig tuschelten.

Ein alter Mann trat vor, den man als Dolmetsch herbeigeholt hatte, und eröffnete dem »Erlauchten Gesandten Imperatoris Germaniae«, daß »der erhabene An-Nasir, einzig legitimer Sproß aus dem Hause Ayub und in direkter Linie Blutsnachfolger des großen

Saladin, Herrscher über Homs, Hama und Aleppo und Sultan von Damaskus«, sich überaus glücklich und geehrt fühlen würde, wenn der ihm gesandte Prinz ihn unverzüglich und unter vier Augen sehen könnte, »denn«, so fuhr der Dolmetsch fort, »unser gütiger Herrscher, *Allah jatihi al hukum ua judammir a'adaihi* – Allah schenke ihm die Gewalt und vernichte seine Feinde! – ist im Aufbruch nach Damaskus, wo er den ihm zukommenden Thron des Sultans besteigen wird. Doch Ihr und Eure Begleitung, edler Herr, möget Euch als seine Gäste derweil in Homs aufhalten und über seinen Palast verfügen, als sei es Euer eigener.«

Mit tiefer Verbeugung lud er den Herren Gesandten, ihm allein zu folgen, während Diener sich der Begleitung des Prinzen annahmen und das Gepäck von dannen trugen.

Mit Mühe machten die Deutschritter den herbeigeeilten Frauen klar, daß die Tochter des Prinzen gewohnt sei, bei ihrem Vater und unter Männern zu schlafen, und kein Bedarf bestünde, ihr Gastfreundschaft im Harem zu gewähren. Der Obereunuch fand die Sitten der Christen zwar verwerflich, aber er beugte sich dem Wunsch der Gäste. So wurde Roç und dem Schildknappen eine Kammer in den Mannschaftsunterkünften zugeteilt.

An-Nasir empfing den Gesandten des Kaisers nicht im großen Audienzsaal der Burg von Homs, sondern in seinem Kabinett, von dem der Blick auf der einen Seite zum Garten des Harems hinabreichte, zur anderen weit über die Stadt schweifen mochte.

»Auf jedes Gepränge und auch auf das Hofzeremoniell verzichtet der Herrscher«, wie der Dolmetsch den Prinzen von Selinunt noch vor dem Betreten der letzten Treppe wissen ließ. »Seine Hoheit bittet dies entschuldigen zu wollen.«

An-Nasir war bereits reisefertig gekleidet und schritt ruhelos vor seinem Arbeitstisch auf und ab, als der Prinz den hellen Raum betrat und sich verneigte. Der Herrscher von Homs war ein Koloß von Mann, doch er bewegte seinen grobschlächtigen Körper mit der Gefährlichkeit, die von Dickhäutern ausgehen kann. Konstanz von Selinunt wirkte gegen ihn fast schmächtig.

»Nehmt Platz, wo Ihr wollt«, sagte An-Nasir und ließ sich in seinen erhöhten Thronsessel fallen.

Das war allerdings die einzige Sitzgelegenheit im Raum, wenn man von einer Trittleiter absehen wollte, die an der Schmalseite des Tisches stand. Mit einem Satz war der Prinz auf deren oberste Stufe geschnellt und ließ sich mit überkreuzten Beinen so gekonnt nieder, als habe er dort schon immer gehockt. Er saß jetzt aber höher als der An-Nasir, der sich eines beifälligen Lächelns nicht erwehren konnte, als er zu ihm aufschauen mußte.

»Die Beherrschung der Körpersprache ist mir immer noch das beste Anzeichen diplomatischer Fähigkeiten. Sie erspart uns den Austausch gedrechselter Worte. In einer Stunde reise ich nach Damaskus und lasse mich zum Sultan ausrufen.«

Konstanz spürte den verhaltenen Wunsch nach einer spontanen Stellungnahme.

»Das syrische Volk wird dem Enkel Saladins zujubeln, Kairo wird schäumen, und Akkon wird zwiegespalten und ratlos sein.«

»Und Euer Kaiser Friedrich?«

»Er hielt stets in unverbrüchlicher Freundschaft zum Hause Ayubs und wird diesen Schritt begrüßen.«

»Ist das alles?« fragte An-Nasir lauernd. »Wird er kommen und mir helfen, die mamelukischen Usurpatoren aus Ägypten zu verjagen? Wird er dem König der Franken befehlen, sich mir anzuschließen?«

»Kaiser Friedrich kämpft im eigenen Reich wider die Ränke des Papstes und ist dort unabkömmlich, und was den französischen König anbetrifft, muß dieser Rücksicht darauf nehmen, daß noch Tausende derer, die sich unter seiner Führung und Verantwortung auf das leichtsinnige Abenteuer der Eroberung Ägyptens eingelassen haben, nun dort in Gefangenschaft gehalten werden. Ehe er diese nicht befreit hat, kann König Ludwig unmöglich – bei Gefahr ihrer aller Leben – mit Tat an Eure Seite treten.«

»Ich zahle ihm mehr«, schnaufte An-Nasir ärgerlich, »als diese paar tausend Kranken und Verletzten wert sind – wenn sie überhaupt noch am Leben sind.«

»Das ist ein Angebot, daß Ihr, Hoheit, in dieser Form einem christlichen König nicht unterbreiten könnt – dem allerchristlichen Herrn Ludwig schon gar nicht!«

»Ich sehe, wir verstehen uns«, lächelte An-Nasir. »Was ratet Ihr?«

»Den Kaiser zu bitten, in der Frage der Gefangenen in Kairo zu intervenieren. Sobald dieses Pfand nicht mehr in der Hand des Feindes ist, wird König Ludwig mit Freuden einer Aufforderung nachkommen, die Schmach von Damiette auszuwetzen!«

»Wie kann ich meinem Freund, dem großen Kaiser, danken? Soll ich nach der Einnahme Ägyptens ihm ein Heer schicken, das seinen Widersacher, diesen elenden Papst, in Stücke reißt? Will er seinen Kopf?«

»Ach«, lächelte der Prinz, »solch nobles Angebot kann mein Herr unmöglich annehmen, eine so großartige – und ich muß zugeben –, auch verlockende Dankesbezeugung ist auch nicht nötig: Der Kaiser hilft seinen Freunden uneigennützig, selbstlos und gern.«

»Ich aber«, sagte An-Nasir und erhob sich ächzend, »lasse mir nicht gern etwas schenken. Jeden Schwertarm, der zu meiner Fahne stößt, will ich in Gold aufwiegen. Richtet das dem Kaiser aus – und laßt es auch den König in Akkon wissen!«

»Dem würde ich eine offizielle Botschaft senden, sobald Ihr in Damaskus die Herrschaft in den Händen habt, großer An-Nasir. Von unserem Gespräch werde ich nur dem Kaiser berichten, und er wird Euch so viele Männer schicken, wie er entbehren kann – doch alles nach Klärung der Gefangenenfrage in Ägypten. Bis dahin sollte unsere Absprache sinnvollerweise eine geheime bleiben.«

Konstanz von Selinunt stieg die Leiter hinab und verneigte sich.

»Ihr gefallt mir, Prinz«, sagte An-Nasir, der sich jetzt wieder in seiner überragenden Mächtigkeit vor ihm aufbauen konnte. »Woher sprecht Ihr so fließend unsere Sprache, daß Ihr den Dolmetsch nicht einmal bemüht habt?«

»Am Hofe des Kaisers zu Palermo ist Arabisch täglicher Umgang, der Kaiser selbst ist der Zunge mächtig.«

»Und einem solchen Weltenherrscher pinkelt ein Papa ans Bein!« An-Nasir wiegte den runden Kopf, der auf seinem Stiernakken thronte. »Wie einen Straßenköter sollte man diesen unwürdigen Oberpriester verjagen!«

Konstanz wandte sich zum Gehen, doch An-Nasir hielt ihn zurück: »Berichtet mir mehr über Euren ruhmreichen, vielfältig talentierten Herren«, sagte er, »ich möchte, daß Ihr mich auf meiner kleinen Reise begleitet und in Damaskus den Feierlichkeiten als mein Ehrengast beiwohnt, bevor Ihr zum Kaiser zurückeilt. Eure Begleitung wird es derweilen in Homs an nichts mangeln, jeder Wunsch soll ihnen von den Augen abgelesen werden.«

Konstanz hatte mehrere Gründe, diese Einladung anzunehmen. Einmal konnten Madulain und Roç derweilen Mahmoud und Shirat aus dem Kerker befreien. Zum anderen war dieses politische Gespräch zu vertiefen, in der Richtung, den An-Nasir von einem Einfall in Ägypten abzuhalten, schließlich war es das Land seiner Väter. Dem Kaiser würde eine großzügige finanzielle Unterstützung sicher willkommen sein. Zu erwägen war noch, wo man die Gegenleistung in Form von Truppen hernahm. Der dritte Grund war, daß es nicht ratsam war, dem An-Nasir jetzt und hier seinen Wunsch abzuschlagen. Der Prinz kam grad noch dazu, hastig von seinem Töchterchen und seinem Knappen Abschied zu nehmen. Dann verließ der Zug Homs gen Süden, es war ein mittleres Heer, auch ein Großteil des Harems wurde mitgeführt.

Es war einer der seltenen sonnigen Tage im November, an dem keine kalten Lüfte von den Bergen die wärmenden Strahlen vertrieben. Der Himmel blieb wolkenlos glasblau.

> »Mal amar fai vassal d'estran pais,
> car en plor tornan e sos jocs e sos ris.
> Ja nun cudey num amic me trays,
> qu'eu li doney ço que d'amor me quis.«

Madulain, der Schildknappe, hatte der Versuchung nicht widerstehen können, die Gärten des Harems, in dem sie selbst so lange gelebt, aufzusuchen in der vagen Hoffnung, ihre junge Freundin Shirat zu treffen. Da mit dem Herrscher auch dessen Frauen ausgezogen waren, samt den Eunuchen, wie sie in den Mannschaftsquartieren gehört, war die Aussicht allerdings gering. Nicht einmal Wächter waren mehr da.

Madulain setzte sich in die Sonne auf eine Brunnenbank und schlug auf der Laute die ersten Takte eines Liedes an, von dem sie sich erinnerte, daß sie es mit dem Mamelukenmädchen zusammen gesungen hatte, als sie beide noch zusammen hier geweilt.

>*Ar hai dreg de chantar*
pos vei joi e deportz,
solatz e domnejar,
qar zo es vostr'acortz:
e las fontz e-l riu clar
fan m'al cor alegranza,
prat e vergier, qar tot m'es gen.«

Der Grund, daß sie diesen Ort aufsuchte, war auch, daß es sie sehr anstrengte, unter den Männern ihre Rolle durchzuhalten und bei ihren derben Scherzen mitzulachen. Sie hatte schon den Gedanken aufgegeben, daß sich ihr Wunsch erfüllen könnte, sie sang nur noch für sich so vor sich hin, als die Antwort ertönte:

>*Q'era non dopti mar ni ven*
garbi, maistre ni ponen
ni ma naus no-m balanza,
ni no-m fai mais doptansa
galea ni corsier corren.«

»Shirat?«

»Madulain!« Aus den Arkaden trat die ranke Mamelukin – eine junge, energische Frau.

»Manfredi sollst du mich nennen! Stauferischer Knappe aus des Reiches südlichen Gauen.«

»Tochter der Saratz!« plapperte lachend Shirat los: »Hier entdeckt uns keiner, selbst wenn Ihr Euch mit heruntergelassenen Hosen mir nähern würdet, alle sind sie nach Damaskus ausgeflogen, selbst die aufgeplusterte Glucke Clarion mitsamt Küken, weswegen ich als einzige hierbleiben mußte, denn soweit reicht ihre Macht im Hühnerhof jetzt wieder!«

»Was schert mich Clarion!« unterbrach Madulain. Shirat hatte zu ihren Füßen Platz genommen – zu umarmen wagten sich die Freundinnen nicht. »Wir sind gekommen, Euch zu befreien!«

»Das geht jetzt nicht«, sagte Shirat bekümmert.

»Wieso? Bist du auch von diesem Minotaurus trächtig?«

»Nein«, sagte Shirat, »obgleich es mir gefallen hätte, und Zeit war reichlich, aber der Grund ist, daß wir jetzt schärfer bewacht werden denn zuvor, weil Baibars Sohn in der kommenden Auseinandersetzung eine wichtige Geisel darstellt. An-Nasir hat den Mamoud sogar mit zu den Festlichkeiten nach Damaskus genommen, damit er ihm und dem Volk zur Freude dort seinen Feuerteufelzauber krachen läßt.«

Madulain schaute ziemlich unverständig, so daß Shirat lachend erklärte: »Mein Herr Neffe hat sich zum *tronituorum physicus fulgurisque* entwickelt, Spezialität: leicht transportable Belagerungsmaschinen schweren Kalibers und höchster Durchschlagskraft«, fügte sie mit gewissem Stolz hinzu. »Doch sagt mir bitte, wo Hamo steckt? Er ist hier in Homs gewesen und hat versucht, mit uns Kontakt aufzunehmen. Mahmoud hat ihn gesehen, aber Hamo mußte fliehen«, und sie berichtete von der kurzen Nachricht im Fußring der Brieftaube.

Doch Madulain konnte der Freundin nicht dienen. »Wir haben auf unserer Reise alle Orte gemieden, um nicht von Feind oder Freund erkannt zu werden. Und deren hat der Rote Falke viele –«

»Liebst du ihn?« fragte Shirat gradheraus.

»Ich weiß nur«, sagte Madulain nachdenklich, »daß ich nicht mehr viel an Firouz denke, aber Konstanz ist ein Wanderer, schwer zu halten, stets auf dem Sprung und nirgendwo hingehörig«, seufzte die Saratz, »und wenn ich mich überhaupt noch einmal binde, dann an jemand, der zu mir steht und mir wenigstens das Gefühl gibt, es könne ewig –«

»Die Ewigkeit ist für uns Weiber auf die Zeit der Blüte beschränkt«, sagte Shirat bitter.

»Wenn du nicht grad als Königin geboren bist, bleibt dir nur das Kloster oder das Freudenhaus«, warf Madulain ein.

Doch Shirat fuhr fort: »Ich sehne mich nach diesen zwei verlorenen Jahren als Haremsdame schon sehr nach einem Mann, der mich noch lieben mag – heiraten wird mich Ehrlose sowieso keiner mehr –, mit dem ich als Gefährtin Abenteuer bestehen kann, in die Fremde ziehen, wo mich keiner kennt, etwas erobern, es muß kein Königreich sein, nur etwas Liebe –«

»Ich weiß nicht, wonach ich mich sehne«, sagte Madulain, »nach den zwei Männern – dem Firouz und dem Turanshah –, die mich begehrten, jeder auf seine Art, und die ich begehrte, den einen um seiner Lanze, den anderen um seines Zepters willen, bin ich unsicher geworden, vielleicht erwarte ich zuviel. Jetzt ist der letzte schon neun Monate tot –«

»Zeit für eine Schwangerschaft«, freute sich Shirat.

»Und ich habe seitdem keinen Mann mehr gehabt«, beharrte Madulain in ihrem Kummer.

»Wenn's mehr nicht ist«, rügte Shirat, »ich überlaß dir gern meinen Platz im Harem, mindestens zweimal die Woche bedenkt der Herr deinen Schoß –«

»Die Geborgenheit tät mir schon gefallen, aber nicht eine Furche von vielen zu sein, die der Bauer pflügt, wenn ihm danach ist.«

»Mehr wird dir der Rote Falke sicher auch nicht geben«, warnte Shirat.

»Das werden wir sehen«, regte sich Madulains Stolz, »ob er außer meiner noch einer anderen bedarf!« Und spöttisch setzte sie hinzu: »Wir könnten ja auch tauschen, du – Muslim und Mameluk wie er – bekommst den Roten Falken, ich warte, bis Hamo zum Mann wird und ich Gräfin von Otranto.«

Das gefiel Shirat gar nicht: »Ich empfinde keine Liebe für Fassr ed-Din Octay, und der Islam betrachtet eine wie mich nicht mehr als Frau. Ich bin eine Unperson, zur Hure gebrandmarkt.«

»Denk nicht, daß die christliche Moral großzügiger ist.«

»Aber Hamo!« wehrte sich Shirat. »Ich glaube einfach daran, daß wir uns lieben werden und daß unsere Liebe stärker ist als –«

»Habt ihr denn je –?«

»Nein«, lächelte Shirat, »wir haben nie darüber gesprochen, aber ich fühle –«

»Ach, mein Kind«, sagte Madulain, grad ein Jahr älter als die Neunzehnjährige, »wie neide ich dir deine Träume ...«

Sie rutschte von dem Brunnenrand und legte den Arm um die Freundin: »... und deine Genügsamkeit. Du wirst sicher glücklich, denn Hamo wird bald um sein Erbe kämpfen müssen, wenn erst der Papst und der Anjou ihre gierigen Hände nach dem stauferischen Besitz ausstrecken –«

»Dann werden wir eben ein anderes Lehen finden«, sagte Shirat zuversichtlich, »wenn wir uns endlich gefunden haben. Und du, Madulain, solltest auch kämpfen – mit dir, damit du endlich weißt, wem du gehören willst.«

»Ich will niemandem gehören!«

Sie umarmte Shirat: »Und der Rote Falke soll sich nur nicht einbilden, ich könne ohne ihn nicht leben!«

Das sagte sie schon im Gehen.

»Wir sehen uns hier wieder!« rief sie der zierlichen Mamelukin noch zu, die versonnen lächelnd zurückblieb. Wie neidete sie ihr diese stille Zuversicht.

Madulain, Manfredi, der Schildknappe, schritt aufgewühlt zurück in die Kammer.

Roç schlief in seinem Bett, sein schmaler Oberkörper lag frei, sie deckte ihn behutsam zu und ertappte sich dabei, wie die Berührung mit seiner Haut sie erregte. Sie unterdrückte einen Fluch über Männer im allgemeinen und den Roten Falken im besonderen, zog sich aus bis auf ihr Hemd, streckte sich unter ihre Decke und schloß die Augen.

Doch an Schlaf war nicht zu denken. Ihr Körper brannte. Sie zwang sich, mit keiner Bewegung nachzugeben, weder ihre spitzen Brustwarzen zu streicheln, noch die Hand zwischen die heißen Schenkel zu führen. Sie verargte Roç sein unbekümmertes Schlummern.

Madulain täuschte sich. Roç schlief nicht. Er hatte auf sie gewartet, hatte unter kaum geöffneten Wimpern zitternd beobachtet, wie sie aus ihren Hosen stieg, mit ihren nackten Beinen unter der Decke verschwand. Sie mußte gleich eingeschlafen sein, denn sie rührte sich nicht mehr. Sein Glied hatte sich längst steil aufgerichtet, wie es jedesmal geschah, wenn er nur an Madulain dachte. Er schielte zu ihr hinüber.

Ihr eines Bein ragte aus dem Linnen, frei bis zum Schenkel, er konnte den beginnenden, sich verdichtenden dunklen Haaransatz erkennen, es trieb ihn zu ihr, zu diesem geheimnisvollen Garten. Wenn sie schlief, konnte er ihn aus der Nähe betrachten, vielleicht noch mehr von ihrem Schoß sehen.

Ganz vorsichtig, jedes Geräusch vermeidend, richtete er sich auf, wickelte schamhaft sein Laken um die Lenden. Sollte Madulain jetzt erwachen, konnte er immer noch erklären, er habe pinkeln wollen, was allerdings schwerer zu vertreten war, wenn er vor ihrem Lager stand.

Auf Zehenspitzen schlich er hinüber, Fuß vor Fuß setzend, innehaltend bei jedem Knacken der Bodenbretter.

Madulain atmete tief und ungleichmäßig. Nachdem sie das Rascheln seines Bettzeugs und seine tastenden Schritte gehört hatte, wagte sie nicht mehr, die Augen zu öffnen, um den Jungen nicht in Verlegenheit zu bringen oder gar zu verjagen, aber es gefiel ihr, sich unruhig im Schlaf zu bewegen, ihr Bein noch weiter aus dem Laken gleiten zu lassen, dabei stieß sie an ihn, und zwar an seine Ferse, er befand sich also schon in nächster Nähe. Sie konnte die Erschrockene spielen, sich hilflos wehrend in ein Handgemenge verwickeln und ihn auf sich, zwischen ihre Schenkel ziehen, aber Madulain wollte ihn nicht überrumpeln, sondern Roç die Möglichkeit geben, selbst zu handeln.

So richtete sie langsam ihr anderes Knie auf, wohl berechnend, daß sich nun über ihrem Bauch und Schoß eine Zelthöhle auftat, der Roç nicht widerstehen würde, sie spürte, wie er niederkniete, sich über ihren Schenkel beugte, sie blinzelte und sah ihm in seine erschrocken glänzenden Augen.

Da zog sie das Bein an sich, und er fiel auf sie.

Sie sagte: »Roç, du frierst ja«, und nahm ihn unter ihr Laken, zog ihn zu sich hoch, bis sie sein Glied fühlte, wie es ungelenk zwischen ihren Arschbacken tastete, und sie griff erfahren ihm in die Lenden und schob es sich hin, bis zu den bereitwillig geöffneten Schamlippen. Nachdem sie ihm nun den Weg gewiesen, sollte er selbst bestimmen, wie er sie nehmen wollte.

Madulain legte den Kopf zurück und wartete gespannt, ob er sie nun ungestüm stürmen würde, doch zu ihrer lustvollen Überraschung drang Roç ganz langsam in sie ein. Sie preßte vor Erregung sein Gesicht auf ihre bebenden Brüste und legte ihre Hände um seinen harten Hintern, das war Wahnsinn, der Knabe bereitete ihr, die sie glaubte, jede Geilheit schon ausgekostet zu haben, eine nie gekannte Lust.

Madulain mußte sich beherrschen, nicht zu schreien und vor allem ihn nicht zu zerfetzen, zu zermalmen, aufzusaugen, zu fressen und zu schlagen. Ihr Körper erstarrte und zitterte, fror und glühte.

Roç wußte nicht, wie ihm geschah, vor allem war er entsetzt, mit welchem Selbstverständnis sich sein Penis seinen Weg bahnte und welche weiche Glut, welch mannigfache Welt sich dem da auftat, die er, Roç, nicht zu sehen bekam, er drängte ihn immer weiter in dieses Höllenparadies, das sich immer weiter erstreckte und dessen tiefsten Grund er noch nicht erreicht hatte, als sich sein Knochen hart an ihrem Schambein stieß, er zog die Lanze behutsam zurück und schob sie verstohlen wieder vor, doch immer schneller, immer hastiger kam Madulain ihm entgegen, bäumte sich auf, stieß ihn in sich hinein, krallte ihre Fingernägel in seinen Po, biß ihn in den Hals, und da ließ er sich von ihrer ungezügelten Wollust mitreißen, gab ihrer Ekstase nach und dann geschah das Unglaubliche: Obgleich er spürte, daß es seinem Penis widerfuhr im Höllenschlund, war es ihm, als explodierte sein Schädel. Er dachte, jetzt müßte er sterben, als platzten alle Adern, sein Herz schlug wild, und er keuchte vor Atemnot – doch dann trat Ruhe ein und tiefer Frieden. Er bewegte seinen Penis, von dem er nicht mehr sicher gewußt hatte, ob er ihm noch gehörte oder ob ihn Madulain erwürgt, zerquetscht, abgerissen oder ihn das Inferno verschlungen hatte – er war noch da und lebte, kuschelte wie eine nackte Maus im weichen Nest. Er gönnte ihm das wohlige Wiegen, und Madulain streichelte Roç übers Haar und sagte: »Bleib bei mir«, und so lagen sie still und horchten in sich hinein. Er hörte ihr Herz pochen und ihren Bauch rumoren, und sie spürte seinen Penis sanft in die Tiefe des Gartens gebettet, und jeder Atemzug, den sie tat und den er tat, der teilte sich zart dem anderen mit.

Und Roç begriff, daß dies der Weg war, den er mit Yeza gehen wollte, sobald sie wieder vereint sein würden, und er dankte Madulain, daß sie ihm das Geheimnis der Liebe gewiesen hatte. Von ihr konnte er nur lernen. Yeza würde stolz auf ihn sein.

Und Madulain dachte an den Roten Falken und daß es ihm recht geschähe.

Sie waren die Beka'a-Ebene hinabgezogen und näherten sich Baalbek, als der Herrscher den kaiserlichen Gesandten zu sich bat.

An-Nasir ließ sich nicht in einer Sänfte tragen, sondern ritt auf seinem Lieblingsreittier, einem weißen Rennkamel, seinen Frauen voraus, umgeben im gebührenden Abstand von seiner Leibwache und den Musikanten. Auf den Kesselpauken wurde der Marschrhythmus geschlagen, und alle Meile ertönte ein Hornsignal, auf das alle Musikanten antworteten, ob sie nun an der Spitze des Zuges ritten oder bei der Nachhut.

»Eine Dame wünscht Euch zu sprechen«, eröffnete An-Nasir von seinem überhöhten Sattel hinab, als Konstanz von Selinunt sein Pferd ihm zur Seite gebracht hatte.

»Ihr beliebt zu scherzen, Hoheit.«

An-Nasir grinste zufrieden. »Ich vergaß Euch anzuvertrauen, werter Herr Botschafter, daß ich meinerseits schon ein Band zu Eurem Herrn geknüpft habe. In meinem Gefolge reist die jüngste Frucht meiner Lenden, leider kein Sohn. Zwei Jahre hat es mich gekostet, das Weib zu zähmen, das als Clarion von Salentin, natürliche Tochter des großen Kaiser Friedrich, in meinen Harem kam. Jetzt ist sie Mutter«, er lachte, »aber zahm noch lange nicht!«

Konstanz schluckte und dachte, wie das Leben so spielt, denn Clarion war sein Schwesterkind, seine Nichte. Doch das zu offenbaren war nicht ratsam.

Er sagte: »Das ist sehr begrüßenswert, und ich bin sicher, den Kaiser werden diese Blutsbande zum Hause Ayub erfreuen.«

An-Nasir nickte und zeigte sich jovial. »Die Dame behauptet, Euch von Ihres Vaters Hof her zu kennen –?«

»Ich erinnere mich, sie wurde als Kind der Gräfin von Otranto zur Aufzucht übergeben. Man sagte, sie sei dort zu außerordentlicher Schönheit, aber auch Wildheit erwachsen.«

»Das kann man wohl sagen«, schnalzte der mächtige Koloß, »nun laßt sie nicht länger warten. Es ist die weiße Sänfte mit dem Banner des Staufers und dem meinen.«

Konstanz lenkte sein Pferd in die angegebene Richtung, die Zeltwand der Sänfte öffnete sich nicht, aber er glaubte Clarions glutvolle Augen hinter den eingelassenen Gucklöchern zu erkennen.

»Gut, daß ich von Eurem Hiersein erfahren habe, Konstanz«, sagte sie hastig. »Ihr dürft nicht mit nach Damaskus. Dort amtiert Abu Al-Amlak, der Vater des Riesen. Er kennt Eure wahre Identität –«

»Da weiß der Zwerg mehr als ich«, lachte der Rote Falke.

»Nehmt es nicht auf die leichte Schulter«, flehte Clarion, »der An-Nasir kann furchtbar in seiner Rache sein, wenn er sich hintergangen fühlt.«

»Soll mich Euer nicht einmal gewährter Anblick, liebe Clarion, plötzlich dazu gebracht haben, die angebotene Gastfreundschaft zu schmähen – oder was soll ich An-Nasir als Grund auftischen?«

»Sagt ihm, ich sei der Meinung, Ihr solltet keine Zeit verlieren, um beim Kaiser betreffs der Truppenwünsche des Hauses Ayub vorstellig zu werden. Das ist auch An-Nasirs vordringliches Interesse, mehr noch, als Euch zu Damaskus mit den Feierlichkeiten zu seiner Thronbesteigung zu beeindrucken.«

»Ich will's versuchen«, sagte Konstanz, »habt Dank, liebe Clarion!«

»Stattet mir Euren Dank dadurch ab, daß ich bei meiner Rückkehr nicht mehr diese Shirat zwischen den Beinen habe.«

»Eifersüchtig?«

»Die Mamelukin ist mir lästig.«

»Wenn's weiter nichts ist«, murmelte der Rote Falke, »nur müßt Ihr Euch noch etwas gedulden, denn Euer Herr hat den kleinen Mahmoud –«

»Ach!« konnte er Clarion zetern hören. »Von wegen klein! Ein Gehirn so aufgeblasen wie eine Wassermelone, doch voll mit Blitz und Donner. Den schafft mir gleich mit vom Hals!«

»Er ist aber hier mit Euch auf der Reise nach Damaskus! Und ohne ihn –«

»Ich schick' ihn Euch per Eilkurier nach Homs zurück, gleich nach den Festlichkeiten!« sagte Clarion. »Darauf könnt Ihr Euch verlassen! Und nun geht!«

Konstanz von Selinunt ritt wieder vor bis auf die Höhe von An-Nasir und zog ein bekümmertes Gesicht, so daß dieser ihn zu sich winkte.

»Des Kaisers Tochter hat mich getadelt, daß ich hier leichtfertig Vergnügungen nachjage, anstatt auf schnellstem Weg mich nach Palermo einzuschiffen, um den Kaiser unverzüglich zu veranlassen, die ihm untergebenen Franken des Königreiches an Eure Seite zu stellen, damit Euer gemeinsames Heer Ägypten strafen und die Mameluken von dem Euch gebührenden Thron verjagen kann. Würde ich zuwarten, könnte sich ein Bündnis des französischen Königs mit Kairo ergeben, dem sich die Barone von Outremer vielleicht anschließen mögen.«

»Gar nicht so dumm, das Weib«, seufzte An-Nasir, »was ist Eure Meinung?«

»Ich sollte auf die Freuden, die Ihr mir zu Damaskus versprochen habt, verzichten und hinwegeilen, während Ihr Verhandlungen mit König Ludwig aufnehmt. Ein christliches Bündnis mit Ägypten gegen Syrien darf nicht zustande kommen!«

»Dann, werter Herr Botschafter, folgt Eurem eigenen Rat. Ich werde Euch mit einem Fest in Kairo entschädigen, von dem Ihr noch Euren Enkeln erzählen werdet. *Allah ma'ak!*«

Der Rote Falke riß sein Pferd herum und ritt zurück gen Norden.

DIARIUM DES JEAN DE JOINVILLE

Akkon, den 2. Dezember A.D. 1250

Zu Beginn jeder Woche zahlte mir der Schatzmeister den Sold für mich und meine Herren aus, die bisher nichts anderes taten, als es zu verhuren und zu verspielen.

Jeden Tag, den der Herr werden ließ, begab ich mich zweimal als Kostgänger zur königlichen Tafel, um wenigstens das Kostgeld zu sparen.

Gott sei Dank lag mir mein Sekretarius nicht mehr auf der Tasche, doch seit Yezas Auszug ins Kloster Karmel hatte der Hof keine rechte Verwendung mehr für William. Ich sah ihn noch hin und wieder am Katzentisch speisen, dann verjagte ihn der Konnetabel auch von dort. Der Herr Gilles le Brun hatte ihm seine Parteinahme für Hamo und Firouz nicht vergessen, und da er mich schlecht von meinem angestammten Platz verscheuchen konnte, hielt er sich an dem Flamen schadlos.

Der König ertrug die Abwesenheit Yezas mit Mißmut, ich muß sagen, wir alle vermißten sie, ihr heiteres Wesen und ihre offene Art, jedes Thema anzugehen und für Diskussionen zu sorgen, bevor sie dann die verblüffendsten Vorschläge zur Lösung aus ihrem blonden Haarschopf zog oder Begriffsstutzige gar mit einem gezielten Dolchwurf zur Raison brachte.

Doch das war alles vorbei gewesen, als sie nichts mehr von Roç hörte und sogleich felsenfest überzeugt war, ihr »Liebster« sei tot.

Da war sie erst immer stiller geworden und dann in sich gegangen, und dann hatte sie uns verlassen.

»Nicht wahr, mein lieber Joinville«, unterbrach der König meine Gedanken, »auch Euch fehlt unsere junge Artemis, unser Sonnenstrahl.«

Es war, als könne er in mein Inneres schauen.

»Ja, Majestät«, sagte ich, »und ich kann mir nicht vorstellen, daß sie bei den Nonnen glücklich ist.«

Die Königin warf uns beiden einen säuerlichen Blick zu: »Yeza zeichnet sich, wie mir die gute Äbtissin ausrichten ließ, durch frommen Eifer aus und lernt sich den strengen Regeln beugen. Bald wird sie als Novizin eingekleidet werden – unter der Schere fallen dann auch die blonden Haare.«

Ich zog es vor, nichts zu sagen, und auch der König löffelte schweigend seine Suppe.

Yves, der Bretone, der wie immer während des Essens hinter ihm stand, er aß wohl in der Küche, räusperte sich und sagte: »Es besteht ja immer noch die Möglichkeit, daß der Knabe, nach dem sie sich verzehrt, unter den Lebenden ist und gefunden wird.«

»Abgesehen davon, Yves, daß Ihr nur reden sollt, wenn Ihr gefragt seid, würde mich das für sie freuen«, sagte der König, »dann will ich gern beiden Kindern –« Er beendete den Satz nicht, weil Frau Margarethe heftig aufgesprungen war und ohne ein Wort die Tafel verließ.

In der Tür wäre sie fast mit John Turnbull zusammengestoßen, den zwei unserer Wachsoldaten stützten, denn er wirkte sehr gebrechlich und hielt sich nur mühsam auf den Beinen. Ich eilte, ihm meinen Platz anzubieten.

»An-Nasir hat Damaskus eingenommen«, sagte der Alte so leise, daß alle hinhören mußten, »sich zum Sultan ausgerufen und bereitet sich vor, gegen Ägypten zu ziehen.«

Es herrschte Stille.

»Ist das eine gute oder schlechte Nachricht?« wandte sich der König an mich.

Ich sagte: »Eine bittere, denn sie zwingt uns zur Entscheidung:

Schließen wir uns ihm an, können wir zwar am Sieg teilhaben, aber unsere Gefangenen in Kairo werden es nicht erleben. Man wird sie töten.«

Ich mußte nicht lange überlegen, ich hatte das Szenarium oft genug durchgespielt. »Verbünden wir uns mit Kairo, könnten wir sie zwar frei bekommen, haben aber, quasi vor der Haustür, uns einen neuen erbitterten Gegner geschaffen, der uns an die Gurgel gehen wird, denn dies Königreich ist im hohen Maße vom Frieden mit seinen syrischen Nachbarn abhängig.«

Der König entließ die Tafel und beauftragte seinen Konnetabel, die Großmeister und die Barone des Landes zusammenzurufen. Es blieben nur noch wir vier, und Yves bat um Erlaubnis, dem John Turnbull eine Frage stellen zu dürfen. Der König nickte einwilligend.

»Es ist kein Geheimnis, verehrter Meister, daß Ihr vielen Herren dient«, eröffnete Yves. »In wessen Auftrag bringt Ihr dem König diese Nachricht?«

Der alte John Turnbull lächelte nachsichtig. »Ich diene schon lange keinem Herren mehr, weder dem Staufer noch dem Hause Ayub, sondern nur noch einer Sache, Herr Yves, und Ihr wißt, wovon ich spreche. Ich bin hier aus Sorge um die Kinder, deren Sicherheit durch die kommenden Ereignisse – wie sie sich auch entwickeln mögen – gefährdet wird.«

»Das Mädchen steht unter meinem Schutz«, erklärte der König, »und wenn es Euch beruhigt, ehrwürdiger Chevalier, will ich gern Herrn Yves als Wächter vor die Klosterpforte stellen.«

»Ihr vergeßt, Majestät, daß es der Königlichen Kinder zweie sind, und der Knabe ist verschollen – und jetzt noch die Wirren eines Krieges –«

John Turnbull jammerte nicht, aber er war sehr besorgt: »Wie ich Yeza kenne, wird sie es nicht lange im Konvent aushalten, sie wird ausbrechen und sich auf die Suche nach Roç machen!«

»Da sei der Herr Yves davor!« rief der König beschwörend. »Ich gewähre Euch alles«, wandte er sich an den Bretonen, verschluckte sich aber dann, weil er das freudige Leuchten in dessen

Augen sah, »und Ihr haftet mir –« fuhr er schnell gestrenge fort, doch der Herr Yves war schon auf die Knie gefallen.

»Ich begehre nur das eine, Majestät«, bat er demütig.

»Steht auf, Yves«, rief Herr Ludwig unwillig, »und nutzt nicht meine Herzensnot!«

Er drehte sich nach mir um und sagte erklärend: »Herr Yves begehrt zum Ritter geschlagen zu werden.«

Ich war mal wieder in der Zwickmühle, denn ich wollte den Bretonen nicht vor den Kopf stoßen.

»Es gibt immer die Möglichkeit, Majestät«, sagte ich ausweichend, »langjährige, hinreichende oder hervorragende Verdienste derart zu lohnen. Mag Herr Yves sich in diesen schwierigen Zeiten bewähren –«

Das war wohl nicht das gewesen, was der König von mir hören wollte, so schnitt er mir das Wort ab. »Sagt Ihr mir, Chevalier du Mont-Sion«, hielt er sich jetzt an John Turnbull, »wie Ihr die Frage beurteilt?«

Der alte John wiegte sein Vogelhaupt. »Es ist kein Geheimnis, Herr Yves, daß Ihr Mächten dientet, die nach dem Leben der Kinder trachten. Bevor Ihr vom grimmen Häscher Euch zum aufopfernden Beschützer aufwerft, solltet Ihr das Verzeihen derer erlangen, die Ihr verfolgt habt. Wird Euch diese Gnade zuteil, habt Ihr ritterliche Würden erlangt, die Euch keiner mehr nehmen kann –«

»Ihr wollt sagen, Chevalier, daß auch der König nicht mehr zu geben hat?« sagte Herr Ludwig zornig. »Und daß mein Diener Yves hinter meinem Rücken –?«

Ich fühlte mich aufgefordert zu schlichten, doch der alte Turnbull zeigte sich halsstarrig, wenn auch klug genug, den Bretonen nicht in die Pfanne zu hauen. »Die *ecclesia catolica*, Majestät, der Euer Herr Yves als Priester diente, ist nun mal den Kindern nicht wohlgesonnen. Das liegt in der Natur der ›Sache‹ und ihrer Herkunft. Es macht auch wenig Sinn, daß Ihr, als frommer Sohn eben dieser Kirche, Euch ihr Wohlergehen zu eigen macht. So denke ich, es ist das beste, und bevor Ihr und Euer Diener in Gewissenskonflikte geratet, ich nehme Yeza wieder mit mir fort –«

»Nie und nimmer!« rief Herr Ludwig empört. »Ich verbiete Euch, sie zu sehen und zu sprechen. Das Kind wird christlich erzogen und von allen verderblichen Einflüssen, für die Ihr anscheinend hier steht, ferngehalten! So wahr hier mein Wort gilt!«

Herr Ludwig war aufgesprungen. »Und so wahr Ihr jetzt mir gefälligst aus den Augen geht!«

John Turnbull erhob sich zitternd, ich half ihm, doch dann straffte sich der Körper des Alten. »Mir vermögt Ihr mit nichts zu drohen«, sagte er leise, »meine Tage sind gezählt, und mein Leben ist in Gottes Hand – wie auch das der Kinder. Kein Mensch, nicht der Papst und nicht der König von Frankreich, können die Bestimmung der Königlichen Kinder ändern.«

Erhobenen Hauptes schritt er hinaus, ich geleitete ihn am Arm bis zur Tür.

William, der wohl gelauscht hatte, kam herein und wies darauf hin, daß der Konnetabel die Großmeister und die Barone des Kronrats zusammengerufen habe.

Doch der König sagte: »Sie sollen warten. Ich werde mit Yves den Berg Karmel aufsuchen, und Ihr, werter Joinville – und meinetwegen auch Euer Sekretarius –, werdet mich begleiten. Ich wünsche nicht, daß über Ziel und Zweck dieses Besuchs gesprochen wird, meine Herren!«

Sagte es und schritt, gefolgt von seinem Wachhund, hinaus.

»Wenn der Herr Ludwig«, flüsterte William voller Spott, »den Bretonen in den Ritterstand erhebt, reise ich morgen nach Rom und laß mich vom Papst zum Kardinal ernennen!«

»Ich nehme an«, sagte ich, »die Entscheidung wird in Yezas Hände gelegt werden.«

»Schade«, seufzte mein Sekretarius, »daß die Tochter des Gral nicht auch über den Purpur zu befinden hat. Er würde mir sicher gut stehen, und einige Leute würden gallig grün und gelb anlaufen!«

Akkon, den 10. Dezember A.D. 1250

Ich habe mich schon des längeren gewundert, von welchen Einnahmen mein Herr William eigentlich sein Leben bestreitet. Gut, er wird immer noch von der Küche des Königs verköstigt, aber er steht kaum noch auf der Liste des Schatzmeisters, nachdem Yezas Betreuung entfallen ist, und an mich hat er sich, zu meinem Erstaunen, auch nicht wieder gewandt. Meine drei Ritterbanner, die zu unterhalten mir der König erlaubt, verprassen den größten Teil ihres Solds bei Frauen und Würfelspiel. Gut, bei letzterem wechselt das Geld von einer Tasche in die andere, aber daß auch der Liebeslohn »im Hause« blieb, hatte ich nicht erwartet.

Immer öfter sah ich das Hurenwägelchen an bestimmten Tagen im Hofe unserer Herberge stehen. Es kam mir irgendwie bekannt vor, doch erst als ich vom Fenster aus sah, wie meine Herren Ritter meinem William das Bockgeld in die Hand drückten, fiel es mir wie Schuppen von den Augen.

Ingolinde von Metz war in Akkon, und mein Sekretarius machte den Kuppler, und weil er's gern bequem hatte und meine Herren offensichtlich auch, trafen sie ein großzügiges Abkommen, daß jeden reihum zu seinem Stoßrecht kommen ließ, bannerweise, und William zu einem festen Einkommen. Das ging natürlich nicht, schon wegen der Reputation!

Ich stellte ihn zur Rede und sagte: »Mein lieber Herr von Roebruk, ich will Euch schnellstens wieder in meine Dienste nehmen, damit Ihr Euer Auskommen auf ehrbare Weise habt und ich an meinem Namen keinen Schaden nehme.«

Doch mein Herr William zeigte sich keineswegs einsichtig. »Ihr, mein werter Herr von Joinville, seid knapp bei Kasse, Eure Ritter geben Ihr Geld sowieso für Huren aus, ich garantiere ihnen ein gar feines Frauenzimmer, das ihnen auch die Schließen annäht und die Fußlappen wäscht und das sie alle gar herzlich und mit Scherzen zur Brust nimmt und das Gärtlein ordentlich bestellen läßt, und meine gute Ingolinde hat einen festen Kundenstamm und den Zehnten, den ich für die seelische Betreuung und korrekte Verwaltung ziehe, der macht weit mehr aus, als Ihr mir zahlen müßtet, wenn ich mir für Euch die Finger wund schriebe. So schau ich nur sonntags mal nach dem Rechten, darauf besteht meine Dame in aller Ehr, und hab' sonst meine flämische Freiheit. Alle sind glücklich, von Eurem ergrauten Waffenträger bis zum jüngsten Knappen – sie werden nicht übervorteilt, müssen nicht mit Rivalen raufen – noch alle naslang, wenn der Hahn tropft, zum *medicus* laufen.«

»Ich sehe, es steht alles zu meinem Besten, William«, sagte ich, »nur der Seneschall der Champagne kann es nicht dulden. Morgen früh hat die treffliche Näherin hier das letzte Mal ihr Loch gestopft, oder ich lasse sie vom Konnetabel aus der Stadt jagen. Und Ihr tretet Euren normalen Dienst wieder bei mir an!«

William schaute recht traurig. »Ihr seid herzlos, wie nur einer wie Ihr es sein kann«, warf er mir vor, versagte sich's aber, auf meinen Eierschaden verbal anzuspielen.

»Frau Ingolinde wird noch heute nacht diese Stadt verlassen, aber ich werde mit ihr gehen!«

»Das könnt Ihr mir nicht antun!« entgegnete ich und setzte mit aller Schärfe hinzu: »Ihr bleibt. Das ist ein Befehl!«

»Ich bin ein Mann des Königs«, er machte sich über mich lustig, »wenn ich dem Herrn Ludwig gestehe, welch gräßliche Sünde ich auf mein Haupt geladen, dann wirft er mich hochkant aus Akkon – und Ihr seid das Gespött des Königreiches. Also laßt mich in Frieden ziehen, und sagt Euren Herren, sie sollen sehen, wo sie ihre Stößel preiswert unterbringen. Wahrscheinlich werden sie um Erhöhung ihres kargen Soldes einkommen, dazu erwarten Euch die Kosten für den Feldscher, der ihnen die Schlappen und Scharten verarzten muß, die sie sich im freien Feld käuflicher Liebe holen werden, bei den ungepflegten Marketenderinnen von Hieb und Stich – lebt wohl!«

Akkon, den 12. Dezember A.D. 1250

Wir sind auf den Berg Karmel geritten, der Herr König, der Herr Yves und ich und William.

Ich hatte mich mit meinem renitenten Sekretarius darauf geeinigt, daß er es nicht darauf anlegt, mich bloßzustellen, sondern wir wollten gemeinsam nach einer Lösung suchen, die es erlaubte, ihn mit einer offiziellen Mission aus Akkon reisen zu lassen, ohne daß irgendwelche dummen Fragen gestellt wurden. Selbstredend ging die Dame des Anstoßes solange weiter ihrem liebesdienerischen Gewerbe nach, wenn auch nicht mehr mitten im Hofe unseres Quartiers.

Auf Wunsch des Königs, der auf Diskretion Wert legte – er hatte dabei wohl Frau Margarethe im Auge –, stellte ich die Eskorte.

Der Konvent machte einen ziemlich düsteren Eindruck auf mich. Hohe Mauern schotteten die Klosterzellen der Nonnen nach außen ab, kaum daß ein paar schießschartenartige Fensterschlitze zu sehen waren. Rund herum nur felsige Einöde. Vor dem Eingangstor drängten sich etliche Hütten armer Leute, deren Kinder ausgeschickt waren, Besucher wie uns um ein Almosen anzubetteln.

Dort angekommen, hieß uns der König draußen warten, denn er wollte erst mal allein mit Yeza sprechen.

Herr Yves war verständlicherweise nervös, und so erbot sich William, das Gebot des Königs mißachtend, sich heimlich Zutritt zu verschaffen. Er kannte sich in den Örtlichkeiten aus, denn er war, nachdem er Yeza in ihr freiwillig gewähltes Eremitendasein begleitet hatte, schon einige Mal zu Besuch heraufgeritten und hatte, wie konnte es auch anders sein, bereits Freundschaft mit einer Küchenmaid geschlossen, die auf den kaum Zärtlichkeiten verheißenden Namen Ermengarde hörte. So verschwand auch er.

Ich blieb allein mit dem Bretonen. Eine alte Frau kam vorbei mit einem Kessel voll glühender Holzkohle in der einen und einem Krug Wasser in der anderen Hand.

Yves sprach sie an, was sie damit vorhabe. Die Frau beäugte ihn mißtrauisch, dann sagte sie, wie mir Yves später übersetzte: »Mit dem Feuer will ich das Paradies in Flammen setzen und es ganz und gar niederbrennen, und mit dem Naß will ich die Flammen der Hölle löschen, auf das sie nie mehr züngeln.«

»Und warum willst du das tun?« fragte Yves.

»Weil ich nicht will«, antwortete die Alte, »daß irgend jemand noch Gutes tut in der Hoffnung, damit des Paradieses teilhaftig zu werden, oder aus Furcht vor den Verdammnissen der Hölle, sondern einzig und allein aus Liebe zu Gott. Gott, dem wir soviel schulden und der uns soviel Gutes tut.«

Yves war dann sehr nachdenklich geworden. Kurz darauf erschien eine Nonne und forderte ihn auf, ihr zu folgen.

William, der das seltsame Treffen mit Hilfe seiner Ermengarde belauschen konnte, und wie er mir schlitzohrig versicherte, nicht ohne gehörige Gegenleistung, mußte sie ihn doch unter ihrem Rock verstecken, so daß er auch dicht an den Ort des Geschehens gelangte, schilderte es wie folgt: Yeza saß, rechts und links von Nonnen flankiert, im Chorgestühl, sie trug wie sie bereits eine härene Kutte aus dunkelbrauner Wolle, doch ihr Blondhaar war noch nicht der Schere zum Opfer gefallen. Sie saß da, blaß, ernst und aufrecht, und es bedurfte nicht des wachsamen Blicks der hageren Äbtissin, um ihr aber auch nicht den geringsten Anflug eines Lächelns zu entlocken, mit dem sie sonst ihre Umgebung in Entzücken zu versetzen pflegte. Sie schaute genau so bleich und gestreng wie die Äbtissin selbst.

»Herr Yves hat dem Ohr der Kirche gebeichtet«, sagte die, »und wir haben sein ausdrückliches Einverständnis, dies hier vor dir, Yeza, zu wiederholen, daß er dir mit seiner Waffenschärfe ans Leben wollte, indem er dir das Haupt vom Rumpf zu trennen trachtete. Gott in Seiner Güte hat diese Bluttat durch sein frommes Werkzeug, den König von Frankreich, verhindert. Herr Yves hat seinen Frieden mit Gott gemacht, der über ihn richten wird am Tage des Jüngsten Gerichts, und er steht jetzt vor dir und bittet, daß du ihm hier auf Erden Verzeihung gewährst, wie es uns unser Heiland lehrt und es geschrieben steht: ›Liebe deine Feinde‹.«

Die Äbtissin blickte Yeza erwartungsvoll an, doch die starrte geradeaus, als ginge sie das alles gar nichts an.

Herr Ludwig ergriff das Wort und sagte in seinem weichen Ton, den er immer an den Tag legt, wenn er zu Yeza spricht: »Der Herr Yves bereut seine Handlung von ganzem Herzen und ist bereit, zur Sühne sein Leben dem Kampf für den christlichen Glauben zu weihen, in die harte Zucht eines Ritterordens einzutreten und dort nur noch für die Kirche zu streiten. Er begehrt solcherhalb von mir zum Ritter geschlagen zu werden.«

Dem König fiel es sichtbar schwer, sich so festzulegen und sich ihrem Verdikt auszuliefern, und auch der Bretone, der bislang Yeza fixiert hatte, schlug nun die Augen nieder.

»Wenn Ihr, Yeza«, sagte der König und unterwarf sich, »Euer Verzeihen und Euer Einverständnis kundtut, dann will ich so verfahren.«

Yeza hielt den Blick weiter in die Ferne gerichtet und sprach mit ruhiger Stimme: »Keiner hat bisher Herrn Yves gefragt, und er hat es auch nicht verraten, wer ihn beauftragte, mich zu töten.«

Sie senkte ihre Stimme, sie bekam etwas Tonloses: »Ich muß nicht meine Feinde lieben, und ich bedarf auch keines Christus' Vorbild, um zu verzeihen –«

Sie achtete nicht darauf, daß bei solchen Worten den Nonnen neben ihr der Atem stockte und die Äbtissin entsetzt das Kreuzzeichen schlug.

»Als ein Königliches Kind der Göttlichen Liebe verzeihe ich Herrn Yves von ganzem Herzen – als Tochter des Gral bin ich strikt dagegen, daß ein unfreier Mann, ein Mann, der sich noch längst nicht von den Fesseln derer gelöst hat, in deren Dienst er stand, zum Ritter erhoben wird.«

Daraufhin herrschte eisiges Schweigen.

Schließlich verneigte sich der König, er vermied es, Yeza in die Augen zu schauen, die jetzt wieder grüngrau funkelten, als habe sich tief in ihrem Innern eine Glut aufgetan, der König gab dem versteinerten Yves einen Stoß und der, noch gebeugter denn je, folgte ihm aus dem Refektorium.

»Ich küßte Ermengarde auf die Innenseite ihrer Schenkel, und sie entließ mich durch ein Hintertürchen, so daß ich vor dem König wieder bei Euch war, mein lieber Herr de Joinville.«

Soweit der Bericht meines Sekretarius. Wie man sich unschwer vorzustellen vermag, ritten wir schweigend zurück nach Akkon, wobei ich unterwegs vor Neugier fast geplatzt wäre, aber erst in unserem Quartier konnte mir William die Geschichte erzählen.

DER
VATER DES
RIESEN

Akkon, den 13. Dezember A.D. 1250

Am nächsten Mittag, als ich mich zur königlichen Festung begab, war in der Burg eine Gesandtschaft des An-Nasir aus Damaskus eingetroffen. Die Herren beklagten ausschweifig den Mord der Mameluken an dessen Vorgänger, als wüßten sie nicht, daß der neue Herrscher Syriens seinem Vetter Turanshah nichts anderes an den Hals gewünscht hatte.

Dann boten sie uns die übliche Rückgabe Jerusalems und aller Stätten an, die uns heilig seien, als wüßten wir nicht, daß diese nicht zu halten waren und uns bei nächster Gelegenheit wieder abgenommen würden. Jedenfalls versprachen sie das Blaue vom Himmel, wenn wir nur mit ihrem Herren gemeinsame Sache gegen Ägypten machen würden.

Der König antwortete ihnen, er sei hoch erfreut ob dieser großzügigen Offerte, und er wolle seinerseits einen Gesandten zu An-Nasir schicken, um die Einzelheiten auszuhandeln. Damit entließ er die Gesandten und hatte erst einmal Zeit gewonnen.

Als wir uns zu Tisch begaben, sagte er: »Herr Yves, ich lege Wert darauf, daß Ihr Euch vor aller Welt bewährt, und Euch sollte auch daran gelegen sein. Ihr werdet also dieser Delegation nach Damaskus vorstehen –«

»Ach«, sagte ich da schnell, »ich könnte dazu meinen Sekretarius abstellen –«

Das Gesicht des Bretonen, der sowieso schon finster vor sich hin brütete, verdunkelte sich um ein weiteres.

»Nein«, sagte der König, »Herr William ist dabei nicht vonnöten, und nun laßt uns beten.«

»Domine Jesu Christe,
panis Angelorum,
panis vivus aeternae vitae,
benedicere digna panem istum,
sicut benedixisti panes in deserto:
ut omnes ex eo gustantes
inde corporis et animae percipiant
sanitatem.«

Als ich wieder in meiner Herberge eintraf, erwartete mich mein William mit der Nachricht, John Turnbull habe geschickt, wir möchten doch bitte ins Haus der Deutschen hinüberkommen. Der alte Herr stieg dort, dem Sitz des Hochmeisters des Ritterordens, stets ab, wenn er in Akkon weilte.

Sigbert von Öxfeld, der Komtur, war aus Starkenberg eingetroffen und brachte uns die Nachricht, daß Roç lebte.

»Aber dies ist nicht der alleinige Grund, weswegen ich Euch hergebeten habe«, erklärte uns merkwürdigen Blickes John Turnbull. »Ich habe während des Nachmittagsschlafes einen Traum gehabt, stark wie ein Gesicht, ganz klar und deutlich, als wäre ich dabeigewesen, ja«, sagte der würdige Maestro Venerabile versonnen, doch leuchtenden Auges, »ich sah mich dort stehen und hörte mich auch sprechen. Mein Kaiser lag darnieder und erwachte aus einer Ohnmacht. Sie hatten ihn in dies Kastell in der Capitanata gebracht, als er auf der Jagd von einem schmerzvollen Unwohlsein befallen ward. Seine treuesten Freunde umstanden das Lager.

Der Kaiser schaute auf und fragte mich: ›Wo bin ich?‹ Und ich antwortete: ›In Fiorentino.‹ Als mir dieses Wort aus dem Mund geschlüpft, erschrak ich sehr, denn ich erinnerte mich plötzlich der Weissagung des Joachim von Fiore, der prophezeit hatte: ›Stupor mundi wird verlöschen an einem Ort namens Blume und unter einer eisernen Pforte.‹ Zeitlebens hatte darob der Staufer die Stadt Florenz gemieden.

Der Kaiser sah um sich und entdeckte eine Verfärbung an der Wand, die niemandem aufgefallen war. Er ließ Handwerker kommen und den Putz wegschlagen. Darunter kam eine eiserne Tür zum Vorschein. Da wußte Herr Friedrich, daß er nun sterben müsse.

Da weinte ich ganz furchtbar, und mein Kaiser sah mich ruhig an, und er sagte: ›Hier ist der Ort meines Endes, das mir vorbestimmt. *Fiat voluntas Dei!*‹ Da bin ich aufgewacht, und mein Kissen war naß von Tränen.«

Sigbert ging auf den Alten zu und umarmte ihn, auch er war erschüttert, doch der erste, der seine Sprache wiederfand.

»Das wird vieles ändern«, sagte er und gab sich Mühe, sein kräftiges Organ zu dämpfen, »nicht nur für unseren Orden – Gott stehe den Staufern bei!«

»Die Kinder!« rief William erregt. »Sie sind in höchster Gefahr, wenn das bekannt wird!«

»Seid Ihr denn sicher –?« wagte ich als Mann der Ratio einzuwenden.

Da schauten mich alle drei an, als sei ich nicht ganz bei Trost, und Sigbert sagte: »Wenn es Euch nicht überzeugt hat, mein werter Herr, so behaltet doch bei Euch, was Ihr hier aus dem Munde des Meisters gehört habt, denn sonst müßten wir Euch zu den Feinden der Kinder zählen.«

Und William nahm mich beim Arm und sagte: »Ich bürge dafür, daß der Seneschall schweigen wird« und zog mich hinaus.

Auf der Straße, als wir am Patriarchat vorbeikamen, sagte ich: »Mir kommt ein Gedicht in den Sinn, ich weiß nicht, von wem, aber es paßt auf die Situation – und den Tod des großen Staufers:

»*Au tens plain de felonnie,*
D'envie et de traïson,
De tort et de mesprison,
Sanz bien et sanz cortoisie,

Et que entre nos baron
Fesons tout le siecle empirier,
Que je voi esconmenïer
Ceus qui plus offrent reson,
Lors veuil dire une chanson.«

»Ich danke Euch, William, nicht nur, daß Ihr mir zugehört habt, sondern auch für Eure Bürgschaft – und ich will auch nicht mehr auf der Abreise Eurer Dame bestehen«, fügte ich hinzu. »Sie ist mir lieb und wert –«

»Mein lieber Herr de Joinville«, unterbrach mich mein Sekretarius. »Die Rangordnung unserer Probleme hat sich nunmehr verschoben. *Tempora mutantur et nos mutamur in illis.* Der Dienst an den Kindern ist jetzt oberstes Gebot, und ihm hat sich ein jeder unterzuordnen, auch Ingolinde.«

»Wollt Ihr die zweite Strophe nicht hören?«

»Eigentlich nicht«, sagte mein Sekretarius, »es sei denn, Ihr bekennt Euch als der unbekannte Verfasser!«

»Li roiames de Surie
Nos die et crie a haut ton,
Se nos ne nos amendon,
Pour Dieu! que n'i alons mie.
Deus aime fin cuer droiturier,
De teus genz se veut il aidier,
Cil essauceront son non
Et conquerront sa meson.«

ALLAHU AKBAR! ALLAHU AKBAR! *Aschadu ana la ilama illa Allah! Aschadu ana Mohamad rassul ullah! Heia 'alla as-salat! Heia 'alla al falah!«*

Der große Basar von Damaskus lag schläfrig in der Mittagshitze, die Stimmen der Muezzin verebbten, die Gläubigen strömten aus den kühlen Moscheen, soweit sie nicht ihre Matten in den

Gassen oder in ihren Läden aufgeschlagen hatten, um das *salat al dhuhur,* »das Gebet der kürzesten Schatten«, zu verrichten. Danach zogen sie sich in ihre Häuser zurück.

Jean, der Armenier, seines Zeichens königlicher Zeugmeister, hatte auf dem Markt von Akkon weder das richtige Horn noch den notwendigen Kleber auftreiben können, den er dringend benötigte, um die Armbrüste der Gardeschützen des Herrn Ludwig instand zu setzen. Einer der einheimischen Barone, Philipp de Montfort, hatte auch nur gelacht, als er von der vergeblichen Suche gehört hatte. »Das könnt Ihr nur in Damaskus finden!«

»Wie?« hatte der Zeugmeister ungläubig nachgefragt: »Ich soll meine Waffen mit Material aus Feindeshand ausbessern?«

»Selbstverständlich!« hatte der Graf von Jaffa gesagt. »Dort kaufen wir alles ein, es gibt keine bessere Qualität, und die Preise sind redlich.«

So hatte Meister Jean seine Bedenken hintangesetzt und war mit seinen Gehilfen nach Damaskus gereist und war dort auf das Freundlichste bedient worden.

Kein Kaufmann nahm Anstoß daran, daß er ein Mann des christlichen Königs war, im Gegenteil, alle waren überaus neugierig, über den frommen und tapferen Herrscher von Frankreich zu hören, und begierig zu wissen, wie man denn in Akkon die Kunde vom Tode des Kaisers Friedrich aufgenommen habe.

Meister Jean war in Verlegenheit, weil er davon nicht wußte, aber gerade in diesem Moment waren zwei reichgekleidete Herren in das Gewölbe des bedeutendsten Waffenhändlers von Damaskus getreten, die – obgleich sie ein jeder ein recht ungebräuchliches Arabisch sprachen – wohl dem Abendland zuzurechnen waren.

Der jüngere von beiden, ein bartloser Jüngling, hatte die Neuigkeit sofort aufgegriffen und Zeichen echter Bestürzung gezeigt. Auf Befragen des Handelsherren gab er zur Auskunft, daß er der Familie des Staufers sehr nahestünde und daher aufs äußerste betrübt, ja, bestürzt sei, denn als er Akkon verlassen habe, sei die Nachricht dort noch nicht eingetroffen.

»Mein Vetter Ludwig«, setzte Hamo keck hinzu, »hätte mir sonst sein Mitgefühl für den schweren Verlust mit auf den Weg gegeben!«

»Ah«, entfuhr es dem beeindruckten Meister Jean, »so seid Ihr vom König –?«

Der weltläufige Handelsherr kam Hamo zur Hilfe: »Der Herr Ritter ist wohl in geheimer Mission hier zu uns –?«

»Der Graf von Otranto«, berichtigte ihn bündig der bis dahin schweigend vor sich hin brütende Firouz, »legt Wert darauf, inkognito zu bleiben und die Stimmung des syrischen Volkes in Erfahrung zu bringen, bevor er sich dem Herrn Sultan zu erkennen gibt.«

»So ist es Euch, edle Herren, entgangen«, schmunzelte der Waffenhändler, »daß unser neuer Sultan An-Nasir mit seinem Heer ausgezogen ist, um den Thron von Kairo zu erobern, der ihm als direkten Nachfahren des großen Saladin zusteht!«

»Wenn wir ihn nicht antreffen, was wir gehofft hatten«, erklärte Hamo ruhig, »dann werden wir warten, bis der erhabene Herrscher – *liansurahu Allah!* – ruhmreich zurückkehrt, um ihm dann auszurichten, was unseres Königs Auftrag ist.«

»Nachdem wir so angenehme Geschäftsbeziehungen geknüpft haben«, wandte sich der Handelsherr an den Meister Jean, dessen Gehilfen die Körbe mit dem Horn und die Fäßlein mit dem harzigen Kleister den Packtieren aufluden, »und die werten Herren Gesandten nicht in Eile sind, darf ich mir untertänigst erlauben, die Herrschaften zu einer *akla sahida,* einem kargen Mahle, in mein bescheidenes Heim zu bitten. Ich würde mich glücklich schätzen, wenn sie meinem Haus diese Ehre erwiesen.«

Sie schritten zu Fuß durch die mittäglich menschenleeren Gassen, bis sie vor einer unscheinbaren Tür in einer Mauer hielten. Als sie sich öffnete, standen sie in einem mit Marmor gefliesten Innenhof, der rund um einen Springbrunnen mit kostbaren Teppichen ausgelegt war. Ein Arkadenumgang säumte ihn, und sie betraten einen Kuppelsaal, geeignet, Könige zu empfangen.

Zum »kargen Mahle« hatten sich dort drei Dutzend reicher

Händler und Freunde des Hausherren eingefunden. Der klatschte in die Hände, und man ließ sich auf Kissen an einer hufeisenförmigen Tafel nieder. Die Bediensteten trugen als erstes Becken herein, damit sich die Gäste die Hände netzen konnten, dann begannen sie aufzutragen, als erstes *scharab dhaki,* dann Terrinen mit *chudrawat musachana,* angenehm gewürzt, dazu *'ansat maschuia, hamam machbusa bil 'ajin va mubahara bil qirfa* und *aranib baria matbucha bil schalab al fakiha.*

»Wenn Ihr gleich zum Palast des Sultans geht«, sagte der Gastgeber zu Hamo und legte ihm vor, »wird Euch sein Oberhofmeister empfangen, der Vater des Riesen; gebt Euch Mühe, ihn nicht zu übersehen!«

Er deutete die niedrige Statur des Giftzwergs an, und alle lachten, doch einer der Gäste erläuterte schmatzend: »Abu Al-Amlak mag es nicht gern leiden, wenn man ihm auf die Füße tritt!«

»O ja!« rief ein anderer. »Die Gerber könnten Euch ein Lied davon singen –«

»– wenn sie noch ihre Zungen hätten!«

»Er hat sie alle, die gegen ihn beim Turanshah aufbegehrt hatten, in den ›Käfig der Paradiesvögel‹ gesteckt, der heißt so, weil es nur einen Weg hinaus gibt: den ins Paradies!«

»Und alle, die darin singen, wünschen sich, sie könnten dahin fliegen wie eine *esfura,* doch sie müssen schaukeln und springen, bis –«

»Das ist kein Tischgespräch!« klatschte der Handelsherr wieder in die Hände. »Was sollen unsere Gäste von uns denken!«

Und endlich wurde der vor Fett tropfende Hammel hereingetragen, doch schon flüsterte wieder jemand laut genug: »So ungefähr – aber noch lebend – müßt Ihr Euch die Wortführer der Gerber nach Verlassen des Käfigs vorstellen –«

Diese Aufforderung war schon nicht mehr nötig, um das bereits Verzehrte in Hamos Gedärm rebellieren zu lassen, es war ihm gleich schlecht geworden, als die gehässige Fratze des Zwerges von Homs ihm ins Gedächtnis gestiegen war – und dieser Abu Al-Amlak würde sich natürlich auch erinnern.

Hamo würgte das am Spieß gebratene Fleisch hinunter und zwang sich, in kleinen Stücken zu essen, denn hätte er sich jetzt übergeben, hätte das eine Beleidigung des Gastgebers dargestellt und seinem unverhofften Nimbus als geheimer Gesandter des Königs von Frankreich erheblich geschadet. Er schielte verzweifelt nach Firouz und dem Meister Jean, doch der Saratz kaute ungerührt an seinem Bissen, und der Zeugmeister verschlang die ihm angebotenen Stücke mit bestem Appetit.

Hamo atmete erleichtert auf, als endlich abgetragen wurde und man Tee und Naschwerk reichte. Das heiße Getränk beruhigte seine aufgewühlten Innereien, und dessen bedurfte es auch dringend.

Ob nun der mächtige Hausherr, stolz auf die bei ihm eingekehrten Gäste, heimlich Botschaft zum Palast geschickt hatte, oder die Spione des Giftzwerges den Besuch der Christen gemeldet hatten, jedenfalls erging, gerade als sie ihre Finger im rosenblättrigen Wasser säuberten, die Aufforderung an die Fremden, den Stellvertreter des Sultans im Palast aufzusuchen. Hamo nahm es gefaßt.

Der Einbezug von Meister Jean erwies sich als nützlich, denn so konnten sie, die geheimen Botschafter, doch wenigstens ein kleines Gefolge an Männern im Wams des Königs vorweisen.

So ritten sie, von dem Waffenhändler noch reich beschenkt, zum Palast des Sultans.

Abu al-Amlak war von Kopf bis Fuß von dem Gedanken beseelt, seinem abwesenden Herrn, dem An-Nasir, diesmal zu zeigen, welch ein Riese von Diplomat sich in seinem schmächtigen Körper verbarg. Er saß auf seiner Trittleiter im Arbeitszimmer des Sultans, als die Gäste hinaufgeführt und namentlich von einem Herold vorgestellt wurden.

Bei Hamo stutzte er, doch er wollte sich nicht irritieren lassen.

»Mein werter Herr Graf«, wandte er sich an Hamo, »dessen Vater, den berühmten Admiral Heinrich von Malta noch kennenzulernen ich die Ehre hatte, so sehr ich Euch meines Beileides zum Tode des Kaisers vergewissern will, begrüße ich doch in Euch mit Freuden den Gesandten des Königs.«

Hamo, Firouz und Meister Jean nickten gnädig.

»Die Freundschaft des Hauses Ayub mit dem der Staufer war sprichwörtlich und währte über Generationen«, fuhr der Vater des Riesen fort, »doch nun ist dies erstaunliche Licht der Welt erloschen, und Tote sollten erinnerlich bleiben, aber nicht hinderlich werden. Die Zukunft liegt in einem Bündnis zwischen dem Hause Capet und dem der Ayubiten. Gemeinsam werden wir Großes vollbringen können. Die Rückeroberung Ägyptens ist nur ein erster Schritt, doch sie kann die Stärke unseres Paktes erweisen.«

»Hochherziger Abu Al-Amlak«, antwortete Hamo, »keinen Klügeren, Weitsichtigeren und Geschickteren hätte der Sultan – *Allah jutawil 'afiatihi lil chidma* – wählen können, ihn und das Haus Ayub so würdig zu vertreten. Doch die Stärke unseres Paktes – sollte es dazu kommen, was Allah gebe – wird sich erst mal erweisen in dem Schicksal von drei Frauen, die Euer Herr in seinem Gewahrsam hält –«

Der Giftzwerg fuhr hoch wie von der Tarantel gestochen, lächelte dann aber fein und ließ Hamo ausreden.

»Da ist zum ersten die Gräfin Clarion von Salentin, die dem erhabenen An-Nasir zwar eine Tochter geschenkt hat, was aber nichts besagt über ihr Sehnen, wieder nach Otranto zurückzukehren, wo sie wie meine Schwester als Tochter des Kaisers aufgewachsen ist. Da ist zum zweiten ihre Vertraute und Kammerfrau Madulain von Saratz, deren Ehemann sich in der Ferne nach ihr verzehrt, und als drittes die Mamelukenkinder, deren unser Herr König gar dringend bedarf, um sie als Geisel gegen von ihm in Ägypten zurückgelassene Gefangene auszutauschen.«

Der Vater des Riesen reckte sich auf seiner Leiter. »Mein edler Herr Graf, Euren ersten Wunsch habe ich vorausgesehen und in den Harem geschickt. Die Antwort lautet: Keine Sehnsucht nach Otranto! Und ich mag Euch im Vertrauen versichern, Eure Ziehschwester ist glücklich!«

Der Oberste Kämmerer strahlte dabei über das ganze Gesicht,

als sei er selbst dieses Glückes Schmied, um dann grinsend fortzufahren: »Die zweite Dame ist als vorgebliche Prinzessin und Kaisertochter –«

»Sie ist eine Prinzessin der Saratz!« knurrte Firouz.

»Aber sicher keine Tochter des Kaisers! Das Mäntelchen habe
ich ihr umgehängt, um die erste ihrer Bestimmung zuzuführen!«
klopfte sich der Zwerg stolz an die Brust. »Und als solche verwirrte sie die Sinne des Turanshah, wurde die Favoritin des Sultans – und gilt seit dessen Ermordung als verschollen. *Asch Scheitan qabaoa 'ala aruahum!*«

Diese Auskunft gab er genüßlich und weidete sich dann an
dem heftigen Schreck, der sich sogleich im Gesicht des Firouz
widerspiegelte.

»Die Dritten sind in sicherem Gewahrsam in Homs und sollen
dort auch bleiben, denn so notwendig wie Ihr, hat sie auch mein
Herr und Sultan als nützliche Geisel! Es sei denn«, fügte er nach
einer Überlegung hinzu, »Euer Herr und König beteiligte sich an
dem Ägyptenfeldzug, dann teilen sich auch Beute und Geiseln!«

»Sind die Mameluken denn zu Homs sicher verwahrt?«

»Für die Sicherheit der Täubchen sorgt nicht nur die Stelze, die
den *beit al hamam* aus der Reichweite von Katzenpfoten hebt, sondern auch die Templerhunde, die jedem diebischen Kater die ge-
fiederte Beute wieder abjagen würden.«

»Das beruhigt mich«, antwortete Hamo schnell, »und so will
ich eilen, meinem König ans Herz zu legen, noch rechtzeitig Truppen in Marsch zu setzen, um dem erhabenen An-Nasir bei seinem
schwierigen Unterfangen zu helfen.«

»Eigentlich«, sagte Abu Al-Amlak und kletterte von seiner
Trittleiter, »sollte ich Euch ja hierbehalten bis zu dessen glorrei-
cher Rückkehr – dann würde mir vielleicht auch einfallen, Herr
Graf, wo wir uns schon einmal gesehen haben – aber mir liegt zu
sehr am raschen Erfolg Eurer Mission. Kehrt also nach Akkon zurück, und handelt in unserem Sinne, nachdem wir jetzt wissen,
daß wir Euch lieb und werte Damen im Besitz halten, deren Wohlergehen uns wie Euch am Herzen liegt.«

»Verlaßt Euch nie zu sehr, erhabener Oberster Kämmerer, auf den sich wandelnden Wert von Frauen«, sagte Hamo keck, »verlaßt Euch nicht auf Ware wie Worte aus zweiter Hand. Ich könnte auch genausogut anstatt der Gesandte des Königs ein Taubendieb sein und der Kapitän Firouz hier ein gesuchter Pirat!«

»Ha!« lachte da der Vater des Riesen. »Ich verlasse mich auf meine Nase und auf meine exzellente Menschenkenntnis! Mich betrügt man nicht!«

Abu Al-Amlak ließ – auch für Meister Jean, der mit offenem Munde sich alles angehört hatte – den Herren ausgewählte Geschenke überreichen, damastene Mäntel und stählerne Klingen, beides Arbeiten, für die Syriens Kapitale weltberühmt war.

»Allahu akbar! Allahu akbar!
Aschadu ana la ilama illa Allah!
Aschadu ana Mohamad rassul ullah!
Heia 'alla as-salat! Heia 'ala al falah!«

Als sie Damaskus verließen, verkündeten die Muezzin das Gebet der untergehenden Sonne.

DIARIUM DES JEAN DE JOINVILLE

Im Delta, den 1. Februar A.D. 1251
Mein Herr König, der zuvor jedes Verhandeln, jedwelchen Kontakt mit den Ungläubigen strikt abgelehnt hatte, ließ uns mittlerweile eine recht emsige diplomatische Tätigkeit entfalten.

Bevor noch Herr Yves nach Damaskus in Marsch gesetzt wurde, wurde ich heimlich, nur begleitet von meinem Sekretarius und einer ausreichenden Eskorte gegen räuberische Beduinen, eiligst dem Heer des An-Nasir nachgesandt.

Ich sollte keineswegs in die Kampfhandlungen eingreifen, sondern nur dem König schnellstens und aus erster Hand berichten, wie der Feldzug ausging, wem Fortuna – und folglich auch wir – sich zuzuneigen anschickte.

Ich holte die langsam den nördlichen Sinai durchquerende Armee der Syrer in der alten Grenzfeste Pithom ein.

Sultan An-Nasir war sehr erfreut, mich zu sehen. Er hielt uns zwar nicht für die Vorhut eines christlichen Heeres, doch unser promptes Erscheinen, das nicht die Mühen der beschwerlichen Reise gescheut hatte, war für ihn ein gutes Omen. Nach weiteren drei Tagesmärschen ins Delta hinein meldeten unsere Kundschafter, daß Sultan Aibek von Kairo sein Heer den östlichen Nilarm heraufgeschickt hätte und es bei den Ruinen von Bubastis, den Tempeln der Katzengöttin Bastet, zusammenzöge.

Wir schlugen unser Lager so weit entfernt vom Fluß auf, daß der Feind verlockt sein würde, ihn zu überschreiten. So hatten die Ägypter ihn im Rücken, nicht wir, als sie am Abend des ersten Tages im Februar den erwarteten Brückenkopf schlugen.

In der Nacht vor der Schlacht, William und ich wollten uns gerade zu Bett begeben, erschien plötzlich ein junger Halca in unserem Zelt, legte seinen Finger auf die Lippen, so heischend, keinen Alarm zu schlagen. Er fragte William, der es mir übersetzte, ob wir den Mut hätten, ihm nur wenige Schritte ins Dunkel hinaus zu folgen, ein Mann begehre uns dringlich zu sprechen.

Ich antwortete ebenso leise, woher ich wohl den Mut nehmen sollte, wo ich doch Gefahr liefe, getötet oder entführt zu werden.

Der Jüngling sagte: »Ich soll Euch ausrichten: ›Der Vater Mahmouds erwartet Euch!‹«

Das konnte nur Baibars sein, der sich so nah an unser Lager wagte, und wenn ich dem berüchtigten Bogenschützen auch jede Gemeinheit zutraute, insbesondere die Kühnheit, einen Seneschall des Königs aus dem Lager des Gegners zu rauben, überwog doch mein Gefühl, daß hier einzig der sorgende Vater nach mir rief, und ich sagte es William, der mir beipflichtete.

Der junge Mameluk führte uns ungesehen an den Wachen vorbei in die Wüste. Schon nach wenigen Schritten erhob sich vor uns eine verhüllte Gestalt.

Es war Baibars, und er sagte: »Ich danke Euch von Herzen,

Graf de Joinville, daß Ihr gekommen seid, und auch Euch, William von Roebruk. Ich will nur eines wissen: Lebt mein Sohn noch? Ich habe nichts mehr von dem Roten Falken gehört, der mir versprochen hat, Mahmoud zu holen!«

William sagte: »Der Rote Falke ist vor einiger Zeit, wie wir wissen, von Starkenberg aus als Gesandter des Kaisers nach Homs gereist. Euer Sohn Mahmoud hingegen hat dem An-Nasir zu seiner Thronbesteigung in Damaskus ein festliches Feuerwerk, samt Blitz und Donner, inszeniert. Das Krachen der Böller war bis Akkon zu hören. Euer Sprößling lebt nicht nur, sondern ist auf dem besten Wege, der berühmteste Ingenieur für Belagerungstechnik zu werden!«

»Der Bengel soll gefälligst nach Hause kommen!« brach des Vaters Unmut durch, wenn auch etwas Stolz herauszuhören war.

»An-Nasir läßt ihn sicher nicht freiwillig ziehen«, gab William zu bedenken, »er hat einen Narren an ihm gefressen und gestattet ihm, mit allerlei Pülverchen herumzuexperimentieren, daß die Mauern wackeln und die Leute vor Schreck aus den Betten fallen. ›Den kleinen Feuerteufel‹ nennen sie ihn zu Homs.«

»Das ist eine wunderbare Nachricht, meine Herren«, schnaufte der gefürchtete Emir, »aber gerät nicht sein Leben in Gefahr, wenn wir morgen An-Nasir vernichtend schlagen?«

Hier mischte ich mich ein und ließ William übersetzen: »Das würde ich an Eurer Stelle nicht tun. Wehrt ihn ab, aber laßt ihm die Möglichkeit zu einem Rückzug ohne Gesichtsverlust!«

»In der Zwischenzeit«, fügte William hinzu, »wird der Rote Falke alias Konstanz von Selinunt – wie ich ihn kenne – Euren Sohn aus Homs herausgeholt haben, ich bin ziemlich sicher!«

»Ich danke Euch, meine Herren«, sagte Baibars, »haltet Euch morgen abseits, am besten im Hintergrund, so daß Ihr baldigst dem König Ludwig berichten könnt, daß er auf den Herrscher von Damaskus als Verbündeten nicht zählen kann, An-Nasir wird als Geschlagener das Feld räumen.«

»Wir werden so oder so Zeuge des Schlachtenglücks sein, Emir«, sagte ich. »*Liahmikum Allah.*«

Soviel Arabisch hatte ich in der Zwischenzeit auch schon gelernt.

Baibars stapfte ins Dunkle, und der junge Halca brachte uns zurück in unser Zelt, ohne daß die Wachen auf uns aufmerksam wurden.

Bubastis, den 2. Februar A.D. 1251

Der Verlauf der Schlacht ist schnell erzählt. Die Syrer waren anfangs erfolgreich, besonders die Milizen aus Damaskus, die fast bis zum Brückenkopf der Ägypter vordrangen, wo sie allerdings auf Sultan Aibeks eigenes Mameluken-Regiment stießen, das ihnen erbitterten Widerstand leistete.

Die ayubitischen Armeen von Homs und Hama auf dem rechten Flügel wurden von Baibars in Schach gehalten.

Doch dann desertierte mitten in der Schlacht ein Bahriten-Regiment aus dem Heer des An-Nasir, und zwar im Zentrum, und ließ den Sultan von Damaskus plötzlich ungedeckt seinen Gegnern gegenüberstehen.

An-Nasir verließ der Mut, und er ergriff die Flucht ohne Rücksicht auf seine beiden Flügel. Die ayubitischen Hilfstruppen von Homs und Hama folgten ihm auf dem Fuße.

Baibars stieß nach. Er hätte den Milizen den Rückzug abschneiden können, begnügte sich aber mit dem Erbeuten der Feldzeichen und hielt seine Reiter davon ab, den Flüchtenden nachzusetzen.

Wir hatten uns erst auf unsere Pferde geschwungen, als An-Nasir mit seiner Leibgarde grußlos an uns vorbeigedonnert war. Jetzt waren wir selbst in Gefahr und ritten eiligst los.

Doch als wir uns umschauten, schob sich die Mauer von Baibars disziplinierten Reitern wie ein Schutzschild hinter uns her – ich bildete mir ein, der Emir, der allein vor seinen Leuten sein Pferd führte, habe mir zum Abschied zugewinkt. Jedenfalls schützte er unsere Flucht, der sich auch die Miliz anschloß, wie eine eigene Nachhut.

834

Wir kehrten den gleichen Weg zurück, den wir gekommen waren, doch in Pithom hielten William und ich nach Norden auf die Küste von Pelusium zu, um dort ein Schiff zu finden, das uns auf schnellstem Wege nach Akkon brächte, während An-Nasir das Sinaigebirge und die Wüste Richtung Jordan durchqueren wollte. Zu einem Gespräch mit dem geschlagenen Sultan kam es nicht mehr. Man hätte meinen können, er gab uns, den Christen, die ihm nicht beigestanden hatten, die Schuld an seiner Niederlage.

ACH«, SEUFZTE MADULAIN, »mach dir nichts daraus, mein kleiner Roç.«

Sie lagen auf ihrem Bett in der Kammer, die sie, der Schildknappe, und des Prinzen Töchterlein teilten, seitdem sie in der Burg von Homs zu Gast waren.

Madulain schlug die Bettdecke über ihren Leib und den nackten Körper ihres knabenhaften Liebhabers und starrte zur Decke. Es war ihr nie wieder gelungen, sich die erwachende Manneskraft des Jungen so zu Gemüte zu führen wie das erste und einzige Mal, wo sein neugieriges Begehren ihr wirkliche Lust verschafft hatte.

Danach war Roç zwar von anscheinend unstillbarem Hunger besessen, sie hastig zu bespringen, aber anstatt ihren Körper zu erforschen und den Akt des Eindringens, Verweilens, sich Steigerns zur Ekstase zu verfeinern, rammelte er immer fahriger, liebloser, nur noch daran interessiert, möglichst schnell den Samenerguß hinter sich zu bringen.

Roç lag unter dem Laken auf ihrem Bauch und schämte sich. Er spürte dumpf und verärgert, daß er seine Lehrmeisterin wieder einmal enttäuscht hatte. Warum konnte sie denn nicht ebenso schnell wie er »fertig« werden?

»Ich muß immer daran denken«, stöhnte er zu seiner Entschuldigung, »daß wir entdeckt werden, die Leute reden sicher schon darüber, daß ich als Junge mit dir in einem Zimmer schlafe!«

Da lachte Madulain, und ihr Lachen teilte sich über die Muskeln ihres Unterleibes dem erschlaffenden Eindringling mit, als wolle sie ihn verspotten. »Du meinst, daß ich, der Schildknappe unseres Herren Konstanz von Selinunt, das Bett seiner Tochter bewache?«

»Da kann man auch kein richtiger Liebhaber sein«, empörte sich Roç, »wenn man sich den ganzen Tag in Weibersachen zeigen muß – außerdem kann jeden Moment der Rote Falke zurückkommen und uns hier so finden –«

»Soll er doch!« maulte Madulain. »Dem würde es nicht einmal auffallen –«

»Aber du hättest ihn doch viel lieber als mich, weil er ein richtiger Mann ist und ein Ritter –«

»Den Beweis ist er mir noch schuldig«, sagte Madulain.

»Siehst du«, hakte Roç ein, »du willst ihn! Mit mir vertreibst du dir die Zeit!«

»Gefällt dir der Zeitvertreib nicht mehr?« Ihre Stimme bekam etwas Lauerndes, wenn er jetzt das Falsche sagte, würde sie ihn rausschmeißen.

»Ich kann mir nichts Schöneres vorstellen«, log er und fügte nicht hinzu, was ihm gerade in den Sinn kam, nämlich die gleichen Wonnen mit Yeza auszukosten.

Sie würde, dessen war er gewiß, im völligen Einklang mit ihm die Liebe erfahren, so war es bei ihnen immer gewesen.

»Ich bin einfach zu jung für dich!«

»Das ist keine Frage des Alters, sondern der Einstellung zur Liebsten«, entgegnete Madulain schroff, »zieh dich jetzt an!«

»Ich könnte aber noch –« regte sich Roç provozierend.

Madulain bäumte ihr Becken kurz auf: »Aber ich will nicht mehr!« und entledigte sich des Besuchers.

Roç war's recht. Er küßte sie auf den Bauch, ein Ritual flüchtiger Zärtlichkeit und sprang auf.

Madulain hockte sich mißmutig auf den Wassertrog in der Ecke des Zimmers und spülte mit ein paar Handbewegungen ihren Schoß, eine abschließende Prozedur, der sich auch Roç widerwillig unterzog.

Sie griff ihn, wusch seinen Penis mit kaltem Wasser wie eine

Kinderfrau, rubbelte ihn ab und entließ ihn dann, damit er in seine Unterhosen steigen konnte, bevor er den verhaßten Weiberrock überstreifen mußte.

Der Rote Falke war zurückgekehrt. Er traf auf Shirat im hochgelegenen Garten des Harems, den sie – von ein paar älteren, abgelegten Konkubinen des An-Nasir abgesehen – allein bewohnte und in dem sie sich frei bewegte, nachdem auch der Obereunuch und seine Diener mit nach Damaskus gezogen waren.

»Wieso kehrt Ihr ohne Mamoud zurück?« entfuhr es ihr ungerechterweise vorwurfsvoll.

»Weil ich einen Grund fand«, erklärte ihr Konstanz müde, »schon unterwegs den erhabenen Herrscher zu verlassen, während Eures Bruders Kind aufgrund seiner spektakulären Fähigkeiten weiter mit ihm nach Damaskus reisen mußte. Clarion warnte mich vor dem Giftzwerg, den Obersten Haushofmeister Abu Al-Amlak, der dort jetzt wieder, wie schon zu Zeiten des Ayub und des Turanshah, seine böse Herrschaft über den Palast angetreten hätte und der mich als den Mamelukenemir Fassr ed-Din Octay wiedererkennen würde.« Konstanz' Blick schweifte suchend über den Garten.

»So habe ich mich auf dem Rückweg der Hilfe der Assassinen versichert, denn wir müssen hier weg, sobald Mahmoud wieder zu uns stößt –«

»Wenn An-Nasir ihn freigibt, er hält leider große Stücke auf seinen ›kleinen Feuerteufel‹.«

»Clarion hat mir versprochen, ihn gleich nach den Festlichkeiten zurückzuexpedieren.«

»Wir sollten unsere Abreise vorbereiten«, sagte Shirat ruhig. »Wann kommen die Assassinen?«

»Wenn wir ihnen ein Signal geben, sind sie in einem halben Tag zur Stelle. Es soll hier auf dem Turm einen Spiegel geben –?«

»Gibt es«, sagte Shirat, »und ich habe auch den *Codex per signa* gefunden. Er ist von ergreifender Schlichtheit – ich kann ihn schon auswendig!«

»Euren sitzengelassenen Schildknappen zu begrüßen«, ließ sich die Stimme Madulains zu ihren Häuptern vernehmen, »kommt dem hochmütigen Herren Gesandten des Kaisers wohl nicht in den Sinn!?«

»Sollte ich Euch umarmen, mein lieber Saratz?« gab ihr Konstanz zurück. »Oder Euch zu Füßen fallen? Das würde zuviel Vertraulichkeit oder zuwenig Standesunterschied verraten, so gern ich es täte!«

»Lügner!« sagte Madulain aufreizend freundlich. »Ein Schlag auf die Schulter hätte ihm genügt, der sich solange nach seinem Herren gesehnt.«

»Wo steckt mein Töchterlein Roxade oder Roquebrune?«

»Hier!« rief Roç und tauchte aus dem Geäst eines hohen Baumes über ihnen auf, dessen Blätter ihn verborgen hatten.

Seine nackten Beine ragten aus dem Mädchengewand, als er sich anschickte, zu Boden zu springen. »Von hier aus kann man den ganzen Torweg einsehen –«

»Und was siehst du dort Besonderes?« machte sich Konstanz über den Ausguck lustig –

»Eine Reiterschar nähert sich der Burg –«

»Welche Farben zeigen sie?« fragte Konstanz noch immer im Scherz.

»Die von Homs«, gab Roç stolz zur Auskunft, doch dann wurde seine Stimme aufgeregt. »Aus der Sänfte entsteigt – oh, unser kleiner Freund Mahmoud! – und noch ein Kind – nein, es ist der Giftzwerg!« rief er erschrocken. »Der Vater des Riesen ist eingetroffen!«

»Komm da runter!« befahl Konstanz.

»Bleib da oben, Roç!« rief Shirat. »Dort bist du erst mal sicher. Wir holen dich, wenn die Luft rein ist.«

Sie hatte das Kommando an sich gerissen.

»Ihr, Konstanz, falscher Botschafter und falscher Mameluk dazu«, wies sie ihn in ihrer ruhigen Art an, »begebt Euch in den Turm und verbarrikadiert Euch – und nehmt Eure Braut mit Euch, ich werde den Assassinen signalisieren –«

»Beeilt Euch!« zischte Roç. »Sie reiten schon durchs Tor!«

»Ich werde sie ablenken!« rief Shirat und lief die Treppe hinauf zum Arbeitszimmer des Sultans, das über der inneren Toreinfahrt lag.

Konstanz zerrte Madulain durch die Sträucher des Gartens zum freistehenden Donjon der Burganlage, doch die dicke Eisentür zum Sockelgeschoß ließ sich nicht öffnen, so sehr sie auch rüttelten.

Madulain sah ein Tau von der Brüstung herabhängen, das oben über eine Rolle lief und an dessen anderem Ende ein Eimer hing, wie ihn wohl Maurer brauchten, um Kalk oder Steine nach oben zu befördern. »Stellt Euch hinein, mein Prinz«, lud sie ihn spöttisch ein. »Ich will Euch hochhieven!«

»Zuerst die Damen!« wehrte sich Konstanz ritterlich.

»Der Stärkere zuerst«, beschied ihn die Saratz, »von oben hochziehen verlangt doppelte Kraft!«

Also stellte sich Konstanz in den Eimer, und Madulain packte fachmännisch das Tau, wobei sie immer mit beiden Füßen auf dessen Ende trat. Sie zog ihn zügig Fuß für Fuß bis unter die Brüstung, wo er mit dem Nacken die hölzerne Falltür aufstieß und sich durch das Loch schwang.

Er griff nach dem Tau, ließ es durch seine Hände gleiten, bis der Eimer wieder unten aufstieß und Madulain ihn bestieg.

Die Saratz hatte recht: Nie hätte sie es geschafft, sein Gewicht freischwebend hochzuziehen. Die Adern traten ihm auf die Stirn, und die Hände brannten, er durfte nicht loslassen.

Endlich tauchte ihr Kopf, dann ihr Oberkörper in der Öffnung auf, und sie warf sich vornüber auf die Brüstung. Konstanz ließ das Seil fahren und half ihr auf die Beine. Der Eimer schlug scheppernd in der Tiefe auf.

Einen Augenblick lang hielt er sie in den Armen, beider Atem ging so schwer und heftig, daß sie lachen mußten und vielleicht das gleiche dachten. Wann kommen schon Mann und Frau so ins Keuchen, daß sie nach Luft schnappen wie die Fische? Doch wohl im seltensten Fall allein im Eimer!

Abu Al-Amlak stolzierte, gefolgt von Bewaffneten, die Treppe des Arbeitszimmers des Sultans hinab in den Garten.

»Wo steckt der erlauchte Gesandte des Kaisers?« rief er spitz. »Will er mir die Aufwartung verweigern oder will er mir sein Gesicht nicht zeigen?«

»Ich bin hier, verehrter Abu Al-Amlak«, rief Konstanz von der Brüstung hinab, seinen Arm um Madulain gelegt, »und das sowohl als Gast Eures Herrn als auch unter dem Schutz des meinen!«

»Steigt doch bitte herab«, flötete der Oberhofkämmerer gar schmeichelnd, »damit ich Euch in Vertretung meines Herren, des erhabenen Sultans, diesmal als Gesandten des Kaisers begrüßen mag –«

Abu Al-Amlak rüttelte an der verschlossenen Eisentür und begriff, daß Konstanz auf der Hut war. Er ließ die Maske fallen.

»– nachdem ich Euch bei unserem letzten Zusammentreffen als mamelukische Brieftaube aus Kairo erlebt habe und den Knappen an Eurer Seite als Huri des Turanshah!«

»Lieber Huri als Giftzwerg, der seinen Herren hintergeht«, entgegnete Madulain, »wann wirst du An-Nasir an die Ägypter verraten?«

Da spie der Kleine Gift und Galle, und Konstanz rief: »Doch vorher wird er dich zu Tode peitschen lassen, weil du es einem kaiserlichen Gesandten gegenüber am nötigen Respekt hast mangeln lassen.«

»Holt den Schlüssel!« zischte der Vater des Riesen einem der Soldaten zu und begann Konstanz in ein Gespräch zu verwickeln.

»Es mag ja sein, daß Ihr diesmal die Credenzen des Kaisers herweisen könnt, und wenn Ihr auf Eurer Legitimation besteht, so kennt Ihr doch das gebräuchliche Recht Botschafter betreffend im betrüblichen Falle des Ablebens ihres Auftraggebers? Euer Herr Kaiser ist tot und verfault, und somit habt Ihr Euer freies Geleit als Gesandter verwirkt! Ergebt Euch in meine Hand!«

»Glaub ihm kein Wort!« erregte sich Madulain. »An-Nasir wird diesen Wicht vierteilen und an vier kleine Ratten verfüttern!«

»Der Sultan wird mich loben, wenn ich ihm Eure häßlichen

Köpfe vorweise und ihm berichte, von welchen Betrügern mit Mordabsichten ich ihn befreit habe –«

Der Soldat kam angerannt und überreichte dem Oberhofkämmerer den Schlüssel. Madulain sah es. Konstanz sprang von der Brüstung zur Tür, die ins Innere des Donjons führte, und starrte in das Gebälk der jeweils mit einer Leiter verbundenen Emporen.

Sie hatten zuviel Zeit verloren, jetzt waren die Leitern nicht mehr zu entfernen. Er zog die oberste zu sich hoch und stieß die tiefer stehende um, so daß sie hinabstürzte, das schaffte für Augenblicke – aber nicht mehr – einen Vorsprung vor den Verfolgern, die jetzt unten die Eisentür aufgeschlossen hatten.

Schon zischten die ersten Pfeile neben ihm ins Holz, als er sah, daß der Tragbalken der obersten Lage so aufgelegt war, daß man ihn leicht aus seinem Lager hebeln konnte. Er schob das Leiterende unter ihn, wippte kurz, der Balken hob sich und stürzte, alle Streben und Hölzer mit sich reißend, in die Tiefe, er zerschlug die Konstruktionen unter sich, und dann brach das gesamte mehrstöckige Treppenhaus in sich zusammen und bildete unten einen Haufen zerborstener Stämme, als sei eine Windhose in den Donjon gefahren. Konstanz wuchtete die Leiter aus der Öffnung und auf die Brüstung.

Die Tür zum nächsten Geschoß des Turmes schien ein offenes Loch in der Mauer und nur mit einer Leiter erreichbar. Er stellte sie auf, und Madulain schickte sich an hinaufzusteigen.

Doch sie bot den Soldaten eine wehrlose Zielscheibe, wie ein Pfeilhagel sie sofort belehrte, und Konstanz zog die Saratz an den Beinen wieder herunter und kauerte mit ihr hinter den schutzbietenden Zinnen.

»Der Kamin!« gellte da Shirats Stimme.

Sie sahen, wie der Zwerg die Hand gegen das Mamelukenmädchen erheben wollte und sie wütend wieder sinken ließ, denn Shirat fauchte: »*Mich* wagt nicht anzurühren!«

Abu Al-Amlak ließ sie aber von seinen Soldaten aus dem Garten bringen. Konstanz hatte den Hinweis verstanden.

Im Gang zwischen der Tür von der Brüstung ins Innere des

Donjon war in dem dicken Mauerwerk ein Kamin eingelassen, und davor entdeckte er einen schmalen Schacht im Gestein, gerade breit genug, die Leiter ein Stück hinunterzulassen, um sie dann in die rußgeschwärzte Höhle des Rauchabzuges hochzuschieben, der tatsächlich breit genug war, eine einzelne Person hinaufsteigen zu lassen.

Madulain ging vor, und er folgte ihr so dicht, daß sein Kopf ihr zwischen die Beine geriet. Dem Ernst der Lage zum Trotz ließ sie ihn den Druck ihrer Schenkel spüren.

Sie erreichten das Tageslicht bei der Maueröffnung, den Rauchabzug ins Freie, den sie vorher für eine Tür gehalten hatten. Ins Innere führte nur eine eiserne Klappe, die, nach dem Rost und Ruß zu schließen, seit Jahren keiner geöffnet hatte. Sie befanden sich jetzt unter der obersten Decke des Donjons, nur ein dunkles Loch in ihr erlaubte den Ausstieg nach oben. Sie zogen die Leiter hoch und begannen den letzten Aufstieg. Tief unten hörten sie den Zwerg nach Sturmleitern zetern. Sie kletterten und krochen durch das Loch und hockten im Halbdunkel einer Kuppel.

Als sich ihre Augen an das schwache Licht gewöhnt hatten, sahen sie den Signalspiegel und auch die Luke, die nach oben aufging.

»Wenn ich den Code wüßte, könnten wir jetzt die Assassinen um Hilfe rufen«, sagte Konstanz wehmütig.

»Dazu reicht unsere Zeit auf dieser Erde nicht mehr«, sagte Madulain, »tu mir lieber als Mann einen letzten Dienst.«

Sie wies auf das Stilett, das Konstanz im Stiefel steckte: »Stoß mir dein Messer ins Herz, bevor du dich selbst tötest, denn ich will nicht lebend diesem Unhold in die Hände fallen!«

Konstanz zog die Klinge und hielt sie in den durch eine Ritze einfallenden Lichtstrahl.

»Ich versprech es dir, aber vorher laß mich kämpfen bis zum letzten –« Er sah sie fragend an und war trotz der verzweifelten Lage noch so verlegen, daß er zu den Reimen des Troubadours Zuflucht nahm, dessen Verse sooft zwischen ihnen hin und hergeflogen waren:

»Ni no m'aus traire adenan,
tro que eu sacha ben di fi
s'el' es aissi com eu deman.«

Da lachte Madulain.

»Qu'eu sai de paraulas com van,
ab un breu sermon que s'espel,
que tal se von d'amor gaban,
nos n'avem la pessa e-l coutel«,

flüsterte sie und umschlang ihn mit beiden Armen, »und wenn unsere Lust am höchsten, dann stich zu!«

Sie kniete vor ihm und löste ihm den Gürtel. »Ich habe lange gebraucht«, sagte sie heiser, »zu wissen, daß ich deine Frau sein wollte.«

Sie streifte ihr Knappenwams über den Kopf mitsamt dem Unterhemd: »Jetzt erfahre ich dieses Glück gleichzeitig mit meinem Tode!«

Konstanz nahm sie behutsam in den Arm, seine Hände glitten an ihren Brüsten entlang und schoben ihr Beinkleid nach unten.

»Madulain, meine herrliche Madulain«, sagte er stockend. »Du wirst nicht sterben, wir werden in unserer Liebe weiterleben, ich werde dich heimführen als meine Frau.«

Er bettete sie behutsam auf dem staubigen Boden unterhalb des fleckigen Silberspiegels.

»Ich habe mich – seitdem ich dich zum ersten Male auf Zypern gesehen habe – immer nach dir gesehnt.«

Konstanz beugte sich über sie, und Madulain öffnete scheu ihren Schoß.

»Komm …«, seufzte sie, und er drang hart in sie ein, sie bäumte sich auf, hob ihren Hintern ihm entgegen, überließ sich aber gänzlich seiner Führung.

Konstanz ritt sie wie eine edle Stute, erst tänzelnd im Schritt, dann Trab, und schließlich im vollen Galopp.

Madulain stöhnte, dann begann sie zu schluchzen, dann schrie sie: »Töte mich – jetzt, jetzt, jetzt!«

Doch der Prinz von Selinunt verspürte nicht das geringste Verlangen, ihren Todeswunsch zu erfüllen, ihre Schreie spornten ihn an, und er ritt mit ihr wie zur Jagd, über Stock und Stein, über Bäche und Hecken, durch Sumpf und Wüste – es sollte kein Ende nehmen! So lange wir uns so lieben, dröhnte und sauste es in seinem Kopf, so lange leben wir – und Madulain war Sumpf und Wüste, Wildbach und Meeresstrand, duftende Grassteppe und steiniger Pfad, Triumphstraße und Tempel, Gebet und Sonne und Nachtgestirn und Himmel – Himmel ohne Ende ...

Die Liebenden merkten nicht, daß längst die Soldaten mit langen Sturmleitern von der Brüstung aus das letzte Stockwerk des Donjons erklommen hatten und bereits oben auf der Kuppel hockten und durch die *Bab lil mir'a,* die sich nicht von außen öffnen ließ, dem wilden Ritt von Konstanz lauschten, und Madulain feuerte den Mann so vehement an, und er gab ihr die Sporen, die Peitsche, und sie schrie, daß sie nichts von den Lauschern mitbekamen.

Als Abu Al-Amlak das durch Zuruf erfuhr, glitt ein diabolisches Grienen über sein Zwergengesicht.

»Laßt sie«, fuhr er seine Soldaten an, »ich will sie nicht nur lebend, sondern lebend und liebend.«

Da im Innern des Donjons kein Durchkommen war, ließ er sich die längste Leiter außen anlegen, damit er auf ihr bis zur Brüstung hochklettern konnte.

Abu Al-Amlak verlangte nach seinem Schimtar, der ihm sogleich gereicht wurde. Der Krummsäbel war so groß wie der Vater des Riesen selbst. Er schnallte ihn sich auf den Rücken. Er ließ noch mal den Soldaten auf der Kuppel oben zurufen, sie sollten nichts unternehmen, bevor er eingetroffen sei.«

Er begann vorsichtig den Aufstieg auf der schwankenden Leiter. Als er auf halber Höhe war, sah er das Tau mit dem Eimer. Von unsichtbarer Hand gezogen, stieg der Eimer mit ihm. Er hielt inne, und auch der Eimer verharrte.

Abu Al-Amlak starrte auf das Gefäß, das weit entfernt nahe der Mauer hing, daß er es nicht erreichen konnte, auch nicht, wenn er den Schimtar zur Hilfe genommen hätte. Hineinsehen konnte er nicht, aber er bemerkte das Rauchwölkchen, das aus ihm aufstieg.

Der kleine Feuerteufel! Abu Al-Amlak blickte in die Tiefe und sah in das Gesicht von Mahmoud, der unten in der Zisterne am Fuße des Donjons hockte und ihn interessiert beobachtete wie ein Insekt.

Abu Al-Amlak drohte ihm lächelnd mit dem Finger und setzte seinen Aufstieg fort. Wieder bewegte sich der Eimer in gleicher Höhe. Er wurde ärgerlich, dann ängstlich. Er begann hastig wieder hinabzuklettern, und zwar wütend. Der Eimer folgte.

Abu Al-Amlak rechnete sich aus, daß er schneller oben auf der Brüstung anlangen würde, als unten auf festem Boden. Also überwand er seine Furcht und stieg doch weiter hinauf, Sprosse für Sprosse. Der Eimer stieg mit ihm, der Rauch nahm zu.

»Laß das!« brüllte er hinunter zu Mahmoud in der Zisterne, doch der zog gerade den Kopf ein.

Abu Al-Amlak wollte schreien, aber eine unsichtbare Riesenfaust hob ihn von der Leiter, die sich steil aufstellte, er sah noch den grellen Feuerschein von tausend Sonnen, dann zerfetzte die Leiter, zerbarst der Vater des Riesen.

Der Schimtar flog nicht weit, aber die Überreste des Oberhofkämmerers fand man bis jenseits der Mauern und in den Bäumen. Den ohrenbetäubenden Knall hatte er nicht mehr gehört, seinem Kopf fehlten die Ohren, als man ihn aus dem Zierteich fischte.

»Was war das?« keuchte der Reiter und hielt inne im glühenden Abendrot, Wolkenbänke waren über den Horizont gezogen, hatten sich geschichtet und waren verweht. Die feurige Scheibe beruhigte sich zum letzten Licht im sich verdunkelnden Himmel.

Madulain schlug die Augen auf, Konstanz sah die ersten Sterne am nächtlichen Firmament. Kühle kehrte in seinen Kopf ein. Göttliche Venus Hespera!

»Das ist das Ende«, sagte Madulain.

Da hörten sie die Stimmen der Soldaten über sich, auf der Kuppel, durch die Holztür.

Sie klopften.

»Der Vater des Riesen ist in die Luft geflogen!« riefen sie. »Abu Al-Amlak ist zerplatzt, habt Ihr den Donnerschlag nicht gehört? Der kleine Feuerteufel hat ihn mit einem einzigen Blitzstrahl vernichtet! Allah ist groß! Kommt nur raus, Herr Gesandter, und erfreut Euch Eures Weibes!«

Sie klopften immer heftiger und lachten.

Konstanz und Madulain legten hastig ihre Kleider wieder an, dann öffneten sie von innen die Tür des Spiegels, und von oben schauten die Soldaten neugierig und belustigt auf sie herab.

»Bil charij jataquatalun«, rief einer, »und ua hum jamrahun. So muß man's halten!«

Leicht benommen stiegen Konstanz und Madulain über die Leitern vom Donjon hinab und gingen durch den Garten.

Als sie bei dem Baum vorbeikamen, rief Madulain: »Du kannst runterkommen, Roç – es ist alles vorbei!«

Doch der raschelte nur in den Blättern. »Auf dem Vorplatz sind Reiter eingetroffen. Ich kann sie erkennen. Es sind Crean de Bouviran und die Assassinen.«

Roç kletterte steif aus dem Geäst.

Konstanz reckte sich hoch und hob ihn hinunter. Mahmoud tauchte auf, klitschnaß vom Wasser der Zisterne und mit rußgeschwärztem Gesicht. Er strahlte zufrieden.

»Eine gute Mischung«, sagte er zu Roç, »wenn man das Gefäß fest genug schmiedet und nur an einer Seite einen Deckel darauf –«

»Dann hättest du den ganzen Donjon zum Einsturz gebracht«, scherzte Konstanz.

»Leicht«, sagte der kleine Feuerteufel.

Shirat führte Crean in den Garten, und Roç sagte zur Begrüßung: »Du bist gekommen, um mich Ausreißer zu verhaften?«

Crean nickte.

»Aber ohne Yeza gehe ich keinen Schritt mehr!« ergänzte Roç.

»Jetzt laßt uns erst mal Homs hinter uns bringen«, sagte Shirat, »ich mag diesen Ort nicht mehr ertragen.«

Sie schnippte mit dem Schuh eine Zwergenhand zur Seite, die noch aus dem Baum gefallen war.

»Und ich wüßte auch nicht«, sagte sie zu Mahmoud, »was wir An-Nasir erzählen sollen, wenn er nach dem Vater des Riesen fragt.«

Ihr seid jetzt schon der zweite Botschafter, den mir Euer Herr König schickt«, grollte An-Nasir, »und ein Bündnis gegen unsere gemeinsamen Feinde in Kairo, diese größenwahnsinnigen, verblendeten Mameluken – *Allah saufa ju'aqibahum ua jdammirrahum!* –, steht noch nicht einmal geschrieben!«

Der Sultan war ungehalten und bemäntelte seine Enttäuschung nicht. Der neue Gesandte, ein schmuckloser Kerl mit schlechter Haltung, schlechten Zähnen und strähnigem Haar, »Yves, der Bretone«, hatte er sich vorgestellt, war offensichtlich weder von nobler Geburt noch von Rang oder wenigstens geistlichen Standes. »Eine dreiste Zumutung!«

»Wer immer Euch, erhabener Sultan, diese Dreistigkeit zumutete und jemanden als Bevollmächtigten des Königs ausgab, war ein Narr, der einen Betrüger nicht erkannte!«

Das war nicht dumm, dachte An-Nasir, einfach meinem Hofamt die Schuld zu geben, dessen Kompetenz er jetzt verteidigen mußte, und so sagte An-Nasir: »Ich habe keinen Grund, an den Fähigkeiten meines Obersten Kämmerers zu zweifeln –«

Und diesem Moment warf sich der Oberaufseher vom »Haus der Tauben«, dem *beit al hamam,* auf den Boden und verkündete: »Eine Nachricht aus Homs – von Eurem Oberkämmerer Abu Al-Amlak!«

»Lies vor!« ordnete der Sultan von seinem erhöhten Sitz an und lächelte zu Yves hinüber. »Es gibt nichts, was der Abgesandte des von mir verehrten Königs der Franken nicht hören dürfte – auch wenn es nicht für seine Ohren bestimmt ist. Ich will ihm zeigen, daß ein An-Nasir mit offenen Karten spielt.«

Der »Meister der gefiederten Boten« entrollte die Nachricht aus dem mitgebrachten Fußring und entzifferte das engbeschriebene Röllchen:

»Erhabener Sultan, Herr über das Leben seines geringsten Dieners. Es ist die Schuld des von mir verantwortlich zu leitenden Hofamtes zu Homs, ich werde sie alle köpfen lassen! – Ihr seid einem gefährlichen Betrüger aufgesessen: Der kaiserliche Gesandte ›Prinz Konstanz von Selinunt‹ ist in Wahrheit der Mameluken-Emir Fassr ed-Din Octay, Sohn des letzte Großwesirs, mit Beinamen ›Roter Falke‹, und sein Knappe Saratz ist niemand anderes als jene Zofe der Kaisertochter, die wir an Clarions Statt dem Turanshah geschickt. Jetzt ist die Huri zurück. Beide führen nichts anderes im Schilde, als die Mamelukenbrut zu befreien. Bei meinem Anblick erschraken sie gar furchtbar und sind jetzt auf den Donjon geflüchtet. Wenn es mir nicht gelingt, sie lebend in Ketten zu schließen, werde ich Euch die Köpfe schicken.

In rasender Eile
der bescheidene Hüter Eurer Ehre
Abu Al-Amlak
mulahadha: Auch Shirat konspiriert gegen Euch. Ich werde sie beifügen.«

Der *rasul al akbar,* der Meister der gefiederten Boten, senkte sein Haupt in banger Erwartung, daß die überbrachte Botschaft von seinem Herrn als »schlecht« eingestuft würde, doch der Sultan murmelte nur: »Mit wem soll ich dann Schach spielen?« und wies ihn an: »Schick ihm die schnellste Botin: Wenn Shirat ein Haar gekrümmt würde, könne er seinen Zwergenkopf gleich der Sendung beilegen.«

An-Nasir räusperte sich: »Da seht Ihr, mein werter Herr Botschafter, wieviel Falsch auf dieser törichten Welt!«

Der *rasul al akbar* begab sich schleunigst rückwärts buckelnd aus dem Raum.

»*Meine* Akkredition ist echt und trägt König Ludwigs Alama und Sigle«, sagte Yves sachlich. »Was gebt Ihr dem König, wenn er kein Bündnis mit Kairo eingeht, wenn er sich also neutral verhält, und was, wenn er sich zu einem Beistandspakt mit Euch verstünde?«

An-Nasir war nur kurz konsterniert über diese rüde Art, eine Verhandlung zu eröffnen, dann lächelte er und sagte: »Ich sehe, mein werter Herr Yves, auch Ihr liebt das Spiel mit offenen Karten!«

Er bedachte kurz die Geographie des Landes. »Schon im ersteren Fall gäbe ich Euch Jerusalem!«

»Das wir nicht halten können«, entgegnete Yves trocken. »Ihr wißt wie ich, daß die Stadt allein nichts wert ist.«

»Dazu die Burgen Aiyun, den Kerak und Montreal! Perlen syrischer Festungsbaukunst!«

»Von uns in gefügten Quadern errichtet!« mahnte der Bretone sanft. »Aus einem Haufen von Euch gesammelter Feldsteine!«

»Ihr habt sie nicht halten können, gegen die geballte Faust unserer Waffen und Belagerungsmaschinen!«

»Richtig!« sagte Yves. »Wir werden sie auch jetzt nicht halten können. Uns fehlen fähige Ritter, um sie dauerhaft zu besetzen.«

»Soll ich Euch die auch noch stellen?« spottete An-Nasir.

»Das nicht«, sagte Yves, »aber ein jedes Lehen, ausgestattet mit genügend Geldmitteln, daß es einen verwöhnten Herren aus dem Abendland anlockt, sich hier in die Felseinsamkeit jenseits des Toten Meeres zu hocken und das Heilige Jerusalem zu bewachen.«

»Dann bleibt aber die Tributspflicht unserem Schatzamt gegenüber?«

»Gern«, sagte der Bretone, »wenn nur die Lehnspflicht klar ist: gegebenenfalls mit dem König gegen die Feinde des christlichen Glaubens zu ziehen!«

»Wenn Ihr das Haus Ayub davon ausnehmt«, sagte der Sultan, »und meine Familie, solange und welcherorts wir die Sultanswürde in den Händen halten, wäre dies bedenkenswert.«

»Und wenn wir Euch mit Truppen –?«

»Ich denke, Ihr habt selbst nicht genug?!« unterbrach ihn besorgt der Sultan.

»Mit Geld ist alles zu bewerkstelligen«, beruhigte ihn Yves, »hervorragende Ritter sind ebenso geldgierig wie ihre Banner kostspielig, davon kann Euch mein König ein Liedlein singen.«

»Ja«, seufzte An-Nasir, »für die Ehre und für den Glauben rührt sich keiner mehr vom Fleck.« Er schaute erstaunt auf den »Meister der gefiederten Boten«, der wieder sich bäuchlings näherte, diesmal allerdings so zaghaft, daß es schon nach übler Botschaft roch.

»Eine Nachricht aus Homs«, stieß er gepreßt hervor, »vom Kommandanten Eurer Garnison.«

»Lies!« befahl der Sultan ungnädig.

Der Botenmeister las: »Erhabener Sultan, edler Herrscher! Weisungsgemäß entlasse ich die Mamelukenkinder Mahmoud, Sohn des Baibars, und Shirat, Schwester ebendesselben, aus der Geiselhaft. Sie reisen auf eigenen Wunsch ab aus Homs in Gesellschaft des kaiserlichen Botschafters und seines Gefolges. Die Assassinen beehrten uns mit einem größeren Aufgebot, um ein Königliches Kind abzuholen, Sohn eines gewissen Gral. Von dessen Anwesenheit war mir nichts bekannt. Sie aber fanden ihn in der Tochter des Gesandten, dessen Knappe ein Weib ist und mit beiden buhlt.

In dringender Erwartung Eurer Anweisungen beuge ich untertänigst mein in Euren Diensten ergrautes Haupt – *Allah juaffir 'aleikum qalaqi!*

mulahadha: Soll ich das Loch im Donjon reparieren lassen?«

»Wieso weisungsgemäß?« schnaubte der Sultan. »Der Kerl muß verrückt geworden sein! ›Sie reisen auf eigenen Wunsch!‹« An-Nasir war außer sich. »Gilt denn mein Befehl nichts mehr?« Seine Hand zuckte zum mächtigen Schimtar an seiner Seite.

Der Botenmeister schloß die Augen und preßte sein Gesicht in den Teppich.

»Ein Loch in meinem Donjon! Sagt mir«, wandte er sich an Yves, »was würdet Ihr von einer solchen Nachricht halten?«

»Ich sagte es schon eingangs und wiederholte es mit Verlaub. Euch dient ein dreister Narr – ein Narr in Amt und Würden ist ein gefährlicher Diener!«

»Also!« brüllte An-Nasir. »Sendet dem Kommandanten den Befehl: ›Werft alle‹ – unterstreicht: alle! – ›in den Kerker, auch und besonders den Vater des Riesen! Schließt sie in Ketten und meldet Vollzug!‹ Schreibt: ›Bei Strafe Euer graues Haupt vor die Füße gelegt zu bekommen.‹ Unterfertigt es mit meiner Alama!«

Er warf dem Botenmeister die Unterschriftsschablone an den Kopf. »Soll ich Euch Beine machen?«

Der »Meister der gefiederten Boten« stolperte rückwärts aus der Tür.

»Wir sprachen«, faßte sich der Sultan immer noch erregt, »wie zum Hohn! – von den Schwierigkeiten, für unsere Städte und Burgen treue Statthalter und zuverlässige Garnisonen zu bekommen.«

»Wir sprachen davon, was es Euch wert, wenn wir an Eurer Seite –?« korrigierte ihn Yves nachsichtig.

»Mich deucht es, Herr Yves, wenn Ihr von ›meiner Seite‹ sprecht, wird sie mir hinterher fehlen. Wozu soll ich Ägypten erobern, wenn Ihr mir dafür halb Syrien und Galiläa absäbelt wie von der Hammelkeule die besten Stücke?«

»Kein schlechtes Bild!« sagte Yves anerkennend. »Wir erhalten die Keule von Gaza bis Aqaba und den Knochen vom See Genezareth bis Beirut im Norden.«

»Und was bleibt mir – außer ein paar Stein- und Felsbrocken und der Wüste?«

»Unsere Waffenbrüderschaft!«

»Ich soll die fettesten Bissen ein paar hochmütigen, aufsässigen Baronen in den Rachen werfen?«

»Ihr könnt sie ja den Ritterorden übergeben«, sagte Yves lauernd, und erwartungsgemäß polterte An-Nasir.

»*La qadara Allah uala samah, arrahim!* Die zahlen ja nicht einmal Tribut!«

Schon wieder störte der Botenmeister.

»Allmächtiger Sultan!« stöhnte er. »Tötet mich gleich, aber lest es selbst!«

Er warf sich dem Sultan zu Füßen und reichte das Schriftröllchen hoch, ohne seinen Blick zu heben.

An-Nasir riß es ihm aus der Hand: »...vom Kommandanten der Garnison zu Homs ... Die vorangegangene Anweisung war die letzte, die Euer Oberhofkämmerer erteilte ..., dann zerhackte ein Blitz aus dem Eimer des kleinen Feuerteufels den Vater des Riesen, und ein Donner verstreute sein zähes Fleisch und seine Knöchlein im Garten und auf den Mauern – der gleiche Donnerschlag, der auch das Loch aus dem Donjon herausriß und das Innere verwüstete ... Alle sind abgereist. War dies rechtens?« las An-Nasir stokkend, und seine Stirn schwoll dunkel an. »Ich erlaube mir, vorsorglich die Templer von Safita zu benachrichtigen, damit sie die Flüchtigen wieder einfangen ...

In Erwartung des verdienten Schwertstreiches bei Eurer Rückkehr beuge ich mein – über Nacht weiß gewordenes – Haupt...

Allah jankub aleia asch-schaqa' bi 'adhabakum!

»Kein post scriptum?« fragte Yves spöttisch, und An-Nasir sah aus, als wäre er nun selbst ein Faß, das der kleine Feuerteufel mit allerlei Pulvern gefüllt gleich zum Platzen bringen würde.

Dann aber begann der Sultan mit hochrotem Kopf schallend zu lachen, er schlug sich auf die Schenkel und prustete und keuchte und lachte, daß Yves schon dachte, gleich ereilt ihn der Schlagfluß.

»Mahmoud, mein kleiner Feuerteufel, hat den Vater des Riesen auf den Mauern zerstäubt und den Garten mit ihm gedüngt, welch köstliches Schauspiel!«

»Ja«, sagte Yves, »da scheint Ihr einen tüchtigen Ingenieur verloren zu haben. Wo lehrt der weise Mann?«

Da lachte der Sultan noch mehr und sagte: »Wenn die Templer ihn wieder eingefangen haben, dann werd' ich Euch diesen größten Belagerungstechniker der Zukunft vorstellen!«

»Ich hoffe nur, Ihr setzt diesen Hort des Wissens nicht gegen uns ein«, sagte Yves mit seinem so seltenen Albenlächeln, »wir waren bei der Keule angelangt, und es mangelt noch an der Beilage, dem *Burghul* und den Gemüsen. Das Hauram-Gebirge wäre eine passende Zutat?!«

»Warum nicht gleich auch Baalbek dazu und vielleicht die Beka'a-Ebene, dann könntet Ihr von beiden Seiten den Damaszenern in den Topf gucken. Wozu behalte ich eigentlich noch Damaskus?«

»Das frage ich mich auch«, sagte Yves, »wir würden es gut behandeln und in Ehren halten, schließlich geschah dort die Bekehrung des Apostels Paulus.«

»Wenn Ihr davon ausgehen wollt, Herr Yves, wo überall Euer Prophet, der Messias, wandelte –«

»Nein, nein«, entgegnete der Bretone schnell, »ich vertrete nicht die Kirche, sondern den König von Frankreich.«

»Der Herr Ludwig hätte sich seinen Kreuzzug sparen können und nur Euch schicken sollen. Ihr denkt in vielem wie der große, leider von uns gegangene Staufer Friedrich – *Allah jusamihuhu ua jarfahu fi aj-jenna!* – Dem Kaiser schwebte ein solches friedliches Zusammenleben der Religionen vor und ein fruchtbares Zusammenwirken der Fürsten. In Apulien hat er den Muslimen sogar Städte gebaut, ein exzellenter Herrscher und kühner Denker –«

»Er ist tot«, sagte Yves, »und sein Reich zerfällt.«

»Der Papst hat ihn auf dem Gewissen«, sagte der Sultan, »der Islam kann sich schon allein deswegen glücklich schätzen, daß er keine nach weltlicher Macht strebende Kirche kennt.«

»Euer *rais al maba 'uthin at-tahira* liegt schon wieder vor der Tür und traut sich nicht herein«, sagte Yves und wies auf den verzweifelten Botenmeister.

»Er soll draußen bleiben«, rief An-Nasir aufgebracht, »und von dort aus verkünden, welches Unglück uns diesmal getroffen hat.«

»Der Komtur von Safita an den erhabenen An-Nasir, Sultan zu Damaskus«, las der Unglückliche von der Schwelle aus stockend vor. »Die Gesuchten sind soeben unten an unserer Feste vorbeigezogen und haben sich in zwei Gruppen aufgespalten: Der Königliche Knabe zieht im Schutz der Assassinen Richtung Masyaf, die anderen Richtung Küste. Die Ordensbrüder von Tortosa werden die Flüchtlinge auf ein Schiff locken, das sie angeblich nach Kairo bringt. Erbitten Anweisung, wohin gefangene Mameluken auszuliefern sind.«

An-Nasir schwieg und starrte aus dem Fenster.

Der Botenmeister wartete lange, bevor er wagte, ein gehauchtes »wohin?« zu wiederholen.

»Verschwinde!« fauchte An-Nasir. »Bevor ich es mir überlege«, und zu Yves gewandt, fügte er müde hinzu: »Warten wir erst mal die nächste Taube ab, die sicher berichtet, das Schiff sei gesunken, mein Palast zu Homs stehe in Flammen, und die ägyptische Armee befinde sich im Anmarsch auf Damaskus!«

»Oder zwei Assassinen seien losgeschickt, Euch zu erdolchen. Dann könntet Ihr auf unsere Hilfe völlig verzichten«, ergänzte Yves.

»Ihr seid ein tüchtiger Botschafter, Herr Yves, und ein zäher Unterhändler, aber jetzt sollten wir uns zur Tafel begeben und bei Gaumenfreuden vergessen, wieviel Unsinniges wir heute gehört und gesagt haben. Vielleicht sollte der Sultan die Früchte dieses schönen Landes doch lieber genießen, anstatt sie zu verschenken, um anderen höher hängenden nachzujagen?«

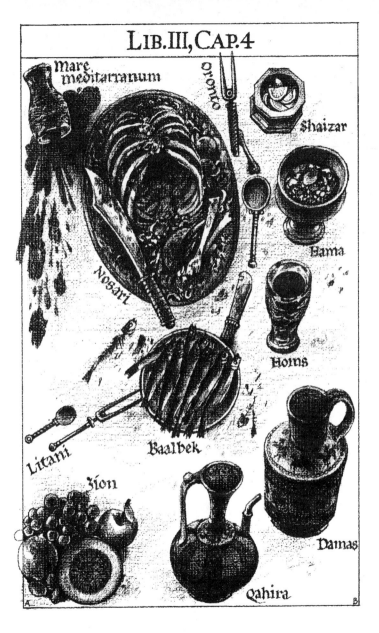

Mare mediterranum

Oronto

Shaizar

Nosari

Hama

Homs

Litani

Baalbek

Zion

Qahira

Damas

VERRATEN
UND VERKAUFT

Die Galeere der Templer konnte wegen der zerklüfteten Felsenküste nicht anlanden, sondern schaukelte draußen vor der Brandung.

Ein Ruderboot war bis zum Strand vorgedrungen und wartete darauf, den kleinen Trupp an Bord zu nehmen, den das Ordensschiff die Küste hinab zum nächst gelegenen Hafen im Delta bringen wollte. Das sollte Damiette sein, ein Name, der für die meisten der Einzuschiffenden einen üblen Klang hatte.

»Beeilt Euch!« mahnte Etienne d'Otricourt, der Komtur der Templer von Tortosa, die sich anerbietig gemacht hatten, diesen Transport »auf höhere Weisung« durchzuführen.

Die Frauen waren schon an Bord gegangen, beide zögerlich. Shirat wußte, daß sie in ihrer Heimat nur Hohn und Verachtung erwarten durfte, und Madulain war sich noch keineswegs sicher, ob sie dem Roten Falken dorthin folgen sollte. Der einzige, der sich des grandiosen Empfanges eines überschäumenden Vaterherzens sicher sein konnte, war Mahmoud.

Der Rote Falke, der die Damen an Bord gehoben hatte, watete noch einmal ans Ufer, um den Sohn Baibars zu holen, aber der Komtur hatte es so eilig, daß er den Knaben höchstselbst unter den Armen packen wollte, um ihn bis zum Boot zu tragen.

In diesem Moment glitt die Triëre um den Felsvorsprung der Bucht, alle drei Ruderreihen schlugen das Wasser, anstatt die Fahrt sacht zu mäßigen, der dräuende Bug rauschte heran, die Sensenblätter richteten sich auf, der schwere Kiel schob sich knirschend über die Steine am Ufer, direkt neben dem Beiboot der Templergaleere.

Firouz, der Kapitän der Triëre, ließ die dornenbewehrten Bugplanken in den Strand krallen, als gälte es, ihn zu entern. Noch vor seinen Moriskos sprang er als erster an Land.

»Vertraut ihnen nicht!« schrie er. »Sie werden Euch dem An-Nasir verkaufen!«

»Lügnerischer Tor!« brüllte Etienne d'Otricourt, dem er genau vor die Füße gesprungen war, und riß sein Schwert heraus, das nutzte Mahmoud, sich loszureißen.

Der Komtur wollte seine Beute nicht fahrenlassen und versuchte mit einem Satz den Knaben wieder einzufangen, doch Firouz, nur bewaffnet mit einem Enterbeil, versperrte dem Templer den Weg und hob drohend seine Stummelaxt. Es war ein ungleicher Waffengang.

Der des Zweikampfs völlig unerfahrene Firouz hieb ins Leere, stolperte, und der erfahrene Ordenskämpe schlug ihm sein Schwert über die Schulter in den Hals, daß der arme Firouz mit ausgebreiteten Armen vornüber auf sein Gesicht fiel und in seinem Blute liegen blieb.

»Fahr zum Teufel!« höhnte Etienne d'Otricourt und wollte ihm den Gnadenstoß ins Genick setzen.

Doch der Rote Falke war über den am Boden Liegenden gesprungen, bevor sich das Eisen senkte, und hatte es mit einem Tritt gegen die Schwerthand aus der Richtung geschleudert, aber der Komtur hatte gelernt, es nicht loszulassen, schon gar nicht, wenn er so unzureichend gepanzert war wie jetzt.

Der Rote Falke, als Wüstenkrieger gewohnt, im schnell beweglichen Schlagabtausch die mangelnde Rüstung zum Vorteil zu nehmen, ließ sich nicht auf das Hackritual des Ritters ein, er zielte, ohne auszuholen, auf die Kniekehle des Gegners, doch das Schwert des Komturs war schon zurückgependelt, und Klinge hieb gegen Klinge.

Der Templer versuchte, seinen Knauf mit der eisenbewehrten

Faust dem Roten Falken ins Gesicht zu treiben, doch der ließ sich hintenüberfallen und stieß gleichzeitig seine Schwertspitze in die Armhöhle des Templers.

Der Rote Falke war schon wieder auf den Beinen, als Etienne d'Otricourt noch versuchte, sein Schwert in die andere Hand zu wechseln.

Diesmal konnte der Komtur den Schnitt gegen die Beinsehne nicht vermeiden, er stürzte in die Knie, drehte sich krachend wie eine Tanne um die eigene Achse und blieb auf dem Rücken liegen.

Der Rote Falke schob die Spitze seines Schwertes unter die Helmkante bis zur Kehle: »Gebt auf, Komtur, und zieht ab!«

Etienne d'Otricourt antwortete nicht.

Im Ruderboot hatten die beiden Frauen sofort gemerkt, daß etwas faul war, und als Hamo vom Deck der Triëre ins seichte Wasser gesprungen war, ließ sich Madulain als erste von ihm hinunterheben, doch sie stürzte sofort ans Ufer, wo sie Firouz im Getümmel gesehen hatte. Dann sie sah ihn im Blute zu Füßen des Konstanz von Selinunt liegen, gleich neben dem Templer, der den Kapitän erschlagen.

Sie warf sich mit einem Zornesschrei zu Boden, der Rote Falke ließ sie gewähren, in der Annahme, Madulain sei überwältigt vom Schmerz über den Tod ihres angetrauten Ehemannes. Doch sie erhob sich schnell wieder, und aus der Brust des Komturs ragte das Heft des Stiletts, das er, Konstanz, in seinem Stiefel zu tragen pflegte und mit dem sie sich im Donjon hatten entleiben wollen.

Die Templer sahen jetzt, was geschehen war, doch angesichts der erdrückenden Übermacht der Besatzung der Triëre, der Lancelotti, der Moriskos und der griechischen Armbrustiers war es sinnlos, zwischen den Uferfelsen, wo die Pferde nicht zum Einsatz gebracht werden konnte, einen Angriff vorzutragen.

Die Ordensgaleere war nicht hinreichend mit Katapulten ausgerüstet, um gegen die Triëre der Gräfin anzutreten. Wäre es zum Rammen und Entern gekommen, hätte sie erst recht den kürzeren gezogen. Außerdem war der Sohn Baibars, um den es eigentlich ging, längst dort an Bord in Sicherheit.

Es blieb also nur, daß beide Seiten ihren Toten einholten, die Templer luden den Leichnam des Komturs auf einen Schild, und die Moriskos trugen den toten Kapitän im Segeltuch an Bord. Scheppernd schlugen die Lancelotti ihre Sensenblätter gegeneinander zum letzten Salut.

Auf eine solche letzte Ehrenbezeugung hatte die Gräfin verzichtet. Als Laurence de Belgrave vernommen hatte, daß Clarion Mutter geworden war und nicht zu ihr zurückkehren wollte, hatte ein starkes Fieber sie aufs Bett geworfen. Drei Tage und Nächte rang die Gräfin mit dem Tode, dann, am Abend des dritten Tages, nahm sie wieder Nahrung zu sich und trank mit denen, die ihr schon seit dem Tode des Admirals dienten.

Um Mitternacht kam ein leichter Sturm auf, und sie begab sich zur Ruhe. Am anderen Morgen war die See wieder glatt, aber die Capanna war leer, die Gräfin verschwunden.

Die Mannschaft lief die Küste an und setzte sich mit den Assassinen in Verbindung. Für Masyaf war es nicht schwierig, Hamos und Firouz' Spur ausfindig zu machen und den Kapitän und den jungen Grafen auf die Triëre zu bringen.

»Schade«, sagte Shirat. »Ich hätte deine Mutter sicher gemocht –«

Hamo legte fürsorglich seinen Arm um seine schmächtige Braut.

»Die Äbtissin wäre höchst zufrieden gewesen, dich noch kennenlernen zu dürfen, Shirat Bundukdari, Gräfin von Otranto!«

Sie küßte ihn zärtlich. »Aber sag mir, Hamo l'Estrange, wie konnten die Assassinen wissen, wann wir so die Küste erreichen sollten?«

»Ganz einfach: Crean hat bei seinem Auftritt in Homs als erstes die damaszener Tauben erdrosseln lassen und durch Vögel aus Masyaf ersetzt. So flog uns dort erst einmal jede Nachricht zu, bevor sie an den Sultan weitergeleitet wurde.«

»Wären einige der ›gefiederten Boten‹ verschont geblieben«, lächelte Shirat, »hätte man An-Nasir mit Vögeln aus seinem eigenen

beit al hamam erfreuen können. Gern hätte ich ihm einen Abschiedsgruß geschickt, er war ein miserabler Schachspieler, aber
er hat mich auf seine Weise gut behandelt und hat Mahmouds
außerordentliche Fähigkeiten verständnisvoller als jeder eigene
Vater gefördert.«

»Wir schicken ihm ein kostbares Geschenk, wenn die Triëre
uns nach Ablieferung deines Neffen zurückgebracht hat nach Apulien«, sagte Hamo und lachte. »Ich glaub', an Tauben hat er keine
so rechte Freude mehr.«

Im prächtigen Palast des Sultans zu Damaskus saß der Herrscher
über Syrien und die Gezirah nach dem Mahle noch mit dem Botschafter des Königs zusammen.

Freunde und Gesinde hatte An-Nasir weggeschickt, aus den
Tischbestecken, Tellern und Krügen ließ er sich von Yves eine Aufsicht auf Küste und Gebirge bauen, die Messer dienten als Flüsse,
Straßen oder Grenzen und Äpfel, Backwerk und Nüsse stellten je
nach Größe und Bedeutung Städte und Burgen dar.

»Wenn Ihr schon bereit seid, Euch von Baalbek zu trennen«,
erläuterte der Bretone anhand eines Salzfäßchens, »könnt Ihr
auch noch Homs, Hama und Shaizar dazugeben, von denen Ihr
dann eh abgeschnitten seid. Wir würden diese reichen Emirate
besser für Euch verwalten als einer Eurer Söhne oder Neffen, die
Euch alle nur die Macht und den Titel neiden!«

»Das glaube ich gern«, seufzte An-Nasir, »aber wenn ich ihnen
die Mäuler nicht mit solchen Bissen stopfe, werden sie erst recht
aufsässig!«

»Nehmt sie mit nach Ägypten, und macht sie zu Heerführern
der Armee, wenn Ihr Euch der Mameluken entledigt habt –«

»Noch schlimmer!« rief der Sultan. »Wenn jeder einen Heer-
haufen in der Hand hat, dann finde ich erst recht keine Ruh'.«

An der Tür zum Speisesaal entstand Bewegung, die Wächter
verwehrten einem Mann den Zutritt, der mit einem Schreiben herumfuchtelte.

»Ich bin der Erste Gehilfe des ›Meisters der gefiederten Boten‹‹, rief er aufgeregt. »Der *rais* hat sich entleibt – beim Eintreffen dieser Nachricht, sie kommt aus Homs –«

Einer der Wächter hatte ihm die Rolle entwunden und übergab sie dem Bretonen.

»Nun lest sie auch vor!« scherzte An-Nasir. »Sie wird mich schon nicht umbringen!«

»Aber mich vielleicht«, sagte Yves und überflog das Blatt, »es ist von Eurem Vetter El-Ashraf!«

»Ach?« sagte der Sultan. »Will er Geld?«

»Nein«, sagte Yves, »er hat Homs genommen, sein – wie er schreibt – rechtmäßiges Erbe zurückerobert – ›ich fand, erhabener Sultan, meine Stadt in einem unwürdigen Zustand vor, die Schatztruhen geplündert, die Garnison ohne Sold, den Donjon unbrauchbar, den Harem verwaist. Und vom Ende Eures Oberhofkämmerers erzählt man sich merkwürdige Dinge: Der Vater des Riesen habe sich in einen feuerschnaubenden Drachen verwandelt und sei ins Gebirge davongeflogen, um den Schatz zu bewachen, den er Euch gestohlen. Ich will Euch ein gewissenhafter Diener sein, und Ihr sollt pünktlich Euren Tribut erhalten,

In Treue El-Ashraf, Emir von Homs‹«

Der Bretone senkte das Blatt.

»Ihr müßt Euch das Schielauge von meinem Vetter vorstellen, Herr Yves, wie es zuckt und rollt, während seine schwitzende Hand diese Frechheiten zu Papier bringt.«

»Auf jeden Fall«, bemerkte der Bretone trocken und nahm einen dicken Apfel vom Tisch, »sollten wir Homs erst einmal vergessen!«

»Ich spiele mit dem Gedanken – stets die Rückeroberung Kairos vorausgesetzt –, den Christen tatsächlich auch Damaskus zu überlassen«, sagte An-Nasir ganz ernsthaft, »in den Händen eines jeden Ayubiten wird es immer von der Sahne des fetten Besitzes zum säuerlichen Quark der Rivalität gerinnen, des Anspruches auf den Thron, der Abtrennung Syriens. Mit einem energischen Statthalter wie Euch, Herr Yves, hingegen, könnte es den Sultan im fernen Kairo erfreuen –«

»Also ist Ägypten doch zu erobern?« fragte Yves.

»Morgen«, beschied An-Nasir den Botschafter und verabschiedete ihn.

Es war spät geworden.

DIARIUM DES JEAN DE JOINVILLE

Akkon, den 7. März A.D. 1251

Ich hatte mir Jean, den Armenier, zum Essen geladen, denn der Baron Philipp de Montfort hatte mir erzählt, daß dieser öfter zu Einkäufen nach Damaskus reise, und ich wollte ihn bitten, mich das nächste Mal – incognito natürlich und ohne Wissen des Königs – mitzunehmen, denn ich war neugierig, diese Stadt zu sehen, von deren Reichtum man sich soviel Wunderdinge erzählte.

Mit zu Tisch war noch William, der ebenfalls an solcher Reise Interesse zeigte, zumal Ingolinde ihre beglückende Tätigkeit seit kurzem dorthin verlegt hatte.

Außerdem wußte ich aus der Umgebung des Königs, daß unser Herr Gesandter – wie der Bretone es Herrn Ludwig voller Stolz wissen ließ – beim An-Nasir schier unglaublichen Erfolg erzielt hatte.

Der Sultan von Damaskus war nicht nur bereit, uns unseren Traum von der Wiedergewinnung der *Hierosolyma Sanctissima* zu erfüllen, sondern darüber hinaus ihn durch beträchtliche Gebietsabtretungen dergestalt abzusichern, daß »Outremer« zum ersten Male in seiner schmerzvollen Geschichte nicht mehr das schmale, kaum gegen Stürme aus dem Landesinneren zu verteidigende Band darstellen würde, statt dessen ein kompaktes Territorium, das dann den Namen eines »Königreiches von Jerusalem« ernsthaft verdient hätte.

»Man munkelt sogar«, ließ ich William wissen, »Damaskus selbst könne in die Abmachungen einbezogen werden – immer natürlich vorausgesetzt, wir würden die ägyptischen Ambitionen des An-Nasir tatkräftig unterstützen und – es wäre ihnen der gewünschte Erfolg beschieden, *conditio sine qua non.*«

»Das sind natürlich *imponderabilia*«, sagte mein schlauer Sekretarius, »doch allein das Bekanntwerden dieser Verhandlungen des Herrn Yves zeigt – wie man sieht – schon Wirkung.«

Er spielte darauf an, daß gestern abend überraschend in Akkon eine Vorausabteilung von freigelassenen Gefangenen aus Ägypten eingetroffen war, wenn es sich auch um Ritter handelte, die schon A.D. 1244 in der unglücklichen Schlacht von Gaza dem Feind in die Hände gefallen waren. Nach sieben Jahren kamen sie nun frei, unter ihnen auch der Großmeister der Johanniter, Herr Wilhelm von Chateauneuf.

»Ich denke«, sagte Herr Jean, der Zeugmeister, bedächtig, »daß Seine Majestät auch alles dafür tut, daß die Mission des Bretonen und ihre Erfolgsaussichten nicht im geringsten geheim bleiben.«

Meister Jean, ein schnauzbärtiger Armenier, war eine der erst kürzlich angeworbenen fremden Kräfte, ein Mann, der den Krieg als sein Handwerk ansah und den Frieden als eine möglichst knapp zu haltende Unterbrechung, in der man seine Waffen wieder instandsetzen mußte oder Gefangene austauschte.

»In den nächsten Tagen kommen dreitausend zurück, ein gutes Geschäft, denn wir entlassen dafür nur die knapp dreihundert, die die Barone von Outremer in letzter Zeit erbeutet hatten.«

Das erstaunte mich. »Das kann aber doch nur heißen«, sinnierte ich laut, »daß der König sich insgeheim längst mit Kairo ins Benehmen gesetzt hat und die Verhandlungen mit Damaskus nur als Druckmittel dienen?«

»Eine Finte«, bestätigte mir Meister Jean, »denn nimmermehr würde Sultan Aibek uns mit soviel Kriegern versorgen, auch wenn ihr Zustand recht erbarmungswürdig ist, wenn er nicht aufgrund vertraglicher Abmachungen sichergehen könnte, daß diese nicht alsbald wieder genesen und bei Kräften gegen ihn eingesetzt würden.«

»Der König schuldet ihm immer noch die zweite Hälfte des vereinbarten Lösegeldes«, warf William ein, »meint Ihr, Meister Jean, Seine Majestät hat auch nur annähernd diese zweihunderttausend aufbringen können?«

»Ach wissen Sie, Herr Sekretarius, es geht hier nicht mehr um Geld –«

»Denn was hilft es einem, wenn man es mit Krieg und Niederlage bezahlen muß«, gab ich mein Teil dazu, doch das war es nicht, was Meister Jean hören wollte.

»Es ist der Ruhm Seiner Majestät, Herr Seneschall, keiner mag den Herrn Ludwig zum Feinde haben!«

Darauf entgegnete ich nichts mehr. Wir hatten unser Mahl beendet und sprachen längst dem Weine zu.

Immer mehr Bettler umlagerten unseren Tisch und heischten Almosen. Sie wurden lästig, und mein Sekretarius sprach mir aus dem Herzen, als er die Bediensteten ärgerlich anweis, das Gesindel zu entfernen oder doch zumindest von uns fernzuhalten. Doch da zeigte sich der Armenier ungehalten.

»Falsch handelt Ihr!« rügte er William, und indirekt auch mich. »Hätte Seine Majestät der König in diesem Augenblick Boten des Schatzmeisters vorbeigeschickt, mit hundert Livres für jeden von uns, wir hätten sie sicher nicht davongejagt. Und doch vertreibt Ihr diese Boten, die Euch das Höchste anbieten, das zu haben ist.«

Er sah, daß weder William noch ich ihm zu folgen vermochten.

»In anderen Worten«, belehrte uns Meister Jean, »die Kerle bitten Euch um eine Gabe und bieten dafür Gottes Lohn, was heißen will: Ihr könnt ihnen etwas von Eurem schäbigen Geld geben, und sie lassen Euch dafür der Liebe Gottes teilhaftig werden! Ihr solltet Euch glücklich schätzen, einen solch vorteilhaften Handel zu machen!«

Da waren wir beide erst mal sprachlos, dann sagte mein respektloser William: »Ach Meister, wie hätte Eure Zuversicht doch das Herz des Herren Königs erfreut, so will ich denn die Boten des Schatzmeisters herzlich bitten, meine hundert Livres auf der Stelle hier unter die Bettler zu verteilen.«

Jetzt schaute der Meister Jean etwas dumm, und mein Schlitzohr fuhr fort: »Ach, Ihr seht weder Boten noch Livres?«

Er legte eine genüßliche Pause ein. »So wenig erkenne ich Got-

tes Segen in diesen ausgestreckten Händen. Jagd sie endlich fort!«
fuhr er die Bediener an.

»Ihr versündigt Euch«, sagte der Zeugmeister und erhob sich.
»Für meinen Frieden mit Gott will ich nicht länger mit jemanden
zusammensitzen, der unseres Herren liebste Kinder so böswillig
zurückweist!«

Er ging.

Und ich sagte zu meinem Sekretarius: »War das nötig?«

Und William sagte: »Ja, mein Herr! Ich wollte ihn loswerden.«

Ich gab mir Mühe, meinen eigenwilligen Sekretarius tadelnd
anzuschauen, doch beeindruckte den das wenig.

»Der König will zu dieser Stunde der Gesandtschaft der Assassinen Gehör schenken. Wir sollten zugegen sein, denn ich hoffe,
sie sind gekommen, um Yeza zu holen. Seit sie weiß, daß Roç noch
lebt, möchte sie dem Karmel gern entfliehen, aber nun hält der
Konvent sie fest!« erregte sich William.

»Was mich wundert«, sagte ich, »denn die Königin müßte doch
froh sein, das ihr nicht geheure Geschöpf wieder loszuwerden!«

»Es ist Herr Ludwig, der sie in Akkon festhält, der partout nicht
will, daß Yeza von ihm geht«, sagte William, »es ist ein übles Gezerre im Gang, und ich befürchte, Yeza wird schlußendlich die
Leidtragende sein, denn je mehr sich ihr Gemahl versteift, verbie-
stert Frau Margarethe.«

»Denkt bitte nicht, William«, sagte ich, mich erhebend und die
Zeche bezahlend, »daß der König auf diesem Ohr auf mich hört.«

»So laßt uns hoffen, daß die Assassinen dem – mit Verlaub –
senilen Geturtel ein Ende machen, indem sie dem sinnesverwirr-
ten Gockel ihre Dolche zeigen!«

»Das will ich nicht gehört haben!«

Wir eilten in die Burg.

»*Sursum corda.*«

»*Habemus ad Dominum.*«

»*Dominus vobiscum!*«

»*Et cum spirito tuo.*«

866

Wir kamen durchaus noch rechtzeitig, denn unser Herr Ludwig ließ die Gesandtschaft nicht nur warten, sondern auch mit eigenen Ohren wahrnehmen, wie hoch das Hören der Heiligen Messe für einen christlichen König über dem Gebot der Höflichkeit stand.

»Ite missa est.«

Im Thronsaal saß der junge Emir, der die Delegation anführte, grad gegenüber dem König, als dieser endlich Platz genommen. Der Assassine war teuer und elegant gekleidet. Auch hinter ihm saß ein wohlgestalteter Jüngling von vornehmer Schlichtheit, wie man sie nur bei noblen Familien findet.

In seiner geballten Faust hielt er starr einen senkrechten Stab, bestehend aus drei Dolchen, deren Klingen jeweils im Knauf dessen darunter steckten, wie einen Marschallsstab.

Das war zum Zeichen, wie mir William zuflüsterte, der Herausforderung, falls des Emirs Verlangen zurückgewiesen würde. Und hinter dem jungen Mann mit den Dolchen saß ein anderer, der ein kräftig gewebtes Leinentuch um den Arm gewunden trug, das war, um dem König sein eigen Leichentuch zu zeigen, so er die Forderungen der Sekte ausschlagen sollte.

Damit wehte der Todeshauch des »Alten vom Berge« durch den Raum, dessen Geist immer noch lebendig war, wenn auch der berüchtigte Träger dieses Beinamens schon zu Saladins Zeiten gestorben war, so versicherte mir jedenfalls mein Sekretarius.

»Sie sonnen sich noch immer in seinem finsteren Nimbus, jederzeit überall zuschlagen zu können, ohne je faßbar zu sein.«

Der Emir eröffnete seine Rede: »Mein Herr hat mich ausgesandt, Euch zu fragen, ob Ihr ihn kennt?«

Der König ließ Bruder Niklas von Akkon, der mangels des Bretonen hinter ihm stand, sagen, daß er diesen nicht kenne, weil er ihm nie begegnet sei, aber er hätte von ihm gehört.

»So habt Ihr von meinem Herrn sprechen gehört«, sagte der Emir, »und habt ihm nicht – was mich sehr erstaunt – einen Betrag geschickt, um Euch seiner Freundschaft zu versichern – wie es der deutsche Kaiser, der König von Ungarn, der Sultan von Kairo und andere Herrscher halten, Jahr um Jahr, denn sie wissen genau, daß sie nur am Leben bleiben, wenn es unserem Herrn gefällt.«

Der König saß da wie versteinert, und ich dachte, ob das wohl die Gesandtschaft sein könnte, die John Turnbull hatte herbeiholen wollen, er war kürzlich dieserhalb aus Akkon abgereist, um Yeza aus dem Kloster zu befreien und vor den Nachstellungen der königlichen Familie zu bewahren. Ein gewagtes, hohes Spiel!

Der Emir nahm des Königs Schweigen als Verlegenheit ob der vergangenen Versäumnisse.

»Wenn dies Euch nicht paßt«, fuhr er fort, »dann gibt mein Herr Euch die Möglichkeit, ihn von den Tributzahlungen freizustellen, die er sowohl dem Tempel wie dem Hospital der Johanniter schuldet. Mit der Abgabe einer solchen Erklärung würdet Ihr ebenfalls Euren Verpflichtungen nachkommen – so wie mein Herr es sieht.«

Angesichts des furchterregenden und vor allem bedrückenden Rufes, den die Assassinen im Lauf der Zeit um sich verbreitet hatten, hatte ich völlig verdrängt, daß diese beiden Ritterorden, die ihnen ja in der Struktur so ähnlich, wenn nicht sogar nachempfunden, ihren Lehrmeistern so oft und so lange zugesetzt hatten, bis Masyaf und die anderen Sitze der Haschashyn ihnen eine Art Schutzgeld zahlten.

Weder die Templer noch die Johanniter waren mit Mordandrohungen einzuschüchtern. Fiel ein Großmeister im Kampf oder wurde umgebracht, trat ein neuer an seine Stelle. Bei den Orden war nichts zu holen, im Gegenteil, die hatten den Spieß umgedreht.

Der König hüllte sich noch immer in Schweigen, und der Emir setzte hinzu, daß sein Herr es als Zeichen guten Willens akzeptieren wolle, wenn der König die in seiner Hand befindliche »Tochter des Gral« freilassen würde.

Da zuckte der Herr Ludwig zusammen und ließ Niklas sagen, er würde sich alles überlegen und wolle sie am Nachmittag wieder sehen. Der Emir nickte, machte aber keine Anstalten, den Raum zu verlassen.

Sie saßen da, stocksteif und anscheinend entschlossen, hier solange zu warten.

Also erhob sich der König und schritt kopfschüttelnd hinaus.

Ich folgte ihm mit William und hörte gerade noch, wie er dem Konnetabel Weisung erteilte, sofort ein Detachement von Rittern und reichlich Fußvolk als Sicherheitsgürtel um das Kloster auf dem Berge Karmel zu legen.

»Ihr haftet mir persönlich, Herr Gilles le Brun!«

D AS KLOSTER LAG SCHUTZLOS IN DER MITTAGSHITZE. Kein Baum hielt die senkrecht herabbrennenden Strahlen ab, die von den Felswänden ringsherum noch auf die Mauern zurückgeworfen wurden. Selbst die bettelnden Kinder hatten den staubigen Vorplatz geräumt, und in den dunklen Zellen war die Luft so stickig, daß die Nonnen schweißüberströmt – die Gewänder klebten ihnen an den Körpern – auf den Steinen der Korridore lagen und so taten, als beteten sie:

»Ab occultis meis munda me, Domine;
et ab alieni parce servi tui,
Domine, exaudi orationem meam.«

Nur die hagere Äbtissin schwitzte nicht. Sie saß in ihrem Amtszimmer und hörte sich unbewegten Gesichts an, was die beiden Mitschwestern über Yeza auszusagen hatten.

»Es ist jetzt schon zehn Tage über die Zeit«, murmelte die eine zaghaft.

»Und seit drei Tagen«, flüsterte die andere verschämt, »schauen sich Schweser Candida und ich jeden Morgen das Laken und heimlich auch die abgelegte Leibwäsche an –«

»Wir prüfen wirklich gewissenhaft!« versicherte die erste mißlaunig.

»Nichts! – Kein Tröpfchen, kein Fleck!«

»Ihr wollt also anzeigen«, formulierte die Äbtissin scharf, »daß die Neue ihre Regel –«

»Beschwören will ich's nicht«, murmelte Candida. »Ich wollt nur sagen, es ist uns aufgefallen, daß kein Blut –«

»Es riecht auch nichts«, sekundierte die andere, »sie wirkt auch sehr bedrückt, wie jemand, der sich schuldig fühlt –«

»Silentium!« befahl barsch die Äbtissin. »Schärft lieber die Wahrnehmung Eurer Sinne, Schwester Dagoberta, bevor Ihr über Gefühle spekuliert und gar Schuld zuweist!«

»Verzeiht«, flüsterte die Gerügte, »der Gedanke an die Sünde hat mich verwirrt!«

»Macht es nicht schlimmer, Dagoberta, sondern bleibt wachsam, prüft weiter, bringt mir heute nacht ihre Leibeswäsche, wenn sie nach dem *nocturnum* zu Bett gegangen ist.« Die beiden Nonnen erhoben sich.

»Und sprecht mit niemandem über Euren Verdacht!«

»Sanctus, Sanctus, Sanctus, Dominus Deus Sabaoth.
Pleni sunt coeli et terra gloria tua.
Hosanna.«

Die Äbtissin dachte nach. Gestern hatte Yeza sie erst um eine Unterredung gebeten, die sie ihr auch gewährt hatte. Das Mädchen hatte keineswegs einen bedrückten Eindruck auf sie gemacht, eher einen aufsässigen.

Yeza hatte rundheraus erklärt, sie wolle das Kloster wieder verlassen, sie habe sich getäuscht, das sei nicht ihr Leben.

Sie hatte ihr streng geantwortet, es sei in der Tat nicht ihr Leben, sondern das dem Herrn geweihte, und darüber könne sie auch nicht befinden.

Da hatte Yeza ihr frech ins Gesicht gelacht, und sie hatte das Mädchen zur Strafe in seine Zelle verbannt, ohne einen Schluck Wasser.

Heute, in diesem Licht einer *menstruatio remissa,* sah Yezas Begehr ganz anders aus. Als Äbtissin des Klosters sollte sie vielleicht der Jungfrau Maria danken, wenn dem Hause Schmach und Schande erspart blieb, sie sollte also Yeza schnellstens ziehen lassen.

Doch dann war da der König, der ihr das Kind derart ans Herz gelegt hatte, daß sie sich jetzt nicht traute, einen Schritt in diese oder jene Richtung zu unternehmen.

Am besten, sie schickte Niklas von Akkon, ihren Beichtvater, zur Königin oder suchte die hohe Frau Margarethe selbst auf, um zu hören, was diese fromme Gönnerin dem Konvent zu raten wüßte ...

>*Vigilate et orate,*
ut non intretis in tentationem,
spiritus quidem promptus est,
caro autem infirma.«

DIARIUM DES JEAN DE JOINVILLE
Akkon, den 7. März A.D. 1251
Die Assassinen saßen noch immer im Kronsaal und warteten auf die Wiederaufnahme der Verhandlungen.

Draußen, auf dem Vorplatz der Burg, lärmte das Volk, die Leute schrien aufgeregt und begannen zu jubeln.

Hätte der Emir der Hashaschyn sich und seiner kleinen Delegation erlaubt, einen Blick aus den hohen Fenstern zu werfen, wären auch sie Zeuge eines seltsamen Spektakels geworden: Angeführt von einem Eliphanten, auf dem ein kraushaariger Knabe schwarzer Hautfarbe saß, der das gewaltige Tier mit einem zierlichen Stöckchen lenkte, zog eine gut tausendköpfige Schar ausgemergelter Weißer heran, viele schleppten sich auf Krücken oder hatten einen Arm verloren.

Es war ein weiterer Zug von aus Ägypten freigelassenen Kriegsgefangenen, und am Ende ging ein schwarz-weiß gestreiftes kleines Pferd, das man *sibra* nennt, wie mich mein William aufklärte, der offensichtlich alles kennt, was auf dieser Erde kreucht und fleucht, es sei aber zum Reiten nicht geeignet, sondern nur hübsch anzuschauen.

Doch das taten die Assassinen nicht. Sie hockten stolz und steif auf ihren Stühlen, zu vorderst der Emir, dahinter der Jüngling mit den ineinandergesteckten Dolchen und zuletzt der mit dem Linnen.

Der König schaute sich die Ankunft seiner Leute aus einem höher gelegenen Fenster an, und er verbarg sein Gesicht hinter dem Vorhang, nicht wohl, weil er vor Rührung weinte, sondern weil er sich hoffentlich schämte, welche Opfer die da unten, die ihn jetzt mit Rufen hochleben ließen, für ihn, den König, erbracht hatten, welche Leiden sie erlitten, ganz zu schweigen von denen, die nicht krank oder als Krüppel zurückgekommen waren.

Bei ihm standen die beiden Großmeister der Orden, Renaud de Vichiers für den Tempel und Wilhelm de Chateauneuf für das Hospital.

Der bisher amtierende Johanniter, Jean de Ronay, war auch zugegen, weil er fälschlicherweise annahm, der gerade aus der Gefangenschaft entlassene Wilhelm sei noch zu geschwächt, um sofort die Amtsgeschäfte aufzunehmen, doch der rüstige Greis wies ihn barsch ins zweite Glied. Es ging darum, wer jetzt die Verhandlungen mit den Abgesandten des Alten vom Berge weiterführen sollte.

Die Großmeister – in seltener Einmütigkeit – verboten quasi dem Herrn Ludwig, sich nochmals diesen »Unverschämtheiten« auszusetzen, und bestanden darauf, ohne ihn die Delegation zu konfrontieren.

Der König argwöhnte – mit Recht, will mir scheinen –, daß die beiden alten Kämpen jetzt das Kind mit dem Bade ausschütten wollten, und er mahnte zur Mäßigung.

»Meine werten Herren«, sagte er, »es geht jetzt nicht um meine Würde noch um die Ehre des Ordens, sondern darum, daß Wir – nachdem wir mit Kairo uns einig sind, was ja auch schon seine Früchte trägt – uns in Damaskus einen Feind geschaffen haben, auch wenn sich An-Nasir dessen noch nicht bewußt, und daher brauchen wir dringend in Syrien ein Gegengewicht. Das wiederum können nur die Assassinen von Masyaf sein!«

Der Templer Renaud de Vichiers hatte den Diskurs mit wachsendem Unbehagen gehört.

»Ein Bündnis mit den Mameluken«, platzte ihm der Kragen, und sein Mißfallen war nicht zu überhören, »kann nie von Dauer sein, auch wenn Euch Sultan Aibek jetzt schöntut mit nutzlosen Fressern wie dem Dickhäuter oder gar den maladen Freigelassenen! Die Freundschaft mit Damaskus ist hingegen für dies Königreich lebenswichtig, überlebenswichtig. Ich weigere mich, eine solche unnötige Feindschaft mit dem Sultan An-Nasir mitzutragen!«

Und dann erhob auch Wilhelm de Chateauneuf seine Stimme.

»Ich sehe, daß in den sieben Jahren, die ich in den Kerkern Ägyptens verbracht habe, obgleich Kairo traditionsgemäß den Johannitern freundschaftlich verbunden blieb, weil die Ehre unseres Ordens den Loskauf ablehnt, sich wenig verändert hat. Die werten Kollegen vom Tempel hängen weiterhin der syrischen Allianz an, und vielleicht stehen wir uns eines Tages in den verschiedenen Heeren wieder gegenüber!« fügte er bitter hinzu.

»Doch das besagt noch lange nicht«, unterbrach ihn der Templer, »daß dieser frech gewordene Haufen von Haschischrauchern mit seiner Handvoll Felskastelle ein wirkungsvolles Gegengewicht gegen die Heere darstellt, die der Sultan An-Nasir von Damaskus bis in die Gezirah, vom Kerak bis Aleppo und Mossul aufbieten kann!«

»Ich will es aber so!« sagte der König, »Heute jedenfalls, und wenn es Euch nicht schmeckt und Ihr mit anderer Zunge reden wollt, werter Großmeister des Tempels, dann geh' ich selbst hinein und –«

»Ich gebe Euch mein Wort«, beendete der vom Hospital den Streit, »daß diese Messerstecher zu Kreuz kriechen werden!« und schritt voran, so daß dem vom Tempel nichts anderes blieb, als dem Alten zu folgen.

Der König blieb konsterniert zurück, aber William und ich wollten uns das Schauspiel nicht entgehen lassen.

Die beiden Großmeister stellten sich links und rechts neben dem leeren Thronsessel des Königs auf, und Renaud de Vichiers herrschte den Emir an, er solle gefälligst wiederholen, was er zum König gesagt habe. Der weigerte sich erst, und es folgte ein Hin- und Hergebelle auf Arabisch, das ich nicht verstand, meinen William aber höchst amüsierte.

Dann wurde Niklas von Akkon hinzugerufen, um zu übersetzen, und Wilhelm de Chateauneuf ließ ihn sagen, daß sein Herr, der Grand Da'i, sehr unbesonnen gehandelt habe, solch anmaßende Botschaft dem König zu senden.

Diese Form der Rüge war dem Templer wohl nicht kräftig genug.

»Wär' nicht die Ehre des Herrn Königs involviert, zu dem Ihr als *safir* kamt, ich hätte Euch und Eure beiden *fida'i* hochkantig in den Burggraben geworfen, auf daß Ihr in der Scheiße ersäufen tätet –«

»Grad dem Alten vom Berge zum Trotz!« pflichtete der Johanniter bei. »Ganz gleich, wie der jetzt heißen mag!«

Wilhelm de Chateauneuf war nicht mehr auf dem Laufenden, aber ohne jede Furcht.

»Wir befehlen Euch«, kommandierte er, »zu Eurem Herrn zurückzukehren und innerhalb von vierzehn Tagen hier wieder zu erscheinen, beladen mit Geschenken und einer schriftlichen Entschuldigung, die Seine Majestät versöhnlich stimmen mag, Eurer Bitte um Freundschaft huldvoll zu widerfahren.«

Der Emir wirkte wie erschlagen, er war kreideweiß im Gesicht, und Renaud de Vichiers setzte im Abgang noch darauf: »Was Yeza, das Königliche Kind, anbetrifft, richtet Eurem Kanzler aus, daß er aus berufenem Munde erfahren wird, wohin es geleitet wird, wenn die Zeit gekommen ist.«

Der Sinn dieses letzten Satzes blieb für Wilhelm de Chateauneuf völlig im dunkeln, dennoch gefiel er ihm nicht. Immer hatten

die Herren vom Tempel ihre besonderen Verbindungen, und nie
wußte man, welches Spiel sie spielten.

Der Konnetabel fing mich am Saalausgang ab und beorderte mich
zum König.

»Die bisher Freigelassenen und die übersandten Geschenke«,
eröffnete mir Herr Ludwig, »ermutigen mich nunmehr, von Sultan
Aibek die Auslieferung *aller* noch in seinen Kerkern befindlichen
Gefangenen zu verlangen – ohne jede weitere Zahlung! Ich bitte
Euch, mein lieber Joinville, diese meine Forderung, nicht Bitte, in
angemessener Form in Kairo vorzutragen. Daß sich Damaskus um
ein Bündnis mit uns bemüht –«

»Wird am Nil nicht verborgen geblieben sein!« sagte William
vorwitzig und fing sich einen unguten Blick des Königs dafür ein.

»Ihr könnt, wenn Ihr darauf besteht, Euren Sekretarius mitnehmen. Lieber wär's mir, Ihr würdet die guten Dienste unseres
Bruders Niklas in Anspruch nehmen.«

Ich hatte das abwehrende Kopfschütteln Williams bemerkt und
sagte: »Gern, Majestät, komme ich Euren Wünschen zur Gänze
nach.«

»Alsdann, Seneschall, segelt Ihr im Morgengrauen!«

YVES, DER BRETONE, betrat übernächtigt, doch mit für seine
Statur ungewöhnlich aufrechtem Gang das Kabinett des Sultans An-Nasir. Hinter ihm trugen zwei Schreibsklaven auf ausgestreckten Armen die gehäuften Papyrosrollen.

»Je eine doppelte Ausfertigung in *arabi* und in Latein«, verkündete er mit tiefer Verbeugung, in der sein Stolz zu spüren war,
seine Zufriedenheit, sein Triumph. Der Sultan schaute kaum vom
Arbeitstisch auf.

»Ich habe die ganze Nacht darangegeben, erhabener An-Nasir,
alles so in Worte zu fassen, wie wir es besprochen haben«, sagte
Yves unbeirrt, »das Vertragswerk ist nun nur noch von beiden Seiten zu signieren und zu siegeln.«

Die Schreibsklaven hatten die Rollen auf einem *taqtuqa* abgelegt und sich entfernt.

»Und wo bleibt die versprochene Armee der Franken?« fragte der Sultan gereizt. »Ich gebe mein halbes Reich und bin mir überhaupt nicht sicher, daß Euer Herr Ludwig und die Barone mit mir gegen Ägypten ausziehen –?«

»Wenn Ihr, erhabener Herrscher, jetzt geruhen würdet«, sagte Yves sanft, »Rechte und Pflichten, die aus unserem Pakt erwachsen, zu studieren und zu paraphieren –«

»Morgen«, sagte An-Nasir, und als er das unglückliche Gesicht des Bretonen wahrnahm, setzte er hinzu: »Es bleibt dabei: Wenn Ihr mit der Alama des Königs Ludwig zurückkommt, unsere vereinten Heere den Feind geschlagen haben, und ich wohlgemerkt den Thron von Kairo besteigen kann, dann sollt Ihr, Herr Yves – so Euch Euer König freigibt – hier als Gouverneur einziehen –«

Der Sultan unterbrach sich, weil sich die Züge des so Geehrten keineswegs erhellten.

Yves dachte, der König wird den Teufel tun! Einer seiner Herren Ritter wird diese fette Pfründe erhalten, ein Graf wie der Joinville oder einer der Barone, doch niemals »Yves, der Bretone«!

Als hätte der mächtige An-Nasir seine trüben Gedanken erraten, sagte er: »Ich könnte Euch auch zum Emir machen?«

Das traf Yves wie ein Pfeil in die Kehle, seine Stimme zitterte.

»Ein Emir«, fragte er unsicher zurück, »das entspricht bei uns einem Ritter?«

»Mehr noch«, lachte da der Sultan guten Herzens, »mehr schon einem Grafen oder Baron! Wenn es Euch gefällt –?«

Yves traute sich nicht zu atmen, er mochte es nicht glauben.

»Ihr seid aus meinem Holz geschnitzt, Bretone«, sagte der Sultan aufmunternd. »Wem ein An-Nasir sein Wort gegeben hat, gegen den erhebt sich kein Widerspruch!«

»Ich danke Euch für Euer Vertrauen«, sagte Yves mit fester Stimme, er hatte sein Selbstbewußtsein wiedergefunden. »Ich werde Euch nicht enttäuschen!«

Ihn drängte es aus dem Zimmer, er mußte jetzt allein durch die

Gassen laufen, um sein aufgewühltes Gemüt zu beruhigen. Er deutete ein Verneigen an, wozu bei seiner üblichen gebeugten Körperhaltung schon ein Nicken ausreichte.

Yves, der Bretone, schlurfte durch die Bankreihen des Bazars von Damaskus. Er nahm das Angebot der ausgebreiteten Waren so wenig wahr wie die auffordernden Rufe der Händler.

Ob ihm sein Herr Ludwig, sein König, wohl ebensolchen Dank bezeugen würde wie dieser mächtige An-Nasir?

Er, Yves, der Bretone, hatte dem Herrscher von Syrien einen Vertrag abgerungen, der dem darniederliegenden Königreich von Jerusalem nicht nur seine alte Hauptstadt wiedergeben, sondern es zu Glanz und Größe führen würde, zu einer Stärke und einer Ausdehnung, die es noch nie besessen!

Nicht einmal die glorreichen Eroberungen des ersten Kreuzzuges hatten diese Gebiete umfaßt, die er jetzt seinem König, der gesamten christlichen Welt zu Füßen legen konnte. Kein Löwenherz, kein Staufenkaiser hatten je mehr erreicht.

Er, Yves, der Bretone, hatte Outremer mit einem Federstrich verdoppelt, ja verdreifacht, hatte die Grenzen des Reiches neu gezogen, so daß sie sicher sein konnten für Jahrhunderte. Das Königreich war nun nicht mehr eine lose, kaum zusammenhängende Kette von verlorenen Burgen in Felseinöde und ein paar Häfen, fast ins Meer gedrängt, »Läuse am Saum meines Mantels« hatte dieser Saladin einstmals gehöhnt, ein schmales Schweißtuch, eine blutbefleckte Binde war es gewesen, die ein energisch geführter Schimtar jederzeit mit einem Schnitt zerschneiden, in Stücke hauen konnte.

Jetzt war es eine kompakte Landmasse mit durchgehender freier Küste, fruchtbaren Ebenen und Bergketten im Rücken, die es gegen die Wüste abriegelten, ein natürlicher Schutzwall, mit Burgen bestückt, und neben das Heilige Hierosolyma war Damaskus getreten, die »Braut Syriens«, die Perle in diesem Collier von Reichtum und Macht, das gewichtige Zünglein an der Waage zwischen dem Kalifat in Bagdad und dem Sultanat in Kairo. Dort sollte der Herrscher residieren, gerecht und weise und tolerant gegenüber Christen, Juden und Muslime.

Das mußte nicht Yves sein, das konnte er gar nicht sein, so vermessen war er nicht!

Dorthin gehörte ein gesalbter König, einer, der dem Bretonen huldvoll dankte, indem er ihn niederknien ließ, das breite Schwert auf seine Schulter legte und ihn zum Ritter erhob –

»Hallo, Bretone!« riß ihn eine Stimme aus den Träumen.

Es war Jean, der Armenier, der mit einigen Gehilfen zum Einkauf auf den Markt gereist war. Mit sicherem Blick erkannte Yves darunter, den Bart abrasiert, Gilles le Brun, der wohl nicht erkannt werden wollte, und so begrüßte er den Konnetabel auch nicht.

»Ich mag noch fix ein paar Schildspangen kaufen, Klingen und Leder, gehärtete Spieße und Kettenwämser, die sonst so fein keiner hämmert und flicht«, gab der Zeugmeister kund, »bevor die Tür zu diesem Paradies wohlfeiler Ware uns für lange Zeit zugeschlagen wird!« Er sprach mit scherzhaftem Ton, ohne auf Yves' erstaunt fragenden Blick einzugehen.

»Wir verspielen unseren Ruf als ehrliche Händler, falls wir ihn je hatten«, schwatzte er weiter, »doch im Wert sind wir schon gewaltig gesunken: Früher galt für Moslem gegen Christ zehn zu eins, im Feld wie im Karzer! Jetzt tauschen wir dreihundert gegen dreitausend der Unsrigen.«

»Wovon sprecht Ihr?« fuhr ihn Yves mit ärgerlicher Neugier an.

»Von den Gefangenen, die wir gemäß dem Vertrag befreit –«

»Welchem Vertrag?« Yves schwante Arges.

»Wie? Das wißt Ihr nicht?« verwunderte sich nun der Zeugmeister. »Der Pakt mit Kairo!«

Der Bretone starrte ins Leere, er hörte kaum noch, daß Meister Jean nörgelnd hinzusetzte: »Der halst uns etliche tausend Krücken auf, für die keine Waffen da sind – und die wertvollen Katapulte, die radgespannten Bögen, die schicken sie uns nicht zurück!«

Yves wandte sich brüsk ab und verschwand grußlos in der Menge, die sich prüfend und vergleichend, protestierend und feilschend zwischen den Ständen des Bazars drückte.

»*Ma 'aindakuum jantadhu uama*«, kam Yves in den Sinn, »*aind Allahi baquin.*«

Wie stand er jetzt vor An-Nasir da? Als ein verantwortungsloser Schwätzer, ein Fetzen Pergament im Winde, nicht die Tinte wert, mit der es geschrieben. Eine Vogelscheuche war er, Yves, der Bretone, in den Garten von Damaskus gestellt, um die syrischen Spatzen zu verscheuchen, bis der königliche Gärtner die aufgegangene Saat an Ägypten verschachert hatte – und der *batur* wurde nicht einmal benachrichtigt, daß sie längst ausgedient hatte, man vergaß sie dort ganz einfach, ließ sie verrotten!

Oh, wie er diese hohen Herren haßte! Es war ja nun wirklich nicht so, daß er den armen Gefangenen die Freiheit nicht gönnte, wahrscheinlich konnte der König moralisch gar nicht anders handeln, aber warum hatte Herr Ludwig ihn hierhergeschickt? Damit sich »Yves, der Bretone« bewährt?

Nein! Einzig um das Gelingen eines Einvernehmens mit Kairo abzusichern, um Sultan Aibek unter Druck zu setzen. »Seht nur her, wie unser Herr Yves schon mit Eurem Feind An-Nasir ein einvernehmlich Bündnis gegen Euch geschmiedet – Wir brauchen nur noch Unsere Unterschrift darunterzusetzen!« Und er, eitler Tropf, hatte alles für bare Münze genommen, hatte – blind in seiner Sucht nach ritterlicher Bewährung – nicht gesehen, was für ein nützlicher Idiot er in diesem Spiele war!

Für einen bevollmächtigten Gesandten hatte er sich gehalten, nur weil das in seinem Beglaubigungsschreiben stand, aufgebläht wie ein Frosch hatte er die Verhandlungen mit dem An-Nasir weit über das vorgegebene Ziel hinaus getrieben. Statt das alte, ewige und Heilige Jerusalem heimzuholen, hatte er gleich ein neues Königreich gezimmert, hatte Armeen gegen den Nil marschieren lassen, über die er nicht verfügte, hatte sich Titelversprechen erschlichen –

Wenn er jemanden schlagen wollte, dann doch gefälligst nur sich selbst, diesen Tor, »Yves, der Tor«! Der König hatte ganz recht, wenn er ihm die Ritterwürde verweigerte, sie stand ihm nicht zu! Die Templer wußten genau, warum sie ihm die kalte Schulter zeigten: Er war zu töricht! Strafbar töricht!

»Ihr solltet besser hier verschwinden!« sagte eine Stimme leise hinter ihm.

Gilles le Brun war dem Bretonen heimlich gefolgt. »Wenn der Sultan erfährt, daß Ihr ihn an der Nase herumgeführt –«

Wütend fuhr Yves herum. »Ich nicht, Herr Gilles! Merkt Euch das!« Und seine Stimme leicht hebend, um zu zeigen, daß er auch lauter werden könnte, fügte er hinzu: »Aber Ihr solltet hier nicht länger verweilen, weil mein Freund, der mächtige An-Nasir, Spione aufzuknüpfen pflegt –«

»So wagt Ihr Eurem Konnetabel zu drohen?« zischte lauernd Gilles le Brun zurück. »Ich sehe mich incognito hier um im Land des Feindes«, flüsterte er, »und erwarte von Euch, befehle Euch, als einem Mann des Königs –«

»Der Narr des Königs bin ich!« lachte Yves laut, daß die Leute sich umdrehten. »Und als Narr genieße ich – als einziges Vorrecht! – die Freiheit, Euch nicht zu kennen! Belästigt mich nicht!« schrie er. »Bettelt jemand anderen an, ich gebe Euch nichts!«

Er warf aber dennoch dem Erschrockenen eine Münze vor die Füße. Gilles le Brun war so verwirrt, er fühlte hundert Augen auf sich gerichtet, daß er sich bückte.

Als er sich wieder aufrichtete, war Yves, der Bretone, verschwunden.

Der Konnetabel hatte ja recht: Er, Yves der Bretone, war ein Mann des Königs, ein ganz kleiner, unbedeutender Priester war er gewesen, durch seine Rechthaberei, seinen Übereifer, seine Streitsucht war er zum gewöhnlichen Totschläger herabgesunken. Der König hatte ihn aufgehoben in seiner Güte, hatte ihn begnadigt und ihn hinter sich gestellt, ihm die Ehre erwiesen, seinen Rücken zu dekken. Und was hatte er in seinem verblendeten Ehrgeiz gewollt? Vor ihm wollte er stehen! Als Ritter!

Und wieder hatte der König ihn nicht mit Schimpf und Schande davongejagt. Er hatte ihn zum Gesandten gemacht, hatte ihm das Recht gegeben und die Pflichten, vor einen der Mächtigen dieser Welt zu treten, vor den Sultan von Damaskus und als Vertreter des Königs von Frankreich von gleich zu gleich mit ihm zu sprechen. Und was hatte er, der selbstgefällige Gokkel, getan?

Er hatte sein Mandat vergessen, gar von An-Nasir erwartet, daß der ihn zum Emir und zum Statthalter machte, statt auch nur einmal einen Gedanken daran zu verschwenden, *weshalb* sein König ihn dorthin geschickt haben könnte.

Wer sich selbst erhöht, der wird erniedrigt werden. Es war wohl so, daß An-Nasir ihn in der Luft zerreißen würde oder von vier Pferden, wenn er erfuhr, daß alles nur Lug und Trug war. Recht würde es ihm geschehen, denn nicht König Ludwig hatte gelogen und betrogen, sondern er, Yves, der Bretone, weil er in seinem Wahn weit über seinen Auftrag hinausgegangen war.

Hätte er nur bescheiden um die Rückgabe der heiligen Stätten verhandelt, dann würde dies Gespräch jetzt sang- und klanglos abzubrechen gewesen sein, aber er hatte aus dem Blasebalg seines Ehrgeizes dem An-Nasir einen Haufen unnötige Glut in den Hintern geblasen. Und der sah sich bereits mit Hilfe der Geisterarmeen seines »Freundes« Yves als großer Pharao; der würde schon aus berechtigter Wut und Empörung, statt in friedlicher Neutralität auf seinem Sultanssessel von Damaskus zu thronen, jetzt zum erbitterten Feind des schwachen Outremers werden. Wer wollte es ihm verübeln? Einen Bärendienst hatte er, Yves, dem Königreich erwiesen.

»Ich bring Euch vor's Hochgericht!« knirschte die Stimme des Konnetabels in sein Ohr.

»Warum soviel Umstände, Herr Gilles, Ihr seid doch sonst für kurzen Prozeß! Und diesmal seid Ihr auch im Recht. Soviel Blödheit, soviel Ungehorsam, soviel Schadensstiftung gehört mit dem Tode bestraft wie Hochverrat. Vorher solltet Ihr mich noch foltern, daß mir das Blut aus den Nägeln quillt, Ihr solltet mir die Zunge abschneiden und ein glühend Eisen in den After treiben – nur fangen müßt Ihr mich noch, denn ich komme nicht zurück, dazu schäme ich mich zu sehr.«

»Herr Yves«, fauchte der Konnetabel, »jetzt nehmt doch Ver-

nunft an. Eure Mission hier ist beendet. Das ist doch kein Unglück!«

Er redete jetzt fast väterlich auf den Bretonen ein. »Morgen
erhaltet Ihr eine offizielle Aufforderung, Euch mit dem bisherigen
Verhandlungsergebnis nach Akkon zurückzubegeben – und das
war's!«

»Das ist es!« sagte Yves. »Ich habe Damaskus in der Tasche und
das Königreich verdreifacht!«

»Laßt jetzt die Scherze, und packt Eure Sachen. Der König erwartet Euch und neue Aufgaben!«

»Ich trage so schwer an den alten«, sagte Yves, »ich kann es
kaum ertragen. Ich kann dem König nicht unter die Augen treten.«

»Ihr seid zu bescheiden, Herr Yves, daß Ihr hier keinen Erfolg
hattet, ist Euer Erfolg. Verabschiedet Euch vom Sultan, und
kommt heim!«

»Für mich ist kein Platz mehr auf dieser Erde«, sagte Yves
dumpf.

»O doch«, sagte Gilles le Brun und senkte seine Stimme verschwörerisch. »Ich soll Euch von Herrn Charles grüßen: Die Grafschaft an der Saar ist immer noch ohne Lehnsmann. Ihr könntet
mit kleinstem Gepäck kommen, läßt er Euch sagen, grad ein Körb-
chen oder Fäßchen mit grobem Salz gefüllt und groß genug, nur
um zwei Melonen oder Krautköpfe aufzunehmen – was immer das
heißen will?« fügte er lauernd hinzu. »Nie hab ich von einem bil-
ligeren Einstandspreis für Grafentitel und Lehnspfründ gehört.
Ich, an Eurer Stelle, tät mich sputen!«

»Wünscht Euch nicht an meine Stelle, Konnetabel«, sagte Yves,
»und richtet dem Grafen von Anjou aus, daß ich ihm den Kohl
nicht schneiden werde, eher stoß ich mir das Messer selbst ins
Herz.«

»Das will ich tun«, sagte Gilles le Brun, »auch wenn es mich
sehr töricht ankommt, daß Ihr dem hohen Herrn so vor den Kopf
stoßt.«

»Herr Charles hat einen harten Schädel, und ich bin ein Tor,
wie Ihr schon richtig gesagt, und nun laßt mich laufen, bevor ich

auf allen vieren vor Euch niederknie, belle und Euch in die Waden beiße – wau!« fuhr er den Konnetabel an, daß der erschrocken zurücksprang.

Yves fletschte die Zähne, und – um weiteres Aufsehen zu vermeiden – der Konnetabel wich zurück, bis er über die Deichsel eines Karren stolperte und hintüber in die Gemüseabfälle des Marktes fiel, Kohlblätter und Melonenschalen. Diesmal blieb Yves endgültig verschwunden. Er war auf kürzestem Weg in den Palast zurückgekehrt.

DAS TOR
ZUM PARADIES

E S GAB EINE EISERNE TÜR in der Bibliothek von Masyaf, zu der nur der Älteste den Schlüssel hatte. Sie führte durch einen Felsgang zur *Ma'ua al nisr,* dem »Hort der Adler«. Die mächtigen Vögel wurden dort nicht gefangengehalten, doch zu bestimmten Anlässen verwehrte ihnen ein Gitter den freien Ausflug zur Nahrungssuche. Dann schlugen sie wild mit den Schwingen, und ihr Schreien versetzte Masyaf in erregte Erwartung des Ereignisses. Roç brannte darauf, in Erfahrung zu bringen, was denn Besonderes bevorstand, und hatte sich zu den Alten begeben, seinen Freunden von der Bibliothek, die einzigen, die ihm darauf vielleicht eine Antwort geben konnten.

Doch dann erschien der Grand Da'i – für Roç überraschend, nicht für die Alten – im Skriptorium, und Roç machte sich schleunigst aus dem Staube. Taj al-Din sah es nicht gern, wenn Roç dort zwischen den Folianten und Pergamentrollen stöberte oder gar in ihnen las.

»Ihr macht ihn noch zum Stubenhocker!« grollte der Großmeister, »statt ihn hinauszujagen in die Härte der Proben eines jungen Da'i, die der Königliche Knabe bestehen muß, bevor er sich als Herrscher niederläßt!«

Die Alten, gewohnt zu gehorchen – oder jedenfalls nicht zu widersprechen –, senkten die Häupter.

»Der Sohn des Gral«, befand Taj al-Din, »wird an meiner Seite dem ›Schritt ins Paradies‹ beiwohnen, sorgt dafür, daß er rechtzeitig zur Stelle ist!«

Nur der Älteste konnte sich erlauben, Bedenken anzumelden. »Das zarte Gemüt des Knaben –« warf er ein, doch der Grand Da'i schnitt ihm das Wort ab. »Alle sollen zugegen sein, auch unsere Gäste!«

Der Älteste sah, daß jeglicher Widerspruch sinnlos war, und wechselte das Thema: »Drei Adler?«

»Zwei!« bestimmte der Grand Da'i. »Der erste und der letzte!«

Eine schwarze Sänfte mit dem Kreuz der Christen wurde die Serpentinen zwischen den hohen Mauern hinaufgetragen und vor dem Tor der Assassinenfestung abgesetzt.

Zwei hölzerne Krückstöcke tasteten nach dem Steinpflaster wie zwei Spinnenbeine, bevor der massige Körper des Mannes erschien. Er wies grob die angebotene Hilfestellung seiner Eskorte zurück und stemmte sich aus eigener Kraft aus dem Gehäuse. Die riesigen Hände hatten immer noch die Kraft, den gelähmten Beinen zum Trotz, den Leib im schwarzen Habit zu halten und zu bewegen.

»Der Gesandte seiner Heiligkeit Innozenz IV., Vitus von Viterbo!« meldete einer der ihn begleitenden Schlüsselsoldaten der Torwache und setzte noch den beeindruckenden Titel dazu: »Generaldiakon der Zisterzienser!«

Der Besuch war angekündigt, und doch ließ man ihn warten.

Seitdem der Grand Da'i aus Persien gekommen war, herrschten bei der syrischen Tochter wieder straffere Sitten, so wie sie einst den »Alten vom Berge« berühmt und berüchtigt gemacht hatten – jedenfalls war das der Vorsatz des Taj al-Din.

Der bisherige Statthalter des Großmeisters, der Kanzler Tarik ibn-Nasr, war nach Alamut geschickt worden, samt seinem Protégé Crean de Bourivan. Beide sollten dort Rechenschaft ablegen über ihre Aktivitäten betreffend der Königlichen Kinder – entweder, so hoffte der Grand Da'i, wurden ihnen die Flausen ausgetrieben, die Masyaf von seiner eigentlichen Aufgabe abgelenkt und beeinträchtigt hatten, oder sie wußten in Alamut zu überzeugen und kamen mit klaren Kompetenzen zurück.

Daß der Besuch des päpstlichen Emissärs genau in diesen Zeitraum ihrer Abwesenheit fiel, war – von beiden Seiten – kein Zufall.

Rom hatte von diesem Führungswechsel bei den syrischen Assassinen Wind gekriegt, und Taj al-Din hatte die alten Fäden zur Engelsburg wieder angeknüpft und Gesprächsbereitschaft signalisiert, schließlich war der große Staufer tot, und in Akkon herrschte jetzt der König von Frankreich.

Das Tor öffnete sich, und Vitus von Viterbo betrat, seine Stützhölzer betraten – die Füße nachschleifend – den Ort, um den seine Gedanken ein unerfülltes Leben lang gekreist waren. Verdankte er doch die beidfüßig durchschnittenen Achillessehnen einem Dolch aus Masyaf.

Aber das wußte nur Tarik, und der war nicht da. Für Vitus hatte es das Ende einer jahrelangen Verfolgungsjagd auf die beiden Ketzerkinder bedeutet, als er in Konstantinopel mit durchtrennten Sehnen aus dem Fenster stürzte und, für tot gehalten, liegen blieb. Daran dachte er voller Ingrimm, während seine beiden Pranken, bekannt dafür, daß sie einem Stier das Genick brechen konnten, entschlossen das Querholz der Krücken umklammerten und er den steilen Pfad ohne fremde Hilfe hochstakte.

Sein Gefolge wurde ins Quartier eingewiesen, während der ältere *fida'i,* der ihn in Empfang genommen hatte, Vitus im fehlerlosen Latein mitteilte, daß sein Herr und Meister, der Grand Da'i Taj al-Din, ihn sofort zu sehen wünsche.

Nach Durchquerung mehrerer Burghöfe, einer immer höher gelegen als der nächste, traten sie endlich durch einen Torgang auf eine Plattform, die in ihrer Gestaltung an ein griechisches Theater erinnerte.

Auf ansteigenden Stufen standen links und rechts die festlich gekleideten Assassinen. In der Mitte zwischen ihnen führte die Straße vom Burgtor zur begrenzenden Außenmauer. Sie fiel erst leicht, gegen Ende immer steiler ab und endete gegen einen Torbogen mit einer verschlossenen doppelflügeligen Holztür.

Dahinter konnte eigentlich nur das Nichts sein, denn der Ausblick von den Stufen reichte weit ins Tal, und selbst die nächsten Felszacken lagen tiefer.

Der Grand Da'i saß als einziger in der Mitte der vordersten Reihe, und dem Generaldiakon wurde der Ehrenplatz ihm genau gegenüber zugewiesen, auf dem er sich ächzend niederließ und die Krücken angewidert von sich streckte, erst dann erwiderte er unwillig das stumme Nicken des Grand Da'i, der ihm diesen mühevollen Aufstieg zugemutet hatte und es jetzt nicht einmal für nötig hielt, den päpstlichen Gesandten in aller Form zu begrüßen.

In der Sänfte hätte er sich bis hier oben hinauftragen lassen, wenn er das geahnt hätte! Was sollte das ganze Theater, dem er hier anscheinend als Gast beiwohnen durfte?

Doch sein Ärger und die Anstrengung wurden augenblicklich belohnt, als sein Blick auf die *fida'i* ihm gegenüber fiel: Neben dem Grand Da'i stand Roç! Kein Zweifel, das war der Knabe – auch wenn er jetzt vier Jahre älter war, beträchtlich gewachsen und weniger kindlich.

Roç hatte seinen grimmen Verfolger auch sofort erkannt, er war kreideweiß geworden und konnte ein Zittern nicht unterdrücken, so stark stieg ihm die Erinnerung an den schwarzen Reiter aus der Vergangenheit hoch.

Das, was ihn jedoch wie eine Faust in die Magengrube traf, war dies einverständige Nicken zwischen dem Grand Da'i und diesem schwarzen Unhold, das ihm nicht entgangen war.

Der war gekommen, um ihn zu töten, und der Meister spürte es nicht! Und weder Tarik noch Crean waren da.

Roç zwang sich, seine Furcht in den Griff zu bekommen. So lange er hier unter allen *fida'i* stand, drohte ihm keine unmittelbare Gefahr, außerdem konnte der Kerl nur noch auf Krücken humpeln, also mußte er nur geschickt vermeiden, sich in eine Ecke drängen oder allein in einem Zimmer überraschen zu lassen. Oder war das Ungemach eines Krüppels nur vorgetäuscht?

Aus dem Burgtor traten jetzt, weiß gekleidet, der junge Emir, der die Gesandtschaft zu Ludwig geleitet hatte, gefolgt von dem noblen Knaben, der auch jetzt wieder die drei ineinandergesteckten Dolche trug, und als dritter der *fida'i,* um dessen Arm das Linnen gewickelt war.

Sie traten hintereinander zum Grand Da'i, der sich erhoben hatte. Er umarmte den jungen Emir, und sie küßten sich und lagen einander in den Armen.

Es war völlige Stille eingetreten, in die nur der Wind und das Schreien der Adler hineintönte.

Die Türflügel des *Bab al djanna* öffneten sich von unsichtbarer Hand nach außen, und in der Öffnung des Torbogens war das weite Land zu sehen, wie es im Licht der Sonne lag.

Dann begannen einige der *fida'i* zu klatschen, langsam im Rhythmus, andere fielen ein, und die Schlagfolge wurde schneller, heftiger, ekstatischer bis zum Crescendo.

Der junge Emir riß sich los, schritt schnell den abfallenden Steinweg hinunter, geriet ins Laufen und rannte unter prasselndem Beifall durch das offene Tor. Einen Augenblick schien sein straffer Körper in der Luft zu verharren, er hatte sich auf der Schwelle abgestoßen und die Arme ausgebreitet, als ob er fliegen wollte, dann war er verschwunden, und schlagartig setzte das Klatschen aus und machte wieder der Stille Platz, und alle sahen, wie plötzlich ein großer Adler seine Schwingen breitete und mit einem einzigen Flügelschlag davonzog. Er segelte durch die Lüfte und stieg empor zur Sonne, in derem grellen Licht ihn die Augen der Zeugen verloren.

Vor den Grand Da'i trat der Knabe mit den Dolchen. Taj al-Din umarmte ihn und flüsterte ihm ins Ohr, bevor er ihm die drei Küsse erteilte.

Das Klatschen begann wieder, stark und ruhig. Der Knabe verneigte sich vor Roç und übergab ihm die drei ineinandergesteckten Dolche.

Schneller bewegten sich die Handflächen gegeneinander, verschärften sich zum metallenen Trommelwirbel des Herzschlages.

Der Knabe senkte den Kopf und rannte los mit geschlossenen Augen, er stolperte fast vor dem Tor, bevor er den Schritt ins Leere tat.

Alle starrten neugierig, ob er sich in einen Adler verwandeln würde, doch kein Raubvogel zeigte sich, nur das Wehen des Windes, der um die Mauern strich und sich in den offenen Torflügeln fing.

Bevor ein Schweigen der Enttäuschung Raum greifen konnte, war der letzte der drei vor Taj al-Din getreten. Das Klatschen hatte schon eingesetzt.

Der *fida'i* hatte den Kuß des Grand Da'i bereits empfangen, als dieser ihn am Ärmel zurückhielt und ihm leise eine letzte Instruktion zurief. Der Assassine schritt hinüber zu Vitus, wickelte das Linnen von seinem Arm und legte es dem verblüfften Generaldiakon aufs Knie.

Dann trabte er los im wilden Applaus, winkte seinen Ordensbrüdern noch einmal zu, was das Prasseln orkanartig steigerte, er begann zu rennen, fand den Absprung und hechtete in die Tiefe – ein Adler flatterte mit wildem Schrei empor, zog einen Kreis über die unter ihm Versammelten und entschwand hinüber zu den felsigen Gipfeln des Noisiri-Gebirges.

Nach dieser Einführung hatte Vitus erwartet, daß der Grand Da'i das Gespräch mit ihm beginnen würde. Nichts dergleichen geschah.

Junge *fida'i* hatten ihn in ein ebenerdiges, geräumiges Zimmer geleitet, doch da er kein Arabisch sprach, konnte er sie nicht einmal nach Roç fragen.

Von seinem Raum aus konnte der Gast sich mit eigener Kraft hinbewegen, wohin er wollte. Es stand zwar beidseitig der Tür je ein Wachposten, doch sie hielten ihn nicht auf.

Nichtsdestotrotz wußte Vitus, daß seine Schritte beobachtet blieben und es entscheidend auf den ersten ankam. Voreilig und einseitig gezeigtes Begehren, des Knaben habhaft zu werden, mußte zwangsläufig das geringe Interesse Roms zeigen, mit den Assassinen ins Gespräch zu kommen, und würde seine Mission fehlschlagen lassen. Auf der anderen Seite mußte er Roç finden und stellen, bevor sein schweigendes Verbleiben auf Masyaf vom Grand Da'i nicht mehr geduldet würde. Denn die Stundenuhr lief.

Bereits in der grauen Morgendämmerung der ersten Nacht auf Masyaf hatte er neben seinem Bett einen noch zitternden Dolch gefunden, der eine schriftliche Nachricht für ihn ins Holz genagelt hatte. »*Quia propheta tuo Jesu Dei filius – qui potest profundere sanguinem regiorum?*« lautete die Frage, mit deren Beantwortung er sich seitdem in Zugzwang befand. Gab er die Antwort nicht richtig, konnte er Masyaf den Rücken kehren, gab er die falsche, verließ er Masyaf, die Füße voraus, und seine Krücken würden ihm nachgeworfen werden.

Ursprünglich war seine Reise von dem Gedanken beflügelt gewesen, mit Hilfe der Assassinen hier im Heiligen Land eine zweite Front gegen die Staufer aufzubauen, aber die legten auf Präsenz in Outremer gar wenig Wert, sondern hatten eh schon alles Ludwig überlassen, dessen Mutter in Frankreich jedem Lehnsmann die Besitztümer einstrich, der es wagte, dem Aufruf des Papstes zum Kreuzzug gegen Konrad Folge zu leisten.

Vitus von Viterbo hatte sich auf jede Variante einer Diskussion vorbereitet, auf die Anmaßung der Assassinen, sich selbst – wie die *ecclesia catolica* – als weltliche Macht zu sehen, berechtigt, Herrscher zu erhöhen und zu vernichten – auf das Bemühen Roms, mit den christlichen Mongolen ins Gespräch zu kommen, die doch erklärte Feinde der Assassinen in Persien waren – auf den Vorwurf der Intoleranz gegenüber anderen Religionen, der Unduldsamkeit gegenüber Abweichlern.

Da sah Vitus am ehesten Gemeinsamkeiten. »Ich denke nicht«, hörte er sich schon sagen, »daß dies Wege und Ziele der Kirche sein können! Stammen wir doch alle von jenem gestrengen Orden der Eingeweihten, der Wissenden ab, die die Syrer ›*asaya*‹ nannten und die uns in den heiligen Schriften als ›Essener‹ begegnen. Der Prophet Johannes war einer, warum nicht auch seine Nachfolger? Für mich leitet sich auch das Wort ›Assashyn‹ von ›*asaya*‹ ab, nicht von ›Hashashyn‹!«

Und was würde der Grand Da'i ihm entgegnen? Ihn umarmen und rufen »Wohlgetan! Wohlgetan! Deine Feinde sind nicht länger meine Freunde!« Oder »So wollt Ihr uns vereinnahmen, damit wir die letzten Faserreste stauferischen Erbes Euch zwischen den Zähnen herauspulen?«

Darauf hätte er dann nur noch erwidern können, daß eine schöne Braut wie die *ecclesia* nicht aus dem Munde riechen sollte – Vitus verwarf diesen Gang der Diskussion *unam sanctam*.

Aber er würde sich vom Grand Da'i fragen lassen müssen, warum der Herr Papst, der über die Christenheit gebietet, nicht den Mongolen befiehlt, von der Verfolgung der Assassinen abzulassen? Ach, sie gehorchten ihm nicht, sie kennen ihn nicht? Also sind sie keine guten Christen oder keine Rechtgläubigen, wie Ihr in Rom, die ihr beweisen könnt, daß der Papst in direkter Blutslinie vom Propheten abstammt. Ist das der Grund, Herr Generaldiakon, daß Rom die Kinder fürchtet?

Vitus von Viterbo gefiel diese Wendung des Gesprächs erst recht nicht. Zu ärgerlich waren die vielen Fußangeln, doch am ärgsten war es, daß gar kein Gespräch stattfand.

Drei Tage waren vergangen, er hatte die eingangs gestellte Frage nicht beantwortet und von Roç keine Spur, nicht einmal Witterung hatte er aufnehmen können. Der wölfische Spürhund der Engelsburg war alt geworden.

Mißmutig stakte er durch Höfe und Gänge, vor dem hölzernen Tok-tok seiner Krücken waren selbst die Mauerkronen nicht sicher.

Stundenlang saß er zwischen den Zinnen und starrte ins Land, drehte und wendete das Stück Linnen, das ihm der junge *fida'i* übergeben hatte, bevor er als Adler ins Paradies geflogen war.

Immerhin entging ihm so nicht, daß sein alter Widersacher John Turnbull auf Masyaf eingetroffen war.

Der greise Maestro Venerabile war in aller Stille angereist gekommen, um sich bei seinem Freund, dem Kanzler Tarik ibn-Nasr, und bei seinem Sohn Crean de Bouviran, dem *fida'i*, zum Sterben niederzulegen.

Beide waren nicht zugegen, statt dessen fand er den Grand Da'i Taj al-Din vor, der über sein Erscheinen nicht sonderlich entzückt war.

»Ihr habt diesem Ordenshaus viel Unannehmlichkeiten bereitet, John Turnbull. Die Tatsache, daß Euer Sohn hier dient, berechtigt Euch nicht, Masyaf als Stützpunkt für Eure Pläne mit den Kindern zu nehmen.«

John Turnbull lächelte.

»Für mich ist Masyaf der Endpunkt, und was die Königlichen Kinder anbelangt, so wurde der Pakt mit den Assassinen, der große Plan, höheren Ortes beschlossen –«

»Höheren Ortes wurde auch beschlossen, daß – sobald die Kinder wieder vereint sind – sie Masyaf verlassen werden, für immer!«

»Fürchtet Ihr für ihre Sicherheit?«

»Solange meine Befehle ausgeführt werden und hier wieder Zucht und Ordnung herrschen, haben die Kinder nichts zu befürchten! Aber sie stören: Ein Abgesandter Roms weilt in unseren Mauern, ein gewisser Vitus, seines Zeichens Generaldiakon der Zisterzienser – und Bastardsohn des Kardinals Rainer von Capoccio, Herr der Engelsburg und der geheimen Dienste –«

»Vitus?«

Der alte Turnbull wiegte sinnend sein Greisenhaupt. Es konnte ja nicht sein, *der* Vitus war in Konstantinopel umgekommen, endgültig zerschmettert, tot!

»Vitus von Viterbo«, ergänzte der Grand Da'i nebensächlich.

John Turnbull starrte ihn entgeistert an.

»Vitus von Viterbo?« Dann sagte er leise: »Und Ihr, großer Meister, sprecht noch von Sicherheit für die Kinder?«

»Verehrter Maestro Venerabile«, sagte der Grand Da'i scharf, »macht Euch – und uns – nicht lächerlich! Der Generaldiakon ist ein Krüppel, ein armer Teufel auf Krücken –«

»Ein Teufel gleichwohl!«

»Ihr seht Gespenster! Von ihm geht keine Gefahr aus«, befand der Grand Da'i verärgert, »wohl aber von Euch mit Euren Eigenmächtigkeiten, John Turnbull!« Und er fuhr streng fort: »Ich erwarte von Euch, daß Ihr ihm mit Respekt begegnet – wenn sich eine solche Begegnung schon nicht vermeiden läßt. Der Generaldiakon genießt den Schutz eines Gesandten der Kirche, auch wenn Ihr ihn für den Sheitan persönlich halten mögt.«

Damit war die Audienz beendet.

Zum Sterben verspürte John Turnbull keine rechte Lust mehr, seine Lebensgeister waren wieder erwacht, vor allem sein immer noch jung gebliebener Geist des Widerparts. Er mußte handeln.

Vitus hockte nicht umsonst wie ein lahmer Geier auf den Mauern. Von hier aus konnte er die Höfe und gepflasterten Gassen einsehen, und einmal müßte er ja auch seine Beute erspähen, ihren Weg verfolgen, ihre Gewohnheiten aufspüren.

Sein Warten wurde belohnt. Er sah, wie Roç sich heimlich zur Bibliothek schlich.

Vitus zitterte vor Erregung. Er griff nach seinen Krücken und stieg die Treppen hinab, jede Stufe für den Krüppel ein Prüfstein seines Willens. Er stakte wie beiläufig durch den Hof, durch den sein Opfer gekommen war, und inspizierte dann den Gang.

Am Ende lag die Tür, die wohl zu den unterirdischen Gewölben führte, in denen die Assassinen ihre apokryphen Bücher hüteten. Selbst in der Engelsburg mit ihren geheimen Archiven sprachen die Bibliothekare voller Ehrfurcht von diesen Schätzen des Wissens und der Häresie.

Doch das interessierte Vitus jetzt nicht. Er prüfte die sich verzweigenden Korridore. Wenn er an dieser Stelle sich versteckt hielt, konnte er jedem, der die Tür verließ, den Weg abschneiden. Es blieb dann nur noch ein toter Gang, von Oberlichtern schwach erhellt. Wenn sich Roç – um ihm nicht in die Arme zu laufen – in den flüchten würde, hatte er gewonnenes Spiel, er würde den Knaben in die Enge treiben und dann sein Werk vollbringen, man würde den Körper vielleicht gar nicht sofort finden, und er säße längst wieder auf einer Mauer –

In diesem Moment öffnete sich die Tür.

Vitus stockte der Atem: Es war Roç!

Aber er wurde von einem der Alten begleitet. Vitus lehnte sich an die Mauer. Der Alte klopfte Roç aufmunternd auf die Schulter und ging zurück zu der Eisentür. Sie schlug zu, und Vitus konnte deutlich hören, wie sich von innen der Schlüssel umdrehte und sich die Schritte entfernten.

Roç war gedankenversunken weitergegangen, und als er aufsah, stand vor ihm sein Verfolger. Er war so dicht auf ihn aufgelaufen, daß Vitus der Versuchung nicht widerstehen konnte, mit der Krücke blitzschnell nach ihm zu schlagen.

Roç wich geschickt aus. Die plötzliche Attacke riß ihn aus seiner Lähmung, er sah die Grenzen des Gegners, begriff aber auch, daß er nicht an ihm vorbeikommen würde. Zurück? Die Tür war verschlossen. Sein Trommeln würde die Alten nicht rechtzeitig herbeiholen. Er warf einen Blick auf die Pranken des Vitus. Es blieb nur der Gang mit den oben gelegenen Fenstern. Wenn er schnell genug lief und hoch genug sprang, konnte er das Gitter erreichen und sich hochziehen. Roç rannte los, direkt auf Vitus zu, was diesen verwirrte, dann schlug er einen Haken und verschwand in dem düsteren Korridor.

Vitus ließ sich Zeit, er war sich seiner Sache sicher, bedächtig setzte er sich in Bewegung.

Roç war am Ende angekommen, er visierte die Eisen an und sprang die Wand hoch, bekam das Gitter mit beiden Händen zu fassen und – jetzt kam das Schwerste, und dafür gab es keinen zweiten Versuch – zog sich mit der Muskelkraft seiner Arme hoch, während seine Füße Halt in der glatten Wand suchten. Gott sei Dank hatte er darin Übung. Er mußte es schaffen, bevor die Kraft erlahmte –

Vitus bog um die Ecke und erkannte wütend, daß seine Beute ihm zu entschlüpfen trachtete. Er warf seine Krücken vor und versuchte in Riesensätzen den Zeitverlust aufzuholen. Er mußte den Körper oder wenigstens die Beine des Knaben noch mit einem der Hölzer treffen, bevor dieser das rettende Gitter zwischen sich und seinen Verfolger gebracht hatte. Sollte er sie werfen? Nein, er mußte gezielt schlagen. Roç die Beine brechen, damit er wieder runterfiel –

Roç hatte seinen schmalen Körper schon durch die Eisenstäbe gezwängt, als Vitus unter ihm eintraf, er riß sofort eine der Krükken hoch. Roç zerrte das eine Bein durch die Öffnung, sein Schuh fiel runter, irritierte Vitus, er schlug daneben, das Holz splitterte beim Aufprall gegen das Eisen. Roç warf sich vor und schrammte das andere Bein durch das Gitter, bevor der zweite Schlag der Krücke in ohnmächtiger Wut dagegen donnerte.

Roç kroch durch den Garten, seine Beine zitterten zu sehr, um noch gehen zu können. Er wankte zitternd an den Canabisstauden vorbei und fand erst Ruhe, als er die drehbare Statue des Bacchus erreicht hatte und in dessen unterirdisches Regnum geschlüpft war.

John Turnbull mußte Vitus nicht lange suchen. In den letzten Strahlen der Abendsonne fand er den alten Wolf, die hölzernen Gehwerkzeuge sorgfältig neben sich, in seiner Mauernische auf der Bastion. Sein mächtiger Körper ruhte zwischen den Steinen, und seine toten Beine baumelten im Leeren.

»Eigentlich hätte ich William von Roebruck erwartet«, empfing ihn Vitus voller Spott, »schließlich hatte ich den Mönch immer zwischen den Füßen –«

»Sie sind's nicht mehr wert!« gab es ihm Turnbull heraus. »Doch Ihr, Vitus, wollt selbst auf allen vieren noch Eurem Haß hinterherhecheln –?«

»Ihr macht's auch nicht mehr lange, John Turnbull, der Sensenmann hat Euch schon gezeichnet, was soll ich vor Euch verbergen«, schnaufte er, »Ihr habt recht: Die Jagd auf die Kinder war mein Leben, und ich will's gern drangeben, zur Hölle fahren will ich, wenn ich sie erlegt!«

»Euch winkt das Paradies, Vitus von Viterbo«, sprach John Turnbull mit seltsamer Bestimmtheit, »wie es auch mir bestimmt ist –«

Er tat so, als achte er nicht auf das ungläubige Erstaunen, das

sich in den grobschlächtigen Zügen des Generaldiakons breitmachte.

»Wie Ihr der Jäger war ich Zeit meiner alten Tage der Hüter der
Kinder, um dann am Ende feststellen zu müssen: Sie sind es nicht
wert! Sie haben unsere Erwartungen enttäuscht«, fügte er traurig
hinzu.

»Ihr wollt mich in die Irre führen, Herr Chevalier du Mont-
Sion!« verlachte ihn Vitus, »Ihr glaubt doch nicht, daß ich auf
diesen senilen Stimmungsumschwung eines so ausgepichten
Starrkopfs hereinfalle, wie Ihr es seid?«

»Verspottet mich nur«, spielte John Turnbull den Gekränkten.
»Meinem Starrsinn habe ich es zu verdanken, daß mir erst jetzt,
im Angesicht eines nahen Todes, die Augen geöffnet wurden: Die
›Kinder des Gral‹ sind eine Fälschung! Nicht nur das: Sie sind eine
Gefahr, es wäre besser, sie wären nie geboren worden!«

Vitus betrachtete den immer noch vor ihm Stehenden lauern-
den Blickes. »Euer plötzlicher wie später Wandel von Paulus zu
Saulus überzeugt mich nicht –«

»Würde es Euch überzeugen, Vitus«, bot Turnbull ihm nachdenklich an, »wenn ich Euch behilflich wäre, die Kinder zu eliminieren?«

Lange mußte Turnbull dem mißtrauischen Blick des Vitus
standhalten.

»Um das Mädchen Yeza ›kümmern‹ sich meine lieben Schwestern in Christo auf dem Karmel«, gab der Generaldiakon dann
preis, »sollte sie dieser Kur widerstehen und entkommen, erwartet
sie hier meine *manus terminatoris.*«

Er verschränkte seine Pranken mit gespreizten Fingern gegeneinander, daß die Gelenke krachten.

»Bringt mir Roç, Turnbull, und ich will Euch glauben!«

»Ich werde Euch den Ort wissen lassen«, flüsterte Turnbull,
»wo Ihr ihn allein antreffen könnt, der Rest ist Eure Sache –«

»So soll sich denn mein Lebenswerk vollenden«, frohlockte Vitus glühenden Auges, »gern will ich dieses Jammertal verlassen,
wenn ich nur Gewißheit habe, daß die Kinder tot!«

Er griff nach seinen beiden Krücken und stemmte sich energisch hoch.

. Blutrot versank die Sonne hinter den Felswipfeln, der zierliche John Turnbull war respektvoll zurückgetreten, als sich der massige Körper vor ihm aufbaute.

»So lange will ich nicht warten«, vertraute er leise dem Generaldiakon an, »ich gehe morgen schon ins Paradies, gute Nacht.«

Turnbull verneigte sich knapp und verließ die Mauerbastion.

In seinem ebenerdigen Gastzimmer schlief Vitus schlecht in dieser Nacht. Die Tür ließ sich zwar fest verschließen, das Fenster neben seinem Bett war mit einem starken Gitter versehen, und doch wurde er das Gefühl nicht los, die Assassinen könnten sich jederzeit Zutritt verschaffen. Unruhig wälzte er seinen Körper auf dem Lager. Er träumte von Dolchen, die zitternd sich neben seinem Kopf ins Holz bohrten, von warmen Brötchen, die auf seiner Decke lagen und ihm die Brust drückten, den Atem nahmen.

Schweißgebadet fuhr er hoch aus dem Schlaf und tastete nach dem bedrohlichen Backwerk und fand nichts, auch keines Messers Schneide hatte ihm ein Haar gekrümmt.

Das fahle Licht des noch fernen Morgens drang durch die Fensteröffnung, dann vernahm er das Gurren der Taube. Sie tippelte auf der steinernen Brüstung hin und her, und er sah sogleich den Ring an ihrem Fuß mit dem Röllchen.

Behutsam, um sie nicht zu verschrecken, langte er mit seinem Arm zu ihr hoch, schob seine Hand flach vor sie, ganz langsam, bis sie ihm hineingelaufen war. Ohne sie zu erwürgen, zog er ihr die Botschaft aus dem Ring.

Sie trug die Sigle der Äbtissin des Klosters auf dem Karmel und war knapp gehalten: »Auf Veranlassung des Sekretarius William an den Chevalier du Mont-Sion, zur Zeit auf Masyaf: Besagte Novizin mit Namen Isabella, Eltern unbekannt, angeblich königlichen Blutes, heute an Folgen eines abortus verschieden. Dies zur Benachrichtigung des einzig uns bekannten Anverwandten Roger-Ramon. Postskriptum: Der Leichnam wurde auf Anforderung Ihrer Majestät der Königin unchristlich verscharrt. Möge ihre Seele Frieden finden. L. S.«

Vitus war jetzt hellwach vor Freude. Sollte er diese schöne Botschaft dem alten Turnbull unter die Nase reiben? Er beschloß, ihren köstlichen Geschmack allein auszukosten.

In einer Anwandlung von Güte öffnete er die Faust und scheuchte die Taube aus dem Fenster, als Überbringerin einer so vortrefflichen Nachricht hatte sie ihr dummes Leben dreifach verdient. Er zerriß genüßlich das Papier und stopfte sich die Fetzen in den Mund. Gemächlich mampfend legte sich Vitus wieder zur Ruhe und schlief traumlos glücklich bis in den frühen Morgen.

Dann stand ein junger *fida'i* an seinem Bett und richtete ihm aus, der Maestro lasse anfragen, ob er auf die Begleitung des Herrn Generaldiakon bei seinem »Schritt ins Paradies« zählen dürfe.

Vitus sprang sofort auf, ließ sich seine Krücken reichen und zur Bibliothek begleiten, wo er schon erwartet wurde.

John Turnbull war in festliches Weiß gekleidet und saß in der Mitte des Kreises der Alten, sie rauchten aus der *arghila*, und *fida'i* spielten auf ihren Instrumenten eine Melodie, zu der die Alten leise sangen. Es herrschte eine losgelöste, fast heitere Stimmung.

»Tretet näher«, empfing ihn John Turnbull, »erfreut Euch am Klang dieser Worte des großen Rumi!«

Vitus war verunsichert und lächelte verlegen, so daß Turnbull sich veranlaßt sah hinzuzufügen: »Ich will sie Euch gern übersetzen, denn sie sind es wert. Hier spricht einer, der den Weg kennt.

› *Vom Augenblick, da du in diese Welt tratest*
wurde eine Leiter von dir errichtet,
auf der du stets entkommen kannst. ‹«

Vitus wurde schweigend aufgefordert, sich im Kreise der Alten niederzulassen, und John Turnbull, der schon etwas entrückt sein Haupt nach den Tönen wiegte, lächelte ihm zu. Vitus erhielt wie selbstverständlich ein *masasa* und zog kräftig den Rauch ein.

>»*Von Erde wurdest du Pflanze*
von Pflanze wurdest du Tier
Danach wurdest du Mensch
Begabt mit Wissen, Geist und Glauben.‹«

John Turnbull hatte die Worte des Dichters an Vitus von Viterbo
gerichtet, ohne ihn aus dem Bann seiner leuchtenden Augen zu
entlassen. Vitus – ob er wollte oder nicht – las die Verse von seinen
Lippen. Erst wurde ihm etwas schwindlig, dann aber durch-
strömte ein Gefühl der Leichte seine schweren Glieder. Frieden
breitete sich in seinem rachsüchtigen Herzen aus. Er mußte sich
zwingen, nicht zu vergessen, aus dem alten Trottel herauszulok-
ken, wo er Roç finden würde, dann mochte er ins Paradies abfah-
ren!

>»*Sieh Deinen Leib, aus Staub geboren,*
Ist er nicht herrlich gelungen?
Was fürchtest Du sein Ende?
Wann hat Sterben Dich je geringer gemacht?‹«

Vitus saß da, seinen Blick in den von John Turnbull versenkt. Eigentlich beneidete er John Turnbull, der sich so unbeschwert aufmachte, während ihm immer noch die Beantwortung der Frage im
Genick saß. »*Wer darf das Blut der Könige vergießen?*«
    Die Tücke lag in der Verknüpfung mit der Präambel »*So Dein
Prophet Jesu Gottes Sohn*«, die kein gläubiger Christ leugnen durfte.
Die so etablierte Gottessohnschaft wurde damit weitergeleitet.
    Vitus seufzte und versuchte die Bilder vor seinem inneren Auge
zu verscheuchen, die sein benebeltes Gehirn produzierte. Er sah
sich auf dem Turm in der Wüste, aber der Paraklet trug die greisen-
haften, ewig jungen Züge des John Turnbull und er, Vitus, war der
Versucher. *Apage Satanas!*
    Die Nachkommen des gesalbten Messias waren die gesalbten
Könige, die Assassinen galten als fanatische Anhänger der *Schia.*
Das von ihm, dem Generaldiakon der Zisterzienser zu vertretende

Papsttum folgte der den Ismaeliten verächtlichen *Sunna,* der Weitergabe der Botschaft durch Menschenmund, nicht durch das Mysterium des dynastischen Blutes.

Wie ein Spiegel lag der See, Ufer und Horizont verflimmerten in der Hitze und im grellen Licht. Der gesalbte Messias schritt über die Wasser, er winkte ihm, Vitus, seinem Beispiel zu folgen. Jesus war ein Knabe, Roç winkte ihm und lächelte ihm zu. *»Profundere sanguinem regium?*

Vitus hätte an diesem Morgen gern John Turnbull noch einmal befragt ob der Zweifel, die ihm kamen, aber es war zu spät, der alte Häretiker würde die mögliche Antwort auf die quälende Frage mit sich ins Paradies nehmen.

Ihm, Vitus von Viterbo, blieb nur die Urschuld Adams, die Sucht Kains, die zwanghafte Vorgabe Abrahams, den letzten Sproß des Staufers und des Gral töten zu müssen. Er war ein Verdammter! Sein herrischer Vater, der Graue Kardinal, war letztes Jahr von hinnen geschieden. Es war ihm nicht mehr vergönnt gewesen, das Ende seines verhaßten Erzfeindes Friedrich zu erleben, was er sicher mit größter Freude und Genugtuung erfahren hätte. Doch auch ohne den gestrengen Zuchtmeister der Engelsburg war der Druck nicht gewichen, Vitus war ein Getriebener geblieben. Und er war müde.

Der Singsang der Alten ergänzte sich mit dem Narkotikum, dämpfte die Regungen, wie es die Sinne schärfte, befreite von der Ratio Ballast, von der Erden Schwere. Das Verlangen der Seele, sich loszulösen und davonzufliegen – auf Adlers Schwingen ins Paradies?

Vitus inhalierte den kühlen Atem des würzig verglühenden Cannabisharzes, er fühlte kaum noch die Last seiner Glieder.

Die Alten waren jetzt aufgestanden und verneigten sich im Kreis vor John Turnbull, der sich jetzt erhob und Vitus ein Zeichen gab, sich ihm anzuschließen.

Der Generaldiakon schwankte, zwei junge *fida'i* mußten ihn stützen, damit er auf seinen Krücken dem rüstig voranschreitenden Turnbull folgen konnte.

»Wenn du deinen Körper hinter dir läßt
Kein Zweifel, aus dir wird ein Engel
Der durch die Himmel braust!«

John Turnbull sah sich nach ihm um, bevor er ihm halb über die Schulter zuflüsterte:

»Doch sollst du dort nicht verweilen
Auch im Himmel wird man alt.«

Sie verließen die unterirdische Bibliothek und stiegen hinauf zu der Plattform.

»Laß auch das Königreich der Himmel hinter dir
und tauch ein in des Bewußtseins unendlichen Ozean.
Laß den Wassertropfen, der du bist
zu hundert mächtigen Meeren werden!«

John Turnbull geleitete Vitus an seinen Platz, und es war, als übergab er ihm die letzten Zeilen des Gesanges.

»Denke nicht, daß nur der Tropfen zum Ozean wird.
Auch der Ozean wird zum Tropfen!«

Auf den rechts und links ansteigenden Stufen hatten die Assassinen von Masyaf schon Aufstellung genommen. In der Mitte saß Taj al-Din, der Grand Da'i, doch neben ihm, wo sonst der Platz von Roç gewesen war – weswegen Vitus auch sofort seinen Blick dorthin lenkte, stand ein anderer Knabe, und Vitus zwang sich, ihn zu erkennen: Es war der junge *fida'i* mit den ineinandergesteckten Dolchen, der sich vor den Augen von Vitus aus der »Pforte zum Paradies« in die Tiefe gestürzt hatte. Vorher hatte er den Dolchstab an Roç weitergegeben, und jetzt trug er ihn wieder.

»Wie das?« flüsterte Vitus aufgeregt zu Turnbull. »Der mit den Dolchen ist doch ins Paradies –?«

»Er wurde uns zurückgeschickt«, erklärte Turnbull leise, »ein anderer hat seinen Platz eingenommen: Heute nacht ist Roç, der Sohn des Gral, von uns gegangen und ins Paradies eingetreten.«

Vitus' Herz sprang vor lauter Vergnügen. Beide Kinder tot! Gott hatte es für ihn getan, hatte auf die zudrückenden Hände seines Werkzeuges Vitus verzichtet. Gott brauchte ihn nicht mehr!

»Seht Ihr, Vitus«, wandte sich Turnbull noch einmal zu ihm um, »alles wendet sich zum Besten.« Er zwinkerte dem Generaldiakon schelmisch zu. »Auch auf Euch warten nun die himmlischen Freuden.«

Vitus stand da, auf seine Krücken gestützt, und nahm mit entrückter Verzückung wahr, wie der Maestro Venerabile jetzt auf den Grand Da'i zutrat, wie sich die beiden Männer knapp, fast förmlich umarmten.

Das rhythmische Klatschen setzte ein, John Turnbull schritt entschlossen zur Pforte, deren Flügel jetzt aufschwangen, er beschleunigte seine Schritte, drehte sich im Torbogen noch einmal um, er schien Vitus zuzuwinken, und ließ sich rücklings in die Tiefe fallen.

»Wartet!« schrie Vitus, er nahm alle Kraft zusammen und stakte auf seinen Krücken hinter ihm her, den abschüssigen Pfad hinunter, das schon verebbte Klatschen brandete noch einmal auf, feuerte ihn an, er geriet ins Stolpern, schleuderte wütend die Hölzer weg, überwand den stechenden Schmerz in den lahmen Füßen, die ihm den letzten Dienst versagen wollten, unter prasselndem Beifall warf er seinen Körper vorwärts, »fliegen einem Adler gleich!« Kopfüber stürzte er sich durch das »Tor zum Paradies«.

DIARIUM DES JEAN DE JOINVILLE

Akkon, den 11. April A.D. 1251

Ich kehrte mit Bruder Niklas aus Kairo zurück mit guten Nachrichten für meinen Herrn Ludwig.

Sultan Aibek war natürlich rechtzeitig hinterbracht worden, daß Yves, der Bretone, in Damaskus verhandelte. So hatte ich ein leichtes Spiel, die Forderung des Königs nach Freilassung aller verbliebenen Gefangenen durchzusetzen – vom restlichen Lösegeld war auch nicht länger die Rede.

Unsere Leute wurden in Ägypten bereits freigesetzt und aufgepäppelt, damit sie den beschwerlichen Heimmarsch durch die Wüste Sinai überstehen konnten. Ihr Transport sollte in einzelnen Karawanen erfolgen, was dem Konnetabel nur recht war, denn ihre Unterbringung und Eingliederung in die räumlich beengten Verhältnisse von Outremer bereitete Schwierigkeiten, doch der König hoffte auf diese Heimkehrer zur Aufstockung seines geringen Personalbestandes.

Aber die meisten hatten weniger den Hals als die Nase voll vom Dienst für das Heilige Jerusalem und verlangten, so schnell wie möglich nach Hause, nach Frankreich, verschifft zu werden, und ließen sich weder mit Geld noch guten Worten des Herrn Ludwig vom Gegenteil überzeugen. Der König war darob sehr aufgebracht.

»So besteht kaum noch Hoffnung auf einen neuen Kreuzzug, mein lieber Joinville«, sprach er mich an. »Heinrich von Engeland, der schon das Kreuz genommen hatte, hat doch den Papst bewogen, ihm eine neuerliche Verschiebung zu bewilligen. Daraufhin lehnen jetzt meine Herren Brüder es ab, Frankreichs Armee durch Truppenabzüge nach Outremer zu schwächen. Und Herr Innozenz? Er predigt den Menschen nicht, uns hier zu Hilfe zu kommen, nein! Er ruft auf zum Kreuzzug gegen Friedrichs Sohn Konrad, was wiederum meinem Bruder Charles zupasse kommt – alle verraten sie Jerusalem!«

»Wir sind auf uns selbst gestellt, Majestät«, versuchte ich ihn zu trösten, »doch besteht Hoffnung: Sultan Aibek verspricht – um den Preis eines Militärbündnisses gegen An-Nasir –, uns das gesamte ›Königreich von Jerusalem‹ in vollem Umfange zurückzuerstatten, bis zum Jordan hin im Osten, sobald die Mameluken Damaskus eingenommen hätten.«

»Ob wir das wünschen sollen, werter Joinville?«

»Haben wir die Wahl?« fragte ich. »Wohl kaum«, gab ich die Antwort gleich dazu. »Also heulen wir mit den Mameluken und

hoffen, daß sie am fernen Nil verbleiben, und haben dafür jetzt
An-Nasir im Genick!«

»Damit wiederum«, sinnierte der König, »verbietet es sich, daß
wir es uns mit den Assassinen verderben. Ich habe törichterweise
den beiden Großmeistern gestattet, ihre letzte Gesandtschaft heftig
zu attackieren. Nun hüllt der ›Alte vom Berge‹ sich in beleidigtes
Schweigen. Yves ist noch in Damaskus. Vielleicht solltet Ihr –?«

Wir wurden unterbrochen, weil wir Fanfarenstöße hörten und
der Herold die Ankunft des Prinzen von Antioch meldete. Wir
schauten aus dem Fenster.

Fahnen flatterten, der rote Löwe im weißen Feld, auch das tolosanische Kreuz der Grafen von Tripoli, die Farben von Tarent
und Lecce. Ein stattliches Aufgebot von gut dreißig Rittern begleitete den jungen Prinzen, reich aufgezäumt mit kostbaren Schabra-
ken die Pferde, die Trommel schlugen wilden Wirbel.

»Bereitet Euch auf diese neue Mission vor, mein lieber Seneschall«, fügte der König noch hinzu, und ich sagte schnell: »Gewiß, aber diesmal nehme ich William als Dolmetsch mit mir.«

»Wie es Euch beliebt«, lächelte der Herr Ludwig verkniffen,
»wenn Ihr die Dienste meines Niklas von Akkon verschmäht, ich
hänge nicht an William von Roebruk!«

DER NARR

»Die Stimme des eigenen Herzens gilt es zu hören. Der Löwen-
sprung ist unvermeidlich. Wer aber der Narrheit nicht Herr wird,
dem springt sie auf den Buckel. Der Sumpf des Narrentums ist
nicht schnell zu durchschreiten.«

Ich entließ mich und traf noch auf der Treppe den festlichen Zug
aus dem Fürstentum im Norden. Unter den zahlreichen Neugierigen, die ihm folgten, entdeckte ich auch meinen William.
    Der Konnetabel führte Bo von Antioch in den Audienzsaal. Der
Prinz mußte vierzehn oder fünfzehn Lenze zählen, er machte jedenfalls einen sehr selbstsicheren Eindruck, und sein Auftritt
zeugte von Reife.
    Das bestätigte mir auch mein Sekretarius, der kurz darauf in
unserem Quartier erschien.
    »Sein Vater, Fürst Bohemund V., ist gestorben. Der Knabe Bo
hat Herrn Ludwig gebeten, ihn für volljährig zu erklären.«
    »Das ist doch nur rechtens«, sagte ich, »der König wird sich
gewiß dazu bereitfinden.«
    »Durchaus«, bekräftigte William verschmitzt. »Seine Majestät
hat sogleich verkündet, mit größter Freude würde er den jungen
Herrn zum Ritter schlagen, aber«, lächelte mein William, der
schon wieder mehr wußte als die anderen, »das Vergnügen wird
gar bald getrübt werden, denn der frischgebackene Fürst hat im
Sinn, gleich nach seiner Rückkehr seine Mutter, die Fürst-Regen-
tin, abzusetzen!«
    »Das wird die Päpstlichen nicht erfreuen«, erkannte ich den
Coup. »Lucienne di Segni ist eine nahe Verwandte unseres Papstes
Innozenz.«
    »Eine schwache, haltlose Person, eine willenlose Wachspuppe
in den Händen ihrer römischen Beichtväter.«
    »Also«, sagte ich, »dann geschieht es ihr ja recht, warum erregt
Ihr Euch?«
    »Weil jemand mir erzählt hat, sie hätte einem Gesandten Roms
Zutritt in Masyaf verschafft, einem gewissen Vitus von Viterbo.«
    »Und?« fragte ich.

»Aber der ist tot!« schauderte es William. »Erinnert Ihr Euch, dieser Henker der Kurie verfolgte mich und die Kinder bis nach Konstantinopel, wo er endlich aus dem Fenster stürzte.«

»Wenn er tot ist, ist er tot«, fiel mir dazu nur ein. »Außerdem reisen wir gar bald gen Masyaf, dann könnt Ihr Euch vergewissern. Der König schickt uns beide als Gesandtschaft zu den Assassinen.«

William schaute gar nicht glücklich.

»Ich denke«, sagte er dann, »ich sollte hierbleiben, ich mache mir Sorgen um Yeza. Akkon zu verlassen, solange sie auf dem Karmel festgehalten wird –«

»Was sind das wieder für Flausen«, entgegnete ich unwirsch, »nirgendwo ist das Mädchen so sicher wie im Kloster. Ihr kommt mit mir. Befehl des Königs!« log ich.

S OBALD DIE SONNE im Meer der Bucht von Haifa versinkt, wird es bitterkalt auf dem darüber gelegenen Berg Karmel. Eisig schneidende Winde kommen auf, streichen um die sonnendurchglühten Mauern des Klosters, suchen nach nicht verhängten Fenstern und Ritzen und fallen staubaufwirbelnd in die Innenhöfe ein.

Im Waschraum war nur ein kleiner Kreis alter Nonnen um die Äbtissin versammelt, sie steckten die Rücken zusammen und tuschelten.

Hinter ihnen, jetzt fast unbeachtet, wurde Yeza von der Tischplatte losgebunden und ihre Kutte wieder über ihre Blöße und ihre Schenkel geschlagen.

Schwester Dagoberta, der die Untersuchung des Hymens oblegen hatte, trat zum Wasserbottich, roch noch einmal an ihrem gereckten Mittelfinger, bevor sie ihn in der Lauge wusch.

»*Virgo intacta!*« verkündete sie mürrisch den sie gierig fragend anstarrenden Nonnen.

Im Hintergrund löste die herbeigerufene Magd Ermengarde die letzten Binden, die Yezas schmale Fesseln so an die Tischbeine geschnürt hatten, daß das Blut aus den Füßen gewichen war, einzig um den kindlichen Schoß zum Klaffen zu bringen.

Ermengarde massierte ihr die Beine. Yeza war es, als ob sie überhaupt nichts mehr spürte.

Sie hatte sich nicht gewehrt, alles über sich ergehen lassen, den schlechten Atem der über sie gebeugten Frauen, den grob in sie eindringenden Finger, der ihr weh getan hatte, aber sie hatte die Zähne zusammengebissen und mit keiner Miene ihre Wut und ihren Ekel gezeigt.

Sie rutschte jetzt von der Tischplatte, dankte der guten Magd, die immer noch davor kniete, mit einem fahrigen Streichen übers Haar und schritt hinaus. Sie konnte diese nach Fisch, Pisse, Knoblauch und Achselschweiß stinkenden Weiber nicht mehr ertragen.

»Es bleibt der Verdacht«, meldete sich die hagere Candida, »daß sie doch fixiert —«

»Ein *incubus* etwa?« spottete die Äbtissin. »Ein durchs Ohr in den Leib gelangter Fötus, oder wie stellt Ihr Euch das vor, Schwester?«

»Für den Schwanz von Beelzebub gibt es gar viele Löchlein«, kicherte die grobknochige Dagoberta und fing sich gleich einen Rüffel ein.

»Von Euch erwarte ich mir eine explizitere Kenntnis des Uterus«, sagte die Äbtissin scharf, »sonst können wir gleich warten, bis der Leib sich bläht von der Frucht. Ein ›bißchen‹ schwanger gibt es nicht. Also schwört mir —«

»Ich kann nur sagen, was ich gefühlt, das Häutchen ist nicht lädiert, und doch —«

»Schluß jetzt!« befahl die Äbtissin. »Kein Wort mehr! – Und zu niemandem!«

Sie winkte Dagoberta und Candida zu sich: »Bestraft wird die Novizin auf jeden Fall für den Ärger, den sie uns bereitet, und die Obstruktion, die sie an den Tag gelegt.«

»Ich schlage vor«, sagte Candida eifrig, »Stehen mit nackten Füßen und ausgestreckten Armen —«

»Und die Bibel als Gewicht in die Hände«, fügte Dagoberta düster hinzu, »wenn sie diese fallen läßt, ist es ein Zeichen –«

»Daß sie Gottes Wort verachtet!« schloß die Äbtissin. »Dann sehen wir weiter!«

»Capit Deus temporale
nascendi principium,
sed pudoris non amittit
virgo privilegium,
nec post partum castitabis.«

Der Äbtissin war das Resultat der Inspektion gleichgültig, allein die Tatsache, daß sie durchgeführt werden mußte, war schon verwerflich. Sie hätte Yeza am liebsten auf der Stelle aus dem Kloster gewiesen, doch dagegen stand des Königs Gebot, und auch die Königin, der sie von dem schwerwiegenden Verdacht Mitteilung gemacht, wollte sie ihre Entscheidung noch wissen lassen. Sie fürchtete Übles und dachte schon, ob es nicht besser wäre, das Mädchen zur sofortigen Flucht zu veranlassen.

»A quo postquam et fecunda
nulla sibi fit secunda
miro modo fuit mater,
cuius torum nescit pater.«

Der Gesang der Nonnen drang aus den Wirtschaftsräumen zu ihr herüber.

In ihrem Arbeitszimmer wartete Niklas von Akkon auf sie, der Beichtvater des Klosters. Der schien äußerst bedrückt und keineswegs voll des rosigen Gleichmuts, den er sonst auszustrahlen pflegte.

»Die Frau Königin Margarethe hat beschlossen, dem Gerede auf jeden Fall ein Ende zu bereiten. Selbst wenn es sich herausstellen sollte, daß keine Schwangerschaft vorliegt, ist der Schaden für das königliche Haus nicht abzusehen, wenn die Quelle des Zweifels noch länger existiert. Keiner wird es glauben, und nicht tolerierbare Gerüchte werden in Umlauf geraten. Es ist also alsbald ein Abortus einzuleiten, ein letaler Abgang, den auch die Kindesmutter nicht überlebt.«

»Töten ist eine Todsünde, Hochwürden«, sagte die Äbtissin erbleichend, »nicht in meinem Haus, nicht solange ich ihm vor Gott und den Menschen vorstehe.«

»Wer spricht denn von Mord, hohe Frau, es handelt sich um eine jähe Krankheit, höchstens um ein medizinisches Mißgeschick, einen bedauerlichen Unfall –«

»In den Mauern dieses Konvents mit seinen hundert neugierigen Ohren?«

»Dann sorgt für einen Suizid, das würde die Leiden der Frau Königin verkürzen –«

»Und wenn Yeza verschwinden würde?«

»Zu spät!« sagte Niklas. »Diese Schande kann nur schnellstens verscharrt werden, und wir alle können nur hoffen, daß sie dann auch bald vergessen sein wird. Das vermag uns eine lebende Prinzessin Yeza, um die eh schon soviel Aufhebens ist, keinesfalls zu bieten.«

Der Priester erhob sich, nickte der Äbtissin aufmunternd zu und verließ den Raum.

Die Äbtissin trat an ihr Schreibpult und öffnete das Schubfach. Da lag der Dolch, den sie hatte Yeza abnehmen lassen, als diese bei ihrem Eintritt ins Kloster damit die Schwestern erschreckte. Sie steckte ihn ein, verborgen unter ihrer Tracht, und wollte gerade die Tür hinter sich schließen, als aus dem Hof ein Schmerzensschrei und wildes Gezeter ertönte. Sie beschloß, es zu ignorieren und lenkte ihre Schritte zu der leeren Zelle Yezas. Die Äbtissin schaute prüfend den Korridor hinunter, bevor sie eintrat. Sie schob den Mongolendolch unter die Decke des Mädchenlagers. Dann eilte sie in den Hof.

Mehrere Nonnen waren damit beschäftigt, die wild um sich schlagende und tretende Yeza festzuhalten, die schon an einen Stuhl gebunden war.

Dagoberta stand mit einem Krug voll eines dampfendes Suds und einem großen Trichter bereit, wie man ihn zur Traubenlese verwendet, dem Mädchen eine weitere Portion des Trankes gewaltsam einzuflößen.

Candida hüpfte jammernd herum: »Die kleine Hexe hat die Heilige Schrift auf meine Füße fallen lassen!« beklagte sie sich bei der Äbtissin, doch die interessierte sich vor allem für den Inhalt des Kruges.

»Ein harmloser Aufguß von Alraune, Berberitze und der Eberraute«, wies Dagoberta diesen aus, doch Candida verbesserte sie grimmig: »Dazu Kermesbeere, Wurmfarn und die Herbstzeitlose! Das putzt auch den sündigsten Kamin, durch den der Bocksbeinige gefahren!«

Die Äbtissin schlug ihr mit der flachen Hand ins Gesicht und trat den tönernden Krug um, daß er in Scherben am Boden zerbrach und die trübe Flüssigkeit sich über den Estrich ergoß.

Sie hatte sehr wohl die Gestalt des Niklas von Akkon im Hintergrund unter den Arkaden gesehen, bevor der sich verdrückte.

»Bindet sie los!« herrschte sie die aufgeputschten Nonnen an. »Bring sie in ihre Zelle«, hieß sie die herbeigeeilte Ermengarde, »und gib ihr so viel Milch, bis sie bricht!«

Dann wandte sie sich an ihr erregtes Frauenvolk.

»Ich erwarte in fünf Minuten eine jede in der Kapelle. *Silentium strictissimum!*« schrie sie, weil einige noch tuschelten. »Und richtet Euch auf eine lange Nacht ein!«

DIARIUM DES JEAN DE JOINVILLE

Akkon, den 28. April A.D. 1251

Ich hielt mich die letzten Tage vor der geplanten Abreise zu den Assassinen meist im Palast auf und ließ auch meinen Sekretarius nicht aus den Augen, der wohl heimlich Anstalten machte, sich vor dem Unternehmen zu drücken, oder wie er es hieß, seinen Pflichten als Hüter der Gralstochter nachzukommen, um die er sich bislang herzlich wenig gekümmert hatte.

Die Gerüchte allerdings, die vom Berg Karmel bis nach Akkon wehten, waren übler Natur. Der Hofstaat schwätzte von einer ominösen Schwangerschaft Yezas, zurückzuführen auf das merkwürdige Zusammentreffen mit seiner Majestät höchstselbst zur nächtlichen Stunde in der großen Pyramide, und der arglose Herr Ludwig nährte den törichten Verdacht durch verzücktes *virgo intacta*-Gerede.

Das Hospiz der Johanniter lag keineswegs auf meinem täglichen Weg zur Burg des Königs, sondern an der Meeresküste von Montmusart.

Dennoch fing mich ein Trupp ihrer Ritter ab und brachte mich auch nicht etwa zum Sitz des Großmeisters, sondern zur Hospitaliter-Schanze, einem mächtigen Bollwerk, beide Mauerringe übergreifend.

Im Turm erwartete mich Jean de Ronay, jetzt wieder im zweiten Glied des Ordens, woran er sichtlich trug, denn er behandelte mich ziemlich obstinat, was nur von Unsicherheit zeugt.

»Ihr werdet zugeben müssen, Herr de Joinville«, eröffnete er mir, »daß Euch Erfolg in besagter ›Sache‹ nicht beschieden war, und ich daher Euch auch nichts schulde.«

»Mein lieber Ronay«, erwiderte ich, »Erfolg oder Mißerfolg, beides müßt Ihr Euch selbst zuschreiben. Ich habe Euch beratend zur Seite gestanden, gehandelt habt Ihr – oder wollt Ihr mir nachträglich großmeisterliche Rechte zubilligen?«

Das saß, und ich legte gleich nach: »Und was ich von Eurem Wort zu halten habe, werde ich in der Gewißheit abwarten, daß die Ehre des Ordens unter Eurer Führung nicht abhanden gekommen ist.«

Da lenkte er schnell ein und murmelte etwas von »undankbarer Welt«, und er würde persönlich für meine Entlohnung geradestehen, »doch«, fügte er hastig hinzu, »ich will noch einen letzten Versuch wagen, und dabei rechne ich auf Eure Hilfe.«

»Das konntet Ihr stets.«

»Es ist höchst vertraulich, Seneschall, aber ich sage Euch, wenn die Prinzessin lebend aus dem Kloster herauskommt, dann wird

914

sie Akkon schleunigst verlassen – und das ist unsere Chance, unsere letzte.«

Er sah mich bedeutungsvoll an, und ich mußte lachen. »Dazu hättet Ihr Euch nicht als Pythia verkleiden müssen, mein guter Ronay. Einen solchen Orakelspruch stellt Euch heute jeder Chiromant zwischen hier und Joppe ohne Münz dafür zu nehmen. Ich hätte zumindest erwartet, Ihr würdet mir eröffnen, daß Eure Ritter sie zur Stunde mit Gewalt befreien.«

»Das können wir dem König nicht antun«, wehrte er ab.

»Wohl aber der Frau Königin!« setzte ich schroff dagegen. »Wenn Ihr diesmal wieder zaudert, dann ist es zu spät, oder andere werden es wagen.«

»Wenn die Prinzessin tatsächlich ein Kind des Königs unterm Herzen trägt –« gab er zu bedenken.

»Dann habt Ihr doch zwei Fliegen mit einer Klappe geschlagen, wenn Ihr Mutter und Kind, Gralstochter samt Capet-Bastard, in Euren Besitz bringt. Ihr solltet froh sein, wenn es so ist, wie Ihr es Euch immer gewünscht, nur zugreifen müßt Ihr endlich!« Mich ärgerte sein zögerliches Verhalten.

»Laßt das meine Sorge sein«, murrte der Johanniter, »ich will diesmal keinen Fehler machen.«

»Wie es Euch beliebt!« sagte ich. »Aber macht mich nicht verantwortlich!«

»Ich werde Euch Euren Part rechtzeitig wissen lassen!« rief er mir hochnäsig nach.

Ich verkniff mir eine Antwort. Ich mußte das Spiel zu Ende spielen, sonst waren alle Anstrengungen für die Katz gewesen, und wenn ich an die Templer dachte, die sicherlich ob dieser Schwangerschaftsgeschichte außer sich waren vor Zorn, oder gar an die Prieuré – dann war mir gar nicht wohl.

Als ich endlich in der Burg ankam, war dort gerade die langersehnte Gesandtschaft der Assassinen eingetroffen. Es waren nicht dieselben wie das erste Mal, sondern ältere *fida'i*, die sehr besonnen auftraten.

Sie brachten dem König ein Hemd ihres Grand Da'i zum Zeichen tiefster Zuneigung: »So wie ein Hemd dem Körper näher ist als jedwed anderes Kleidungsstück, so umfange ihr Herr und Meister den Herrn König Ludwig in Liebe, die größer und stärker ist als die Verbundenheit mit anderen Königen.« Sie übergaben auch einen Ring vom Finger des Grand Da'i, in den sein Name eingraviert, als Botschaft, daß dieser nun in ein Bündnis mit dem König eingetreten sei, im tiefempfundenen Wunsch, sie möchten von nun an beide vereint bleiben, als seien sie miteinander verheiratet -

Ich empfand das alles sehr schwülstig und reichlich übertrieben, aber mein Herr König war gerührt.

Unter den kostbaren Geschenken war auch eine Elfenbeinschnitzerei eines Eliphanten und eines langhalsigen Tieres, das man *dharafa* ruft, sowie verschiedene Sorten Äpfel, alle aus feinstem Kristall und Quarz. Schachbretter, eingelegt mit Perlmutt und Ebenholz und Figuren aus Horn geschnitten, mit Bernstein verziert. Die Intarsien waren aus Jaspis, Karneol und anderen Achaten. Wieder andere waren ganz aus violettem Amethyst und blaßgrüner Jade.

Als die Gesandten die Kästen öffneten, entstieg ihnen ein so starker Duft, daß der ganze Audienzsaal davon erfüllt war.

Der König entließ sie gnädig, und als der anwesende junge Fürst von Antioch um die Ehre bat, sie in ihre Quartiere geleiten zu dürfen, schöpfte niemand Verdacht.

Nur mein William zupfte mich am Ärmel und sagte: »Habt Ihr die Zeichen bemerkt, die der älteste *fida'i* dem Bo gab?«

Ich sagte: »Ach, mein William, das ist doch ganz natürlich, schließlich sind die Assassinen zwar keine Lehnsleute von Antioch, doch liegen ihre Burgen zum größten Teil in der Grafschaft von Tripoli.«

»Mir war es zu vertraulich, zu wichtig und zu geheim!« beharrte mein Sekretarius auf seiner scharfen Wahrnehmung. »Es hat sicher etwas mit Yeza zu tun!«

»Warum auch nicht«, sagte ich, beschloß aber, die Johanniter zu warnen.

Der König hielt uns fest.

»Ich habe beschlossen«, sagte er, »mich nicht beschämen zu lassen und Euch, lieber Joinville, gleich in Marsch zu setzen, als seied Ihr schon unterwegs gewesen mit kostbaren Gaben, bevor die Assassinen hier eintrafen. Das macht sich besser.«

Er ließ seine Geschenke hereintragen.

Einen noch größeren Berg an Juwelen, Spangen, Ringen, Perlenketten. Dazu Ballen von teuren Stoffen aus Samt und Seide, Pelzwerk und fein gearbeitete Kettenhemden, belegt mit gehärtetem, silbrig und bläulich glänzendem Stahl, güldene Sporen und Saumzeug aus feinstem Leder und schwerem Silber. Und schließlich einen ziselierten Goldpokal, der eine Schale aus reinem Bergkristall umfaßte, aus einem Stück.

»Sagt dem Alten vom Berge, daß hieraus der König trank und daß jedesmal, wenn er ihn an seine Lippen führt, er seines königlichen Bruders liebevoll gedenken soll.«

Prinz Bohemund kam zurückgestürmt in den Audienzsaal. Jetzt wirkte er doch weniger wie ein bald regierender Fürst, sondern glich eher wieder einem frühreifen Knaben von vierzehn Jahren.

»Ihr habt, Majestät«, rief er, »mir zum Ritterschlag versprochen, ich hätt' bei Euch einen Wunsch frei –«

»Das war des Königs Wort«, entgegnete Ludwig belustigt. »So laßt ihn Uns gar gleich vernehmen!«

Bohemund hatte ein sicheres Gespür dafür, wie er sein Anliegen am wirkungsvollsten vortragen mußte, so daß es ihm der König gar nicht mehr abschlagen konnte. Er kniete vor ihm nieder.

»Als Euer Ritter kehre ich nun heim, und ich will sogleich meine Schwester Plaisance meinem Cousin Heinrich von Zypern zur Frau geben, so es Eurer Majestät gefällt –«

»Sicher gefällt Uns das«, sagte der König, »und mag diese Ehe dem König nun endlich zum erhofften Erben verhelfen.«

»All diese erfreulichen Ereignisse«, fuhr Bo fort, »wollen von meinen guten Untertanen mit Festen gefeiert werden – und ich will sie nicht warten lassen«, fügte er bedächtig hinzu. Der König nickte.

»Mein Verlangen ist es nun, eine lieben Freundin an meiner Seite zu Antioch als Gast zu sehen, Yeza, die Prinzessin des Gral, soll mit mir reisen und meines und meines Volkes Glück teilhaftig sein.«

Er achtete nicht darauf, daß des Königs Lippen sich bei der Nennung von Yezas Namen verkniffen hatten, daß sie blutleer schienen.

Der gesamte anwesende Hof starrte auf ihn, so daß ihm nichts blieb, als mit erzwungener Herzlichkeit zu sagen: »Wenn dies Euer Wunsch ist, so will ich ihm gern widerfahren. Nur hat die Prinzessin den Schleier genommen, und so ist es nur billig, wenn ich mich über das Plazet der Äbtissin – wie über der Novizin eigenes Begehr nicht hinwegsetze.«

»Dann«, sagte Bohemund und erhob sich, »bitte ich Euch auf der Stelle mit mir zusammen zum Berg Karmel zu eilen und diese Frage zu klären.«

Er war jetzt ganz ernsthaft und entschlossen.

Der König versuchte, Zeit zu gewinnen.

»Meine Regierungsgeschäfte hier gestatten jetzt meine Abwesenheit nicht, doch bei nächster Gelegenheit –« Er brach ab, weil er die Zornesfalte auf dem jugendlichen Gesicht des Fürsten sah. »Morgen vielleicht.«

Bo ließ nicht locker. »Antioch ist für Euch zu wichtig als Bundesgenosse gegen An-Nasir, als daß Ihr es Euch leisten könntet, es vor den Kopf zu stoßen. Ein gegebenes Wort ist gleich zu erfüllen – wie eine Spielschuld.«

»Ihr kennt noch nicht den Unterschied zwischen einem Hasardeur und einem guten Spieler«, sagte der König, »aber ich mag auch nicht als Verlierer dastehen, wo ich der Gewinner sein könnte, wenn ich, was ich großherzig gewährt, auch prompt erfülle, auf daß nicht der schale Geschmack der Verschleppung den Wert mindere – also brechen wir auf, mein Fürst!«

»Eure weise Größe beschämt das Ungestüm meiner Jugend«, verneigte sich Bo.

Damit sich die Atmosphäre lockerte, ordnete der Herr Ludwig einen allgemeinen Aufbruch an, so daß ich genötigt war, mich der Kalvakade anzuschließen.

Ich schickte aber meinen Sekretarius zum Jean de Ronay, damit er ihn über die Entwicklung der Dinge ins Bild setzte.

Wir ritten im großen Haufen das Ufer der Bucht entlang nach Haifa, und es herrschte eine so ausgelassene Stimmung, als ob eine Braut eingeholt werden sollte. Nur der König wirkte recht betrübt, so sehr er es auch zu verbergen suchte.

Beim Anstieg zum Berg Karmel trafen wir auf die Äbtissin, die auf einem Esel gen Akkon strebte.

Bo hielt sich zurück und überließ es dem König, ihr zu unterbreiten, um was es sich handelte, und ihr behutsam die Frage zu stellen, ob sie etwas gegen Yezas Besuch in Antioch einzuwenden hätte. Zu unserem Erstaunen antwortete die Äbtissin mit größter Heftigkeit, sie sei gerade zur Königin gerufen in dieser heiklen Sache, und wenn wir Yeza aus dem Kloster holen würden, wäre sie grad von Herzen froh.

»Je eher, je lieber!« rief sie. »Sputet Euch!« und gab ihrem Tier die Gerte.

Als wir vor dem Kloster eintrafen, war die Schwester Pförtnerin recht verlegen ob unseres Besuches.

»Die Novizin ist gerade im Bade«, stotterte sie, doch dann tauchte Williams Küchenmagd auf und machte mir heftige Zeichen. Ich sagte zu Bo und dem König, daß ich mich erbieten tät, das Kloster zu betreten. Bo bestand darauf, mich zu begleiten.

»Dulcis sapor novi mellis
legem diri fregit fellis,
per quod dici fuit favus
stella maris, Deus almus.«

Schrill tönte der Gesang der unsichtbaren Nonnen durch die düsteren Gänge, als würden Krähen auf dem Herbstacker übereinander herfallen.

Ermengarde, so hieß die Maid, lief uns voraus durch die dunklen Gewölbe. Wir mußten über Steintreppen in die Tiefe steigen, bis wir an ein Eisengitter geführt wurden, das im Boden eingelassen war.

»Die Zisterne!« flüsterte Ermengarde erschauernd. »Holt sie bitte raus!«

Ich schaute hinunter und blickte genau in die aufgerissenen Augen Yezas, die bis zur Hüfte im kalten Wasser stand.

»Wo ist der Schlüssel?« herrschte ich die gute Magd an.

»Sie haben ihn versteckt«, begann die zu schluchzen, »ich werfe ihr schon immer heiße Steine hinunter, damit –«

»Wir können jetzt keine Zeit mit der Suche verlieren«, rief Bo, »Seneschall, Euer Schwert!«

Er riß es mir aus der Hand und hackte auf das Schloß ein mit immer wilderen Schlägen, ohne jeden Erfolg, nur daß mein gutes Stück schartig wurde und ich jeden Moment die Klinge brechen sah.

Doch die Magd schleppte jetzt eine verrostete Eisenstange an, und die benutzten wir über einen untergelegten Stein als Hebel. Wir sprangen beide gleichzeitig auf das Eisen, bis mit hellem Klang der Bolzen aus seiner Verankerung hüpfte und wir Gitter samt Schloß in die Höhe stemmen konnten.

Ich warf mich über die Öffnung und versuchte, Yeza die Hand zu reichen, doch so sehr sie sich auch reckte, wir bekamen einander nicht zu fassen.

Da sprang kurz entschlossen die kräftige Ermengarde in das Wasser, umschlang Yezas Beine und hob sie uns entgegen. Bo griff sie unter den Achseln, und wir zogen sie heraus.

Yeza blieb triefend am Boden liegen und zitterte wie Espenlaub. Ihr Gesicht war bläulich angelaufen. Die Augen hielt sie geschlossen wie in einer Ohnmacht.

Ich befreite hastig die Magd aus dem nassen Verließ, die uns anwies, wir sollten dem Mädchen die Arme und Beine reiben, sie würde Decken und Kleider holen.

Ich streifte schüchtern den Rock über Yezas Knie und begann, die Beine zu massieren, damit das Blut wieder pulsierte, während Bo sie in die Arme nahm und rüttelte. Ihr Kopf flog hin und her.

Schließlich schlug sie die schönen Augen auf, und ich sah zum ersten Mal, daß sie weinte.

Ermengarde kam mit Decken zurück, und hinter ihr drängte der König mit seinem Gefolge in die unterirdische Kammer.

Als er Yeza so da liegen sah, stürzte er in die Knie und bedeckte ihre kalten Hände mit Küssen, wir mußten ihn wegdrängen, um das Mädchen in Decken zu hüllen und hinauszutragen. Bo folgte dem bis zur Nasenspitze in Tuch eingeschlagenem Körper völlig verwirrt.

Der König erhob sich und rief seinen Seneschall, den Herrn Gilles le Brun, zu sich.

»Ihr werdet die Schuldigen finden«, sagte er leise, »macht kurzen Prozeß. Sie sollen hier mit den Köpfen ins Wasser gehängt werden, bis das Leben aus ihnen gewichen!«

Dann ging er, ein gebrochener Mann.

Es wurde eine Sänfte aufgetrieben und Yeza hineingebettet. Ihr standen jetzt Fieberperlen auf der Stirn, und ihr Atem ging rasselnd. Ermengarde brachte einen heißen Trank und packte auch mehrere heiße Steine in die Decken.

Da öffnete Yeza zum ersten Mal den Mund und rang sich ein Lächeln ab. »Du willst mich wohl verbrennen?«

Die Magd war erschrocken, doch Yeza schlang die Arme um ihren Hals.

»Deine Kiesel haben mir das Leben gerettet, wenn ich nicht auf ihnen gestanden hätte, wär' ich jämmerlich erfroren.«

Da zog sich Bo seinen goldenen Ring vom Finger und schenkte ihn der Magd. Yezas heulende und hustende Zuversicht, ihr lief jetzt auch die Nase, nahm uns etwas von der Bedrückung, und wir traten den Heimweg an.

Der König wich nicht von der Seite der Sänfte.

In Akkon eingetroffen, wurden Yeza sogleich ins Hospital gebracht, und die besten Ärzte wurden herbeigeholt.

Ich ging zurück in mein Quartier, wo mich mein William schon erwartete. Als ich von Yezas Bergung berichtet hatte, war er schon wieder schlauer als ich.

»Das war das Werk der Königin«, vertraute er mir an. »Die Äbtissin wurde weggerufen, weil sie sich den Mordabsichten widersetzte.«

»Das ist ein unerhörter Vorwurf, Herr von Roebruk«, sagte ich, doch er schüttelte den Kopf. »Wartet nur, guter Seneschall, was ich Euch erzählen werde. Der Herr de Ronay, zu dem Ihr mich schicktet, hieß es, sei zur Königin bestellt. Ich ging also zurück zur Burg und schaute in die Kapelle. Da war niemand, doch grad dann hörte ich sie kommen, in äußerst erregtem Disput. Weil ich nicht recht wußte, wie meine Präsenz erklären, verkroch ich mich, was man ja eigentlich nicht tut, im Beichtstuhl und hörte nun unfreiwillig, was nicht für fremde Ohren bestimmt.

›Das fehlt noch!‹ empörte sich Frau Margarethe. ›Das Ketzerhürlein im Triumphzug nach Antioch! Vielleicht reicht ihr dieser Grünschnabel Bo noch die Hand, und sie wird Fürstin, verdrängt gar meine Freundin Lucienne, die arme Witwe und bedauernswerte Mutter. Nein, Herr Jean de Ronay, dazu darf es nicht kommen! Diese Bastardtochter des Gral, gar mit einem Bastard unter dem Herzen – sie darf nicht leben, sie darf den Karmel nicht lebend verlassen! Das erwarte ich von Euch, dem Ritter des Johannes, Orden Christi und des Papstes. Das erwartet auch die Kirche von Euch!‹

›Nein!‹ sagte der Herr de Ronay laut und deutlich. ›Auf die Gefahr hin, daß Ihr uns Eure Gunst entzieht, das dürfte nicht einmal der Papst verlangen!‹

›Ihr laßt sie also laufen, auf daß sie die Schand in alle Welt trägt?‹ fragte die Königin lauernd.

›Die Schande muß sich erst noch erweisen‹, sagte der Johanniter ruhig. ›Ich bin bereit, sie in Gewahrsam des Ordens zu nehmen, bis die fragliche Zeit des Incubus verstrichen. Dann sehen wir weiter, das Ordenskapitel mag darüber entscheiden.‹

›Dann erwarte ich wenigstens, daß Ihr diesem Bohemund das Ehrengeleit bis Antioch anbietet.‹

›Das will ich gern bestreiten, mit einem gar stattlichen Aufgebot, das die Begleiter des jungen Fürsten an Zahl und Waffenstärke weit übertrifft.‹

›Ich sehe, Ihr habt mich verstanden. Ein kleiner Unfall während der Reise, lieber Jean de Ronay, wäre mir eine stattliche Feste für den Orden wert‹, flüsterte die hohe Frau zum Abschied.

›Wir haben der Burgen genug‹, entgegnete ihr der Johanniter, ›doch nie genug der Ehr!‹ Und er ging hackigen Schritts hinaus.

Die Königin blieb noch eine Zeitlang in der Bank sitzen. Meine Furcht, sie würde jetzt im Beichtstuhl niederknien, war gering. Solche Frau hat nichts zu beichten. Sie ging dann auch bald.«

Mein Sekretarius hatte geendet.

»Nicht übel«, sagte ich.

»Übel, sehr übel!« sagte er.

Der König schickte nach uns, wir sollten uns reisefertig in den Palast begeben, Herr Ludwig wolle uns alle zusammen losschikken, sobald sich Yezas Schwächezustand gebessert.

»Bei ihrer Löwennatur«, ergänzte William, »wird das nicht lange dauern!«

Es hatte noch viel weniger lang gedauert, denn als wir in der Burg ankamen, hieß es, Bo von Antioch sei schon losgeritten, er hätte Yeza aus dem Hospital geholt, und das wohl mit Unterstützung der Johanniter, die ihm ein stattlich Geleit gegeben hätten.

Da die Gesandtschaft der Assassinen jetzt auf Rückkehr drängte, packten wir die Geschenke für den Alten vom Berge ein und machten uns ebenfalls auf den Weg.

Der König stand im Tor der Burg und winkte uns nach. Er wirkte sehr traurig.

DER EINSAME REITER, der sich zur frühen Morgenstunde der Jakobsfurth näherte, schaute sich mehrfach um, ob er nicht verfolgt würde. Dann trieb er sein Pferd in das hüfthohe Wasser.

Diese Passage durch den Jordan nördlich des Sees Genezareth bildete die nicht weiter markierte Grenze zwischen dem Gebiet von Damaskus und den christlichen Besitzungen an der Küste.

Und Damaskus hatte Yves schmählich verlassen müssen. Nicht, daß ihn An-Nasir mit Schimpf und Schande davongejagt hätte, aber im Verlauf von wenigen Tagen hatte der Bretone gespürt, wie die Atmosphäre am Hof des Sultans vereiste, gleich einem See, der zufriert. Er hatte nicht darauf gewartet, auf dieser trügerischen Decke herumzutappen, bis sie knackend sichtbare Risse bekam, barst und die Tiefe ihn verschlungen hätte, sondern war bei Nacht und Nebel davongeritten, mit Scham und Wut im Herzen.

Das kalte Wasser des Gebirgsflusses drang ihm in die Stiefel, und als er sein Tier auf der gegenüberliegenden Seite die Böschung hochtrieb, sah er die schwarze Sänfte in den Uferauen.

Einige abgesessene Tempelritter umstanden sie in ihren weißen Mänteln und beobachteten unbewegt den Reiter, der auf sie zuhielt.

»Yves, der Bretone!« wies er sich aus. »Im Dienste des Königs!« Dabei war er sicher, daß sie ihn längst erkannt hatten, jedenfalls der eine junge und bartlose, dessen Mantel Yves wesentlich länger schien und das aufgestickte Tatzenkreuz etwas feiner.

Das war Guillem de Gisors, der Stiefsohn der Grande Maitresse, und Yves spürte ein Frösteln, denn hinter vorgehaltener Hand nannten sie ihn doch den »Todesengel«.

Wenn die Sänfte leer war, was man nie wußte, dann stand eine Leiche von Rang ins Haus. Es hieß sogar, sie käme pünktlicher als der Tod und nie vergebens.

»Wohin wollt Ihr Euren Hals retten, Bretone?« fragte einer roh.

Yves faßte sich unwillkürlich in den Nacken, raffte sich dann aber auf zu einer Erklärung.

»Ihr solltet, werte Ritter«, sagte er, »syrischen Boden meiden. Es ist kein Friede mehr mit An-Nasir.«

»Yves, der Bretone«, erläuterte ein anderer lachend dem Gisors, »hinterläßt meist verbrannte Erde, so auch zu Damaskus!«

»Das muß ich nicht auf mir sitzen lassen!« empörte sich Yves, und seine Hand fuhr zum Knauf seiner Axt.

»Vergebt!« vermittelte der Engel. »Ihr habt dem Sultan eine prächtige Furche durch den Acker gezogen und eine feine Saat gesät, die der Tempel gern hätte aufgehen sehen.«

Yves errötete unter dem unerwarteten Lob.

»Doch Ihr wart Eurer Zeit voraus.«

Das war ein Tadel, und Yves senkte schuldbewußt das Haupt.

»Ich bin kein Landmann.«

»Nein«, sagte der Gisors, »und auch kein Mann des Wortes.«

»Ich bin ein nutzloser Krieger.«

»Alle Krieger sind ohne Nutzen, aber unter denen seid Ihr einer der Besten, als solcher jedem Ritter gleich!«

»Ihr wollt mich ja nicht in Eurem Orden?« Yves hatte die Hoffnung nie aufgegeben.

»Gott bewahre!« rief Guillem de Gisors und lachte sein helles Lachen. »Will meinen: Der Herr bewahre Euch für höhere Weihen! Das Göttliche muß auch die Abgründe abdecken, das Böse und die Mächte der Finsternis, dazu dient der Teufel.«

Er wies dabei auf Yves, als sei der die Verkörperung Satans *in personam*. »Herr Yves ist von größter Wichtigkeit. Wäre das Gute als solches doch sonst nicht erkennbar!«

»Ich will der Gerechtigkeit dienen!« protestierte der Bretone.

»Wie löblich!« rief der Templer. »Ist sie doch eine Erfindung der Menschen und daher *per naturam* mit argen Fehlern behaftet!«

»Ich will für den Glauben Christi streiten!« erregte sich Yves um so mehr, als er sich nicht ernst genommen fühlte.

»Noch besser!« spottete der im weißen Mantel. »Da tretet Ihr schon in ein Paradoxon wie in einen Fettnapf!«

Jetzt lachten alle, und der Gisors fuhr fort: »Macht nur Jagd auf Heiden und Ketzer, Yves, das wird die Kirche Euch auf Erden lohnen!«

Der Bretone glaubte, die Anspielung wohl verstanden zu haben.

»Ich will den Kindern des Gral nichts Böses«, wehrte er ab, doch zu seiner grenzenlosen Verwirrung unterbrach ihn Gisors, der Templer.

»Ihr sollt aber! Folgt nur Eurem Trieb! Den Königlichen Kindern gereicht jede Verfolgung zu Ehr und Ruhm.«

»Wie komm' ich dazu? Sie haben mir nichts getan, ich will nichts von ihnen«, verteidigte sich Yves wütend.

»O doch! Sie sind der Preis, Yves, für die Huld des Anjou!« sagte Guillem de Gisors kalt und setzte höhnisch hinzu: »Ihr seid schon mit dem rechten Teufel im Pakt!«

»Der Teufel seid Ihr, Engelsgesicht!« schrie Yves und riß seine Axt aus dem Gehänge, die er sich, inspiriert von seinem Waffengang mit Angel von Káros, hatte anfertigen lassen, nur daß seine Waffe viel tückischer war. Ihr war der Morgenstern unsichtbar inkorporiert. Die stachelige Kugel thronte auf einem Dorn an ihrem Ende, doch die Kette verbarg sich im Schaft. Ein Fingerdruck, und sie rastete aus zum tödlichen Kreisen von nicht erwarteter Reichweite. Noch ließ Yves sie in ihrem Versteck und drang nur mit erhobener Axt auf den Templer ein, doch da scheute sein Pferd, stieg ängstlich wiehernd auf und warf ihn ab. Yves krachte samt Rüstung mit dem Rücken auf den Boden und verlor die Sinne.

Er wußte nicht, wie lange er im nassen Gras gelegen hatte, als er die Augen aufschlug. Sein Gaul weidete nicht weit von ihm. Yves stützte sich auf und sah seine Streitaxt im Boden stecken. Sie war blutbeschmiert. Spuren von Pferdehufen im lehmigen Ufer führten zur Furth. Von den Templern und der Sänfte war nichts mehr zu sehen.

Yves ritt eilends unter den Mauern von Safed vorbei, der großen Templerfeste, die die »Syrische Pforte« bewachte, und hielt auf Starkenberg zu, der Burg der Deutschen Ordensritter.

Der Komtur Sigbert von Öxfeld war ein aufrechter Mann, von dem er sich Rat erwarten konnte und in Erfahrung bringen mochte, wie die Stimmung unten in Akkon war, ob er sich bei Hofe noch sehen lassen oder wohin er sich wenden sollte.

DIARIUM DES JEAN DE JOINVILLE

Akkon, den 5. Mai A.D. 1251

Wir hatten, um den Vorsprung der Vorausgeeilten einzuholen, die
durch die neben der Burg gelegenen Porte Saint Antoine geritten
waren, den Weg durch die nördliche Porta des Heiligen Lazarus
am Meer entlang genommen.

Die uns begleitende Assassinengesandtschaft hätte es zwar lieber gesehen, wenn wir alsbald auf damaszenisches Gebiet überge-
wechselt wären, doch ein Zug durch das gebirgige Landesinnere
bot weniger Aussichten, uns noch mit den Johannitern und den
Leuten aus Antioch zu vereinen, als die jetzt eingeschlagene
Route, auf der wir ungehindert die Küste entlangstreben konnten.

Schon in der Höhe von Starkenberg meldeten uns Späher, daß
wir die Ausreißer überflügelt hätten, die sich mühsam den Fluß-
lauf in einem Seitental hochbewegten.

Ich besprach mich mit William, daß wir kein Wort des Vorwurfs verlauten lassen wollten, sondern Prinz Bohemund und
auch den ranghöchsten Johanniter wie selbstverständlich begrüßen sollten. Es dämmerte bereits, als sie hinter uns auftauchten.

Jean de Ronay, der zu meinem Erstaunen das mächtige Aufgebot des Ordens in eigener Person anführte, war alles andere als
erfreut, uns, wie er es unhöflich ausdrückte, mit »diesen Messer-
stechern des Alten vom Berge« in seiner Reisegesellschaft zu haben.

Da die Dunkelheit schnell hereinbrach, lagerten wir dann auch
fein säuberlich voneinander abgegrenzt, entzündeten unsere Lagerfeuer und stellten Wachen auf.

William drängte darauf, daß er Yeza sehen wollte, um sich
selbst ein Bild von ihrem Gesundheitszustand zu machen. Er hatte
wohl ein schlechtes Gewissen, daß er seine Fürsorgepflicht auf
dem Berg Karmel ziemlich lasch ausgeübt hatte. Ich wiegelte ab.

»Ihr Befreier und Gastgeber Bo wird sich schon um alles kümmern!«

Doch mein Sekretarius kehrte seinen flämischen Dickschädel
heraus. »Dann geh' ich eben allein!«

Also ging ich mit und ließ mich auch von meinen drei Ritterbannern begleiten, damit der junge Fürst gleich sah, wer ihm und
seinem Gast die Aufwartung machte.

Doch bevor wir die Zelte derer von Antioch erreichten, sperrten uns Wachen der Johanniter den Weg. Sie hatten um das ganze
Lager einen Ring gezogen, der weniger nach Obhut aussah als
nach Bewachung.

Ich protestierte so wortgewaltig, daß Bohemund selbst darauf
aufmerksam wurde und den Ordensleuten eine solche Bevormundung verwies.

»Meine Ritter«, rief er laut, »sind Manns genug, für die Sicherheit der Prinzessin zu bürgen, und ihre Freunde sind meine
Freunde und sollen sie besuchen, wann es beliebt!«

Er umarmte mich und William und führte uns ohne Umschweife zum Zelt von Yeza. Sie war liegend in der Sänfte transpor-
tiert worden und wirkte auch jetzt noch sehr blaß und schwach,
doch als sie William erblickte, da ging ein Lächeln über ihr schmales Gesicht, und sie reichte ihm die Hand und hielt die seine fest.

»Mein Schutzengel«, flüsterte sie, »ich bin so froh, daß wir
jetzt Roç wiedersehen werden!«

William standen die Tränen in den Augen. »Yeza«, stammelte
er, »meine kleine Königin« und bedeckte ihre Hand mit Küssen,
»jetzt müßt Ihr erst mal wieder zu Kräften kommen –«

»Ich bin stark genug – und schlepp' auch nicht soviel überflüs-
sige Pfunde mit mir herum wie Ihr, dicker Minorit.«

Sie schlug ihm aufmunternd auf die Hand. »Wir haben doch
schon so vieles durchgestanden, morgen werd' ich schon wieder
auf dem Rücken eines Pferdes reiten. Mir kann die Reise zu Roç
gar nicht schnell genug gehen!«

William erhob sich. »Dann solltet Ihr jetzt aber brav Eure Me-
dizin nehmen und dann bald schlafen.«

»Ja, meine gute Amme!« scherzte Yeza, und wir verließen das
Zelt.

Zu meinem Verdruß nahm mein Sekretarius den jungen Fürsten beiseite, ich konnte nicht alles hören, aber so viel bekam ich

doch mit, daß er Bo vor den Johannitern warnte »... die vielleicht nicht das gleiche Reiseziel verfolgen, sondern Yeza in ihren Besitz zu bringen trachten. Seid auf der Hut!«

»Ich bin entsetzt!« sagte Bo. »Und werde gleich den stellvertretenden Großmeister persönlich zur Rede stellen!«

»Besser nicht«, sagte William und senkte seine Stimme zum Flüstern, was ich aber durch mein Eingreifen unterbrach.

»Mein Sekretarius sieht Gespenster!« scherzte ich. »Was er dem Orden unterstellt, entbehrt jeder Grundlage!«

»Das wißt Ihr besser als ich, mein Seneschall!« wagte mein aufsässiger Sekretarius mich als Lügner, wenn nicht gar Mitverschwörer hinzustellen, und ich rief ärgerlich: »William, ich befehle Euch, jetzt auf der Stelle mit mir zu kommen!«

Da baute sich Bo vor mir auf: »Wenn William an meiner und Yezas Seite die Nacht verbringen will – und auch die weitere Reise, dann werdet Ihr ihn nicht hindern, mein werter Joinville!«

Doch da schritt William auf mich zu und sagte: »Denkt nicht von mir, daß ich für meine Worte nicht einstehe oder Euch gar verlasse, mein Herr, hat uns doch der König für die Gesandtschaft zu den Assassinen zusammengefügt. Für mich fürchte ich nichts und niemanden auf der Welt, und was ich für das Königliche Kind befürchte, habe ich nun gesagt, und dazu stehe ich auch. Wir können gehen!«

»Ganz zu Euren Diensten, mein Sekretarius!« versuchte ich die Situation scherzend zu entschärfen und warf im Abgang auch dem Bo von Antioch ein überlegenes Lächeln hin, der gleich gar nicht mehr wußte, was er von uns zu halten hatte.

Lächerlich! dachte ich, sagte es aber nicht, weil ich keine so gute Figur gemacht hatte. William, das wirst du mir büßen!

Wortlos kehrten wir zu unserem Lager zurück und hörten, daß der Älteste der Assassinen uns gesucht hätte, er wolle die weitere Marschroute mit uns erörtern.

Ich sagte mißgelaunt: »William, geh hin, und richte ihm aus, daß so geritten wird, wie ich es bestimme!«

Mein Sekretarius nickte ergeben und begab sich zu den Assassinen. Ich verspürte keine Lust mehr, seine Rückkehr abzuwarten und noch einen großen Streit vom Zaun zu brechen, und so legte ich mich verdrossen nieder zur Nacht.

ES WAR SCHON STOCKFINSTER, als ein einsamer Reiter die Torglocke von Starkenberg betätigte. Yves, der Bretone, wurde sogleich vor den Komtur geführt.

»Herr Sigbert«, gab sich der Bretone niedergeschlagen, »ich weiß, daß Ihr mich nicht schätzt, aber ein Nachtquartier könnt Ihr mir nicht verweigern.«

Sigbert von Öxfeld hatte sich schon zur Ruhe begeben und stand im langen Nachtgewand vor seinem ungebetenen Gast.

»Können tät' ich schon!« brummte der eisgraue Hüne. »Aber so unlieb ist mir Euer später Besuch nicht, Herr Yves, diese Mauern bieten Euch Schutz, so lange Ihr dessen bedürft!«

»Ist es schon so weit, daß selbst Ihr hier in der Einöde wißt, wie es um Yves, den Bretonen, steht?« knurrte der so Aufgenommene. »Gestern noch des Königs stolzer Emissär, heute vogelfrei wie der letzte Gauner.«

Der Komtur ließ Wein, Brot und Käse kommen, der Bretone langte mit Heißhunger zu.

»Beides habt Ihr Euch selbst zuzuschreiben, als eingebildeter Gesandter habt Ihr Eure Vollmachten überschritten, eingebildet ist jedoch auch Euer Wahn, Ihr würdet nun verfolgt.«

Yves sah, mit vollem Mund eifrig kauend, erstaunt auf.

»Der König hat keineswegs seine Huld und Hand von Euch abgezogen. Neue Aufgaben erwarten Euch, kein Grund zu verzweifeln!« setzte der Komtur anscheinend gutmütig hinzu.

Sigbert verschwieg ihm, daß Yves als Botschafter zu den Assassinen von Masyaf vorgesehen gewesen war, obgleich er es wußte. Er erwähnte auch mit keinem Wort, daß an seiner Statt gerade der Graf von Joinville nebst seinem Sekretarius an Starkenberg vorbeigezogen waren, die der Bretone noch leicht hätte einholen können, geschweige denn, daß Yeza als Gast des Fürsten von Antioch sich in diesem Heereszug befunden hatte. Ein dumpfes Gefühl sagte dem Deutschritter, daß es besser war, den Bretonen von den Kindern fernzuhalten.

Yves richtete seinen gekrümmten Rücken auf und wischte sich den Mund, bevor er den Becher ergriff, den ihm Sigbert aufgefüllt.

»Eines Tages kann man mir den Ritterschlag nicht mehr verwehren«, sagte er und hob den Becher, »dann werden sich die Orden um mich reißen!«

Sigbert sah ihn belustigt an: »Nur gut, daß Ihr kein Deutscher seid, so bleibt uns diese Kraftanstrengung erspart.«

Er hob seinen Wein und trank dem Bretonen freundlich zu. »Aber sagt mir, warum um aller Heiligen willen und der Jungfrau im besonderen, wollt Ihr Ritter werden?«

Yves, der schon wieder zusammengesunken war, straffte sich: »Weil ich dann wie Ihr, Sigbert von Öxfeld, wie Herr Gavin Montbart de Béthune, wie Herr Konstanz von Selinunt teilhaben könnte an der Verwirklichung des ›Großen Plans‹.«

»Was wißt Ihr vom ›Großen Plan‹?« erheiterte sich der Komtur leichthin, so schien es, in Wirklichkeit war er jetzt wach wie ein Hirtenhund, doch er bellte nicht, sondern versuchte, den Wolf einzuschüchtern.

»Ihr habt nur den Herrn Crean de Bourivan vergessen«, fügte er den schützenden Ring zusammen.

»Seht Ihr bei dieser Aufzählung nicht, wie sorgsam der Kreis ausgewählt? Keiner von uns Rittern«, fuhr Sigbert fort, »hat sich sein Los gewählt. Es wurde uns bestimmt.«

»Es ist die einzige, und vielleicht auch die letzte Gran' aventure, die unsere Zeit, in die mein unbedeutendes Leben gefallen ist, zu bieten hat!« rief Yves unbeirrt in seiner Schwärmerei. »Schutz und Förderung der Königlichen Kinder! Mein Blut will ich für sie geben!«

Der Komtur wirkte jetzt äußerst bedächtig. Nur Narren nehmen Narren nicht ernst, dachte er bei sich.

»Die Erfüllung Eures Herzenswunsches hängt nicht von mir ab«, sagte er. »Viele sind berufen, wenige sind auserwählt, und keiner weiß, was der ›Große Plan‹ letztlich beinhaltet, was er den Kindern bestimmt.«

»Egal«, ereiferte sich Yves, »wenn ich Ritter wär', wär' ich dabei – was auch immer bestimmt, ich würde dafür kämpfen!«

»Es ist nicht der Ritterschlag, der die Gefolgsleute der Kinder ernennt, sondern der heiße Wunsch, dem Gral zu dienen«, gab Sigbert dem Drängen nach. Er war müde, und Reisende soll man nicht aufhalten.

»Wenn die Prieuré mich verschmäht –« wandte Yves ein und zeigte dem Komtur, daß er kein ganz Unwissender war.

»Dann«, schnitt Sigbert ab und erhob sich, »können Euch nur noch die Kinder selbst berufen!«

»Wo sind sie?« sprang Yves auf. »Wo kann ich sie finden?«

»Das in Erfahrung zu bringen«, antwortete der Komtur bärbeißig, »gehört zu Euren Prüfungen, Yves. Wenn Ihr sie nicht finden solltet, heißt das, Ihr gehört nie und nimmer zu den Auserwählten! Gute Nacht.«

Er führte den Schlafgast in eines der Turmzimmer, in dem viele Kisten und Schränke standen, aber auch ein feines Bett mit Baldachin.

»Ich wünsche Euch angenehme Träume«, sagte der Komtur und ließ ihm das Talglicht. »Wir sehen uns des Morgens zur Matutin, so Ihr das Beten nicht verlernt.«

Yves warf sich angezogen auf das pompöse Lager, kaum daß die Schritte seines Quartiergebers verhallt, und starrte zur Decke des Baldachins. Daß der Komtur derart selbstverständlich von beiden Kindern als Einheit gesprochen hatte, konnte nur heißen, daß man sie wieder miteinander vereint hatte, während er in Damaskus war – wahrscheinlich waren sie auch längst nicht mehr in Akkon, denn sonst hatte er sie ja nicht erst lange zu suchen, wie ihm in Aussicht gestellt. Er würde sie finden, und wenn er bis ans Ende der Welt gehen müßte.

Yves war müde, er wollte seinem Körper, wenn er sich schon nicht waschen konnte, was er liebend gern getan, wenigstens den Genuß eines nicht durchschwitzten Hemdes gönnen, schon aus

Rücksicht auf das saubere Linnen und den Damastbezug des königlichen Bettes.

Im Vorzimmer hatte er im Vorbeigehen in einem der offenen Schränke eine ägyptische *Djellaba* bemerkt, die konnte ihm diesen Dienst erweisen.

Er griff das Nachtlicht und schlich sich hinüber. Der flackernde Schein fiel auf die Kisten und Truhen, dann sah er den Stock mit dem merkwürdigen Handgriff als Knauf in der Ecke stehen, man hatte ihm dergleichen in Damaskus auf dem Bazar angeboten. Er wußte, daß der verzierte Stab eine spitze Klinge barg, die wie ein Degen zu gebrauchen war. Er drehte den Knauf und zog sie heraus. Ein Fetzen Pergament flatterte zu Boden. Yves hob es auf und las: »Liebste Yeza«. Es durchfuhr ihn wie ein heißer Feuerstoß: Eine Botschaft von Roç! Wie alt mochte sie sein?

Hellsichtig warnte der Knabe seine Liebste davor, den Schleier zu nehmen, falls ihm etwas zustoße. Er war also nach Homs ausgeritten. Vielleicht war er noch dort, schmachtete im Kerker des An-Nasir? Nein!

Jetzt erinnerte sich Yves an die Brieftauben, die in Damaskus beim Herrscher eingetroffen waren. Roç hatte Homs längst wieder ungeschoren verlassen und war von den Assassinen nach Masyaf geleitet worden.

Also würde auch Yeza, selbst wenn sie diese Nachricht hier nie empfangen hatte, sich dorthin begeben, wenn sie ihn suchte – und sie würde ihn suchen, da war sich Yves sicher, wenn sie nur das geringste Fünkchen Hoffnung hätte, ihn irgendwo noch lebend zu finden.

Yves vergaß, die wollene Tunika anzulegen, sondern rollte sich so, wie er war, in das Bettzeug, gerade noch daß er seine Stiefel abtrat.

»Ihr habt Crean de Bourivan vergessen!« hatte der Komtur gespottet. Sie waren also in Masyaf. Jetzt kannte er das Ziel seiner Reise.

Zufrieden schlief der Bretone ein.

Scandelion, den 6. Mai A.D. 1251

Als wir im Morgengrauen erwachten, sahen wir im Dunst die Ruinen der byzanthinischen Feste Scandelion am Meeresufer liegen, aber das war eine unwesentliche Feststellung, denn im Lager der Johanniter erhob sich jetzt wildes Geschrei: Die Leute aus Antioch waren mitsamt Yeza im Dunkel der Nacht geflohen. Nur die leere Sänfte stand noch da. Und dann sah ich, daß auch unsere Assassinen das Weite gesucht hatten.

Ich warf William, der erst verschlafen, dann erstaunt tat, einen vorwurfsvollen Blick zu, doch der Kerl zuckte nur mit den Schultern.

Jean de Ronay schickte nach mir, wir sollten uns sofort an der Verfolgung beteiligen. Wenn wir der Flüchtigen nicht habhaft würden, wolle er mir die Schuld geben.

Ich hatte keine Gelegenheit zu fragen, wieso, und konnte auch so schnell nicht meine Packtiere mit den Geschenken beladen.

Die Johanniter ritten alleine los, ich konnte nur noch hoffen, daß sie sich nicht an die Küste hielten, sondern landeinwärts. Denn es war offenkundig, daß die Assassinen so schnell wie möglich das Gebirge zu erreichen suchten, wo sie zu Hause waren, und wir uns nur auf vereinzelte Burgen stützen konnten, und auch nur auf die der Johanniter.

Die Deutschen von Starkenberg würden keinen Finger krumm machen, solange dort Sigbert von Öxfeld das Sagen hatte, und die Templer von Safed würden uns mit ihren Katapulten beschießen und den Weg sonstwie mit Gewalt versperren, wenn sie erführen, daß wir Jagd auf Yeza machen wollten. Doch soweit kamen wir gar nicht.

Schon am Fuß des Gebirges stießen wir auf die vorgepreschten Johanniter. Dicke Nebelschwaden wallten zwischen den Bäumen und in den Felsspalten herab, und kaum näherte sich einer von uns dem Waldrand, um den Aufstieg zu wagen, donnerten prasselnd Steine in die Tiefe, daß wir zurückspringen mußten, um nicht mitsamt unseren Pferden erschlagen zu werden.

»Wolken blasendes Zauberpack!« heulte de Ronay vor Wut auf. »Haschisch rauchende Steinschmeißer! – Und wem verdanken wir das? Euch, Joinville! Ihr habt uns diese heimtückische Bande auf den Hals gehetzt!« schrie er. »Das wird noch ein Nachspiel haben, den Prozeß mach ich Euch Versager und Eurem fetten Sekretarius!«

Ich sah keine Veranlassung, William zu schonen, wohl aber meinen Status klarzustellen. »Ich bin Gesandter des Königs«, sagte ich, »und wenn Ihr Hand an mich legt – oder an meinen Sekretarius oder mich in der Ausführung meiner Mission behindert, dann werdet Ihr das bitter bereuen, Jean de Ronay!«

Wir ließen ab von dem Weg durch die Berge und hielten wieder die Küste entlang gen Norden.

Mir mir und William sprach keiner ein Wort, wir wurden praktisch wie Gefangene behandelt. Der Johanniter hielt uns zur Eile an. Mir war klar, daß er alles unternehmen wollte, um in der Höhe von Baalbek, in der Beka'a-Ebene, durch die sie ziehen mußten – um Damaskus wie Beirut zu meiden –, ihnen nochmals den Weg zu verlegen. Wir mußten also schneller sein, und es stand nur zu hoffen, daß Yezas Schwäche uns dabei in die Hand spielte.

ALS DER MORGENNEBEL sich lichtete über den Mauern und Bastionen von Masyaf, und die ersten Strahlen der Sonne ihre wärmenden Finger ausstreckten, ließ sich John Turnbull mitsamt seinem schmalen Lager aus dem Turmzimmer nach oben auf die Plattform tragen.

Hier war das Observatorium eingerichtet, und der mit Silberscheiben belegte, konkave Signalspiegel hing in seinem schwenkbaren Rahmen.

Gegen den Tau der Nacht war er mit Tüchern abgehängt, die die Diener jetzt auf das eigensinnige Beharren des Greises entfernen mußten. Er hieß sie die Scheibe so auszurichten, daß er das lang erwartete Signal empfangen könne.

John Turnbull hatte sich – zum wiederholten Male und daher

von den Assassinen belächelt – zum Sterben niedergelegt. Nur diesmal hatte der Sturz ins Netz seinem gebrechlichen Körper tatsächlich zugesetzt, alle Glieder schmerzten ihm, wenn er sich auch nichts gebrochen hatte bei dem harten Fall aus dem *Bab al djanna* in das ausgebreitete Flechtwerk, das ihn wie einen silbrigen Fisch hüpfen ließ, bevor es über ihm zusammenschlug und der Fang durch das Flugloch der Adler eingeholt wurde.

Der ihm nachfolgende Vitus hatte sehr erstaunt geschaut, als er an dem im Netz hockenden Maestro vorbei in die Tiefe segelte, wo er mit zerschmetterten Gliedern liegenblieb. Hatte der alte Kauz ihn doch reingelegt, durch diese Pforte ging es vielleicht gar nicht ins Paradies – und das mit dem Fliegen war auch nur Lug und Trug wie die so majestätisch davonziehenden Adler!

Weiteres Ärgern blieb Vitus sicher erspart, weil er dann aufschlug und seine Seele flugs in die Hölle sprang, wo sie auch hingehörte.

Doch John Turnbull war diesmal entschlossen, ernst zu machen mit dem Sterben, und hatte – sich auf seine katharische Herkunft besinnend – die *endura* eingeleitet, das totale Verweigern von Nahrungsaufnahme, Wasser eingeschlossen.

Doch die Auszehrung seines Körpers ließ seinen Geist noch einmal zur klaren Sicht der Dinge erwachen, und die Erkenntnis, seine Aufgabe auf dieser Erde noch nicht zur Gänze erfüllt zu haben, ließ seine Physis sich gegen den schnellen Abgang stemmen.

John Turnbull sah hinüber zur runden Scheibe des Signalspiegels. Der mußte ihm die Gewißheit geben, derer er bedurfte, bevor das Leben ihn verließ. Er griff zur metallenen Glocke und rief die Diener zurück.

John Turnbull verlangte den berühmten Gast zu sprechen, der seit einigen Tagen auf Masyaf weilte, Guillaume Buchier, den bekannten Silberschmied aus Paris, bekannt für seine Fähigkeit, kunstvolle Konstruktionen zu schaffen, die nicht nur im *status immobilis* schön aussahen, sondern in der mechanischen Bewegung ihren Zauber erst voll entfalteten.

Der *artifex ingenuus* war auf Einladung des Großkhans auf dem

Weg zum Hofe der Mongolen, wo er zu Karakorum im Palast einen »Trinkbaum« installieren sollte, der vier verschiedene Getränkearten bis zum Tisch zu leiten hatte, damit die trinkfreudigen Tatarenfürsten nicht länger von der Saumseligkeit und dem Herumgepansche ihrer Diener abhängig wären.

Die Gedanken des John Turnbull folgten der beschwerlichen Reise in unbekannte Weiten der Steppe, die von William mit den Kindern vorgeblich schon einmal durchgeführt worden war, eine Erinnerung, die den greisen Maestro Venerabile lächeln machte, wenn auch das glorreiche Finale in Konstantinopel dann ein Schlag ins Wasser gewesen war.

Wie hatte sich Vitus von Viterbo erbost, und wie würdig hatten die Kinder das verpatzte Unternehmen dann doch zum Abschluß gebracht. Seine kleinen Könige!

Um sie kreisten all seine Gedanken, seit er hier lag und mit dem Tode kämpfte. Ihre Zukunft mußte gesichert sein, bevor er, der Initiator des »Großen Plans«, abtrat und mit ihm die Figur des mysteriösen Chevalier du Mont-Sion. Wer würde dann den Kindern Hüter sein? Die Templer spielten ein undurchsichtiges Spiel, die Assassinen hatten sich zwar immer wieder bewährt, doch blieben sie nur Wegbegleiter, die Erfüllung mußte woanders stattfinden.

War es vielleicht doch den Mongolen vorbehalten, ihnen das Reich zu schaffen, das er erträumt?

Er mußte mit Guillaume Buchier reden, der auf dem Weg zum Großkhan war.

Den Assassinen waren die Mongolen so fremd, wie sie diesen ein Dorn im Auge, ihr Hauptquartier in Persien wußte sich unmittelbar von dem Großreich des Khane bedroht. Daher waren sie so sehr an jeder Information aus Karakorum interessiert, daß sie ihre sprichwörtliche Sparsamkeit, um nicht zu sagen, Geiz, überwunden hatten und dem Silberschmied für seine Rückkehr einen kostspieligen Auftrag in Aussicht gestellt hatten: für das Observatorium von Masyaf ein Planetarium zu schaffen, das mit umgesetzter Wasserkraft sich selbst in drehender und kreisender Bewegung halten sollte.

Etwas Ähnliches hatten sie schon auf dem Turm von Alamut installiert, und so lag dem Grand Da'i daran, mit seinem syrischen Sitz nicht hinter seinen persischen Brüdern zurückzustehen.

Maître Buchier genoß also in Masyaf höchste Unterstützung, Esse und Ambos zu installieren, zu schmelzen und zu härten, gar gewaltigen Lärm zu veranstalten, um seine geheimnisvollen Techniken von ineinandergreifenden Zahnrädern, Schneckenwinden und Transmissionen auszuprobieren, egal, was die teuren Metalle kosteten.

Er erschien auch sofort auf der Plattform und begrüßte den darniederliegenden Alten, mit dem er in der Sprache seiner Heimat reden konnte, und der nicht nur für seine Arbeit Interesse und vor allem Verständnis zeigte, sondern der auch voller bizarrer Ideen steckte.

»Was sagt der Spiegel?« beugte sich der Silberschmied vor und betrachtete die glänzende Scheibe, die aber nur den Himmel und die dahinziehenden Wolken reflektierte.

»Ich warte auf ein Zeichen«, sagte John Turnbull, »das mir Gewißheit gibt, daß die Königlichen Kinder wieder vereint sein werden, auch wenn ich es nicht mehr erlebe!«

»Ihr haltet noch lange durch«, ermunterte ihn Buchier, »doch ich habe über Euren Vorschlag nachgedacht. Die Konstruktion läßt sich bewältigen, auch mit den kargen Mitteln, die mir hier zur Verfügung stehen.«

»Versprecht mir«, flüsterte John Turnbull und zog den Meister am Ärmel zu sich herab, »daß Ihr den Auftrag ausführt, bevor Ihr weiterreist. Ich gebe Euch all mein Geld –«

»Dessen bedarf es nicht«, wehrte der brave Mann bescheiden ab, »ich werde Eurer Schatulle nur die Kosten für das Material entnehmen, denn mich reizt die Aufgabe – und der Rest möge den verehrten Kindern des Gral als Zehr dienen, die meinen essen und trinken nicht!«

Da ging ein Lächeln über das bleiche Gesicht des John Turnbull.

»Immer ist es mir gelungen, alle Verfolger irgendwie doch aufs

Kreuz zu legen. Ich werde heiteren Herzens sterben, in der Gewißheit, daß selbst nach meinem Tode der Chevalier du Mont-Sion
noch den Feinden ein Schnippchen schlägt.«

»Dazu will ich gern beitragen«, lachte der Silberschmied. »Ihr
müßt wissen, daß nicht der Erwerb von Reichtümern den artifex
antreibt, sondern die Lust, wider den Stachel zu löcken und die
geistig Trägen, die dem Althergebrachten Verhafteten, immer wieder zu überraschen.«

»Ich bin froh, Euch getroffen zu haben, Maestro!«

Er drückte ihm die Hand, doch Buchiers Auge war abgelenkt.

»Es blitzt!« rief er und wies zum Spiegel. Tatsächlich leuchtete
jetzt das blanke Silber unter Lichtsignalen auf, die von weither auf
die konkave Scheibe trafen.

Mühsam richtete sich, mit Hilfe des Schmieds, der Alte auf,
und seine Lippen formten die Buchstaben, die Worte der Nachricht. Es strengte ihn an, er stöhnte leise, und sein Atem ging rasselnd, doch er ließ nicht nach. An den Arm seines Helfers geklammert, sog er die Botschaft in sich auf.

»Yeza auf dem Wege nach Masyaf! Hallelujah!« Er ließ sich
beglückt zurückfallen.

»Bitte, Maestro«, sagte er, »ruft mir jetzt Roç. Es ist soweit.«

Buchier küßte ergriffen die ausgemergelte Hand, die er noch
hielt.

»Ich danke Euch«, flüsterte John Turnbull.

Der Silberschmied verließ schnellen Schrittes die Plattform.

John Turnbull lag da mit seinem silberweißen Vogelkopf und ließ
sein Leben an sich vorbeiziehen.

Ein Leben für die Kinder.

Er hatte vielen Herren gedient, dem Villehardouin in Byzanz,
von dem er ein Lehe hatte, das er wieder verlor; dem Bischof von
Assisi, der seine Ketzereien deckte, weil er Gefallen daran fand; der
»Chevalier du Mont-Sion« hatte in der »Brüderschaft der Weißen
Mäntel« im Untergrund der *resistenza* gegen Frankreich und die
Kirche gekämpft, bis es nichts mehr zu kämpfen gab, die Frau, die

ihm den Sohn geschenkt hatte, war auf dem Scheiterhaufen verbrannt worden.

Crean, sein Sohn, den sollte er nun auch nicht mehr umarmen dürfen. Doch mit ihm wußte er sich auf eine spirituelle Art vereint, die jede körperliche Ferne überbrückte. Crean würde sein Erbe antreten, was die Hut von Roç und Yeza anbetraf, dessen war er sich sicher. Crean hatte den Weg der Kinder vom Montségur bis hier nach Masyaf beschützt, er würde sie auch gewiß ins ferne Alamut geleiten – und noch weiter, wenn es sein mußte. Was würde sein müssen? Das wußte John Turnbull auch nicht, das wußte vielleicht nicht einmal die Prieuré. Sie war die Macht, die alles bestimmte. Auch wenn er in den Diensten des Kaisers stand, als sein Botschafter beim Sultan akkreditiert war, immer hatte die Prieuré ihr Vorrecht geltend gemacht. Er war in den innersten Kreis aufgestiegen, eine Tür nach der anderen hatte sich ihm geöffnet, nie hatte er die letzte aufstoßen können, immer war da noch eine Hülle, eine Schale und das Zentrum dieser geheimnisvollen Macht, die sein Leben bestimmt hatte, war ihm nicht offenbart worden.

War es ein Kern, war es ein Licht? Oder ein leerer Raum? Ein Wissen? Ein Wissen um was? Es war der Gral, da gab es keinen Zweifel, aber was war der Gral?

Würde er es beim Durchschreiten der letzten Pforte erfahren? Würde die letzte Pforte dann wirklich die letzte sein? Es würde geschehen, wie es ihm bestimmt war.

Roç betrat die Plattform und kniete schweigend neben dem Bett nieder.

Turnbull legte ihm die Hand auf das Knabenhaupt.

»Yeza wird bald hier sein«, sagte er. »Ich segne Euch beide.« Er lächelte Roç an, weil dem die Tränen kamen.

»Wenn du sie küßt, dann sag ihr, daß ich Euch beide liebe.« Sie verharrten lange und schweigend, der Knabe und der alte Mann.

Im Burghof von Masyaf waren Guillem de Gisors und die Templer eingetroffen, jedenfalls stand die schwarze, schmucklose Sänfte in der Sonne. Doch kein Mensch war zu sehen.

Die Hitze ließ die Luft flirren, und der schwere Duft von Jasmin waberte aus den verbotenen Gärten.

Unten im Turm hörte Maître Buchier den Gran Da'i Taj al-Din unwillig sagen: »Wenn der Dickschädel kein Ende finden kann, schickt ihm den *ath-thani*. Morgen ist der Festtag des Hasani-i Sabbah, den soll kein Leichengestank entweihen!«

Roç stand auf, als der glatzköpfige *malak al mauk* eintrat.

»Geh jetzt, Roç«, sagte Turnbull und schenkte ihm ein letztes Lächeln. »Tu, was dir gesagt!«

Dann schloß er die Augen. Er spürte noch, wie das kühle, glatte Holzscheit unter seinen Nacken geschoben wurde und sich eine warme, fleischige Hand auf seine Stirn legte.

Als Buchier kurz darauf wieder in das Turmzimmer kam, war John Turnbull tot.

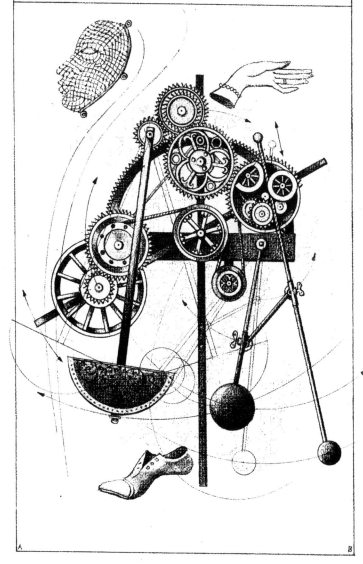

VERWIRRTER VERFOLGER
EITLER WAHN

DIARIUM DES JEAN DE JOINVILLE

Baalbek, den 8. Mai A.D. 1251

Wir lagerten jetzt schon eine Nacht und einen Tag in Eiseskälte und glühender Hitze zwischen den Säulen der Tempelruinen.

Jean de Ronay hatte weder uns noch die Pferde geschont, um rechtzeitig hier einzutreffen. Vorausgeschickte Boten hatten sogar noch Verstärkung vom Krak des Chevaliers herangeführt, und ein Sperrgürtel war von der Küste, oberhalb Beiruts, bis in den Antilibanon gelegt worden.

Es war unsere letzte Chance, denn wenige Meilen weiter im Norden verlief bereits die Grenze des Königreichs zur Grafschaft von Tripoli, die ja schon zum Fürstentum von Antioch gehörte.

Ein Übergriff auf des Prinzen eigen Grund und Boden mochte sich auch der mächtige Orden der Johanniter nicht leisten. Doch es kam niemand.

Als die Nachmittagssonne lange Schatten zu werfen begann, tauchte ein einsamer Reiter im Süden auf. Es war Yves, der Bretone.

Er war wohl nicht minder erstaunt als wir über dieses Zusammentreffen, verbarg es aber hinter mürrischem Schweigen, offensichtlich lustlos, uns einzuweihen, wieso er von Damaskus aus nicht stracks zurück nach Akkon geritten war, sondern sich hier an der äußersten Landesgrenze des Königreichs herumtrieb.

Ich hatte keinen Grund, ihm zu verheimlichen, daß ich als Gesandter zu den Assassinen von Masyaf unterwegs war, überging aber die Tatsache, daß unser Herr Ludwig ursprünglich ihn für diese Aufgabe vorgesehen hatte.

Beim Worte »Masyaf« schienen seine tiefliegenden Augen aufzuglühen wie Kohlen, und ich hatte das Gefühl, dieser unheimliche Geselle weiß genau, was gespielt wird. Es war dann aber der Johanniter, der provozierend die Katze aus dem Sack ließ, grad so, als hätte ich den Bretonen beim König ausgestochen.

Jean de Ronay wertete offensichtlich das Auftauchen von Yves als Zeichen des Himmels, um nun mir und William den angedrohten Prozeß zu machen. Ich hätte ja an seiner Stelle besser nichts von dem Vorsatz der Johanniter preisgegeben, den ihnen treuhandlich übertragenen Schutz von Yeza ziemlich treulos, wenn nicht verräterisch, dazu zu benutzen, sich der Prinzessin zu bemächtigen. Doch die Aggression des stellvertretenden Großmeisters gegen mich war jetzt so weit gediehen, besonders nachdem der Versuch ja wohl fehlgeschlagen war, daß er gar nicht darauf achtete, daß Yves keineswegs seine Empörung teilte und schon gar nicht bereit war, sich als Henker aufzuspielen.

»Niemand anderes als diese beiden haben die Assassinen ins Spiel gebracht und der Flucht der Prinzessin nicht nur Vorschub geleistet, sondern sie wahrscheinlich sogar angezettelt!« keifte de Ronay.

Herr Yves hörte sich die Vorwürfe schweigend an, dann sagte er ruhig: »Die Assassinen mußten von niemandem ins Spiel gebracht werden. Sie sind – im Gegensatz zu Euch und Eurem Orden – schon seit langem den Pakt mit den Templern eingegangen, ihre Hand schützend über die Königlichen Kinder zu halten. Die Assassinen haben nichts als ihre Pflicht getan, die Kinder vor Euch in Sicherheit zu bringen. Was aber«, er wehrte mit einer autoritären Handbewegung ab, »nicht erklärt, wieso sich der Seneschall und sein Sekretarius einmischen.«

Hier war ich gefordert, und man ließ mich auch zu Wort kommen. »Das Rückgeleit der Gesandtschaft des Alten vom Berge gehört zu dem mir vom König erteilten Auftrag. Das von Herrn Yves dankenswerterweise so klar beschriebene Engagement der Assassinen für die Kinder, und nicht gegen sie, müßte allen bekannt sein, die da meinen, sie könnten und dürften sich gegen die Mächte stellen, die hinter den ›Kindern des Gral‹ stehen.«

»Und was, Herr de Joinville«, ging mich jetzt der Johanniter an, »ist mit dem Vertrag, den Ihr, ein Ritter und Ehrenmann, mit uns geschlossen?«

Jean de Ronay war außer sich, er breitete jetzt hemmungslos unsere geheime Absprache aus.

»Wart Ihr es nicht gewesen, Seneschall, der uns auf die Bedeutung der Kinder aufmerksam gemacht hat, sie uns angedient, ja verkauft?!«

»Ihr seid nicht bei Sinnen, Jean de Ronay«, sagte ich kalt, »ich habe Euch nur auf den Kopf zugesagt, worin der Unterschied zwischen Eurer Reputation und dem Charisma der Templer besteht. Und dieser Unterschied besteht noch immer, wie Euer Verhalten beweist. Gewisse Weihen hat man, oder man hat sie nicht. Ihr habt sie nicht – und werdet sie auch nie erlangen.«

»Also habt Ihr uns verraten?!«

Seine Hand zuckte zum Schwert, doch da ergriff William das Wort: »Ehe sich die Herren hier in Ehrenhändel verlieren, will ich klarstellen, daß ich es war, der dafür gesorgt hat, daß Yeza nicht in Eure Hände fällt, weder in die eines Ordens, der meint, sich beim Gral einkaufen zu können, noch in dessen, der mit den Königlichen Kindern Handel treiben möchte. Und wenn ich mir diese Peinlichkeit hier anhören muß, bin ich grad froh, kein Ritter zu sein, sondern nur ein verluderter Mönch, der vielleicht keine Ehre hat, aber ein Herz, und das schlägt für die Kinder! Ich bin stolz, Euch einen Strich durch die Rechnung gemacht zu haben!«

»Hängt ihn auf, hängt diesen verkommenen Minoriten an den nächsten Ast!« schrie Jean de Ronay, aber nicht einmal seine eigenen Leute machten Anstalten, Hand an William zu legen, der hingegen ganz bereitwillig seine Hände hinstreckte, daß man sie ihm band. Doch nicht einmal das geschah.

»Das werdet Ihr nicht, Jean de Ronay«, sagte Yves ruhig. »Ihr werdet William von Roebruk als ehrenwerten Mann in Haft nehmen und auf Eurer Burg verwahren, bis ich ihn dort abhole und seinem einzigen Herrn und Richter, dem König, zurückbringe. Wenn ihm auch nur eines seiner schütteren Haare gekrümmt ist, werde ich dem König über Eure Umtriebe und Eure schnöde Konspiration gegen die Prinzessin reinen Wein einschenken, denn – wie Herr William schon so treffend sagte – Ihr seid allesamt von höchster Peinlichkeit. Ich weiß auch nicht, wie der Großmeister es aufnehmen wird, wenn er erfährt, wozu Ihr die Ritter des Ordens mißbraucht!« setzte er nach einer Pause drohend hinzu. »Dennoch will ich das Gehörte vergessen, wenn Ihr für des Mönches Unversehrtheit einsteht.«

»Ihr habt allen Grund, Euch als Richter aufzuspielen!« murrte der Johanniter. »Wir nehmen William mit, ob es Euch gefällt oder nicht, und Ihr werdet ja sehen, so Ihr Euch auf den Krak des Chevaliers traut, was Ihr dann noch von seinen Haaren vorfindet.«

»Ich weiß«, sagte der Bretone, »daß die Johanniter nicht einmal die Assassinen fürchten und von ihnen Tribut kassieren, aber laßt Euch gesagt sein, daß es dann für Euch beruhigender wäre, mich hier auf der Stelle erschlagen zu haben – traut Ihr Euch das?«

Er hielt dem Jean de Ronay seine Streitaxt hin, doch der hütete sich zuzugreifen.

»Meine Herren«, griff ich nun ein, obgleich William mich mit den Johannitern in den einen übelriechenden Topf geworfen hatte, »solcher Streit führt zu nichts, und ich steh' jetzt ohne Dolmetsch da.«

Dabei war ich boshafterweise höchst befriedigt, meinen Sekretarius auf diese Weise loszuwerden, er hatte es verdient, doppelt und dreifach für seine Frechheiten! Hatte er doch immer mehr vergessen, wer hier der Herr und wer der Diener war, und schließlich war er mir in den Rücken gefallen, hatte mich vor allen Leuten bloßgestellt – Recht geschah ihm, und überleben würde er den Krak ebenso wie alles zuvor. Da mußte ich mir keine Sorgen machen wegen dieses gottverdammten flämischen Dickschädels!

Yves fixierte mich lauernd.

»Ich werde anstelle des Mönches die Botschaft den Assassinen vortragen.« Keinen Widerspruch von mir duldend, setzte er hinzu: »Und Ihr, werter Joinville, werdet mich begleiten!«

Ich sagte: »Des Königs Wille auszuführen ist mir oberstes Gebot –« Und zu Jean de Ronay gewandt: »Wir sollten jetzt den Hader begraben und gemeinsam unsere Reise fortsetzen.«

Der Johanniter schluckte die Kröte. Ich hatte meine schon im Magen, daß mir Blähungen kamen und ich furzen mußte. Jeder Lurch im Darm wär mir lieber gewesen, als den Bretonen am Arsch!

Ich lächelte Jean de Ronay zu, und der sagte mit fester Stimme: »Ich hoffe, es erhebt sich bei meinen mir so lieb und teuren Reisegefährten kein Widerspruch, wenn ich den werten Herrn William schon zum Krak voraussende – ich kann das fette Schwein nicht länger ertragen!« schrie er seine Leute an. »Schafft ihn mir, wenn schon nicht vom Hals, so doch von den Füßen!«

So wurde mein ungetreuer Sekretarius von dem Trupp, der zur Verstärkung des Riegels zu uns gestoßen und nun nutzlos war, in die Mitte genommen und zum Krak verbracht. Ich war mir nicht sicher, ob ich ihn wiedersehen wollte, als er mir zum Abschied grinsend zuwinkte, das alte Schlitzohr!

AUF DIE BRÜDERSCHAFT DES GEHEIMEN SCHWERTES!« sagte Bo und hob den Pokal mit dem funkelnden Wein gegen das Licht der Abendsonne. Die Kinder und der junge Fürst standen auf der äußersten Bastion der Festungswerke von Masyaf und tranken reihum aus dem Gefäß.

»Wo hast du den Stock eigentlich gelassen?« fragte Yeza den ihr gegenüberstehenden Roç, er war so in die Länge geschossen, ganz schmal und sehnig, ihr kleiner Ritter, zum Mann war er geworden und ihr fremd.

»Ich mußte ihn auf Starkenberg lassen«, verteidigte sich Roç verlegen und dachte plötzlich an den »letzten Gruß«, den Liebesbrief, den er für Yeza dort deponiert hatte. Liebte sie ihn noch? Sie wirkte noch sicherer und noch rätselhafter, als er sie in Erinnerung hatte, erfahrener. Andere Männer? Das Herz zog sich ihm zusammen.

»Und was ist mit deinem Dolch?« ging er zur Gegenwehr über.

»Den hat mir die Äbtissin weggenommen«, lachte Yeza, »als ich deinetwegen ins Kloster gehen wollte.«

Sie achtete nicht darauf, wie sehr ihre Worte Roç berührten, sondern fügte, kokett ihre Hand auf Bo's Arm legend, hinzu: »Aus dessen Trinkwasserzisterne du mich herausgezogen hast.«

»In letzter Sekunde«, bestätigte Bo, und Roç fühlte sich ausgeschlossen.

»Wenigstens habe ich vorher reingepinkelt!«

Da mußten sie alle drei lachen, doch Yeza sah, daß Roç unglücklich war.

»Du hast deinen Schwur erfüllt und Mahmoud befreit!« reichte sie ihm den Pokal, und Roç nahm in dankbar.

»Der hat eher mich, den Roten Falken und Madulain gerettet, der kleine Feuerteufel!«

Roç war froh, etwas berichten zu können, das die anderen beeindruckte. Doch ausgerechnet in diesem Augenblick erschienen zwei junge *fida'i* und richteten aus, daß der Grand Da'i den Fürsten von Antioch jetzt zu begrüßen wünsche und daß er darum bäte, sich doch nicht auf den Mauern zu zeigen, es sei nicht notwendig, die Verfolger wissen zu lassen, daß sie noch in Masyaf weilten.

Roç und Yeza wollten Bo begleiten, doch die *fida'i* sagten, auf sie würde der Meister Buchier warten, der sie gern gesehen hätte.

»So streng sind die Gebräuche der Hashashyn«, spottete Bo. »Sie sagen jedem, was er zu tun und was er zu lassen hat. Und wenn du nicht gehorchst –« Er piekte Roç mit dem Zeigefinger kameradschaftlich in den Bauch.

»Wir sehen uns später«, rief er im Weggehen, »so es dem Grand Da'i gefällt!«

Der andere *fida'i,* es war der Feingliedrige mit den Dolchen, der gesprungen und wiedergekommen war, was Roç mächtig beeindruckt hatte, brachte sie hinauf in das Observatorium, wo der Silberschmied aus Paris seine Werkstatt aufgeschlagen hatte.

»Wie war es im Paradies?« fragte Roç den noblen Knaben, der kaum älter war als er, als sie die Wendeltreppe hinaufstiegen. Der lächelte.

»Das wißt Ihr doch selbst, wart Ihr doch nach mir am gleichen Ort«, und Roç wurde rot, weil ihm eingeschärft worden war, bei Strafe des endgültigen Todes, nichts über die verborgene Kammer, die *ma'ua al nisr,* verlauten zu lassen.

»Wie heißt Ihr?« lenkte er also von seiner törichten Frage ab.

»Karim«, sagte der *fida'i* und stellte Roç und Yeza dem Meister Buchier vor.

»Die Königlichen Kinder!« Er verneigte sich knapp und entfernte sich.

Der Meister saß vor einem Metallgestell, in dem unten ein schweres eisernes Schiffchen in einer Schiene hin- und herglitt und dabei an Zacken und Räder stieß, die oben im Gestänge Drehungen und Flügelbewegungen von verschiedenen Rohren und Stangen auslösten.

»Wie eine Vogelscheuche!« rief Yeza vorlaut, der Meister schaute sie nur kurz an, völlig gedankenversunken, nickte aber zustimmend, was Roç ermutigte, seine rasch gewonnene Erkenntnis zu äußern.

»Aber sie funktioniert ohne Wind.«

»Genau!« sagte der *artifex ingenuus* und gab der Anlage einen Tritt, daß das Schiffchen sauste und sich die Zahnräder drehten und die Gewindeschnecken, und oben wackelte das Drahtgestänge nach rechts und links, und andere Scheiben aus Blech hoben und senkten sich, um dann wieder in völlige Starre zu verfallen, weil auch das Schiffchen wieder zur Ruhe gekommen war.

»Eine rollende Kugel wäre vielleicht ausdauernder«, wagte Roç vorsichtig zu bemerken.

»Nicht doch«, sagte Yeza, »sie würde nichts auslösen, weil sie keine Haken und Kanten hat!«

»Völlig richtig!« sagte der Meister belustigt. »Das Problem ist die Übertragung von flüssiger Beweglichkeit auf eine passive Mechanik.«

»Muß denn jedesmal wieder ein Schubs gegeben werden?« fragte Roç enttäuscht.

»Es genügt auch die Veränderung der Lage.« Buchier kippte die Anlage leicht, und alles kam wieder in Bewegung. »Das *perpetuum mobile* ist noch nicht erfunden worden, mein Prinz.«

Er goß etwas schwarzes Öl auf die Gleitschiene. »Wir können ihm uns nähern«, murmelte er anerkennend, »wenn wir tatsächlich perfekt geschliffene Kugeln zwischen Gewicht und Lager einfügen würden, Ihr habt eine große Begabung für das *studium physicalis,* insbesondere des *motus corporis.*«

Roç strahlte.

Yeza sagte: »Oder Ihr hängt das Gewicht frei auf, wie ein Pendel?«

Meister Buchier warf Ihr einen erstaunten Blick zu: »Schade, jammerschade, Prinzessin, daß Ihr für anderes bestimmt seid.«

Er betrachtete jetzt die beiden vor ihm stehenden Kinder so aufmerksam und eindringlich, als wolle er wenigstens ihr Bild fixieren, wenn es ihm schon nicht vergönnt war, sie bei sich zu behalten.

»Wenn Ihr mit mir kämt, könnten wir die schönsten Werke schaffen, die die Welt je gesehen hat!«

»Ja«, sagte Roç, »das ist wirklich schade.«

»Aber nicht zu ändern«, sagte Yeza und zog Roç mit sich. »Wir müssen Euch jetzt wieder Eurer Arbeit überlassen, Meister«, lächelte sie, und Buchier sprang auf und verneigte sich zum Abschied.

»Ihr seid die Meister, wahrhaft königliche Genien, von Euch könnt ich nur lernen.«

»Eure Bescheidenheit ehrt Euch.« Roç reichte ihm die Hand. »Ihr seid ein großer Künstler.«

Buchier entzündete eine Fackel, um ihnen den Abstieg zu leuchten, denn es war dunkel geworden.

Roç und Yeza tasteten sich im Licht der Fackel durch den Garten des Großmeisters, der ihnen verwildert vorkam, auch die Tür hatten sie angelehnt gefunden. Sie schritten über die ihnen wohlbekannten Wege, bis sie zum Pavillon kamen. Roç hob die Fackel und leuchtete der Statue des Bacchus ins marmorne Gesicht.

»Weißt du noch?«

Yeza lächelte: »Du warst plötzlich verschwunden –«

Sie stiegen die Treppe hinauf, und die Zimmer waren noch so, wie sie sie in der Erinnerung behalten hatten.

Da war ihr Bett, und sie spürten plötzlich ihre Verlegenheit, sich jetzt auszuziehen, hinzulegen und zu umarmen, wie sie es früher ohne Hemmungen getan hatten.

Yeza setzte sich zögernd auf den Bettrand, während Roç stehenblieb.

»Komm doch«, sagte sie, und er ließ sich zu ihren Füßen nieder und lehnte seinen Kopf zaghaft an ihr Bein.

»Ich muß dir viel erzählen«, sagte er, und Yeza tastete mit der Hand über sein Gesicht.

»Es ist beinahe so«, sagte sie, »als müßten wir uns neu kennenlernen.«

»Ich liebe dich immer noch«, stieß Roç hervor, »und –«

»Und was?« sagte Yeza, die erfahrene Frau, »wichtig ist doch nur, daß wir wieder zusammen sind.« Sie wollte sich jetzt auf keinen Fall ausziehen, denn sie spürte, daß sie blutete, und sie wußte noch nicht, wie sie Roç diese Veränderung, die mit ihrem Körper vorgegangen war, erklären sollte.

Tief in der Nacht traf Crean ein. Er ließ sich sofort zum Grand Da'i führen. Sie sprachen nicht lange miteinander. Taj al-Din teilte ihm knapp den Tod des Chevaliers mit – er sagte nicht »seines Vaters«–, und Crean unterdrückte jede sichtbare Gemütsbewegung. Das verlangte die harsche Ordensregel, und er war einen Augenblick dafür auch dankbar. Der Schmerz, so er sich noch einstellen sollte, würde vergehen, und schließlich hatten John und er sich alles gesagt, was zu sagen war, und als einen »Vater« hatte er den Maestro

Venerabile auch nie kennengelernt, eher als einen älteren Freund und vor allem als Menschen mit all seinen Fehlern. Er hätte ihn gern noch einmal gesehen, aber wichtiger war, daß John Turnbull heiter im ruhigen Wissen gegangen war, daß die Kinder wieder vereint und in Sicherheit. Crean de Bourivan trat ins Freie, schaute auf zum nächtlichen Sternenzelt und schickte John seinen Gruß. Sie hatten es immer unsentimental gehalten.

Anschließend stieg Crean zum Observatorium hinauf, weil er dort noch einen Lichtschein gesehen hatte. Er fand den Meister Buchier umgeben von einem Dutzend Talglichter, wie er auf einem eisernen Rost schwarze, glänzende Steine zur hellen Glut brachte, indem er sie mit einer pechartigen Flüssigkeit begoß und mittels eines Blasebalgs noch anfeuerte. In dem Feuer glühten runde Eisenkugeln, die er immer wieder in kaltes Wasser tauchte, daß es zischte.

Sein Gesicht war von Ruß geschwärzt, er schwitzte, doch seine Augen glänzten vor Eifer. Bereitwillig zeigte er seinem späten Besucher das »Werk«.

Die Konstruktion war mit Tüchern verhängt, um sie vor den Augen Unbefugter zu verbergen.

Crean warf einen kurzen Blick darunter und schüttelte den Kopf, weil er nichts davon verstand.

»Wie lange braucht Ihr noch, Meister?« wollte er nur wissen.

»Bald, bald!« murmelte Buchier. »Es ist bereit, wenn es vollendet ist.«

Crean nickte. So waren Künstler nun mal. »Ich will Euch nicht drängen«, sagte er.

Doch Buchier war schon wieder in seine Arbeit vertieft.

Als Crean dann in das Turmzimmer stieg, das er sich mit Erlaubnis des Kanzlers abseits von den Schlafstellen seiner *rafiq* eingerichtet hatte, fand er auf seiner Lagerstatt ausgestreckt den jungen Fürsten von Antioch vor, den man dort einquartiert hatte.

Bo war sofort hellwach und begriff auch, daß Creans Rückkehr etwas mit der Weiterreise seiner Freunde zu tun hatte.

»Von mir aus können wir sofort nach Antioch aufbrechen!« rief er erfreut. »Morgen schon!«

»Wir müssen noch warten«, sagte Crean.

»Dann haben wir diese verbohrten Ordensritter vom Krak, die wir gerade abgeschüttelt haben, wieder im Genick! Sie werden alles unternehmen, um Yeza und Roç zu fassen!«

»Sie werden ins Leere greifen«, beruhigte ihn Crean.

»Wißt Ihr, wo die beiden stecken?« fragte Bo. »Ich habe sie überall gesucht, sie sind wie vom Erdboden verschwunden.«

»Wenn Ihr mit mir kommen wollt«, sagte Crean, »ich glaube, ich weiß, wo sie sind.«

Bo stand bereitwillig auf, und, ohne Licht zu machen – inzwischen leuchtete der Mond hell genug über Masyaf –, schritten die beiden durch die Gassen, fanden die Tür in der Mauer offen, durchquerten den Garten mit seinem plätschernden Brunnen und den in schwerer Süße duftenden Jasminhecken.

Sie kamen zum Pavillon. Auf Zehenspitzen schlichen sie die Treppe in das Obergeschoß hoch.

Die Kinder waren angezogen auf dem Bett eingeschlafen. Yeza lag auf dem Rücken, ihr blondes Haar umgab ihr kühnes Antlitz wie ein goldener Helm, Roç lag halb am Boden, seine Arme um ihre herabhängenden Beine geschlungen, sein Gesicht an sie geschmiegt. Die Züge seines Profils hatten viel von ihrer Kindlichkeit verloren. Sie waren gefaßt und etwas traurig. Yezas Hand steckte in seinem Kraushaar.

Das Licht des Mondes fiel durch das Fenster und tauchte die Königlichen Kinder in ein silbriges Meer, das kaum friedliche Ruhe versprach, höchstens Atempause vor dem weiteren Vordringen in die großen Geheimnisse.

Hosn el-Akrad, den 10. Mai A.D. 1251

Die aufgehende Sonne überzog den vor uns sich majestätisch erhebenden Hosn el-Akrad, wie die Einheimischen den Krak des Chevaliers nennen, mit flüssigem Gold.

Wir waren die ganze Nacht geritten und hofften jetzt auf eine kräftige Morgenmahlzeit, ein Bad und die Gelegenheit, unsere erschöpften Glieder auszustrecken.

Doch aus heiterem Himmel verkündete Jean de Ronay, er wolle keine Zeit damit verlieren, zur Burg hinaufzureiten, sondern nach einer kurzen Rast uns, die werten Herren Gesandten, bis Masyaf begleiten.

Yves war verblüfft, sagte aber nichts. In seinem Hirn arbeitete es wohl, welcher Plan dahinterstecken könnte und – vor allem – welchen Nutzen es ihm bringen würde.

Weder ich noch der Johanniter hatten bisher gegenüber dem Bretonen ein Wort über Antioch verlauten lassen, wir hatten den Besuch des jungen Fürsten und seinen Anteil an Yezas Reise völlig unterschlagen. Dabei beließen wir es auch. Mir war klar, daß Masyaf nicht das Ziel der Johanniter war, sondern höchstens eine weitere Hoffnung, beide Kinder auf dem Weg nach Antioch zu fangen, und wenn das nicht gelingen sollte, eben danach.

Jean de Ronay hatte sich festgebissen und brauchte mich jetzt wieder, denn ein Wort von mir zu Yves, und der Bretone hätte ihn samt seinen Rittern zum Teufel gejagt, zumindest heim in den Krak geschickt.

»Als Ehrenjungfer seid Ihr mir nicht hübsch genug, Herr de Ronay«, sagte Yves nach langem Grübeln, »ich bin auch nicht gewillt, Euch in meine Gesandtschaft einzureihen, wenn ich vor den ›Alten vom Berge‹ trete, oder wer auch immer jetzt dort als Da'i al-Kabir das Sagen hat, es würde meine Mission nur erschweren.«

»Ich hatte Euch nicht gefragt, Bretone«, antwortete der Johanniter zornig, »ich kann in Masyaf Einlaß begehren, wann immer es mir beliebt. Wir haben zwar ein durchwachsenes Verhältnis zu den Ismaeliten – das aber seit bald hundert Jahren.«

»Das darin besteht, daß Euer Orden ihnen Tribut abpreßt, von den Schutzgeldern, die sie bei anderen Christen abkassieren. Hehler –«

»Hütet Eure Zunge!« knirschte Jean de Ronay. » Ich kann Euch immer noch erschlagen lassen wie einen tollen Hund, und der König wird nicht um Euch weinen.«

»Dann müßtet Ihr schon alle ehrenwerten Zeugen mit umbringen«, sagte Yves kalt, »das wäre selbst Eurem Orden zuviel Blut, nur weil sein abgehalfterter Großmeister sein Mütchen kühlen will. Aufs Rad ließe Euch der Herr de Chateauneuf binden!«

»Das hätte man mit Euch schon vor Jahren tun sollen!« keifte Jean de Ronay.

»Der König hat's verhindert«, sagte Yves, »und heute dulde ich nicht, daß Ihr sein Begehr, mit den Assassinen sich in gutes Benehmen zu setzen, mit Eurer Intervention gefährdet. Betretet Ihr Masyaf, solange ich dort bin, seid Ihr ein toter Mann!«

Die ranghöchsten Johanniter zogen sich zur Beratung zurück und ließen mich mit dem Bretonen allein.

»Mir reicht es, Euch, Joinville, der Ihr nicht Fisch noch Fleisch seid, dabeizuhaben, nur weil Euch Grafentitel und Rittertum in die Wiege gelegt.«

Ich beschloß, mich nicht beleidigen zu lassen, mit Gemeinen schlägt man sich nicht, und den kürzeren hätt' ich allenthalben gezogen, ich brauchte nur den Blick auf sein furchtbares Henkersbeil zu werfen, mit dem spitzigen Morgenstern obendrauf. Hackfleisch hätte er aus mir gemacht, zumindest mein schönes Wams wäre in Fetzen gegangen und mein Schild mit dem feinen Wappen derer von Joinville und Aprémont verbeult, wenn es mir gelänge, nur den ersten Streich abzuwehren.

So sagte ich: »Dafür kann ich Euch den Seneschall der Champagne bieten und drei illustre Ritterbanner –«

Ich zeigte auf meine Leute, die mißlaunig die ständigen Streitereien verfolgten, in denen ihr Herr Graf keine gute Figur machte. Ich konnte es nicht ändern, es mußte durchgestanden werden. Entweder erreichten die Johanniter ihr hochgestecktes Ziel, und ich war mit von der Partie, oder ich brachte, mit dem Bretonen am Bein, die Gesandtschaft zu einem guten Abschluß, und der König ehrte mich. Den Bretonen könnte man dann auch verschwinden lassen. – Darüber würde ich mich mit Jean de Ronay schon zusammenfinden. Jetzt brauchte ich Yves erst mal, wie er mich!

Lauernd sah er mich an: »Und als was wollt Ihr mich vorstellen? Als Euren Pferdeknecht, der zufällig gut Arabisch kann?«

»Als was Ihr wollt«, sagte ich leichthin, »denkt Euch einen geistlichen Titel aus, und wir werden Euch wie einen Purpurträger ehren, vor allen Augen!«

»Ritter wäre mir lieber!« knurrte der Bretone.

Da lachten meine Herren, und ich sagte schnell: »Den Ritterschlag hättet Ihr vom König heischen sollen, einem armen Grafen und bezahlten Seneschall ist das Austeilen solcher Würden nicht gestattet.«

»Ich weiß«, sagte Yves bitter, »man muß mit blauem Blut geboren werden und darf schon gar nicht geistigen Standes sein – und Totschlag ist auch keine Empfehlung.«

»Selten«, lachte ich, »es sei denn, man tötet den richtigen Mann!«

Jean de Ronay kam auf uns zu: »Wir legen erst mal einen Ring um das Assassinennest, daß niemand mehr entweichen kann.«

»Meinetwegen«, sagte ich, doch er fügte grimmig hinzu: »Und das geschieht, bevor Ihr beiden ehrenwerten Herren Gesandten die Burg betretet. Diesen Zeitpunkt zu entscheiden behalte ich mir vor.«

Yves sagte nichts, und ich antwortete: »Wenn Ihr meint, daß es der Sache dient –?«

Jean de Ronay warf mir einen fragenden Blick zu, als wolle er sich vergewissern, auf welcher Seite ich stünde. Ich ließ ihn im unklaren, denn ich war meiner selbst nicht sicher.

Wir setzten uns wieder in Marsch und teilten uns bald in zwei Züge, die die Feste in die Zange nehmen sollten.

Ich wurde dem einen, Yves dem andern Trupp zugeteilt, den der Herr Ronay selbst befehligen wollte. Ich machte mir keine Sorgen um etwaige Eigenmächtigkeiten des Bretonen, schließlich hatte ich die Kredenzialien des Königs in der Tasche.

»Hinter der Burg treffen wir wieder aufeinander«, bestimmte der Johanniter, »dann schnallen wir den Gürtel enger!«

D ER GESANDTE DER SULTANS von Kairo«, meldete der Herold dem König zu Akkon und stieß dreimal seinen Stab auf zum Zeichen des Ranges dessen, der jetzt den Audienzsaal betrat. »Der Emir Fassr ed-Din Octay!«

So war der Rote Falke wieder im Königreich erschienen, diesmal nicht heimlich, sondern umgeben von reichem Gefolge, das die mitgebrachten Geschenke des Sultan Aibek vor dem Herrn Ludwig ausbreitete. Der König stand auf und umarmte den Gast aus herzlichen Gefühlen gegenüber dem Sohn des Wesirs – der sich, obwohl ein Gegner, als Ritter und Helfer erwiesen hatte, aber ebenso um zu zeigen, welcher Wertschätzung sich ein Botschafter der Mameluken erfreuen durfte.

Um diesen Eindruck noch zu verstärken, zu bereden gab es nur Fragen der Abwicklung, führte er ihn sogleich zur Abendtafel, an der auch die Königin teilnahm.

Sie tafelten bis spät in die Nacht, und als der Konnetabel den Gast in seine Gemächer geleitet hatte, fühlte der Rote Falke eine angenehme Bettschwere, denn er hatte sich – läßliche Sünde des Konstanz von Selinunt, seines zweiten Ichs – gern überreden lassen, dem köstlichen Weine zuzusprechen, den die Königinmutter Blanche aus Frankreich gesandt hatte.

Er wollte sich gerade entkleiden, als es an die Tür klopfte. Herein trat leise Gavin, der Templer.

Ihr Verhältnis war nicht so freundschaftlich, daß sie sich um den Hals fallen müßten, aber es herrschte ein konspiratives Vertrauen zwischen ihnen, beide Mitglieder der Prieuré und eingeweiht in den »Großen Plan«, das keiner besonderen Gesten bedurfte. Dennoch sah sich der Präzeptor zu einer längeren Erklärung veranlaßt.

»Meine Oberen haben mich quasi unter Hausarrest gestellt, und ich rechne damit, daß ich bald nach Rennes-les-Chateaux zurückbeordert werde. Mein Engagement im ›Großen Plan‹ ist ihnen wohl zu eigenmächtig – womit sie recht haben mögen. Auf jeden Fall muß ich diesmal dem Befehl des Ordens gehorchen«, sagte er bissig, »was aber nicht einschließt, daß ich mich nicht mehr um die Kinder kümmere – wie man das wünscht!«

»Gehorsam wird nur von dem verlangt, der das Befehlen nicht gelernt – oder verlernt hat! – Wie geht es Yeza?« fragte der Rote Falke, denn er wußte ja Roç in Sicherheit bei den Assassinen.

»Sie sind wohl beide in Masyaf«, sagte Gavin, »und das ist meine größte Sorge. Ich erhalte seit Tagen keine Nachricht mehr von John Turnbull und weiß auf der anderen Seite, daß von Antioch aus der ärgste Feind der Kinder, den wir alle für tot glaubten, Vitus von Viterbo, zu den Assassinen gereist ist.«

Der Rote Falke hatte sich gesetzt, während der Templer unruhig im Zimmer auf- und abschritt.

»Die Kirche und der Anjou haben nach dem Tod des Kaisers ihre Masken fallen lassen und ihre Kräfte vereint, allem – auch dem letzten stauferischen Blute – den Garaus zu machen. Da sie hier in Akkon nicht auf die Billigung Ludwigs rechnen dürfen, sickern sie über das ahnungslose, im Moment auch herrscherlose Antioch ein.«

»So ahnungslos ist Madame Lucienne, die Regentin, nicht, sie öffnet den Römern bereitwillig Tür und Tor, schon um den griechischen Patriarchen zu vergrätzen – und auch mit Armenien liegt die Dame über Kreuz.«

»Ich sehe«, sagte Gavin, »der ägyptische Geheimdienst hat unter der Machtübernahme durch die Mameluken nicht gelitten, aber vielleicht ist Euch entgangen, daß nun auch Maître Robert de Sorbon, ein geschworener Parteigänger des Anjou, im Anzug auf Masyaf ist, von wo man Crean und Tarik ibn-Nasr eben wegen ihres Einsatzes für die Kinder entfernt hat: Die Kinder des Gral sind in höchster Gefahr!«

»Das schwante mir schon«, sagte der Rote Falke, »als ich hörte, daß ein Geschwader des Anjou versucht hat, Otranto zu nehmen, was aber der heimkehrende Graf Hamo in letzter Minute vereiteln konnte, nicht zuletzt mit Hilfe unserer Schiffe, die ihn begleiteten.«

»Der Dank Baibars für den wiedergewonnenen Sohn?«

»Auch für die Abnahme des peinlichen Problems mit der für uns Muslime entehrten Schwester!« lachte der Rote Falke.

»Ich hoffe«, sagte Gavin, »Ihr seid mit der Saratztochter ebenso glücklich –«

»Danke«, sagte der Emir, »als wenn Damaskus, die Christen und die Mongolen noch nicht genug wären, hab' ich mir mit Madulain eine vierte Front aufgetan, an der selten Waffenruhe herrscht.«

»So erholt Ihr Euch auf Gesandtschaftsreisen«, sagte Gavin, »doch diesmal habt Ihr's falsch getroffen. Ich kann Euch nicht auffordern, wohl aber inständig bitten –«

»Ich hab' schon begriffen«, sagte der Rote Falke und erhob sich, »Ihr zahlt mir den Haushalt, den meine Dame zerschmettern wird, wenn ich nicht pünktlich wieder in unserem Sommerpalast zu Gizeh erscheine.«

»Ich bin arm«, sagte Gavin, »aber ich werde der feurigen Dame eine Taube schicken, die Euer verlängertes Ausbleiben entschuldigt.«

»Ich reite noch heute nacht.«

»Allein?« fragte Gavin besorgt.

»Ich kenne den Weg«, sagte der Rote Falke und gürtete seinen Schimtar, »und bin schneller, wenn ich auf keinen Begleiter Rücksicht nehmen muß. Besorgt mir zwei, drei Pferde zum Wechseln, und überlegt Euch lieber, wie Ihr morgen früh dem König mein Verschwinden erklärt.«

»Noch eins«, sagte Gavin und hielt ihm die Tür auf, »Yves, der Bretone, hat Damaskus verlassen und ist seitdem nicht wiederaufgetaucht. Ihr wißt, daß er schon einmal seine mörderische Hand gegen Yeza erhoben hat, und nur das Dazwischentreten des Königs hat sie damals gerettet.– Diesmal sind die Königlichen Kinder schutzlos, nur William ist auf dem Weg nach Masyaf, der kann aber gegen Gewalt kaum etwas ausrichten!«

»*Allah jurafiquna!* Ich kann nicht mehr, als Eure Pferde zuschandenreiten.«

Sie verließen, ohne Aufsehen zu erregen, den Palast des Königs.

Gavin holte aus den Ställen des Tempels die besten Vollblüter und begleitete den Roten Falken durch die nächtliche Stadt bis zum Tor des Heiligen Lazarus, das zur Templerschanze gehörte.

»Wollt Ihr nicht doch ein paar von unseren Turkopolen mit auf den Weg nehmen?« insistierte Gavin. »Das nehme ich gern auf meine Kappe.«

»Nein, Gavin Montbard de Béthune!« rief der Rote Falke und preschte mit den Saumtieren an der Leine hinaus ins Dunkle.

»*Che Diaus vos bensigna! Salvatz los enfans do Gral!*«

»*Inschallah!*« sagte Gavin leise.

DIARIUM DES JEAN DE JOINVILLE

Vor Masyaf, den 13. Mai A.D. 1251

Nördlich von Masyaf, dort wo die ansteigende Serpentinenstraße hinauf zur Festung der Assassinen beginnt, traf die Spitze unseres auseinandergezogenen Trupps wieder auf die Hauptstreitmacht unter Jean de Ronay, der seinen Riegel durchs Gebirge gelegt hatte, den Weg zum Meer versperrend, während wir die Straße nach Hama im Westen abgesichert hatten.

Ich warf Yves einen fragenden Blick zu, doch der brütete düster vor sich hin.

»Können wir jetzt unsere Gesandtschaft antreten?« fragte ich ziemlich aufsässig den Johanniter, der sich, schien es mir, auf längeres Zuwarten einrichten wollte. »Ihr habt jetzt Euren Gürtel gelegt –«

»Das könnte Euch so passen«, fauchte Jean de Ronay. »Ihr reitet hinauf und verratet unsere Sache ums andere Mal, und die Kinder entwischen durch irgendein Loch!«

»Das ist bei Gürteln so!« spottete da der Bretone. »Zieht man sie zu straff, schnüren sie das eigene Gedärm, sitzen sie zu locker, rutscht die Hose!«

In dem Augenblick wurde unsere Aufmerksamkeit auf den steilen Weg gerichtet, der von der Burg herunterführte zur Gabelung, an der wir standen.

Im aufwirbelnden Staub erkannte ich die Fahnen Antiochs. Es war der junge Fürst, der mit seinem stattlichen Gefolge herabgeritten kam, doch wir waren zahlenmäßig weit überlegen und hatten auch schon die Böschung des Hohlweges besetzt und unsere Bogenschützen zwischen den Felsen postiert.

Das sah wohl auch Bo, er hob die Hand, und die Kavalkade seiner Ritter kam zum Stillstand. Jetzt konnte man deutlich die Sänfte sehen, die sie in ihrer Mitte führten.

»Aha«, sagte Yves, »sie bringen uns das Gewünschte auf dem Tablett!«

»Haltet Euch gefälligst zurück!« fuhr ihn Jean de Ronay an. »Wir befinden uns auf ihrem Territorium, und ich will jeden Ärger vermeiden.«

»Ich nicht«, sagte der Bretone.

»Wartet«, versuchte ihn der Johanniter zurückzuhalten, »es ist ja nicht sicher, ob die Gesuchten da drin sind —«

»Das will ich grad sehen!« rief Yves. »Kommt, mein Herr Graf de Joinville, mit Euren edlen Rittern, damit wir den Königlichen Kindern die standesgemäße Aufwartung machen?« Und er ritt einfach los, und ich mit den meinen, um Schlimmeres zu verhüten und weil uns keiner aufhielt, hinterher.

Die Johanniter blieben ratlos zurück, gaben aber den Weg nicht etwa frei.

»Was tretet Ihr uns so feindselig gegenüber?« richtete Bo seine Frage an mich, während Yves versuchte, sich der Sänfte zu nähern.

»Wir wollen nur die Königlichen Kinder begrüßen!«

»Hier sind keine Kinder«, sagte Bo.

»Laßt mich einen Blick in die Sänfte werfen«, sagte Yves, doch da wurde der junge Fürst wütend.

»Wagt nicht, ihr noch einen Schritt näher zu kommen«, rief er warnend, doch da hatte sich der Bretone schon über den Hals seines Pferdes geworfen und mit raschem Griff den Vorhang zur Seite gerissen. Die Sänfte war leer!

»Die Frechheit sollt Ihr mir büßen!« schrie Bo und ließ seine Ritter blank ziehen.

Alle nahmen an, Herr Yves würde versuchen, die Johanniter wieder zu erreichen, so drängten sie ihre Pferde, ihm den Durchritt zu verwehren, doch der Bretone rief: »Habt Dank für die Straßensperre!« und preschte den Weg hoch nach Masyaf, daß der Schotter spritzte.

Da begriff ich, daß er das ganze Manöver nur angezettelt hatte, um sich von de Ronay abzusetzen, und ich sagte zum erbosten Bo: »Es ging ihm nicht darum, Euch zu beleidigen noch Euch zu trotzen, sondern den Johannitern da unten zu entfliehen, die uns an der Erfüllung unserer Mission hindern wollten.«

»Das liegt mir fern, lieber Joinville«, sagte Bo, »doch bringt Eurem rüden Knecht bessere Manieren bei!«

Ich grüßte den Fürsten und ließ meine Ritter an denen von Antioch vorbeireiten, um Yves zu folgen.

»Weist diese Ordensmänner in ihre Schranken«, forderte ich Bo auf, »schickt sie nach Hause! Sie haben nur törichtes Zeug im Kopf – Ihr versteht mich?«

Bo machte eine verächtliche Geste und winkte mir nach, während ich zu den anderen aufschloß.

Al kilabu tanbah, al qafila tastamirru bil mashi.

Im diffusen Licht des sich über den Bergen ankündigenden Tages, wenn der Schlaf der Ritter am tiefsten ist und der Feind sich mit Vorliebe bis unter die Mauern schleicht, tauchte die Gestalt eines Reiters mit vier Pferden am gegenüberliegenden Rand der Schlucht auf, mit der die Natur Starkenberg vor dem überraschenden Ansturm größerer Heerscharen schützte.

Dem Wachhabenden der letzten Terz waren die Augen immer wieder vor Müdigkeit zugefallen, so daß er erschrocken auffuhr, als die Glocke anschlug.

Der eisgraue Komtur der Deutschen, Sigbert von Öxfeld, dachte erst, es läutet zur Matutin, doch als die Glockenschläge an Heftigkeit zunahmen, tastete er schlaftrunken nach seinem Schwert.

Da hörte er schon seinen Namen rufen, und kurz darauf betrat der Rote Falke das Gemach.

Die alten Waffengefährten vom Montségur, Ritter des Kaisers, umarmten sich brüderlich. »Wo brennt's?« fragte Sigbert.

»Die Kinder sind in Gefahr, der Feind berennt Masyaf – oder was ärger ist, sickert still und leise in die Feste ein –«

»Ist denn Crean nicht da?«

Der Rote Falke schüttelte den Kopf. »Auch sein Vater nicht, noch Tarik, der Kanzler – und der Grand Da'i erkennt die Wölfe im Rocke der Kirche nicht: Vitus, Sorbon, und Yves, der Bretone, um nur die zu nennen, von denen ich weiß, daß sie sich aufgemacht haben zur letzten großen Jagd! Zur Hatz auf die Kinder des Gral!«

»Wenn Yves hinter den Kindern her ist«, räumte der Komtur ein, »ist das auch etwas meine Schuld, weil ich dem Bretonen gesagt habe – der unbedingt Ritter werden möchte, Gralsritter am liebsten und ›Hüter der Kinder‹ – dazu könnten ihn nur Yeza und Roç selbst ernennen. Der Herr Yves ist also nicht auf ihre Köpfe aus, was man ihm erfahrungsgemäß leicht unterstellen möchte, sondern darauf, ihre Herzen zu gewinnen.«

»Höchst gefährlich, guter Sigbert«, runzelte der Rote Falke die Stirn. »Wie schnell kann bei der geringsten Enttäuschung, einer unbedachten Absage, die Liebe in blinden Haß umschlagen! Ihr hättet diesem labilen wie unbeherrschten Kerl keine diesbezügliche Hoffnung machen dürfen.«

»Das sehe ich zwar anders«, sagte Sigbert, »weil jede bekehrte Seele ein Gewinn ist –«

»Die Prieuré würde ihn nie in unseren Kreis aufnehmen«, wandte der an Jahren wesentlich jüngere Emir ein, »wenn er das begreift, verwandelt er sich in ein reißendes Tier – und wir müssen uns mit ihm herumschlagen.«

»Also, dann auf zum Gefecht!« sagte Sigbert, dem nicht anzusehen war, ob er seinen Fehler einsah. »Welche Aufgabe entfällt auf mich zur Sühne meiner Missetat?«

»Nicht Altersweisheit«, rügte der Rote Falke lächelnd den Älteren, »jugendlichen Leichtsinn habt Ihr bewiesen, so sichert zur Wiedergutmachung Antioch ab, dorthin werden sie sich wenden. Ich übernehme Masyaf – falls sie dort noch sind.«

Sigbert lehnte sich aus dem Fenster und gab der Torwache ein Zeichen, das Horn zu blasen. Der Burghof füllte sich augenblicklich mit Rittern, die noch im Laufen ihre Brustpanzer anlegten und ihre Schwertgehänge festzurrten.

Die beiden Freunde stiegen die Treppe hinab, ihre Helme unter dem Arm.

Der Komtur wählte ein Dutzend Reiter aus, denen sofort Pferde, Lanzen und Schilde gebracht wurden.

»An der Küste liegt ein Lübecker«, sagte Sigbert, »der uns Bier und Schweinernes aus der Heimat gebracht hat und sich gern noch nützlich machen möchte im Kampf gegen die Heiden! Der Gute! Mit seiner Hilfe werden wir schneller in der Höhe von Tortosa sein als in jedem noch so scharfen Ritt, dort setze ich Euch ab und segle weiter bis nach Sankt Symeon, dem Hafen von Antioch.«

»Macht mich nicht zum Strandgut in Sichtweite von Tortosa«, sagte der Rote Falke, »die Templer sind dort kaum gut auf Konstanz von Selinunt zu sprechen, hat er ihnen doch den Komtur erschlagen, Etienne d'Otricourt.«

»Ich dachte, der wäre von Assassinenhand erdolcht?«

»So kann man es auch nennen«, stellte der Rote Falke richtig. »Madulain gab ihm den Gnadenstoß.«

Sigbert wunderte es nicht. »Wer die Raubkatze zur Frau bekommt, sollte nur in voller Rüstung ins Brautbett steigen«, brummte der Deutschritter, es war herauszuhören, daß sie so gar nicht sein Fall war.

»Ach«, lachte der Rote Falke, »ist die Lanze eingelegt, pariert die Saratz jeden Stoß!«

»Weiber«, grummelte Sigbert, »nichts als Ärger!« Und gab das Zeichen zum Aufbruch.

Die Torflügel von Starkenberg flogen krachend auf, und herausgaloppierten die Ritter in den wehenden weißen Mänteln mit dem schwarzen Kreuz, das wie ein mächtiges Schwert von der Brust bis zum Saum reichte, dazu ein hakennasiger Emir der Mameluken. Seine Saumpferde trugen das Brandzeichen des Tempels. Sie stieben durch die Gebirgspfade auf die Küste zu.

DIARIUM DES JEAN DE JOINVILLE

Masyaf, den 15. Mai A.D. 1251

Wir weilten jetzt schon zwei Tage auf Masyaf. Vormittags und nachmittags je eine Stunde konferierten wir mit dem Grand Da'i, darauf bestand Yves, obgleich wir wenig zu verhandeln hatten, ja genaugenommen offene Türen einrannten.

Die Assassinen waren durchaus kooperationswillig, zumal Ayubiten wie der An-Nasir in ihren Augen hartgesottene Sunniten waren, ungeachtet, daß der große Saladin aus machtpolitischen Gründen, als er den letzten Fatimiden vom Thron von Kairo stieß, sich zur Schia bekannt hatte. Außerdem hatten sie für ihre Burgen rund um Masyaf von uns nichts zu befürchten, weil wir nicht über genug Ritter verfügten, sie zu bemannen, während An-Nasir, der sich *nolens volens* mit dem Alleinbesitz von Damaskus abgefunden hatte, gierig die Hand nach jeder Lehnspfründe ausstreckte, um seine Macht in Syrien zu festigen.

Wir vereinbarten, in die gefährdeten Burgen christliche Garnisonen zu legen, um so dort wenigstens Flagge zu zeigen. Es konnte sich aber eigentlich nur jeweils um den Mann mit der Fahne handeln.

Im übrigen stellten wir dem Grand Da'i in Aussicht, ihm einen Teil des Tributs zu ersetzen, den die Assassinen an die Ritterorden der Templer und Johanniter abführen mußten.

Dafür versprach er uns, die Verbindungswege zu Land zwischen dem Königreich von Jerusalem und dem Fürstentum Antioch offenzuhalten, die an diesem Engpaß von den Emiren von Homs, Hama und Shaizar immer wieder durch Raubüberfälle unsicher gemacht wurden.

Das beklagte auch Taj al-Din, und Yves sagte: »Es gab mal eine Zeit, großer Da'i, da wußte dieser Orden, wie man mit solchen Störenfrieden umspringt –!«

Der schaute ihn erstaunt an. »Das wird uns zu Unrecht nachgesagt, politischer Mord ist jedoch kein Programm.«

Das war eine leichte Zurechtweisung, doch Yves ließ nicht gleich locker: »Religiöse Maximen wie der Gottesstaat, geführt von einem *Imam,* legitimer Nachfolger des Propheten, basierend auf der totalen und unfehlbaren Doktrin des *ta'lim,* schließen ihn jedoch auch nicht aus?«

»Wer nicht sparsam mit solchen Mitteln umgeht, entwertet sie«, sagte der Grand Da'i, »wenn Ihr Gegner zu Dutzenden niederstreckt, seid Ihr ein Schlagetot. Tötet Ihr nur einen, besonderen, winkt Euch ewiger Ruhm, und man wird Euch einen edlen Ritter heißen.«

»Also geht es nicht ohne Töten?« hakte Yves lauernd nach.

»Doch«, lächelte der Grand Da'i, »dann seid Ihr ein frommer Mann – und das ist schwer. Wart Ihr nicht einst Priester?«

Der Bretone zog es vor, die Unterredung hier abzubrechen, doch jetzt hielt ihn Taj al-Din fest. »Das höchste ist ein frommer Mann, der sich für seinen Glauben erschlagen läßt, ohne den Versuch der Gegenwehr, ohne Gleiches mit Gleichem zu vergelten, der bewußt den Tod auf sich nimmt. Das sind die Märtyrer, heilige Männer!«

»Nichts für mich«, knurrte der Bretone.

»Ich weiß«, verneigte sich der Grand Da'i, und wir waren entlassen.

Die übrige Zeit verbrachte Yves damit, auf Masyaf umherzustreifen, es gab keinen Ort, keinen entlegenen Gang, keine verborgene Kammer, die er nicht durchstöberte.

Wir sprachen nicht darüber, aber ich wußte, daß er nach den Kindern suchte.

Manchmal blieb er plötzlich stehen und lauschte, ich sagte nichts, zumal ich nur das Schreien der Adler vernahm, die irgendwo im Gemäuer nisteten. Oft zuckte er zusammen, als hätte er irgendwas gesehen, doch es war meist nur ein farbiges Tuch im Winde. Er schleppte mich immer mit wie eine Anstandsdame oder wie einen Schutzengel, der ihn – falls wir plötzlich vor den Gesuchten stünden, davor bewahren möge, nicht den rechten Ton zu finden, oder gar vor einem unbeherrschten Raptus.

Yves kannte seine latente Krankheit, will man sie nun Mordlust oder Blutrausch nennen, sie konnte plötzlich über ihn kommen, und so trottete ich als Pfleger mit, um ihn zu halten, wenn Schaum vor seinen Mund treten sollte.

Wir wußten, daß außer uns und den unsichtbaren Kindern sich noch ein Gast auf Masyaf aufhielt, Maître Robert de Sorbon.

Er schien uns aus dem Wege zu gehen, jedes Zusammentreffen mit uns vermeiden zu wollen, was Yves nur noch argwöhnischer machte.

»Daran seht Ihr, werter Herr Graf, daß dieses Nest noch tausend Verstecke birgt, die sich unseren Augen und Ohren noch nicht erschlossen haben.«

Ich sagte nicht, daß ich dem Maître längst begegnet war und der mich hastig eingeweiht hatte, daß der Anjou ihn nach Antioch gesandt habe, um zu sondieren, wie die Barone von Outremer, an ihrer Spitze der Fürst von Antioch, es aufnehmen würden, wenn er, Charles d'Anjou, seine Hand auch nach diesem Staufererbe ausstrecken würde, so wie er es schon auf Sizilien und in Neapel tat.

Dort hatte er nicht landen können, weil ihm in Manfred, dem kaiserlichen Bastard, ein fähiger und beherzter Gegner erwachsen war, während Konrad, der rechtmäßige Erbe, sich als schwach erwiesen hatte. So war das Königreich von Jerusalem, das dem Staufer zugefallen war, ihn aber nicht kümmerte, die erste begehrliche Beute, auf die der Anjou abzielte. In Akkon konnte er mit dem Anspruch nicht auftreten, dort saß sein eigener Bruder, König Ludwig, und der hätte es nie geduldet. Doch Antioch war weitgehend unabhängig von Akkon und hatte seine Schwierigkeiten mit

Konstantinopel, das machte es interessant. Denn Herr Charles, wie mich der Maître verschwörerisch wissen ließ, hatte keine geringere Ambition, als die eines umfassenden Mittelmeerreiches, ausgehend von seiner Provence bis zur Übernahme des ehemaligen Byzanz, von ganz Süditalien, das hatte der Papst ihm angedient, bis hier in die *Terra Sancta.*

»Ach so«, war es mir herausgerutscht, »deswegen sind die ›Königlichen Kinder‹ dem Anjou ein solcher Dorn im Auge!«

Der Maître hatte mich erst strafend, dann bedauernd angeblickt: »Welche ›Königlichen Kinder‹?«

Das wiederum bestärkte mich in der schon bezweifelten Annahme, Yeza und Roç seien doch hier auf Masyaf irgendwo verborgen, und auch der ehrenwerte Herr de Sorbon machte in Wahrheit Jagd auf sie.

Als ob er meine Gedanken Lügen strafen wollte, sagte er mir: »Seht, Herr Seneschall, wir betrachten ein gutes Einvernehmen mit den Assassinen für nützlich, denn warum sollten wir sie uns zu Feinden machen. Nur deswegen weile ich hier in dieser Felseinöde!«

»Ich verstehe«, sagte ich, »wenn ich Euch behilflich sein kann —«

»Darauf will ich gern zurückkommen«, hatte er zum Abschied geflüstert, »aber erspart mir den Bretonen, denn der hat meinem Herrn Charles einen gewichtigen Dienst verweigert, einfach abgeschlagen!« Der Maître schien empört.

»Wie ungebührlich!« beeilte ich mich, ihm beizupflichten, hütete mich aber, nach des Dienstes Gehalt zu fragen. Wahrscheinlich die Köpfe der Kinder, was sonst!

Wir, Yves und ich hintendrein, strolchten also weiter über die Mauerkronen und äugten in die Tiefe, ob wir irgend etwas entdecken konnten, das uns Hinweis auf den Verbleib der Kinder gab, wir krochen durch halb eingefallene Gänge und drangen auch in den verbotenen Garten des Großmeisters vor, doch außer den Cannabis-Stauden fanden wir nichts.

Endlich im verlassenen Pavillon am Ende dieser verwilderten Oase stießen wir auf Spuren, ein Kinderkleid und eine Haarschleife. Wir sahen das zerwühlte Bett und ihre Fußspuren im Staub.

Sie mußten also vor kurzem noch in diesem Raum genächtigt haben.

Der Bretone war höchst erregt. »Seneschall«, sprach er mich an, »ich weiß, daß Ihr mich nicht liebt – wie auch ich nicht sonderlich viel von Euch halte, aber auf eines lege ich Wert: Ich will den Kindern nicht ans Leben, noch will ich sie verschachern oder ihren Feinden ausliefern.«

»Was wollt Ihr also von ihnen?« fragte ich pikiert.

»Das will ich Euch sagen, ich will Williams Platz einnehmen, ihr Hüter und Beschützer sein. Ein Ritter des Gral! – Und das um Gottes Lohn und der höheren Ehre willen!«

»Da habt Ihr Euch viel vorgenommen«, spottete ich, »jetzt verstehe ich, warum Ihr den Mönch aus dem Weg geräumt habt. Ich dachte, um die Würde eines Gesandten des Königs zu erwerben!«

»Die Ehre hatt' ich schon!« rief Yves grimmig. »Und wie wurde es mir gedankt!?«

»Und doch könnt Ihr nicht den Platz des Minoriten im Herzen der Kinder einnehmen!« Ich gab mir alle Mühe, ihn nicht nur zu entmutigen, sondern auf seinen wunden Punkt einzudreschen. »Ihr habt weder die erheiternde Tolpatschigkeit noch seine Weichheit einer liebevollen Amme, Eure Brust ist hart, Euer Herz aus Stein!«

»Das ist nicht wahr!« schrie Yves. »Wenn Ihr das wiederholt, muß ich Euch töten!«

»Sagt ich's doch!« scherzte ich herzlos. »Ihr habt keinen Humor wie William, Ihr seid anstrengend, weil Ihr keinen Spaß versteht.«

»Was auf die Kinder zukommt«, entgegnete mir der Bretone allen Ernstes, »ist kein Honiglecken noch Scherze eines Narren! Sie werden eine harte Brust wie die meine brauchen, die jeden Streich auffängt, der ihnen zugedacht, einen krummen Rücken wie den meinen, der stark genug ist, sie durch jedwelche Fährnis zu tragen, und vor allem eine starke Hand, die mit allen Hindernissen fertig wird, die man ihnen noch in den Weg stellen mag!«

»Ihr habt das Haupt vergessen, Bretone«, sagte ich, »sie bedürfen eines Hirnes, das klug genug ist, alles das zu vermeiden – das sensibel und beharrlich genug ist, sie dennoch ihrer schwierigen Bestimmung zuzuführen, ohne daß sie vorher verzweifeln. – Mit Euch und Eurem wirren Kopf werden sie von einer Katastrophe in die nächste stolpern. Ihr seid schon deswegen kein geeigneter Hüter, weil Ihr nicht gelernt habt, Euch zu beherrschen, und schon gar kein Ritter des Gral, wenn Ihr Euch zuvor nicht selbst besiegt!«

Da schwieg Yves, ich hatte ihn tief getroffen.

Wir waren in einem unterirdischen Korridor angelangt, der bei einer eisernen Tür endete. Sie war verschlossen.

Yves klopfte dennoch. Wir lauschten. Nach einiger Zeit ertönten Schritte, und ein Schlüsselbund rasselte. Ein weißhaariger Alter ließ uns in die berühmte Bibliothek der Assassinen eintreten.

Die *rafiq* zeigten uns bereitwillig ihre geheimsten Schätze, Papyrosrollen, die in hohen Regalen lagerten, schwere Folianten, reich illustriert, und Kisten voller Pergamente. Yves vergaß für einen Augenblick den Spürhund und verwandelte sich in den hochbegabten und von Wissensbegierde getriebenen Pariser *studiosus* zurück, der alle Fähigkeit zum renommierten *magister philosophiae* in sich trug, wie mir William neidlos gestanden hatte, der ihn aus dieser Zeit des Großen Albertus und des Rugerius Bacon kannte.

Mit sicherem Griff fischte er eine alte Handschrift heraus, die die Alten stolz als das »Evangelium des Petrus« bezeichneten.

»Hier hat Er ihm die Leviten gelesen!« rief Yves begeistert. »Kein Mensch weiß, daß diese apokryphe Predigt des Messias überhaupt existiert.«

»Oh«, sagte der älteste der Bibliothekare, »das kommt davon, daß Ihr Christen die lange Kette von Wiedergeburt vergessen habt: Sie reicht vom Beginn der Welt, die Seele Adams schlüpft in den Körper des Abel, als der erschlagen wird, erscheint sie wieder in

Noah und dessen Reinkarnation nach der Sintflut ist dann der Stammvater Abraham, und so gelangt sie schließlich zum ersten Apostel.«

»Ich weiß nicht«, wandte sich Yves zu mir, »ob diese Ahnherrn den Heiligen Vater erfreuen würden, hält er sich doch für den Vertreter des Herrn, den *electus,* dem die Botschaft anvertraut wurde.«

Ehe ich antworten konnte, sagte der Älteste: »So hat die *ecclesia catolica* die Chance vertan, dem Heiligen Gesetz der Schia zu folgen, ihr seid nicht besser als die armen Sunniten!«

Hier fühlte ich mich aufgefordert: »Auch wir wissen um das ›Blut der Könige‹«, rief ich behende aus, als sei ich nun berufen, auf das Geheimnis des Gral hinzuweisen. »Doch es führt über König David zum Sohn der Maria und wurde weitergetragen von seinen Kindern!«

Damit hatte ich den Bretonen wieder in die Realität der Gewölbe von Masyaf zurückgeholt und ihm prächtig das Stichwort geliefert.

»Die Königlichen Kinder!« sagte Yves und sah sich im Kreis der Alten um. »Wo sind sie?«

Da erhellten sich die verknitterten Gesichter der Bibliothekare. »Die Kinder?« lächelte der Weißbart, der uns die Tür aufgeschlossen hatte: »Sie kommen immer zu uns, jeden Tag.«

»Sie sind wie die Mäuse«, spaßte ein anderer. »Sie gelangen durch geheime Gänge in diese Vorratskammer des geschriebenen Wortes ›Machsan al kalima al maktuba‹, und verschwinden wieder, wenn sie genug von den Weizenkörnern der großen Gedanken verzehrt haben.«

»Hört Ihr sie nicht?« fragte der Älteste und gebot Schweigen, nur das Kreischen der Adler, die ihren Horst ganz in der Nähe haben mußten, war in der Stille zu hören. »Ich habe ihre Stimmen vernommen!« beharrte der Vorsteher der Bibliothek lächelnd. »Sie kommen und gehen, wie es ihnen gefällt.«

Die Alten zeigten uns noch Briefe des Jesus' an seine Mutter und an Johannes Lazarus, den sie den »Schwager« nannten, doch Yves hörte nur mit halbem Ohr hin. Seine flinken Augen hatten die kleine eiserne Tür entdeckt, die hinter dem Platz des Ältesten in die Mauer eingelassen war.

»Wohin führt sie?«

»Zur ›ma ua al nisr‹, uns obliegt ihre Fütterung und Wartung.«

»Ich würde das Nest der Adler gern sehen«, insistierte Yves, und der Älteste zuckte die Schultern. »Da ist nichts zu sehen – und die Vögel fühlen sich gestört, sie werden Euch –«

»Ich fürchte mich nicht«, sagte Yves entschlossen, und so wurde dem saheb al muftah bedeutet, uns aufzuschließen.

Wir betraten einen niedrigen Gang, der sich durch den Fels wand, bis wir zu einer Gittertür gelangten, die wir hätten öffnen können, aber dahinter nisteten die Raubvögel in einer Höhle, und die Mächtigkeit ihrer Flügel, die Schärfe ihrer Schnäbel und ihrer Krallen ließen selbst den furchtlosen Bretonen davon Abstand nehmen.

Das mannshohe Flugloch war gemauert, und ich sah den ausschwenkbaren Galgen mit dem Fischernetz, stark genug, um einen Ochsen darin hochzuziehen. Mein Blick ging durch die Öffnung ins Freie zur gegenüberliegenden Felswand.

»Wir müssen uns«, errechnete Yves laut unsere Position, »genau unter der Pforte befinden, die sie das ›Tor zum Paradies‹ nennen, obgleich sie in Leere führt.«

»Vielleicht deshalb!« scherzte ich. »Wer sie durchschreitet, kann später schlecht widerlegen, daß er nicht im Paradies gelandet ist –«

»Oder in diesem Netz!« sagte Yves scharfsinnig.

»Nicht jedem ist das Paradies bestimmt«, sagte ich. »Ihr könnt es ja mal versuchen. Ich verspreche Euch, das Netz rechtzeitig auszubringen.«

Yves schenkte mir einen Blick, der wenigstens so viel Sarkasmus enthielt, daß ich ihn als Fortschritt in unserer Beziehung verbuchte.

Die Vögel hatten genug von unserem Besuch, zumal wir ihnen nichts mitgebracht hatten, und bevor der Bretone auf die Idee kommen sollte, mich zu verfüttern, trat ich den Rückzug an.

Yves stand noch eine Zeitlang vor dem Gitter und starrte durch die flügelschlagenden, jetzt immer ärgerlicher schreienden Adler hindurch, hinaus ins Land, dann folgte er mir, gebückt und schweigsam.

»Habt Ihr sie gefunden?« wollte der Weißbärtige wissen, der uns wieder aus den Grüften der Bibliothek entließ.

»Wen?« knurrte Yves unwirsch. »Die Kinder?«

»Nein, die Adler«, sagte der Alte.

Yves drängte, noch einmal den Garten des Großmeisters zu erforschen, denn er versprach sich von einer genauen Untersuchung des Pavillons Hinweise, Spuren, die zu den Kindern führen könnten, die die Assassinen offensichtlich vor uns versteckten.

»Der Pavillon birgt den Eingang in eine unterirdische Welt, die uns immer noch verschlossen geblieben ist.« Seine heisere Stimme verriet die Erregung, die sich seiner bemächtigte. »Ich werde das Gefühl nicht los, die Kinder beobachten jeden unserer Schritte aus unsichtbaren Löchern in Zwischendecken, in denen es sich gut hausen läßt, durch Ritzen wie die Eidechsen —«

»Und lachen sich ins Fäustchen«, fügte ich ärgerlich hinzu, »wie wir an Geheimtreppen vorbeitrotten und nicht bemerken, daß hinter jedem Bild, jeder Säule durch leichte Verschiebung sich der Zugang mit dem kleinen Finger auftun läßt!«

»Solange sie uns nicht auslachen!« sagte Yves. »Das ertrüge ich nicht.«

Wir betraten den Garten und trafen auf einen hübschen jungen *fida'i,* der auf dem Kiesweg bei der Fontäne sich darin übte, viel zu große, klobige Krücken zur Fortbewegung zu benutzen. Er gebrauchte sie wie Stelzen.

»Wie heißt du«, fragte ich ihn.

»Karim.«

Mir fiel plötzlich ein, daß wir auch Crean de Bourivan noch nicht zu Gesicht bekommen hatten, der ja auf Masyaf als *rafiq* leben sollte.

»Wo finden wir Crean?« fragte ich aufs Geratewohl.

Der Knabe ließ geschickt balancierend das eine Holz los und wies auf den entferntesten Turm in den Mauern.

Wir betraten das Turmzimmer von der Mauer aus und standen plötzlich vor Maître de Sorbon, der uns unwillig anstarrte. »Hier blieb ich ungestört«, bellte er unfreundlich, »hat der Grand Da'i mir versichert, »was wollt Ihr von mir?«

»Uns wurde gesagt, dies sei das Refugium des Crean de Bourivan«, entschuldigte ich unser Eindringen.

»Ich kenne diesen Konvertierten nicht«, sagte der Maître kalt, »und ich wünsche auch nicht, ihm zu begegnen – ein Judas, der die Kirche –«

»Ein Ketzer«, korrigierte ich genüßlich, »ein Katharer wie sein Erzeuger John Turnbull!«

»Er mag in Frankreich dem Scheiterhaufen entgangen sein, das ewige Höllenfeuer ist ihm auch hier gewiß!« polterte der Maître, und ich dachte bei mir, dann würde ich mich aber nicht in dessen Bett legen.

»Dafür kommt Ihr gewißlich ins Paradies«, sagte ich so honigsüß wie möglich.

Robert de Sorbon warf mir einen Blick zu, der mich von solchen Wonnen ausschloß.

»Ich begnüge mich«, wies er mich zurecht, »auf Erden meinen vergänglichen Leib ein Gott wohlgefälliges Leben führen zu lassen und meinen Kopf zur Mehrung des Wissens zu benutzen, was mir reichlich Lorbeeren einträgt.«

»Und wenn jemand über einen Kopf wie den Euren nicht verfügt«, mischte sich Yves jetzt ein, »noch Eures Geistes Adel, sondern nur über zwei Hände, in denen nicht einmal blaues Blut pulsiert – wie soll der es zu solchem Ruhm und Ansehen bringen, daß Ihr ihn nicht verachtet?«

»Kommt nicht auf die glorreiche Idee, guter Yves«, spottete der Maître, »daß Ihr ihn mir abschneidet, so berühmt bin ich nun wieder nicht – und das Paradies erlangt Ihr mit solcher Tat schon gar nimmer!«

»Mir reicht«, sagte Yves, »wenn meine Taten mich einem Ritter gleichstellen.«

»Da ihr aber keiner seid, Bretone, wird Eurer Wirken immer als das eines Profoses oder eines Verbrechers angesehen werden, was übrigens auf das gleiche hinausläuft –«

Yves wollte aufbrausen, doch der Maître winkte ab. »Es sei denn, Ihr würdet eine wirklich unerhörte Tat begehen, einen Großen dieser Welt töten, einen, den die Welt liebt und dessen Tod sie tief erschüttert. Wer würde Hagen von Tronje kennen, hätte er nicht Siegfried von Xanten gemeuchelt, wer die Mörder Caesars, wenn er nicht Caesar gewesen wär. Oder nehmt einen, den wir alle kennen: Wer wäre Gavin Montbard de Béthune, hätte er nicht den Trencavel von Carcassonne ans Messer geliefert? Ein kleiner, unbedeutender Templer! So aber ist seine Tat, der Rom durch Gift nachgeholfen hat, Ursache für das Parsifal-Lied und Gavin ist der berühmte Präzeptor von Rennes-les-Chateaux – und heute, jedenfalls für mich – selbst ein Ketzer, denn es tut ihm leid.«

»Ich soll also Mord an einem gekrönten Haupt begehen?« empörte sich Yves.

»Gekrönt allein reicht nicht«, klärte ihn der Maître auf. »Charisma muß das Opfer besitzen, sonst geht auch keines auf den Täter über. Hättet Ihr Kaiser Friedrich erdolcht«, schnalzte Herr Robert mit der Zunge, »das hätte Euch erhoben, hättet Ihr Dschingis Khan den Kopf abgeschlagen –«

»Es bleibt mir also nur noch der Kalif von Bagdad oder der Papst in Rom?«

»Auch Euer Herr Ludwig, wobei ich Euch das genauso wenig geraten haben will, wie den heiligen Vater.«

»Seid unbesorgt!« wiegelte auch Yves ab, obgleich der Gedanke sich in ihm festfraß, das konnte ich spüren, wie ein Blutegel saugte sich diese Vorstellung fest, die seiner Veranlagung ja so sehr entsprach.

»Ich wiederhole noch mal«, dozierte Robert de Sorbon, Magister der Universität zu Paris, dem Studiosus Yves, »nicht die Machtstellung des Objektes ist ausschlaggebend, sondern der Ef-

fekt, den sein gewaltsamer Tod auslöst, die Lücke, die es hinterläßt. Herrscher gibt es viele, aber nur wenige, die von allen geliebt
werden, und noch seltener solche, an die sich die Hoffnungen und
der Glaube der Menschen klammern. Sie sind einmalig und von
einer göttlichen Aura umgeben! Sie zu schlachten ist eine heilige
Handlung, und nur eine solche Tat – gewaltig und von ungeheurer
Schönheit und ungeheurem Schmerz! – erhebt den Mann mit der
geweihten Axt über alle Ritter und Priester, über alle gelehrten
Köpfe und Kriegshelden, denn der Ruhm und der Adel der Getöte-
ten geht auf ihn über, als würde er ihr Blut trinken, das Blut der
Könige!«

Yves war wie betäubt, und auch ich wie erschlagen, denn mir
war wie Schuppen von den Augen gefallen, auf wen der Sendling
des Anjou abzielte, schon der Plural verriet es, aber ich hütete
mich, es in Worte zu fassen, um Yves nicht noch mit der Nase auf
die »Königlichen Kinder« zu stoßen. Mir wurde richtig schlecht
bei dem Gedanken an die abgeschlagenen Köpfe von Roç und Yeza.
Ich konnte nur hoffen, wir würden sie niemals finden, denn ich
war nicht der Held, der dem mörderischen Bretonen in den Arm
fallen würde, wie es angeblich mein Herr Ludwig in der Pyramide
vollbracht hatte. Man mußte die Kinder warnen! Aber wie, wenn
sie unauffindbar blieben.

Es klopfte an der Tür des Turmzimmers. Herein trat ein Franziskaner, den der Maître mit »Bartholomeus von Cremona« vorstellte
und offensichtlich erwartet hatte.

»Was gibt es Neues aus Antioch?« fragte er leutselig.

»Man bereitet die Thronbesteigung des jungen Fürsten vor, Bohemund VI. Unter den erwarteten Gästen sind die Abgesandten der
Kaiser von Konstantinopel und von Trapezunt, der Könige von Armenien und von Ungarn, des Kalifen von Bagdad und des Sultans
von Damaskus, alle Emire Syriens und der Gezirah von Aleppo
und Mossul, viele Barone aus Outremer, und selbst die ›Königlichen Kinder‹ wurden schon gesichtet, sie sind die besonderen Ehrengäste des Fürsten und werden zu seiner Seite sitzen!«

»Ach, das freut mich aber für den Herren Bohemund«, sagte Robert de Sorbon fast salbungsvoll und ohne mich oder Yves zu beachten. »Kommt, lieber Bruder«, nahm er den Minoriten unter den Arm, »wir haben noch viel zu besprechen.« Das war an unsere Adresse.

So gingen ich und Yves hinaus, während der hochnäsige Maître die Tür grußlos hinter uns schloß.

»Ein aufgeblasener Frosch!« sagte ich, als wir wieder über die Mauer schritten.

»Aber seine Sicht der Dinge ist zwingend und zeugt von großem Geist«, sagte Yves ehrfürchtig.

Er schritt neben mir wie ein Schlafwandler, doch in seinen Augen glühte ein mir unheimliches Feuer.

DER TOD

»Skorpion, Schlange, Adler. Er trägt die einzige Krone, die dem Menschen bestimmt. Nichts ist von Bestand, transformatio, alles wandelt sich und birgt den Neubeginn. Sterbe, bevor Du stirbst.«

YVES RITT WIE VON FURIEN GEHETZT. Er hatte Masyaf noch in gleicher Nacht verlassen, ohne sich zu verabschieden, schon gar nicht wollte er dem Grafen de Joinville Rede und Antwort stehen, weder über sein Tun, noch über sein Lassen. Sollte dieser geleckte Höfling doch allein die Mission bei den Assassinen zum Abschluß bringen und sich vom König dafür ehren lassen. Vielleicht gelang es dem Herrn Seneschall sogar, seinen Sekretarius aus den Klauen der Johanniter zu befreien, dann fiel des Bretonen eigenmächtige Intervention beim Grand Da'i nicht einmal auf. Yves, der Bretone, war nie in Masyaf gewesen, den Kerl gab es schon nicht mehr, seit er Damaskus verlassen hatte und nie mehr gesehen ward! Eine Unperson!

Yves erreichte den Orontes. Der Fluß war hier im Gebirge noch nicht sehr breit, führte aber starkströmendes Wasser. Eine Fähre war nirgends in Sicht. Yves ritt erst mißmutig, dann zunehmend verzweifelt am Ufer entlang. Die Zeit drängte und zerrann sogleich, wie die Hufspur, die sein Pferd im Ufersand hinterließ.

Er schaute sich um und entdeckte oben auf dem Gebirgskamm, der das Flußtal begrenzte, einen einzelnen Reiter, der aber verschwand, als Yves zu ihm aufschaute.

Dann sah er den Fischer in seinem Boot, es ankerte an einem Strick, der es in der Strömung hielt, nicht weit vom Böschungsrand. Yves rief ihm zu: »Hört, guter Mann, ich zahl' es Euch reichlich, wenn Ihr mich übersetzt!«

Der Fischer schaute kaum auf und schüttelte den Kopf. Er zog sein Netz ein, in dem mitten im silbrigen Gewimmel ein prächtiger Fisch zappelte, nur den griff er mit sicherer Hand und schlug ihn auf die Bordkante, bis er nur noch zuckte, dann steckte er ihn sorgsam in einen der beiden Körbe, die grad so groß waren, daß sie ein solches Prachtexemplar faßten.

Yves wartete geduldig ab, wie der Mann seinem Handwerk nachging, er beobachtete dessen geübten Griffe sogar mit verständnisvollem Interesse, denn der Bretone hatte Sinn dafür, daß man seine Arbeit erst zu Ende brachte, bevor man sich einer anderen zuwandte. Er wartete.

Doch der Fischer warf wieder sein Netz aus, als gäbe es den Fährdienst heischenden Reiter am Ufer nicht.

»Fischer«, rief der Bretone, »ich zahl' Euch für die Überfahrt mehr, als Ihr für den Fang eines ganzen Tages erlöst!«

Der Fischer schaute nicht einmal mehr auf.

Wütend sprang Yves vom Pferd, griff das Seil und holte das Boot ein samt Fischer und Netz. Als es hart auf die Böschung auflief, erhob sich der Fischer, griff wortlos nach dem Ruder und schlug es Yves auf den Rücken, bevor der zur Seite springen konnte. Yves war mit einem Satz bei seinem Pferd und riß seine Streitaxt aus dem Halfter. Der Fischer mit dem Ruder war ihm nachgestürmt und holte abermals aus. Yves unterlief ihn und stieß ihm die Spitze seiner Waffe ins Bein, er wollte ihn nicht töten. Doch er stöhnte nur, wankte, brach aber nicht in die Knie, sondern wirbelte das schwere Holz, als wär's ein leichter Speer, und drang abermals auf den Bretonen ein. Yves ließ ihn zuschlagen, wich geschickt aus und hieb ihm die Axt in die Brust. Der Mann schaute erstaunt auf die klaffende Wunde, aus der das Blut quoll, versuchte, sie mit der einen Hand zu schließen, mit der anderen das Ruder nochmals gegen Yves zu erheben. Da spaltete ihm der Bretone den Schädel.

Yves führte sein Pferd bedächtig in den schwankenden Kahn, drückte ihn mit dem Ruder zurück ins Wasser und hieb den Strick durch. Die Strömung ergriff das Boot. Der Bretone hielt mit der einen Hand sein Pferd an der Trense, mit der anderen das Ruder und steuerte das Schiff hinüber ans andere Ufer. Er warf den toten Fisch zurück ins Wasser, dabei bemerkte er, daß die aus Weide geflochtenen und mit einem ebensolchen Deckel versehenen Behälter zur Hälfte mit grobem Salz abgefüllt waren, wie man es für lange Haltbarkeit verwendet. Entschlossen hing Yves die beiden Körbe rechts und links an seinen Sattel.

So setzte er seinen Ritt gen Norden fort, der jetzt in die Höhe führte. Als er sich noch einmal umsah, gewahrte er unten im Tal wieder den Reiter, der offensichtlich einen anderen Weg gefunden hatte, den Fluß zu überqueren. Der scheue Weggeselle, es schien

ein Muslim zu sein, verbarg sein Gesicht hinter dem *mandil,* als
wünsche er nicht erkannt zu werden. Yves fürchtete keine einzelnen Reiter und verschwendete auch weiter keinen Gedanken an
den Fremden, der jetzt wieder zwischen den Bäumen untergetaucht war.

LIB.III, CAP.7

LICHT –
DIE ROSE IM FEUER

Der Bretone betrat die reichste und wehrhafteste Stadt des nördlichen Syriens durch das Sankt-Pauls-Tor und wunderte sich, daß ihn die Torwachen kaum nach seinem Begehr fragten. Es war Festtagsstimmung, und viel Volk strömte nach Antioch.

Nachdem ihn schon die »Eiserne Brücke« über den Orontes, der vor den Mauern vorbeifloß, erstaunt hatte, stand er nun inmitten dieser mächtigen Konstruktion, die natürliche Bollwerke wie die Felsen des Silpiosberges und den tiefen Einschnitt des Gebirgsflusses mit von Menschenhand errichteten Mauern und Türmen zu einem Meisterwerk der Befestigungsbaukunst vereinte, weil es schon den byzantinischen Erbauern gelungen war, die Verteidigungsanlagen vom Fluß und der Verbindung zum Meereshafen von Sankt Symeon bis über den Kamm des Berges zu ziehen, so daß viele Wasserläufe die antike Metropole durchquerten und sie vor Wassermangel bei Belagerungen schützten, während eiserne Gitter das Eindringen des Feindes durch die Mauereinlässe verhinderten.

Yves ritt die Hauptstraße hinunter, vorbei an der prächtigen Kathedrale von Sankt Peter zum Palast des Fürsten. Überall standen Menschen Spalier und bewunderten, beklatschten die vorbeiziehenden Einheiten des Heeres, Normannen mit ihren Langschildern, Zweihandschwertern und dänischen Äxten, die tolosanischen Lanzenträger und die griechischen Bogenschützen, Abordnungen aus der mit dem Herrscherhaus vereinigten Grafschaft Tripoli, aus Latakia und Alexandretta, Galeerenbesatzungen mit geschulterten Rudern und Katapulteure, die ihre leichteren Maschinen durch die Straßen zogen. Auch selten gesehene Tiere gingen mit im festlichen Zug wie die riesigen Eliphanten, langhalsige Giraffen und gestreifte Zebras. Mohren hockten auf den zweihöckrigen Dromedaren und schlugen die Kesselpauken, schnellfüßige Kamele der Beduinen wirbelten vorbei, während kleinwüchsige Reiter aus dem fernen Osten die Zuschauer mit ihren Kunststücken begeisterten, die sie im scharfen Trab auf dem Rücken ihrer Tiere vollbrachten. Und immer wieder Trupps von Musikanten mit Zimbeln und Krummhörnern, Sackpfeifen und Trommeln. Und das waren alles nur Proben für den morgigen Tag, doch die Gesandtschaften aus aller Herren Länder, die angereist waren, um der Thronbesteigung des jungen Fürsten beizuwohnen, ließen es sich nicht nehmen, schon heute einen Zipfel ihrer Pracht zu zeigen, um sich vor allem mit dem Weg vertraut zu machen, den der große Festzug morgen nehmen sollte.

Der Bretone hatte sich einen erhöhten Platz auf den Treppen der Kathedrale erobert und beobachtete die vorbeiziehenden Ritter, Wagen und Sänften voller Aufmerksamkeit. An seiner Seite stand ein beleibter Grieche, der ihm ungefragt alles begeistert erklärte. »Der Zug des Fürsten, begleitet nur von seinem Hofstaat, den engsten Angehörigen und Freunden, beginnt am Palast«, er zeigte nach rechts die breite Straße hinunter, »und wird sich hier zur Kathedrale begeben, wo ihm die fremden Gesandtschaften und geladenen Gäste vom Hundstor und dem Paulstor entgegenziehen, während sein eigenes Heer von der Zitadelle auf dem Silpios herabmarschiert. Messe im Innern für die Geladenen und auf dem Platz vor der Kathedrale fürs Volk. Dann ziehen die Herrschaften durchs Herzogstor hinab zur Schiffsbrücke, wo geschmückte Boote und Flöße sie aufnehmen und den Orontes abwärts geleiten werden bis zu den Inseln im Strom, wo der Fürst einen Imbiß reichen wird«, der dicke Grieche schnalzte genüßlich, »das Gastmahl wird bis in die späten Nachmittagsstunden dauern, es werden die köstlichsten Weine kredenzt, dann fährt man weiter bis zur ›befestigten Brücke‹, dort werden dann Fackeln entzündet, und der Zug kehrt heim in die Stadt und löst sich beim Palast wieder auf.«

»Und die Thronbesteigung?« fragte Yves erschöpft.

»Die findet erst morgen statt.«

Aber der Bretone hörte gar nicht mehr hin, denn seine Augen hatten eine Sänfte entdeckt, die seine Aufmerksamkeit wie mit einem Trommelwirbel samt Fanfarenstoß weckte. Es war die gleiche Trage, die er unterhalb von Masyaf gegen den Willen des jungen Fürsten einer Kontrolle unterzogen hatte, doch diesmal gab der wehende Vorhang kurz den Blick auf die beiden Kinder frei, die sich gegenübersaßen und dem Volk würdevoll zuwinkten, zwischendurch schauten sie sich immer wieder an. Ihre Handbewegungen zeugten nicht gerade von Enthusiasmus, registrierte Yves, aber wer konnte das Roç und Yeza schon verdenken, nach vielleicht stundenlangem Geschaukel über den Köpfen der applaudierenden Menge, Winken, Winken, Nicken, Winken, Winken – und dabei stets lächeln!

Yves verfolgte ihren Weg aus den Augenwinkeln. Sie waren also da, leibhaftig und greifbar.

Er verabschiedete sich hastig von dem kundigen Griechen und drängte sich zwischen die Weiber und Gassenjungen, die jedem Gefährt und jeder Attraktion des Zuges jubelnd nachliefen.

Das Erscheinen der »Königlichen Kinder«, so konnte er aus ihren begeisterten Rufen heraushören, war für die Leute das Aufregendste, vor allem die Prinzessin Yeza hatte es ihnen angetan, sie sei die heimliche Braut ihres Fürsten Bo, und morgen oder übermorgen würde die Verlobung bekanntgegeben, lachten die Frauen Antiochs neidlos ob des jungen Glücks.

Die Sänfte von Roç und Yeza wurde von je sechs Trägern auf jeder Seite an zwei langen Stangen im Laufschritt getragen und von vier Berittenen und einem Dutzend Fußsoldaten eskortiert.

Yves hatte Mühe, ihr zu folgen, aber er mußte den Weg, den sie nahm, genauestens in Augenschein nehmen. Vor dem Palast passierte die Sänfte einen Triumpbogen aus römischer Zeit. Gleich dahinter lag die Kaserne der Palastgarde. Hier auf dem Vorplatz beendeten die Soldaten ihren Begleitschutz und stürmten in ihre Unterkünfte, und auch die Berittenen ließen gleich darauf von der Sänfte ab, die in eine zum Palast gehörige Allee einbog, eingesäumt von breit ausladenden, schattenspendenden Platanen.

Yves war vorsichtig genug, nicht gleich hinterherzurennen, denn hier herrschte, wie er zu seinem Vergnügen feststellte, kein Publikumsgedränge.

Die Allee führte im weiten Halbkreis an den hinteren Ausgängen des Palastes vorbei, wo eine prächtige Freitreppe sich zu den Gärten hinabsenkte.

Als Yves sich – von Baum zu Baum Deckung suchend – der Rückfront näherte, nahmen die Träger gerade wieder die Sänfte auf und trabten weiter auf die Gebäude zu, die am Ende der Allee lagen, wo sich auch wohl die Ställe und Remisen befanden.

Roç und Yeza waren wohl bereits in den Palast gelaufen.

Aber Yves wußte jetzt, wo er zuschlagen mußte. Er beäugte unauffällig die weit über den Weg ragenden, dicken Äste der Bäume und suchte sich dann den aus, der vom Eingang der Allee, also von den Unterkünften der Wachen, nicht mehr gesehen werden konnte und – dank der Krümmung – noch nicht im Blickfeld derer lag, die sicher auf der Freitreppe zum Empfang angetreten sein würden. Er hatte es also höchstens mit den unbewaffneten Trägern zu tun. An ihrem äußeren Rand war die Platanen-Allee hier mit Oleanderbüschen bewachsen, und dahinter kam eine niedrige Mauer, die allerdings steil auf der anderen Seite abfiel, zu einer öffentlichen Straße hin. Wenn er also diesen Baum bestieg und den dicken Ast so weit ansägte, daß ihn nur noch ein straff gespanntes Seil vom nächst höher gelegenen hielt – dann das Seil durchschlug, so daß der Ast genau vor die Füße – oder auf die Füße! – der Träger krachte, würden sie die Sänfte fallen lassen oder verwirrt absetzen. In dem Moment mußte er auf sie hinabspringen, über sie kommen wie der Erzengel mit dem Flammenschwert, den Vorhang der Sänfte beiseite reißen und die Tat vollbringen. Sein Fluchtweg konnte nur ein kühner Satz von der Mauer sein. Unten auf der Straße wartete sein Pferd –

Mit seinem Attentatsplan und den vorgefundenen Begebenheiten höchst zufrieden, trollte sich Yves, der Bretone. Es waren noch Besorgungen zu erledigen, denn schon am frühen Nachmittag sollten die Proben für den Festtag ihren Fortgang nehmen.

Im Fürstenpalast zu Antioch, im für die Zeremonie bereits reichgeschmückten Thronsaal, stellte die Fürstinmutter Lucienne di Segni ihren Sohn Bo mit verkniffener Stimme zur Rede: »Was, um Himmels willen, mein Herr Sohn, soll dies Gerede der Leute, Ihr würdet diese hergelaufene Prinzessin heiraten, wo Wir Euch doch mit Sybille, der Tochter unseres Erzfeindes, dem König von Armenien, verlobt haben?«

Bo zuckte mit keiner Miene, sondern ließ sich erst einmal auf dem Thronsessel seines Vaters nieder, was die Witwe maßlos ärgerte.

»Erstens, Frau Mutter, ist mir dies Verlöbnis neu, Ihr müßt es Euch wohl ersonnen haben, weiland ich meinen Vetter Ludwig zu Akkon besuchte –«

»Wollt Ihr Armenien vor den Kopf –« wollte die Fürstinmutter loszetern, doch Bo schnitt es ihr ab.

»Lieber als ins Brautbett!«

Während Lucienne ob dieser ungewohnten Lasterhaftigkeit nach Worten rang, fuhr Bo genüßlich fort:

»Zweitens dient das Gerede, ein gezielt ausgestreutes Gerücht, dem Wohle meiner liebsten Gespielin, der Prinzessin des Gral, die nicht hergelaufener, sondern von mir hergetragener Gast meiner Thronbesteigung ist, ein Ehrengast, auf den ich stolz bin – wie auf die Freundschaft ihres Liebsten und Bruders!«

Der Fürstinmutter drohten ob dieser Abgründe die Sinne zu schwinden.

»Noch seid Ihr nicht Fürst!« kreischte sie. »Entmündigen werde ich Euch auf der Stelle. Wenn das der Patriarch – wo ist mein Beichtvater?« gellte ihre Stimme.

»Schreit nicht so, Frau Mutter«, sagte Bo, »man könnte denken, Ihr seid von Sinnen –«

»Sagt nur, Ihr habt diese Person in meinem Haus untergebracht?« keuchte sie.

»O nein«, lachte Bo, »das wollte ich Yeza nicht zumuten, jedenfalls nicht bis zum heutigen Abend. Die Königlichen Kinder, meine
Freunde, residieren auf der ›Burg der zwei Schwestern‹, das weiß
die ganze Stadt! Es ist der sicherste Platz vor Euch, den Antioch
zu bieten hat.«

»Und heute abend wollt Ihr sie herbringen, hier unter mein
Dach?«

»Heute abend, Frau Mutter«, sagte Bo ruhig, »vor Sonnenuntergang wird eine Eskorte Euch nach Tripoli begleiten, das ich
Euch als Witwensitz zugewiesen habe.«

»Wachen!« schrie Frau Lucienne. »Wachen herbei!«

Die Soldaten der Palastgarde stürmten wie auf ein Kommando
in den Thronsaal.

»Meine Frau Mutter möchte ihre Sachen packen und in die
Grafschaft abreisen. Sorgt dafür, daß dies wunschgemäß geschieht!«

Die Wachen führten die Frau hinaus.

Bo schaute nachdenklich aus dem Fenster. Dann rief er seinen
Oberhofmeister zu sich.

»Habt Ihr ein Konterfei von dieser Sybille?«

Yves saß auf seinem Ast, nicht auf dem, den er fast bis zur Gänze
abgesägt hatte und den nur ein Seil noch vor dem Abbrechen bewahrte, sondern auf dem daneben, unter dem nach seiner Berechnung die Sänfte zum Stehen kommen würde. Ein weiteres Seil lag
aufgerollt neben ihm. An dem würde er sich hinunterlassen. Die
beiden Körbe standen hinter den Oleanderbüschen auf der Mauer,
die Deckel aufgeklappt. Sie waren ebenfalls mit einem Strick verknüpft, der vom Baum hinab bis zur Straße reichte. So war auch
dieser tollkühne Sprung, bei dem er sich nur die Füße brechen
konnte, vermeidbar geworden. Unten auf der Straße stand das
Pferd, er konnte es von hier aus nicht sehen – hoffentlich stahl es
keiner.

990

Yves hatte alle Imponderabilien bedacht. Er hatte auf dem Bazar nicht nur Säge und Tauwerk erworben, sondern auch noch eine Girlande, wie sie dort heute zuhauf angeboten wurden, damit die Bürger ihre Häuser und Straßen schmücken konnten. Hätte ihn eine aufmerksame Wache vorzeitig in seinem luftigen Versteck entdeckt, hätte er sich immer noch als Palastgärtner oder festestrunkener Bürger ausgeben können, der dort den bunten Flitter zur Ehr und Zier anbringen wollte. Auch einen Bauernhut aus Stroh hatte er im Gebüsch bereitgelegt und ein armseliges Gewand, so daß die Beschreibung des Täters nicht mit dem einfachen Landmann übereinstimmen würde, der unten auf der Straße mit zwei vollen Körben davonritt.

An alles hatte Yves gedacht, nur an die Kinder mochte er nicht denken, an den Augenblick, wo er Yeza Aug in Aug gegenüberstehen würde. Das war der Moment, vor dem er sich fürchtete, nicht vorm Zuschlagen oder gar Trennen der Häupter vom Rumpf. Es mußte alles in einer einzigen rauschhaften Handlungsfolge ablaufen: Sprung vom Baum, Vorhang auf, zustoßen!

Den Morgenstern wollte er nicht von der Kette lassen, der machte so häßliche Wunden, Yves sah die Gesichter der Kinder in unversehrter Schönheit vor sich, verklärt. »Die Königlichen Kinder!« Nein, daran sollte er jetzt nicht denken – lieber, wie er vor den Anjou treten würde, ihm die Körbe vor die Füße werfen würde, um dann niederzuknien, um den Ritterschlag zu empfangen.

Yves träumte und döste im Geäst der Platane, die Schatten auf der Allee wurden länger, manches Gefährt, auch manche Sänfte waren unter ihm durchgezogen und bei den Ställen verschwunden, nur die eine nicht.

Zwei Frauen gingen zu Fuß.

»Wißt Ihr, Frau Nachbarin«, verkündete die eine mit quäkender Stimme, »das hätt' ich nicht gedacht – wirklich nicht, daß unser Bo diese Sybille von Armenien heiraten wird.«

»Wie fein hätte ihm doch die Prinzessin vom Gral gestanden!« rief die andere bedauernd.

Yves war es, als schnüre sich ihm das Herz zusammen. Eine Zeitlang hockte er noch im Baum, unfähig, sich zu rühren. Dann ließ er sich am Seil hinab. Die Körbe hinter den Büschen vergaß er. Nur mit seiner Streitaxt in der Hand lief er wie betäubt die Allee hinunter auf die Ställe zu. Er schlüpfte ungesehen in eine Seitentür. Als sich seine Augen an das Halbdunkel gewöhnt hatten, begann er, an den Boxen der Pferde entlang, immer hastiger durch das ausgebreitete Stroh der Stallungen zu laufen, durch das Futterheu der Scheuern. Er hetzte stolpernd durch verstaubte Geräteschuppen und Spinnennetz verhangene Remisen. Schließlich fand er sie.

Die Sänfte stand in einer Ecke, achtlos abgestellt, eine Mädchenhand ragte aus dem Schlitz des zugezogenen Vorhangs. Den Atem anhaltend, schlich sich Yves näher, er hob die Axt, um gleich, blind, zuschlagen zu können – und riß den Vorhang zur Seite.

Zwei Puppen lächelten ihn wachsbleich an. Durch den Ruck des Aufreißens kam Bewegung in sie, die Hand hob sich, und der Kopf wandte sich von ihm ab.

»Teufelswerk!« Yves' Arm mit der Axt sank lasch herab, er gab der Sänfte einen Tritt, da begannen beide zu winken, nach rechts, nach links, winken, winken, nicken –

»Teuflisches Blendwerk!«

Yves wollte gerade mit der Axt dazwischenfahren, da erscholl in seinem Rücken sonores Lachen.

Er fuhr herum. Breitbeinig stand der Rote Falke hinter ihm. Der Fremde, der ihm seit Masyaf auf der Spur war und jetzt Zeuge seiner Niederlage. Nein! Yves musterte den Muslim vom Turban bis zum beidhändig bereitgehaltenen Schimtar. Das sollte ihn nicht hindern, die Schande entweder abzuwaschen – oder sie mit in die Hölle zu nehmen!

Der Bretone wog das Gewicht der Axt in seiner Hand gegen die Wendigkeit des Krummschwerts ab, dann sah er die Mistforke an der Wand, gleich hinter der Sänfte, die ohne ihre Traghölzer im Stroh stand. Er wich Schritt für Schritt seitlich zurück. Mit einem

Ruck versuchte er die Gabel an sich zu ziehen, doch die steckte fest in vertrocknetem Mist. Da dröhnte das Lachen des Roten Falken noch mehr. Yves streifte, schlug den Dung wütend ab und ließ für einen Augenblick den Roten Falken aus den Augen. Als er sich umwandte, hatte der seinen Rundschild, den Yves übersehen hatte, bereits aufgehoben und über die Linke gestreift und erwartete so seine Attacke mit gesenktem Schimtar, aber er lachte wenigstens nicht mehr. Yves krümmte sich und stieß die Forke vor, in der schwachen Hoffnung, sie würde den Säbel auf sich lenken, so daß er mit der Axt zuschlagen konnte, doch der Rote Falke sprang zurück und ließ den Hieb am Schild abgleiten, dann fuhr der Säbel fast waagrecht herum, so daß Yves die Gabel vorhalten mußte, um seinen ausgestreckten Arm mit der Axt nicht zu gefährden. Doch der nicht von oben geführte Schlag des Schimtars zerschnitt das knorrige Holz des Gabelstiels nicht, sondern biß sich darin fest. Yves frohlockte, er zerrte mit der Rechten am Stiel, um dem Gegner die festsitzende Waffe zu entreißen, und hob gleichzeitig, er war Linkshänder, die Axt, um dem Falken den ersten Hieb zu versetzen. Alle seine Muskeln waren aufs äußerste gespannt, denn das konnte schon die Entscheidung bringen. Da ließ – wider alles Erwarten – der Rote Falke seinen Schimtar fahren, und Yves – des Gegenzugs so plötzlich beraubt – stolperte und fiel rückwärts ins Stroh.

Mit einem Satz war der Rote Falke auf den Stiel der Gabel gesprungen und riß seinen Schimtar wieder an sich. Er hätte vielleicht besser den Arm mit der Axt brechen sollen, denn als er sich bückte, traf der stachelige Kugelkopf der Waffe ihn in die Seite; nur weil der Schlag aus dem Liegen geführt war und seine Wucht zum Teil vom Schild aufgefangen wurde, taumelte der Getroffene nur, ohne zu stürzen.

Yves versuchte ihn von unten mit der Gabel aufzuspießen, doch als er sie hob, brach sie schon ab. Yves benutzte wie ein geschickter Affe den Stumpf, um sich blitzschnell zu erheben, dann warf er ihn dem Gegner vor die Füße.

Der Rote Falke stand jetzt wieder breitbeinig da wie zuvor.

Wenn ich ihm nicht den Schild entreiße, erkannte Yves, besteht die Gefahr, daß sein Krummsäbel mich schneller erwischt, als ich ihm mit der Axt einen entscheidenden Hieb versetzen kann. Er drehte am Knauf der Streitaxt und gab so Kette und Kugel frei für den nächsten Schlag. Yves vertraute mehr auf den erschreckenden Effekt der Verwandlung zum Morgenstern, als auf die furchtbare Wirkung. Der Rote Falke wunderte sich nur, daß der Bretone diesmal nicht auf den Schimtar zielte, sondern fast fehlerhaft in Richtung des Schildes. Im letzten Augenblick sah er, wie sich die Kugel vom spitzen Schaft löste, die Kette rasselnd nach sich ziehend, um ihre Stacheln in den Schild zu bohren und ihn fortzureißen. Er parierte, indem er die breit auslaufende Klinge seines Krummsäbels, die schon freie Bahn vor sich gesehen hatte, herumwirbelte, was Yves vor einem glatten Hieb in die Schulter bewahrte, und die Kette mit der Kugel ihr Ziel verfehlen ließ.

Yves, der schon seinen Oberkörper zurückgebogen hatte, riß die Kugel schnell wieder an sich, doch die Schneide des Schimtars war zu glatt, als daß ihre Spitzen an ihm Halt finden konnten. Yves bedurfte der Kette auch dringend, denn jetzt drang der Rote Falke mit schnellen Schlägen auf ihn ein. Yves wich bis zur Sänfte zurück. Er benutzte die Seitenwand als Schild und schlug aus dieser Deckung auf den nachsetzenden Gegner. Der Rote Falke sprang hinter die Trage, um Yves aus seiner schwer angreifbaren Stellung zu vertreiben. Yves nahm alle Kraft zusammen, das Gehäuse über den Feind zu stürzen oder ihn an die Wand zu quetschen. Dadurch gerieten die Puppen wieder in Bewegung, nickten, winkten, winkten, mal zum Roten Falken gewandt, mal zu Yves, sie nickten beiden huldvoll zu, für Yves reiner Hohn, weil der Rote Falke seinen Kopf auf der anderen Seite hineinstreckte und ihm Grimassen zu schneiden schien. Der Bretone schlug mit dem Morgenstern zwischen den Kinderfiguren hindurch, ohne den verhaßten Gegner zu treffen, aber den Puppen hackte er dabei die Hände ab, und ihr eisernes Skelett kam zum Vorschein. Wie um ihn zu ärgern, attackierte ihn der Rote Falke quer durch die Sänfte, was keinen Schaden anrichtete, doch Yves' wütende Gegenwehr riß den Figuren jetzt die Kleider vom Leib, legte die Räder und Winden bloß, die – schnell verbogen – ihre winkenden Armstümpfe erst verdrehten, ihre Köpfe verrenkten, dann in der Bewegung erstarrten. Mit einem wütenden Anlauf warf Yves die Sänfte um, doch der Rote Falke war zur Seite gesprungen und benutzte die umgestürzte Kiste flugs, um seinem Gegner von erhöhtem Stand aus zuzusetzen. Hell klang der Schimtar, wenn er auf die Kette traf, dumpf die Schläge der Axt gegen den zerbeulten Schild. Yves ließ den Morgenstern kreisen und hielt den Gegner so auf Abstand. Der Rote Falke mußte diesem Spiel ein Ende bereiten. Er lockerte die Hand im Ledergriff und täuschte vor, seinen Schild zu opfern, er warf ihn geradezu in das Rasen der Kugel, ihre spitzen Stacheln fraßen sich fest, aber es war der Rote Falke, der zuerst riß. Yves flog vorwärts, hinter seiner Waffe her, aber mit so viel Wucht, daß er den Roten Falken umriß und sie beide ins Stroh flogen. Yves kam auf dem Roten Falken zu liegen. Zwischen ihnen war der Schild, und die Stachelspitzen der Kugel im Schild bedrohten beider Augen, nur daß Yves seinen Kopf zurücknehmen konnte, während er Schild, Kugel und Stacheln dem gegen den Boden gepreßten Roten Falken duch die Augen ins Gehirn zu drücken vermochte.

Yves begann zu stemmen, und langsam, aber sicher senkten sich die Spitzen dem Gesicht des anderen entgegen. Jemanden aus solcher unmittelbaren Nähe zu töten, dem Opfer dabei ins Auge zu schauen, das mörderische Eisen vor dem eigenen Auge in das Auge des Feindes zu schieben, Haaresbreite um Haaresbreite, während dessen Atem ihm ins Gesicht blies, das bewegte selbst Yves, den Bretonen, aber sein Griff ließ nicht locker. Der Rote Falke unter ihm wehrte sich nicht mit heftigen Bewegungen, wie Yves erwartet hatte, er versuchte nur den Kopf seitwärts zu drehen, um wenigstens ein Augenlicht zu retten, schon ritzte der erste Stachel die gespannte Gesichtshaut, ein Blutströpfchen erschien, da spürte Yves das Gewicht, die Kühle des Schimtars im eigenen Nacken, und plötzlich tropfte immer mehr Blut auf das Gesicht des Roten Falken, und Yves begriff, daß es *sein* Blut war, daß der Schimtar ihm den Hals abschnitt.

Mit einem gräßlichen Schrei ließ er von dem Roten Falken ab und warf sich zur Seite, rollte durchs Stroh, mit beiden Händen nach seinem Kopf fassend.

»*Cessate!*« donnerte die Stentorstimme des Sigbert von Öxfeld durch die Remise. Der Komtur der Deutschritter stand mit gezücktem Schwert über den beiden am Boden Liegenden.

»Schluß mit der Prügelei!« setzte er fest hinzu, und die Macht seines vor ihm aufgepflanzten Schwertes unterstrich die Ernsthaftigkeit seines Einschreitens.

»Der Gesandte des Sultans vergibt sich nichts, auch wenn der Botschafter des Königs sich vergessen hat.«

Von den beiden Kämpen raffte sich der Rote Falke als erster auf. Er hob seinen Schimtar, um Yves den Garaus zu machen. Das Schwert des Deutschen fuhr blitzend dazwischen, daß der Krummsäbel mit einem häßlichen Ton abglitt.

»Ihr seid weder Richter noch Henker, Konstanz!« verwarnte ihn Sigbert.

Der Angesprochene widersprach: »Ihr wißt um die Prophezeiung und um die Gefahr, die von diesem da ausgeht.« Er wies auf den sich im Stroh wälzenden Yves: »Laßt mich den gordischen Knoten durchhauen. Es geht mir nicht um den Kopf des Bretonen, sondern um seinen Arm! Den Arm, der die Axt immer wieder gegen die Kinder erheben wird.«

»Der muß erhalten bleiben!« sagte Sigbert. »Bis das Schicksal sich erfüllt. Schlagt Ihr ihn ab, wachsen neue nach!«

Erst jetzt kehrte Leben in Yves, den Bretonen, zurück. Wankend richtete er sich auf, blutend vom Schnitt im Nacken wie ein Schwein, brach aber gleich in die Knie, als er tastend bemerkte, daß Sigbert den Fuß auf die Kette seiner Streitaxt gesetzt hatte.

»Schlagt mich lieber ganz tot, dann ist wirklich ein Ende!« forderte er den Komtur auf, doch der schüttelte den Kopf und sah zum Roten Falken hinüber, der seinen Schimtar bereitwillig umfaßte, jedoch unter dem mahnenden Blick Sigberts wieder senkte.

»Ich werde Euch zu Eurem Herrn Ludwig zurückbringen, Herr Yves!« sagte Sigbert ruhig.

»Tötet mich!« schrie der Bretone und zerrte vergeblich an der Kugel, daß ihm die Spitzen in die Hand stachen.

»Nein«, sagte Sigbert. »Nach Eurer Rückkehr aus Damaskus hat Euch eine schwere Krankheit befallen, Ihr lagt die ganze Zeit auf Starkenberg danieder, und erst jetzt, wo Ihr bald genesen, könnt Ihr nach Akkon zurückkehren.«

»Es geht nicht um den König!« stöhnte Yves, doch der Komtur ließ sich auf nichts ein.

»Ihr seid krank und solltet Euch deshalb schonen. Wir reiten noch heute.«

Yves blieb zusammengesunken am Boden hocken und preßte den Kopf in unnatürlicher Haltung nach hinten, um den klaffenden Schnitt im Nacken zu schließen.

»Ihr, Fassr ed-Din Octay, werdet hingegen morgen hier zu Antioch die Farben Kairos vertreten. So macht Euer fliegender Wechsel auch für den König Sinn. Dafür solltet Ihr allerdings Eure Kleidung etwas richten und das Stroh aus Eurem Haar kämmen!«

Der Rote Falke warf seinen Schild über die Schulter und schob den Schimtar in die Scheide. Er verneigte sich förmlich vor dem Deutschritter.

»*Salvatz los enfans du Mont!*« lachte er und verließ schnellen Schritts die Ställe.

Sigbert reichte Yves die Hand, daß dieser sich erheben konnte.

»Ich blute!« bemerkte Yves verlegen.

»Es ist wenigstens nicht das Blut der Könige«, sagte der Komtur, »nur das eines Mannes, der sich sinnlos geschlagen hat.«

Er stapfte ihm voraus: »Euer Pferd steht noch an der Straße unter der Mauer. In ein paar Tagen wird alles vergessen sein.«

Yves taumelte, als er aufstand, die Kugel wieder auf die Spitze der Axt steckte und die Kette im Schaft verschwinden ließ. Dann folgte er dem Komtur.

DIARIUM DES JEAN DE JOINVILLE

Hosn el-Akrad, den 3. Juni A.D. 1251

Meinen Sekretarius würde ich in der Küche beim Putzen des Gemüses finden, wurde mir gesagt, als ich den Krak des Chevaliers betrat, und ich wagte es zu bezweifeln. Tatsächlich traf ich ihn im Weinkeller an und das auch nur, weil heftiges Gekicher, kaum unterdrückte Geräusche fleischlicher Lust, mich hinter die Fässer schauen ließen, wo mein William – mit geöffnetem Maul und offener Hose unter einem Spundhahn lag und sich den roten Wein reinlaufen ließ, während die Küchenmägde, die bei meinem Erscheinen davonstoben, sich wohl an einem anderen Spundhahn vergnügt hatten.

»O mein ruhmreicher Herr de Joinville!« begrüßte er mich ohne jede Scham noch Scheu. »Zurück von der erfolgreichen Assassinenmission?«

Er drehte den Hahn ab, schloß die Hose und rappelte sich auf. Das flämische Schlitzohr war noch feister geworden!

»William!« gab ich mir Mühe, streng zu erscheinen. »Mit dem Lotterleben ist jetzt Schluß!«

»Wieso«, sagte er und wischte sich mit dem Handrücken das Naß aus dem rötlichen Dreitagebart, »ist mein Kerkermeister Jean de Ronay schon zurück?«

»›Kellermeister‹ meint Ihr wohl«, ging ich auf seinen Ton ein, »der belagert immer noch Masyaf – wobei es ihm ungerechterweise an allem mangelt in der Einöde, während Ihr hier wie eine Made im Speck zu leben scheint!«

»Niemand zwingt ihn!« lachte William und ließ einen Krug vollaufen.

»Im Gegenteil«, ließ ich mich von seiner Heiterkeit anstecken. »Es war schon ziemlich grotesk, ihn mit allen seinen Ordensrittern Tag und Nacht in den Felsen rund um die Burg hocken zu sehen, wie rote Kater vor einem Mäusenest, das natürlich über so viele geheime Ein- und Ausgänge verfügt, wie ein Bergkäse Löcher hat.«

William reichte mir den Krug, und ich trank. Köstlich!

»Wirklich guten Wein hat der gute Ronay!« schnalzte ich. »Auf unseren braven Gastgeber! Der wartet immer noch auf Roç und Yeza und hat nicht einmal mitbekommen, wie der kaum überseh- bare – will ich hoffen! – Seneschall der Champagne gestern mit drei Ritterbannern und allen Segenswünschen des Grand Da'i Masyaf verlassen hat!«

»Verräter!« schnaubte da die Stimme dessen, von dem die Rede war. In verstaubter Rüstung stand der stellvertretende Großmeister der Johanniter oben an der Kellertreppe und blickte zornbebend auf uns herab.

»Ihr macht Euch wohl lustig?« knurrte er. »Das wird Euch ver- gehen! Kommt sofort herauf!« und schritt sporenklirrend hinweg.

»Also gehen wir«, sagte William, »Kater die maunzen, mausen nicht!« Und wir mußten wieder beide lachen, stiegen aber die Treppe hinauf, nicht ohne dem Krug weiter fleißig zuzusprechen.

In der Küche hatte sich das Tribunal versammelt: die Ritter, die mit Jean de Ronay durch dick und dünn gegangen, war es auch noch so dumm wie Bohnenstroh und ohne Wert wie eine Wasser- suppe. Sie standen da und glotzten uns an, und das war nicht ungefährlich.

»Wo sind die Kinder?« fuhr de Ronay mich an, und ich sagte: »Dort, wo Ihr sie, hoher Herr, mit Recht und Klugheit vermutet –«

»Ihr täuscht Euch!« sagte eine Stimme, die keiner von uns er- wartet hatte.

Gavin, der Templer, betrat die Küche, begleitet von Wilhelm de Chateauneuf, dem greisen Großmeister des Ordens der Johanniter. Die Ritter fuhren sichtbar zusammen wie ertappte Buben und senkten die Häupter.

»Es gibt eine Empfehlung –« sagte Gavin behutsam, doch der Großmeister fuhr dazwischen, an seinen Stellvertreter gewandt. »Einen Befehl!«

Gavin nahm die Belehrung wieder auf: »Die Kinder hat es nie gegeben!« Und er richtete seinen Blick auf mich und meinen un- würdigen Sekretarius. »Das gilt auch für Euch, William«, und nun war ich an der Reihe: »Und Eurer *opus magnum,* dieses gewaltige Diarium, werter Herr de Joinville, erscheint wohl besser nicht!«

Er streckte seine Hand fordernd aus, und ich nahm wie betäubt meine Reisetasche von der Schulter, griff hinein und reichte ihm das Bündel engbeschriebener Blätter.

»Ist das alles?« fragte er ungläubig.

»Ich schreibe fein und zierlich«, beeilte ich mich zu versichern, »und es sind nur Stichworte –«

»Wahrhaft alles, was Ihr notiert, seit Ihr Frankreich verlassen habt?«

»Nun«, sagte ich, »die Niederschrift der Ereignisse auf Zypern und des Kreuzzuges in Ägypten habe ich in meinem Quartier zu Akkon gelassen.«

»Ihr werdet jetzt noch zwei Zeilen schreiben«, sagte er kalt, und ich weiß nicht, warum ich Hoffnung schöpfte, »eine Vollmacht, sie dem Überbringer vollständig auszuhändigen!«

Jetzt mußte ich protestieren: »Der König erwartet eine Chronik seines Unternehmens aus meiner Feder«, jammerte ich, »wie soll ich –?«

»Was den Feldzug anbetrifft, Seneschall«, tröstete mich Gavin, »werdet Ihr die geeigneten Unterlagen zur Verfügung erhalten – und das Hospiz der Johanniter« – der greise Großmeister nickte freundlich, um sein Einverständnis zu bekunden – »wird dem berühmten Chronisten für seine fleißige Arbeit ebenso ehrenvolle Gastfreundschaft gewähren, wie der Tempel zu Akkon – noch könnt Ihr wählen!«

»Vielen Dank für Euer hochherziges Angebot«, sagte ich und versäumte auch nicht, mich vor dem Großmeister zu verneigen.

Daß mein »opus magnum«, wie der Templer mein Tagebuch achtungsvoll genannt hatte, nun nicht publik gemacht werden sollte, stieß sich zwar am Ehrgeiz eines *homme de lettres,* der ich ja wohl bin –, die Ehre konnte er mir nicht abschneiden, doch auf der anderen Seite machte der Graf Jean de Joinville et d'Aprémont, Seneschall der Champagne, darin auch keine so gute Figur, daß meine Enkel es unbedingt lesen mußten. Ich würde also all mein Können, mit Williams Hilfe, in die offiziöse Chronik einbringen müssen, die zu verfassen man mir anscheinend nichts in den Weg legen wollte. So bestimmte die Prieuré de Sion zu guter Letzt auch über mich!

»Für alle, anwesend oder nicht, gilt nun, was die Königlichen Kinder anbelangt, *silentium strictissimum!*« sagte Gavin, und der Großmeister der Johanniter sah seinen Stellvertreter scharf an, der völlig in sich zusammengesunken war. Er wurde immer kleiner. Genau da mußte mein Sekretarius den vorlauten Schnabel aufmachen: »Sind die Königlichen Kinder denn nun gerettet?«

»William! Etwas, das es nicht gegeben hat, kann nicht gerettet werden – es kann auch nicht umkommen, wenn es Euch so lieber ist.«

»So herum ist es mir lieber, aber was ist mit Yves, dem Bretonen?«

»Verlaßt Euch drauf, auch der wird schweigen!«

»Ihr mögt ja Macht haben über die Welt des Okzidents, Gavin Montbard de Béthune, doch den Orient –?«

»William von Roebruk«, verwies ihn der Präzeptor scharf. »Ihr seid zwar länger mit dem ›Großen Plan‹ verbunden als alle hier, und auch länger, als es vielen lieb ist. Fordert nicht Euer weiteres Schicksal heraus, und laßt Euch nur eines gesagt sein: Die Frage der Königlichen Kinder ist allein Sache des Abendlandes!«

William klappte das Maul in einer Art und Weise zu, die mir sagte, daß er wie ich dachte: Da täuscht Ihr Euch aber gewaltig!

Aber war nicht Täuschung ein wesentlicher Bestandteil dessen, was sie den »Großen Plan« nannten? Zu meinem Erstaunen ließ es Gavin aber nicht bei der eben abgegebenen Erklärung bewenden. Wir hatten uns nach diesem *sermunculus in culina* in das Arbeitszimmer des Großmeisters begeben, Herr de Chateauneuf, meine Wenigkeit und, darauf bestand der Präzeptor, Herr Jean de Ronay. William hingegen mußte in der Küche bleiben.

»Nehmt den Ausgang ›der Sache‹, wie Ihr sie – die Sprache verrät die Gesinnung – zu nennen beliebtet«, wandte sich Gavin an uns Versammelte, »nicht als Niederlage des Ordens des heiligen Johannes, dem ich im Namen des Tempels allen Respekt bezeuge. Auch wir haben mit dem ›Großen Plan‹ zurückstecken müssen. Die Zeit war noch nicht reif, und wir haben die Turbulenzen unterschätzt, die der ebenso sinnlose wie fehlgeschlagene Kreuzzug des Herren Ludwig bei Freund und Feind auslösen würde. Das uns Christen wohlwollende Sultanat der Ayubiten wurde von den Mameluken weggefegt, ein heftiger Wetterwechsel, dessen aufgewirbelte Staubwolken uns erst noch ins Gesicht blasen werden – wenn wir den zu erwartenden Sturm überhaupt überstehen.«

»Wohl wahr«, murmelte Wilhelm de Chateauneuf.

»Und in der Terra Sancta«, fuhr Gavin fort, »verhält sich das Abendland weiter so, als stünde alles zum Besten. Wir haben zwar mit König Ludwig einen aufrechten Mann, der sich – im Gegensatz zu den Staufern – kümmert und für das Land einsetzt, aber wir wissen alle, daß er eines absehbaren Tages nach Frankreich zurückkehren wird. Und dann werden wir schlechter dastehen, als jemals zuvor.«

»Und der Herr Papst und Engelland – sie könnten uns doch zur Hilfe kommen?« wagte der Herr de Ronay sich zu Wort zu melden.

Gavin schenkte ihm einen Blick des Bedauerns. »Der Herr Papst investiert in den Anjou, damit der die Staufer aus dem Süden vertreibt, König Henri schlägt sich mit der Königinmutter Blanche um die englischen Besitzungen in Frankreich.«

Gavin machte eine Pause, und seine Stimme war nun von Schwermut belegt: »In Anbetracht dieser Lage, in der uns nur noch der Himmel – oder der Osten? – Hilfe schicken kann, war es nicht länger zu verantworten, den ›Sang Réal‹, das Heilige Blut, weiterhin diesen Unbillen auszusetzen. Es gibt Feuer, das härtet den Stahl, und es gibt Brände, die ersticken den Atem, löschen das Leben aus. Wir – und der Orden der Johanniter hat sich, intuitiv oder ahnungslos, darin beteiligt – haben die ›Königlichen Kinder‹ vielen Prüfungen unterzogen, sie sind glorreich durch die Flammen geschritten, aber wir wissen nicht, was jetzt auf uns zukommt, wir haben offen gestanden zur Zeit nicht die Kontrolle über das zukünftige Geschehen in der Terra Sancta. Daher haben wir, und glaubt mir, Freunde, schweren Herzens, dafür Sorge getragen, daß die Kinder, unsere einzige Hoffnung, sich von diesem Land entfernt haben.« Gavin schwieg.

Das Eingeständnis der eigenen Schwäche war ihm nicht leicht gefallen.

Der Großmeister, dem vieles neu war und das meiste unverständlich, er hatte ja die ganze Zeit in Gefangenschaft verbracht, war dennoch gerührt.

»Der Friede«, sagte er leise, »ist ein so seltenes Gut, daß ich mich schon gar nicht mehr daran erinnere, ihn erlebt zu haben.« Er sann nach: »Wenn diese kleinen Friedenskönige, die Herr Gavin so freundlich mit uns teilen will, jedoch Sinn machen sollen, bräuchten wir sie dann nicht grad in schwerer Zeit?«

»Sie sind uns nicht verloren, noch haben sie uns für immer verlassen. Sie werden an einem sicheren Ort aufwachsen, und wenn ihre Zeit, die Zeit der Stärke, der *summum culmen fortunae,* gekommen ist, werden sie wiederkehren und ihr Reich errichten!«

»Bald müssen sie kommen, bald!« beharrte Wilhelm de Chateauneuf.

»Das Blut der Könige«, verwies ihn Gavin sanft, »ist zu kostbar, daß wir riskieren könnten, es zu verschütten, nur weil wir nicht warten konnten. Die Körper der Königlichen Kinder, in deren Adern es rollt, müssen noch an Kraft gewinnen, denn – wie ich Euch gesagt habe – sie werden mächtige Feinde finden. Liefern wir sie dieser Zerreißprobe vorzeitig aus, wird es ihr Verderben sein, und nicht ihr Sieg.«

Gavin hielt inne, um zu sehen, ob er verstanden wurde. »Wir haben nur dieses Paar, die Kinder des Gral – sie sind unsere einzige Hoffnung!«

»Hoffentlich erleben wir ihren Triumph noch!« sagte Jean de Ronay skeptisch.

»Denkt nicht an Euren vergänglichen Leib noch an Euer Wohl«, antwortete ihm der Templer. »Es geht nicht einmal um den Fortbestand der Terra Sancta in ihrer heutigen armseligen Form, sondern um die Errichtung des *einen* Reiches, des Friedensreiches! Das königliche Blut ist nicht auf diese Welt gekommen, Königen,

Ritterorden und Seerepubliken, dem Kaiser oder Papst aus ihren Zwisten, aus ihren selbstverschuldeten Miseren herauszuhelfen oder sie gar gegeneinander auszuspielen, es ist der Welt gegeben, sie von allem Übel zu erlösen!«

Da schwiegen wir alle. Dann stimmte mit brüchiger Stimme Wilhelm de Chateauneuf das Vaterunser an, und wir beugten die Knie.

> »*Pater noster qui es in coelis,*
> *santificetur nomen Tuum,*
> *adveniat regnum Tuum,*
> *fiat voluntas Tua,*
> *sicut in coelo et in terra.*«

Jean
le comte de Joinville

FINIS
DIARII

STEIL STIEGEN DIE IN STEIN GESCHLAGENEN STUFEN das Gebirgstal hinauf, dessen kantigen Hänge sich enger zusammenschoben, bis der herandrängende, überhängende Fels sie zusammenstoßen ließ. Nur ein schmaler Durchlaß gestattete dem abgesessenen Reiter, ihn zu Fuß zu durchschreiten. Die erschöpften Kamele gingen nicht durch den *Churm al ibra*.

Crean ließ Roç und Yeza den Vortritt vor allen anderen Reitern der Karawane. Viele waren auf dem endlosen Ritt durch die Wüsten, im Schnee und Eis der Gebirge, beim Überqueren reißender Flüsse oder durch Überfälle von räuberischen Stämmen umgekommen. Roç hatte Yeza die Hand hingehalten, sie dann aber schnell zurückgezogen.

Sie waren keine kleinen Kinder mehr. Yeza schritt leichtfüßig voraus, der auf Sicherheit bedachte Roç hatte Mühe, der Gefährtin zu folgen. Wenigstens wollte er den ersten Anblick des ersehnten Ziels gemeinsam mit Yeza erleben.

Sein Atem keuchte in der Höhenluft, und in seinem flimmernden Gehirn entstand das Bild aller Legenden, die er in sich aufgesogen hatte, aller phantastischen Berichte. Er sah die eiserne Rose aus den dunklen Wassern ragen, von Flammen umzüngelt, die wehrhaften Blätter bebend, in steter Bewegung durch das Pulsen des verborgenen Feuerkerns, dem sie die lebensnotwendige Atemluft zufächerten, in ständig erregter Bereitschaft, sich Verderben speiend zu entfalten.

Er malte sich das aufregende Leben im Innern der geschlossenen Knospe aus, von Gestängen und Gängen, Treppen und Winden, Ketten und Seilen durchzogen, stellte sich den geheimnisvollen Stengel vor, der ewig drehend alles antrieb bis hinauf zu den sich immer weiter verfeinernden Konstruktionen, die im Stempel den Lauf der Zeiten und Gestirne widerspiegelten. Creans Geschichten über die phantastische Burg hatten die Kinder über viele Nächte am Lagerfeuer über Hunger und Kälte hinweg begeistert.

Ein Wunderwerk menschlichen Geistes erwartete sich Roç, dessen Erforschung er sich mit Wissensdrang und Inbrunst hingeben wollte.

Die Felsenklamm, die schon längst kein Wasser mehr führte, verengte sich zu tief ausgewaschenen Rinnen, die der tobende Wildbach in Millennien in den Stein gefressen hatte, gebohrt und gescheuert, bevor Menschenhand ihn umgeleitet, für ihre Zwecke eingesetzt. Schon sahen die Kinder den Himmel nicht mehr.

Yeza dachte träumend an die kunstvolle Knospe, die sich schwimmend in einem See spiegelt, an ihre Wurzeln in der nicht schaubaren Tiefe, an die sich wölbenden Blütenblätter, deren feingezackte Ränder wie Zinnen die terrassenförmig sich erhebenden Gärten bergen, rankende Oasen voller Duft. Die Hängegärten der Semiramis.

Sie sann über den Schaft in der Mitte nach, der die bedeutendste Bibliothek auf Erden barg, immer schlanker aufstrebend, bis er im knollenartigen Gefäß das Observatorium trug, auf dem eine silberne Scheibe dem Lauf des Mondgestirns folgte. Sie sah sich in den apokryphen Schriften der Offenbarung lesen und die geheimen Lehren der *astrologia* studieren, um endlich ergründen zu können, was der Menschen Schicksal sei und welche Rolle ihnen, den Königlichen Kindern, darin zugedacht.

Der Pfad durch den Stein wurde so schmal und nieder, als wolle er den Adepten entmutigen, noch weiter ins Ungewisse vorzudringen.

Yeza setzte auch jetzt nicht zaghaft, aber vorsichtiger Schritt vor Schritt, denn immer häufiger taten sich Spalten, Klüfte auf, die den Unachtsamen unweigerlich ins Verderben stürzen würden.

Roç, der ihr bedächtig folgte, bereute schon, daß er ihr die Vorhut überlassen hatte, doch Yeza überwand alle Hindernisse mit schlafwandlerischer Sicherheit. Der Weg verbreiterte sich zu einer Grotte, Roç holte sie ein.

Der dumpfe Ton eines gewaltigen Widderhornes erfüllte die Luft. Einfallendes Tageslicht verriet ihnen, daß sie das Ende des Ganges erreicht hatten. Sie lauschten erschauernd und nahmen sich bei der Hand.

Gemeinsam traten sie um eine letzte Felsnase und erblickten vor sich *As-sahra al ma'adania fin-nar,* ihr vibrierender *corpus* war um vieles gewaltiger, gigantischer, als sie sich das Kunstwerk vorgestellt hatten. Auf einer von schroff gezackten Gebirgsketten umrahmten Hochebene stand die bauchige Feste der Assassinen im brennenden Wasser, wie ein mächtiger Krug auf dem Feuer, dem die züngelnden Flammen nichts anhaben konnten. Eine Burg ohne Türme, selbst ein einziges turmartiges Bollwerk. Fallbrücken schmiegten sich an den Leib der Amphore, hoben sich, senkten sich über den dunklen See hinweg.

Fahnen schwenkende Reiter stürmten herüber, ihnen entgegen. Aus riesigen Langhörnern dröhnte der Willkommensgruß, wurde widergeworfen, beantwortet von den umliegenden Höhen. Sternengleich blinkten die Signalspiegel der Vorwerke auf den Bergen, deren Blitze alle die gewölbte Scheibe auffing, die das Observatorium krönte.

Langsam drehte sich der silberne Mond, thronend auf der Weltenkugel, lenkte den gebündelten Strahl zum Ausgang des Höhlenlabyrinths, wo die Kinder standen. Er tauchte sie für einen Augenblick in gleißendes Licht, das sie blendete und verzückte, bis der Widerschein der Sonne weitergewandert war.

»Alamut schenkt Euch die Liebe, Königliche Kinder«, sagte hinter ihnen der hinzugetretene Crean.

»Allah in seiner Herrlichkeit gebe Euch die Kraft!«

Erfüllt von einem wohligen Schauder sahen Roç und Yeza sich an. Dann schritten sie dem Wunder entgegen.

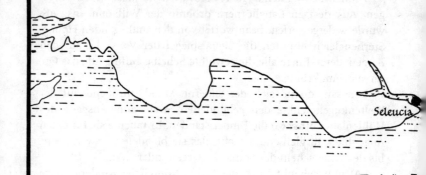

Seleucia

Nicosia

Limassol

MARE
MEDI-
TERRA-
NVM

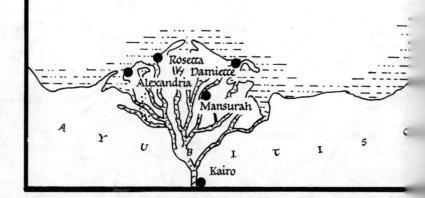

Rosetta

Damiette

Alexandria

Mansurah

A R Y U B I T I S

Kairo

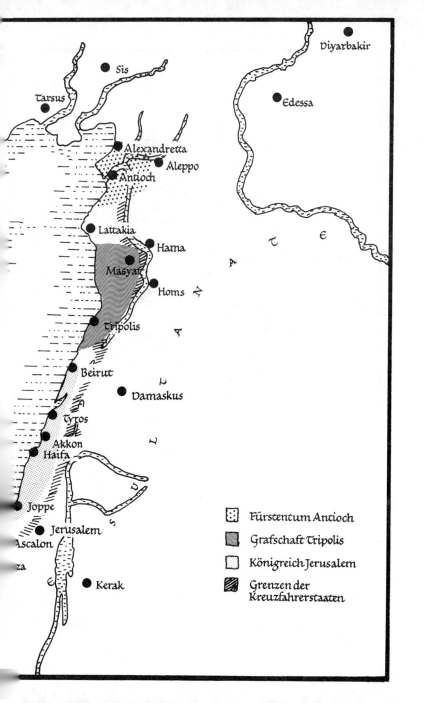

Diyarbakir

Sis

Tarsus

Edessa

Alexandretta
Aleppo

Antioch

Lattakia

Hama

Masyaf

Homs

Tripolis

Beirut

Damaskus

Tyros

Akkon
Haifa

Joppe

Jerusalem

Ascalon

za

Kerak

Fürstentum Antioch

Grafschaft Tripolis

Königreich Jerusalem

Grenzen der
Kreuzfahrerstaaten

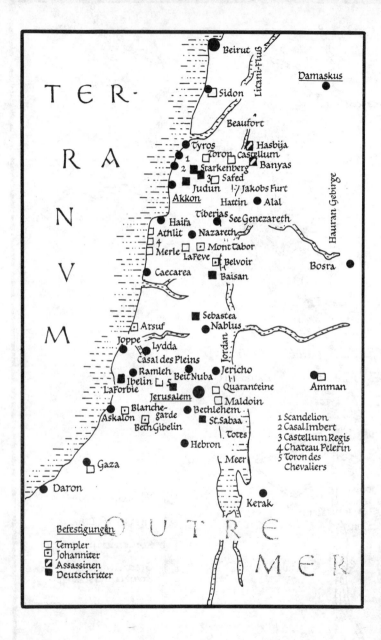

TER-RANVM

OUTREMER

Beirut

Damaskus

Sidon

Litani-Fluß

Beaufort

Tyros
Toron
1 Starkenberg
2
3 Safed
Judin
Akkon

Hasbija
Castellum
Banyas

Jakobs Furt
Hattin   Alal
See Genezareth

Tiberias

Haifa
Athlit
Nazareth
Merle
Mont Tabor
LaFeve
Belvoir
Caecarea
Baisan

Hauran Gebirge

Bosra

Sebastea
Arsuf   Nablus

Joppe
Lydda
Casal des Pleins
Ramleh   Beit Nuba   Jericho
Ibelin   5
LaForbie
Jerusalem   Quaranteine
Maldoin
Blanche-   Bethlehem
Askalon   garde
Beth Gibelin   St. Sabaa
Totes
Hebron
Meer

Jordan

Amman

1 Scandelion
2 Casal Imbert
3 Castellum Regis
4 Chateau Pelerin
5 Toron des
   Chevaliers

Gaza

Daron

Kerak

Befestigungen
□ Templer
⊡ Johanniter
◪ Assassinen
■ Deutschritter

Tarsus
Ayas
La Portelle
Alexandretta
* Darbsaq * Syrische Pforte
Baghras
Roche Roussel
Antioch Harenc
St. Symeon

MA·

Nosairi-Gebirge
Orontes
Inab

RE
Sahyun
Afamija
Latakia
Dschahala Chateau de la Vieille
Chariba Shaizar
Hama
Bulaniyas Montferrand
Marqab Masyaf Salania
Chawabi
ME· Chastel Chastel Blanc Rafaniyah
Rouge Safita
Tortosa Buqaia Ebene Krak des Chevaliers
Ile de Ruad
Arima Homs
Castellum Bochee
DI Aacum
Felicium
Arqa
Akkar
Tripoli
Botrun
Bekaa Ebene
Libanon Geb.
Djebail
Baalbek
Beirut
Anti Libanon Gebirge
Sidon Damaskus

INDEX

LIB. I

I DIE TRIËRE DER PIRATIN

Jean de Joinville, geb. 1224 oder 1225 als zweiter Sohn des Grafen von Joigny; wurde durch Tod von Vater und Bruder schon gegen 1238 Erbe der Grafschaft, gegen 1241 Seneschall der Champagne; Titel und Amt des Seneschalls der Champagne waren erblich und seiner Familie verbrieft; bereits ab 1244 gelegentlich in Diensten Königs Ludwig IX., begleitete er diesen auf dessen Kreuzzug gegen Ägypten. Joinville wurde nach dem Kreuzzug königlicher Berater, ein Dienst, den auch Ludwigs Nachfolger Philipp III. in Anspruch nahm. Er machte ihn zum Regenten der Grafschaft der Champagne während der Minderjährigkeit von Johanna, die dann König Philipp IV. (genannt »der Schöne«) heiratete. Diese Königin bat 1305 den alten Seneschall, das »Life of Saint Louis« zu verfassen. Dafür benutzte Joinville seine Memoiren, die er über Jahre gesammelt hatte. Er beendete die Arbeit 1309 und widmete sie dem Dauphin Louis X. 1317 oder 1319 starb Joinville.

Maire de Dieu: altfrz. Mutter Gottes!

Triëre: Drei-Deck-Kampfschiff (Rudergaleere mit Betakelung)

Diarium: lat. Tagebuch

Gräfin von Otranto, Laurence de Belgrave, geb. 1191, Tochter aus der morganatischen Ehe der Livia de Septimsoliis-Frangipane mit Lionel Lord Belgrave, Bundesgenosse der Montfort und späterer Schutzherr der »Resistenza«. Laurence wurde Äbtissin des Karmeliterinnenklosters auf dem Monte Sacro zu Rom; 1217 von der Inquisition aus Italien vertrieben, begab sie sich nach Konstantinopel. Bordellbesitzerin, später berüchtigt als Piratin und Sklavenhändlerin. Die »Äbtissin« – so ihr Beiname – heiratete 1228 den Admiral Kaiser Friedrichs II. Graf Heinrich von Malta, erbte nach seinem Tod Otranto und die Triëre. Ihr Sohn Hamo wurde 1229 geboren. Schon vorher hatte sie Clarion von Salentin (geb. 1226) als ihre Ziehtochter aufgenommen.

Capanna: Hütte

Guiscard, Kapitän der Triëre im Dienst der Gräfin von Otranto, auch genannt »der Amalfitaner«

Bianca di Lancia, langjährige Geliebte Kaiser Friedrichs II., mit der er zwei »natürliche« Kinder hatte: Manfred, Fürst von Tarent, geb. 1232, und Konstanza, genannt »Anna«. Auf dem Sterbebett erklärte Friedrich II. diese Kinder für »legitim« und erhob die Mutter zur Gräfin von Lecce.

Kaiser Friedrich II., 1194–1250, Sohn des dt. Kaisers Heinrich VI. und der Normannenerbin Constance d'Hauteville, Enkel Kaiser Barbarossas (Friedrich I.), 1197 König von Sizilien, 1212 dt. König, 1220 Kaiser. Verheiratet mit

Constance d'Aragon (gest. 1222), Isabella de Brienne (Königin von Jerusalem, genannt »Jolande«, gest. 1228) und Isabella-Elisabeth von England (gest. 1241). Aus diesen Ehen sowie zahlreichen weiteren Verhältnissen stammten 4 legitime und 11 »natürliche« Kinder. Der 1268 von Charles d'Anjou hingerichtete Konrad V., gen. »Konradin«, war sein Enkel. Friedrich II. erbte die von seinem Großvater angezettelte Vereinigung Siziliens mit dem dt. Reich und hatte daher zeit seines Lebens heftige Auseinandersetzungen mit dem Papsttum. Seinen Kreuzzug führte er als Exkommunizierter 1227/9 durch. 1245 erklärte ihn das Konzil von Lyon für abgesetzt.

Bruce of Belgrave, entfernter Verwandter des Lionel de Belgrave, eines Lehnsmannes des Simon de Montfort, Graf von Leicester.

universitatis medicinae artis: lat. wörtl. Gesamtheit der medizinischen Künste, Bezeichnung für die medizinische Hochschule

ductus deferens: lat. Samenleiter

atrophieren: griech. veröden, schrumpfen

O' sperone, maledetti!: ital. An den Rammdorn, Ihr verdammten Kerle!

Sidi! Sidi!: arab. Herr

die Moriskos: die Mauren

speronisti: ital. Bediener des Rammdorns

perforatio: lat. Durchbohrung

Die Kinder des Gral, »Roç« (von Roger) und »Yeza« (von Jezabel = Isabella), geboren ca. 1239/40. Eltern unbekannt, wahrscheinlich aus dem Geschlecht der Trencavel (Perceval / Parsifal) = Vicomtes von Carcassonne, der Kastellane vom Montségur de Perelha (Pereille) oder der staufer./engl. Bastardlinie. Könnten auch (Halb-) Geschwister sein. Sie wurden 1244, kurz vor der Kapitulation des Montségur, im Auftrag der »Prieuré de Sion« (s.u.) von den Rittern Crean de Bourivan (Sohn des John Turnbull), Sigbert von Öxfeld (vom Dt. Ritterorden) und Konstanz von Selinunt alias »Roter Falke« sowie Gavin Montbard de Béthune (Templer) zur Gräfin von Otranto in Sicherheit gebracht.

der Gral: Der Gral war das große Geheimnis der Katharer (Anhänger einer sich von der römisch-katholischen Amtskirche radikal lossagenden Erneuerungsbewegung, die sich im Laufe des 12. Jahrhunderts zur gefährlichen Gegenmacht Roms entwickelte und als Ketzertum verfolgt wurde. Vor allem die Bedürfnislosigkeit des katharischen Priestertums verschaffte der Bewegung enormen Zulauf beim Volk, aber auch der Adel hing an der Lehre an, die nicht – wie die röm. Kirche – weltliche Machtansprüche stellte.), nur Eingeweihten offenbart. Es ist bis heute ungeklärt, ob es sich dabei um einen Gegenstand handelte, einen Stein, einen Kelch mit den aufgefangenen Blutstropfen Christi, einen Schatz oder um geheimes Wissen (über die Dynastie des königlichen Hauses Davids über Jesus von Nazareth bis nach Okzitanien hinein). Es existiert auch die Theorie, daß der »Heilige Gral«, der »San Gral«, als »Sang Réal«, also »Heiliges Blut«, gelesen werden sollte. In der Alchimie vermischt sich der Gral mit dem »Stein der Weisen«, in der Mythologie mit den Gralsrittern von König Artus' Tafelrunde.

William von Roebruk, geb. 1222 in Flandern, studierte als Minoriten-Bruder (Franziskaner) in Paris, wurde Hauslehrer des Königs Ludwig IX. für arabische Sprachen, von diesem als Feldkaplan 1243 zum Kreuzzug gegen den katharischen Montségur entsandt, geriet in die Bergung der Kinder, mit denen sein Schicksal seitdem verknüpft blieb.

praesentatio: lat. Vorstellung

Prieuré de Sion: mysteriöse Geheimgesellschaft, die sich angeblich dem Erhalt der dynastischen Linie des Hauses David verschrieben hatte (das Blut der Könige) und sich erstmalig nach der Eroberung von Jerusalem 1099 manifestierte. Der Orden der Ritter des Tempels soll ihr weltlich-sichtbarer Arm gewesen sein. Sie stand im Mittelalter im erbitterten Gegensatz zum Papsttum, zu den erfolgreichen Verfechtern der »Botschaft« und zum Hause Capet, dem sie Usurpation des Blutskönigstums der Merowinger vorwarf. Sie wurde zur Zeit Ludwigs IX. von einer Großmeisterin geführt, Marie de Saint-Clair, Witwe des 1220 verstorbenen Jean de Gisors.

König Ludwig, Ludwig IX., geb. 1214, König von Frankreich, gen. »Saint-Louis« (»der Heilige«). Unter seiner erfolgreichen Regierung beendete der »Vertrag von Meaux« (1229) die Albigenserkriege, fiel 1244 der Montségur und mußte König Henri III. von England 1259 im »Vertrag von Paris« auch die letzten Besitzungen auf dem Festland abtreten. Verheiratet mit Margarethe von der Provence, unternahm Ludwig zwei glücklose Kreuzzüge, den VI. und VII., den letzten überhaupt, bei dem er 1270 vor Tunis starb.

Quod non erat in votis!: lat. Es hat wohl nicht sollen sein!

Scudo!: ital. Schild

Amalfitaner: s. Guiscard

der Staufer: s. Friedrich II.

Djebel al-Tarik: arab. Gibraltar. Djebel = Berg, Tarik = Name des Heerführers, der 711, von Tingis/Tanger kommend, dort übersetzte und die Visigoten unter Roderich schlug.

Clarion, Gräfin von Salentin, geb. 1226, »Nebenprodukt« der Hochzeitsnacht von Brindisi (9. 11. 1225), in der Friedrich II. Anaïs, die Tochter des Wesirs Fakhr ed-Din und Brautjungfer Yolandas, schwängerte. Clarion wuchs in Otranto auf und erhielt von Friedrich ihren Titel.

mon cher cousin: frz. mein lieber Vetter. Übliche Anrede des europäischen Hochadels untereinander, davon ausgehend, daß jeder mit jedem irgendwie verwandt ist.

die Assassinen: Schiitisch-ismaelitische Geheimsekte mit Hauptsitz in Alamut (Persien), die 1176 auch in Syrien Fuß faßte. Ihr erster Großmeister dort war Sheik Rashid ed-Din Sinan, der unter seinem Beinamen »der Alte vom Berge« berühmt und berüchtigt wurde. Das Wort Assassinen soll sich von »haschaschin« ableiten (den Mitgliedern der Sekte nachgesagter Drogengebrauch) und steht bis heute im gesamten Mittelmeerraum für »Meuchelmörder«. Der Beiname »der Alte vom Berge« ging auch auf alle Nachfolger über.

Capets: frz. Königshaus (Kapetinger), herrschte von 987 (Hugo Kurzmantel) bis zur frz. Revolution. Es verfügte zu Ende des 12. Jahrhunderts nur über die Ile de France mit Paris, die Grafschaften Flandern, Champagne und Blois sowie über das Herzogtum Burgund. Das gesamte Südfrankreich (die Provence, das Königreich Burgund, Arelat und Lothringen waren schon Teil des Deutschen Reiches), also die mächtige Grafschaft Toulouse (Tolosa) samt dem Languedoc, waren aragonischer Lehnsbesitz diesseits der Pyrenäen und somit ebenso wenig im Besitz der Kapetinger wie das große Herzogtum Aquitanien (Guyenne, Poitou, Gascogne), das durch die Heirat Eleonores an das England der Plantagenets gefallen war, die ihre Stammlande Normandie, Bretagne und Anjou (mit Maine, Marché und Touraine) sowieso beanspruchten.

Madulain, geb. 1229, aus lokalem Landadel des Engadins, das ca. 850 von einem versprengten arab. Haufen erobert wurde und sich mit den rätischen Ureinwohnern Graubündens vermischte, daher »Prinzessin der Saratz«. Die Alpensarazenen waren (wie auch die apulischen und provençalischen) stets »kaiserlich« (ghibellinisch, d.h. staufertreu).

Scheiterhaufen von Montségur: Nach der Kapitulation der Katharerfeste 1244 wurde den Belagerten freier Abzug versprochen, wenn sie ihrem »Ketzertum« abschwören würden. Über 200 Katharer gingen freiwillig auf den Scheiterhaufen der Inquisition.

escollier philosophe: altfrz. Schüler der Philosophie

scribend: lat. Schreiber

Königin Blanche (von Kastilien), Frau Ludwigs VIII. und Mutter von Ludwig IX., Alphonse de Poitiers, Robert d'Artois und Charles d'Anjou. Sie regierte Frankreich während des Kreuzzuges.

Alphonse, Graf von Poitou, wurde durch (erzwungene) Heirat mit der Erbin Johanna (Tochter Raimunds VII.) Graf von Toulouse (de facto seit 1226, de jure mit Raimunds Tod 1249). Bei seinem Tode 1271 wurden das Poitou und Toulouse frz. Kronlande.

Charles, Graf von Anjou, seit 1246 Graf von Anjou, heiratete Beatrix von der Provence, doch die Provence fällt ihm erst 1267 zu. 1265 ernennt ihn der Papst zum König von Neapel. Er schlägt 1266 den Staufererben Manfred in der Schlacht von Benevent und 1268 den letzten Staufer Konradin bei Tagliacozzo. 1277 erwirbt er den Titel des »Königs von Jerusalem«. 1282 erhebt sich Sizilien mit Hilfe Aragons gegen ihn (»Sizilianische Vesper«). 1285 stirbt dieser oftmals unterschätzte, grandiose Machtpolitiker.

Robert, Graf von Artois, fiel 1249 während des Kreuzzugs. Seine Nachkommen waren u.a. Karl der Kühne von Burgund und Philipp der Schöne.

Hugo IV., Herzog von Burgund, (1218 bis 1273), wurde 1266 durch Belehnung Titular-König von Thessalonike.

Wilhelm II., Graf von Flandern und Dampierre, (1244–1279), verheiratet mit der Kaisertochter Margarethe II. von Konstantinopel

Johannes I., Graf von Sarrebruck, nicht erbberechtigter (adoptierter ?) Sohn des 1233 verstorbenen Grafen Simon III. aus der Leininger-Linie. Die Grafschaft geht an seine Schwager Dietrich Louf von Cleve und Amadeus von Mümpelgard.

Gobert d'Aprémont, seine Mutter Isabella war eine Dampierre, sie heiratete Gottfried von Aspremont. Gobert scheint den Kreuzzug überlebt zu haben, erst 1263 starb er als Mönch. Er hatte einen Bruder Johannes, der 1217–1224 als Bischof von Verdun, bis 1238 als Bischof von Metz wirkte; dessen Bastard ist möglicherweise identisch mit dem Grafen von Sarrebruck.

Lehnsverhältnis Joinvilles: über die mütterliche Linie derer von Vaudemont wurden die Joinville der deutschen Seite der Herzöge von Lothringen zugerechnet, erst mit Franz Guise, »Fürst« von Joinville, griffen sie im 16. Jahrhundert in die französische Politik ein.

am Hofe des Kaisers zu Palermo: Friedrich II. war nicht nur König von Deutschland (er trat diese Würde bereits 1237 an seinen Sohn Konrad IV. ab), sondern auch bis zu seinem Tode König von Sizilien. Sein Hof zu Palermo galt als der prächtigste des Abendlandes. Von dort aus (und seinen apulischen Pfalzen) regierte er das Reich. In Deutschland hielt er sich in den Jahren seiner Regierung (1220–1250) nicht länger als vier Jahre auf.

Unterstellung, seinen Samen mit ketzerischem Blut vermischt zu haben: Wie schon erörtert (s. Kinder des Gral), gab es Spekulationen, daß der Kaiser selbst sich mit einer katharischen Adeligen eingelassen habe und so Vater eines der beiden Kinder sei. Einer anderen Version zufolge hat seine Bastardtochter Blanchefleur (1279 in einem Kloster verstorben) dem letzten Trencavel Roger-Ramon III. ein Kind geschenkt.

Anjovinen: aus dem Ital. stammende Bezeichnung für Anhänger und Verwandtschaft des Charles d'Anjou

ecclesia catolica: lat. die allgemeine Kirche, offizielle Bezeichnung für die römisch-katholische Kirche der Päpste

häretische Katharer: Die »Katharer« (aus dem Griech. = »die Reinen«) war eine dualistische Reformbewegung, die Rückkehr zum Urchristentum mit östlichen Elementen (Mani) und keltisch-druidischen Traditionen des Languedoc vermischte. Die röm.-kath. Amtskirche bannte sie als Ab-

trünnige, aus dem Wort »Katharer«
wurde das deutsche »Ketzer«.

Der Franziskaner Lorenz von Orta, geb.
1222, ein Portugiese, wurde 1245 von
Papst Innozenz IV. nach Antioch geschickt, um den dortigen Kirchen-
streit zu schlichten, d.h. die Grie-
chisch-Orthodoxen mit den
»Lateinern« (röm.-kath.) auf eine
Stufe zu stellen, was die Fürstin Lucienne verhindert hatte. Lorenz von
Orta galt als kaiserlich.

Oliver von Termes, geb. 1198, sein Vater
Ramon von Termes wurde nach dem
Fall der Stadt 1211 umgebracht, sein
Onkel Benoit von Termes war der ka-
tharische Bischof von Razes. Oliver
unterstützte den letzten Trencavel.
Nach dessen Scheitern wechselte er
zu den Fahnen Frankreichs.

Renegat: lat. Abtrünniger

William, Graf von Salisbury, ein Enkel
des englischen Königs Henri II.
(Plantagenet) und der Schönen Rosamunde, seiner Buhlin; also ein Ba-
stard-Neffe des Richard Löwenherz.

Simon de Saint-Quentin, Dominikaner,
vom Papst zusammen mit seinem Or-
densbruder Anselm von Longjumeau
(»Fra' Ascelin«) 1247 via Syrien nach
Täbriz entsandt, wo sie mit dem mongolischen Heerführer Baitschu zusam-
mentrafen, der zu einem Bündnis gegen die Ayubiten bereit war. Er
schickte zwei Nestorianer mit ihnen
zurück nach Rom: Aibeg und Serkis.

Dean von Manrupt, Hauskaplan des Grafen von Joinville

Ave maris stella: lat. Meeresstern, ich
dich grüße

via crucis: lat. Kreuzweg

Sumens illud ave ...: lat.
Ave war die Kunde
aus Gabrielns Munde,
wendet Evas Namen,
Frieden gibt uns Armen.

Adept: Bewerber um Aufnahme in einen
Geheimbund bzw. Einweisung in eine
Geheimlehre.

Tarot: ein Satz von 22 Bildkarten (Große
Arkana) zur Erforschung und Deutung des Schicksals.

Vitam praesta puram ...: lat.
Schenk uns reines Leben,
führ auf sich'ren Wegen,
Jesus stets im Blicke,
daß er uns entzücke.

Circe: weibl. Gestalt der griech. Mythologie (Odyssee), die Männer in
Schweine verwandelte

Großer Plan: geheimes Dokument,
wahrscheinlich von John Turnbull für
die Prieuré verfaßt, das verschlüsselt
über die Bestimmung der Kinder Auskunft gab.

andros medemia andreion: griech. als
Mann kein Mann

brutae vi stupratae: lat. hier: durch dumpfen Vergewaltigungstrieb

vendetta: ital. Rache

Cane Domini!: lat. Hund des Herrn,
Spitzname für Dominikaner

Angel von Káros, Bastard aus der Sippe
des Marcus Sanudo, nannte sich
»Herr des Archipelagos« und »Herzog
von Naxos«.

kalfatert: mit Pech abgedichtet

Despotikos: griech. uneingeschränkter
Gewaltherrscher

Wilhelm von Villehardouin, Wilhelm II.,
Fürst von Achaja, dem Ludwig 1249
das Münzrecht verlieh. Sein Onkel
Wilhelm I. entstammte einer Nebenlinie der Grafen von der Champagne
und hatte sich am Kreuzzug 1204 gegen Konstantinopel beteiligt, dessen
Chronist er auch war. Von ihm erhielt
sein Sekretarius John Turnbull das Lehen Blanchefort. Achaja fiel 1267 in
die Hand des Anjou.

doctissimus: lat. äußerst Gelehrter

laudatio: lat. Belobigung

Pythagoräer: Anhänger der Lehren des
griechischen Mathematikers Pythago-
ras (goldene Mitte, goldener Schnitt,
Dreieck)

....: griech. als Mann kein Mann

Divinatorik: Zukunftsdeutung, Wahrsa-
gung

Guido I., aus der Abenteuersippe de la
Roche, Herr von Theben (1208), Großherr von Athen (1225), König Ludwig
IX. erhob ihn 1260 in den Herzogs-
stand.

Plantagenet: Beiname des englischen Herrscherhauses; »Planta Ginestra«, der Ginsterzweig, war Helmzier der Herzöge von Anjou. Als Gottfried der Schöne und seine Frau Mathilde (Maud) den englischen Thron für ihren Sohn Henri II. eroberten, wurde er zum Wappen erhoben.

die Schöne Rosamunde, Geliebte des Königs Henri II. von England, Rivalin der Eleonore von Aquitanien

Herzog von Naxos, Angelus I. (1227 bis 1262), Sohn des Marcus I. Sanudo

Firouz, Angehöriger der Saratz von Pontresinsa, circa 850 ins Engadin verschlagene Sarazenen; erst Bootsmann, dann Kapitän der Triëre der Gräfin von Otranto.

El Cid, der Ritter Rodrigo Diaz de Bivar, eroberte für Ferdinand I. von Kastilien 1085 Toledo und machte sich 1094 mit maurischer Unterstützung zum »Sidi« (Herrn) von Valencia.

Cazzo della Contessa del Diavolo!: ital. Schwanz der Gräfin des Teufels

maledetti: ital. verdammte Kerle

Al Arrambaggio!: ital. Auf zum Rammen!

Nave in vista!: ital. Schiff in Sicht!

Hamo l'Estrange, geb. 1229, einziger Sohn der Gräfin von Otranto, die eingestand, der Vater sei nicht der Admiral Graf von Malta, sondern ein mongolischer Prinz.

Insubordination: lat. Auflehnung, Widerstand

agli ordini, Comtessa!: ital. zu Befehl, Gräfin!

Dau: ägyptisches Segelschiff, Einmastbark mit Dreiecks-Segel

Ma', Ma'!: arab. Wasser! Wasser!

Asia Minor: lat. Kleinasien

Sufi: arab.»Wollkleidträger«, Anhänger des Sufismus, einer islamischen Lehre, die die Ergründung des Spirituellen (u.a. durch Askese und Meditation) zu einer Wissenschaft erhoben und starken Einfluß auf die Scholastik des Mittelalters genommen hat.

Saufa nahlak 'atschan!: arab. Wir verdursten!

Legat: päpstlicher Gesandter

in pectore: lat. in der Brust, im Herzen;

Ausdruck für einen Kandidaten, dessen Wahl noch nicht bekanntgegeben wurde.

disciplina nulla manifesta: lat. mangelnde Disziplin

Levdi milde ...: Englisches Lied aus dem Mittelalter mit dem Titel »Edi be thu, heven-queene«.
Gütige Dame, zart und süß,
ich flehe um Erbarmen, ich bin dein Mann,
mit beiden Händen und Füßen,
auf jede Weise, die ich kann.

Exequien: Totenfeier

die Immacolata des Grauen Kardinals: Beiname des Schnellseglers des Kardinal-Diakons der Zisterzienser Rainer von Capoccio (blasphemischerweise in Anspielung auf die unbefleckte = immacolata Jungfrau Maria), der bis zu seinem Tod 1250 die Funktion des »Grauen Kardinals«, des Chefs des päpstlichen Geheimdienstes, innehatte.

Del gran golfe ...: okzit.
Des Meeres Tiefen,
der Häfen Tücken
und der Leuchtfeuer Trug
liegen hinter mir,
Gott sei's gedankt!
Und sollte es Gott gefallen,
daß ich zurückkehr
von wo ich schweren Herzens losgefahren,
will ich ihm danken für die Rückkehr
und die Ehr', die er mir gewährt.
Gaucelm Faidit, also ein vertriebener Katharer, schrieb diese »canso« höchstwahrscheinlich nach der Rückkehr aus dem Heiligen Land ins Limousin.

Ni dic qu'ieu ...: okzit.
Ich behaupte nicht mehr, daß ich für das Edelste sterbe,
auch nicht, daß ich mich nach meiner Liebsten verzehre,
weder bete ich sie an, noch bewundere ich sie,
ich bitte sie nicht, noch verlangt mich nach ihr.
Ich schenke ihr keine Aufmerksamkeit,

ich dränge mich nicht auf, noch
schenke ich mich ihr.
Ich bin nicht ihr unterwürfiger
Sklave,
und sie hält mein Herz nicht gefangen.
Ich bin nicht ihr Gefangener noch ihr
Lehnsmann.
So würde ich sagen, ich habe mich
von ihr befreit.
aus: »Ar me puesc ieu lauzar d'amor«
von Peire Cardenal
Chevalier par excellence: frz. beispielhafter Ritter
This little Assassinian Lady: engl. diese
kleine Meuchlerdame
Joves es domna ...: okzit.
Jung ist die Dame, die Leute von
edler Herkunft zu schätzen weiß.
Und sie ist jung durch ihre edlen Taten.
Sie benimmt sich jung.
Wenn sie ein rechtes Urteil besitzt
und sich nicht in einer Art benimmt,
die ihren guten Ruf beschmutzt.
Sie benimmt sich jung,
wenn sie die Schönheit ihres Körpers
achtet.
Und sie bleibt jung, wenn sie sich
wohlfeil verhält.
Sie benimmt sich jung,
wenn sie sich nicht darum sorgt, alles
zu wissen
und sich vor schlechtem Benehmen
hütet,
wenn in Begleitung eleganter Jünglinge.
aus: »Bel M'es, Quan Vei Chamar«
von Bertrand de Born
Pax anima sua!: lat. Friede seiner Seele!

II DER KÖNIG UND DIE GEFANGENEN
DES TEMPELS

König Heinrich I. von Zypern, Regent des
Königreiches von Jerusalem 1247 bis
1259 (für Konrad IV. bzw. V.);
Konnetabel: königlicher Haushofmeister
mit besonderer militärischer Funktion, so Chef der kgl. Leibwache und
der Palastgarde

Graf Peter Mauclerc von der Bretagne, Beiname »malus clericus«, »schlechter
Priester«, weil er ursprünglich zum
geistlichen Beruf bestimmt war, dann
aber die englische Erbin Alice von
Richmond heiratete und damit zum
Herzog der Bretagne (1213–1250)
wurde, ein Titel, den er als Vasall
Frankreichs nie führte. Frankreich erkannte erst seinem Enkel die Herzogswürde der Bretagne zu (1297).
Mauclerc eroberte 1230 das Penthièvre.
Graf Hugo XI. de la Marche, genannt
»der Braune«, auch Graf von Angoulême (1249–1260), wird 1235 durch
Heirat mit Johanna von der Bretagne
Graf von Penthièvre.
*die unselige Unternehmung des Kardinal
Pelagius:* Pelagius war Kardinalbischof
von Albano (1213–1329) und mehrfach päpstlicher Legat, u. a. auch im
sogenannten Damiette-Kreuzzug. In
diesem ersten Ägyptenfeldzug, dem V.
Kreuzzug, riß er die Führung an sich
(nach dem Tod des Grafen Hugo X.
de la Marche und des Großmeisters
der Templer Wilhelm von Chartres),
eroberte 1220 Damiette und rückte
trotz drohender Nilüberschwemmungen weiter vor. Nur die Ankunft des
kaiserlichen Geschwaders unter Friedrichs Admiral Heinrich von Malta und
die Freundschaft des Staufers mit
dem Sultan El-Kamil verhinderten
eine Katastrophe (s. auch Peter Berling: »Franziskus oder das zweite Memorandum«).
Guido III., Graf von Saint-Pol, 1248 bis
1289; Vater Hugo von Chatillon, Graf
von Blois
III. Kreuzzug: 1189–1192; die zerstrittenen Könige Frankreichs und Englands Philipp II. Augustus und Richard Löwenherz, bestritten ihn
gemeinsam mit dem greisen Kaiser
Friedrich I. Barbarossa, der schon unterwegs, in der Türkei, umkam. Sultan Saladin hatte noch 1187 nach der
Schlacht bei den Hörnern von Hattin
Jerusalem zurückerobert und das Königreich an den Rand seiner Existenz

gebracht. Die Monarchen konnten es jedoch nicht zurückgewinnen, eroberten hingegen Akkon, das sie zur neuen Hauptstadt machten.

IV. Kreuzzug: 1202/04; Papst Innozenz III. rief den Adel Europas unter das Kreuzbanner. Auf dem Lido von Venedig versammelte sich ein Heer unter der Führung von Bonifaz I., Markgraf von Montserrat, und Balduin IX., Graf von Flandern, um gegen Ägypten zu ziehen. Die Republik Venedig, der daran nichts lag, erpreßte das Heer, sich gegen das christliche Kaiserreich von Byzanz zu wenden. 1204 wurde Konstantinopel erobert, geplündert und ein »Lateinisches Kaiserreich« ausgerufen. Balduin wurde dessen erster Kaiser, Bonifaz König von Thessalonike. Andere Herren machten sich zu Fürsten von Achja, Athen, Theben und dem Archipelagos. Das starke Bollwerk gegen den herandrängenden Osten war durch diese Zersplitterung für immer zerstört.

Jean de Ronay, Vertreter von Guillaume de Chateauneuf, der 1244 auf dem Ägyptenfeldzug in Gefangenschaft geraten war

Großmeister: oberster Kommandant eines militärischen Ordens, bei den deutschen Orden »Hochmeister« genannt

Johanniter: Ritterorden, hervorgegangen aus der Bruderschaft des Hospitals von Jerusalem, die schon vor dem ersten Kreuzzug dort kranke Pilger pflegte. 1099 beantragte der Prokurator des Hospitals Gerald von der Provence die Ordensgründung, die 1113 durch Papst Paschalis II. bestätigt wurde. 1220 formte der erste Großmeister Raymond du Puy (de Poggio) ihn zum Ritterorden um, und der Ordensheilige Johannes, der Almosengeber, wurde durch den streitbaren Evangelisten Johannes ersetzt. Ordenstracht: schwarzer Mantel, im Krieg roter Rock mit weißem Kreuz. Nach ihrem Stiftungssitz, dem Hospital zu Jerusalem, wurden die Ritter auch »Hospitaliter« genannt. 1291 (nach dem Fall Akkons) zog der Orden sich nach Zypern zurück, 1309 nach Rhodos, 1530 nach Malta (bis 1798, daher der Name »Malteser«). Existiert heute noch in Rom als »Souveräner Orden von Malta« auf exterritorialem Gelände.

Marschall Leonardo di Peixa-Rollo, ein Genuese; besonders Genuas Kaufleute unterstützten das Hospital; es bestanden stets enge Bande zwischen der Seerepublik und dem Ritterorden.

Templer: Gründungsdatum und -umstände des Ordens liegen im dunkeln. Gleich nach der Eroberung von Jerusalem nach dem I. Kreuzzug 1096–99 erhielten einige Ritter (aus der Verwandtschaft des Bernhard von Clairvaux) die Erlaubnis, sich im Gebäude des ehemaligen Tempels niederzulassen. 1118 beauftragte der erste Großmeister Hugo von Payns die Anerkennung als Ritterorden, die 1120 erfolgte. Die »Sacrae domus militiae Templi Hierosolymitani magistri« wurden 1307 per Prozeß (Philipp der Schöne König von Frankreich/Papst) aufgelöst. Ihr letzter Großmeister Jacques de Molay wurde 1314 auf der Seine-Insel verbrannt.

Präzeptor Gavin Montbard de Béthune, geb. 1191, Vorsteher des Ordenshauses von Rennes-les-Château; als junger Tempelritter hatte er 1209 als Herold dem Vicomte von Carcassonne (Parsifal) freies Geleit zugesichert, ein Versprechen, das dann gebrochen wurde.

Guillem de Gisors, geb. 1219; Stiefsohn und Nachfolger der amtierenden Großmeisterin der Prieuré de Sion Marie de Saint-Clair (1220–1266).

Geheimes Kapitel: Die Templer wurden verdächtigt (s. ihre unterstellte Verbindung zur Prieuré de Sion), sie ließen außer dem offiziellen Versammlungen auch noch verschwiegene, innere und geheime Führungszirkel tagen, wie ihnen auch die Existenz geheimer Ordensregeln sowie blasphemischer Riten angelastet

wurde. Ihren Ruin verdanken sie allerdings den Neidern ihrer Schätze, die
sie im Laufe von 200 Jahren angesam-
melt hatten, und dem Haß ihrer
Schuldner.

Prinz Konstanz von Selinunt, alias Fassr
ed-Din, geb. 1215 als Sohn des Großwesirs Fakhr ed-Din und einer christlichen Sklavin Anna, Jugendliebe des
Sigbert von Öxfeld aus der Zeit des
Kinderkreuzzugs 1213. Beiname »Roter Falke«. Wurde am Hof zu Palermo
erzogen und vom Kaiser zum Ritter
geschlagen (daher der Titel). Sein Vater stammte aus mamelukischem Geschlecht.

Mahmoud, Sohn des Mameluken-Emir
Rukn ed-Din Baibars

Mamelukenemir Rukn ed-Din Baibars, genannt »der Bogenschütze«; geb. 1211;
nach Ermordung des Sultans Aibek
durch die Sultana brachte er 1260 dessen Nachfolger Qutuz um und machte
sich selbst zum Sultan. Sein Lebensziel, die endgültige Vertreibung der
Christen aus dem Heiligen Land,
sollte er nicht mehr erleben. Er starb
als erfolgreicher Vorbereiter dieses
Zieles 1277. Akkon fiel 1291.

Bundukdari: Sippenname des Baibars

Shirat: Schwester des Baibars

Donjon: Hauptturm, meist isoliert, einer
normannischen Festungsanlage, später von anderen Burgbauten übernommen; für die letzte Verteidigung
bestimmt, und daher für den Fall einer Burgbesetzung durch den Feind
auch von der Innenseite des Burgho-
fes schwer zugänglich.

Ar e al freg …: okzit. Lied von Azalais
de Porcairagues
So sind wir denn in der kalten Zeit
angelangt
mit Frost, Schnee und Matsch.
Die Vögel sind verstummt,
keiner will uns mehr singen.
Die Äste sind kahl, ihre Enden verdorrt.

Yves der Bretone, geb. ca. 1224, studierte
zu Paris Theologie und Arabisch für
den Priesterberuf, erschlug 1244 »in
Notwehr« vier kgl. Sergeanten, wurde

jedoch von König Ludwig begnadigt
und in Dienst genommen.

Robert de Sorbon, Kaplan und Beichtvater Ludwigs IX. (1201–1274), gründete 1253 ein Kolleg zu Paris, das seinen Namen erhielt, die Sorbonne.

testatio: lat. Zeugnis, Bezeugung

eo ipso: lat. von selbst

nom de guerre: frz. Deckname, Kriegs-
name

Assaqr al ahmar: arab. Roter Falke

al sadschan: arab. Kerkermeister

Refektorium: Speisesaal

Matutin: erste Morgenandacht

Ingolinde von Metz, fahrende Hur

Peire Vidal, provenzalischer Troubadour
1175–1211

Qu'amb servir …: okzit.
Denn durch das Dienen und Ehren
erobert man einen edlen Herren,
erlangt Wohltaten und Ehre,
wenn man sich seine Wertschätzung
zu erhalten weiß.
So will ich mir rechte Mühe geben …

Ar hai dreg …: okzit.
Ich habe allen Grund zu singen,
seh' ich doch die Lust und das Vergnügen,
die reizvollen Spiele der Liebe,
die Ihr mich kosten laßt.

Bon Roi Dagobert: Der gute König Dagobert II. (Fränkisch-Merowinger-Linie)
wurde 679 ermordet, also weit bevor
(987) die Capets auf den Thron kamen. Dennoch galten die Capets in
den Augen der *Prieuré de Sion*, eines
Geheimbundes des frz. Adels, als
Usurpatoren und die Merowinger, für
deren *Wiedereinsetzung* sich die
Prieuré stark machte, als die einzig
berechtigte Herrscherlinie.

sang réal: frz. königliches Blut; zugrunde liegt die Annahme, daß die
Nachkommenschaft des Jesus von Nazareth (aus dem kgl. Hause Davids)
sich nach der Kreuzigung nach Südfrankreich retten konnte und dort
Keimzelle des europäischen Adels
wurde.

die Blutschuld: s. Ermordung Dagoberts,
angeblich im Komplott mit der römischen Kirche

Parsifal: Die Vorstellung von der Linie des heiligen, königlichen Blutes erhielt neuen Auftrieb, als durch den Ende des 11. Jahrhunderts beginnenden Katharismus auch eine religiöse Komponente hinzutrat. In der Idee des Gral konnten sich beide Richtungen finden. Mit dem Wiederaufgreifen einer keltischen Legende aus der Zeit der Völkerwanderung von König Artus und den Rittern seiner Tafelrunde entstand, von den Troubadouren gefördert, der Begriff der Gralshüter, der Gralsfamilie, die dann mit der beginnenden Verfolgung in Okzitanien personifiziert wurde; das war der Beginn des Parsifal-Epos, aufgehängt an der unglücklichen Person des Vicomtes von Carcassonne Roger-Ramon II. aus dem Hause *Trencavel* (was da heißt »Schneidgut«) oder auch *Perceval* (percer = durchbohren, schneid mitten durch) bzw. Parsifal/ Parzival. Dieser (vorletzte) Trencavel hatte tatsächlich eine Mutter sowie zwar keine Schwester, aber eine Tante namens Esclarmunde, die sich besonders für die bedrängten Katharer einsetzte. 1209 fegte ein Kreuzzug Frankreichs und Roms über das Languedoc hinweg, verbrannte Städte und Menschen, zerstörte Kultur und Sprache. Parsifal wurde gefangen und vergiftet, die Grafschaft Toulouse französisch, nur der Montségur hielt noch aus bis 1244 – doch selbst dann wurde der Gral nicht gefunden.

stupor mundi: lat. das Staunen der Welt
Kobolz: Purzelbaum
Caeli enarrant gloriam . . .: lat.
Die Himmel rühmen die Herrlichkeit Gottes, und seiner Hände Werk kündet das Firmament.
Ein Tag sagt es dem anderen, und eine Nacht tut's kund der anderen.
Es gibt keine Sprache noch Reden, deren Stimme nicht gehört würden.
In alle Lande geht ihr Schall aus, und ihre Worte bis an die Enden der Erde.
Psalm 18, 1–4.

item aegrotantes: lat. also Kranke
Venezianer: Gegen Ende des 11. Jahrhunderts erklärte sich Venedig zur Stadtrepublik und wählte seinen ersten Dogen. Im Laufe der Zeit wurde die Seerepublik reichsunabhängig und begann, mittels ihrer Flotte ihre Macht an der Adria und folglich im gesamten Mittelmeergebiet auszubauen.
Serenissima: Beiname der Republik Venedig
Alice von der Champagne, Regentin von Jerusalem 1229–1246, Gemahlin von Hugo I., König von Zypern. Ihr folgte Heinrich I. als Regent von Jerusalem und König von Zypern. König von Jerusalem blieb Konrad IV.
die Ritter vom Hospital: Johanniter
die Deutschritter: Der Deutsche Orden »der Ritter und Brüder des Deutschen Hauses unserer lieben Frauen zu Jerusalem« (Ordo equitum teutonicorum) wurde 1190 vor Akkon als Bruderschaft zur Krankenpflege gestiftet und 1198 zum Ritterorden (weißer Mantel mit schwarzem Kreuz). 1225 ließ er sich unter seinem berühmten Großmeister Hermann von Salza auch in Preußen nieder, vereinigte sich 1237 mit den Schwertbrüdern. Nach dem Fall von Akkon 1291 wurde erst Venedig (bis 1311), dann die Marienburg Sitz des Ordens (bis 1809).
Komtur: Befehlshaber einer Ordensburg oder eines Ordensbezirkes
Sigbert von Öxfeld, geb. 1195; diente unter seinem Bruder Gunther beim Bischof von Assisi, schloß sich 1212 dem Kinderkreuzzug an, geriet in ägyptische Gefangenschaft, trat nach seiner Freilassung dem neugegründeten Ritterorden bei und wurde dessen Komtur auf Starkenberg.

III DAS GEHEIMNIS DER KINDER

Mittelpunkt der Welt: stolzer Name des Strategiesaales im ehemaligen kaiserlichen Kallistospalast zu Konstantinopel, dessen Marmorboden das Mittelmeergebiet als riesiges Schachbrett zeigte, auf dem kostümierte Spieler sich vor dem Kaiser entsprechend militärischer Operationen bewegten.

Terra Sancta: lat. Heiliges Land

des Kaisers Statthalter: waren seine Vögte (»Bailli«), die Gebrüder Richard und Lothar Filangier. Sie herrschten in seinem Namen bis 1243, wurden dann von den Baronen Outremers (frz. Bezeichnung für das Land »jenseits des Meeres«, also das Heilige Land) vertrieben. In den Wirren des Bürgerkriegs ging Jerusalem dann endgültig verloren (1244).

La tassubbu asseita 'ala annari!: arab. Gießt kein Öl ins Feuer!

Vivent les enfants du Gral!: frz. Es leben die Kinder des Gral!

Vive Dieu Saint-Amour!: frz. Es lebe der Gott der Heiligen Liebe! Kampfruf der Templer

Allahu kabir. Allahu 'adhim. Allahu al moen.: arab. Allah ist groß, Allah ist mächtig, alle Hilfe kommt durch ihn.

gay d'amor: altfrz. Minnespiel, Liebeslust

Be.m degra de . . .: okzit.
Ich sollte mich des Gesangs enthalten,
denn im Gesang wohnt die Freude.
Dabei lasten die Sorgen auf mir so stark,
daß sie mich leiden machen:
Wenn ich mich meiner betrüblichen Vergangenheit entsinne,
wenn ich meine mühevolle Gegenwart betrachte
und wenn ich an meine Zukunft denke,
so sehe ich ausreichend Grund zu weinen.
»Be.M Degra de chantar tener« von Guiraut Riquier

Guillem de Sonnac, Großmeister der Templer von 1247 – 11.2.1250. Ihm folgt Reinard de Vichiers.

weit von Limassol entfernt: Anspielung auf den Ordenssitz in Rennes-les-Château (Frankreich)

Vivat lo joven Comes nuestro!: okzit. Es lebe unser junger Graf!

Ordo equitum teutonicorum: lat. Dt. Ritterorden

Komplementär: jemand, der in einer Gesellschaft nur ergänzende Funktion innehat.

Adorna thalamum tuum . . .: lat.
Schmücke dein Brautgemach, Sion.
Christus, den König, nimm auf.
Umfange Maria; sie ist die Pforte des Himmels; sie trägt ja den König neu leuchtender Glorie.
Da steht die Jungfrau;
auf ihren Händen bringt sie den Sohn, gezeugt vor dem Morgenstern;
ihn nimmt Simeon auf seine Arme und kündet den Völkern: Das ist der Herr über Leben und Tod, der Heiland der Welt.

Corrector: lat. Verbesserer

omissis: lat. Auslassungen

fattura: ital. Rechnung, hat seit altersher aber (im Unterton) die Nebenbedeutung einer Verwünschung bzw. der drohenden Ankündigung der Begleichung einer noch offenen Rechnung

Reisige: Soldaten

fima lau ana . . .: arab. wenn ein paar Kinder mehr herauslaufen, als hereingeflutet sind: Unsere Kinder!

karr ua farr: arab. Hin- und Hergerenne

pacta sunt servanda!: Verträge sind einzuhalten!

Che fijo di bona domna!: altital. Welch Sohn einer guten Frau = Hurensohn!

Mastix: Klebemasse, aus Harz gewonnen

Molestierung: Belästigung

IV DER STURM UND DIE STILLE VERFEINDETER BURGEN

Schimtar: arab. Krummschwert, meist Damaszener Klinge; oft an der Spitze breit auslaufend oder sogar als Dreieck endend

Papa und Papessa: auch im Tarot vorkommende Begriffe (s. Hierophant und Hohepriesterin), wörtl. Papst und Päpstin

ecclesia romana: lat. römische Kirche

uccello del Francescano: ital. wörtl. Vogel des Francescano, sinngemäß (in der

Doppelbedeutung): Schwanz des Franziskaners

Die Grafschaft Tripoli: wurde vom Grafen Raimond von Toulouse im Verlauf des I. Kreuzzuges gegründet und blieb durch Neuankömmlinge aus dem Hause Okzitanien stets in tolosanischem Besitz.

Das Fürstentum von Antioch: wurde ebenfalls auf dem Wege nach Jerusalem während des I. Kreuzzuges errichtet von dem Normannenherzog Bohemund von Tarent. Von ihm übernahm es sein Neffe Tankred von Lecce; als dessen Linie ausstarb, fiel es an die Tripolitaner, die seitdem dort regieren und es mit ihrer Grafschaft verschmolzen.

Cuncto ergo sum!: lat. Ich zaudere, also bin ich (Abwandlung von »cogito ergo sum« = ich denke, also bin ich).

Prinz Bohemund VI. von Antioch, geb. 1237, regierte von 1251 bis zum 29.5.1268, als das Fürstentum von den Mameluken erobert wurde (Baibars).

Roger und Isabella de Montségur: Es ist davon auszugehen, daß dies die richtigen Vornamen der »Kinder des Gral« sind. Hier werden Roç und Yeza nur so vorgestellt, um weitere Fragen erst einmal zu vermeiden, denn tatsächlich kennt man ihre Herkunft nicht.

Grande: wörtl. Großer, wird benutzt, um den Hochadel eines Landes generell zu bezeichnen

Lecce: Stadt im südlichen Apulien, seit der Normannenherrschaft Grafensitz und Apanage des Königshauses

Punt'razena: okzit. wörtl. »Brücke der Sarazenen« = Pontresina im »Engadin« (Inntal) am Fuße des Bernina-Passes. Noch heute heißt die führende Familie Saratz und ein Turm aus dem 11. Jahrhundert »Sarazenenturm«. Die Sarazenen hatte es ca. 850 im Verlaufe der Eroberung Süditaliens dorthin verschlagen. Sie vermischten sich mit der einheimischen raetischen Bevölkerung.

Musselin: leichtes Baumwollgewebe aus der Stadt Mossul

Prinzessin Plaisance, Schwester des Bohemund VI. von Antioch, heiratete König Heinrich I. von Zypern

Audaces fortuna iuvat: lat. Dem Mutigen hilft das Glück.

Marqab: Burg der Johanniter, s. Karte

Tortosa: Burg der Templer, s. Karte

Abu Bassiht, Sufi

Assalahu aniaja: arab. Koransure 60, Vers 8; Vielleicht wird Allah Liebe setzen zwischen Euch und denen unter ihnen, mit denen Ihr in Feindschaft lebt, denn Allah ist allmächtig und allverzeihend und barmherzig.

Ana 'arif kif ...: arab. Ich weiß, wie die Wunde des Unrechts schmerzt.

In' ami bidif ...: arab. Wärmt euch an der Liebe, die ich Eurer Scham entgegenbringe.

Namu al'an Allah ...: arab. Möge Allah euren Schlaf immer behüten.

Königin Margarethe, Tochter des Grafen Raimond-Berengar IV. von der Provence. 1234 Heirat mit König Ludwig IX., ihrer beider Sohn und Nachfolger war Philipp III. der Kühne (le Hardi). Auch ihre Schwestern heirateten Könige: Eleonore 1236 König Heinrich III. von England, Sancha 1244 Richard von Cornwall, dt. (Gegen-) König, Beatrix 1246 Charles d'Anjou, der sich dann 1265 zum König von Neapel machte.

Agape: griech. die platonische Liebe, Liebe zu Gott;

Nestorianer: Anhänger der Lehre des 451 verstorbenen Patriarchen Nestorius von Konstantinopel, 431 (III. Konzil zu Ephesos) als Ketzer aus dem Röm. Reich vertrieben; gründeten Kirche in Persien mit Patriarchat in Ktesiphon. Sie missionierten Indien, China Afrika und auch die Mongolen, ohne deren Schamanentum abzulösen. Dualistische Lehre; Ablehnung des Marienkultes

Pontifex Maximus: lat. Oberster Priester = Papst

urbs: lat. die Stadt = Rom

Caput Mundi: Haupt der Welt = Rom

Baitschu, mongolischer Feldherr und Gouverneur

Bibemus, tempus habemus ...: lat. Laßt
   uns noch was trinken, wir haben Zeit
   und wissen zu genießen!
*weiße Tuniken mit dem roten Tatzen-
   kreuz*: Mäntel der Templer
Beauséant: Kriegsbanner der Templer,
   das im Kampf immer hochgehalten
   werden mußte
alla riscossa!: ital. wörtl. zum Entsatz!
   Hilferuf an die Templer im Schlacht-
   getümmel
An-Nasir von Aleppo, ayubitischer Herrscher, Enkel Saladins, der sich (nach
   Usurpation des Throns in Kairo durch
   die Mameluken) ganz Syrien unterwarf und sich zum Sultan von Damaskus ausrufen ließ.
Homs: Stadt und Emirat in Syrien
El-Ashraf: Ayubit und Emir von Homs
Renaud de Vichiers, Nachfolger des Wilhelm von Sonnac als Großmeister der
   Templer (1250)
Sacrae Domus ...: lat. exakter Namen
   der Templer, wörtl.: Des heiligen Hauses Wehrmacht, des Tempels zu Jerusalem Lehrherren
Jean-Luc de Granson, Johanniter, Komtur
   des Marqab
Dschabala: südlichste Stadt an der Küste
   des Fürstentums von Antioch
der Alte vom Berge, Sheik Rashid ed-Din
   Sinan, Großmeister der Assassinen,
   entwickelte den Geheimorden zu einer Gesellschaft käuflicher Mörder
   und kollaborierte auch mit den Christen.
Crean de Bourivan, geb. 1201, natürlicher Sohn des John Turnbull und der
   Katharerin Alazais d'Estrombezes
   (verbrannt 3. 5. 1211); wuchs unter
   dem Namen seines Ziehvaters auf, erzogen auf der Burg Belgrave in Südfrankreich; von John Turnbull mit
   dem Lehen Blanchefort in Griechenland betraut, wo er 1221 die Erbin
   Elena Champ-Litte d'Arcady heiratete.
   Nach ihrem gewaltsamen Tod konver-
   tierte er zum Islam und wurde in den
   Orden der syrischen Assassinen aufgenommen.
Hum fi reaia-t-Allah: arab. Sie ruhen in
   Allahs Hand.

Zwist seiner Neffen: Sultan Ayub war On-
   kel sowohl des An-Nasir von Aleppo
   als auch des El-Ashraf von Homs.
Sigle: alte Form von Siegel
Masyaf: wichtigste Assassinenfeste in Sy-
   rien, Sitz des dortigen Großmeisters;
   s. Karte
Schlüsselgriffkreuz: exakte heraldische
   Bezeichnung des Wappens von Toulouse (gelb auf rotem Grund)
Ay, enfans!: okzit. Auf, Kinder!
Safita: Templerfeste, s. Karte
Krak des Chevaliers oder Qalaat el-Hosn:
   arab. Hauptfeste der Johanniter, s.
   Karte
John Turnbull, Deckname des Conde
   Jean-Odo du Mont-Sion; Mutter
   wahrscheinlich Héloise de Gisors
   (geb. 1141), die sich wohl gegen den
   Willen der Familie, die sich in direkter Linie von den Payens (Gründer
   des Templerordens) und den Grafen
   von Chaumont herleitete, mit Roderich von Mont vermählte. Dieser un-
   standesgemäßen Verbindung entsproß
   wohl 1170 (oder 1180) Jean-Odo.
   1200–1205 Sekretarius des Geoffray
   de Villehardouin; 1205–1209 im
   Dienst des Bischofs von Assisi Guido
   II; 1209–1216 untergetaucht in der
   »Resistanzia« gegen Simont de Montfort; 1216–1220 im Dienst des Bischof
   von Akkon Jacques de Vitry, danach
   im Dienst des Sultans El-Kamil; viel-
   fältige Beziehungen zu den Templern
   und dem Geheimbund der Prieuré de
   Sion.
schiitische Ismaeliten: religiös-politische
   Zuordnung der Assassinen seit der
   Ordensgründung durch Hasan i-Sab-
   bah. Die Sekte der Ismaeliten existiert
   heute noch, vornehmlich in Pakistan.
   Ihr derzeitiges Oberhaupt ist Karim
   Aga Khan.
Assalamu aleikum! ...: arabische Begrüßungsformel
Malik: arab. König
Attala Allah 'umrahu!: arab. Gott
   schenke ihm ein langes Leben!

V CANNABIS – ODER DER TRAUM DER JOHANNITER

Gra'mangir: altital. großes (Fest-) Essen
Walter von Saint-Pol, Neffe des Hugo von Saint-Pol
Gesta Dei per los Francos!: lat./altfrz. Die (besondere) Gunst Gottes für die Franken ! Im Mittelalter allgemein üblicher, feststehender Ausdruck
Vive la France!: frz. Es lebe Frankreich!
Hammam: arab. Badehaus
Stamm Levis: Einer der 12 israelischen Königsstämme
Belissensöhne Okzitaniens: Fast alle Vasallen der Grafen von Foix und Mirepoix sowie der Vicomte von Carcassonne (Parsifal) nannten sich auch »Belissensöhne«. In »Belissen« klingt eine mythische Herkunft an, die Abstammung von der Mondgöttin Belissena, der kelto-iberischen Astarte. Daher tauchen Mond, Fisch und Turm auch häufig in ihren Wappen auf (Mira-Peixes = Mirepoix, das als phönizische Gründung noch »Beli Cartha« = Mondstadt hieß). Als »Mondsöhne« schlagen die Gralshüter auch die Verbindung zur keltischen Artus-Saga. Es ist dies immer noch heidnische Element in den religiösen Vorstellungen Okzitaniens und des Languedoc, das die römisch-katholische Kirche – neben dem Katharismus – so gegen die »Gutmänner«, die »Parfaits«, die »Reinen« aufbringt, die in völliger Anspruchslosigkeit, ohne zu kämpfen und zu töten, und ohne Furcht vor dem Tode dem Paradies entgegenleben.
Alphonse von Poitou mit Johanna, der Tochter des letzten Grafen von Toulouse, Raimond VII.; wurde durch den Vertrag von Meaux 1229 mit dem Bruder des französischen Königs verlobt. Ihr Vater wurde so lange im Louvre gefangen gehalten, bis die Ehe vollzogen war. Er starb 1249. Im »Frieden von Paris« 1259 fiel Toulouse an die Krone.
Sacra Rota: päpstliches Gericht u.a. für Eheauflösungen, auch Archiv
Advocatus Diaboli: lat. In solchen (nach Kirchenrecht prinzipiell nicht möglichen) Scheidungsprozessen tritt der »Anwalt des Teufels« auf und hinterfragt böswillig das Verfahren; von daher in den allgemeinen Sprachgebrauch übernommen für strenges Prüfen und Absichern gegen jedes theoretisch mögliche Argument.
de facto: lat. tatsächlich
Primum cogitare, deinde ...: lat. Erst denken, dann handeln!
Dama: okzit. Dame
sang real: s. oben »der Gral«
erster Spatenstich: Vermutung, die ersten Templer hätten sofort nach Inbesitznahme des Tempels Salomons zu Jerusalem dort in den Ställen zu graben begonnen. Was suchten sie? Was fanden sie?
electi: lat. Auserwählte
nolens volens: lat. wohl oder übel
an Vögeln delektieren: ergötzen
Täbriz (früher Tauris): Stadt in Persien (Azerbeidjan)
Alamut: Hauptsitz und Festung der Assassinen in Persien im Khorasan-Gebirge, südlich des Kaspischen Meeres an der alten Seidenstraße
Schia: arab. »Fußspur, Nachfolge, Fährte«. Glaubensrichtung innerhalb des Islam; erkennt als geistliches und weltliches Oberhaupt nur Bluts-Nachkommen des Propheten an. Das schiitische Lager (vornehmlich heute der Iran) lag im erbitterten Streit mit dem sunnitischen Kalifat von Bagdad. Die »Sunna« (arab. Überlieferung, Botschaft, Lehre) verzichtet seit dem Schisma des Islam (680) auf die direkte Nachkommenschaft des Propheten (Wahlkalifat).
Aye, aye – Salisbury, all here!: engl. Auf, auf, her alle (Mann) des Salisbury!
Gran Da'i: Titel des Großmeisters der Assassinen
Skribent: Schreiber
apokryph: griech. geheime (Lehre oder Schrift)
Hashaschyn: Haschischraucher
khif-khif: arab. hier: einatmen

Tarik ibn-Nasr, Kanzler der syrischen Assassinen während der Vakanz des Großmeisters; seit 1240 war Taj al-Din Großmeister.

Schador: arab. Gesichtsschleier für Frauen

tarabeza: arab. Tischchen

Zikkurat: riesige, pyramidenartige Stadtburg (die oberste Plattform blieb der priesterlichen Astrologie vorbehalten); z.B. der Turm zu Babel

mare nostrum: lat. Ausdruck der Römer »unser Meer«

»Paradies«: (ausgehend von Alamut) Name für die Gärten des Harems des Großmeisters der Assassinen; dort wurde der Legende nach den lasiq (arab. Novizen) im Haschischrausch ein Blick auf die Huris bzw. ein Kurzaufenthalt bei ihnen gestattet, so daß ihre Sehnsucht nach dem Paradies (Todesgedanken) greifbare Formen annehmen konnte und die initiierten fida'i (arab. Getreue) den Tod nicht fürchteten.

gelber Libanese: Haschischsorte

Bala!: arab. doch!

Afghan al ahmar: arab. der Rote aus Afghanistan, Haschischsorte

Idha aradtum an ...: arab. Wollt Ihr wirklich etwas Gutes rauchen, dann nehmt davon.

Falljakul ùa jaschrab ...: arab. Er soll essen und trinken und frohen Mutes sein, denn Mahmoud und Shirat werden wie Ehrengäste gehalten.

Lakinahum laissu bi ...: arab. Nur frohen Mutes sind sie nicht, denn sie können Homs nicht verlassen.

Dujuf schàrraf: arab. Ehrengäste

Halla!: arab. Nein!

Innahum ju'anùn ...: arab. Sie leiden nur unter dem Hunger nach Freiheit und unter dem Durst nach der Liebe ihres sich sorgenden Vaters.

Djellabah: arab. Kleidungsstück, langes Gewand, auch für Männer

Allahu akbar! ...: arab. vollständiger Ruf des Muezzin zum Nachmittagsgebet
Gott ist größer! Gott ist größer! Ich glaube, daß es keinen Gott außer Al-

lah gibt! Ich glaube, daß Mohammed der Prophet Allahs ist! Kommt zum Gebet! Kommt zum Fleiß!

assala-t-il 'asr: arab. Nachmittagsgebet

Bissmillah ir-Rahman ...: arab. Koransure 1 (Al-Fateha)
Im Namen Allahs, des Gnädigen, des Barmherzigen. Alle Lobpreisung gebührt Allah, dem Herrn der Welten, dem Gnädigen, dem Barmherzigen, dem Herscher am Tage des Gerichts. Dir allein dienen wir, und zu Dir allein flehen wir um Hilfe.

Ihdinas-sirat ...: arab. Fortsetzung der Sure 1
Führe uns auf den rechten Weg, den Weg derer, denen Du Gnade erwiesen hast, die nicht Dein Mißfallen erregt haben und die nicht irregegangen sind.

Allahu akbar! ...: arab. Gebet
Gott ist größer!
Ruhm sei meinem Herrn, dem Allmächtigen!
Ruhm sei meinem Herrn, dem Allmächtigen!
Ruhm sei meinem Herrn, dem Allmächtigen!
Gott ist größer!
Ruhm sei meinem Herrn, dem Allerhöchsten!
Ruhm sei meinem Herrn, dem Allerhöchsten!
Ruhm sei meinem Herrn, dem Allerhöchsten!
Der Friede sei mit Euch und die Güte Gottes!
Der Friede sei mit Euch und die Güte Gottes!

Jacques de Juivet, Knappe König Ludwigs

Markus und David, zwei Nestorianer; trafen im Dezember 1248 in Nikosia ein, geschickt vom mongolischen Statthalter *Aldschig-hidai* in Mossul

Mossul: Stadt im Nordirak

per lineam: lat. pro Zeile

sceleritas vitae: lat. die Schlechtigkeit des Lebens

kephalos: griech. Schankwirt

canis Domini: lat. Hund(e) des Herrn; Schimpfwort für »Domini canes«, die Dominikaner

valedictio sodomae: lat. sodomitischer Gruß

persona non grata: lat. unerwünschte Person

Monophysit: Anhänger der altkirchlichen Doktrin des 5. Jahrhunderts (Lehrer: Eutychos, gest. ca. 454), der zufolge die beiden Naturen des Jesus (Vater/Sohn) zu einer einzigen gottmenschlichen Natur (physis) verschmolzen sind. Ihr folgen die armenische Kirche, die jakobitische Kirche Syriens und die koptische Ägyptens und Äthiopiens.

Jurte: großes mongolisches Rundzelt aus Korbgeflecht, mit Filz bespannt; wird nicht zerlegt, sondern als Ganzes auf entsprechend großen Karren weitertransportiert.

Kyrie Eleison: griech. Herr erbarme Dich, Bittgesang

Guillaume Buchier, Silberschmied aus Paris

Andreas und Anselm (»Fra' Ascelin«) von Longjumeau, Dominikaner und Brüder, waren sowohl für den Papst als auch für König Ludwig IX. als Gesandte zu den Mongolen gereist.

heiliger Dominikus, Domingo Guzman de Caleruega, 1170–1221; seine Mutter war die span. Gräfin Johanna von Aza. Er wurde früh Subprior von Osma, einem Titularbistum, denn es war von den Mauren besetzt. So schloß er sich dem päpstlichen Legaten Peter von Castelnau an; gründete 1207 in Südfrankreich bei Fanjaux das Frauenkloster Notre Dame de Prouille und 1216 den Klerikerorden der Dominikaner (ordo fratrorum praedicatorum = O.P.), Wanderprediger mit der Aufgabe, die Katharer zu bekehren. Ab 1231/32 mit der »Inquisition« der Ketzer beauftragt. Der eifrige Streiter wurde 1234 heiliggesprochen.

invidia opinionis: lat. Profilneurose

Ayubiten: arabische Herrscherdynastie, von Saladin begründet, nach seinem Vater Ayub benannt.

Vitus von Viterbo, geb. 1208, Bastardsohn des Rainer von Capoccio und wahrscheinlich Loba der Wölfin, einer katharischen Faidite. Von seinem Vater, dem amtierenden »Grauen Kardinal«, immer wieder degradiert, war der Häscher der Kinder im Auftrag der Kurie unterwegs, bis er in Konstantinopel 1247 den Dolchen der Assassinen zum Opfer fiel (vgl. Peter Berling: Die Kinder des Gral).

Halla! Là taf'alu ...: arab. Nein! Das macht Ihr nicht!

initiieren: einführen; Yeza meint aber zirkumzisieren, also beschneiden.

El-Ashraf: Emir von Homs

Mortz sui si ...: okzit.

»Er, quan Renovella Gensa« von Sordel
Sordel war der berühmteste italienische Troubadour.
Ich sterbe, wenn sie mir nicht ihre Liebe gewährt,
denn ich sehe keinen Weg,
den ich gehen könnte, keinen Platz,
wohin ich mich wenden könnte,
wenn sie mich abweisen will.
Ich will nicht von einer anderen gehalten werden.
Und sie kann ich nicht vergessen,
im Gegenteil, was mir auch immer geschehe,
die Liebe läßt sie mich noch stärker lieben.

Ai las, e que-m ...:
Ach! Wozu dienen mir die Augen,
wenn sie doch nichts sehen von dem,
wonach mich verlangt?
Sordels Refrain erinnert an ein Couplet von Chrétien de Troyes: Et que m'ont donc forfet mi uel / Sil esgardent ce que je vuel.

Chantan prec ma ...:
Mit meinen Liedern bitte ich meine liebliche Freundin,
daß es ihr gefallen möge, mich nicht umsonst sterben zu lassen.
Denn so sie weiß, es ist eine Sünde,
wird es sie reuen, wenn sie mich erst getötet hat.
Doch eher will ich sterben,
als ohne Trost zu leben,
denn schlimmer als der Tod
ist es für den, der seine Geliebte nicht sehen kann.

Ach! Wozu dienen mir die Augen,
wenn sie doch nichts sehen von dem,
wonach mich verlangt?

Huri: arab. die Gespielinnen des Paradieses

Nargila: arab. Wasserpfeife

Naqus, la naqus!: arab. Abschneiden –
nicht abschneiden!

Insch'allah: arab. Allahs Wille geschehe!

chymische Hochzeit: Begriff aus der Alchimie, Vollbringung des »großen
Werkes«, Findung des »Steins der
Weisen«, Verschmelzung von Wasser
und Feuer

VI LASTER IM HAFEN, SCHRECKEN UND STRAFEN

in absentia: lat. in Abwesenheit

alter ego: lat. das andere Ich

incubus scriptoris: lat. Alp eines Schrift-
stellers; der Alp ist ein Geist, der Alp-
drücken und Alpträume verursacht.

*Marie de Brienne, die arme Kaiserin von
Konstantinopel,* Ehefrau von Kaiser
Balduin II., Tochter aus der letzten
Ehe des Jean de Brienne (mit Beren-
garia von Kastilien).

Kaiser Balduin II., 1228–1273, abgesetzt
25.7.1261; verheiratet mit Marie de
Brienne; seine Eltern waren Peter von
Courtenay (Lat. Kaiser von Konstantinopel vom 9.4. bis 11.7.1217) und Yolanda von Flandern (gest. 1219).

Kaiser von Nicäa, Johannes III. Dukas
(1222–1254). Diese 1204 dorthin entwichene Nebenlinie errichtete das
Kaiserreich von Trapezunt und trug
damit zum Ende des »Lateinischen
Kaiserreiches« bei.

Paläologos, Michael VIII., Kaiser von Nicäa seit 1259, errichtete 1261 wieder
das Kaiserreich von Byzanz, das aber
seinen alten Glanz und seine Macht
eingebüßt hatte.

Sempad, Bruder und Konnetabel des Königs Hethoum I. (1224–1269) von Armenien

De sopore inter ...: lat.
Der Schlaf zwischen Leben und Tod
Wunder, Verbrechen, Magie mit Hilfe

der Pflanzen und den natürlichen
Schätzen, die Mutter Erde (Gea)
bringt, anhand von Beispielen, wie sie
Geschichte (historia) und Legenden
überliefern,

Auctor ...: lat. Verfasser Dareus von der
Pforte des Paradieses

Venenarius Trismegistos veneratus: lat.
Phantasietitel, wörtl. »dreifach mächtiger, hochverehrter Giftmischer«

Magister ...: lat. Lehrer der Universität
von Alexandria

Divi soporis ...: lat. dem Gott des Schlafes gewidmet

sopor: lat. Schlaf, auch Gottheit des
Schlafes; sopio kann einmal von so-
pire = einschläfern, betäuben kommen, bedeutet aber auch das männliche Glied

somnifer, soporifera ...: schlafbringend,
einschläfernd, siehe graues Haar,
Schlaftrunk mischen, das männliche
Glied, Betäubung

Enim effectus tincturis ...: lat. Andererseits mußte der Effekt der Tinktur jedoch sein Ableben vortäuschen.

Ach saheb al muftah: arab. Bruder des
Schlüssels

Bacchus: römischer Gott des Weines und
der Trunkenheit; griech.: Dionysos

horras as-sumum: arab. Wächter der
Gifte

*Absinthiatum sic facies, atropa bella
donna:* lat. Der Sud wird folgenderma-
ßen hergestellt, Tollkirsche ...

non solum spiritus ...: lat. nicht nur der
Geist, sondern der Leib wird sterben

exotica occidentales: lat. außergewöhnli-
che (Pflanzen) des Abendlandes

passiflora: Passionsblume

alba spina: Weißdorn

Potium: lat. Getränk

tinctura Thebana: Opium

cum herba sine nomine ...: lat. mit Kräutern ohne Namen, die ich bei den Ara-
bern gesehen habe: Ich habe einige
Araber gesehen, die jenes Kraut sogar
gegessen haben; sie werden ›Hashas-
hin‹ genannt.

Digitalis: Fingerhut

vis papaveris: lat. Macht, Kraft des
Mohns = Opium

salat al maghreb: arab. Abendgebet

escoutatz!: okzit. So höret!

Ab diables pren ...: okzit.
Es spielt ein Spiel mit dem Teufel,
wer der falschen Liebe sich ver-
schrieb.
Und braucht keine andere Rute, um
sich zu schlagen.
So höret!
Er fühlt nicht mehr als jener, der sich
kratzt,
bis er bei lebendigem Leib sich die
Haut abgezogen hat.

Marcabru: Troubadour

Qui per sen ...: okzit.
Wer nach der Weiber Gunst sich
richtet,
dem geschieht recht, wenn ihm Böses
widerfährt.
So höret!

Malaventura-us en ...: okzit.
Unglück kommt über den, der sich
nicht vor Euch (den Weibern) hütet!
Fortsetzung des Liedes von Marcabru

Détachement: franz. Abordnung

status quo ante: lat. Zustand, der vorher
herrschte

Thronprätendent: Thronanwärter

Imponderabilien: Unwägbarkeiten

Demystifizierung: Entkleidung eines Ge-
heimnisses

defectio rationis: lat. Schwund der Vernunft hier: Bewertungsdefizit

res actae et visibiliae: lat. durchgeführte
und sichtbare Sachen, hier: meßbare
Leistung

consultatio: lat. beratende Mitarbeit

conditio sine qua non: lat. unabdingbare
Voraussetzung

raptus: lat. Koller, Wutanfall

necessitas imminens agendi: lat. unmittelbarer Handlungsbedarf

Imam Muhammad III., Großmeister der
Assassinen in Alamut (Persien)

VII IM HAREM VON HOMS

Polla ta deina ...: griech. Viel Ungeheures ist, doch nicht so Ungeheures wie
der Mensch.

Deus lo vult: okzit. Gott will es

omissis: lat. Auslassung

Schisma: Kirchenspaltung

das Recht der Investitur: Das Recht, jemanden mit einem Amt zu bekleiden.
Hier geht es um die Frage, ob es der
Krönung des Kaisers durch den Papst
bedarf.

Gottfried von Bouillon, Herzog von Niederlothringen (1088–1100); Herzogti-
tel für Verdienste als Marschall des
Reiches (Rombesetzung), Titel nicht
erblich, daher Teilnahme am Kreuzzug; seine Grafschaft verkaufte er vorher an den Bischof von Lüttich; Bruder des ebenfalls nicht
erbberechtigten Balduin, des ersten
Königs von Jerusalem.

Patriarch von Byzanz: höchster geistlicher Würdenträger der griechisch-or-
thodoxen Kirche

Pyromane: griech. Brandstifter mit krank-
haftem Wiederholungszwang

historicus: lat. Geschichtsschreiber

propaganda fidei: lat. Verkündigung des
Glaubens

Peter der Einsiedler, volkstümlicher Anführer einer Pilgerbewegung, die bereits 1095 (unmittelbar nach dem Konzil von Clermont) spontan dem I.
Kreuzzug (1096) voraneilte und auf
dem Balkan bzw. in Kleinasien elendiglich scheiterte.

Raimund von Toulouse, einer der Führer
der vier Heeresblöcke des I. Kreuzzugs (neben 1. Gottfried von Bouillon
und seinem Bruder Balduin, 2. *Bohemund von Tarent* und seinem Neffen
Tankred von Lecce, 3. den Herzögen
Robert von der Normandie und Robert von Flandern). Sie teilten sich
das eroberte Land wie folgt: Balduin
wurde Graf von Edessa, Bohemund
Fürst von Antiochia, Tankred Prinz
von Galiläa, Robert von der Normandie und Robert von Flandern kehrten
in ihre Heimat zurück, Raimond
wurde Graf von Tripoli.

advocatus Sancti Sepulchri: lat. Anwalt
des Heiligen Grabes, Gottfried von
Bouillon erhob nach der Einnahme
von Jerusalem 1099 keine Ansprüche,
sondern nahm nur diesen Titel an.

Mentor: lat. Berater

Sankt Bernhard von Clairvaux, 1091 – 20.8.1153, aus dem Adelsgeschlecht Chatillon, trat 1112 in den Zisterzienserorden ein und gründete 1115 das Reformkloster Claravallis; 1130 entschied er die Papstwahl von Innozenz II., 1140 verurteilte er den berühmten Scholastiker Abelard, 1145 begleitete er den päpstlichen Legaten auf einer Mission gegen die Albigensischen Ketzer. Sein Onkel André de Montbart gehörte zu den Gründungsmitgliedern des Templerordens.

Sultan Zengi, 1127 Atabeg von Mossul, eroberte 1144 das erste Teilstück des »Königreiches von Jerusalem« zurück, Edessa (das heutige Urfa). Der *Staufer Konrad III.* und *Ludwig VII.* begaben sich daraufhin auf den II. Kreuzzug (1147–1149), den »Kreuzzug der Könige«, ein erfolgloses Unternehmen, weil Ludwig sich mit dem König von Sizilien Roger II. und Konrad sich mit seinem Schwager Manuel I. Komnenos, dem Kaiser von Byzanz, verbündete, die erbitterte Feinde waren. Zengi starb schon 1146, ihm folgte Nur ed-Din (Nurredin), der 1154 Damaskus eroberte und 1179 starb. In seinem Dienst stand der Vater Saladins General Nadsche ad-Din Ayub.

Eleonore von Aquitanien, blutjunge Ehefrau von Ludwig VII., die ihn auf dem Kreuzzug begleitete und das Unternehmen erschwerte, indem sie (die laut Minnesänger Schönste ihrer Zeit) mit ihrem Onkel, dem Fürsten von Antioch, anbandelte; nach der Scheidung von Ludwig heiratete sie Henri II., den Sohn ihres Geliebten Gottfried (Le Bel) von Anjou, und wurde durch ihn Königin von England und Mutter des Richard Löwenherz.

Sultan Saladin löste 1171 die Fatimiden-Dynastie ab und machte sich 1176 zum Sultan von Ägypten und Syrien; eroberte 1187 Jerusalem; starb am 3.3.1193

Friedrich I. Barbarossa, geb. 1122, wurde am 9.3.1152 Dt. König und am 18.6.1155 Dt. Kaiser.

Richard Löwenherz, Richard I., geb. 1157, folgte seinem Vater auf dem Thron (1189–1199). 1190 begab er sich mit Philipp von Frankreich auf den III. Kreuzzug, wurde von seiner Mutter Eleonore (s.o.) mit Berengaria von Navarra verheiratet; er eroberte Akkon zurück, verließ das Heilige Land 1192, geriet auf der Heimreise in Wien in Gefangenschaft des Herzogs Leopold von Österreich; nachdem er 1194 gegen hohes Lösegeld freigekommen war, mußte er seinen Thron und sein Land gegen die Machtansprüche seines Bruders Johann »Ohneland« verteidigen. Er starb 1199 in den Armen seiner Mutter an den Folgen einer Verletzung durch einen Pfeil.

Philipp II. Augustus, 1180–1223, frz. König, der Johann »Ohneland« den Prozeß machte; eroberte alles Land nördlich der Loire von England zurück (Kapitulation von Rouen 1204).

Heinrich VI., 1165–1197; Barbarossas zweiter Sohn, Heirat mit *Constance d'Hauteville* und dadurch Vereinigung der dt. Reiches mit Süditalien; 1191 Krönung zum Kaiser; 1194 gebar Constance Friedrich II., die sie nach dem Tod des Vaters als Vierjährigen in Palermo zum König von Sizilien krönte.

spiritus rector: lat. geistiger Urheber

kufia: arab. Tuch

Chivalers, mult estez ...: altfrz.

Meine Herren Ritter,
das Heil ist euch sicher,
da Gott euch aufgerufen,
gegen die Türken und die Ayubiten,
die seine Ehr' so gekränkt.
Denn zu Unrecht haben sie seine
Lande gebrandschatzt.
Darüber müssen wir tiefen Schmerz
empfinden,
denn dort wurde Gott zum ersten Mal
gedient
und anerkannt als Herrscher.

Ki ore irat ...: okzit.

Wer da zieht mit Ludwig,
furchtlos zur Hölle muß reiten!
Des Paradies ist sein Seel',
gewiß, Engel ihn begleiten.

Pris est Sion ...: altfrz.
   Gefallen ist Jerusalem, wie ihr wißt,
   unterdrückt die Christen,
   verlassen die Kirchen
   und ohne Gott entweiht.
   Meine Herren Ritter, besinnt euch,
   die ihr habt der Waffen Ehr',
   setzt eure Leiber ein für den,
   der für euch ans Kreuz geschlagen
   wurde.

Ki ore irat ...: okzit.
   Wer da zieht mit Ludwig, ...
   s.o.
innahu jandhur beheqd: arab. der hat den
   bösen Blick
schirwal: arab. Pluderhose
tarabeza: arab. Rundtisch
Malik-Rik: arab. König Richard (Löwenherz)

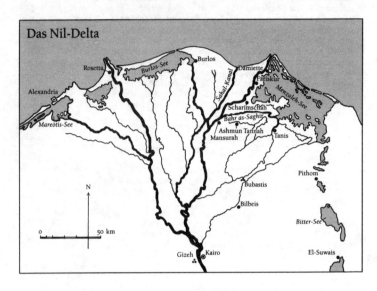

Das Nil-Delta

I DIE GUNST DER AYUBITEN

Alum conquer ...: altfrz.
> Auf! Laßt uns Moses erobern,
> der sein Lager auf dem Berg Sinai
> hat!
> In die Hände der Sarazenen
> sollen sie fallen nimmermehr,
> teilte er doch das Rote Meer mit ei-
> nem Hieb,
> als das auserwählte Volk ihm folgte
> und Pharao an ihren Fersen hing,
> bis er mit all seinen Mannen elendig-
> lich zugrunde ging.

beit al nissa' al ma'asulat: arab. Haus der
alten Frauen

El-Kamil, Sultan von Ägypten, Kairo
(gest. 8.3.1238).

Saint-Denis: Kathedrale nördlich von Paris, ursprgl. Klosterkirche; gegründet
von König Dagobert um 630, umge-
baut im 11. Jahrhundert; Grabstätte
des französischen Könighauses.

Jean d'Ibelin, einer der führenden Barone
des Königreiches von Jerusalem. Die
Ibelins waren die Begründer von Beirut und stellten viele Male die Regenten oder Gouverneure.

beit al hamàm: arab. Haus der Tauben

Dumyat: arab. Damietta

Diarbekir: (Diyarbakr), Stadt im nördlichen Syrien (heute Südtürkei).
Turanshah herrschte dort, in der
Hauptstadt der Gezirah (s.u.), seit
1239 als Vizekönig.

Turanshah, al-Mu'azzam Turanshah
folgte seinem Vater Ayub 1249 auf
den Thron von Damaskus und Kairo;
wurde bereits 1250 von den Mameluken in Ägypten ermordet. In Syrien
trat sein Vetter An-Nasir die Nachfolge an.

Gezirah: Gebiet im nordöstlichen Syrien, zwischen Euphrat und Tigris.

Baibars, az-Zahir Rukn ed-Din Baibars
al-Bundukdari. Der Bogenschütze er-

klomm 1260 selbst den Thron von Kairo.

Allah jahmina!: arab. Allah schütze uns!

Mardin: Stadt und Festung in der Gezirah

faidit: okzit. Verfemter, exkatharischer Ritter, von den Franzosen und der Kirche verfolgt und enteignet, also vogelfrei.

Ex oriente crux!: lat. Aus dem Osten kommt das Kreuz! (statt Licht), ein Scherz

Aualan sallu ...: arab. Findet jetzt erst einmal Frieden im Gebet, und Allah wird Euch erhören.

Schukran lakum ...: Ich danke Euch, Roter Falke.

Ich bin der ...: Text von Abu Mansur al-Halladj, islamischer Mystiker aus dem Iran, geb. 857; 922 wurde er verurteilt, gehängt und verbrannt.

Zelter: auf Paßgang abgerichtetes Reitpferd, besonders für Damen

Heliopolis: griech. Stadt und Tempelanlage östlich von Kairo, heute Masr el-Gedida.

Abu Al-Amlak, arab. »Vater des Riesen«, diente als Oberhofkämmerer zu Damaskus erst Sultan Ayub, dann Sultan An-Nasir II. Salah ad-Din

Kopten: ägyptische Christen (das Wort ist eine Verstümmelung von »Ägypter«), in Abessinien und Ägypten existiert die koptische Kirche heute noch.

Banu-Kinana: Beduinenstamm im Dienste Kairos

Te Deum laudamus: lat. (Großer) Gott, wir loben Dich; liturgischer Lobgesang

Vexilla regis ...: lat.
Die königlichen Banner vorwärts stürmen,
es leuchtet das Kreuz im mystischen Schein,
wo er zu Fleisch ward, uns zu sühnen,
den Tod erlitt für uns allein.

usus: lat. Brauch

Outremer: frz. jenseits des Meeres; im Mittelalter Ausdruck für das Heilige Land

spiritus rector: lat. Anführer, geistiger Urheber

conspiratores: lat. Verschwörer

Quaat al sabea' chitmat: arab. Saal der sieben Siegel

Al uchra?: arab. Die andere?

al jad al uchra: arab. die andere Hand

masikat al aidi: arab. Handkerker

abu al taqlib: arab. Meister des verdrehten Wortes

qas al halq, anf ua udhun: arab. Abschneiderei von Hals, Nasen und Ohren

Schimtar: arab. Krummsäbel mit vorn breit auslaufender, zwei- oder dreigezackter Klinge

Allah jaatiku al 'umr at-tawil!: arab. Allah schenke Euch Freude an einem langen Leben!

rais al chaddam: arab. Oberkämmerer

Chalons-sur-Marne: Stadt in der ostfranzösischen Provinz, nicht weit von Joinville.

beit al nissa' al ma'asulat: arab. Haus der alten Frauen

Petrus von Vinea, bekleidete als Notar und Ausfertiger sämtlicher Urkunden bereits als junger Mann eine Vertrauensstellung in Friedrichs Diensten.

Sappeur: frz. Pioniersoldat, spezialisiert auf den Bau von Stollen (unter die feindliche Stadtmauer)

beide Propheten: Jesus von Nazareth und Mohammed

Musa al Ashraf II. Muzaffar-ad-Din, vierjähriger Thronfolger (Mit-Sultan) auf dem Thron von Kairo, regiert an der Seite von Aibek, dem ersten Mameluken-Herrscher.

ante portas: lat. vor den Toren

Herr Walter, Walter Chatillon, Nachfahre von Reynald Chatillon (s.u.)

Reynald Chatillon, aus Frankreich stammender Ritter, 1153 Fürst von Antioch; er brach den Waffenstillstand mit Saladin und trieb das Königreich von Jerusalem in den Krieg, der bei den Hörnern von Hattin verloren wurde; wurde 1187 von Saladin enthauptet.

Ex Ade vitio ...: lat.
Aus Adams Schuld
hat unser Verderben

den Anfang genommen.
Gott und der Mensch
durch Christus, den Herren,
sind sie versöhnt.
Ave maris stella ...: lat.
Meeresstern, ich dich grüße,
Gottes Mutter süße,
allzeit Jungfrau reine,
Himmelspfort' alleine.
Solva vincla reis ...: lat.
Von der Schuld befreie,
Blinden Licht verleihe,
alles Bös' abkehre,
alles Gut' begehre!
Monstra te esse ...: lat.
Dich als Mutter zeige,
mache, daß sich neige
unserm Flehn auf Erden,
der dein Sohn wollt werden.
Oktave des heiligen Remigius: achttägiges
katholisches Kirchenfest zu Ehren des
Heiligen.
Schadschar ed-Durr, Witwe des Sultan
Ayub, Stiefmutter des Turanshah, Mut-
ter von Musa?
Gamal ed-Din Mohsen, (auch Dschamal),
Obereunuch des Palastes von Kairo.
Alama: arab. Unterschriftszug eines Herr-
schers (meistens mit Schablone her-
gestellt)
Alhamdu lillah!: arab. Allah sei Dank!

II INS STOCKEN GERÄT DER
SCHNELLE SIEG

Praeliti et Barones ...: lat.
Prälaten und Barone, hochberühmte
Grafen,
der Mönche alle
wie der Priester,
Soldaten und Krämerpack,
Bürgersleut und Matrosen,
Stadtvolk und Fischersmann
lassen ihr Loblied ertönen:
Ave Maria!
Reginae comitissae ...: lat.
Königinnen, Grafentöchter,
feine Edeldamen
mächtig, prächtig
im Kreise ihrer Zofen,
Jungfern noch, teils

alte Weiber oder Witwen
erklimmen den Berg
und singen wie Nonnen:
Ave Maria!
Principes et magnates ...: lat.
Fürsten, Heerführer
aus königlichem Stamme,
weltliche Herrscher
im Besitz der Gnade
gestehen ihre Sünden laut,
schlagen ihre Brust voll Reue,
beugen ihre Knie und rufen:
Ave Maria!
beit al haman: arab. Haus der Tauben
Bahr as-Saghir: zum Kanal ausgebauter
wichtiger Seitenarm (gen Osten) des
Nils, Verbindung zum Menzaleh-See
Dau: ägyptischer Lastensegler mit schrä-
gem Mast und Dreiecksegel
qua'at mahkamat al daraib: arab. Gerichtssaal
quailu al haq: arab. Sprecher des Rechts
Byzantine: Zahlungsmittel im gesamten
Vorderen Orient, auch im islamischen
Machtbereich
sputum: lat. Auswurf, Speichel
Kasbah: arab. Altstadt, Innenstadt, oft
durch Mauern befestigt.
Bézant alla riscossa!: ital. Her zum Entsatz! Auf zum Wiedergewinn! Ur-
sprünglicher Hilferuf, wenn Kämpfende
in eine Notlage gerieten; Kampfruf
der Templer
Maestro Venerabile: ital. hochverehrungs-
würdiger Meister
Allah jahfadhaq.: arab. Allah möge sich
seiner Seele annehmen.
Faschinen: Geflecht, um Erdwälle zu ver-
stärken und haltbar zu machen.
Szezedin: »Sohn des alten Sheikhs« von
Christen geschaffener Name, basie-
rend auf dem schlecht verstandenen
Wort sheikh; genauso entstanden die
Namen »Saladin« und seines Bruders
»Sephadin«
Malik von Aleppo: König von Aleppo
(steht über dem Emir, aber unter dem
Sultan); Aleppo, Mossul und Damas-
kus hatten den Rang von Königssit-
zen.
Guy du Plessis, Komtur der Templer von
Tortosa

Baha' ad-Din Zuhair, bekannter Dichter und Sekretär der Ayubiten.

transmissio: lat. Übersetzung

Antinoos, Lustknabe des Turanshah (Name wohl bei Alexander entliehen)

Popule meus . . .: lat.
Mein Volk, was habe ich dir angetan, daß du so traurig bist? Antworte mir!

Quia eduxi . . .: lat.
Weil ich dich in
das Land der Ägypter führte,
hast du deinem Heiland
das Kreuz bereitet?
Antworte mir!

Ayos o theos . . .: griech.
Heilig, o Gott,
Heilig, Deine Stärke,
Heilig, Unsterblicher,
erbarme Dich unser!

Sede, Sion, in pulvere . . .: lat.
Da liegst du, Jerusalem, in Staub,
streust Asche auf dein Haupt,
in Sackleinen gehüllt.
Wo einst Hoffnung fest sich gründete,
weht nun kein Banner mehr, des Erbarmens
und des wahren Glaubens Privileg.

Sami: altpers. weiser Führer

halca: Leibwache des Sultans

die Nachkommen des Saladin: die Ayubiten; sein Vater war General Ayub, dessen Namen die Dynastie annahm.

museion: griech. Akademie, in der berühmte Gelehrte aller Wissenschaften unterrichteten

O tocius Asie . . .: lat.
O Ruhm ganz Asiens,
Tochter des Königs von Alexandria,
dir hat die Göttin, Maxentia,
die Philosophie, die griechischen
Schulen anvertraut.
Ihrer Lehre Sieg verdanken wir
den Beschützer der edlen Jungfrauen.

Ezer Melchsedek, jüdischer Kabbalist (s.u.) und Gelehrter an der Universität von Alexandria.

Kabbalist: Deuter der Kabbala, der jüdischen Geheimlehre; betreibt mystische Interpretation des Alten Testaments; Umsetzung der Erkenntnisse in Zahlen und Formen.

Chevalier du Mont-Sion: Deckname des John Turnbull, Hinweis auf seine Zugehörigkeit zur Prieuré.

Adeptus: Bewerber um Aufnahme in einen Geheimbund bzw. Einweisung in eine Geheimlehre

El-Suwais: arab. Suez

Allah jitawil 'umru: arab. Allah schenke ihm ein langes Leben!

Jahwe: althebr. Gott

motus spiritualis: lat. geistige(r) Antrieb(skraft), Beweggrund

conditores: lat. Begründer, im Sinne von Weichen stellen, die Voraussetzungen schaffen

III DAS HAUPT AUF DER STANGE

die Clayms: weißer Ordensmantel der Templer, der über der Rüstung getragen wurde

Abakus: Marschallsstab der Oberen des Templerordens

die Bahriten, so genannt, weil ihre Quartiere in Kairo am Nil (bahr) lagen; aus ihren Reihen gingen die ersten Mameluken-Sultane hervor.

die Gamdariten, die »Kämmerer«, andere Mamelukengruppe.

Car cel q'era . . .: okzit.
Denn das war ein Kopf von hohem Werte,
der hochvermögende Robert, Graf der Franken,
er ist tot! – Oh Gott!
Welch ein Verlust, welch Jammer!
Tot!
Welch schaurig Wort
und wie schmerzlich anzuhören!
Ein hartes Herz muß ein Mann haben,
um solch Pein und Leid zu ertragen.

Bab an Nasr: arab. Stadttor von Kairo

fustan: arab. Robe

Allah jaatikum . . .: arab.
Allah beschere Euch ein langes glückliches Leben, eine gedeihliche Herrschaft!

Allah jichalilkum . . .: arab.
Allah erhalte Euch Euren Großmut und Eure Freigiebigkeit!

bahariz: arab. Leute von der See
inch' allah: arab. so Allah will
Haia bina lil ...: arab. Auf zum letzten
  Gefecht!
das Avis: lat.-frz. Ankündigung
Silentium!: lat. Ruhe!
Turkopole: Bezeichnung für einheimische Hilfstruppen der Barone von Outremer und der Ritterorden. Die Turkopole waren oft nicht einmal
  Christen, sondern verdingten sich als
  Söldner an die Herren, die das Gebiet
  beherrschten, in dem sie lebten. Bei
  den Orden gab es eigens für sie die
  Einrichtung eines Turkopolen-Kom-
  mandeurs.
In pedes: lat. Auf die Füße! Aufgestanden!
Drapier: im Ritterorden der für die Kleidung zuständige Meister
Ibe'adu ja ...: arab. Platz da, Ihr Hunde,
  oder soll unser Herr verbluten!
Aina attabib, ...: arab. Wo ist der Arzt,
  der große Wundertäter?
Aina hua?: arab. Wo ist er?
Allah jicharibhum: arab. Möge Allah sie
  verderben!
malek al infranj: arab. der König der
  Franken

IV FEHLER, VON HERRSCHERN
BEGANGEN

Non nobis, Domine! ...: lat. Verleih nicht
  uns, Herr, nicht uns, sondern Deinem
  Namen Ruhm!
Allah jirhamu ua ...: arab. Allah emp-
  fange ihn gnädig, das Paradies sei ihm
  gewiß!
via triumphalis: lat. Triumphstraße
Husam ad-Din Muhammad ibn abi' Ali,
  Statthalter von Kairo
Ibn Wasil, Chronist
Ahlan wa sahlan ...: arab. Willkommen,
  großer Sultan!
Diwan: arab. Staatskanzlei
Divus: lat. Göttlicher
Gradiva: vulgärlat. große Göttliche
Sherehazade, Sklavin, die dem Kalifen
  zu Bagdad *Harun al-Raschid* die Ge-
  schichten aus 1001 Nacht erzählte.

Isis und Osiris: ägyptische Gottheiten
  (die weibliche Isis für Mond, Wasser
  und Frau, der männliche Osiris für
  Sonne, Feuer und Mann)
jamaiat al hulud: arab. des Ordens der
  Zeitlosigkeit
Horus: der Einbalsamierer trägt den Namen des ägyptischen Falkengottes
spezies calva flamingensis: lat. die Sorte
  Flamenschädel
Sheitan: arab. der Teufel
Willem von Holland, Gegenkönig zu Konrad IV. nach der Absetzung Friedrichs
  zu Lyon 1245
servus Satanis: lat. Diener des Satans
Hermes Trismegistos: der größte aller Magier (von griech. Hermes, dem Göt-
  terboten und Gott der Heilmittel, des
  Handels sowie griech. Trismegistos
  »der dreifach Große«)
vulgo: lat. gewöhnlich (ausgedrückt)
nuntiatio: lat. Verkündigung
transitio: lat. Übergang, hier Beischlaf
pauperes commilitones ...: lat. arme Mit-
  brüder Christi des Tempels
Salomonici: lat. von Salomon
pax et bonum: lat. Frieden und (alles)
  Gute, Franziskanergruß
haniviim: hebr. Propheten
Vae, Vae, qui ...: lat. Wehe dem, der die
  Tochter des Königs in die Hände des
  Löwen gibt, weh dem, der den Ruhm
  entweiht!
Livre: frz. Pfund (Währung)
Denier: frz. Untereinheit des Livre (klei-
  nere Zahlungseinheiten), Zehner
munditia esoterica: lat. Leuchte geheimen Wissens
die Weißen Brüder: in Mittelalter häufig
  vorkommender Name für meist religiöse Brüderschaften, hier die Einbalsamierer auf der Nilinsel
consecratio: lat. Weihe, Teil der Messe
Vos ofert fait gran honor: altfranz. Euer
  Angebot macht (Euch) große Ehre
Vita brevis ...: lat.
  Kurz ist das Leben
  und wird immer kürzer,
  der Tod kommt schneller,
  als man gedacht.
  Der Tod löscht alles
  und läßt keinen aus ...

morbus scorbuticus: Skorbut

Scribere proposui ...: lat.
Ich habe mir vorgenommen,
über die Eitelkeit der Welt zu schreiben,
so daß verderbte Leute
sich nicht vergebens erregen.

Tuba cum sonuerit ...: lat.
Die Posaune bläst
zum letzten Tag,
der Richter kommt
und verkündet mit ewiger Strenge:
Nur Auserwählte dürfen in der Heimat sterben,
die Verdammten in der Hölle verderben,
die Verdammten in der Hölle verderben.

Vila, vila cadaver ...: lat.
Elender, elender Kadaver wirst du
sein,
und hältst dich doch von der Sünde
nicht fern.
Was trachtest du nach Geld,
was legst du eitle Kleider an,
was trachtest du nach Ehren
und bist nicht bereit, deine Sünden
zu bereuen.

Qu'ieu n'ai ...: okzit.
Eines von vier Liebesliedern der be-
rühmtesten aller weiblichen Trouba-
doure, der Comtessa de Dia. Biogra-
phische Informationen über sie sind
kaum vorhanden.
Denn jener, den ich erwählt habe, ist
edel und gut,
und durch ihn
erhöht und erblüht
die Achtung.
Er ist edel, rechtschaffen, von höfischer Art,
weise und weiß zu urteilen.
Inständig bitte ich ihn, mir sein Vertrauen zu schenken,
und keiner soll ihn glauben machen
können,
daß ich um seine Person einen Fehler
begehe,
denn ich finde nichts Schlechtes an
ihm.

Mout mi plai ...:
Es gefällt mir, daß er der Edelste ist,

jener, nach dem mich verlangt, daß er
mich besitze.
Nie werde ich meiner Liebe abschwören,
ich habe nicht das Herz, mich ihm zu
entziehen.

E qui que ...:
Und keiner solle Böses reden,
denn ich halte ihm nichts vor.
Gar oft pflückt man selbst
die Ruten, mit denen man sich
schlägt.

Armillarsphäre: astronomisches Gerät
zum Messen der Himmelskreise

Saturnus in pisces: lat. Saturn in den Fischen

sagittarius: lat. Schütze (Sternzeichen)

coniuncto: lat. Verbindung

maestro venerabilis: lat. hochverehrter
Meister

Epi xyou histatai akmes!: griech. Es steht
auf des Messers Schneide!

Adlatus: lat. Gehilfe

Kordon: Ring

Philipp de Montfort, einer der wichtigsten Barone von Outremer, Nachkomme des berühmten Simon de
Montfort, dem Heerführer in den Al-
bigenserkriegen. Die Montforts saßen
im Heiligen Land vor allem in Thyros.

Unde hoc mihi ...: lat. aus Lukas I, 43
Wer bin ich, daß die Mutter meines
Herrn
zu mir kommt?
Hallelujah!

V DER BRENNENDE TURM

harnakel: Folterinstrument

Izz ed-Din Aibek, (Al -Mu'Izz 'Izz -ad-
Din Aybak), Mamelukengeneral, der
nach der Ermordung des letzten Ayu-
bitensultans zum ersten Bahriten-Sul-
tan ausgerufen wurde.

Inch' Allah: arab. So Allah will!

Hofkamerilla: abschätzige Bezeichnung
der Mitglieder des Hofstaats (Kämmerer)

Konsules: lat. vom römischen Senat be-
rufene Anführer in Verwaltung und
Militärwesen

caritas: lat. christliche Nächstenliebe

Robert, der Patriarch von Jerusalem, nach dem Papst höchster Würdenträger der röm.-kath. Kirche; Jerusalem war Sitz eines Patriarchats.

Bahrit: Angehöriger der Mameluken-gruppe, die nach ihren am Nil (arab. bahr) gelegenen Kasernen Bahriten genannt wurden.

die *Imame:* arab. höchste religiöse Oberhäupter im Islam

Scheitan: arab. Teufel

Vida qui mort ...: limous.
Das Leben, das den Tod besiegte, hat uns das Paradies geöffnet, auf daß der Ruhm, jener, den Gott uns gab, sich verwirklichte.

VI ALLAH SOLL SIE STRAFEN

die *Mutter Halils:* Ehrender Beiname der Sultana Schadschar ed-Durr. Sie war eine türkische Sklavin, die dem Sultan einen Sohn geboren hatte, Halil, der als Kind gestorben war. Daß diese Frau mit dem Sultanstitel auf den Thron gehoben wurde, ein beispielloser Akt in der Geschichte des Islams, war ein Kompromiß, um der Mamelukenrevolte den Anstrich von Legitimität zu geben. Aibek heiratete die Sultana, doch die ließ ihn später ermorden.

Anna, christliche Sklavin, Jugendliebe des Sigbert von Öxfeld, die im Harem des Großwesirs Fakhr ed-Din landete, Mutter des Roten Falken wurde und kurz darauf verstarb.

kufia: arab. Kopftuch

Cum profanus in monte...: lat.
Wenn der Anwärter einmal den Berg betreten hat, kann er nicht mehr zurück. Nicht sein Wunsch entscheidet, sondern die Gesetze der Mächte, die dort herrschen.

Qui incantationem ...: lat. Wer die Beschwörung begonnen hat, kann den magischen Raum nicht (mehr) verlassen. Das ist Gesetz!

Chanterai por mon ...: altfrz.
Ich will singen,

um mir Mut zu machen.
Denn ich will mich trösten.
Ich werde unter dieser Lage leiden, bis ich ihn wiederkommen seh!

batul: arab. Jungfrau

Trencavel: Name des gothischen Geschlechts, das die Vizegrafen von Carcassonne stellte, eng verwandt mit dem okzitanischen Haus Toulouse, das in seiner Blütezeit dem französischen Königreich durchaus vergleichbar war. Die Angewohnheit, sich nur »Graf« zu nennen, ist insofern irreführend, als bedeutend weniger mächtige Herren längst den Herzogstitel führten.

Esclarmunde: In der Legende Parsifals Schwester, in Wahrheit eine Verwandte aus der Linie der Grafen von Foix, die sich besonders um den Ausbau des Montségur verdient machte und als die klassische Gralshüterin in die Legende eingegangen ist.

Diaus vos bensigna!: altfrz. Gott segne Euch!

titmarrid!: arab. daß es einem die Schuh auszieht!

illi aindu beidhen: arab. zwei Eier im Sack

nolens volens: lat. ob man nun will oder nicht

Raschid al-Kabir, ein in Kairo lebender Kaufmann frz. Herkunft

gharamat muchalafitin: arab. Konventionalstrafen

juafaq fil haja!: arab. Viel Glück im Leben!

El-Ashraf, Emir von Homs

Maria, Dieu maire ...: altfrz.
O Maria, Mutter Gottes,
Gott ist sowohl dein Sohn als auch dein Vater,
heilige Jungfrau, bitte für uns
deinen himmlischen Sohn.

Niklas von Akkon, Priester

mores: lat. Anstand

Renegat: Abtrünniger

Gardez!: frz. Aufgepaßt! Hütet euch!

hijab: arab. Schleier

mehbal: arab. Möse

Abu Bassiht, Sufi

VII IM SCHATTEN DER GROSSEN PYRAMIDE

Alisha, Küchenmädchen
iqal: arab. Stoffring
Kariatyde: griech. Säule in Mädchen-
gestalt
Djinn: arab. böser Geist
venefica: lat. Giftmischerin
Yusuf: arab. Deckname von Yves, dem
Bretonen
Chiromant: griech.-lat. Wahrsager, Handleser
spiritus Iohannis: lat. Geist des Johannes
Isolde: Anspielung auf das legendäre
Liebespaar Tristan und Isolde
Verbum quod erat ...: lat.
Das Wort, das im Anfang war, oh,
im Schoß der Jungfrau wird es
Fleisch durch das Wort.
Oh, das Wort wird Fleisch, oh, es
wird Fleisch das Wort, das im Anfang
war.
Ehre sei dem Vater, der nicht geschaffen ist, oh,
und seinem Sohn, der heute geboren
wurde,
oh, der heute geboren wurde,
oh, der heute geboren wurde, mit
dem Heiligen Geist. Amen.
Silentium!: lat. Ruhe!
resurrectio symbolica: lat. symbolische
Auferstehung
sacra nuptialia: lat. Heilige Ehe
coniunctio: lat. Verbindung
Stellvertreterhochzeit zu Tyros: 1125 heiratete Friedrich II. zu Brindisi offiziell die Vierzehnjährige Yolanda von
Brienne. Bereits zuvor hatte der Erzbischof von Tyros in Stellvertretung
des Kaisers dort selbst die Minderjäh-
rige vor den Traualter geführt.
advocatus Diaboli: lat. Anwalt des Teufels; Einrichtung des Scheidungsge-
richts der Kirche, Gegenargumente
durch einen eigens beauftragten
Geistlichen vorbringen zu lassen.
Pacta sunt servanda: lat. Verträge müssen
eingehalten werden
Ergo maris stella ...: lat.
Deshalb, du Stern des Meeres,
des Wortes Gottes Wohnstatt,
und der Sonne Morgenröte,
des Paradieses Pforte,
durch die das Licht geboren wurde,
bitte deinen Sohn,
daß er uns löse von unseren Sünden,
und in das Reich der Klarheit,
wo das Licht immerwährend leuchtet,
in alle Ewigkeit einlasse.
Amen.
Afhimuhu fianna ...: arab. Er hat keine
Wahl, macht ihm das klar!
Aspis: lat. Natter
haid: arab. Menstruation
Jajibu 'aleika ...: arab.
Du sollst deinen Herrscher bewahren und beschützen wie deinen Augapfel.
La hefidh al ...: arab.
Um den Glauben zu bewahren und zu
schützen, sollst du dessen Feinde er-
schlagen.
mujrin: arab. Killer
Thot: ägyptische Gottheit, etwa mit Her-
mes in der griechischen Mythologie
zu vergleichen
Solstiz: Höchst- bzw. Tiefstand der
Sonne
camouflieren: tarnen
Guilhem: der Troubadour Guilhelm
d'Autpol
Esperanza de totz ...: altfrz.
Hoffnung aller, die von ganzem Her-
zen hoffen,
Blumen der Freude, Quell der wahren
Gnade;
Zimmer Gottes, Garten allen Heils...
Repaus ses fi: altfrz. Geborgen für immer
E tu?: altfrz. Und du?
Capdels d'orfes enfants: altfrz. Bin Hüter
der verwaisten Kinder.
Kentaur: Mischwesen der griechischen
Sagenwelt mit menschlichem Ober-
körper und Pferdeleib

VIII DIE BRAUT IN DER GRABKAMMER

Bab al malika: arab. Tor der Königin
Bab al muluk: arab. Tor des Königs
O quanta ...: lat.
Oh, welch großes Wunder,
welch glückliche Ehe,

die Kirche wird Christus angetraut,
ein Fest wird gefeiert.
Celebratur . . .: lat.
Ein Fest wird gefeiert
dem Sohn des höchsten Königs,
diese Freude haben die Propheten
in ihrer Weissagung vorhergesagt.
Novo cantemus . . .: lat.
Laßt uns dem neuen Menschen singen,
mit neuen Kleidern angetan,
Lob laßt uns der Jungfrau singen,
da die Trauer weit weggejagt ist.
Est Deus . . .: lat.
Gott ist, was du bist: ein Mensch,
aber ein neuer Mensch,
damit der Mensch sei, was Gott ist,
nicht mehr der alte.
O pone . . .: lat.
O lege den alten Menschen ab,
lege den alten ab und ergreife den
neuen Menschen!
Visitatur de . . .: lat.
Vom hohen Thron wird die armselige
Tochter Babylons besucht,
persona filii . . .: lat.
da die Person des Sohnes gesandt ist,
keine andere nimmt die Sterblichkeit
unseres Fleisches an.
Bis zum Morgen ist das Klagen aufge-
schoben,
am Morgen, vor Tagesanbruch,
kommt Christus, unsere Freude,
der aus dem Schoß der Keuschheit
hervortritt.
Nube carnis . . .: lat.
Der gekommen ist, zu kämpfen, hat
seine
königliche Rüstung nicht abgelegt,
obwohl er die Macht seiner Herrschaft
hinter der Wolke des Fleisches ver-
birgt;
aber er täuscht den Feind
mit sterblicher Gestalt.
Rubus ardet . . .: lat.
Der Dornbusch brennt, doch dem
brennenden
schadet die Macht des Elementes
nicht,
die Flamme zerstört nichts.
So blüht die Jungfräulichkeit,

wenn die Jungfrau Mutter wird,
da die Geburt nichts zerstört.
Djinn: arab. Geister
Rex Salomon . . .: lat.
König Salomon hat den Tempel ge-
baut,
dessen Beispiel und Vorbild
Christus und die Kirche sind . . .
Fundamentum et . . .: lat.
Grundstein und Begründer,
durch Vermittlung der Gnade.
Die Grund- und Ecksteine des Tempels
sind von Marmor, die Zierde
der Wände desgleichen;
Eine weiße Blüte ist der Keuschheit
Eckstein, bei den Prälaten
Tugend und Beständigkeit.
Longitudo . . .: lat.
Länge,
Breite
und des Tempels Höhe,
wenn der rechte Glaube
wohl verstanden ist,
sind Glaube, Hoffnung, Liebe.
Mutaschakkiran . . .: arab. Dankend
nimmt der König Eure Huldigung
entgegen.
arraja' . . .: arab. wollet Ihr bitte hier niederknien.
Templi cultus . . .: lat.
Der Gottesdienst des Tempels ist sehr
prächtig:
das Haus duftet nach Zimt,
Myrrhe, Harz und Kassia;
die Zierde der guten Sitten
und der Wohlklang der Gebete
ist dessen Bedeutung.
(Kassia heißt der Baum, dessen Rinde
als Zimt bekannt ist.)
In hoc casa . . .: lat.
In diesem Haus sind alle Gefäße
aus Gold, aus der Schatzkammer
sorgfältig ausgewählt;
denn es ziemt sich, daß die Magister
und die Minister gelehrt und im
Feuer
des Heiligen Geistes geläutert sind.
Leisa Allahu . . .: arab.
Nicht Allah wird zu dir sprechen.
die Mutter Halils: Ehrenname der Sultana Schadschar ed-Durr

der Koch mit seinem großen Messer: Erinnerungen der Kinder des Gral an jemanden in Konstantinopel, der ihnen die Köpfe abschneiden sollte.

Tu civitas ...: lat.
Du bist die Stadt des Königs der Gerechtigkeit,
du Mutter der Barmherzigkeit,
aus dem Meer des Unheils und der Not
stellst du wieder her Gottes Reich der Gnade.

Te collaudat ...: lat.
Dich lobt die himmlische Kurie,
du bist die Mutter des Königs und seiner Tochter.

Per te iustis ...: lat.
Durch dich wird den Gerechten Gnade zuteil,
durch dich wird den Schuldigen Vergebung geschenkt.

stante pede: lat. stehenden Fußes, sofort

Allah u akbar ...: arab. Allah ist groß, und es wird geschehen, wie es ihm gefällt.

Virgo immaculata: lat. unbefleckte Jungfrau

Golgatha: Ursprünglich als öffentliche Hinrichtungsstätte von Jerusalem angenommen, befand sich jedoch auf einem Privatgrundstück des Joseph von Arimathia

Kriegs: kindlicher Ausdruck Yezas für Krieg

das Tympanon: griech.; dreieckiges Giebelfeld über Türen oder Fenstern

Allah jicharibha!: arab. Möge Allah sie verderben!

Priapos: Faun der griechischen Mythologie mit Bocksfuß, manchmal auch Hörnern, immer jedoch mit einem steil erigierten, übergroßen Glied.

Die Stadt AKKON

I DER FALKE UND DIE TAUBE

tenso: okzit. Streitgesang, Wechsel-
gesang

Car jois e ...: altfrz.
aus dem berühmten Tenso
»Domna, tant vos ai preiada« (»Oh,
meine Dame, ich habe Euch so
sehr gebeten«) von Raimbaut de
Vaqueiras
Denn Ihr werdet von Eurem Über-
schwang und Eurer Jugend geleitet,
von Höflichkeit, Achtung und Maß

und allen anderen edlen Eigenschaf-
ten.

Per qu'us sui ...: s.o.
Gerade deshalb bin ich Euer treuer
Bewunderer,
ohne Vorbehalte,
Ernsthaft, ehrfürchtig und um Milde
bittend.
Die Liebe, welche ich Euch antrage,
erfüllt mich mit Glück und doch mit
Qual,
sie tötet mich.
Es wäre eine Gnade Eurerseits,

wenn ich es wäre,
der sich um Euer Wohlergehen kümmern und Euer Freund sein dürfte.
Si fossi fillio . . .: s.o.
Selbst wenn Ihr der Sohn des Königs
wärt,
meiner Treu, werdet Ihr mich niemals
bekommen!
Falls Ihr Euch in den Kopf gesetzt
habt, mich zu lieben,
so werdet Ihr schon bald erfrieren.
Domna, no-m siaz . . .: okzit. Meine
Dame, seid nicht so grausam!
Baal: bei den westlichen Semiten Beiname von Hadad, dem Gott der At-
moshäre, der Luft; Zentralfigur des
kanaanitischen Pantheons: In der Bibel zählt Baal zu den falschen Göttern; die Römer, speziell das Militär,
verehrten ihn sehr. An den Kultstät-
ten wurden oft Blutsopfer gebracht.
Adonis: schöner Jüngling, im griech. Mythos Geliebter der Göttin der Liebe
Aphrodite
Iafaddal! Ma ahla . . .: arab.
Bitte schön, mit besten Empfehlun-
gen des Emir Baibars!
Al majdu li . . .: arab. Hoch lebe Aibek, unser Regent!
Petrus Waldus, Kaufmann aus Lyon, der
Mitte des 12. Jahrhunderts die Bibel
ins Okzitanische übersetzen ließ. Er
begründete eine Lehre, deren Anhänger Waldenser genannt werden; obwohl sie nicht mit der Todessehn-
sucht der Katharer behaftet waren,
wurden die Waldenser unter dem
Sammelbegriff »Albigenser« mit den
»Reinen« in einen Topf geworfen; sie
konnten sich aber durch die Kreuz-
zugswirren lavieren und haben bis
heute überlebt.
Etienne d'Otricourt, Komtur der Templer
von Tortosa
Sou: franz. Münze, damals der zwanzig-
ste Teil eines Livre, heute Bezeichnung für ein Fünfcentimestück
Allah jimna: arab. Was Allah verhindern
möge!
Altas undas que . . .: okzit. Lied, das dem
Troubadour Raimbaut de Vaqueiras
zugeordnet wird.

Hohe Wogen, die Ihr über's Meer her-
überkommt,
vom Wind bald da, bald dorthin ge-
peitscht,
Könnt Ihr mir Neues von meinem
Freund berichten, der einst dorthin
auszog? Er kehrte nie zurück!
iter initiationis: lat. Weg der Einweisung
Fallax in speciem: lat. Schon im Ansatz
falsch
Oh, aura dulza . . .: s.o.
Ach, du sanfte Brise, die du von dort
herkommst,
wo mein Freund schläft, lebt und Unterkunft fand,
von seinem Odem bringe mir!
Ich atme ihn ein, denn so groß ist
mein Verlangen!
die Syrische Pforte: alter Gebirgspaß zwischen Beaufort und Banyas im heutigen Südlibanon, Zugang zur Buqaia-
Ebene
Allerêrst lebe ich . . .: mhd. sogenanntes
»Palästinalied«
Ich lebe ich zum ersten Mal in meinem Leben auf edle Art,
seit mein sündiges Auge auf dieses
hehre Land blickt,
das so hoch gepriesen wird,...
Starkenberg: Stammburg des Deutschen
Ritterordens, nördlich von Akkon im
Gebirge gelegen, wurde 1189 von Lübecker Hansekaufleuten für den Orden erworben und wiederaufgebaut;
die Kreuzfahrer nannten die Feste
auch »Montfort«.
mirst geschehen . . .: Fortsetzung des Pa-
lästinaliedes
Es hat sich erfüllt, was ich so lange er-
sehnt,
ich bin an den Ort gekommen,
wo Gott Mensch geworden ist.
Schoenui lant . . .: 2. Strophe des Palästi-
naliedes
Du bist das schönste, reichste und
edelste Land,
das ich bisher gesehen,
bist erhaben über alle Länder,
welch' Wunder ist hier geschehen!
daz ein magt . . .: Fortsetzung des Palä-
stinaliedes
Daß eine Magd ein Kind gebar,

das herrscht über die ganze Engel-
schar,
ist das nicht ein Wunder?
Skriptorium: lat.-mlat. Schreibstube
Or me laist ...: aus dem okzit. Lied »Li
novaiaus tens«, Verfasser anonym.
Möge Gott mir erlauben, zu solch hoher Ehre aufzusteigen,
daß ich die, der mein Herz und meine
Gedanken gehören,
einmal nackt in meinen Armen halten
kann,
bevor ich hinausziehe in den Kampf.
Turm der Fliegen: äußerer Turm der Ha-
fenbefestigung von Akkon
Profeß: Ordensvorsteher, Stellvertreter
des Großmeisters
Arsenal: Geräte- und Waffenlagerhaus
König Heinrich I. von Zypern, herrscht
seit 1218; stammt aus dem Hause Lusignan, 1247–59 Regent von Jerusalem.
Guillaume de Chateauneuf, Großmeister
der Johanniter zu Akkon (1244 bis
1259); war gleich nach Amtsantritt in
der Schlacht von La Forbie in die
Hände der Ägypter gefallen und kam
erst 1251 wieder frei.
Henri de Ronay, stellvertretender Großmeister der Johanniter (zur Zeit von
Chateauneufs Gefangenschaft, s. o.)
Heinrich II. von Hohenlohe, Großmeister
des Deutschen Ritterordens von
1244–1249; sein Vorgänger war Ger-
hard von Malberg gewesen.
Graf Günter von Schwarzburg, Großmeister des Deutschen Ritterordens von
1249 -1253; Nachfolger Heinrichs II.
Prussien: oder auch Pruzzen, das Or-
densland Preußen (Deutscher Ritterorden);
Königin Margarethe, Frau des Ludwig IX.
von Frankreich, eine geborene Gräfin
der Provence
Inkonvenienz: lat. ungelegenes Erscheinen, Kommen
Mauclerc: kommt von altfrz. »mal clerc«
und bedeutet »schlechter Priester«.
das Patriarchat: Sitz des Patriarchen von
Jerusalem zu Akkon, s. Karte
Montjoie: alter Stadtteil von Akkon, s.
Karte

das Tor von Maupas: frz. Tor des
»schlechten Schrittes«; durch dieses
Tor führte nämlich der Weg zur Hinrichtungsstätte vor den Mauern; es
trennte die Schanze der Templer von
der der Johanniter, s. Karte
Henri III., König von England, 1216 bis
1272), Sohn des Johann Ohneland
(John Lackland), verheiratet mit Ele-
onore von der Provence, also einer
Schwester von Margarethe, der Frau
Ludwigs IX.; *Henri III.* verlor auf dem
Kontinent während seiner Regierungszeit erheblich an englischem
Besitz.
Pair: frz. Mitglied des Hochadels
pro signo recipiendi: lat. zum Zeichen
des Empfangs
Gloria in excelsis ...: lat. Zitat aus der
Meßliturgie
Ehre sei Gott in der Höhe
und Friede auf Erden den Menschen,
die guten Willens sind!
Livre: Pfund, alte französische Wäh-
rungseinheit
Crucifixus etiam ...: lat. Zitat aus dem
Glaubensbekenntnis der röm.-katho-
lischen Kirche
Gekreuzigt wurde er sogar für uns; un-
ter Pontius Pilatus hat er den Tod er-
litten und ist begraben worden. Er ist
auferstanden am dritten Tage, gemäß
der Schrift;
Hosanna in excelsis ...: lat. Schluß des
Lobgesangs während der Messe (vor
der Eucharistie)
Hosanna in der Höhe!
Hochgelobt sei, der da kommt im Na-
men des Herrn!
Hosanna in der Höhe!
Credo in unum ...: lat. Zitat aus dem
Glaubensbekenntnis
Ich glaube an den einen Gott,
den allmächtigen Vater,
Schöpfer des Himmels und der Erde,
aller sichtbaren und unsichtbaren
Dinge.
Agnus Dei, qui ...: lat. Gebet vor der Eu-
charistie
Lamm Gottes, der du hinwegnimmst
die Sünden der Welt,
erbarme dich unser,

Lamm Gottes, der du die hinwegnimmst Sünden der Welt,
gib uns deinen Frieden!
Divine nutu ...: Göttlicher Gnade
entbehrend, bleibt uns nur der Graf
aus der Champagne.
Anspielung auf den Grafen Joinville,
Seneschall der Grafschaft
der Faubourg Montmusart: neuerer Stadtteil im Norden von Akkon
Rennes-les-Chateaux: bekannte Temp-
lerniederlassung in Südwestfrankreich
Postulant: lat. Bewerber, Antragsteller
Probat spiritus ...: lat. Formel beim Auf-
nahmeritual der Templer.
Prüft meinen Sinn, ob er von Gott geleitet ist.
die Priesterweihe des Yves: Yves war in seiner Jugend Priester gewesen, hatte die
Weihe aber wegen eines dreifachen
Totschlags in Paris verloren.
exkommunizieren: aus der römisch-
katholischen Kirchengemeinschaft
ausschließen
Dispens: lat. Erlaß, hier offizielle Ent-
hebung vom Priesteramt
Medina: die von Einheimischen bewohnte Altstadt
An-Nasir, Ayubiten-Herrscher erst von
Aleppo, dann auch von Homs, schließlich Sultan von Damaskus
Abu Al-Amlak, »Vater des Riesen«, Oberhofkämmerer zu Damaskus
Salomé: angeblich Name der Sklavin
(Zofe von Yolanda), die der unersätt-
liche Friedrich II. in der Brautnacht
von Brindisi (1225) schwängerte. Sie
hieß aber Anaïs.
Jen an nar ...: arab. Feuerteufel
kurbadj: arab. Nilpferdpeitsche
Kasbah: arab. (oft befestigtes) Altstadt-
viertel mit Markt
Darham: arab. Sesterzen
meleh barud: arab. Salpeter
taquqat aschschatrandj: arab. Schachtisch

II DIE NOVIZIN UND IHRE RITTER

Porte Saint-Antoine: frz. Pforte des heiligen Antonius, s. Plan von Akkon

*die Regierungsgewalt über das Königreich
von Jerusalem:* Das Königtum von Jerusalem war erblich, auch über weibl.
Nachkommen (erstgeborene). Die
Ehemänner blieben keineswegs auto-
matisch König, wenn ihre erbfolgebe-
rechtigten Frauen starben. So verlor
Friedrich II. 1229 seinen Titel, als Yolanda im Wochenbett starb; er blieb
aber Regent für den gerade geborenen
Sohn Konrad IV. Da der Regent anwesend zu sein hatte, übergab er die Regentschaft an Alice von der Champagne, die sich mit Hugo I., König
von Zypern, verheiratete. Hugo be-
zeichnete sich sogar als »Titular-König« von Jerusalem. Alice starb 1246,
er 1247, die Regentschaft ging über
auf König Heinrich I. von Zypern, ihren Sohn. »König« war weiterhin der
Staufer Konrad IV., und ihm folgte
1254 Konrad V. (Konradin). Die Regentschaft wurde 1259 an König
Hugo III. von Zypern vererbt, doch
erst als Konrad V. ohne Nachkommen
1268 enthauptet worden war, konnte
er sich ab 1269 König von Jerusalem
nennen. Er wurde aber nur in Tyros,
nicht in Akkon anerkannt. Den Erb-
streit machte sich Charles d'Anjou zunutze, und er kaufte sich 1278 nach
dem Tode Hugos III. in Akkon das
Königsrecht. Der Anjou behielt den Titel bis zu seinem Tode 1285. Dann fiel
er 1286 wieder an König Heinrich II.
von Zypern, der ihn bis zum Verlust
von Akkon 1291 behielt (Ende des
Königreichs von Jerusalem).
König Konrad IV., Sohn Friedrichs II. aus
der Ehe mit Yolanda (de Brienne) von
Jerusalem
*die Auseinandersetzung zwischen Staufern
und Papsttum:* begann, als Barbarossa
(Friedrich I.) seinen Sohn Heinrich
VI. mit Constance d'Hauteville, der
letzten Erbin des Normannenthrons
von Sizilien, verheiratete und gegen
den erbitterten Widerstand Roms Sizilien mit dem Reich vereinte, »unio re-
gni ad imperium«. Ihrer beider Sohn
Friedrich II. folgte dieser Politik,
durch die sich der nach weltlicher

Macht und Expansion strebende Kirchenstaat in die Zange genommen fühlte.

Aventiuren: lat.-vulgärlat.-frz.-mhd.: Abenteuer

De lai don ...: okzit., aus »Ab la dolchor del temps novel«,
einem der schönsten Stücke des Troubadours Guilhelm de Peitieus
Von dort, wo meine ganze Freude weilt,
habe ich weder Botschaft
noch versiegelten Brief erhalten,
so daß mein Herz weder schläft noch lacht.

Be-m degra de ...: okzit. Lied von Guiraut Riquier
Ich sollte Abstand nehmen, noch zu singen,
denn zum Singen gehört Fröhlichkeit,
doch die Sorgen bedrücken mich derartig,
daß sie mich überall leiden lassen.

Prätendent: lat.-frz. Anwärter

Ni'n soi ...: okzit.
Ich bin weder besiegt, noch leide ich Qualen,
ich spüre weder Schmerz noch Zorn,
ich sende (nur) keine Botschaften mehr.

Ar me puesc ...: okzit. Lied »Ar mi puesc ieu lauzar d'amor« von Peire Cardenal
Fortan weiß ich mich mit der Liebe einzurichten,
denn sie raubt mir nicht mehr den Hunger noch den Schlaf.
Und ich verspüre nichts mehr,
weder Hitze noch Kälte,
weder klage ich, noch seufze ich,
noch widme ich mich nächtlichen Abenteuern.

Undhur man ...: arab. Schau, wer spricht!

das Plazet: lat. die Zustimmung

Gilles le Brun, Nachfolger des Konnetabels von Frankreich Imbert de Beaujeu nach dessen Tod

William auf der Flucht mit den Kindern des Gral in der Camargue: auf dem Weg vom Montségur nach Marseille, wo sie sich nach Italien einschifften.

Imperatoris Germaniae: lat. des Herrschers von Deutschland

Allah jatihi al ...: arab. Allah schenke ihm die Gewalt und vernichte seine Feinde!

Mal amar fai ...: okzit. aus »Altas Undas« von Raimbaut de Vaqueiras
Es ist schwer, den Vasallen eines anderen Landes zu lieben,
denn seine Augen wie sein Lachen locken Tränen hervor.
Nie hätte ich gedacht, daß mein Freund mich betrüge,
denn in der Liebe gab ich ihm alles, wonach ihm verlangte.

Ar hai dreg ...: okzit. aus »Del Gran Golfe de Mar« von Gaucelm Faidit
Ich habe guten Grund zu singen,
da ich nun die Fröhlichkeit und Freuden erkenne,
die Abwechslungen und die Spiele der Liebe,
so finde es Euren Gefallen,
die Quellen und klaren Bäche erfreuen mein Herz
ebenso wie die Gärten,
alles ist hier so liebenswert.

Qu'era non dopti ...: s.o.
Ich fürchte nicht mehr Meer und Winde,
blasen sie aus dem Süden, dem Norden
oder auch aus dem Westen.
Mein Schiff ist nicht mehr Spielball der Fluten,
so fürchte ich nicht mehr Galeeren noch Piraten.

tronituorum physicus fulgurisque: lat. Physiker für Blitz und Donner

Nichte: Die Mutter Clarions war Anaïs, eine Tochter des Großwesirs Fassr ed-Din. Sie wurde als Brautjungfer zur kaiserlichen Hochzeit (mit Yolanda) nach Brindisi gesandt. Friedrich schwängerte sie, und sie gebar ihm eine Tochter, Clarion. Fassr ed-Din zeugte mit seiner christlichen Sklavin Anna den Sohn Fakhr ed-Din, den Roten Falken.

Allah ma'ak!: arab. Allah sei mit Euch!

Artemis: die jungfräuliche Jagdgöttin der Griechen, die römische Diana

Ingolinde von Metz, eine fahrende Hur
medicus: lat. Arzt

III DER VATER DES RIESEN

Domine Jesu ...: lat. Tischgebet
 Herr Jesus Christus,
 Brot der Engel,
 lebendiges Brot des ewigen Lebens,
 erbarme Dich und segne dieses Brot,
 wie Du das Brot in der Wüste gesegnet hast,
 auf daß alle, die davon kosten,
 fortan an Leib und Seele
 Gesundheit erlangen.
Fiorentino: Kastell in der Capitanata
Joachim von Fiore, Mystiker (ca. 1130 bis
 1202), Abt des Zisterzienserklosters
 San Giovanni di Fiore in Kalabrien,
 berühmt für seine Wahrsagungen;
 machte auch bei der Geburt Friedrichs II. die Weissagung über den Ort
 (»namens Blume«) und Umstände
 seines Todes.
stupor mundi: lat. das Staunen der Welt
Fiat voluntas Dei: lat. Der Wille des
 Herrn geschehe!
Ratio: lat. Vernunft
Au tens plain ...: altfrz.
 In diesen Tagen voller Verschlagen-
 heit,
 Neid und Verrat,
 Trug und Falschheit
 ohne Tugend und Rechtschaffenheit,
 verpesten wir Barone das gesamte
 Jahrhundert,
 denn ich schaue (untätig) zu,
 wie grad' die exkommuniziert werden,
 die uns Vernunft bringen wollen.
 Ihnen widme ich dieses Lied.
Tempera mutantur ...: lat. Es ändern sich
 die Zeiten und wir mit ihnen.
Li roiames ...: s.o.
 Die Königreiche Syriens
 rufen laut und flehen uns an,
 im Namen Gottes von ihnen zu lassen,
 solange wir uns nicht ändern.
 Gott liebt aufrechte Herzen und Gerechte,

das ist sein Volk, dem er helfen will,
sie werden seinen Namen preisen,
und sie werden sein Land erobern.
Allah akbar! ...: arab. Ruf des Muezzin
 zum Gebet.
 Allah ist größer! Allah ist größer!
 Ich glaube, daß es keinen Gott außer
 Allah gibt!
 Ich glaube, daß Mohammed der Prophet Allahs ist!
 Kommt zum Gebet! Kommt zum
 Fleiß!
salat al dhuhur: arab. das Gebet der kürzesten Schatten, also Mittagsgebet
Jean der Armenier, königl. Zeugmeister
liansurahu Allah: arab. möge Allah ihm
 den Sieg schenken!
scharab dhaki: arab. duftende Suppen
chudrawat musachana: arab. gedünstetes
 Gemüse
'ansat maschuia: arab. geröstete Zicklein
hamam machbusa ...: arab. in Teig ge-
 backene und mit Zimt bestreute Tauben
aranib baria ...: arab. in Früchtesud ge-
 garte Wildkaninchen
esfura: arab. Vögelchen
Heinrich von Malta, von Friedrich II.
 geadelter Admiral, wurde 1221 von
 diesem als Vorhut nach Damiette
 geschickt. Er fing 1228 die als
 »Äbtissin« berüchtigte Piratin Laurence de Belgrave; statt sie zu hängen,
 heiratete er sie; sie wurde so Gräfin
 von Otranto, was sie dankte, indem
 sie sich ein Kind von einem Unbekannten zeugen ließ: Hamo l'Estrange
 (Estrange: unbekannt).
Allah jutawil ...: arab. Allah schenke
 ihm noch lange die Wohltat Eurer
 Dienste!
Asch Sheitan ...: arab. Der Sheitan wird
 beide geholt haben!
beit al hamam: arab. Haus der Tauben
Allahu akbar! ...: arab. Ruf des Muezzin
 Allah ist größer! Allah ist größer!
 Ich glaube, daß es keinen Gott außer
 Allah gibt!
 Ich glaube, daß Mohammed der Pro-
 phet Allahs ist!
 Kommt zum Gebet! Kommt zum
 Fleiß!

Pithom: in Ostägypten

die Tempelruinen von Bubastis: nordöstlich von Kairo gelegen; dort wurde die Katzengöttin Bastet verehrt.

halca: Leibwache der ayubitischen Sultane, gebildet aus im Krieg geraubten Kindern

Liahmikum Allah!: arab. Möge Allah Euch beschützen!

Pelusium: Tempelanlage an der östlichen Mittelmeerküste Ägyptens

Codex per signa: lat. Zeichenkode

die Credenzen: Beglaubigungsschreiben

Ni no m'aus ...: altfrz., aus »Ab la Dolchor del temps novel« von Guilhelm de Peitieus
Und ich wage nicht, einen Schritt weiter zu gehen,
bis ich nicht weiß, ob der Einklang der Liebe zwischen uns
immer noch besteht, wie ich ihn wünsche.

Qu'eu sai ...: s.o.
Ich weiß, es sind die Worte
und die kurzen Gespräche, die man verbreitet,
so daß mancher sich mit seiner Liebe brüstet.
Doch wir, wir haben das Stück (pessa) und das Messer (coutel)!
»Pessa« bedeutet im damaligen Sprachgebrauch auch »Möse« und »coutel« »Schwanz«.

Bab lil mir'a: arab. Tür des Spiegels

Venus Hespera: Abendstern (Phosphora = Morgenstern und Hespera wurden früher für zwei verschiedene Gestirne gehalten)

Bil charij ...: arab. Draußen tobt der Krieg, und die machen Liebe!

Allah saufa ...: arab. Allah wird sie strafen und vernichten!

beit al hamam ...: arab. Haus der Tauben

mulahadha: arab. P.S. = Nachsatz

a rasul al akbar: arab. der Meister der gefiederten Boten

Alama: arab. Unterschrift(s-Schablone) eines Herrschers

Allah juaffir ...: arab. Allah erspare Euch meine Sorgen!

La qadara Allah ...: arab. Das verhüte Allah, der Barmherzige!

Safita: Templerfeste zwischen Tortosa (Küste) und Krak des Chevaliers

Allah jankub ...: arab. Allah schlage mich Elenden mit Euren Sorgen!

Burghul: arab. gekochter Weizenschrot

Allah jusamihuhu ...: arab. Allah nehme seine Seele gnädig auf und erhöhe ihn im Paradies!

rais al ...: arab. Meister der gefiederten Boten

IV VERRATEN UND VERKAUFT

Bundukdari: Stammesname Baibars

rais: arab. Meister, hebr. rabai

Hierosolyma Sanctissima: griech.-lat. allerheiligstes Jerusalem

conditio sine qua non: lat. eine unverzichtbare Bedingung

imponderabilia: lat. Unwägbarkeiten

Sursum corda ...: lat. liturg. Einleitung der Eucharistie (Präfation)
Erhebet Eure Herzen!
Wir haben es beim Herrn.
Der Herr sei mit Euch!
Und mit deinem Geiste!

Ite missa est: lat. Schlußformel der Messe: Gehet hin in Frieden! (Wörtl.: so ist es ausgesandt)

Haschashyn: arab. Haschischkonsument; daraus wurde durch Verballhornung »Assassin«

Ab occultis ...: lat.
Herr, erlöse mich von den Sünden, die in mir sind
und rette mich vor denen, die um mich sind.
Herr, erhöre mein Gebet.

Silentium!: lat. Ruhe!

nocturnum: lat. Nachtgebet

Sanctus, Sanctus ...: lat.
Heilig, heilig, heilig ist der Herr, Gott der Heere.
Himmel und Erde sind erfüllt von Deiner Herrlichkeit.
Hosanna.

menstruatio remissa: lat. ausbleibende Monatsblutung

Vigilate et ...: lat.
Wachet und betet, um nicht

in Versuchung zu kommen,
denn der Geist ist willig,
doch das Fleisch ist schwach.

sibra: arab. Zebra

malade: frz. krank

Grand Da'i ...: Da'i ist der (Groß)meister, der geistige Führer der fida'i (der »Getreuen«); das »Grand« wurde (in Analogie zu »Groß«-Meister) von den Franken hinzugesetzt; ursprünglich reichte den Orden auch der Titel »Meister«. Üblich waren auch noch die Titel »Da'i 'd-Du'at« (Chefdai) und »Da'i l'-Kabir« (höherer Dai).

safir: arab. Gesandter

arabi: arab. Arabisch

taqtuqa: arab. niedrigen Tisch

Löwenherz: Anspielung auf Richard Löwenherz

Hierosolyma: Jerusalem

Ma 'aindakum ...: arab. Koran Sure 16, Vers 97:
Was bei Euch ist, vergeht,
was bei Allah ist, besteht.

batur: arab. Vogelscheuche

V DAS TOR ZUM PARADIES

Taj al-Din, Großmeister der syrischen Assassinen

der Schritt ins Paradies: konnte vom Großmeister der Assassinen (Grand Da'i) jedem fida'i jederzeit befohlen werden, sei es durch einen Mordauftrag (den wir heute als »Himmelfahrtskommando« beschreiben würden), sei es durch Aufforderung zum Selbstmord. Es gibt darüber Augenzeugenberichte, so von Thibald (damals König von Jerusalem), der in Masyaf zu Besuch war und erschüttert beschreibt, daß jedesmal, wenn der Alte vom Berge in die Hand klatschte, ein Wächter von den Mauern in den Tod sprang.

Vitus von Viterbo, (vermutlich) Bastardsohn von Rainer von Capoccio, Generaldiakon der Zisterzienser, den die Kurie als Häscher auf die Kinder angesetzt hatte.

Generaldiakon der Zisterzienser: oberster Rang dieses Mönchsordens, zu dem auch Bernhard von Clairvaux gehörte.

Protegé: lat.-frz. Günstling, Schützling

fida'i: arab. Getreuer

Bab al djanna: arab. Tor zum Paradies

Quia propheta ...: lat. So Dein Prophet Jesus Gottes Sohn –
wer darf das Blut der Könige vergießen?

asaya: altsyrisch Heiler, Tröster, Mittler, Helfer, Arzt; Das Wort »Essener« (jüd. Geheimsekte) soll sich davon ableiten, wie möglicherweise auch der Begriff »Assassine«, was mehr Sinn macht als die Annahme, er stamme von dem Wort »Hashashyn« (arab. die Haschischkonsumenten).

unam sanctam: lat. einem Heiligen; gemeint ist das Bestreben der röm.-katholischen Kirche, alle anderen christlichen Kirchen unter ihrem Dach zu vereinen.

Kardinal Rainer von Capoccio, Generaldiakon der Zisterzienser

apokryph: griech.-lat. verborgene (Schriften)

eliminieren: ausschalten, beseitigen

manus terminatoris: lat. Hand des Vollstreckers

bedrohliches Backwerk: Die Assassinen pflegten einen geplanten Anschlag durch noch ofenwarmes Backwerk anzukündigen.

L.S.: locus sigilli, lat. anstatt des Siegels; eigentlich Bezeichnung des Ortes, wo gesiegelt werden sollte, etwa unserem heutigen »gez.« vergleichbar.

arghila: arab. Wasserpfeife

der große Rumi, Mevlana Jellaludin Rumi, großer Sufi und Dichter aus Afghanistan. Er floh vor den Mongolen zu den Rum-Seldschuken (nach Konya), wurde 1244 Schüler des Shams-Täbrisi. Die hier vom Autor ins Deutsche übertragenen Verse sind dem noch unveröffentlichen Buch »A Garden beyond Paradise, die mystische Dichtung Rumis«, herausgegeben von Jonathan Star und Shahram Shira bei Bantam Books, entnommen.

masasa: arab. Mundstück (der Wasserpfeife)

Paraklet: griech.-mlat. Fürsprecher, hier: Jesus

Apage Satanas: griech. Weiche (von mir) Satan!

Schia: arab. die Nachfolge, Spur; die Anhänger der Schia (die Schiiten) versuchten, die Dynastie der direkten Nachfolge Mohammeds durchzusetzen.

Sunna: Botschaft, Überlieferung (der Gewohnheiten und Ansprüche des Propheten); politisch nicht auf die Dynastie der direkten Nachkommen des Propheten fixiert.

Profundere sanguinem ...: lat. Das Blut des Königs vergießen.

Kreuzzug gegen Friedrichs Sohn Konrad: Seit dem verhängnisvollen IV. Kreuzzug von 1204 gegen Byzanz, den Venedig mit (zumindest nachträglicher) Billigung Roms pervertiert hatte, war die ursprüngliche Kreuzzugsidee des Kampfes gegen den »heidnischen« Islam verdorben worden. 1209 versammelte Rom (zusammen mit Frankreich) schon wieder Christen unter dem Zeichen des Kreuzes, um sie diesmal gegen die »ketzerischen« Christen, die Katharer, zu führen. Und wieder wurden Ablaß und Seelenheil versprochen wie bei Pilgerfahrten ins Heilige Land. Spätestens seit 1245 (dem Jahr des Konzils von Lyon und der »Absetzung« Friedrich II.) warben die Päpste pausenlos für einen Kreuzzug wider die Staufer, eine Hetzkampagne, die erst mit der Enthauptung des letzten dieses Geschlechts 1268 ihr Ende fand.

Lucienne de Segni, Frau des Fürsten Bohemund V. von Antioch, Verwandte der Päpste Innozenz III. und IV.

Hymen: griech.-lat. Jungfernhäutchen

Virgo intacta: lat. unversehrte Jungfrau

Joppe: Jaffa

incubus: lat. Buhlteufel des mittelalterlichen Hexenglaubens, auch die physische Vorstellung des »Alps«, der im Alptraum auf der Brust hockt, sowie des Teufels, der in den Fötus oder schlicht ins Gedärm gefahren ist.

Obstruktion: Widerstand, Widerspenstigkeit

Capit Deus ...: lat.
Gott bestimmt den zeitlichen Beginn der Geburt,
doch die Jungfrau gibt den Vorzug der Keuschheit nicht auf, der auch nach der Geburt nicht schwindet.

A quo postquam ...: lat.
Nachdem sie von ihm fruchtbar war, was keiner zweiten widerfährt,
war die auf wunderbare Weise Mutter, deren Lager einen Vater nicht kennt.

letal: lat. tödlich

Suizid: Selbstmord

Silentium strictissimum: lat. strengstes Schweigegebot

Pythia: legendäre griechische Seherin, Orakel von Delphi

Chiromant: Handleser, Zukunftsdeuter

dharafa: arab. Giraffe

Dulcis sapor ...: lat.
Der süße Geschmack des neuen Honigs
hat das Gesetz der furchtbaren Galle gebrochen,
dadurch war der Honig zu nennen:
Meeresstern, gütiger Gott.

Guillem de Gisors, geb. 1219, Stiefsohn der *Grande Maîtresse,* Großmeisterin der *Prieuré de Sion;* Gisors wurde ihr Nachfolger

in personam: lat. in Person

per naturam: lat. von Natur aus

inkorporiert: einverleibt, hier: eingearbeitet

Gran'aventure: okzit. großes Abenteuer

matutina: lat. Morgengebet

Djellaba: arab. knöchellange Tunika

Scandelion: griech. Festungsruine an der Küste der Terra Sancta

Bab al djanna: arab. Tor zum Paradies

endura: von lat. indurare ausdauern; bei den Oberen der Katharer übliche Methode, durch totale Verweigerung der Nahrungsaufnahme (Wasser eingeschlossen) den Tod zu beschleunigen. Sie begann nach Erhalt des Consolamentums, der katharischen »Tröstung«(anstelle der christlichen Letzten Ölung).

Guillaume Buchier, Silberschmied aus Paris, wurde bekannt durch seine technischen Arbeiten, so den berühmten »Trinkbaum« für den Großkhan.

status immobilis. lat. Ruhezustand

artifex ingenuus: lat. technisch begabter Kunstschmied, Erbauer von technischen Kunstwerken

das glorreiche Finale in Konstantinopel: Anspielung auf das Verhalten der Kinder, die durch mutiges Auftreten eine (verfahrene, mystisch überzogene) verlorene Situation insoweit retteten, daß ihr Ansehen unbeschädigt blieb.

der Große Plan: wahrscheinlich von John Turnbull entworfenes Konzept über das Wesen und die Zukunft der Königlichen Kinder. Inwieweit »der große Plan« von der Prieuré übernommen wurde, bleibt im Dunkeln. Nach und nach gewann er jedoch an Eigendynamik. Zur Zeit des Kreuzzugs Ludwigs IX. wirkt er noch in das Geschehen hinein, zumal ihm niemand ein besseres Konzept entgegenzusetzen wußte.

Transmission: Vorrichtung zur Übertragung und Verteilung von Kraft

Wilhelm von Villehardouin, Wilhelm II., Fürst von Achaja

der Bischof von Assisi, Guido II. della Porta (1204–1228)

Brüderschaft der weißen Mäntel: Widerstandsgruppe gegen die französischen Okkupanten in Okzitanien

resistenza: okzit. Widerstand

ath-thani: arab. »Knicker«, kleines Jagdmesser, mit dem man den Fangstoß gab; in älterer (alttestamentarischer) Bedeutung Bezeichnung des Mannes – von dem man nur mit Scheu sprach und dessen Tätigkeit nur den Hohepriestern geläufig war –, den sie den »Knicker« nannten; er hatte dafür Sorge zu tragen, daß keine Todesfälle auf den Sabbath fielen und somit in der Hitze unbeerdigt blieben. Daher die kleine, vorsorgliche Nachhilfe durch Genickbruch.

Festtag des Hasani-i Sabbah: nach dem Begründer des Assassinenordens zu Alamut, der 1090–1124 herrschte.

malal al mauk: arab. Todesengel

VI VERWIRRTER VERFOLGER EITLER WAHN

ma'ua al nisr: arab. Horst der Adler

perpetuum mobile: lat. das sich (von selbst) ständig Bewegende

studium physicalis: lat. Studium der Physik

motus corporis: lat. Antrieb von Körpern

rafiq: arab. Brüder, Kameraden, Anrede der fida'i untereinander

Da'i al-Kabir: arab. Da'i höheren Ranges, Hochmeister

Kredenzialien: Beglaubigungsschreiben

Allah jurafiquna!: arab. Allah steh uns bei!

Che Diauz ...: altfrz. Gott segne Euch! Gerettet (seien) die Kinder des Gral!

Inschallah!: arab. So Allah will!

Al kilabu ...: arab. Die Hunde bellen, die Karawane zieht weiter.

Terz: die dritte Tagesstunde

Sunniten: Anhänger des Wahlkalifats

Saladin, An Nasir I. Salah ad-Din, Begründer der Ayubiten, so genannt nach seinem Vater General Ayub.

der letzte Fatimide: wurde 1171 von Saladin als Regent in Kairo abgelöst

nolens volens: lat. wohl oder übel

Imam: arab. Nachkomme Mohammeds und damit religiöses Oberhaupt der Schiiten

ta'lim: arab. die autorisierte Lehre, auf der die Doktrin der Schia beruht; sie kann nur vom Imam verkündet werden, der wegen seiner direkten Abstammung vom Propheten als unfehlbar gilt.

Raptus: lat. Wutanfall

Manfred, der kaiserliche Bastard, geb. 1232, aus der (auf dem Totenbett von Friedrich II.) legalisierten morganatischen Ehe mit Bianca Gräfin Lancia; erhält Titel »Fürst von Tarent«, wird 1250 Statthalter für Konrad IV. von Sizilien, macht sich nach dessen Tod (1254) ohne Rücksicht auf die Erbfolge zum König; ein blendender, fähiger Herrscher. 1266 verliert er in der Schlacht von Benevent gegen Charles d'Anjou Königreich und Leben. Die Nachkommen (aus 1. Ehe

mit Beatrix von Savoyen) gehen auf
im Königreich von Aragon, das nach
der »Sizilianischen Vesper« 1282
Sizilien zurückerobert.
Terra Sancta: lat. das Heilige Land
studiosus: lat. Student
magister philosophiae: lat. Lehrer der
Philosophie
der Große Albertus: auch genannt Albertus Magnus, deutscher Naturforscher, Philosoph und Theologe, der 1244–48 in Paris lehrte.
Rugerius Baconis: (Roger Bacon), 1214 bis 1294, »Doctor admirabilis«, Franziskaner engl. Herkunft, lehrte zur gleichen Zeit wie Albertus Magnus in Paris, großer Gelehrter und Astronom. Er stellte als erster fest, daß der Julianische Kalender ungenau war.
Reinkarnation: Wiederverleiblichung, Seelenwanderung
electus: lat. Auserwählter
ma'ua al nisr: arab. Nest der Adler
saheb al muftah: arab. Schlüsselbewahrer
Konvertit: zu einer anderen Glaubensgemeinschaft Übergetretener
Profos: Henker
Trencavel von Carcassonne, Roger-Ramon II., 1185–1209; wurde nach der Einnahme von Carcassonne im Kerker vergiftet.
Dschingis Khan, Einiger der Tartarenstämme, dann Mongolen genannt; gest. 1227
Bartholomeus von Cremona, Franziskaner, der von König Ludwig 1253 zusammen mit William von Roebruk zu den Mongolen entsandt wird.
mandil: arab. Tuch

VII LICHT – DIE ROSE IM FEUER

Sybille, Tochter des Königs Hethoum I. von Armenien; 1224–1269; Schwester von Sempad und Leo III.; heiratete 1254 auf Ludwigs Vorschlag den jungen Fürsten Bohemund VI. von Antioch
Cessate! lat. Hört auf!
Salvatz los enfans ...: altfrz. Gerettet (seien) die Kinder des Mont (Montségur)!
opus magnum: lat. das große Werk
homme de lettres: frz. Schriftsteller, Literat
Silentium strictissimum: lat. strengstes Stillschweigen
sermunculus in culina: lat. Küchenkonferenz
summum culmen fortunae: lat. der höchste Gipfel des Glücks
Pater noster ...: lat.
Vater unser, der Du bist im Himmel,
geheiligt werde Dein Name,
Dein Reich komme,
Dein Wille geschehe,
wie im Himmel so auf Erden.
Churm al ibra: arab. Nadelöhr
die Hängegärten der Semiramis: legendäre Gärten, eines der sieben Weltwunder
astrologia: lat. Lehre von der Deutung und Auslegung des Standes der Gestirne zueinander im Zodiak (Tierkreis)
Adept: Bewerber um Aufnahme in einen geheimen Orden oder Bund, Novize
As-sahra al ...: arab. »die stählerne Rose im Feuer«
corpus: lat. Körper

DANK FÜR
MITARBEIT UND QUELLEN

Walter Fritzsche für das ausdauernde Interesse an Autor und Stoff und seine Gabe, den einen freundschaftlich zu disziplinieren, ohne den anderen um Fülle und Reiz zu bringen.

Daniela Bentele-Hendricks für ihr resolutes Lektorat, das meine Erzählfreude nicht beschnitt, aber stets die Verständlichkeit der historischen Zusammenhänge und der Fremdartigkeit geschilderten Fühlens, Denkens und Handelns im Auge behielt.

Michael Görden für die geduldige Betreuung, die ständige Bereitschaft, den Autor durch alle Phasen der Entstehung zu lotsen, besonders durch die Klippen der Esoterik. Von ihm stammen dankenswerterweise die Divinationen des Tarot des Joinville.

Auf dem Gebiet der Arabistik verlasse ich mich diesmal auf die Recherchen und Übersetzungen von Rev. Daniel Speck; für Fragen der Lithurgie und des Okzitanischen Liedgutes wie immer auf Dario della Porta, Professor für Musikgeschichte an der Universität von Aquila sowie zur Absicherung meiner humanistischen Sprachkenntnisse auf Dr. Helmut Pesch. Für meine Betreuung im Mena House, Gizeh, bin ich Hoil R. d'Ernecq verpflichtet. Weitere Hinweise im Fachbereich Ägyptologie verdanke ich Professor Ragheb Saleh Hanafi von der Universität Alexandria; in medievaler Waffenkunde Privatdozent D. Randolph Wichman, London, und in Fragen ›Capetian Dynasty‹ Maître Pierre Hache-Schroeder, Paris.

Dem Unterfangen, meine mehr als 2000 Seiten umfassende Handschrift unermüdlich an Computer unterschiedlicher Kompatibilität zu verfüttern und mich dennoch mit korrekturfähigen Ausdrucken zu versorgen, unterzog sich über fünf Versionen (in progress) meine Mitarbeiterin Sylvia Schnetzer, während die Erstellung des Index in den ordnenden Händen von Regina M. Hartig lag.

Die Illustrationen, Karten und Vignetten stammen aus Stift, Feder und Pinsel von Axel Bertram, Berlin. Ich statte ihm für sein gelungenes Bemühen, meinen Intentionen gerecht zu werden, seinen Stil der Thematik anzupassen und dennoch das Erscheinungsbild des Romans entscheidend bereichert zu haben, meinen Dank ab. Das gilt auch für Einband und Cover, wobei ich dem Istituto E. Rancati, Rom, für die Zurverfügungstellung der abgebildeten Waffe zu danken habe.

Es schließt sich meine Anerkennung für die einfühlende und generöse Herstellungsabteilung des Gustav Lübbe Verlages an. Arno Häring, Reinhard Borner und allen Mitarbeitern des Hauses mein abschließendes »tante grazie!«

Es gibt Bücher und Quellen, die zitiert man aus beruflicher Verantwortung, andere in dankbarer Anerkennung. Letzteres gilt –conditio sine qua non für jeden, der sich mit dem Zeitalter der Kreuzzüge beschäftigt – vor allem für Steve Runciman für *A History of the Crusades*, Cambridge University Press, 1954, sowie für sein weniger bekanntes *The Medieval Manichee, a Study of the Christian Dualist Heresy*, ebenda 1947. Bei dem anderen Werk handelt es sich in diesem besonderen Fall um: Jean de Joinville, *The Life of Saint Louis, Chronicles of the Crusades*, hg. The Estate of M.R.B. Shaw, 1963. Weiterhin möchte ich auf folgende Arbeiten verweisen: E.R. Labande, *Quelques traits de caractère du roi Saint-Louis et son temps*, 1876 Paris / Matthäus von Paris, *Chronica Maiora et Liber Abbimentorum*, hg. H.R. Luard 1876–82. / Elizabeth M. Hallam, *Capetian France*, Longman House, Essex, 1980. / Alain Forey, *The Military Orders*, MacMillian, 1992. / Alain Demurger, *Vie et mort de l'ordre du Temple*, Ed. du Seuil, 1989. / C.E. Bosworth, *The Islamic Dynasties*, hg. Edinburgh University Press, 1967. / Bernard Lewis, *The Assassins, A Radical Sect in Islam*, Weidenfeld and Nicholson, London 1967. / Hg. Francesco Gabrieli, *Die Kreuzzüge aus arabischer Sicht*, Winkler-dtv, 1973. / Hg. Klaus J. Heinisch, *Kaiser Friedrich II.*, Winkler-dtv, 1977. / Jean Louis Bernard, *Aux origines de l'Egypte*, Ed. R. Laffont, 1976. / Jean Gimpel, *The Medieval Machine*, Pimlico, 1976. / Jim Bradbury, *The Medieval Siege*, Boydell Press, 1992. / Im Übrigen erlaubten mir meine Veröffentlichungen *Franziskus oder das zweite Memorandum*, 1989, und *Die Kinder des Gral*, 1991, auf eigene Erkenntnisse zurückzugreifen.

Rom, im Juni 1993   Peter Berling

ÜBER DEN AUTOR

Peter Berling wurde 1934 in Meseritz-Obrawalde (ehem. Grenzmark) als Sohn der Architekten und Poelzig-Schüler Max und Asta Berling geboren und erlebte seine Kindheit im Osten, den Krieg in Osnabrück. Mit Fünfzehn trampte er das erste Mal nach Paris, mit Siebzehn flog er von der Schule. Nach einer Maurerlehre und verschiedenen Jobs studierte er an der Akademie der Bildenden Künste in München und kam über die Werbegrafik zum Film.

Bekannt wurde er als Produzent der ersten Filme von Alexander Kluge, Werner Schroeter und Rainer Werner Faßbinder – eine wilde Zeit, über die er in seinem Buch *Die 13 Jahre des Rainer Werner Faßbinder* berichtet.

1969 ging Peter Berling nach Italien, betreute internationale Co-produktionen wie *Orchesterprobe, Triumphmarsch, Neapolitanische Geschwister, Black & White in Colour* (Oskar 1977) und wirkte als Charakterdarsteller in mehr als 70 Filmen (darunter *Aguirre – der Zorn Gottes, Die Ehe der Maria Braun, Der Name der Rose, Die letzte Versuchung* und *Homo Faber*). Der Chronist (u. a. für *GEO Spezial Rom*) und gewichtige Gourmet ist seit Jahrzehnten fasziniert vom Mittelalter. Seine Rolle in Liliana Cavanis »Franziskus«-Film (neben Mickey Rourke) brachte ihm das Angebot, ein »Buch zum Film« zu verfassen; statt dessen schrieb er aus der Sicht des Bischof von Assisi, den er selbst gespielt hatte, den Roman *Franziskus oder das zweite Memorandum*, der kürzlich als Taschenbuch neu aufgelegt wurde.

Seine Freunde nennen ihn einen Renaissance-Menschen; er selbst hätte, wie er sagt, gern am Hofe Friedrich II. gewirkt, in jener entscheidenden Epoche, in der sein erster großer Roman *Die Kinder des Gral* spielt und die in das vorliegende Werk *Das Blut der Könige* hineinreicht.

Peter Berling lebt seit über zwanzig Jahren in Rom.

Band 12276

Philipp Vandenberg
Das fünfte Evangelium

»Intelligent erdacht und spannend erzählt«

Die junge, couragierte Anne von Seydlitz ist der Verzweiflung nahe, als ihr Mann, ein Münchner Kunsthändler, bei einem mysteriösen Autounfall ums Leben kommt. Das einzige, was ihr bleibt, ist ein Film, dessen Aufnahmen alle dasselbe Motiv zeigen: ein Pergament mit einer alten koptischen Inschrift. Bald wird Anne klar, daß dieses Schriftstück ein Geheimnis birgt, denn für das Original wird ein phantastischer Preis geboten. Die Suche nach dem verschwundenen Pergament führt sie nach Paris, wo gerade ein amerikanischer Professor in die Schlagzeilen geraten ist, der einen scheinbar völlig unmotivierten Säureanschlag auf ein Bild von Leonardo da Vinci verübt hat…